Die Kreuzritter

HENRYK SIENKIEWICZ

Die Kreuzritter

HISTORISCHER ROMAN

Henryk Sienkiewicz, Die Kreuzritter
Titel der Originalausgabe: Krzyzacy
Übersetzung aus dem Polnischen von E. u. R. Ettlinger
Copyright © by area verlag gmbh, Erftstadt
Alle Rechte vorbehalten

Einbandgestaltung: agilmedien, Köln
Einbandabbildungen: AKG, Berlin
Satz & Layout: Bernhard Heun, Rüssingen

Printed in Italy 2004
ISBN 3-89996-056-4

Erster Teil

Erstes Kapitel

In Tyniec, in dem zur Abtei gehörenden Wirtshaus „Zum wilden Auerochsen" saßen einige Leute und lauschten der Erzählung eines erfahrenen Kriegers, der, aus fernen Landen angelangt, von seinen Abenteuern im Krieg und auf der Reise berichtete.

Es war ein bärtiger Mann, in den besten Jahren, breitschultrig und von riesenhaftem Wuchs, seine Haare waren durch eine netzförmige, mit Glasperlen benähte Haube zusammengehalten. Er trug ein Lederkoller, auf dem der Panzer ganze Streifen zurückgelassen hatte, darüber einen Gürtel aus Kupferringen, worin ein Messer in einer Hornscheide steckte, und ein kurzes Schwert an der Seite.

Dicht bei ihm am Tisch saß ein Jüngling mit langen Haaren, der froh in die Welt hinaus schaute, offenbar sein Gefährte, vielleicht auch sein Knappe, denn er war ebenfalls für die Reise angetan, und auf seinem Lederkoller zeigten sich ähnliche Spuren von der Rüstung. Die übrige Gesellschaft bestand aus zwei Landleuten aus der Umgebung von Krakau und drei Städtern in roten, gefältelten Mützen, deren dünne Enden an der Seite bis zu den Ellbogen herabhingen.

Der Wirt, ein Deutscher, der den Kragen seiner fahlgelben Kapuze bis über das Kinn heraufgezogen hatte, goß ihnen aus einer Kanne nahrhaftes Bier in die Tonkrüge und lauschte aufmerksam den Berichten der Krieger.

Noch aufmerksamer aber lauschten die Städter. Die Feindschaft, die seit der Zeit der Lokieteks* zwischen den Städtern und den Landedelleuten geherrscht hatte, war beinahe erloschen, und die Bürgerschaft trug ihr Haupt weit höher als dies in späterer Zeit der Fall war. Damals wurde sie noch „des allerdurchlauchtigsten Kuniges und Herren" genannt, ihre

---

* Lokietek heißt ein kleiner, eine Elle langer Mensch. Es war der Beiname des Königs Wladislaw, der aber keineswegs ein Zwerg, sondern nur mittlerer Statur war – Anmerkung der Übersetzerinnen.

Bereitwilligkeit „*ad concessionem pecuniarum*" wurde auch besonders geschätzt, und daher kam es zuweilen vor, daß in den Wirtshäusern die Edelleute mit den Kaufleuten tranken. Diese wurden sogar gern gesehen. Hatten sie doch stets bares Geld in Händen und zahlten sie doch häufig für die Träger der Wappenschilder.

So saßen sie auch jetzt plaudernd beisammen, indem sie von Zeit zu Zeit dem Wirt winkten, auf daß er ihnen die leeren Becher fülle.

„Ihr habt wohl schon ein großes Stück von der Welt bereist, edler Ritter", sagte einer der Kaufleute.

„Ja, nur wenige von denen, die jetzt von allen Seiten in Krakau zusammenströmen, haben schon so viel gesehen", antwortete der vor kurzem angelangte Ritter.

„Und gar viele strömen dort zusammen", fügte der Bürger hinzu. „Große Festlichkeiten gibt's ja, und große Glückseligkeit herrscht im Königreich. Man sagt, und ich glaube es auch, daß der König befahl, der Königin Prunkbett mit perlenbesetztem Brokat auszupolstern und den gleichen Baldachin darüber anzubringen. Und allerlei Spiele und Turniere werden veranstaltet, wie sie die Welt bisher noch nie gesehen hat."

„Gevatter Gamroth*, unterbrecht den Ritter nicht", bemerkte der zweite Kaufmann.

„Ich unterbreche ihn nicht, Gevatter Eiertreter*, ich denke mir nur, er wird auch gern wissen, was man sagt, weil er gewiß selbst nach Krakau reist. Und ich kehre heute nicht mehr in die Stadt zurück, weil die Tore so früh geschlossen werden, und bei Nacht lassen mich die Amphibien, die in den Hobelspänen entstehen, doch nicht schlafen, also haben wir Zeit für alles."

„Und auf ein Wort gebt Ihr zwanzig zurück, Ihr werdet alt, Gevatter Gamroth."

„Und doch bin ich noch imstande, ein Stück feuchten Tuches unter einem Arm zu tragen."

„Ach was! Vielleicht eines, das so dünn wie ein Sieb ist!"

Ein weiterer Streit wurde durch den fremden Kriegsmann unterbrochen, der sagte: „Ich werde sicher in Krakau bleiben, weil ich von den Wettkämpfen gehört habe und froh bin, wenn ich meine Kraft innerhalb der Schranken erproben kann – und meinem Brudersohn hier geht es ebenso, denn obgleich er noch jung und ein rechter Milchbart ist, hat er schon manchen Panzer auf der Welt zu Gesicht bekommen."

Die Gäste schauten den Jüngling an, der fröhlich lächelte und, nachdem er seine langen Haare hinter die Ohren gestrichen hatte, den Bierkrug an die Lippen setzte.

Der alte Ritter aber fügte hinzu: „Übrigens, wenn wir umkehren wollten, wüßten wir gar nicht, wohin wir uns wenden sollten."

---

* Namen oder vielmehr Spitznamen jener Zeit – Anmerkung des Verfassers.

„Ei", fragte einer der Edelleute, „woher seid Ihr denn und wie nennt Ihr Euch?"

„Macko aus Bogdaniec nenne ich mich, und dieser junge Mann, der Sohn meines leiblichen Bruders, nennt sich Zbyszko. ,Tepa Podkowa'* ist unser Wappenschild, und unser Schlachtruf: ,Hagel'!"

„Wo liegt denn Euer Bogdaniec?"

„Traun! Fragt lieber, wo es lag, Herr Bruder, denn es ist schon vom Erdboden verschwunden. Noch zur Zeit des Krieges der Grzymalitczyc mit den Naleczy wurde Bogdaniec zu Asche niedergebrannt, und was übriggeblieben war, wurde uns weggenommen, die Knechte aber flohen alle. So blieb nur der leere Grund und Boden, denn auch die Bauern der Nachbarschaft wanderten fort in die Steppe. Mit meinem Bruder, dem Vater dieses Jünglings, habe ich das Haus wieder aufgebaut, aber im folgenden Jahr hat uns das Wasser alles weggerissen. Dann starb mein Bruder, und ich blieb allein mit der Waise. Da sagte ich mir: Hier kann ich es nicht aushalten! Und zu jener Zeit sprach man viel vom Krieg und auch davon, daß Jasko aus Olesnica, den der König Wladislaw zu dem Mikolaj aus Moskorzow nach Wilna sandte, eifrig in Polen Ritter suche. Da ich nun den würdigen Abt Janek aus Tulcza kenne, verpfändete ich ihm meinen Grund und Boden, und für das Geld kaufte ich mir eine Rüstung, ein Pferd, kurz, ich versah mich, wie es üblich ist, für den Kriegsdienst. Den Knaben, der erst zwölf Jahre alt war, setzte ich auf einen Klepper, und fort ging's zu Jasko von Olesnica!"

„Mit dem Jüngling?"

„Damals war er noch kein Jüngling, aber stramm ist er schon als Knabe gewesen. In seinem zwölften Jahr legte er zuweilen die Armbrust auf den Boden, stemmte sich mit dem Bauch dagegen und drückte den Schneller derart, daß selbst keiner von den Engländern, die wir bei Wilna gesehen haben, sich hätte rühmen können, er verstehe den Bogen besser zu spannen."

„So stark ist er gewesen?"

„Meinen Helm trug er hinter mir her, und als er dreizehn Jahre alt wurde, trug er auch meinen langen Schild."

„Und an Kriegszügen hat es wahrlich nicht gefehlt."

„Witolds wegen. Der Fürst befand sich bei den Kreuzrittern und jedes Jahr unternahm er Kriegsfahrten gegen Litauen und wendete sich nach Wilna. Mit ihm zog allerlei Volk. Deutsche, Franzosen, Engländer, die am besten den Bogen zu spannen verstanden, Böhmen, Schweizer und Burgunder. Sie haben die Wälder durchstreift, Schlösser erbaut, und zuletzt haben sie Litauen mit Feuer und Schwert schrecklich verwüstet, so daß das ganze Volk, das dieses Land bewohnt, es schon verlassen und ein anderes suchen wollte, ja gerne bis ans Ende der Welt oder sogar zu den Kindern des Belial gewandert wäre, nur um fern von den Deutschen zu sein."

---

* Ein stumpfes Hufeisen – Anmerkung der Übersetzerinnen.

„Daß alle Litauer mit Weibern und Kindern fortziehen wollten, hörten wir wohl, doch glaubten wir es nicht."

„Aber ich habe gar viel miterlebt. Ha! Wäre nicht Mikolaj aus Moskorzow, nicht Jasko aus Olesnica, und wären wir nicht gewesen – das sage ich, ohne mich zu rühmen – so stünde auch Wilna nicht mehr."

„O, das wissen wir. Ihr habt die Burg ja nicht übergeben."

„Nein, wir haben sie nicht übergeben. Und nun merket wohl auf das, was ich Euch sage, denn ich bin ein erfahrener, des Krieges kundiger Mann. Die Alten sprachen immer von dem bissigen Litauer, und sie sprachen wahr. Sie schlagen sich gut, die Litauer, aber mit den Rittern können sie sich im offenen Feld nicht messen. Ganz anders ist es im dichten Wald – oder auch dann, wenn die Pferde der Deutschen im Morast versinken."

„Die Deutschen sind die besten Krieger!" riefen die Städter.

„Und wie eine Mauer stehen sie Mann bei Mann, durch ihre eisernen Rüstungen derart geschützt, daß kaum die Augen durch das Visier zu sehen sind. Dicht aneinander gedrängt, schreiten sie auch vorwärts. Gewöhnlich sind's die Litauer, die losschlagen. Aber dann werden sie wie Sand zerstreut, oder sie müssen als Brücke dienen und werden zertreten. Doch nicht nur Deutsche sind unter den Kreuzrittern zu finden, denn jedes Volk, das es auf der Welt gibt, dient bei ihnen. Und tapfer sind sie! Zuweilen beugt sich ein Ritter herab, streckt die Lanze aus und stößt allein, noch vor der Schlacht, in einen ganzen Kriegshaufen, wie sich ein Habicht auf eine Herde stürzt."

„Christus!" rief Gamroth aus, „welche sind denn die Tüchtigsten unter ihnen?"

„Es kommt auf die Waffe an. Die Armbrust weiß der Engländer am besten zu handhaben, denn er kann einen Panzer mit dem Pfeil durchbohren und eine Taube auf hundert Schritte weit treffen. Die Böhmen hingegen hauen mit dem Beil furchtbar drein, und den zweischneidigen Hirschfänger weiß niemand besser zu führen als der Deutsche. Der Schweizer zerschlägt gerne den Helm mit der eisernen Keule, aber die besten Krieger sind die, welche aus des Franzmannes Landen kommen. Sie kämpfen zu Pferd und zu Fuß und rufen dir herausfordernde Worte zu, aber verstehen kannst Du sie nicht, denn ihre Sprache klingt, wie wenn eine zinnerne Schüssel geschüttelt wird, und doch sind sie ein gottesfürchtiges Volk. Sie haben uns durch die Deutschen vorgeworfen, daß wir mit den Heiden und Sarazenen gegen das Kreuz kämpfen, und haben sich verpflichtet, die Wahrheit dieser Behauptung durch einen ritterlichen Zweikampf zu beweisen. Auch ein Gottesgericht soll abgehalten werden zwischen vier von ihren und vier von unseren Rittern, und der zur Zusammenkunft bestimmte Ort ist der Hof Wenzels, des römischen und böhmischen Königs."*

---

* Historisch – Anmerkung des Verfassers.

Noch größere Neugierde erfaßte nun die Landleute und die Kaufleute, sie streckten ihre Köpfe über die Krüge zu Macko hinüber und fragten: „Wer von unseren Rittern ist denn dabei? Sprecht schnell!"

Doch Macko führte zuerst den Krug an die Lippen und trank, dann erwiderte er: „Ei, fürchtet nur nichts für sie. Es ist Jan aus Wloszezow, der Kastellan von Dobrzin, es ist Mikolaj aus Waszmuntow, es ist Jasko aus Zdakow und Sarosz aus Czeckow, lauter hochgepriesene Ritter und tapfere Jungen. Ob nun mit der Lanze, dem Schwert oder der Streitaxt gekämpft wird – das alles ist nichts Neues für sie. Da werden die Leute etwas zu sehen und etwas zu hören bekommen – denn, wie ich schon erwähnt habe, dem Franzmann kannst du die Gurgel zudrücken, und er sagt dir noch heldenhafte Worte. So wahr mir Gott helfe und das heilige Kreuz, jene werden unaufhörlich schwatzen, die Unsrigen aber sie besiegen."

„Das wird uns zu großem Ruhm gereichen, wofern nur Gott seinen Segen dazu gibt", sagte einer der Edelleute.

„Und der heilige Stanislaus!" fügte ein zweiter hinzu.

Und zu Macko gewandt, bemerkte er in eifrigem Ton: „Nur weiter! Sprecht! Ihr rühmt die Tapferkeit der deutschen und anderen Ritter, Ihr sagt, sie könnten die Litauer leicht beugen. Aber Euch zu beugen wäre ihnen sicherlich schwerer geworden! Haben sie nicht ebenso gerne auf Euch losgeschlagen? Und was ist mit Gottes Willen dann geschehen? Lobt und preist doch die Unsrigen!"

Doch Macko aus Bogdaniec war offenbar kein Prahler, denn er entgegnete bescheiden: „Die, die aus fernen Landen einwandern, nehmen gerne den Kampf mit uns auf, aber wenn sie es einmal getan haben, schwindet ihr Mut schon einigermaßen, denn wir sind ein zähes Volk, und diese Zähigkeit wird uns häufig vorgeworfen. ‚Ihr verachtet den Tod – sagen unsere Feinde –, aber die Sarazenen unterstützt Ihr, und dafür werdet Ihr verdammt sein!' Durch diese Lügen ist unser Ingrimm noch gewachsen. Der König und die Königin ließen die Litauer taufen, und jeder ist ein Bekenner Christi, wenn schon nicht jeder ihn versteht. Als der Teufel in der Kathedrale in Plock auf die Erde geworfen wurde, befahl sogar unser gnädigster Herr, ein Endchen Licht zu dessen Ehren aufzustellen, und die Priester mußten ihm erst sagen, daß es sich nicht gehöre – das ist ja eine bekannte Geschichte. Was darf man also von einem gewöhnlichen Menschen verlangen? Mancher sagt sich selbst: Befiehlt der Knäs, daß ich mich taufe, so taufe ich mich, befiehlt Christus, daß ich mich an die Stirn schlage, so schlage ich mich an die Stirn. Aber weshalb sollte ich den alten heidnischen Teufeln das bißchen Quark nicht gönnen, ihnen die gebratenen Rüben nicht vorwerfen, oder den Schaum vom Bier nicht für sie abgießen? Tue ich es nicht, so können mir die Pferde krepieren, die Kühe räudig werden, ihre Milch kann blutig kommen oder die Ernte kann schlecht ausfallen. Gar viele handeln so, wodurch sie schweren Verdacht auf sich laden. Und doch tun sie es nur aus Unwissenheit und aus Furcht vor den Teufeln. Ehemals war es jenen Teufeln wohl. Sie hatten ihren Forst und große Hütten, auch Pferde zum Reiten, und den Zehnten nahmen sie sich. Doch jetzt ist der Forst ausgehauen, zu essen ist nichts da – die Glocken in den Städten schlagen an, also muß sich der Unflat in den dichtesten Wald verkriechen und dort heult er vor Angst. Kommt nun ein Litauer in das Gehölz, so geschieht es häufig, daß ihn ein Teufel am Schafpelz zerrt und sagt: Gib her! Manche wagen nicht, sich zu widersetzen, wieder andere wollen den Teufeln nichts freiwillig überlassen und suchen sie zu fangen. Einer dieser wackeren Jungen schüttete gedörrte Erbsen in eine Ochsenblase, und sogleich fuhren dreizehn Teufel hinein. Da zog er die Blase zu, befestigte ein Holzpflöckchen daran und brachte sie zum Verkauf nach Wilna zu den Franziskanern, die ihm gerne zwanzig Skotus dafür gaben, um die Feinde des Namens Christi aus dem Weg zu räumen. Ich selbst habe die Blase gesehen, aus der sich ein furchtbarer Gestank weithin verbreitet hat, denn auf diese Weise zeigen die bösen Geister ihre Furcht vor dem Weihwasser."

„Und wer hat berechnet, daß es ihrer dreizehn gewesen sind?" fragte der bedächtige Kaufmann Gamroth.

„Das hat ein Litauer berechnet, der es mit ansah, wie sie in die Blase hineinkrochen. Daß sie sich darin befanden, darüber herrscht kein Zweifel, denn dies war an dem Gestank zu erkennen, und deshalb wollte niemand das Holzpflöckchen entfernen."

„Wie wunderlich ist dies, wie gar wunderlich!" rief einer der Edelleute.

„Ich habe schon die größten Wunder gesehen, allein davon kann man nicht reden. Gute Leute sind die Litauer, aber auch recht sonderbare. Sie haben zottige Haare, und kaum die Fürsten kämmen sich, von gebratenen Rüben leben sie und ziehen diese allen anderen Speisen vor, weil sie meinen, es mache kräftig und mutig. Bei ihnen in ihren Hütten sind auch Haustiere und Schlangen zu sehen, und im Essen und Trinken kennen diese Menschen kein Maß, die verehelichten Weiber werden mißachtet von ihnen, aber die Jungfrauen verehren sie und gestehen ihnen große Rechte zu."

„Ich kann es bestätigen", fügte Zbyszko hier ein. „Und die meisten Mädchen sind schön. Oder", fragte er, zu seinem Onkel gewendet, „ist Ryngalla vielleicht nicht schön?"

„Wer ist denn diese Ryngalla?" erkundigte sich einer der Städter.

„Wie? Habt Ihr noch nichts von Ryngalla gehört?" fragte Macko.

„Noch kein Wort hörten wir von ihr!"

„Wir sprechen ja von der Schwester des Fürsten Witold, der Gattin Henryks, des masovischen Fürsten."

„Welchen Fürsten Henryk meint Ihr? Es gab einen masovischen Fürsten dieses Namens, der Elektor von Plock war, aber er ist gestorben."

„Das ist eben derselbe. Er wurde durch den Tod abgerufen, weil sein Leben offenbar Gott nicht wohlgefällig war. Denn obwohl er die geistliche Würde bekleidete, schloß er doch eine unrechtmäßige Ehe mit Ryngalla. ‚Ich gebe mir selbst den Dispens, der Papst, wenn nicht der von Rom, so doch der von Avignon, wird ihn sicherlich bestätigen', soll er gesagt haben. Der Zorn Gottes war groß, aber Witold konnte sich nicht widersetzen – und die Vermählung wurde gefeiert, zum großen Kummer meines Zbyszko hier, der selbst, nach deutscher Sitte, die Fürstin Ryngalla zur Herrin seines Herzens erwählt und ihr ewige Treue gelobt hatte ..."

„Fürwahr", warf Zbyszko ein, „das ist richtig! Und später hörten wir von den Leuten, daß die Fürstin Ryngalla, nachdem sie eingesehen hatte, daß es sich nicht für sie gezieme, mit dem Elektor zu leben, weil er trotz seiner Vermählung doch nicht auf seine Würde verzichten wollte, und daß über solcher Ehe der göttliche Segen nicht walten könne, ihren Gatten vergiftet habe. Auf diese Kunde hin bat ich einen heiligen Einsiedler in der Nähe Lublins, mein Gelübde zu lösen."

„Ein Einsiedler war es wohl", bemerkte Macko lachend, „doch ob es ein heiliger gewesen ist, weiß ich nicht, denn wir überraschten ihn an einem Freitag im Wald, als er die Knochen eines Bären mit dem Beil spaltete und das Mark aussaugte, bis es ihm in der Kehle stecken blieb."

„Aber er sagte, Mark sei kein Fleisch, und außerdem habe er sich die Erlaubnis erbeten, Mark zu genießen, weil er dann des Nachts immer wunderbare Traumgesichte habe und vom folgenden Morgen an bis zum Mittag prophezeien könne."

„Na! Na!" versetzte Macko. „Und die schöne Ryngalla ist Witwe und braucht dich vielleicht in ihrem Dienst."

„Umsonst würde sie ausschicken, denn ich wähle mir selbst eine andere Herrin, der ich bis zum Tod dienen werde, und später werde ich mir auch eine Gattin gewinnen."

„Den Rittergürtel wirst du dir zuerst gewinnen."

„Nun ja! Nach der Entbindung der Königin werden doch gewiß Turniere stattfinden? Und da wird der König manchen zum Ritter schlagen. Ich stelle mich jedem. Der Fürst würde mich nimmer aus dem Sattel gehoben haben, wenn mein Pferd sich nicht auf die Hinterbeine gesetzt hätte."

„Es werden aber bessere dort sein als du."

Hier riefen die Landleute aus der Gegend von Krakau: „Bei Gott! Vor der Königin werden sich solche wie du nicht herauswagen können, wohl aber Ritter, die in der ganzen Welt berühmt sind. Wie kannst du dich mit Leuten messen, mit denen sich weder hier, noch am böhmischen, noch am ungarischen Hof jemand messen kann? Was ist das für ein Gerede? Bist du denn besser als sie? Und wie alt bist du denn?"

„Achtzehn Jahre!" antwortete Zbyszko.

„Dann kann dich ja jeder zwischen den Fingern zermalmen."

„Wir werden sehen!"

Doch Macko warf hier ein: „Ich habe gehört, daß der König die Ritter reichlich belohne, die aus dem litauischen Krieg zurückkehren. Sagt an, die Ihr von Krakau kommt, ist dies wahr?"

„Bei Gott, es ist wahr!" entgegnete einer der Edelleute. „Auch ist die Freigebigkeit des Königs in der ganzen Welt bekannt. Aber in seine

Nähe zu gelangen, ist nicht leicht, da es in der Stadt von Gästen wimmeln wird, die wegen der Entbindung der Königin und der Taufe kommen, um dadurch unseren Herrn zu ehren oder ihm Huldigung darzubringen. Der ungarische König wird dort sein, auch der römische Cäsar, wie man sagt, und verschiedene Fürsten, Wojwoden und Ritter werden erscheinen, weil jeder denkt, daß er nicht mit leeren Händen weggehen wird. Man spricht sogar davon, daß selbst der Papst Bonifazius komme, da er der Gunst und Hilfe unseres Herrn gegen seinen Feind in Avignon bedürfe. Bei dem Andrang wird man nicht leicht Zutritt zum König bekommen, aber wenn es dennoch gelingt, Zutritt zu erlangen, und wer einen Kniefall vor dem Herrn macht, der wird seiner Verdienste wegen reichlich belohnt werden."

„Dann will ich den Kniefall tun, denn auch ich habe mir schon Verdienste erworben, und wenn der Krieg ausbricht, ziehe ich mit. Kriegsbeute ist mir wohl zuteil geworden, und vom Fürsten Witold erhielt ich Vergütung. Not leide ich also nicht, aber der Abend meines Lebens naht schon heran, und im Alter, wenn die Knochen mürbe werden, hat der Mensch doch gerne einen friedlichen Winkel."

„Gerne sah der König stets die, die unter Jasko aus Olesnica von Litauen zurückgekehrt sind – und sie alle bekommen satt zu essen."

„Da seht Ihr's! Ich bin aber jetzt erst aus dem Krieg zurückgekehrt. Ihr müßt nämlich wissen, daß die Deutschen den Frieden zwischen dem König und dem Fürsten Witold büßen mußten. Der schlaue Fürst sicherte sich seine Geiseln, und dann ging es los auf die Kreuzritter! Schlösser wurden zerstört, verbrannt, die Ritter aufs Haupt geschlagen und ein großer Teil des Volkes ausgerottet. Mit Swidrygiello zugleich, der zu ihnen geflohen war, wollten sich nun die Deutschen rächen. So kam es wieder zu einem großen Kriegszug. Selbst der Meister Kondrad eilte mit zahlreichem Volk herbei. Wilna wurde belagert, von ungeheuren Türmen aus versuchte man, die Burg zu zerstören, durch Verrat versuchte man, hineinzugelangen, aber nichts wurde damit erreicht. Und bei dem Rückzug wurden so viele Krieger hingestreckt, daß kaum die Hälfte zurückkam. Auch gegen Ulryk von Jungingen, des Großmeisters Bruder, der Vogt von Samland ist, zogen wir ins Feld. Aber in Schrecken versetzt durch den Fürsten, floh der Vogt unter lauten Klagen, und durch diese Flucht wurde der Frieden wieder hergestellt, die Stadt neu erbaut. Und ein heiliger Ordensbruder, der barfuß auf glühendem Eisen zu gehen vermag, hat prophezeit, daß von nun an, solange die Welt steht, sich unter Wilnas Mauern keine bewaffneten Deutschen mehr zeigen werden. Aber wessen Hände haben mitgeholfen, daß es so kommen kann und sie sich nicht mehr zeigen werden?"

Bei diesen Worten streckte Macko aus Bogdaniec seine großen, ungewöhnlich starken Hände aus, während die anderen beistimmend nickten und riefen: „Ja! Ja! In dem, was Ihr sagt, ist ein Fünkchen Wahrheit enthalten."

Das Gespräch wurde durch heftigen Lärm unterbrochen. Er drang zu den Fenstern herein, deren Scheiben man entfernt hatte, denn die Nacht war warm und schön. In der Ferne vernahm man Stimmen, Gesang und das Schnauben von Pferden. Die Anwesenden staunten darüber, weil die Stunde schon vorgerückt war und der Mond hoch am Himmel stand. Der deutsche Wirt lief hinaus in den Hof, aber bevor noch seine Gäste imstande waren, die Krüge bis zur Neige zu leeren, kehrte er eilig zurück und rief: „Irgendeine Hofgesellschaft naht heran!"

Gleich darauf zeigte sich an der Tür ein junger Bursche in blauem Oberrock, die gefältelte rote Mütze auf dem Haupt. Er blieb stehen, betrachtete die Anwesenden, und als er den Wirt erblickte, sagte er: „Wischt die Tische dort ab und bringt Lichter herbei. Die Fürstin Anna Danuta wird hier Rast machen."

So sprach er und entfernte sich dann wieder. In der Schenke machte sich eine Bewegung kund, der Wirt rief nach dem Gesinde, und die Gäste schauten voll Bewunderung einander an.

„Die Fürstin Anna Danuta", begann einer der Bürger. „Das ist Kiejstuts Tochter, die Gattin Janusz' von Masovien. Sie hielt sich vierzehn Tage in Krakau auf und fuhr dann nach Zator zum Fürsten Wenzel zu Besuch. Wahrscheinlich befindet sie sich nun wieder auf der Rückreise nach Krakau."

„Gevatter Gamroth", sagte der zweite Bürger, „laß uns lieber in die Scheune gehen und unser Heulager aufsuchen, allzu hohe Gesellschaft ist das für uns."

„Daß sie bei Nacht fahren, dies wundert mich nicht", ließ sich Macko vernehmen, „denn bei Tage brennt die Sonne allzu sehr, aber weshalb kommen sie in dieses Wirtshaus, da sie doch das Kloster vor Augen haben?"

Hier wendete er sich zu Zbyszko mit den Worten: „Sie ist eine leibliche Schwester der schönen Ryngulla!"

Und Zbyszko rief: „Juhei! Sicherlich befinden sich viele masovische Jungfrauen bei ihr.

Zweites Kapitel

An der Tür erschien jetzt die Fürstin, eine Frau in mittleren Jahren, in einem roten Mantel und einem enganliegenden grauen Gewand mit goldenem Gürtel, der vorn durch einen großen Ring am Kleid festgehalten war. Hinter der freundlich lächelnden Herrin zeigten sich einige Hoffräulein, ältere und auch halbwüchsige. Kränze aus Lilien und Rosen schmückten ihre Stirnen, und viele hatten Lauten in den Händen. Wieder andere trugen frische Blumensträuße, die sie wohl unterwegs gepflückt hatten. Bald war die ganze Stube voll, denn nach den Mädchen kamen mehrere Höflinge und Pagen. Heiter und guter Dinge traten alle ein, mit strahlenden Gesichtern, laut sprechend und singend, wie trunken von der schönen Nacht und dem hellen Mondschein. Unter den Höflingen befanden sich auch zwei fahrende Schüler, der eine mit einer Laute, der andere mit der Zither am Gürtel. Eines der Mägdlein, das noch ganz jung, vielleicht zwölf Jahre alt war, trug eine kleine, mit Kupfernägeln beschlagene Laute hinter der Fürstin her.

„Gelobt sei Jesus Christus!" sagte die Fürstin, in der Mitte des Gastzimmers stehenbleibend.

„Von Ewigkeit zu Ewigkeit, Amen!" antworteten die Anwesenden, sich tief verneigend.

„Wo ist der Wirt?"

Als dieser der Fürstin Worte vernahm, drängte er sich vor und ließ sich nach deutscher Sitte auf die Knie nieder.

„Wir wollen hier rasten und uns stärken", sagte die Herrin. „Tummelt Euch also, denn wir sind hungrig."

Die Bürger hatten sich bereits entfernt. Zwei Edelleute vom Ort, sowie Macko aus Bogdaniec und der junge Zbynszko verbeugten sich jetzt abermals und wollten die Gaststube verlassen, um die Gesellschaft nicht zu stören, aber die Fürstin hielt sie zurück.

„Ihr seid Edelleute, Ihr stört uns nicht. Macht Euch mit unseren Hofherren bekannt. Woher hat Euch Gott geführt?"

Nun gaben sie ihre Namen, ihr Geschlecht, ihre Beinamen und die Dörfer an, von denen sie die Namen trugen.

Als dann die Fürstin von Macko gehört hatte, woher er kam, klatschte sie in die Hände und rief: „Das trifft sich gut! Erzählt uns von Wilna, von meinem Bruder und meiner Schwester. Kommt Fürst Witold zur Entbindung der Königin und zur Taufe hierher?"

„Er wollte kommen, weiß aber nicht, ob es ihm möglich sein wird. Deshalb sandte er durch die Fürsten und Bojaren der Königin vorerst eine silberne Wiege als Geschenk. Mit dieser Wiege sind auch wir, mein Neffe und ich, gekommen, und unterwegs haben wir sie bewacht."

„Befindet sich diese Wiege hier? Ich möchte sie sehen. Ganz aus Silber ist sie?"

„Ja, ganz aus Silber. Aber sie befindet sich nicht hier. Sie ist schon nach Krakau gebracht worden."

„Und was tut Ihr in Tyniec?"

„Wir kehrten hierher zurück, zu dem Prokurator des Klosters, unserem Blutsverwandten, um der Obhut des ehrwürdigen Ordens zu übergeben, was wir im Krieg gewannen und was der Fürst uns als Schenkung überließ."

„Möge Gottes Segen darüber walten! Ist es ansehnliche Beute? Doch sagt, warum es noch ungewiß ist, ob mein Bruder kommt?"

„Für den Feldzug zu den Tataren rüstet er sich."

„Ich sage Euch, mich quält nur das eine: die Königin hat diesem Feldzug kein glückliches Ende prophezeit, und was sie prophezeit, trifft immer ein."

Macko lachte. „Ei, unserer gottesfürchtigen Herrin will ich nicht widersprechen, aber mit dem Fürsten Witold zieht unsere ganze ritterliche Streitmacht aus, und es sind tüchtige Burschen, gegen die niemand aufkommt."

„Zieht Ihr nicht mit?"

„Ich bin nebst den anderen mit der Wiege abgesandt worden und habe zudem fünf Jahre lang den Harnisch nicht abgelegt", entgegnete Macko, auf die vom Panzer im Lederkoller zurückgelassenen Spuren deutend. „Doch, sobald ich genügend der Ruhe gepflegt habe, gehe ich mit, und wenn ich auch selbst nicht mitgehe, so bringe ich doch meinen Brudersohn Zbyszko dem Herrn Ipytko aus Mielsztyn, denn unter diesem Heerführer ziehen all' unsere Ritter aus."

Die Fürstin Danuta blickte auf die schöne Gestalt Zbyszkos, aber das Gespräch wurde durch den Eintritt eines Mönches unterbrochen, der nach der Begrüßung der Fürstin ihr demütig vorhielt, daß sie ihre Ankunft nicht durch einen Boten kundgetan habe, und daß sie sich nicht im Kloster, sondern in diesem gewöhnlichen Wirtshaus aufhalte, das ihrer hohen Würde unwert sei. Im Kloster sei doch kein Mangel an Gemächern und Wohnungen, worin jedermann Unterkunft findet, und nun erst die hohe Frau, die Gattin des Fürsten, von dessen Vorfahren und Blutsverwandten die Abtei so viele Wohltaten erhalten habe.

Aber die Fürstin antwortete in heiterem Ton: „Wir sind nur hier eingekehrt, um unsere Glieder wieder einigermaßen zu strecken, und in der Frühe müssen wir uns nach Krakau aufmachen. Bisher schliefen wir bei Tag und fuhren bei Nacht, der Kühle wegen, und obwohl hier bei unserer Ankunft die Hähne schon krähten, wollte ich die gottesfürchtigen Mönche nicht wecken, vornehmlich nicht mit solcher Gesellschaft, die mehr an Gesang und Tanz als an Ruhe denkt."

Da jedoch der Mönch noch weiter in sie drang, fügte sie hinzu: „Ich bleibe hier. Wir haben jetzt die beste Zeit, einige weltliche Gesänge anzuhören, aber zum Frühgottesdienst gehen wir in die Kirche, um den Tag mit Gott zu beginnen."

„Man wird eine Messe lesen für das Wohlergehen des gnädigen Fürsten und der gnädigen Fürstin", sagte der Mönch.

„Der Fürst, mein Gatte, wird erst nach vier oder fünf Tagen ankommen."

„Unser Herrgott kann auch aus der Ferne seinen Segen verleihen, und mittlerweile möge es uns armen Klosterbrüdern vergönnt sein, Wein hierher zu bringen."

„Wir werden uns dankbar dafür erweisen", erwiderte die Fürstin.

Kaum hatte der Mönch sich entfernt, so rief sie: „Schnell, Danusia, steige auf die Bank und erfreue unser Herz mit dem nämlichen Lied, das du in Zator gesungen hast."

Als sie dies hörten, trugen zwei Hofherren eine Bank herein. Die fahrenden Schüler setzten sich an die beiden Enden, und das junge Mädchen, das der Fürstin die mit Kupfernägeln beschlagene Laute nachgetragen hatte, stellte sich hinauf. Ihr Haupt war mit einem Blumenkranz geziert, die Haare hingen aufgelöst über ihre Schultern herab. Sie hatte ein himmelblaues Gewand an und rote Schühchen mit langen Spitzen. Wie sie so dastand, sah sie aus wie ein wunderbar schönes Kind auf einem Heiligenbild oder in einem Kripplein in der Kirche. Offenbar war es aber nicht das erstemal, daß sie so dastand, um der Fürstin vorzusingen, denn nicht die geringste Verwirrung zeigte sich auf ihrem Gesicht.

„Singe, Danusia, singe!" riefen die Hofdamen.

Nun nahm sie die Laute zur Hand, hob den Kopf in die Höhe wie ein Vogel, der zu singen anfängt, und die Äuglein zudrückend, begann sie mit ihrem Silberstimmchen:

> *„Wie wär' ich gerne*
> *ein Gänslein klein,*
> *ich flög' in die Ferne*
> *zu Jasio mein!"*

Die fahrenden Schüler begleiteten sie, der eine auf der Zither, der andere auf seiner großen Laute. Die Fürstin, die weltliche Gesänge über alles liebte, neigte das Haupt bald auf die eine, bald auf die andere Seite, und das Mädchen sang weiter, mit einer zarten, frischen, kindlichen Stimme, die klang wie Vogelgezwitscher im frühlingsgrünen Wald.

> *„In Schlesien flög' ich nieder*
> *auf grünem Rain,*
> *die Waise sieh wieder,*
> *Jasiulek mein!"*

Und wieder begleiteten die fahrenden Schüler. Der junge Zbyszko aus Bogdaniec aber, der, von Kindheit an nur an den Krieg und dessen fürchterliche Erscheinungen gewöhnt war, in seinem ganzen Leben noch nichts Ähnliches erschaut hatte, berührte den Arm eines neben ihm stehenden Masuren und fragte: „Wer ist das?"

„Ein Mägdlein vom Hof der Fürstin. An fahrenden Sängern, die den Hof ergötzten, fehlt es nicht, aber sie ist die beliebteste Sängerin, und die Fürstin hört keine anderen Gesänge so gerne wie die ihrigen."

„Mich wundert dies nicht. Sie ist ja ein wahrer Engel, und ich kann den Blick nicht von ihr abwenden. Wie wird sie genannt?"

„Und das wißt Ihr nicht? Danusia! Jurand aus Spychow, ein mächtiger und tapferer ‚Comes', der zu den Landsassen gehört, ist ihr Vater."

„Ach! Solch ein Wesen haben noch keine menschlichen Augen gesehen."

„Sie wird auch von allen geliebt, sowohl ihres Gesanges als ihrer Schönheit wegen."

„Sie ist ja noch ein Kind."

Durch den Gesang Danusias wurde das Gespräch unterbrochen. Zbyszko blickte sie von der Seite an. Während er ihre hellen Haare, ihr erhobenes Köpfchen, ihre zugedrückten Augen und ihre ganze Gestalt betrachtete, die zugleich von dem Schein der Wachslichter und von den durch die offenen Fenster fallenden Mondstrahlen beleuchtet wurde, staunte er immer mehr. Ihn dünkte, er habe dies schöne Bild schon einmal gesehen, ob im Traum oder zu Krakau auf einem Kirchenfenster, wußte er jedoch nicht zu sagen.

Und abermals den Arm des Hofherrn berührend, fragte er leise: „An Eurem Hof ist sie?"

„Ihre Mutter kam aus Litauen mit der Fürstin Anna Danuta, und diese verheiratete sie an den Grafen Jurand von Spychow. Sie stammte aus einem mächtigen Geschlecht, war anmutig und mild, auch wurde sie mehr als alle anderen Mädchen von der Fürstin geschätzt. Sie selbst liebte die Fürstin innig, deshalb gab sie ihrer Tochter den gleichen Namen – Anna Danuta. Vor fünf Jahren nun, als bei Zlotorja die Deutschen unseren Hof überfielen, starb sie vor Schrecken. Damals nahm die Fürstin das Kind zu sich, und seit jener Zeit leitet sie dessen Erziehung. Der Vater kommt häufig an den Hof und sieht es mit Vergnügen, daß es seiner Tochter gut geht und daß sie unter dem Schutz der Fürstin steht. Jedoch so oft er Danusia anschaut, so oft vergießt er Tränen um die verstorbene Gattin, und dann sinnt er nur darauf, Rache an den Deutschen zu nehmen, für das, was sie ihm angetan hatten. In ganz Masovien liebt niemand seine Ehefrau so innig, wie er die seine geliebt hatte – und ihretwegen hat er schon gar viele Deutsche ums Leben gebracht."

Zbyszkos Augen blitzten und die Adern auf seiner Stirn schwollen an. „So wurde also ihre Mutter von den Deutschen getötet?" fragte er.

„Ja und nein! Sie starb durch den Schrecken. Vor fünf Jahren war ja Frieden im Land, niemand dachte an Krieg, und jeder konnte ungefährdet seines Weges ziehen. Der Fürst befand sich auf der Reise nach Zlotorja, wo er einen Turm bauen lassen wollte, er fuhr allein mit seinem Hofstaat, ohne Krieger, wie gewöhnlich zur Zeit des Friedens. Da überfielen ihn die Deutschen ohne Kriegserklärung, ohne jede Veranlassung. Aller Gottesfurcht Hohn sprechend, auch nicht bedenkend, daß seine Vorfahren ihnen viele Wohltaten erwiesen hatten, banden ihn auf ein Pferd und führten ihn mit sich fort. Seine Leute aber wurden vollständig aufs Haupt geschlagen. Lange befand sich der Fürst in Gefangenschaft, und erst als König Wladislaw ihnen mit Krieg drohte, gaben sie Jurand aus Angst frei. Aber bei jenem Überfall starb Danusias Mutter, denn ihr Herz zog sich krampfhaft zusammen und stand dann plötzlich still."

„Und Ihr, Herr, seid Ihr dabeigewesen? Wie nennt Ihr Euch? Ich vergaß es."

„Mikolaj aus Dlugolas heiße ich, und Obuch werde ich genannt. Bei dem Überfall bin ich zugegen gewesen. Ich habe es mit angesehen, wie ein Deutscher, der Pfauenfedern als Helmzier trug, die Mutter Danusias an dem Sattel festbinden wollte, und wie sie vor seinen Augen starb. Auf mich haben sie mit der Hellebarde geschlagen, ich trage noch ein Merkmal davon."

Bei diesen Worten zeigte er auf eine tiefe, sich unter den Haaren bis zu den Augenbrauen hinziehende Narbe in der Hirnschale.

Ein kurzes Schweigen folgte. Zbyszko blickte wieder auf Danusia, dann fragte er: „Und Ihr sagt, Herr, sie habe noch keinen Ritter?"

Doch wartete er die Antwort nicht ab, da in diesem Augenblick der Gesang verstummte. Einer der fahrenden Schüler, ein feister, starker Mensch, hatte sich plötzlich erhoben, wodurch sich die Bank auf eine Seite neigte. Danusia schwankte und streckte die Händchen aus, aber ehe sie noch fallen oder herabhüpfen konnte, sprang Zbyszko vor wie eine Wildkatze und fing sie in seinen Armen auf.

Die Fürstin, die zuerst vor Schrecken laut geschrieen hatte, lachte sogleich wieder und rief: „Das ist dein Ritter, Danusia! Sei uns gegrüßt, o Ritter, und gib uns die liebliche Sängerin zurück."

„Allzu keck war die Art, wie er sie auffing!" ließen sich nun die Stimmen einiger Hofleute vernehmen.

Danusia immer noch in seinen Armen haltend, ging Zbyszko indessen auf die Fürstin zu. Das junge Mädchen hatte die eine Hand um seinen Hals geschlungen, während sie mit der anderen die Laute emporhob, aus Furcht, das Instrument zu zerbrechen. Obwohl sie etwas erschreckt aussah, spielte dennoch ein Lächeln um ihre Lippen.

Als der Jüngling die Fürstin erreicht hatte, stellte er Danusia vor sich hin, er selbst aber kniete nieder, richtete stolz das Haupt auf und sagte mit einer für sein Alter erstaunlichen Kühnheit:

„Euren Worten gemäß soll es sein, edle Herrin! Es ist an der Zeit für dieses liebliche Jungfräulein, ihren Ritter zu wählen, an der Zeit auch für mich, eine Herrin zu wählen, deren Schönheit und Tugend ich verehren kann. Mit Eurer Erlaubnis werde ich das Gelöbnis ablegen, ihr unter allen Wechselfällen des Lebens Treue zu bewahren bis zum Tod."

Auf dem Gesicht der Fürstin malte sich eine gewisse Verwunderung, aber weniger über Zbyszkos Worte, als darüber, daß alles so plötzlich kam. Es war zwar keine polnische Sitte, sich dem Dienst einer Herrin zu weihen, aber an der deutschen Grenze, in Masovien, wo häufig Ritter aus fernen Ländern zusammenströmten, kannte man sie besser als in anderen Gegenden und ahmte sie sogar häufig nach. Die Fürstin hatte schon früher am Hof ihres großen Vaters davon gehört, wo alle Sitten des Westens als Gesetz und nachahmungswürdiges Beispiel betrachtet wurden, deshalb erschien ihr das Vorhaben Zbyszkos nicht derart, daß sie oder Danusia dadurch hätte verletzt werden können. Im Gegenteil, sie freute sich, daß Herz und Augen eines Ritters sich dem lieblichen Hoffräulein zuwendeten. Daher sagte sie in heiterem Ton zu dem jungen Mädchen: „Danusia! Danuska! Willst du ihn zu deinem Ritter haben?"

Und die Kleine mit den herabwallenden Haaren hüpfte in ihren roten Schühchen zuerst dreimal in die Höhe, schlang dann den Arm um den

Hals der Fürstin und rief mit dem Entzücken eines Kindes, dem man ein Spielzeug versprochen hat, woran sich sonst nur ältere Leute ergötzen dürfen: „Ja, ja, ich will ihn zum Ritter haben."

Die Fürstin lachte, bis ihr die Tränen in die Augen traten, und mit ihr lachte der ganze Hof. Sich Danusias Armen entwindend, sagte sie schließlich zu Zbyszko:

„Nun gelobe dich deiner Herrin an. Was aber wirst du ihr geloben?"

Und trotz des Gelächters unerschütterlichen Ernst bewahrend, erklärte Zbyszko, ohne sich von den Knien zu erheben:

„Ich gelobe ihr, daß ich, in Krakau angelangt, meinen Schild in der Herberge aufhängen und ein Blatt daran befestigen werde, worauf von der Hand eines schriftkundigen Klerikers geschrieben steht, daß Jungfrau Danuta, Jurands Tochter, die schönste und tugendhafteste aller Frauen ist. Und wer dem widerstreitet, mit dem werde ich so lange streiten, bis einer von uns zu Grunde geht – es sei denn, daß ich noch zuvor in Gefangenschaft gerate."

„Gut! Man sieht, du kennst die ritterlichen Sitten. Und was soll weiter geschehen?"

„Da Herr Mikolaj aus Dlugolas zugestanden hat, daß die Mutter dieses Jungfräuleins durch Schuld eines Deutschen mit einem Pfauenbusch auf dem Helm den letzten Seufzer aushauchte, gelobe ich hiermit, mich auf bloßem Leib mit einem Hanfstrick zu gürten und ihn, wenn er mich auch tief in die Knochen schneidet, so lange zu tragen, bis ich drei solcher Pfauenbüsche von deutschen Rittern erbeutet und zu den Füßen meiner Herrin niedergelegt habe."

Nun nahm die Fürstin einen feierlichen Ton an und fragte:

„Gelobst du dies zum Scherz?"

„Nein, so mir Gott helfe und das heilige Kreuz! Und meine Gelübde will ich in der Kirche vor den Priestern wiederholen."

„Rühmlich ist es, mit den grausamen Feinden unseres Stammes zu kämpfen, doch beklage ich dich, weil du so jung bist und gar leicht zugrunde gehen kannst."

In diesem Augenblick trat Macko aus Bogdaniec, der bisher wie ein Mensch, der einer vergangenen Zeit angehört, nur stillschweigend die Achseln gezuckt hatte, näher heran, denn er fühlte sich nun gedrungen, seine Ansicht auszusprechen.

„Spart Euer Mitleid, Herrin!" begann er. „Auch in der Schlacht kann jeden der Tod treffen, und für einen Edelmann, mag er nun alt oder jung sein, ist das ein ruhmreicher Tod. Zudem ist mein Brudersohn in der Kriegskunst wohl erfahren, denn trotz seiner Jugend bestand er schon manches Treffen zu Pferd und zu Fuß, mit der Lanze und dem Beil, mit langem und mit kurzem Schwert, mit und ohne Schild. Zwar ist es eine neue Sitte, daß ein Ritter sich dem Mägdlein, das er gerne sieht, angelobt, aber daß Zbyszko seiner Herrin drei Pfauenbüsche versprach, daraus mache ich ihm keinen Vorwurf. Er hat die Deutschen schon einmal gelaust, mag er sie noch weiter lausen, und wenn dabei ein paar Schädel bersten, wird sein Ruhm dadurch nur vergrößert werden."

„Wie ich sehe, habe ich es nicht mit dem ersten besten zu tun", sagte die Fürstin. Sich zu Danusia wendend, fügte sie dann hinzu: „Nimm meinen Platz ein, denn du bist die wichtigste Person am heutigen Tag. Nur lache nicht, das schickt sich nicht."

Danusia setzte sich an den Platz ihrer Beschützerin, dabei wollte sie sich ein ernsthaftes Ansehen geben, doch ihre blauen Augen schauten lachend auf den knienden Zbyszko nieder, und sie konnte sich nicht enthalten, vor Freude mit den Füßchen zu baumeln.

„Gib ihm deinen Handschuh!" gebot die Fürstin.

Danusia zog den Handschuh aus und reichte ihn Zbyszko, der ihn mit großer Ehrfurcht ergriff. Während er ihn an die Lippen drückte, erklärte er: „An meinem Helm soll er prangen, aber wehe dem, der danach greift."

Dann küßte er Danusias Hände und Füße und erhob sich. Sein bisheriger Ernst war dahin. Voll Freude darüber, daß ihn von nun an dieser ganze Hof als reifen Mann betrachten werde, schwang er Danusias Handschuh, indem er halb scherzhaft, halb im Ernst ausrief: „Nun ist's vorbei mit dir, du mit dem Pfauenbusch! Nun ist's vorbei mit dir!"

In Begleitung von zwei älteren Mönchen trat in diesem Augenblick der Ordensbruder in die Herberge, der schon zuvor dagewesen war. Den dreien folgten Klosterbedienstete mit Lastkörben voll von Krügen mit Wein und den verschiedensten, in der Eile zusammengebrachten Leckerbissen. Die Mönche begrüßten die Fürstin, fragten sie aber dann vorwurfsvoll, weshalb sie nicht in der Abtei eingekehrt sei. Doch die Fürstin erklärte immer wieder, da sie des Tages über der Ruhe gepflegt habe, um in der Kühle der Nacht die Reise fortzusetzen, bedürfe sie eines Obdaches nicht. Nichts liege ihr daher ferner, als den hochwerten Abt und die ehrwürdigen Ordensbrüder stören zu wollen, sie gedenke nur eine kurze Rast in der Herberge zu halten.

Nach Austausch vieler höflicher Redensarten einigte man sich dahin, daß sich die Fürstin nicht nur zur Frühmesse, sondern auch zum Morgenimbiß und zur Rast in dem Kloster einfinden solle. Die leutseligen Ordensbrüder luden außer den Masuren auch die Krakauer, sowie Macko aus Bogdaniec ein. Letzterer hegte indessen ohnedies die Absicht, sich in die Abtei zu begeben, um die im Krieg erbeutete Habe oder vielmehr die von dem freigebigen Witold erhaltenen Gaben zum Auslösen von Bogdaniec, das er dem Abt verpfändet hatte, in das Kloster zu bringen. Der junge Zbyszko hörte indessen die Einladung gar nicht. Von dem Wunsch beseelt, sich umzukleiden, um in schöner Gewandung vor der Fürstin und Danusia erscheinen zu können, war er zu den Wagen geeilt, die dem Oheim und ihm gehörten und sich unter der Obhut der Dienerschaft befanden. Aus einem der Gefährte verschiedene Gewandstücke entnehmend, ließ er alles in die Gesindestube bringen. Dort wollte er sich umkleiden. Nachdem er seine Haare eilig geglättet hatte, zog er eine netzförmige Haube darüber, die von einer Bernsteinkette zusammengehalten wurde, nach vorn jedoch mit echten Perlen geschmückt war. Dann legte er eine weißseidene, mit goldenen Greifen bestickte und mit einem zierlichen Saum geschmückte Jacke an. Dieses Oberkleid umschloß ein breiter, goldener Gürtel, an dem ein silbernes, mit Elfenbein eingelegtes Dolchmesser hing. All dies war nicht mit Blut beschmutzt, sondern neu und blitzend, wenngleich es einem jungen, friesischen Ritter als Beute abgenommen worden war. Hierauf zog Zbyszko wunderschöne Unterkleider an, von denen die eine Hose der Länge nach grün und rot, die andere violett und gelb gestreift war, während beide gegen oben in buntscheckigen Würfeln endigten. Ein Paar purpurrote Schnabelschuhe vollendeten den Anzug. So geschmückt, schön und strahlend, trat Zbyszko wieder in die gemeinsame Stube.

Als er auf der Schwelle stand, machte sein Anblick auf alle Anwesenden einen mächtigen Eindruck. Freude schwellte auch das Herz der Fürstin, die klar sah, wie der wohlgestaltete, junge Ritter um die liebliche Danusia warb. Dieses süße Kind aber sprang im ersten Impuls gleich einem Reh auf ihn zu. Doch, sei es nun, daß die Schönheit des Jünglings, sei es, daß die laut werdenden bewundernden Stimmen des Hofstaates sie einschüchterten, sie blieb mit einemmal stehen, schlug die Augen nieder und drehte errötend und verwirrt ihre Fingerchen hin und her.

Allein Danusia war nicht die einzige, die sich Zbyszko näherte. Die Fürstin, die Hofherren und die Hofdamen, die fahrenden Schüler und die Mönche, alle wollten den Jüngling genauer sehen. Die masurischen Mädchen schauten zugleich prüfend und bedauernd auf die glänzende Erscheinung Zbyszkos, eine jede sichtlich schmerzlich davon berührt, daß er sie nicht zu seiner Auserkorenen erwählt hatte – die älteren Frauen bewunderten seine kostbare Gewandung, kurz, rings um ihn her stand ein Kreis von Neugierigen. Zbyszko aber, mit einem herausfordernden Lächeln auf seinem jugendlichen Antlitz, drehte sich unwillkürlich hin und her, damit man ihn besser sehen konnte.

„Wer ist das?" fragte einer der Mönche.

„Das ist ein Ritter, der Brudersohn dieses Edelmannes", erwiderte die Fürstin, auf Macko zeigend, „der sich dem Dienst Danusias gelobt hat."

Der Mönch zeigte keinerlei Verwunderung über diesen Ausspruch, denn ein solcher Dienst verpflichtete zu nichts. Ein Ritter diente häufig einer verheirateten Frau, und in den hervorragenden Geschlechtern, unter denen die abendländischen Sitten gang und gäbe waren, hatte tatsächlich eine jede Dame ihren Ritter. Diente indessen ein Ritter einer unverheirateten Frau, so harrte diese nicht bei ihm aus, nein, im Gegenteil, sie nahm meistens einen anderen Gatten, während er ihr, sofern er die Tugend der Standhaftigkeit besaß, die Treue bewahrte, auch wenn er sich mit einer anderen vermählte.

Selbst die große Jugend Danusias setzte die Mönche nicht allzusehr in Staunen, bekleideten doch in jener Zeit sechzehnjährige junge Leute schon das Amt eines Burgvogtes. Ja, die hohe Königin Jadwiga zählte bei ihrer

Ankunft aus Ungarn erst fünfzehn Jahre, und es gehörte nicht zu den Seltenheiten, daß sich dreizehnjährige Mädchen schon verheirateten. Zbyszko erregte indessen in diesem Augenblick weit mehr das Interesse als Danusia, und alle lauschten gespannt den Worten des Macko, der, voll Stolz auf den Brudersohn, erzählte, auf welche Weise der Jüngling zu der prächtigen Gewandung gekommen war.

„Es mag wohl jetzt ein Jahr und neun Monate her sein", so sprach Macko, „da waren wir zu Gast gebeten bei sächsischen Rittern. Unter ihnen befand sich ein Ritter aus dem Stamm der Friesen, die gar weit an dem Meer wohnen, und der hatte einen Sohn bei sich. Letzterer war drei Jahre älter als Zbyszko. Einmal nach dem Mahl hänselte der junge Friese meinen Brudersohn fortwährend darüber, daß er weder Schnurrbart noch Knebelbart habe. Zbyszko, der stets rasch entschlossen ist, hörte dies nicht lange ruhig an, sondern packte ihn sofort am Kinn und riß ihm alle Barthaare heraus – später aber schlugen wir uns auf Tod oder auf Knechtschaft."

„Wie, Ihr schlugt Euch?" fragte der Herr aus Dlugolas.

„Ja. Denn auf der Seite des Sohnes kämpfte der Vater, und ich stritt auf der Seite Zbyszkos. Folglich kämpften wir zu vieren, inmitten der Gäste, auf der festgetretenen Erde. Solchergestalt lautete indessen die Abmachung: wer siegte, der sollte die Wagen, die Pferde und die Diener des Besiegten erhalten. Und Gott ließ uns seinen Schutz angedeihen. Wir trugen den Sieg über die Friesen davon, wenn schon mit Aufbietung aller Kraft, denn es fehlte ihnen weder an Tapferkeit, noch an Stärke. Gar beträchtliche Beute war unser Lohn. Nicht weniger als vier Wagen, an jedem ein Paar Klepper, vier kräftige Hengste, etliche Diener und zwei Rüstungen, so auserwählt, wie man sie bei uns kaum kennt, fielen uns zu. Vom Kopf bis zu den Füßen konnten wir uns durch die Beute nach dem Kampf wappnen, allein, außerdem bedachte uns der Herr Jesus mit gar mancherlei, denn kostbare Gewänder fanden sich in einem zierlich beschlagenen Schrein, und auch die, welche Zbyszko jetzt trägt, waren darin."

Auf diese Worte hin blickten die beiden Krakauer und alle Masuren mit noch größerer Hochachtung auf den Ohm und dessen Brudersohn. Der Herr aus Dlugolas, genannt Obuch, hingegen bemerkte: „Ihr seid nicht saumselig, das sehe ich, vor Euch kann man Respekt haben. Wir glauben jetzt, daß jener Grünschnabel drei Büsche Pfauenfedern erbeutet."

Wohl zog nun ein Lächeln über Mackos Antlitz, doch in seinen ungeschlachten Zügen drückte sich große Habgier aus.

Jetzt erschienen wieder Klosterbedienstete mit Lastkörben voll Wein und allerlei Leckerbissen, und ihnen folgten Dienerinnen, die Schüsseln voll Rührei und Bratwürste trugen. Bald duftete die ganze Stube nach wohlriechendem Schweinefett. In allen Anwesenden regte sich die Lust zum Essen, und flugs eilte man zu Tisch.

Doch keines ließ sich nieder, ehe die Fürstin in der Mitte der Tafel Platz genommen hatte. Diese aber befahl Zbyszko und Danusia, sich nebeneinander zu setzen, und sagte hierauf zu Zbyszko: „Wohl ziemt es sich, daß

Ihr aus einer Schüssel mit Danusia speist, doch hütet Euch wohl, damit Ihr nicht auf ihre Füße unter dem Tisch tretet, wie dies andere Ritter zu tun pflegen, denn sie ist noch zu jung dazu."

Darauf erwiderte Zbyszko: „Dies tue ich nicht, es sei denn in zwei oder drei Jahren, wenn diese Knospe erblüht sein wird, und so mir der Herr Jesus gestattet, ihr weiter zu dienen. Abgesehen davon aber, könnte ich ihr ja gar nicht auf die Füße treten, wenn ich auch wollte, denn ihre Füße berühren noch gar nicht den Boden."

„Das ist wahr!" entgegnete die Fürstin. „Es ist mir indessen lieb, zu sehen, daß Ihr der Sitte Rechnung tragt."

Bald trat tiefes Schweigen ein, da alle mit Essen beschäftigt waren. Zbyszko schnitt die besten Stücke von den Schweinewürsten und reichte sie Danusia, zuweilen jedoch steckte er sie ihr direkt in den Mund. Das holde Kind aber, glücklich darüber, daß ihr ein so prächtig gekleideter Ritter diente, aß mit vollen Wangen, bald ihm, bald der Fürstin zuwinkend und zulächelnd.

Nachdem die Schüsseln hinweggeräumt worden waren, gossen die Klosterbediensteten den Männern unaufhörlich, den Frauen in angemessenen Zwischenräumen süßen, herrlich duftenden Wein ein. Die Ritterlichkeit Zbyszkos trat aber dann erst so recht zu Tage, als aus dem Kloster Gefäße, ganz mit Nüssen gefüllt, gebracht wurden. Wie ließen sich die Schmausenden die Walnüsse, besonders aber die Haselnüsse schmecken, eine große Seltenheit damals, weil sie aus weiter Ferne geschickt werden mußten. Mehrere Minuten hindurch ließ sich in der Stube nichts hören als das Krachen der zwischen den Kinnladen zermalmten Schalen. Der aber irrte sich, der glaubte, Zbyszko denke nur an sich. Ihm war hauptsächlich darum zu tun, der Fürstin sowohl wie Danusia seine ritterliche Kraft, seine Enthaltsamkeit zu zeigen und sich nicht durch sichtliche Gier nach dem seltenen Leckerbissen in ihren Augen zu erniedrigen. Wohl nahm er von Zeit zu Zeit eine Handvoll Nüsse, teils Haselnüsse, teils Walnüsse, allein er steckte sie nicht zwischen die Zähne, wie es die anderen taten, sondern zerdrückte sie in seinen eisernen Fingern und reichte dann Danusia den aus der Schale herausgenommenen Kern. Doch nicht genug damit, er sorgte auch für ihre Unterhaltung, denn indem er die geschlossene Hand an die Lippen führte, blies er mit seinem kräftigen Atem die Schalen bis zur Decke. Danusia lachte dermaßen, daß die Fürstin aus Furcht, das Mägdlein könne ersticken, dem jungen Ritter Einhalt gebieten mußte. Selbst erfreut aber über das Vergnügen Danusias, fragte sie: „Nun, Danusia, bist du froh darüber, einen solchen Ritter zu haben?"

„Oh, wie froh!" rief das Jungfräulein. Dann streckte sie ihre rosigen Fingerchen aus, berührte die weißseidene Jacke Zbyszkos, und meinte, indem sie das Händchen rasch wieder zurückzog: „Aber wird er auch morgen noch mein sein?"

„Morgen und am Sonntag, und ewig, bis zum Tod!" entgegnete Zbyszko.

Das Essen zog sich sehr lange hinaus, denn nach den Nüssen wurden süße Kuchen, voll mit Rosinen, aufgetragen. Etliche von dem Hofstaat wollten tanzen, andere wollten die fahrenden Schüler oder Danusia singen hören. Jedoch Danusias Augen fielen schließlich zu, und ihr Köpfchen schwankte hin und her. Ein- oder zweimal raffte sie sich wieder empor, blickte mit großen Augen bald auf die Fürstin, bald auf Zbyszko, ein- oder zweimal rieb sie mit den Händchen die Augenlider – dann aber lehnte sie vertrauensvoll das Köpfchen an die Schulter des Ritters und fiel in tiefen Schlummer.

„Schläft sie?" fragte die Fürstin. „Ja, ja, nun könnt Ihr Eure Dame betrachten."

„Sie entzückt mich mehr in der Ruhe als jede andere im Tanz", bemerkte Zbyszko, der aufrecht und unbeweglich dasaß, um das Mädchen nicht zu wecken.

Doch dies war nicht zu befürchten, selbst durch das Spiel und den Gesang der fahrenden Schüler wurde sie nicht wach. Je größer der Lärm wurde – etliche schlugen den Takt, andere klirrten mit den Schüsseln – desto fester schlief sie mit offenem Mund, gleich einem Fisch. Sie erwachte erst, als bei dem leisen Krähen der Hähne und bei dem Klang der Kirchenglocken alle mit dem Ruf emporsprangen: „Zur Frühmesse! Zur Frühmesse!"

„Laßt uns zu Fuß gehen, zum Ruhm Gottes!" rief die Fürstin. Und die plötzlich munter gewordene Danusia an der Hand ergreifend, verließ sie als erste die Herberge. Ihr folgte der ganze Hofstaat.

Der Morgen brach allgemach an. Gen Osten war der ganze Himmel wie in Licht getaucht, bald grünlich, bald rötlich schimmerte er, und mehr und mehr breiteten sich glänzende, goldene Streifen darüber aus. Der Mond schien sich vor dieser Helle nach Westen flüchten zu wollen. Immer rosiger wurde das Firmament, immer heller graute der Tag. Taufrisch, heiter und ausgeruht erwachte die Welt aus ihrem Schlummer.

„Gott verlieh uns heiteres Wetter, aber es wird furchtbar heiß werden", bemerkten die Hofleute der Fürstin.

„Das ist nicht so schlimm", beruhigte sie der Herr von Dlugolas, „wir rasten in der Abtei und kommen gegen Abend nach Krakau.

„Gewiß wieder nach dem Gastmahl. Dort sind ja jetzt täglich Gastmahle, und nach der Entbindung und nach den Ritterspielen werden noch viele stattfinden."

„Ich bin gespannt darauf, wie sich Danusias Ritter halten wird."

„Ei, das scheinen zwei wackere Gesellen zu sein. Habt Ihr gehört, was der eine über jenen Kampf zu vieren erzählte? Vielleicht schließen sie sich unserem Hof an, denn schaut, sie beraten sich untereinander."

Dies war auch tatsächlich der Fall. Der alte Macko war mit dem, was geschah, nicht gar sehr zufrieden. Nachdem er sich daher, um besser reden zu können, mit Zbyszko von dem Gefolge entfernt hatte, begann er: „Um die Wahrheit zu sagen, das ist nichts für dich. Bei mir ist das etwas anderes. Ich dränge mich bis zum König. Im Anschluß an diesen Hof gelingt es mir vielleicht eher. Wohl möglich, daß ich etwas erreiche. Eine Burg oder ein Schloß wäre nicht zu verachten. Nun, nun, wir werden ja sehen. Eines ist sicher, Bogdaniec löse ich aus. Was unsere Väter besaßen, das wollen wir auch besitzen. Aber woher sollen wir die Bauern nehmen? Die, die der Abt hingeschickt hat, die fordert er zurück – was nützt uns aber das größte Stück Land ohne Bauern? Darum merke auf das, was ich dir sage. Ob du dich nun Danusia gelobt hast oder nicht, du gehst zu dem Fürsten Witold und mit diesem ziehst du gegen die Tataren. Findet der Feldzug vor der Entbindung der Königin statt, dann warte weder die Niederkunft noch die darauffolgenden Ritterspiele ab, denn aus einem solchen Feldzug wird dir Nutzen erwachsen. Du weißt, wie freigebig Fürst Witold ist, und dich kennt er schon. Reichlich wirst du belohnt werden, so du dich tapfer erweisest. Und was noch mehr! Sklaven kannst du bekommen im Überfluß. Tataren gibt es so viele wie Ameisen auf der Welt. Im Fall des Sieges fällt ein ganzes Schock davon auf jeden. – Bei Gott, so an die fünfzig Bauern nehmen und sie in Bogdaniec ansiedeln, das wäre etwas!" fuhr Macko nach einer kurzen Pause fort. „Dann könnte das waldreiche Land ausgerodet werden. Wir beide, wir könnten uns dadurch Reichtümer sammeln. Auf dem Zug gegen die Tataren kannst du dir reiche Beute erringen."

Jedoch Zbyszko schüttelte das Haupt. „Ach, was Ihr nicht alles wißt! Pferdeknechte, die von Pferdefleisch leben, könnte ich höchstens in Fesseln schlagen. Sind aber die vielleicht an Feldarbeiten gewöhnt? Was sollte ich daher mit ihnen in Bogdaniec tun? Und zudem, ich gelobte drei deutsche Pfauenfederbüsche. Kann ich die vielleicht in der Tatarei finden?"

„Töricht handeltest du, als du ein Gelöbnis ablegtest, und das Gelöbnis entspricht deiner Torheit."

„Und meine Ehre als Edelmann und Ritter? Haltet Ihr die für nichts?"

„Wie war es denn mit Ryngalla?"

„Ryngalla vergiftete den Fürsten – mich aber hat der Einsiedler von meinem Gelöbnis losgesprochen."

„Dann wird dich der Abt in Tyniec auch lossprechen. Der Abt kann dies noch besser als der Eremit, denn dieser hat weit eher einem Räuber als einem Mönch geglichen.

„Das will ich aber nicht."

„So! Und wie soll es dann werden?" fragte jetzt Macko mit mühsam unterdrücktem Zorn.

„Ihr geht eben selbst zu Witold, denn ich gehe nicht."

„Du Knecht! Wer soll dann dem König die geziemende Ehrfurcht erweisen? Und sorgst du dich denn nicht um meine Knochen?"

„Auf Eure Knochen kann ein Baum stürzen, und sie zerbrechen doch nicht. Doch selbst, wenn ich mich darob sorgte, ich gehe nicht zu Witold."

„Was gedenkst du denn zu tun? Ha, du willst wohl Falkner oder Sänger an dem masurischen Hof werden?"

„Falkner zu sein, ist noch nicht das Schlimmste, doch Ihr wollt mich nicht anhören, Ihr wollt brummen, also brummt nur, mir kann es gleich sein."

„Sprich, sag', was du zu tun gedenkst! Ist dir denn Bogdaniec gar nichts? Kannst du vielleicht mit deinen Krallen ackern, ohne Bauern?"

„Ihr bildet Euch ein, das ginge so leicht mit den Tataren, dem ist aber nicht so. Ihr vergeßt, was die Russini sagten: ‚Tataren findet man wohl erschlagen auf dem Feld, jedoch Sklaven erwischt man nicht, denn in der Steppe erjagt man keine Tataren.' Auf welche Art sollte ich sie auch erjagen? Auf den schwerfälligen Hengsten, die wir den Deutschen genommen haben? Seht Ihr nun? Und was kann ich erbeuten? Räudige Schafpelze, sonst nichts. Wie soll ich denn da als reicher Mann nach Bogdaniec kommen? ‚Comes'* wird man mich nennen."

Macko blickte stumm vor sich nieder. In den Worten Zbyszkos lag viel Wahrheit. Doch nach wenigen Minuten hub der Alte wieder an: „Wenn dich aber nun der Fürst Witold reich belohnen würde?"

„Bah, das will nichts heißen, dem einen gibt er oft zu viel, dem anderen nichts."

„So sprich, wohin du dich wenden willst!"

„Zu Jurand aus Spychow."

Macko schob voll Zorn den Gurt seines ledernen Kollers hin und her, indem er rief: „Mit Blindheit möge dich der Herr schlagen!"

„Leiht mir ein aufmerksames Ohr", entgegnete Zbyszko ruhig. „Ich habe mit Mikolaj aus Dlugolas gesprochen, und dieser behauptet, Jurand wolle wegen seiner Frau Rache an den Deutschen nehmen. Ihm folge ich, ihm leiste ich Hilfe, Ihr und ich, wir kennen die Art der Deutschen. Für mich ist es daher erstens nichts Schreckhaftes, mit den Deutschen zusammenzutreffen, zweitens erbeute ich über der Grenze eher Pfauenfederbüsche, und drittens erlange ich dort überhaupt große Beute, denn einen Kamm aus Pfauenfedern trägt nicht der erste beste Knecht auf dem Kopf, folglich vermehrt der Herr Jesus auch die Beute, wenn er die Zahl der Pfauenfederkämme vermehrt. Aber auch abgesehen von dem allem: der dortige Sklave ist kein Tatar. Letzteren aber im Wald anzusiedeln – daß Gott erbarme."

„Hast du den Verstand verloren, Bursche? Jetzt gibt es doch dort keinen Krieg, und Gott weiß, wann es einen geben wird."

„Oh, was Ihr nicht alles wißt! Ha, ha, die Bären haben mit dem Zeidler Frieden gemacht, und die Nester der wilden Bienen werden nicht mehr zerstört, der Honig wird nicht mehr gefressen! Wohl ist kein großes Kriegsheer aufgestellt, wohl hat der König ein kunstvolles Siegel auf das Pergament gesetzt, allein trotzdem herrscht an den Grenzen noch ein furchtbares Wirrnis. Ist das eine Neuigkeit für Euch? Vieh und Herden

---

* Begleiter

verpfänden sie sich, so daß sie sich oftmals einer Kuh wegen die Saaten abbrennen, die Burgen belagern. Und werden nicht fortwährend Burschen und Mädchen entführt, Kaufleute auf der Landstraße gefangengenommen? Erinnert Ihr Euch denn nicht mehr der früheren Zeiten, von denen Ihr mir selbst erzählt habt? Ist es etwa jenem Nalecz schlimm ergangen, der vierzig Ritter, die sich auf dem Weg zu den Kreuzrittern befanden, aufgreifen und in einen unterirdischen Kerker werfen ließ, aus dem er sie nicht eher wieder freigab, als bis ihm der Großmeister einen Wagen voll Goldstücke schickte? Jurand aus Spychow tut auch nichts anderes, und an der Grenze gibt es immer Arbeit."

Während einiger Minuten trat Schweigen ein. Mittlerweile war es völlig Tag geworden. Die lichten Strahlen der Sonne warfen einen goldenen Glanz auf das Felsgestein, auf dem die Abtei stand.

„Gott kann überall Glück gewähren", ergriff schließlich Macko mit besänftigter Stimme wieder das Wort, „bitte ihn, daß er dich segnen möge."

„Das will ich, denn alles hängt von seiner Gnade ab."

„Und denke an Bogdaniec, denn davon bin ich überzeugt, nicht wegen Bogdaniec, sondern wegen der plappernden Ente willst du mit Jurand aus Spychow gegen die Deutschen ziehen."

„Redet nicht in solcher Weise, denn sonst gerate ich in Zorn", erwiderte Zbyszko. „Daß ich die Maid gern sehe, leugne ich nicht. Was will Ryngalla gegen sie bedeuten? Habt Ihr jemals etwas Holderes gesehen?"

„Was ficht mich ihre Holdseligkeit an? Am besten ist's, du vermählst dich mit ihr, sobald sie erwachsen sein wird. Ist sie doch die Tochter eines mächtigen Grafen.

Ein freudiges Lächeln erhellte Zbyszkos jugendfrisches Antlitz.

„Das beabsichtige ich auch. Sie ist meine Gebieterin, sie wird mein Weib. Ei, wenn Ihr Euch auch noch so sehr dagegen auflehnt, so werdet Ihr doch noch die Kinder von ihr und mir auf Euren Armen wiegen."

Daraufhin lächelte auch Macko und erwiderte vollständig besänftigt: „Mögen es ihrer so viele sein wie Sand am Meer. Im Alter die Freude, nach dem Tod die Seligkeit, dies uns verleihe, o Herr Jesus!"

Drittes Kapitel

Die Fürstin, Danusia, Macko und Zbyszko, sie alle waren schon häufig in Tyniec gewesen, aber unter der Schar der Hofleute gab es gar viele, die zum erstenmal die Abtei erblickten. Mit großen, staunenden Augen schauten sie auf den herrlichen Bau, auf die Zinnen, die über Felsen und Abgründe hinliefen, auf die mannigfaltigsten Baulichkeiten, die teils auf seitwärts gelegenen Hügeln standen, teils innerhalb der Wälle emporragten und von dem Glanz der aufgehenden Sonne vergoldet wurden. Von welchem Reichtum zeugten all diese Bauten, die auf den Hügeln liegenden Gärten, die sorgsam bestellten Felder, die sich allerorts dem Blick darboten – sie sprachen von einem aus ewigen Zeiten herrührenden, unerschöpflichen Reichtum, an den die Leute aus dem armen Masovien nicht gewöhnt waren, und der sie daher mit Verwunderung erfüllen mußte. Wohl existierten noch in anderen Teilen des Landes, wie z. B. in Lubusz an der Oder, in Plock in Großpolen und in Mogilno uralte, große Benediktiner-Abteien, doch keine vermochte sich an Größe mit der Abtei von Tyniec zu messen, deren Ländereien an Ausdehnung die eines selbständigen Fürstentums übertrafen, deren Einkünfte den Neid damaliger Könige zu erwecken vermochten.

Je näher sie der Abtei kamen, um so mehr wuchs das Staunen der Hofleute. Oftmals glaubten sie den eigenen Augen nicht trauen zu dürfen. Die Fürstin indessen, von dem Wunsch beseelt, sich die Zeit zu verkürzen und die Neugierde der sie begleitenden Hoffräulein zu erregen, bat einen der Mönche, er möge ihnen doch die uralte, furchtbare Sage von Walgierz Wlady erzählen, von der sie in Krakau schon hatte sprechen hören. Unverweilt scharten sich nun die Mägdelein dicht um die Herrin und schritten gemächlich mit dieser der Höhe zu, in dem morgendlichen Sonnenlicht wandelnden Blumen gleichend.

„Dem Bruder Hidulf ist Walgierz schon einmal des Nachts erschienen, er möge Euch daher von ihm berichten", erklärte einer der Mönche, indem er auf einen durch das Alter ergrauten Ordensbruder deutete, der etwas gebeugt neben Mikolaj von Dlugolas einherschritt.

„Habt Ihr ihn wirklich mit Euren eigenen Augen gesehen, ehrwürdiger Vater?" fragte die Fürstin.

„Ich habe ihn gesehen", entgegnete düster der Mönch, „denn in einer bestimmten Zeit steht es ihm nach dem Willen Gottes frei, die höllische Unterwelt zu verlassen und sich der Welt zu zeigen."

„Wann pflegt dies zu sein?"

Der Mönch blickte auf seine Gefährten und schwieg, herrschte doch der Glauben, der Geist von Walgierz zeige sich dann, wenn die Sitten des Ordens sich verschlechtern, und wenn die Mönche, mehr als es gestattet ist, an weltlichen Besitz, an weltliche Vergnügungen denken. Dies wollte selbstverständlich keiner offen bekennen. Da indessen auch angenommen wurde, das Erscheinen des Walgierz deute auf Krieg oder auf irgendein anderes unglückliches Ereignis, hub Bruder Hidulf nach kurzem Schweigen wieder an: „Sein Erscheinen weissagt nichts Gutes."

„Um nichts in der Welt möchte ich ihn sehen!" rief die Fürstin, sich bekreuzend. „Doch sagt, weshalb ist er denn in der Hölle, wenn er sich, wie ich hörte, nur für das ihm zugefügte schwere Unrecht rächte?"

„Hätte er auch stets tugendhaft gehandelt, so wäre er doch verdammt worden", entgegnete der Mönch in strengem Ton, „denn er lebte in heidnischen Zeiten und wurde nicht durch die heilige Taufe von der Erbsünde gereinigt."

Bei diesen Worten zogen sich die Brauen der Fürstin schmerzlich zusammen, denn sie gedachte ihres Vaters, dessen Andenken sie treu im Herzen bewahrte. Auch er war als Heide gestorben, und mußte nun wohl in alle Ewigkeit in der Hölle brennen.

„Wir lauschen Euren Worten", erklärte sie jedoch nach kurzer Pause.

Und Bruder Hidulf sprach also: „Es lebte in heidnischen Zeiten ein mächtiger Graf, der wegen seiner großen Schönheit Walgierz Wlady genannt wurde. Dieses ganze Land, soweit das Auge reicht, gehörte ihm, und bei Kriegsläuften führte er außer dem Fußvolk noch zirka hundert Lanzenreiter mit, denn alle Vogteien, im Westen bis nach Opole, im Osten bis nach Sandomierz waren ihm untertan. Seine Herden konnte niemand zählen, und in Tyniec besaß er, wie jetzt die Kreuzritter in Marienburg, einen ganz mit Gold gefüllten Turm."

„Ja, das weiß ich, die Kreuzritter besitzen einen solchen Turm", warf hier die Fürstin Danuta ein.

„Und Walgierz war wie ein Riese", fuhr der Mönch fort, „Eichbäume riß er mit der Wurzel aus, und an Schönheit, im Spiel der Laute und im Gesang kam ihm kein Mensch in der ganzen Welt gleich. Da einmal, als er sich an dem französischen Königshof befand, wurde die Königstochter Helgunde von heftiger Liebe für ihn ergriffen, und sie floh mit ihm nach Tyniec, denn nach dem Willen des Vaters sollte sie zum Lob des Herrn in ein Kloster gehen. In Tyniec aber hausten die beiden in Unzucht miteinander, kein Priester wollte sie zusammengeben in christlicher Ehe. Zu damaliger Zeit aber lebte in Wislica ein gewisser Wislan Piękuy aus dem königlichen Geschlecht Popiel, und dieser verwüstete während der Abwesenheit von Walgierz Wlady die ganze Grafschaft Tyniec. Doch Walgierz zog nach seiner Rückkehr gegen den Wislaw Piękuy, besiegte ihn und führte ihn als Sklaven nach Tyniec. Er ahnte freilich nicht, daß jede Frau, deren Augen auf Wislaw fielen, bereit sein werde, Vater, Mutter und Ehegemahl zu verraten. So geschah es auch mit Helgunde. Solche Fesseln ersann sie für Walgierz, daß er, ein Riese, der Eichbäume entwurzelte, sich nicht zu befreien vermochte, dann übergab sie ihn dem Wislaw, der ihn sofort nach Wislica brachte. Hier schmachtete er im Kerker. Als er aber einstmals zu singen anhub, da hörte ihn Rynga, die Schwester des Wislaw, und Liebe ergriff sie für ihn, und sie befreite ihn aus der Gefangenschaft. Mit dem Schwert erschlug hierauf Walgierz den Wislaw und

Helgunde, überließ ihre Körper den Raben, und zog mit Rynga wieder in Tyniec ein."

„Für welches Unrecht muß er aber dann büßen?" fragte die Fürstin.

Doch Bruder Hidulf rief: „Hätte er sich taufen lassen, hätte er Tyniec den Benediktinern übergeben, dann würde ihm der Herr seine Sünden verziehen haben, jedoch er tat dies nicht, deshalb verschlang ihn die Hölle."

„Es gab aber doch schon Benediktiner in diesem Königreich?"

„Nein, dazumal sind noch keine Benediktiner in dem Königreich gewesen, denn selbst hier lebten noch Heiden."

„Wie hätte er dann die Taufe nehmen oder Tyniec übergeben können?"

„Er wollte sich nicht taufen lassen, und deshalb ist er vornehmlich zur ewigen Höllenstrafe verdammt", warf hier der Mönch würdevoll ein.

„Er hat recht, er spricht billig!" ertönten jetzt einige Stimmen.

Mittlerweile hatten die Wandernden ihr Ziel erreicht. Vor dem Haupttor des Klosters wurde die Fürstin von dem Abt an der Spitze zahlreicher Mönche und Edelleute erwartet. Wie dies stets zu sein pflegte, so waren auch jetzt viele weltliche Leute – Ökonomen, Advokaten, Prokuratoren, mannigfaltige Klosterbeamte – anwesend. Eine Menge Landbewohner, sogar mächtige Edelleute, hatten aufgrund eines ausnahmsweise in Polen geltenden Lehensrechtes klösterlichen Besitz in Pacht, und diese als „Vasallen" erschienen gern an dem Hof des Oberlehnsherrn, wurden doch nicht allzu selten am Hochaltar allerlei Wohltaten erwiesen, Schenkungen erteilt, Erleichterungen gewährt, je nach der Laune des mächtigen Abtes, bei dem oft eine kleine Gefälligkeit, ein passendes Wort die größte Wirkung taten. Die Aussicht auf die Festlichkeiten in der Hauptstadt hatte auch Vasallen aus entfernteren Gegenden herbeigezogen, und alle, die keine Unterkunft in Krakau finden konnten, erhielten Obdach in Tyniec. Aus diesem Grund konnte daher *„abbas centum villarum"* die Fürstin mit noch größerem Gefolge als gewöhnlich empfangen.

Der Abt, ein hochgewachsener, völlig kahlköpfiger Mann, mit einem hageren, klugen Gesicht und einem spärlichen, grauen Schnurrbart, hatte über der Stirn eine tiefe Narbe, die wohl aus seinen jungen, streitbaren Jahren herrühren mochte. Hochmütig schauten die scharfblickenden Augen unter den schwarzen Brauen hervor. Gleich den anderen Mönchen war er in eine Kutte gekleidet, aber über dieser Kutte trug er einen schwarzen, rot gefütterten Mantel und um den Hals eine goldene Kette, an der ein gleichfalls goldenes, mit kostbaren Steinen besetztes Kreuz hing. Seine ganze Erscheinung verriet den Hochmut eines Menschen, dem das Befehlen zur zweiten Natur geworden, der voll Selbstvertrauen ist.

Wohlwollend, ja sogar fast untertänig, begrüßte er indessen die Fürstin, deren Gatte aus dem gleichen Geschlecht der masurischen Fürsten stammte, aus dem nicht nur die Könige Wladislaw und Kasimir hervorgegangen waren, sondern auch von mütterlicher Seite die regierende Königin, die reichste Herrscherin der Welt. Das Haupt neigend, überschritt er die Torschwelle, und mit einer kleinen goldenen Kapsel, die er zwischen den Fingern der rechten Hand hielt, das Zeichen des Kreuzes sowohl über Anna Danuta, sowie über deren ganzes Gefolge machend, sprach er: „Seid gegrüßt, huldreiche Frau, auf der armseligen Klosterschwelle. Möge der hl. Benedikt aus Nursia, der hl. Maurus, der hl. Bonifazius, der hl. Benedikt aus Anian und auch Johannes aus Tolamei – unsere Schutzheiligen, die in dem Glanz der Ewigkeit leben – Euch Gesundheit, Glück verleihen, und mögen sie Euch segnen siebenmal tagtäglich während der Dauer Eures Erdenlebens."

„Taub müßten sie sein, wenn sie den gütigen Worten eines solch großen Abtes nicht Gehör schenken würden", entgegnete mit herzlichem Ton die Fürstin, „und dies um so mehr, als wir zur Messe kommen, während der wir uns unter deren Schutz stellen."

Bei diesen Worten reichte sie dem Abt die Hand, die er, nach höfischer Sitte sich auf ein Knie niederlassend, ritterlich küßte. Dann überschritten sie gemeinsam die Torschwelle. Mit der Messe hatte man augenscheinlich nur auf sie gewartet, denn in diesem Augenblick ertönten die Glocken und Glöckchen, Musiker, die zu Ehren der Fürstin an den Kirchentüren aufgestellt worden waren, bliesen in ihre hellklingenden Trompeten, während andere auf ungeheure, aus Kupfer geschmiedete, mit Fellen überzogene Kessel schlugen und dadurch einen schallenden Lärm hervorriefen. Auf Anna Danuta, die nicht als Christin geboren worden war, hatte bis jetzt jede Kirche einen großen Eindruck gemacht, die Kirche in Tyniec aber übertraf an Pracht fast alle anderen, nur ganz wenige ließen sich mit ihr vergleichen. Dämmerung herrschte in dem Heiligtum, nur an dem Hochaltar zitterten einige Lichtstreifen und vermengten sich mit dem Kerzenschein, in dem die Vergoldung und das reiche Schnitzwerk sichtbar wurden. Ein Mönch im Ornat zelebrierte die Messe. Wohlriechender Weihrauch stieg aus den hin und her geschwungenen Gefäßen in leichten Ringeln in die Höhe. Bald waren Priester und Altar davon eingehüllt, so daß das Geheimnisvolle der Kirche noch erhöht wurde. Die Hände vor dem Antlitz, mit zurückgebeugtem Haupt betete Anna Danuta inbrünstig. Aber als die Orgel erklang, damals noch eine Seltenheit in den Kirchen, als in dem mächtigen Raum herrliche, süße Akkorde ertönten, die gleich Engelsstimmen, die gleich Nachtigallensang anzuhören waren, richteten sich die Augen der Fürstin gen oben. Wohl prägte sich auf ihrem Gesicht Frömmigkeit und Bangen aus, aber gleichzeitig auch eine Wonne ohne Grenzen – und wer auf sie schaute, dem erschien sie wie eine Gebenedeite, die in einem wunderbaren Traumgesicht den Himmel geöffnet vor sich sah.

Wenn auch die im Heidentum aufgewachsene Tochter des Kiejstut, wie die meisten ihrer Zeitgenossen, im alltäglichen Leben freudig und vertrauensvoll auf Gottes Barmherzigkeit und Hilfe baute, so betete sie doch im Haus des Herrn mit kindlicher Demut und erhob voll Furcht die Blicke zu der geheimnisvollen und unermeßlichen Macht.

Aber auch das ganze Gefolge betete voll Hingebung, die Hofdamen hatten sich mit der Fürstin in die Stalla begeben, Zbyszko jedoch kniete inmitten der Masuren vor der Stalla und empfahl sich dem göttlichen Schutz. Immer wieder blickte er auf Danusia, die mit gesenkten Augen neben der Fürstin kniete, und stets sagte er sich dann aufs neue, es lohne sich wohl der Mühe, der Ritter eines solchen Mädchens zu sein. Er hatte ihr indessen auch nicht das erste beste Gelöbnis abgelegt. Wohl trug er unter seiner erbeuteten Jacke einen Hanfstrick, was wollte aber dies heißen! Noch ganz andere Schwierigkeiten mußten überwunden werden. Jetzt, da ihm der Kopf wieder klar geworden war von dem Bier und von dem Wein, die er in der Herberge getrunken hatte, sann er nach, auf welche Weise er seinen Verpflichtungen nachkommen sollte. Krieg herrschte nicht. Bei den Grenzstreitigkeiten konnte er zwar mit einem Deutschen anbinden und entweder dessen Knochen zerschlagen oder selbst mit dem Kopf dafür büßen. Das hatte er auch Macko auseinandergesetzt. Nur – das kam ihm jetzt in den Sinn – trug ja nicht jeder Deutsche Büsche aus Pfauen- oder Straußenfedern auf dem Helm. Von den Gästen der Kreuzritter hatten nur die Pfauenfederbüsche auf den Helmen, die dem Grafenstand angehörten, von den Kreuzrittern selbst nur die Komture – und von diesen nicht ein jeder. „Bevor es zu einem Krieg kommt", so sagte er sich nun, „können Jahre vergehen, also können auch noch Jahre verstreichen, bevor ich die drei Büsche erringe. Da ich selbst noch nicht Ritter bin, darf ich auch keine Ritter zum Kampf herausfordern. Zwar darf ich es als sicher annehmen, daß ich während der Ritterspiele, die zur Feier der Taufe angesagt sind, den Rittergurt aus den Händen des Königs empfange, aber was beginne ich dann? Ich werde zu Jurand aus Spychow gehen, mit ihm will ich ausziehen und so viele Knechte erschlagen, als es in meiner Macht liegt. Damit muß ich mich begnügen. Doch ach, die Knechte der Kreuzritter tragen keine Pfauenfederbüsche auf den Helmen."

In seiner Bedrängnis wurde es ihm immer gewisser, daß sich ohne Beistand Gottes nichts ausführen lasse, deshalb betete er: „Verleih' uns, Jesus, Krieg mit den Kreuzrittern und mit den Deutschen, denn sie sind Feinde dieses Königreiches und aller Nationen, die in unserer Sprache Deinen heiligen Namen anbeten. Segne uns und zermalme jene. Sie ziehen es vor, dem Höllenvogt zu dienen, statt sich Deinem Dienst zu weihen. Haß tragen sie gegen uns im Herzen, weil unser König und unsere Königin ihnen verbot, nachdem die Litauer die heilige Taufe erhalten hatten, mit dem Schwert Deine christlichen Diener niederzuschlagen. Ich aber, der sündige Zbyszko, tue Buße vor Dir und vor Deinen fünf Wunden. Flehentlich bitte ich um Deine Hilfe. Sende mir zu, sobald wie möglich, drei namhafte Deutsche mit Pfauenfederbüschen auf den Helmen und gestatte mir in Deiner Gnade, sie tödlich zu treffen. Denn ich habe jene drei Büsche Deiner Dienerin, der Tochter des Jurand, dem Jungfräulein Danusia versprochen und auf meine ritterliche Ehre gelobt. Alles hingegen, was ich sonst erbeute in dem Kampf, das schenke ich getreulich als Zehnten Deinen heiligen Kirchen, damit auch Du, o süßer Jesu, Nutzen und Ruhm durch mich erringst, und damit Du erkennst, daß ich aufrichtigen Herzens und nicht nur so gedankenlos etwas versprach. Und da meine Worte auf reiner Wahrheit beruhen, so stehe mir bei, Amen!"

Immer inbrünstiger wurde er in seinem Gebet, und immer wieder neue Gelübde legte er ab. So gelobte er, daß er nach Auslösung von Bogdaniec der Kirche alles Wachs weihe, das sich das Jahr hindurch in den Bienenstöcken ansammle. Sein Oheim Macko werde sich dem nicht widersetzen, beteuerte er in seinem Gebet, und da sich der Herr Jesus sicherlich auf das Wachs für Kerzen unendlich freue, dürfe er wohl auf dessen rasche Hilfe bauen, denn der Herr Jesus wolle doch gewiß so bald wie möglich seine Kerzen erhalten. Diese Überzeugung machte ihn froh und heiter. Fast mit Sicherheit rechnete er jetzt nicht nur darauf, daß es zum Krieg komme, sondern daß er auch sein Ziel erlange, wenn kein Krieg ausbreche. Vor Kraft strotzend, hätte er es allein mit einem ganzen Fähnlein aufgenommen, ja, er verstieg sich sogar so weit, daß er Danusia noch zwei Deutsche gelobte. Schließlich gewann indessen die Vernunft den Sieg über den jugendlichen Übermut, und er sagte sich, er dürfe nicht durch allzu große Wünsche die Geduld Gottes gefährden. Selbstverständlich wuchs aber sein Vertrauen noch mehr, als er, nachdem der ganze Hof nach der Messe der Ruhe gepflogen hatte, beim Frühmahl das Gespräch hörte, das der Abt mit Anna Danuta führte.

Einesteils aus Frömmigkeit, andernteils infolge der prächtigen Geschenke, die der Großmeister der Kreuzritter nicht sparte, hegten die meisten damaligen Fürstinnen und Königinnen große Freundschaft für diesen Orden. Sogar die gottesfürchtige Jadwiga hielt, so lange sie lebte, ihren Gemahl davon zurück, die Kreuzritter seine Macht fühlen zu lassen. Nur Anna Danuta machte darin eine Ausnahme. Ihre Familie hatte durch den Orden solche Kränkungen erfahren, daß sie die Kreuzritter von ganzer Seele haßte. Als sich daher der Abt bei ihr über Masovien erkundigte, beklagte sie sich bitter über den Großmeister. „Wie soll es denn einem Fürstentum ergehen, das solche Nachbarn hat?" erklärte sie. „Wohl ist scheinbar Ruhe, man wechselt Botschaften und Briefe, trotzdem weiß man von einem Tag zum anderen nicht, was geschehen wird. Kein Grenzbewohner, der sich des Abends zur Ruhe legt, weiß, was seiner harrt, ob er nicht während des Schlafes in Fesseln geschlagen, ob ihm nicht ein Schwert in die Kehle gestoßen, ob ihm nicht die Decke über dem Kopf angezündet wird. Trotz Eiden, Siegeln und Pergamenten ist man nicht sicher vor Verrat. Was geschah denn in der Nähe Zlotorgas? In Zeiten des tiefsten Friedens wurde der Fürst gefangengenommen. Die Kreuzritter behaupten, die Burgen könnten mit der Zeit furchtbar für sie werden. Jedoch diese Burgen dienen nur zum Schutz, kein Überfall wird von ihnen aus gemacht, und welcher Fürst hätte nicht das Recht, im eigenen Land Burgen zu errichten oder umzubauen? Hat der Orden jemals Rücksicht auf Schwache genommen, hat er sich jemals durch Macht zurückhalten lassen? Schwachheit verachtet er, Macht sucht er zu Fall zu bringen. Wer ihm Gutes tut, dem lohnt er schlecht. Gibt es sonst noch einen Orden auf der Welt, der solche

Wohltaten von polnischen Fürsten erwiesen bekam, und wie lohnte er es? Da mit dem bittersten Hass, dort mit Plünderung des Landes, hier mit Krieg und Verrat. Was nützt es, sich darüber zu beklagen? Selbst die Klagen des apostolischen Stuhles verhallen ungehört. In ihrer Verstocktheit und Aufgeblasenheit hören die Kreuzritter sogar nicht auf den römischen Papst. Wohl schicken sie jetzt eine Gesandtschaft wegen der Entbindung der Königin und zu der bevorstehenden Taufe, jedoch sie tun dies nur deshalb, weil sie den Zorn des mächtigen Königs über das, was sie in Litauen vollführt haben, von sich abwälzen wollen. Im innersten Herzen planen sie noch immer die Vertilgung des Königreiches und des ganzen polnischen Stammes."

Der Abt lauschte voll Aufmerksamkeit auf die Worte der Fürstin, sagte hier und da beipflichtend „ja, ja" und erklärte dann: „Ich weiß, daß an der Spitze der Gesandtschaft der Komtur Lichtenstein nach Krakau kommen wird, ein Ordensbruder, der seines vornehmen Standes, seines Mutes und seiner Klugheit wegen hoch geachtet ist. Vielleicht trefft Ihr hier mit ihm zusammen, huldreiche Frau, denn mir wurde die Kunde, daß er unserer Reliquien wegen nach Tyniec zu kommen gedenke, um hier sein Gebet zu verrichten."

Kaum hatte jedoch die Fürstin diese Worte vernommen, so hub sie mit neuem Eifer also an: „Die Leute erzählen – und Gott gebe, daß es sich bewahrheite –, es werde binnen kurzem ein großer Krieg entbrennen, in welchem das Königreich Polen mit seinen Verbündeten, also mit allen Nationen, die eine dem Polnischen ähnliche Sprache reden, gegen die Deutschen und die Kreuzritter kämpfen wolle. Es sollen ja darüber Prophezeiungen einer Heiligen vorhanden sein."

„Ihr sprecht von Brigitta", unterbrach der Abt die Fürstin. „Vor acht Jahren ist sie unter die Heiligen aufgenommen worden. Der fromme Peter aus Alvastern und Matthäus aus Linköping haben die Prophezeiungen aufgeschrieben, in denen ein großer Krieg vorausgesagt wird."

Als Zbyszko diese Worte vernahm, vermochte er sich nicht zu beherrschen, sondern fragte mit einer vor Freude zitternden Stimme: „Und wird dieser Krieg bald ausbrechen?"

Jedoch er erhielt keine Antwort auf diese Frage, denn der Abt, ausschließlich mit der Fürstin beschäftigt, hatte entweder nichts gehört oder tat, als ob er nichts gehört habe, die Fürstin aber fuhr fort: „Die jungen Krieger freilich, die sehen mit Freuden einem solchen Krieg entgegen, die alten und bedachtsamen aber sprechen also: ,Nicht die Deutschen fürchten wir, noch ihre Spieße und Schwerter, wenngleich ihre Macht groß ist, wenngleich sie voll Zuversicht sind, nein, nein, wir fürchten die Reliquien der Kreuzritter, gegen die sich nichts ausrichten läßt'." Hier hielt Anna Danuta inne, blickte voll Bangen auf den Abt und fügte endlich leise hinzu: „Sie sollen ja, wie allgemein gesagt wird, Holz von dem heiligen Kreuz in Besitz haben. Wie kann man daher mit ihnen Krieg führen?"

„Der König von Frankreich überschickte es ihnen", erklärte der Abt.

Ein minutenlanges Schweigen trat ein, dann aber ergriff Mikolaj von Dlugolas das Wort, ein erfahrener Mann, der schon viel in der Welt herumgekommen war. „Ich bin in Gefangenschaft bei den Kreuzrittern gewesen", sprach er, „und ich habe häufig Prozessionen gesehen, bei denen jene Reliquie umhergetragen worden ist. Aber außer diesem Heiligtum besitzt das Kloster von Olivia eine große Zahl anderer Reliquien, ohne die der Orden nicht zu solcher Macht gelangt wäre."

„Wie kann man daher im Krieg gegen sie bestehen?" wiederholte die Fürstin seufzend.

Daraufhin erwiderte der Abt, seine Stirn runzelnd, nach kurzem Überlegen: „Schwierig ist es auch deshalb, im Krieg gegen sie zu bestehen, weil sie Ordensbrüder sind und das Kreuz auf dem Mantel tragen. Wenn sie jedoch das Maß der Sünden überschreiten, dann werden diese Heiligen und ihre Reliquien, von Ekel erfüllt, nicht nur ihre Macht erhöhen, sondern sich ganz von ihnen wenden. Möge Gott das christliche Blut schonen, aber wenn es zu dem großen Krieg kommt, so haben wir ja auch in unserem Königreich Heilige, die für uns kämpfen werden. In den Prophezeiungen der hl. Brigitta heißt es ja: ‚Ich verlieh ihnen die Nützlichkeit von Bienen und setzte sie fest an die Grenze des christlichen Landes. Jedoch jetzt wenden sie sich gegen mich. Denn sie kümmern sich nicht um die Seele und erbarmen sich nicht des Leibes dieses Volkes, das aus seinem Irrglauben zu dem katholischen Glauben übergegangen ist, das sich zu mir gewendet hat. Gleich Sklaven behandeln sie es. Sie lehren es nicht die Gebete Gottes, und da sie es der heiligen Sakramente berauben, verdammen sie es zu noch größeren Höllenqualen, als wenn es im Heidentum verharrt hätte. Kriege führen sie, aber nur zur Stillung ihrer Habgier. Deshalb wird die Zeit kommen, in der ihnen ausgebrochen werden die Zähne, ihnen abgehauen wird die rechte Hand, es wird die Zeit kommen, in der ihnen lahm werden wird der rechte Fuß, damit sie erkennen ihre Sünden.'"

„Das gebe Gott!" rief Zbyszko.

Auch die anderen Ritter und die Ordensbrüder faßten neuen Mut beim Anhören dieser Prophezeiung, der Abt jedoch wandte sich wiederum zu der Fürstin und fuhr fort: „Deshalb vertraut auf Gott, huldreiche Frau, denn eher sind ihre Tage gezählt als die Euren, und inzwischen nehmt gütigst die Kapsel entgegen, in der sich eine Fußzehe des heiligen Ptolemäus, eines unserer Schutzheiligen, befindet."

Zitternd vor Glück streckte die Fürstin die Hand aus, kniete nieder und nahm voll Freude die Kapsel entgegen, die sie an ihre Lippen preßte. Und auch die Hofherren und die Hofdamen freuten sich mit ihrer Herrin, denn keines von ihnen zweifelte, daß sich durch dieses Geschenk Segen und Glück über alle, über das ganze Fürstentum ergießen werde. Hochbeglückt fühlte sich auch Zbyszko durch die Hoffnung, daß der Krieg sofort nach den Feierlichkeiten beginnen werde.

Viertes Kapitel

Es war fast Mittag geworden, als die Fürstin mit ihrem zahlreichen Gefolge aus Tyniec aufbrach, um sich nach Krakau zu begeben. Gar häufig legten in damaliger Zeit die Ritter, die in einer größeren Stadt oder auf einer Burg irgendeine bekannte Persönlichkeit aufsuchten, völlige Kriegsrüstung an. Der Sitte gemäß wurde diese freilich sofort nach Überschreitung der Torschwelle wieder abgelegt, wozu gewöhnlich die Ankömmlinge von den Herren der Burgen mit den Worten aufgefordert wurden: „Legt die Rüstung ab, edle Gäste, denn Ihr seid bei Freunden!" Nichtsdestoweniger wurde großes Gewicht auf einen kriegerischen Einzug gelegt, der in aller Augen die Bedeutung des Rittertums hob. So erschienen denn auch jetzt Macko und Zbyszko, angetan mit wunderbaren Panzern und Armschienen, samt und sonders von friesischen Rittern erbeutet.

Mikolaj aus Dlugolas, der schon weit in der Welt herumgekommen war, der schon unzählige Ritter gesehen hatte und als Kenner von Kriegswaffen galt, sagte sich sofort, daß diese Panzer nur durch Mailänder geschmiedet sein konnten, die berühmteste Panzerschmiede in der ganzen Welt. Nur die reichsten Ritter konnten sich derartige Rüstungen verschaffen, von denen eine jede als beträchtliches Erbgut angesehen wurde. Jene Friesen mußten daher namhafte Leute gewesen sein, und mit immer wachsender Bewunderung schaute Mikolaj auf Macko und Zbyszko, als deren Bezwinger. Die Helme, welche die beiden trugen, gehörten zwar nicht zu den schlechtesten, waren jedoch auch nichts Besonderes, dagegen erweckten ihre riesenhaften, schön aufgezäumten Hengste großes Staunen, ja vielfach Neid. Stolz saßen Macko und Zbyszko im Sattel und blickten kühn von ihrer Höhe auf den ganzen Hof herab. Jeder von ihnen hielt einen langen Spieß in der Hand, jeder hatte ein Schwert an der Seite und eine Streitaxt im Sattel. Der Bequemlichkeit wegen hatten sie die Schilde in den Wagen zurückgelassen. Aber auch ohne sie sahen die beiden aus, als ob sie in die Schlacht, nicht aber in die Stadt zögen. Stets ritten sie in der Nähe der Kalesche, auf deren Vordersitz die Fürstin mit Danusia saß, auf deren Rücksitz die stattliche Hofdame Ofka, die Witwe von Christian aus Jarząbkow, und der alte Mikolaj aus Dlugolas Platz genommen hatten. Danusia schaute nur auf die gepanzerten Ritter, während die Fürstin immer wieder die Kapsel mit der Reliquie des heiligen Ptolemäus an die Lippen führte.

„Ich bin unendlich neugierig", bemerkte sie schließlich, „was sich eigentlich darin befindet, jedoch ich wage nicht, die Kapsel selbst zu öffnen. Gar leicht könnte ich die Heiligen dadurch erzürnen. Der Bischof von Krakau soll sie öffnen."

„Ei, besser ist es", ließ sich aber jetzt Mikolaj von Dlugolas bedächtig vernehmen, „ein solch lockendes Kleinod nicht aus den Händen zu lassen."

„Vielleicht habt Ihr recht", erwiderte nach kurzem Schweigen die Fürstin, dann fügte sie hinzu: „Schon lange hat mir nichts solche Freude bereitet wie das Zusammentreffen mit dem trefflichen Abt. Jedoch noch größeres Vergnügen bereitet mir dieses Geschenk, dient es doch zur Beruhigung meiner Angst vor den Reliquien der Kreuzritter."

„Weise sprach der Abt und gerecht", ließ sich nun Macko aus Bogdaniec vernehmen. „Gar viele Reliquien hatten sie bei Wilna bei sich, war es ihnen doch vor allem darum zu tun, den Fremden gegenüber zu zeigen, daß der Krieg gegen die Heiden geführt werde. Was aber folgte daraus? Die Unsrigen überzeugten sich nur zu bald, was hauptsächlich not tat. In die flache Hand zu speien und mit dem Beil unter dem Ohr tüchtig zuzuhauen, das war nötig, dann fiel der Kopf mitsamt dem Helm. Wohl helfen auch die Heiligen – es wäre eine Sünde, dies zu bestreiten – doch nur den Gerechten stehen sie bei, nur denen, die einer guten Sache wegen und im Namen Gottes in die Schlacht ziehen. Wenn es daher auch zum Krieg mit den Kreuzrittern kommt, wenn alle Deutschen ihnen beistehen, so glaube ich deshalb doch, edle Frau, daß wir sie haufenweise schlagen, denn unser Volk ist größer, und der Herr Jesus verlieh uns stärkere Knochen. Was aber zudem die Reliquien anbelangt – nun, gibt es vielleicht in dem Kloster zum heiligen Kreuz nicht auch Holz vom heiligen Kreuz?"

„Das ist richtig, so wahr mir Gott lieb ist. Bei uns bleiben jedoch die Reliquien in den Klöstern, die Kreuzritter nehmen aber die ihrigen, sobald es nötig ist, in den Wagen mit sich."

„Das ist alles einerlei! Für die Macht Gottes gibt es keine Entfernung."

„Ist dies wirklich der Fall?" fragte die Fürstin, sich an den klugen Mikolaj von Dlugolas wendend, und dieser antwortete: „Das kann jeder Bischof bezeugen. Von Rom ist es auch weit, und der Papst regiert doch die Welt – geschweige denn erst Gott!"

Diese Worte wirkten beruhigend auf die Fürstin, die nun das Gespräch über Tyniec, über die ungewöhnliche Pracht der Abtei wieder aufnahm. Die Masuren bewunderten überhaupt die Schönheit des ganzen Landes, durch das sie jetzt kamen.

Ringsumher lagen, dicht gedrängt, wohlhabende Dörfer, dabei Gärten mit Obstbäumen, Lindenhaine mit strohumhüllten Bienenstöcken und Storchennestern auf den Linden. Dann reihte sich wieder auf beiden Seiten der Landstraße ein Getreidefeld an das andere. Im Wind wogte das grüne Ährenmeer hin und her, und gleich den Sternen am Firmament schimmerten dunkelblaue Kornblumen und hellrote Mohnblumen daraus hervor. Ganz in der Ferne, hinter dem Ackerland, zeigten sich finstere Wälder, aber in hellen Sonnenschein getauchte Eichen- und Erlenwäldchen erfreuten hier und dort das Auge, saftig grüne Wiesen, über denen Kiebitze kreisten, lagen auf sanft ansteigenden Hügeln dazwischen. Ein fleißiges, arbeitsames Volk mußte dieses Fleckchen Erde bewohnen, ein Volk, das die Feldarbeit liebte und friedlich, glücklich dahinlebte in diesem Land, in dem Milch und Honig zu fließen schien.

„Hier merkt man Kasimirs segensreiches Walten", rief die Fürstin, „hier möchte man leben und nicht sterben."

„Auch der Herr Jesus freut sich über dieses Stückchen Erde", warf Mikolaj von Dlugolas ein, „und der Segen Gottes ruht sichtlich darauf. Wie wird es aber erst dann werden, wenn auch hier erst einmal die Glocken läuten! Wo ist dann noch ein Winkel auf der Erde, in den ihr Widerhall nicht dringt. O, dann müssen die schlimmen Geister in die düsteren Wälder an der ungarischen Grenze weichen, weil sie den Glockenklang nicht hören können. Das weiß ich gewiß."

„Ja, da ist es doch zu verwundern", ließ sich Ofka, die Witwe des Christian aus Jarząbkow vernehmen, „daß der höllische Riese Walgierz Wlady, von dem die Mönche erzählt haben, noch immer in Tyniec auftaucht, wo doch siebenmal am Tag die Glocken läuten."

Diese Erwägung versetzte natürlich den Mikolaj einen Augenblick in Staunen, nach kurzem Nachdenken erwiderte er jedoch: „Erstens sind die göttlichen Aussprüche unergründlich, und zweitens ist wohl vorauszusetzen, daß er für jedesmal besonderen Befehl bekommt."

„Mag das nun sein, wie es will, ich möchte nie dazu raten, in dem Kloster zu nächtigen. Vor Angst würde ich sterben, wenn sich mir ein solch höllischer Bewohner zeigte."

„Ei, ei, das ist noch gar nicht so sicher, denn es wird behauptet, er sei sehr schön."

„Selbst wenn er der anziehendste Mensch wäre, möchte ich mich von keinem Mann küssen lassen, dem Schwefel aus dem Mund kommt."

„Ach, daß Ihr doch selbst dann ans Küssen denken müßt, wenn von Teufeln die Rede ist."

Auf diese Worte der Fürstin hin brachen sowohl Herr Mikolaj wie die beiden Edelleute aus Bogdaniec in Lachen aus, Danusia lachte mit, und auch Anna Danuta wurde von dem Beispiel der dreien angesteckt. Ofka aus Jarząbkow aber wandte sich ärgerlich zu Mikolaj aus Dlugolas und sprach: „Er wäre mir jedenfalls lieber als Ihr."

„Ei, malt den Teufel nicht an die Wand", entgegnete noch immer lachend der Masur, „der Dämon zeigt sich häufig auf der Landstraße zwischen Krakau und Tyniec, und am häufigsten gegen Abend. Mit einemmal wird er Euch in Schrecken versetzen, mit einemmal wird der Riese vor Euch stehen."

„Vor dem bösen Blick mögen wir bewahrt bleiben!" rief Ofka.

In diesem Augenblick indessen hielt Macko von Bogdaniec, der von seinem hohen Hengst aus einen weiteren Umblick hatte als die, die in der Kalesche saßen, die Zügel an und sagte: „O, so wahr mir Gott lieb ist, was ist das?"

„Was denn?"

„Ein leibhafter Riese reitet dort auf der Höhe vor uns."

„Ein Wort kann zur Wirklichkeit werden!" bemerkte die Fürstin. „Schwatzt keine Dummheiten!"

Nun aber hob sich Zbyszko in den Bügeln und sagte: „Leibhaftig der Riese Walgierz, kein anderer."

Daraufhin faßte der Kutscher die Pferde vor Schrecken fest an und bekreuzigte sich, ohne die Zügel aus den Händen zu lassen, denn auch er sah nun von seinem Bock aus auf der gegenüberliegenden Höhe einen hoch zu Roß sitzenden Reiter dahertraben.

Unwillkürlich stand die Fürstin von ihrem Sitz auf, setzte sich aber dann, wenn schon mit schreckensbleichem Antlitz, gleich wieder nieder, und ohne weiteres barg Danusia ihr Köpfchen in dem Gewand Anna Danutas. Um die Kalesche drängte sich aber nun auch das ganze Gefolge, die Hofherren und die Hofdamen, sowie alle fahrenden Schüler. Die Männer trugen zwar noch immer eine lächelnde Miene zur Schau, aber ihre unruhigen Blicke zeugten von der inneren Erregung, während die jungen todbleichen Hoffräulein gar nicht versuchten, ihre Furcht zu verbergen. Nur Mikolaj aus Dlugolas bewahrte seinen Gleichmut und versuchte die Fürstin zu beruhigen, indem er sprach: „Fürchtet nichts, erlauchte Frau. Die Sonne ist ja noch nicht einmal untergegangen, und selbst wenn es Nacht wäre, würde Euch der heilige Ptolemäus vor Walgierz zu schützen wissen."

Vorläufig hielt der unbekannte Reiter, als er den lange sich hinstreckenden Höhenrücken erreicht hatte, sein Pferd an und stand regungslos still. Da die Strahlen der untergehenden Sonne gerade auf ihn fielen, konnte man ihn deutlich sehen, und in der Tat, seine Gestalt schien das menschliche Durchschnittsmaß unendlich zu übertragen. Der Zwischenraum zwischen ihm und der fürstlichen Kalesche konnte höchstens dreihundert Schritte betragen.

„Weshalb blieb er wohl stehen?" fragte einer der fahrenden Schüler.

„Weil auch wir angehalten haben!" entgegnete Macko.

„Seht nur, er blickt nach uns, als ob er sich einen heraussuchen wollte", bemerkte ein zweiter fahrender Schüler. „Wenn ich sicher wäre, daß dies ein Mensch und kein böser Geist ist, würde ich mich ihm nähern und ihm mit der Laute über den Kopf schlagen."

Die Frauen wurden immer hoffnungsloser und begannen laut zu beten. Zbyszko jedoch, der sich im Beisein der Fürstin und Danusias mutig erweisen wollte, erklärte: „Ich reite ihm entgegen. Was liegt mir an Walgierz!"

Umsonst rief Danusia schmerzlich und unter Tränen: „Zbyszko, Zbyszko!" – Er ritt unentwegt davon mit dem festen Vorsatz, selbst den wahrhaftigen Walgierz zu durchbohren, wenn es sein müsse.

„Der fremde Reiter erscheint so riesengroß, weil er auf einer Anhöhe steht", ergriff jetzt Macko das Wort, der sehr scharfe Augen hatte. „Er ist zwar ein etwas langer Kerl, aber ein ganz gewöhnlicher Mensch – nichts anderes. Topp, auch ich folge dem Zbyszko nach, damit es nicht zum Kampf zwischen diesem und dem fremden Reiter kommt."

Zbyszko war inzwischen im Trab vorwärts geritten, wobei er überlegte, ob er sofort den Spieß anlegen oder zuerst in der Nähe beobachten solle, wie es sich eigentlich mit jenem auf der Höhe stehenden Reiter verhalte.

Nach reiflichem Überlegen beschloß er, zuerst prüfend vorzugehen, und bald überzeugte er sich, wie recht er daran getan hatte, denn je näher er dem Unbekannten kam, desto mehr verlor dieser in seinen Augen von seiner ungewöhnlichen Größe. Wohl war der Fremde außerordentlich groß und saß auf einem riesigen Pferd, das sogar den Hengst Zbyszkos überragte – jedoch das menschliche Maß überschritt er nicht. Merkwürdigerweise war er ganz ohne Waffen, auf dem Haupt trug er eine glockenförmige Samtmütze, ein weißleinener wallender Mantel, unter dem ein grünes Gewand hervorschaute, schützte ihn gegen den Staub. Regungslos verharrte er auf der Höhe mit gesenktem Haupt und betete inbrünstig. Augenscheinlich hatte er nur deshalb sein Pferd angehalten, weil er das Abendgebet sprechen wollte.

„Ei, das ist ja ein sonderbarer Kauz!" dachte der junge Bursche bei sich, „das ist doch nicht Walgierz."

Und so nahe ritt nun Zbyszko zu dem Unbekannten heran, daß er ihn leicht mit dem Spieß hätte erreichen können, doch als jener den herrlich gewappneten, jungen Ritter vor sich sah, da lächelte er diesem wohlwollend zu und sprach: „Gelobt sei Jesus Christus!"

„In alle Ewigkeit!"

„Ist das dort unten nicht der Hof der masurischen Fürstin?"

„So ist's!"

„Habt Ihr in Tyniec gespeist?"

Darauf erhielt jedoch der Fragende keine Antwort, denn Zbyszko geriet in solches Staunen, daß er die Frage gar nicht hörte. Während einiger Minuten stand er wie versteinert da. Er glaubte, seinen eigenen Augen nicht trauen zu dürfen, denn mit einemmal erblickte er ungefähr vierhundert Schritte hinter dem Unbekannten mehrere berittene Krieger, die von einem Ritter in glänzender Rüstung und in einem weißseidenen Mantel mit schwarzem Kreuz angeführt wurden. Ein stählerner Helm mit einem Pfauenbusch gleich einem Kamm bedeckte dessen Haupt.

„Ein Kreuzritter!" flüsterte Zbyszko vor sich hin.

Keinen Augenblick zweifelte er jetzt mehr daran, daß sein Gebet erhört worden sei, daß Gott in seiner Barmherzigkeit ihm den Deutschen gesandt habe, um den er in Tyniec gefleht hatte, er sagte sich, er müsse Nutzen aus der göttlichen Gnade ziehen, keine Minute dürfe er länger schwanken, und ohne viel zu überlegen, beugte er sich im Sattel vor, legte dem Pferd den Spieß zwischen die Ohren und den Schlachtruf „Hagel, Hagel!" ausstoßend, sprengte er auf den Kreuzritter los.

Vollständig verblüfft hielt letzterer sein Pferd an. Doch er bückte sich nicht nach seiner Lanze, die im Steigbügel steckte, sondern er hielt Umschau, wie um sich zu vergewissern, ob der Angriff wirklich ihm gelte.

„Neige die Lanze!" schrie Zbyszko, indem er sein Roß antrieb, „Hagel, Hagel!"

Der Zwischenraum zwischen ihm und dem Kreuzritter verkleinerte sich zusehends. Als dieser indessen bemerkte, daß der Angriff ihm galt, da richtete auch er seine Waffe. Schon glaubte Zbyszko mit der Lanze die Brust des Gegners durchstoßen zu können, als sein Spieß am Schaft von einer kraftvollen Hand gleich dürrem Rohr geknickt wurde, als die Zügel seines Hengstes von der gleichen Hand so stramm angezogen wurden, daß sich das Roß mit allen vieren in die Erde eingrub und wie festgewurzelt dastand.

„Törichtes Menschlein, was beginnst du?" ließ sich eine tiefe, drohende Stimme vernehmen. „Auf die Gesandtschaft dringst du ein, den König beschimpfst du!"

Zbyszko blickte empor und erkannte den gleichen riesenhaften Mann, den man für Walgierz gehalten und der vor wenigen Minuten den Hof der fürstlichen Frau in Schrecken versetzt hatte.

„Los auf den Deutschen! Was wollt Ihr, und wer seid Ihr", rief Zbyszko von neuem, indem er den Griff seines Schwertes faßte.

„Weg mit dem Schwert! Bei deiner Liebe für Gott, weg mit dem Schwert – sage ich – denn sonst fliegst du vom Pferd. Du beleidigst des Königs Majestät, dem Gericht wirst du überantwortet."

Und sich den Leuten zuwendend, die hinter dem Kreuzritter ritten, rief er mit donnernder Stimme: „Herbei! Herbei!"

Inzwischen kam auch Macko angeritten. Schlimmes ahnend, blickte er beunruhigt darein. Doch obwohl er einsah, daß Zbyszko geradezu wahnsinnig vorging, und daß ihm aus dieser Sache schlimme Folgen erwachsen konnten, war er doch fest entschlossen, nötigenfalls den Kampf aufzunehmen. Das ganze Gefolge des fremden Ritters und des Kreuzritters bestand ungefähr aus fünfzehn Mann, von denen ein jeder mit einem Spieß oder mit einer Armbrust bewaffnet war. Bei einem Zusammentreffen mit ihnen konnten daher zwei vollständig gewappnete Ritter leicht den Sieg davontragen. Macko überlegte daher auch bei sich, ob es nicht ratsamer sei, einem möglichen Urteilsspruch des Gerichtes zuvorzukommen, indem man diese Leute überritt, um sich dann an irgendeinem Ort so lange verborgen zu halten, bis der erste Sturm ausgetobt hatte. Mit einem Böses weissagenden Gesicht, das ihm das Aussehen eines zum Beißen bereiten Wolfes verlieh, hielt er sein Pferd zwischen Zbyszkos und dem Fremden an, griff an sein Schwert und fragte: „Wer seid Ihr, und was verleiht Euch das Recht zu solchem Auftreten?"

„Mein Recht stammt daher", entgegnete der Unbekannte, daß der König mir befohlen hat, ein wachsames Auge über diese Gegend zu halten, und man nennt mich Powala aus Taczew."

Auf diese Worte hin steckten Macko und Zbyszko die schon halb gezückten Schwerter wieder in die Scheiden und senkten das Haupt. Nicht Furcht überkam sie, nein, aber sie neigten das Haupt vor dem weithin bekannten, berühmten Namen, denn Powala aus Taczew, ein mächtiger Edelmann aus hervorragender Familie, der ausgedehnte Ländereien bei Radam besaß, gehörte zu den bekanntesten Rittern in dem Königreich. Die fahrenden Schüler feierten ihn in ihren Gesängen, besangen ihn als ein

Muster an Ehre und priesen seinen Namen zugleich mit den ersten des Landes. In diesem Augenblick vertrat er zudem die geheiligte Person des Königs. Wer sich daher gegen ihn kehrte, der lief Gefahr, seinen Kopf unter dem Beil des Scharfrichters zu verlieren.

Seinen Grimm unterdrückend, begann daher auch Macko in ehrfurchtsvollem Ton: „Ruhm und Ehre Euch, o Herr – Ruhm und Ehre Eurer Tapferkeit und Mannhaftigkeit."

„Ruhm auch Euch, o Herr!" entgegnete Powala, „wenngleich ich gewünscht hätte, unter anderen, nicht so erschwerenden Umständen Eure Bekanntschaft zu machen."

„Was meint Ihr damit?" fragte Macko.

Doch Powala erteilte keine Antwort, sondern wandte sich an Zbyszko.

„Konntest du, Menschlein, nichts Besseres beginnen?" rief er. „Auf der offenen Landstraße vergreifst du dich an der Gesandtschaft des Königs! Weißt du, was dich hierfür erwartet?"

„Er ist jung und töricht, deshalb vermag er sich nicht im Zaum zu halten. Doch Ihr werdet nicht allzu streng richten, wenn ich Euch die ganze Sache auseinandersetze."

„Nicht ich werde ihn richten. Mir obliegt nur, ihn in das Gefängnis einzuliefern."

„Weshalb?" ließ sich nun Macko vernehmen, aufs neue finster dreinblickend.

„Kraft des königlichen Befehls."

„Er ist ein Edelmann!" rief schließlich Macko nach längerem Schweigen.

„So möge er bei seiner ritterlichen Ehre geloben, sich freiwillig dem hohen Gericht zu stellen."

„Ich gelobe es bei meiner Ehre!" beteuerte Zbyszko.

„Es ist gut. Wie ist dein Name?"

Macko nannte den Namen und das Geschlecht.

„Sofern Ihr zu dem Hof der Gattin des Fürsten Janusz gehört, so bittet sie, daß sie Fürsprache für Euch bei dem König einlegt."

„Wir gehören nicht zu dem Hof. Aus Litauen, von dem Fürsten Witold kommen wir. Wollte Gott, wir wären niemals mit dem fürstlichen Hof zusammengetroffen. Diese Begegnung wurde zum Unglück für diesen Burschen."

Und nun erzählte Macko, was sich in der Herberge ereignet hatte, er schilderte das Zusammentreffen mit der Fürstin und sprach von dem Gelübde Zbyszkos. Zuletzt übermannte ihn aber der Zorn über Zbyszkos törichtes Gebaren, durch das sie in eine solch bedrängte Lage geraten waren, dermaßen, daß er diesem zurief: „Wollte Gott, du wärest in Wilna geblieben. Was hast du dir denn bei deinem Tun gedacht, du Raufbold?"

„Bah!" entgegnete Zbyszko, „ich betete wegen meines Gelübdes zu dem Herrn Jesus und flehte ihn an, daß er mich auf Deutsche stoßen lassen möge. Reiche Gabe versprach ich ihm dafür. Wie wurde mir daher, als ich einen Ritter mit einem Pfauenbusch und in einem Mantel mit schwarzem

Kreuz vor mir sah! Eine innere Stimme rief mir zu: Schlag los auf den Deutschen, ein Wunder ist geschehen. Kurz entschlossen, sprengte ich daher auf ihn ein – wer hätte dies an meiner Stelle nicht getan?"

„Hört mich an", ergriff nun Powala das Wort. „Ich wünsche Euch nichts Schlimmes, denn ich sehe klar, daß dieser junge Bursche weit eher durch den seinem Alter eigenen Leichtsinn als durch Böswilligkeit gesündigt hat. Daher wäre ich sofort bereit, seine Tat nicht weiter zu beachten und ihn ziehen zu lassen, als ob nichts geschehen wäre. Jedoch ich könnte dies nur in der Voraussetzung tun, daß jener Komtur verspricht, sich nicht bei dem König zu beklagen. Stellt daher diese Bitte an ihn. Vielleicht fühlt auch er Mitleid mit dem Menschlein."

„Weit eher stelle ich mich dem Gericht, als daß ich mich vor dem Kreuzritter beuge!" rief jetzt Zbyszko. „Nein, das tue ich nicht! Es verträgt sich nicht mit meiner Herrenehre."

Ernst schaute daraufhin Powala aus Taczew auf den Jüngling und sagte: „Du handelst unrecht. Es wäre wahrlich besser für dich, du wüßtest genauer, was sich für die ritterliche Ehre schickt, als im klaren darüber zu sein, was sich nicht für sie schickt. Mich kennt man allenthalben, jedoch ich sage dir, daß, wenn ich eine solche Tat vollführt hätte, ich mich nicht schämen würde, für meine Schuld um Verzeihung zu bitten."

Zbyszko sah wohl die Wahrheit dieser Rede ein, doch nichtsdestoweniger rief er: „Wenn die Erde hier nur ein wenig niedergetreten wird, so ist sie völlig eben. Anstatt dem Deutschen Abbitte zu leisten, ziehe ich es vor, mit ihm zu Pferd oder zu Fuß um den Tod oder um die Knechtschaft zu kämpfen."

„Narr!" warf hier Macko ein. „Mit dem Gesandten willst du dich schlagen? Glaubst du denn, jener werde sich mit dir armen Schlucker einlassen? – Edler Herr", wandte er sich hierauf an Powala, „übt Nachsicht mit ihm. Der Bursche ist durch den Krieg völlig verwildert. Es ist daher weit ratsamer, er bleibt dem Deutschen fern, denn er würde ihn nur beleidigen. Ich werde sprechen, ich werde bitten, und sollte der Komtur nach Beendigung der Gesandtschaft mit seinem Beleidiger an irgendeinem Platz kämpfen wollen, dann stelle ich mich ihm."

„Das ist ein Ritter aus einem hohen Geschlecht, der sich nicht einem jeden stellt!" erklärte Powala.

„Wie? Trage ich vielleicht nicht Gürtel und Sporen? Mir könnte sich selbst ein Fürst stellen."

„Ich gehe dir als leuchtendes Vorbild voran!" rief Macko dem Brudersohn zu, „aber warte, bis ich dir winke."

So sprechend näherte er sich dem Kreuzritter. Starr und unbeweglich, wie eine Bildsäule, saß dieser auf seinem an Größe einem Kamel gleichenden Roß und blickte voll Gleichgültigkeit umher. Macko hatte sich während seiner langen Kriegszeit in Deutsch geübt. Er setzte daher nun den Komtur in dessen Muttersprache auseinander, was geschehen war, schob alle Schuld auf das jugendliche Alter und auf den unklugen Sinn des jungen Burschen, dem kein anderer Gedanke gekommen sei, als daß Gott selbst ihn den Ritter mit dem Pfauenbusch geschickt habe, und bat schließlich um Verzeihung für Zbyszkos Vergehen.

Kein Muskel regte sich in dem Gesicht des Komturs. Mit erhobenem Haupt saß er auf seinem Pferd. So starr, so nichtachtend blickte er über Macko hinweg, als ob er nicht einen Menschen, sondern einen Pfahl vor sich habe. Der Edelmann aus Bogdaniec bemerkte dies wohl, und wenn auch seine weiteren Worte immer gleich höflich blieben, bäumte sich doch sein ganzes Innere sichtlich auf. Nur mühsam redete er schließlich, die roten Flecken auf seinen gebräunten Wangen legten Zeugnis für seine Erregung ab. Immer deutlicher trat es zu Tage, wie er mit sich selbst kämpfte, um nicht mit den Zähnen zu knirschen, um nicht rückhaltlos vorzugehen.

Powala beobachtete all dies. Von seinem guten Herzen getrieben, beschloß er, ihm zu Hilfe zu kommen. Auch er hatte in jungen Jahren an den ungarischen, österreichischen, burgundischen und böhmischen Höfen gar manches Abenteuer bestanden, das seinen Namen weit und breit berühmt gemacht hatte, und so wandte er sich denn nun auch in deutscher Sprache in versöhnlichem Ton und mit vorsätzlicher Heiterkeit zu Macko und sprach: „Ihr seht, o Herr, daß der edle Komtur die ganze Sache auch nicht eines Wortes wert erachtet. Nicht nur in unserem Königreich, sondern allenthalben pflegen die Kriegerlein mit Unverstand Streitigkeiten herbeizuführen. Doch solch ein Ritter greift Kindern gegenüber weder zu dem Schwert, noch droht er ihnen mit dem Gesetz."

Auch auf diese Ansprache erteilte Lichtenstein keine Antwort. Seinen fahlgelben Schnurrbart drehend, trieb er sein Pferd an, ohne Macko und Zbyszko weiter zu beachten.

In wahnsinnigem Zorn knirschten diese geradezu mit den Zähnen, während ihre Hände unwillkürlich an die Schwerter griffen.

„Sieh dich vor, Hund von einem Kreuzritter", murmelte der alte Edelmann aus Bogdaniec, „ein feierliches Gelübde will ich jetzt ablegen, und ich werde dich zu finden wissen, wenn du kein Gesandter mehr bist."

„Laßt es gut sein", warf nun Powala ein, trotzdem auch ihm alles Blut heiß zum Herzen schoß. „Die Fürstin muß sich jetzt für den jungen Burschen verwenden, sonst steht es schlecht um ihn."

Nach diesen Worten ritt er dem Kreuzritter nach, erreichte ihn und redete während einiger Zeit lebhaft auf ihn ein. Doch sowohl Macko, wie Zbyszko bemerkte, daß der deutsche Ritter eben so hochmütig auf Powala blickte, wie er dies zuvor bei ihnen getan hatte, und ihr Grimm steigerte sich immer mehr. Schon nach wenigen Minuten kehrte übrigens Powala wieder zu ihnen zurück. Jedoch erst, nachdem sich der Kreuzritter weit genug entfernt hatte, um völlig außer Hörweite zu sein, begann er: „Ich bat für Euch, doch dies ist ein unzugänglicher Mensch. Er erklärte, er werde sich nur dann nicht beschweren, wenn Ihr das erfüllt, was er verlangen wird."

„Was will er?"

„Er sprach folgendermaßen: ,Ich halte mich noch kurze Zeit auf zur Begrüßung der masovischen Fürstin, und ich verlange, daß jene beiden absteigen, die Helme abnehmen und auf der Erde, mit entblößtem Haupt, mich um Verzeihung bitten.' Schwer ist dies für Männer aus edlem Geschlecht, das begreife ich sehr wohl", fügte Powala hinzu, indem er prüfend auf Zbyszko blickte, „aber ich rate Euch, die gestellte Bedingung zu erfüllen. Wer weiß, was sonst des jungen Burschen harrt: wohl gar das Schwert des Henkers."

Ein peinvolles Schweigen trat ein. Die Gesichter von Macko und Zbyszko sahen mit einemmal wie versteinert aus.

„Nun, was gedenkt Ihr zu tun?" fragte Powala.

Da antwortete Zbyszko so ruhig und mit solcher Würde, als ob er in einem einzigen Augenblick um zwanzig Jahre gealtert wäre: „Wie dem nun auch sein mag, der Wille des Menschen ist auch eine Macht."

„Was soll das heißen?"

„Selbst wenn ich zwei Köpfe hätte, könnte man sie nur von dem Henker abschlagen lassen – meine Ehre kann mir aber ohne meinen Willen niemand beschimpfen."

„Nun, und was sagt Ihr?" wandte sich daraufhin Powala fragend an Macko.

„Ich sage", erwiderte Macko finster, „daß ich diesen Burschen von klein an aufzog ... Auf ihm beruht unser Geschlecht, denn ich bin alt – aber das vermag er nicht zu tun, wenngleich er unrecht hatte."

Und die Liebe zu seinem Brudersohn brach nun bei ihm mit solcher Kraft hervor, daß er ihn mit seinen starken Armen umfing, während er mit bebenden Lippen fortwährend rief: „Zbyszko, Zbyszko!"

Staunen überkam den jungen Ritter bei dieser unerwarteten Liebesbezeugung, und sich der Umarmung des Ohms überlassend, meinte er: „Ei, fürwahr, ich wußte gar nicht, daß Ihr mich so sehr liebt!"

„Immer mehr sehe ich, daß Ihr echte Edelleute seid", warf hier Powala bewegt ein, „und da mir der junge Bursche gelobt hat, sich selbst dem Gericht zu stellen, werde ich ihn nicht gefangennehmen. Solchen Rittern wie Euch kann man vertrauen. Seid übrigens guten Mutes. Der Deutsche beabsichtigt kurze Zeit in Tyniec zu verweilen, ich werde daher den König vor ihm sehen, und ich gedenke, diesem den Vorfall in einer Weise darzustellen, daß er nicht gar zu aufgebracht darüber sein wird. Ein Glück ist es indessen, daß es mir gelang, den Spieß zu zerbrechen – ein großes Glück ist es!"

„Ei, wenn ich schließlich doch den Kopf lassen muß", bemerkte hier Zbyszko, „so wünschte ich wenigstens, ich hätte dem Kreuzritter die Knochen zerschlagen."

„Wenn du auch wohl imstande bist, deine Ehre zu schützen", warf hier Powala ungeduldig ein, „so verstehst du doch nicht, dich selbst und deinen Mund im Zaum zu halten."

„Einen Ausspruch zu tun, maße ich mir wohl an!" rief Zbyszko erregt, „die Knochen hätte ich ihm zerschlagen sollen."

Und ohne ihn weiter zu beachten, richtete jetzt Powala wieder das Wort an Macko und sagte: „Glaubt mir, o Herr, Euch bleibt nichts anderes übrig, so sich dieses Menschlein aus der Schlinge herauszuziehen versteht, als ihm eine Haube über den Kopf zu stülpen, wie man es bei den Falken zu tun pflegt. Sonst endigt Euer Brudersohn keines gewöhnlichen Todes."

„Er könnte gerettet werden, wenn Ihr, o Herr, vor dem König verschweigen wollt, was sich ereignet hat."

„Doch, was fangen wir mit dem Deutschen an? Die Zunge kann ich ihm doch nicht festbinden."

„Das ist wahr, das ist wahr!"

Düsteren Blickes, fast zögernd, machten sich nun Macko und Zbyszko auf den Rückweg zu der Fürstin. Powala schloß sich ihnen an, und ihm folgten seine Leute, die bis jetzt mit den Mannen des Deutschen geritten waren. Deutlich war in der Ferne zwischen den masovischen Kopfbedeckungen des Kreuzritters glänzender Helm zu sehen, dessen Pfauenbusch vom Wind hin- und herbewegt wurde.

„Welch merkwürdige Natur doch ein solcher Kreuzritter besitzt!" begann schließlich nachdenklich der Ritter von Taczew. „Sobald es ihm schlecht geht, ist er so sanft wie ein Franziskaner. Demütig wie ein Lamm, süß wie Honig, zeigt er sich einem jeden gegenüber, als der nachsichtigste, beste Mensch erscheint er. Kaum ist er sich jedoch seiner Macht bewußt, tritt er aufs hochmütigste auf, erweist er sich erbarmungslos, so daß man glauben könnte, der Herr Jesus habe ihm einen Kieselstein, statt eines Herzens verliehen. Unter den verschiedensten Völkern habe ich doch schon Umschau gehalten, und stets überzeugte ich mich, daß der echte Ritter den schonte, der der Schwächere war, indem er sich sagte, es könne ihm nicht zur Ehre gereichen, den vor ihm Liegenden völlig niederzutreten. Starr und unbeugsam sind die Kreuzritter. Haltet Euere Faust über sie, sonst ergeht es Euch schlimm! Nicht nur Abbitte forderte der Gesandte von Euch, nein, Schimpf wollte er Euch antun. Gar froh bin ich darüber, daß ihm dies nicht gelang."

„Das wird ihm niemals gelingen!" rief Zbyszko.

„Laßt es ihn auch nicht anmerken, wenn Euch Sorge bedrückt, denn sonst würde er Euch rücksichtslos verlachen."

Nunmehr waren die drei wieder zu dem Hofstaat der Fürstin gestoßen. Kaum nahm jedoch der Kreuzritter die beiden Edelleute aus Bogdaniec wahr, so verfolgte er sie mit seinem hochmütigen, verächtlichen Blick, sie aber taten, als ob sie ihn nicht beachteten. Zbyszko hielt sich an der Seite Danusias, mit der er fröhlich über Krakau zu plaudern begann, das von den Höhen aus bereits zu sehen war, während Macko einem der fahrenden Schüler erzählte, daß der Herr von Taczew mit einer Hand Zbyszkos Spieß wie dürres Rohr am Schaft geknickt habe.

„Weshalb hat er denn dies getan?" fragte der fahrende Schüler.

„Weil Zbyszko ihn, freilich nur zum Spaß, auf den Deutschen anlegte."

Dem Schüler dünkte zwar ein solcher Scherz nicht angemessen, doch da er sah, wie leichthin Macko darüber sprach, legte er ihm keine große Bedeutung bei. Die Stimmung des Kreuzritters wurde eine immer gereiztere. In der Erwartung, daß ihm Macko und Zbyszko Abbitte leisten würden, sah er sich schmählich getäuscht, seine Augen blitzten mit einemmal zornig auf, und mit der Miene eines schwer Gekränkten verabschiedete er sich von der Fürstin.

Da vermochte der Herr von Taczew nicht länger an sich zu halten, sondern rief ihm zu: „Seid getrost, tapferer Ritter. Das Land ist ruhig und niemand wird Euch feindlich überfallen, wennschon ein gewisser junger Bursche zum Spaß ..."

„Seltsam sind zwar die Sitten in diesem Land", entgegnete Lichtenstein, aber nicht Schutz suchte ich bei Euch, nein, mir war es um Eure Gesellschaft zu tun. Doch voraussichtlich werden wir uns noch einmal treffen, sei es an dem hiesigen Hof oder an einem anderen ..."

Die letzten Worte klangen wie eine unterdrückte Drohung, weshalb Powala feierlich erwiderte: „Das gebe Gott!"

So antwortend, neigte er sich leicht, wandte sich achselzuckend ab und sagte halblaut vor sich hin, doch so, daß die ihm Nächststehenden es hören konnten: „Gelbschnabel! Am liebsten möchte ich dich mit der Spitze meines Speeres aus dem Sattel heben und während dreier Vaterunser frei in der Luft halten."

Unverweilt begann er hierauf eine Unterhaltung mit der Fürstin, die ihm wohl bekannt war. Anna Donata fragte ihn, was denn seines Amtes sei, und er setzte ihr auseinander, daß er auf königlichen Befehl die Ordnung in der Gegend aufrechtzuerhalten habe. Die Sicherheit auf der Landstraße sei durch die große Zahl der Gäste gefährdet, die nach Krakau zogen. Gar leicht könnte sich unter ihnen ein Zwist erheben, erklärte er weiter, just eben sei er selbst Zeuge eines solchen gewesen. Er erzählte den ganzen Hergang, wennschon er aber anfänglich daran gedacht hatte, die Fürstin um Fürsprache für Zbyszko zu bitten, verschob er das nun schließlich doch auf eine spätere Zeit und vermied es, dem Streit irgendwelche Bedeutung beizulegen, um die frohe Laune der Fürstin nicht zu trüben. Anna Danuta lachte sogar herzlich über den Eifer Zbyszkos, die Pfauenbüsche zu erlangen – die anderen jedoch, die der Erzählung lauschten, erkundigten sich eingehend über den Vorfall und äußerten laut ihre Bewunderung des Herrn von Taczew, der mit einer Hand den Spieß des Zbyszko zerbrochen hatte.

Der etwas prahlerisch angelegte Herr von Taczew freute sich jedoch in seinem Herzen über das Lob, das man ihm zollte, und wurde nicht müde, verschiedene seiner Taten zu schildern, die seinen Namen bekannt gemacht hatten. So erzählte er, daß er einmal am Hof Philipps des Kühnen von Burgund im Turnier mit einem ardennischen Ritter gekämpft habe.

Nach Zertrümmerung der Speere habe er diesen umfaßt, ihn aus dem Sattel gehoben und ihn trotz seines eisernen Panzers auf Speerhöhe in die Luft geschleudert. Eine goldene Kette sei ihm dafür von Philipp dem Kühnen verliehen worden, von dessen Gemahlin aber ein Samtschuh, den er seit jener Zeit am Helm trage.

Noch größeres Staunen bemächtigte sich nun aller Hörer, nun Mikolaj von Dlugolas sagte: „In unserer heutigen verzärtelten Zeit gibt es wohl kaum Männer, wie ich sie in meiner Jugend gekannt habe, oder solche, von denen mein Vater mir erzählt hat. Wohl gibt es noch Edelleute, die einen Panzer zerbrechen, eine Armbrust ohne Schneller spannen oder ein eisernes Beil zwischen den Fingern biegen, aber diese betrachten sich schon als Athleten und beehren sich über alle anderen. Früher konnten dies jedoch auch Mägdlein tun ..."

„Fern sei es mir, dem zu widersprechen, daß früher die Leute kräftiger waren", warf jetzt Powala ein, „doch auch heute findet man noch manch strammen Burschen. Mir verlieh der Herr Jesus kräftige Knochen, doch nicht zu den kräftigsten rechne ich mich in diesem Königreich. Kennt ihr einen gewissen Zawisza aus Garbow? Dieser würde mich bezwingen."

„Ich kenne ihn. Seine Schultern sind so breit wie die Schutzwehr des Krakauer Glockenturmes."

„Und Dobko aus Olesnica? Er streckte einmal auf einem Turnier, das die Kreuzritter in Thorn veranstalteten, zwölf Ritter nieder, zum großen Ruhm für uns und für unser Volk."

„Aber einer der Unseren, der Masur Staszko Ciolek* war stärker als Ihr und Zawisz und Dobek. Man erzählt von ihm, er habe mit der Hand einen frischen Stamm so zusammenzupressen vermocht, daß der Saft daraus gelaufen sei."

„Das vermag ich auch!" rief Zbyszko. Und ohne daß ihn jemand um die Probe gebeten hätte, sprang er an den Rand des Weges, riß einen dicken Ast von einem Baum und drückte ihn nach und nach so kräftig vor den Augen der Fürstin und Danusias zusammen, daß der Saft tatsächlich tropfenweise auf den Weg träufelte.

„Oho! Jesus, Jesus!" rief bei diesem Anblick Ofka aus Jarząwkow, „laßt ihn nicht in den Krieg ziehen, denn es wäre schade, wenn ein solcher Bursche vor der Hochzeit zugrunde ginge."

„Ja, es wäre schade!" wiederholte Macko, plötzlich aufs neue finster dreinblickend.

Aber die Fürstin lächelte freudig, und selbst Mikolaj von Dlugolas gab seine Zufriedenheit kund, während die übrigen laut Zbyszko rühmten. Wurde doch zu damaliger Zeit die Kraft mehr als jede andere Gabe geschätzt. Fröhlich blickte Danusia, der die Frauen fortwährend „freue dich, freue dich!" zuriefen, auf den Gefeierten. Den überaus stolz drein-

---

* Bärenhäuter – Anmerkung der Übersetzerinnen.

schauenden Zbyszko suchte indessen Mikolaj von Dlugolas sofort zu einem gewissen Maßhalten zu bringen, indem er also sprach:

„Sei nicht gar zu stolz, denn es gibt weit kräftigere Gesellen, als du einer bist. Ich selbst war zwar nicht Augenzeuge, aber mein Vater hat mir von einem Vorgang erzählt, der sich an dem Hof des römischen Kaisers Karl ereignet hat. Als einmal der König Kasimir zu Besuch kam mit größerem Gefolge, befand sich auch der starke Staszko Ciolek darunter, der Sohn des Wojwoden Andrzej. Der Kaiser rühmte sich seinem Gast gegenüber, daß zu seinen Mannen ein Böhme gehöre, der jeden Bären um den Leib packe, um ihn dann mit einer Hand zu erwürgen, ja, er veranstaltete eine Vorstellung, in welcher der Böhme zwei Bären auf diese Weise tötete. Das ließ nun unseren König nicht ruhen, ihn grämte der Gedanke, man könne seine Leute geringer achten als die des Kaisers, und wenige Tage vor der Abreise sprach er daher: ‚Wißt, mein Ciolek läßt sich von dem Böhmen nicht beschämen.' Daraufhin wurde festgesetzt, daß die beiden nach Verlauf von drei Tagen miteinander ringen sollten. Zur bestimmten Zeit versammelten sich gar viele Edelfrauen und Ritter in dem zum Kampfplatz ausersehenen Schloßhof. Der Wettstreit dauerte jedoch nicht lange, denn binnen kurzem brach Ciolek dem Böhmen das Kreuz, zermalmte ihm alle Knochen und ließ ihn zum Ruhm des Königs erst als Toten aus den Händen.* Doch nicht genug damit! Ciolek, der seit dem Kampf auch ‚Knochenbrecher' genannt wurde, trug einmal ganz allein von einem Turm die Glocke, die so groß war, daß sie sonst kaum von zwanzig Männern von der Stelle gebracht werden konnte."*

„Stand er denn damals schon im vorgeschrittenen Mannesalter?" fragte Zbyszko.

„Nein, er war noch ganz jung."

Inzwischen war Powala aus Taczew beständig an der Seite der Fürstin geritten. Jetzt neigte er sich zu ihr, schilderte ihr wahrheitsgetreu den schlimmen Vorgang zwischen dem Kreuzritter und Zbyszko und bat sie inständigst, Fürsprache für letzteren einzulegen, der vielleicht schwer für sein unüberlegtes Vorgehen büßen müsse. Die Fürstin, der Zbyszko sehr wohl gefiel, nahm die Mitteilung voll Kummer entgegen und zeigte sich äußerst beunruhigt.

„Bei dem Bischof von Krakau bin ich wohlgelitten", ergriff Powala nach kurzem Schweigen wieder das Wort, „ich kann also bei ihm bitten und bei der Königin. Je mehr Fürsprecher jedoch da sind, desto besser ist es für den Milchbart …"

„Wenn die Königin für ihn eintritt, wird ihm kein Haar auf dem Haupt gekrümmt werden", erklärte Anna Danuta. „Der König stellt sie sehr hoch wegen ihrer Frömmigkeit und wegen ihrer großen Mitgift, jetzt aber verehrt er sie geradezu, da die Schmach der Unfruchtbarkeit von ihr genom-

---

* Historisch – Anmerkung der Übersetzerinnen.

men ist. In Krakau ist aber auch die Fürstin Ziemowit – eine Schwester des Königs, für die er große Liebe hegt, an sie wendet Euch. Selbstverständlich versuche auch ich alles, was in meiner Macht steht, doch jene ist ihm leiblich verwandt, und ich bin nur seine Base."

„Der König ist aber doch sehr eingenommen für Euch, edle Frau."

„Ach, nicht so sehr", entgegnete in etwas schmerzlichem Ton die Fürstin. „Ich werde mit dem Glied einer goldenen Kette abgefunden, während jene eine ganze Kette erhält, für mich wird ein Fuchspelz als ganz genügend erachtet, jene aber muß einen Zobelpelz haben. Für keinen Menschen in der Familie hegt der König eine solche Vorliebe, wie für Alexandra. Ich erinnere mich keines einzigen Tages, an dem er sie mit leeren Händen entlassen hätte ..."

Unter solchen Gesprächen näherten sich die Reisenden allgemach ihrem Ziel. Auf der Landstraße wurde es stündlich lebhafter. Zahllose Landedelleute, teils in Rüstungen, teils in sommerlichen Gewändern und in Strohhüten, zogen an der Spitze ihrer Knechte in die Stadt. Etliche davon waren beritten, andere fuhren in Wagen, von ihren Frauen und Töchtern begleitet, die auch die längst angekündigten Turniere sehen wollten. An verschiedenen Stellen war die Landstraße geradezu von Wagen mit Salz, Wachs, Getreide, Fischen, Tierfellen und Holz gesperrt, da es der Abgaben wegen den Kaufleuten nicht gestattet wurde, die Stadt zu umgehen. Gar viele Wagen mit allerlei Stoffen, mit Bierfässern, kurz, mit den mannigfaltigsten Waren beladen, fuhren in die Stadt. Schon wurden die königlichen, die herrschaftlichen und die städtischen Gärten sichtbar, die von allen Seiten Krakau mit seinen Mauern und Kirchtürmen umschlossen. In der nächsten Nähe der Stadt erreichte der Lärm seinen Höhepunkt, und an den Toren stauten sich Wagen, Reiter und Fußgänger in einer solchen Weise, daß kaum durchzukommen war.

„Welch eine Stadt!" rief Macko. „Ein zweites Krakau gibt es nicht mehr auf der Welt!"

„Es ist, als ob immer Jahrmarkt darin wäre!" meinte einer der fahrenden Schüler. „Seid Ihr schon einmal früher hiergewesen, Herr?"

„Vor langer Zeit. Jetzt aber überrascht mich der Anblick Krakaus dermaßen, daß mich dünkt, ich sähe die Städte zum erstenmal nach einem Aufenthalt in wilder Gegend."

„Krakau soll sich unter König Jagiello unendlich entwickelt haben."

„Das ist wahr. Seit der litauische Großfürst den Thron bestiegen hat, sind unermeßliche litauische und russische Länderstrecken dem krakauischen Handel eröffnet worden. Infolgedessen nahm die Stadt tagtäglich an Wohlhabenheit, an Bevölkerung zu – es entstanden eine Reihe neuer Bauten, und jetzt wird Krakau zu den bekanntesten Städten der Welt gerechnet."

„Nun, nun, die Städte der Kreuzritter sind auch nicht zu verachten", ließ sich aufs neue der auffällig dicke fahrende Schüler vernehmen.

„Ja, wer da hinkommen könnte!" entgegnete Macko. „Welch eine Beute wäre da zu gewinnen."

Powala erwog noch immer in seinem Sinn das Schicksal Zbyszkos, der doch nur durch sein törichtes Vorgehen eine Schuld auf sich geladen hatte und sich jetzt einfach in den Rachen des Wolfes begab. Der Herr von Taczew besaß, trotz seiner grimmigen und rauhen Außenseite, ein taubenfrommes Herz. Er konnte sich des Mitleids mit dem jungen Gesellen nicht erwehren, wußte er doch am besten von allen, was den Schuldigen treffen werde.

„Ich sinne und sinne", wandte er sich aufs neue zu Anna Danuta, „ob man der Königin von dem Geschehnis Kunde geben soll oder nicht. Wenn der Kreuzritter die Klage unterläßt, dann kommt es nicht zur Verhandlung, doch, angenommen, er beklagt sich, dann wäre es angemessener, durch die vorherige Auseinandersetzung einem plötzlichen Zornausbruch vorzubeugen."

„Sobald der Kreuzritter jemand ins Verderben stürzen kann, tut er es auch", warf die Fürstin hier ein. „Doch ich werde sofort Zbyszko zu überreden versuchen, an meinem Hof zu bleiben. Vielleicht wird es sich der König doch überlegen, allzu streng gegen einen meiner Hofleute vorzugehen."

Und ohne lange zu zögern, ließ sie Zbyszko zu sich entbieten. Als dieser hörte, um was es sich handle, sprang er sogleich vom Pferd und sich Anna Danuta zu Fuß nähernd, erklärte er sich mit der größten Freude bereit, fortan bei ihrem Hof zu bleiben, wobei ihm aber seine persönliche Sicherheit weit weniger am Herzen lag, als die Gewißheit, dadurch in der Nähe Danusias verharren zu können.

Powala war inzwischen zu Macko geritten. „Wo wollt Ihr wohnen?" fragte er diesen.

„In einer mir bekannten Herberge."

„In den Herbergen gibt es längst keinen Platz mehr."

„Dann gehen wir zu einem mir befreundeten Kaufmann, Amylej mit Namen. Vielleicht nimmt er uns auf."

„Hört jetzt meinen Vorschlag: Kommt zu mir als meine Gäste. Euer Brudersohn könnte zwar mit dem Gefolge der Fürstin im Schloß wohnen, jedoch ich halte es für besser, wenn er dem König nicht gleich unter die Hände kommt. Gar häufig tut man im ersten Zornesausbruch manches, was man später unterlassen würde. Ihr müßtet ja auch dann alles teilen, was Euch gemeinsam gehört – die Wagen und die Knechte, und dazu ist Zeit nötig. Bei mir jedoch, das dürft Ihr glauben, seid Ihr gut und sicher aufgehoben."

Obwohl beunruhigt darüber, daß Powala die Sicherheit Zbyszkos dermaßen gefährdet erachtet, willigte Macko doch mit großer Freude in den Vorschlag ein, und so ritten sie gemeinsam in die Stadt. Bei dem wunderbaren Anblick aber, der sich ihnen hier bot, vergaßen sowohl sie wie Zbyszko aufs neue für einige Zeit alle Sorgen. Denn was hatten sie bis jetzt in Litauen und an der Grenze gesehen? Einzelne Burgen, und von bedeutenderen Städten nur Wilna, das wohl teilweise schlecht aufgebaut worden war, größtenteils aber noch in Trümmern lag. Hier hingegen reihte sich ein steinernes Handelshaus an das andere, und alle konnten an Pracht mit den litauischen großfürstlichen Burgen wetteifern. Wohl gab es auch zahlreiche Häuser aus Holz in Krakau, jedoch selbst diese Gebäude erregten Bewunderung durch ihre Höhe und durch ihre aus kleinen, in Blei gefaßten Glasstückchen bestehenden Fenster, auf denen sich die untergehende Sonne in solch roter Glut spiegelte, daß man glauben konnte, es sei Feuer in den Häusern ausgebrochen. In den in der Nähe des Marktes liegenden Straßen standen gleichfalls ganze Reihen von hohen, teils schmalen, teils breiten Bauten, entweder aus Ziegeln oder aus Stein aufgeführt, alle mit gewölbtem Hausflur, Erkern und mit kreuzartigen Verzierungen, sowie häufig mit den Merkmalen der Leiden Christi oder mit dem Bild der Jungfrau Maria über dem Torbogen geschmückt. Auf beiden Seiten dieser mit Stein gepflasterten Straßen befanden sich in tiefen Gewölben die prächtigsten, wunderbarsten Warenlager, auf die Macko, gewöhnt an reiche Kriegsbeute, manch gierigen Blick warf. Unendliches Staunen riefen aber bei ihm und Zbyszko die öffentlichen Gebäude hervor, so die Kirche der Jungfrau Maria auf dem Ring, das Rathaus mit seinem Riesenkeller, wo das Swidnicer Bier verzapft wurde, die anderen Kirchen, das geräumige *mercatorium*, das für ausländische Kaufleute bestimmt war, der Bau, in dem die städtische Waage stand, die Badehäuser, die Haarschneidekabinette, die Kupfer-, Gold- und Silberschmelze, die Bierbrauereien mit ihren zahllosen Fässern neben dem sogenannten Schrotamt, kurz, all diese Sehenswürdigkeiten, von denen ein der Stadt ungewohnter Mensch, selbst wenn er der wohlhabende Besitzer einer kleinen Burg sein mochte, keine Ahnung haben konnte.

Powala führte Macko und Zbyszko in sein, in der Straße Sankt Maria gelegenes Heim, befahl, ihnen eine große Stube herzurichten, übergab sie der Obhut seiner Pagen und eilte sofort in das Schloß, von wo er erst in später Nacht zurückkehrte. Trotzdem brachte er aber noch einige Freunde zum Mahl mit, die sich Trank und Speise wohl schmecken ließen. Der Wirt selbst aber zeigte eine sehr bekümmerte Miene, und als er endlich mit den beiden Edelleuten aus Bogdaniec allein war, sagte er zu Macko: „Ich habe Rücksprache mit einem Kanonikus genommen, der des Schreibens und des Rechtes kundig ist. Und wißt Ihr, was er behauptet: die Beleidigung eines Gesandten fordere ein Halsgericht. Betet daher zu Gott, damit sich der Kreuzritter nicht beschwere."

Wenn nun auch Macko und Zbyszko dem Mahl frohgelaunt beigewohnt und sogar im Trinken das Maß etwas überschritten hatten, legten sie sich doch jetzt mit kummervollen Herzen zur Ruhe. Macko vermochte nicht einzuschlafen und rief schließlich: „Zbyszko!"

„Was wollt Ihr?"

„Siehst du, wenn ich mir so alles überlege, fürchte ich immer mehr, daß es dir deinen Kopf kosten wird."

„Glaubt Ihr?" fragte Zbyszko mit der Schlaftrunkenheit der Jugend und schlummerte, vom Ritt ermüdet, sich der Wand zukehrend, ruhig ein.

Am nächsten Tag begaben sich die beiden Edelleute aus Bogdaniec gemeinschaftlich mit Powala zur Frühmesse in den Dom, einesteils der Andacht wegen, anderntteils aber auch, um den königlichen Hof und die Gäste zu sehen, die sich im Schloß zusammengefunden hatten. Auf dem Weg traf Powala gar viele Menschen, die ihm bekannt waren, und unter ihnen eine große Anzahl von Rittern, weithin berühmt im In- und im Ausland. Zbyszko schaute voll Bewunderung auf alle, insgeheim das Gelübde ablegend, daß, wenn seine Angelegenheit mit Lichtenstein glücklich ablaufen werde, er sich Mühe geben wolle, diesen an Tapferkeit und an allen anderen Tugenden gleichzukommen. Einer von diesen Rittern, ein Verwandter des Kastellans von Krakau, kündigte ihnen die Neuigkeit an, daß ein Domherr, der zum Papst Bonifazius IX. mit einem königlichen Schreiben abgesandt worden war, um denselben zur Taufe nach Krakau einzuladen, von Rom mit der Kunde zurückgekehrt sei, der Papst wisse zwar noch nicht, ob er persönlich der Feier beiwohnen könne, doch werde er jedenfalls einen Gesandten bevollmächtigen, in seinem Namen das Kind, welches das Licht der Welt erblicken sollte, über die Taufe zu halten. Der Ritter habe auch dem Wunsch des Papstes Ausdruck verliehen, daß als Beweis von dessen besonderer Liebe für die königlichen Eltern dem Kind der Name „Bonifazius" gegeben werde. Die baldige Ankunft des Königs Sigismund wurde auch besprochen. Man erwartete ihn mit Bestimmtheit, denn Sigismund kam stets geladen oder ungeladen an, sobald sich ihm die Gelegenheit zu einem Besuch, zu einem Gastmahl oder zu einem Turnier bot, da er in der Welt nicht nur als Herrscher, sondern auch als Sänger und Ritter bekannt sein wollte.

Powala, Zawisza aus Garbow, Dobko aus Olesnica, Naszam und noch viele andere erinnerten sich gegenseitig mit Lächeln daran, wie bei den früheren Besuchen des Sigismund der König Wladislaw sie im Geheimen gebeten hatte, im Turnier nicht gar zu heftig anzugreifen, sondern Rücksicht zu nehmen auf den Gast aus Ungarn, dessen in der ganzen Welt bekannte Eitelkeit so groß war, daß ihm jede Niederlage Tränen in die Augen trieb. Voll Interesse unterhielten sich auch die Ritter über Witold. Man erzählte sich Wunder von der Pracht der aus reinem Silber getriebenen Wiege, die von Witold und seiner Frau Anna durch die litauischen Fürsten und Bojaren zum Geschenk überbracht worden war. Es bildeten sich nach und nach, wie gewöhnlich vor der Messe, einzelne Gruppen, die sich allerlei Neuigkeiten mitteilten, und auch Macko schilderte den ihn Umstehenden die Kostbarkeit des Geschenkes und erzählte ausführlich von dem geplanten Kriegszug Witolds gegen die Tataren, da er von allen Seiten mit Fragen bestürmt wurde. Wie er berichtete, hatten sich die Heere schon gegen den Osten von Rußland gewendet, und wenn der Plan Witolds gelingen sollte, so trug er dazu bei, die Herrschaft des Königs Jagiello fast über die halbe Welt bis zu den Grenzen Persiens und bis zu den Ufern des Arals auszudehnen. Macko, der ja bei Witold gewesen war und daher dessen Absichten genau kannte, wußte alles so beredt auseinanderzusetzen, daß sich der Kreis der Neugierigen um ihn vor der Treppe des Doms immer mehr vergrößerte. Es handelt sich hier, erklärte Macko, einfach um einen Kreuzzug. Witold selbst regiert, obwohl er sich Großfürst nennt, doch Litauen nur im Namen Jagiellos und ist nur Statthalter. Das Verdienst um den Kreuzzug wird also dem König zufallen. Welch ein Lob wird es aber dem kurz getauften Litauer eintragen, und wie förderlich wird es für die Macht Polens sein, wenn die vereinten Heere das Kreuz in solche Gegenden tragen werden, wo der Name des Erlösers nur zum Spott genannt wird, und wo bis jetzt der Fuß des Polen und des Litauers noch nicht hingekommen ist. Der verjagte Tochtamysz, den die vereinten polnischen und litauischen Heere von neuem auf den verlorenen Thron zu setzen gedenken, wird sich als „Sohn" des Königs Wladislaw bekennen und seinem Versprechen gemäß mit der ganzen Goldenen Horde dem Kreuz huldigen.

Voll Spannung lauschten die Hörer diesen Worten, viele aber, die nicht genau wußten, um was es sich handelte, wem Witold helfen, gegen wen der Krieg geführt werden solle, fingen zu fragen an: „Sagt uns erst, gegen wen der Krieg geführt werden soll."

„Gegen Timur den Lahmen!" antwortete Macko.

Jetzt trat einen Augenblick Schweigen ein. Wohl hatten die Ritter aus dem Westen schon die Namen der Goldenen, der Blauen und der Assowischen Horden vernommen, aber was wußten sie von den tatarischen Horden? Dagegen gab es kaum einen Menschen in Europa, der nichts von dem schrecklichen Timur dem Lahmen oder Tamerlan gehört hatte, dessen Namen mit nicht geringerem Schrecken genannt wurde wie seinerzeit der Name Attilas. War doch Tamerlan der „Herr der Welt" und der „Herr der Zeiten" – ein Herrscher über siebenundzwanzig unterjochte Reiche, der Herrscher über das Moskauische Rußland, der Herrscher von Sibirien, der Herrscher von China und Indien, der über Ispahan, über Haleb und über Damaskus regierte, dessen mächtige Hand über die Arabische Wüste bis nach Ägypten reichte und über den Bosporus bis an das Griechische Kaiserreich – war doch Tamerlan – der Zerstörer des Menschengeschlechtes – der Erbauer ungeheurer Pyramiden aus Menschenschädeln – ein Sieger in allen Schlachten, der niemals besiegte „Herr über Seele und Körper".

Als sich Tochtamysz, der von ihm auf den Thron der Goldenen und der Blauen Horde erhoben und als „Sohn" anerkannt worden war, seiner Macht bewußt, sich unabhängig zu machen versucht hatte, wurde er durch eine einzige Handbewegung des schrecklichen „Vaters" vom Thron gestürzt, und hatte sich, um Hilfe flehend, zu dem litauischen Statthalter geflüchtet. Witold beabsichtigte auch, ihm wieder zu dem Thron zu verhelfen. Um dies zu ermöglichen, war es indessen vor allem nötig, sich mit dem weltbeherrschenden Lahmen zu messen.

Das war auch der Grund, weshalb sich alle so sehr für den geplanten Kriegszug interessierten, und nach kurzem Schweigen sagte einer der ältesten Ritter, Kazko aus Jaglow: „Ei, wir werden nicht mit dem ersten besten zu tun bekommen."

„Und doch kommt bei uns nicht viel heraus", bemerkte in weisem Ton Mikolaj aus Dlugolas, „denn ist es für uns nicht gleichgültig, ob am Ende der Welt ein Tochtamysz oder irgendein Kutluk über die Söhne des Belial herrschen wird?"

„Tochtamysz würde sicherlich Christ werden", antwortete Macko.

„Das ist noch fraglich. Kann man denn den Hundsseelen trauen, die nicht an Christus glauben?"

„Um des Namens Christi willen lohnt es sich indessen schon zu sterben", sagte Powala.

„Und der Ritterehre wegen", fügte ein anderer Ritter hinzu, „ich kenne gar manche unter uns, die mitziehen werden. Herr Zbytko aus Mielsztyn hat eine junge und vielgeliebte Frau, und ist doch schon zu Witold gegangen."

„Daran ist gar nichts Wunderbares", bemerkte nun Jasko Naszam. „Denn wenn einer auch die größte Sünde auf dem Gewissen hat, so ist doch der Ablaß sicher vor einem solchen Krieg und somit die Rettung jedes Sünders."

„Geschweige des Ruhmes in der Ewigkeit", ergriff Powala aus Taczew wieder das Wort. „Mir soll es recht sein, wenn der Kriegszug ausgeführt wird, denn, in der Tat, es ist nicht der erste beste, gegen den wir ziehen werden. Timur besiegte die ganze Welt und herrscht über siebenundzwanzig Königreiche. Welch ein Lob wäre es für unser Volk, wenn wir seine Macht vernichten würden."

„Das will ich meinen!" rief einer der Ritter. „Wenn er auch hundert Königreiche besäße, wir fürchteten ihn nicht. Mögen dies andere tun! Ihr könnt mir glauben, wenn wir nur zehntausend Bogenschützen zusammenbringen, können wir es mit der ganzen Welt aufnehmen."

„Welches Volk soll denn den Lahmen besiegen, wenn nicht das unsrige!"

So sprachen die Ritter untereinander, und Zbyszko war jetzt ganz verwundert darüber, daß ihn niemals zuvor die Lust angewandelt hatte, mit Witold in die wilden Steppen zu ziehen. Als er in Wilna gewesen war, da hatte er sich danach gesehnt, Krakau mit seinem königlichen Hof zu sehen und an den ritterlichen Spielen teilzunehmen, jetzt aber dünkte es ihn, er könne dabei wenig Ruhm gewinnen. Ihm drohte außerdem ein strenger Urteilsspruch, bei Witold hätte er dagegen vielleicht einen ruhmreichen Tod gefunden.

Da mit einemmal ließ der vor Alter mit dem Kopf zitternde, hundertjährige Kazko aus Jaklow, der jedoch nicht mehr immer Herr seiner Sinne war, sich also vernehmen: „Was überlegt Ihr lange? Ihr seid wirklich töricht. Hat denn keiner von Euch gehört, daß die Königin ein Wunder erlebte, daß das Bild Christi zu ihr gesprochen hat? Und wenn selbst der

Erlöser sich zu solchen Vertraulichkeiten herbeiläßt, weshalb sollte ihr der heilige Geist, die dritte Person der Dreieinigkeit, nicht gewogen sein? Der heilige Geist aber hat ihr die Gabe verliehen, in die Zukunft zu sehen und alles gerade so im voraus zu bestimmen, als ob es vor ihr stattfände. Und die Königin hat sich also vernehmen lassen ..."

Hier hielt der Hochbetagte plötzlich inne, griff sich an die Stirn und fuhr dann fort: „Ja, ja, ich vergaß, was sie sagte, aber ich werde mich dessen bald wieder erinnern ..."

Mit sichtlicher Anstrengung begann er zu überlegen, die anderen aber warteten andächtig, denn es war allgemein die Ansicht verbreitet, daß die Königin die Zukunft voraussehen könne.

„Ja, ja", bemerkte er endlich, „jetzt habe ich es! Die Königin erklärte, daß, wenn alle Ritter samt und sonders mit dem Fürsten Witold gegen den Lahmen auszögen, die heidnische Macht zerstört würde. Man könne aber nicht alle Ritter entbehren wegen der Verderbtheit der christlichen Fürsten. Es sei nötig, die Grenzen zu schützen vor den Böhmen, vor den Ungarn und vor den Kreuzrittern, denn man dürfe niemand trauen. Da aber nur ein Teil der Polen mit Witold auszieht, wird ihn Tamerlan oder einer von dessen Heerführern besiegen, da der Lahme über eine ungeheure Heeresmacht verfügt."

„Jetzt herrscht aber doch Frieden an den Grenzen", bemerkte einer der Ritter, „und der Orden selbst will dem Witold Heeresfolge leisten. Die Kreuzritter müssen dies ja tun, denn erstens wäre es eine Schmach für sie, wenn sie anders handelten, und zweitens liegt ihnen auch daran, dem heiligen Vater zu beweisen, daß sie zum Kampf gegen die Heiden bereit sind. Wie allgemein behauptet wird, soll ja Kuno von Lichtenstein nicht nur der Taufe wegen, sondern auch um dieser Beratungen willen hier weilen."

„Da ist er!" rief plötzlich Macko aus.

„Fürwahr er ist's!" stimmte Powala, sich umschauend, bei, „fürwahr er ist's. Er weilte nur kurz bei dem Abt in Tyniec."

„Es hat ihm wohl keine Ruhe dort gelassen", bemerkte Macko finster.

Mittlerweile kam Kuno von Lichtenstein an den Sprechenden vorüber. Er erkannte jedoch weder Macko noch Zbyszko, da er sie zuvor bloß im Helm gesehen hatte, der selbst beim offenen Visier nur einen kleinen Teil des Gesichtes freiließ. Im Vorbeigehen nickte der Kreuzritter dem Powala aus Taczew zu, um dann, von seinen Pagen gefolgt, die Treppen des Domes mit langsamen, majestätischen Schritten zu ersteigen.

Den Beginn der Messe verkündigend, ertönten nun laut die Glocken, deren Klang eine Schar von Dohlen und Tauben emporscheuchte, die in den Türmen nisteten. Macko und Zbyszko traten gemeinsam mit den anderen in die Kirche, beide nicht wenig beunruhigt durch die rasche Wiederkehr Lichtensteins.

Doch während der ältere Edelmann seine Erregung nur schwer bemeistern konnte, wurde die Aufmerksamkeit des jüngeren bald vollständig durch den königlichen Hof in Anspruch genommen. Nie im Leben hatte er etwas Glänzenderes als diese Kirche und diese Versammlung gesehen, die bedeutendsten Männer des Königreiches, berühmt im Rat und im Krieg, waren hier versammelt. Ein Teil derer freilich, durch deren Weisheit die Ehe des Großfürsten von Litauen mit der wunderbar schönen und jugendlichen, polnischen Königin zustande gekommen war, hatte schon das Zeitliche gesegnet, aber gar mancher von ihnen lebte noch und wurde mit ganz besonderer Ehrfurcht betrachtet. Der junge Ritter konnte sich nicht satt sehen an der imponierenden Erscheinung des Jasko aus Teczyn, des Krakauer Kastellans, der kraftvolle Strenge mit Milde und Gerechtigkeit zu vereinigen wußte. Er bewunderte den klugen und ernsten Blick anderer Räte oder die charakteristischen Gesichtszüge der Rittersleute mit den über der Stirn geradegeschnittenen Haaren, die dann in langen Locken auf Schultern und Rücken herabfielen. Etliche von ihnen trugen Netze, etliche nur Bänder, welche die Haare zusammenhielten. Die ausländischen Gäste – die Gesandten des römischen Königs, die böhmischen, ungarischen und rakuser Gesandten und ihr Gefolge erregten das größte Aufsehen durch die Pracht ihrer Gewänder. Die litauischen Knäse und Bojaren hatten trotz der sommerlichen Hitze ihre pelzverbrämten Röcke angetan. Die russischen Knäse in weiten, aber steifen, goldgestickten Gewändern, nahmen sich mit den Kirchenmauern als Hintergrund wie byzantinische Bilder aus. Aber mit der größten Spannung erwartete Zbyszko den Eintritt des Königs und der Königin, und er drängte sich so weit wie möglich zu der Stalla vor, hinter der, in der Nähe des Altars, zwei Kissen aus rotem Samt zu sehen waren, weil das Königspaar gewöhnlich die Messe auf den Knien zu hören pflegte. Die Versammlung mußte nicht lange warten. Durch die Tür der Sakristei erschien zuerst der König, allen genau sichtbar. Seine schwarzen Haare, von denen einige etwas verwirrt über die Stirn hingen, fielen zu beiden Seiten lang herab, waren aber hinter die Ohren geschoben. Die dunkle Farbe seines glattrasierten Gesichtes mußte auffallen, ebenso seine gebogene, spitze Nase. Um die Mundwinkel zogen sich tiefe Falten, mit seinen kleinen, schwarzen und glänzenden Augen blickte er lebhaft umher, als ob er sich, bevor er den Altar erreichte, über die Zahl der in der Kirche Anwesenden vergewissern wolle. Seine Züge hatten einen gutmütigen Ausdruck, aber gleichzeitig auch etwas Gespanntes, und seine hastigen, unsicheren Bewegungen bezeugten, daß er sich vor boshaften Bemerkungen fürchte. Er war daher sichtlich bemüht, stets auf seiner Hut zu sein und der Würde Rechnung zu tragen, die ihm ein unverhofftes Glück hatte zuteil werden lassen. Daß ihn indessen die geringfügigste Ursache zum Aufbrausen bringen könnte, das war nicht schwer zu erraten, und niemand mochte daran zweifeln, daß dieser Fürst, seinerzeit durch die Hinterlist der Kreuzritter aufs höchste erbost, ihrem Gesandten hatte zurufen können: „Du kommst zu mir mit dem Pergament, und ich zu Dir mit dem Speer."

Durch seine tiefe und wahre Frömmigkeit wurde indessen jetzt seine angeborene Heftigkeit in Schranken gehalten. Nicht nur die neu getauften litauischen Fürsten, sondern auch die seit Generationen christlichen, polnischen Edelleute wurden immer erbaut durch den Anblick des Königs in der Kirche. Stets schob er von Zeit zu Zeit das Kissen hinweg, um, der größeren Buße wegen, auf den nackten Steinen zu knien. Gar häufig hob er die Hände flehend empor und hielt sie so lange nach oben, bis sie von selbst vor Ermüdung zurückfielen. Er hörte wenigstens drei Messen täglich und hörte sie alle voll Inbrunst. Das Ertönen des Glöckchens bei der Wandlung erfüllte seine Seele mit Wonne. Nach Beendigung der Messe verließ er gewöhnlich die Kirche, wie vom Schlaf erquickt, beruhigt und besänftigt, und nur zu bald hatten es die Hofleute herausgefunden, daß diese Zeit die geeignetste war, wenn man seine Verzeihung erlangen oder ein Geschenk erhalten wollte.

Auch Jadwiga trat durch die Tür der Sakristei ein. Als die in der Nähe der Stalla stehenden Ritter ihrer ansichtig wurden, knieten sie unwillkürlich nieder, ihr die Ehren wie einer Heiligen zollend. Zbyszko folgte dem Beispiel, denn niemand in der ganzen Versammlung zweifelte daran, daß Jadwiga, die seit Jahren das strengste Bußleben führte, eine Heilige sei, daß mit deren Bildern zukünftig die Kirchenaltäre geschmückt werden würden. Von Mund zu Mund ging unter den Edlen und unter dem Volk der Ruf von ihren Wundertaten. Allgemein wurde behauptet, die Berührung ihrer Hand heile die Kranken. Menschen, die des Gebrauches ihrer Glieder beraubt gewesen waren, hatten ihre Gesundheit wieder gewonnen, nachdem die Königin ihre Hand auf sie gelegt hatte. Glaubwürdige Zeugen berichteten, daß sie mit eigenen Ohren gehört hatten, wie einmal Christus am Altar zu ihr gesprochen habe. Die auswärtigen Monarchen verehrten sie auf den Knien, selbst die trotzigen Kreuzritter beugten sich vor ihr und fürchteten sich, sie zu kränken, ja, Papst Bonifazius IX. nannte sie eine Heilige und eine auserwählte Tochter der Kirche. In der ganzen Welt bewunderte man ihre Taten und dachte mit Staunen daran, wie dieses wunderbar schöne Kind des angiovinischen Hauses* und der polnischen Piasten, wie die Tochter des mächtigen Ludwig, die an dem glänzendsten Hof erzogen worden war, auf ihr persönliches Glück verzichtet hatte, verzichtet hatte auf ihre erste, jungfräuliche Liebe, um als Königin sich mit einem „wilden" litauischen Fürsten zu vermählen, damit sie in Gemeinschaft mit ihm das letzte heidnische Volk Europas dem Kreuz zugänglich mache. Was die vereinigten Kräfte der Deutschen, was die Macht der Orden, was die Kreuzzüge, was all das vergossene Blut lange nicht zustande hatten bringen können, dazu genügte ein einziges Wort von ihr. Niemals hatte der apostolische Titel ein jüngeres, schöneres Haupt umstrahlt, niemals war bis jetzt in einer Person solche Frömmigkeit und solche Aufopferung vereinigt, niemals noch war Frauenschönheit mit solcher Engelsgüte und ruhigen Ergebenheit gepaart gewesen.

---

* Aus dem Hause Anjou – Anmerkung der Übersetzerinnen.

Von Sängern an allen Höfen Europas wurde Jadwiga gepriesen. Aus den fernliegendsten Ländern pilgerten die Ritter nach Krakau, um die polnische Königin zu sehen. Ihr eigenes Volk, dem sie durch ihre Vermählung mit Jagiello so viel Macht und Rum verliehen hatte, liebte sie wie seinen Augapfel. Nur eine große Sorge hatte sie und ihr Volk bis jetzt niedergedrückt. Dieser von ihm Auserwählten war von Gott Jahre hindurch die Nachkommenschaft versagt geblieben. Als aber auch endlich dieser Fluch von ihr genommen war, verbreitete sich die Nachricht wie ein Blitz vom Baltischen bis an das Schwarze Meer und bis an die Karpaten und erfüllte alle Völker des großen Reiches mit Dankbarkeit. Selbst an den auswärtigen Höfen, den Hof der Kreuzritter ausgenommen, wurde die Kunde mit Freude begrüßt. In Rom wurde ein Tedeum gesungen. In den polnischen Ländern aber wurzelte die Ansicht immer fester, daß alles unverzüglich geschehe, um was die heilige Frau Gott bitte.

So wallfahrte man immer häufiger zu ihr. Kranke flehten sie an, für ihre Gesundung zu beten, Abordnungen aus den verschiedensten Ländern und Kreisen stellten sich bei ihr ein, um sie zu veranlassen, ihnen beizustehen, und je nach Bedarf für sie Regen bei Trockenheit, schönes Wetter zur Ernte, glückliche Heueinfuhr, reichliches Ergebnis beim Honigsammeln, gute Beute beim Fischen, erfolgreiche Jagd zu erbitten. Die gefürchtetsten Ritter auf den Grenzschlössern und Burgen, die, nach damaliger Sitte, dem Raub und dem Krieg oblagen, schoben auf eine Mahnung von ihr die gezückten Schwerter wieder in die Scheiden, ließen ihre Kriegsgefangenen ohne Lösegeld frei, gaben die erbeuteten Herden zurück und reichten sich die Hände zur Versöhnung. Alle Unglücklichen, alle Armen drängten sich an den Pforten des königlichen Schlosses. Mit ihrer reinen, unschuldsvollen Seele übte sie einen ungeheuren Einfluß auf die Herzen der Menschen aus. Stets war sie darauf bedacht, das Los ihrer Untertanen zu erleichtern, den Stolz und Hochmut der Ritter und Herren zu vermindern, die Strenge der Richter zu mildern. Gleich der Verkündigerin des Glückes, gleich einem Engel der Gerechtigkeit und des Friedens waltete sie über das ganze Land. Und deshalb erwarteten auch alle, klopfenden Herzens, den Tag des Segens.

Nach der Aussage des Fürstbischofs Wysz von Krakau, der als der erfahrendste Arzt im ganzen Reich und als der berühmteste im Ausland galt, stand die Niederkunft noch nicht so bald bevor, und wenn schon Vorbereitungen getroffen wurden, so geschah dies nur, weil es eine althergebrachte Sitte war, mit den Feierlichkeiten so zeitig wie möglich zu beginnen. Noch hatte die Königin ihre frühere Schlankheit bewahrt, doch stand sie etwas vorgebeugt da. Ihre Kleidung war fast allzu einfach. An einem glänzenden Hof erzogen und die schönste von allen Fürstinnen jener Epoche, hatte sie sich ehemals gerne mit kostbaren Stoffen, Perlen, goldenen Spangen und Ringen geschmückt, aber seit einigen Jahren schon kleidete sie sich in Nonnengewänder, und während einiger Zeit verschleierte sie sogar ihr Gesicht, aus Furcht, die eigene Schönheit könne weltliche

Gedanken in ihr erwecken. Als Jagiello, voll Freude über ihren Zustand, das Schlafgemach mit Goldstoff, Byssus und Kleinodien zieren lassen wollte, erklärte sie, sie habe ja längst allem Glanz entsagt, denke nur daran, daß sie in stiller Demut, fern von allem Prunk, die Gnade hinnehmen müsse, die ihr Gott zuteil werden lasse. Die Ersparnisse an Gold und Kleinodien wurden nun für die Akademie verwendet, und auch dazu, einige neugetaufte litauische Jünglinge an ausländische Universitäten zu schicken.

Die Königin willigte schließlich ein, ihr Nonnenkleid abzulegen, und von der Zeit an, da ihre Hoffnungen zur Gewißheit wurden, verschleierte sie auch ihr Gesicht nicht mehr, weil sie glaubte, daß sich ein Bußgewand jetzt nicht für sie eigne. Und nun blickten aller Augen voll Liebe auf dieses wundervolle Antlitz, das keiner Zieraten von Gold oder von Edelsteinen bedurfte. Langsam schritt die königliche Frau von der Tür der Sakristei zum Altar hin, den Blick empor gerichtet, in der einen Hand das Gebetbuch, in der anderen den Rosenkranz haltend. Zbyszko schaute auf dieses lilienweiße Gesicht, die blauen Augen, die engelreinen Züge, in denen sich süßer Frieden, unendliche Güte ausdrückten, und sein Herz fing an, heftig zu klopfen. Er wußte, daß er nach dem Gebot Gottes verpflichtet war, sowohl seinen König als auch seine Königin zu lieben, und er liebte sie in seiner Weise, aber jetzt überkam ihn plötzlich eine Liebe, die nicht auf Befehl, sondern von selbst entsteht und Ehrfurcht, Demut und Opfermut in sich schließt. Jung und heißblütig wie er war, ergriff ihn auch das Verlangen, seine Verehrung, seine Treue irgendwie zu betätigen, irgendwohin zu eilen, den Kampf mit jemand aufzunehmen, etwas zu erobern und seinen eigenen Hals dabei zu Markt zu tragen.

„Ich werde mit Fürst Witold in den Krieg ziehen", sagte er sich, „denn wie kann ich der heiligen Herrin dienen, wenn es in der Nähe keine Gelegenheit zum Kampf gibt?" Daß er ihr auch auf andere Art dienen könne, als mit dem Schwert, der Lanze oder dem Beil, kam ihm gar nicht in den Sinn, dagegen war er bereit, mit aller Macht auf Timur den Lahmen loszugehen. Sogleich nach der Messe wollte er sich zu Pferde setzen, wollte er seine Kraft erproben. Auf welche Weise, wußte er aber selbst nicht. Er fühlte nur, daß seine Hände zuckten, und daß es ihn von ganzer Seele danach verlangte, etwas Großes zu vollbringen.

Er vergaß auch wieder vollständig die Gefahr, die ihm drohte, sogar Danusias vergaß er, und als sie ihm durch die Kinderchöre, die plötzlich ertönten, wieder in den Sinn kam, sagte er sich unwillkürlich, seine Neigung für sie sei etwas ganz anderes. Danusia hatte er Treue gelobt, ihretwegen sollten drei Deutsche mit dem Leben büßen, und sein Wort wollte er halten, aber die Königin stand ja hoch über allen anderen Frauen, und als er darüber nachdachte, wie viele Tote er ihr wohl zu Füßen legen müsse, sah er ein ganzes Heer von Panzern, Helmen, Strauß- und Pfauenfedern vor sich, ja, ihn überkam die Überzeugung, daß er nicht genug tun könne.

Indessen wendete er die Augen nicht von ihr, und in überströmender Empfindung fragte er sich, wie er sie durch ein besonderes Gebet ehren könne, da er glaubte, für eine Königin müsse man anders beten als sonst. Er war imstande, die Worte: *„Pater noster, qui es in coelis, sanctificetur nomen tuum"* herzusagen, denn dies hatte ihn ein Franziskaner in Wilna gelehrt, aber das ganze Vaterunser konnte er nicht mehr auswendig. Und nun wiederholte er unablässig die Worte: „Gib unserer geliebten Herrin Gesundheit und Glück, erhalte sie am Leben und wache sorgsamer über sie als über alle anderen Wesen." Inbrünstiger wurde wohl in der ganzen Kirche nicht gebetet, und doch kam dieses Gebet von den Lippen eines Jünglings, über den vielleicht bald ein harter Urteilsspruch und Strafe verhängt werden sollte.

Nach Beendigung der Messe sagte sich Zbyszko, wenn es ihm vergönnt wäre, der Königin zu nahen, müsse er vor ihr niedersinken und ihre Knie umfassen, wenn auch er und die ganze Welt darüber zugrunde ginge, doch nach der ersten Messe kam die zweite, dann die dritte, worauf sich die Herrin in ihre Kemenate begab, denn gewöhnlich fastete sie bis zum Mittag und nahm absichtlich nicht teil an den fröhlichen Mahlzeiten, bei denen man zur Belustigung des Königs und der Gäste Hofnarren und Gaukler aller Art auftreten ließ.

Jetzt kam der alte Edelmann aus Dlugolas zu Zbyszko und berief ihn vor die Fürstin.

„Du wirst bei dem Frühstück mir und Danusia aufwarten, als meinHofkavalier", sprach die Fürstin. „Möge es dir nun gelingen, durch irgendeinen Scherz des Königs Wohlgefallen zu erringen. Und falls der Kreuzritter dich erkennt, wird er dich vielleicht nicht anklagen, wenn er sieht, daß du mich am Tisch des Königs bedienst."

Zbyszko küßte der Fürstin die Hand, dann wendete er sich zu Danusia, und wiewohl mehr an Krieg und Schlachten, als an höfische Sitten gewöhnt, wußte er offenbar dennoch, was einem Ritter geziemt, wenn er in der Frühe die Dame seines Herzens erblickt, denn er wich etwas zurück, auf seinem Gesicht malte sich der Ausdruck der Verwunderung und er rief, ein Kreuz schlagend: „Im Namen des Vaters, des Sohnes und des heiliges Geistes."

Und die blauen Augen zu ihm erhebend, fragte Danusia: „Weshalb schlägt Zbyszko ein Kreuz? Die Messe ist ja schon vorüber."

„Weil deine Anmut, schöne Herrin, während der Nacht so groß geworden ist, daß sie mir wunderbar erscheint."

Doch Mikolaj aus Dlugolas, der als bejahrter Mann keinen Gefallen an den neuen ritterlichen Sitten fand, zuckte die Achseln und sagte: „Unnütz verlierst du deine Zeit und schwatzest ihr etwas von Schönheit vor! Einer kleinen Kröte, die noch nicht einmal erwachsen ist."

Ergrimmt schaute ihn Zbyszko an.

„Hütet Euch, sie ‚Kröte' zu nennen", rief er, vor Zorn erbleichend, „und wisset dies: wenn Ihr weniger Jahre zähltet, ließe ich sofort die Erde hinter der Burg gleichtreten und dann müßte Euer oder mein Blut fließen."

„Stille, du Hitzkopf! Einen Rat möchte ich dir heute noch geben!"
„Stille!" sagte auch die Fürstin. „Statt an die eigene Sicherheit zu denken, willst du noch Streit suchen? Mir wäre lieber, ich hätte für Danusia einen gesetzteren Ritter gefunden. Aber hiermit erkläre ich dir: wenn du Unruhe stiften willst, gehst du fehl. Solcher Leute bedarf man hier nicht."

Nun schämte sich Zbyszko, daß er sich vor der Fürstin derart hatte hinreißen lassen, und er bat sie um Verzeihung. Insgeheim nahm er sich jedoch vor, falls Herr Mikolaj aus Dlugolas einen erwachsenen Sohn habe, diesen zum Zweikampf herauszufordern, denn die Strafe für die „Kröte" durfte jenem, seiner Ansicht nach, nicht erlassen werden. In den königlichen Gemächern wollte er sich mittlerweile benehmen, wie die liebe Unschuld, und niemand wollte er herausfordern, ausgenommen, daß seine Ritterehre es erheischte.

Trompetenschall verkündigte, daß das Frühstück bereit war, und Danusia an der Hand führend, begab sich die Fürstin Anna in die königlichen Zimmer, vor denen die weltlichen Würdenträger und die Ritter, ihrer harrend, standen. Die Gattin des Fürsten Ziemowit war schon zuvor eingetreten, da ihr, als der leiblichen Schwester der Königin, einer der ersten Plätze am Tisch gebührte. Bald wimmelte es in den Gemächern von fremden Gästen und den geladenen einheimischen Würdenträgern und Rittern. Der König saß am obersten Ende des Tisches, neben sich hatte er den Bischof von Krakau und auf der anderen Seite den Abgesandten des Papstes. Die folgenden Plätze wurden von den beiden Fürstinnen eingenommen. Neben Anna Danuta machte sich in einem großen Lehnstuhl der ehemalige Erzbischof Jan von Gnesen breit, ein von den schlesischen Piasten abstammender Fürst, der Sohn Boleslaws III., des Fürsten von Oppeln. Zbyszko hatte von diesem schon am Hof Witolds gehört, und als er jetzt hinter der Fürstin und Danusia stand, erkannte er ihn sofort an seinen Haaren, die, in dichten Ringeln herabfallend, seinen Kopf einem Weihwedel ähnlich machten. An den Höfen der polnischen Fürsten hatte er auch den Übernamen „Weihwedel" und sogar die Kreuzritter nannten ihn „Kropidlo".* Er war bekannt wegen seines heiteren Temperamentes und seiner leichten Sitten. Nachdem er gegen den Willen des Königs das Pallium für das Erzbistum Gnesen erlangt hatte, wollte er mit bewaffneter Hand Besitz davon ergreifen, wurde aber seiner Würde entsetzt und verjagt, worauf er sich mit den Kreuzrittern verband, die ihm das elende Bistum Kamenz in Pommern verliehen. Als er dann schließlich einsah, daß es vorteilhaft ist, mit einem mächtigen König in gutem Einvernehmen zu stehen, versuchte er den Herrscher zu versöhnen und kehrte in die Heimat zurück, um es hier ruhig abzuwarten, bis ein Bischofsitz frei und ihm von der Hand des gütigen Herrn übertragen werde. In späterer Zeit wurden

---

* „Kropidlo" heißt Weihwedel, ironisch aber auch „Prügel" und war Beiname einiger schlesischen Fürsten – Anmerkung der Übersetzerinnen.

seine Hoffnungen denn auch erfüllt, und mittlerweile bemühte er sich, durch allerlei Kurzweil das Herz des Königs zu gewinnen: zu den Kreuzrittern fühlte er sich aber stets hingezogen. Und da er am Hof Jagiellos von den Würdenträgern und Rittern nicht gerne gesehen war, suchte er meist die Gesellschaft Lichtensteins und setzte sich mit Vorliebe bei Tisch neben ihn.

Dies war auch jetzt geschehen. Der hinter dem Lehnstuhl der Fürstin stehende Zbyszko befand sich daher so nahe bei dem Kreuzritter, daß er ihn mit der Hand hätte berühren können. Auch zuckten unwillkürlich seine Finger, aber er versuchte sich zu beherrschen und ließ keine schlimmen Gedanken aufkommen. Trotzdem konnte er sich nicht enthalten, von Zeit zu Zeit forschende Blicke auf den etwas kahlen, blonden Kopf Lichtensteins zu werfen, auf dessen Hals, Schultern und Arme, um zu ermessen, ob er bei einem Zusammentreffen in der Schlacht oder im Zweikampf viel Arbeit und Mühe mit ihm hätte. Und ihn dünkte, er könne es mit ihm aufnehmen, denn wiewohl die Schultern des Kreuzritters mächtig genug unter dem enganliegenden dunkelgrauen Tuchgewand hervortraten, war dieser gleichwohl nur ein Schwächling im Vergleich zu einem Powala, zu einem Paszko Zlodziej aus Biskupice, im Vergleich zu den beiden berühmten Sulimczyki, zu Kazon aus Kozichglowny und zu vielen anderen Rittern, die am königlichen Tisch saßen.

Auf all' diese schaute Zbyszko mit staunender Bewunderung und mit Neid, doch seine Hauptaufmerksamkeit wendete sich dem König zu, der die Blicke nach allen Seiten umherschweifen ließ, während er unablässig seine Haare hinter die Ohren strich, wie wenn er ungeduldig darüber wäre, daß das Frühstück noch nicht begonnen hatte. Während eines kurzen Momentes weilten seine Augen auch auf Zbyszko, und dann überkam den jungen Ritter ein gewisses Angstgefühl, ja, bei dem Gedanken allein schon, daß er wohl einmal dem erzürnten Antlitz des Königs gegenüberstehen und sich verantworten müsse, empfand er eine furchtbare Erregung. Jetzt zum erstenmal dachte er daran, daß man ihn zur Verantwortung ziehen und strafen könne, denn bisher war ihm alles wie in weite Ferne entrückt und so unbestimmt erschienen, daß er sich keine Sorgen darüber gemacht hatte.

Aber der Deutsche ließ sich auch nicht träumen, daß jener Ritter, der ihn auf der Landstraße so verwegen angegriffen hatte, ganz nahe war.

Indessen hatte das Mahl begonnen. Man trug eine Weinsuppe auf, die mit Eiern, Zimt, Gewürznelken, Ingwer und Safran bereitet war und deren Duft das ganze Zimmer erfüllte. Zugleich fing der an der Tür sitzende Hofnarr Charuszek an, den Gesang der Nachtigall nachzuahmen, was den König sichtlich erheiterte. Ein anderer ging dann zugleich mit der aufwartenden Dienerschaft um den Tisch herum, blieb unbemerkt hinter den Gästen stehen und ahmte das Summen der Bienen so trefflich nach, daß mancher den Löffel aus der Hand legte und sich der Fliegen zu erwehren versuchte. Bei diesem Anblick brachen die anderen in lautes Gelächter aus. Zbyszko bediente emsig die Fürstin sowie Danusia, und als nun auch Lichtenstein sich auf den kahlen Kopf schlug, vergaß er wiederum der Gefahr und lachte derart, daß ihm die Tränen über die Wangen liefen. Und der neben ihm stehende junge litauische Fürst Jamont, der Sohn des Statthalters von Smolensk, stimmte so herzlich mit ein, daß er beinahe die Speisen aus den Schüsseln verschüttet hätte.

Seinen Irrtum schließlich einsehend, zog der Kreuzritter seinen Geldbeutel hervor und sagte zu dem Bischof Kropidlo auf deutsch einige Worte, welche dieser, zu dem Narren gewandt, übersetzte: „Der edle Herr spricht so zu dir: ‚du bekommst zwei Geldstücke, aber summe nicht so nahe, denn man verjagt die Bienen und schlägt auf die Drohnen los'."

Rasch verbarg der Narr die ihm dargereichten Geldstücke, und sich die den Hofnarren eingeräumte Freiheit zu Nutzen machend, entgegnete er: „Die Drohnen haben sich in der Gegend von Dobrzyn* angesiedelt, weil es dort viel Honig gibt. Schlage du auf sie los, König Wladislaw."

„Da hast du auch von mir einen Groschen, denn du hast gut geantwortet", sagte Kropidlo, „doch vergißt du, daß der Bienenwärter immer den Hals bricht, wenn die Strickleiter zerreißt. Auch haben sie Stacheln, diese Marienburger Drohnen, welche Dobrzyn besetzten, und gefährlich ist's, sich ihrem Bienenstock zu nähern."

„Ach was!" rief Zindram aus Maszkowice, der Krakauer Schwertträger, „man kann sie dennoch vertreiben!"

„Womit?"

„Mit Pulver!"

„Oder man kann mit dem Beil den Bienenstock zerhauen!" sagte der riesenhafte Paszko Zlodziej aus Biskupice."

Zbyszkos Herz zog sich krampfhaft zusammen, denn er glaubte, diese Worte müßten den Krieg verkündigen. Und Kuno Lichtenstein verstand sie ganz wohl, da er sich lange in Thorn und in Chelin aufgehalten hatte, die polnische Sprache dort vollständig erlernt hatte und sich ihrer nur aus Hochmut nicht bediente. Jetzt aber, gereizt durch die Worte Zindrams aus Maszkowice, sah er diesen mit seinen grauen Augen durchdringend an und sagte: „Wir werden sehen!"

„Bei Plowce haben unsere Vorfahren manches gesehen und wir bei Wilna", erwiderte Zindram.

„Pax vobiscum!" rief Kropidlo. *Pax! Pax!* Sobald der Priester Mikolaj aus Kurow dem kujawischen Bistum entsagt und unser huldreicher König es mir verleiht, halte ich Euch so schöne Predigten von der Liebe zwischen den christlichen Völkern, daß Ihr ganz tugendhaft und zerknirscht sein werdet. Was ist denn dieser Haß, wenn nicht *ignis*, und zudem *ignis infernalis* ... ein furchtbares Feuer, das man nicht mit Wasser, sondern nur mit

---

* Der Grund und Boden von Dobrzyn wurde kraft des gesetzwidrigen Vertrages mit Wladislaw Opolczik durch die Kreuzritter in Besitz genommen.

Wein löschen kann. Gebt Wein her! Und gehen wir zum Höllengott, wie der hochselige Bischof Zawisza aus Kurozwek zu sagen pflegte."

„Und mit dem Höllengott zur Hölle, wie der Teufel sagte", fügte der Hofnarr Charuszsek hinzu.

„Der Teufel soll dich holen!"

„Wunderschön wäre es, wenn er Euch holte! Zwar hat man bis heute noch keinen Teufel mit einem Weihwedel gesehen, aber ich glaube, daß wir noch alle diese Freude haben werden."

„Zuerst muß ich dich aber noch besprengen. Gebt Wein her, es lebe die Christenliebe!"

„Die wahre Christenliebe!" wiederholte mit Nachdruck Kuno Lichtenstein.

„Wie?" rief hier der Krakauer Bischof Wysz, sich stolz emporrichtend. „Leben wir denn nicht seit Ewigkeit in einem christlichen Staat? Sind denn hier die Kirchen nicht älter als in Marienburg?"

„Ich weiß es nicht", erwiderte der Kreuzritter.

Der König war immer besonders gereizt, wenn sein Christentum in Frage gezogen wurde, und da er glaubte, der Kreuzritter habe vornehmlich auf ihn angespielt, bedeckten sich seine hervortretenden Backenknochen mit roten Flecken und seine Augen blitzten.

„Was meint Ihr denn?" erwiderte er in barschem Ton. „Bin ich etwa kein christlicher König?"

„Wohl, das Königreich wird ein christliches genannt, aber die Sitten sind heidnisch geblieben", antwortete der Kreuzritter kalt.

Nun erhoben sich drohend die Ritter: Marcin aus Wrocimowice, der das Abbild einer halben Ziege im Wappen trug, Florian aus Korytnica, Bartosz aus Wodzinka, Domarat aus Kobylany, Powala aus Taczew, Paszko Zlodziej aus Biskupice, Zindram aus Maszkowice, Jasca aus Targowisko, Krzon aus Kozichglowy, Zygmunt aus Bobowa und Staszko aus Charbimowice, lauter mächtige Fürsten, die sich schon in vielen Schlachten und Turnieren ausgezeichnet hatten. Die einen waren bleich, die anderen rot vor Zorn geworden, und zähneknirschend schrien sie wirr durcheinander.

„Wehe uns! Denn er ist unser Gast und kann nicht zum Zweikampf herausgefordert werden."

Und Zawisza Sulimczyki, der Berühmteste unter den Berühmten, das wahre Urbild eines Ritters, wandte sich mit finsterer Miene zu Lichtenstein und sagte: „Ich erkenne dich nicht wieder, Kuno! Wie magst du, als Ritter, ein herrliches Volk verhöhnen, zumal du weißt, daß dich, den Abgesandten, keine Strafe treffen kann?"

Doch Kuno kümmerte sich wenig um die drohenden Blicke und erwiderte in bedächtigem, eindringlichem Ton: „Ehe unser Orden nach Preußen kam, führte er Krieg in Palästina, aber sogar auch dort, bei den Sarazenen, wurden die Gesandten geehrt. Ihr allein ehrt sie nicht – und darum nannte ich Eure Sitten heidnisch."

Auf diese Worte hin wurde der Tumult nur noch größer. Ringsum den Tisch ließen sich wieder die Rufe vernehmen: „Wehe! Wehe!" Doch wurde alles still, als der König, auf dessen Antlitz sich Zorn und Ärger malten, nach litauischer Sitte einige Male in die Hände klatschte. Und nun erhob sich der alte Jasko Topor aus Teczan, der ernste, grauhaarige Kastellan von Krakau, der kraft seines Amtes und seiner Würde allein schon Schrecken erweckte, und sprach: „Edler Ritter von Lichtenstein, wenn Euch als Abgesandter irgendeine Schmach widerfahren ist, so sprecht, und es soll strenge Gerechtigkeit geübt werden."

„In keinem anderen christlichen Land wäre mir derartiges geschehen", entgegnete Kuno. „Gestern auf dem Weg nach Tyniec überfiel mich einer von Euren Rittern, und wennschon er an dem Kreuz auf meinem Mantel leicht hätte erkennen können, wer ich bin, trachtete er mir doch nach dem Leben."

Als Zbyszko diese Worte vernahm, wurde er totenbleich. Unwillkürlich richtete sich sein Blick auf den König, dessen Gesicht einen furchtbaren Ausdruck angenommen hatte.

Jasko aus Teczan aber sagte in höchster Verwunderung: „Kann dies möglich sein?"

„Fragt nur den Herrn aus Taczew, der Zeuge des ganzen Vorfalls gewesen ist."

Aller Augen richteten sich nun auf Powala, der während eines kurzen Momentes mit gesenktem Haupt, düster vor sich hinschauend, dastand und dann sprach: „Es ist so, wie er sagt!"

Als die Ritter dies hörten, riefen sie: „O der Schande! Wenn doch die Erde sich unter einem solchen Menschen auftun würde!" Und vor Scham schlugen sie sich mit den Fäusten an die Brust und an die Schenkel, wieder andere aber schoben die Zinnschüsseln auf dem Tisch hin und her, ohne zu wissen, wohin sie die Blicke wenden sollten.

„Warum hast du ihn denn nicht erschlagen?" wütete der König.

„Weil sein Haupt dem Gericht verfallen ist", antwortete Powala.

„Habt Ihr ihn gefangen genommen?" fragte der Kastellan Topor aus Teczyn.

„Nein, er ist ein Edelmann und gab sein Ritterwort, daß er sich stellen werde."

In diesem Augenblick rief eine jugendliche Stimme in tieftraurigem Ton dicht hinter dem Kreuzritter: „Verhüte Gott, daß ich die Schande dem Tod vorzöge! Ich habe es getan, ich Zbyszko aus Bogdaniec!"

Bei diesen Worten erhoben sich die Ritter und wollten auf den unglücklichen Zbyszko zustürzen, sie wurden aber durch das grimmige Kopfschütteln des Königs zurückgehalten, der aufsprang und mit vor Wut erstickter, heiserer Stimme schrie: „Schneidet ihm den Hals ab, schneidet ihm den Hals ab! Der Kreuzritter mag dann den Kopf des jungen Mannes seinem Herrn, dem Meister zu Marienburg schicken!"

Und dem neben Zbyszko stehenden litauischen Ritter, dem Sohn des Statthalters von Smolensk, rief der König laut zu: „Halte ihn fest, Jamont!"

Voll Schrecken über den Zorn des Königs legte Jamont die zitternde Hand auf Zbyszkos Schulter. Aber dieser wandte ihm sein bleiches Antlitz zu und sagte: „Ich fliehe nicht!"

Da erhob der weißhaarige Kastellan von Krakau, Topor von Teczyn, die Hand zum Zeichen, daß er zu sprechen wünsche, und als nun eine tiefe Stille eintrat, sagte er: „Allergnädigster König! Möge sich der Komtur überzeugen, daß nicht Dein Wille, sondern unser Gesetz den mit dem Tod bestraft, der sich an der Person des Gesandten vergreift. Sonst könnte man ja glauben, daß es kein christliches Gesetz in diesem Reich gebe. Morgen soll Gericht über den Schuldigen gehalten werden!"

Die letzten Worte sprach er mit erhobener Stimme, und offenbar nicht einmal dem Gedanken Raum gebend, daß man ihm nicht Gehör schenken könne, gebot er Jamont: „Führt ihn ins Gefängnis! Und Ihr werdet Zeugnis ablegen, Ihr, der Herr aus Taczew", fügte er zu diesem gewandt hinzu.

„Ich will genau berichten, worin die ganze Schuld des Jünglings besteht. Wahrlich kein reifer Mann unter uns hätte sich jemals zu einer solchen Tat hinreißen lassen", erwiderte Powala, düster auf Lichtenstein schauend.

„Ihr sprecht wahr!" bekräftigte sogleich ein anderer Ritter – „er ist ja noch ein Knabe! Weshalb also hat man uns alle beschimpft?"

Ein tiefes Schweigen folgte, und unwillige Blicke richteten sich auf den Kreuzritter.

Mittlerweile hatte Jamont den Angeklagten weggeführt, um ihn den Händen der Bogenschützen zu übergeben, die am Burgtor die Wache hielten. Sein inniges Mitleid mit dem Jüngling wurde noch verstärkt durch den ihm angeborenen Haß gegen die Kreuzritter. Aber als Litauer gewöhnt, dem Willen des Großfürsten blindlings zu gehorchen und selbst bestürzt über dessen Zorn, begann er unterwegs in seiner Weise, dem jungen Ritter freundschaftlich zuzureden und sagte: „Weißt du, was ich dir rate? Hänge dich sofort auf. Der König ist erbost – also wird man dir den Kopf abhauen. Warum solltest du ihn nicht wieder guten Mutes machen? Hänge dich auf, Kamerad! Bei uns ist dies Sitte!"

Noch halb betäubt vor Scham und Schrecken, schien Zbyszko anfangs die Worte des Knäs nicht recht zu begreifen, aber schließlich verstand er sie und blieb voll Verwunderung stehen.

„Was sagst du?"

„Hänge du dich auf. Wozu solltest du dich erst aburteilen lassen? Den König machst du dadurch wieder guten Mutes", wiederholte Jamont.

„Hänge du dich auf!" rief der junge Ritter. „Im Grund bist du noch ein Heide, obwohl du getauft bist, denn du weißt nicht einmal, daß es bei den Christen Sünde ist, so etwas zu tun."

Der Knäs zuckte die Achseln.

„Es würde ja nicht aus freiem Willen geschehen. Also lasse dir den Kopf abschlagen, wenn du dies vorziehst."

Wohl fuhr es Zbyszko durch den Sinn, daß er den Bojaren für solche Worte zum Zweikampf, zu Fuß oder zu Pferd, mit dem Schwert oder mit dem Beil herausfordern müsse, doch unterdrückte er dieses Verlangen sofort wieder. Sagte er sich doch, daß ihm schwerlich Zeit dafür bleibe. Daher senkte er traurig das Haupt, und schweigend ließ er sich den Händen der Bogenschützen übergeben.

Im Saal wurde indessen die allgemeine Aufmerksamkeit von anderen Ereignissen in Anspruch genommen. Als Danusia sah, was vorging, erschrak sie dermaßen, daß ihr der Atem in der Brust stockte. Ihr Antlitz war totenbleich, ihre Augen traten vor Entsetzen weit hervor, regungslos wie ein Wachsbild in der Kirche schaute sie auf den König. Und als sie schließlich hörte, ihrem Zbyszko solle der Kopf abgehauen werden, als er festgenommen und fortgeführt wurde, da ergriff sie unendliches Leid. Ihr ganzes Gesicht und ihre Lippen begannen zu zucken, nichts half, weder die Furcht vor dem König, noch daß sie sich mit den Zähnchen in die Lippen biß – zuletzt brach sie in so lautes, schmerzliches Schluchzen aus, daß aller Augen sich auf sie richteten, und selbst der König sagte: „Wer ist das?"

„Allergnädigster König!" rief die Fürstin Anna, „das ist die Tochter Jurands aus Spychow, die Herrin jenes unseligen Ritters. Er versprach ihr drei Pfauenbüsche von den Helmen der Deutschen, und da der Komtur eine derartige Helmzier trug, glaubte er, dieser werde ihm von Gott selbst gesandt. Nicht aus Böswilligkeit hat er dies getan, o Herr, sondern nur aus Unverstand, deshalb sei ihm gnädig und strafe ihn nicht, auf den Knien bitten wir Dich darum!"

Bei diesen Worten erhob sie sich, und Danusia an der Hand nehmend, eilte sie mit ihr auf den König zu. Er wich etwas zurück, aber beide knieten vor ihm nieder und Danusia rief, während sie mit den Händchen die Füße des Herrschers umschlang: „Gnade für Zbyszko, König, Gnade!"

Und in leidenschaftlicher Erregung, in der höchsten Angst, verbarg sie ihr helles Köpfchen in dem weiten grauen Gewand des Königs, indem sie dessen Knie küßte und dabei zitterte wie Espenlaub. Die Fürstin Anna Ziemowit kniete auf der anderen Seite und hielt die gefalteten Hände demütig zum König empor, in dessen Antlitz sich Sorge und Verwirrung ausdrückten. Zwar schob er seinen Lehnstuhl etwas zurück, doch stieß er Danusia nicht gewaltsam von sich, sondern bewegte nur beide Hände, als ob er eine Fliege von sich abwehren wolle.

„Laßt mich in Frieden!" rief er. „Der Jüngling hat eine große Schuld auf sich geladen, denn der Schimpf trifft das ganze Königreich. Sein Haupt muß fallen!"

Doch die kleinen Hände schlangen sich immer fester um seine Knie, und die kindliche Stimme klang immer trauriger: „Gnade für Zbyszko, König, Gnade für Zbyszko."

Alsdann ließen sich auch die Ritter vernehmen:

„Des Mädchens Vater, Jurand aus Spychow, der berühmte Ritter, ist ein Schrecken für die Kreuzritter."

„Und jener Jüngling hat sich schon bei Wilna sehr verdient gemacht", fügte Powala hinzu.

Aber der König blieb unerschütterlich, obgleich er selbst durch Danusias Bitten gerührt war.

„Laßt mich in Frieden!" sagte er abermals. „Nicht mir hat er Böses angetan, und nicht ich kann ihn begnadigen. Mag ihm der Gesandte des Ordens verzeihen, dann verzeihe auch ich ihm, wenn nicht, so falle sein Haupt."

„Verzeiht ihm, Kuno!" rief Zawisza Sulimczyki, der Schwarze. Sogar der Meister wird Euch nicht dafür tadeln!"

„Gnade für ihn, Herr" riefen beide Fürstinnen.

Kuno drückte die Augen zu und erhob stolz sein Haupt, wie wenn er darüber frohlocke, daß sowohl die beiden Fürstinnen als auch so namhafte Ritter sich zu einer Bitte an ihn verstanden. Im nächsten Augenblick jedoch veränderte sich sein Gesichtsausdruck vollständig, er senkte den Kopf, faltete die Hände auf der Brust, sein Stolz verwandelte sich in Demut und in gedämpftem, sanftem Ton sprach er: „Christus, unser Erlöser, vergab dem Sünder am Kreuz und seinen Feinden ..."

„So spricht ein wahrer Ritter!" rief Bischof Wysz.

„Ja, ein wahrer Ritter!"

„Weshalb sollte ich ihm nicht verzeihen, da ich nicht nur ein Christ, sondern auch ein Ordensbruder bin?" fuhr Kuno fort. „Ich verzeihe ihm von ganzem Herzen als Diener Christi und als Ordensbruder."

„Ehre sei ihm!" rief Powala von Taczew.

„Ehre und Ruhm!" stimmten die anderen bei.

„Aber", begann der Kreuzritter wieder, „ich bin ja Gesandter hier bei Euch, und in mir ist die hohe Würde des ganzen Ordens verkörpert. Wer daher mich, den Gesandten, beleidigt, der beleidigt Christus selbst. Deshalb kann ich die Kränkung, Gott und den Menschen gegenüber, nicht verzeihen – wenn aber Eure Gesetze sie ungestraft hingehen lassen, soll es allen christlichen Magnaten kundgetan werden."

Nach diesen Worten trat ein dumpfes Schweigen ein. Man vernahm nur Zähneknirschen, die schweren Atemzüge unterdrückter Wut und das Schluchzen Danusias.

Als der Abend anbrach, waren alle Herzen Zbyszko zugeneigt. Sogar diejenigen Ritter, die des Morgens bereit gewesen waren, ihn auf einen Wink des Königs hin mit dem Schwert zu durchbohren, suchten jetzt ein Mittel ausfindig zu machen, wodurch sie ihm helfen könnten. Die beiden Fürstinnen beschlossen, sich mit der Bitte an die Königin zu wenden, sie möge Lichtenstein veranlassen, von der Klage abzusehen, oder sie möge im Notfall an den Großmeister des Ordens schreiben, auf daß er Kuno befehle, die Sache fallenzulassen. Dieser Weg schien um so sicherer zu sein, als Jadwiga eine solche Verehrung gezollt wurde, daß der Großmeister sich den Zorn des Papstes und den Tadel aller christlichen Fürsten zugezogen hätte, wenn er nicht auf ihre Bitte eingegangen wäre. Auch durfte man dies kaum annehmen, da Konrad von Jungingen ein friedliebender Mensch und weit milder war als sein Vorgänger. Unglücklicherweise aber verbot Wysz, der Bischof von Krakau, welcher der Leibarzt der Königin war, aufs strengste, die Sache auch nur mit einem Wort vor ihr zu erwähnen.

„Jedes Todesurteil macht ihr Kummer", sagte er, „sogar wenn ein Straßenräuber der gerechten Strafe verfällt, nimmt sie es sich zu Herzen, wie wäre es also erst jetzt, da es einem Jüngling an das Leben geht, der sicherlich ihr Mitleid verdient. Jede Sorge könnte ihr schaden, ihre Gesundheit ist jedoch von größerer Bedeutung für das Königreich als die Häupter von zehn Rittern zusammengenommen." Schließlich erklärte der Bischof, wer es wage, seinen Worten entgegenzuhandeln und die Herrin zu beunruhigen, der ziehe sich den Zorn des Königs zu.

Durch diese Erklärung erschreckt, sahen die beiden Fürstinnen von ihrem Vorhaben ab und beschlossen, den König so lange anzuflehen, bis er Gnade ergehen lasse. Jetzt waren auch alle Hofleute und Ritter auf Zbyszkos Seite. Powala von Taczew verkündete, er werde offen die ganze Wahrheit bekennen, doch sei er bereit, Zeugnis für den Jüngling abzulegen und dessen Tat als knabenhafte Unbesonnenheit darzustellen. Nichtsdestoweniger stimmten alle mit dem Kastellan Jasko aus Teczyn überein, der die Meinung kundgab, man müßte die Gesetze walten lassen, falls der Kreuzritter auf seinem Willen beharre. Im tiefsten Innern waren aber die Ritter um so mehr empört gegen Lichtenstein, und manche sagten ganz unverhohlen: „Gesandter ist er, und vor die Schranken kann er nicht gefordert werden, aber bei Gott, er soll keines natürlichen Todes sterben, wenn er dereinst nach Marienburg zurückkehrt."

Und dies war keine eitle Drohung, denn nach ihrer Gürtung durften die Ritter keine leeren Versprechungen machen, und wer ein Gelöbnis getan hat, mußte es vollbringen oder dabei zugrunde gehen.

Erbitterter als alle anderen zeigte sich aber der grimmige Powala. Hatte er doch ein geliebtes Töchterchen im Alter Danusias und schnitten ihm doch deren Tränen besonders ins Herz. Er besuchte den Angeklagten noch am nämlichen Tag im unterirdischen Gefängnis, hieß ihn guten Mutes sein und erzählte ihm, wie die beiden Fürstinnen für ihn gefleht, und Danusia um ihn geweint habe. Als Zbyszko hörte, daß das junge Mädchen seinetwegen einen Fußfall vor dem König getan hatte, war er bis zu Tränen gerührt. Er fuhr sich mit der Hand über die Augen und kaum wissend, wie er seine Dankbarkeit ausdrücken sollte, sagte er: „O möge Gott sie dafür segnen und mir bald gestatten, gegen ihre Feinde zu kämpfen. Zu wenig habe ich ihr versprochen, ich hätte ihr geloben sollen, so viele Pfauenbüsche zu erobern wie sie Jahre zählt. Und wenn nur unser Herr Jesus mich aus dieser Bedrängnis erlöst, will ich ihr gegenüber nicht kargen ..."

Voll Dankbarkeit richtete er bei diesen Worten den Blick gen Himmel.

„Dein Oheim", sagte der Herr von Taczew, „ist zu Lichtenstein gegangen, und ich will es auch tun. „Ihn um Verzeihung zu bitten, wäre keine

Schande für dich, denn du hast dich schwer versündigt. Und nicht Lichtenstein, sondern den Gesandten bittest du ja um Verzeihung. Bist du bereit dazu?

„Ja, ich bin bereit dazu, weil ein solcher Ritter wie Euer Gnaden mir sagt, daß sich dies gezieme. Aber falls er erwartet, daß ich ihm kniend Abbitte leiste, wie er es auf dem Weg von Tyniec verlangte, so möge man mir das Haupt abschlagen. Der Oheim bleibt am Leben, und der Oheim wird es meinem Feind entgelten lassen, sobald dieser nicht mehr Gesandter ist."

„Wir wollen abwarten, was er Macko antwortet", sagte Powala. Doch als Macko den Kreuzritter verließ, befand er sich in der düsteren Stimmung. Er begab sich unverzüglich zum König, zu dem ihn der Kastellan geleitete. Jagiello, der sich inzwischen wieder beruhigt hatte, empfing ihn gütig, und da Macko niederkniete, befahl er ihm aufzustehen, indem er fragte, was sein Begehr sei.

„Allergnädigster Herr", sagte Macko, „wo Schuld ist, da muß auch Strafe sein, denn sonst gäbe es keine Gerechtigkeit auf der Welt. Doch ist es meine Schuld, daß ich die angeborene Heftigkeit des Jünglings nicht zu unterdrücken versuchte, sondern auch noch lobte. So habe ich ihn erzogen, und im Krieg ist er aufgewachsen von Kindheit an. Ich allein trage die Schuld, denn zuweilen sagte ich ihm: ‚Zuerst schlage recht drein, und dann sieh zu, wen du getroffen hast.' Für den Krieg war es am besten so, in das Hofleben dagegen kann er sich nun nicht schicken. Aber der Junge ist wie lauteres Gold, er ist der letzte seines Stammes, und ich beklage ihn unendlich …"

„Mich selbst hat er beschimpft, das Reich hat er beschimpft, soll ich ihn dafür mit Honig einschmieren?" rief der König.

Macko schwieg. Irgend etwas schnürte ihm plötzlich die Kehle zusammen, und erst nach einer Weile hub er mit bewegter Stimme und in abgerissenen Tönen wieder an: „Wie sehr ich ihn liebe, wußte ich bisher nicht einmal – erst jetzt bin ich mir klar darüber geworden – seit das Unglück über uns hereingebrochen ist. Aber ich bin alt – und er ist der Letzte unseres Stammes. Wenn er stirbt, wird auch unser Geschlecht erlöschen. Gnädiger Herr und König! Erbarme Dich unser!"

Hier kniete Macko abermals nieder, und seine im Krieg so oft erprobten Hände empor streckend, rief er unter Tränen: „Wir verteidigten Wilna, und Gott gab uns reichliche Beute, doch wem soll ich sie nun hinterlassen? Wenn der Kreuzritter verlangt, daß eine Strafe über den Schuldigen verhängt werde, so mag es denn so sein, aber gestattet, daß ich mein Haupt für den Brudersohn hingebe. Was ist mir das Leben ohne ihn? Er ist noch jung, er kann sein Erbgut einlösen und für eine Nachkommenschaft sorgen, wie Gott dem Menschen geboten hat. Der Kreuzritter fragt auch nicht einmal danach, wessen Haupt fällt, wenn nur eines fällt. Und wenn meines fällt, dann wird nicht das ganze Geschlecht von der Schande getroffen werden. Freiwillig in den Tod zu gehen wird jedem schwer, aber wenn man es recht erwägt, ist es besser, daß ein Einzelner zugrunde geht, als daß ein ganzes Geschlecht zugrunde geht."

Bei diesen Worten umschlang er die Knie des Königs. Dieser aber blinzelte mit den Augen, was stets bei ihm ein Zeichen von Rührung war, und schließlich sagte er: „Es ziemt mir nicht, daß ich einen gegürteten Ritter verurteile. Dies darf nicht sein! Dies darf nicht sein!"

„Es hieße der Gerechtigkeit Hohn sprechen", warf der Kastellan ein. „Der Schuldige ist dem Gesetz verfallen, und das Gesetz ist kein Ungeheuer, das nicht weiß, wessen Blut es leckt. Bedenkt auch, daß Euer Geschlecht sich mit Schmach bedecken würde, wenn Euer Brudersohn das Opfer annähme, denn nicht nur ihn, sondern auch seine Nachkommen würde man dann für ehrlos halten."

Darauf entgegnete Macko: „Er würde mein Opfer nicht annehmen. Könnte ich aber meine Absicht ohne sein Wissen durchsetzen, dann würde er mich rächen, wie auch ich ihn rächen will."

„Versucht auf den Kreuzritter einzuwirken, damit er die Klage fallen läßt", bemerkte der Herr aus Teczyn.

„Ich bin schon bei ihm gewesen."

„Nun", fragte der König, sich neugierig vorbeugend, „was sagte er?"

„Er sagte mir folgendes: ‚Auf der Landstraße von Tyniec hättet Ihr mich um Verzeihung bitten sollen, aber damals habt Ihr nicht gewollt, und jetzt will ich nicht."

„Und weshalb tatet Ihr es nicht?"

„Weil er uns gebot, vom Pferd zu steigen und auf den Knien um Vergebung zu bitten."

Der König strich seine Haare hinter die Ohren und wollte etwas erwidern, doch in diesem Augenblick trat ein Hofkavalier mit der Meldung ein, daß der Ritter von Lichtenstein um Gehör bitte.

Als er dies hörte, schaute Jagiello zuerst auf Jasko aus Teczyn, dann auf Macko, befahl ihnen jedoch zu bleiben, wohl in der Hoffnung, daß es ihm bei dieser Gelegenheit gelingen werde, die Angelegenheit durch sein königliches Ansehen gütlich beizulegen.

Mittlerweile trat der Kreuzritter ein, verneigte sich vor dem König und sprach: „Allergnädigster Herr! Hier ist die Anklageschrift über die Beschimpfung, die mir in Eurem Reich zugefügt worden war."

„Vor dem Kastellan mögt Ihr offen Klage führen", erwiderte der König, auf Jasko aus Teczyn zeigend.

Der Kreuzritter aber erwiderte, indem er dem König gerade ins Gesicht blickte: „Ich kenne weder Euere Gesetze noch Euere Gerichtsbarkeit, das eine weiß ich aber, daß der Abgesandte des Ordens nur vor dem König selbst Klage führen darf."

Die kleinen Augen Jagiellos funkelten. Voll Ungeduld ergriff er die Klageschrift und übergab sie Jasko aus Teczyn. Dieser entfaltete sie und begann zu lesen, aber je länger er las, desto kummervoller und trauriger wurde sein Gesicht.

„Herr", sagte er schließlich: „Ihr setzt diesem Jüngling derart zu, als wenn er Eurem ganzen Orden gefährlich wäre. Ihr Kreuzritter fürchtet Euch wohl gar schon vor den Kindern?"

„Wir Kreuzritter fürchten niemand", entgegnete der Komtur hochmütig. Da fügte der alte Kastellan leise hinzu: „Selbst Gott nicht!"

Powala aus Taczew versuchte am nächsten Tag vor dem Kastellangericht alles, was in seiner Macht stand, um die Schuld Zbyszkos zu mildern. Aber vergebens schützte er dessen Jugend und Unerfahrenheit vor, vergebens behauptete er, sogar ein reifer Mann, der das Gelübde getan hat, seiner Herrin drei Pfauenbüsche zu Füßen zu legen und Gott um Beistand angefleht hatte, würde es als göttliche Fügung ansehen, wenn er plötzlich eine solche Helmzier erblicke. Die eine Tatsache konnte der edle Ritter jedoch nicht leugnen, daß ohne sein Dazwischentreten Zbyszkos Lanze die Brust des Kreuzritters unfehlbar getroffen hätte. Auf Kunos Geheiß war nämlich der Panzer vorgezeigt worden, den er an jenem Tag getragen hatte, und es zeigte sich, daß er aus dünnem, schmiegsamem Eisenblech war, sonst nur bei festlichen Gelegenheiten benutzt wurde, und daß Zbyszko in Anbetracht seiner außerordentlichen Kraft ihn durchbohrt und den Gesandten ums Leben gebracht hätte, wenn er nicht daran gehindert worden wäre. Darüber befragt, ob er die Absicht gehabt habe, den Kreuzritter zu töten, leugnete Zbyszko dies nicht.

„Ich rief ihm von weitem zu", sagte er, „er möge die Lanze vorhalten, denn selbstverständlich hätte er sich nicht lebend den Helm vom Kopf reißen lassen, und hätte *er* mir von weitem zugerufen, daß er Gesandter ist, wäre er unbehelligt geblieben."

Diese Worte gefielen den Rittern, die sich aus Mitgefühl für den Jüngling zahlreich versammelt hatten.

„Das ist wahr!" sagten viele, „weshalb hat er nicht gerufen?"

Aber das Antlitz des Kastellans blieb düster und ernst. Nachdem er den Anwesenden Schweigen geboten hatte, verstummte er selbst einen Augenblick, dann heftete er die durchdringenden Augen auf Zbyszko und fragte: „Vielleicht schwörst du beim Kruzifix, daß du den Mantel und das Kreuz nicht sahst?"

„Durchaus nicht", antwortete Zbyszko, „hätte ich das Kreuz nicht gesehen, so würde ich gedacht haben, es sei einer unserer Ritter, und einen der Unserigen hätte ich ja nicht angegriffen."

„Und wie könnte sich ein anderer Kreuzritter in der Nähe Krakaus aufhalten, wenn er nicht Gesandter oder im gesandtschaftlichen Gefolge wäre?"

Darauf schwieg Zbyszko, weil er nichts zu sagen wußte. Für alle war es nur allzu klar, daß ohne das Dazwischentreten des Herrn von Taczew jetzt vor dem Richter statt des Panzers des Gesandten zur ewigen Schmach des polnischen Volkes der Gesandte selbst mit durchbohrter Brust läge. Sogar die, welche Zbyszko von ganzem Herzen zugetan waren, begriffen daher, daß der Urteilsspruch nicht günstig für ihn lauten könne. In der Tat sagte denn auch der Kastellan nach kurzem Schweigen: „Dieweil du in jugendlichem Ungestüm nicht erwogen hast, wen du angreifst, und es ohne Arglist tatest, wird unser Erlöser dies erwägen und dir verzeihen, aber empfiehl dich der heiligen Jungfrau, Unglücklicher, denn vor dem Gesetz bist du schuldig."

Als Zbyszko diese Worte vernahm, erbleichte er, obgleich er Ähnliches erwartet hatte, aber gleich darauf schob er seine langen Haare zurück, bekreuzte sich und sagte: „Der Wille Gottes geschehe! Wenn ich auch Schweres zu tragen habe!"

Hierauf wendete er sich zu Macko und zeigte mit den Augen auf Lichtenstein, als ob er ihn an etwas mahnen wolle, und Macko nickte mit dem Kopf zum Zeichen, daß er ihn verstehe. Auch Lichtenstein verstand diesen Blick und diese Bewegung, und trotzdem er ein ebenso mutiges wie rachsüchtiges Herz hatte, überlief ihn doch während eines kurzen Augenblicks ein Schauder vom Kopf bis zu den Füßen, so furchtbar und Unheil verkündend sah das Antlitz des alten Kriegers in diesem Moment aus. Der Kreuzritter sah ein, daß es sich nun zwischen ihm und diesem Ritter um Leben und Tod handle, er sah ein, daß er ihm nicht entrinnen könne, daß sie miteinander kämpfen mußten, sobald er nicht mehr Gesandter war, und wenn es auch in Marienburg sein sollte.

Mittlerweile begab sich der Kastellan in das anstoßende Zimmer, um dem in der Schrift geübten Gerichtsschreiber den Urteilsspruch über Zbyszko zu diktieren.

Manche von den Rittern näherten sich unterdessen dem Kreuzritter mit den Worten: „So mag das jüngste Gericht dem Verurteilten gnädig sein."

Aber Lichtenstein kümmerte sich nur um Zawisza, weil dieser wegen seiner Kriegstaten, wegen seiner Kenntnisse der Rittergesetze und wegen der Strenge, womit er diese aufrechtzuerhalten versuchte, in der ganzen Welt bekannt war. In Betreff der verwickelten Angelegenheiten, bei denen es sich um die Ritterehre handelte, kam man aus fernen Gegenden zu ihm, und niemand wagte, sich ihm zu widersetzen, nicht allein darum, weil ein Zweikampf mit ihm ein Ding der Unmöglichkeit war, sondern auch darum, weil er als „Spiegel der Ehre" betrachtet wurde. Ein Wort des Lobes oder des Tadels aus seinem Mund verbreitete sich rasch unter den polnischen, ungarischen, böhmischen und deutschen Rittern und genügte, um den guten oder schlechten Ruf eines Ritters zu begründen.

Ihm nun näherte sich Lichtenstein, und wie wenn er sich wegen seiner Rachsucht rechtfertigen wollte, sagte er: „Allein nur der Großmeister samt dem Kapitel könnte ihm Gnade erweisen – ich aber vermag dies nicht."

„Wo unsere Gesetze Kraft haben, steht Euerem Meister keine Macht zu, einzig nur unser König kann den Schuldigen begnadigen", erwiderte Zawisza.

„Als Gesandter mußte ich die Strafe beantragen."

„Wurdest du nicht zuerst Ritter und dann erst Gesandter, Lichtenstein?"

„Willst du damit sagen, daß ich nicht ehrenhaft gehandelt habe?"

„Du kennst unsere Rittergesetze und weißt, daß sie dem Ritter gebieten, zwei Tieren nachzuahmen: dem Löwen und dem Lamm. Welchem von diesen Tieren hast aber du in diesem Handel nachgeahmt?"

„Nicht du bist mein Richter."

„Du fragst, ob du nicht ehrenhaft gehandelt hast, deshalb sage ich dir, was ich denke."

„Schlimmes sagst du mir, und das kann ich nicht hinunterwürgen."

„An deiner eigenen Bosheit wirst du dann ersticken, nicht an der meinen."

„Aber Christus wird es mir anrechnen, daß die Würde des Ordens mir mehr am Herzen liegt, als dein Lob."

„Er wird richten über uns alle."

Hier wurde das Gespräch durch den Eintritt des Kastellans und des Gerichtsschreibers unterbrochen. Obwohl alle schon im voraus gewußt hatten, daß das Urteil ungünstig lauten werde, trat dennoch plötzlich eine angstvolle Stille ein. Der Kastellan ließ sich an dem Tisch nieder, und nachdem er das Kruzifix in die Hand genommen hatte, befahl er Zbyszko niederzuknien. Der Gerichtsschreiber begann das in lateinischer Sprache abgefaßte Urteil vorzulesen. Weder Zbyszko noch die anwesenden Ritter verstanden es, aber alle errieten, daß es ein Todesurteil war. Als der Gerichtsschreiber geendigt hatte, schlug sich Zbyszko an die Brust: „Gott sei mir armen Sünder gnädig!" rief er aus.

Dann erhob er sich und fiel Macko um den Hals. Schweigend küßte dieser die Stirn des Jünglings.

Am Abend desselben Tages verkündete der Herold unter lautem Trompetenschall an den vier Ecken des Marktplatzes den Rittern, Gästen und Bürgern, daß der edelgeborene Zbyszko aus Bogdaniec von dem Kastellangericht zur Enthauptung verurteilt worden war.

Doch Macko bat um Aufschub der Exekution, und dies war ihm um so leichter, als den Verurteilen jener Epoche stets eine gewisse Zeit bewilligt wurde, ihre Angelegenheiten zu ordnen, sich mit ihren Familien ins Einvernehmen zu setzen und mit Gott zu versöhnen. Selbst Lichtenstein drang nicht auf rasche Urteilsvollstreckung, weil er sich sagte, nun dem beleidigten Orden Genüge geschehen sei, dürfe er den mächtigen Monarchen nicht reizen, zudem man ihn auch als Vertreter des Bezirkes von Dobrzyn, nicht nur als Teilnehmer an den Tauffeierlichkeiten gesandt hatte. Die Rücksicht auf die Gesundheit der Königin gab indessen vor allem den Ausschlag. Von einer Exekution vor der Entbindung wollte der Bischof Wysz nichts hören, weil er die Unmöglichkeit einsah, etwas derartiges vor der Herrin zu verheimlichen, und wußte, daß diese dadurch allzusehr erregt, ja schwer geschädigt werden könne. Auf diese Weise war des Zbyszkos Leben um einige Wochen, vielleicht auch um etwas mehr, verlängert worden, so daß er seine letzten Anordnungen zu treffen und Abschied von den ihm Befreundeten zu nehmen vermochte.

Macko besuchte ihn täglich und tröstete ihn, so gut er es verstand. Gar häufig sprachen die beiden voll Betrübnis von dem unvermeidlichen Tod Zbyszkos, und ihre Betrübnis wurde noch größer, wenn die Rede darauf kam, daß ihr Geschlecht wohl aussterben werde.

„Es geht nicht anders, Ihr müßt Euch ein Weib nehmen", sagte Zbyszko eines Tages.

„Viel lieber möchte ich unsere Blutsverwandten aus der Ferne herbeirufen", entgegnete Macko niedergeschlagen. „Wie kann ich jetzt, da man dir den Hals abschneiden will, an eine Vermählung denken? Und wenn ich mich schließlich dazu verstünde, würde ich es doch nicht tun, bevor ich Lichtenstein meine Forderung geschickt und meiner Rache Genüge getan habe, dessen kannst du sicher sein."

„Gott lohne Euch dafür! So habe ich wenigstens diese Genugtuung! Aber ich wußte, daß Ihr mich nicht verlassen werdet. Wie wollt Ihr gegen ihn vorgehen?"

„Sobald er nicht mehr Gesandter ist, wird es Krieg oder Frieden bei uns geben – verstehst du? Falls es zum Krieg kommt, fordere ich ihn noch vor der Schlacht zum Zweikampf heraus."

„Auf festgetretener Erde?"

„Auf festgetretener Erde, zu Pferd oder zu Fuß. Um Leben oder Tod, nicht um Gefangenschaft wird es sich da handeln. Kommt es aber nicht zum Krieg, dann reite ich nach Marienburg, schlage die Burgtore mit der Lanze ein, und lasse den Trompeter durch Trompetenschall verkünden, daß ich Lichtenstein zum Kampf auf Leben und Tod fordere. Da kann er sich nicht verstecken."

„Das ist sicher, daß er sich dann nicht verstecken kann. Und Ihr werdet ihm etwas zu raten aufgeben. Wie gerne möchte ich dabei sein!"

„Ihm etwas zu raten aufgeben? Ja! Zawisza gegenüber würde ich es nicht wagen, Paszko und Powala gegenüber ebenso wenig, aber ohne mich selbst zu loben, mit zweien wie der nehme ich es vollständig auf. Mag des Kreuzritters Mutter sich vorsehen! Ist jener Friesenritter vielleicht nicht stärker gewesen? Und habe ich ihm nicht den Helm von oben bis unten durchhauen, bis das Beil steckenblieb? In seinem Kiefer blieb es stecken – oder ist es nicht so gewesen?"

Zbyszko atmete erleichtert auf und sagte: „So wird der Tod mir leichter werden."

Und beide seufzten tief. Mit zitternder Stimme hub dann der alte Edelmann wieder an: „Härme dich nicht zu sehr. Fürs jüngste Gericht wird man deine Knochen nicht zusammenlesen müssen. Einen Sarg aus Eichenholz habe ich dir machen lassen. Nein, wie ein Bauer oder wie ein Neugeadelter wirst du nicht zugrunde gehen. Und in einem Rock wie ihn die Bürger tragen, sollst du nicht enthauptet werden. Das gebe ich nicht zu. Mit Amylej habe ich schon verabredet, daß du einen ganz neuen und so kostbaren Rock haben sollst, daß er sogar dem König als Pelzfutter genügen würde. Und auf eine Messe für dich soll es mir auch nicht ankommen. Nein, fürchte nichts."

Darüber freute sich Zbyszko und sich auf die Hand seines Oheims herabneigend, sagte er abermals: „Möge Euch Gott dafür lohnen."

Trotz dieses tröstlichen Zuspruchs überkam ihn aber zuweilen eine schmerzliche Sehnsucht, und als Macko ihn wieder besuchte, fragte er sogleich, ohne sich und ihm Zeit zur Begrüßung zu lassen, während er durch das Gitterfenster in der Mauer blickte: „Und wie ist es draußen im Freien?"

„Golden leuchtet die Sonne und erwärmt so, daß die ganze Welt darüber erfreut ist." Daraufhin hob Zbyszko beide Arme empor, und den Kopf zurückwerfend rief er: „Ach, allmächtiger Gott! Nun ein Pferd unter mir zu haben und über die weiten Felder reiten zu können! Weh tut es doch, wenn man so jung zugrunde gehen muß. Furchtbar weh!"

„Wie oft gehen die Leute samt ihren Pferden zugrunde", entgegnete Macko.

„Ja, wenn sie selbst schon viele umgebracht haben."

Nun fragte er nach den Rittern, die er am Hof des Königs gesehen hatte, nach Zawisza, nach Farurej, nach Powala aus Taczew, nach Lis aus Targowisko und nach allen anderen. Er wollte wissen, wie sie sich die Zeit vertreiben, mit welchen Waffenspielen sie sich beschäftigten. Dann hörte er aufmerksam den Bericht Mackos an, der erzählte, wie sie sich schon in der Frühe in voller Rüstung zu Pferd setzten, wie sie Stricke zerrissen, wie sie sich mit dem Messer, mit dem Beil und mit Bleigeschossen übten und schließlich auch, welche Schmausereien sie veranstalteten, welche Gesänge sie sangen.

Mit ganzer Seele und ganzem Herzen wünschte nun Zbyszko, an alldem teilnehmen zu können, und als er erfahren hatte, daß Zawisza sich gleich nach der Taufe hinunter ins Ungarland und zu den Türken aufmachen wolle, rief er unwillkürlich aus? „Daß ich doch mit ihm mein Glück versuchen dürfte! Ginge ich dann zugrunde, so wäre es wenigstens im Kampf gegen die Heiden."

Doch des Gefangenen Wünsche konnten nicht erfüllt werden, und mittlerweile traten neue Ereignissen ein. Von Zbyszkos Jugend und Schönheit gerührt, hatten die beiden masovischen Fürstinnen dessen traurige Lage nicht vergessen. Endlich beschloß die Fürstin Alexandra Giemowitow, einen Brief mit einer Fürbitte an den Großmeister zu schicken. Zwar konnte dieser das vom Kastellan gesprochene Urteil nicht umstoßen, aber er konnte sich wenigstens selbst beim König für den Jüngling verwenden. Und selbst wenn Jagiello nicht Gnade für Recht ergehen ließ, weil es sich um einen Angriff auf den Gesandten handelte, war es gleichwohl nicht zu bezweifeln, daß die Vermittlung des Meisters ihm lieb sein werde. So zog denn neue Hoffnung in das Herz der beiden Frauen ein. Die Fürstin Alexandra, die eine Vorliebe für die verfeinerten Ordensritter hatte, wurde von diesen ungewöhnlich geschätzt. Aus Marienburg kamen häufig reiche Gaben und Briefe an sie, worin sie der Meister eine verehrungswürdige, gottselige Wohltäterin und vortreffliche Fürsprecherin des Ordens nannte.

Ihr Wort galt viel, und es war große Wahrscheinlichkeit vorhanden, daß sie keine abschlägige Antwort erhalten werde. Es handelte sich nur darum, den geeigneten Boten zu finden. Mußte dieser doch alles aufbieten, um den Brief so rasch wie möglich abzuliefern und die Antwort zu überbringen. Der alte Macko übernahm den Auftrag ohne langes Bedenken, und der Kastellan erklärte sich bereit, die Urteilsvollstreckung bis zu einem bestimmten Termin hinauszuschieben.

Von neuem Mut erfüllt, war Macko noch den nämlichen Tag geschäftig, sich zur Abreise zu rüsten, dann begab er sich zu Zbyszko und teilte ihm die frohe Nachricht mit.

Im ersten Augenblick bezeigte dieser tatsächlich eine solche Freude, wie wenn die Tür seines Gefängnisses schon offenstünde. Plötzlich aber wurde er nachdenklich, sein Gesicht verfinsterte sich, und er sagte: „Wie kann man von jenen Deutschen etwas Gutes erwarten! Auch Lichtenstein hätte den König um Gnade bitten können – denn er hätte dabei nur gewonnen und sich vor unserer Rache geschützt –, aber gerade deshalb tat er es nicht.

„Er ist ergrimmt darüber, daß wir ihn auf der Landstraße von Tyniec nicht um Verzeihung baten. Doch von dem Ordensmeister Kondrad sprechen die Leute nur Gutes. Und gesetzt auch, wir erreichen nichts, was verlierst du dann dabei?"

„Ihr habt recht!" entgegnete Zbyszko, „aber beugt Euch nur nicht zu tief vor ihm."

„Weshalb sollte ich mich vor ihm beugen? Den Brief der Fürstin Alexandra trage ich hin – das ist alles."

„Da Ihr so gut seid, möge Euch Gott dort beistehen!"

Plötzlich schaute er den Oheim scharf an und sagte: „Und wenn mir der König verzeiht, dann ist Lichtenstein mein, nicht Euer. Nicht Ihr dürft ihn dann fordern. Vergeßt das nicht!"

„Solange dir der Kopf nicht fest auf dem Nacken sitzt, ist eine Herausforderung unnütz. Und törichte Gelübde hast du schon genug abgelegt", versetzte der Alte erregt.

Dann umarmten sie sich, und Zbyszko blieb allein. Sein Herz war bald von Furcht, bald von Hoffnung erfüllt, als aber die Nacht kam, und ein furchtbarer Sturm losbrach, als das vergitterte Fenster von den grellen Strahlen des Blitzes erleuchtet war, und die Mauern unter den heftigen Donnerschlägen erzitterten, als schließlich ein starker Windstoß die schwach leuchtende Kerze an seinem Lager auslöschte und tiefe Dunkelheit ihn umgab, da verlor Zbyszko wieder allen Mut, und die ganze Nacht konnte er kein Auge schließen.

„Ich werde dem Tod nicht entgehen, und alles ist vergeblich", dachte er.

Am folgenden Tag besuchte ihn die edle Fürstin Anna, Janusz' Gattin. Danusia, die ihre Laute am Gürtel trug, kam mit ihr. Zbyszko kniete zu ihren Füßen nieder und trotz seiner Erschöpfung nach der schlaflosen in Angst und Unruhe verbrachten Nacht hätte er nicht um alles seiner Ritterpflicht vergessen, hätte er nicht um alles verschwiegen, welche Bewunderung er für Danusias Schönheit empfand.

Aber die Fürstin schaute ihn traurig an und sagte: „Spare deine Bewunderung, denn wenn Macko keine günstige Antwort bringt oder gar nicht zurückkehrt, wirst du, Armer, binnen kurzem weit Schöneres im Himmel bewundern."

Heiße Tränen flossen über ihre Wangen, während sie an das unsichere Los des Ritters dachte, und auch Danusia weinte bitterlich. Zbyszko beugte abermals das Knie vor ihnen, denn auch sein Herz wurde weich beim Anblick dieser Tränen. Zwar war sein Gefühl für Danusia nicht das eines Ehemannes für sein Weib, doch empfand er, daß er sie von ganzer Seele liebte, und daß sich in seinem Herzen etwas rege, das ihn zu einem anderen, weniger heftigen, weniger gewalttätigen und kampflustigen Menschen mache, zu einem Menschen, den eine tiefe Sehnsucht zu der anmutigen Geliebten hinzog. Auch ihn überkam jetzt unendliches Leid darüber, daß er sie verlassen mußte, und unwillkürlich drückte er aus, was er ihr insgeheim gelobt hatte.

„Die Pfauenbüsche lege ich nicht zu deinen Füßen nieder, du Arme! – Aber wenn ich vor dem Angesicht Gottes stehe, dann will ich folgendermaßen sprechen: ‚Erlaß mir, Herr, meine Sünden und gib alles Gute, das auf der ganzen Welt vorhanden ist, keinem anderen menschlichen Wesen, als der Jungfrau Danusia aus Spychow'!"

„Nur wenig Zeit ist vergangen, seit Ihr Euch kennenlerntet und jetzt – gebe Gott, daß wir nicht vergeblich hoffen", sagte die Fürstin.

Nun gedachte Zbyszko all dessen, was sich in der Gaststube in Tyniec zugetragen hatte, und seine Erschütterung wurde immer größer. Schließlich bat er Danusia, ihm das nämliche Lied zu singen, das sie damals gesungen hatte. Dann hob er sie samt der Bank, auf die sie sich gestellt hatte, empor und trug sie zur Fürstin.

Und obwohl Danusia nicht zum Gesang aufgelegt war, richtete sie sofort das Köpfchen in die Höhe, drückte die Äuglein zu, gleich einem Vögelchen, und begann:

> *„Wie wär' ich gerne*
> *ein Gänslein klein,*
> *ich flög' in die Ferne*
> *zu Jasio mein."*

> *„In Schlesien flög' ich nieder*
> *auf grünen Rain,*
> *die Waise sieh' wieder ..."*

Doch plötzlich flossen große Tränen unter ihren Lidern hervor – und sie konnte nicht weitersingen. Da nahm Zbyszko sie in seine Arme wie ehemals im Gasthaus zu Tyniec und mit ihr in der Zelle umhergehend, sagte er unablässig voll Entzücken: „Nicht nur die Herrin seh' ich in dir – wenn Gott mich rettet, wenn du herangewachsen bist, und wenn dein Vater es gestattet, dann nehme ich dich, Mädchen, zur Frau! Heisa ..."

Die Arme um seinen Hals schlingend, verbarg Danusia das verweinte Gesicht an seiner Schulter. Sein wilder Schmerz aber wurde größer und größer. Aus dem tiefsten Innern des jungen Slaven brach dieses Gefühl unaufhaltsam hervor und äußerte sich in dem ungefügen Gesang:

> „Ja, dich nehme ich, Mädchen,
> dich nur wähl' ich allein."

Zu derselben Zeit trat ein Ereignis ein, dem gegenüber alles andere ohne Bedeutung war. Am Abend des 21. Juni verbreitete sich in der Burg die Nachricht von der plötzlichen Erkrankung der Königin. Die herbeigerufenen Ärzte blieben mit dem Bischof Wysz während der ganzen Nacht in ihrer Kemenate, und mittlerweile wurde von den dienenden Frauen verkündet, daß der Herrin Zustand eine vorzeitige Niederkunft befürchten lasse. Der Krakauer Kastellan Jasko Toper aus Teczyn sandte noch in derselben Nacht Eilboten an den abwesenden König. Am frühen Morgen schon drang die Kunde in die Stadt und Umgebung. Es war ein Sonntag, ein Schwarm von Andächtigen füllte die Kirchen, in denen die Priester Gebete für die Königin anordneten. Nach dem Gottesdienst begaben sich die fremden Ritter, die zu den bevorstehenden Festlichkeiten gekommen waren, und die Edelleute zugleich mit einer Deputation von Kaufleuten nach der Burg. Auch die Zünfte und Bruderschaften zogen mit ihren Fahnen herbei. Vom Mittag an umringten unzählige Volksscharen den Wawel-Berg, unter denen die königlichen Bogenschützen die Ordnung aufrechterhielten, indem sie allen Ruhe und Stille anempfahlen. Die Stadt war fast gänzlich verödet, durch die leeren Straßen zogen nur von Zeit zu Zeit einige Bauern aus der Umgebung, die gleichfalls von der Krankheit der verehrten Herrin gehört hatten und sich nun der Burg zuwendeten. Am Haupttor erschienen schließlich der Bischof und der Kastellan, neben ihnen die Domherren der Kathedrale, die königlichen Räte und Ritter. Letztere eilten hin und her, mischten sich unter das Volk, und mit geheimnisvollen Mienen wiederholten sie noch einmal den strengen Befehl, daß man sich jeden Ausrufes enthalte, weil dies der Leidenden schaden könne. Darauf verkündeten sie allen und jedem, daß die Königin von einer Tochter genesen sei. Diese Nachricht erfüllte die Herzen mit Freude, vornehmlich da man zugleich auch erfuhr, daß trotz der vorzeitigen Entbindung weder für die Mutter noch für das Kind irgendeine Gefahr vorhanden sei. Die Menge zerstreute sich allmählich, weil vor der Burg jede laute Äußerung untersagt war, sich aber jeder sehnte, seinem Herzen Luft zu machen. Froher Gesang und Freudengeschrei erscholl denn auch bald auf den zum Markt führenden Straßen. Daß ein Mädchen zur Welt gekommen war, darüber grämte man sich nicht. „Ist es etwa ein Unglück gewesen", sagten manche, „daß der König Louis keinen Sohn hatte und daß Jadwiga auf den Thron gelangte? Durch ihre Heirat mit Jagiello ist die herrschaftliche Gewalt verstärkt worden. So wird es auch jetzt sein. Eine solche Erbin, wie unsere Königstochter, kann man weit suchen, da weder der römische Cäsar, noch einer der anderen Herrscher sich eines solchen Reiches rühmen dürfen, und da sie weder über so viel Grund und Boden noch über eine solche Ritterschaft gebieten. Um die Hand der Prinzessin werden sich die mächtigsten Monarchen der Erde bewerben, vor ihr werden sich Könige und Königinnen beugen, sie werden nach Krakau kommen, der Kaufmannschaft wird Nutzen daraus erwachsen, und dabei wollen wir nicht einmal davon reden, daß irgendein neues Reich, das böhmische oder ungarische mit unserem Königreich vereinigt werden kann." Besonders die Kaufleute äußerten sich so, und mit jedem Augenblick wurde der Jubel allgemeiner. In den Privatwohnungen und Gasthäusern wurden Schmausereien veranstaltet. Auf dem Markt wimmelte es von Laternen- und Fackelträgern. Die Landleute aus der Umgebung, von denen immer mehr nach der Stadt zogen, schlugen ihr Lager bei ihren Wagen auf. Die Juden standen lebhaft gestikulierend vor der Synagoge von Kasimierz. Bis spät in die Nacht, fast bis zum Morgengrauen war es so laut auf dem Markt, besonders beim Rathaus und bei den Lagerfeuern, wie zur Zeit der großen Jahrmärkte. Man teilte sich gegenseitig die Nachrichten mit, sandte deshalb in die Burg und drängte sich dann dicht um die mit frischer Kunde Zurückkehrenden.

Daß der Bischof Peter das Kind noch in derselben Nacht getauft habe, war eine schlimme Nachricht, denn daraus ging hervor, daß es sehr schwach sein mußte. Erfahrene Frauen jedoch berichteten von Fällen, in denen Kinder, die bei der Geburt halbtot gewesen waren, erst nach der Taufe zum Leben erwacht seien. So erfüllte wieder neue Hoffnung die Herzen, zumal der Name, den man der Neugeborenen gegeben hatte, ein glückverheißender war. Man sagte sich, weder ein Bonifazius noch eine Bonifazia könne sofort nach der Geburt sterben, da sie dazu bestimmt seien, Gutes zu stiften. Welches Kind sei aber imstande, in der ersten Zeit Gutes oder Schlimmes zu tun?

Am folgenden Tag kamen indessen ungünstige Nachrichten über das Befinden von Mutter und Kind aus der Burg, und die ganze Stadt geriet in Bestürzung. Die Kirchen waren so gedrängt voll wie im Ablaßjahr. Allerlei feierliche Gelübde wurden abgelegt. Man sah Landleute, die ein Viertel Getreide, ein Lamm oder einen Hahn, getrocknete Schwämme oder Nüsse zum Opfer herbeibrachten. Auch die Ritter, Kaufleute und Handwerker spendeten Opfergaben. Zu den wundertätigen Heiligen wurden Boten geschickt. Die Astrologen forschten eifrig in den Sternen. In Krakau wurde eine feierliche Prozession angeordnet, woran sich alle Zünfte und Brüderschaften beteiligten. Die ganze Stadt war mit Fahnen geschmückt. Auch eine Prozession von Kindern wurde feierlich abgehalten, denn man glaubte, daß Gott die Fürbitte dieser unschuldigen Wesen zuerst erhören werde.

Und immer neue Scharen aus der Umgebung strömten durch die Tore herein.

So verging ein Tag nach dem anderen, während die Glocken beständig läuteten, die Kirchen gedrängt voll waren, Prozessionen und Andachten rasch aufeinander folgten. Als nun eine Woche vorüber war und die hohe Kranke sowie das Kind noch lebten, zog neuer Mut in aller Herzen ein. Es erschien den Leuten wie ein Ding der Unmöglichkeit, daß Gott so frühzeitig die Herrin zu sich nehmen sollte, die schon so viel zu seiner Ehre getan hatte, und deren großes Werk dann unvollendet geblieben wäre, daß er jetzt schon die Glaubensbotin zu sich nehmen sollte, die ihr eigenes Glück zum Opfer gebracht hatte, um das letzte Heidenvolk in Europa zum Christentum zu bekehren. Die Gelehrten erinnerten sich, daß sie unendlich viel für die Akademien getan hatte, die Geistlichen gedachten ihrer Frömmigkeit, die Staatsmänner sagten sich, wie sehr sie für den Frieden zwischen den christlichen Monarchen, die Rechtsgelehrten wie sehr sie für die Gerechtigkeit gewirkt hatte. Die Armen erinnerten sich, wie barmherzig sie gewesen war, und allen wollte es nicht in den Sinn, daß ein Leben, das dem Königreich, ja der ganzen Welt so nötig war, vor der Zeit dahingerafft werden könne.

Am 13. Juli verkündete die Totenglocke, daß das Kind gestorben war. Wieder war die Stadt gedrängt voll. Angst und Unruhe ergriff die Leute, und abermals umringten sie die Burg, um nach dem Befinden der Königin zu fragen. Doch diesmal kehrte niemand mit guten Nachrichten zurück. Im Gegenteil, der Gesichtsausdruck der im Schloß ein- und ausgehenden Herren wurde mit jedem Tag düsterer. Man erzählte sich auch, daß der Priester Stanislaus aus Skarbimierz, Magister der freien Künste in Krakau, die Königin nicht mehr verlasse, und daß diese täglich kommuniziere. Weiter erzählte man sich, bei jeder Kommunion sei ihre Kemenate von einem himmlischen Schein erfüllt. Manche sahen den Schein sogar durch das Fenster, doch der Anblick erfüllte die der Herrin treuergebenen Herzen mit Schrecken. Betrachteten sie es doch als ein Zeichen, daß die Kranke dem irdischen Leben schon entrückt war.

Wieder andere hingegen glaubten nicht an einen so furchtbaren Ausgang, und trösteten sich mit der Hoffnung, daß der gerechte Gott es mit einem Opfer bewenden lasse.

Am Freitag, den 17. Juli, in der Frühe, verbreitete sich das Gerücht, daß die Königin ihrem Ende entgegengehe. Wer nur konnte, begab sich so rasch wie möglich zur Burg. Wieder war die Stadt vollständig verödet, nur die Gebrechlichen und Krüppel blieben zurück, denn sogar die Mütter mit den kleinen Kindern eilten den Toren zu. Die Kaufgewölbe wurden nacheinander geschlossen, niemand dachte an eine Mahlzeit, alle Geschäfte hatten aufgehört. Den Wawel umringte eine dichte Menschenmenge, voll Bestürzung und Angst, aber in düsterem Schweigen.

Um 1 Uhr des Nachmittags ertönte die Glocke auf dem Turm der Kathedrale. Was dies zu bedeuten hatte, wußten die Harrenden nicht, und das

Haar sträubte sich auf ihrem Haupt. Aller Augen richteten sich gegen den Turm, auf die immer stärker anschlagende Glocke, deren wehmütige Klänge bald durch das Geläute der Franziskanerkirche, der heiligen Dreifaltigkeitskirche und der Marienkirche nachgeahmt wurden. Schließlich begriff man, was diese klagenden Töne bedeuteten, und Schrecken und Bestürzung erfüllten nun die Seelen dieser Menschen. Schien doch die eherne Stimme tief in ihr Innerstes zu dringen.

Plötzlich zeigte sich auf dem Turm eine schwarze Fahne mit einem Totenkopf in der Mitte, unter dem zwei kreuzweise übereinandergelegte Knochen zu sehen waren. Jeder Zweifel schwand nun dahin. Die Königin hatte ihre Seele Gott empfohlen. Vor der Burg erscholl lautes Weinen, und die Klagen von hunderttausend Menschen vermischten sich mit den wehmütigen Klängen der Glocken. Einige der Trauernden warfen sich zur Erde, wieder andere zerrissen ihre Kleider oder zerfleischten ihre Gesichter, manche schauten wie erstarrt auf die Burgmauern, viele ließen nur ein dumpfes Stöhnen hören, unzählige aber streckten die Arme gegen die Kirche und die Kemenate der Königin aus, indem sie Gott um Barmherzigkeit und um ein Wunder anflehten. Doch ließen sich auch Stimmen von Leuten vernehmen, die durch die Verzweiflung sogar zur Gotteslästerung hingerissen wurden. „Weshalb ist uns die geliebte Herrin entrissen worden? Wozu dienten dann unsere Prozessionen, unsere inbrünstigen Gebete? Unsere Gelübde, unsere Opfergaben aus Silber und Gold waren willkommen, und all dies soll für nichts gewesen sein? Wieviel hast Du uns genommen und nichts dafür gegeben!"

Und „Jesu! Jesu! Jesu!" stöhnten gar manche, deren Augen fortwährend von Tränen überflossen. All' diese Menschen wollten in die Burg eindringen, um noch einmal in das geliebte Antlitz der Herrin zu blicken. Man gestattete es nicht, versprach ihnen aber, daß der Leichnam binnen kurzem in der Kirche aufgebahrt werde, und daß dann jeder ihn sehen und am Sarg beten könne. Voll Trauer kehrten sie nun in die Stadt zurück, indem sie untereinander von den letzten Augenblicken der Königin, von dem bevorstehenden Leichenbegängnis und den Wundern sprachen, die an ihrer Leiche, sowie an ihrer Grabstätte geschehen würden, und die von allen mit Sicherheit erwartet wurden. Auch war vielfach die Rede davon, daß die Königin wohl heilig gesprochen werde,* denen aber, die daran zweifelten, drohte man voll Zorn mit dem Papst.

Die Stadt und das ganze Land waren in tiefe Trauer versenkt, und jedermann, nicht nur das gemeine Volk, sagte sich, mit dem Tod der Königin sei der günstige Stern für das Reich erloschen. Sogar unter den vornehmen Herren zu Krakau gab es solche, die düster in die Zukunft blickten. Sich

---

* Förmlich ist dies nicht geschehen. Doch führt sie bei den polnischen Geschichtsschreibern den Titel „Heilig", so wie auch Migne sie am 28. Februar nennt und beifügt, daß man ihr Fest jedesmal am 28. Februar begehe – Die Redaktion.

selbst und anderen begann man die Frage vorzulegen, was nun geschehen werde. Ob Jagiello jetzt noch ein Anrecht auf die Herrschaft über das Königreich habe oder zurückkehre in sein Litauen und sich mit dem großfürstlichen Thron begnüge? Manche behaupteten im voraus – und wie es sich später zeigte, nicht ohne Grund -, daß er zurücktreten werde, daß die Krone in diesem Fall große Ländereien einbüßen müsse, daß dann die Litauer neue Einfälle machen und die ergrimmten Einwohner des Königreiches blutige Vergeltung üben würden. Der Orden, der römische Cäsar, der ungarische König würden dann an Macht gewinnen und dem Reich, das jetzt noch eines der mächtigsten auf der ganzen Welt war, würde Untergang, Schmach und Schande drohen.

Die Kaufleute, denen das weite litauische und russische Land offenstand, legten aus Angst vor dem drohenden Verlust fromme Gelübde ab, damit Jagiello im Reich bleibe, aber in dem Fall wurde ein baldiger Krieg mit dem Orden prophezeit. War es doch eine bekannte Tatsache, daß nur die Königin bis jetzt einen solchen Krieg verhindert hatte. Und die Leute erinnerten sich, daß sogar Jadwiga einst voll Entrüstung über die Geldgier und Habsucht der Kreuzritter, gleich einer Seherin verkündet hatte: „Solange ich lebe, solange halte ich die Hand und den gerechten Zorn meines Gatten von Euch ab, aber bedenkt, daß Euch nach meinem Tod die Strafe für Euere Sünden treffen wird!"

In ihrem Hochmut, ihrer Verblendung, fürchteten die Ordensritter den Krieg zwar nicht, weil sie darauf rechneten, daß nach dem Tod der Königin der Ruf von deren Heiligkeit den Zuzug von Kriegern aus den westlichen Gebieten nicht verhindern werde, und ihnen dann Tausende aus Deutschland, Burgund, aus dem Frankenland und aus anderen fernen Ländern zu Hilfe kommen würden. Immerhin war aber der Tod Jadwigas ein so weittragendes Ereignis, daß der Gesandte des Ordens, ohne die Rückkunft des abwesenden Königs abzuwarten, sich eilig nach Marienburg begab, um dem Großmeister und dem Kapitel zuerst die wichtige, ja, in gewisser Hinsicht unheilverkündende Nachricht mitzuteilen. Von den übrigen Gesandten brachen einige gleich nach Ritter Lichtenstein auf, während andere Boten zu ihren Monarchen schickten.

In dumpfer Verzweiflung langte Jagiello in Krakau an. Im ersten Schmerz erklärte er den Herren am Hof, ohne die Königin wolle er das Herrscheramt nicht länger ausüben, sondern sich nach seinem Erbgut in Litauen zurückziehen. Dann verfiel er in eine Art Erstarrung, er wollte keinerlei Entscheidung treffen, er beantwortete keine Frage, zuweilen aber wütete er gegen sich selbst, weil er abgereist und bei dem Tod der Königin ferngewesen war, weil er sich nicht von ihr verabschieden, ihre letzten Worte und Wünsche nicht hatte hören können. Vergebens stellten ihm Stanislaw von Skarbimierz und Bischof Wysz vor, daß die Erkrankung der Königin ganz unerwartet gekommen sei, und daß er aller menschlichen Berechnung nach Zeit genug gehabt hätte, zurückzukehren, wenn die Entbindung nicht verfrüht gewesen wäre. Dies gewährte ihm keine Beruhigung und linderte seinen Schmerz auch nicht. „Ohne sie bin ich nicht mehr der König, der Herrscher", erwiderte er, „sondern nur ein reuiger Sünder, der keinen Trost kennt." Dann warf er sich mit dem Gesicht zu Boden und niemand vermochte mehr ein Wort aus ihm herauszubringen.

Unterdessen beschäftigte man sich eifrig mit den Vorbereitungen zum Leichenbegängnis der Königin. Neue Menschenscharen strömten aus allen Teilen des Königreiches herbei, Edle und Leute aus dem Volk, vornehmlich aber Arme, die auf reiche Spenden während der, einen ganzen Monat andauernden, Feierlichkeiten hofften. Der in der Kathedrale ausgestellte Leichnam der Königin war derart aufgebahrt, daß der obere Teil des Sarges erhöht stand. Man hatte dies absichtlich so eingerichtet, damit das Volk in das Antlitz der Königin schauen konnte. In der Kathedrale wurde beständig Gottesdienst abgehalten. Tausende von Wachskerzen brannten am Katafalk, und mitten in diesem Schimmer, zwischen Blumen, lag „Sie", friedlich lächelnd, einer weißen Rose gleich, die Hände fromm über dem lorbeergeschmückten Gewand gefaltet. Das Volk sah eine Heilige in ihr, Besessene, Krüppel, kranke Kinder wurden zu ihr geführt, und plötzlich ließ sich im Mittelpunkt der Kirche der Aufschrei einer Mutter vernehmen, die in dem Gesicht ihres Kindes eine schwache Röte, das Zeichen wiederkehrender Gesundheit gewahrte, dann der eines Paralytikers, der seine gelähmten Glieder wieder gebrauchen konnte. Ein ehrfurchtsvoller Schauer erfüllte alle Herzen, die Kunde von diesen Wundertaten verbreitete sich durch die Kathedrale, die Burg, die Stadt, und zog immer größere Scharen siecher Menschen herbei, die sich hier Hilfe und Rettung versprachen.

Zbyszko war jetzt vollständig vergessen, denn wer hätte bei einem so furchtbaren Unglück an einen einfachen Jüngling und an dessen Gefangenschaft in der Schloßbastei denken können. Er war durch den Gefangenenwärter von der Krankheit der Königin in Kenntnis gesetzt worden, er hatte auch das Getümmel des Volkes vor der Burg vernommen, und als er dann die lauten Klagen, das Geläute hörte, warf er sich auf die Knie nieder, und seines eigenen Schicksals eingedenk, beweinte er von ganzer Seele den Tod der vergötterten Herrin. Ihn dünkte, mit ihrem Dahinscheiden sei auch für ihn alles zu Ende, ihn dünkte, die ganze Welt müsse nun zugrunde gehen.

Der Lärm, den die Vorbereitungen zur Leichenfeier hervorbrachten, das Geläute der Glocken, der Gesang der Prozessionen und das Getümmel der Menge drang bis in seine Zelle. Acht Tage währte dies. Während dieser Zeit wurde er immer trauriger, verlor er die Lust zu essen, zu schlafen und ging in seinem Gefängnis umher wie ein wildes Tier in seinem Käfig. Auch die Einsamkeit lastete schwer auf ihm, da oftmals ein Tag verging, ohne daß der Gefangenenwärter ihm Speise und frisches Wasser brachte, so sehr waren alle mit der Leichenfeier der Königin beschäftigt. Seit dem Tod Jadwigas hatte ihn niemand besucht, weder die Fürstin, noch Danusia, noch Powala aus Taczew, der ihm ehemals so viel Mitgefühl bezeigt hatte, noch der Kaufmann Amylej, der Bekannte Mackos. Voll Bitterkeit sagte sich Zbyszko, nun, da Macko abwesend sei, denke niemand mehr an ihn. Zuweilen ging ihm der Gedanke durch den Kopf, daß man ihn und Recht und Gerechtigkeit vergessen habe, und daß er elend in diesem Gefängnis verschmachten müsse. Dann betete er inbrünstig um den Tod.

Schließlich, als seit der Leichenfeier ein Monat und mehr vergangen war, begann er an der Rückkehr Mackos zu zweifeln. Hatte dieser doch versprochen, sich zu sputen und sein Pferd nicht zu schonen. Marienburg lag ja auch nicht am Ende der Welt. In drei Monaten konnte man hingelangen und wieder zurück sein – vornehmlich wenn man sich beeilte. „Aber vielleicht beeilte er sich nicht!" sagte sich Zbyszko voll Kummer, vielleicht hat er sich unterwegs ein Weib gesucht und geleitet sie voll Freude nach Bogdaniec, ich aber muß in meinen jungen Jahren alles der Barmherzigkeit Gottes anheimstellen.

Zuletzt verlor er jedes Maß für Zeitberechnung, er sprach auch nicht mehr mit seinem Wärter, und nur die Sommerfäden an dem Eisengitter seines Fensters ließen ihn erkennen, daß der Herbst herangekommen war. Stundenlang saß er nun auf seinem Lager, die Ellenbogen auf den Knien, die Finger in den ihm jetzt weit über die Schultern herabhängenden Haaren vergraben, und im Halbschlaf in einer gewissen Erstarrung, hob er sogar auch dann das Haupt nicht mehr, wenn der Wärter, der ihm Speise brachte, eine Frage an ihn richtete.

Doch eines Tages drehte sich knirschend die Tür in ihren Angeln, und von der Schwelle her ertönte eine wohlbekannte Stimme.

„Zbyszko!"

„Oheim!" schrie Zbyszko von seiner Pritsche aufspringend.

Macko umarmte ihn, dann nahm er das blonde Haupt des Jünglings in seine Hände und küßte ihn. Zbyszkos Herz aber war so voll von Leid, Bitterkeit und Sehnsucht, daß er an der Brust des Oheims weinte wie ein kleines Kind. „Ich glaubte schon, Ihr würdet nicht zurückkehren", sagte er schluchzend.

„Dazu hätte auch nicht viel gefehlt!" versetzte Macko.

Erst jetzt erhob Zbyszko das Haupt, und nachdem er den Oheim aufmerksam betrachtet hatte, rief er aus: „Was ist mit Euch vorgegangen?" Und voll Verwunderung schaute er auf das abgemagerte, eingesunkene, totenbleiche Antlitz des alten Kriegers, auf dessen gebeugte Gestalt, auf die ergrauten Haare. „Was ist mit Euch vorgegangen?" wiederholte er.

Macko ließ sich auf die Pritsche nieder und seufzte schwer. „Was mit mir vorgegangen ist?" fragte er schließlich. Kaum war ich über die Grenze gelangt, als die Deutschen im Wald mit Pfeilen auf mich schossen. Es waren Raubritter, verstehst du? Noch jetzt kann ich kaum zu Atem kommen, wenn ich daran denke. Aber Gott sandte mir Hilfe, sonst würdest du mich jetzt nicht vor dir sehen."

„Wer ist Euch zu Hilfe gekommen?"

„Jurand aus Spychow", entgegnete Macko.

Ein kurzes Schweigen folgte.

„Zuerst überfielen sie mich" – berichtete dann Macko – „dann überfiel er sie. Nur die Hälfte von ihnen entkam. Er nahm mich dann in seine Burg, und dort, in Spychow rang ich drei ganze Wochen mit dem Tod. Aber Gott ließ mich nicht sterben, und wenn es mir auch noch schwer war, bin ich doch zurückgekehrt."

„So seid Ihr gar nicht in Marienburg gewesen?"

„Wie hätte ich dort hingelangen können? Sie rissen mir alles weg und nahmen mir den Brief samt den anderen Sachen. Ich kehrte zurück und wollte die Fürstin Alexandra um einen zweiten bitten, aber ich verfehlte sie – und ob ich sie jetzt noch treffe, weiß ich nicht –, denn bald mache ich mich nach jener Welt auf." Bei diesen Worten spie er in die Hand und sie gegen Zbyszko ausstreckend, zeigte er ihm dunkle Blutspuren. „Siehst du?" sagte er und nach einer Weile fügte er hinzu: „Der Finger Gottes ist hierin zu sehen!"

Tief bedrückt schwiegen beide einige Zeit, dann fragte Zbyszko: „Also speist du häufig Blut?"

„Wie sollte dies anders sein, wenn mir eine Pfeilspitze eine halbe Spanne weit zwischen den Rippen steckengeblieben ist. Da würdest du auch Blut speien, dessen kannst du sicher sein! Bei Jurand befand ich mich schon besser, aber jetzt bin ich wieder furchtbar ermattet, denn der Weg war lang, und ich ritt schnell."

„Warum habt Ihr Euch auch so beeilt?"

„Ich wollte ja die Fürstin Alexandra aufsuchen und um einen zweiten Brief bitten. Jurand von Spychow sprach folgendermaßen zu mir: ‚Macht Euch auf den Weg', sagte er, ‚und kehrt dann mit dem Brief nach Spychow zurück. Ich halte einige Deutsche bei mir gefangen', sagte er weiter, ‚einen von diesen gebe ich auf sein Ritterwort frei, damit er den Brief zum Meister bringe.' Um sich wegen seines Weibes Tod an den Deutschen zu rächen, hält Jurand immer einige bei sich im Burgverlies, und er freut sich dann, wenn er des Nachts hört, wie sie stöhnen und wie ihre Ketten klirren, denn er ist von Haß und Wut gegen sie erfüllt. Verstehst du?"

„Ich verstehe, mich wundert nur, daß Ihr den ersten Brief verlort, denn da Jurand die noch erwischt hat, die Euch überfielen, muß sich doch der Brief bei ihnen gefunden haben."

„Alle hat er aber nicht erwischt. Ungefähr fünf von ihnen entkamen. So hat es nun einmal unser Schicksal gefügt."

Macko hustete, spie abermals Blut und stöhnte vor Schmerz.

„Ihr seid schwer getroffen", sagte Zbyszko, „wie kam dies? Schossen sie denn aus dem Hinterhalt?"

„Die Pfeile fielen so dicht, daß man auf einen Schritt weit nichts zu sehen vermochte. Und ich trug keine Rüstung, weil einige Kaufleute mir gesagt hatten, die Gegend sei ganz sicher, und es war furchtbar heiß.

„Welcher Straßenräuber führte sie denn an? Ein Kreuzritter?"

„Kein Ordensritter, aber ein Deutscher, Chelminczyk aus Lentz, der als Wegelagerer und Räuber bekannt ist!"

„Was ist mit ihm geschehen?"

„Bei Jurand liegt er in Ketten. Aber er selbst hält auch zwei edle Masuren gefangen, an denen er sich rächen will."

Wieder verfiel Macko in Schweigen.

„Ach, du lieber Jesu!" sagte schließlich Zbyszko, „Lichtenstein wird am Leben bleiben und der aus Lentz ebenfalls, wir aber müssen elendiglich zugrunde gehen, ohne uns gerächt zu haben. Mein Kopf wird fallen, und Ihr werdet sicherlich den Winter nicht überleben."

„Bah! Nicht einmal bis zum Winter wird es währen. Wenn ich nur dich retten könnte!"

„Habt Ihr hier schon jemand gesprochen?"

„Bei dem Kastellan von Krakau bin ich gewesen, denn als ich erfuhr, daß Lichtenstein abgereist ist, dachte ich, dies käme dir zugute."

„So ist Lichtenstein abgereist?"

„Gleich nach dem Tod der Königin begab er sich nach Marienburg. Bei dem Kastellan bin ich also gewesen, aber er sagte folgendes: ‚Nicht darum soll Euer Brudersohn gerichtet werden, weil wir uns bei Lichtenstein in Gunst setzen wollen, sondern einzig nur darum, weil der Urteilsspruch so lautet, und ob Lichtenstein hier ist oder nicht, kommt gar nicht in Frage. Selbst wenn er stürbe, würde dies nichts ändern, denn' – sagt der Kastellan – ‚das Gesetz muß Gerechtigkeit walten lassen, das Gesetz ist nicht wie ein Oberrock, bei dem man das Oberste zu unterst wenden kann. Der König' – sagt der Kastellan – ‚hat die Macht, den Schuldigen zu begnadigen, aber sonst niemand'."

„Und wo ist der König?"

„Nach der Leichenfeier reiste er bis ins Russische hinein."

„Dann gibt es keinen Rat!"

„Nein, keinen! Der Kastellan sagte auch: ‚Die Fürstin Anna bittet für ihn und er jammert mich, doch was ich nicht kann, das kann ich nicht!'"

„Die Fürstin Anna ist also noch hier?"

„Möge Gott ihr für ihre Fürsprache lohnen! Das ist eine gute Frau! Sie befindet sich noch hier, weil Jurands Tochter erkrankte, und die Fürstin sie liebt wie ihr eigenes Kind."

„Ach, gerechter Gott! Danusia ist erkrankt? Was ist ihr zugestoßen?"

„Weiß ich es denn? Die Fürstin sagt, jemand müsse sie berufen haben."

„Gewiß Lichtenstein! Niemand anderes als Lichtenstein!"

„Mag sein! Aber was kannst du ihm tun? – Nichts!"

„Deshalb also hatten alle meiner vergessen – sie ist krank!"

Bei diesen Worten ging Zbyszko mit großen Schritten in seiner Zelle umher, schließlich ergriff er Mackos Hand, küßte sie und sagte: „Möge Gott Euch für alles lohnen, denn ich bin schuld, wenn Ihr bald die Augen schließt, aber da Ihr nun doch einmal so weit in die preußischen Lande geritten seid, tut auch noch dies eine für mich, falls Ihr noch nicht vollständig von Kräften gekommen seid. Geht zum Kastellan und bittet ihn, er möge mich auf mein Ritterwort für zwölf Wochen wenigstens freigeben –

dann kehre ich zurück, dann soll man mich richten. Aber daß wir ungerächt zugrunde gehen, das darf nicht sein. Wisset also – nach Marienburg reite ich, und Lichtenstein, den Gesandten, fordere ich zum Zweikampf heraus. Einer von uns, er oder ich muß fallen."

Macko rieb sich die Stirn.

„Hingehen soll ich? Ja, ich gehe. Doch wird der Kastellan deinen Wunsch erfüllen?"

„Mein Ritterwort gebe ich. Zwölf Wochen nur, mehr Zeit ist nicht vonnöten."

„Wie du schwatzest! Zwölf Wochen! Wie aber, wenn du verwundet wirst und nicht zurückkehrst? Was werden sie denken?"

„Und sollte ich auch an vielen Wunden bluten, ich würde doch zurückkehren. Aber fürchtet nichts. Und wißt Ihr, vielleicht kommt während dieser Zeit der König aus Rußland zurück, und vielleicht ist er dann geneigt, Barmherzigkeit an mir zu üben."

„Das ist wahr", entgegnete Macko. Doch gleich darauf fügte er hinzu: „Der Kastellan hat mir noch weiter gesagt: ,Wir vergaßen Eures Brudersohnes durch den Tod der Königin, aber jetzt müssen wir ein Ende machen.'"

„Ei, erlaubt mir", erwiderte Zbyszko guten Mutes, „er weiß doch, daß ein Edelmann sein Wort hält, und ob man mir jetzt den Kopf abschlägt oder nach Michaeli, wird ihm ganz einerlei sein."

„Gut, noch heute gehe ich zu ihm."

„Heute geht zu Amylej und gönnt Euch ein wenig Rast. Er soll Euch irgendeinen Balsam auf die Wunde legen, und morgen begebt Euch dann zum Kastellan. Nun also mit Gott!"

„Mit Gott!"

Sie umarmten sich, und Macko wandte sich der Tür zu, aber an der Schwelle blieb er stehen und runzelte die Stirn, wie wenn ihm plötzlich ein Gedanke käme.

„Du trägst den Rittergürtel ja noch nicht, wenn dir nun Lichtenstein sagt, mit einem Ungegürteten wolle er nicht kämpfen – was tust du dann?"

Zbyszko sah plötzlich finster drein, aber nur für einen Augenblick, dann sagte er: „Und wie ist es denn im Krieg? Wählt sich da ein Gegürteter nur Gegürtete aus?"

„Krieg ist Krieg, und ein Zweikampf ist wieder etwas anderes."

„Das ist wahr – aber wartet – da muß Rat geschafft werden. Seht Ihr, nun weiß ich auch, wie: der Fürst Janusz wird mich gürten. Wenn die Fürstin und Danusia ihn darum bitten, wird er es tun. Und unterwegs, in Masovien, will ich dann auch den Sohn Mikolajs aus Dlugolas herausfordern."

„Weshalb denn?"

„Wißt Ihr denn nicht, daß Mikolaj, der am Hof der Fürstin ist, Danusia ‚Kröte' genannt hat?"

Voll Bewunderung blickte ihn Macko an, und in dem Bestreben, die Sache deutlicher zu erklären, fuhr Zbyszko fort: „Das kann ich nicht verzeihen, und Mikolaj würde ich doch nicht herausfordern, weil er wohl achtzig Jahre zählt."

Darauf entgegnete Macko: „Höre, Bursche! Um deinen Kopf ist es mir leid, aber nicht um deinen Verstand, denn du bist so dumm wie ein Schaf!"

„Worüber seid Ihr nun erzürnt?"

Macko gab keine Antwort und wollte sich entfernen, doch Zbyszko eilte auf ihn zu: „Wie befindet sich Danusia jetzt? Ist sie wieder gesund? Ereifert Euch doch nicht um nichts. Ihr habt wahrlich keinen Grund dazu."

Und abermals neigte er sich auf des alten Mannes Hand herab. Dieser zuckte die Achseln, entgegnete jedoch etwas besänftigt: „Die Tochter Jurands befindet sich besser, verläßt aber ihre Kemenate noch nicht. Leb' wohl!"

Zbyszko blieb allein. Er fühlte sich wie neugeboren an Seele und Körper. Daß er nun vielleicht noch drei Monate vor sich haben werde, daß er ins weite Land hinausreiten, seinen Feind aufsuchen und mit ihm um Leben und Tod kämpfen könne, war ihm ein angenehmer Gedanke und erfüllte sein Herz mit Freude. Wie herrlich mußte es sein, auf einem Roß in die Welt hinauszujagen, sich im Kampf hervorzutun, und so nicht ungerächt zugrunde zu gehen. Dann mochte kommen, was da wollte – jetzt blieb ihm doch noch eine lange Zeit. Und wenn die Frist abgelaufen war, kehrte der König vielleicht aus Rußland zurück und vergab ihm die Schuld, vielleicht brach der Krieg aus, von dem schon längst die Rede war – vielleicht sagte auch der Kastellan selbst, wenn er nach drei Monaten den Sieger des stolzen Lichtenstein erblickte: „Wandere nur frei in den Wäldern umher."

Denn Zbyszko fühlte klar, daß außer dem Kreuzritter niemand Haß gegen ihn hegte, und daß sogar der strenge Burgvogt ihn gewissermaßen nur aus Zwang zum Tod verurteilt hatte.

So wurde er denn immer hoffnungsfreudiger, da er nicht daran zweifelte, daß ihm die Frist von drei Monaten bewilligt werde. Im Gegenteil, er rechnete darauf, daß man sie noch verlängern werde, weil er überzeugt war, der alte Herr aus Teczyn könne auch nicht einmal dem Gedanken Raum geben, daß ein Edelmann sein Wort nicht halte.

Als nun Macko am folgenden Tag in der Abenddämmerung ins Gefängnis kam, stürzte Zbyszko, der ihn voll Ungeduld erwartet hatte, ihm entgegen und fragte: „Ist's bewilligt?"

Macko sank ermattet auf die Pritsche, holte tief Atem und sagte dann: „Der Kastellan sprach so zu mir: ,Wenn es sich um Hab und Gut handelt, gebe ich Eurem Brudersohn acht oder vierzehn Tage auf sein Ritterwort frei, länger aber nicht.'"

Zbyszko war so überrascht, daß er einige Zeit kein Wort hervorbringen konnte.

„Zwei Wochen nur!" rief er dann. „In einer Woche kann ich ja nicht einmal zur Grenze gelangen. Was soll das heißen? Ihr habt wohl dem Kastellan nicht gesagt, weshalb ich nach Marienburg will?"

„Nicht ich allein, auch die Fürstin Anna hat für dich gebeten."

„Nun, und was geschah?"

„Was geschah? Der Alte sagte ihr, daß er dein Haupt nicht gerne fallen sehe, und daß er dich beklage. ‚Ich wünschte', sagte er, ‚ich hätte irgendein Gesetz ausfindig gemacht – bah – irgendeinen Vorwand meine ich, um ihn freilassen zu können, aber was ich nicht kann, kann ich nicht. Es wäre schlimm für das Königreich – sagte er weiter – wenn die Leute anfangen würden, der Gerechtigkeit ins Gesicht zu schlagen, um ihre Freunde zu schonen, und ich würde es nicht tun, wenn es sich auch um einen Blutsverwandten – oder sogar um meinen Bruder handelte.' Solche Menschen sind nicht zu erweichen. Und weiter sprach der Kastellan: ‚Wir haben nicht nötig, besondere Rücksicht auf die Kreuzritter zu nehmen, doch fern sei es von uns, Schmach und Schande auf uns zu laden. Was würden sie und ihre Gäste denken, die ihnen aus der ganzen Welt zuströmen, wenn ich einen zum Tod verurteilten Edelmann freiließe, weil er Lust bezeigt, in die Weite zu reiten, um jemanden zum Kampf herauszufordern? Würden sie nicht glauben, daß man ihm die Strafe erlassen habe, und daß keine Gerechtigkeit in unserem Land herrsche? Lieber sehe ich ein Haupt fallen, als daß ich den König und das Reich dem Untergang weihe.' Darauf entgegnete die Fürstin, ihr komme eine solche Gerechtigkeit seltsam vor, wenn selbst die Blutsverwandte des Königs nicht imstande sei, einen bedauernswerten Menschen freizubitten, jedoch der Alte versetzte: ‚Der König selbst kann Gnade üben, doch auch er kann nicht gegen das Gesetz verstoßen.' Nun entzweiten sie sich ernstlich, denn die Fürstin ließ sich vom Zorn hinreißen. ‚Laßt ihn wenigstens nicht im Gefängnis verschmachten!' sagte sie. Und der Kastellan erklärte: ‚Gut! morgen lasse ich das Schafott auf dem Markplatz aufschlagen.' Hierauf trennten sie sich. Und dich, Unglücklicher, kann nur unser Herr Jesus retten!"

Ein langes Schweigen folgte.

„Wie", ließ sich endlich Zbyszko mit dumpfer Stimme vernehmen, „so bald soll es sein?"

„In zwei oder drei Tagen. Da gibt es keinen Rat, keinen. Was ich konnte, habe ich getan. Ich fiel zu den Füßen des Kastellans nieder, ich bat um Erbarmen, doch er beharrte auf seiner Meinung. ‚Macht irgendein Gesetz, einen Vorwand ausfindig!' wiederholte er. Ich bin auch bei dem Priester Stanislaw aus Skarbimierz gewesen, damit er mit dem Sakrament zu dir komme. Die Ehre soll dir wenigstens zuteil werden, daß dir der Beichtvater der Königin die Beichte abnimmt. Doch traf ich ihn nicht zuhause, er befand sich bei der Fürstin Anna."

„Vielleicht war er auch bei Danusia?"

„Ach was! Dem Mädchen geht es ja besser. Morgen vor Tagesanbruch gehe ich nochmals zu ihm."

Zbyszko setzte sich nieder, stützte die Ellbogen auf die Knie und neigte den Kopf so tief herab, daß sein Gesicht vollständig von den Haaren verhüllt war. Der alte Mann betrachtete ihn lange Zeit schweigend, dann aber rief er leise: „Zbyszko, Zbyszko!"

Der Jüngling erhob das Haupt, doch drückte sich in seinem Antlitz mehr Bitterkeit und Ingrimm als Schmerz aus.

„Nun?"

„Höre mich an, denn vielleicht kann ich doch noch ein Rettungsmittel ausfindig machen."

Bei diesen Worten rückte er näher zu Zbyszko heran und begann fast im Flüsterton: „Du hörtest doch, daß einst Fürst Witold von unserem jetzigen König festgenommen, zu Krewo im Gefängnis saß und in Frauenkleidern daraus entkam. Eine Frau steht uns zwar nicht hilfsbereit zur Seite, aber nimm meinen Rock, meine Kapuze, und fort mit dir – verstehst du? Daß du nicht hinfällig aussiehst, werden sie gar nicht bemerken. Das ist gewiß. Draußen ist es dunkel, und ins Gesicht werden sie dir auch nicht leuchten. Sie sahen mich wohl, als ich kam, aber genau betrachtete mich niemand. Sei nur still und höre mich an: morgen werden sie mich dann finden – doch was tut das? Mögen sie mir den Kopf abschlagen! Dir kann es dann zum Trost dienen, daß ich doch in zwei oder drei Wochen dem Tod verfallen bin. Und sobald du draußen bist, setzt du dich aufs Pferd und reitest geradewegs zum Fürsten Witold. Du sagst ihm, wer du bist, und bezeugst ihm deine Verehrung. Dann wird er dich freundlich aufnehmen, und dir wird es sein, als ob du zu den Füßen Gottes säßest. Die Leute sagen, das Kriegsheer des Fürsten sei durch die Tataren vernichtet worden. Ob das richtig ist, weiß ich nicht, aber es kann sein, denn die hochselige Königin hat dies prophezeit. Wenn es wahr ist, wird der Knäs Ritter nötig haben und dich gerne sehen. Und bleibe nur bei ihm, denn auf der ganzen Welt gibt es keinen besseren Dienst. Verliert ein anderer König eine Schlacht, dann ist's aus mit ihm, aber der Fürst Witold ist so klug und gewandt, daß er nach einer verlorenen Schlacht nur noch mächtiger dasteht. Auch ist er freigebig und ist uns außerordentlich zugetan. Sage ihm alles genau, wie es war. Sage ihm, du hättest gegen die Tataren mit ihm ausziehen wollen, wärest aber nicht imstande dazu gewesen, weil du im Gefängnis saßest. Gott wird geben, daß du Grund und Boden und daß du Bauern von ihm bekommst – dann wird er dich wohl als Ritter gürten und sich beim König für dich verwenden. Er wäre ein guter Fürsprecher – oder nicht?"

Zbyszko hörte schweigend zu, während Macko, gleichsam von seinen eigenen Worten hingerissen, fortfuhr: „Nein, es ist dir nicht bestimmt, jetzt schon zu sterben! Du wirst nach Bogdaniec zurückkehren. Und bist du dort, so mußt du sogleich ein Weib nehmen, damit unser Geschlecht nicht untergehe. Erst wenn du Nachkommenschaft hast, magst du Lichtenstein zum Kampf herausfordern, doch zuvor hüte dich, deiner Rache Genüge zu tun, sonst könntest du irgendwo in Preußen überfallen werden, gerade wie ich – nicht mehr zu helfen wußte ich mir –, nimm jetzt meinen Rock, meine Kapuze und gehe mit Gott!"

Macko erhob sich bei diesen Worten und stand im Begriff, sich auszukleiden, doch Zbyszko sprang auf und hinderte ihn daran, indem er sagte: „Das, was Ihr von mir verlangt, tue ich nicht, so wahr mir Gott helfe und das heilige Kreuz!"

„Warum?" fragte Macko voll Verwunderung.

„Weil ich es nicht tue!"

Macko wurde bleich vor Erregung und Zorn.

„Wollte Gott, du wärst nie geboren!"

„Auch dem Kastellan habt Ihr schon gesagt, daß Ihr bereit seid, Euch für mich zu opfern."

„Woher weißt du das?"

„Der Herr aus Taczew erzählte es mir."

„Und was folgt daraus?"

„Was daraus folgt? Hat Euch nicht der Kastellan gesagt, daß dann die Schande auf mich und das ganze Geschlecht fiele? Und würde ich nicht noch mehr Schande auf mich laden, wenn ich von hier entweiche und Euch der Rache des Gesetzes überließe?"

„Welche Rache? Welche Strafe kann mich noch treffen, da ich ohnedies sterben muß? Um Gottes willen, nimm doch Vernunft an!"

„Um so weniger kann ich tun, was Ihr wünscht! Möge Gott mich züchtigen, wenn ich Euch jetzt verlasse, da Ihr alt und krank seid. Pfui! Der Schande! …"

Wieder folgte ein tiefes Schweigen. Nichts war zu hören, als die schweren pfeifenden Atemzüge Mackos, sowie die Rufe der Bogenschützen, die an den Toren Wache hielten. Draußen senkte sich schon die Nacht hernieder.

„Höre", begann schließlich Macko mit gebrochener Stimme wieder, „es war keine Schande für den Fürsten Witold, auf diese Weise aus Krewo zu fliehen – es wird auch für dich keine sein."

„Ja, seht Ihr", entgegnete Zbyszko in traurigem Ton, „der Fürst Witold ist ein großer Fürst, er hat die Krone aus der Hand des Königs empfangen, er ist ein reicher Herrscher – ich aber bin nur ein armer Edelmann – ich habe nichts als meine Ehre."

Und wie von seiner Erregung übermannt, rief er dann aus: „Begreift Ihr denn nicht? Ich liebe Euch so sehr, daß ich Euer Haupt nicht für das meine hingebe."

Da erhob sich Macko, unsicheren, schwankenden Schrittes ging er mit ausgebreiteten Armen auf Zbyszko zu, und wenn schon die Leute jener Zeit nicht weichherzig, ja, hart wie Stahl waren, rief er plötzlich mit herzzerreißender Stimme: „Zbyszko!" …

Am folgenden Tag sah man, wie die Gerichtsschergen auf dem Marktplatz die Balken für das Schafott zusammentrugen, das dem Haupttor des Rathauses gegenüber errichtet werden sollte.

Die Fürstin aber berief Stanislaw aus Skarbimierz und andere gelehrte Domherren, die sowohl das geschriebene Recht, wie das übliche Recht innehatten, zu einer Beratung. Durch einen Ausspruch des Kastellans war sie dazu angeregt worden, hatte dieser doch erklärt, er sei bereit, Zbyszko freizugeben, wenn sich ein Rechtsspruch finden lasse, auf den er sich stützen könne. Lange, bis zum Anbruch des Tages, währte diese Beratung, zu der sich schließlich auch der Priester Stanislaw einfand, obschon er Zbyszko schon zum Tod vorbereitet und ihn mit den Sterbesakramenten versehen hatte.

Die Stunde der Exekution rückte immer näher. Schon am frühen Morgen zog eine große Menschenmenge auf den Markt. Daß der Kopf eines Edelmannes fallen sollte, das erregte die Neugierde noch weit mehr, als wenn es sich um die Hinrichtung eines gewöhnlichen Menschen gehandelt hätte. Zudem herrschte prächtiges Wetter. Das Gerücht von der Jugend und der Schönheit des Verurteilten erregte ganz besonders das Interesse der Frauen. So sah denn auch der Weg, der zu der Burg führte, durch die große Anzahl geputzter Bürgerinnen wie mit Blumen besät aus. An allen Fenstern auf dem Markt, in den Häusern und in den vorspringenden Gewölben sah man Frauenköpfe mit Hauben, mit goldenen und samtenen Stirnbändern geschmückt, sah man junge Mädchen, deren freiherabwallende Haare Rosen und Lilienkränze zierten. Auch die Räte der Stadt fehlten nicht, obwohl sie die Sache ganz und gar nichts anging. Wohl um sich ein gewisses Ansehen zu geben, kamen sie und stellten sich hinter den Rittern, in der nächsten Nähe des Schafottes auf. In voller Zahl hatten sich letztere eingefunden, war es ihnen doch darum zu tun, ihr Mitgefühl für den Jüngling an den Tag zu legen. Immer wieder drängte die Menge vor, die hauptsächlich aus kleinen Kaufleuten bestand, sowie aus Handwerkern, in den Farben ihrer Zünfte gekleidet. Unzählige junge Burschen und Kinder trieben sich fortwährend unter der Menschenmenge umher, wurden, unerträglichen Fliegen gleich, von den Erwachsenen zurückgestoßen, pflanzten sich aber stets aufs neue auf jedem freien Plätzchen auf. Weit aber über die Häupter all dieser Versammelten ragte das mit neuem Tuch ausgeschlagene Schafott empor. Drei Personen standen darauf. Der Scharfrichter, breitschultrig und furchterregend in seinem roten Gewand mit gleichfarbiger Kapuze, das scharfe, doppelt geschliffene Schwert in der Hand, und seine zwei Gehilfen mit entblößten Armen und Stricken im Gürtel. Zu ihren Füßen standen ein Pflock, sowie ein ebenfalls mit Tuch ausgeschlagener Sarg. Von den Türmen der Marienkirche ertönten die Glocken. Die ganze Stadt erfüllten sie mit ihrem metallenen Klang. Schwärme von Dohlen und Tauben scheuchten sie auf. Abwechselnd schweiften die neugierigen Blicke der Schaulustigen von dem zur Burg führenden Weg zu dem Schafott mit dem Scharfrichter, dessen glänzendes Schwert in der Sonne blinkte, oder zu den Rittern, die den Bürgern stets großen Respekt, unendliches Interesse einflößten. Diesmal gab es aber auch viel zu sehen, denn die berühmtesten Kämpen umstanden das Gerüst. Man bewunderte die Breite der Schultern und den Ernst von Zawisza, dessen krause Haare lang herabwallten, man bewunderte die stämmige, vierschrötige Gestalt und die krummen Beine von Zindram aus Maszkowice, sowie den riesigen, fast übermenschlichen Wuchs von

Paszko Zlodziej aus Biskupice, man staunte das furchterregende Antlitz von Wojciech aus Wodzinek ebenso an wie die Schönheit von Dobek aus Olesnica, der bei einem Turnier in Thorn über zwölf deutsche Ritter als Sieger hervorgegangen war, man zeigte sich Sygmund aus Bobawa, der sich in gleicher Weise gegen die Ungarn in Koszyce behauptet hatte, man zeigte sich Krzona aus Kozichglow und den in allen Waffenkünsten erfahrenen Lis aus Dargowisko, nicht zu vergessen Staszko aus Charbimowice, der zu Fuß ein Pferd einholen konnte. Allgemeines Aufsehen erregte auch Macko aus Bogdaniec, der, bleich wie der Tod, von Florian aus Korytrica und Marcin aus Wrocimowice gestützt wurde und für den Vater des Verurteilten galt. Die größte Neugierde erregte jedoch Powala aus Taczew. In der ersten Reihe der Ritter stehend, hielt er auf seinen mächtigen Armen Danusia empor, ganz weiß gekleidet, einen grünen Rautenkranz auf dem hellen Haar. Keiner der Umherstehenden konnte begreifen, was das bedeuten, weshalb dies junge Geschöpf die Hinrichtung mit anschauen sollte. Einige erklärten es sich damit, daß dies wohl die Schwester des Verurteilten sei, andere glaubten, in ihr die Gebieterin seines Herzens zu sehen. Doch auch diese staunten über die weiße Gewandung, über die Anwesenheit des holden Kindes in nächster Nähe des Schafottes. Wie schön war das kleine Mädchen mit seinem jugendlichen Antlitz, über dessen Wangen aber jetzt große Tränen rannen. Mitleid und Rührung regten sich in aller Herzen. In der dicht gedrängten Menge fing man über die Halsstarrigkeit des Kastellans, über die Strenge des Gesetzes zu murren an, und dieses Murren wurde immer lauter, immer drohender. Da und dort erhoben sich schon Stimmen, die verlangten, man solle das Blutgerüst niederreißen, dann müsse die Hinrichtung verschoben werden.

Immer lebhafter, immer lärmender wurde es unter der erregt hin- und herwogenden Menschenmenge. Die Rede ging von Mund zu Mund, daß, wenn der König anwesend wäre, er sicherlich den Jüngling begnadigen würde, der kein Verbrechen begangen habe.

Doch plötzlich trat tiefe Ruhe ein. Laute Rufe verkündeten das Herannahen der Bogenschützen und der königlichen Hellebardiere, von denen der Verurteilte zum Schafott geführt werden sollte. Bald wurde auch der Zug auf dem Markt sichtbar. Ihn eröffneten die barmherzigen Brüder, die schwarze, bis zur Erde wallende Kutten und schwarze Kapuzen mit Ausschnitten für die Augen trugen. Das Erscheinen dieser düsteren Gestalten machte einen solchen Eindruck auf das Volk, daß alles ringsumher verstummte. Ihnen folgte eine Abteilung Bogenschützen, auserwählte Litauer, die zur königlichen Leibwache gehörten, mit Wämsen aus ungegerbtem Elentierleder bekleidet. Die Hellebardiere bildeten den Schluß des Zuges. Zwischen dem Gerichtsschreiber, der das Urteil verlesen sollte, und dem Geistlichen Stanislaw aus Skarbimierz, der ein Kruzifix in den Händen hielt, schritt Zbyszko. Aller Augen richteten sich auf ihn. Aus allen Fenstern beugten sich Frauengestalten weit vor. Zbyszko war angetan mit seiner erbeuteten weißen Jacke, reich mit goldenen Greifen bestickt, reich mit goldenen Fransen geziert, und als ihn die Menge in diesem prächtigen Gewand dahinschreiten sah, dünkte es ihr, sie sehe einen jungen Fürsten oder den Abkömmling eines großen Geschlechtes. Seinem hohen Wuchs, der Breite der Schultern und der Brust, den kräftig ausgebildeten Gliedern nach hätte man ihn für einen reifen Mann halten können, auf dieser Mannesgestalt aber saß der Kopf eines Kindes. Der erste Flaum sproß auf den Lippen des Jünglings, der einem schönen, königlichen Pagen glich, dessen goldblonde, über der Stirn geradegeschnittenen Haare weit über den Nacken herabfielen. Bleichen Antlitzes, aber gleichmäßig, elastisch schritt er dahin. Zuweilen blickte er wie traumverloren auf die Menge, zuweilen erhob er die Augen zu den Kirchtürmen, zu dem Dohlenschwarm und zu den schwingenden Glocken, die ihm die letzte Stunde einläuteten. Zeitweise malte sich auf seinem Gesicht Staunen darüber, daß diese Feierlichkeiten ihm galten, daß die Glocken seinetwegen ertönten, daß die Frauen um seinetwillen schluchzten. Auf dem Markt angelangt, fiel sein Blick auf das Schafott, auf die in Rot gekleidete Gestalt des Scharfrichters. Er zuckte zusammen und machte das Zeichen des Kreuzes, der Geistliche aber reichte ihm das Kruzifix zum Kuß. In diesem Augenblick fiel ihm ein Strauß Mohnblumen zu Füßen. Zbyszko beugte sich nieder, hob ihn auf und lächelte der Spenderin, einem jungen Mädchen zu, das nun in lautes Weinen ausbrach. Der Jüngling jedoch richtete sich hoch auf. Zweifellos bestrebte er sich angesichts dieser Menschenmenge, angesichts dieser Frauen und Mädchen, die ihm aus den Fenstern mit ihren Tüchern zuwinkten, mutig in den Tod zu gehen, den Eindruck eines tapferen Ritters zu hinterlassen. Mit einer raschen Bewegung warf er seine Haare zurück, hob das Haupt und schritt stolz wie ein Sieger dahin, dem nach beendigtem Turnier der Preis zuerkannt ist. Nur langsam kam indessen der Zug vorwärts, weil die stets anwachsende Menge den Weg versperrte. Umsonst ließen die litauischen Bogenschützen stets von neuem den Ruf ertönen „Platz, Platz", die Ermahnung verhallte ungehört, das Gedränge wurde immer dichter. Obwohl die damalige Krakauer Bürgerschaft aus zwei Drittel Deutschen bestand, wurden doch fortwährend wilde Flüche über die Kreuzritter laut. „Eine Schmach ist's, eine Schmach! Die Erde möge diese Kreuzritter verschlingen, denn ihretwegen werden Kinder zum Richtplatz geführt. Schimpflich ist dies für den König, für das ganze Königreich!" Als die Litauer die drohende Haltung des Volkes bemerkten, nahmen sie die straff gespannten Bogen von den Schultern und harrten des Befehls, um auf die Menge zu zielen. Der Hauptmann ließ jedoch die Hellebardiere, die mit ihren Waffen leichter den Weg bahnen konnten, an die Spitze des Zuges treten, der auf diese Weise schließlich Ort und Stelle erreichte. Die das Blutgerüst umstehenden Ritter wichen zurück, ohne Widerstand zu leisten. Schon waren die Hellebardiere bis zu dem Schafott vorgedrungen, schon wollte Zbyszko mit dem Geistlichen und dem Ratsschreiber das Gerüst ersteigen, da geschah etwas ganz Unerwartetes, der Kreis der Ritter teilte sich, Powala schritt, mit Danusia auf dem Arm hervor, und schrie mit solch donnernder Stimme „Halt", daß der ganze Zug, wie in die Erde gewurzelt, stillhielt. Weder der Hauptmann, noch einer der Söldner wagte es, diesem edlen, gegürteten Ritter Widerpart zu leisten, der täglich im Schloß verweilte und gar häufig in vertraulichem Gespräch mit dem König gesehen wurde. Schließlich ließen auch andere, nicht minder angesehene Ritter den Ruf „Halt, Halt!" ertönen, der Herr von Taczew aber näherte sich Zbyszko und übergab ihm die liebliche Danusia.

Der Jüngling, mutmaßend, daß dies der Abschied sein sollte, nahm das holde Geschöpf in seine Arme und preßte es an die Brust. Danusia aber schmiegte sich nicht an ihn, umschlang nicht mit ihren Händen seinen Hals, nein, rasch riß sie von ihren blonden Haaren, unter dem Rautenkranz hervor den weißen Schleier und umhüllte damit fast das ganze Haupt Zbyszkos, indem sie gleichzeitig mit der ganzen Kraft ihrer kindlichen Stimme schluchzend rief: „Mein ist er, mein ist er!"

„Dein ist er!" bestätigten die Ritter in lautem Ton. „Zum Kastellan!" Und von allen Seiten erklang aus der Menge der Ruf: „Zum Kastellan! Zum Kastellan!" Der Beichtvater richtete die Augen gen Himmel, der Ratschreiber wich zur Seite, der Hauptmann und die Hellebardiere senkten die Waffen, sie alle, alle begriffen, um was es sich handelte.

Es existierte eine alte Sitte, mächtig wie das Gesetz, bekannt und verbreitet in Podhale und bei den Krakauern, daß, wenn auf einen zum Tod Verurteilten ein unschuldiges Mädchen ihren Schleier warf, zum Zeichen, daß sie ihn zu ihrem Gatten erkor, dieser freigegeben werden mußte. Den Gebrauch kannten die Ritter, es kannten ihn die Bauern, es kannten ihn die Polen unter den Städtern – und es wußten auch von ihm die Deutschen, die seit längerer Zeit in den polnischen Burgen und Städten wohnten. Der alte Macko, den die Rührung zu übermannen drohte, die Ritter, die ohne weiteres die Bogenschützen zurückstießen, umringten Zbyszko und Danusia, die bewegte, frohe Menge rief unaufhörlich: „Zum Kastellan, zum Kastellan!" Der Menschenschwarm wälzte sich plötzlich vorwärts gleich einer riesigen Meereswelle. Der Scharfrichter und seine Gehilfen stiegen bald darauf von dem Gerüst herab. Dies steigerte noch die Erregung. Bei allen stand es fest, daß in der Stadt ein drohender Aufruhr ausbrechen würde, wenn Jasko aus Teczan sich jetzt dem altherkömmlichen, geheiligten Brauch widersetzen würde. Gleich einem Lavastrom stürzte sich das Volk auf das Blutgerüst. In einem Nu war alles Tuch abgerissen und in Fetzen umhergestreut. Bretter und Balken vermochten den starken Armen, den Beilschlägen nicht zu widerstehen. Das Gerüst schwankte, krachte, stürzte zusammen, so daß alsbald keine Spur mehr davon auf dem Markt zu sehen war. Und Zbyszko, noch immer Danusia in den Armen haltend, kehrte zu dem Schloß zurück – dieses Mal jedoch in der Tat wie ein siegreicher Triumphator. Denn ihm zur Seite schritten, strahlend vor Freude, die ersten Ritter des Königreiches, vor ihm und hinter ihm Hunderte von Frauen, Männern und Kindern, rufend, singend, die Hände gegen Danusia ausstreckend, die Tapferkeit, die Schönheit preisend. An den Fenstern klatschten die reichen Bürgersfrauen mit ihren weißen Händen laut Beifall, in aller Augen glänzten Freudentränen. Ein wahrer Regen von Rosen- und Lilienkränzen, ein wahrer Regen von Bändern, ja, sogar von vergoldeten Gürteln und netzartigen Hauben fiel zu den Füßen der seligen jungen Menschenkinder nieder. Zbyszko, strahlend wie die Sonne, das Herz überquellend von Dank, hob jeden Augenblick seine weißgekleidete Herrin empor, zuweilen küßte er leidenschaftlich deren Hände. Und jedesmal bei diesem Anblick wurde die Menge derart gerührt, daß sich gar viele Liebende in die Arme fielen und sich gegenseitig beteuerten, sie würden sich auch befreien, so einer von ihnen zum Tode verurteilt wäre. Wie zwei geliebte Kinder wurden Zbyszko und Danusia von den Rittern, von den Bürgern, überhaupt von der ganzen Menge geleitet. Der alte Macko, der stets von zwei Rittern gestützt wurde, kam fast von Sinnen vor Freude und wunderte sich nur darüber, daß ihm das Rettungsmittel für seinen Brudersohn nicht in den Sinn gekommen war. Powala aus Taczew erzählte inmitten des allgemeinen Lärmes mit seiner mächtigen Stimme den Rittern, wieso man sich bei der Beratung der Fürstin mit Stanislaw aus Skarbimierz und anderen Kundigen des geschriebenen und des üblichen Rechtes, der alten Sitte erinnert habe. Die Ritter staunten über die Einfachheit des Mittels und versicherten sich gegenseitig, daß gewiß deshalb keiner von ihnen an diesen Brauch gedacht habe, weil er in der von vielen Deutschen bewohnten Stadt lange nicht ausgeübt worden war.

Alles hing jedoch von dem Kastellan ab. Die Ritter und das Volk zogen daher weiter zum Schloß, in dem in der Abwesenheit des Königs der Krakauer Herr wohnte. Der Gerichtsschreiber, der Priester Stanislaw aus Skarbimierz, Zawisza Farurej, Zindram aus Maszkowice und Powala aus Taczew begaben sich zu ihm, um ihm über den Vorgang zu berichten, um ihn an seinen Ausspruch zu erinnern, er würde ohne weiteres den Verurteilten freisprechen, wenn er diese Handlungsweise durch ein Gesetz oder durch das übliche Recht begründen könne. Jetzt dürfe er Zbyszko begnadigen, erklärten die Bittstellenden, die altherkömmliche Sitte müsse berücksichtigt werden. Der Herr von Taczew antwortete darauf, diese Sitte sei zwar weit mehr für das gemeine Volk oder für die Räuber aus Podhale als für Edelleute geeignet, jedoch er hege zu viel Achtung vor dem Gesetz, als daß er die Macht der uralten Bräuche nicht anerkennen sollte. Rasch bedeckte er hierauf mit der Rechten den silberweißen Bart, um das zufriedene Lächeln zu verbergen, das seine Lippen umspielte, und begab sich mit der Fürstin Anna Danuta auf die untere Terrasse. Einige Priester und Ritter folgten ihnen.

Als Zbyszko den Kastellan erblickte, hob er Danusia empor. Der Krakauer Herr legte seine runzlige Hand auf deren goldblondes Köpfchen, ließ sie eine Weile darauf ruhen und neigte dann ernst und voll Güte sein ehrwürdiges Haupt. Die Menge verstand dieses Zeichen. Die Mauern des Schlosses erzitterten von den Rufen: „Gott schütze dich! Gott gebe dir ein langes Leben! Du bist ein gerechter Herr! Bleibe uns erhalten und richte uns!" Auch zum Heile Zbyszkos und Danusias erklangen laute Rufe. Die beiden eilten auf die Terrasse und warfen sich zu den Füßen der guten Fürstin Anna Danuta nieder. Ihr verdankte Zbyszko das Leben, denn sie hatte bei der Beratung mit dem Gelehrten den alten Brauch zur Sprache gebracht, sie hatte Danusia angewiesen, was sie zu tun habe.

„Es lebe das junge Paar!" rief mit einemmal Powala aus Taczew, auf die Knienden schauend.

„Es lebe!" ertönte der hundertstimmige Ruf der Menge.

Da wandte sich der ehrwürdige Kastellan zu der Fürstin und sagte: „Jetzt gleich, hochwerte Frau, muß die Verlobung stattfinden, denn so heischt es die Sitte."

„Gegen die Verlobung habe ich nichts einzuwenden", antwortete die Fürstin, „jedoch die Hochzeit darf ohne die Zustimmung des Vaters, Jurand aus Spychow, nicht gefeiert werden."

Zweiter Teil

Erstes Kapitel

Bei dem Kaufmann Amylej berieten sich Macko und Zbyszko lange, was zu tun sei. Der alte Ritter sah einem baldigen Tod entgegen, und da der Franziskaner Pater Cybek, der sich auf Wunden verstand, ein baldiges Ende vorausgesagt hatte, war es sein sehnlichster Wunsch, nach Bogdaniec zurückzukehren, damit man ihn bei seinen Vätern auf dem Kirchhof zu Ostrawic bestatte.

Gleichwohl hatten nicht alle „Väter" dort die ewige Ruhe gefunden. Mackos Geschlecht war ehemals ein zahlreiches, kriegerisches gewesen, dessen Schlachtruf „Hagel" lautete, das ein stumpfes Hufeisen mit einem Kreuz zwischen den Stollen im Wappen führte und sich dadurch vor den anderen Edelleuten auszeichnete, die kein Recht hatten, einen Wappenschild zu tragen.

Im Jahr 1331, in der Schlacht bei Plowce waren in einem Sumpf vierundsiebzig Ritter aus Bogdaniec von den deutschen Armbrustschützen niedergeschossen worden. Wojciech blieb allein übrig – als Erbe eines ausgedehnten Grund und Bodens, der zuvor einem großen zahlreichen Geschlecht gehört hatte. Fünf Jahre später vermählte er sich und wurde Vater von zwei Söhnen, Jasko und Macko. Durch einen Auerochsen fand er den Tod auf der Jagd.

Die Söhne wuchsen unter der Obhut der Mutter auf, die in zwei Kriegsläuften an den Deutschschlesiern die früher zugefügte Unbill rächte, im dritten jedoch unterlag. Zuvor hatte sie aber durch die Hände von Gefangenen eine kleine Burg in Bogdaniec erbauen lassen, so daß Jasko und Macko, oder wie sie durch die früheren Herrengüter genannt wurden, die Herren, zu großem Ansehen gelangten.

Zum Mann gereift, nahm Jasko sich Jagienka aus Morcacew zum Weib, die ihm Zbyszko gebar. Macko aber blieb unvermählt, beaufsichtigte die Ländereien und den Brudersohn, soweit ihm dies die Kriegszüge gestatteten.

Aber als in der Zeit der einheimischen Kämpfe zwischen den Guzymaliten und den Naleczy die kleine Burg zum zweitenmal niedergebrannt wurde, die Bauern aber aus dem Land mußten, versuchte der alleinstehende Macko umsonst, sie abermals aufzubauen. Mehrere Jahre hindurch sich vergebens abmühend, überließ er schließlich den heimatlichen Boden dem ihm blutsverwandten Abt, er selbst aber zog mit dem noch sehr jungen Zbyszko nach Litauen.

Niemals verlor er indessen Bogdaniec ganz aus den Augen. Nach Litauen war er nur deshalb gezogen, um, mit Beute bereichert, die Heimstätte zurückkaufen zu können, die er dann mit Gefangenen bevölkern wollte. Die Burg aber gedachte er neu aufzubauen, um sie Zbyszko zum Sitz anzuweisen. Jetzt besonders nach der glücklichen Rettung des Jünglings regten sich diese Pläne wieder lebhaft in seinem Sinn, und er beriet sich eingehend bei dem Kaufmann Amylej mit dem Brudersohn darüber. Die Mittel, um Bogdaniec auszulösen, besaßen sie nun reichlich. Von der Beute und von dem Lösegeld, das die in ihre Gefangenschaft geratenen Ritter erlegen mußten, sowie durch die Geschenke Witolds waren sie in den Besitz von viel Hab und Gut gelangt. Großen Vorteil gewährte ihnen auch der Kampf auf Tod und Leben mit den zwei friesischen Rittern. Die Rüstungen allein, die sie ihnen abgenommen hatten, konnten als kleines Vermögen gelten, außer denselben gewannen sie aber ja auch Wagen, Pferde, Leute, Geld und alle möglichen kostbaren Waffen. Vieles von dieser Beute, darunter auch zwei Stücke prächtigen, flandrischen Stoffes, welche die bedächtigen, reichen Friesen mit sich auf den Wagen führten, kaufte sofort Amylej. Macko verkaufte auch die ihm gehörige, wertvolle, eroberte Rüstung, ging er doch von der Ansicht aus, daß sie ihm, in Anbetracht seines nahen Todes, keinen Nutzen gewähren werde. Der Waffenschmied, der sie erstand, veräußerte sie schon an dem darauffolgenden Tag wieder an den eine halbe Ziege im Wappen führenden Marcin aus Wrocimowice mit großem Nutzen, weil die Panzer aus Mailand stammten, und die Erzeugnisse der Mailänder Waffenschmiede damals über alle anderen gestellt wurden. Zbyszko bedauerte indessen den Verkauf der Rüstung von ganzer Seele. „Wenn Gott Euch die Gesundheit wieder verleiht", sagte er zu dem Ohm, „wo wollt Ihr dann eine zweite wie diese hier, finden?"

„Dort, wo ich auch die erste gefunden habe", erwiderte Macko, „aber ich werde dem Tod nicht mehr entrinnen. Die Eisenspitze zwischen meinen Rippen hat sich gespalten und sitzt fest. Was ich mit der Hand fühlte und mit den Nägeln herausziehen wollte, drückte ich nur noch tiefer hinein, und jetzt gibt es keine Hilfe mehr."

„Bärenfett solltet Ihr trinken, und das gleich zwei Kessel voll."

„Bah, der Pater Cybek sagt auch, daß es gut wäre, wenn sich die Splitter auf irgendeine Weise herausarbeiten würden, jedoch woher kann ich das Fett bekommen? In Bogdaniec freilich, da braucht man nur die Axt zu nehmen und bei den Bienenstöcken in der Nacht zu lauern."

„Na, da müßt Ihr eben nach Bogdaniec. Nur dürft Ihr nicht unterwegs sterben."

Der alte Macko schaute den Brudersohn voll Rührung an.

„Ich weiß, wo du am liebsten wärst", meinte er. „Am Hof des Fürsten Janusz oder bei Jurand aus Spychow, um mit ihm gegen die Kreuzritter zu ziehen."

„Das leugne ich nicht. Gerne würde ich mit dem fürstlichen Hof nach Warschau oder nach Ciechanow reisen, allein hauptsächlich deshalb, um länger mit Danusia zusammen zu sein. Nichts bin ich mehr ohne sie, denn sie ist nicht nur meine Herrin, sie ist auch die Heißgeliebte. Ich möchte sie so gern sehen, daß, wenn ich nur an sie denke, es mich mit aller Gewalt zu ihr zieht. Zu ihr würde ich mich aufmachen, selbst wenn es sich um das heilige Land handelte, jetzt aber habe ich zuvörderst Pflichten gegen Euch. Ihr habt mich nicht verlassen, ich verlasse Euch nicht. Ihr wollt nach Bogdaniec – also auf nach Bogdaniec!"

„Du bist ein guter Bursche!" rief Macko.

„Gott strafe mich, wenn ich Euch gegenüber jemals anders werde. Denkt aber jetzt daran, daß die Wagen schon bereitstehen. In einen davon ließ ich für Euch Heu streuen. Außerdem schenkte uns Amylej auch ein treffliches Federbett, doch fürchte ich, es könnte Euch zu heiß darauf werden. Wir reisen zusammen mit der Fürstin und dem ganzen Hof, damit es Euch nicht an Pflege gebreche. Später trennen wir uns, jene wenden sich nach Masovien, und wir ziehen in die Heimat. Gott verleihe uns seinen Schutz dazu!"

„Nur noch so lange möchte ich leben, bis ich die Burg neu aufgebaut habe!" rief Macko, „denn ich bin überzeugt, du wirst nach meinem Tod nicht allzuviel an Bogdaniec denken."

„Weshalb sollte ich nicht daran denken?"

„Weil dir der Krieg, weil dir die Liebe im Kopf stecken werden."

„Und steckte Euch nicht selbst der Krieg im Kopf? Gerade eben habe ich mir ganz genau ausgemalt, was ich zu tun haben werde. Hört, zuallererst baue ich die Burg auf und lasse einen tiefen Graben ringsum die Wälle ziehen."

„Daran dachtest du?" fragte Macko gespannt. „Nun, und wenn die Burg steht, was gedenkst du dann zu tun, sprich!"

„Sobald die Burg fertiggebaut ist, begebe ich mich an den fürstlichen Hof in Warschau oder in Ciechanow."

„Nach meinem Tod?"

„Wenn Ihr vorher sterbt, nach Euerem Tod. Doch zuvor lasse ich Euch würdig zur Erde bestatten! Wenn Euch aber der Herr Jesus gesunden läßt, dann bleibt Ihr in Bogdaniec zurück. Mir hat die Fürstin versprochen, daß ich von dem Fürsten zum Ritter gegürtet werde. Das muß ich erreichen, denn sonst würde Lichtenstein sich mir nicht stellen."

„Brichst du von dort nach Marienburg auf?"

„Nach Marienburg oder in das gelobte Land, wenn Lichtenstein nur dort zu treffen wäre."

„Darob tadle ich dich nicht. Dein Tod oder der seine!"

„Gebt acht, bald überbringe ich Euch nach Bogdaniec dessen Handschuh, dessen Gürtel – hegt nur keine Furcht!"

„Wenn du dich nur vor einem Überfall zu schützen weißt."

„Ich mache einen Fußfall vor dem Fürsten Janusz, damit er mir einen Geleitsbrief an den Großmeister gebe. Jetzt herrscht überall Ruhe. Mit dem Geleitsbrief begebe ich mich nach Marienburg. Dort ist immer ein ganzer Haufen Ritter zu Gast. Und wißt Ihr was? – Zuerst kommt Lichtenstein an die Reihe, dann werde ich Umschau halten, welche Ritter Pfauenbüsche auf dem Helm tragen – und einen nach dem anderen fordere ich zum Kampf. Gebe nur der Herr Jesus auch seinen Segen dazu, daß ich mein Gelübde vollbringen kann." Bei diesen Worten lachte Zbyszko hell auf über seine eigenen Gedanken, und er sah aus wie ein Knabe, der verkündet, welche Rittertaten er ausführen will, sobald er herangewachsen ist.

„Ei", sagte Macko, den Kopf schüttelnd, „wenn du drei Ritter aus angesehenem Geschlecht den Garaus gemacht hast, hast du dein Gelübde erfüllt. Aber dann nimmst du ihnen gewiß auch ihre Sachen ab! Du lieber Gott!"

„Ach was, drei!" rief Zbyszko aus, „schon im Gefängnis sagte ich mir selbst, daß ich Danusia gegenüber nicht knausern werde. So viele müssen es sein, wie ich Finger an der Hand habe – nicht drei."

Macko zuckte die Achseln.

„Ihr mögt Euch wundern, es nun glauben oder nicht, aber ich gehe sicherlich von Marienburg zu Jurand von Spychow. Weshalb sollte ich ihm nicht meine Verehrung bezeigen, da er doch Danusias Vater ist? Und mit ihm werde ich die Kulmer Deutschen überfallen. Ihr sagtet ja selbst, in ganz Masovien gebe es keinen Menschen, der einen solchen Ingrimm auf die Kreuzritter hat wie Jurand."

„Und wenn er dir Danusia nicht gibt?"

„Warum sollte er sie mir nicht geben? Er will sich an seinen Feinden rächen, ich mich an den meinigen. Und weiß er vielleicht einen, der besser ist als ich? Wenn die Fürstin die Ehe befürwortet, wird er nichts dagegen einzuwenden haben."

„Eines habe ich nun schon bemerkt", sagte Macko, „du willst alle Leute aus Bogdaniec mitnehmen, damit du ein Gefolge und das Ansehen eines Ritters hast, aber dann würde es ja an Händen fehlen, die den Boden bebauen. Solange ich lebe, gebe ich es also nicht zu, doch nach meinem Tod wirst du sie alle mitnehmen."

„Unser Herrgott wird mir für ein Gefolge sorgen, und da Janko von Tulcza mein Blutsverwandter ist, wird es mir nicht daran fehlen."

In diesem Augenblick öffnete sich die Tür, und wie zum Zeichen, daß Gott in der Tat dem Zbyszko für ein Gefolge sorgen werde, erschienen plötzlich zwei untersetzte Männer mit dunkler Gesichtsfarbe, von denen ein jeder einen gelben Kaftan, wie er bei den Juden gebräuchlich war, weite Pluderhosen trug und ein rotes Käppchen auf dem Haupt hatte. An der Tür stehenbleibend, legten sie die Finger an Stirn, Mund und Brust und verneigten sich bis zur Erde.

„Wer sind diese Abtrünnigen?" fragte Macko, „was seid Ihr für Leute?"

„Euere Sklaven", erwiderten die Eingetretenen mit fremdländischem Akzent.

„Wie? Woher seid Ihr? Wer hat Euch hierher geschickt?"

„Uns schickt Herr Zawisza als Geschenk für diesen jungen Ritter, damit wir ihm als Sklaven dienen."

„Guter Gott! Also zwei Leute mehr!" rief Macko voll Freude. „Und welchem Volk gehört Ihr an?"

„Wir sind Türken!"

„Türken?" wiederholte Zbyszko. „Also werde ich zwei Türken im Gefolge haben. Habt Ihr jemals Türken gesehen, Oheim?" Und auf sie zuspringend, drehte er sie im Kreis umher und betrachtete sie wie ganz eigenartige, überirdische Geschöpfe.

Macko aber sagte: „Gesehen habe ich noch keine Türken, doch ich hörte, daß der Herr aus Garbow Türken im Dienst hat, die er als Gefangene mit sich nahm, als er an der Donau unter dem deutschen Kaiser Sigismund kämpfte – aber wie, ihr seid ja hundsföttige Heiden!"

„Der Herr ließ uns taufen", sagte einer der Gefangenen.

„Hattet ihr keine Mittel, euch loszukaufen?"

„Von weit her, vom asiatischen Gestade, aus Grusso kommen wir."

Zbyszko, der sich immer gerne vom Krieg erzählen ließ, vornehmlich wenn es sich um die Taten des hochberühmten Zawisza aus Garbow handelte, begann nun, die beiden darüber auszuforschen, wie sie in Gefangenschaft geraten waren. Jedoch die Berichte der Gefangenen enthielten nichts Außergewöhnliches. Vor drei Jahren hatte Zawisza eine Schar Krieger in einem Hohlweg überfallen. Ein Teil davon wurde aufgerieben, ein Teil gefangengenommen und dann verschenkt.

Zbyszko und Macko wußten sich nicht zu lassen vor Freude über das ansehnliche Geschenk, vornehmlich, da es in jener Zeit an Leuten mangelte und man den Ritter reich nannte, der über viele gebot.

Mittlerweile erschien Zawisza selbst, in Gesellschaft von Powala und Paszko Zlodziej aus Biskupice. Da sie alle an Zbyszkos Befreiung mitgewirkt hatten und froh waren, ihm dies zeigen zu können, brachte ihm jeder zum Abschied eine Gabe als Andenken. Der freigebige Herr aus Taczew gab ihm eine kostbare, mit goldenen Fransen benähte Pferdedecke, Paszko ein ungarisches Schwert, das zehn Grcywna* wert war. Diesen beiden Rittern folgten noch Lis aus Targowisko, Farurej und Krzon aus Kozichglowy mit Martin aus Wrocimowice, zuletzt kam Zindram aus Maszkowice, ein jeder mit vollen Händen.

Zbyszko begrüßte sie mit überströmendem Herzen, fühlte er sich doch doppelt glücklich, nicht nur der Geschenke wegen, sondern auch darüber,

---

* Eine Silbermünze, deren Wert achtunddzwanzig polnische Groschen beträgt – Anmerkung der Übersetzerinnen.

daß die berühmtesten Ritter im ganzen Reich solche Freundschaft für ihn an den Tag legten. Sie aber fragten besonders danach, wie es sich mit der Reise und der Wunde Mackos verhalte, indem sie als erfahrene, wenngleich junge Leute, verschiedene Salben und Arzneien empfahlen, die bei der Heilung von Wunden schon Wunder gewirkt hätten.

Doch Macko bat sie nur um Schutz für Zbyszko, weil er selbst bald in das Jenseits eingehen werde. Das Leben sei nicht leicht, wenn man einen Eisensplitter zwischen den Rippen habe, sagte er. Er beklagte sich auch darüber, daß er fortwährend Blut speie und nichts essen könne. Eine Quart ausgehülster Nüsse, zwei Spannen von einer Wurst, eine Schüssel mit einer Eierspeise – das sei seine ganze tägliche Nahrung. Der Pater Cybek habe ihn schon einige Male zur Ader gelassen, weil er es glaubte, daß dadurch das Fieber gebrochen werde und die Eßlust zurückkehre – doch auch dies habe nichts geholfen.

Gleichwohl war er so erfreut über die seinem Brudersohn dargebrachten Geschenke, daß er sich in diesem Augenblick weniger krank fühlte, und als der Kaufmann Amylej ein Faß Wein in die Stube bringen ließ, um so angesehene Gäste zu ehren, begann er mit ihnen zu zechen. Nun wurde Zbyszkos Befreiung und sein Verlöbnis mit Danusia eifrig besprochen. Die Ritter glaubten, Jurand aus Spychow werde sich dem Willen der Fürstin nicht widersetzen, besonders wenn Zbyszko Rache für dessen Gattin nehmen und die Danusia angelobte Helmzier noch erobern werde.

„Was nun Lichtenstein anbelangt", sagte Zawisza, „so weiß ich nicht, ob er sich dir stellen wird, da er Ordensbruder ist und zudem die Würde eines Starosten bekleidet. Die Leute aus seinem Gefolge sagen sogar, wenn er es abwarten könne, werde er mit der Zeit sogar Großmeister."

„Lehnt er aber den Kampf ab, so geht er seiner Ehre verlustig" ließ sich Lis aus Tarzowisko vernehmen.

„Ihr irrt Euch, entgegnete Zawisza. „Er ist ja kein weltlicher Ritter, und den Ordensrittern steht es nicht frei, sich zum Zweikampf zu stellen."

„Und doch kommt es häufig vor, daß sie sich stellen."

„Weil die Gesetze des Ordens nicht befolgt werden. Aber zum Kampf auf Leben und Tod wird ein Kreuzritter, vornehmlich ein Komtur sich nicht stellen."

„Ha! Im Krieg wenigstens wird er dir nicht entgehen!"

„Aber man sagt ja, es komme nicht zum Krieg, weil die Kreuzritter jetzt unser Volk fürchten", bemerkte Zbyszko.

Darauf entgegnete Zindram aus Maszkowice: „Lange wird dieser Friede nicht dauern. Aber mittlerweile müssen wir uns vielleicht mit Timur dem Lahmen messen, Fürst Witold trug ja von Edyga eine empfindliche Schlappe davon, das ist gewiß."

„Das ist gewiß! Und der Wojwode Spytek ist gar nicht zurückgekehrt", bestätigte Paszko. „Auch eine Anzahl von litauischen Fürsten blieb auf dem Feld."

„Die hochselige Königin hatte vorausgesagt, daß es so kommen werde", bemerkte der Herr aus Taczew.

„Ha! Und wir werden tatsächlich noch gezwungen, uns auf Timur zu werfen."

Das Gespräch wendete sich nun auf den litauischen Kriegszug gegen die Tataren. Darüber herrschte kein Zweifel, daß Fürst Witold kein kaltblütiger, sondern ein unvorsichtiger Anführer war. Er hatte eine furchtbare Niederlage bei Worskla erlitten, wo eine Menge russischer und litauischer Bojaren, samt einigen Rittern, die zu der polnischen Hilfstruppe gehörten, und sogar auch Kreuzritter gefallen waren.

Die Niederlage der Litauer konnte für das ganze Reich Jagiellos verhängnisvoll werden, weil niemand genau wußte, ob die durch ihren Sieg über Witold ermutigten Tataren nicht in das Großfürstentum einfallen würden. In solchem Fall mußte das Königreich auch in den Krieg verwickelt werden. So waren denn die Ritter, die wie Zawisza, Farurej, Dobko und sogar wie Powala gewohnt waren, auf Abenteuer und Kämpfe an fremden Höfen auszugehen, jetzt in Krakau geblieben, weil sie nicht wußten, was die nächste Zeit bringen werde.

Denn falls Tamerlan, der siebenundzwanzig Länder beherrschte, das mongolische Reich in Unruhe versetzte, konnte die Gefahr unermeßlich werden. Und es gab Leute genug, die voraussagten, daß es so kommen werde.

„Wenn es nötig sein sollte, werden wir uns mit dem Lahmen selbst messen", sagten die Ritter. „In unserer Heimat wird ihm nicht alles so leicht fallen, wie in all den Ländern, die er erobert und verwüstet hat, denn die anderen christlichen Fürsten werden uns ja auch zu Hilfe kommen."

Darauf bemerkte Zindram aus Maszkowice, der einen ganz besonderen Haß gegen die Kreuzritter hegte, voll Bitterkeit: „Die Fürsten, das weiß ich nicht! Aber die Kreuzritter sind gewiß entschlossen, ein Bündnis mit den Tataren einzugehen und gegen uns auf der feindlichen Seite zu kämpfen."

„Oh, das wird einen Krieg geben!" rief Zbyszko aus. „Gegen die Kreuzritter darf ich also kämpfen!"

Jedoch dem widersprachen die anderen Ritter. Ihrer Ansicht nach kannten die Kreuzritter zwar keine Schonung ihrer östlichen Nachbarn, aber daß sie den Heiden gegen die christlichen Völker beistehen würden, war doch nicht anzunehmen. Übrigens befand sich Timur auf einem Kriegszug irgendwo in weiter Ferne in Asien, und der tatarische Feldherr Edyga hatte so viele Leute in der Schlacht verloren, daß ihm wahrscheinlich der eigene Sieg Schrecken einflößte.

Die Ritter standen gerade im Begriff, sich zu entfernen, als ein Hofherr der Fürstin mit einem Falken auf der Hand eintrat. Nachdem er sich vor den Rittern verneigt hatte, wandte er sich mit eigentümlichem Lächeln zu Zbyszko: „Die hohe Frau befahl mir, Euch zu sagen", begann er, „daß sie heute noch in Krakau übernachten und erst morgen in der Frühe aufbrechen werde."

„Es ist gut!" erwiderte Zbyszko, „aber weshalb denn? Ist jemand erkrankt?"
„Nein, doch hat die Fürstin einen Gast aus Masovien."
„Ist der Fürst selbst angelangt?"
„Nicht der Fürst, aber Jurand aus Spychow", entgegnete der Hofherr.
Als Zbyszko dies hörte, geriet er in die größte Bestürzung, und sein Herz klopfte ebenso heftig wie damals, als ihm das Todesurteil verlesen worden war.

Zweites Kapitel

Jurands Ankunft setzte die Fürstin Anna nicht in Erstaunen, weil es häufig vorkam, daß ihn während seiner kriegerischen Unternehmungen, seiner Kämpfe mit den benachbarten deutschen Rittern plötzlich eine tiefe Sehnsucht nach Danusia überkam. Dann erschien er ganz unerwartet entweder in Warschau oder in Ciechanow oder an irgendeinem anderen Ort, wo sich der Hof des Fürsten Janusz gerade befand. Wehmütige Empfindungen schwellten stets sein Herz beim Anblick seines Kindes. Wurde doch Danusia mit der Zeit ihrer Mutter so ähnlich, daß er jedesmal glaubte, die Verstorbene vor sich zu sehen, wie er sie einst bei der Fürstin Anna in Warschau kennengelernt hatte. Dann konnte man zuweilen glauben, sein starres Herz, das sich sonst nur rachsüchtigen Empfindungen hingab, müsse brechen vor Leid. Gar oft redete ihm die Fürstin zu, seine Burg zu verlassen, an deren Mauern das Blut unzähliger Erschlagenen klebte, und am Hof bei Danusia zu bleiben.
Der Fürst selbst, der Jurands Mut und Bedeutung wohl zu schätzen wußte, sich aber andererseits auch von der Sorge befreien wollte, die ihm durch die fortwährenden Zusammenstöße an der Grenze bereitet wurde, bot ihm das Amt eines Schwertträgers an. Doch umsonst. Gerade der Anblick Danusias riß die alte Wunde von neuem auf. Schon nach wenigen Tagen verlor Jurand stets die Lust am Essen, der Schlaf floh ihn, und er vermied jedes Gespräch. Alles in ihm schien sich zu empören, sein Blut geriet in Wallung, schließlich verschwand er vom Hof und kehrte in sein sumpfiges Spychow zurück, um Leid und Groll wieder in Blut zu ersäufen. Dann pflegten die Leute zu sagen: „Wehe den Deutschen! Es sind keine Lämmer, aber Jurand stürzt sich auf sie wie der Wolf auf die Lämmer."
Nach Ablauf einer gewissen Zeit verbreitete sich in der Tat häufig die Kunde von der Gefangennahme der freiwilligen ausländischen Krieger, die sich an der Grenze bei den Kreuzrittern angesammelt hatten, und man hörte von verbrannten Schlössern, von aufgegriffenen Bauern und von Zweikämpfen auf Leben und Tod, aus denen der schreckliche Jurand immer als Sieger hervorging. Bei der ungezügelten Natur der Masuren

und der deutschen Ritter, denen von Seiten des Ordens das an Masovien grenzende Land samt den Burgen verliehen worden war, hörten auch dann, wenn die masovischen Fürsten scheinbar Frieden mit dem Orden geschlossen hatten, die Kämpfe niemals ganz auf. Selbst um die Bäume im Wald zu fällen oder die Saat zu ernten, zogen die Bewohner mit Armbrust und Speer bewaffnet aus. Die Leute lebten in beständiger Sorge um den kommenden Tag, sie mußten fortwährend zum Kampf bereit sein, denn überall zeigte sich Härte und Grausamkeit. Niemand begnügte sich damit, sich selbst zu schützen, zu verteidigen, sondern man vergalt Raub mit Raub, Brandstiftung mit Brandstiftung, feindliche Überfälle mit Überfällen. Gar oft, wenn die Deutschen behutsam am Waldessaum dahinschlichen, um irgendeine Burg zu überrumpeln, um die Bauern und das Vieh fortzuführen, taten die Masuren zur gleichen Zeit das gleiche. Häufig trafen sie zusammen und schlugen solange aufeinander, bis sie kampfunfähig waren, oftmals forderten sich auch nur die Anführer zum Kampf auf Leben und Tod heraus, und dann wurde der Sieger unumschränkter Herrscher über das Gefolge des Besiegten. An den Warschauer Hof gelangten denn auch viele Klagen über Jurand, der Fürst hingegen beklagte sich über die häufigen Einfälle der deutschen Ritter in fremde Gebiete. Da nun von beiden Seiten Gerechtigkeit verlangt wurde, aber keine der beiden Parteien sich dem Gesetz fügen wollte oder konnte, gingen alle Räubereien, Brandstiftungen und Überfälle ungestraft vorüber.

Wenn sich Jurand, über Rachegedanken brütend, in seinem sumpfigen, mit Schilf bewachsenen Spychow aufhielt, drohte seinen deutschen Nachbarn so viel Unheil, daß schließlich ihre Furcht die Oberhand über ihren Haß gewann. Die an Spychow grenzenden Felder wurden nicht bebaut, wilder Hopfen und Haselnußsträucher schossen in den Wäldern empor, die Wiesen waren mit allerlei unnützen Gewächsen bedeckt. Mehrere deutsche Ritter, die das in ihrem Vaterland herrschende Faustrecht rücksichtslos ausübten, versuchten, sich in der Umgebung von Spychow anzusiedeln, aber jeder zog es nach einiger Zeit vor, das ihm zu Lehen gegebene Land samt dem Vieh, samt den Bauern zu verlassen, um nicht in der Nähe dieses rachsüchtigen, unerbittlichen Mannes leben zu müssen. Zuweilen verbanden sich die Ritter und zogen miteinander gegen Jurand aus, aber dies endete für sie stets mit einer Niederlage. Nun verfiel man auf die verschiedenartigsten Mittel. So berief man einen durch seine Kraft und Stärke bekannten Ritter, der unweit Jurands hauste und aus allen Fehden siegreich hervorgegangen war, damit er letzteren zum Kampf auf festgetretener Erde fordere. Aber als sie sich in den Schranken gegenüberstanden, verließ den Deutschen der Mut wie durch Zauber beim Anblick des schrecklichen Masuren, und er wandte sein Pferd zur Flucht. Jurand aber stieß ihm die Lanze in den unbeschützten Rücken, so daß der fremde Ritter von diesem Tag an seiner Ehre und seines Ruhmes verlustig ging. Von nun an wurde Jurand noch mehr von seinen Nachbarn gefürchtet, und sobald ein Deutscher auch nur von ferne den von Spychow aufsteigenden

Rauch gewahrte, bekreuzigte er sich und sprach rasch ein Gebet zu seinem Schutzheiligen im Himmel, denn es ging die Rede, Jurand habe, um seiner Rache willen, seine Seele bösen Geistern verschrieben.

Über Spychow verbreiteten sich die ungeheuerlichsten Dinge. Man erzählte sich, durch den klebrigen Morast, zwischen Binsen, Froschlattich und Wassertümpeln führe ein so schmaler Pfad zur Burg, daß zwei Reiter nicht imstande seien, nebeneinander zu bleiben, sondern sich hintereinander durcharbeiten müßten. Zu beiden Seiten des Weges aber könne man die gebleichten Gebeine der deutschen Ritter liegen sehen, während sich des Nachts auf Spinnenfüßen die Köpfe der Ertrunkenen dort ergingen, um unter Winseln und Klagen die sich nähernden Menschen samt den Pferden in die Tiefe zu ziehen. Auch behaupteten viele, die Palisaden der Burg seien mit Menschenschädeln geschmückt. Wohl war es richtig, daß in den unterirdischen Gewölben in Spychow immer einige Gefangene schmachteten, und schließlich erregte der Name Jurands noch größere Furcht als all jene erfundenen Dinge von Gerippen und Ertrunkenen.

Kaum hatte Zbyszko Jurands Ankunft erfahren, als er sich mit dem Hofherrn auf den Weg machte, wennschon er dem Zusammentreffen mit dem Vater Danusias in einer gewissen Erregung entgegensah. Daß er Danusia zu seiner Herrin erwählt, sich ihr angelobt hatte, konnte ihm niemand verwehren, aber jetzt war er ja durch die Fürstin mit Danusia verlobt worden. Was wohl Jurand darüber sagen mochte! Ob er seine Einwilligung geben werde oder nicht? Und wie würde es werden, wenn er ihn als Vater mit rauhen Worten zurückwiese und die Heirat niemals zuließe? Diese Fragen erfüllten Zbyszkos Herz mit banger Furcht, denn Danusia galt ihm mehr als alles andere auf der Welt. Einzig nur der Gedanke flößte ihm Mut ein, daß Jurand ihm jenen Überfall auf Lichtenstein als Verdienst, nicht als Fehler anrechnen werde, da auch der Gedanke, Danusias Mutter zu rächen, ihn dazu angetrieben hatte und er beinahe deshalb das eigene Leben eingebüßt hätte.

Unterwegs begann er den ihn geleitenden Hofherrn auszuforschen, der seinetwegen zu Amylej gekommen war.

„Wohin führt Ihr mich?" fragte er. „Auf das Schloß?"

„Auf das Schloß allerdings. Jurand hält sich mit dem Hof der Fürstin dort auf.

„Sagt mir doch, was das für ein Mensch ist, damit ich weiß, was ich mit ihm reden soll."

„Was soll ich Euch sagen? Er ist ganz anders als andere Leute. Man sagt, früher sei er heiter gewesen, das heißt, ehe ihm das Blut zu Galle geworden ist."

„Ist er ein kluger Mann?"

„Arglistig ist er, denn andere schindet er und sich selbst gibt er nicht, wie er ist. Wohl hat er nur ein Auge, denn das andere haben ihm die Deutschen mit Pfeilen ausgeschossen, aber mit dem einen kann er einem Menschen bis ins innerste Herz sehen. Niemand ist imstande, es mit ihm aufzunehmen. Nur die Fürstin liebt er, ihr Hoffräulein hat er zur Gattin genommen und jetzt erzieht sie seine Tochter."

Zbyszko holte tief Atem.

„Sagt mir nur, ob er sich dem Wunsch der Fürstin nicht widersetzt!"

„Ich weiß, was Ihr wissen wollt, und was ich hörte, werde ich Euch sagen. Die Fürstin redete mit ihm von Eurem Verlöbnis, denn es wäre nicht richtig gewesen zu schweigen, aber was er darauf antwortete – ist mir unbekannt."

So sprechend, gelangten sie zum Tor. Der Hauptmann der königlichen Bogenschützen, der nämliche, der Zbyszko damals zum Schafott geleitet hatte, begrüßte ihn jetzt mit einem freundlichen Kopfnicken. An der Wache vorüber kamen sie bis zum Schloßhof und wendeten sich dann rechts nach einem Seitengebäude, worin die Fürstin wohnte. Der Hofherr fragte einen Pagen, den sie am Eingang trafen: „Wo befindet sich Jurand aus Spychow?"

„In der gewölbten Kemenate bei seiner Tochter."

„Das ist hier!" sagte der Hofherr, auf eine Tür zeigend.

Zbyszko bekreuzte sich, und den Vorhang an der offenen Tür zur Seite schiebend, trat er mit klopfendem Herzen ein. Aber er gewahrte Jurand und das junge Mädchen nicht sogleich, da es in der niedrigen gewölbten Kemenate ziemlich dunkel war. Erst nach einer Weile erblickte er das helle Köpfchen Danusias, die auf dem Schoß ihres Vaters saß. Der Eintritt Zbyszkos wurde nicht bemerkt, er blieb daher am Vorhang stehen, räusperte sich und sagte schließlich: „Gelobt sei Jesus Christus!"

„Von Ewigkeit zu Ewigkeit!" erwiderte Jurand, sich erhebend.

Jetzt sprang Danusia dem jungen Ritter entgegen, und seine Hand ergreifend, rief sie aus: „Zbyszko! Mein Vater ist angekommen!"

Zbyszko küßte ihre Hand, dann trat er mit ihr zu Jurand und sagte: „Ich komme, Euch zu begrüßen. Ihr wißt doch, wer ich bin?"

Dann verneigte er sich tief und machte eine Bewegung, als ob er Jurands Knie umfassen wolle, doch dieser ergriff seine Hand, drehte ihn gegen das Licht und betrachtete ihn schweigend.

Zbyszko, der indessen seine Kaltblütigkeit wieder erlangt hatte, schaute jetzt neugierig empor und sah die mächtige Gestalt eines Mannes mit flachsblondem Haar und Bart, pockennarbigem Gesicht und stahlgrauem Auge. Ihn dünkte, dessen Blick durchbohre ihn, wodurch er abermals in Verwirrung geriet, so daß er schließlich nicht mehr wußte, was er sagen sollte, und nur, um dem beunruhigenden Schweigen ein Ende zu machen, fragte: „So seid Ihr Jurand aus Spychow, Danusias Vater?"

Ohne ein Wort zu erwidern, ihn aber fortwährend anschauend, deutete dieser nach der Bank aus Eichenholz, worauf er selbst wieder Platz nahm.

Da wurde Zbyszko ungeduldig.

„Wisset", sagte er, „daß es mir peinlich ist, hier zu sitzen wie vor meinem Richter!"

Jetzt erst ergriff Jurand das Wort. „Du willst Lichtenstein zum Zweikampf fordern?"

„Was sollte ich denn sonst vorhaben?" antwortete Zbyszko.

In den Augen des Herrn von Spychow blitzte ein seltsames Feuer auf, und sein strenges Gesicht wurde etwas freundlicher. Einen Blick auf Danusia werfend, fragte er weiter: „Und um ihretwillen?"

„Ja, um ihretwillen! Mein Ohm könnte Euch erzählen, daß ich gelobte, die Federbüsche von den Helmen der Deutschen herunterzureißen. Doch nicht nur drei Büsche will ich ihr bringen, sondern mindestens so viele, wie ich Finger an beiden Händen habe. Auch Eurer Rache für Danusias Mutter werde ich dadurch einigermaßen Genüge tun."

„Wehe ihnen!" rief Jurand aus.

Zbyszko indessen, der gewahrte, daß Jurand es sehr wohl aufnahm, wenn er seinem Haß gegen die Ordensritter Ausdruck verlieh, fuhr fort: „Nein, ich werde ihnen nichts erlassen, gerade weil ich ihretwegen schon einmal beinahe mein Leben eingebüßt hätte." Hier wendete er sich zu Danusia und fügte hinzu: „Sie aber hat mich gerettet."

„Ich weiß es", antwortete Jurand.

„Und Ihr seid nicht unwillig darüber?"

„Du hast sie zur Herrin erkoren, also war sie im Recht, denn dies ist ein althergebrachter ritterlicher Brauch."

Einen Augenblick bedachte sich Zbyszko, dann jedoch sagte er in sichtlicher Erregung: „Merket wohl. Mit ihrem Schleier hat sie mir das Haupt umhüllt ... Und alle Ritter hörten es, und der Franziskaner, der mit dem Kruzifix neben mir stand, hörte es, wie sie sagte: ‚Mein ist er!' Gewiß ist auch, daß ich bis zum Tod keiner anderen angehören werde, so wahr mir Gott helfe!"

Bei diesen Worten kniete er nieder, und um zu zeigen, daß er die ritterlichen Sitten kenne, küßte er mit großer Ehrerbietung die Füße der auf der Banklehne sitzenden Danusia, dann erhob er sich, und zu Jurand gewendet, fragte er: „Habt Ihr jemals eine Zweite wie sie gesehen?"

Doch Jurand schlug plötzlich seine gewalttätigen, mörderischen Hände über dem Haupt zusammen, und die Augen zudrückend, sprach er in dumpfem Ton: „Wohl sah ich eine, aber die Deutschen haben sie getötet."

„Hört mich an!" rief nun Zbyszko voll Feuer. „Uns beiden ist dieselbe Schmach zugefügt worden, wir beide dürsten nach Rache. Jene Elenden schossen ja auch eine Schar der Unsrigen aus Bogdaniec, deren Pferde im Sumpf steckengeblieben waren, mit ihren Pfeilen nieder. Wahrlich, einen Besseren als mich könnt Ihr für Euer Werk nicht finden. Derartige Kämpfe sind mir nichts Neues. Fragt nur den Ohm. Lanze und Streitaxt, das lange und das kurze Schwert weiß ich zu führen, und alles gilt mir gleich. Hat Euch der Oheim schon von den Friesen erzählt? Die Deutschen werde ich wie Lämmer abschlachten! Und was meine Herrin anbelangt, so gelobe ich Euch hiermit kniend, daß ich ihretwegen mit dem teuflischen Starosten kämpfen will, und daß ich ihr nicht entsagen würde, wenn man mir auch große Reichtümer, ja, wenn man mir die ganze Welt als Preis dafür böte.

Und gäbe man mir auch eine Burg mit Glasfenstern – wenn ich Danusia nicht mein eigen nennen dürfte, so verließe ich diese Burg und wanderte der Heißgeliebten nach bis ans Ende der Welt."

Das Gesicht in den Händen verborgen, saß Jurand lange Zeit da, aber endlich fuhr er, wie aus einem Traum erwachend, empor und sagte in düsterem, traurigem Ton: „Du gefällst mir, Bursche, doch gebe ich dir meine Tochter nicht, denn dir ist sie nicht bestimmt, die Ärmste."

Als Zbyszko dies hörte, verstummte er. Mit weit aufgerissenen Augen blickte er auf Jurand, ohne ein Wort hervorbringen zu können.

Danusia kam ihm indessen zu Hilfe. Zbyszko war ihr lieb, und es war ihr angenehm, als erwachsenes Mädchen, nicht mehr als Kind betrachtet zu werden. Ihr gefiel das Verlöbnis, ihr gefielen die zarten Dienste, die ihr der junge Ritter erwies. Als sie daher vernahm, daß sie all dessen wieder beraubt werden solle, sprang sie rasch von ihrem Sitz herab, und ihr Gesichtchen auf den Knien des Vaters verbergend, rief sie: „Väterchen, Väterchen! Du wirst sehen, wie ich weine!"

Offenbar liebte Jurand sein Kind über alles, denn er legte sanft seine Hand auf dessen Haupt. Aller Ingrimm, alle Strenge waren jetzt aus seinem Gesicht verschwunden, nur eine tiefe Trauer malte sich darin. Indessen hatte Zbyszko seine Kaltblütigkeit wieder erlangt, und er sagte: „Wie? Dem göttlichen Gebot wollt Ihr Euch widersetzen?"

„Ist es der Wille Gottes, so bekommst du sie zum Weib, aber meine Zustimmung kann ich dir nicht geben. Wenn ich es vermöchte, würde ich nur zu gern deinen Wunsch erfüllen."

Bei diesen Worten hob Jurand Danusia empor, und, sie auf den Arm nehmend, eilte er der Tür zu, als aber Zbyszko ihm in den Weg treten wollte, wandte er sich nochmals zu ihm und sagte: „Ob deiner Ritterdienste bin ich dir nicht gram, aber frage nichts mehr, denn ich kann dir nicht Rede stehen."

Damit verließ er die Kemenate.

Drittes Kapitel

Am folgenden Tag suchte Jurand weder Zbyszko zu meiden, noch stellte er ihm ein Hindernis in den Weg, Danusia die verschiedenen Dienste zu erweisen, die ihm seine Ritterpflicht auferlegte. Im Gegenteil – Zbyszko bemerkte trotz des Schmerzes, der ihm das Herz zerriß, daß der finstere Herr aus Spychow ihn zuweilen voll Wohlwollen, voll Wehmut betrachtete, gerade als ob es ihn schmerze, eine so grausame Antwort erteilt zu haben. Jurand bemühte sich sogar sichtlich, soviel wie möglich mit dem jungen Edelmann zusammenzusein, um ein Gespräch mit ihm anknüpfen zu können. Während der Reise, nach dem Aufbruch aus Krakau, mangelte es nicht an Gelegenheit dazu, geleiteten doch beide die Fürstin zu Pferd.

Der gewöhnlich unendlich schweigsame Jurand zeigte sich sogar zuweilen erstaunlich gesprächig, sobald jedoch Zbyszko die geheimnisvollen Gründe zu erforschen suchte, die ihn und Danusia trennten, brach Jurand das Gespräch plötzlich ab, sein Gesicht verfinsterte sich, und er blickte unruhig auf Zbyszko, als ob er fürchte, er könne sich diesem gegenüber verraten. In der Voraussetzung, die Fürstin sei in alles eingeweiht, ergriff der junge Ritter einen geeigneten Moment, um von ihr die ersehnte Antwort zu erlangen, jedoch auch sie vermochte ihm nicht viel zu sagen.

„Das alles ist ein Geheimnis", bemerkte sie. „Jurand hat selbst einmal mit mir darüber gesprochen, er bat mich aber gleichzeitig, ihn nicht weiter zu befragen, denn er wolle nicht nur nicht, er dürfe auch nicht darüber reden. Vermutlich bindet ihn irgendein Eid, wie dies ja häufig der Fall zu sein pflegt. Gott gebe wenigstens, daß sich mit der Zeit alles zum Guten wende."

„Was soll ich auf der Welt tun ohne Danusia!" rief nun Zbyszko. „Ohne sie wäre es mir zumute wie dem Hund nach den Schlägen, wie dem Bären in der Grube. Keine Freude, keine Lust gäbe es für mich. Nein, nur Kummer, nur Seufzen. Gleich jetzt würde ich mit dem Fürsten Witold gen Tawan ziehen, um den Tod im Kampf gegen die Tataren zu finden, jedoch ich muß vor allem den Ohm in die Heimat geleiten und dann den Deutschen, mitsamt den Köpfen, die gelobten Pfauenbüsche abreißen. Vielleicht erschlagen die Feinde mich – denn wozu soll ich leben, wenn ich Danusia einem anderen überlassen muß?"

Daraufhin richtete die Fürstin ihre gütigen blauen Augen auf ihn, indem sie verwundert fragte: „Und würdest du dies gutwillig zugeben?"

„Ich? Niemals, solange ich noch einen Atemzug in der Brust habe. Es sei denn, daß mir die Hand verdorre, und ich das Schwert nicht mehr zu ziehen vermöge."

„Nun also, was willst du denn?"

„Kann ich vielleicht gegen den Willen des Vaters ankämpfen?"

„Gerechter Gott, ist dies denn noch nie vorgekommen?" murmelte die Fürstin vor sich hin. Dann aber, sich zu Zbyszko wendend, fügte sie hinzu: „Als ob der Wille Gottes nicht mächtiger wäre als der des Vaters! Und was sagte Jurand? ‚Sobald dies der Wille Gottes sein wird', sprach er, ‚bekommt er sie zum Weib'."

„Das gleiche sagte er auch mir!" rief Zbyszko. „‚Ist es der Wille Gottes', sprach er, ‚so bekommst Du sie zum Weib'."

„Siehst du nun?"

„Ach, daß ich auf Euere Gnade bauen darf, huldreiche Frau, das ist mein einziger Trost!"

„Ich bin dir wohlgesinnt, und Danusia läßt nicht von dir. Gestern erst sagte ich zu ihr: ‚Danusia, wirst du je von Zbyszko lassen?' Da antwortete sie: ‚Außer Zbyszko will ich keinem angehören.' Jung ist Danusia freilich, jedoch was sie sagt, das hält sie auch, denn das Mägdlein ist edel geboren und nicht hergelaufener Leute Kind. Die Mutter ist ebenso gewesen!"

„Dem Himmel sei Dank!" rief Zbyszko.

„Nur vergiß nicht, daß auch du treu zu ihr halten mußt, denn gar viele junge Burschen sind flatterhaft, sie schwören der einen Treue, um sich gleich darauf in eine andere zu verlieben, wenn sie nicht wie an einem Seil festgehalten werden. Ich rede die Wahrheit! Es kommt oft so weit, daß sie nach jedem Mädchen seufzen, wie das Pferd nach dem Futter wiehert."

„Der Herr Jesus möge mich strafen, wenn ich dies tue!" erklärte Zbyszko voll Eifer.

„Denke also an das, was ich dir gesagt habe. Sobald du den Oheim heimgeleitet haben wirst, kehrst du an unseren Hof zurück. Dort gibt es für dich sicherlich Gelegenheit, dir die Sporen zu verdienen, und dann wird sich Gottes Wille offenbaren. Danusia wird während dieser Zeit reifer werden, und sie wird zum liebenden Weib erblühen, denn jetzt liebt sie dich zwar innig – anderes kann ich nicht sagen – aber doch nicht in der Weise, wie erwachsene Mädchen zu lieben verstehen. Vielleicht neigt sich dir Jurands Herz immer mehr zu, denn nach meinem Ermessen ist er dir nicht gram. Du kannst auch nach Spychow gehen, um gemeinsam mit Jurand gegen die Deutschen zu ziehen, vielleicht trifft es sich, daß du ihm irgendeinen Dienst zu erweisen vermagst und ihn dadurch vollständig auf deine Seite bringst.

„Das alles erwog ich längst bei mir, gnädigste Fürstin, jetzt aber, da Ihr mir die Erlaubnis dazu gebt, drängt es mich, es auszuführen."

Dieses Gespräch spornte Zbyszkos Tatendurst noch mehr an. Aber schon auf dem ersten Fütterungsplatz verschlimmerte sich der Zustand des alten Macko in einem Maß, daß eine längere Rast erforderlich war, damit der Kranke wenigstens wieder etwas zu Kräften komme für die Weiterreise. Die gütige Fürstin Anna Danuta überließ ihm zwar alle Heilmittel und Arzneien, die sie bei sich führte, sie selbst aber, so erklärte sie, dürfe nicht länger verweilen. Die beiden Edelleute aus Bogdaniec mußten sich daher von ihr und ihrem Hofstaat verabschieden. In seiner ganzen Länge warf sich Zbyszko zuerst der Fürstin und dann Danusia zu Füßen, indem er dieser nochmals treue Ritterdienste gelobte und ihr versprach, sobald wie möglich nach Ciechanow oder nach Warschau zu kommen, schließlich nahm er sie in seine starken Arme, hob sie empor und sagte mit bewegter Stimme: „Gedenke mein, du meine holde Blume, gedenke mein, du Heißgeliebte!"

Danusia dagegen umschlang ihn mit ihren Armen wie eine jüngere Schwester den älteren Bruder umschlingt, drückte ihr Stumpfnäschen an seine Wange und erklärte immer wieder, während große Tränen über ihre Wangen rannen: „Ohne Zbyszko gehe ich nicht nach Ciechanow, ohne Zbyszko gehe ich nicht nach Ciechanow!"

Von all dem war Jurand Zeuge, jedoch er zeigte keinerlei Zorn darüber. Im Gegenteil, er verabschiedete sich sehr wohlwollend von dem Jüngling, ja, als er bereits zu Pferd saß, wandte er sich nochmals zu ihm und sagte: „Gott befohlen! Trage mir die Kränkung nicht nach!"

„Wie könnte ich Euch eine Kränkung nachtragen, da Ihr doch der Vater Danusias seid!" entgegnete Zbyszko herzlich.

Und als er sich tief vor Jurand verneigte, drückte ihm dieser kräftig die Hand und ließ sich also vernehmen: „Der Herr verleihe dir in allem Glück! Verstehst du mich?"

Nach diesen Worten machte er sich auf den Weg. Der junge Ritter begriff sofort, was dieser gütige Ausspruch, was diese letzten Worte für ihn bedeuten sollten, er kehrte daher zu dem Wagen zurück, worin Macko lag und bemerkte: „Seht Ihr nun? Er würde einwilligen, wenn nicht irgend etwas ihn daran hinderte. Ihr seid doch in Spychow gewesen und habt einen scharfen Verstand, Ihr müßtet es daher herausbringen, was das ist."

Macko erteilte indessen keine Antwort. Sein Zustand hatte sich zusehends verschlimmert, war doch das Fieber, das ihn schon seit frühem Morgen quälte, in solch hohem Grad gestiegen, daß er Zbyszko, den er nicht erkannte, wie erstaunt anstarrte und dann fragte: „Hörst du die Glocken läuten?"

Zbyszko erschrak sehr, denn ihm schoß es durch den Kopf, daß ein Kranker, der Glockengeläute zu hören glaube, dem Tod nahe sei. Er sagte sich, wenn der Alte sterbe ohne den Zuspruch eines Geistlichen, werde er, wenn auch nicht in die Hölle, so doch mindestens in das Fegefeuer kommen. Daher beschloß er, ihn weiterbringen zu lassen, um so rasch wie möglich eine Pfarre zu erreichen, wo Macko die letzte Ölung erhalten konnte. So brachen sie denn auf und fuhren die ganze Nacht hindurch. Zbyszko setzte sich zu dem Kranken, der auf Heu gebettet im Wagen lag, und wachte bei ihm bis zum hellen Morgen. Von Zeit zu Zeit reichte er ihm von dem Wein, den ihnen der Kaufmann Amylej mit auf den Weg gegeben hatte, und der durstige Macko trank gierig, was ihm sichtlich Erleichterung verschaffte. Nach dem zweiten Quart kehrte sogar sein Bewußtsein wieder zurück und nach dem dritten schlief er so fest ein, daß Zbyszko sich zuweilen über ihn beugte, um sich zu überzeugen, ob er noch lebe.

Der Gedanke allein schon, daß es vielleicht bald zu Ende mit dem Ohm sein werde, bereitete Zbyszko tiefen Schmerz. Bis zur Zeit seiner Gefangenschaft in Krakau hatte er sich selbst niemals Rechenschaft darüber abgelegt, wie sehr er diesen Oheim liebte, der ihm Vater und Mutter ersetzte. Jetzt aber wußte er dies nur zu wohl, und zugleich sagte er sich, daß er nach dessen Tod vollständig vereinsamt sein werde, hatte er doch keine Blutsverwandten außer jenem Abt, dem Bogdaniec verpfändet war, keine Freunde, kurz keinen Menschen, auf dessen Hilfe er jemals rechnen durfte. Als der Morgen dämmerte, fuhr er aus diesen Gedanken empor. Ein heller, aber kalter Tag brach an. Macko befand sich offenbar besser, denn er atmete gleichmäßiger und ruhiger. Doch erst als die Sonne schon eine gewisse Wärme verbreitete, erwachte er, öffnete die Augen und sagte: „Mir ist leichter zumute. Wo sind wir?"

„Ganz nahe bei Olkusz ... Ihr wißt doch, wo die Silberbergwerke sind, deren Ergebnisse der Schatzkammer zufließen."

„Wenn man doch alles haben könnte, was die Erde birgt! Oh, da könnte Bogdaniec wieder aufgebaut werden."

„Man sieht, daß es Euch besser geht", antwortete Zbyszko lachend. „Wahrlich für eine Burg aus Stein würde das Geld reichen ... Doch nun wollen wir bis zur Pfarre fahren, dort wird man uns gastlich aufnehmen, und Ihr könnt dann auch beichten. Alles steht in Gottes Hand, aber es ist doch gut, wenn man mit seinem Gewissen im Reinen ist.

„Ich bin ein sündiger Mensch und bin froh, wenn ich in Frieden dahinfahren kann", versetzte Macko. „Mir träumte heute nacht, daß mir der Teufel die Haut von den Sohlen gezogen hätte. Jedoch Gott ist mir gnädig, denn jetzt ist mir leichter geworden. Hast du ein wenig geschlafen?"

„Wie hätte ich schlafen können! Über Euch mußte ich ja wachen!"

„So lege dich jetzt einige Zeit nieder. Sobald wir ankommen, wecke ich dich."

„Ich kann nicht schlafen!"

„Was hindert dich daran?"

Mit großen Augen schaut Zbyszko auf den Oheim.

„Die Liebe! Was denn sonst? Von dem ewigen Schmachten und Seufzen habe ich geradezu Stiche in der Seite bekommen. Doch wenn ich mich auch nur eine kurze Zeit aufs Pferd setze, wird mir besser werden."

Er sprang vom Wagen herab und bestieg sein Roß, das ihm von einem Türken vorgeführt wurde. Unterdessen preßte Macko vor Schmerz die Hände an seine Wunde, augenscheinlich dachte er aber dabei gar nicht an sein eigenes Leiden, denn er schüttelte heftig den Kopf, schnalzte mit der Zunge und sagte schließlich: „Das wundert mich in der Tat, ich kann mich nicht genug wundern, wieso du so sehr nach Liebe dürstest, denn weder dein Vater noch ich war so."

Statt aller Antwort richtete sich Zbyszko im Sattel hoch auf, stemmte die Arme in die Seiten, warf den Kopf empor und hub mit voller Brust zu singen an.

> *„Meine Tränen, ach sie rinnen bei Tag und bei Nacht,*
> *Wohin ist sie entschwunden, die Maid, der ich stets gedacht?*
> *Umsonst ist mein Klagen, umsonst ist mein Leid,*
> *Ich sehe sie nimmer, die wonnige Maid.*
>   *Hei!"*

Und das „Hei" drang tief in den Wald hinein und rief einen Widerhall, ein Echo hervor, das allmählich im Dickicht wieder ausklang.

Macko aber, dem seine Wunde fortwährend Schmerzen verursachte, sagte seufzend: „Früher sind die Leute klüger gewesen, verstehst du mich? – Nichtsdestoweniger hat es auch früher Toren gegeben", fügte er indessen nach kurzem Sinnen hinzu.

Mittlerweile hatten sie den Wald verlassen, vor ihnen lagen die Hütten der Bergleute, in der Ferne aber erblickten sie das von König Kasimir gegründete Olkusz mit seinen zackigen Mauern und mit seinem Pfarrturm, den Wladislaw Lokietek erbaut hatte.

Viertes Kapitel

Der Domherr der Pfarrgemeinde nahm Macko die Beichte ab und bot ihm und Zbyszko so dringend Nachtherberge bei sich an, daß die beiden erst in der Frühe des folgenden Tages wieder aufbrachen.

Bei Olkusz wandten sie sich der Richtung nach Schlesien zu, an dessen Grenzen sie sich bis nach Großpolen halten mußten.

Auf beiden Seiten des Weges zog sich größtenteils dichter Wald hin, aus dem nach einbrechender Dämmerung häufig das donnerähnliche Gebrüll der Auerochsen und Büffel erscholl. Des Nachts aber blitzten die Augen von Wölfen aus dem Dickicht hervor.

Eine weit größere Gefahr jedoch, als von den wilden Tieren, drohte dem Wanderer und dem Kaufmann auf dieser Straße seitens der Räuber sowie seitens der Ritter aus Schlesien, deren Burgen sich da und dort an der Grenze erhoben. Wohl waren viele dieser Burgen durch polnische Hände zerstört worden, immerhin mußte man jedoch auf seiner Hut sein und durfte es nie unterlassen, nach Sonnenuntergang Waffen zu tragen.

So unbehelligt fuhren aber jetzt die Reisenden dahin, daß Zbyszko dieser Ruhe überdrüssig wurde, und erst als sie nur noch eine Tagreise von Bogdaniec entfernt waren, vernahmen sie plötzlich in der Nacht Schnauben und Pferdegetrappel hinter sich.

„Was für Leute mögen uns wohl nahe sein?" rief Zbyszko.

Macko, der gerade nicht schlief, schaute zu den Sternen empor und antwortete als erfahrener Mann: „Die Morgendämmerung bricht an, die Nacht geht zur Neige. Räuber werden es daher wohl schwerlich sein, denn vor dem Tageslicht bergen sie sich hinter ihren Mauern."

Zbyszko ließ nichtsdestoweniger den Wagen anhalten, stellte seine Leute, welche den Ankommenden die Spitze bieten sollten, quer über den Weg und wartete, vor die Front reitend, was da geschehen werde.

Aber erst nach geraumer Zeit unterschied er in der Dämmerung etliche zwanzig Reiter. Einer von ihnen ritt den anderen mehrere Schritte voraus. Nichts schien ihm ferner zu liegen, als sich verbergen zu wollen, schmetterte er doch mit kräftiger Stimme ein Lied in die Morgenluft. Zbyszko vermochte zwar nicht die Worte verstehen, nur das fröhliche „Juchhe", das der Unbekannte fast nach jeder Strophe wiederholte, drang deutlich an sein Ohr.

„Einer von den Unsrigen!" sagte er sich. Gleichwohl aber rief er „Halt!"

„Ruhe! Ruhe!" gebot eine Stimme in scherzhaftem Ton.

„Was seid Ihr für Leute?"

„Wo kommt Ihr denn her?"

„Weshalb folgt Ihr uns nach?"
„Weshalb verstellt Ihr uns den Weg?"
„Antworte, denn die Armbrust ist gespannt."
„Ich bin gespannt, schießt nur!"
„Gebt eine vernünftige Antwort, sonst kommt Ihr ins Elend."
Dem Gebot Zbyszkos wurde indessen nicht entsprochen, sondern der fröhliche Gesang ertönte:

> *Ein Elend mit dem andern Elend*
> *Am Scheideweg zum Tanze geht.*
> *Juchhe, Juchhe, Juchhe!*
> *Was taugt für beide der Tanz?*
> *Schön ist's zu tanzen, wenn auch groß das Elend.*
> *Juchhe, Juchhe, Juchhe!*

Staunend lauschte Zbyszko dem Lied, das indessen plötzlich abgebrochen wurde, weil der Sänger die Frage stellte: „Und wie steht es mit dem alten Macko? Lebt er noch?"

Daraufhin erhob sich Macko in dem Wagen, indem er rief: „Dem Herrn sei Dank, das sind von den Unsrigen."

Zbyszko aber, sein Roß vorwärts treibend, bemerkte: „Wer fragt nach Macko?"

„Euer Nachbar, Zych aus Zgorzelic. Schon acht Tage lang reite ich hinter Euch her und erkundige mich bei allen Leuten, wohin Euere Fahrt geht."

„Herbei, herbei! Ohm! Zych aus Zgorzelic ist hier!" rief Zbyszko.

Dann begrüßte er freundlich den Ankömmling, denn Zych war in der Tat ihr Nachbar und dazu ein guter, wegen seines Frohsinns allgemein beliebter Mensch.

„Nun, wie befindet Ihr Euch?" fragte Zych, indem er Macko die Hand schüttelte. „Geht's noch immer so fröhlich bei Euch zu, oder ist es aus damit?"

„Ach, bei mir ist es mit dem Frohsinn vorbei! Doch sehe ich frohe Menschen gern. Lieber Gott, wenn ich nur erst wieder in Bogdaniec wäre."

„Was ist's mit Euch? Ich hörte ja, daß die Deutschen auf Euch geschossen haben?"

„Sie schossen auf mich. Das Eisen steckt mir noch zwischen den Rippen."

„Gerechter Gott! Was läßt sich da tun? Habt Ihr noch nicht versucht, Bärenfett zu trinken?"

„Ihr seht, daß jeder zu Bärenfett rät", rief Zbyszko. „Laßt uns nur erst in Bogdaniec sein. Dann werde ich des Nachts an die Bienenstöcke gehen."

„Vielleicht wird Jagienka Bärenfett haben, und ist dies nicht der Fall, so werde ich anderswo danach fragen lassen."

„Wer ist Jagienka, die Eurige hieß doch Malgochna?" fragte Macko.

„Ach Malgochna! Am heiligen Michael wird es drei Herbste, daß Malgochna in der Erde ruht. Sie war ein kraftstrotzendes Weib. Der Herr sei ihrer Seele gnädig. Jagienka ist an ihre Stelle getreten, trotzdem sie noch sehr jung ist.

> *Über dem Grabe erhebt sich ein Hügel,*
> *so wie die Mutter, so ist auch die Tochter.*
> *Juchhe, Juchhe, Juchhe.*

Zu Malgochna sprach ich: ‚Klettere nicht auf die Tanne, da du fünfzig Jahre alt bist.' Sie hörte nicht und kletterte hinauf. Mit einemmal brach der Ast und dann gab es einen Krach. Ich sage Euch, sie grub sich ganz in die Erde ein, und nach drei Tagen tat sie den letzten Atemzug."

„Der Herr sei ihr gnädig", sagte Macko. „Wenn ich denke, wenn ich denke, wie sich die Burschen verkriechen mußten, wenn sie die Hände in die Seite stemmte. Und was für eine gute Wirtschafterin sie war! Also von einer Tanne stürzte sie herab? Nein, seht mir nur!"

„Wie ein Tannenzapfen fiel sie zur Erde. Ach, das war ein Kummer. Denkt nur, nach dem Begräbnis habe ich mich vor Kummer so betrunken, daß man drei Tage hindurch mich nicht wecken konnte. Man glaubte, ich werde auch alle viere von mir strecken, und später habe ich so geweint, daß meine Tränen einen Eimer gefüllt hätten. Zur Wirtschaft ist indessen Jagienka auch befähigt. Sie muß mit allem allein fertigwerden."

„Ich erinnere mich ihrer kaum. Sie war nicht größer, als ich fortzog, als eine Streitaxt und konnte unter einem Pferd hindurchgehen, ohne an dessen Bauch zu stoßen. Bah, das ist schon lange her, jetzt muß sie ausgewachsen sein."

„Am Tag der heiligen Agnes wurde sie fünfzehn Jahre. Fast ein Jahr habe ich sie nicht mehr gesehen."

„Und was habt Ihr getrieben? Woher kommt Ihr?"

„Aus dem Krieg. Glaubt Ihr, daß ich gern fortgezogen bin, da Jagienka doch allein zurückgeblieben ist?"

Trotzdem sich Macko recht krank fühlte, horchte er doch neugierig auf, als vom Krieg die Rede war und fragte: „Ward Ihr vielleicht mit dem Fürsten Witold bei Worskla?"

„Ja, ich bin mit ihm gewesen", erwiderte fröhlich Zych aus Zgorzelic. „Nun, unser Herrgott zeigte sich ihm nicht gnädig, wir erlitten durch Edyga eine entsetzliche Niederlage. Die Tataren kämpfen nicht im Handgemenge, wie dies jeder christliche Ritter tut, sondern sie schießen dich aus der Ferne in den Hals. Da könnt Ihr machen, was Ihr wollt! Doch hört nur! In unserem Heer prahlten die Ritter maßlos und sprachen also: ‚Wir werden weder die Lanzen werfen, noch die Schwerter aus der Scheide ziehen, denn nur Gewürm wird vor uns herkriechen', so prahlten sie, aber dann, als es galt, das Eisen schwirren zu lassen, da rächte sich dies schwer – denn wie stand es nach dem Scharmützel? Kaum einer von zehn blieb am Leben. Wollt Ihr dies glauben? Mehr als die Hälfte der Krieger, siebzig litauische und russische Fürsten blieben auf dem Feld, ganz abgesehen von den Bojaren und den verschiedenen Edelleuten, kurz, zwei Wochen reichten kaum hin, um die gefallenen Mannen zu zählen."

„Das hörte ich", fiel hier Macko ein. „Und unseren Hilfstruppen lähmten die Ritter auch die Kraft?"

„Bah, sogar auch den neun Kreuzrittern, denn auch die mußten dem mächtigen Witold dienen. Und die Unsrigen tragen die Schuld, denn die, das wißt Ihr ja, sind da nicht vorsichtig, wo alle anderen vorsichtig sind. Der Großfürst vertraute zu sehr unseren Rittern und wollte keine andere Wache um sich wie allein die Polen. Ha! Ha! Die Schutzwehr um ihn ist gefallen, ihm selbst geschah nichts. Es fielen der Herr Spytko aus Mielsztyn, der Schwertträger Bernat, der Mundschenk Mikolaj, und Prokop, Przelaw, Dobrogost, Jasko aus Lazewice, Pilik Mazur, Warsz aus Michowo, der Wojwode Socha, Jasko aus Dabrewa, Pietrko aus Milaslaw, Syzzepiecki, Oderski und Famko Lagoda. Wer könnte die alle zählen! Und manche von ihnen waren mit solch zahllosen Eisensitzen gespickt, daß sie nach dem Tod Igel glichen und man lachen mußte, wenn man sie anschaute."

Und hier brach er in der Tat nicht nur in ein Lachen aus, als ob er die heiterste Geschichte erzählte – sondern er hub auch plötzlich wieder zu singen an:

„Ah, dann weißt du, was ein Tatar ist,
wenn er die Haut dir tüchtig zerfetzt hat …"

„Und weiter, was geschah dann?" fragte Zbyszko.

„Dann wich der Großfürst zurück, aber seine Willenskraft erstarkte, wie das bei ihm gewöhnlich der Fall ist. Je größer die Bedrängnis wird, desto rascher schnellt er, wie die Haselnußstaude, wieder empor. In einem Satz befanden wir uns an der Furt beim Tawan, um sie zu schützen. Zu uns stieß hierauf noch eine Handvoll neuer Ritter aus Polen. Nun, das schadete nichts, das war ganz gut. Des anderen Tages aber kam Edyga mit einem Haufen angerückt. Hei, jetzt ging's lustig zu! Er will über den Fluß, wir aber geben ihm eins auf das Maul. Da konnte er viel ausrichten! Wir versetzten ihm tüchtige Hiebe und fingen nicht wenig Tataren. Ich selbst nahm fünf Gefangene, die ich jetzt mit nach Zgorzelic führe. Am Tag könnt Ihr wahrnehmen, welche Hundsschnauzen sie haben."

„In Krakau war die Meinung verbreitet, der Krieg werde sich in das Königreich ziehen."

„Da müßte Edyga töricht sein. Er wußte es genau, was er von unseren Rittern zu halten habe, er wußte aber ebensowohl, daß die tapfersten Ritter zu Haus geblieben sind, weil der König es nicht gerne gesehen hat, daß Witold den Krieg auf eigene Faust unternahm. Ei, er ist klug – der alte Edyga! Beim Tawan merkte er sofort, daß die Streitmacht des Fürsten sich vergrößert hatte, und er schlug sich durch und zog sich bis ans Ende der Welt zurück."

„Und Ihr kehrtet heim?"

„Ich kehrte heim, denn dort gibt es nichts mehr zu tun. In Krakau aber ließ ich mir sagen, daß Ihr nur einen kurzen Vorsprung vor mir gewonnen hättet."

„Woher wußtet Ihr aber, daß wir es seien?"

„Das wußte ich bestimmt, hielt ich doch an allen Fütterungsplätzen Nachfrage. Hei", fuhr er fort, sich zu Zbyszko wendend, „hei, mein Gott, wie warst du noch klein, als ich das letzte Mal dich sah, und jetzt bis du, so viel ich wenigstens in der Dunkelheit bemerke, ein wahrer Auerochs. Du verstehst es gewiß längst, die Armbrust zu spannen ... An Kriegsläufte scheinst du gewöhnt zu sein."

„Von klein auf wurde ich zum Krieg erzogen. Der Ohm soll Euch sagen, ob es mir an Erfahrung gebricht."

„Das brauche ich mir nicht erst von dem Ohm bestätigen zu lassen. Ich habe in Krakau den Herrn aus Taczew gesprochen, der mir von dir erzählte. Vielleicht will dir aber jener Masur die Maid nicht geben, und ich wäre nicht so sehr darauf erpicht, denn mir will scheinen ... Ja, du vergißt jene Maid, wenn du nur ein einziges Mal meine Jagienka siehst. Dann wird es dir gar nicht schwer fallen."

„Ihr täuscht Euch! Selbst wenn ich zehn solcher wie Euere Jagienka sehen sollte, vergesse ich das Mädchen nicht."

„Sie hat die Anwartschaft auf Maczydoly, wo eine Mühle ist, und als ich wegging, grasten auf den Wiesen zehn gute Stuten mit Hengsten. Mehr als ein Ritter wird sich wegen Jagienka vor mir neigen. Das kannst du mir glauben."

Zbyszko wollte antworten: „Ich aber tue es nicht", jedoch Zych aus Zgorzelic hub aufs neue zu singen an:

> *„Die Knie will ich vor Euch beugen,*
> *auf daß sie, Jagna, mein wird."*

„Euch steht der Sinn doch stets nach Scherz und Gesang!" bemerkte Macko.

„Traun, was glaubt Ihr, daß die seligen Geister im Himmel tun?"

„Sie singen!"

„Also, da seht Ihr. Die Verdammten aber vergießen Tränen. Ich ziehe es indessen vor, mich zu den Singenden und nicht zu den Weinenden zu halten. Der heilige Petrus aber wird einst folgendermaßen sprechen: ‚Wir müssen ihn in das Paradies eingehen lassen, denn er ist nicht im Zaum zu halten und würde in der Hölle singen. Das schickt sich aber nicht.' Doch schaut, der Tag bricht an."

Es tagte in der Tat. Schon nach wenigen Minuten wurde es in der weiten Ebene, auf der sie dahinzogen, völlig hell. Auf dem kleinen, inmitten der Ebene liegenden See waren etliche Leute mit dem Fischfang beschäftigt. Sobald sie indessen die bewaffneten Mannen erblickten, warfen sie ihre Geräte weg, sprangen aus dem Wasser, nahmen Hacken und Stangen zur Hand und stellten sich, zum Kampf bereit, in drohender Stellung auf.

„Sie halten uns wohl für Räuber!" rief Zych lachend. „Heda, Ihr Fischer, wem seid Ihr untertan?"

„Dem geistlichen Abt aus Tulcza."

„Unserem Blutsverwandten", rief Macko, „ihm, dem Bogdaniec verpfändet ist. Das müssen also seine Wälder sein, die er vor Turzam gekauft haben soll.

„Ach was, gekauft!" versetzte Zych. „Er kämpfte darum mit Wilk aus Brzezowa, und zweifellos war er siegreich. Es ist jetzt ein Jahr her, daß sie sich dieses Gefildes wegen, beritten, mit Lanze und langem Schwert ausgerüstet, treffen wollten. Wie der Kampf endete, weiß ich nicht, denn ich war abwesend."

„Nun, wir sind Heimatgenossen, der Abt und wir, er wird sich durch uns nicht bereichern wollen, vielleicht läßt er sogar etwas an der Schuld nach."

„Vielleicht. Nur keinen Streit mit ihm. Dann wird er sich freigebig erweisen. Er ist ein ritterlicher Kämpe, dieser Abt, für ihn ist es nichts Neues, das Haupt mit dem Helm zu bedecken. Und dazu ist er gottesfürchtig, und sehr schön hält er die Andachten ab. Ihr müßt Euch doch erinnern ... dermaßen singt er bei der Messe, daß davon die Schwalben aus ihren Nestern unterm Dach aufgescheucht werden. Nun, den Ruhm Gottes verbreitet er dadurch."

„Weshalb sollte ich mich nicht erinnern! Selbst wenn er noch zehn Schritte vom Altar entfernt steht, kann er die Lichter ausblasen – war er inzwischen einmal in Bogdaniec?

„Gewiß. Er ist dort gewesen. Fünf neue Bauern mit den Frauen siedelte er in den ausgerodeten Wäldern an. Und bei uns, in Zgorzelic, ist er auch gewesen, denn er taufte Jagienka. Gar häufig besucht er sie und nennt sie nicht anders wie Töchterchen."

„Gebe Gott, daß er mir die Bauern überlasse!" rief Macko.

„Traun, was liegt einem solch ungeheuer Reichen an fünf Bauern, und wenn auch noch Jagienka ihn darum bittet, wird er es sicherlich tun."

Das Gespräch verstummte nun auf einige Augenblicke, denn die Morgenröte wurde lichter und lichter, bis plötzlich hinter den dunklen Wäldern so strahlend die Sonne emporstieg, daß alles ringsumher in ihrem Licht erglänzte. „Gelobt sei Jesus Christus!" lautete der Gruß der Ritter, die, sich bekreuzend, das Morgengebet sprachen.

Zych kam früher als die anderen damit zu Ende. Er schlug sich mehreremal auf die Brust und wandte sich dann folgendermaßen zu den Gefährten: „Nun kann ich Euch doch gut sehen. Ei, wie habt Ihr Euch verändert ... Ihr, Macko, müßt vor allem erst wieder gesunden ... Jagienka wird für Euch sorgen, denn auf Eurem Gehöft fehlt es an pflegekundigen Frauenhänden. Schau, schau, daß Euch aber auch ein solches Ding zwischen den Rippen stecken muß ... Das läßt sich schwer heilen. So, nun laß dich anschauen!" wandte er sich hierauf zu Zbyszko. „Herr, du mein Gott! Dich habe ich als winziges Kerlchen in der Erinnerung, das am Pelzzipfel dem Holzhauer auf den Rücken kletterte, und nun, traun, was für ein Ritter bist du geworden! Vom Kopf bis zu den Füßen ein ganzes Herrlein, aber dabei ein breitschultriger Bursche ... So einer, wie du, kann's mit jedem Bären aufnehmen."

„Ach was, mit einem Bären!" rief jetzt Macko. „Viel jünger war er noch, als ihn ein Friese ‚Milchbart' nannte, dies gefiel ihm aber ganz und gar nicht, und ohne weiteres riß er jenem mit der Hand alle Barthaare aus, so ..."

„Ich weiß es", unterbrach Zych den Sprechenden. „Es ist zwischen Euch zum Kampf gekommen, und Ihr habt es Eurem Feind schon heimgezahlt. Das alles hat mir der Herr aus Taczew berichtet:

Einen großen Gewinn trug der Friese davon,
man begräbt ihn mit leerer Tasche.
Juchhe, Juchhe!"

Während des Gesanges ruhten seine Augen voll Bewunderung auf Zbyszko, der wieder seinerseits die große, kräftige Gestalt Zychs, dessen hageres Gesicht mit der ungeheuren Nase und den runden lachenden Augen neugierig musterte.

„Oh", erklärte der junge Ritter endlich, „mit einem solchen Nachbarn kann es uns nicht schlimm ergehen, wofern Gott meinen Ohm gesunden läßt.

„Am besten versteht man sich mit einem frohen Nachbarn, denn Frohsinn läßt keinen Hader aufkommen", rief Zych. „Jetzt aber hört, was ich Euch als guter Christ sage. Gar lange seid Ihr nicht mehr in Eurer Heimat gewesen, wie werdet Ihr daher Bogdaniec finden? Ich rede jetzt nicht von der Bewirtschaftung – denn der Abt versteht zu wirtschaften ... Ein ganzes Stückchen Wald ließ er ausroden und siedelte neue Bauern an. Aber da er fast immer abwesend ist, steht die Speisekammer sicherlich leer, und im Haus wird es, traun, ebenso an Geräten fehlen, wie an Strohbündeln zum Schlafen – ein Kranker bedarf aber der Fürsorge. Deshalb, wißt Ihr was? Begebt Euch mit mir nach Zgorzelic. Mir liegt daran, daß Ihr einen, daß Ihr zwei Monate bleibt, und während dieser Zeit kann Jagienka an Bogdaniec denken. Beratet Euch nur mit ihr, dann wird Euch der Kopf nicht schmerzen. Zbyszko soll sich der Bewirtschaftung annehmen, den geistlichen Abt aber bringe ich zu Euch nach Zgorzelic, damit Ihr sofort mit ihm ins reine kommt ... Eurer, Macko, wird das Mädchen wie eines Vaters warten, für Kranke ist weibliche Pflege besser als jede andere. Nun, zu was entschließt Ihr Euch? Erfüllt meine Bitte!"

„Es ist eine bekannte Sache, welch guter Mensch Ihr seid, wie gut Ihr stets ward", entgegnete Macko, sichtlich gerührt, „aber seht Ihr, wenn ich denn doch durch diese verdammte Eisenspitze sterben muß, die mir zwischen den Rippen steckt, so möchte ich das auf meinem eigenen Grund und Boden. Denn, wenn man auch krank ist, kann man sich doch um manches kümmern, nach manchem fragen und manches erledigen. Wen der Herr ins Jenseits beruft, dem ist nicht mehr zu helfen. Ob ihm nun gute Pflege, ob ihm geringe Pflege zuteil wird, er muß dem Ruf folgen. An Beschwerden sind wir durch den Krieg gewöhnt. Selbst ein Erbsenbündel ist dem angenehm, der einige Jahre auf der nackten Erde schlief. Doch für Eure Güte danke ich Euch von Herzen, und so ich Euch nicht mehr dafür lohnen kann, wird Euch Zbyszko mit Gottes Hilfe dafür lohnen."

Zych aus Zgorzelic, der tatsächlich wegen seiner Güte und seiner Hilfsbereitschaft weithin bekannt war, hörte jedoch nicht auf, den Verwundeten mit Bitten zu bestürmen. Macko aber blieb fest und erklärte stets von neuem, er wolle auf seinem eigenen Gehöft sterben, wenn er denn doch aus dieser Welt scheiden müsse. Lange Jahre hindurch sei es ihm nicht vergönnt gewesen, Bogdaniec wieder zu sehen, jetzt aber seien sie nicht mehr weit davon entfernt, nichts könne ihn daher zurückhalten, wennschon er vielleicht nur seine letzte Nacht daselbst zubringen werde. Gott, der Herr, sei gnädig, er gewähre ihm vielleicht seinen Wunsch, auf heimatlicher Erde die Augen zu schließen.

Bei diesen Worten trocknete er die Tränen, die über seine Wangen flossen, dann schaute er umher und fügte hinzu: „Wenn dies die Wälder des Wilk aus Brzozowa sind, dann erreichen wir schon gegen Mittag die Heimat."

„Des Wilk aus Brzozowa! Die Wälder sind ja gegenwärtig im Besitz des Abtes", warf Zych ein.

Daraufhin flog ein Lächeln über das Antlitz des kranken Macko, und er bemerkte nach kurzem Sinnen: „Wenn sie der Abt im Besitz hat, dann werden sie vielleicht dermaleinst uns gehören".

„Ei, ei, vor wenigen Minuten sprach er vom Tod", rief Zych fröhlich, „und jetzt hofft er auf einmal vom Abt die Wälder zu erhalten."

„Nicht für mich hoffe ich das, sondern für Zbyszko."

Zych wollte antworten, doch er hielt plötzlich inne. Ein Hornsignal tönte aus dem Wald wie aus weiter Ferne zu ihnen herüber. Alle lauschten gespannt.

„Wer mag hier jagen?" rief Zych. „Seien wir auf unserer Hut."

„Vielleicht der Abt. Sehr willkommen wäre es mir, wenn wir mit ihm zusammentreffen würden."

„Verhaltet Euch still!" wandte sich nun Zych zu dem Gefolge. „Bewegt Euch nicht von der Stelle."

Diesem Befehl wurde sofort Folge geleistet. Näher und näher klang das Hornsignal, und jetzt, mit einemmal hörte man Hundegebell.

„Ruhig gestanden!" wiederholte Zych. „Sie kommen –„

Zbyszko schwang sich inzwischen vom Pferd, indem er rief: „Reicht mir die Armbrust! Möglicherweise wird ein wildes Tier auf uns gejagt. Rasch, rasch!"

Schnell riß er einem Knecht die Armbrust aus der Hand, stützte sie auf die Erde, stemmte sich mit dem Bauch dagegen, beugte sich vor, drückte den Bügel zum Bogen zusammen, packte mit den Fingern beider Hände die Sehne, spannte sie wie der Blitz auf den eisernen Schneller, legte den Pfeil auf und hielt die Waffe vor sich, gegen den Wald gerichtet.

„Er hat sie gespannt! Ohne Kurbel hat er sie gespannt!" flüsterte Zych, von Staunen über diese unvergleichliche Kraft ergriffen.

„Hoho! Das ist ein Riesenbursche!" murmelte Macko voll Stolz.

Mittlerweile kamen das Hornsignal und das Hundegekläff immer näher. Auf der rechten Seite des Waldes wurde schweres Stampfen, das Krachen von Ästen und Sträuchern hörbar, bis plötzlich aus dem Dickicht, wie ein Sturmwind, ein alter zottiger Auerochse hervorbrach, den ungeheuren Kopf tief gesenkt, mit blutunterlaufenen Augen und weit heraushängender Zunge, Schrecken erregend, furchtbar anzuschauen. Das Gehölz auf der anderen Seite der Straße zu erreichen suchend, setzte das Tier zum Sprung an, fiel dabei auf die Vorderfüße, erhob sich jedoch rasch wieder und wollte gerade in das gegenüberliegende Dickicht eindringen, da schwirrte plötzlich, Unglück verheißend, die Sehne einer Armbrust, ein Pfeil sauste durch die Luft, der Auerochse bäumte sich wild auf, zuckte zusammen und stürzte, laut brüllend, wie von einem Blitzstrahl getroffen, zur Erde.

Zbyszko bewaffnete sich mit der Lanze und spannte aufs neue die Armbrust, dann näherte er sich, zum Schuß bereit, dem sich umherwälzenden Tier, das mit seinen zottigen Beinen die Erde ringsum aufgewühlt hatte.

Nach einem kurzen Blick auf den Auerochsen wandte er sich zu dem Gefolge und rief ihm zu: „Das hat genügt, um ihm den Garaus zu machen."

„Du bist aber einer!" ließ sich jetzt Zych vernehmen, indem er sich Zbyszko näherte, „ein einziger Schuß genügte?"

„Bah, das Tier kam ja ganz nahe, und so hat der Schuß eine furchtbare Wirkung getan. Schaut nur her, nicht nur die Spitze, sondern der halbe Pfeil ist in die Schaufel eingedrungen."

„Die Jäger müssen ganz in der Nähe sein, sicherlich nehmen sie das Tier für sich in Anspruch."

„Ich gebe es ihnen nicht!" entgegnete Zbyszko. „Es ist auf der Heerstraße erlegt, und die Straße ist keines Herrn."

„Wenn jedoch der Abt jagen sollte?"

„Selbst wenn es der Abt ist, darf er mir meine Beute nicht nehmen."

Mittlerweile stürzte eine Meute Hunde aus dem Wald, die sich zuerst auf das Tier warfen, sich aber dann sofort untereinander zu bekriegen begannen.

„Jetzt werden auch die Jäger kommen!" rief Zych. „Oh, schaut nur! Einer von ihnen sprengt den anderen weit voran, doch sie sehen das Tier nicht. Hopp, hopp, hierher, hierher! Hier liegt es, hier!"

Mit einemmal verstummte er jedoch, bedeckte die Augen mit der Hand und bemerkte nach kurzem Schweigen: „Gerechter Gott, was ist das? Bin ich geblendet, weil mich dünkt …"

„Der auf dem Rappen" – warf Zbyszko rasch ein.
Doch Zych rief plötzlich: „Beim Herrn Jesus! Jawohl, das ist Jagienka!"
Und sofort begann er zu rufen: „Jagna! Jagna!"
Dann sprang er vorwärts, doch Zbyszko, der wie rasend dahinflog, überholte ihn, und seinen Augen bot sich der merkwürdigste Anblick in der Welt: auf dem flinken Renner sprengte ein Mädchen auf ihn zu, das wie ein Mann zu Pferd saß, die Armbrust in der Hand hielt, den Jagdspeer über den Schultern trug. Die von dem wilden Ritt aufgelösten Haare umfluteten einen schlanken Hals und ein Gesicht, das an Farbe mit der Morgenröte wetteiferte. Als die Reiterin den jungen Ritter erreicht hatte, hielt sie das Roß an, und während eines Augenblickes spiegelte sich auf ihrem Antlitz wechselweise Zweifel, Staunen, Freude – schließlich jedoch schien sie Augen und Ohren Glauben zu schenken, denn sie rief mit einer zarten, fast noch kindlichen Stimme: „Vater, geliebtes Väterchen!"
Blitzschnell glitt sie vom Pferd, und als auch Zych zur Begrüßung abstieg, warf sie sich an seinen Hals. Geraume Zeit hindurch hörte Zbyszko nur Küsse und die beiden Worte „Väterchen! Jagula! Väterchen! Jagula!" in freudigem Entzücken wiederholen.
Von beiden Seiten näherte sich das Gefolge. Macko fuhr in seinem Wagen herbei, und noch immer ertönten die Rufe: „Väterchen! Jagula!" und noch immer lagen sich Vater und Tochter in den Armen. Erst nach geraumer Zeit machte sich Jagienka frei und fragte: „So seid Ihr aus dem Krieg zurückgekehrt? Seid Ihr auch gesund geblieben?"
„Aus dem Krieg komme ich zurück. Meine Gesundheit blieb ungeschädigt. Doch wie steht's mit dir, wie steht's mit den jüngeren Bürschlein? Ich denke, daß sie wohl sind, wie? Denn sonst würdest du doch nicht im Wald umherschweifen. Was tust du übrigens hier, liebstes Mägdlein?"
„Das seht Ihr doch. Ich jage", antwortete lächelnd Jagienka.
„In fremden Wäldern?"
„Der Abt gab mir die Erlaubnis. Er schickte mir sogar zu dem Behuf Knechte und Hunde.
Hier wendete sie sich an ihre Leute. „Scheucht die Hunde hinweg", befahl sie, „denn sie verderben das Fell. O, wie froh, wie froh bin ich, daß ich Euch wiedersehe", beteuerte sie hierauf dem Vater von neuem. „Bei uns ist alles wohlauf."
„Und bin ich vielleicht nicht froh?" antwortete Zych. „Reich mir dein Mäulchen."
Und abermals küßten sie sich, als ob dies kein Ende nehmen wolle.
„Wir legten einen beschwerlichen Weg zurück, um diese Bestie zu erjagen. Abgesehen davon, daß zwei der Jägersleute stürzten, waren auch die Pferde ganz erschöpft. Das ist aber auch ein mächtiger Auerochse, seht nur! Drei Pfeile habe ich auf ihn abgeschossen, dem dritten erlag er."
„Der letzte Pfeilschuß tötete ihn. Der Pfeil kam aber nicht von dir. Dieser Ritter hier schoß ihn ab."

Jagienka strich die Haare zurück, die ihr über die Augen fielen, und schaute scheu und nicht allzu wohlwollend auf Zbyszko.

„Weißt du, wer das ist?" fragte Zych.

„Nein, das weiß ich nicht."

„Ich glaube es, daß du ihn nicht kennst. Wie ist er auch gewachsen. Aber vielleicht erinnerst du dich des alten Macko aus Bogdaniec?"

„Bei Gott, das ist Macko aus Bogdaniec!" rief Jagienka.

Unverweilt eilte sie auf den Wagen zu und küßte Macko die Hände. „So seid Ihr es wirklich?"

„Ich bin es, und im Wagen muß ich fahren, weil ich von den Deutschen verwundet worden bin!"

„Wieso von den Deutschen? Das geschah doch gewiß in dem Krieg mit den Tataren. Ich weiß davon, denn mehr als einmal habe ich den Vater gebeten, mich mit sich zu nehmen."

„Wohl zog er gegen die Tataren aus, aber wir waren nicht dabei, wir gingen mit den Litauern in den Krieg, sowohl ich wie Zbyszko."

„Wo ist aber jetzt Zbyszko?"

„Siehst du denn nicht, daß dies Zbyszko ist?" bemerkte Macko lächelnd.

„Das ist Zbyszko?" rief das Mädchen, den jungen Ritter aufs neue anschauend.

„Freilich!"

„Gib ihm zur Begrüßung einen Kuß!" meinte Zych fröhlich.

Jagienka wandte sich lebhaft zu Zbyszko, plötzlich aber fuhr sie zurück und erklärte, die Augen mit den Händen bedeckend: „Nein, das will ich nicht!"

„Wir kennen uns doch von klein auf!" ließ sich Zbyszko vernehmen.

„Ach ja, wir kennen uns gut. Ich erinnere mich wohl, ich erinnere mich! Vor acht Jahren ungefähr, da kamt Ihr mit Macko zu uns, und das verstorbene Mütterlein setzte uns Nüsse mit Honig vor. Kaum waren aber die Alten aus der Stube, da hieltet Ihr mir die Faust unter die Nase, die Nüsse aber verspeistet Ihr allein."

„Das würde er jetzt nicht mehr tun!" rief Macko. „Bei dem Fürsten Witold ist er gewesen, im Schloß in Krakau war er, die höfischen Sitten kennt er jetzt."

Aber Jagienka schien etwas anderes durch den Kopf zu gehen, denn, sich zu Zbyszko wendend, fragte sie: „Ihr habt also den Auerochsen getötet?

„Ja."

„Ich möchte doch sehen, wo die Spitze steckt."

„Ihr könnt das nicht sehen, denn der Pfeil steckt fast vollständig unter der Schaufel."

„Beruhige dich, er spricht die Wahrheit!" ergriff Zych das Wort. „Wir alle sahen es, daß er das Tier tötete, ich aber habe noch etwas ganz anderes wahrgenommen. Ich war Zeuge, wie er in einem Nu die Armbrust ohne Kurbel spannte."

Zum drittenmal blickte Jagienka auf Zbyszko, diesmal jedoch voll Bewunderung.

„Ihr spannt die Armbrust ohne Kurbel?" fragte sie.

Zbyszko bemerkte sofort an dem Ton ihrer Stimme, daß sie ihm mißtraute. Er stemmte daher sofort die Armbrust abermals zur Erde, spannte sie in einem Nu so stark, daß der Bogen krachte, und ließ sich dann, wohl zum Beweis, wie gut er höfische Sitte kenne, auf ein Knie nieder, um der Maid die Armbrust zu überreichen.

Statt die Waffe entgegenzunehmen, errötete indessen Jagienka, ohne zu wissen weshalb, und nestelte an dem Kleid, das sich während des tollen Rittes im Wald verschoben hatte.

Fünftes Kapitel

Am Tag nach ihrer Ankunft in Bogdaniec hielten Macko und Zbyszko Umschau auf ihrem alten Besitztum und überzeugten sich binnen kurzem, daß Zych aus Zgorzelic recht gehabt hatte, als er behauptete, daß sie anfänglich mit großen Schwierigkeiten zu kämpfen haben würden.

Mit der Bewirtschaftung des Feldes ging es noch einigermaßen. Mehrere Hufen Ackerlandes waren von den früher ansässigen Bauern oder von den durch den Abt neu angesiedelten bebaut worden. Dereinst pflegten in Bogdaniec weit größere Länderstrecken bestellt zu sein, jedoch seit der Zeit, in der durch die Schlacht bei Plowce das Geschlecht der „Grade" fast gänzlich vernichtet worden war, fehlte es an Arbeitskräften, und nach den Einfällen der Deutsch-Schlesier, sowie nach den Kämpfen der Grzymaliten mit Naleczy entstanden auf den ehemals so fruchtbaren Gefilden von Bogdaniec zum größten Teil Wälder. Macko war dem allem ratlos gegenübergestanden. Vergeblich hatte er Jahre hindurch versucht, freie Bauern aus Krzesnia herbeizuziehen. Diese zogen es aber vor, auf ihrem eigenen „Hufen" zu sitzen, statt fremden Ackerboden zu bestellen. Mit einigen heimatlosen Leuten war es ihm indessen besser gelungen. Aus verschiedenen Kriegen hatte er auch Gefangene mitgebracht, die sich Weiber nahmen, die sich Hütten bauten – und auf diese Weise entstand aufs neue ein Dorf. So schwer war ihm dies aber alles geworden, daß Macko sofort ganz Bogdaniec verpfändete, sobald sich ihm die Gelegenheit dazu bot. Dabei ging er auch von zwei Voraussetzungen aus. Dem mächtigen Abt, so rechnete er, würde es erstens leichter fallen, das Land zu bebauen als ihm, und zweitens konnte er mittlerweile gemeinsam mit Zbyszko im Krieg Geld und Beute gewinnen. Der Abt wirtschaftete mit großer Umsicht. Die Arbeitskräfte in Bogdaniec vermehrte er um fünf Bauernfamilien, den Viehstand und die Zahl der Pferde vergrößerte er, und ließ nicht nur Speicher, sondern auch Vieh- und Pferdeställe aus Reisig errichten. Dagegen kümmerte der Abt sich nicht viel um die Gebäude, da er nur selten in Bogdaniec weilte, und Macko, der zuweilen geglaubt hatte, er werde bei seiner Heimkehr die Burg mit Wällen und Gräben umzogen finden, traf alles so an, wie es bei seinem Weggang gewesen war, vielleicht höchstens mit dem Unterschied, daß einige der Pfeiler etwas schief standen, daß die Mauern niedriger erschienen, weil sie sich ein wenig gesenkt hatten.

Der Herrenhof bestand aus einer ungeheuren Halle, zwei geräumigen Stuben, aus Kammern und aus einer Küche. In den Stuben waren Fenster aus Schweinsblase, in der Mitte einer jeden, auf dem aus Lehm gebildeten Fußboden, standen Feuerherde, deren Rauch durch eine Spalte in der Decke seinen Ausgang fand. Diese völlig geschwärzte Decke diente in besseren Zeiten gewöhnlich auch als Rauchkammer, denn an den in das Gebälk geschlagenen Haken hingen dann Schweinskeulen, Keulen von Wildschweinen, von Bären, Elentieren, Hirsch- und Rehrücken, das Hinterteil von Ochsen, und ganze Reihen Würste. In Bogdaniec freilich waren diese Haken jetzt leer, leer waren auch die in die Wände eingelassenen hölzernen Schäfte, auf denen in anderen „Höfen" Schüsseln aus Zinn oder Ton zu stehen pflegten. Nur die Wände unter den Schäften waren nicht mehr kahl, weil auf Zbyszkos Befehl hin die Leute sowohl die Panzer wie die Helme, kurze und lange Schwerter daran aufgehängt hatten, nicht zu vergessen die Piken, die Bogen, die Lanzen, die Schilde, die Wappen und die Pferdedecken. Wohl mochte der Rauch nun mit der Zeit die Waffen schwärzen, so daß es häufiger nötig war, sie zu putzen, aber dagegen hatte man sie auch rascher zur Hand, und der Wurm konnte dem Holz an den Lanzen, den Bogen und den Beilen nichts anhaben. Die kostbaren Gewänder ließ der fürsorgliche Macko jedoch in die Kammer bringen, in der er schlief.

In den vorderen Stuben standen in der Nähe der Fenster Tische aus Fichtenholz gezimmert und ebensolche Bänke, auf denen sich die Herren und die Knechte gemeinsam zum Speisen niederließen. Wenn nun aber auch die Leute durch die langen Kriegsjahre jede Bequemlichkeit entbehren gelernt hatten, gebrach es doch in Bogdaniec an Brot, Mehl und an den verschiedenen anderen Vorräten, vornehmlich aber auch an Geschirr. Die Bauern trugen freilich herbei, was in ihren Kräften stand, außerdem rechnete Macko darauf, daß ihm die Nachbarn behilflich sein würden – und er täuschte sich nicht, wenigstens nicht in Betreff von Zych aus Zgorzelic.

Am Tag nach der Heimkehr saß der alte Edelmann just auf einem Baumstumpf vor dem Haus, um das herrliche Herbstwetter zu genießen, als Jagianka, mit Wangen wie ein rotbäckiges Äpfelchen, auf ihrem Rappen in den Vorhof sprengte. Ein Knecht, der in der Nähe des Zaunes Holz spaltete, wollte ihr vom Pferd helfen, jedoch sie sprang wie der Blitz zur Erde und eilte, ein wenig atemlos von dem schnellen Ritt, auf Macko zu.

„Gelobt sei Jesus Christus! Ich bringe Euch Grüße vom Vater, der sich nach Eurer Gesundheit erkundigen läßt."

„Nicht besser ist es mir, als es mir unterwegs ging", antwortete Macko, „aber man schläft doch in seinen eigenen vier Wänden."

„Ihr müßt aber ja große Beschwerden leiden, und ein Kranker bedarf der Pflege."

„Wir sind hart gewöhnt. Freilich im Anfang muß man jeder Bequemlichkeit entbehren, jedoch es fehlt auch an Nahrungsmitteln. Ich gab indessen Befehl, einen Ochsen und zwei Schafe zu schlachten, dann haben wir genug Fleisch. Die Frauen der Bauern brachten übrigens Mehl und Eier, doch immerhin nur wenig, und vor allem gebricht es uns an dem gewöhnlichsten Gerät und Geschirr."

„Zwei Wagen ließ ich für Euch volladen. Auf dem einen kommen Polster für Euch beide zum Schlafen, Geräte und Geschirr, auf dem anderen allerlei Nahrungsmittel. Und was habe ich nicht alles für Euch bestimmt! Fladen und Mehl, und Speck und getrocknete Pilze, und ein Fäßchen Bier, und Honig, kurz, von allem, was wir im Haus haben, erhaltet Ihr etwas."

Macko, dem jede Zufuhr willkommen war, streckte die Hände aus, strich Jagienka über das Haar und sagte: „Gott lohne es dir und deinem Vater. Sobald die Wirtschaft wieder in gutem Stand ist, geben wir alles zurück.

„Was fällt Euch denn ein!"

„Nun, so möge Euch Gott reichlich dafür lohnen. Der Vater erzählte mir, wie gut du zu wirtschaften verstehst. Du herrschst nun fast ein Jahr allein über Zgorzelic."

„Je nun! Wenn Euch noch irgend etwas nötig ist, schickt jemanden, jedoch nur einen, der weiß, um was es sich handelt, denn das ist doch töricht, daß bisweilen ein Abgesandter kommt und nicht weiß, weshalb er geschickt wird."

Nach diesen Worten sah Jagienka etwas zaghaft umher, und Macko, der dies bemerkte, fragte lächelnd: „Nach wem schaust du umher?"

„Nach keinem Menschen."

„Ich sende Zbyszko zu Euch. Er möge Zych und dir in meinem Namen danken. Gefällt dir Zbyszko? Wie?"

„Ei, ich habe ihn noch nie angesehen."

„So tue das jetzt, denn just kommt er."

In der Tat kam Zbyszko von der Tränke, zu der die Pferde geführt worden waren, zurück und verdoppelte seine Schritte, als er Jagienka gewahr wurde. In ein Gewand von Elentierhaut gekleidet, eine runde Mütze auf dem Haupt, wie sie unter dem Helm getragen zu werden pflegte, mit über der Stirn geradegeschnittenen, in goldenen Ringeln frei über die Schulter herabwallenden Haaren, die von keiner Netzhaube gehalten wurden, näherte er sich dem jungen Mädchen, hoch aufgerichtet, stattlich, einem Schildknappen aus dem edlen Haus zu vergleichen. Jagienka wich unwillkürlich zu Macko zurück, wie um zu zeigen, daß sie nur zu ihm gekommen sei, jedoch Zbyszko begrüßte sie fröhlich, ergriff ihre Rechte und führte diese trotz des ihm geleisteten Widerstandes an die Lippen.

„Weshalb küßt Ihr mir die Hand?" fragte sie. „Bin ich denn ein Diener des Herrn?"

„Wehrt Euch nicht, das ist nun so einmal der Brauch."

„Und selbst wenn er dir auch noch die andere Hand küßte", warf Macko ein, „wäre es nicht zu viel für das, was du gebracht hast."

„Was brachte sie denn?" rief Zbyszko, der, trotzdem er seine Blicke umherschweifen ließ, nichts sah, als das Mädchen und dessen an dem Zaun festgebundenen Rappen.

„Die Wagen sind noch nicht eingetroffen, aber sie kommen", entgegnete Jagienka.

Nun begann Macko aufzuzählen, was ihnen alles zugeschickt werde. Als er indessen die beiden Polster erwähnte, erklärte Zbyszko: „Wenn ich auch gern auf gereinigten Häuten liege, danke ich Euch doch, daß Ihr meiner gedacht habt."

„Nicht ich tat dies, sondern der Vater", bemerkte Jagienka errötend. „Wenn Ihr aber lieber auf Häuten, als auf Polstern schlaft, so tut Euch keinen Zwang an."

„Ich ziehe Häute vor. Mehr als einmal pflegte ich im Krieg, nach einem Kampf, einen erschlagenen Kreuzritter unter dem Kopf zu haben, wenn ich schlief."

„Wenn Ihr aber einmal von den Kreuzrittern getötet werdet? Seid Ihr denn sicher, daß dies nie geschieht?"

Statt aller Antwort lachte Zbyszko laut auf, Macko aber entgegnete: „Danke dem Schöpfer, Mädchen, daß du ihn nicht kennst! Nichts, nichts hat er getan, als auf die Deutschen eingehauen, daß es nur so sauste. Mit der Lanze, mit dem Schwert, mit allem Möglichen schlug er zu, und wenn er nur einen Kreuzritter von weitem erblickte, stürzte er sich auf ihn, selbst wenn man ihn mit aller Gewalt zurückhalten wollte. Vor Krakau band er sogar mit dem Gesandten Lichtenstein an, und es hätte nicht viel gefehlt, so wäre er deshalb um seinen Kopf gekommen. So ist dieser Bursche! Und von zwei Friesen kann ich dir erzählen, von denen wir so viel Knechte und Beute gewonnen haben, daß wir mit der Hälfte Bogdaniec auslösen könnten."

Ausführlich schilderte nun Macko den Kampf mit den Friesen und kam dann auf andere Abenteuer, die sie bestanden, auf andere Taten, die sie ausgeführt hatten, zu sprechen. Er berichtete, wie sie sowohl innerhalb der Wälle wie auf offenem Feld mit den hervorragendsten Rittern aus den entferntesten Ländern zusammengestoßen waren. Was erzählte er nicht alles! Sie kämpften mit Deutschen, sie kämpften mit Franzmännern, sie kämpften mit Engländern und mit Burgundern. So stürmisch ging es gar häufig in dem Streit zu, daß Pferde, Leute, Waffen und die Deutschen mit ihren Federbüschen geradezu einen einzigen Knäuel zu bilden schienen. Und was sie nicht alles gesehen hatten! Schlösser der Kreuzritter mit roten Ziegeldächern, litauische Burgen, aus Holz erbaut, Kirchen, wie es um ganz Bogdaniec keine gab, Städte und ungeheure Wüsteneien mit ihren Heidentempeln, durch die des Nachts der Wind heulte, und viele, viele andere Herrlichkeiten. Wo es aber auch zum Kampf gekommen sein mochte, hei, da war Zbyszko stets der erste gewesen, ihn hatten die berühmtesten Ritter bewundert.

Auf dem Baumstumpf neben Macko sitzend, lauschte Jagienka mit offenem Mund dieser Erzählung, indem sie ihr Köpfchen, gerade als ob es in einer Schraube wäre, bald zu Macko, bald zu Zbyszko drehte. Auf dem jungen Ritter aber ruhten ihre Blicke stets mit der größten Bewunderung. Als Macko schließlich zu Ende gekommen war, atmete sie tief auf und rief: „Daß doch Gott einen solchen Menschen erschaffen hat!"

Zbyszko aber, der während der ganzen Erzählung das junge Mädchen fast forschend betrachtet hatte, dachte augenscheinlich jetzt an etwas ganz anderes, denn er rief mit einemmal: „Und auch ein so schönes Mädchen!"

Darauf erwiderte Jagienka halb ärgerlich, halb schmerzlich: „Ihr seid viel schöner als ich."

Ohne sich indessen einer Lüge schuldig zu machen, konnte ihr Zbyszko erwidern, daß er noch nicht viele gesehen habe, die sich ihr vergleichen ließen, war doch Jagienka das Bild von Jugend, Gesundheit und Kraft. Der alte Abt pflegte nicht mit Unrecht zu sagen, sie sei schön wie die Holderblüte und schlank wie die Tanne.

Und schön war alles an ihr: ihre schlanke Gestalt, die breiten Schultern, die roten Lippen, die blauen, scharfblickenden Augen. Sie war auch weit sorgfältiger gekleidet als damals im Wald, ihren Hals schmückten rote Perlen, sie trug ein grünes, mit Pelz gefüttertes, nach vorn geöffnetes Obergewand, mit einem Unterkleid aus gestreifter Leinwand, ihre Füße staken in neuen Schuhen. Sogar dem alten Macko fiel die prächtige Kleidung auf, und indem er das junge Mädchen aufmerksam betrachtete, fragte er: „Weshalb hast du dich geschmückt wie zum Kirchgang?"

Statt jeder Antwort rief sie aber: „Die Wagen kommen, die Wagen kommen!"

Kaum waren diese vorgefahren, sprang sie darauf zu, und Zbyszko folgte ihr. Das Abladen währte bis Sonnenuntergang, zur großen Genugtuung Mackos, der jeden einzelnen Gegenstand persönlich in Augenschein nahm und für jeden Jagienka aufs neue pries. Es dämmerte schon vollständig, als das junge Mädchen sich zum Weggehen anschickte. Das Pferd wurde vorgeführt, und ehe sie auch nur ein Wort des Widerspruchs erheben konnte, hatte Zbyszko sie umfaßt und in den Sattel gehoben. Eine tiefe Röte überzog ihr Antlitz, sie wendete sich von ihm ab und sagte mit einer etwas gepreßten Stimme: „Was seid Ihr für ein kräftiger Bursche!"

Er hingegen, der durch die Dunkelheit weder ihr Erröten noch ihre Verlegenheit zu bemerken schien, lächelte fröhlich und fragte: „Fürchtet Ihr Euch nicht vor wilden Tieren? Es ist ja schon Nacht."

„Auf einem der Wagen liegt mein Speer, holt mir ihn."

Zbyszko eilte zu dem Wagen, holte die Waffe und überbrachte sie Jagienka.

„Lebt wohl!"

„Lebt wohl!"

„Der Herr lohne Euch alles! Morgen oder übermorgen komme ich nach Zgorzelic, um mich bei Zych und bei Euch für Euer nachbarliches Tun zu bedanken."

„Ihr kommt also! Wie froh werde ich darüber sein. Vorwärts!" Und das Pferd antreibend, war sie binnen kurzem im Dickicht verschwunden.

Zbyszko trat nun zu seinem Ohm. „Es ist wohl Zeit für Euch, ins Haus zurückzukehren."

Ohne sich indessen von dem Baumstumpf zu erheben, rief Macko: „Hei! Welch ein Mädchen! Bei ihrem Kommen scheint alles in Sonnenlicht getaucht zu sein."

„Das ist wahr!"

„Und zu kleiden weiß sie sich, und zu wirtschaften versteht sie, trotzdem sie kaum fünfzehn Jahre zählt."

„Nun!" rief Zbyszko, „der alte Zych liebt sie auch wie seinen Augapfel."

„Und er sagte, Moczydoly falle ihr zu, und dort auf den Wiesen weideten viele Stuten und Hengste."

„In den Wäldern von Moczydoly befinden sich wohl große Sümpfe?"

„In denen zahllose Biberbaue sind."

Aufs neue trat Schweigen ein. Macko warf einen prüfenden Blick auf Zbyszko, dann fragte er: „Über was sinnst du? An was denkst du?"

„Ach, seht Ihr. Jagienka erinnert mich so sehr an Danusia, daß mir das Herz wehtut."

„Kehren wir in das Haus zurück!" bemerkte jetzt der alte Edelmann. „Es ist spät geworden."

Und sich mühsam erhebend, stützte er sich auf Zbyszko, der ihn in die Kammer geleitete.

Schon am folgenden Tag begab sich Zbyszko nach Zgorzelic, dem Drängen Mackos folgend, der den Brudersohn auch veranlaßte, um die Bedeutung des Besuches zu erhöhen, zwei Knechte mitzunehmen und sich selbst in den höchsten Staat zu werfen. Damit sollte Zych, dem man dartun wollte, wie sehr man ihm zu Dankbarkeit verpflichtet sei, ganz besonders geehrt werden. Zbyszko hatte sich auch in der Tat wie zu einem Fest gekleidet, trug er doch die prächtige weiße Atlasjacke, mit goldenen Fransen geziert und mit goldenen Greifen bestickt. Singend und mit offenen Armen empfing ihn Zych. Jagienka hingegen, die gerade in die Stube trat, blieb wie angewurzelt auf der Türschwelle stehen, und es hätte nicht viel gefehlt, so wäre ihr beim Anblick des Jünglings die Weinflasche aus den Händen gefallen, denn so wie er, dünkte ihr, könne nur ein Königssohn erscheinen. Mit ihrer sonstigen Kühnheit war es vorbei, still setzte sie sich nieder und rieb nur von Zeit zu Zeit die Augen, als ob sie eben aus dem Schlaf erwache. Der junge Ritter aber, dem es an Erfahrung gebrach, glaubte nicht anders, als daß sie aus einem ihm unbekannten Grund ihn nicht gern hier sehe, und unterhielt sich infolgedessen ausschließlich mit Zych, dem er für seine nachbarliche Hilfsbereitschaft dankte und dem er sein Staunen über den Herrenhof in Zgorzelic aussprach, dem tatsächlich in nichts der in Bogdaniec verglichen werden konnte.

Allenthalben ließ sich hier Wohlstand, ja Reichtum erkennen. Die Scheiben der Stubenfenster bestanden aus Horn, das so dünn und so glatt geschnitten war, daß es an Durchsichtigkeit fast dem Glas gleichkam. In der Mitte der Stuben befanden sich keine Herde, sondern es erhoben sich hohe Kamine, an deren Vorsprüngen Geweihe angebracht waren. Der reinlich gescheuerte Fußboden bestand aus Lärchenholz, an den Wänden hingen Waffen und eine Menge Schüsseln, glänzend wie die Sonne, abgesehen von dem schöngeschnitzten Löffelbrett mit einer Reihe von Löffeln, unter denen zwei silberne waren. Da und dort hingen auch Teppiche, teils im Krieg erbeutet, teils von wandernden Händlern gekauft. Unter den Tischen lagen ungeheure fahlgelbe Felle von Bisam, Auerochsen und Ebern. Voll freudigen Stolzes zeigte Zych seinen Reichtum und betonte dabei jeden Augenblick aufs neue, daß dies alles Jagienka bewirtschafte. Er führte Zbyszko auch in eine Seitenkammer, duftend nach Harz und Kräutern, in der an der Decke ganze Bündel Felle von Wölfen, Füchsen, Mardern und Bibern hingen. Dann zeigte er ihm das Käsehäuschen, den Aufbewahrungsort von Wachs und Honig, die Tonnen mit Mehl, den Aufbewahrungsort von gut gebackenem Brot, Flachs und getrockneten Pilzen. Auch in die Speicher führte er ihn, in die Viehställe, in die Pferde- und Schweineställe, in die Schuppen für die Wagen, für die Geschirre, für die Jagdgeräte, für die Fischnetze, und so sehr wußte er seinen Wohlstand Zbyszko vor Augen zu führen, daß dieser seinem Staunen unumwundenen Ausdruck verlieh. „Leben, nicht sterben möchte man in Eurem Zgorzelic!" rief er.

„In Moczydoly herrscht beinahe der gleiche Wohlstand", bemerkte Zych. „Du kennst doch Moczydoly! Es liegt ganz nahe bei Bogdaniec. Früher stritten sich sogar unsere Väter wegen der Grenzen und schickten sich Forderungen zum Kampf. Aber ich werde nicht streiten."

Dann hielt er Zbyszko sein Glas mit Met entgegen und fragte: „Willst du vielleicht etwas singen?"

„Nein", sagte Zbyszko, „ich bin gespannt darauf, Euch zu hören."

„Siehst du, Zgorzelic werden die kleinen Bären bekommen, vorausgesetzt, daß sie deshalb nicht einander zerreißen."

„Was für kleine Bären?"

„Na, die Bürschlein, Jagienkas Brüder."

„Nun, die werden nicht nötig haben, an ihren Pfoten im Winter zu saugen."

„Aber weshalb trinkst du nicht? Jagienka schenke ihm und mir ein."

„Ich esse und trinke soviel ich kann."

„Wenn du nicht mehr kannst, schnallst du den Gurt ab. Ein schöner Gurt! Ihr müßt aus Litauen reiche Beute mitgebracht haben!"

„Wir können nicht klagen", entgegnete Zbyszko, die Gelegenheit benützend, um zu zeigen, daß die Besitzer Bogdaniecs auch nicht zu unterschätzende Edelleute seien. „Einen Teil der Beute verkauften wir in Krakau und erhielten vierzig Mark Silber dafür."

„Bei Gott dem Herrn, dafür kann man sich ja ein Dorf kaufen."

„Es war eine mailändische Rüstung, die der Ohm verkaufte, weil er sich selbst für verloren hielt, und daher ..."

„Ich weiß! Nun, da lohnt es sich, nach Litauen zu gehen. Ich wollte seinerzeit auch gehen, aber ich fürchtete mich."

„Weshalb? Vor den Kreuzrittern?"

„Ach, wer fürchtet sich vor den Deutschen! Solange sie dich nicht totschlagen, ist kein Grund vorhanden, sich zu fürchten, und wenn sie dich totschlagen, hast du keine Zeit mehr dazu."

„Ich fürchtete mich vor den Heidengöttern, das heißt vor den Teufeln. In den Wäldern hausen wahrscheinlich so viele wie Ameisen."

„Wo sollen sie denn sonst hausen, da die Heidentempel niedergebrannt worden sind? Früher schwelgten sie in Reichtum und jetzt leben sie von Pilzen und Ameisen."

„Hast du sie auch schon gesehen?"

„Ich selbst sah noch keine, aber ich hörte, daß sie von anderen gesehen wurden. Mancher von ihnen streckt zuweilen hinter einem Baum eine zottige Tatze hervor und hält sie hin, damit man ihm etwas geben soll."

„Macko sagte uns das gleiche", warf hier Jagienka ein.

„Freilich! Dir und mir hat er davon unterwegs erzählt", fügte Zych hinzu. „Nun, das ist nicht zu verwundern. Bei uns ertönt doch zuweilen ein Lachen aus den Sümpfen, trotzdem das Land längst zum Christentum übergegangen ist, und wenngleich die Priester daher auch darüber schelten, ist es doch angebracht, für die Hausgeister des Nachts in irgendeinen Winkel eine Schüssel mit Essen zu stellen, denn sonst kratzen sie an den Wänden, daß man kein Auge schließen kann ... Jagienka, mein Töchterchen, gehe und stelle eine Schüssel auf die Schwelle!"

Jagienka brachte eine Schüssel voll Klößchen mit Käse und stellte sie auf die Schwelle, Zych aber fuhr fort: „Die Geistlichen schreien, strafen! Der Ruhm des Herrn Jesus wird aber durch ein paar Klöße nicht geschmälert, und wenn der Hausgott satt und zufrieden ist, dann schützt er vor Feuer und vor Diebstahl. – Willst du jedoch nicht deinen Gurt ablegen und ein wenig singen?" wandte er sich hierauf fragend an Zbyszko.

„Nein, Ihr müßt singen, denn ich sehe wohl, daß Ihr längst Lust dazu verspürt, oder vielleicht auch die Jungfrau Jagienka."

„Wir werden der Reihe nach singen", rief Zych fröhlich. „Wir haben einen Knecht im Haus, der ganz nett zum Gesang auf einer hölzernen Pfeife zu quietschen versteht. Ruft mir ihn!"

Der Weisung wurde Folge geleistet, der Knecht kam, setzte sich auf einen dreibeinigen hölzernen Schemel, steckte die Pfeife in den Mund und schaute, die Finger auf dem Instrument ausbreitend, prüfend auf die Anwesenden, wie um sich zu vergewissern, wen er begleiten solle. Da jedoch keines den Anfang machen wollte, erhob sich zuerst ein lebhafter

Streit. Endlich gebot Zych dem Töchterlein, mit gutem Beispiel voranzugehen, und trotzdem sich Jagienka scheute, vor Zbyszko zu singen, stand sie doch von der Bank auf, steckte die Hände unter die Schürze und sang:

> „Flügel hätt' ich so gerne
> wie ein Gänslein klein,
> nach Schlesien in die Ferne
> flög' ich zu Jasio mein." ...

Zbyszko machte anfänglich große Augen, dann sprang er mit beiden Füßen empor und rief mit lauter Stimme: „Wer hat Euch dies Lied gelehrt?"

Jagienka sah ihn staunend an: „Das singen doch alle. Was ist mit Euch?"

Zych indessen, der glaubte, Zbyszko habe zuviel getrunken, wandte sich zu diesem und meinte: „Schnalle deinen Gürtel auf, dann wird dir gleich leichter werden."

Doch auf Zbyszkos Antlitz spiegelten sich die widersprechendsten Empfindungen. Endlich jedoch wurde er seiner Erregung Herr und sagte zu Jagienka: „Verzeiht! Mir kam plötzlich etwas in den Sinn. Singt weiter."

„Vielleicht stimmt Euch aber mein Gesang traurig?"

„Ei, kein Gedanke!" erwiderte Zbyszko mit etwas bebender Stimme. „Ich könnte Euch die ganze Nacht zuhören."

So sprechend, setzte er sich wieder nieder und die Augen mit der Hand beschattend, verfiel er in tiefes Sinnen.

Jagienka sang nun auch die zweite Strophe, doch kaum damit zu Ende gekommen, gewahrte sie eine große Träne, die sich zwischen den Fingern Zbyszkos hervorstahl.

Rasch eilte sie nun auf ihn zu, nahm neben ihm Platz und stieß ihn mit dem Ellenbogen an.

„Nun?" flüsterte sie, „was ist Euch? Ich will nicht, daß Ihr weint. Sprecht, was ist Euch?"

„Nichts, nichts!" entgegnete Zbyszko seufzend, „es lohnt sich nicht, darüber zu reden ... Es kam so über mich. Nun ist mir schon wieder leichter."

„Möchtet Ihr vielleicht süßen Wein trinken?"

„Bei meiner Treu, Mädchen!" rief nun Zych, „weshalb redet Ihr Euch mit ‚Ihr' an? Sage ‚du' zu ihm und nenne ihn Zbyszko, und du, Zbyszko, nennst sie Jagienka. Ihr kennt Euch doch von Jugend an." Und sich wieder zu der Tochter wendend, meinte er: „Daß er dich einmal geprügelt hat, das schadet nichts. Jetzt wird er es nicht mehr tun."

„Nein, das werde ich nicht mehr tun!" erklärte Zbyszko heiter. „Sie aber soll mir jetzt dafür Prügel geben, wenn sie Lust dazu hat."

Daraufhin ballte Jagienka, in der Absicht, ihn recht lustig zu stimmen, die Hand zur Faust und gab sich lachend den Anschein, als ob sie Zbyszko schlagen wolle.

„Da hast du es, für meine zerschundene Nase, da hast du es, da hast du es!"

„Wein her!" rief nun der Besitzer von Zgorzelic fröhlich.

Jagienka eilte in die Vorratskammer und erschien gleich darauf wieder mit einem steinernen Krug voll Wein, zwei schönen, von einem Breslauer Goldschmied gearbeiteten, in Silber getriebenen Bechern und einigen weithin duftenden Käschen.

Zych, der nicht mehr ganz nüchtern war, wurde bei diesem Anblick von Rührung übermannt. Er ergriff den Krug, stellte ihn auf seinen Schoß und ohne Zweifel glaubend, dies sei Jagienka, fing er also zu reden an: „Ei, du mein Töchterlein! O ich armer Verwaister! Was soll ich bedauernswerter Schlucker in Zgorzelic tun, wenn du mir genommen wirst, was soll ich tun?"

„Und binnen kurzem werdet Ihr sie hergeben müssen!" rief Zbyszko.

Zychs Rührung hielt indessen nicht lange an, denn er brach leicht wieder in Lachen aus.

„Ha! ha! Das Mädchen ist erst fünfzehn Jahre alt, und es zieht sie schon zu den Burschen!

„Väterchen! Du wirst sehen, daß ich fortgehe", erklärte Jagienka.

„Nein, bleibe, mit dir ist gut sein."

Dann blinzelte er Zbyszko geheimnisvoll zu.

„Zwei schon haben sich hier eingestellt, der eine, der junge Wilk, ein Sohn des alten Wilk aus Brzozowa, der andere, Cztan aus Rogow. Wenn sie dich hier erwischen, dann fallen sie dich ebenso wütend an, wie sie sich wechselseitig anfallen."

„Topp, es gilt!" rief Zbyszko.

Dann wandte er sich zu Jagienka, und sie der Aufforderung Zychs zufolge mit du anredend, fragte er: „Und welchen wählst du?"

„Keinen."

„Wilk ist ein jähzorniger Bursche!" warf Zych ein.

„Möge er sich bei anderen sein Mütchen kühlen!"

„Und Cztan?"

Jagienka lachte.

„Cztan", sagte sie hierauf, sich zu Zbyszko wendend, „dem fällt wie einem Schaf das Haar so zottig bis zur Nase, daß er kaum aus den Augen zu sehen vermag, und er ist so fett wie ein Bär."

Bei diesen Worten schlug sich Zbyszko an die Stirn, als ob ihm plötzlich etwas einfiel, und er sagte: „Nun, das ist nur gut, ich möchte Euch nämlich um etwas bitten. Habt Ihr vielleicht Bärenfett im Haus. Dem Ohm soll es zum Heilmittel dienen, und in Bogdaniec fehlt es daran."

„Wir hatten wohl", entgegnete Jagienka, „aber die Bürschlein haben es in den Vorhof getragen ,um die Bogen damit zu schmieren. Und den Rest, nun den haben die Hunde gefressen. Jetzt tut es mir leid.

„Blieb nichts übrig?"

„Alles ist rein aufgeleckt!"

„Ei, da läßt sich eben nichts anderes tun, als im Wald nach anderem zu fahnden.

„Stelle eine Treibjagd an, an Bären fehlt es nicht, und wenn Ihr die Jagdgeräte haben wollt, können wir sie Euch geben."

„Weshalb sollte ich lange warten? Ich gehe des Nachts zu den Bienenstöcken."

„Nimm fünf von unseren Knechten mit. Es sind tüchtige Burschen unter ihnen."

„Mit einem solchen Haufen ist's nichts. Damit verscheucht man nur die wilden Tiere.

„Wie gedenkt Ihr es zu machen? Wollt Ihr die Armbrust mitnehmen?"

„Was sollte mir im dunklen Wald die Armbrust nützen? Wir haben ja jetzt nicht Vollmond. Ich nehme eine vielzackige Heugabel mit, ein gutes Beil und gehe morgen allein."

Jagienka schwieg einige Zeit, auf ihrem Gesicht drückte sich jedoch sichtliche Unruhe aus.

„Im vorigen Jahr", begann sie endlich wieder, „ging der Jäger Bezduch von uns weg und wurde von einem Bären zerrissen. Es ist immer eine gefährliche Sache, sich allein des Nachts in den Wald zu wagen, denn sieht der Petz gar einen einzelnen Menschen bei den Bienenstöcken, dann stellt er sich sofort auf die Hinterbeine."

„Wenn er davonlaufen würde, könnte man ihn ja nicht packen!" rief Zbyszko.

Jetzt erhob sich plötzlich Zych, der ein wenig geschlummert hatte, und begann zu singen:

> „Kuba stets von der Arbeit kommt,
> mir, Maczek, nur die Lustbarkeit frommt,
> frühmorgens mit der Sichel wir zieh'n in die Au,
> doch im Korn allein nur nach Kascha ich schau.
> Juchhe, juchhe!"

„Siehst du", wandte er sich hierauf an Zbyszko, „es sind ihrer zwei: Wilk aus Brzozowa und Cztan aus Rogow ... Aber du ..."

Da trat Jagienka, wohl aus Furcht, Zych könne in seinen Worten zu weit gehen, rasch auf Zbyszko zu und fragte: „Und wann willst du gehen? Morgen?"

„Morgen nach Sonnenuntergang."

„Und zu welchen Bienenstöcken?"

„Zu den unsrigen, in Bogdaniec, nicht weit von Euren Grenzhügeln, nahe bei den Sümpfen von Rudzik. Man sagte mir, dort werde ich sicherlich mit einem Bären zusammenstoßen."

Sechstes Kapitel

Zbyszko traf alle Vorbereitungen, wie er gesagt hatte, denn Mackos Zustand verschlimmerte sich sichtlich. Anfänglich hielt diesen die Freude aufrecht über den Einzug in die Heimat, aber schon am dritten Tag änderte sich dies, und der Schmerz in der Seite verschlimmerte sich dermaßen, daß sich der Kranke niederlegen mußte. Zbyszko ging zuerst bei Tag in den Wald, besichtigte die Bienenstöcke, entdeckte ganz in der Nähe der Sümpfe eine deutliche Spur und besprach sich mit dem Zeidler Wawrek, der des Nachts gewöhnlich, zusammen mit einigen grimmigen Hunden aus Podhale, in einer Hütte zu schlafen pflegte, just aber wegen der herbstlichen Kühle in das Dorf übergesiedelt war.

Beide rissen gemeinsam die Hütte ab, führten die Hunde hinweg, bestrichen da und dort die Baumstämme mit Honig, um durch den Geruch das Tier anzulocken, dann kehrte Zbyszko nach Haus zurück und traf die weiteren Vorbereitungen zu seinem Unternehmen. Er kleidete sich der Wärme wegen in einen Oberrock von Elenleder, der jedoch keine Ärmel hatte. Das Haupt bedeckte er mit einer festen Mütze aus Eisendraht, um sich dagegen zu schützen, daß ihm der Bär die Kopfhaut zerreiße, und schließlich bewaffnete er sich mit einer gut geschmiedeten, doppelzinkigen Heugabel und mit einem stählernen, breiten Beil, das einen weit längeren eichenen Stiel hatte, als die Beile, deren sich die Zimmerleute zu bedienen pflegen.

Als der Abend anbrach, befand er sich schon an Ort und Stelle.

Nachdem er einen geeigneten Platz ausgesucht hatte, ließ er sich, das Zeichen des Kreuzes machend, nieder und harrte auf das, was kommen werde.

Die rötlichen Strahlen der untergehenden Sonne schimmerten zwischen den Ästen hervor. Über den Wipfeln der Föhren flatterten Krähen, krächzend und mit den Flügeln schlagend. Hin und wieder schoß ein Hase einer Quelle zu und veranlaßte dadurch ein Rascheln der goldgelben Sträucher und der gefallenen Blätter, bisweilen huschte ein Marder durch die Buchen. Im Dickicht war noch immer das Gezirpe der Vögel zu hören, das jedoch allmählich verstummte.

Allein selbst beim Sonnenuntergang trat im Wald keine Ruhe ein. Bald kamen Rudel von Wölfen lärmend und heulend an Zbyszko vorüber, bald trabten Elentiere in langen Reihen vorbei, eines den Kopf dicht an dem Schwanz des anderen haltend. Die dürren Zweige krachten unter ihren Hufen, jene aber, noch von den rötlichen Sonnenstrahlen getroffen, strebten den Sümpfen zu, wo sie sich des Nachts ruhig und sicher fühlten. Schließlich vergoldete die Abendröte das ganze Firmament, die Wipfel der Föhren schienen wie in Feuer getaucht zu sein, und eine tiefe Ruhe lagerte sich über alles. Der Wald versank in Schlaf, Dunkelheit breitete sich über die Erde aus und stieg zu der leuchtenden Abendröte empor, die allmählich verblaßte, um dann ganz zu erlöschen.

„Jetzt, solange die Wölfe nicht heulen, wird es ruhig werden", dachte Zbyszko. Er bedauerte gleichwohl, daß er die Armbrust nicht mitgebracht hatte, denn er hätte vielleicht mit Leichtigkeit einen Wolf oder ein Elentier erlegen können. Inzwischen drang von den Sümpfen her noch einige Zeit hindurch immer wieder ein dumpfer Ton, der wie schweres Stöhnen und Seufzen lautete. Mit einem gewissen Mißbehagen schaute Zbyszko nach dieser Richtung hin, war es doch auch ihm bekannt, daß der Bauer Radzik, der dort irgendwo in einer Lehmhütte gewohnt hatte, plötzlich mit seiner ganzen Familie verschwunden war, als ob ihn die Erde verschlungen hätte. Etliche Leute behaupteten, er sei von Räubern überfallen worden, andere dagegen wollten in der Nähe des Häuschens seltsame Spuren gesehen haben, die weder von Menschen noch von Tieren herrühren konnten, und diese Leute schüttelten den Kopf, ja, sie überlegten, ob es nicht wohl ratsam sei, den Geistlichen aus Krzesnia zu berufen, damit er die Hütte weihe. Dazu kam es freilich nicht, denn es fand sich niemand, der hier wohnen wollte, und das Häuschen, oder vielmehr der Lehm, mit dem die Reisigwände beworfen waren, wurde nach und nach von dem Regen ausgewaschen, von da an stand aber die Gegend in üblem Ruf. Der Zeidler Wawrek, der während des Sommers hier in einer kleinen Hütte nächtigte, kümmerte sich zwar nicht darum, doch gerade deshalb wurde auch viel über ihn gesprochen. Zbyszko, mit einer Heugabel und einem Beil bewaffnet, fürchtete sich zwar nicht vor wilden Tieren, doch es erfaßte ihn sofort ein gewisses Unbehagen bei dem Gedanken an unsichtbare Gewalten, und er war sehr froh darüber, als schließlich jene Töne verstummten.

Immer dunkler wurde die Nacht. Kein Luftzug regte sich mehr, sogar das gewöhnliche Rauschen in den Wipfeln der Föhren ließ sich nicht mehr vernehmen. Eine solche Ruhe herrschte, daß, wenn von Zeit zu Zeit da und dort ein Tannenzapfen zur Erde fiel, der Klang weithin tönte. Eine so lautlose Stille umgab Zbyszko, daß er seinen eigenen Atem hören konnte.

Lange Zeit saß der junge Ritter unbeweglich auf seinem Platz und wartete auf den Bären. Nach und nach aber schweiften seine Gedanken ab, er gedachte Danusias, die mit Anna Danuta in ferne Gegenden fuhr. Lebhaft sah er sie vor sich, wie er sie in die Arme genommen hatte, als er sich von ihr und von der Fürstin verabschiedete. Er erinnerte sich, wie ihr die Tränen über das Antlitz rannen, er erinnerte sich ihrer zarten Gesichtsfarbe, ihres goldhaarigen Köpfchens, ihres Kränzleins aus Kornblumen, ihres Gesanges, ihrer roten spitzen Schuhe, die er beim Abschied geküßt hatte. An seinem geistigen Auge zog all das vorüber, was sich seit der Zeit ereignet hatte, seit er und Danusia sich nähergetreten waren, und ein solcher Schmerz über die Trennung, ein solches Sehnen nach dem geliebten Mädchen ergriff ihn, daß diese Gefühle alles andere aus seinem Gedächtnis verdrängten. Er vergaß, wo er war, er vergaß den Bären und sagte sich immer und immer wieder: „Ich werde zu dir wandern, denn ohne dich hat das Leben für mich keinen Wert!"

Ja, das wollte er tun, er mußte nach Masovien reisen, in Bogdaniec würde er zugrunde gehen, das fühlte er. Und Jurand kam ihm in den Sinn und dessen auffälliger Widerstand, und er sagte sich, er müsse sich auch zu diesem begeben, um die geheimnisvollen Gründe zu erforschen, die sich seinem Werben hindernd entgegenstellten, die aber vielleicht durch eine Forderung zum Kampf auf Leben und Tod beseitigt werden konnten. So lebhaft stürmten diese Gedanken auf ihn ein, daß ihm war, als ob Danusia ihm die Hände entgegenstrecke und rufe: „Zbyszko, komm, komm!" Weshalb sollte er diesem Ruf nicht Folge leisten? Nein, er schlummerte nicht, und doch sah er die Geliebte so deutlich vor sich, wie es nur im Traum möglich war. Wie wenn es Wirklichkeit wäre! Ja, da fährt Danusia jetzt neben der Fürstin dahin und läßt ihre Finger über die Laute gleiten und singt! Doch sie denkt an ihn. Sie weiß, daß sie ihn bald wiedersehen wird, und vielleicht blickt sie umher, ob er nicht hinter ihnen im Galopp daherreite. Aber es ist nicht so – er befindet sich im finsteren Wald.

Hier fuhr Zbyszko aus seinem Sinnen empor, aber nicht deshalb, weil er sich plötzlich erinnerte, wo er sich befand, sondern hauptsächlich darum, weil er ein Geräusch zu vernehmen glaubte. Er faßte die Heugabel fest in die Hand, neigte das Haupt vor und lauschte gespannt.

Das Geräusch dauerte an, und während einiger Zeit war es ganz deutlich zu vernehmen. Die dürren Äste krachten wie unter äußerst vorsichtigen Schritten, die gefallenen Blätter und Sträucher knisterten ... Irgend etwas Lebendiges näherte sich.

Zeitweise ließ indes das Geräusch nach, gerade als ob ein Tier durch die Bäume zurückgehalten werde, um gleich darauf so sachte und behutsam wieder anzuheben, daß Zbyszko es nur durch angestrengtes Horchen vernehmen konnte. Stets aufs neue aber ließen sich Schritte unterscheiden und immer wieder fragte sich Zbyszko vor Staunen, was das wohl sein könne, das so leise durch den Wald schleiche. Vielleicht fürchtet sich „der Alte" vor den Hunden, die in der hier gestandenen Hütte gehalten wurden, sagte er sich nach kurzem Überlegen, oder vielleicht mag es auch ein Wolf sein, der mich wittert.

Mittlerweile hörten die Schritte auf. Zbyszko vernahm deutlich, daß irgendein Wesen zwanzig oder dreißig Schritte vor ihm Halt machte – gerade als ob es sich niederkauere. Immer wieder strengte er seine Sehkraft an – jedoch, wenn er auch die Baumstämme trotz der Dunkelheit zu unterscheiden vermochte, er konnte nichts Auffälliges entdecken. Es blieb ihm nichts anderes übrig, als geduldig zu warten.

Und er mußte so lange warten, daß er abermals von Staunen ergriffen wurde.

Der Bär wird doch kaum zu den Bienenstöcken kommen, um zu schlafen, sagte er sich, ein Wolf aber würde mich längst gewittert haben und mich nicht bis frühmorgens unbehelligt lassen.

Mit einemmal lief ihm ein Frösteln über den ganzen Körper.

Wie, so dachte er, wenn irgendein Gespenst aus den Sümpfen emporgestiegen wäre, um sich ihm von hinten zu nähern? Oder was sollte er tun, wenn ihn die feuchtkalten Hände eines Ertrunkenen packen würden, wenn ihn ein Vampir mit seinen grünen Augen zu durchbohren suchte, was sollte er beginnen, wenn plötzlich ein lautes Lachen hinter ihm ertönte, oder wenn ein Kopf auf Spinnenfüßen mit einem geisterhaften Antlitz hinter einer Tanne hervortreten würde? Er fühlte, wie sich ihm unter seiner Mütze von Eisendraht die Haare sträubten – da plötzlich ertönte das Geräusch vor ihm lauter und deutlicher als zuvor. Der junge Kämpe atmete erleichtert auf. Ohne Zweifel hatte ihn das Ungeheuer im Kreis umgangen, um sich ihm von vorn zu nähern. Das war ihm sehr erwünscht. Von neuem faßte er die Heugabel fest in die Hand, erhob sich leise und wartete gespannt.

Mit einemmal fuhr ein Rauschen durch die Wipfel der Föhren, von den Sümpfen her wehte ein leichter Luftzug, ein übler Geruch zog in die Nase des Harrenden.

Jetzt konnte kein Zweifel mehr herrschen, Meister Petz rückte heran.

Alle Furcht war von Zbyszko gewichen. Den Kopf vorbeugend, strengte er Augen und Ohren übermenschlich an. Schwere Tritte wurden deutlich vernehmbar, der üble Geruch verstärkte sich, und nach wenigen Sekunden ertönte ein lautes Schnauben und Brummen.

„Wenn es nur nicht zwei sind!" dachte Zbyszko.

Aber in diesem Augenblick gewahrte er den unförmigen Körper eines großen dunklen Tieres, das von den Sümpfen kommend, ihn noch nicht gewittert haben mochte, weil es durch den Geruch des auf die Stämme gestrichenen Honigs angezogen wurde.

„Willkommen, Großväterchen!" rief Zbyszko, unter den Tannen hervortretend.

Der Bär stieß ein kurzes Gebrüll aus, zweifellos erschreckte ihn die unerwartete Erscheinung, jedoch er war schon zu nahe gekommen, um sich durch die Flucht zu retten. Ohne weiteres erhob er sich auf den Hinterfüßen und streckte die Vordertatzen wie zu einer Umarmung aus. Darauf hatte Zbyszko gewartet, er nahm einen Anlauf, sprang wie der Blitz vor, um dann mit aller Gewalt seiner kräftigen Arme dem Tier die Heugabel in die Brust zu stoßen.

Ein schaudererregendes Gebrüll erfüllte jetzt den ganzen Wald. Der Bär, die Heugabel mit seinen Tatzen ergreifend, strengte sich vergeblich an, sie herauszuziehen, die scharfen Zinken saßen fest. Durch dieses Bemühen vergrößerte daher das Tier nur den entsetzlichen Schmerz, und als es versuchte, seinem Gegner näherzukommen, trug es abermals dazu bei, daß die Heugabel noch tiefer in seine Brust drang. Zbyszko aber, der sich nicht klar darüber war, ob er die Heugabel tief genug eingestoßen hatte, ließ den Stiel nicht los. So standen sich Mensch und Tier zerrend und zausend gegenüber. Voll Wut und Verzweiflung brüllte der Bär laut auf. Zbyszko war nicht imstande, das Beil zu erfassen, solange er nicht das Ende des zugespitzten Stieles der Heugabel in die Erde zu stoßen vermochte. Der Bär hingegen, als ob er verstünde, um was es sich handle, zerrte unaufhörlich mit den Vorderpfoten die Heugabel und mit ihr Zbyszko hin und her – und trotz der Qual, die ihm bei jeder Bewegung die tiefeinbiegenden Zinken verursachten, widersetzte er sich so Zbyszkos Absicht. In solcher Weise zog sich der Kampf in die Länge, und Zbyszko fühlte immer deutlicher, daß seine Kräfte erlahmten. Gleichzeitig sagte er sich aber auch, daß er verloren wäre, sobald er stürzen würde. So nahm er sich denn nochmals zusammen, bot seine ganze Kraft auf, stemmte die Füße fest auf die Erde, bog sich, um nicht nach rückwärts zu stürzen, so weit vor, daß sein Rücken vollständig gekrümmt war und murmelte voll Wut durch die aufeinandergepreßten Zähne: „Einer von uns muß zugrunde gehen, ich oder du."

Und es erfaßte ihn schließlich ein solcher Zorn, ein solcher Grimm, daß er eher sich selbst geopfert hätte, als die Bestie freigegeben. Doch siehe da, er strauchelte mit einemmal über eine Baumwurzel und würde sicherlich zu Boden gestürzt sein, wenn nicht in diesem Augenblick eine zweite dunkle Gestalt vor ihm aufgetaucht wäre, wenn nicht eine zweite Heugabel die Bestie getroffen und ihm eine Stimme zugerufen hätte: „Das Beil!"

In der Hitze des Kampfes überlegte Zbyszko nicht erst, woher ihm die unerwartete Hilfe komme, sondern er ergriff das Beil und versetzte dem Bären einen wuchtigen Schlag. Die Heugabeln zerbrachen krachend unter der gewaltigen Schwere des in Konvulsionen sich krümmenden Tieres, das sich wie vom Blitz getroffen röchelnd auf der Erde wälzte. Aber schließlich hörte dieses Röcheln auf. Die herrschende Stille wurde nur durch das laute Atmen Zbyszkos gestört, der sich an eine Tanne lehnte, da seine Füße den Dienst zu versagen drohten. Gleich darauf erhob er jedoch das Haupt, erblickte eine neben ihm stehende Gestalt und fuhr erschreckt zusammen, sagte er sich doch, dies könne kein menschliches Wesen sein.

„Wer ist hier?" fragte er schließlich unruhig

„Jagienka!" erwiderte eine zarte weibliche Stimme.

Zbyszko, von Staunen ergriffen, glaubte seinen Ohren nicht trauen zu dürfen. Doch jeder Zweifel mußte bald weichen, denn Jagienka ließ sich von neuem vernehmen: „Ich schlage jetzt Feuer an ..."

Sofort ertönte das Zusammenschlagen des Feuersteines, die Funken sprühten, und bei ihrem flimmernden Schein gewahrte Zbyszko die weiße Stirn, die dunklen Brauen und die gespitzten Lippen des Mädchens, das den glimmenden Zunder anblies. Und als er sich sagte, daß dieses junge Mädchen in den Wald gekommen war, um ihm beizustehen, daß er ohne dessen Hilfe elend zugrunde gegangen wäre – da floß sein Herz über von Dankbarkeit. Ohne seine Handlungsweise lange zu erwägen, umfaßte er Jagienka und küßte sie auf beide Wangen.

Ihr aber fielen Zunder und Feuerstein aus den Händen.

„Verhalte dich ruhig, hörst du?" gebot sie mit etwas gedämpfter Stimme, doch trotzdem entzog sie ihm ihr Antlitz nicht, nein, im Gegenteil, sie näherte wie unwillkürlich ihren Mund den Lippen Zbyszkos.

Dieser gab sie indessen frei und sagte: „Gott wird dir lohnen. Ich weiß nicht, was ohne dich aus mir geworden wäre!"

Nun ließ sich Jagienka, die sich niederkauerte, um in der Dunkelheit Feuerstein und Zunder wiederzufinden, also vernehmen: „Ich fürchtete für dich, weil Bezduch, trotzdem er wie du mit der Heugabel und mit dem Beil auszog, von den Bären zerrissen wurde. Gott verhütete dies. Was hätte aber auch Macko angefangen, er, der ja so schon nur schwer zu atmen vermag. Nun, ich bewaffnete mich mit der Heugabel und folgte deiner Spur."

„Demnach schlichst du zwischen den Tannen hindurch?"

„Ja, ich."

„Und ich glaubte, es sei der Böse."

„Mich überkam auch keine geringe Furcht, denn gar unheimlich ist es in dunkler Nacht bei den Sümpfen von Rudzik."

„Weshalb hast du denn nicht gerufen?"

„Ach, ich fürchtete, du könntest mich wegjagen."

So sprechend, fing sie wieder von neuem an, Feuer zu schlagen. Dann legte sie auf den glimmenden Zunder ein Stückchen dürrer Rinde von einem Flachsstengel, das sofort in helle Flammen aufging.

„Ich habe zwei kleine Scheite Holz bei mir", rief sie hierauf. „Du aber mußt rasch einige dürre Äste sammeln, dann werden wir gleich ein gutes Feuer haben."

In der Tat knisterte auch schon nach wenigen Minuten ein lustiges Feuer, dessen Schein den in einer großen Blutlache liegenden schmutzigbraunen Körper des Bären grell beleuchtete.

„Ei, welch mächtiges Tier!" rief Zbyszko mit einer gewissen Selbstgefälligkeit.

„Aber sieh nur, der Kopf ist fast ganz gespalten. Ach, Herr Jesus!"

Nach diesen Worten bückte sie sich und fuhr mit der Hand in das zottige Fell des Ungetüms, um sich zu überzeugen, ob das Tier fett sei. Gleich darauf erklärte sie mit frohem Gesicht: „Auf wenigstens zwei Jahre hinaus werdet Ihr Fett haben."

„Die Heugabeln sind aber ganz entzwei. Schau nur her!"

„Das ist einmal ein Unglück! Was soll ich nun zu Hause sagen?"

„Was ist denn, was hast du denn?"

„Ach, das Väterchen hätte mir nicht erlaubt, des Nachts in den Wald zu gehen. Ich mußte daher warten, bis sich alle schlafen gelegt hatten. Erzähle keinem Menschen, daß ich hierher gekommen bin", fügte sie nach kurzem Schweigen hinzu, „man könnte mich sonst verspotten."

„Nach Hause werde ich dich aber begleiten. Wie leicht könnten dich Wölfe überfallen, und du hast jetzt keine Heugabel mehr."

„Ja, das ist mir recht."

Noch eine geraume Zeit plauderten sie bei dem getöteten Bär, an dem lustig prasselnden Feuer stehend, und glichen in ihrer jugendlichen Schönheit zwei holden Waldgeschöpfen.

Zbyszko blickte sinnend auf das liebliche, von der Flamme des Feuers hell beleuchtete Antlitz Jagienkas und sagte plötzlich voll unwillkürlicher Bewunderung: „Ein zweites Mädchen wie dich gibt es auf der ganzen Welt nicht mehr. Du solltest mit in den Kampf ziehen."

Da schaute ihm Jagienka tief in die Augen und erwiderte fast traurig: „So sagen alle, doch verlache mich deswegen nicht!"

Siebentes Kapitel

Jagienka ließ einen ganzen Topf Bärenfett aus. Macko trank anfänglich mit Lust davon, war es doch frisch, nicht angebrannt und duftete nach Angelikakraut, ein Heilmittel, das dem Mägdlein bekannt war und von dem es etwas in den Topf geworfen hatte. Allmählich stärkten sich auch die Lebensgeister Mackos wieder, so daß er neue Hoffnung faßte zu gesunden.

„Das ist mir nötig gewesen", erklärte er, „denn wenn der Mensch fett wird, dann arbeitet sich vielleicht der verfluchte Eisensplitter heraus."

Wenn ihm aber nun auch mit der Zeit das Bärenfett weniger mundete, trank er es doch aus Vernunft. Jagienka redete ihm auch zu.

„Ihr werdet wieder gesunden", erklärte sie. „Denkt nur, Zbeludow aus Ostrog, dem ein Glied seines Panzerhemdes tief in den Nacken eingedrungen war, wurde auch durch Bärenfett gerettet. Sobald sich jedoch die Wunde öffnet, muß Biberfett aufgelegt werden."

„Und habt Ihr welches?"

„Gewiß! Wenn Ihr jedoch ganz frisches haben wollt, gehe ich mit Zbyszko an einen Biberbau. An Bibern fehlt es nicht. Schaden könnte es aber auch nicht, wenn Ihr irgendeinem Heiligen, welcher der Schutzpatron der Verwundeten ist, etwas geloben würdet."

„Daran habe ich auch schon gedacht, nur weiß ich nicht recht, welchem. Der Heilige Jerzy ist der Schutzheilige der Ritter: er steht den Kriegern in ihren Abenteuern bei, überhaupt wenden sich die Kämpen in jeder Not an ihn, und es wird behauptet, er kämpfe oft in eigener Person auf Seiten der Gerechten, um mit Gottes Hilfe die Schuldigen zu strafen. Aber die, welche selbst gern kämpfen, geben sich selten dazu her, Wunden zu heilen, und außerdem gibt es vielleicht auch andere, denen sie nicht in das Gehege kommen wollen. Jeder Heilige hat im Himmel sein besonderes Amt – das ist ja bekannt! Und der eine darf sich niemals in die Angelegenheiten des anderen mengen, denn daraus könnte nur Zwietracht entstehen. Wäre es aber vielleicht schicklich, wenn die Heiligen im Himmel Streit anfingen oder sich bekämpften? Es gibt freilich auch noch andere große Heilige, wie zum Beispiel Rosma und Damian, zu denen die Ärzte beten, damit die Krankheiten nicht aus der Welt verschwinden, weil sie ja sonst nichts zu essen hätten. Dann die heilige Apollonia für die Zähne und der heilige Liborius für den Stein – aber davon ist keiner etwas für mich! Ich frage den Abt, der wird mir sagen, an wen ich mich wenden soll. Nicht alle Kleriker wissen unter den Heiligen Bescheid und können in einer solchen Sache Rat erteilen, wenn sie auch einen geschorenen Kopf haben."

„Aber weshalb gelobt Ihr nicht dem Herrn Jesus selbst etwas?"

„Das ist ja sicher, daß er über alle gesetzt ist, trotzdem kann ich aber dies nicht tun. Wenn mir zum Beispiel dein Vater ohne irgend welchen Grund einen Bauern erschlagen würde, könnte ich vielleicht mit meiner Klage sofort zum König nach Krakau gehen. Was würde mir der König antworten? Er würde so zu mir sprechen: ‚Wohl regiere ich das ganze Königreich, doch weshalb kommst du wegen deines Bauern zu mir? Sind denn nicht dafür die Verwalter da? Warum gehst du nicht auf die Burg zu meinem Kastellan und Stellvertreter?' Der Herr Jesus aber regiert sogar die ganze Welt, verstehst du – für die einzelnen Angelegenheiten sind jedoch die Heiligen da."

„Ich will Euch etwas sagen", bemerkte jetzt Zbyszko, der mittlerweile hinzugetreten war, „gelobt doch unserer verstorbenen Königin eine Wallfahrt nach Krakau zu ihrem Grab, so sie für Euch Fürbitte einlegen wird. Sind denn dort nicht schon vor unseren Augen Wunder geschehen? Weshalb wollt Ihr Euch an fremde Heilige wenden, wenn unsere Herrin allen anderen vorzuziehen ist?"

„Traun, wenn ich nur wüßte, ob sie auch bei Wunden etwas nützen kann!"

„Nun, wenn sie auch nichts für Wunden tun kann! Aber kein Heiliger wird sie auch nur schief ansehen, und so er sie schief ansieht, wird ihm unser Herrgott eines versetzen, denn sie ist keine gewöhnliche Heilige, sondern die polnische Königin."

„Welche die heidnischen Länder dem Christentum zugänglich gemacht hat. Du hast klug gesprochen", entgegnete Macko. „In dem Rat der Himmlischen nimmt sie gewiß eine hohe Stellung ein, und sicher ist, daß keiner der anderen Heiligen gegen sie aufkommt. So wahr wie ich gesund sein soll, handle ich nach deinem Rat."

Auch Jagienka fand den Rat gut, ja Zbyszkos Klugheit erregte ihre höchste Bewunderung. Noch am gleichen Abend legte Macko ein feierliches Gelöbnis ab, das Bärenfett aber trank er von da mit noch größerer Hoffnungsfreudigkeit, indem er von Tag zu Tag seiner Gesundung entgegensah. Nach Verlauf einer Woche verlor er indessen wieder allen Mut. Er behauptete, das Fett gäre sofort in ihm, und unter der Haut an der letzten Rippe bilde sich etwas wie eine Geschwulst. Am zehnten Tag wurde es noch schlimmer. Die immer mehr um sich greifende Geschwulst rötete sich, Macko wurde schwächer und schwächer, so daß er abermals dachte, dem Tod verfallen zu sein.

In einer der Nächte weckte er plötzlich Zbyszko.

„Zünde rasch einen Kienspan an", rief er, „denn mit mir hat's eine Änderung gegeben, ob zum Guten oder zum Schlimmen, das weiß ich nicht.

Zbyszko sprang mit beiden Füßen empor, blies in dem Kamin der nebenanliegenden Stube das Feuer an, hielt den Kienspan hinein und fragte zurücktretend: Was ist mit Euch?"

„Was mit mir ist? Irgend etwas Spitzes hat das Geschwür durchstochen. Gewiß der Splitter. Fassen kann ich ihn wohl, aber nicht herausziehen. Ich fühle, wie er unter meinen Nägeln klirrt."

„Das ist der Splitter der Eisenspitze, nichts anderes. Packt ihn nur fest und zieht ihn heraus."

Macko, vor Schmerz ächzend, wand sich hin und her. Trotzdem aber griff er mit den Fingern immer tiefer in die Wunde, versuchte stets aufs neue, den harten Gegenstand zu erfassen, so daß es ihm schließlich auch in der Tat gelang, den Splitter herauszuziehen.

„O Herr Jesus!"

„Habt Ihr ihn?" fragte Zbyszko.

„Ja, aber mich schauert. Der kalte Schweiß ist mir ausgebrochen. Doch sieh, da ist er."

Mit diesen Worten zeigte er Zbyszko einen länglichen Splitter mit einer schlecht geschmiedeten Eisenspitze, der nun seit Monaten sich in seinem Körper befunden hatte.

„Gott sei gepriesen und die Königin Jadwiga, denn jetzt werdet Ihr gesunden."

„Leichter ist's mir wohl, der Schmerz aber, der ist fürchterlich", sagte Macko, an dem Geschwür drückend, aus dem eine Menge Eiter und Blut floß. „Wenn sich all die unreinen Säfte entleeren, dann muß der Mensch von der Krankheit genesen. Doch jetzt ist es nötig, Biberfett auf die Wunde zu legen. Jagienka behauptete dies wenigstens."

„Morgen machen wir uns auf, um einen Biber zu fangen."

Schon am nächsten Tag hatte sich Mackos Befinden unendlich gebessert. Nach einem erquickenden Schlaf erwachte er sehr spät und verlangte sofort zu essen. Gegen Bärenfett empfand er indessen geradezu Abscheu, deshalb zerschlug man ihm zwanzig Eier in einen Tiegel – gegen mehr hatte Jagienka vorsichtshalber Einspruch erhoben – und er verzehrte sie gierig mit einem halben Laib Brot. Dazu trank er ein Maß Bier. Nachdem er jedoch sich also gestärkt hatte, gebot er, Zych herbeizuholen, denn, so erklärte er, ihm sei gar lustig zumute geworden.

Unverzüglich schickte Zbyszko einen seiner Türken zu Zych, der schon deshalb des Nachmittags angeritten kam, weil die jungen Leute an dem Ostapange-See auf die Biberjagd gehen wollten. Als dann Macko und Zych beim Meth zusammensaßen, da ging es anfänglich gar fröhlich zu, des Lachens und des Scherzens wollte es kein Ende nehmen. Schließlich aber kamen die beiden Alten auf Zbyszko und Jagienka zu sprechen, und ein jeder lobte sein Herzenskind.

„Das ist ein Bursche, der Zbyszko", hub Macko an, „einen zweiten wie den gibt es überhaupt nicht auf der Welt. Tapfer ist er und behend und gewandt wie ein Luchs. Seht Ihr! Als man ihn in Krakau zum Tod führte, da heulten die Mädchen an den Fenstern dermaßen, als ob ihnen jemand den Buckel mit einer Pfrieme verhauen hätte. Und was für Mädchen waren das! Töchter von Rittern und von Burgvögten, ganz abgesehen von den wunderschönen Bürgertöchtern."

„Ob das nun die Töchter von Burgvögten gewesen sind voll wunderbarer Schönheit – über meine Jagienka gehen sie doch nicht", warf Zych aus Zgorzielic ein.

„Als ob ich gesagt hätte, sie überträfen diese! Ein liebevolleres Wesen als Jagienka ist ja kaum zu finden!"

„Ich sage auch nichts gegen Zbyszko. Der spannt doch die Armbrust ohne Kurbel."

„Und den Bären hat er allein erlegt. Wißt Ihr aber auch auf welche Weise? Er spaltete ihm mit einem einzigen Hieb den Kopf."

„Den Kopf spaltete er ihm wohl, doch getötet hat er ihn nicht allein. Jagienka kam ihm dabei zu Hilfe."

„Sie half ihm? ... davon sagte er mir ja nichts."

„Weil er es ihr versprach ... denn das Mädchen schämte sich, weil sie des Nachts in den Wald gegangen ist. Andere hätten Ausflüchte ersonnen, sie aber kann die Wahrheit nicht verschweigen. Ernst gesprochen, es wäre mir nicht lieb, wenn das jemand wüßte ... Ich wollte sie auch schelten, jedoch sie sprach also: Ich kann allein mein Kränzlein hüten, das ja auch Ihr, Väterchen, zu behüten sucht. Fürchtet nichts, Zbyszko weiß, was er seiner Ehre als Ritter schuldig ist."

„Das ist gewiß. Doch heute sind sie wieder zusammen gegangen."

„Aber sie kehren gegen Abend zurück. Des Nachts jedoch, da ist der Teufel los, und in der Dunkelheit ist ein Mädchen leichter zu betören."

Macko schwieg eine Weile nachdenklich, dann sagte er wie zu sich selbst: „Und bei alledem sehen sie sich gern."

„Freilich! Wenn er sich nur nicht einer anderen angelobt hätte!"

„Ach, Ihr wißt doch, das ist ritterliche Sitte ... Wer in der Jugend nicht seine Herrin hat, den betrachten die anderen als einen einfältigen Tropf. Er gelobte ihr drei Pfauenbüsche, und die muß er sich erobern, denn das erfordert seine ritterliche Ehre. Auch dem Lichtenstein muß er sich stellen, von den anderen Gelöbnissen kann ihn der Abt entbinden."

„An einem der nächsten Tage trifft der Abt hier ein", bemerkte Zych.

„Glaubt Ihr?" fragte Macko, dann hub er von neuem an: „Übrigens, was nützt ihm ein Gelöbnis, da Jurand ihm geradeheraus sagte, er gebe ihm das Mädchen nicht! Ob er sie einem anderen versprochen hat, ob er sie dem Dienst Gottes weihen will, das weiß ich nicht – daß er sie ihm aber nicht gebe, das sagte er geradeheraus ..."

„Von mir hörtet Ihr aber doch schon", warf jetzt Zych ein, „daß der Abt Jagienka wie sein eigenes Kind liebt. Jüngstens hat er so zu ihr gesprochen: ‚Blutsverwandte habe ich nur mütterlicherseits, aber von dem Erbe wird mehr für dich herauskommen, als für sie'."

Daraufhin schaute Macko unruhig, ja mißtrauisch auf Zych und bemerkte gleich darauf: „Unsere Beeinträchtigung werdet Ihr doch nicht wollen ..."

„Auf Jagienka geht Moczydoly über!" erklärte Zych beschwichtigend.

„Sofort?"

„Wenn es sein muß, sofort. Einer anderen würde ich es nicht überlassen, aber ihr übergebe ich es gern."

„Bogdaniec gehört zur Hälfte Zbyszko, und so mir der Herr die Gesundheit wiederschenkt, werde ich das Gut bewirtschaften, daß es sich sehen lassen kann. Gefällt Euch Zbyszko?"

Auf diese Frage hin blinzelte Zych lustig mit den Augen und bemerkte: „Schlimm genug ist's, daß Jagienka sich sofort abwendet, sobald irgend jemand von ihm spricht."

„Und wenn Ihr von einem anderen redet?"

„Ich darf nur einen anderen erwähnen, dann kehrt sie sich sofort um und fragt: ‚Was habt Ihr gesagt?'"

„Ei, da seht Ihr nun! Gebe Gott, daß er um dieses Mädchens willen die andere vergesse. Ich bin doch alt, aber mir fiele das nicht schwer ... Nehmt Ihr noch einen Trunk? Met?"

„Ja, schenkt nur ein."

„Nun, was den Abt anbetrifft ... das ist ein einsichtsvoller Mensch! Auch unter Äbten gibt es, wie Ihr wißt, ganz weltliche Leute, aber wenn er auch nicht immer bei den Mönchen sitzt, ist er doch ein Geistlicher, und ein Priester weiß stets besseren Rat als ein gewöhnlicher Mensch zu erteilen, denn er kennt die Schrift und ist mit dem heiligen Geist vertraut. Daß Ihr dem Mädchen Moczydoly sofort überlassen würdet, da habt Ihr recht. Wenn mir aber der Herr Jesus die Gesundheit wiederverleiht, werde ich dem Wilk aus Brzozowa so viele Freibauern abspenstig machen, wie ich kann. Auf Weihnachten mögen sie sich bei Wilk empfehlen und zu mir kommen. Oder steht ihnen das nicht frei? Mit der Zeit baue ich dann die Burg in Bogdaniec wieder neu auf, ein stattliches Kastell aus Eichenholz soll erstehen, ringsum von Gräben umzogen ... Zbyszko und Janienka mögen vorläufig miteinander auf die Jagd gehen ... Meiner Ansicht nach läßt der Schnee nicht mehr lange auf sich warten ... So gewöhnen sie sich aneinander – und sicherlich wird der Bursche die andere vergessen. Ja, ja, sie sollen miteinander jagen. Doch weshalb noch lange hin- und herreden! Würdet Ihr ihm Jagienka geben oder nicht?"

„Ich würde sie ihm geben. Längst haben wir uns doch schon darüber geeinigt, daß die beiden zusammengehören, daß Moczydoly und Bogdaniec einmal auf die Enkelchen übergehen."

„Hagel!" rief Macko fröhlich. „Gott gebe, daß sie sich wie Hagel vermehren. Der Abt wird sie uns taufen."

„Wenn er nur damit fertig wird!" scherzte Zych in lustigem Ton. „So fröhlich habe ich Euch aber schon lange nicht mehr gesehen."

„Weil mir das Herz vor Freude hüpft ... Von der Eisenspitze bin ich befreit, und was Zbyszko anbelangt, an dem wird nichts scheitern. Gestern, als Jagienka zu Pferd stieg, seht Ihr, da hub ein Sturm an ... Und ich sagte zu Zbyszko: ‚Was tust du nun?' Sofort aber zäumte er sein Roß. Außerdem habe ich auch wohl bemerkt, daß sie anfänglich nur wenig miteinander sprachen, jetzt aber verdrehen sie sich fast die Hälse, so viel schwatzen sie. Es wird schon werden ... es wird schon werden! ... Doch Ihr trinkt ja nicht!"

„Ich nehme noch einen Schluck!"

„Auf das Wohl von Zbyszko und Jagienka!"

Achtes Kapitel

Der alte Edelmann täuschte sich nicht, als er behauptete, Zbyszko und Jagienka seien gern zusammen. Doch nicht nur das, eines sehnte sich sogar nach dem anderen. Unter dem Vorwand, den kranken Macko zu besuchen, stellte sich Jagienka, entweder mit dem Vater oder allein, immer häufiger in Bogdaniec ein, während Zbyszko zu jeder Zeit, selbstverständlich aus Dankbarkeit, Zgorzelic heimsuchte. Mit jedem kommenden Tag entwickelte sich daher zwischen ihnen ein traulicherer Verkehr, eine innigere Freundschaft. Der junge, wunderbar schöne Zbyszko flößte aber auch dem Mägdlein große Bewunderung ein, und wenn sie ihn mit einem Cztan aus Rogow oder mit einem Wilk aus Brzozowa verglich, ihn, der sich nicht nur schon im Krieg hervorgetan, an ritterlichen Spielen teilgenommen hatte, sondern auch in den königlichen Gemächern sich zu bewegen wußte, da dünkte ihr, er sei der wahre höfische Ritter, er stehe keinem Königssohn nach. Zbyszko seinerseits wurde stets aufs neue durch die herrliche, kraftstrotzende Erscheinung Jagienkas in Staunen versetzt. Wohl dachte er in Treue an Danusia, jedesmal aber, wenn er unverhofft, sei es im Wald, sei es im Haus, mit jener zusammentraf, sagte er sich unwillkürlich: „Hei, sie ist wie eine junge Hindin." Hielt er sie aber gar in den Armen, um sie auf das Pferd zu heben, so ergriff ihn eine plötzliche Unruhe, ein Rieseln lief ihm durch alle Glieder, um dann einer Mattigkeit Platz zu machen, die ihn wie der Schlaf lähmte.

Die von Natur sehr stolze Jagienka, die stets nur dazu bereit war, zu spotten und zu lachen und mit jedem anzubinden, wurde dem schönen Jüngling gegenüber immer demütiger, ja, sie las ihm alle seine Wünsche an den Augen ab. Wie dankbar erkannte er aber auch dies an! Das Zusammensein mit ihr wurde ihm immer mehr zum Bedürfnis.

Wohlgemut schickten sie sich zur Biberjagd an. Sie bewaffneten sich mit der Armbrust, setzten sich zu Pferd und ritten über Moczydoly, das die zukünftige Mitgift Jagienkas bilden sollte, bis an den Waldessaum, wo sie die Pferde einem Knecht übergaben, um von hier aus zu Fuß weiterzugehen, war es doch ein Ding der Unmöglichkeit, durch das Dickicht oder über die Sümpfe zu reiten. Unterwegs wies Jagienka auf einen dichten

Wald, der sich hinter einer großen, mit Sumpfgewächsen bedeckten Wiese hinzog, und sagte: „Dieser Wald gehört Cztan aus Rogow."

„Dem, der dich gern zum Weib nehmen möchte?"

Sie fing an zu lachen.

„Er würde mich schon nehmen, wenn ich mich nehmen ließe."

„Du wirst dich schon vor ihm schützen können, da dir Wilk beisteht. Wie ich gehört habe, sollen sie ja wie Hunde fortwährend die Zähne gegeneinander fletschen. Ich möchte nur wissen, weshalb sie sich noch nicht auf Leben und Tod gefordert haben."

„Weil das Väterchen, als es in den Krieg zog, also zu ihnen sprach: ‚Wenn Ihr Euch schlagen werdet, dann kommt mir keiner von Euch mehr unter die Augen.' Was sollten sie daher machen? Und dann! Was schnauben beide vor Wut, wenn sie in Zgorzelic zusammentreffen, später aber trinken sie in der Schenke gemeinsam so lange, bis sie unter den Tisch fallen."

„Das sind einfältige Burschen!"

„Warum denn?"

„Nun, wenn Zych nicht zu Hause war, hätte doch der eine oder der andere in Zgorzelic einfallen und dich mit Gewalt entführen können."

Jagienkas blaue Augen funkelten mit einemmal. „Glaubst du denn, daß ich mir dies gefallen ließe? Als ob es in Zgorzelic keine Knechte gäbe, als ob ich den Speer und die Armbrust nicht zu führen wüßte! Sie sollen es nur einmal probieren, die beiden! Schön würde ich einen jeden nach Haus jagen, um dann noch selbst Rogow oder Brzozowa anzugreifen. Das Väterchen wußte, daß es ruhig in den Krieg ziehen konnte."

Bei diesen Worten blickte sie so wild um sich her und schüttelte so drohend die Armbrust, daß Zbyszko lachend erklärte: „Ei, ei, du solltest ein Ritter und nicht ein Mädchen sein!"

Sie aber beruhigte sich sofort wieder und entgegnete: „Ja, ja, Cztan schützte mich vor Wilk, und Wilk vor Cztan. Zudem stand ich auch unter der Obhut des Abtes, und den Abt zu reizen, ist nicht geraten."

„Ach was, alle fürchten sich vor dem Abt, aber ich – und ich sage die Wahrheit, so wahr mir der heilige Jerzy beistehen soll – fürchtete mich weder vor dem Abt noch vor Zych, weder vor den Zgorzelicer Knechten noch vor dir, wenn ich dich haben möchte."

Auf diese Worte hin blieb Jagienka plötzlich stehen, schaute den Sprechenden prüfend an, und fragte langsam und in seltsam weichem Ton: „Möchtest du mich haben?"

Mit glühenden Wangen und weit geöffnetem Mund harrte sie dann auf seine Antwort.

Doch er hatte augenscheinlich nur davon gesprochen, was er anstelle von Wilk oder von Cztan tun würde. So schüttelte er denn nach kurzem Schweigen sein goldblondes Haupt und erklärte: „Wozu soll es dienen, wenn ein Mädchen sich den Burschen widersetzt, da sie einmal heiraten muß? Findet sich kein dritter Bewerber, bleibt dir ja doch nichts anderes übrig, als einen der beiden zu wählen, oder vielleicht nicht?"

„In der Weise solltest du nicht mit mir reden!" warf das Mädchen traurig ein.

„Weshalb denn nicht? Ich bin lange von hier fortgewesen, ich weiß daher nicht, ob es in der Nähe von Zgorzelic jemand gibt, der dir besser gefallen würde."

„Ach", meinte nun Jagienka, „laß mich in Frieden."

Schweigend gingen sie weiter. Nur langsam kamen sie durch das Gehölz, das immer dichter wurde, weil Bäume und Sträucher mit wildem Hopfen bewachsen waren. Zbyszko, voranschreitend, bahnte den Weg, indem er teils das Gestrüpp auseinanderriß, teils die hindernden Äste zurückbog. Jagienka, der Jagdgöttin ähnlich, folgte ihm mit der Armbrust auf der Schulter.

„Hinter diesem Gehölz werden wir an einen reißenden Bach kommen", bemerkte das Mädchen nach einiger Zeit, „doch kenne ich eine Stelle, wo eine Furt ist."

„Meine Lederschuhe reichen bis zu den Knien, wir werden also trocken hinübergelangen", antwortete Zbyszko.

Bald darauf standen sie an dem Bach. Mit Leichtigkeit fand Jagienka die Furt, kannte sie doch die Wälder von Moczyldoly ganz genau. Es zeigte sich indessen bald, wie stark das Bächlein durch den Regen angeschwollen war, denn die ganze Furt stand unter Wasser. Da nahm Zbyszko, ohne lange zu fragen, das Mädchen auf die Arme.

„Laß mich, ich kann allein hinübergehen!" rief Jagienka.

„Faß mich um den Hals!" lautete indessen Zbyszkos Antwort.

Behutsam schritt er über die überschwemmte Furt, vorsichtig mit dem Fuß immer wieder probierend, ob er auch sicheren Boden unter sich habe. Jagienka aber schmiegte sich jetzt, wie er es gewünscht hatte, dicht an ihn an. Ehe sie jedoch das andere Ufer erreichten, sagte sie plötzlich: „Zbyszko!"

„Ja, was willst du?"

„Ich nehme weder Cztan noch Wilk!"

Fest hielt er sie inzwischen in seinen Armen, ließ sie dann achtsam auf das Geröll herabgleiten und erwiderte nach einer Weile etwas verwirrt: „Möge dir Gott das zuteil werden lassen, was das Beste für dich ist. Dann wird es dir nicht schlimm ergehen."

Sie befanden sich jetzt nicht mehr sehr weit von dem Ostapange-See entfernt. Jagienka ging nun voran. Von Zeit zu Zeit wandte sie sich um und legte, ihrem Begleiter Schweigen gebietend, den Finger auf den Mund. Auf feuchtem, morastigem Grund führte sie ihr Weg zwischen Gestrüpp und grauen Weiden hindurch. Von rechts her drang ein merkwürdiges Geräusch zu ihnen, das nur von Vögeln herrühren konnte, und das Zbyszko mit Staunen erfüllte, da um diese Zeit die Zugvögel gewöhnlich schon nach dem Süden gezogen waren.

„Dort ist eine nie zufrierende Stelle", flüsterte Jagienka, „wo sich Enten aufhalten. Aber auch der See gefriert selbst bei der größten Kälte nur längs des Ufers. Sieh nur, welch ein Dunst hier aufsteigt."

Zbyszko schaute durch das Gestrüpp. Sein Blick fiel auf eine graue Nebelwand, die den See vor ihren Blicken verbarg.

Abermals legte Jagienka den Finger auf den Mund. Schon nach wenigen Sekunden hatten sie ihr Ziel erreicht. Behutsam kroch das Mädchen unter eine alte Weide, deren Äste fast in das Wasser hingen. Zbyszko folgte dem Beispiel Jagienkas. Geraume Zeit hindurch verhielten sich die beiden völlig still. Durch den dichten Nebel vermochten sie nichts zu unterscheiden, nur über ihren Köpfen ertönte in regelmäßigen Zwischenräumen das klagende Piepen der Kiebitze. Schließlich jedoch erhob sich ein Wind, die Sträucher, das gelb gefärbte Laub der Weiden rauschten, der Nebelschleier senkte sich langsam und die leicht bewegte, völlig verödete Oberfläche des Sees wurde sichtbar.

„Ist nichts zu sehen?" flüsterte Zbyszko.

„Nichts, verhalte dich ruhig!"

Der Luftzug ließ jedoch bald wieder nach, eine tiefe Stille trat ein. Da, mit einemmal zeigte sich auf der Oberfläche des Wassers ein dunkler Kopf, ein zweiter wurde sichtbar und endlich, endlich tauchte ganz in der Nähe der Lauernden ein großer Biber, einen frischgebrochenen Zweig im Maul, vom Ufer ins Wasser. Die Schnauze in die Höhe haltend, den Zweig mit sich ziehend, schwamm er zwischen den Wasserlinsen und den Enten umher. Zbyszko, der näher am Stamm lag als Jagienka, bemerkte plötzlich, wie diese vorsichtig den Arm hob und das Haupt weit vorsteckte: augenscheinlich zielte sie auf das Tier, das, die Gefahr nicht ahnend, die es bedrohte, kaum einen Pfeilschuß von dem kahlen Ufer entfernt, hin und her schwamm.

Da schwirrte die Sehne einer Armbrust und gleichzeitig ertönte der Ruf Jagienkas: „Wir haben ihn, wir haben ihn!"

Zbyszko fuhr blitzschnell empor und blickte durch die Äste auf das Wasser: der Biber tauchte unter, erschien wieder auf der Oberfläche und zeigte, sich überschlagend, seinen hellen glänzenden Bauch.

„Gut getroffen! Bald wird es aus sein!" sagte Jagienka.

Und sie hatte recht, die Bewegungen des Tieres wurden immer matter und matter, so daß es nach Verlauf eines Vaterunsers leblos auf dem Rücken lag.

„Ich hole ihn!" rief nun Zbyszko.

„Nein, das geht nicht. Hier am Ufer ist der Morast unermeßlich tief. Wer die gangbaren Stellen nicht genau kennt, versinkt unrettbar."

„Wie sollen wir aber das Tier bekommen?"

„Schon am Abend wird es in Bogdaniec sein. Zerbrich dir deinen Kopf nicht darüber. Für uns aber ist es Zeit zur Heimkehr."

„Du hast aber gut gezielt!"

„Bah, das ist nicht der erste!"

„Andere Mädchen fürchten sich sogar davor, die Armbrust anzusehen, aber mit dir möchte ich mich das ganze Leben hindurch im Wald herumtreiben!"

Als Jagienka dieses Lob vernahm, errötete sie vor Freude, jedoch sie erwiderte nichts, sondern schlug sofort den Rückweg durch das Gestrüpp ein. Zbyszko stellte allerlei Fragen über die Baue der Biber, Jagienka aber erzählte ihm, daß sowohl in Moczydoly als auch in Zgorzelic unendlich viele Biber seien und wie diese Tiere auf den Hügeln, auf allen Wegen herumschwärmten.

Plötzlich griff sie mit der Hand an die Seite. „Ach!" rief sie, „nun habe ich meine Pfeile an jener Weide zurückgelassen. Warte einen Augenblick!"

Und ehe er antworten konnte, daß er zurückgehen wolle, sprang sie wie ein Reh davon, so daß sie in wenigen Minuten seinen Augen entschwunden war. Der junge Ritter wartete und wartete. Er vermochte sich nicht auszudenken, weshalb sie so lange nicht zurückkehrte.

„Vielleicht hat sie einen Pfeil nach dem anderen verloren und muß jeden einzelnen suchen", sagte er sich, „doch am besten ist's, ich folge ihr nach. Es könnte ihr etwas zugestoßen sein."

Kaum war er indessen einige Schritte gegangen, als das Mädchen vor ihm stand, die Armbrust in der Hand, lachend, mit geröteten Wangen, den Biber über den Schultern.

„Um Gottes willen!" rief Zbyszko. „Wie hast du das Tier herausgezogen?"

„Wie?" Ich kroch ins Wasser, das ist alles! Für mich ist dies nicht das erstemal gewesen, dich aber wollte ich es nicht tun lassen, weil du die gangbaren Stellen nicht kennst."

„Und ich wartete hier wie ein rechter Tölpel! Welch schlaues Mädchen du bist!"

„Nun, was hätte ich sonst tun sollen?"

„So hast du die Pfeile gar nicht liegenlassen?"

„Ach nein, ich wollte dich nur vom Ufer fernhalten."

Aber um dem Gespräch eine andere Wendung zu geben, sagte sie gleich: „Winde meine Zöpfe aus, denn ich fühle die Nässe bis auf die Haut."

Der Jüngling ergriff mit der einen Hand die Zöpfe, mit der anderen preßte er das Wasser heraus, indem er sagte: „Am besten wäre es, sie aufzuflechten, dann würde sie der Wind rasch trocknen."

Davon wollte sie jedoch nichts wissen. Sie fürchtete das Gestrüpp, durch das ihr Weg führte. Zbyszko trug jetzt den Biber über der Schulter, Jagienka schritt voraus.

„Nun wird Macko rasch gesunden", erklärte sie. Es gibt nichts Besseres, als das Bärenfett als innerliches Heilmittel und das Biberfett, um es auf die Wunden zu legen. Schon nach zwei Wochen wird er wieder zu Pferd steigen können."

„Das gebe Gott!" entgegnete Zbyszko. „Darauf harre ich schon längst wie auf eine Erlösung. Den Kranken wollte ich nicht verlassen, und doch verdrießt es mich, hier sitzen zu müssen."

„Es verdrießt dich, hier sitzen zu müssen?" fragte Jagienka. „Weshalb denn?"

„So hat dir Zych nichts von Danusia gesagt?"

„Wohl hat er mir von ihr erzählt. Ich weiß, sie hat dich mit ihrem Schleier umhüllt. Ich weiß es. Er sagte mir auch, jeder Ritter müsse gewisse Gelöbnisse erfüllen, wolle er seiner Herrin in Treue dienen. Doch er behauptete, das sei von keiner Bedeutung ... ein solches Gelöbnis ... weil zuweilen sogar verheiratete Männer irgendeiner Herrin dienen. Und mit Danusia, Zbyszko, wie ist's mit ihr? Sprich! Wie ist's mit Danusia?"

Bei diesen Worten trat sie ganz nahe auf ihn zu und schaute ihm mit großen, angstvollen Augen prüfend in das Antlitz. Ohne sich jedoch irgendwelchen Gedanken über die zaghafte Stimme des Mädchens, über dessen erschreckten Blick zu machen, entgegnete der junge Ritter: „Danusia ist nicht nur meine Herrin, sondern sie ist mir die Liebste auf der ganzen Welt. Noch mit keinem Menschen habe ich darüber gesprochen. Dir aber sage ich es, denn dich betrachte ich wie meine Schwester, kennen wir uns doch von Kindheit auf. Um Danusias willen ginge ich über neun Flüsse und über neun Meere, zu den Deutschen und zu den Tataren, denn eine zweite wie sie gibt es nicht mehr auf der ganzen Welt. Möge der Ohm in Bogdaniec bleiben, mich treibt es zu ihr ... Was ist mir Bogdaniec ohne die Geliebte, was gilt mir aller Viehstand, Hab und Gut, was gilt mir der Reichtum des Abtes ohne sie? Das Roß besteige ich nun und ziehe in den Krieg, und so mir Gott beisteht, erfülle ich mein Gelöbnis, es sei denn, daß ich zuvor selbst niedergeworfen werde."

„Das alles wußte ich nicht ..." warf Jagienka fast tonlos ein.

Zbyszko aber begann ihr nun zu erzählen, wie er in Tyniec zum erstenmal Danusia gesehen und wie er sich sofort ihrem Dienst geweiht habe. Alles berichtete er dann, was hierauf geschehen war, er sprach von seiner Gefangennahme, von seiner Rettung durch Danusia, von Jurands abweisendem Ausspruch, von dem Abschied, von der ihn verzehrenden Sehnsucht und schließlich von der unaussprechlichen Freude darüber, daß ihn nach Mackos Gesundung nichts mehr davon abhalte, zu der Geliebten zu wandern und das Gelöbnis zu erfüllen, das er abgelegt hatte. Mittlerweile waren sie wieder an dem Waldessaum und an der Stelle angelangt, wo der Knecht mit den Pferden ihrer harrte.

Jagienka bestieg sofort ihr Roß und erklärte, zu Zbyszko gewandt: „Nimm du den Knecht mit dir, damit er dir den Biber trage. Ich kehre nach Zgorzelic zurück."

„Wie, du gehst nicht mit mir nach Bogdaniec? Zych ist ja dort."

„Nein. Der Vater könnte doch zurückgekehrt sein und mich nötig haben."

„Nun, so möge dir Gott für den Biber lohnen."

„Mit Gott ..."

Einen Augenblick darauf befand sich Jagienka allein. Über die Heide den Heimweg einschlagend, schaute sie immer wieder so lange nach Zbyszko zurück, bis er hinter den Bäumen verschwunden war, dann aber barg sie plötzlich das Gesicht in den Händen, gerade als ob sie sich vor den Sonnenstrahlen schützen wolle.

Noch war aber keine Minute verstrichen, da rannen heiße Zähren über die Wangen und fielen, eine nach der anderen, Perlen gleich, auf den Sattel, auf die Mähne ihres Rosses.

Neuntes Kapitel

Nach der Unterredung mit Zbyszko zeigte sich Jagienka drei Tage lang nicht in Bogdaniec, am vierten indessen erschien sie mit der Nachricht, daß der Abt in Zgorzelic angelangt sei. Diese Kunde brachte eine gewisse Erregung in Macko hervor. Zwar besaß er hinreichende Mittel, nun den Pfandschilling zu bezahlen, ja, er hatte ausgerechnet, daß ihm noch genug blieb, um mehr Ansiedler heranzuziehen, um einiges Vieh und manches andere, zur Landwirtschaft Notwendige anzuschaffen, aber zuoberst hing alles von der Gnade des reichen Verwandten ab. Konnte dieser doch die Bauern, die er selbst zur Ansiedlung veranlaßt hatte, je nach Bedürfnis mit sich fortführen oder auch zurücklassen, und dadurch den Wert des Gutes entweder erhöhen oder vollständig vernichten.

Daher forschte Macko das junge Mädchen sehr eingehend nach dem Abt aus, er wollte wissen, auf welche Weise er von ihnen spreche, und wann er nach Bogdaniec kommen werde – sie aber beantwortete seine Fragen sehr vorsichtig, indem sie ihn aufzurichten und über alles zu beruhigen versuchte.

Sie berichtete, der Abt sei wohl und vergnügt mit einem ansehnlichen Gefolge eingetroffen, worunter sich außer bewaffneten Knechten auch einige vagierende Kleriker, sowie fahrende Schüler befänden, er singe mit Zych und lausche gern nicht nur geistlichen, sondern auch weltlichen Gesängen. Sie fügte hinzu, er habe mit großer Besorgnis nach Macko gefragt und die Erzählung Zychs von Zbyszkos Erlebnissen in Krakau aufmerksam angehört.

„Was Ihr zu tun habt, wißt Ihr selbst am besten", sagte das kluge Mädchen schließlich, „doch glaube ich, es schickt sich, daß Zbyszko sogleich aufbricht, um den älteren Verwandten zu begrüßen, und es nicht abwartet, bis dieser nach Bogdaniec kommt."

Dieser Rat gefiel Macko. Er befahl daher, Zbyszko herbeizurufen, und sagte ihm: „Kleide dich schön und geh' dann, des Abtes Füße zu umfassen und ihm deine Verehrung zu bezeigen, damit auch er dich liebgewinnt."

Zu Jagienka gewandt, bemerkte er: „Ich würde mich nicht wundern, wenn du eine Törin wärst, denn dafür bist du ein Weib, aber daß du Verstand hast, dies wundert mich. Sage mir nun, wie ich den Abt am besten bewirten, und womit ich ihn erfreuen kann, wenn er kommt."

„Was die Speisen anbelangt, so sagt er selbst, wozu er Lust hat – er ißt gern gut, und viel Safran muß bei allem sein, dann ist er zufrieden."

Macko griff sich an den Kopf, als er dies hörte.

„Woher soll ich Safran für ihn nehmen?"

„Ich habe mitgebracht", versetzte Jagienka.

„O wenn doch solche Mädchen auf freiem Feld wüchsen", rief Macko erfreut aus. „Den Augen bist du wohlgefällig, und sparsam bist du und klug und freundlich gegen jedermann. Ei! Wäre ich noch jung, dich und keine andere würde ich zum Weib nehmen."

Da blickte Jagienka wie von ungefähr auf Zbyszko und leise seufzend fuhr sie fort: „Auch Würfel und Becher und ein Stück Tuch habe ich mitgebracht, denn nach jedem Mahl ergötzt er sich gerne mit den Würfeln."

„Diese Gewohnheit hatte er schon früher, und dabei pflegte er immer furchtbar heftig zu werden."

„Heftig ist er gar oft. Zuweilen wirft er den Becher ärgerlich auf den Boden und eilt zur Tür hinaus. Aber dann kehrt er lachend zurück und wundert sich selbst am meisten über seinen Zorn. Nun, Ihr kennt ihn ja! Fügen muß man sich ihm, doch gibt es keinen besseren Menschen auf der Welt!"

„Und wer sollte sich ihm nicht fügen, da er auch wegen seines Verstandes alle anderen überragt!"

So plauderten sie miteinander, während Zbyszko sich im Nebenzimmer ankleidete und schmückte. Als er dann hereintrat, sah er so schön aus, daß Jagienka vollständig geblendet war, gerade wie damals, als er zum erstenmal in seiner weißen „Jacke" nach Zgorzelic gekommen war. Aber diesmal empfand sie tiefes Leid bei dem Gedanken, daß das Herz dieses Jünglings nicht ihr gehörte, und daß er eine andere liebte.

Macko indessen betrachtete ihn voll Vergnügen, denn er sagte sich, der Abt werde sicherlich Wohlgefallen an Zbyszko finden und bei den Unterhandlungen dann keine Schwierigkeiten machen. Dieser Gedanke bereitete ihm so große Freude, daß er beschloß, seinen Brudersohn zu begleiten.

„Laß einen Wagen für mich rüsten – laß Heu darin aufschütten", sagte er zu Zbyszko, „wenn ich mit einer Pfeilspitze zwischen den Rippen von Krakau bis nach Bogdaniec fahren konnte, kann ich jetzt gewiß ohne Pfeilspitze bis nach Zgorzelic fahren."

„Wenn Ihr nur nicht allzusehr dabei leidet", sagte Jagienka.

„Ei, es schadet mir nichts, denn ich fühle mich kräftig genug. Und wenn ich auch ein wenig leide, wird doch der Abt sehen, wie gern ich ihn begrüße, und dann wird er sich um so freigebiger zeigen."

„Eure Gesundheit ist mir aber lieber als seine Freigebigkeit", rief Zbyszko aus.

Doch Macko blieb hartnäckig und ließ sich nicht von seinem Vorhaben abbringen. Unterwegs stöhnte er zwar ein wenig, doch gab er dabei seinem Brudersohn fortwährend gute Lehren, wie er sich in Zgorzelic betragen sollte. Besonders empfahl er ihm, sich dem mächtigen Blutsverwandten gegenüber demütig und gehorsam zu zeigen, weil dieser nicht den geringsten Widerstand ertragen könne.

In Zgorzelic angelangt, trafen sie Zych und den Abt in der Vorhalle. Die beiden schauten in die schöne Landschaft hinaus und taten sich mit Wein gütlich. Hinter ihnen, auf einer Bank an der Wand, saßen sechs Leute aus dem Gefolge in einer Reihe, darunter zwei fahrende Schüler und ein Pilger, der sich durch seinen gekrümmten Stab, den ausgehöhlten Kürbis am Gürtel und durch die auf den Mantel genähten Muscheln besonders auszeichnete. Daß die anderen Kleriker waren, sah man an der Tonsur, doch trugen sie weltliche Kleidung, einen Gürtel aus Ochsenhaut und ein Schwert an der Seite.

Beim Anblick Mackos, der zu Wagen gekommen war, eilte Zych lebhaft auf ihn zu, der Abt hingegen, offenbar seiner geistlichen Würde eingedenk, blieb ruhig an Ort und Stelle und begann mit den Klerikern zu sprechen, zu denen sich noch andere gesellten, die durch die offene Tür der Stube heraustraten. Zbyszko und Zych faßten den Kranken unter den Arm und geleiteten ihn in die Vorhalle.

„Meine Gesundheit kann ich noch nicht loben", sagte Macko, dem Abt die Hand küssend, „aber ich bin gekommen, um Euch, meinem Wohltäter, meine Verehrung zu bezeigen, für die Bewirtschaftung von Bogdaniec zu danken und um Euren priesterlichen Segen zu bitten, denn einem sündigen Menschen ist er vonnöten."

„Ich hörte, Ihr hättet Eure Gesundheit wiedererlangt und der hochseligen Königin ein Gelöbnis getan?"

„Ich wußte nicht, an welchen Heiligen ich mich wenden sollte, deshalb wandte ich mich zu ihr."

„Daran tatet Ihr wohl!" rief der Abt eifrig. „Sie ist weit besser als andere Heilige, mag dies bestreiten, wer es wagt."

Zorn und Ärger malten sich auf seinem Antlitz, seine Wangen färbten sich dunkelrot, seine Augen funkelten.

Zych, der wie die anderen Anwesenden seine Heftigkeit kannte, lachte laut auf und rief: „Wer an Gott glaubt, muß Euch beistimmen."

Der Abt aber betrachtete die Anwesenden nach der Reihe, worauf er plötzlich in ein Gelächter ausbrach. Mit einem Blick auf Zbyszko fragte er dann: „Dies ist also Euer Brudersohn und mein Verwandter?"

Zbyszko beugte sich herab und küßte seine Hand.

„Ich sah ihn, als er noch klein war, jetzt hätte ich ihn nicht erkannt", sagte der Abt. „Nun, laß dich anschauen."

Mit durchdringenden Blicken betrachtete er ihn vom Kopf bis zu den Füßen und schließlich bemerkte er: „Nur allzu schön ist er! Das ist ein Jungfräulein, kein Ritter!"

Macko erwiderte: „Die Deutschen luden dieses Jungfräulein zum Tanz, aber der es zum Tanz führte, sank hin und stand nicht mehr auf."

„Und die Armbrust kann er ohne Kurbel spannen", rief plötzlich Jagienka.

Der Abt wandte sich zu ihr: „Was hast du hier mitzureden?"

Da errötete sie dermaßen, daß sogar ihr Hals und ihre Ohren wie in Glut getaucht waren, und sie entgegnete in der höchsten Verwirrung: „Weil ich ... gesehen habe ..."

Mittlerweile hatte sich Macko mit Hilfe Zychs auf die Bank niedergelassen, und als dieser befahl, Wein zu bringen, entfernte sich Jagienka hastig.

Nun wandte der Abt seine Augen wieder auf Zbyszko und sprach folgendermaßen: „Genug des Scherzes! Nicht um dich zu kränken, habe ich dich einem Jungfräulein verglichen, sondern nur, weil ich in besonders guter Laune war, und auch deiner Schönheit wegen, um die dich manches Mädchen beneiden könnte. Weiß ich doch, daß du Lob verdienst. Ich hörte von deinen Taten bei Wilna, ich hörte von jenen Friesen und von deinen Erlebnissen in Krakau. Zych erzählte mir alles, verstehst du?"

Bei diesen Worten schaute er Zbyszko durchdringend an, und nach einer Weile begann er wieder: „Da du gelobt hast, drei Pfauenbüsche zu erwerben, mußt du auch danach ausziehen. Denn die Verfolgung unserer Feinde ist eine lobenswerte und Gott wohlgefällige Tat. Aber was du auch sonst noch gelobt haben magst, so wisse, daß ich dich von deinem Schwur entbinden kann, denn einer solchen Befugnis darf ich mich wohl rühmen."

„Ei!" rief Zbyszko aus, „welche Macht kann einen Menschen von einem Schwur entbinden, den er dem Herrn Jesus abgelegt hat?"

Als Macko diese Worte vernahm, blickte er voll Angst auf den Abt, doch war dieser sichtlich in vortrefflicher Laune, denn er wurde nicht zornig, sondern drohte Zbyszko nur schalkhaft mit dem Finger und sagte: „Seht nur den klugen Jungen! Gib wohl acht, daß dir nicht zustößt, was einem deutschen Ketzer zugestoßen ist."

„Und was ist ihm zugestoßen?" fragte Zych.

„Auf dem Scheiterhaufen wurde er verbrannt."

„Aus welchem Grund?"

„Weil er behauptete, ein weltlich gesinnter Mensch könne ebensogut die göttlichen Geheimnisse ergründen wie ein Geistlicher."

„Dafür ist er hart bestraft worden."

„Aber nur wie recht und billig war, da er sich an dem heiligen Geist versündigte!" donnerte der Abt. „Was denkt Ihr selbst darüber? Kann ein weltlich Gesinnter in die göttlichen Geheimnisse eindringen?"

„Keiner vermag dies!" ließen sich die fahrenden Kleriker einmütig im Chor vernehmen.

„Auch Ihr ‚Spielleute' müßt still sein!" sagte der Abt, „denn Ihr seid keine Geistlichen, wenn schon Eure Häupter geschoren sind."

„Weder Spielleute sind wir, noch Landstreicher, sondern einzig nur Euer Gnaden Hofkavaliere", erwiderte einer von ihnen, der gerade aufmerksam nach einem großen Faß blickte, woraus der Geruch von Malz und Hopfen drang.

„Schaut diesen an! Er spricht, wie wenn er sich in einem Faß befände", rief der Abt. „Ei, du komischer Kauz! Weshalb schaust du denn in jenes Faß hinein? Dein Latein findest du nicht auf dem Grund."

„Mein Latein suche ich auch nicht darin, sondern nur Bier, doch sehe ich keines."

Der Abt wandte sich jetzt zu Zbyszko, der voll Verwunderung auf diese Hofherren blickte, und sagte: „Dies sind ‚*Clerici scholares*', und jeden verlangt danach, seine Bücher wegzuwerfen, die Laute zu nehmen und damit durch die Welt zu ziehen. Ich sammle sie um mich und sorge für ihren Unterhalt, denn was soll ich machen? Taugenichtse sind es und echte Landstreicher, doch verstehen sie zu singen, haben auch einen Begriff vom Gottesdienst, so daß der Kirche doch ein gewisser Nutzen erwächst, und im Notfall gewähren sie mir Schutz, denn manche unter ihnen sind tapfere Burschen. Dieser Pilger hier sagt, er sei im heiligen Land gewesen, aber du würdest ihn vergeblich fragen, an welchem Meer oder in welcher Gegend, da er es nicht weiß, ebensowenig kennt er den Namen des griechischen Kaisers und die Stadt, worin dieser wohnt."

„Ich wußte es ganz gut", versetzte es der Pilger mit heiserer Stimme, „aber als mich auf der Donau das Fieber schüttelte, vergaß ich alles wieder."

„Am meisten wundere ich mich über die Schwerter", sagte Zbyszko, „denn an fahrenden Klerikern habe ich bis jetzt noch keine gesehen."

„Es ist ihnen nicht untersagt, Waffen zu tragen, da sie die Weihen noch nicht empfangen haben", entgegnete der Abt, „und daß ich auch ein Schwert bei mir führe, darüber darf man sich nicht wundern. Den Wilk aus Brzozowa forderte ich letztes Jahr zum Kampf auf festgetretener Erde, wegen der Wälder, durch die Ihr nach Bogdaniec kamt, doch stellte er sich nicht."

„Wie hätte er sich einem Geistlichen stellen können?" unterbrach ihn Zych.

Da geriet der Abt in Zorn, er schlug mit der Faust auf den Tisch und rief: „Wenn ich in der Rüstung stecke, bin ich kein Geistlicher, sondern nur ein Edelmann. Und er stellte sich nicht, weil er es vorzog, mich mit Bewaffneten in Tulcza zu überfallen. Das ist der Grund, weshalb ich ein Schwert an der Seite trage. ‚*Omnes leges omniaque iura vivim vi repellere cunctisque sese defendere permittunt.*'* Das ist der Grund, weshalb ich auch ihnen Schwerter gab."

Als sie den lateinischen Spruch vernahmen, verstummten Zych, Macko und Zbyszko, und gerade weil sie kein einziges Wort verstanden, verneigten sie sich tief vor der Weisheit des Abtes, er aber sah noch eine Weile mit zornigen Blicken im Kreis umher und sagte schließlich: „Wer bürgt mir denn dafür, ob er mich nicht auch hier überfällt?"

„Mag er nur kommen!" riefen die fahrenden Kleriker, indem ein jeder die Hand an den Griff seines Schwertes legte.

„Mag er einen Einfall versuchen! Langweile ich mich doch schon, weil es keine Gelegenheit zum Kampf gibt."

---

* Alle Gesetze, alle Rechte gestatten, der Gewalt Gewalt entgegenzusetzen und sich selbst zu verteidigen – Anmerkung der Übersetzerinnen.

„Dies wird er nicht tun!" sagte Zych. „Eher kommt er, um sich Euch zu unterwerfen. Auf die Wälder hat er schon verzichtet, aber um seinen Sohn handelt es sich jetzt. Wißt Ihr ... Aber erleben wird er das nicht!"

Mittlerweile hatte sich der Abt wieder beruhigt und sagte: „Den jungen Wilk sah ich, als er mit Cztan aus Rogow im Gasthaus zu Krzesnia zusammensaß. Sie erkannten mich nicht sogleich, weil es dunkel war, und da machten sie fortwährend Anschläge wegen Jagienka."

Hier wandte er sich an Zbyszko: „Und wegen dir!"

„Und was verlangen sie von mir?"

„Sie verlangen nichts von dir, nur ist es nicht nach ihrem Sinn, daß noch ein Jüngling in der Nähe von Zgorzelic weilt. Deshalb sprach Cztan also zu Wilk: ‚Wenn ich ihm die Haut einmal gerbe, wird sie so bald nicht mehr glatt sein!' Und Cztan sagte: ‚Vielleicht fürchtet er uns, wenn er uns aber auch nicht fürchtet, zerschmettere ich ihm doch die Knochen im Leib.' Und dann beteuerte einer dem anderen, daß du Furcht vor ihnen hegst."

Als sie diese Worte hörten, schaute Macko auf Zych, Zych auf diesen, und ein schalkhafter Ausdruck malte sich in ihren Zügen. Keiner von ihnen wußte zu sagen, ob der Abt wirklich ein solches Gespräch mit angehört, oder es nur erfunden hatte, um Zbyszko anzuspornen, doch begriffen beide, und vornehmlich Macko, der ja Zbyszko am besten kannte, daß es auf der ganzen Welt kein besseres Mittel gab, um des Jünglings Interesse für Jagienka zu erhöhen.

Und wie absichtlich fügte der Abt noch hinzu: „In der Tat, es sind recht tüchtige Burschen."

Zbyszko zeigte keinerlei Erregung, aber mit einer Stimme, die ganz fremd klang, fragte er Zych: „Und morgen ist Sonntag, nicht wahr?

„Ja!"

„Und Ihr geht wohl zur Messe?"

„Getroffen!"

„Wohin? Nach Krzesnia?"

„Das liegt am nächsten. Wohin sollten wir sonst gehen?"

„Gut."

Zehntes Kapitel

Zbyszko folgte Zych und Jagienka, die sich in Gesellschaft des Abtes und seiner Kleriker nach Krzesnia begaben, und als er sie eingeholt hatte, gesellte er sich zu ihnen, denn er wollte dem Abt zeigen, daß er sich weder vor Wilk aus Brzozowa noch vor Cztan aus Rogow fürchtete und nicht daran denke, sich vor ihnen zu verstecken. Nur war er im ersten Moment überrascht von der Schönheit Jagienkas. Sie trug ein rotes Tuchgewand, mit Hermelin besetzt, rote Handschuhe und eine goldgestickte Mütze, unter der zwei Zöpfe auf die Schultern herabfielen. Diesmal saß sie nicht wie ein Mann zu Pferd, sie thronte auf einem hohen Sattel mit einer Lehne und einem Bänkchen für die Füße, die unter dem langen in gleichmäßige Falten gelegten Rock kaum zu sehen waren. Zych, der dem Mädchen gestattete, zu Haus einen Schafspelz und kalbledderne Stiefel zu tragen, wünschte vornehmlich, daß alle vor der Kirche Versammelten erkannten, hier habe man es mit einem Jungfräulein aus mächtigem Rittergeschlecht, nicht aber mit der Tochter des ersten besten Edelmanns oder Neugeadelten zu tun. Deshalb ließ er auch ihr Pferd von zwei jungen Burschen führen, deren Röcke oben weit und faltig, unten enganliegend waren, in der Art, wie sie gewöhnlich von den Pagen getragen wurden. Dicht hinterher gingen vier Hofleute, hinter diesen die Kleriker des Abtes mit Schwertern und Lauten am Gürtel.

Zbyszko staunte über dieses große Gefolge, besonders aber über Jagienka, die aussah wie ein Bild, und über den Abt, der ihm in seinem roten Gewand mit den ungeheuren Ärmeln erschien wie irgendein reisender Fürst.

Am einfachsten von allen war Zych, der Glanz und Pracht an anderen liebte, dem es aber für sich selbst nur um ein bescheidenes, frohes Leben und um Gesang zu tun war.

Nach ihrem Zusammentreffen ritten der Abt, Jagienka, Zbyszko und Zych in einer Reihe. Anfänglich befahl der Abst seinen Spielleuten, geistliche Lieder zu singen, indessen schien er bald genug davon zu haben, denn er begann sich mit Zbyszko zu unterhalten, der lächelnd des Geistlichen mächtiges Schwert betrachtete, das so groß war, wie der zweischneidige Hirschfänger der Deutschen.

„Ich sehe", sagte der Abt mit ernster Würde, „du wunderst dich, daß ich ein Schwert trage, wisse also, daß die Synoden den Geistlichen das Tragen eines Schwertes gestatten und sogar auch das Tragen von Ballisten und Katapulten auf der Reise, und wir sind ja immer auf der Reise. Wenn übrigens der Heilige Vater den Geistlichen das Tragen der Schwerter und des roten Gewandes untersagte, so dachte er gewiß nur an jene aus niederem Stand, denn den Edelmann hat Gott für Waffen erschaffen, und wer ihn derselben berauben wollte, der würde dem Willen des Ewigen entgegenhandeln."

„Ich habe es schon mit angesehen, wie der masovische Fürst Henryk sich innerhalb der Schranken in einen Kampf einließ", bemerkte Zbyszko.

„Nicht dafür ist er zu tadeln, daß er sich in einen Kampf einließ", entgegnete der Abt, den Finger erhebend, „wohl aber dafür, daß er sich verheiratete und noch dazu unglücklich, denn er nahm *fornicariam et bibulam mulierem*[1], die, wie man sagt, Bacchum von ihrer Jugend an *adorabat*[2] und zudem auch *adultera*[3] war, wodurch diese Ehe nicht gut ausgehen konnte."

Hier hielt er sogar sein Pferd an und begann abermals in noch würdevollerem, belehrendem Ton zu sprechen: „Wenn du Lust hast, dich zu vermählen, oder *uxorem* zu wählen, mußt du darauf achten, daß sie gottesfürchtig ist, gute Sitten hat, sparsam, schmuck und häuslich ist, was dir nicht nur die Kirchenväter raten, sondern was dir auch noch ein gewisser heidnischer Weiser namens Seneca anempfiehlt. Und wie kannst du es wissen, ob du es gut getroffen hast, wenn du das Nest nicht kennst, aus welchem du dir die Lebensgefährtin geholt hast? Denn ein anderer großer Weiser sagt: *Pomus nam cadit absque arbore.*[4] ... Wie der Ochse, so die Häute, wie die Mutter, so die Tochter ... Und daraus kannst du, sündiger Mensch, die Lehre ziehen, daß du deine Ehegattin nicht in der Ferne, sondern in der Nähe suchen sollst, denn wenn du eine böse buhlerische bekommst, mußt du zuweilen um sie weinen wie jener Philosoph, als ihm sein zanksüchtiges Weib im Zorn *aquam sordidam* über das Haupt goß."

„*In saecula saeculorum, amen!*" riefen die fahrenden Kleriker einstimmig, die dem Abt immer auf die Weise antworteten, ohne darauf zu achten, ob ihre Antwort auch einen Sinn hatte.

Dicht aneinandergedrängt lauschten alle den Worten des Abtes, über seine Beredsamkeit und seine Schriftgelehrtheit staunend, er aber wandte sich absichtlich nicht unmittelbar an Zbyszko, sondern mehr an Zych und Jagienka, als ob es ihm besonders um deren Erbauung zu tun gewesen wäre. Indessen begriff Jagienka offenbar, um was es sich handelte, denn unter ihren langen Wimpern hervor schaute sie aufmerksam auf den Jüngling, der die Stirn runzelte und das Haupt senkte, wie wenn er eifrig über das nachdenke, was er gehört hatte. Nach einer Weile setzte sich das ganze Gefolge wieder in Bewegung, doch alle waren jetzt verstummt, und erst als Krzesnia schon zu sehen war, tastete der Abt nach seinem Gürtel, zog ihn zurecht, so daß der Griff seines Schwertes leicht zu fassen war, und sagte: „Der alte Wilk aus Brzozowa kommt gewiß auch mit ansehnlichem Gefolge."

„Wohl möglich", bestätigte Zych, „aber die Knechte haben erzählt, er sei schwer erkrankt.

„Einer meiner Kleriker hörte, daß er uns nach dem Gottesdienst zur Schenke folgen wolle."

„Ohne Herausforderung wird er dies schwerlich tun, vornehmlich nicht nach der heiligen Messe."

---

[1] Eine Unzucht treibende und trunksüchtige Frau – Anmerkung der Redaktion.
[2] Betete an – Anmerkung der Redaktion.
[3] Ehebrecherin – Anmerkung der Redaktion.
[4] Der Apfel fällt nicht weit vom Stamm – Anmerkung der Übersetzerinnen.

„Gott gebe, daß er in sich gehe! Ich fange mit niemandem gerne Streit an, und eine Kränkung ertrage ich geduldig."

Hier wandte er sich nach seinen Spielleuten um und sagte: „Laßt Euere Schwerter in der Scheide, bedenkt, daß Ihr Diener des Herrn seid, und erst wenn jene zu den Waffen greifen, geht auf sie los."

Zbyszko, der neben Jagienka ritt, versuchte sie indessen über das auszuforschen, was ihm am wichtigsten vorkam.

„Cztan und den jungen Wilk werden wir unfehlbar in Krzesnia treffen", sagte er. „Zeige sie mir, sobald du sie in der Ferne siehst, damit ich sie kenne."

„Gut, Zbyszko", entgegnete Jagienka.

„Vor dem Gottesdienst und nach dem Gottesdienst werden sie dich gewiß aufsuchen. Und was werden sie dann tun?"

„Dann werden sie mir schöntun, so gut sie es verstehen."

„Heute aber sollen sie dir nicht schöntun, verstehst du?"

Und wieder entgegnete sie fast demütig: „Gut, Zbyszko!"

Ihr Gespräch wurde durch den Schall des hölzernen Klöppels unterbrochen, denn eine Glocke war in Krzesnia noch nicht vorhanden. Bald darauf hatten sie ihr Ziel erreicht. Aus der vor der Kirche auf den Beginn der Messe harrenden Menge traten sofort der junge Wilk aus Brzozowa und Cztan aus Rogow hervor, doch Zbyszko hinderte sie, ihre Absicht auszuführen, sprang vom Pferd, und bevor sie noch herangelangen konnten, umfaßte er Jagienka und hob sie vom Sattel herab. Dann nahm er ihre Hand, und herausfordernd auf jene beiden schauend, geleitete er sie nach der Kirche.

In der Vorhalle wurden sie indessen aufgehalten. Cztan und Wilk waren an den Weihkessel geeilt, hatten ihre Hände benetzt und streckten sie dem jungen Mädchen entgegen. Aber Zbyszko tat dasselbe und sie berührte dessen Finger, bekreuzte sich und trat mit ihm zugleich in die Kirche. Nun dachte sich nicht nur der junge Wilk, sondern auch Cztan aus Rogow, der keinen besonders scharfen Verstand hatte, daß all dies absichtlich geschehen war – und die beiden ergriff ein so heftiger Zorn, daß sich ihnen die Haare sträubten. Soweit blieben sie indessen ihrer Sinne mächtig, daß sie aus Furcht vor der Strafe Gottes in dieser Stimmung nicht in die Kirche gehen wollten. Wilk stürzte sofort zur Vorhalle hinaus und lief wie wahnsinnig über den Kirchhof und zwischen den Bäumen umher, ohne zu wissen wohin. Cztan lief hinter ihm her, wußte aber ebensowenig, warum er dies tat.

Erst an einer Biegung des Gottesackers hielten sie an, wo große Steine für das Fundament eines Glockenstuhles umherlagen, der hier aufgestellt werden sollte. Wilk, der mit aller Gewalt den Groll zu ersticken versuchte, der ihm die Brust beinahe zersprengte, ergriff einen der Steine und begann ihn mit aller Macht zu schütteln, Cztan sah dies und streckte ebenfalls seine Hand danach aus, worauf beide ihn mit wahrer Wut durch den ganzen Kirchhof bis zum Tor des Gotteshauses wälzten.

Die Leute betrachteten sie erstaunt, in der Meinung, sie hätten irgendein Gelübde abgelegt und wollten auf diese Art beim Bau des Glockenstuhles helfen. Aber diese Anspannung aller Kräfte gewährte ihnen offenbar Erleichterung, so daß beide wieder zum Bewußtsein kamen, jedoch bleich vor Erschöpfung, schwer atmend und einander mit unsicheren Blicken anschauend, dastanden.

Cztan aus Rogow brach zuerst das Schweigen.

„Was nun?" fragte er.

„Was nun?" wiederholte Wilk.

„Wollen wir sogleich auf ihn losgehen?"

„Wie kannst du in der Kirche auf ihn losgehen?"

„Nicht in der Kirche, aber nach der Messe!"

„Er ist mit Zych zusammen – und mit dem Abt. Und hast du vergessen, daß Zych sagte, im Fall es zum Kampf komme, werde er uns beide aus Zgorzelic hinauswerfen? Wäre das nicht, so hätte ich dir längst die Knochen entzweigeschlagen."

„Oder vielleicht ich dir!" versetzte Cztan, seine mächtigen Fäuste schüttelnd.

Ihre Augen begannen in unheilverkündender Weise zu funkeln, doch begriffen beide auch sofort wieder, daß ein einträchtiges Zusammengehen jetzt vorteilhafter für sie wäre als je. Wohl hatten sie schon miteinander gekämpft, doch versöhnten sie sich dann immer wieder, denn, wenngleich ihre Liebe zu Jagienka sie innerlich schied, konnten sie doch nicht ohne einander leben, und einer sehnte sich immer nach dem anderen. Zudem hatten sie nun einen gemeinschaftlichen Feind, und beide fühlten, daß es ein furchtbar gefährlicher Feind war.

Daher fragte Cztan nach einer Weile: „Was ist zu tun? Wollen wir ihm eine Herausforderung zum Kampf nach Bogdaniec schicken?"

Wilk, der Klügere von beiden, wußte diesmal auch nicht, was zu tun war. Zum Glück kamen ihm die Klöppel zu Hilfe, die verkündeten, daß der Gottesdienst begann. Deshalb erwiderte er: „Was zu tun ist? Gehen wir zur Messe, und dann wird geschehen, was Gottes Wille ist!"

Und Cztan aus Rogow freute sich über diese vernünftige Antwort.

„Unser Herr Jesu erleuchtet uns vielleicht", sagte er.

„Und verleiht uns seinen Segen!" meinte Wilk. „Denn er ist gerecht."

Sie traten in die Kirche, und nachdem sie voll Andacht die Messe gehört hatten, faßten sie wieder Mut. Auch verloren sie die Besinnung nicht, als sich Jagienka nach dem Gottesdienst in der Vorhalle wieder von Zbyszko das Weihwasser reichen ließ. Am Tor des Kirchhofes verneigten sie sich vor Zych, Jagienka und sogar vor dem Abt, obgleich dieser ein Feind des alten Wilk aus Brzozowa war. Zbyszko blickten sie zwar von der Seite an, doch wagte keiner, ihm die Zähne zu weisen, wennschon ihnen das Herz in der Brust vor Schmerz, Zorn und Eifersucht hämmerte, da Jagienka ihnen niemals noch so wunderschön erschienen war. Erst als das glänzende Gefolge den Rückweg antrat, als der fröhliche Gesang der

Kleriker schon aus der Ferne herüberdrang, wischte sich Cztan den Schweiß von seinem bärtigen Gesicht und schnaubte wie ein Pferd, Wilk aber rief zähneknirschend: „In die Herberge! In die Herberge! Und wehe ihm und mir!"

Sich dann erinnernd, was ihnen zuvor Erleichterung gewährt hatte, ergriffen sie den Stein wieder und wälzten ihn voll Zorn an den früheren Platz zurück.

Indessen ritt Zbyszko neben Jagienka her, indem er dem Gesang der Spielleute lauschte, doch kaum waren sie einige hundert Schritte weit gekommen, als er sein Pferd anhielt und sagte: „Traun! Ich wollte eine Messe für des Oheims Gesundheit lesen lassen, doch habe ich es vergessen, deshalb muß ich zurückkehren."

„Kehre nicht zurück!" rief Jagienka, „von Zgorzelic aus können wir hinsenden."

„Ich muß zurückkehren. Und wartet nicht auf mich!"

„Mit Gott!" rief der Abt. „Zieh hin!"

Frohe Genugtuung malte sich auf seinem Gesicht, und als Zbyszko aus ihren Augen verschwunden war, stieß er Zych, ohne daß Jagienka es merkte, ein wenig an und sagte: „Merkt Ihr nun?"

„Was meint Ihr?"

„So gewiß wie das Amen im Vaterunser vorkommt, so gewiß kämpft er in Krzesnia mit Wilk und Cztan, aber dies wollte ich und dazu habe ich ihn veranlaßt."

„Ich kenne die beiden als tolle Burschen. Sie werden ihn verwunden, und was nützt das?"

„Was es nützt?" Wenn er wegen Jagienka kämpft, wie kann er dann noch an die Tochter Jurands denken? Von nun an wird Jagienka seine Herrin sein – nicht jene. So aber will ich es, denn er ist mein Blutsverwandter und gefällt mir!"

„Und sein Gelübde?"

„Davon werde ich ihn entbinden. Hörtet Ihr nicht, daß ich ihm dies versprach?

„Ihr wißt für alles Rat zu schaffen", antwortete Zych.

Der Abt freute sich über dieses Lob. Er ritt nun zu Jagienka heran und fragte: „Weshalb so ängstlich, so bekümmert?"

Da neigte sie sich tief auf den Sattel herab, ergriff die Hand des Abtes und drückte sie an ihre Lippen. „O mein Pate, wollt Ihr nicht einige der Spielleute nach Krzesnia senden?"

„Wozu? Damit sie sich in der Herberge recht betrinken?"

„Aber vielleicht könnten sie irgendeinen Kampf verhindern!"

Der Abt schaute ihr tief in die Augen und plötzlich sagte er in schroffem Ton: „Und wenn sie ihn nun dort erschlügen?"

„Dann mögen sie auch mich erschlagen!" rief Jagienka aus.

All die Bitterkeit, all das Leid, das sich in ihrer Brust seit dem Gespräch mit Zbyszko angesammelt hatte, machte sich jetzt Luft und sie brach in einen Strom von Tränen aus. Als der Abt dies sah, umschlang er das junge Mädchen mit den Armen, so daß seine weiten Ärmel sie fast ganz verhüllten, und begann in leisem Ton: „Ängstige dich nicht, mein Töchterchen. Zum Streit wird es vielleicht kommen, aber jene Leute sind auch von adeligem Stamm, daher werden sie ihn nicht überfallen, sondern nur nach ritterlicher Sitte zum Kampf fordern, und da weiß er sich selbst Rat zu schaffen, wenngleich er dann mit beiden kämpfen muß. Und was die Tochter Jurands anbelangt, von der du gehört hast, so sage ich dir nur so viel, daß das Holz für das Brautbett jenes Mädchens noch in keinem Wald gewachsen ist."

„Da er jene lieber hat, kümmere ich mich nicht um ihn!" antwortete Jagienka unter Tränen.

„Weshalb weinst du dann?"

„Weil ich seinetwegen in Sorge bin!" antwortete Jagienka.

„Das ist ja der wahre Altweiberverstand", sagte der Abt lachend. Und sich zum Ohr Jagienkas herabbeugend, begann er wieder: „Das merke dir, Mädchen: wenn er dich auch nimmt, wird er sich doch zuweilen in einen Kampf einlassen, denn dafür ist er ein Edelmann."

Hier neigte er sich noch tiefer herab und fügte hinzu: „So wahr Gott im Himmel ist, er nimmt dich – binnen kurzem!"

„Wie wäre dies möglich?" erwiderte Jagienka.

Doch lächelte sie unter Tränen und blickte den Abt an, als ob sie ihn fragen wollte, woher er dies wisse.

Unterdessen war Zbyszko in Krzesnia angelangt und ritt sofort zum Priester, denn er wollte in der Tat eine Messe für die Gesundheit Mackos lesen lassen. Nach Erledigung dieser Angelegenheit aber begab er sich in die Herberge, wo er den jungen Wilk aus Brzozowa, sowie Cztan aus Rogow zu finden hoffte.

In der Tat traf er die beiden und außer ihnen noch viele andere Gäste, Edelleute, Neugeadelte, Freibauern und auch einige deutsche Possenreißer, die verschiedene Kunststücke ausführten. Im ersten Augenblick konnte er indessen niemanden unterscheiden, da die Fenster der Schenke mit den Scheiben aus Ochsenblase nur ein schwaches Licht durchließen, und erst als der Aufwärter ein Scheit Holz in den Kamin warf, erblickte er in einem Winkel die bärtige Schnauze Cztans und das grimmige, erregte Gesicht Wilks aus Brzozowa.

Da näherte er sich ihnen langsam, indem er sich gewaltsam einen Weg durch die Leute bahnte, und bei ihnen angelangt, schlug er dermaßen mit der Faust auf den Tisch, daß die ganze Stube dröhnte.

Sie aber erhoben sich schleunigst und drehten rasch ihre Ledergürtel herum, doch bevor sie noch ihre Schwerter ergriffen hatten, warf Zbyszko seinen Handschuh auf den Tisch und sprach in dem unter Rittern bei Herausforderungen üblichen näselnden Ton folgende Worte, die niemanden überraschten: „Wenn einer von Euch beiden oder einer der anderen hier versammelten Ritter bestreitet, daß Danuta, die Tochter

Jurands aus Spychow, die schönste und tugendhafteste Jungfrau auf der ganzen Welt ist, dann fordere ich ihn zum Kampf zu Pferd oder zu Fuß, und ich werde nicht aufhören, bis er um Gnade bittet oder den letzten Atemzug tut."

Wilk und Cztan waren starr vor Staunen und nicht minder erstaunt wäre der Abt gewesen, wenn er dies gehört hätte. Während eines kurzen Augenblicks konnten sie kein Wort hervorbringen. Was war dies für eine Jungfrau? Für sie beide handelte es sich doch nur um Jagienka! Und wenn diesem Heißsporn nichts an Jagienka lag, was wollte er dann von ihnen? Weshalb hatte er sie vor der Kirche derart in Harnisch gebracht? Weshalb war er hierhergekommen, und weshalb suchte er Streit mit ihnen? Von all diesen Fragen war ihnen so wirr im Kopf, daß sie mit weitgeöffnetem Mund dastanden, Cztan aber riß die Augen dermaßen auf, wie wenn er keinen Menschen, sondern irgendein Wundertier vor sich hätte.

Aber der scharfsinnigere Wilk, welcher die ritterlichen Sitten ein wenig kannte und wußte, daß sich mancher Ritter der einen Frau angelobte und sich mit einer anderen vermählte, dachte sich, in diesem Fall könne es ebenso sein, und wenn sich eine solche Gelegenheit biete, Jagienka zu dienen, müsse man sogleich Nutzen daraus ziehen.

Daher trat er hinter dem Tisch hervor und sich Zbyszko mit unheilverkündender Miene nähernd, fragte er: „Wie, du Großmaul, ist nicht Jagienka, die Tochter Zychs, die allerschönste?"

Hinter ihm trat Cztan hervor, und die Leute drängten sich dicht an ihn heran, denn alle sagten sich, daß diese Sache traurig ausgehen müsse.

Elftes Kapitel

Zu Hause angelangt, schickte Jagienka sofort einen Knecht nach Krzesnia, um sich zu erkundigen, ob in der Herberge irgendein Streit stattgefunden habe, oder ob jemand zum Zweikampf gefordert worden sei. Aber dieser Knecht, der einen Skotus zur Wegzehrung erhalten hatte, begann mit den Dienern des Priesters zu zechen und dachte nicht mehr an die Rückkehr. Ein zweiter, nach Bogdaniec abgesandter, der Macko den Besuch des Abtes ankündigen sollte, kam sofort nach Erledigung seines Auftrages mit der Botschaft zurück, daß er Zbyszko gesehen habe, als er mit dem alten Edelmann Würfel spielte.

Dies beruhigte Jagienka einigermaßen, zumal sie die Erfahrung und Gewandtheit Zbyszkos kannte und eine Herausforderung für ihn minder fürchtete, als irgendein unheilvolles Zusammentreffen in der Schenke. Sie zeigte auch Lust, sich mit dem Abt nach Bogdaniec zu begeben, doch dieser war dagegen, weil er mit Macko wegen der Verpfändung des Gutes und über andere, noch wichtigere Angelegenheiten zu sprechen wünschte, wobei er Jagienka nicht als Zeugin haben wollte.

In der Nacht brach er auf. Da er Kunde von Zbyszkos glücklicher Rückkehr erhalten hatte, geriet er in vortreffliche Laune, und er ließ seine Kleriker derart singen und lärmen, daß es weithin durch den Wald schallte und in Bogdaniec die Bauern aus ihren Hütten herausschauten, um zu sehen, ob es vielleicht brenne, oder ob der Feind einen Einfall gemacht habe. Doch der vorausreitende Pilger beruhigte die Leute, indem er ihnen bedeutete, daß hier ein hoher geistlicher Würdenträger komme. Da neigten sie sich tief vor diesem, und einige machten das Zeichen des Kreuzes, er aber ritt in stolzer Befriedigung weiter, weil er sah, wie sie ihn verehrten, und er freute sich über die schöne Gotteswelt, sein Herz war erfüllt von Wohlwollen für die Menschen.

Macko und Zbyszko, die den Gesang und den Lärm gehört hatten, kamen dem Abt bis zum Tor entgegen.

Einige der Kleriker waren schon mit dem Abt in Bogdaniec gewesen, manche aber, die erst seit kurzem zu dem Gefolge gehörten, hatten das Gut noch niemals gesehen. Diesen wurde das Herz schwer beim Anblick des elenden Hauses, das mit dem geräumigen Herrenhof in Zgorzelic nicht zu vergleichen war. Einigermaßen tröstete sie jedoch der über dem Strohdach emporsteigende Rauch, und vornehmlich schöpften sie wieder Mut, als ihnen beim Eintritt in die Stube der Geruch von Safran und verschiedenen Fleischspeisen entgegendrang und sie zugleich zwei Tische mit Zinnschüsseln erblickten, die zwar noch leer, aber so groß waren, daß sie jedes Auge erfreuen mußten. Auf einem kleineren Tisch blinkten die für den Abt bestimmten Schüsseln aus lauterem Silber, sowie wundervoll getriebene Humpen, die alle mit anderen Schätzen von den Friesen erbeutet worden waren.

Macko und Zbyszko luden die Gäste sofort zu Tisch, doch der Abt, der schon vor dem Aufbruch aus Zgorzelic gut gespeist hatte, lehnte ab, zumal ihn etwas anderes beschäftigte. Vom ersten Moment seiner Ankunft an blickte er aufmerksam, ja mit einer gewissen Erregung auf Zbyszko, wie wenn er erforschen wolle, ob wirklich ein Kampf stattgefunden habe. Als er aber die Ruhe in des Jünglings Antlitz wahrnahm, wurde er offenbar ungeduldig und konnte schließlich seine Neugierde nicht länger bezwingen.

„Gehen wir ins Nebenzimmer", sagte er, „und laßt uns Rat halten. Widersetzt Euch nicht, sonst gerate ich in Zorn!"

Hier wandte er sich zu den Klerikern und rief mit Donnerstimme: „Ihr aber bleibt mir still sitzen und horcht mir nicht an der Tür.

Bei diesen Worten öffnete er die Tür zu dem kleinen Nebenzimmer, durch die er sich kaum durchdrängen konnte. Zbyszko und Macko traten hinter ihm ein. Nachdem jeder auf einer Truhe Platz genommen hatte, wandte sich der Abt dem jungen Ritter zu: „Du bist nach Krzesnia zurückgekehrt?" fragte er.

„Ja!"

„Und weshalb?"

„Für des Oheims Gesundheit ließ ich eine Messe lesen, das war alles!"

Der Abt rückte ungeduldig auf der Truhe hin und her.

„Ah!" dachte er, „demnach hat er weder mit Cztan noch mit Wilk gekämpft, vielleicht ist er nicht mit ihnen zusammengetroffen und vielleicht hat er sie gar nicht aufgesucht. Ich habe mich also getäuscht."

Aber er war so ärgerlich darüber, daß er sich getäuscht, daß seine Voraussetzung ihn betrogen hatte, daß sein Gesicht dunkelrot wurde und er förmlich schnaubte vor Zorn.

„Reden wir nun von den Geschäftsangelegenheiten!" sagte er nach einer Weile. „Habt Ihr Geld? Wenn nicht, so ist das Gut mein."

Nun erhob sich Macko schweigend, denn er wußte genau, wie man mit dem Abt verfahren mußte, öffnete die Truhe, worauf er saß, nahm einen offenbar schon bereitliegenden Beutel mit Münzen daraus hervor und sagte. „Wir sind zwar keine wohlhabenden Leute, aber etwas Geld haben wir, und was sich gebührt, das bezahlen wir, wie es in der ‚Schrift' steht und wie ich es selbst mit dem Zeichen des heiligen Kreuzes beglaubigt habe. Und wenn Ihr auch für die Gerätschaften und das Vieh Bezahlung verlangt, werde ich sie nicht verweigern, sondern tun, was Ihr verlangt, und Eure Füße, mein Wohltäter, will ich dann noch umfassen."

Während er sprach, neigte er sich tief herab und Zbyszko folgte seinem Beispiel. Der Abt, der auf Widerspruch und Feilschen gefaßt gewesen war, sah durch dieses Verfahren seine Pläne einigermaßen vereitelt, und es machte ihm wenig Freude, da er vorgehabt hatte, noch verschiedene Bedingungen zu stellen, wozu er jetzt wohl keine Gelegenheit mehr fand.

Er gab daher die ‚Schrift', das heißt den Pfandschein, worauf Macko sich mit einem Kreuz unterzeichnet hatte, zurück und sagte: „Was redet Ihr da von einer Bezahlung?"

„Ich will nichts umsonst nehmen", entgegnete der schlaue Macko, der wohl wußte, sein Nutzen werde um so größer sein, je mehr er sich weigere.

In der Tat verfinsterte sich des Abtes Gesicht sofort.

„Seht nur die beiden an! Sie sind zu stolz dazu! Eine Wüstenei habe ich aber nicht in Besitz genommen, deshalb gebe ich Euch auch keine Wüstenei zurück, und wenn ich diesen Beutel wegwerfen will, werfe ich ihn weg."

„Dies werdet Ihr nicht tun!" rief Macko.

„Dies werde ich tun! Was liegt mir an dem Unterpfand! Was liegt mir an Eurem Geld? Eine Vergünstigung wollte ich Euch erzeigen, und wenn mich nun die Lust anwandelt, Euch alles zum Geschenk zu überlassen, so könnt Ihr nichts dagegen einwenden."

So sprechend, ergriff er den Beutel und schleuderte ihn auf den Fußboden, so daß das Gold herausrollte.

„Gott lohne Euch dafür! Gott lohne Euch, mein Vater und Wohltäter!" rief Macko, der nur auf diesen Augenblick gewartet hatte. „Von einem anderen würde ich dies nicht annehmen, aber von einem Blutsverwandten, einem Geistlichen nehme ich es gern."

Doch der Abt blickte noch einige Zeit drohend auf ihn und Zbyszko und schließlich sagte er: „Ich weiß wohl, was ich zu tun habe, wenn ich auch leicht zornig werde, daher behaltet, was Euch auf diese Weise zuteil geworden ist, denn ich kündige Euch jetzt schon an, daß Ihr keinen Skotus mehr von mir zu sehen bekommt."

„Wir erwarten dies auch nicht."

„Aber wisset, daß Jagienka erhält, was ich hinterlasse."

„Auch den Grund und Boden?" fragte Macko in seiner naiven Weise.

„Auch den Grund und Boden!" donnerte der Abt.

Mackos Gesicht verzog sich ein wenig, doch beherrschte er sich und sagte: „Ei, wozu denn an den Tod denken? Möge Euch unser Herr Jesu hundert Jahre oder auch mehr schenken, und Euch die hohe Bischofswürde verleihen!"

„Vielleicht kommt es dazu! Ich bin ja nicht schlimmer als die anderen."

„Nicht schlimmer, sondern besser!"

Diese Worte wirkten beruhigend auf den Abt ein.

„Nun, Ihr seid ja meine Blutsverwandten, und sie ist nur meine Tauftochter", sagte er. „Aber ich habe sie und Zych schon lange liebgewonnen. Einen besseren Menschen als Zych gibt es auf der ganzen Welt nicht, und auch kein besseres Mädchen als Jagienka. Wer könnte ihnen etwas nachsagen?"

Und er sah mit herausfordernden Blicken umher, doch Macko widersprach nicht und beeilte sich sogar, ihm zu bestätigen, daß im ganzen Königreich kein angenehmerer Nahbar zu finden sei.

„Und was das Mädchen anbelangt", fügte er hinzu, „so könnte ich meine leibliche Tochter nicht mehr lieben als ich sie liebe. Ihr danke ich es, daß ich wieder gesund geworden bin, und bis zu meinem Tod werde ich ihr dies nicht vergessen."

„Verdammt wäret Ihr auch, wenn Ihr es vergäßet, sowohl der eine als der andere", erwiderte der Abt, „und ich zuerst würde Euch verfluchen. Ein Unrecht will ich Euch aber nicht zufügen, weil Ihr mir verwandt seid, und deshalb habe ich ein Mittel ausgedacht, damit das, was ich hinterlasse, sowohl Jagienka als auch Euch zuteil werde, versteht Ihr?"

„Gebe Gott, daß es so komme, wie Ihr wünscht", entgegnete Macko. „Du lieber Jesus! Zu Fuß würde ich dann gerne vom Grab der Königin in Krakau bis zum Kahlenberg wandern, um vor dem heiligen Kreuz zu beten."

Der Abt freute sich über Mackos Offenherzigkeit, und lächelnd sagte er: „Das Mädchen hat ein Recht, wählerisch zu sein, denn sie ist schön, aus vornehmem Geschlecht, und ein reicher Brautschatz wird ihr zuteil werden. Doch wenn ich ihr jemanden als Freiersmann vorschlage, wird sie ihn nehmen, weil sie mich liebt und weiß, daß ich ihr nicht schlecht rate."

„Am besten wäre es, wenn ihr ein Freiersmann von Euch vorgeschlagen würde!" bemerkte Macko.

Aber der Abt wandte sich zu Zbyszko: „Und was meinst du?"

„Nun, ich denke gerade so wie der Oheim."

Das edle Gesicht des Abtes hellte sich immer mehr auf. Er schlug Zbyszko mit der Hand auf die Schulter, daß es laut schallte, und fragte:

„Weshalb hast du denn vor der Kirche weder Cztan noch Wilk zu Jagienka herankommen lassen? Sprich!"

„Weil sie nicht denken sollten, daß ich mich vor ihnen fürchte, und weil auch Ihr es nicht denken solltet.

„Und das Weihwasser hast du ihr auch gereicht?"

„Ja!"

Da schlug ihm der Abt abermals auf die Schulter: „Dies Mädchen … dies Mädchen nimmst du!"

„Dies Mädchen nimmst du!" rief auch Macko wie ein Echo.

Doch Zbyszko strich seine Haare unter die Mütze und antwortete ruhig: „Wie kann ich sie nehmen, da ich mich Danusia, der Tochter Jurands, an dem Altar zu Tyniec angelobt habe?"

„Drei Pfauenbüsche hast du ihr versprochen, die magst du für sie zu erobern versuchen. Jagienka aber kannst du sofort zum Weib nehmen."

„Nein", entgegnete Zbyszko, „damals, als Danusia ihren Schleier über mich warf, gelobte ich, daß ich sie zum Weib nehme."

Alles Blut stieg dem Abt zu Kopf, sein Gesicht nahm eine bläuliche Farbe an, und die Augen traten weit hervor. Er näherte sich Zbyszko und sagte mit einer durch den Zorn halberstickten Stimme: „Dein Gelübde ist wie Spreu, und ich bin der Wind – verstehst du?"

Dabei blies er ihm so stark auf den Kopf, daß die Mütze wegflog und seine Haare auf Schultern und Arme herabfielen. Doch Zbyszko runzelte die Stirn, und dem Abt offen in die Augen schauend, erwiderte er: „An mein Gelübde bindet mich meine Ehre, und ich allein bin der Hüter meiner Ehre."

Dem nicht an Widerspruch gewöhnten Abt ging förmlich der Atem aus, und er war für eine Weile der Sprache beraubt, als er dies vernahm. Nun folgte ein unheilverkündendes Schweigen, das schließlich von Macko unterbrochen wurde.

„Zbyszko!" rief er aus, „besinne dich doch! Was geht mit dir vor?"

Der Abt aber erhob den Arm, und auf den Jüngling zeigend, schrie er: „Was mit ihm vorgeht? Ich weiß, was mit ihm vorgeht. Ein Hasenherz hat er, nicht das eines Ritters, eines Edelmannes. Vor Cztan und Wilk fürchtet er sich, das geht mit ihm vor."

Zbyszko, der keinen Augenblick seine Kaltblütigkeit verlor, zuckte sorglos mit den Achseln und antwortete: „Ach was! In Krzesnia habe ich ihnen ja die Schädel beinahe eingeschlagen."

Mit weit aufgerissenen Augen blickte nun der Abt Zbyszko einige Zeit an. Zorn und Staunen kämpften um die Oberhand miteinander und gleichzeitig sagte ihm sein natürlicher Verstand, daß er aus diesem Kampf mit Wilk und Cztan vielleicht Nutzen für seinen Plan ziehen könne.

Nachdem sein Zorn ein wenig verraucht war, fuhr er daher Zbyszko an: „Weshalb sagtest du nichts?"

„Weil ich mich schämte! Ich dachte, sie würden mich zum Kampf zu Pferd oder zu Fuß fordern, wie dies bei Rittern gebräuchlich ist, aber das sind Straßenräuber, keine Ritter. Zuerst riß Wilk ein Brett vom Tisch los, dann Cztan ein zweites, und damit gingen sie auf mich los. Was sollte ich also machen? Ich ergriff die Bank, und das übrige wißt Ihr!"

„Sie leben doch noch?" fragte Macko.

„Sie leben noch, nur besinnungslos sind sie geworden. Doch kamen sie in meiner Gegenwart wieder zu Atem."

Als der Abt dies hörte, rieb er sich die Stirn, und von seinem Sitz aufspringend, rief er: „Höre, was ich dir noch zu sagen habe!"

„Was habt Ihr mir zu sagen?" fragte Zbyszko.

„Wenn du für Jagienka kämpftest und ihretwegen den Leuten die Knochen entzweischlägst, bist du in Wahrheit ihr Ritter, nicht der Ritter jenes Mädchens, und mußt sie folglich zum Weib nehmen."

Bei diesen Worten stemmte er die Hände in die Seiten und schaute Zbyszko triumphierend an, aber dieser lächelte nur und sagte: „Oh, ich weiß wohl, weshalb Ihr mich auf jene Burschen gehetzt habt, aber Ihr seid vollständig fehlgegangen!"

„Wieso fehlgegangen? Sprich!"

„Weil ich sie aufforderte, zu bezeugen, daß Danusia, die Tochter Jurands, die schönste und tugendhafteste Jungfrau auf der Welt ist, sie aber sich für Jagienka in die Schanze schlugen und es deshalb zum Kampf kam!"

Als er dies vernahm, blieb der Abt eine Weile völlig regungslos und wie erstarrt auf einer Stelle stehen. Plötzlich drehte er sich um, stieß mit dem Fuß die Tür des kleinen Nebenzimmers auf, stürmte in die Stube hinein, nahm den gekrümmten Stab aus der Hand des Pilgers und begann damit seine Spielleute durchzuprügeln, indem er zornerfüllt schrie: „Zu Roß, ihr Gaukler! Zu Roß, ihr Jammerseelen! Keinen Fuß setze ich mehr in dieses Haus. Zu Roß, wer an Gott glaubt! Zu Roß!"

Und auch hier die Tür aufstoßend, lief er in den Hof hinaus, und die bestürzten Kleriker gingen hinter ihm her. So stürzten alle zusammen in den Schuppen, wo sie die Pferde sofort zu satteln begannen. Vergeblich eilte Macko dem Abt nach, vergeblich bat und flehte er, vergeblich schwur er bei Gott, daß er keine Schuld trage – es half nichts. Der Abt wetterte, verfluchte das Haus, die Bewohner, den Grund und Boden, und als sein Pferd vorgeführt war, sprang er rasch hinauf, ohne sich der Steigbügel zu bedienen, und ritt im Galopp davon, wobei der Wind seine weiten Ärmel aufblähte, so daß sie aussahen wie riesenhafte rote Vögel. In Angst und Schrecken jagten die Kleriker hinter ihm her, gleich einer Herde, die nicht hinter dem Hirten zurückbleiben will.

Macko schaute ihm einige Zeit nach, bis sie im Wald verschwanden, dann kehrte er langsam in die Stube zurück und sagte zu Zbyszko, traurig das Haupt schüttelnd: „Da hast du etwas Schönes angerichtet."

„All dies hätte nicht vorfallen können, wenn ich zeitig weggeritten wäre, und daß ich es nicht tat, daran seid Ihr schuld!"

„Wieso bin ich schuld?"

„Ei, weil ich Euch, den Kranken, nicht verlassen wollte."

„Und wie wird es nun werden?"

„Jetzt mache ich mich auf den Weg."

„Wohin?"

„Nach Masovien zu Danusia, und die Pfauenbüsche erobere ich mir bei den Deutschen."

Macko schwieg einen Augenblick, dann sagte er: „Die Schrift übergab er mir ja, aber die Schuld ist auch im Pfandbuch eingetragen. Und er wird uns jetzt keinen Skotus schenken."

„Mag er tun, was er will. Ihr habt ja Geld, und ich brauche unterwegs keines. Man wird mich überall aufnehmen und dem Pferd Futter geben, und habe ich nur einen Panzer auf dem Leib, ein Schwert zur Hand, so kümmere ich mich um nichts!"

Macko erwog jetzt im stillen das Geschehene. Nichts war nach seinem Sinn, nichts nach seinem Herzen gegangen. Wiewohl er aber von ganzer Seele wünschte, daß Jagienka Zbyszkos Weib werde, begriff er doch, daß dies eine vergebliche Hoffnung war. Auch dachte er, daß es wegen des Abtes, auch wegen Zych und Jagienka und schließlich wegen der Kämpfe mit Cztan und Wilk besser sei, wenn Zbyszko sich entferne, um nicht die Ursache weiterer Händel, weiterer Streitigkeiten zu sein.

„Ha", sagte er schließlich, „gegen die Kreuzritter mußt du ohnedies ausziehen. Wissen wir uns also nicht anders Rat zu schaffen, so brichst du sofort auf. Möge alles geschehen, wie es unser Herr Jesus will. Aber ich werde sogleich nach Zgorzelic fahren, vielleicht kann ich Zych und den Abt versöhnen. Besonders um Zychs willen beklage ich den Zwist."

Hier blickte er Zbyszko scharf an und fragte plötzlich: „Und du, beklagst du ihn nicht um Jagienkas willen?"

„Möge ihr Gott Gesundheit verleihen und alles Gute zuteil werden lassen!" antwortete Zbyszko.

Dritter Teil

Erstes Kapitel

Einige Tage wartete Macko geduldig auf Nachricht aus Zgorzelic, vornehmlich darüber, ob der Abt sich wieder beruhigt habe, bis er schließlich dieser Ungewißheit überdrüssig war und beschloß, sich zu Zych zu begeben. Alles, was geschehen war, war ohne seine Schuld geschehen, indessen wollte er wissen, ob Zych auch gegen ihn Groll hebe, denn was den Abt anbelangte, so zweifelte er nicht daran, daß dessen Zorn von nun an schwer auf Zbyszko lasten werde. Gleichwohl wollte er alles tun, was in seiner Macht stand, um seinen Verwandten zu besänftigen und den gestörten Frieden wieder herzustellen. So überlegte er denn schon unterwegs, was er in Zgorzelic sagen wolle, um das Mißverständnis aufzuklären und die alten nachbarlichen Beziehungen aufrechtzuerhalten. Doch seine Gedanken schweiften immer ab, und er war froh, als er ankam und Jagienka allein traf.

Sie empfing ihn ebenso freundschaftlich wie sonst, verneigte sich und küßte ihm die Hand, sah aber ein wenig traurig aus.

„Ist dein Vater zu Hause?" fragte er.

„Er ist mit dem Abt auf die Jagd gegangen. Wann sie zurückkehren, weiß ich nicht."

So sprechend, führte sie ihn in die Stube, wo sie schweigend einige Zeit beisammen saßen. Dann nahm sie zuerst wieder das Wort auf: „Ihr langweilt Euch wohl, seitdem Ihr allein in Bogdaniec seid?"

„Ja", erwiderte Macko. „Und du weißt also schon, daß Zbyszko wieder in die Ferne gezogen ist?"

Jagienka seufzte leise.

„Ich weiß es", sagte sie. „Ich wußte es schon am nämlichen Tag, und ich glaubte, er werde bei uns eintreten, um noch ein Abschiedswort zu sagen, aber er ist nicht gekommen."

„Wie hätte er anders handeln können?" entgegnete Macko. „Der Abt hätte ihn ja dann in Stücke zerrissen, und auch dein Vater würde ihn nicht freundlich aufgenommen haben."

Sie aber schüttelte den Kopf und sagte: „O ich hätte es nicht zugelassen, daß er von jemanden gekränkt worden wäre."

Obwohl nun Macko nicht weichherzig war, rührte ihn dies tief. Er zog Jagienka zu sich heran und rief: „Gott sei mit dir, Mädchen! Deine Kümmernisse sind auch die meinen, denn ich sage dir nur das eine, daß weder der Abt noch dein leiblicher Vater dich mehr lieben kann, als ich dich liebe. Wie gerne würde ich an der Wunde sterben, die du geheilt hast, wenn er dich nähme und keine andere."

Für Jagienka aber war jener Augenblick gekommen, da man Kummer und Leid nicht länger in sich zu verschließen vermag, und sie antwortete: „Ich werde ihn niemals wiedersehen, und wenn ich ihn wiedersehe, wird er Jurands Tochter an seiner Seite haben, zuvor aber werde ich mir die Augen ausweinen."

Und sie verhüllte ihr Gesicht mit der Schürze, in ihren Augen standen helle Tränen.

Aber Macko entgegnete: „Sei nur ruhig! Wohl ist er in die Ferne gezogen, weil er nicht anders konnte, doch Gott in seiner Gnade wird uns beistehen, so daß er nicht mit Jurands Tochter zurückkehrt."

„Weshalb sollte er ohne sie zurückkehren?" fragte Jagienka unter ihrer Schürze hervor.

„Weil ihm Jurand die Tochter nicht geben will."

Nun zeigte Jagienka plötzlich ihr Gesicht wieder und sagte lebhaft: „Er erzählte es mir! Aber ist es auch wahr?"

„So wahr wie Gott im Himmel ist!"

„Und warum?"

„Kein Mensch weiß es! Vielleicht ist er durch irgend etwas gebunden, vielleicht durch ein Gelübde, und dem ist nicht abzuhelfen. Zbyszko gefiel ihm, zumal er sich anheischig gemacht hatte, mit Jurand Rache an dessen Feinden zu nehmen, aber auch dies half nichts. Umsonst war auch die Brautwerbung der Fürstin Anna. Weder auf Bitten, noch auf Vorstellungen, noch auf Befehle wollte Jurand hören. Er sagte, er könne nicht anders. Nun, offenbar ist ein Grund vorhanden, daß er nicht anders kann, auch ist er ein starrsinniger Mensch, der das, was er einmal gesagt hat, aufrechterhält. Also verliere du nicht den Mut, Mädchen, und bleibe standhaft. Um seine Pflicht zu erfüllen, mußte der Knabe in die Ferne ziehen, denn die Pfauenbüsche hat er jener anderen in der Kirche eidlich versprochen. Sie hat ihn mit ihrem Schleier bedeckt, zum Zeichen, daß sie ihn zum Gatten nehmen wolle, sonst hätte sein Haupt fallen müssen – dafür ist er ihr Dank schuldig – das ist nicht zu leugnen. Wenn es Gottes Wille ist, wird sie nicht die Seine werden, aber tatsächlich hat sie ein Recht auf ihn. Zych ist ihm nun gram, der Abt wird sich gewiß auf furchtbare Art rächen, und ich selbst bin unwillig über den Burschen, aber alles in allem genommen, was sollte er machen? Da er jenem Mädchen verpflichtet ist, mußte er sich auf die Fahrt begeben. Er ist doch ein Edelmann. Und ich sage dir nur dies: Wenn ihn die Deutschen nicht tüchtig durchbleuen, so kommt er wieder zurück, wie er ausgezogen ist, und nicht allein zu mir, seinem alten Oheim, nicht nur nach Bogdaniec kehrt er zurück, sondern auch zu dir, weil du ihm liebgeworden bist."

„Ich ihm liebgeworden?" wiederholte Jagienka. Zugleich aber trat sie dicht zu Macko heran, und ihn mit dem Ellbogen anstoßend, fragte sie: „Woher wißt Ihr das? Nun? Es ist gewiß nicht wahr!"

„Woher ich es weiß?" antwortete Macko. „Ich sah ja, wie schwer es ihm war, in die Ferne zu ziehen. Und es war so. Als beschlossen wurde, daß er ziehen solle, und ich ihn fragte: ‚Ist es dir nicht leid um Jagienkas willen?' sprach er: ‚Möge Gott ihr Gesundheit verleihen und alles Gute zuteil werden lassen!' Und dann begann er zu seufzen und zu ächzen wie der Blasebalg eines Schmiedes!"

„Das ist gewiß nicht wahr!" sagte Jagienka ganz leise – „doch erzähl mir weiter."

„Es ist wahr, so gewiß ich Gott liebe! Da er dich jetzt kennt, wird ihm die andere nicht mehr so gut gefallen, denn du weißt ja selbst, daß auf der ganzen Welt kein so kraftstrotzendes, schönes Mädchen mehr zu finden ist wie du. Fürchte nichts – durch den Willen Gottes fühlt er sich zu dir hingezogen – vielleicht mehr als du zu ihm."

„O wenn es doch so wäre!" rief Jagienka aus.

Und sich plötzlich bewußt werdend, was ihren Lippen unwillkürlich entflohen war, bedeckte sie ihr wie in Glut getauchtes Gesicht mit ihren Händen, Macko aber lächelte, strich seinen Schnurrbart und sagte: „Ei, daß ich doch jung wäre! Aber bleibe du nur stark, denn ich sehe schon, wie es kommen wird. Er macht sich auf die Fahrt, um sich die Sporen am masovischen Hof zu verdienen, da von dort die Grenze nicht weit ist und ein Zusammentreffen mit einem Kreuzritter leicht herbeigeführt werden kann. Wohl weiß ich, daß es auch unter den Deutschen tapfere Ritter gibt, daher wird er wohl nicht mit heiler Haut aus dem Kampf hervorgehen, aber ich denke mir, daß mancher ihm gegenüber den kürzeren zieht, weil der Schelm im Kampf sehr gewandt ist. Du weißt ja, wie er sich mit Cztan aus Rogow und Wilk aus Brzozowa gerauft hat, obgleich man sagt, daß es tüchtige Burschen sind und so wild wie Bären. Die Pfauenbüsche wird er wohl bringen, aber Jurands Tochter wird er mir nicht zuführen, denn auch ich habe mit diesem gesprochen und weiß, wie die Sache sich verhält. Nun, und was wird dann geschehen? Dann kehrt er hierher zurück, denn wohin sollte er sich wenden?"

„Ach, ob er wohl je zurückkehrt?"

„Na, harrst du nur aus, so wirst du gut dabei fahren. Und erzähle deinem Vater und dem Abt das, was ich dir sage, damit ihr Zorn über Zbyszko etwas nachläßt."

„Aber was soll ich denn sagen? Das Väterchen ist eher betrübt als ärgerlich, aber in der Gegenwart des Abtes ist es gefährlich, auch nur von Zbyszko zu reden. Wie hat er mir und dem Vater zugesetzt, weil wir einen unserer Mannen zu Zbyszko geschickt haben."

„Einen Eurer Mannen habt Ihr zu ihm gesandt?"

„Ja, wißt Ihr, bei uns lebt ein Böhme, den der Vater bei Boleslawicz gefangennahm, ein guter und treuer Knecht. Hlawa wird er genannt. Väterchen überließ mir ihn zur Bedienung, weil er sagt, er sei ein Edelmann, und ich habe ihn jetzt passend ausgerüstet und zu Zbyszko gesandt, damit er es verkünde, wenn geschehen würde, was Gott verhüten möge. Ich habe ihm auch eine Geldkatze mit auf den Weg gegeben, und er schwur mir bei seinem ewigen Heil, er werde Zbyszko bis zum Tod treu dienen."

„Mein liebes Mägdelein! Gott lohne dir dafür! Und hatte dein Vater nichts dagegen einzuwenden?"

„Was hatte er nicht alles dagegen einzuwenden! Anfangs wollte er es nicht gestatten, aber als ich ihn kniefällig darum bat, ließ er mich gewähren. Mit dem Väterchen hat man niemals einen schweren Stand, doch als der Abt davon erfuhr, schimpfte und wetterte er, und wir verlebten einen trüben Tag. Erst am Abend erbarmte sich der Abt meiner Tränen, und er schenkte mir sogar einen Rosenkranz. Aber ich leide gern, wenn ich nur Zbyszko ein größeres Gefolge verschaffen kann."

„So wahr ich Gott liebe, ich weiß nicht, ob ich ihm mehr zugetan bin oder dir, aber er wird ohnedies ein ansehnliches Gefolge mit sich führen – und Geld habe ich ihm auch gegeben, obgleich er es nicht zugeben wollte. Nun, Masovien liegt ja nicht hinter den Bergen."

Das Gespräch wurde durch Hundegebell, laute Rufe und Hörnerschall unterbrochen. Als sie dies hörte, sagte Jagienka: „Da kommt der Abt mit meinem Vater von der Jagd zurück. Gehen wir in die Vorhalle, denn es ist besser, wenn Euch der Abt zuerst von weitem als ganz unvermutet im Zimmer sieht."

So sprechend, geleitete sie Macko in die Vorhalle, von der aus sie dann im Hof einen Troß von Menschen, auch viele Pferde und Hunde erblickten und die auf der Jagd erlegten Elentiere und Wölfe auf dem Schnee liegen sahen. Der Abt, der Macko schon erschaut hatte, bevor er noch vom Pferd gestiegen war, faßte nach dem Jagdspieß an seiner Seite, aber nicht um Gebrauch von dieser Waffe zu machen, sondern um auf diese Weise unverhohlen seinem Haß gegen die Bewohner von Bogdaniec an den Tag zu legen. Doch Macko schwenkte seine Mütze, wie wenn er gar nichts wahrnehme, und Jagienka bemerkte in der Tat nichts, da sie voll Verwunderung ihre beiden Freier unter dem Gefolge gewahrte.

„Cztan und Wilk!" rief sie aus. „Sie müssen mit dem Vater im Wald zusammengetroffen sein."

Bei ihrem Anblick war es Macko, als ob die alte Wunde von neuem schmerze. Der Gedanke schoß ihm plötzlich durch den Kopf, einer von ihnen könne Jagienka, und als ihre Morgengabe Moczydoly, sowie des Abtes Gut, Wälder und Geld erhalten. Kummer und Ärger überkamen ihn, zumal jetzt etwas Neues seine Aufmerksamkeit fesselte. Obwohl Wilks Vater erst vor kurzem von dem Abt zum Kampf herausgefordert worden war, sprang der junge Kämpe jetzt herbei, um letzteren vom Pferd zu helfen und der Abt stützte sich mit sichtlichem Wohlgefallen auf Wilks Schulter.

„Vielleicht hat sich der Abt mit dem alten Wilk dadurch ausgesöhnt, daß er dem Mädchen die Wälder und sein Gut als Brautschatz mitgibt", dachte Macko.

Aus diesen unangenehmen Gedanken riß ihn die Stimme Jagienkas, die in demselben Augenblick sagte: „Die Wunden, die Zbyszko ihnen schlug, sind jetzt wieder geheilt, aber wenn sie auch jeden Tag hierherkommen, für mich sind sie nicht vorhanden!"

Macko blickte sie an – das Gesicht des jungen Mädchens war von Zorn gerötet, und ihre blauen Augen funkelten vor Unwillen, obschon ihr wohlbekannt war, daß Wilk und Cztan nur um ihretwillen jenen Angriff in der Schenke gemacht hatten und um ihretwillen verwundet worden waren.

Doch Macko sagte: „Du wirst tun, was der Abt dich heißt!"

Und sie entgegnete: „Der Abt tut, was ich will."

„Lieber Gott", dachte Macko, „und solch ein Mädchen wird von dem dummen Zbyszko verschmäht!"

Zweites Kapitel

Der dumme Zbyszko hatte Bogdaniec in der Tat mit schwerem Herzen verlassen. Vor allem war ihm nicht wohl zumute ohne den Oheim, von dem er seit Jahren nicht getrennt gewesen und an den er so gewöhnt war, daß er jetzt gar nicht wußte, wie er sich auf seiner Kriegsfahrt ohne ihn behelfen solle. Dann ging ihm auch die Trennung von Jagienka nahe, denn obgleich er sich selbst sagte, daß er nun zu Danusia kommen werde, die er von ganzer Seele liebte, hatte er sich doch immer so glücklich bei Jagienka gefühlt, daß er jetzt erst empfand, welchen Frohsinn sie um sich her verbreitete, wie öde und leer ihm alles vorkam ohne sie. Er wunderte sich selbst über seinen Kummer, er fühlte sich sogar deshalb beunruhigt. Wenn er sich nach Jagienka gesehnt hätte, wie ein Bruder nach seiner Schwester, wäre es kein Unrecht gewesen. Er fühlte jedoch, daß ihn danach verlangte, sie zu umfassen und auf das Pferd zu heben oder sie vom Sattel herabzunehmen, um sie durch den Bach zu tragen, daß ihn danach verlangte, ihr das Wasser aus den Zöpfen zu winden, mit ihr durch die Wälder zu streifen, sie anzuschauen und mit ihr zu plaudern. Die Gewohnheit wirkte dabei so mächtig, und all diese Erlebnisse waren ihm eine solche Wonne gewesen, daß er sich jetzt vollständig in der Erinnerung verlor. Auch vergaß er ganz, daß er sich auf dem Weg nach Masovien befand, dagegen stand ihm fortwährend der Moment vor Augen, da Jagienka ihm im Wald zu Hilfe gekommen war, als er mit dem Bären gerungen hatte. Ihn dünkte, dies sei erst gestern gewesen, und erst gestern sei es gewesen, daß sie zur

Biberjagd an den Ostapange-See gingen, damals hatte er ja nicht bemerkt, wie sie sich des Bibers wegen mutwillig in Gefahr begab, jetzt aber dünkte ihn, daß er sie vor sich sehe – und wieder überkam ihn ein Zittern, gerade wie vor einigen Wochen, als Jagienkas Gewand im Wind flatterte. Dann gedachte er auch des Tages, da sie sich prächtig gekleidet zur Kirche nach Krzesnia begeben hatte, er erinnerte sich, wie er sich gewundert hatte, daß solch ein Mädchen, das ihm anfangs so einfach erschienen war, jetzt gleich einem Hoffräulein aus vornehmem Geschlecht daherritt. All dies bewirkte, daß ein eigentümlicher Schwindel ihn erfaßte, daß ein seliges Wonnegefühl, Trauer und Verlangen sein Herz erfüllten, und während er noch darüber nachsann, daß sie vollständig in seiner Gewalt gewesen war, während er darüber nachsann, wie sie sich zu ihm hingezogen gefühlt, wie sie ihm in die Augen geblickt hatte, und wie sie ihm vollständig zu eigen gewesen war, konnte er kaum auf dem Pferd bleiben. „Wenn ich sie jetzt irgendwo träfe und wenigstens Abschied nehmen und sie mit meinen Armen umfassen könnte, würde mir leichter ums Herz werden", sagte er sich, aber alsbald empfand er auch, daß er sich täusche, denn schon bei dem Gedanken an einen derartigen Abschied lief es wie Feuer durch seine Adern, obwohl die Nacht kalt war.

Schließlich erschrak er über seine eigenen verwegenen Gedanken, und er versuchte sie von sich abzuschütteln, wie man Schneeflocken vom Mantel schüttelt. „Zu Danusia begebe ich mich ja, zu meiner geliebten Herrin!" sagte er sich.

Und zugleich erkannte er, daß dies eine andere Liebe war, eine ruhigere Liebe, die weniger sein ganzes Sein und Wesen durchdrang. Allmählich, je mehr seine Füße in den Steigbügel erstarrten und der rauhe Wind ihm das Blut kühlte, wandten sich seine Gedanken Danusia zu, ihr – ja ihr war er in der Tat Dank schuldig. Wäre sie nicht gewesen, so hätte ja sein Haupt auf dem Markt zu Krakau fallen müssen, da sie in Gegenwart der Rittet und Bürger ausrief: „Mein bist du!" entriß sie ihn den Händen des Henkers, und seitdem gehörte er ihr an, wie der Sklave seinem Herrn. Nicht er hatte sie erwählt, sondern sie hatte ihn erkoren, daran konnte selbst Jurand nichts ändern. Sie allein hätte ihn verabschieden können, wie die Herrin den Diener verabschieden kann, gleichwohl hätte er sie aber auch dann nicht verlassen, weil ihn sein eigenes Gelübde band. Auch wußte er, sie werde ihn nicht von sich scheuchen, sondern eher den masovischen Hof verlassen und ihm folgen bis ans Ende der Welt. Und während er darüber nachsann, verherrlichte er sie unwillkürlich in seinem Innern. Jagienkas Bild hingegen war in den Hintergrund gedrängt, als ob es ausschließlich ihre Schuld gewesen wäre, daß ihn zuweilen ein süßes Verlangen nach ihr überkam, und daß sein Herz sich im Zwiespalt befand. Daß Jagienka den alten Macko geheilt hatte, daß ohne ihr Dazwischenkommen der Bär ihm selbst in jener Nacht vielleicht die Haut vom Leib gerissen hätte, kam ihm jetzt gar nicht in den Sinn. Absichtlich redete er sich in einen gewissen Zorn gegen Jagienka hinein, weil er meinte, daß er sich auf diese Weise

Danusia gegenüber verdient mache, und weil er sich in seinen eigenen Augen rechtfertigen wollte.

Ein Reitersmann, der ein zweites, reichbeladenes Pferd am Zügel führte, weckte ihn aus seinen Gedanken. Es war der Böhme Hlawa.

„Gelobt sei Jesus Christus!" sagte er, sich tief verneigend.

Zwar hatte ihn Zbyszko schon in Zgorzelic gesehen, doch er erkannte ihn jetzt nicht und erwiderte: „Von Ewigkeit zu Ewigkeit! Wer bist du denn?"

„Euer Knecht, edler Herr!"

„Wieso mein Knecht? Dies sind meine Knechte!" entgegnete Zbyszko, auf die beiden Türken, die er von Sulimczyk Zlawisza zum Geschenk erhalten hatte, und auf zwei kräftige Burschen zeigend, die zu Roß saßen und die Hengste des Ritters am Zügel führten. „Wer hat dich hierher geschickt?"

„Die Jungfrau Jagienka Zych aus Zgorzelic!"

„Die Jungfrau Jagienka?" Zbyszko, der sich soeben erst im Innern förmlich gegen sie aufgelehnt hatte, dessen Herz noch von Groll gegen sie erfüllt war, versetzte: „Kehre nach Hause zurück und danke deiner Herrin in meinem Namen für ihre Gewogenheit, denn du kannst nicht bei mir bleiben."

Aber der Böhme schüttelte den Kopf: „Ich kehre nicht zurück, Herr! Euer bin ich jetzt, und ich habe geschworen, Euch zu dienen bis zum Tod."

„Wenn ich dich von ihr zum Geschenk erhalten habe, bist du mein Diener!"

„Euer Diener, Herr!"

„Und ich befehle dir, zurückzukehren."

„Ich aber habe geschworen, und wennschon ich bei Boleslawicz zum Gefangenen gemacht wurde, wennschon ich als Knecht dienen muß, bin ich doch auch ein Edelmann."

Nun geriet Zbyszko in Zorn: „Packe dich fort! Wie, du kannst mir doch nicht gegen meinen Willen dienen? Packe dich fort, sonst lasse ich die Armbrust spannen."

Der Böhme band ruhig einen mit Wolfspelz gefütterten Mantel auf, überreichte ihn Zbyszko und sagte: „Die Jungfrau Jagienka sendet Euch auch dies."

„Willst du, daß ich dir die Knochen entzweischlage?" fragte Zbyszko, seine Lanze aus der Hand eines Knechtes nehmend.

„Und hier ist auch eine Geldkatze, die Euch zu Gebot steht!" fügte der Böhme hinzu.

Zbyszko hatte schon die Lanze angelegt, doch nun erinnerte er sich, daß dieser Mann wohl ein Gefangener, aber aus adeligem Geschlecht war, und daß er offenbar nur deshalb hatte bei Jagienka bleiben müssen, weil er nichts besaß, um sich loszukaufen, daher ließ er die Lanze wieder sinken. Der Böhme aber neigte sich tief bis zu seinen Füßen herab und sagte: „Erzürnt Euch nicht, Herr! Da Ihr mir nicht befehlt, bei Euch zu bleiben, will ich einige hundert Schritte oder noch etwas mehr hinter Euch reiten, aber begleiten werde ich Euch, denn dies habe ich bei meinem Seelenheil geschworen."

„Und wenn ich dich totschlagen oder fesseln lasse?"

„Wenn Ihr mich totschlagen laßt, wird es nicht meine Sünde sein, und wenn Ihr mich fesseln laßt, werde ich es aushalten, bis gute Leute mich befreien oder die Wölfe mich auffressen."

Zbyszko gab keine Antwort – er trieb sein Pferd an, und auch seine Leute setzten sich in Bewegung. Mit der Armbrust auf der Schulter, dem Beil im Arm, ritt der Böhme hinter ihnen her. Er hatte das zottige Fell eines Auerochsen um sich geschlagen, denn ein scharfer Wind wehte und führte dichte Schneeflocken mit sich.

Das Unwetter nahm mit jedem Augenblick zu. Trotz ihrer Schafpelze waren die Türken wie erstarrt vor Kälte, Zbyszkos Diener schlugen sich in die Hände, und da er selbst nicht warm genug gekleidet war, warf er hier und da einen verstohlenen Blick auf den mit Wolfspelz gefütterten Mantel, der ihm von Hlawa gebracht worden war, und schließlich gebot er einem der Türken, ihm den Mantel zu reichen. Und als er sich dicht hineingehüllt hatte, fühlte er bald eine wohltuende Wärme, die den ganzen Körper durchdrang. Den besten Dienst leistete ihm die Kapuze, die seine Augen und einen großen Teil seines Gesichtes bedeckte, so daß er den Wind kaum mehr spürte. Nun sagte er sich unwillkürlich, daß Jagienka doch ein seelengutes Mädchen sei – und er hielt sein Pferd an, weil ihn die Lust überkam, den Böhmen nach ihr und nach allem auszuforschen, was sich mittlerweile in Zgorzelic zugetragen hatte.

Er winkte daher dem Boten Jagienkas und richtete an ihn die Frage: „Weiß denn der alte Zych, daß dich die Jungfrau zu mir gesandt hat?"

„Er weiß es!" entgegnete Hlawa.

„Und er hat sich nicht widersetzt?"

„Ja, er hat sich widersetzt!"

„Erzähle mir ganz genau, wie es gewesen ist."

„Der Herr rannte in der Stube herum und die Jungfrau hinter ihm her. Er war sehr ärgerlich und schrie, aber das Mädchen gab keinen Laut von sich – doch als er sich zu ihr umwandte, fiel sie zu seinen Füßen nieder, ohne ein einziges Wort zu äußern. Schließlich sagte der Herr: ‚‚Du bist wohl taub geworden, daß du gar nichts auf meine Vorstellung erwiderst? Sprich dich wenigstens aus, denn am Ende muß ich es ja doch gestatten. Aber wenn ich es gestatte, reißt mir der Abt den Kopf herunter!' Als nun die Jungfrau sah, daß sie ihren Willen durchsetzen werde, dankte sie unter Tränen. Der Herr machte ihr Vorwürfe, daß sie ihn überredet hatte, und klagte darüber, daß sie in allem ihren Willen durchsetzen wolle, zuletzt aber sagte er: ‚Versprich mir, daß du dich nicht heimlich hinausstiehlst, um dich von ihm zu verabschieden, dann gebe ich meine Einwilligung, sonst aber nicht!' Da wurde die Jungfrau sehr betrübt, aber sie versprach es – und der Herr war sehr froh darüber, weil er und der Abt eine furchtbare

Angst gehabt hatten, ihr könne die Lust kommen, Euer Gnaden noch einmal zu sehen ... das war aber noch nicht alles, denn die Jungfrau wollte, daß ich mich mit zwei Pferden zu Euch aufmache, und der Herr untersagte es. Das Jungfräulein wollte Euch den Wolfspelz und die Geldkatze schicken, der Herr untersagte es. Doch was nützen solche Verbote? Wenn es ihr in den Sinn käme, das Haus anzuzünden, so würde der Herr es schließlich auch erlauben. So bin ich denn mit zwei Pferden, mit dem Wolfspelz und der Geldkatze zu Euch gekommen."

„Welch gutes Mädchen!" sagte sich Zbyszko im Innern.

Nach einer Weile fragte er: „Und hatten sie mit dem Abt nicht ihre liebe Not?"

Der Böhme lächelte wie ein verständiger Mann, der alles wahrnimmt, was um ihn her vorgeht, und erwiderte: „Die beiden verheimlichten es vor dem Abt, und was weiter geschah, weiß ich nicht, weil ich zeitig wegritt. Der Abt bleibt immer der Abt – zuweilen schreit er auch das Jungfräulein Jagienka an, aber dann betrachtet er sie unverwandt, um zu ergründen, ob er sie beleidigt hat. Ich war selbst einmal dabei, als er mit ihr zankte, gleich darauf jedoch an seine Truhe ging, eine Kette herausnahm, wie selbst in Krakau keine schönere zu finden ist, und sagte: ‚Hier, nimm!' Ja, auch mit dem Abt wird sie sich zu helfen wissen, denn der eigene Vater hat sie nicht lieber als er."

„Gewiß, so ist es!"

„So wahr Gott im Himmel ist!"

Ein kurzes Schweigen folgte, und weiter ritten sie, inmitten des Sturmes und des Schneegestöbers. Da hielt Zbyszko sein Pferd an, denn plötzlich ließ sich eine klagende, durch das Rauschen des Waldes kaum hörbare Stimme vernehmen: „Christen, errettet einen Diener Gottes aus seiner Bedrängnis!"

Beinahe gleichzeitig erblickten sie einen Mann in halb geistlicher, halb weltlicher Tracht, der ihnen entgegeneilte, und vor Zbyszko stehenbleibend, ausrief: „Wer du auch seiest, Herr, hilf deinem Nebenmenschen in seiner schweren Not!"

„Was ist geschehen? Ist Euch etwas zugestoßen?" fragte der junge Ritter.

„Ich bin ein Diener Gottes, wenngleich ich nicht die Weihen empfangen habe, und mir ist das Unglück zugestoßen, daß mein Pferd, das zwei Laden mit Heiligtümern trug, sich heute früh losriß. Jedoch, ohne Waffen bin ich zurückgeblieben, der Abend naht heran und bald werden sich die wilden Tiere im Wald vernehmen lassen. Ich gehe zugrunde, wenn Ihr mich nicht rettet!"

„Wenn du durch meine Schuld zugrunde gingest, wäre ich ja für deine Sünden verantwortlich", entgegnete Zbyszko. „Aber woran erkenn' ich, daß du die Wahrheit sagst, und daß du nicht irgendein Landstreicher oder ein Beutelschneider bist, wie sich deren so viele herumtreiben?"

„Meine beiden Schreine sollen dir den Beweis liefern, Herr! Gar mancher würde gern einen Beutel voll Dukaten für das geben, was sich darin befindet. Du aber wirst umsonst etwas daraus bekommen, wenn ihr mich und meine Schreine mitnehmt."

„Du sagst, du seiest ein Diener Gottes und weißt nicht einmal, daß man nicht auf irdischen, sondern nur auf himmlischen Lohn rechnen darf, wenn man jemanden aus der Not hilft? Aber wieso hast du die Laden bei dir behalten, wenn das Pferd, das sie trug, dir entlaufen ist?"

„Weil das Pferd, ehe ich es fand, offenbar von den Wölfen auf einer Waldwiese zerrissen worden war, die Laden aber zurückblieben und ich sie hierher an den Weg schleppte, um zu warten, bis gute Menschen sich meiner erbarmen würden."

Und als ob er zugleich den Beweis liefern wollte, daß er die Wahrheit redete, zeigte er auf zwei unter einem Fichtenbaum liegende Schreine.

Zbyszko betrachtete den Unbekannten mit mißtrauischen Blicken, zumal dessen Sprache zwar richtig war, aber doch den Ausländer verriet. Gleichwohl wollte er dessen Bitte um Hilfe nicht abschlagen und gestatte ihm, sich mit den beiden Laden, die auffallend leicht waren, sich auf das herrenlose Pferd zu setzen, das der Böhme ihm zugeführt hatte.

„Möge Gott deine Siege mehren, tapferer Ritter!" sagte der Unbekannte.

Und das jugendliche Gesicht Zbyszkos näher ansehend, fügte er hierauf halblaut hinzu: „Und deine Barthaare gleichfalls."

Dann ritt er neben dem Böhmen her. Während einiger Zeit vermochten sie nichts zu reden, weil der Sturm zu heftig tobte und ein starkes Rauschen durch den Wald ging. Aber als es stiller geworden war, vernahm Zbyszko folgendes Gespräch der hinter ihm Reitenden.

„Darüber will ich nicht mit dir streiten, ob du in Rom gewesen bist, aber jedenfalls siehst du aus, wie ein Biersäufer", sagte der Böhme.

„Hüte dich vor ewiger Verdammnis!" entgegnete der Unbekannte, „denn du sprichst mit einem Menschen, der am letzten Osterfest harte Eier mit dem heiligen Vater verspeist hat. Sprich mir auch nicht bei solcher Kälte von Bier, oder wenigstens von gewärmtem, aber wenn du irgendwo eine Flasche mit Wein bei dir hast, so gib mir zwei Schluck oder drei, dann sollst du Ablaß für einen Monat Fegfeuer von mir bekommen."

„Du hast die Weihen nicht erhalten – ich hörte ja, daß du davon sprachst – wie kann ich also Ablaß für einen Monat Fegfeuer von dir bekommen?"

„Nein, die Weihen habe ich nicht, aber mein Kopf ist geschoren, denn dazu habe ich die Erlaubnis erhalten und außerdem führe ich Ablaßzettel und Reliquien bei mir."

„In diesen hölzernen Schreinen?" fragte der Böhme.

„Ja, in diesen hölzernen Schreinen. Ach, wenn Ihr alles sehen würdet, was ich habe, so würdet Ihr auf Euer Antlitz niederfallen, und mit Euch würden alle Fichtenbäume im Wald samt den wilden Tieren niederknien."

Aber der Böhme, der zwar noch jung, aber doch klug und erfahren war, sah den Verkäufer der Ablaßzettel mißtrauisch an und ließ sich also vernehmen: „Und die Wölfe haben also dein Pferd aufgefressen?"

„Ja, ja, sie haben es aufgefressen, weil sie sich wie die Teufel draufstürzten, aber dann sind sie auch zerplatzt. Einen der zerplatzten Wölfe habe ich mit meinen eigenen Augen gesehen. Wenn du Wein hast, so gib her, denn obgleich der Wind nachgelassen hat, bin ich starr vor Frost, weil ich so lange am Weg saß."

Doch der Böhme gab ihm keinen Wein, und wieder ritten sie schweigend weiter, bis der Reliquienhändler von neuem begann: „Wohin begebt Ihr Euch?"

„In ferne Lande. Einstweilen aber nach Sieradz. Geht Ihr mit uns?"

„Ich muß wohl. Im Stall kann ich mich dann ausschlafen, morgen schenkt mir der gottesfürchtige Ritter vielleicht dieses Pferd – und dann eile ich weiter."

„Woher bist du?"

„Unter preußischer Herrschaft stehe ich, bei Marienburg bin ich zu Hause."

Als Zbyszko dies hörte, wandte er sich um und winkte dem Unbekannten, er möge sich nähern.

„Bei Marienburg bist du zu Hause?" fragte er. „Kommst do von dort?"

„Ja, von Marienburg!"

„Aber zweifellos bist du kein Deutscher, da du unsere Sprache so gut sprichst. Wie nennt man dich?"

„Ich bin ein Deutscher und werde Sanderus genannt. Eure Sprache spreche ich, weil ich in Thorn geboren bin, wo alles Volk so spricht. Später wohnte ich in Marienburg, aber dort war es geradeso. Sogar die Ordensbrüder verstehen Eure Sprache."

„Und seid Ihr schon lange aus Marienburg weg?"

„Herr, ich bin im heiligen Land gewesen, dann in Konstantinopel und in Rom, von dort kehrte ich durch Frankreich nach Marienburg zurück. Von Marienburg begab ich mich nach Masovien, um die heiligen Reliquien feilzubieten, die fromme Christen ihres Seelenheiles wegen gerne kaufen."

„Bist du in Plock gewesen? Oder vielleicht in Warschau?"

„Ich bin hier und dort gewesen. Möge Gott den beiden Fürstinnen Gesundheit verleihen. Nicht umsonst wird die Fürstin Alexandra auch von den preußischen Machthabern verehrt, denn sie ist eine gottesfürchtige Frau – und die Fürstin Anna, Janusz' Gattin, ist nicht minder vortrefflich."

„Hast du in Warschau den Hof gesehen?"

„Nicht in Warschau, sondern in Ciechanon, wo das Fürstenpaar mich als Diener Gottes gastfreundlich aufnahm und mich freigebig mit einem Zehrpfennig versah. Aber ich ließ ihnen auch Reliquien zurück, die den Segen Gottes auf sie herabrufen werden."

Zbyszko stand schon im Begriff, nach Danusia zu fragen, aber plötzlich überkam ihn eine unbestimmte Scheu, und ein gewisses Schamgefühl hielt ihn davon ab, denn er sagte sich, das hieße einen Unbekannten von niederem Stand, einen Menschen, der zudem verdächtig aussah und ein gewöhnlicher Betrüger sein konnte, zum Vertrauten seiner Liebe machen.

Nach kurzem Schweigen fragte er daher: „Was für Reliquien führst du denn mit dir in der Welt herum?"

„Ablaßzettel und Reliquien biete ich feil, und die Ablaßzettel sind verschieden: es gibt solche für ewige Zeit und für fünfhundert, dreihundert, zweihundert Jahre und für kürzere Zeit, auch ganz billige, damit die armen Leute sie kaufen können, um sich dadurch die Höllenqualen zu verkürzen. Ich habe Ablaßzettel für die früheren und für die künftigen Sünden, aber denkt nicht, Herr, daß das Geld, das ich einnehme, mir gehört. Ein Stückchen Schwarzbrot und ein Schluck Wasser, das ist alles, was ich brauche. Den Rest von dem, was ich zusammenbringe, sende ich nach Rom, auf daß mit der Zeit ein neuer Kreuzzug unternommen werden kann. Zwar gehen viele Schwindler auf der Welt herum, deren Ablaßzettel und Reliquien und Siegel und Zeugnisse gefälscht sind – und diese verfolgt der Heilige Vater mit Fug und Recht durch Steckbriefe, mir aber hat der Prior von Sieradz eine schwere Kränkung zugefügt, und sehr ungerecht ist er gegen mich gewesen – denn meine Siegel sind ganz echt. Betrachtet nur das Wachs, Herr, und sagt selbst, ob es nicht wahr ist!"

„Und was tat der Prior von Sieradz?"

„Ach, Herr, gebe Gott, daß ich unrecht hatte, wenn ich behauptete, der Prior sei durch die ketzerische Lehre Wiklefs angesteckt worden. Wenn Ihr Euch aber nach Sieradz begebt, wie mir der Knecht von Euer Gnaden sagte, will ich mich dem Prior gar nicht zeigen, um ihn nicht zur Sünde und zur Lästerung der heiligen Reliquien zu verleiten."

„Dies soll, kurz gesagt, wohl heißen, daß er dich für einen Betrüger und Beutelschneider hält?"

„Herr, wenn er mich dafür hielte, so würde ich ihm dies aus reiner Nächstenliebe verzeihen, ja, ich habe ihm sogar schon verziehen, aber er hat meine heilige Ware gelästert, wofür er, wie ich fürchte, ohne Rettung ewig verdammt bleiben wird."

„Was für eine heilige Ware hast du denn?"

„Eine Ware, von der man nicht mit bedecktem Haupt sprechen sollte, da ich aber diesmal die Ablaßzettel bereithalte, gebe ich Euch, Herr, die Erlaubnis, die Kapuze aufzubehalten, weil der Wind wieder anfängt zu blasen. Kauft dafür einen Ablaßzettel, sobald wir Rast machen, und die Sünde wird Euch nicht angerechnet werden. Was habe ich nicht alles feil! Ich habe den Huf des Eseleins, auf dem die Flucht nach Ägypten unternommen wurde. Bei den Pyramiden ist dieser Huf gefunden worden, der König von Aragonien hat mir fünfzig Dukaten in gutem Gold dafür geboten. Aus den Flügeln des Erzengels Gabriel besitze ich eine Feder, die er bei der Verkündigung verlor. Ich habe zwei Köpfe von den Wachteln, die den Israeliten in die Wüste herabgesandt wurden, ich habe das Öl, worin die Heiden Johannes braten wollten – und eine Sprosse der Leiter, von der Jakob träumte – und Tränen von der Ägyptischen Maria und ein wenig Rost von den Schlüsseln des hl. Petrus. Aber alles vermag ich nicht aufzuzählen, erstens weil ich ganz erstarrt vor Kälte bin und dein Knappe, Herr, mir keinen Wein geben will, und zweitens darum, weil ich bis in die späte Nacht nicht damit fertig würde."

„Das sind wertvolle Reliquien, wenn sie echt sind", bemerkte Zbyszko.

„Wenn sie echt sind? Nimm die Lanze aus der Hand des Knechtes, Herr, und stoße zu, denn offenbar ist der Teufel in der Nähe und gibt dir solche Gedanken ein. Herr, halte ihn dir durch die Lanze vom Leib! ... Und wenn du kein Unglück auf dich herabbeschwören willst, so kaufe bei mir einen Ablaßzettel für diese Sünde – sonst wird innerhalb dreier Wochen das Wesen sterben, das du am meisten auf der Welt liebst."

Zbyszko erschrak über diese Drohung, denn unwillkürlich kam ihm Danusia in den Sinn, und er sagte daher: „Ich bin es ja nicht, der an der Echtheit deiner Reliquien zweifelt, sondern der Prior der Dominikaner in Sieradz."

„Betrachtet doch nur einmal das Wachs der Siegel, Herr – Wer weiß, ob der Prior jetzt noch am Leben ist, denn Gottes Strafe bleibt nie lange aus."

Doch als sie in Sieradz ankamen, zeigte es sich, daß der Prior noch am Leben war. Zbyszko wandte sich sogar an ihn, um zwei Messen, die eine für Macko, die andere der Pfauenbüsche wegen lesen zu lassen, auf deren Eroberung er bedacht war. Der Prior, einer der Ausländer, die damals in Polen lebten, war in Cilli geboren, hatte sich aber durch seinen vierzigjährigen Aufenthalt in Sieradz die polnische Sprache vollständig zu eigen gemacht und war ein ausgesprochener Feind der Kreuzritter. Als er Zbyszkos Absicht erfuhr, sagte er: „Gott wird wohl noch eine schwere Strafe über die Kreuzritter verhängen. Und dir rate ich nicht ab, das auszuführen, was du dir vorgenommen hast, erstens, weil dein Eid dich bindet und zweitens, weil die Polen sich nicht genug für das rächen können, was die Kreuzritter in Sieradz getan haben."

„Was haben sie denn getan?" fragte Zbyszko, der sich immer freute, wenn er etwas von den widerrechtlichen Taten der Kreuzritter vernahm.

Da faltete der greise Prior die Hände und fing an, laut für die ewige Ruhe der Seelen zu beten. Hierauf ließ er sich auf einen Sessel nieder, drückte eine Weile die Augen zu, wie wenn er alte Erinnerungen heraufbeschwören wolle, und begann folgendermaßen:

„Durch Wincenty aus Szamotor wurden sie hierhergeführt. Damals war ich zwölf Jahre alt und gerade aus Cilli angekommen. Mein Oheim Petzoldt hatte mich von dort mit hierher genommen. Des Nachts nun fielen die Kreuzritter in die Stadt ein und steckten sie in Brand. Von der Schutzwehr aus sahen wir, wie sie Männer, Frauen und Kinder köpften, wie sie Säuglinge in die Flammen warfen ... Ja, ich sah es sogar mit an, wie sie auch Geistliche totschlugen, da sie in ihrer Wut niemanden schonten. Der Zufall wollte es, daß der Prior Mikolaj aus Elbing den die Krieger anführenden Komtur Hermann kannte. Daher ging er mit den älteren geistlichen Brüdern dem blutgierigen Ritter entgegen, und vor ihm niederkniend flehte er ihn in deutscher Sprache an, er möge sich seiner christlichen Nebenmenschen erbarmen. Doch der Komtur entgegnete: „Ich verstehe Euch nicht!" und befahl, die Menschen weiter zu schlachten. Damals tötete man auch die Klosterbrüder und mit ihnen meinen Oheim. Mikolaj aber wurde einem Pferd an den Schwanz gebunden. Frühmorgens war kein einziger Lebender mehr in der Stadt außer den Kreuzrittern und mir. Denn ich hatte mich oben an der Kirchenglocke hinter einem Brett versteckt. Bei Plowce wurden sie von Gott für all dies bestraft, aber nun lauern sie beständig auf den Untergang unseres christlichen Reiches und sie werden so lange lauern, bis Gottes Arm sie ganz zerschmettert hat."

„Bei Plowce sind fast alle Männer meines Stammes zugrunde gegangen", erwiderte Zbyszko, „aber ich beklage es nicht, weil Gott dem König Lokietek einen so großen Sieg verliehen hat und zwanzigtausend Deutsche gefallen sind."

„Du wirst wohl noch größere Schlachten und noch größere Siege erleben!" sagte der Prior.

„Amen!" entgegnete Zbyszko.

Dann kam die Rede auf andere Dinge. Der junge Ritter fragte den Prior nach dem Reliquienhändler, den er unterwegs getroffen hatte, und erfuhr, daß sich viele solcher Schwindler auf den Straßen umhertrieben, um leichtgläubige Leute zu betören. Auch sagte ihm der Prior, durch eine päpstliche Bulle sei den Bischöfen geboten worden, diese Händler zu verfolgen und sofort Gericht über jeden zu halten, der nicht die richtigen Schriften und Siegel aufweisen könne. Weil nun die Zeugnisse jenes Landstreichers dem Prior verdächtig erschienen waren, hatte er ihn der Jurisdiktion des Bischofs überliefern wollen. Würde der Reliquienhändler damals die Echtheit seiner Ablaßzettel bewiesen haben, so wäre er straflos davongekommen, doch er hatte vorgezogen, sich durch die Flucht jeder Verantwortung zu entziehen. Vielleicht hatte er vornehmlich die Verzögerung seiner Reise befürchtet, jedenfalls war er aber durch sein Verschwinden nur noch verdächtiger erschienen.

Als Zbyszko im Begriff stand, sich zu entfernen, lud der Prior ihn ein, im Kloster zu übernachten, doch der Jüngling konnte nicht darauf eingehen. Er wollte an die Schenke eine Tafel hängen lassen, mit einer Herausforderung zum Kampf „zu Fuß oder zu Pferd" an alle Ritter, die es bestritten, daß die Jungfrau Danuta, Jurands Tochter, das schönste und tugendhafteste Mädchen im Königreich sei – und eine solche Herausforderung an die Klosterpforten anzubringen, wäre durchaus nicht tunlich gewesen. Auch verstand sich weder der Prior noch einer der Klosterbrüder dazu, die Herausforderung zu schreiben, wodurch der junge Ritter in große Verlegenheit geriet und nicht wußte, wie er sich Rat schaffen solle. Erst als er die Schenke betrat, kam ihm der Gedanke, sich um Beistand an den Ablaßverkäufer zu wenden.

„Der Prior ist durchaus nicht klar darüber, ob du ein Taugenichts bist!" erklärte der junge Ritter dem Händler, „denn er sagt: ‚Weshalb sollte jener Mann das bischöfliche Gericht fürchten, wenn seine Zeugnisse nicht gefälscht sind?'"

„Den Bischof fürchte ich auch nicht", antwortete Sanderus, „sondern einzig nur die Mönche, die sich nicht auf die Siegel verstehen. Jetzt wollte ich mich nach Krakau begeben, aber ich besitze kein Pferd und muß daher warten, bis mir jemand eines schenkt. Mittlerweile sende ich ein Schreiben ab, auf das ich mein eigenes Siegel drücken will."

„Ei, wenn du der Schrift kundig bist, so ist dies ein Beweis, daß du nicht zu den einfältigen Menschen zählst. Und wie übersendest du deinen Brief?"

„Durch irgendeinen Pilgrim oder einen fahrenden Bruder. Es wallfahren ja manche Leute ans Grab der Königin nach Krakau."

„Könntest du mir nicht die Herausforderung schreiben?"

„Herr, ich will alles, was Ihr verlangt, schreiben – ganz schön und ganz richtig, selbst wenn es auf einem Brett sein müßte."

„Ein Brett wird am besten sein, weil man es nicht zerreißen kann und es mir auch später von Nutzen sein wird."

Nach einiger Zeit brachten denn auch die Knechte ein neues Brett herbei und Sanderus begann zu schreiben. Was er schrieb, konnte Zbyszko zwar nicht lesen, gleichwohl befahl er, die Herausforderung sofort an dem Tor zu befestigen und darunter sein Schild aufzuhängen. Die beiden Türken mußten dies abwechselnd bewachen. Wer dann mit der Lanze draufschlug, gab damit das Zeichen, daß er die Herausforderung annahm.

Indessen schien es in Sieradz offenbar an Leuten zu fehlen, die an solchen Sachen Gefallen fanden, denn weder an diesem Tag noch am folgenden Morgen erklang der Schild auch nur ein einziges Mal. Etwas niedergeschlagen brach der Jüngling um die Mittagszeit wieder auf.

Bevor er aber Sieradz verließ, kam Sanderus zu ihm und sagte: „Herr, würdet Ihr den Schild in dem Gebiet der preußischen Machthaber heraushängen, so müßte Euch der Knappe schon jetzt die Riemen der Rüstung festziehen."

„Wie wäre dies möglich! Ein Kreuzritter darf sich ja als Ordensbruder keine Herrin erkiesen, der er in Liebe dient. Dies ist ihm verboten."

„Ob es ihnen verboten ist, weiß ich nicht, ich weiß nur, daß sie sich auch ihre Herrinnen erwählen. Das ist wahr, daß ein Kreuzritter sich nicht zum Zweikampf stellen kann, ohne Ärgernis zu geben, weil er geschworen hat, daß er, gemeinschaftlich mit allen anderen, nur für den Glauben kämpfen werde. Außer den Ordensbrüdern halten sich aber auch fremde weltliche Ritter dort auf, die den preußischen Herren stets zu Hilfe kommen. Die warten nur auf eine Gelegenheit, sich mit irgend jemanden im Kampf zu messen, und besonders die französischen Ritter zeigen immer Lust dazu."

„Traun! Ich habe sie bei Wilna gesehen und will's Gott, werde ich sie auch in Marienburg sehen. Die Pfauenbüsche an den Helmen der Ritter muß ich erobern, denn ich habe es gelobt, verstehst du?"

„Kauft mir zwei oder drei Tropfen von dem Schweiß ab, den der heilige Georg beim Kampf mit dem Drachen vergossen hat. Mehr als alle anderen ist einem Ritter diese Reliquie von Nutzen. Gebt mir dafür das Pferd, auf dem ich hierher ritt, wie Ihr befahlt, dann lege ich Euch auch noch einen Ablaßzettel für das Christenblut hinzu, das Ihr im Kampf vergießen werdet."

„Laß mich in Frieden, sonst werde ich böse. Von deiner Ware werde ich nichts nehmen, ehe ich nicht weiß, daß sie echt ist."

„Nun, Herr, wie Ihr gesagt habt, begebt Ihr Euch ja an den masovischen Hof zum Fürsten Janusz. Fragt also dort danach, wie viele Reliquien mir abgekauft wurden – auch von der Fürstin selbst – und von den Rittern und von den Jungfrauen bei den Hochzeiten, denen ich beigewohnt habe."

„Bei welchen Hochzeiten?" fragte Zbyszko.

„Vor dem Advent finden ja immer viele statt. Und ein Ritter nach dem anderen vermählte sich, denn die Leute sprechen davon, daß ein Krieg zwischen dem polnischen König und den preußischen Herren aus dem Gebiet von Dobrzyn ausbrechen werde. Da sagt sich denn mancher: ‚Gott weiß, ob ich am Leben bleibe!' und deshalb will er zuvor im glücklichen Besitz seines Weibes sein."

Die Kunde von dem Krieg machte einen tiefen Eindruck auf Zbyszko, aber noch tieferen Eindruck machte das, was Sanderus von den verschiedenen Ehebündnissen berichtet hatte. Daher fragte er: „Welche Mägdlein sind es, die sich vermählt haben?"

„Hoffräulein der Fürstin. Ich weiß nicht, ob ein einziges übrig geblieben ist, denn ich hörte, wie die Fürstin sagte, sie müsse sich neue zu ihren Diensten heranziehen."

Als Zbyszko dies hörte, schwieg er eine Weile, dann aber fragte er abermals mit ganz veränderter Stimme: „Und hat sich die Jungfrau Danuta, Jurands Tochter, deren Namen auf der Tafel steht, auch vermählt?"

Sanderus zauderte mit der Antwort, erstens deshalb, weil er nichts sicher wußte, und zweitens, weil er sich sagte, wenn er den Ritter in Ungewißheit lasse, werde er ein gewisses Übergewicht über ihn erlangen und könne ihn dadurch besser ausnützen. Längst schon hatte er bei sich erwogen, ob er sich nicht zu diesem Kämpen halten solle, dessen Wohlhabenheit nicht nur das ansehnliche Gefolge, sondern auch das ganze Auftreten verriet. Sanderus verstand sich auf das Gefolge und auf die Ausrüstungen der Ritter. Die große Jugend Zbyszkos schien ihm auch eine Gewähr dafür zu leisten, daß sich dieser sehr freigebig erweisen und mit dem Geld leicht um sich werfen werde. Dafür bürgten ja auch die kostbare Mailänder Rüstung und die mächtigen Kriegsrosse, die der erste beste nicht besitzen konnte. Demzufolge kam er daher zu der Überzeugung, das Anschließen an ein solches Herrlein werde ihm sowohl Gastfreundschaft auf den Höfen verschaffen, wie Sicherheit auf den Wegen bieten, und ihm mehr als eine Gelegenheit zum günstigen Verkauf des Ablasses verbürgen, ganz abgesehen von dem reichlichen Essen und Trinken, um was es ihm ja vor allem zu tun war.

Als er daher Zbyszkos Frage vernahm, runzelte er zuerst die Stirn, zog die Brauen in die Höhe, als ob ihn das Denken anstrenge, und erwiderte erst dann in wichtigem Ton: „Das Jungfräulein Danusia, Jurands Tochter ... Woher ist sie denn?"

„Jurands Tochter, Danusia, ist aus Spychow."

„Ich habe wohl alle gesehen, aber gerade derer, nach der Ihr fragt, kann ich mich nicht erinnern."

„Ein gar junges Ding ist sie noch, und sie spielt die Laute und singt zur Ergötzung der Fürstin."

„Aha, ein gar junges Ding ist sie noch, und auf der Laute weiß sie zu spielen! Gar viele junge Dinger habe ich gesehen. Ist sie nicht dunkel wie Achat?"

Zbyszko holte tief Atem.

„Nein, das ist sie nicht! Die, welche ich meine, hat zart gerötete Wangen, ist weiß wie Schnee und blond."

Darauf erwiderte Sanderus: „Die eine, die dunkle, ist bei der Fürstin geblieben, all die anderen aber sind schon Eheweiber geworden."

„Du sagtest aber doch, du habest ‚fast alle' gesehen, nicht nur eine einzige. Beim allmächtigen Gott, du willst wohl, daß ich dein Gedächtnis durch irgend etwas auffrische!"

„Laß mir nur drei oder vier Tage Zeit, dann werde ich mir alles wieder in die Erinnerung rufen können – am liebsten aber hätte ich ein Pferd, damit es die geweihte Ware trage, mit der ich handle."

„Das sollst du bekommen, so du die Wahrheit sprichst."

Jetzt ließ sich aber der Böhme, der diesem Gespräch von Anfang an zugehört hatte, verächtlich lächelnd, also vernehmen: „Die Wahrheit wird an dem masovischen Hof zutage kommen."

Sanderus schaute den Sprechenden einen Augenblick an, dann sagte er: „Glaubst du denn, ich fürchte mich vor dem masovischen Hof?"

„Ich behaupte nicht, daß du dich vor dem masovischen Hof fürchtest, ich sage dir nur eines: weder sofort, noch in drei Tagen, wirst du dich auf dem Pferd aus dem Staub machen, und zeigt es sich, daß du lügst, dann kommst du auch nicht auf den eigenen Füßen davon, denn dann läßt sie dir Seine Gnaden entzweibrechen."

„So wahr ich lebe!" rief Zbyszko.

Sanderus sagte sich sofort, unter solchen Umständen sei es am besten, recht vorsichtig zu sein, und warf daher ein: „Wenn ich lügen wollte, hätte ich sofort erklärt: die ist längst vermählt, oder: die ist noch nicht vermählt. Was habe ich aber geantwortet? Ich sagte nichts als: ich erinnere mich ihrer nicht. Wenn du daher Verstand hättest, würde dir meine Antwort ein Beweis für meine Tugend sein."

„Mein Verstand hat mit deiner Tugend nichts gemein. Selbst ein Hund zeichnet sich zuweilen durch irgendeine Tugend aus."

„Wenn du meine Tugend schmähst, schmähst du deinen Verstand, wer aber im Leben die anderen anknurrt, der heult gar häufig nach dem Tod."

„Ganz gewiß. Aus Tugend wirst du freilich nach dem Tod nicht heulen, sondern höchstens knirschen, vorausgesetzt, daß du deine Zähne nicht schon zu Lebzeiten im Dienst des Teufels eingebüßt hast."

So zankten sich die beiden eine geraume Zeit hindurch, denn Hlawa hatte eine gewandte Zunge und blieb dem Deutschen keine Antwort schuldig. Zbyszko erteilte indessen den Befehl zum Aufbruch, und unverzüglich setzten sich alle in Bewegung, nachdem sie zuvor bei erfahrenen Leuten den Weg nach Leczyc erfragt hatten. Nicht weit von Sierads gelangten sie in dichte, finstere Wälder, die eine große Strecke Landes bedeckten. Aber inmitten derselben kamen sie auf eine Heerstraße, die teilweise frisch aufgeschüttet, teilweise an schadhaften Stellen durch Einrammung runder Pfähle fahrbar gemacht worden war, Einrichtungen, die noch aus der Regierungszeit des Königs Kasimir herrührten. Wohl wurden nach seinem Tod, während der wilden Streitigkeiten der Naleczy und der Grzymalitczyc die Landstraßen schlimm verheert, jedoch unter der friedfertigen Herrschaft Jadwigas regten sich wieder allenthalben geschickte Hände, die in den Sümpfen Spaten und Schaufel, in den Wäldern die Axt führten. Noch vor Ende ihres Lebens leitete der Kaufmann seine Frachtwagen von einer bedeutsamen Stadt zur anderen, ohne die Angst hegen zu müssen, sie könnten in einen Graben stürzen oder im Sumpf steckenbleiben. Wohl mochte man von wilden Tieren oder von Räubern auf den Fahrten überfallen werden, jedoch gegen die Bestien schützten bei Nacht die Pechpfannen, bei Tag die Armbrust, und Überfälle von Räubern waren weit seltener als in den angrenzenden Ländern. Was hatte daher der zu fürchten, der bewaffnet und mit einem Gefolge reiste?

Zbyszko empfand auch weder vor Räubern noch vor gewappneten Rittern die geringste Angst, er dachte nicht einmal an sie. Ihn beunruhigten ganz andere Dinge – seine Gedanken weilten an dem masovischen Hof. Befand sich Danusia noch am Hof der Fürstin, war sie vielleicht schon das Weib irgendeines masovischen Ritters geworden? Darüber grübelte er, diese Fragen beschäftigten ihn vom frühen Morgen bis in die späte Nacht. Zuweilen dünkte es ihm unglaublich, daß sie seiner vergessen habe – gleich darauf kam es ihm aber dann wieder in den Sinn, daß vielleicht Jurand aus Spychow sich an den Hof begeben und die Tochter mit irgendeinem Nachbarn oder Freund verheiratet habe. Hatte dieser denn nicht schon in Krakau erklärt, Danusia werde ihm, Zbyszko, niemals gehören, ließ sich daher aus dieser Erklärung nicht darauf schließen, daß sie Jurand durch einen Eid gebunden, daß er sein Versprechen eingelöst hatte? Je mehr Zbyszko über diese Vorgänge grübelte, desto klarer wurde ihm eines: er werde Danusia nicht mehr als Mädchen antreffen. Und stets von neuem rief er dann Sanderus zu sich, um ihn auszuforschen, um ihn zu befragen. Aber dieser erhöhte durch seine Aussprüche nur noch die Spannung. Bald versicherte er, sich der Tochter Jurands und ihrer Hochzeit zu erinnern – bald streckte er den Finger in den Mund, sann und sann und meinte schließlich: „Möglich, daß es auch eine andere gewesen ist." Selbst der Wein, der, wie er behauptete, stets sein Gedächtnis stärkte, blieb dieses Mal ohne Wirkung, der Händler erinnerte sich an nichts, und er hielt fortwährend den jungen Ritter zwischen tödlicher Furcht und Hoffnung.

Drittes Kapitel

So setzte denn Zbyszko seine Fahrt in beständiger Sorge, in Kümmernis und Ungewißheit fort. Weder an Bogdaniec noch an Zgorzelic gedachte er unterwegs, ihm lag nur im Sinn, was ihm jetzt zu tun obliege. Vor allem handelte es sich darum, an dem masovischen Hof die Wahrheit zu erfahren, er hastete daher immer weiter, indem er auf den Höfen, in den Herbergen und in den Städten stets nur des Nachts und hauptsächlich aus Schonung für die Pferde sich eine kurze Rast gönnte. In Leczyc angelangt, befahl er wiederum, die Tafel mit der Forderung an dem Tor aufzuhängen, denn er war mit sich eins geworden, daß Danusia, einerlei ob sie noch in jungfräulichem Stand oder verheiratet sei, die Herrin seines Herzens bleiben und er zu ihrem Ruhm kämpfen müsse. Aber in Leczyc gab es kaum jemanden, der die Forderung lesen konnte, jene Ritter aber, denen sie schriftbewanderte Kleriker vorgelesen hatten, zuckten, die fremde Sitte verachtend, mit den Achseln und meinten: „Ein gar törichter Kämpe ist hier angekommen, denn wie soll man ihm zustimmen oder widersprechen, wenn man das Mädchen noch mit keinem Auge gesehen hat?"

Mit jedem Tag steigerte sich Zbyszkos Unruhe, seine Qual. Niemals hatte er ja aufgehört, Danusia zu lieben, jedoch sowohl in Bogdaniec als auch in Zgorzelic war er so sehr unter dem Zauber Jagienkas gestanden, daß ihr vor allem seine Gedanken gehörten, nun aber, da er diese nicht mehr sah, kam ihm jene Tag und Nacht nicht aus dem Sinn. Im Traum sah er sie vor sich, mit wallenden Locken, die Laute in der Hand, in roten Schuhen, ein Blumenkränzlein auf dem Haupt. Sie streckte ihm die Hände entgegen, aber Jurand riß sie hinweg. Erwachte dann Zbyszko des Morgens, so sehnte er sich mit allen Fibern des Herzens nach der Heißgeliebten, nach ihr, die ihm durch die unerträgliche Angst, er könne sie verlieren, nur noch teurer wurde.

Ach, sie war ja noch ein willenloses Wesen, ein Kind! Wie durfte er ihr daher zürnen, wenn sie ihm die Treue gebrochen hatte! Nur Jurand, nur der Fürstin Anna Danuta zürnte er, gedachte er aber gar des Ehegemahls Danusias, dann pochte ihm das Herz in der Brust in wilden Schlägen, und drohend schaute er auf die Wagen, auf denen die Knechte die mit Decken geschützten Rüstungen und Waffen führten.

Das stand aber bei ihm fest – selbst wenn Danusia das Weib eines anderen geworden sein sollte, wollte er ihr nach wie vor dienen, wollte er ihr die Pfauenfederbüsche zu Füßen legen. Doch auch dieser Entschluß verursachte ihm weit mehr Schmerz als Freude, wußte er doch nicht, wie sich ihm die Zukunft gestalten werde.

Tröstlich war ihm allein die Aussicht auf einen gewaltigen Krieg. Wennschon er an dem Verlust Danusias nicht zugrunde gegangen wäre, erschien ihm doch ein Leben ohne sie unfaßbar, fühlte er doch, daß der Krieg für ihn Vergessenheit allen Leids bringen, daß er ihn von Sorge und Kümmernis befreien werde. Und der Krieg lag gewissermaßen in der Luft.

Man wußte zwar nicht, woher die Nachrichten über den Krieg stammten, denn zwischen dem König und dem Orden herrschte Frieden – allein nichtsdestoweniger sprach man von nichts anderem, wohin auch Zbyszko kam. Die Leute hatten das Vorgefühl, daß es zu einem Krieg kommen müsse, und gar mancher erklärte offen: „Wozu hätten wir uns mit den Litauern verbunden, wenn es nicht gegen die Kreuzritter gehen sollte? Einmal muß man es ihnen doch zeigen, länger dürfen wir uns doch nicht von ihnen bis aufs Blut peinigen lassen!" Und im ganzen Königreich bereitete man sich zum Kampf vor, würdevoll, ohne Überhebung, wie es sich geziemte zu einem Streit auf Leben und Tod, nichtsdestoweniger jedoch mit der starren Beharrlichkeit eines Volkes, welches lange genug Unbill ertragen hat und schließlich sich zur furchtbaren Vergeltung rüstet. Allenthalben, wohin Zbyszko kam, traf er mit Leuten zusammen, welche die feste Überzeugung hegten, daß es in allernächster Zeit, an einem oder dem anderen Tag losgehen werde, eine Überzeugung freilich, die ihn mit Staunen erfüllte, denn wenn er auch, gleich den anderen, an den Ausbruch eines Krieges glaubte, hielt er ihn doch nicht für so nahe bevorstehend. Es kam ihm nicht in den Sinn, wie oft in solchen Fällen die Menschen an ein Ereignis glauben, weil sie es herbeiwünschen. Er maß daher den Aussprüchen anderer mehr Glauben bei, als seinem eigenen Urteil. Er freute sich von Herzen, wenn er bei jedem Schritt auf das geschäftige Treiben stieß, das jedem Krieg voranzugehen pflegt. Allerorts traf man primär Fürsorge, Pferde und Waffen herbeizuschaffen, allenthalben wurden Speere, Schwerter, Beile, Wurfspieße, Helme, Panzer und Lederwerk für Sattelzeug der Pferde aufgehäuft. In den Schmieden bearbeitete man Tag und Nacht das Eisenblech, aus dem schwere, starke Panzer geschmiedet wurden. Die verweichlichteren Ritter aus dem Westen hätten sich darin kaum zu bewegen vermocht, die urkräftigen „Erben" von Groß- und Kleinpolen jedoch trugen sie mit Leichtigkeit. Aus den Truhen in den Erkern zogen die Alten vermoderte Beutel mit Goldmünzen hervor, um die Jungen zum Krieg auszurüsten. Ja, ein Vater von zweiundzwanzig Söhnen, der mächtige Edelmann Bartosz aus Bielawa, bei dem Zbyszko einmal nächtigte, verpfändete einen großen Teil seiner Güter an das Kloster in Lowicz, um aus dem Erlös zweiundzwanzig Panzer, ebenso viele Helme, kurz, die für den Krieg nötigen Ausrüstungen zu erstehen. War es daher zu verwundern, wenn Zbyszko, trotzdem er in Bogdaniec nichts davon gehört hatte, nach und nach zu der festen Überzeugung gelangte, es komme demnächst zu einem Kriegszug nach Preußen. Wie dankte er Gott dafür, daß er schon so herrlich ausgerüstet war! In der Tat erregte er auch überall die größte Bewunderung. Für den Abkömmling eines Wojwodengeschlechtes wurde er gehalten, und wenn er den Fragenden auseinandersetzte, er sei nur ein einfacher Edelmann, bei den Deutschen könne man aber eine solche Rüstung beständig haben, man müsse nur gehörige Schwertstreiche dafür austeilen, wurden die Herzen aller mit gewaltiger Kriegslust erfüllt. Gar mancher aber, der beim Anblick der Rüstung seine Begehrlichkeit nicht zu zügeln vermochte, versperrte Zbyszko den Weg, indem er erklärte: „Wohlan, laß uns um sie kämpfen." Jedoch der junge Ritter, nur von dem Wunsch beseelt, rasch vorwärtszukommen, ließ sich darauf nicht ein, sondern befahl dem Böhmen, die Armbrust zu spannen. Ja, sogar das Aushängen der Tafel mit der Forderung an den Herbergen wurde aufgegeben, denn der junge Ritter nahm gar bald wahr, daß seine Handlungsweise umsoweniger begriffen wurde, je weiter er sich von der Grenze entfernte, und daß der größte Teil der Menschen ihn für einen Toren hielt.

Je näher er Masovien kam, desto weniger wurde über den Krieg geredet. Wohl glaubte man auch hier an den Ausbruch eines Feldzuges, über den Zeitpunkt war man sich aber nicht klar. Da der Hof sich in Ciechanow aufhielt, das Fürst Janusz nach einem früheren Einfall der Litauer umgebaut, oder vielmehr neu aufgebaut hatte, weil nur die Burg stehengeblieben war, herrschte in Warschau völlige Ruhe. Hier wurde Zbyszko von dem Burgvogt Jasko Socha aufgenommen, dem Sohn des bei Worskla gefallenen Wojwoden Abraham. Jasko kannte Zbyszko schon von Krakau her, wo er mit Anna Danuta gewesen war. Er bewirtete daher den jungen Ritter mit großem Vergnügen. Kaum aber hatte sich letzterer mit Speise und Trank gelabt, als er sich sofort nach Danusia erkundigte, um zu erfahren, ob auch sie sich, wie die anderen Hoffräulein der Fürstin, am Ende schon vermählt habe. Auf diese Frage wußte indessen Socha keine Antwort. Der Fürst sei schon frühzeitig im Herbst mit seiner Gemahlin und dem ganzen Hof nach Ciechanow übergesiedelt, so berichtete der Starost, nur ihn selbst hatte man mit einem Häuflein Bogenschützen zum Schutz Warschaus zurückgelassen. Wie er vernommen hatte, gehe es in Ciechanow hoch her, man feiere dort, wie dies gewöhnlich vor dem Advent der Fall sei, Feste und Lustbarkeiten. Wer sich aber von den Hoffräuleins vermählt habe oder wer übriggeblieben sei, darüber wisse er, als ein beweibter Mann, keinen Bescheid.

„Gleichwohl glaube ich nicht", fuhr er fort, „daß sich die Tochter Jurands vermählt hat, denn letzterer war, soviel ich weiß, nie in Ciechanow, und ohne den Vater wird wohl kaum eine Hochzeit gefeiert werden. Zudem weilen bei dem fürstlichen Paar auch Ordensbrüder, zwei Komture aus Johannesburg und Syczytna und gleichzeitig mit ihnen verschiedene andere fremdländische Gäste, und schon deshalb wird sich Jurand nicht dort eingestellt haben, weil sein Anblick sofort die Wut der Weißmäntel hervorgerufen haben würde. In Jurands Abwesenheit hat aber doch wohl keine Hochzeit stattgefunden! Wenn du es wünschest, entsende ich einen Eilboten, dem ich schleunigste Rückkehr anempfehle und lasse Erkundigungen einziehen, obwohl ich, so wahr ich lebe, überzeugt bin, daß die Tochter Jurands in jungfräulichem Stand auf deine Ankunft harrt."

„Für Eure Freundschaft möge Euch Gott lohnen, jedoch ich gedenke, mich morgen wieder auf den Weg zu machen. Die Pferde haben dann genügend gerastet, ich aber finde keine Ruhe, ehe ich nicht die Wahrheit ausfindig gemacht habe. Gott lohne Euch aber tausendfach, denn Eure Worte haben mir Erleichterung verschafft."

Socha gab sich indessen nicht zufrieden. Er forschte die Edelleute aus, die sich zufällig auf dem Schloß befanden, er forschte die Söldner aus, ob nicht vielleicht die Kunde von der Vermählung der Tochter Jurands zu ihnen gedrungen sei. Kein einziger wußte jedoch etwas davon, wenngleich sich etliche darunter befanden, die nicht nur in Ciechanow gewesen waren, sondern auch verschiedenen Hochzeitsfeierlichkeiten beigewohnt hatten. Es müßte denn sein, so meinten sie, daß die Heirat in den letzten Wochen oder in den jüngsten Tagen geschlossen worden sei. Zbyszko ging indessen mit weit ruhigerem Gemüt schlafen. Auf seinem Lager liegend, sann er darüber nach, ob er nicht am folgenden Tag Sanderus fortjagen solle, jedoch nach reiflicher Überlegung beschloß er, dies nicht zu tun, da ihm der Händler durch seine Kenntnis der deutschen Sprache in dem Unternehmen gegen Lichtenstein von Nutzen sein konnte. Daß ihn Sanderus betrügen werde, das glaubte Zbyszko nicht, und wenn auch sein Unterhalt ein sehr kostspieliger war, aß und trank er doch in der Herberge für vier, so zeigte er sich auch dienstbeflissen und von einer gewissen Anhänglichkeit für seinen neuen Herrn. Zudem zeichnete er sich durch die Kunst des Schreibens aus, eine Kunst, die er nicht nur vor dem Böhmen, sondern selbst vor Zbyszko voraus hatte.

Diese Erwägungen bewirkten, daß Sanderus von dem jungen Ritter die Erlaubnis erhielt, mit ihm nach Ciechanow zu ziehen. Gar froh war jener darüber, denn erstens sparte er unendlich dabei, und zweitens hoffte er, größeres Vertrauen zu erwecken und seine Ware leichter anbringen zu können, wenn er sich unter dem Gefolge eines so edlen Herrn befinde. Noch einmal rasteten sie des Nachts in Nasielsk, dann zogen sie nicht allzu schnell, nein, ganz gemächlich weiter, und erblickten gegen Abend die Burgmauern von Ciechanow. Zbyszko kehrte in der Herberge ein, um sich zu wappnen, um nach ritterlicher Sitte im Helm, den Speer in der Hand, in die Burg einzuziehen. Nachdem er den gewaltigen erbeuteten Hengst bestiegen hatte, machte er das Zeichen des Kreuzes in der Luft und ritt vorwärts.

Noch war er aber keine zehn Schritte weit gekommen, als der hinter ihm reitende Böhme sich dicht zu ihm gesellte und sagte: „Euer Gnaden, irgendwelche Ritter kommen hinter uns her. Sollten es nicht Kreuzritter sein?"

Zbyszko wandte sein Roß und erblickte, kaum hundert Schritte von sich entfernt, hinter seinem glänzenden Gefolge, zwei völlig gewappnete Ritter auf mächtigen pommerschen Rossen in weißen Mänteln mit schwarzen Kreuzen, die Helme mit wallenden Pfauenfederbüschen geschmückt.

„Kreuzritter, beim allmächtigen Gott!" rief er, sich unwillkürlich im Sattel vorbeugend und die Lanze an das Ohr seines Rosses anlegend.

Der Böhme aber spie, als er dieses wahrnahm, sofort in die Hände, damit ihm das schwere Beil nicht daraus entgleite.

Das Gefolge Zbyszkos stellte sich ebenfalls in Bereitschaft. Die Leute hatten schon vielen Kämpfen beigewohnt und kannten daher die Bräuche, es handelte sich bei ihnen auch nicht um persönliche Anteilnahme, sondern ihnen oblag die Abmessung des Platzes, wenn der Kampf zu Pferd ausgefochten werden sollte, oder die Feststampfung der mit Schnee bedeckten Erde, wenn die Streitenden sich zu Fuß entgegentreten wollten. Der Böhme jedoch, als Edelmann, hätte an dem Kampf teilnehmen können, jedoch auch er erwartete, daß Zbyszko seinem Angriff eine Herausforderung vorangehen lasse. Wie erstaunt war er deshalb, als sein junger Gebieter die Lanze anlegte, bevor dies geschehen war.

Doch Zbyszko besann sich noch zur rechten Zeit eines besseren. Urplötzlich zogen jene unglückseligen Tage an seinem geistigen Auge vorüber, die er durch sein wahnwitziges Tun vor Krakau, durch seinen törichten Überfall auf Lichtenstein über sich heraufbeschworen hatte. So senkte er denn die Lanze wieder, übergab sie dem Böhmen und ritt, ohne das Schwert zu ziehen, den Ordensrittern entgegen. Als er in deren Nähe kam, bemerkte er noch einen dritten Ritter, der ebenfalls Pfauenfederbüsche auf dem Helm trug, sowie einen vierten, unbewaffneten, mit auffallend langen Haaren, der ihm ein Masur zu sein schien.

Bei diesem Anblick sagte sich der junge Ritter unwillkürlich: „Während der Gefangenschaft gelobte ich meiner Herrin nicht nur drei Federbüsche, sondern so viele wie ich imstande sein würde, eigenhändig den Gegnern zu entreißen. Jetzt könnte ich mir leicht drei verschaffen, doch wie, wenn dies Gesandte wären?"

Und von der Voraussetzung ausgehend, daß die fremden Ritter zu einer an den masovischen Hof bestimmten Gesandtschaft gehörten, seufzte er tief auf und ließ sich also laut vernehmen: „Gelobt sei Jesus Christus!"

„In alle Ewigkeit!" antwortete der ungewöhnlich langhaarige, unbewaffnete Reiter.

„Gott schenke Euch Glück!"

„Und auch Euch, o Herr!"

„Ehre und Ruhm sei dem heiligen Georg!"

„Auch unser Schutzheiliger ist er! Seid gegrüßt, o Herr auf der Reise."

Nachdem sie sich voreinander verneigt hatten, erklärte Zbyszko, wer er sei, welches Wappen er führe, wie sein Kriegsruf laute, woher er komme, und daß er an den masovischen Hof ziehe, woraufhin der langhaarige Ritter kundgab, er nenne sich Jedrek aus Kropiwnic und geleite die Gäste des Fürsten: den Bruder Godfryd, den Bruder Rotgier, sowie den Herrn Foulk de Lorche aus Lothringen, der, gerade bei den Kreuzrittern weilend, den Fürsten von Masovien, besonders aber die Fürstin, als Tochter des berühmten „Kiejstut", mit eigenen Augen zu sehen wünschte.

Von den fremden Rittern, die während dieser Zeit hochaufgerichtet auf ihren Pferden saßen, senkte einer nach dem anderen bei Nennung seines Namens grüßend das mit einem eisernen Helm bedeckte Haupt. Denn nach der glänzenden Rüstung Zbyszkos urteilend, dachten sie nicht anders, als daß der Fürst ihnen irgendeinen hervorragenden Kämpen, vielleicht einen Blutsverwandten oder gar den eigenen Sohn zur Begrüßung entgegengeschickt habe.

Jedrek aus Kropiwnic hub nun aber von neuem an: „Der Komtur, oder vielmehr, wie wir sagen, der Starost aus Johannesburg, weilt als Gast bei dem Fürsten und hat ihm erzählt, daß nicht nur diese drei Ritter gar zu gern auch zu Gast bei ihm sein möchten, sondern vor allem der Ritter aus Lothringen, der aus weiter Ferne kommend, die feste Überzeugung hegte, daß jenseits der Grenze des Gebietes der Kreuzritter gleich die kriegerischen Sarazenen wohnten. Der Fürst, ein gar leutseliger Herr, schickte mich gleich an die Grenze, damit ich seine Gäste sicher zwischen den Burgen hindurchgeleite."

„Also ohne Euren Schutz hätten jene nicht ungefährdet reisen können?"

„Unser Volk ist furchtbar auf die Kreuzritter erbost. Gastfreundschaft gewährt man einem jeden, und einem Gast fügt niemand eine Kränkung zu, aber auf der Heerstraße ergreift man zu gern die Gelegenheit, den Weißmänteln entgegenzutreten. Freilich gibt es auch solche, die auf nichts anderes sinnen, sei es aus Rache, sei es zum eigenen Ruhm, den Gott jedem verleihen möge."

„Wer hat unter Euch den größten Ruhm erlangt?"

„Einer, der so gewaltig ist, daß die Kreuzritter ihn mehr fürchten als den Tod. Er nennt sich Jurand aus Spychow."

Bei Nennung dieses Namens pochte das Herz des jungen Ritters zum Zerspringen – unverweilt beschloß er jedoch, Jedrek aus Kropiwnic auszuforschen.

„Das weiß ich", warf er daher ein, „ich hörte schon von ihm. Ihr meint doch jenen, dessen Tochter, ehe sie sich vermählte, Hoffräulein bei der Fürstin war."

Nach diesen Worten richtete er, geradezu den Atem anhaltend, den forschenden Blick auf den masovischen Ritter, der voll Verwunderung erwiderte: „Wer hat Euch dergleichen gesagt? Das ist ja noch ein ganz junges Ding. Wohl kommt es vor, daß auch solche eine Ehe schließen, jedoch Jurand hat seine Tochter noch nicht weggegeben. Vor ungefähr sechs Tagen, als ich in Ciechanow war, habe ich sie selbst bei der Fürstin gesehen. Wohin sollte sie auch im Advent gehen?"

Als Zbyszko dies vernahm, mußte er mit aller Gewalt an sich halten, um dem Masuren nicht um den Hals zu fallen und ihm zuzurufen: „Gott lohne Euch diese Worte."

Er bezwang sich indessen und sagte: „Wie ich hörte, wollte Jurand sie doch schon vermählen."

„Die Fürstin wollte sie vermählen, nicht Jurand. Was vermochte aber jene gegen den Willen des Vaters auszurichten? Von einem Ritter aus Krakau war die Rede, der das Mägdlein zu seiner Herrin erkoren, der die Liebe des Jungfräuleins gewonnen hat."

„So liebt sie ihn?" schrie Zbyszko auf.

Daraufhin blickte Jedrek prüfend auf den jungen Ritter, indem er lächelnd meinte: „Ei, seht doch! Wie erregt werdet Ihr durch die Kunde von diesem Mägdlein!"

„Ich frage nach mir Befreundeten, zu denen ich ziehe."

Von Zbyszkos Antlitz waren zwar durch den verhüllenden Helm kaum die Augen, die Nase und ein kleiner Teil der Wangen zu sehen, aber eine solch tiefe Röte überzog mit einemmal Nase und Wangen, daß der neugierige und stets zu Spott aufgelegte Masur die Äußerung tat: „Euere Nase ist sicherlich von der Kälte so rot wie ein Osterei geworden."

„Gewiß!" antwortete der junge Ritter, durch diese Äußerung in noch größere Verwirrung versetzt.

Schweigend ritten nun die beiden während einiger Zeit nebeneinander her, aber die dampfenden Rosse schnaubten hörbar und die fremden Ritter schwatzten laut. Schließlich jedoch brach Jedrek aus Kropiwnic das Schweigen, indem er fragte: „Wie nennt Ihr Euch? Ich habe Euch nicht recht verstanden."

„Zbyszko aus Bogdaniec."

„Wenn Ihr es wäret! Der Name dessen, der die Tochter Jurands zu seiner Herrin erkoren hat, lautete ähnlich."

„Glaubt Ihr vielleicht, daß ich es leugne?" warf Zbyszko rasch und stolz ein.

„Dazu ist keine Ursache vorhanden. Gerechter Gott, so wäret Ihr jener Zbyszko, dessen Haupt das Mägdlein mit seinem Schleier bedeckte! Nach der Heimkehr aus Krakau sprach man am ganzen Hof von nichts anderem wie von Euch, und mehr als einem wurden die Augen feucht, als er davon hörte. Also seid Ihr es? Hei, das wird eine Freude am Hof geben, denn auch die Fürstin ist Euch sehr zugetan."

„Der Herr segne sie und lohne Euch die günstigen Nachrichten. Denn als mir gesagt wurde, das Mägdlein habe sich vermählt, da wußte ich nicht, was ich vor Leid beginnen solle."

„Weshalb hätte sie sich vermählen sollen? Für gar manchen ist zwar das die Richtige, ein solches Mädchen, dem dereinst Spychow zufallen wird. Obgleich sich aber viele tüchtige Gesellen am Hof befinden, hat ihr doch keiner zu tief in die Äuglein geschaut, denn ein jeder ehrte des Mägdleins Tat und Euer Gelöbnis. Die Fürstin hätte auch nichts dergleichen gestattet. Hei, das wird eine Freude geben! Freilich, das Jungfräulein hatte gar manchen Spott zu leiden! Wenn ihr aber jemand sagte: ,Dein Ritter kehrt nicht zu dir zurück', dann rief sie fast stets, mit dem Füßlein auf die Erde stampfend: ,Er kehrt zurück, er kehrt zurück', mehr als einmal brach sie jedoch in Tränen aus, wenn jemand behauptete, eine andere werde ihr vorgezogen."

Von tiefer Rührung wurde Zbyszko durch diese Worte erfaßt, gleichzeitig regte sich aber auch grimmer Zorn in ihm über das Gerede der Leute, und er rief: „Wer mich in solcher Weise beschuldigt, den fordere ich zum Kampf."

Nun fing Jedrek aus Kropiwnic laut zu lachen an. „Das ist ja lauter Altweibergeschwätz!" erklärte er. „Wollt Ihr vielleicht ein altes Weib fordern? Ihr werdet mit Euerem Schwert doch nichts gegen die Spindel ausrichten können."

Der junge Kämpe, gar froh darüber, daß ihm Gott einen so heiteren und wohlgelaunten Gefährten zugestellt hatte, wurde nicht müde, sich über Danusia zu erkundigen, denn, ob er nun nach den Sitten an dem masovischen Hof, ob er nach dem Fürsten Janusz oder nach der Fürstin fragte, stets wußte er das Gespräch so zu wenden, daß er wieder über das geliebte Mägdlein reden konnte. Als ihm indessen sein Gelöbnis in den Sinn kam, erzählte er Jedrek, was er unterwegs über den Krieg gehört hatte, wie man allenthalben Vorbereitungen treffe, und schließlich fragte er jenen, ob man in Masovien auch an seinen baldigen Ausbruch glaube.

Doch der Erbe von Kropiwnic erklärte, er halte den Krieg, trotz der Behauptung der Leute, es müsse demnächst zu einem Zusammenstoß kommen, nicht für so nahe bevorstehend. Er habe sogar gehört, wie der Fürst selbst einmal zu Mikolaj aus Dlugolas sagte, die Kreuzritter zögen doch etwas die Hörner ein. Wenn daher der König das Gebiet von Dobrzyn zurückverlange, dessen sie sich widerrechtlich bemächtigt hätten, würden sie es entweder zurückgeben, oder wenigstens so lange ihre Entschließung hinauszögern, bis sie besser gerüstet seien, denn des Königs Macht fürchteten sie sehr.

„Übrigens", so fuhr er fort, „ist der Fürst vor kurzem in Marienburg gewesen, wo er in der Abwesenheit des Meisters von dem Großmarschall empfangen wurde, der ihm zu Ehren Ritterspiele veranstaltete, jetzt aber weilen bei dem Fürsten die Komturen, und dort reiten noch neue Gäste."

Hier schwieg er eine Weile, dann fügte er hinzu: „Die Leute behaupten indessen, die Kreuzritter weilten nicht ohne Grund bei uns sowohl wie bei dem Fürsten Ziemowit aus Plock. Ihr Zweck sei, unseren Fürsten entweder davon abzuhalten, im Kriegsfall den König von Polen zu stützen, oder ihn, beim Scheitern dieses Planes, zu überreden, sich wenigstens völlig untätig zu verhalten. Doch das wird ihnen kaum gelingen."

„Gott gebe, daß ihnen das nicht gelingen wird. Oder möchtet Ihr vielleicht zu Haus sitzen bleiben? Euer Fürst ist doch dem König von Polen verpflichtet. Daß Ihr ruhig zuschaut, das glaube ich nicht."

„Das tun wir auch nicht!" warf Jedrek aus Kropiwnic ein.

Abermals richtete Zbyszko einen prüfenden Blick auf die fremden Ritter und auf die Pfauenfederbüsche. „So ziehen jene wohl auch aus dem angeführten Grund zu Euch?" fragte er.

„Bei den Ordensbrüdern ist dies wohl möglich, doch wer kann dies sicher wissen?"

„Und der Dritte?"

„Der kommt wohl nur aus Neugierde."

„Ein angesehener Ritter scheint er zu sein."

„Freilich. Drei reichbeladene, mit Eisen beschlagene Wagen kommen hinter ihm her und sein Gefolge besteht aus neun Mannen. Wollte Gott, man würde einmal mit einem solchen zusammenstoßen! Der Mund wässert einem danach."

„Jetzt könnt Ihr wohl nichts anfangen?"

„Wie wäre dies möglich! Der Fürst stellte sie ja unter meinen Schutz. Ehe sie Ciechanow erreicht haben, darf ihnen kein Haar auf dem Haupt gekrümmt werden."

„Und wenn ich sie zum Kampf herausforderte, wenn ich ihnen feindlich entgegenträte?"

„Dann müßtet Ihr zuerst mit mir kämpfen, denn solange ich lebe, werde ich ein derartiges Tun zu vereiteln suchen."

Als Zbyszko diese Worte vernahm, schaute er gar freundlich auf den jungen Edelmann und sagte: „Ihr wißt, was ritterliche Ehre heißt. Mit Euch werde ich mich nicht messen, denn ich bin Euch gutgesinnt. In Ciechanow aber, das gebe Gott, werde ich schon einen Vorwand zum Losgehen gegen die Deutschen finden."

„In Ciechanow könnt Ihr tun, was Euch gefällt. Dort wird es sicherlich nicht ohne Ritterspiele abgehen. Ihr könnt daher leicht Gelegenheit zum Anbinden finden, wenn der Fürst und die Komture die Erlaubnis dazu erteilen."

„Ich führe auch eine hölzerne Tafel mit mir, auf der folgendes geschrieben steht: ‚Jeder, der nicht anerkennt, daß Danusia, die Tochter Jurands, das tugendhafteste und schönste Mägdlein auf der ganzen Welt ist, den fordere ich zum Kampf.' Aber seht … gar viele Leute zucken lächelnd die Achseln darüber."

„Das ist eben eine fremde und, um die Wahrheit zu sagen, törichte Sitte, die man bei uns höchstens an den Grenzen kennt. Dann und wann hat zwar jetzt der Lothringer irgendeinen Edelmann mit der Aufforderung angehalten, seine Herrin mehr als jede andere zu preisen, es verstand ihn aber niemand, und ich hätte es auch nicht zum Kampf kommen lassen."

„Wie? Er befahl, seine Herrin zu preisen? Gerechter Gott, das muß ja ein ganz törichter Mensch sein."

So sprechend, blickte er prüfend auf den fremden Ritter. Er wollte sich wohl überzeugen, ob dieser wirklich wie ein törichter Mensch aussehe, jedoch er mußte sich eingestehen, daß Foulk de Lorche ganz und gar nicht den Eindruck eines Tölpels machte. Unter dem halbgeöffneten Visier schauten sanfte Augen hervor, wurde ein jugendliches, etwas trauriges Antlitz sichtbar. Zbyszko fiel auch sofort der Strick auf, den der Lothringer nicht nur dreimal um den Hals geschlungen trug, sondern der auch längs der Rüstung bis zum Knöchel lief und hier in einen dreifachen Knoten geschlungen war.

„Weshalb trägt er diesen Strick?" fragte Zbyszko.

„Ich vermochte dies nicht zu erforschen, weil sie unsere Sprache nicht verstehen. Nur der Bruder Rotgier weiß einige Worte zu sagen, das ist aber auch alles. Vermutlich hat indessen jener junge Ritter ein Gelübde abgelegt, solange den Strick zu tragen, bis er irgendeine kühne, ritterliche Tat ausgeführt hat. Bei Tag trägt er ihn über der Rüstung, des Nachts auf dem bloßen Leib."

„Sanderus!" rief Zbyszko plötzlich.

„Zu Euer Gnaden Diensten!" antwortete der Deutsche, nähertretend.

„Befrage diesen Ritter, wer die tugendhafteste und schönste Jungfrau auf der Welt ist."

„Wer ist die tugendhafteste und schönste Jungfrau auf der Welt?" fragte Sanderus.

„Ulrika de Elner!" antwortete Foulk de Lorche, tief aufseufzend und die Augen gen Himmel richtend.

Als Zbyszko diese Lästerung vernahm, stockte ihm der Atem in der Brust und ein solcher Ingrimm erfaßte ihn, daß er sofort sein Roß antrieb. Bevor er indessen ein Wort über die Lippen zu bringen vermochte, ritt Jedrek zwischen ihn und den Fremden, indem er erklärte: „Hier wird Euch der Kampf verwehrt."

Ohne jedoch diese Worte zu beachten, wandte sich Zbyszko aufs neue zu dem Reliquien-Verkäufer mit dem Befehl: „Sag' ihm in meinem Namen, seine Herrin gleiche einer Eule."

„Mein Herr läßt Euch sagen, wohledler Ritter, Eure Herrin gleiche einer Eule!" ließ sich Sanderus wie ein Echo vernehmen.

Da ließ Foulk de Lorche die Zügel los, zog den eisernen Handschuh von der Rechten und warf ihn vor Zbyszko auf den Schnee. Letzterer aber neigte das Haupt gegen den Böhmen, zum Zeichen, daß dieser den Handschuh mit der Spitze des Speeres aufheben möge.

Eine dunkle Zornesröte überzog nun das Antlitz Jedreks, der sofort Zbyszko zurief: „Solange der Fremde unter meinem Schutz steht, das sage ich Euch, dürft Ihr nicht miteinander kämpfen. Ich verbiete es ihm und Euch."

„Nicht ich habe ihn zum Kampf gefordert, sondern er mich."

„Weil Ihr seine Herrin einer Eule verglichen habt. Deshalb mußte ich Euch entgegentreten. Ei doch, ich verstehe es auch, mit jemandem anzubinden."

„Nichts liegt mir ferner, als mit Euch kämpfen zu wollen."

„Das müßt Ihr aber, denn diesen dort zu schützen, habe ich mit einem Eid gelobt."

„Wie soll es aber nun werden?" fragte Zbyszko hartnäckig.

„Ciechanow ist nicht mehr fern."

„Was wird sich aber der Deutsche denken?"

„Laßt ihn durch Euren Sprecher wissen, daß der Kampf zwischen Euch erst dann stattfinden darf, wenn sowohl der Fürst wie der Komtur die Erlaubnis dazu erteilt haben."

„Ei, wenn aber diese Erlaubnis nicht gegeben werden sollte?"

„Das wird sich alles zeigen. Genug des Geredes!"

Zbyszko sah nun doch ein, daß er sich fügen müsse, daß Jedrek aus Kropiwnic den Kampf nicht gestatten dürfe. Abermals rief er daher Sanderus, damit dieser dem lothringischen Ritter auseinandersetze, der Kampf könne erst dann stattfinden, wenn sie an Ort und Stelle angekommen seien. Als de Lorche die Worte des Deutschen vernahm, neigte er zustimmend das Haupt, streckte Zbyszko die Hand entgegen, faßte dessen Rechte und drückte sie nach ritterlicher Sitte dreimal kräftig, zum Zeichen, daß sie sich zu irgendwelcher Zeit, an irgendwelchem Ort doch noch treffen wollten. Dann zogen alle in scheinbarer Eintracht gen Ciechanow weiter, dessen stumpfer Turm schon an dem rötlich schimmernden Himmel sichtbar wurde.

Noch war es lichter Tag. Als jedoch die Ritter die Tore der Burg erreicht hatten, als die Zugbrücke herabgelassen wurde, dunkelte es schon völlig.

Ein freundlicher Empfang und reichliche Bewirtung wurde ihnen von Seiten des Zbyszko bekannten Mikolaj aus Dlugolas zuteil, dem Anführer der Burgbesatzung, die aus einem Häuflein Ritter und etwa dreihundert trefflichen kurpischen Bogenschützen bestand. Bald nach der Begrüßung vernahm Zbyszko zu seinem tiefen Schmerz, daß der Hof nicht anwesend war. Der Fürst hatte zu Ehren der Komture aus Szczytno und Johannesburg eine große Jagd in der kurpischen Waldwildnis veranstaltet, an der auch zur Erhöhung des prächtigen Schauspiels die Fürstin und deren ganzes Gefolge teilnahmen. Von den ihm bekannten Frauen traf daher Zbyszko nur Otke an, die Witwe von Krzych aus Jarzabkow, die jetzt die Stelle einer Beschließerin im Schloß bekleidete. Das Wiedersehen mit ihr gewährte ihm viel Freude, und auch sie war ihm sehr zugetan. Seine Liebe zu Danusia, sein Zusammenstoß mit Lichtenstein hatten ihr höchstes Interesse erregt. Nach ihrer Rückkehr aus Krakau war sie auch nie müde geworden, einem jedem, ob er es nun hören wollte oder nicht, davon zu erzählen, und eben dadurch hatte sie unter den jüngsten Männlein und Weiblein am Hof großes Ansehen gewonnen. Sie ließ daher auch nichts unversucht, um den jungen Ritter über die Abwesenheit Danusias zu trösten, indem sie sagte: „Ihr erkennt das Mägdlein nicht mehr, das hat die Kinderjahre hinter sich. Die Knospe hat sich entfaltet. Kein Gewand will ihr mehr passen. Nein, Danusia ist nicht mehr so, wie sie einst war. Euch liebt sie auch auf eine ganz andere Weise als früher. Wenn ihr jetzt jemand den Namen Zbyszko ins Ohr raunen würde, wäre es gerade, als wenn man sie mit Riemen peitschte! Ja, das ist das Schicksal von uns Weibern. Dagegen gibt es kein Mittel. Das ist eben der Wille Gottes ... Und Euer Ohm, sagt, ist er gesund? Ach, weshalb seid Ihr nicht früher gekommen. Ja, so ist unser Geschick. Was Sehnen heißt, das weiß allein das Weibervolk auf der Welt. Dem Himmel sei Dank, das Jungfräulein hat sich wenigstens nicht die Glieder gebrochen. Tagtäglich ist es auf den Turm geklettert und hat auf die Heerstraße geschaut ... Eine jede von uns sehnt sich nach einem liebenden Herzen ..."

„Ich raste nur so lange, bis mein Pferd gefüttert ist", ergriff Zbyszko schließlich das Wort, „dann mache ich mich wieder auf den Weg. Selbst wenn ich die ganze Nacht reiten müßte: ich will zu ihr."

„Tut das, tut das. Nur nehmt einen Führer mit, damit Ihr in den Wäldern nicht irregeht."

Trotz der Abendmahlzeit, die Mikolaj aus Dlugolas für seine Gäste richten ließ, erklärte Zbyszko, er werde sofort wieder aufbrechen, und bat um einen Führer. Während nun aber die ermüdeten Ordensbrüder, an den ungeheueren Kaminen sitzend, in denen ganze Fichtenstämme prasselten, die Absicht kundgaben, erst am folgenden Tag weiterziehen zu wollen, entschloß sich de Lorche, sobald er wußte, um was es sich handle, gemeinsam mit Zbyszko den nächtlichen Ritt zu unternehmen. Er hoffte dadurch, noch rechtzeitig zur Jagd, die er sehen wollte, an Ort und Stelle einzutreffen.

Ohne weiteres trat er hierauf auf Zbyszko zu, ergriff dessen Rechte und drückte sie wiederum kräftig dreimal nacheinander.

Viertes Kapitel

Doch auch jetzt wurde ein Kampf zwischen ihnen vereitelt. Mikolaj aus Dlugolas hatte durch Jedrek aus Kropiwnic alles erfahren, was vorgegangen war. Infolgedessen verlangte er von den beiden Rittern das Wort, den Kampf erst dann zum Austrag zu bringen, wenn der Fürst und der Komtur die Erlaubnis dazu erteilt haben würden, andernfalls, so drohte er, werde er die Tore der Burg schließen lassen. Da nun aber Zbyszko vor allem Danusia so rasch wie möglich wiedersehen wollte, wagte er es nicht, sich dem Ansinnen zu widersetzen. De Lorche wiederum war kein blutdürstiger Mensch, wennschon er sich bereitwillig schlug, sobald sich ihm die Gelegenheit dazu bot. So gelobte er denn auch, ohne irgendwelche Schwierigkeit zu machen, auf seine ritterliche Ehre, die Erlaubnis des Fürsten abzuwarten, dem er um nichts in der Welt zu nahe treten wollte. Dazu kam auch noch, daß dem Lothringer, der fortwährend von den Ritterspielen hatte singen und sagen hören, ein solch glänzendes Fest, eine solch prächtige Schaustellung nur erwünscht sein konnte, um vor versammeltem Hof, vor Würdenträgern und Frauen seine Waffenkünste zu zeigen – hoffte er doch, durch einen siegreichen Kampf auf eine größere Ausbreitung seines Ruhmes, hoffte er doch, dadurch leichter die goldenen Sporen zu erringen. Abgesehen davon aber widersetzte er sich einem Aufschub schon deshalb nicht, weil es ihm auch sehr darum zu tun war, Land und Leute kennenzulernen – vornehmlich aus dem Grund, weil Mikolaj aus Dlugolas, der ein ganzes Jahr bei den Deutschen in Haft gewesen war und sich sehr gut mit den Fremden zu verständigen vermochte, Wunderdinge von den glänzenden fürstlichen Jagden, die man in den westlichen Gebieten noch nicht kannte, zu erzählen gewußt hatte.

Um Mitternacht befand er sich schon gemeinsam mit Zbyszko auf dem Weg nach Przasnysz. Ihr wohlbewaffnetes Gefolge zog mit ihnen, sowie verschiedene Mannen, mit Pechpfannen ausgerüstet, zum Schutz gegen Wölfe, die des Winters in zahllosen Rudeln umherstreifend, selbst der streitbarsten ritterlichen Schar gefährlich werden konnten. Die dichten Gehölze jenseits von Ciechanow grenzten unweit von Przasnysz an die riesige kurpische Waldwildnis, die sich gen Westen zu den undurchdringlichen Wäldern von Podlachien, bis tief nach Litauen hinzogen. Vor nicht gar langer Zeit hatten die barbarischen Litauer, das Gebiet der gefürchteten Kurpen umgehend, fortwährend Einfälle in Masovien unternommen und waren im Jahr 1337 bis nach Ciechanow gelangt, das sie völlig zerstörten. Voll Spannung lauschte de Lorche der Erzählung des greisen Führers Macko aus Turoboje. Sein Herz hatte vor Begierde gebrannt, sich mit den Litauern zu messen, die von ihm wie von den anderen westlichen Rittern für Sarazenen gehalten worden waren. Seine Fahrt in diese Länder betrachtete er wie einen Kreuzzug, auf dem er Ruhm, auf dem er ewiges Seelenheil zu erringen hoffte, ja er hatte sich unterwegs der festen Hoffnung hingegeben, der Kampf mit den Masuren, mit diesem halb heidnischen Volk, werde ihm völligen Ablaß gewähren. Kaum glaubte er daher seinen Augen trauen zu dürfen, als er, in Masovien angelangt, die Kirche in den Städten, die Kreuze auf den Türmen, die Geistlichen, die Ritter mit den heiligen Zeichen auf den Waffen wahrnahm, aber zu einem Volk kam, das zwar wild und aufbrausend, sich jederzeit zu Kampf und Streit bereit zeigte, das aber zu dem Christentum übergetreten und ganz und gar nicht raubsüchtiger war als die Deutschen, mit denen sich der junge Ritter auf der Fahrt befand. Er wußte daher selbst nicht mehr, was er von den Kreuzrittern denken sollte, als er nun gar noch hörte, daß jenes Volk seit vielen Jahren Christus verehre, und als er schließlich vernahm, daß die Litauer schon zu Lebzeiten der verstorbenen Königin getauft worden waren, da kannte sein Staunen, zugleich aber auch sein Kummer keine Grenzen.

Ohne Säumen forschte er nun Macko aus Turoboje darüber aus, ob sich in den Wäldern, die sie durchziehen würden, nicht wenigstens Drachen befänden, denen die Menschen Jungfrauen darbringen mußten und die er bekämpfen konnte. Jedoch die Antwort Mackos raubte ihm auch diese Hoffnung.

„Viel wildes Getier, wie Wölfe, Bisons, Auerochsen und Bären, treibt sich in den Wäldern umher, so daß man seine liebe Not damit hat", erklärte der Masur. „In den Sümpfen halten sich wohl auch böse Geister auf, von Drachen habe ich aber noch nie etwas gehört. Wenn sich solche zeigten, dann würden wir ihnen keine Jungfrauen opfern, sondern in geschlossener Schar gegen sie ziehen. Und, traun, wenn es Drachen gäbe, hätten ihnen die Kurpen längst die Haut in Streifen vom Leib gezogen!"

„Was ist das für ein Volk?" fragte de Lorche. „Könnte ich vielleicht gegen diese Kurpen ziehen?"

„Wohl könnt Ihr mit ihnen kämpfen, aber es wird nicht zu Euerm Heil gereichen", entgegnete Macko. „Übrigens ziemt sich dies auch nicht für Ritter, denn jene sind ein Bauernvolk."

„Auch die Schweizer nennt man ein Volk von Bauern! Sind denn die Kurpen schon zum Christentum übergetreten?"

„Es gibt nur Christen in Masovien – die Fürsten und alles Volk sind Christen, Ihr saht doch die Bogenschützen auf der Burg? Nun, das sind Kurpen, denn bessere Bogenschützen als diese gibt es in der ganzen Welt nicht."

„O doch! Die Engländer und Schotten, mit denen ich am burgundischen Hof zusammentraf."

„In Marienburg habe ich auch die gesehen. Tüchtige Burschen sind dies alle, doch Gott möge sie davor schützen, daß sie sich mit den Kurpen messen müssen! Bei den Kurpen erhält ein siebenjähriges Kind nur dann zu essen, wenn es sich seine Nahrung von dem höchsten Wipfel der Fichte herabschießt."

„Wovon ist die Rede?" fragte Zbyszko plötzlich, nachdem mehrere Male das Wort „Kurpen" an sein Ohr gedrungen war.

„Von den kurpischen und englischen Bogenschützen. Dieser Ritter hier behauptet, die Engländer sowohl wie die Schotten seien als Bogenschützen über alle anderen zu stellen."

„Bei Wilna habe ich sie kennengelernt. Hei, fürwahr, ich hörte ihre Pfeile um die Ohren sausen. Aus aller Herren Länder waren dort Ritter versammelt, die sich rühmten, mit uns hätten sie leichtes Spiel. Gar bald verloren sie aber die Lust dazu, denn mehr als zweimal versuchten sie es nicht, mit uns anzubinden.

Schmunzelnd verdolmetschte Macko dem Herrn de Lorche die Worte Zbyszkos.

„An verschiedenen Höfen hörte ich davon reden", bemerkte der Lothringer. „Allenthalben lobte man die Tapferkeit Eurer Ritter, dagegen verargte man es ihnen, daß sie die Heiden gegen die Kreuzritter zu schützen versuchten."

„Wir schützen ein Volk, das sich taufen lassen wollte, gegen Überfälle und Ungerechtigkeit. Die Deutschen wollen es im Heidentum beharren lassen, um einen ständigen Vorwand zum Krieg zu haben."

„Gott wird darüber richten!" warf de Lorche ein.

„Und vielleicht in nicht gar zu langer Zeit!" bemerkte Macko aus Turoboje.

Kaum hatte indessen der Lothringer gehört, daß Zbyszko bei Wilna gewesen war, so wurde er nicht müde, Macko über alle Einzelheiten zu befragen, war doch hier die Kunde von den dort stattgefundenen ritterlichen Fehden und Kämpfen durch die ganze Welt gedrungen. Vornehmlich jener Kampf, in dem sich vier polnische und vier französische Ritter gegenüberstanden, hatte die Phantasie der Kämpen des Westens stark erregt. War es daher zu verwundern, daß de Lorches Achtung vor

Zbyszko, als vor einem Menschen, der an solch ruhmreichen Kämpfen teilgenommen hatte, immer mehr wuchs, daß er sich darüber freute, sich mit einem solchen Ritter messen zu können.

Infolgedessen ritten die beiden in scheinbarem Einvernehmen weiter. An den Haltestellen erwiesen sie sich alle möglichen Höflichkeiten und tranken sich wechselseitig mit dem Wein zu, von dem de Lorche einen großen Vorrat auf den Wagen mit sich führte. Als indessen schließlich aus dem Gespräch zwischen dem Lothringer und Macko hervorging, daß Ulrika de Elner keine Jungfrau, sondern eine vierzigjährige verheiratete Frau und Mutter von sechs Kindern war, steigerte sich Zbyszkos Entrüstung aufs höchste. Jener wunderliche Fremde hatte es also gewagt, so sagte er sich, „ein altes Weib" mit Danusia zu vergleichen, es über diese zu stellen. Ein solcher Mensch konnte doch unmöglich bei klarem Verstand sein, ihm würden daher eine dunkle Zelle und Stockprügel weit zuträglicher sein, als eine Fahrt in die weite Welt, und dieser Gedanke allein hielt ihn zurück, seiner Entrüstung sofort Ausdruck zu verleihen.

„Glaubt Ihr nicht, daß der Lothringer den Verstand verloren hat?" fragte er den greisen Führer. „Vielleicht sitzt auch, wie der Wurm in der Nuß, ein Teufel in ihm, der sich des Nachts auf uns stürzt. Jedenfalls müssen wir ein wachsames Auge auf jenen Ritter haben."

Wenn nun aber auch Macko aus Turoboje anfänglich den Worten Zbyszkos nur ungläubig lächelnd Gehör schenkte, schaute er doch schließlich etwas ängstlich auf den Lothringer, indem er bemerkte: „Wohl trifft es sich zuweilen, daß einer oder der andere von einem Teufel, ja von mehr als hundert Teufeln besessen ist. Und wird es diesen allgemach zu eng, dann suchen sie sich freilich bei einem anderen Menschen einen angenehmeren Aufenthalt aus. Am schlimmsten fährt man aber mit einem Teufel, den man von einem alten Weib über den Hals geschickt bekommt."

Plötzlich wandte er sich hierauf zu de Lorche und sagte: „Gelobt sei Jesus Christus!"

„Auch ich preise ihn!" erwiderte de Lorche mit sichtlichem Staunen.

Auf Mackos Antlitz spiegelte sich große Zufriedenheit.

„Nun werdet Ihr Euch überzeugt haben", sagte er wieder zu Zbyszko gewandt. „Wenn der lothringische Ritter vom Bösen besessen wäre, würde ihm Schaum auf den Mund getreten, oder er würde zu Boden geworfen worden sein, als ich ihm plötzlich so scharf zu Leibe ging. Wir können ruhig weiterziehen."

Und das taten sie auch. Von Ciechanow nach Przasnysz war es nicht allzu weit. Während des Sommers hätte ein Bote auf gutem Pferd den Weg zwischen den beiden Plätzen leicht in zwei Stunden zurücklegen können. Jetzt aber kamen die beiden Ritter mit ihrem Gefolge trotz des guten Führers nur langsam vorwärts, wie dies in dunkler Nacht und bei den im Wald liegenden Schneemassen nicht anders zu erwarten war. Sie erreichten daher, trotzdem sie um Mitternacht aufgebrochen waren, erst um die Morgendämmerung den fürstlichen Jagdhof, der nahe bei Przasnysz am

Rand des Waldes lag. Vor dem aus Holz erstellten, langgestreckten Bau mit Fensterscheiben aus runden Glasstückchen befanden sich ein Ziehbrunnen und zwei Schuppen für die Pferde. Rings um den Jagdhof standen Hütten, die rasch aus Fichtenzweigen errichtet worden waren, und Zelte aus Fellen. Weithin war der Glanz des vor den Zelten lodernden Feuers sichtbar, um das Treiber in Schafpelzen, in Pelzen von Füchsen, Wölfen und Bären standen. Dem Herrn de Lorche dünkte es, er sehe zweibeinige wilde Bestien vor dem Feuer, denn die Mehrzahl jener Leute trug Mützen, aus Tierköpfen verfertigt. Etliche der Männer stützten sich auf Speere, andere auf ihre Armbrust, verschiedene waren damit beschäftigt, Stricke in ungeheure Netze zu ziehen, mehrere brieten am Feuer mächtige Stücke von Auerochsen und Elentieren, die augenscheinlich als Morgenimbiß dienen sollten. Der Schnee glitzerte in dem Schein der Flammen. Grell beleuchtet wurden auch zuweilen die wilden Gestalten, die zeitweise von dem Rauch des Feuers, von dem Dunst und Brodem der saftigen Fleischstücke gänzlich verhüllt waren. Im Hintergrund stiegen, rötlich schimmernd, riesige Fichtenstämme empor, zwischen denen sich eine weitere Schar von Männern aufhielt. Die große Zahl der aufgebotenen Mannen setzte den eines solchen Jagdgetriebes ungewohnten Lothringer in höchstes Staunen.

„Eure Fürsten scheinen sich ja wie zu einem Kriegszug ausgerüstet auf die Jagd zu begeben."

„Ihr könnt nun sehen", antwortete Macko aus Turoboje, „daß es ihnen weder an Jagdgeräten, noch an Leuten fehlt. Die meisten sind fürstliche Treiber, doch fehlt es auch nicht an solchen, die sich des Marktes wegen in dieser Wildnis eingefunden haben."

„Was soll ich beginnen?" warf jetzt plötzlich Zbyszko ein. „In dem Jagdhof schläft noch alles."

„Ei nun, wir warten geduldig auf das Erwachen", entgegnete Macko. „Ich werde doch nicht an das Tor klopfen und den Fürsten, unseren Herrn, erwecken!"

So sprechend führte er sie an das Feuer, vor dem ihnen Kurpen Felle von Auerochsen und Bären ausbreiteten, dann wurden die Ankömmlinge rasch mit dampfendem Fleisch bewirtet. Kaum hatten jedoch die Kurpen die fremde Sprache vernommen, so traten sie zusammen und starrten unentwegt auf den Deutschen. Als sie aber gar von Zbyszkos Mannen vernahmen, daß jener Ritter von „weit überm Meer" herstamme, da drängten sie sich so nahe an den Lothringer heran, daß der Herr aus Turoboje sein ganzes Ansehen aufbieten mußte, um den Fremdling vor allzu großer Neugierde zu schützen. De Lorche, der zu seinem Staunen bemerkte, daß sich inmitten der Männerschar auch Frauen befanden, die fast alle mit Pelzen bekleidet waren und sich durch ihren schönen Wuchs, ihre blühende Gesichtsfarbe auszeichneten, fragte sofort den greisen Führer, ob sich denn auch Weiber an der Jagd beteiligten. Macko verneinte dies, erklärte aber, daß die Frauen sich teils aus Neugierde den Treibern anschlössen, teils des Marktes wegen, auf dem sie städtische Waren kauften und die Erträgnisse ihrer Wälder verkaufen konnten. Dies war auch tatsächlich der Fall. Das fürstliche Gehöft bildete selbst zur Zeit der Abwesenheit des Fürsten den Mittelpunkt für die Verkaufsstellen der Städter und Wäldler. Die Kurpen verließen gar ungern ihre Wälder, war es ihnen doch nur wohl, wenn die Wipfel der Bäume über ihren Häuptern rauschten. Infolgedessen führten die Bewohner von Przasnysz nicht nur ihr berühmtes Bier an den Waldesrand, sondern auch das in den Windmühlen der Stadt oder in den Wassermühlen Ungarns gemahlene Mehl, das in jener Wildnis schwer zu bekommene und sehr begehrte Salz, eiserne Geräte, Lederwerk, kurz alle möglichen Erzeugnisse menschlichen Fleißes. Dagegen erhielten sie im Tausch Felle, kostbare Pelze, getrocknete Pilze, Nüsse, heilsame Kräuter oder Stücke von Bernstein, an denen es unter den Kurpen nicht mangelte. Stets ging es daher sehr lebhaft auf dem Jahrmarkt zu, der während der fürstlichen Jagden noch an Ausdehnung gewann, weil dann die Stadtbewohner ebenso häufig durch Neugierde, wie durch die zwingende Notwendigkeit des Handels in die Waldwildnis getrieben wurden.

Nachdem de Lorche die Antwort Mackos vernommen hatte, beobachtete er ununterbrochen die hohen Gestalten der Jäger, die in einer gesunden, von Harzgeruch erfüllten Luft lebend und sich wie fast alle damaligen Bauern vornehmlich von Fleisch nährend, schon mehr als einmal die ankommenden Fremdlinge durch ihre Größe, durch ihre Kraft in Staunen versetzt hatten. Von Ungeduld gequält, vermochte Zbyszko hingegen kaum am Feuer stillzusitzen. Er verwandte kein Auge von dem Tor und von den Fenstern des fürstlichen Gebäudes. Nur eines dieser Fenster war indessen beleuchtet, augenscheinlich das der Küche, denn zwischen den Spalten der ganz ungenügend schließenden Scheiben drang dichter Rauch heraus. Alle anderen waren dunkel oder schimmerten in dem Glanz des anbrechenden Tages, der immer lichter wurde und auf den schneebedeckten Wald einen silbernen Schein warf. Zeitweise traten aus einem oder dem anderen niedrigen Seitenpförtchen Diener, in die fürstlichen Farben gekleidet, heraus, um mit den an Trägerstangen hängenden Eimern oder Kübeln Wasser am Brunnen zu schöpfen. Ein jeder dieser Leute antwortete auf die Frage, ob denn alles noch schlafe, daß der ganze Hofstaat, ermüdet von der stattgefundenen Jagd, länger als sonst der Ruhe pflege, daß aber schon der Morgenimbiß zur Stärkung vor dem Aufbruch bereitet werde.

Der aus der Küche aufsteigende Geruch von Fett und Safran verbreitete sich auch tatsächlich mit einemmal bis zu den um das Feuer Lagernden. Einen Einblick in den hell erleuchteten Flur gewährend, öffnete sich dann plötzlich knirschend das Haupttor, und ein Mann trat auf die Schwelle, in dem Zbyszko auf den ersten Blick einen der fahrenden Schüler erkannte, die er seinerzeit in dem fürstlichen Gefolge in Krakau gesehen hatte. Ohne irgendwelche Rücksicht auf Macko aus Turoboje oder auf de Lorche zu nehmen, sprang nun Zbyszko so eilig auf das Tor zu, daß der darüber erstaunte Lothringer fragte: „Was ist denn diesem jungen Ritter zugestoßen?"

„Nichts ist ihm zugestoßen", erwiderte Macko aus Turoboje. „Er liebt eines der Mägdlein, die zum Hofstaat der Fürstin gehören, und möchte es so rasch wie möglich sehen."

„Ah!" rief de Lorche aus, indem er beide Hände aufs Herz drückte und, die Augen gen Himmel erhebend, einmal ums andere so tief seufzte, daß sich Macko insgeheim fragte: „Ob er wohl nach seiner alten Geliebten so seufzt, oder ob er wohl nicht völlig bei Verstand sein mag?"

Er geleitete indessen den Lothringer in den Jagdhof und betrat gemeinsam mit ihm die geräumige Halle, die mit Geweihen von Auerochsen, Elentieren und Hirschen geschmückt war und durch die Flamme der dürren, in dem mächtigen Kamin brennenden Holzscheite erhellt war. In der Mitte der Halle stand ein mit einem groben Tuch bedeckter Tisch, auf dem bereits die zum Essen nötigen Schüsseln prangten. Nur wenige Hofherren waren bis jetzt anwesend. Zbyszko unterhielt sich mit ihnen, und Macko aus Turoboje stellte ihnen den Herrn de Lorche vor. Da sie aber nicht gut deutsch sprechen konnten, mußte jener dem Lothringer nach wie vor Gesellschaft leisten. Allmählich vermehrte sich die Zahl der Hofleute, größtenteils kräftige, blondhaarige Männer von etwas ungeschlachtem Äußeren, aber von hohem Wuchs und mit breiten Schultern. Sie waren schon vollständig zur Jagd ausgerüstet. Die, welche Zbyszko kannte, und von dessen Krakauer Erlebnissen wußten, begrüßten ihn wie einen alten Freund mit sichtlichem Wohlwollen. Die anderen betrachteten ihn mit der Bewunderung, die man einem Menschen zollt, über dessen Nacken schon das Schwert des Scharfrichters gezückt gewesen war. Immer wieder wurden die Worte laut: „Gewiß, die Fürstin befindet sich hier und Jurands Tochter ist hier, gleich wirst du das arme Ding zu sehen bekommen. Selbstverständlich gehst du aber mit uns auf die Jagd." Inzwischen waren zwei Gäste, Kreuzritter, eingetreten, Bruder Hugo de Danveld, der Starost aus Ortelsburg, oder vielmehr aus Szczytno, dessen Verwandter dereinst die Marschallswürde bekleidet hatte, und Zygfryd de Löwe, der Vogt von Johannesburg, aus einem um den Orden hochverdienten Geschlecht stammend. Ersterer, der trotz seines ziemlich jugendlichen Alters schon sehr feist war, fiel durch die listige Miene seines Gesichtes auf, und machte mit seinen wulstigen feuchten Lippen vollständig den Eindruck eines Schlemmers, letzterer hingegen zeichnete sich durch seine Wohlgestalt und durch seine zwar strengen, aber edlen Züge aus. Zbyszko dünkte es, er habe Danveld schon bei dem Fürsten Witold gesehen, und er glaubte sich zu erinnern, daß jener von Henrik, dem Bischof von Plock, im Turnier vom Pferd geworfen worden sei. Doch gleich darauf wurde er durch den Eintritt des Fürsten Janusz aus seinem Sinnen gerissen, vor dem sich die Kreuzritter und die Hofherren grüßend neigten und dem sich de Lorche, die Komture und Zbyszko sofort näherten. Er erwiderte die Begrüßung höflich, aber mit einem gewissen Ernst auf seinem bartlosen, schlichten

Gesicht, das von auf der Stirn kurz geschnittenen und auf beiden Seiten bis auf die Schultern herabwallenden Haaren umrahmt war. Plötzlich ertönten vor den Fenstern die Hörner zum Zeichen, daß sich der Fürst zu Tisch setze, sie ertönten ein-, zwei-, dreimal, mit der dritten Fanfare öffnete sich die auf der rechten Seite der Halle gelegene große Tür und auf der Schwelle zeigte sich die Fürstin Anna und mit ihr ein reizendes, goldhaariges Mägdlein, die Laute über der Schulter.

Als Zbyszko es sah, trat er vor, legte die Hände wie bittend am Mund zusammen und sank auf die Knie, das verkörperte Bild der Verehrung, der Bewunderung.

Bei diesem Anblick erhob sich ein Murmeln in der Halle. Das Verhalten Zbyszkos rief bei den Masuren nicht nur Staunen hervor, sondern bei etlichen sogar Ärgernis. „Wahrlich", sagten sich die älteren Leute, „diese Sitte hat er wohl bei fremden Rittern jenseits des Meeres oder wohl gar bei den Heiden kennengelernt, denn unter den Deutschen hat sie sicherlich nie geherrscht." Die Jüngeren hingegen dachten bei sich: „Das ist nicht zu verwundern, dem Mägdlein verdankt er ja sein Leben." Im ersten Augenblick erkannten aber weder die Fürstin noch Jurands Tochter den jungen Ritter, der mit dem Rücken gegen das Feuer kniete, so daß sich sein Gesicht vollständig im Schatten befand. Die Fürstin glaubte sogar, irgendeiner der Hofherren habe sich ihrem erlauchten Gemahl gegenüber eines Fehlers schuldig gemacht und bitte um ihre Fürsprache, Danusia aber, die schärfere Augen besaß, trat plötzlich, ihr blondes Köpfchen vorbeugend, einen Schritt vor, indem sie mit ihrer zarten Stimme den Ruf ausstieß: „Zbyszko! Zbyszko!"

Und ohne daran zu denken, daß der ganze Hofstaat sowie die ausländischen Gäste Zeugen ihres Gebarens waren, sprang sie gleich einem Reh auf den jungen Ritter zu, schlang ihre Arme um dessen Hals, schmiegte sich an ihn und küßte ihm, ganz außer sich vor Freude, solange Augen, Mund und Wangen, bis die Masuren in ein schallendes Gelächter ausbrachen und die Fürstin sie an ihrem Halskragen wieder zu sich heranzog. Wie aus einem Traum erwachend, blickte nun Danusia erschreckt umher. Dann versteckte sie sich hinter der Fürstin und barg ihr errötendes Antlitz in deren faltenreichem Gewand.

Zbyszko umfaßte jetzt die Füße der hohen Frau. Diese jedoch hob ihn sofort empor, begrüßte ihn aufs herzlichste und fragte unverweilt, ob Macko gestorben sei oder noch lebe und ob er, wenn er noch lebe, auch nach Masovien komme. All diese Fragen beantwortete der junge Ritter ganz mechanisch, neigte er sich doch fortwährend von einer Seite zur anderen, in dem Bestreben, Danusia zu sehen, die einmal um das andere ihr Köpfchen aus dem Gewand der Fürstin hervorstreckte, um es dann wieder rasch in dessen Falten zu verbergen. Bei diesem Schauspiel hielten sich die Masuren die Seiten vor Lachen, ja, sogar der Fürst konnte sich des Lachens nicht erwehren. Da nun aber die dampfenden Schüsseln aufgetragen wurden, erklärte die frohgelaunte Fürstin zu Zbyszko gewandt:

„Du sollst uns dienen, lieber Knecht! Doch nicht nur beim Mahl sollst du uns deine Dienste weihen, nein, Gott gebe es, fürs ganze Leben."

„Du aber, kleiner Quälgeist", rief sie hierauf Danusia zu, „du kommst jetzt hervor, sonst reißest du mir noch das ganze Gewand ab."

Diesem Gebot leistete Danusia sofort Folge. Verschämt und tief errötend trat sie vor, und als sie ihre kindlichen Augen scheu und doch neugierig auf Zbyszko richtete, da erstrahlte sie in so wunderbarer Schönheit, daß nicht nur das Herz des jungen Ritters vor Bewunderung überfloß, sondern daß ihr alle anwesenden Männer insgeheim huldigten. Herr de Lorche streckte vor Staunen beide Arme empor und fragte hastig: „Beim heiligen Jakob aus Compostella, wer ist diese Jungfrau?"

Daraufhin erhob sich der Starost aus Szczytno, der bei seiner Feistigkeit auch noch klein war, auf die Zehen und flüsterte dem Lothringer ins Ohr: „Die Tochter des Teufels!"

Mit den Augen blinzelnd schaute de Lorche auf den Redenden, dann runzelte er die Stirn und sprach näselnd also: „Unwürdig ist es eines Ritters, die Schönheit zu schmähen."

„Ich trage die goldenen Sporen, und ich bin ein Ordensritter!" entgegnete Hugo de Danveld voll Hochmut.

So groß war die Ehrfurcht vor den gegürteten Rittern, daß der Lothringer unwillkürlich das Haupt senkte, gleich darauf jedoch antwortete: „Und ich bin ein Blutsverwandter des Fürsten von Brabant."

„Pax! Pax!" rief nun der Kreuzritter: „Ehre und Ruhm sei dem mächtigen Fürsten, dem Freund des Ordens, aus dessen Hand Ihr, o Herr, in Bälde die goldenen Sporen erhalten möget! Nicht die Schönheit des Mägdleins will ich bestreiten, doch hört erst, wer dessen Vater ist."

Dies auseinanderzusetzen vermochte er indessen nicht mehr. Fürst Janusz ließ sich in diesem Augenblick am Tisch nieder, und da ihm zuvor der Vogt von Johannesburg über die hohen Blutsverwandten des Herrn de Lorche berichtet hatte, gab er letzterem ein Zeichen, neben ihm Platz zu nehmen. Die Sitze gegenüber waren für Anna Danuta und Danusia bestimmt, hinter deren Lehnstühlen Zbyszko, wie damals in Krakau, zum Dienst bereitstand. Danusia beugte zwar das Köpfchen so tief wie möglich auf ihre Schüssel, denn sie schämte sich noch immer vor den Anwesenden, hielt aber das Haupt ein wenig zur Seite geneigt, damit Zbyszko ihr Gesicht sehen konnte. Und voll Sehnsucht, voll Entzücken schaute dieser auf ihr goldhaariges Köpfchen, auf die rosenroten Wangen, auf ihre jungfräuliche Gestalt in dem eng anschließenden Gewand, an der nichts mehr an die eckigen Formen des Kindes erinnerte. Staunend empfand der junge Ritter, daß er plötzlich Danusia auf eine ganz andere Weise liebe als früher, daß eine ganz neue Liebe ihm die Brust schwelle. Noch brannten ihm ihre Küsse auf Augen, Mund und Wangen. Wie anders war dies sonst gewesen! Wie eine Schwester den Bruder, so hatte sie ihn früher geküßt, und er hatte ihre Zärtlichkeiten wie die eines geliebten Kindes erwidert. Jetzt aber ergriff ihn die gleiche Erregung, in die ihn das Zusammensein mit Jagienka zu versetzen pflegte. Ein Zittern überkam ihn, er fühlte sich wie gelähmt, aber in seinem Innern loderte eine Glut gleich einer Flamme, die mit Asche bedeckt ist. Danusia war zur Jungfrau erblüht, das ließ sich nicht mehr bezweifeln, und da vor ihr fortwährend von Liebe gesprochen wurde, glich sie einer Blütenknospe, die, durch die Sonne erwärmt, sich immer prächtiger entfaltet. Sie wußte nun, was Liebe war, sie fühlte und dachte ganz anders als früher. Der Zauber, der Reiz, die von ihr ausgingen, wirkten ebenso belebend und berauschend wie die Flamme des Feuers, wie der Duft der Rose.

All dies empfand Zbyszko sehr wohl, vermochte sich aber keine Rechenschaft darüber zu geben, denn er befand sich wie in einem Traum. Er dachte ebensowenig daran, daß er bei Tisch aufwarten müsse, als daß er bemerkte, wie die Hofleute ihn beobachteten, sich mit dem Ellenbogen anstießen, auf ihn und auf Danusia mit den Fingern zeigten und unaufhörlich lachten. Weder das vor Staunen fast starr gewordene Antlitz des Herrn de Lorche nahm er wahr, noch die hervorstehenden Augen des Kreuzritters aus Szczytno, die dieser fortwährend auf Danusia gerichtet hielt, und die im Schein des Kaminfeuers so rot und funkelnd wie die Augen eines Wolfes aussahen. Erst dann kam er wieder zur Besinnung, als die Trompeten abermals erklangen, zum Zeichen, daß man zur Jagd aufbrechen müsse, und als die Fürstin Anna Danuta, sich zu ihm wendend, sagte: „Du reitest mit uns. Das wird dir doch Freude bereiten, und du kannst dem Mägdlein von Liebe sprechen, was ich auch gar gern höre."

Nach diesen Worten entfernte sie sich mit Danusia, da sich beide zur Jagd umkleiden mußten. Zbyszko eilte ins Freie, wo man schon die mit Reif bedeckten, wiehernden Pferde für das Fürstenpaar, die Gäste und die Hofleute bereithielt. Doch ging es nicht mehr so lebhaft her wie zuvor, weil die Treiber sich mit den Netzen schon auf den Weg gemacht hatten und in die Waldwildnis eingedrungen waren. Die Feuer glimmten nur noch. Ein klarer aber kalter Tag brach an. Der Schnee knirschte unter den Tritten, und von den durch einen leisen Luftzug bewegten Bäumen fielen glänzende Eisstückchen herab. Der Fürst ließ nicht lange auf sich warten. Rasch stieg er zu Pferd. Hinter ihm ritt ein Knecht mit der Armbrust und einem so langen und schweren Speer, daß ihn nur wenige hätten werfen können. Der Fürst handhabte ihn indessen mit Leichtigkeit, besaß er doch auch wie die anderen masovischen Piasten eine außergewöhnliche Kraft. Diesem Geschlecht gehörten sogar Frauen* an, die, sich mit ausländischen Großen vermählend, während des Hochzeitsmahles breite eiserne Schwerter mit den Fingern zusammenbogen. In der Nähe des Fürsten Janusz hielten sich zwei Mannen, um ihm, wenn es nötig sein sollte, Hilfe zu leisten. Diese waren unter allen Edlen aus dem Gebiet von Warschau und Ciecha-

---

* Cymbarka, die mit Ernst dem Eisernen von Habsburg vermählt war.

now ausgewählt worden und sahen durch ihren hohen Wuchs, durch ihre stämmigen Glieder und breiten Schultern so furchterregend aus, daß der Herr de Lorche sie voll Staunen betrachtete.

Mittlerweile war auch die Fürstin mit Danusia erschienen, beide in Kapuzen aus weißen Wieselfellen gehüllt. Die nicht aus der Art geschlagene Tochter Kiejstuts verstand weit besser den Bogen als die Nadel zu führen, und so trug man denn auch ihr eine schön gearbeitete, aber etwas leichtere Armbrust nach. Auf den Schnee kniend, hielt Zbyszko die flache Hand aus, auf welche die Fürstin, das Pferd besteigend, den Fuß setzte, dann hob er Danusia, ganz so empor, wie er dies bei Jagienka in Bogdaniec getan hatte. Wenige Sekunden darauf setzte sich alles in Bewegung. In langer, schlangenförmiger Reihe zog das Gefolge, rechts vom Jagdhof abbiegend, schillernd und schimmernd, gleich einem farbigen Streifen am Rand eines dunklen Stoffes, am Saum des düsteren Waldes dahin, um dann allmählich in dem Dickicht zu verschwinden.

Erst nach geraumer Zeit – sie befanden sich schon ziemlich tief im Wald – wandte sich die Fürstin abermals zu Zbyszko und fragte: „Weshalb redest du nichts? So sprich doch mit ihr."

Allein trotz dieser Aufforderung schwieg der junge Ritter noch eine ganze Weile. Eine plötzliche Schüchternheit hatte sich seiner bemächtigt, und es dauerte länger als ein oder zwei Vaterunser, bevor er also anhub: „Danuska!"

„Was ist dein Begehr, Zbyszko?"

„Ich liebe dich so …"

Umsonst nach Worten ringend, hielt Zbyszko plötzlich inne. Wohl war er wie ein fremdländischer Ritter vor dem Mägdlein auf die Knie gesunken, wohl bemühte er sich jetzt, ihr seine Verehrung durch schön gesetzte Worte zu beweisen, jedoch vergeblich strengte er sich an, der höfischen Sitte gerecht zu werden. Mit seinem von Liebe überströmenden Herzen vermochte er nur ganz schlicht zu reden und so setzte er denn schließlich hinzu: „Ich liebe dich so sehr, daß mir der Atem stockt."

Das von der Kälte rosig angehauchte Gesichtchen Danusias strahlte vor Glück und unter ihrer Kapuze aus Wieselfellen mit ihren blauen Augen zu dem Geliebten emporschauend, antwortete sie eilig: „Und ich dich, Zbyszko!"

Rasch senkte sie aber dann sofort wieder die Augen, denn nun wußte sie, was Liebe ist.

„Hei, du mein süßes Schätzelein, hei, du mein Mägdelein, hei!" rief nun Zbyszko, abermals von Glück und Rührung dermaßen übermannt, daß er nichts weiter zu sagen wußte. Jedoch die gütige und dabei ein wenig neugierige Fürstin kam ihm von neuem zu Hilfe.

„Erzähle ihr doch", begann sie, „wie du dich nach ihr sehntest, und kommen wir in ein tiefes Waldesdickicht, kannst du sie auf ihr Mäulchen küssen. Ich gebe dir die Erlaubnis dazu, denn ein Kuß ist der beste Ausdruck für deine Liebe.

Ohne lange Umschweife zu machen, schilderte er ihr nun, wie ihn die Pflege des Ohms in Bogdaniec zurückgehalten hatte, wie er aber trotz seiner Anhänglichkeit an diesen, trotz seines Verkehrs mit den Nachbarn, von einer verzehrenden Sehnsucht nach ihr ergriffen worden war. Wenn nun aber auch der arglistige Schalk Jagienkas mit keinem Wort gedachte, wich er doch nicht von der Wahrheit ab, denn jetzt liebte er die reizende Danusia in einer Weise, daß er sie gern in die Arme genommen, sie vor sich auf das Pferd gesetzt und sie an seine Brust gedrückt hätte.

Er wagte aber nicht, dies zu tun. Sobald sie indessen die erste dichte Waldesstelle erreicht hatten, die sie, seiner Ansicht nach, vor den hinter ihnen reitenden Hofherren und Gästen verbarg, neigte er sich zu Danusia, umfaßte sie und drückte sein Gesicht tief in die Kapuze aus Wieselfellen, um in solcher Weise seine Liebe zu betätigen.

Doch da im Winter die Haselnußstauden bekanntlich keine Blätter haben, waren Hugo de Danveld, Foulk de Lorche und alle Hofleute Zeugen seiner Tat.

„Vor der Fürstin hat er sie liebkost!" sprach nun einer zu dem anderen. „Sicherlich wird ihnen die hohe Frau baldigst das Hochzeitsfest ausrichten lassen müssen."

„Ein feuriger Bursche ist er", meinte ein zweiter, „doch in den Adern von Jurands Tochter fließt auch heißes Blut."

„Stein und Zunder sind die beiden, wenngleich das Mägdlein wie die liebe Unschuld aussieht", ließ sich ein dritter vernehmen. „Hegt nur keine Sorge, da wird's Funken sprühen! Er klebt ja an ihr wie eine Klette in der menschlichen Haut!"

Alle lachten, der Kreuzritter aus Szczytno aber wandte sein Gesicht mit tückischem Blick dem Herrn de Lorche zu und fragte: „Wünschet Ihr nicht, o Herr, daß Euch irgendein Merlin durch seine Zauberkünste in jenes Ritterlein* verwandelt?"

„Und Ihr, o Herr?" entgegnete de Lorche.

Daraufhin zog der Kreuzritter, in dem sich augenscheinlich Eifersucht regte, ungeduldig den Zügel seines Pferdes fester an und rief: „Bei meiner Seele!"

Dann blickte er ängstlich forschend auf den Lothringer, fürchtete er doch, ein Lächeln auf dessen Antlitz wahrzunehmen. Über die Tugend der Kreuzritter herrschte keine allzu gute Meinung, und besonders Hugo de Danveld stand in ganz schlechtem Ruf. Er war vor wenigen Jahren als Gehilfe dem Vogt von Sambia zugeteilt worden. Die Klagen gegen ihn hatten sich aber derart gehäuft, daß man ihm, trotz der Strenge, mit der in Marienburg ähnliche Dinge behandelt wurden, die Führung der Burgbe-

---

* Für die tugendhafte Igerna, die Gemahlin des Fürsten Gorlas, entflammte der Ritter Ulter in heißer Liebe. Mit Hilfe Merlins nahm er die Gestalt Gorlas an und aus seiner Verbindung mit Igerna entstammt König Artus.

satzung in Szczytno übertrug. In geheimen Aufträgen an den Hof des Fürsten Janusz entsandt, hatte er kaum die schöne Tochter Jurands erblickt, als er von der heftigsten Liebe zu ihr ergriffen wurde. Da de Danveld jedoch wußte, welchem Geschlecht das Mädchen entstammte, da der Name Jurands schon allein dazu diente, die entsetzlichsten Erinnerungen in ihm wachzurufen, vermischte sich das heiße Verlangen mit einem Gefühl des wildesten Hasses.

Foulk de Lorche begann ihn aber unverweilt über die Geschehnisse auszufragen: „Ihr nanntet das schöne Jungfräulein ‚Tochter des Teufels!‘" hub er an. „Weshalb nanntet Ihr es so?"

Danveld schilderte die Begebenheit in Zlotorja, er erzählte, wie während des Wiederaufbaus der Burg der Fürst mitsamt dem Hofstaat gefangengenommen worden, wie dabei Danusias Mutter zugrunde gegangen war, und wie von dieser Zeit an Jurand sich auf die grausamste Weise an allen Ordensrittern zu rächen suche. Vor etwa zwei Jahren war es zwischen de Danveld und Jurand zu einem Zusammenstoß gekommen, und als jener dem Schauder erregenden „Eber aus Spychow" zum erstenmal gegenüberstand, pochte ihm das Herz so, daß er zwei seiner Blutsverwandten, seine Leute und alle Beute im Stich ließ und wie sinnlos einen ganzen Tag hindurch bis nach Szczytno floh, wo er vor Furcht lange Zeit krank danieder lag. Nach seiner Genesung beschied ihn der Großmarschall des Ordens vor ein Rittergericht. Da aber de Danveld beteuerte, sein Pferd sei scheu geworden und sei mit ihm von dem Kampfplatz gejagt, wurde durch den Urteilsspruch zwar seine Unschuld erklärt, aber gleichzeitig ihm auch der Weg zu den höheren Ämtern des Ordens verschlossen. All diese Erlebnisse verschwieg der Kreuzritter wohlweislich dem Herrn de Lorche gegenüber, statt dessen erging er sich aber in solch schweren Klagen über Jurands Grausamkeit, sowie über die dreiste Verwegenheit des polnischen Volkes, daß der Lothringer ganz verblüfft war.

„Wir befinden uns aber doch", warf er nach kurzem Schweigen ein, „bei den Masuren und nicht bei den Polen?"

„Die gehören alle einem Volk an", antwortete der Starost, „wenn sie auch unter besonderen Fürsten stehen. Und alle gleichen sich in ihrer Ehrlosigkeit, alle gleichen sich in ihrem Haß gegen die Ordensbrüder. Gott gebe, daß das deutsche Schwert den ganzen Stamm vertilge."

„Ihr sprecht wahr und gerecht, o Herr! Denn wie konnte dieser Fürst, dessen ganze Erscheinung doch einen so wohltuenden Eindruck macht, es wagen, auf Eurem Grund und Boden eine Burg gegen Euch zu errichten. Von einem solchen Unding habe ich selbst unter den Heiden niemals gehört."

„Die Burg errichtete er wohl gegen uns, jedoch Zlotorja liegt auf seinem, nicht auf unserem Gebiet."

„Lob und Preis sei Christus dafür, daß er Euch den Sieg verliehen hat. Doch wie endigte der Krieg?"

„Einen Kriegszug hatten wir damals nicht unternommen."

„Und Euer Sieg bei Zlotorja?"

„Gott erwies uns eine ganz besondere Gnade. Der Fürst hatte keine Mannen um sich gesammelt. Nur die Hofleute und die Frauen waren in der Burg."

Voll Staunen vernahm de Lorche diese Rede, doch er vermochte nichts mehr zu sagen, weil die ganze Jagdgesellschaft auf einem großen, ausgerodeten, mit Gestrüpp und Schnee bedeckten Platz angelangt war, auf dem der Fürst vom Pferd stieg, und alle anderen seinem Beispiel folgten.

Fünftes Kapitel

Die erfahrenen Forstleute ordneten unter der Leitung des Oberjägermeisters die Jäger in eine lange Reihe am Waldessaum, so daß sie, selbst halb versteckt, vor sich einen weiten, freien Raum hatten, wodurch ihnen die Handhabung der Armbrust und des Bogens erleichtert wurde. Die zwei Schmalseiten des Platzes waren mit Netzen bespannt, hinter denen sich im Wald die Leute bargen, denen es oblag, die Tiere den Schützen zuzutreiben, oder wenn ihnen dies nicht gelang und die Tiere sich in den Netzen verwickelten, diese mit dem Speer zu töten. Die unzähligen Scharen von Kurpen, die in einem ungeheuren Kreis günstig aufgestellt worden waren, sollten alle lebenden Tiere aus dem Waldesdickicht auf den freien Platz jagen. Hinter den Jägern war ein zweites Netz gezogen, damit jedes Tier, das die Reihe durchbrach, aufgehalten und in den verhängnisvollen Maschen getötet werden konnte.

Der Fürst stand in der Mitte der Reihe in einer kleinen Vertiefung, die sich über die ganze Breite des Platzes zog. Der Oberjägermeister hatte diesen Platz für ihn ausgewählt, weil er wußte, daß die größten Tiere der Waldwildnis in diese Vertiefung getrieben werden würden. Der Fürst selbst hatte die Armbrust in der Hand, und dicht neben ihm stand, an einen Baum gelehnt, der schwere Speer. Einige Schritte hinter ihrem Herrn befanden sich die beiden „Schützer", in ihrer riesenhaften Größe den Baumstämmen des Waldes vergleichbar. Außer mit den Beilen, die sie auf den Schultern trugen, waren sie mit bereits gespannten Armbrüsten bewaffnet, um sie dem Fürsten im Notfall zu überreichen. Weder die Fürstin noch Jurands Tochter stiegen vom Pferd ab. Der Fürst gestattete dies niemals, war es doch leichter, sich vor den wütenden Bisons und Auerochsen in Fällen der Gefahr zu Pferd als zu Fuß zu retten. So bat denn auch de Lorche, trotzdem er von dem Fürsten aufgefordert worden war, sich zu seiner Rechten zu stellen, zum Schutze der Damen zu Pferd bleiben zu dürfen, und hielt, einer schmalen Klinge ähnlich, unweit der Fürstin hoch zu Roß, in der Hand die ritterliche Lanze, über die, als eine für die Jagd wenig geeignete Waffe, die Masuren verstohlen lachten. Zbyszko, der seinen Speer unverweilt in den Schnee gestoßen und die Armbrust von der

Schulter genommen hatte, blieb bei Danusias Pferd stehen. Zuweilen blickte er zu ihr empor, zuweilen flüsterte er ihr etwas zu, dann wieder umfaßte er ihre Füße und küßte ihre Knie, scheute er sich doch nicht mehr, seine Liebe vor aller Welt zu zeigen. Erst dann verhielt er sich ruhig, als der Oberjägermeister, der hier in der Wildnis es sogar wagte, über den Fürsten zu brummen, ihm aufs strengste zu schweigen befahl. Mit einemmal erklangen fern, fern aus der Tiefe der Wälder die Hornsignale der Kurpen, denen sofort der kurze laute Schall der Jagdhörner antwortete. Dann traf fast völlige Stille ein. Nur zeitweise ertönte das Gekrächze eines Eichelhähers auf den Wipfeln der Tannen, oder einer der als Treiber aufgestellten Leute krächzte wie ein Rabe. Angestrengt hielten die Jäger ihren Blick auf den freien Platz geheftet, auf den der Wind das mit Reif bedeckte Gestrüpp und die blätterlosen Sträucher bewegte. Ein jeder harrte voll Spannung, was für ein Tier wohl zuerst in Schußweite kommen werde. Alle aber versprachen sich eine reiche, ergiebige Jagdbeute, weil die Wälder von Auerochsen, Bisons und Ebern wimmelten. Die Kurpen hatten außerdem auch mehrere Bären aus ihren Lagern aufgestört, die nun wild und hungrig in den Wäldern umhertappten, instinktmäßig witternd, daß ihnen binnen kurzem ein Kampf bevorstehe, bei dem es sich nicht um ruhigen Winterschlaf, sondern um Leben und Tod handelt.

Die Jäger mußten indessen lange warten, weil die Leute, welche die Tiere auf den ausgerodeten Platz in den engeren Kreis treiben sollten, eine gewaltige Strecke Waldes in so weiter Entfernung umstanden, daß zu den Ohren der Harrenden nicht einmal das Bellen der Hunde drang, die nach dem Ertönen der Hornsignale von der Koppel gelassen worden waren. Nur ein Hund der Meute, den man augenscheinlich früher freigelassen, oder der sich ungefesselt umhergetrieben hatte, lief, die Nase an der Erde, quer über den Platz, um schließlich zwischen den Jägern hindurch wieder davonzurennen. Dann trat abermals so lange vollständige Ruhe ein, bis mit einemmal die hinter den Netzen stehenden Treiber wie die Raben krächzten zum Zeichen, daß nun die Jäger auf ihrer Hut sein müßten. Noch wenige Minuten, und am Saum des Waldes zeigte sich ein Rudel Wölfe, diese wachsamsten aller Tiere, die daher auch als die ersten versuchten, aus dem sie umschließenden Kreis zu entkommen. Inmitten des freien Platzes angelangt und auch hier die Menschen witternd, verschwanden sie rasch wieder, indem sie sich offenbar einen anderen Ausweg aus dem Dickicht bahnen wollten. Eine schwarze Kette bildend, tauchten gleich darauf mächtige Eber auf dem schneebedeckten Platz auf, von weitem einer Viehherde ähnlich, die, dem Lockruf der fürsorglichen Hausfrau folgend, mit gespitzten Ohren den Ställen zustrebt. Schnüffelnd und aufhorchend blieben sie plötzlich stehen, machten kehrt, horchten wieder auf, näherten sich, die Treiber witternd, behutsam und grunzend den Jägern, bis mit einemmal das Knirschen der eisernen Schneller der Armbrüste, das Zischen der Pfeile ertönte und die weiße Schneedecke mit dem ersten Blut befleckt war.

Mit durchdringendem Gequieke stoben die Eber wie von einem Blitzstrahl getroffen auseinander: einige rannten blindlings davon, andere stürzten dem Netz zu, mehrere liefen vereinzelt hin und her, etliche mengten sich unter die anderen Tiere, die sich inzwischen auf der Waldeslichtung angesammelt hatten. Immer deutlicher ertönten jetzt die Hornsignale, Hundegekläff wurde laut sowie das verworrene Gemurmel einer sich nähernden großen Menschenschar. Aber auch die Zahl der vierfüßigen Waldbewohner, die von allen Seiten, weit und breit, aufgescheucht worden waren, mehrte sich in einer solchen Weise, daß schließlich der freie Platz dicht gefüllt war. Etwas Ähnliches konnte weder in fremden Ländern, noch in anderen polnischen Gebieten vorkommen, da es dort nicht solche Waldwildnisse gab wie in Masovien. Wenn nun auch die Kreuzritter häufig in Litauen gewesen waren, wo es zuweilen vorkam, daß das Anstürmen von Auerochsen eine ganze Söldnerschar in Verwirrung* gesetzt hatte, erfüllte sie doch dieses Schauspiel ebenso wie den Herrn de Lorche mit dem größten Staunen. Einem Kranich ähnlich bei der Fürstin und den Hofdamen Wache haltend, hatte der Lothringer sehnlichst dem Beginn der Jagd entgegengesehen, denn er fror nicht nur tüchtig in seiner eisernen Rüstung, sondern er fing auch schon an, sich zu langweilen, da er sich ja nicht verständlich machen konnte. Nun aber sah er mit einemmal ganze Rudel von leichtfüßigen Rehen, von fahlgelben Hirschen und von Elentieren mit ihren unförmigen Geweihen, voll Schrecken, sinnlos vor Angst, dahinstürmen, umsonst einen Ausweg suchend. Die Fürstin, in der sich, als Tochter von Kiejstut, bei diesem Anblick das väterliche Blut regte, schoß Pfeil auf Pfeil auf die buntscheckige Schar ab, jedesmal vor Freude jubelnd, wenn ein Hirsch oder ein Elentier sich zuerst hoch aufbäumte, um dann, zu Tode getroffen, rücklings auf den Schnee zu stürzen. Aber auch ein Hoffräulein nach dem anderen hielt jetzt das Gesicht an die Armbrust, denn alle, samt und sonders, wurden von der Jagdlust ergriffen. Zbyszko allein bildete eine Ausnahme. Mit den Armen auf den Knien Danusias lehnend, das Haupt auf beide Hände gestützt, schaute er ihr in die Augen, sie hingegen versuchte, halb lächelnd, halb verschämt, ihm die Lider mit den Fingern zu schließen, gerade als ob sie seinen Blick nicht zu ertragen vermöge.

Nun aber wurde die Aufmerksamkeit des Herrn de Lorche durch einen gewaltigen, an Genick und Schaufeln grauen Bären erregt, der ganz in der Nähe der Jäger unvermutet aus dem Gestrüpp hervorbrach. Der Fürst schoß sofort die Armbrust gegen ihn ab, sprang dann unverweilt mit dem Speer auf ihn zu und tötete das Tier, das sich, furchtbar brüllend, auf die Hinterpfoten erhob, so rasch und gewandt vor den Augen des ganzen Hofstaates, daß keiner der beiden „Schützer" das Schwert gebrauchen mußte. Unwillkürlich sagte sich nun der junge Lothringer, daß wohl

---

* Von ähnlichen Vorkommnissen erzählt Wigand aus Marburg.

wenige der Herren auf den Höfen, in denen er unterwegs Rast gemacht hatte, sich einen derartigen Zeitvertreib erwählen würden, und daß mit einem solchen Fürsten, mit solchem Mann anzubinden, es wohl dereinst dem Orden schwerfallen würde. Und wenige Augenblicke danach war de Lorche Zeuge, wie durch andere Jäger ganz auf die gleiche Weise ein grimmiger, mächtiger Eber mit großen weißen Hauern zu Tode getroffen wurde, ein Tier, größer und gewaltiger als alle, auf die in den Gehölzen Niederlothringens oder in den deutschen Wäldern Jagd gemacht wurde. Ein ähnliches Vertrauen in die eigene Kraft, eine so geschickte Führung des Speeres hatte der Lothringer noch nie zuvor bei Jägern gesehen. Wie dies aber gewöhnlich zu sein pflegt, ließen sich die Kraft und die Gewandtheit darauf zurückführen, daß alle die inmitten der unermeßlichsten Wälder ansässigen Menschen vom zehnten Jahr an Armbrust und Speer handhaben mußten und sich dadurch die größte Fertigkeit erwarben.

Der freie Platz war schließlich mit den Kadavern aller möglichen Tiere bedeckt. Von keiner Seite wurde indessen daran gedacht, die Jagd zu beendigen, sollte diese doch jetzt erst recht gefährlich und somit besonders aufregend werden. Von den Treibern gejagt, zeigte sich nämlich mit einemmal eine große Schar von Auerochsen und Bisons. Nicht getrennt, wie dies im Wald der Fall zu sein pflegte, sondern untereinander vermengt, trabten sie daher, weit eher furchterregend, als von Furcht oder Schrecken verblendet. Sie überstürzten sich auch nicht, nein, in ihrer ungeheuren Kraft zogen sie siegesgewiß dahin, überzeugt, daß sie alle Hindernisse überwinden und einen Ausgang finden würden. Die Erde dröhnte geradezu unter der Schwere ihrer Tritte. Die Spitze des Zuges bildeten die bärtigen Bullen.

Mit zur Erde gesenkten Köpfen hielten sie zuweilen an, als ob sie darüber nachdächten, auf welcher Seite sie entkommen könnten. Gleich einem unterirdischen Getöse entrang sich ihren ungeschlachten Lungen ein dumpfes Gebrüll, ihre Nüstern dampften, und mit den Vorderfüßen den Schnee aufwerfend, schienen sie mit ihren blutrünstigen, von der Mähne fast ganz bedeckten Augen nach dem Feind zu spähen.

Mittlerweile stießen die hinter den Netzen verborgenen Treiber laute Rufe aus, denen von allen Seiten Hunderte von Stimmen in donnerähnlichem Geschrei antworteten. Die Hörner, die Pfeifen erklangen. Bis in seine tiefste Tiefe war der Wald von dem Lärm erschüttert. Doch nicht genug daran! Mit entsetzlichem Geheul jagten die kurpischen Hunde, der Spur folgend, auf die Lichtung. Bei diesem Anblick wurden besonders die Weibchen, die ihre Jungen bei sich hatten, nahezu rasend. Während sich die Tiere bis jetzt ruhig zu der Herde gehalten hatten, zerstreuten sie sich nun plötzlich in wahnsinniger Flucht über den ganzen Platz. Einer der Auerochsen, ein fahlgelber, gewaltiger Bulle, an Größe die Bisons überragend, raste in schwerfälligen Sprüngen auf die Reihe der Jäger zu. Dann aber machte er plötzlich gegen die rechte Seite der Lichtung kehrt, blieb jedoch gleich darauf, in geringer Entfernung die Pferde inmitten der

Bäume wahrnehmend, stehen und schien sich, brüllend und die Erde mit den Hörnern aufwühlend, zum Sprung, zum Kampf zu rüsten.

Bei diesem entsetzenerregenden Anblick schrieen die hinter den Netzen stehenden Treiber noch lauter auf, aus der Reihe der Jäger aber ertönte der Schreckensruf: „Die Fürstin, die Fürstin! Rettet die Herrin!" Zbyszko riß seinen in dem Schnee steckenden Speer an sich und sprang an den Waldessaum. Ihm folgten etliche Litauer, bereit zum Schutz der Fürstin das eigene Leben zu lassen. Da knirschte die Armbrust in deren Hand, ein Pfeil fuhr zischend über den gesenkten Kopf des Tieres hinweg und drang tief in dessen Genick ein.

„Bleibt zurück!" rief Anna Danuta, „kommt nicht ..."

Ihre weiteren Worte verklangen indessen ungehört, denn ein solch' entsetzliches Gebrüll wurde laut, daß sich die Pferde vor Schrecken aufbäumten. Wie ein Sturmwind raste der Auerochse auf die Fürstin zu. Doch siehe da, im Galopp kam der tapfere Herr de Lorche einhergesprengt und warf sich, tief über das Pferd gebeugt, mit der Lanze wie bei einem ritterlichen Turnier zum Stoß ausholend, dem Tier entgegen.

Die Anwesenden waren Zeugen, wie die Lanze blitzschnell in das Genick des Bullen eindrang, wie sie sich dann aber sofort gleich einem Haken bog und in kleine Stücke zerbrach. Da mit einemmal verschwand der mit riesigen Hörnern versehene Kopf des Tieres fast vollständig unter dem Bauch von Herrn de Lorches Roß, und bevor noch irgend jemand einen Entsetzensschrei ausstoßen konnte, flog der treffliche türkische Renner mitsamt dem Reiter vogelschnell in die Luft.

Auf die Seite stürzend, schlug das Pferd mit den im letzten Todeskampf zuckenden Beinen wild um sich, wobei es sich in die eigenen hervorquellenden Eingeweide verwickelte, während Herr de Lorche in nächster Nähe bewegungslos wie ein eiserner Keil auf dem Schnee lag. Einige Minuten lang schien der Auerochse zu schwanken, ob er sich nicht abwenden und auf das andere Pferd stürzen solle, doch da er sein erstes Opfer dicht vor sich hatte, griff er dieses aufs neue an. Der beklagenswerte Renner diente zur Zielscheibe seiner Wut. Er zermalmte dessen Kopf, er bohrte die ungeheuren Hörner in den offenen Bauch.

Von allen Seiten ritten die Mannen aus dem Gefolge zur Rettung des fremden Ritters herbei. Zbyszko aber, dem es hauptsächlich darum zu tun war, die Fürstin und Danusia zu schützen, stieß als erster den spitzen Speer unter die Schaufel des Auerochsen. Er tat dies jedoch mit einer solchen Kraft, daß ihm der Speer bei einer plötzlichen Wendung des Bullen aus der Hand entglitt, und er selbst auf das Gesicht in den Schnee stürzte.

„Er ist verloren! Er ist verloren!" schrieen die zu Hilfe eilenden Masuren auf, als sie sahen, wie der Kopf des Tieres sich auf Zbyszko senkte, der dadurch auf der Erde festgehalten wurde. Jetzt stürmten auch die beiden riesigen Schützer des Fürsten herbei, jedoch ihre Hilfe wäre zu spät gekommen, wenn nicht zum Glück der Böhme Hlawa, der ja auf Wunsch Jagienkas über Zbyszko wachen sollte, einen Vorsprung vor ihnen gewonnen hätte. Das breite Beil mit beiden Händen fassend, versetzte der Böhme dem Auerochsen einen wuchtigen Hieb in das Genick dicht bei den Hörnern.

So gewaltig war der Schlag, daß der Bulle, wie vom Donner gerührt, mit durchhauenem Genick krachend zur Erde stürzte, bei seinem Fall Zbyszko unter sich begrabend. Blitzesschnell befreiten die beiden „Schützer" den jungen Ritter von dem schweren Tier, während die Fürstin und Danusia von den Pferden sprangen und angsterfüllt herbeieilten.

Bleich und über und über sowohl von dem eigenen wie von dem Blut des Auerochsen bedeckt, richtete sich Zbyszko ein wenig in die Höhe. Er versuchte, sich zu erheben. Jedoch schwankend fiel er auf die Knie, und sich mit den Händen stützend, vermochte er nur das eine Wort hervorzubringen: „Danuska …"

Dann trat Blut auf seine Lippen, Dunkelheit umnachtete ihn. Wohl umschlang ihn Danusia mit ihren Armen, jedoch sie vermochte nicht, ihn aufrecht zu halten und rief verzweifelt um Hilfe. Ihrem Ruf wurde von allen Seiten Folge geleistet. Man rieb Zbyszko mit Schnee, man flößte ihm Wein ein und bettete ihn schließlich, wie es der Jägermeister Mrokota aus Mocarzewa anordnete, auf einen Mantel, um das Blut mittels zarter Waldschwämme zu stillen.

„Wenn er nur die Rippen und nicht das Rückgrat gebrochen hat, wird er wieder zu sich kommen!" erklärte der Jäger, sich zu der Fürstin wendend.

Inzwischen waren die Hoffräulein gemeinsam mit einigen Jägern um Herrn de Lorche bemüht. Sorgsam untersuchte man dessen Rüstung, um zu sehen, ob sich nicht irgendwo ein Loch oder wenigstens eine schadhafte Stelle vorfinde, doch außer den Spuren des Schnees konnte nichts entdeckt werden. Augenscheinlich hatte der Bulle seine ganze Wut an dem Pferd ausgelassen, das entsetzlich zugerichtet, leblos, tot auf der Erde lag. Ohne eine Wunde davongetragen zu haben, war Herr de Lorche nur durch den schweren Sturz ohnmächtig geworden, durch den er sich auch, wie es sich später herausstellte, das Gelenk der rechten Hand verrenkt hatte. Kaum hatte man ihn daher von dem schweren Helm befreit, kaum waren seine Lippen mit Wein benetzt worden, so schlug er die Augen auf und flüsterte, als sein Blick auf die beiden jungen schönen Mädchen fiel, die sich bekümmert über ihn beugten, in deutscher Sprache: „Gewiß bin ich im Paradies und die Englein umstehen mich."

Wenn nun aber auch die jungen Mädchen nicht verstanden, was er sagte, waren sie doch glücklich darüber, daß er wieder das Bewußtsein erlangte. Sie lächelten ihm daher zu und richteten ihn mit Hilfe der Jäger empor.

Stöhnend vor Schmerz in seiner rechten Hand, stützte er sich mit der Linken auf einen der „Engel", blieb aber dann unbeweglich stehen, weil er sich nicht sicher auf den Füßen fühlte. Den noch immer etwas verschleierten Blick umherschweifen lassend, gewahrte er den fahlgelben Körper des Auerochsen, der in der Nähe einen noch gewaltigeren Eindruck machte, er gewahrte Danusia, er gewahrte Zbyszko, den jene, sich über ihn beugend, mit ihren Armen umschlungen hielt.

„Dieser Ritter hier ist mir wohl zu Hilfe gekommen?" fragte er nach kurzem Schweigen. „Lebt er noch?"

„Er hat schwere Verletzungen davongetragen!" entgegnete einer der Hofherren, welcher der deutschen Sprache mächtig war.

„Nicht gegen ihn, sondern für ihn werde ich von nun an kämpfen!" erklärte jetzt der Lothringer.

In diesem Augenblick trat die Fürstin von Zbyszko hinweg auf ihn zu, um ihm ihre Bewunderung über sein kühnes Vorgehen auszusprechen. Sie selbst wie auch die anderen Frauen habe er vor dräuender Gefahr, ja vor dem Tod gerettet, erklärte sie, und dadurch sei ihm nicht nur ritterlicher Ruhm gewiß, sondern jetzt und immerdar werde er dafür gepriesen werden. „In unserer heutigen verweichlichten Zeit", fügte sie hinzu, „steht es gar schlimm mit der Tapferkeit der Ritter, welche die Welt durchziehen. Weilt daher recht lange bei uns als Gast, oder siedelt ganz nach Masovien über, denn meiner Huld seid Ihr gewiß, und die Liebe der Menschen erringt Ihr Euch leicht durch heldenmütige Taten."

Das nach Ruhm dürstende Herz des Lothringers floß bei diesen Worten geradezu über vor Wonne, und als er sich auch noch zum Bewußtsein brachte, daß solch mutige, ritterliche Taten zu den Seltenheiten gehörten, daß er sich das ihm gespendete Lob in jenen fernen polnischen Landen errungen hatte, von denen man die wunderbarsten Mären im Osten erzählte, da fühlte er vor Freude kaum noch Schmerzen in dem verletzten Arm. Wenn ein Ritter an dem brabantischen oder burgundischen Hof zu erzählen vermochte, er habe auf der Jagd das Leben der masovischen Fürstin gerettet, dann wandelte er fürderhin im Strahlenkranz der Ehre und des Ruhmes dahin, darüber konnte kein Zweifel herrschen. Von diesem Gedanken getragen, wollte er vor der hohen Frau auf die Knie fallen und ihr treuen Dienst geloben, jedoch die Fürstin war schon wieder mit Danusia um Zbyszko bemüht. Für wenige Minuten hatte dieser aufs neue das Bewußtsein gewonnen. Er lächelte Danusia zu, fuhr mit der Hand an die mit kaltem Schweiß bedeckte Stirn und verlor abermals die Besinnung. Als die erfahrenen Jäger bemerkten, wie sich seine Hände zusammenkrampften, wie er mit offenem Mund dalag, hielten sie ihn für verloren. Die noch erfahreneren Kurpen aber, von denen fast ein jeder die Spuren von Bärentatzen, von Eberhauern oder von Hörnern der Auerochsen an sich trug, behaupteten, die Hörner des Tieres seien zwischen den Rippen des jungen Ritters eingedrungen, er habe eine, höchstens zwei seiner Rippen gebrochen, das Rückgrat müsse indessen unversehrt geblieben sein, denn sonst hätte er sich selbst nicht auf einen Augenblick emporrichten können. Sie wiesen auch darauf hin, daß Zbyszko an einer Stelle gestürzt war, auf welcher der Schnee hochgetürmt lag, ein Umstand, dem er hauptsächlich seine Rettung verdanke, weil er, unter der Schwere des Tieres immer tiefer in den Schnee sinkend, davor bewahrt blieb, daß ihm

Brust und Rückgrat völlig eingedrückt wurden. Unglücklicherweise hatte sich der Arzt des fürstlichen Paares, Pater Wyszoniek, von der Jagd ferngehalten, trotzdem er gewöhnlich dabei zu sein pflegte, weil er gerade in der Zeit mit der Herstellung von Oblaten beschäftigt war. Als dies dem Böhmen zu Ohren kam, machte er sich spornstreichs auf den Weg zu ihm, während Zbyszko von einigen Kurpen auf dem Mantel in den Jagdhof getragen wurde.

Danusia wollte zu Fuß neben ihm hergehen, diesem Vorhaben widersetzte sich jedoch die Fürstin, weil der Weg sehr weit und infolge des tiefen Schnees sehr beschwerlich war. Man schickte sich indessen an, dem Leidenden zu Pferd zu folgen. Der Starost Hugo de Danveld beeilte sich, Danusia in den Sattel zu helfen, dann ritt er , sich mit ihr dicht hinter den Leuten haltend, die Zbyszko trugen, neben ihr her und sagte ihr auf polnisch in eindringlichem Ton, aber doch so, daß er nur von ihr gehört werden konnte: „Ich habe in Szczytno einen wundertätigen, heilenden Balsam, den ich von einem Einsiedler in dem hercynischen Wald erhielt. Wenn Ihr es wünscht, soll davon längstens in drei Tagen in Euren Händen sein."

„Gott möge Euch dafür lohnen!" antwortete Danusia.

„Der Herr gedenkt jeder barmherzigen Tat! Doch welchen Dank darf ich von Euch erhoffen?"

„Wie soll ich Eure Güte vergelten?"

Der Starost schwieg einige Minuten, um dann zaudernd zu antworten: „Eine Frau wird Euch den heilenden Balsam bringen. Später wollen wir dann von Eurem Dank reden."

Sechstes Kapitel

Nach einer eingehenden Untersuchung der Wunden Zbyszkos stellte der Pater Wyszoniek zwar fest, daß sich jener nur eine Rippe gebrochen habe, aber er erklärte trotzdem, er vermöge sich in den ersten Tagen nicht für dessen Wiederherstellung zu verbürgen, weil er nicht wissen könne, ob sich das Herz des Kranken nicht gedreht habe, ob dessen Leber nicht völlig weggerissen sei. Auch Foulk de Lorche mußte sich gegen Abend infolge eines großen Schwächeanfalles niederlegen, ja, des anderen Tages verursachte ihm sogar die geringste Bewegung heftige Schmerzen. Gemeinsam mit den anderen Hoffräulein wartete die Fürstin und Danusia der Kranken und bereitete ihnen nach der Vorschrift des Paters Wyszoniek allerlei Salben und Tränklein. In Zbyszkos Befinden trat keine Besserung ein, und besonders die Blutspuren, die sich immer wieder auf seinen Lippen zeigten, beunruhigten den Pater Wyszoniek aufs höchste. Der Kranke blieb indessen vollständig bei Besinnung. Als er im Laufe des Tages von Danusia vernahm, wer ihm das Leben gerettet habe, ließ er trotz seiner großen Entkräftung den Böhmen zu sich entbieten, um diesem zu danken und ihn zu belohnen. Unwillkürlich gedachte er dabei Jagienkas, die ihm den getreuen Mann zugeschickt hatte, ohne deren liebevolle Fürsorge er wohl elend zugrunde gegangen wäre. Dieser Gedanke lastete schwer auf ihm, weil er fühlte, daß er all das Gute, das ihm durch das Mägdlein zuteil geworden war, niemals mit Gleichen vergelten, nein, daß er ihm nur Kummer und Schmerz bereiten werde. Was half es, wenn er sich auch stets sagte: „Ich kann mich doch nicht in zwei Hälften teilen", sein Gewissen regte sich immer wieder, und die Antwort des Böhmen vermehrte noch die innere Unruhe.

„Ich schwur meiner jungfräulichen Gebieterin bei meiner Ehre als Edelmann, daß ich über Euch wachen werde!" erklärte Hlawa. „So tat ich denn auch nur meine Pflicht, ohne auf eine Belohnung zu rechnen. Meiner Herrin, nicht mir, müßt Ihr, o Herr, für Eure Rettung danken."

Schwer atmend, entgegnete Zbyszko nichts. Nach kurzem Schweigen hub jedoch der Böhme abermals an: „Wenn Ihr wünscht, daß ich nach Bogdaniec eile, trete ich sofort den Weg dahin an. Vielleicht möchtet Ihr gern den alten Herrn sehen, denn Gott allein weiß, wie es mit Euch gehen wird."

„Wie hat sich Pater Wyszoniek ausgesprochen?" fragte Zbyszko.

„Pater Wyszoniek glaubt, er könne sich erst zur Zeit des Neumondes bestimmt über Euren Zustand äußern. Bis zum Neumond aber sind es noch vier Tage."

„Hei! Weshalb willst du denn nach Bogdaniec? Entweder sterbe ich, ehe der Ohm hier sein kann, oder ich werde genesen."

„Wollt Ihr vielleicht ein Schreiben nach Bogdaniec senden? Sanderus ist der Schrift kundig. Dann wird man dort wenigstens etwas von Euch wissen und eine Messe für Euch lesen lassen."

„Laß mich in Frieden, denn ich fühle mich sehr schwach. Sollte ich sterben, kehrst du nach Zgorzelic zurück und meldest dort, was geschehen ist. An einer Messe für mich wird es dann nicht fehlen. Werde ich wohl hier oder in Ciechanow begraben werden?"

„Entweder in Ciechanow oder in Przasnysz. Im Wald lassen sich nur die Kurpen begraben, über deren Gräber die Wölfe heulen. Ich hörte indessen von dem Gefolge, der Fürst beabsichtige, in längstens zwei Tagen mit dem ganzen Hof nach Ciechanow zurückzukehren, um sich später von dort nach Warschau zu begeben."

„Man wird mich aber sicherlich nicht allein hier zurücklassen!" rief der Kranke.

Und er täuschte sich nicht. Da Pater Wyszoniek gegen die Überbringung Zbyszkos nach Przasnysz Einspruch erhob, bat Anna Danuta noch im Lauf des gleichen Tages den Fürsten, er möge ihr erlauben, mit Danusia und den anderen Hoffräulein den Arzt bei der Pflege des Verletzten zu unterstützen und daher noch länger in dem Jagdhof zu verweilen. Kaum hatte indessen Herr de Lorche, der sich schon nach zwei Tagen bedeutend besser fühlte, in Erfahrung gebracht, daß die „Damen" blieben, so erklärte er sofort, er werde ihnen Gesellschaft leisten, um sie auf dem Rückweg, oder bei einem Überfall der „Sarazenen" vor Gefahr zu schützen. Woher diese „Sarazenen" kommen sollten, diese Frage legte sich freilich der tapfere Lothringer nicht vor. Im fernen Westen wurden zwar auch die Litauer so genannt. Von diesen konnte aber doch der Tochter Kiejstuts, der Schwester Witolds und der Base des mächtigen „Krakauer Königs" Jagiello keine Gefahr drohen! Trotz allem aber, was Foulk de Lorche in Masovien über die getauften Litauer und über die Vereinigung der zwei Kronen auf dem Haupt eines Herrschers zu Ohren gekommen war, hatte er schon viel zu lange unter den Kreuzrittern verweilt, schenkte er deren Worten noch zu viel Glauben, um nicht den Litauern das Schlimmste zuzutrauen.

Inzwischen trat ein Ereignis ein, das auf das Verhältnis des Fürsten Janusz zu den bei ihm als Gäste weilenden Kreuzrittern seinen Schatten warf. Am Tag vor dem Aufbruch aus dem Jagdhof trafen die Brüder Godfryd und Rotgier ein, die bis jetzt in Ciechanow zurückgeblieben waren, und mit ihnen kam ein gewisser Herr de Fourcy, als Überbringer schlimmer Nachrichten für die Kreuzritter. Es war nämlich gar mancherlei geschehen. Bei dem kreuzritterlichen Starosten in Lubow hielten sich verschiedene fremde Gäste auf. Zu diesen gehörten, außer dem Herrn de Fourcy selbst, Herr de Bergow und Herr Majneger, beide Geschlechtern entstammend, die sich hohe Verdienste um den Orden erworben hatten. Sie alle hörten fortwährend von den Kämpfen mit Jurand aus Spychow. Anstatt sich aber dadurch abschrecken zu lassen, beschlossen sie, den berühmten Helden auf den Kampfplatz zu locken, wollten sie sich doch selbst davon überzeugen, ob er in der Tat so grausenerregend sei, wie von ihm die Rede ging. Der Starost widersetzte sich freilich anfänglich diesem Vorhaben, indem er auf den zwischen dem Orden und dem masovischen Fürstenpaar herrschenden Frieden hinwies. Schließlich ließ er jedoch, wohl von der Hoffnung getragen, auf solche Weise von dem gefürchteten Nachbarn befreit zu werden, nicht nur alles geschehen, sondern gestattete ihnen auch, bewaffnete Kriegsknechte mitzuführen. Unverweilt sandten nun die Ritter eine Herausforderung an Jurand, der sich auch sofort bereit erklärte, unweit Spychows, an der Grenze Preußens, mit zwei seiner Gefährten gegen die drei Ritter unter dem Vorbehalt kämpfen zu wollen, daß letztere die Reisigen entlassen würden. Da nun aber die Ritter weder auf diese Bedingung eingehen, noch sich aus der Nähe Spychows entfernen wollten, überfiel sie Jurand, schlug die Knechte in die Flucht, brachte dem Herrn Majneger einen tödlichen Lanzenstich bei und nahm den Herrn de Bergow nicht nur gefangen, sondern ließ ihn in einen der unterirdischen Kerker in Spychow werfen. De Fourcy jedoch rettete sich. Drei Tage irrte er in den masovischen Wäldern umher. Zufällig erfuhr er dann von Pechsiedern, daß in Ciechanow Ordensbrüder weilten, und er beschloß, sich zu diesen zu begeben. Gemeinsam mit ihnen wollte er Klage bei dem erlauchten Fürsten erheben, gemeinsam mit ihnen gedachte er, dessen Schutz zu erflehen, um die Befreiung des Herrn de Bergow zu erwirken.

Diese Kunde trübte das gute Einvernehmen zwischen dem Fürsten und den Gästen. Nicht allein die beiden neu angelangten Brüder, sondern auch Hugo de Danveld und Zygfryd de Löwe forderten ungestüm von dem Fürsten, daß er dem Orden sofort Genugtuung verschaffe, das Grenzgebiet vor den gewalttätigen Überfällen Jurands schütze und diesen für alle begangenen Untaten gehörig bestrafe. Vornehmlich Hugo de Danveld verlangte in fast drohendem Ton blutige Rache, erregte doch stets die Erinnerung an die Abrechnung, die er selbst noch mit Jurand zu halten hatte, Scham und Schmerz in ihm.

„Laßt uns die Klage vor den Großmeister bringen!" rief er. „Und wenn Eure fürstliche Durchlaucht uns keine Genugtuung verschafft, werden wir sie durch jenen selbst auch dann erringen, wenn sich sogar ganz Masovien auf Seiten des verruchten Räubers stellen sollte."

Nun aber geriet der von Natur so milde Fürst in gewaltigen Zorn.

„Wofür begehrt Ihr Genugtuung?" rief er. „Wenn Jurand Euch zuerst überfallen, Dörfer verbrannt, Herden hinweggetrieben und Leute getötet hätte, würde ich ihn sicherlich sofort vor Gericht laden und ihm Strafe zuerkennen. Ihr habt ihn aber selbst herausgefordert. Und Euer Starost hat ein Gefolge bewaffneter Kriegsknechte zugelassen. Was tat aber Jurand? Wohl nahm er die Herausforderung an, er verlangte jedoch gleichzeitig die Entlassung der Mannen. Soll ich ihn etwa dafür strafen oder vor Gericht fordern? Ihr selbst habt mit dem gefürchteten Kämpen angebunden, vor dem alle zittern. Ihr selbst habt mutwillig die Gefahr auf Euer Haupt herabbeschworen – was wollt Ihr daher von mir? Kann ich ihm vielleicht die Abwehr verbieten, wenn es Euch beliebt, ihn mit bewaffneter Hand zu bedrohen?"

„Nicht der Orden band mit ihm an, nur die Gäste, die fremden Ritter haben ihn gefordert!" warf Hugo ein.

„Für die Gäste ist der Orden verantwortlich, ganz abgesehen davon, daß jenen Gästen Kriegsknechte aus der Lubaner Besatzung zuerteilt worden waren."

„Sollte der Starost vielleicht seine Gäste einfach hinschlachten lassen?"

Jetzt wandte sich der Fürst zu Zygfryd und sagte: „Hütet Euch davor, Ungerechtes zu fordern und Gott durch Eure Winkelzüge zu erzürnen."

Aber Zygfryd antwortete streng: „Der Herr de Bergow muß aus seinem Kerker befreit werden, denn seit undenklichen Zeiten gehören Männer aus seinem Geschlecht dem Orden an und große Verdienste haben sie sich um die Kreuzritter erworben."

„Majnegers Tod muß gerächt werden!" fügte Hugo de Danveld hinzu.

Als der Fürst dies vernahm, strich er die Haare auf beiden Seiten zurück, erhob sich von seinem Sitz und schritt mit unheilverkündendem Antlitz auf den Deutschen zu. Doch augenscheinlich von dem Gedanken ausgehend, daß er mit seinen Gästen spreche, bezwang er sich nochmals und sagte, die Hand auf Zygfryds Schulter legend, in maßvollem Ton: „Hört mich aufmerksam an, mein Starost! Ihr tragt das Kreuz auf dem Mantel, so antwortet mir denn auf Euer Gewissen, bei diesem Kreuz! War Jurand im Recht oder war er nicht im Recht?"

„Herr de Bergow muß aus dem Kerker befreit werden!" entgegnete Zygfryd de Löwe.

Während einiger Minuten herrschte tiefes Schweigen, dann rief der Fürst: „Gott verleihe mir Langmut und Geduld!"

Zygfryd aber fuhr mit einer harten, einem schneidenden Schwert ähnlichen Stimme fort: „Diese Beschimpfung, die uns, als unseren Gästen zugefügt, betroffen hat, gibt uns nur einen neuen Anlaß zur Klage. Nirgendwo, seit dem Bestehen des Ordens, weder in Palästina noch in Siebenbürgen, noch inmitten der bis jetzt heidnisch gebliebenen Litauer, ist uns von irgendeinem namhaften Helden so viel Schlimmes zugefügt worden, wie von diesem Räuber aus Spychow. Eure fürstliche Durchlaucht! Nicht für eine Schandtat fordern wir Genugtuung und Strafe, sondern für Tausende, nicht für einen Überfall, sondern für fünfzig, nicht für das Blut, das einmal, nein, das Jahre hindurch vergossen wurde. Eine Flamme vom Himmel sollte dafür den verruchten Rest der Bosheit und Grausamkeit verzehren. Wessen Klagen schreien um Rache zu Gott? Die unseren! Wessen Tränen? Die unseren! Umsonst verlangen wir Gerechtigkeit, umsonst fordern wir strenges Gericht. Ungehört verhallen unsere Worte!"

Auf diese Rede hin antwortete Fürst Janusz kopfschüttelnd: „Hei! Gar häufig sind die Kreuzritter früher in Spychow zu Gast gewesen, und erst dann zeigte sich Jurand Euch feindlich, als durch Eure Grausamkeit ihm das geliebte Weib durch den Tod entrissen wurde. Zudem aber, wie viele Male habt Ihr schon selbst mit ihm angebunden, um ihn, wie auch jetzt, dafür zu züchtigen, daß er Eure Ritter siegreich bekämpfte? Wie viele Male überfielt Ihr ihn wie Räuber, wie viele Male habt Ihr die Armbrust im Wald auf ihn abgeschossen? Freilich überfiel er Euch dann auch, von Rache getrieben – doch habt Ihr es, haben es die Ritter, die in Euren Landen seßhaft sind, jemals anders gemacht? Wer hat das friedfertige Volk in Masovien überfallen, wer hat die Herden hinweggetrieben, die Dörfer niedergebrannt, Männer, Weiber und Kinder gemordet? Und welche Antwort erhielt ich aus Marienburg, als ich mich bei dem Meister darüber beschwerte: ‚An der Grenze herrscht gewöhnlich Aufruhr!' Laßt mich in Frieden! Euch geziemt es wahrlich nicht, Klage zu führen, Euch, die Ihr mich in Friedenszeiten, da ich ohne Waffen und Wehr war, auf meinem eigenen Grund und Boden überfielt, Euch, die Ihr mich jetzt noch in Euren unterirdischen Kerkern schmachten ließet, wenn Ihr nicht den Zorn des Krakauer Königs gefürchtet hättet. So bezahltet Ihr mich, der ich dem Geschlecht Eurer Wohltäter entstamme. Laßt mich in Frieden, denn Ihr könnt nicht von Genugtuung sprechen!"

Voll sichtlicher Ungeduld lauschten die Kreuzritter diesen Worten, war es ihnen doch höchst peinlich, daß der Fürst in Gegenwart des Herrn de

Fourcy die Vorfälle bei Zlotorja berührte. Vornehmlich Hugo de Danveld schien darauf bedacht zu sein, dem Gespräch eine andere Wendung zu geben, und begann folgendermaßen: „Eure fürstliche Durchlaucht hat sich einen Irrtum zuschulden kommen lassen. Nicht um die Furcht vor dem Krakauer König handelt es sich hier, sondern um eine Genugtuung. Unser Meister aber kann für gesetzlose Zustände an den Grenzen nicht verantwortlich gemacht werden, denn so viele Königreiche es auch auf der Welt gibt, überall an den Grenzen stiften unruhige Geister Aufruhr."

„Auf diese Weise sprichst du und verlangst doch, daß Gericht über Jurand gehalten werde. Was wollt Ihr denn eigentlich?"

„Genugtuung und Bestrafung."

Seine knöchernen Hände faltend, sagte der Fürst nun abermals: „Der Herr verleihe mir Langmut und Geduld!"

„Möge Eure fürstliche Durchlaucht bedenken", ergriff Danveld von neuem das Wort, „daß unsere kampflustigen Ritter nur weltliche und nicht dem deutschen Stamm entsprossene Mannen bedrängen. Eure jedoch heben die Hand gegen den Deutschen Orden auf, wodurch sie sich gegen den Heiland schwer vergehen. Welche Strafen, welche Marter sind aber groß genug für solche, die gegen den Gekreuzigten sündigen?"

„Höre!" rief der Fürst. „Führe den Namen Gottes nicht beständig im Mund, denn Ihn täuschst du nicht."

So sprechend, warf er dem Herrn de Fourcy, unmerklich mit den Augen blinzelnd, einen bedeutsamen Blick zu, wohl um diesen zur Verneinung der Frage zu veranlassen.

Allein de Fourcy entgegnete rasch, ohne das Zeichen zu bemerken oder bemerken zu wollen: „Jurand erklärte sich bereit, mit zwei seiner Gefährten gegen uns drei zu kämpfen, sobald wir die Kriegsknechte entlassen haben würden."

„Seid Ihr dessen gewiß?"

„Auf meine Ehre! Ich und de Bergow wären auf die Bedingungen eingegangen, Majneger aber widersetzte sich unserem Vorhaben."

„Starost aus Szczytno!" ließ sich jetzt der Fürst vernehmen, „Ihr wißt besser als die anderen, daß Jurand die Forderung nicht abgewiesen hat. Wer aber von Euch diesen zu einem Kampf zu Fuß oder zu Pferd fordern will", wandte er sich hierauf an alle, „dem erteile ich die Erlaubnis dazu. Wenn es Euch gelingen würde, Jurand zu töten oder in Eure Gewalt zu bringen, käme Herr de Bergow ohne Lösegeld aus der Gefangenschaft. Mehr verlangt jedoch nicht von mir, denn mehr gestehe ich Euch nicht zu."

Nach diesen Worten trat tiefes Schweigen ein. Weder Hugo de Danveld, noch Zygfryd de Löwe, weder Rotgier noch Godfryd waren trotz ihrer anerkannten Tapferkeit geneigt, mit dem gefürchteten Gebieter von Spychow einen Kampf auf Tod und Leben zu wagen. Dazu hätte sich vielleicht ein fremder, aus fernen Landen stammender Kämpe wie de Lorche oder de Fourcy verstanden, ersterer war jedoch nicht anwesend, und letzterer stand noch zu sehr unter dem Eindruck der jüngsten Erlebnisse.

„Einmal habe ich ihn gesehen", murmelte er vor sich hin, „aber niemals möchte ich ihm wieder gegenüberstehen."

Zygfryd de Löwe aber ließ sich also vernehmen: „Die Ordensbrüder dürfen sich nur dann zum Zweikampf stellen, wenn sie die besondere Erlaubnis des Meisters und des Großmarschalls dazu erhalten haben. Uns ist es aber nicht um die Erlaubnis zum Kampf zu tun, uns liegt vor allem daran, daß de Bergow aus der Haft entlassen werde, daß Jurand mit dem Kopf für seine Taten büße."

„Nicht Euch gebührt es, in diesen Landen Recht zu sprechen!"

„Schon viel zu lange haben wir die schlimme Nachbarschaft geduldig ertragen. Doch unser Meister wird uns Gerechtigkeit verschaffen."

„Wohl steht er über Euch, aber nicht über Masovien."

„Hinter dem Meister stehen die Deutschen und der römische Kaiser."

„Und hinter mir steht der polnische König, dem noch weit mehr Länder und Völker untertan sind."

„Will Eure fürstliche Durchlaucht dem Orden den Krieg erklären?"

„Wollte ich Krieg führen, so würde ich Euch nicht in Masovien erwarten, sondern gegen Euch ziehen. Doch unterlaß deine Drohungen, denn ich hege keine Furcht."

„Was soll ich dem Meister melden?"

„Euer Meister hat mir keine Frage vorgelegt. Sage ihm, was du willst."

„So werden wir uns denn selbst Gerechtigkeit verschaffen müssen!"

„Nimm dich in acht!" rief nun der Fürst mit einer vor Wut entstellten Stimme, indem er dem Kreuzritter mit der geballten Hand drohte, „nimm dich in acht! Wohl gestatte ich dir, Jurand zum Zweikampf zu fordern, doch planst du, mit dem Kriegsheer des Ordens in das Land zu fallen, dann schlage ich los, und als Gefangener, nicht als Gast wirst du hier weilen."

Seine Geduld war offenbar erschöpft. Mit aller Gewalt schleuderte er seine Kopfbedeckung auf den Tisch und warf, aus der Stube eilend, die Tür krachend hinter sich zu.

Bleich vor Zorn blieben die Kreuzritter zurück, und Herr de Fourcy blickte verstört von einem zum anderen.

Hugo de Danveld aber sprang fast mit Fäusten auf Herrn de Fourcy zu.

„Was soll das Zugeständnis bedeuten", schrie er, „daß Ihr Jurand zuerst gefordert habt?"

„Ich habe die Wahrheit gesprochen."

„Ihr hättet alles leugnen sollen."

„Zum Kampf zog ich aus und jede Lüge liegt mir fern."

„Brav habt Ihr gekämpft, das muß ich sagen."

„Und Ihr? Seid Ihr denn nicht vor Jurand nach Szczytno geflohen?"

„*Pax!*" rief nun de Löwe. „Dieser Ritter ist der Gast des Ordens."

„Seine Aussage fällt ja gar nicht ins Gewicht", warf nun auch Godfryd ein. „Ohne Gericht kann Jurand nicht gestraft werden, und vor Gericht würde ja doch alles an den Tag kommen."

„Was ist jetzt zu tun?" warf Rotgier ein.

Ein kurzes Schweigen trat ein, dann ergriff der strenge und halsstarre Zygfryd de Löwe das Wort.

„Man muß dem Bluthund einmal Ernst zeigen", erklärte er. „De Bergow darf nicht länger in Ketten schmachten. Wir bieten die Besatzung von Szczytno, von Insburk und von Lubow auf, wir rufen den Kulmer Adel zu Hilfe und ziehen gegen Jurand. Es ist an der Zeit, ein Ende mit ihm zu machen."

Nun aber kreuzte der schlaue Danveld, der es verstand, ein jedes Ding von zwei Seiten zu beleuchten, die Hände über dem Haupt, runzelte sinnend die Stirn und bemerkte: „Ohne Erlaubnis des Meisters ist an ein solches Unternehmen nicht zu denken."

„Wenn wir unser Ziel erreichen, wird uns der Meister dafür loben!" bemerkte Godfryd.

„Und wenn es uns nicht gelingt, wenn der Fürst die Lanzenträger gegen uns schickt? Was dann?"

„Davor wird er sich hüten. Es herrscht Frieden zwischen dem Orden und ihm."

„Freilich herrscht Frieden. Wir aber brechen ihn dann. Und unsere Besatzungen werden gegen die Masuren nicht aufkommen."

„Schließlich muß aber der Meister für uns eintreten und damit ist der Krieg erklärt."

„Nein, nein", ließ sich hierauf de Danveld nach kurzem Sinnen vernehmen, „dem ist nicht so. Wenn wir Erfolg haben, wird sich der Meister wohl insgeheim freuen, er wird Gesandte an den fürstlichen Hof schicken und die Verhandlungen so führen lassen, daß wir straflos ausgehen. Falls wir jedoch eine Niederlage erleiden, wird der Orden weder für uns einstehen, noch den Krieg erklären. Dazu müßten wir einen anderen Meister haben. Hinter dem Fürsten steht der polnische König, und mit dem bindet der Meister nicht an."

„Dessenungeachtet haben wir uns des Gebietes um Dobrzyn bemächtigt, als Beweis dafür, wie wenig wir uns vor Krakau fürchten."

„Weil wir scheinbar ein Recht dazu hatten ... denkt an Opolczik. Nun, wir nahmen das Land ja nur als Pfand, aber auch das ..." Hier blickte er sich vorsichtig um und fügte dann leise hinzu: „Ich hörte in Marienburg, daß auf dieses Pfand sofort Verzicht geleistet würde, wenn andernfalls ein Krieg drohen sollte."

„Ach", meinte Rotgier ungeduldig, „ich wollte, Markward Salzbach wäre hier, oder Szomberg, der die Brut Witolds erwürgt hat, die wüßten uns Rat zu schaffen wegen Jurand. Bedenkt Witold! Der Statthalter Jagiellos! Der mächtige Fürst! Und trotzdem entging Szomberg der Strafe. Er erwürgte Witolds Kinder und wurde nicht zur Rechenschaft dafür gezogen! Wahrlich, uns mangelt es an Leuten, die sofort für alles Rat wissen."

Als Hugo de Danveld diese Worte vernahm, versank er, das Haupt in die Hand stützend, längere Zeit in tiefes Sinnen. Dann, mit einemmal, leuchteten seine Augen, und er hub also an: „Gesegnet sei der Augenblick, in dem Ihr den Namen des tapferen Szomberg nanntet."

„Weshalb? Ist Euch ein guter Gedanke gekommen?" fragte Zygfryd de Löwe.

„Sprecht schnell!" riefen Rotgier und Godfryd.

„So hört denn!" antwortete Hugo. „Jurand hat ein einziges Kind, eine Tochter, die er wie seinen Augapfel liebt."

„Ja, wir kennen sie. Nicht nur er, sondern auch die Fürstin Anna Danuta ist dem Mädchen zugetan."

„Gewiß. Hört mich an! Wie wäre es, wenn wir versuchten, das Mädchen in unsere Gewalt zu bekommen? Jurand würde für dessen Auslösung nicht nur de Bergow, sondern sich selbst und Spychow dazu zum Opfer bringen."

„Bei dem Blut des heiligen Bonifazius, das in Dockum vergossen wurde!" rief Godfryd, „ganz so würde es kommen, wie Ihr sagt!"

Dann aber verstummten alle für eine geraume Zeit, wie erschreckt über einen so waghalsigen, gefährlichen Plan. Schließlich wandte sich Rotgier an Zygfryd de Löwe.

„Euer Verstand ist ebenso groß wie Eure Erfahrung. Was haltet Ihr von dem allem?"

„Ich glaube, daß die Sache der Überlegung wert ist."

„Aber die Fürstin hat ja das Mädchen stets um sich," fuhr Rotgier fort, „liebt sie es doch gleich einer eigenen Tochter. Bedenkt, welch ein Lärm sich erheben wird."

Hugo de Danveld lachte.

„Ihr habt selbst behauptet", warf er ein, „daß Szomberg die Brut Witolds vergiftet oder erwürgt habe. Nun, welche Strafe ist ihm dafür geworden? Bei jeder Veranlassung wird Lärm geschlagen. Wenn wir aber Jurand in Ketten unserem Meister zuführen, ernten wir sicher Lob, wartet unserer keine Strafe."

„Ei", ließ sich nun de Löwe vernehmen, „gar günstig ist freilich jetzt die Gelegenheit zu einem Überfall. Der Fürst verläßt den Jagdhof, auf dem nur Anna Danuta mit den Hoffräulein bleibt. Doch wie läßt sich der Überfall auf einem fürstlichen Herrenhof in Friedenszeiten rechtfertigen? Wenn dies noch Spychow wäre! Denkt an Zlotorja! Ganz das gleiche kann sich abermals ereignen! Bei allen Königen, bei dem Papst werden aufs neue Klagen über die Gewalttätigkeit des Ordens geführt werden, wieder wird sich der verfluchte Jagiello in wilden Drohungen ergehen, und der Meister, nun, ihr kennt ihn ja! Gern bemächtigt er sich zwar allen dessen, was er bekommen kann, aber einem Krieg mit Jagiello, dem geht er aus dem Weg. Ja, in ganz Masovien, in ganz Polen wird man gegen uns wüten."

„Inzwischen bleichen aber die Gebeine Jurands am Galgen!" entgegnete Hugo de Danveld. „Und zudem, wer hat Euch denn davon gesprochen, daß das Mägdlein aus dem Jagdhof entführt, von der Seite der Fürstin hinweggerissen werden soll?"

„Aus Ciechanow könnt Ihr es aber doch nicht entführen, aus Ciechanow, wo sich außer den Edelleuten dreihundert Bogenschützen befinden?"

„Nein! Kann aber Jurand nicht plötzlich erkranken und etliche Boten zu dem Mägdlein entsenden? Daß es die Fürstin unter solchen Umständen ziehen läßt, das unterliegt keinem Zweifel. Und wenn die Maid unterwegs verschwindet, wer wagt es, Euch oder mir zu sagen: ‚Du hast sie geraubt?'"

„Ei", warf de Löwe ungeduldig dazwischen, „so bewerkstelligt doch, daß Jurand erkrankt und nach dem Mägdlein schickt!"

Mit triumphierendem Lächeln erklärte Hugo de Danveld darauf: „Ich kenne einen Goldschmied, der, wegen Diebstahls aus Marienburg vertrieben, seinen Wohnsitz in Szczytno aufgeschlagen hat und der jedes Siegel täuschend nachzuahmen versteht. Auch gebiete ich über Leute, die, trotzdem sie uns untergeben sind, aus dem masurischen Volk stammen. Versteht Ihr mich endlich?"

„Ich verstehe alles!" erklärte Godfryd eifrig.

Dann drückte er die Augen zusammen, als ob er etwas in weiter Ferne schauen wolle und fuhr fort: „Ich sehe Jurand mit dem Strick um den Hals an dem Danziger Tor in Marienburg stehen, ich sehe, wie ihn unsere Knechte mit den Füßen stoßen."

Siebentes Kapitel

Vor ihrer Abreise nach Szczytno stellten sich die vier Brüder und de Fourcy bei dem Fürsten und der Fürstin ein, um sich zu verabschieden. Wohl herrschte dabei keine allzu freundliche Stimmung, jedoch der Fürst, welcher der alten polnischen Sitte gemäß die Gäste nicht mit leeren Händen entlassen wollte, schenkte jedem der Brüder einen schönen Marderpelz und eine Menge Silbermünzen. Als es zu der Verabschiedung von der Fürstin kam, trat in dem Augenblick, da Zygfryd de Löwe ihr die Hand küßte, Hugo von Danveld zu Danusia, und sagte: „Eine Abgesandte wird sich hier einstellen und Euch, Jungfräulein, einen heilenden Balsam aus dem Herzynischen Wald bringen."

De Fourcy hatte dieses Gespräch beobachtet, und bestrickt von der zauberhaften Schönheit Danusias, fragte er, als er sich mit seinen Gefährten schon unterwegs nach Szczytno befand: „Wer ist das schöne Hoffräulein, mit dem Ihr vor der Abreise spracht?"

„Die Tochter Jurands!" entgegnete der Kreuzritter. „Ich versprach ihr, Balsam für den jungen Ritter zu senden, dem sie, wie Ihr wißt, angelobt ist", erklärte er, „und der mit dem Auerochsen gekämpft hat. Wenn sich dann ein Lärm erhebt wegen der Entführung des Mädchens, wer will uns dann die Schuld beimessen, da wir ihr sogar aus Barmherzigkeit ein Heilmittel gesandt haben?"

„Das ist alles gut", rief de Löwe, „es handelt sich aber darum, jemand Verläßliches zu finden."

„Ich schicke eine zuverlässige, mir ergebene Frau mit dem Balsam an sie ab. Ihr befehle ich, Augen und Ohren offenzuhalten. Wenn dann unsere Leute, zum Schein von Jurand kommend, sich einstellen, werden sie den Weg schon geebnet finden."

„Es wird jedoch schwerfallen, die Leute zu finden", wandte de Löwe ein.

„Nein. Das Volk bei uns spricht die gleiche Sprache wie hierzulande. Es befinden sich zudem in der Stadt – traun – sogar unter unseren Knechten, Leute, die sich ihrer Verurteilung in Masovien durch die Flucht entzogen haben – Räuber, Diebe – die aber tatsächlich keine Furcht kennen, die zu allem bereit sind. Diesen stellte ich, für den Fall, daß sie ihre Absicht erreichen, eine große Belohnung in Aussicht, für den Fall des Mißlingens aber den Strick."

„Schau, schau! Und falls sie Verrat üben sollten?"

„Die üben keinen Verrat, denn in Masovien ist schon für jeden der Pflock bereit, und über einem jeden hängt der Urteilsspruch. Wohl aber ist es nötig, sie mit neuen Gewändern zu versehen, damit sie für eine in Wahrheit von Jurand geschickte Gesandtschaft gelten können – und was die Hauptsache ist: der Brief mit dem Siegel des Jurand."

„Es muß eben alles gut eingefädelt werden", meinte Rotgier. „Vielleicht beabsichtigt aber Jurand, sich wegen des letzten Zusammenstoßes zu dem Fürsten zu begeben, um sich über uns zu beklagen und sich selbst zu rechtfertigen. Möglicherweise eilt er von Ciechanow zu der Tochter auf den Jagdhof und es kommt dann so weit, daß unsere, zu der Tochter Jurands geschickten Leute, sich diesem selbst anvertrauen."

„Die Leute, die ich schicke, sind mit allen Hunden gehetzt. Die werden schon wissen, in welche Gefahr sie sich begeben, wenn sie sich Jurand anvertrauen. Deren Kopf zum Pfand, daß an ein solches Zusammentreffen nicht zu denken ist."

Nun aber ergriff Godfryd, der jüngste unter den Rittern, das Wort und meinte: „Ich begreife weder Eure Vorsicht noch Eure Furcht, es könne ruchbar werden, daß das Mädchen auf unsere Veranlassung hin entführt worden sei. Haben wir sie erst einmal in unserer Gewalt, dann müssen wir doch jemand zu Jurand schicken und ihm sagen lassen: ‚Deine Tochter ist bei uns – willst du, daß sie die Freiheit erlangt, so liefere de Bergow aus oder ergib dich selbst.' Was soll man denn anderes tun? Freilich wird es dann bekannt, daß wir das Mädchen aufgreifen ließen."

„Das ist richtig!" rief der Herr de Fourcy, der wenig Geschmack an der ganzen Sache zu finden schien. „Weshalb etwas verbergen wollen, was ans Tageslicht kommen muß?"

Hugo de Danveld aber wandte sich lächelnd an Godfryd: „Jurand kennt uns besser als Ihr. Man wird folgendermaßen zu ihm reden: ‚Deine Tochter steht unter dem Schutz Szombergs, und wenn du dich auch nur rührst – denke an die Kinder des Witold.'"

„Und daraufhin?"

„Daraufhin wird de Bergow freigelassen, und auch der Orden wird von Jurand befreit."

„Traun!" rief Rotgier, „alles ist so gut ausgedacht, daß unsere Unternehmung sicher glücken wird."

Und schweigend ritten sie weiter. Vor ihnen aber schritt, zwei oder drei Büchsenschüsse entfernt, ihr Gefolge, um den Weg zu ebnen, der fußhoch mit Schnee bedeckt war, da es in der Nacht heftig geschneit hatte. An den Bäumen hingen zwar noch dicke Eiszapfen, der Tag aber war neblig, und es war so warm, daß die Pferde mit Schweiß bedeckt waren. Über dem Gehölz, den Wohnstätten der Menschen zu, flogen Schwärme von Krähen, die Luft mit ihrem Gekrächze erfüllend.

Sinnend dahinreitend, blieb Herr de Fourcy ein wenig hinter den Kreuzrittern zurück. Er war seit mehreren Jahren Gast derselben, hatte an den Kämpfen gegen Samogitien teilgenommen, wo er sich durch seine Tapferkeit auszeichnete, und beabsichtigte nun, in den Orden einzutreten, da er bei ihm eine Aufnahme fand, wie sie nur die Kreuzritter imstande waren, einem fremden Kämpen zu gewähren. Bis jetzt hatte er sich bald in Marienburg aufgehalten, bald irgendeinen befreundeten Komturen besucht, stets darauf bedacht, auf seinen Fahrten Ergötzung und Abenteuer zu finden. Seit er vor kurzem in Lubow mit dem reichen de Bergow zusammengetroffen war, seit man ihm eingehend über Jurand berichtete, hatte er seine Lust nicht zügeln können, sich mit einem Mann zu messen, der rings um sich her Schrecken verbreitete. Die Ankunft des siegreichen Majneger hatte nur dazu gedient, die Ausführung des Unternehmens zu beschleunigen. Der Komtur von Lubow hatte ihnen die Kriegsknechte dazu gestellt, er hatte indessen den drei Rittern so viel, sowohl von der Grausamkeit, wie auch von der List und der Treulosigkeit Jurands erzählt, daß jene dessen Aufforderung, die Reisigen zu entlassen, nicht berücksichtigten. Sie fürchteten bei ihrem Unternehmen umzingelt, geschlagen oder in die dunklen Kerker von Spychow geworfen zu werden. Jurand aber, der sofort vermutete, daß es sich hier nicht nur um einen ritterlichen Kampf, sondern auch um Raub und Plünderung handle, hatte sie angegriffen und ihnen eine furchtbare Niederlage beigebracht. De Fourcy sah Bergow mit seinem Pferd zusammenbrechen, er sah Majneger, von einer Lanze durchbohrt, niedersinken, er hörte die Kriegsknechte vergeblich um Barmherzigkeit flehen. Ja, er selbst vermochte sich kaum zu retten. Tagelang irrte er in den Wäldern umher, wo er vor Hunger gestorben oder von wilden Tieren zerrissen worden wäre, wenn er nicht Ciechanow erreicht hätte, wo sich die Brüder Godfryd und Rotgier befanden. Aus dem ganzen Kampf trug er das Gefühl der Beschämung, der Demütigung, ja des Hasses gegen den Überwinder davon. Tiefes Herzeleid, tiefer Schmerz erfüllten ihn wegen de Bergow, der ihm als Freund sehr nahestand. Aus innerster Überzeugung schloß er sich dem Vorgehen der Ordensritter an, als sie Klage erhoben auf Buße und auf Freilassung des unglücklichen Gefährten, und als die Klage erfolglos geblieben war, da gab es für ihn im ersten Augenblick nichts, was er nicht vollführt hätte, um an Jurand Rache zu nehmen. Jetzt aber regten sich bei ihm plötzlich allerlei Bedenken. Als er hörte, was Hugo de Danveld sagte, ergriff ihn unendliches Staunen. Nachdem er im Laufe der Jahre den Kreuzrittern nähergetreten war, sah er nur zu gut ein, daß man sie bei den Deutschen, überhaupt im Westen, falsch beurteilte. Freilich kannte er in Marienburg gerecht- und strengdenkende Ritter, und nur zu häufig beklagten diese die Zügellosigkeit, die Zuchtlosigkeit der Brüder, den Mangel an Disziplin bei ihnen – und de Fourcy mußte ihnen in allem recht geben. Jedoch wegen der großen Tapferkeit, die alle Ordensritter auszeichnete, bewunderte er sie dennoch aufrichtig. Er hatte sie bei Wilna gesehen, wo sie Brust an Brust mit den polnischen Rittern kämpften, bei der Belagerung der Burgen, die mit übermenschlicher Ausdauer von den polnischen Hilfstruppen verteidigt wurden, er sah sie unter den Streichen der Beile und Schwerter fallen, im gemeinsamen Ansturm und im Einzelkampf. Wohl zeigten sie sich unbarmherzig und grausam gegen die Litauer, jedoch sie kämpften gleichzeitig wie die Löwen – und im Strahlenkranz des Ruhms wandelten sie dahin. Nun aber dünkte es de Fourcy, daß Hugo de Danveld auf eine Weise redete, sich in einer Weise gebärdete, die jeden edeldenkenden Ritter in tiefster Seele empören mußte – und seine Begleiter wandten sich deshalb nicht einmal in Abscheu von ihm ab, sondern sie legten jedem seiner Worte ein besonderes Gewicht bei. Er konnte sich nicht mehr zurechtfinden und schließlich fragte er sich, ob er zu einem solchen Plan die Hand bieten dürfe.

Wenn es sich nur um die Entführung des Mädchens wegen der Auslieferung de Bergows gehandelt hätte, würde er sich ohne weiteres an dem Unternehmen beteiligt haben. Die Kreuzritter sannen jedoch auf noch ganz andere Dinge. Sie wollten durch die Entführung des Mädchens nicht nur die Freigebung de Bergows erzwingen, sondern auch Macht über Jurand gewinnen – sie hofften, durch Danusia letzteren in ihre Gewalt zu bekommen, um ihn dann zu ermorden und sicherlich mit ihm zugleich auch das Mädchen, damit ihre Grausamkeit, ihr schändliches Verbrechen verborgen bliebe. Bedrohten sie das Mädchen denn nicht schon mit dem Los der Kinder von Witold für den Fall, daß Jurand sich zu widersetzen wagte? „Keinen der beiden werden sie freigeben", sagte sich de Fourcy, „und doch tragen sie das Kreuz und müßten mehr als alle anderen auf ihre Ehre, auf ihre Pflichten bedacht sein." Seine ganze Seele bäumte sich in diesem Augenblick gegen all' die Schändlichkeiten auf, aber da er sich aufs neue vergewissern wollte, ob sein Verdacht begründet sei, wandte er sich aufs neue an Danveld und fragte: „Wie ist's? Gebt Ihr das Mädchen frei, wenn Jurand sich Euch stellt?"

„Wenn wir sie losgeben würden, müßte sich ja die ganze Welt davon überzeugen, daß wir beide aufgreifen ließen", entgegnete Danveld.

„Traun, was gedenkt Ihr mit dem Mädchen anzufangen?"

Daraufhin neigte sich Danveld gegen den Sprechenden und erwiderte mit einem bösen Lächeln: „Wonach fragt Ihr? Danach, was wir früher oder was wir später mit ihr anfangen werden?"

Jetzt wußte de Fourcy, was er wissen wollte. Während eines Augenblickes kämpfte er mit sich selbst, dann aber hob er sich ein wenig im Bügel und sagte so laut, daß alle vier Ritter ihn hören konnten: „Der fromme Bruder Ulrych von Jungingen, der ein Schmuck, eine Zierde des Ritterstandes ist, sprach einmal so zu mir: ‚Unter den älteren Brüdern in Marienburg befinden sich noch würdige Kreuzritter, aber die, welche auf den Grenz-Komtureien sitzen, bringen dem Orden nur Schande.' Und wie steht es mit Eurer Ritterehre? Nicht durch schmähliche Taten dient Ihr dem Erlöser. Wißt ihr daher, daß ich nicht die Hand zu Eurem Plan biete, so daß ich ihn auch zu vereiteln versuchen werde."

„Was wollt Ihr vereiteln?"

„Daß Ihr voll List, voll Grausamkeit, also geradezu schmählich handelt."

„Und wie wollt Ihr uns daran hindern? Im Kampf mit Jurand habt Ihr Euer Gefolge und Eure Habe eingebüßt. Ihr hängt von der Gnade der Kreuzritter ab und müßt Hungers sterben, wenn sie Euch kein Stückchen Brot mehr hinwerfen. Deshalb laßt einen jeden von uns vieren wissen – wie Ihr unseren Plan vereiteln wollt."

„Wie ich ihn vereitle?" wiederholte de Fourcy. „Ich kann an den Hof zurückkehren und die Fürstin warnen, ich kann dafür sorgen, daß in der ganzen Welt Euer Vorhaben ruchbar wird."

Daraufhin blickten die Brüder einander an, und innerhalb einer Sekunde veränderte sich ihr Gesichtsausdruck. Hauptsächlich Hugo de Danveld schaute längere Zeit fragend auf Zygfryd de Löwe, wandte sich aber dann abermals zu dem Herrn de Fourcy: „Ihr überhebt Euch", bemerkte er, „Ihr gewinnt Euren Lebensunterhalt durch den Orden, und Ihr wollt Euch ihm widersetzen und uns des Verrates zeihen?"

„Verrätern will ich nicht dienen."

„Ei, ei, sieh da, hütet Euch, Eure Drohung auszuführen. Wißt, daß der Orden seine Gegner zu treffen weiß."

Nun aber zog de Fourcy, den diese Worte noch mehr aufstachelten, sein Schwert, faßte es fest in die Rechte, legte die Linke über die Spitze und rief: „Bei dieser Spitze, die nun die Form des Kreuzes hat, bei dem Haupt des heiligen Dyonisius, meines Schutzpatrons, und bei meiner ritterlichen Ehre schwöre ich, daß ich den masurischen Fürsten und den Großmeister warnen werde."

Daraufhin ließ sich Danveld mit einer seltsam dumpfen und veränderten Stimme vernehmen: „Der heilige Dyonisius möge seinen abgeschlagenen Kopf unter dem Arm halten, wenn jedoch einmal der Eure fällt ..."

„Wollt Ihr mir drohen?" warf de Fourcy ein.

„Nein, ich schlage sofort zu!" entgegnete Danveld.

Und mit diesen Worten stieß er dem Ritter das Messer mit solcher Kraft in die Seite, daß es bis an den Griff in dessen Körper drang.

De Fourcys Mund entrang sich ein entsetzlicher Schrei, er versuchte während einiger Sekunden sein Schwert mit beiden Händen zu schwingen, jedoch es entfiel ihm, denn nun stachen gleichzeitig die anderen drei Ritter so lange mitleidslos mit ihren Waffen auf ihn ein, bis er vom Pferd stürzte.

Dann folgte tiefes Schweigen. Aus zahllosen Wunden blutend, wälzte sich de Fourcy auf dem Schnee, in den er die konvulsivisch zuckenden Finger eingrub. Unter dem bleifarbenen Himmel aber ertönte das Gekrächze der Krähen, die über die stillen Wälder den Wohnsitzen der Menschen zuflogen.

Erst nach längerer Pause begannen die Mörder miteinander zu flüstern.

„Unser Gefolge hat nichts bemerkt", erklärte leise Danveld.

„Nichts", erwiderte de Löwe, „die Leute sind schon zu weit voraus. Ich vermag niemanden mehr zu sehen."

Jetzt ertönte auf dem gebahnten Weg Pferdegetrappel, und Hugo de Danveld rief rasch entschlossen: „Wer dies auch sein mag, er muß sterben."

De Löwe aber, der den schärfsten Blick unter ihnen hatte, trotzdem er der älteste war, erklärte: „Ich kenne ihn. Es ist jener Knappe, der den Auerochsen mit dem Schwert tötete. Ja, ich habe recht, er ist es."

„Verbergt Eure Schwerter, damit er nicht stutzig wird, warf nun Danveld ein. „Ich will aufs neue als erster auf ihn losgehen, Ihr könnt dann folgen."

Der Böhme war mittlerweile auf acht oder zehn Schritte nahegekommen, dann hielt er plötzlich sein Pferd an. Er erblickte den Toten im Blut schwimmend, er sah das reiterlose Pferd, und Staunen malte sich auf seinem Antlitz. Doch nur eine Sekunde währte dies, gleich darauf aber wandte er sich an die Brüder und sagte in einem Ton, als ob er nichts gesehen hätte: „Ich grüße Euch, tapfere Ritter."

„Wir kennen dich", entgegnete Danveld, sich langsam nähernd. „Was ist dein Begehr?"

„Mich sendet der Ritter Zbyszko aus Bogdaniec, dessen Waffen ich trage, und der, von einem Auerochsen auf der Jagd verwundet, sich nicht selbst bei Euch einstellen konnte."

„Was will dein Herr von uns?"

„Mein Herr gebot mir, so zu Euch zu sprechen: ‚Fälschlich klagt Ihr Jurand von Spychow an, seine ritterliche Ehre schmälert Ihr ihm, nicht wie echte Ritter habt Ihr gehandelt, nein, wie kläffende Hunde: deshalb fordert er den, der so voll Tücke gesprochen hat, zum Zweikampf zu Fuß oder zu Roß, auf Leben und Tod, und er ist bereit, ihn an irgendeinem Ort zu treffen, den Ihr bestimmt, sobald ihn Gott in seiner Gnade und Barmherzigkeit von seinen Leiden genesen läßt.'"

„Sage deinem Herrn, daß die Ordensritter zum Kampf sich nur mit der ausdrücklichen Erlaubnis des Großmeisters oder des Marschalls stellen dürfen, bei denen wir in Marienburg die Zustimmung einholen werden."

Abermals blickte der Böhme auf den Leichnam des Herrn de Fourcy, denn zu diesem war er hauptsächlich geschickt worden. Zbyszko wußte ja, daß die Ordensritter sich nicht zum Zweikampf stellen. Da er indessen gehört hatte, daß sich unter ihnen ein weltlicher Ritter befinde, wollte er sich mit diesem messen, da er dadurch hoffte, Jurand für sich zu gewinnen. Nun aber lag jener Ritter, hingeschlachtet wie ein Tier, inmitten der vier Kreuzritter.

Der Böhme begriff nicht recht, was vorging. Da er jedoch von Jugend auf an große Gefahren gewöhnt war, befand er sich stets auf der Hut. Er bemerkte auch sehr wohl, daß sich ihm Danveld während des Sprechens immer mehr näherte, während die anderen seitwärts auf ihn zukamen, gerade als ob sie ihn umzingeln wollten. Seine Aufmerksamkeit verdoppelnd, verwandte er kein Auge von Danveld, war doch seine Lage schon dadurch eine äußerst gefährdete, weil er in der Eile vergessen hatte, Waffen mitzunehmen. Danveld war ihm mittlerweile immer näher gekommen und hub von neuem an: „Ich versprach, deinem Herrn heilenden Balsam zu senden, jedoch schlecht hat er mich dafür bezahlt. Folglich sage ihm ..."

Hier erhob er die Rechte bis zur Schulter des Böhmen: „Folglich sage ihm, daß ich, schaue her, in solcher Weise antworte."

Bei diesen Worten versuchte er sein Schwert in die Kehle des Knappen zu stoßen, doch seine Absicht wurde vereitelt. Eine jede seiner Bewegungen war von dem Böhmen beobachtet worden, der jetzt mit eiserner Hand die Rechte des Angreifers umklammerte und sie in ihren Gelenken derartig bog und drehte, daß die Knochen krachten. Dann, sich tief auf sein Pferd herabbeugend, jagte er unter dem Schmerzensgebrüll des Verletzten davon, ohne daß ihn die anderen daran hätten hindern können.

Wohl versuchten Rotgier und Godfryd, ihn zu verfolgen, jedoch sie kehrten bald wieder zurück, in Schrecken versetzt durch das Stöhnen und Schreien Danvelds. De Löwe stützte ihn mit seinen Armen, er aber mit totenbleichem und doch auch wieder bläulichem Gesicht fuhr fort, dermaßen zu brüllen, daß das mit den vorausgeschickten Wagen reitende Gefolge die Pferde anhielt.

„Was ist Euch?" fragten Rotgier und Godfryd.

De Löwe befahl ihnen jedoch, so rasch wie möglich einen Wagen herbeizuschaffen, denn Danveld konnte sich offenbar nicht mehr im Sattel halten. Kalter Schweiß trat ihm auf die Stirn, besinnungslos fiel er zurück.

Sobald der Wagen bereitstand, wurde der Verletzte auf Stroh gebettet. So rasch wie möglich strebte man hierauf der Grenze zu. De Löwe trieb zur Eile an, war es ihm doch klar, daß nach den Vorgängen, ganz abgesehen von der Fürsorge für Danveld, keine Zeit verloren werden durfte. Bei letzterem auf dem Wagen sitzend, rieb er dessen Gesicht von Zeit zu Zeit mit Schnee, jedoch es gelang ihm lange nicht, den Ohnmächtigen zur Besinnung zu bringen.

Erst in der Nähe der Grenze öffnete Danveld die Augen und blickte staunend umher.

„Wie ist Euch?" fragte de Löwe.

„Ich empfinde keinen Schmerz mehr, doch meine Hand ist völlig gefühllos geworden."

„Sie ist erstarrt, deshalb haben auch die Schmerzen aufgehört. In der warmen Stube werden sie zurückkehren. Doch dankt Gott, daß Ihr im Augenblick Linderung fühlt."

Auch Rotgier und Godfryd näherten sich jetzt dem Wagen.

„Das Unglück ist geschehen", rief ersterer, „was werden wir nun beginnen?"

„Wir sagen", erklärte Danveld mit schwacher Stimme, „der Knappe habe de Fourcy getötet."

„Von neuen Schandtaten, von neuen Missetaten können wir berichten!" fügte Rotgier bei.

Achtes Kapitel

In größtem Galopp war indessen der Böhme in den Jagdhof gejagt, wo er dem Fürsten, der noch dort verweilte, sofort alles berichtete, was sich ereignet hatte. Zum Glück wußten es etliche unter den Hofleuten, daß der Knappe ohne Waffen ausgezogen war. Einer von ihnen hatte ihm, halb im Scherz, sogar nachgerufen, er solle sich doch in Eisen wappnen, sonst würden ihn die Deutschen zusammenhauen, jedoch fürchtend, die Ritter könnten die Grenze erreichen, hatte er sich, so wie er ging und stand, im Schafspelz aufs Pferd geworfen, um ihnen nachzusetzen. Jener Zeuge zerstreute auch alle Zweifel des Fürsten darüber, wer de Fourcy ermordet haben mochte. Eine solche Empörung, ein solcher Zorn erfaßte ihn darüber, daß er im ersten Augenblick den Kreuzrittern nachsetzen lassen wollte, um sie zur Bestrafung in Ketten dem Großmeister zuzuführen. Bald besann er sich aber eines Besseren, indem er mit Recht erwog, daß die Schuldigen schon über der Grenze sein mußten.

„Ich sende ein ausführliches Schreiben an den Großmeister, erklärte er, „damit er wenigstens erfährt, welch unerhörte Dinge sie hier treiben. Böse Taten läßt sich der Orden zuschulden kommen. Gar schlimme Gerüchte waren längst schon über ihn verbreitet, nun aber tut jeder Komtur auf eigene Faust Übles. Der Herr sei mir gnädig, doch auf die Schuld muß die Strafe folgen."

Sinnend hielt er kurze Zeit mit Reden inne, nach einigen Minuten hub er jedoch von neuem an: „Das eine konnte ich nicht verstehen, weshalb sie den Gast erschlagen haben – und wenn ich nicht wüßte, daß der Bursche keine Waffen getragen hat, würde ich auf ihn Verdacht werfen."

„Traun!" entgegnete der Pater Wyszoniek, „weshalb hätte dieser Bursche de Fourcy erschlagen sollen? Er hatte ihn ja noch niemals gesehen, und wenn er auch nicht waffenlos gewesen wäre, wie hätte er ganz allein fünf Leute und ihr bewaffnetes Gefolge angreifen können?"

„Ganz richtig!" erklärte der Fürst. „De Fourcy muß ihnen auf irgendeine Weise Widerpart gehalten haben, oder vielleicht weigerte er sich, die Unwahrheit zu sagen, wie sie verlangten, denn auch hier sah ich schon, daß sie ihm zuwinkten, er möge beteuern, Jurand habe zuerst begonnen."

Und der Oberjägermeister bemerkte: „Wenn er dem Hund, dem Danveld, die Hand zerschmetterte, muß dieser Knappe ein starker, verwegener Bursche sein."

„Er sagt, er habe gehört, wie die Knochen des Deutschen krachten", antwortete der Fürst, „und wenn man erwägt, wie er sich schon früher im Wald hervortat – so ist dies nicht unwahrscheinlich. Offenbar sind Diener und Herr recht hitzige Kämpen. Wäre Zbyszko nicht gewesen, so hätte sich der Auerochse auf das Pferd gestürzt, der Lothringer und er haben viel zu der Fürstin Rettung beigetragen."

„Daß Zbyszko ein hitziger Jüngling ist, das ist gewiß!" bestätigte der Pater Wyszoniek – „jetzt hat er sich, obwohl er kaum zu atmen vermag, der Sache Jurands angenommen und jene Ritter gefordert ... Solch einen Eidam braucht Jurand gerade."

„Was dies anbelangt, so hat sich Jurand in Krakau anders darüber ausgesprochen, aber ich glaube nun, er wird sich nicht mehr widersetzen", sagte der Fürst.

„Unser Herr Jesus wird es so lenken!" ließ sich in diesem Augenblick die Fürstin vernehmen, die gerade eingetreten war und einen Teil des Gesprächs mitangehört hatte. „Jetzt kann sich Jurand nicht mehr widersetzen, wenn Gott Zbyszko wieder gesunden läßt. Aber auch von unserer Seite soll ihm eine Belohnung zuteil werden."

„Die beste Belohnung für ihn wird Danusia sein. Ich glaube nun auch, daß er sie bekommt, und zwar aus der alleinigen Ursache, weil die Weiber sich damit befassen und sogar ein Jurand nichts gegen diese auszurichten vermag."

„Ist es denn keine gerechte Sache, die ich durchführen will?" fragte die Fürstin. „Daß Zbyszko unbesonnen gewesen ist, will ich nicht leugnen, aber einen treueren Menschen gibt es auf der ganzen Welt nicht. Und Danusia ist ihm darin gleich. Sie weicht gegenwärtig keinen Schritt von ihm und versucht ihm alles an den Augen abzulesen, und er lächelt ihr unter Schmerzen oft zu, so daß mir selbst zuweilen die Tränen in die Augen treten. Für eine gerechte Sache spreche ich! Diese Liebe ist unseres Beistandes wert! Blickt nicht auch die Mutter Gottes freundlich auf solche Liebe herab?"

„Wenn nur auch Gott seinen Segen dazu gibt, dann wird das Glück vollkommen sein!" erwiderte der Fürst. „Aber wahr ist, daß dieses Mädchens wegen beinahe sein Haupt gefallen wäre und ihn jetzt wieder fast der Auerochse zerrissen hätte."

„Sage nicht dieses Mädchens wegen!" rief die Fürstin lebhaft aus. „Denn niemand anderes als Danusia hat ihn in Krakau gerettet."

„Das ist richtig, doch ohne sie hätte er Lichtenstein nicht angegriffen, um ihm die Federn vom Helm zu reißen und hätte auch für de Lorche nicht sein Leben aufs Spiel gesetzt. Was nun die Belohnung anbelangt, so sagte ich ja schon, daß sie beiden zuteil werden solle und in Ciechanow will ich darüber beschließen."

„Nichts wünscht sich Zbyszko so sehr, wie den Rittergürtel und die goldenen Sporen."

Der Fürst lachte gutmütig und antwortete: „So möge das Mädchen sie ihm überbringen! Ich aber will abwarten, bis die Schwäche nachläßt, damit dann alles sich nach dem herkömmlichen Brauch vollziehen kann. Mögen ihm Gürtel und Sporen sogleich überbracht werden, denn je früher er erfährt, daß sein Wunsch erfüllt wird,. desto besser ist es."

Als die Fürstin dies hörte, umarmte sie ihren Ehegemahl in Gegenwart der Hofherren, dann küßte sie ihm mehrmals die Hand, schließlich sagte er lachend: „Nun, da ist dir ja ein guter Gedanke gekommen!"

„Der heilige Geist hat doch auch den Weibern einigen Verstand verliehen."

„Rufe mir jetzt das Mädchen."

„Danuska! Danuska!" rief die Fürstin.

An der Tür des Nebenzimmers erschien im nächsten Augenblick Danusia, deren gerötete Augen von Schlaflosigkeit zeugten. In der Hand trug sie eine Schüssel voll dampfender Grütze, die ihr von einem alten Hoffräulein kurz zuvor übergeben worden war, ein Mittel, das der Pater Wyszoniek auf Zbyszkos schmerzende Seite legen sollte.

„Komm her zu mir, Kleine", sagte Fürst Janusz. „Stelle die Schüssel hin und komm!"

Und da sie sich schüchtern näherte, denn der „Herr" flößte ihr immer eine gewisse Angst ein, zog er sie voll Güte zu sich heran und strich ihr sanft über das Gesicht, indem er sagte: „Dich hat viel Ungemach getroffen, du armes Kind!"

„Ja, o ja!" antwortete Danusia.

Ihr Herz war betrübt, die Tränen waren immer bereit, und so begann sie sofort zu weinen, aber ganz leise, um den Fürsten nicht zu erzürnen, er aber fragte: „Weshalb schluchzest du so?"

„Weil Zbyszko krank ist!" erwiderte sie, ihr Gesicht in den Händen verbergend.

„Fürchte nichts, er wird gesunden. Nicht wahr, Pater?"

„Ei! Durch den Willen Gottes ist er der Hochzeit näher als der Bahre!" entgegnete der gute Pater Wyszoniek.

Und der Fürst sagte: „Warte! Ich gebe dir ein Heilmittel für ihn, das ihm entweder Erleichterung oder völlige Genesung bringt."

„Haben denn die Kreuzritter den Balsam geschickt?" rief Danusia lebhaft, die Hände vom Gesicht entfernend.

„Der Balsam, den die Kreuzritter schicken, ist mehr für die Hunde geeignet, als für den Ritter, den du liebst. Aber ich gebe dir etwas anderes."

Bei diesen Worten wandte er sich zu den Hofherren und rief: „Mag einer gehen, um die Sporen und den Gürtel zu holen!"

Nach einer Weile, als ihm das Verlangte gebracht wurde, sagte er zu Danusia: „Bring dies zu Zbyszko und teile ihm mit, daß er sich von dieser Zeit an als gegürtet betrachten solle. Wenn er dahinscheidet, wird er vor Gott als *miles cinctus* stehen, und wenn nicht, so kann alles Weitere in Ciechanow oder in Warschau abgemacht werden."

Von Dankbarkeit hingerissen, umschlang Danusia des Fürsten Knie, dann nahm sie die ritterlichen Ehrenzeichen in die eine Hand, die Schüssel mit der Grütze in die andere und eilte rasch der Stube zu, worin Zbyszko lag. Die Fürstin, die ihre Freude mitgenießen wollte, folgte ihr.

Zbyszko war schwerkrank, doch als er Danusia erblickte, wandte er ihr sofort sein bleiches, von Schmerz entstelltes Antlitz zu und fragte: „Ist der Böhme zurückgekehrt, mein Täubchen?"

„Was liegt an dem Böhmen!" antwortete das junge Mädchen. „Ich bringe dir eine weit bessere Nachricht. Zum Ritter gürtet dich der ‚Herr', und sieh nur, was er dir durch mich sendet."

Bei diesen Worten legte sie den Gürtel und die goldenen Sporen vor Zbyszko hin. Seine Wangen röteten sich vor Freude und Verwunderung, er sah bald auf Danusia, bald auf die Ehrenzeichen, dann drückte er die Augen zu und sagte: „Wie ist dies möglich? Wie kann er mich zum Ritter gürten?"

Da in diesem Augenblick die Fürstin eintrat, richtete er sich ein wenig empor, um ihr zu danken. Er bat sie um Verzeihung, daß er ihr nicht zu Füßen fallen konnte, denn er hatte sofort erraten, daß er ihrer Fürbitte sein Glück zu verdanken habe. Sie aber befahl ihm, sich ruhig zu verhalten, und mit Danusias Hilfe legte sie sanft sein Haupt wieder in die Kissen zurück. Mittlerweile trat auch der Fürst, gefolgt von dem Pater Wyszoniek, dem Oberjägermeister und einigen anderen Hofherren in das Zimmer. Fürst Janusz gab schon an der Tür ein Zeichen mit der Hand, damit Zbyszko sich nicht bewege, und nachdem er an dessen Lager Platz genommen hatte, begann er folgendermaßen zu sprechen: „Hört mich an! Niemand hat Ursache, sich darüber zu wundern, wenn edle, tapfere Taten belohnt werden. Denn wenn die Tugend keine Anerkennung fände, dann würde auch die Schlechtigkeit der Menschen nicht bestraft werden. Und weil du dein Leben in die Schanze schlugst und uns mit Schädigung deiner eigenen Gesundheit vor großer Trauer bewahrtest, deshalb räumen wir dir das Recht ein, dich mit dem Rittergürtel zu gürten, so daß fortan nur Ehre und Ruhm deinem Namen anhaften."

„Allergnädigster Herr", erwiderte Zbyszko, „und hätte ich auch zehnmal mein Leben in die Schanze geschlagen, ich würde es nicht bereuen."

Er verstummte tiefbewegt, und in diesem Augenblick legte ihm die Fürstin die Hand auf die Lippen, weil Pater Wyszoniek ihm das Reden verboten hatte. Der Fürst aber fuhr fort: „Ich glaube, du kennst deine Ritterpflicht, und wirst dich dieser Ehrenzeichen würdig zeigen. Unserem Erlöser mußt du dienen, dem Gesalbten des Reiches mußt du treu sein, ungerechten Kampf vermeiden und die Unschuld in ihrer Bedrängnis verteidigen, wobei dir Gott und sein heiliges Kreuz beistehen mögen!"

„Amen!" sagte der Pater Wyszoniek.

Der Fürst aber erhob sich, machte das Zeichen des Kreuzes über Zbyszko und sagte beim Weggehen: „Sobald du genesen bist, begibst du dich sofort nach Ciechanow, wohin ich auch Jurand kommen lasse."

Neuntes Kapitel

Drei Tage später traf die schon angekündigte Frau mit dem herzynischen Balsam ein, und zugleich mit ihr kam auch der Hauptmann der Bogenschützen aus Szczytno mit einem von den Brüdern unterschriebenen und mit Danvelds Siegel versehenen Brief, worin die Kreuzritter Himmel und Erde zu Zeugen der Schmach anriefen, die ihnen in Masovien zugefügt worden sei, und unter Androhung der schwersten Strafe strenges Gericht wegen der Ermordung ihres Gefährten und Gastes verlangten. Der Brief enthielt auch eine von Danveld diktierte Anklage, denn er forderte in teils demütigen, teils drohenden Worten die gebührende Buße für seine schwere Verletzung und die Verhängung des Todesurteils über den jungen Böhmen. Aber der Fürst zerriß diesen Brief vor den Augen des Hauptmanns, warf ihn vor dessen Füße und rief: „Um mich zu gewinnen, schickte der Meister diese Ritter hierher, aber sie haben nur meinen Zorn erregt. Sagt ihnen daher von mir, ich wisse, daß sie selbst ihren Gast getötet haben und den jungen Böhmen töten wollten, dies werde ich dem Meister schreiben und auch hinzufügen, er möge andere Gesandte schicken, falls er wünsche, daß ich bei einem Krieg mit dem Krakauer König nicht Partei ergreife."

„Allergnädigster Herr", antwortete der Hauptmann, „ist dies die einzige Antwort, die ich den mächtigen Brüdern überbringen soll?"

„Wenn Euch dies nicht genügt, so sagt ihnen, daß ich sie für niederträchtige Hunde, nicht für wahre Ritter halte."

Damit endigte die Unterredung. Der Hauptmann schickte sich zur Abfahrt an, und der Fürst brach noch am nämlichen Tag nach Ciechanow auf. So blieb denn nur die Frau mit dem Balsam zurück, den der mißtrauische Pater Wyszoniek nicht anwenden wollte, zumal der Kranke in der vorhergegangenen Nacht gut geschlafen hatte, und des Morgens zwar noch etwas ermattet, aber doch fieberfrei erwacht war.

Pater Wyszoniek nahm es beinahe schon als sicher an, daß der Kranke genesen werde, als plötzlich ein unvorhergesehenes Ereignis alle Berechnungen und Hoffnungen zunichte machte. Von Jurand kamen Boten mit einem an die Fürstin gerichteten Brief, der schlimme, traurige Nachrichten enthielt. In Spychow war ein Teil von Jurands Burg abgebrannt, er selbst bei seinen Rettungsversuchen von einem brennenden Balken verletzt worden. Der Pater Kaleb, der in seinem Namen schrieb, berichtete zwar, daß Jurand wieder genesen werde, daß aber auch dessen eines, bisher gesundes Auge jetzt durch die Flammen Schaden genommen habe, so daß er der Sehkraft beinahe beraubt sei und ihm völlige Erblindung drohe.

Aus diesem Grund forderte Jurand die Tochter auf, sofort nach Spychow zu kommen, da er sie noch sehen wolle, bevor völlige Dunkelheit ihn umgebe. Auch wünschte er, daß sie fortan bei ihm bleibe. Da jeder Blinde, der sich durch Almosen das Leben friste, ein Kind bei sich habe, das ihn an der Hand führe und ihm den Weg zeige, sehe er die Notwendigkeit nicht ein, weshalb er dieses einzigen Trostes beraubt werden und unter Fremden sterben solle. Der Brief enthielt auch eine warme Danksagung für die Fürstin, die Danusia ja wie eine leibliche Mutter erzogen habe, und schließlich gelobte Jurand, daß er trotz seiner Blindheit einmal noch nach Warschau kommen werde, um der Herrin zu Füßen zu fallen und um die Gnade zu bitten, daß er Danusia behalten dürfe.

Als der Pater Wyszoniek der Fürstin diesen Brief vorgelesen hatte, vermochte sie einige Zeit kein Wort hervorzubringen. Sie hatte die Hoffnung gehegt, Jurand, der fünf- oder sechsmal im Jahr seine Tochter besuchte, werde zu den nahen Festtagen kommen, und könne sie durch ihren eigenen Einfluß und durch des Fürsten Janusz' Fürbitte seine Zustimmung zu einer baldigen Hochzeit erlangen. Aber dieser Brief vereitelte nicht nur ihre Absichten, sondern raubte ihr zugleich auch Danusia, die wie ein eigenes Kind von ihr geliebt wurde. Unwillkürlich kam ihr der Gedanke, daß Jurand vielleicht das Mädchen mit einem seiner Nachbarn vermählen wolle, um dann den Rest seiner Tage bei seiner Tochter zu verleben. Daß Zbyszko sich nach Spychow begeben konnte, daran war gar nicht zu denken, denn seine Wunden fingen erst jetzt an zu heilen, und zudem, wer vermochte vorauszusagen, wie er in Spychow aufgenommen werde? Wußte doch die Herrin, daß Jurand ihm früher rundweg die Tochter verweigerte, erinnerte sie sich doch, wie er ihr selbst gesagt hatte, aus Gründen, die Geheimnis bleiben müßten, werde er niemals in die Verbindung einwilligen. So gebot sie denn mit schwerem Herzen, den ältesten der Boten herbeizurufen, um Näheres über das Unglück in Spychow und zugleich auch etwas über Jurands Absichten von ihm zu erfahren.

Doch wunderte sie sich, als auf ihren Befehl hin ein Mann erschien, der ihr völlig unbekannt war, nicht aber der alte Tolima, der den Schild hinter Jurand herzutragen pflegte und gar häufig mit ihm gekommen war. Jener Abgesandte erzählte ihr indessen, daß Tolima, der beim letzten Kampf mit den Deutschen furchtbar verletzt worden sei, in Spychow mit dem Tod ringe, daß Jurand von schweren Leiden heimgesucht sei und um unverzügliche Rückkehr der Tochter bitte, da er immer weniger sehe und binnen kurzem vielleicht gänzlich erblinden werde. Der Bote bat sogar inständig, daß er sogleich, sobald die Pferde verschnauft hätten, mit dem jungen Mädchen aufbrechen dürfe, aber da der Abend schon angebrochen war, erhob die Fürstin Einspruch dagegen, vornehmlich um Zbyszko und Danusia, sowie sich selbst durch einen voreiligen Abschied das Herz nicht noch schwerer zu machen.

Zbyszko, den man von allem benachrichtigt hatte, lag wie betäubt da, und als die Fürstin eintrat und auf der Schwelle schon händeringend ausrief: „Da gibt es keinen Rat, denn er ist ihr Vater!" wiederholte er wie ein Echo: „Da gibt es keinen Rat!" und schloß die Augen gleich einem Menschen, der hofft, daß ihn der Tod bald von jeder Qual befreie.

Aber der Tod kam nicht, wennschon Zbyszkos Leid immer größer wurde und ihm immer traurigere Gedanken durch den Sinn zogen, gleich den Regenwolken, die, vom Sturm getrieben, den Sonnenschein verhüllen. Denn wie die Fürstin begriff auch Zbyszko, daß Danusia, einmal in Spychow angelangt, für ihn so gut wie verloren war. Hier am Hof waren ihm alle gewogen, während Jurand sich vielleicht weigerte, ihn bei sich aufzunehmen, zumal, wenn er sich durch ein Gelübde oder durch irgendeinen anderen nicht minder wichtigen Grund gebunden fühlte. Und schließlich, wie hätte er sich nach Spychow begeben können, da er krank war und sich kaum auf seinem Lager bewegen konnte? Vor einigen Tagen, als ihm durch des Fürsten Gnade der Rittergürtel und die goldenen Sporen unverhofft zuteil geworden waren, hatte er geglaubt, die übermächtige Freude werde ihn gesund machen, und er hatte inbrünstig gebetet, sich bald erheben und sich mit den Kreuzrittern messen zu dürfen, aber jetzt verlor er wieder alle Hoffnung, denn er sagte sich, wenn Danusia ihm fehle, werde ihm auch die Lust am Leben und die Kraft fehlen, gegen den Tod anzukämpfen. Wenn nun der nächste Tag kam und der übernächste, wenn der Heilige Abend und die Festtage herannahten, war er allein, ob die Glieder ihn auch schmerzten, ob ihn auch ein Schwächeanfall überkam, war er allein, und die sonnige Helle, die von Danusias Wesen ausging, und wodurch sie jedes Auge erfreute, war auf einmal verschwunden. Welch süßer Trost war es, sagen zu können: „Hast du mich lieb?" und dann zu sehen, wie Danusia lachend und doch verschämt ihr Gesicht mit den Händchen bedeckte, oder sich zu ihm herabbeugte und erwiderte: „Dich, dich Zbyszko, liebe ich allein!" Von jetzt an konnten nur Krankheit, Schmerz und lange Sehnsucht seine Gefährten sein, das Glück aber wandte sich von ihm und kehrte nimmer zurück.

Tränen traten in Zbyszkos Augen und rollten langsam über seine Wangen, während er, zu der Fürstin gewandt, sagte: „Allergnädigste Herrin, verläßt Danusia mich jetzt, so werde ich sie in meinem ganzen Leben niemals wiedersehen."

Und die tieferschütterte Fürstin antwortete: „Wahrlich, es wäre kein Wunder, wenn du aus Kummer sterben würdest. Doch unser Herr Jesus ist barmherzig."

Um ihn einigermaßen zu trösten, fügte sie jedoch nach einer Weile hinzu: „Wenn aber Jurand vor dir stürbe, so würde die Vormundschaft dem Fürsten und mir übertragen, und dann bekämst du das Mädchen sofort."

„Wenn er vor mir stürbe!" wiederholte Zbyszko.

Aber plötzlich kam ihm offenbar ein neuer Gedanke, denn er richtete sich auf und begann mit völlig veränderter Stimme: „Allergnädigste Herrin ..."

Doch er wurde von Danusia unterbrochen, die weinend hereinkam und schon an der Schwelle rief: „Weißt du es schon, Zbyszko? O wie jammert mich mein Vater, aber wie jammerst auch du mich, du Armer!"

Als sie nun zu Zbyszko herantrat, da umschlang er sie mit dem gesunden Arm und sagte in schmerzlichem Ton: „Wie kann ich ohne dich leben, geliebtes Mädchen! Nicht darum habe ich über Flüsse gesetzt, bin ich durch weite Wälder gedrungen, nicht darum gelobte ich mich dir an und diente dir, damit ich dich jetzt verliere. Ach, was helfen Kummer, was helfen Tränen! Doch selbst mit dem Tod ist meine Liebe nicht zu Ende, denn wenn auch der Rasen sich über mir wölbte, so würde doch meine Seele deiner nicht vergessen, auch nicht im Reich unseres Herrn Jesu, auch nicht bei unserem himmlischen Vater in der ewigen Ruhe ... Ich weiß, hier ist schwer Rat schaffen, und doch müssen wir Rat schaffen, müssen wir etwas wagen. Meine Glieder sind wie gelähmt, und ich leide furchtbare Schmerzen, aber falle du der Herrin zu Füßen, weil ich es nicht vermag – und bitte um Erbarmen für uns."

Als Danusia des Geliebten Worte vernahm, sank sie vor der Fürstin nieder und deren Knie umfassend, verbarg sie ihr helles Köpfchen in der Herrin dunklem Gewand. Diese aber richtete einen mitleidigen und zugleich verwunderten Blick auf Zbyszko.

„Wie kann ich Euch helfen?" fragte sie. „Lasse ich das Kind nicht zu dem kranken Vater, so lade ich Gottes Zorn auf mich."

Zbyszko sank wieder in die Kissen zurück und vermochte einige Zeit nichts zu erwidern, weil ihm der Atem ausgegangen war. Langsam schob er dann auf der Brust eine Hand zu der anderen heran und faltete sie wie zum Gebet.

„Ruhe ein wenig", sagte die Fürstin, „und sobald du kannst, erkläre mir, um was es sich handelt. Du aber, Danuska, erhebe dich."

„Ja, ich muß ruhen, aber du erhebe dich nicht, Danusia, und bitte zugleich mit mir!" ließ sich Zbyszko vernehmen. Dann begann er mit schwacher Stimme und in abgerissenen Worten: „Allergnädigste Herrin! ... Schon in Krakau war ja Jurand gegen mich ... er wird auch jetzt noch gegen mich sein, aber wenn Pater Wyszoniek mich mit Danusia trauen würde – dann mag sie nach Spychow ziehen, weil keine Macht der Welt mir sie dann mehr rauben kann."

Diese Worte kamen der Fürstin so unerwartet, daß sie von ihrem Sitz aufsprang, sich dann wieder niederließ und wie wenn sie nicht recht begriffen hätte, wovon die Rede war, ausrief: „Bei den Wundenmalen unseres Herrn! ... Der Pater Wyszoniek ..."

„Allergnädigste Herrin! ... Allergnädigste Herrin!" bat Zbyszko in eindringlichem Ton.

„Allergnädigste Herrin!" flehte auch Danusia, abermals der Fürstin Knie umfassend.

„Wie wäre dies möglich, ohne die Einwilligung des Vaters?"

„Gottes Gebote sind die mächtigsten!" antwortete Zbyszko.

„Man muß diese Gebote ehren!"

„Wer ist denn der Vater, wenn es der Fürst nicht ist?.. Wer ist denn die Mutter, wenn Ihr es nicht seid, gnädigste Herrin!"

„Mein gütiges Mütterchen!" setzte Danusia hinzu.

„Daß ich ihr eine Mutter war und noch bin, ist richtig!" sagte die Fürstin. „Auch habe ich Jurand einst die Gattin geführt. Und wenn die Trauung einmal stattgefunden hat, dann ist nichts mehr an der Sache zu ändern. Sicherlich wird Jurand sehr aufgebracht sein, aber er hat ja dem Fürsten, seinem Herrn, gegenüber auch Verpflichtungen. Übrigens dürfte man es ihm nicht sofort sagen, sondern erst, wenn er die Tochter einem anderen geben, oder für immer ins Kloster schicken will. Und falls er wirklich ein Gelübde getan hat – nun, so wird ihm ja keine Schuld beizumessen sein. Gegen den Willen Gottes vermag niemand etwas auszurichten ... Und vielleicht ist es der Wille Gottes!"

„Anders kann es nicht sein", rief Zbyszko.

Aber die Fürstin sagte tiefbewegt: „Warte, laß mich erst zu mir selbst kommen. Wäre der Fürst hier, so würde ich sogleich zu ihm gehen und fragen: ‚Soll ich ihm das Mädchen geben oder nicht?' ... Aber ohne ihn bangt mir davor ... so daß mir der Atem in der Brust stockt, und wir haben doch nicht viel Zeit, weil Danusia morgen aufbrechen soll! ... Ach, lieber Jesu! Mag sie sich denn als Eheweib auf die Reise machen – dann wirst du ja zufrieden sein. Nur bin ich noch nicht recht zu mir selbst gekommen – und welche Angst habe ich. Fühlst du keine Angst, Danuska, sprich?"

„Wird mein Wunsch nicht erfüllt, so sterbe ich!" fiel hier Zbyszko ein.

Das junge Mädchen erhob sich, und da es stets vertraulich mit der gütigen Herrin verkehren durfte, ja sogar von ihr verhätschelt wurde, schlang es die Arme um ihren Hals und umarmte sie zärtlich.

Doch die Fürstin erklärte: „Ohne den Pater Wyszoniek kann ich noch nichts bestimmen. Geh und hole ihn."

Danusia eilte zum Pater Wyszoniek. Zbyszko aber wandte der Fürstin sein bleiches Antlitz zu und sagte: „Was der Herr Jesus über mich verhängt hat, das muß ich tragen, doch den Trost, den Ihr mir spendet, allergnädigste Fürstin, möge Gott Euch lohnen."

„Preise mich nicht zu früh", erwiderte die Fürstin, „denn wir wissen noch nicht, wie alles sich gestalten wird. Du mußt mir auch bei deiner Ehre geloben, daß du dich der Abreise des Mädchens nicht widersetzen wirst, wenn die Trauung vollzogen ist. Und Gott verhüte, daß du Fluch und Unheil auf dich und sie ladest.

„Bei meiner Ehre!" wiederholte Zbyszko.

„Sei dessen eingedenk! Und ihrem Vater gegenüber soll Danusia vorerst schweigen. Es ist besser, wenn ihm die Kunde nicht unverhofft zukommt. Von Ciechanow aus lassen wir ihn auffordern, er möge sich mit Danusia bei uns einstellen, und dann bringe ich ihm die Nachricht bei, oder ich bitte den Fürsten, es zu tun. Wenn er sieht, daß die Sache nicht mehr zu ändern ist, wird er sich zufriedengeben. Er ist dir niemals gram gewesen."

„Nein, er ist mir nie gram gewesen, und im Inneren freut er sich vielleicht, wenn er hört, daß Danusia die Meine ist. Denn falls er wirklich ein Gelübde getan hat, kann ihm niemand eine Schuld beimessen, weil ja alles hinter seinem Rücken geschieht."

Der Eintritt des Paters und Danusias unterbrach das Gespräch. Die Fürstin zog ihn sofort zu Rat und erzählte ihm mit wahrem Feuereifer von Zbyszkos Vorhaben. Er aber hatte kaum vernommen, um was es sich handelte, als er sich bekreuzte und voll Verwunderung sagte: „Im Namen des Vaters, des Sohnes und des heiligen Geistes! Wie kann ich dies tun? Wir haben ja Advent!"

„Bei Gott! Das ist wahr!" rief die Fürstin aus.

Ein kurzes Schweigen folgte – nur die betrübten Mienen aller Anwesenden zeigten, wie tief sie von den Worten des Paters Wyszoniek getroffen wurden.

Nach einer Weile fuhr er fort: „Hätte ich Dispens, so würde ich mich nicht widersetzen, denn ich beklage Euch tief. Nach Jurands Einwilligung würde ich nicht fragen, weil die gnädige Herrin die Trauung gestattet und für die Zustimmung des Fürsten, unseres Herrn bürgt – denn für das masovische Volk sind diese beiden ja Vater und Mutter. Aber ohne den Dispens kann ich es nicht tun. Traun! Wäre der Fürstbischof Jakob aus Kurdwanow hier, der würde mir den Dispens wohl nicht verweigern – obgleich er strengen Sinnes ist, ganz anders als sein Vorgänger, der Bischof Mamphiolus, der zu allem ‚bene! bene!' sagte."

„Der Bischof Jakob aus Kurdwanow ist dem Fürsten und mir sehr zugetan", warf die Herrin ein.

„Darum glaube ich, er würde den Dispens nicht verweigern, zumal dringende Gründe zu der Trauung vorhanden sind. Das Mädchen muß abreisen und dieser Jüngling ist krank und wird möglicherweise sterben ... Hm! *In articulo mortis*. Aber ohne Dispens..."

„Ich könnte den Bischof Jakob später um nachträglichen Dispens bitten. Von der strengen Seite kenne ich ihn nicht, auch wird er mir diese Bitte wohl nicht abschlagen. Ich bürge sogar dafür, daß er sie mir nicht abschlägt."

Daraufhin sagte der Pater Wyszoniek, der ein guter, weichherziger Mensch war: „Die Worte der Gesalbten Gottes sind schwerwiegende Worte – der Fürstbischof flößt mir zwar Angst ein, aber dies sind schwerwiegende Worte! – Vielleicht könnte der Jüngling auch etwas für die Kathedrale zu Plock stiften. – Ich weiß nicht, was ich tun soll. – Ohne Dispens wird es eine Sünde sein, und ich lade die Sünde auf mich. Hm!

Unser Herr Jesus ist freilich barmherzig, und wenn jemand nicht um des eigenen Vorteiles willen sündigt, sondern nur aus Mitleid für die Leiden anderer, wird ihm um so eher verziehen. – Aber eine Sünde wird es sein, und wenn nun der Bischof nicht nachsichtig ist?"

„Der Bischof ist aber nachsichtig!" rief die Fürstin Anna.

Pater Wyszoniek, dem es vor allem am Herzen lag, Zbyszko und Danusia zu Hilfe kommen zu können, da er diese von ihrer Kindheit an kannte und sie sehr liebte, teilte schließlich die Meinung der Fürstin, und zu ihr gewandt, sagte er: „Ich bin zwar ein Geistlicher, aber ich bin auch ein Diener des Fürsten. Was befiehlt mir die allergnädigste Herrin?"

„Ich will Euch nichts befehlen – ich bitte nur!" antwortete die Fürstin.

Da erhob der Pater Wyszoniek den Blick und die Hände gen Himmel.

„So mag es denn geschehen, Eurem Willen gemäß!"

Auf diese Worte hin zog Freude in aller Herzen ein. Zbyszko richtete sich wieder in seinen Kissen auf, und die Fürstin, Danusia, sowie der Pater Wyszoniek setzten sich an seinem Lager nieder und hielten Rat, wie es bei einer so wichtigen Sache nötig war. Sie beschlossen, das Geheimnis zu wahren, auf daß keine lebende Seele etwas davon erführe, sie beschlossen ferner, daß auch Jurand nichts davon hören dürfe, bis die Herrin selbst ihm in Ciechanow alles mitteilen könne. Dem Pater Wyszoniek oblag es dann, für die Fürstin einen Brief an Jurand zu schreiben und ihn aufzufordern, nach Ciechanow zu kommen, wo es bessere Heilmittel für seine Leiden gebe und er und seine Tochter weniger vereinsamt seien. Schließlich wurde bestimmt, daß Zbyszko und Danusia noch beichten und des Nachts, wenn alle Leute schlafen gegangen waren, getraut werden sollten.

Zbyszko dachte zuerst daran, den böhmischen Knappen als Trauzeugen zu nehmen, doch kam er wieder von dieser Absicht zurück, weil ihm plötzlich einfiel, daß Hlawa ihm von Jagienka gesandt worden war. Während eines kurzen Augenblickes sah er sie im Geist so lebhaft vor sich, daß ihn dünkte, er sehe ihr gerötetes Antlitz, ihre verweinten Augen und er höre ihre flehenden Worte: „Tue mir dies nicht an! Vergelte mir nicht Gutes mit Bösem, um meiner Liebe willen, kränke mich nicht so!"

Und plötzlich ergriff ihn tiefes Mitleid mit ihr, denn er fühlte, daß sie viel zu leiden haben werde, nirgends Trost finden könne, und daß ihr weder die Bewerbung von Cztan und Wilk, noch die reichen Gaben des Abtes Ersatz zu bieten vermochten. Daher sagte er ihr im Geist: „Gott verleihe dir nur Gutes und Schönes, Mädchen, aber obwohl ich dir gerne den Himmel herabholen möchte, weiß ich dir doch nicht zu helfen."

Und die Überzeugung, daß es nicht in seiner Macht stand, ihr zu helfen, gewährte ihm zuletzt Erleichterung, und seine innere Ruhe kehrte zurück, so daß sich seine Gedanken wieder ausschließlich mit Danusia und der Trauung beschäftigen konnten.

Da er jedoch die Hilfe des Böhmen nicht entbehren konnte, aber jetzt entschlossen war, ihm nichts von dem zu enthüllen, was geschehen sollte, ließ er ihn zu sich rufen und sagte ihm: „Ich werde heute beichten und das Abendmahl nehmen, kleide mich daher so schmuck und schön, wie wenn ich mich in die königlichen Gemächer begeben müßte."

Der Böhme erschrak ein wenig und blickte ihn erstaunt an, doch Zbyszko, der sofort seine Gedanken erriet, setzte hinzu: „Fürchte nichts, man beichtet ja nicht bloß, wenn man den Tod herannahen fühlt. Zu den kommenden Festtagen wird sich zudem der Pater Wyszoniek mit der Fürstin nach Ciechanow begeben, und wir müßten dann wegen eines Geistlichen bis nach Przasnysz senden."

„Und Euer Gnaden begleitet die Fürstin nicht?"

„Wenn ich gesund werde, begleite ich sie, aber dies liegt in Gottes Hand."

Nun beruhigte sich der Böhme, eilte an eine Lade und holte jene erbeutete weiße, mit Gold benähte Jacke, die der junge Ritter gewöhnlich bei großen Festlichkeiten trug, sowie einen schönen Teppich, um des Kranken Lager zu bedecken. Dann richtete er Zbyszko mit Hilfe der beiden Türken empor, wusch ihn, kämmte seine langen Haare, band ihm eine scharlachrote Stirnbinde um, und schließlich als er fertig war, stützte er ihn mit den Kissen, indem er, erfreut über seiner Hände Werk, ausrief: „Wenn Euer Gnaden tanzen könnten, so könnte man Hochzeit feiern!"

„Ja, jetzt müßte man sie noch ohne Tanz feiern", entgegnete Zbyszko lächelnd.

Unterdessen sann auch die Fürstin in ihrer Kammer nach, wie Danusia gekleidet werden solle. Echt weiblich geartet, legte sie dieser Angelegenheit große Bedeutung bei, und um nichts in der Welt hätte sie gestattet, daß ihre geliebte Pflegetochter sich im Alltagsgewand trauen lasse. Die Dienerinnen, denen sie sagte, Danusia müsse die Farbe der Unschuld tragen, wenn sie das Abendmahl nehme, hatten in der Truhe nicht lange nach einem weißen Kleid zu suchen, hingegen mangelte es an einer passenden Kopfbedeckung. Ein trauriges Gefühl überkam die Fürstin, als sie dies vernahm, und sie klagte laut darüber.

„Wie könnte ich für dich, du Verwaiste, den Rautenkranz in diesem Wald finden?" sagte sie. „Weder ein Blümchen noch ein Blatt ist mehr zu sehen, nur etwas Moos schimmert noch unter dem Schnee hervor."

Danusia, die schon mit aufgelösten Haaren dastand, war ebenfalls sehr niedergeschlagen, da auch ihr viel an einem Kranz lag. Nach einer Weile jedoch zeigte sie auf eine an der Wand hängende Girlande aus Immortellen und sagte: „Diese Ranken könnte man binden, denn etwas anderes werden wir nicht bekommen und Zbyszko nimmt mich auch in solchem Kranz."

Anfangs wollte die Fürstin nicht auf diesen Vorschlag eingehen, weil ihr ein Immortellenkranz wie eine schlimme Vorbedeutung erschien. Da indessen auf dem ganzen Jagdhof keine anderen Blumen aufzutreiben waren, willigte sie schließlich ein. Mittlerweile erschien der Pater Wyszoniek, der Zbyszko schon Beichte gehört hatte, und begab sich mit dem jungen Mädchen, das nun gleichfalls beichten sollte, in die Schloßkapelle.

Die Nacht sank hernieder. Auf Befehl der Fürstin ging die Dienerschaft nach dem Abendbrot zur Ruhe. Binnen kurzem ging das Feuer auf den Herden in den Gesindestuben zu Asche über und erlosch. Im ganzen Waldhof war alles still. Nur in dem Gemach, wo die Fürstin, der Pater Wyszoniek und Zbyszko weilten, waren die Fenster noch hellerleuchtet und warfen rötliche Lichter auf den Schnee im Vorhof.

Nach Mitternacht nahm die Fürstin Danusia an der Hand und führte sie in Zbyszkos Stube, wo der Pater Wyszoniek schon mit dem Ziborium bereitstand. Auf dem Herd brannte ein mächtiges Feuer aus Buchenholz, und bei dessen hellem, aber ungleichmäßigem Licht erblickte Zbyszko das infolge der schlaflosen Nacht etwas bleich aussehende junge Mädchen mit einem Immortellenkranz auf dem Haupt. In ihrer tiefen Erregung hatte sie die Augenlider fast geschlossen, und ihre Arme sanken schlaff am Körper herab. So erinnerte sie an eine Gestalt auf einem gemalten Kirchenfenster. Ihr Wesen hatte etwas so Überirdisches, daß Zbyszko bei ihrem Anblick von der höchsten Verwunderung ergriffen wurde, weil ihn dünkte, das Weib, das er sich erwählte, sei keine Sterbliche, sondern ein der Erde entrücktes Wesen. Dieser Eindruck wurde noch verstärkt, als sie mit gefalteten Händen zur Kommunion niederkniete, den Kopf zurückbeugte und die Augen vollständig schloß. Wie eine Abgeschiedene erschien sie ihm jetzt, und bange Sorge zog in sein Herz ein. Indessen währte dies nicht lange. *„Ecce Agnus Dei"* ließ sich die Stimme des Geistlichen vernehmen. Zbyszko versuchte sich zu sammeln, und seine Gedanken wandten sich Gott zu. In der Stube vernahm man nichts als die feierlichen Worte des Paters Wyszoniek: *„Domine – non sum dignus"*, das Knistern der Holzspäne und das wehmütige Zirpen der Heimchen auf dem Herd. Draußen vor den Fenstern aber erhob sich ein Sturmwind, der brausend durch den schneebedeckten Wald fuhr, aber bald wieder nachließ.

Während Zbyszko und Danusia noch einige Zeit in Schweigen verharrten, nahm Pater Wyszoniek den Kelch und trug ihn in die kleine Hauskapelle zurück. Nach einiger Zeit kehrte er wieder, aber nicht allein, sondern in Begleitung des Herrn de Lorche, und als er das Erstaunen in den Mienen aller Anwesenden bemerkte, legte er den Finger auf den Mund, wie wenn er irgendeinem unvorhergesehenen Ausruf zuvorkommen wollte. Dann sagte er: „Ich dachte, es werde besser sein, wenn wir zwei Trauzeugen haben, darum habe ich diesen Ritter eingeweiht, und er hat mir bei seiner Ehre und bei den Aachener Reliquien geschworen, das Geheimnis zu bewahren, so lange es nötig sei."

Herr de Lorche kniete zuerst vor der Fürstin, dann vor Danusia nieder, hierauf erhob er sich und stand unbeweglich und schweigend da, während vom Feuer her rötliche Lichtchen auf die glänzende Rüstung fielen, die er trug. Er war wie überwältigt von Entzücken, denn auch ihm erschien das weißgekleidete Mädchen mit dem Immortellenkranz wie ein Engel auf dem gemalten Fenster eines gotischen Domes.

Der Geistliche führte Danusia an Zbyszkos Lager, und die Stola über die Hände der beiden legend, begann er die übliche Zeremonie. Die Fürstin vergoß Tränen der Rührung, doch im Innern war sie jetzt vollständig ruhig. Sagte sie sich doch, sie tue gut daran, diese schönen und unschuldigen Kinder zu vereinigen.

Herr de Lorche kniete zum zweitenmal nieder, und wie er sich so mit beiden Händen auf sein Schwert stützte, glich er einem Ritter, der eine Vision zu erblicken vermeint – Zbyszko und Danusia wiederholten nacheinander des Geistlichen Worte: „Ich ... nehme ... dich!" – und als Begleitung dieser leise geflüsterten süßen Worte knisterten die Buchenscheite, zirpten die Grillen auf dem Herd. Nach Beendigung der Zeremonie sank Danusia zu den Füßen der Fürstin nieder. Diese segnete die beiden, und das junge Paar dem Schutz des Himmels empfehlend, sagte sie: „Freut Euch nun, daß Ihr Euch auf ewig angehört!"

Da streckte Zbyszko seinen Arm nach Danusia aus, sie schlang ihre Hände um seinen Hals, und eine Weile hörte man, wie sie sich Mund an Mund gedrückt, zuflüsterten: „Du bist mein, Danusia!" – „Du bist mein, Zbyszko!"

Aber plötzlich ließen Zbyszkos Kräfte nach, die Erschütterung übermannte ihn und in die Kissen zurücksinkend, atmete er schwer. Doch wurde er nicht bewußtlos, und er lächelte Danusia zu, als sie ihm den kalten Schweiß auf der Stirn trocknete, während er unablässig flüsterte: „Mein bist du, Danuska!" worauf sie jedesmal ihr Köpfchen mit den lang herabwallenden Haaren zu ihm niederbeugte.

Durch diesen Anblick war Herr de Lorche dermaßen gerührt, daß er erklärte, er habe noch in keinem Land so zärtliche, gefühlvolle Herzen gesehen, und daher gelobe er feierlich, zu Fuß oder zu Pferd mit jedem Ritter oder Ungeheuer zu kämpfen, die es wagten, sich dem Glück des jungen Paares hindernd in den Weg zu stellen.

Die Fürstin, die sich keine Trauung ohne Festlichkeit denken konnte, holte Wein herbei und alle labten sich daran.

Eine Stunde der Nacht nach der anderen ging dahin. – Zbyszko, der seine Schwäche überwunden hatte, zog Danusia wieder zu sich heran und sagte: „Durch unseren Herrn Jesus bist du nun mein, und niemand kann dich mir rauben, aber daß du fortgehst, tut mir weh, du mein geliebtes Täubchen."

„Ich komme ja mit dem Väterchen nach Ciechanow", erwiderte Danusia.

„Wenn du nur nicht krank wirst ... oder dir sonst etwas zustößt ... Gott schütze dich vor jedem Ungemach! Nach Spychow mußt du dich begeben, das weiß ich wohl! Gott und unserer allergnädigsten Herrin habe ich es zu danken, daß du mein bist, denn keine irdische Gewalt kann jetzt die Trauung mehr ungeschehen machen."

Die geheimnisvolle Trauung in nächtlicher Stille und der Gedanke an den bevorstehenden Abschied bewirkten, daß eine seltsame Trauer nicht nur Zbyszko, sondern auch alle anderen überkam. Das Gespräch stockte häufig, von Zeit zu Zeit drohte auch das Feuer auf dem Herd zu erlöschen, und alles versank in Dunkelheit. Dann warf der Pater Wyszoniek wieder Holz auf die Kohlen, und da die dürren Scheite knisterten und krachten wie frisches Holz, so daß es beinahe wehmütig klang, fragte er: „Büßende Seele, was verlangst du?"

Doch nur die Grillen antworteten ihm. Aber die Flamme stieg hoch empor, sie beleuchtete die übernächtigten Gesichtszüge der hier in der Dunkelheit Versammelten, spiegelte sich in der prächtigen Rüstung des Herrn de Lorche und warf ihren hellen Schein auf das weiße Gewand und auf den Immortellenkranz Danusias.

Draußen begannen jetzt die Hunde wieder zu bellen, gegen die Seite des Waldes zu schlugen sie an, wie wenn sie Wölfe witterten.

Und je weiter die Nacht vorrückte, je häufiger stockte das Gespräch, bis schließlich die Fürstin sagte: „Lieber Jesu! Wenn solche Stimmung nach einer Trauung herrscht, wäre es besser, schlafen zu gehen, da wir aber doch nun einmal bis zum frühen Morgen wachen müssen, so spiele uns vor deiner Abreise noch etwas auf der Laute, liebes Kind – mir und Zbyszko spiele noch etwas."

Von Ermattung und Schlaftrunkenheit beinahe überwältigt, war Danusia nur zu gern bereit, sich durch Gesang und Spiel wieder etwas zu beleben, daher entfernte sie sich, um die Laute zu holen, und nach einer Weile damit zurückgekehrt, setzte sie sich an Zbyszkos Lager nieder. „Was soll ich spielen?" fragte sie.

„Was sonst", antwortete die Fürstin, „als jenes Lied, das du in Tyniec sangst, als du Zbyszko zum erstenmal sahst!"

„Hei! Wie gut erinnere ich mich des Liedes – solange ich lebe, werde ich es niemals vergessen", sagte Zbyszko. Und so oft ich es irgendwo hörte, sind mir die Tränen in die Augen gekommen."

„So will ich dies Lied singen!" erklärte Danusia.

Sogleich begann sie zu präludieren und wie gewöhnlich das Köpfchen ein wenig zurückwerfend, hub sie an:

> *„Wie wär' ich gerne*
> *ein Gänslein klein,*
> *ich flög' in die Ferne*
> *zu Jasko mein.*
> *In Schlesien flög' ich nieder*
> *Auf grünen Rain,*
> *die Waise sieh' wieder,*
> *Jasienko mein!"*

Aber plötzlich brach sie ab, ihre Lippen zitterten und unter den geschlossenen Lidern hervor drangen die Tränen unaufhaltsam. Einen Augenblick noch bemühte sie sich, dieselben zurückzuhalten, doch vergeblich, und schließlich weinte sie so schmerzlich, wie damals, als sie Zbyszko im Gefängnis zu Krakau das Lied vorgesungen hatte.

„Danuska! Was fehlt dir?" fragte Zbyszko.

„Weshalb weinst du? Welch eine Hochzeit ist dies!" rief die Fürstin aus. „Weshalb weinst du? Sprich!"

„Ich weiß es nicht", sagte Danuska schluchzend. „Mir ist so traurig zumute! ... So weh ums Herz! ... Ich soll Zbyszko und Euch, gnädige Herrin ..."

Nun bemühten sich alle, sie zu trösten, ihr auseinanderzusetzen, daß ihre Abwesenheit nicht lange dauern werde, und daß sie zu den Festtagen gewiß mit ihrem Vater nach Ciechanow kommen könne. Zbyszko schlang den Arm um sie, preßte sie an seine Brust und küßte ihr die Tränen von den Wangen – gleichwohl vermochten sie alle den Druck nicht abzuschütteln, der auf ihnen lastete, und so ging die Nacht dahin.

Da ließ sich plötzlich von dem Vorhof her ein lautes durchdringendes Geräusch vernehmen, so daß alle zusammenfuhren. Von ihrer Bank aufspringend, rief die Fürstin: „Guter Gott! Es sind die Pferde! Sie werden schon zur Tränke geführt."

Pater Wyszoniek blickte zum Fenster hinaus, durch dessen kleine runde Glasscheiben ein graues Dämmerlicht hereinfiel, und sagte: „Die Nacht ist vergangen und der Tag bricht an. *Ave Maria, gratia plena.*"

Dann verließ er die Stube, und als er nach wenigen Augenblicken zurückkehrte, bemerkte er: „Es tagt, doch wird es ein trüber Tag werden, Jurands Leute führen ihre Pferde zur Tränke. Und für dich ist es an der Zeit, aufzubrechen, du Arme!"

Als sie dies hörten, schluchzten die Fürstin sowie Danusia laut auf. Sie und Zbyszko drückten nun unverhohlen ihre Empfindungen aus, so wie zuweilen Leute aus dem Volk ihre Empfindungen ausdrücken, wenn ihnen eine Trennung bevorsteht.

> *„Ach, was helfen uns noch Harm und Klagen,*
> *mein Lieb', ade! Wir müssen es tragen!*
> *Und ob es auch schmerzt die Seele mein,*
> *du trautes Herz, geschieden muß sein!*
> *Geschieden muß sein."*

In diesen schmerzlichen Worten lag etwas Feierliches, sie lauteten halb wie ein Wehruf, halb wie ein Klagegesang, der aus dem tiefsten Innern emporströmend, den Tränen gleicht, die aus den Augen rinnen.

Zbyszko preßte Danusia zum letztenmal an seine Brust und hielt sie lange umfangen, so lange, bis er sich nicht mehr aufrecht zu halten vermochte und die Fürstin sie von ihm wegzog, damit sie sich zur Reise ankleide.

Mittlerweile war es vollständig Tag geworden. Auf dem ganzen Jagdhof wurde es lebendig. Knechte und Mägde gingen ihren Geschäften nach.

Da trat der böhmische Knappe in das Zimmer Zbyszkos, um nach dessen Befinden zu fragen und etwaige Befehle entgegenzunehmen.

„Ziehe mein Lager zum Fenster heran", gebot der Ritter.

Der Böhme tat dies mit Leichtigkeit. Er staunte zwar höchst, als Zbyszko befahl, das Fenster zu öffnen, gehorchte aber auch diesem Befehl und deckte seinen Herrn mit einem Schafpelz zu.

Zbyszko blickte hinaus. Im Vorhof stand ein Schlitten, um den sich Bewaffnete, Jurands Leute, auf ihren reifbedeckten schnaubenden Pferden scharten. Die Bäume des Waldes schienen fast vollständig unter dem Schnee vergraben zu sein, von den Zäunen, Wegen und Zugängen war nichts mehr zu sehen.

Danusia, die schon ganz in Pelz gehüllt war und eine Schaube aus Fuchspelz trug, kam noch einmal in die Stube zu Zbyszko, fiel ihm um den Hals und sagte beim Abschied: „Wenn ich dich auch verlasse, bin ich doch die Deine!"

Und er küßte ihre Hände, ihre Wangen und ihre Augen, die unter dem Pelz kaum zu sehen waren, und sagte: „Gott schütze dich! Gott geleite dich! Mein bist du nun, mein bis zum Tod!" Und da man sie wieder gewaltsam von ihm trennte, richtete er sich auf, so gut er konnte, lehnte sein Haupt an das Fenster und schaute hinaus. Da sah er durch den fallenden Schnee, gleichsam durch einen Schleier, wie Danusia sich in den Schlitten setzte, wie die Fürstin sie lange umarmt hielt, wie die Hofdamen sie küßten, und wie Pater Wyszoniek das Zeichen des Kreuzes über sie machte. Vor der Abfahrt blickte sie noch einmal zu ihm empor und winkte mit der Hand.

„Gott sei mit dir, Zbyszko!"

„Gott gebe, daß ich dich in Ciechanow wiedersehe!"

Aber der Schnee fiel in dichten Flocken herab, es war, als ob er alles verhüllen, alles ersticken wolle, und die letzten Worte klangen so gedämpft, daß es beiden dünkte, als ob ihre Rufe schon aus weiter Ferne kämen.

Vierter Teil

Erstes Kapitel

Auf den starken Schneefall folgte nun strenge Kälte mit trockenen aber hellen Tagen. Da funkelte der Wald in den Strahlen der Sonne, über dem Fluß lag eine dicke Eisschicht, und vom Morast war nichts mehr zu sehen. Es kamen helle Nächte, in denen sich die Kälte dermaßen steigerte, daß die Bäume im Wald laut krachten und barsten. Die Vögel näherten sich den Behausungen, die Straßen wurden gefährlich, denn die Wölfe scharten sich rudelweise zusammen und überfielen nicht nur einzelne Wanderer, sondern drangen sogar bis zu den Dörfern vor. In den raucherfüllten Hütten, am wärmenden Herd, glaubten indessen die Landleute, nach dem strengen Winter ein fruchtbares Jahr voraussagen zu können und sahen den herannahenden Festtagen heiter entgegen. Der fürstliche Jagdhof war verödet. Die Fürstin hatte sich mit dem Hofstaat und dem Pater Wyszoniek nach Ciechanow begeben. Zbyszko, der sich zwar schon viel wohler fühlte, aber doch noch nicht kräftig genug war, um ein Pferd zu besteigen, blieb mit seinen Leuten, Sanderus und dem böhmischen Knappen auf dem Jagdhof zurück, wo nun eine, die Oberaufsicht führende Edelfrau in gesetztem Alter die Pflichten der Hausfrau erfüllte. Aber mit allen Fibern seines Herzens zog es ihn zu seinem jungen Weib. Wohl war es ihm ein unendlich süßer Gedanke, daß Danusia sein eigen war und keine Macht der Welt sie ihm mehr zu rauben vermochte, aber andererseits steigerte dieser Gedanke seine Sehnsucht noch mehr. Unaufhörlich wünschte er den Augenblick herbei, da er imstande sein werde, den Jagdhof zu verlassen, und überlegte, was er dann zu tun, wohin er sich zu wenden habe, und wie er Jurand versöhnen könne. Zwar überkam ihn auch manchmal eine große Unruhe, aber im allgemeinen stellte sich ihm die Zukunft im rosigen Licht dar. Danusia zu dienen und den Feinden die Pfauenbüsche von den Helmen zu reißen, dies erschien ihm als das Ziel seines Lebens. Gar häufig überkam ihn die Lust, mit dem Böhmen, den er liebgewonnen hatte, davon zu sprechen, jedoch, da er bemerkte, daß der Knappe, der Jagienka mit ganzer Seele ergeben war, nur ungern von Danusia sprach, und da er zudem das Geheimnis nicht enthüllen und nicht alles sagen durfte, was geschehen war, sah er schließlich immer wieder von seinem Vorhaben ab.

Seine Gesundheit besserte sich indessen von Tag zu Tag. Eine Woche vor dem Christabend konnte er zum erstenmal ein Pferd besteigen, und obwohl er fühlte, daß ihm dies in der Rüstung noch nicht möglich sein werde, faßte er dennoch frischen Mut. Übrigens glaubte er auch nicht, daß er sich binnen kurzem in Panzer und Helm zu Roß setzen müsse, und im schlimmsten Fall, meinte er, werde es nicht mehr allzu lange währen, bis er kräftig genug dazu sei. In der Stube versuchte er zuweilen, mit dem Schwert zu einem Schlag auszuholen, und er kam ganz gut damit zurecht. Das Beil war ihm zwar noch zu schwer, doch sagte er sich, wenn er es mit beiden Händen beim Stiel fasse, werde er es ganz gut schwingen können.

Schließlich, zwei Tage vor dem Heiligen Abend, befahl er, die Wagen in Bereitschaft zu halten, die Pferde zu satteln und kündigte dem Böhmen an, er werde sich nach Ciechanow begeben. Der treue Knappe geriet darüber nicht wenig in Sorge, vornehmlich da eine grimmige Kälte herrschte, aber Zbyszko sagte ihm: „Ängstige dich nicht um mich, Glowacz",* – so nannte er ihn bisweilen, indem er seinen Namen ins Polnische übertrug – „wozu sollten wir denn noch länger hier auf dem Jagdhof verweilen? Wenn ich in Ciechanow erkranken würde, ließe man mir auch dort die nötige Pflege angedeihen. Übrigens will ich den Weg nicht zu Pferd, sondern zu Schlitten zurücklegen, ich will mich bis zum Hals unter dem Heu vergraben, mit Fellen zudecken, und erst wenn wir in der Nähe von Ciechanow angelangt sind, werde ich mein Pferd besteigen."

Und so geschah es in der Tat. Der Böhme kannte seinen jungen Herrn genau und wußte, daß es nicht ratsam war, sich ihm zu widersetzen oder seine Befehle unausgeführt zu lassen. Eine Stunde später brachen sie daher auf. Als Zbyszko kurz vor der Abreise Sanderus mit seinen beiden Laden in einen Schlitten steigen sah, sagte er zu ihm: „Weshalb bist du an mir hängengeblieben wie eine Klette an der Schafwolle? Du sprachst doch davon, daß du nach Preußen wolltest."

„Ja, ich sprach davon, daß ich nach Preußen wolle", entgegnete Sanderus. „Aber wie könnte ich mich bei solchem Schnee allein auf die Reise machen? Die Wölfe würden mich ja auffressen, bevor der erste Stern am Himmel erscheint, und hierzubleiben, dazu habe ich gar keine Ursache. Nein, ich ziehe vor, die Leute in der Stadt durch fromme Werke zu erbauen, sie mit meiner heiligen Ware zu beschenken und aus den Klauen des Teufels zu retten, wie ich es dem Vater der ganzen Christenheit in Rom geschworen habe. Zudem habe ich Euer Gnaden außerordentlich liebgewonnen, und ich will Euch vor meiner Rückkehr nach Rom nicht verlassen, weil es wohl möglich ist, daß ich Euch irgendeine Gefälligkeit erweisen kann."

---

* Der böhmische Name Hlawa, der polnische Glowacz heißen auf deutsch: „Haupt", „Kopf", Glowacz heißt auch „Dickkopf" – Anmerkung der Übersetzerinnen.

„Er ist besonders gern bereit, auf Eure Kosten zu essen und zu trinken, Herr", bemerkte nun der Böhme, „diese Gefälligkeit erweist er Euch am liebsten. Aber wenn uns im Wald bei Przasnysz ein Rudel Wölfe überfällt, dann können wir ihn zum Fraß hinwerfen, denn zu etwas Besserem taugt er nicht."

„Paßt nur auf, daß Euch die sündigen Worte nicht am Schnurrbart anfrieren", entgegnete Sanderus. „Solche Eiszapfen schmelzen nur im Höllenfeuer."

„Ei was!" versetzte Glowacz, seinen noch etwas spärlichen Schnurrbart streichend, „und ich sage dir, sobald wir Rast machen, wird Bier gewärmt, du aber bekommst nichts davon!"

„Eine neue Sünde! Denn es heißt in der Schrift: Du sollst den Durstigen tränken!"

„Nun, einen Eimer voll Wasser sollst du dort haben, und inzwischen bekommst du, was ich jetzt in der Hand halte."

Bei diesen Worten nahm er so viel Schnee, wie er mit beiden Händen fassen konnte, und warf ihn Sanderus ins Gesicht. Doch dieser wich zurück, indem er sagte: „Ihr seid ganz unnötig in Ciechanow, denn dort wird ein kleiner Bär aufgezogen, der schon ganz gut mit Schneeballen werfen kann."

So ergingen sie sich in Spottreden, obwohl sie sich im Grunde recht zugetan waren. Zbyszko ließ es ruhig zu, daß Sanderus mitfuhr, denn der wunderliche Mann ergötzte ihn und schien zudem eine gewisse Anhänglichkeit an ihn zu haben.

Der Aufbruch vom Jagdhof fand an einem hellen Morgen statt, während eine solche Kälte herrschte, daß man die Pferde durch Decken schützen mußte. Eine dichte Schneeschicht lag über der ganzen Gegend. Die Dächer der Hütten waren kaum zu sehen. Stellenweise schien der Rauch gerade aus den weißen Schneemassen hervorzukommen und von der Morgenröte rosig gefärbt, stieg er dann empor, sich hoch oben in kleine, den Federbüschen der Ritter gleichende Ringe zerteilend.

Zbyszko fuhr in einem Schlitten, teils um seine Kräfte zu schonen, teils der strengen Kälte wegen, vor der er sich auf dem Heulager und durch Pelzdecken am besten schützen konnte. Er befahl Sanderus, sich zu ihm zu setzen und die Armbrust bereitzuhalten, falls sich Wölfe zeigen sollten. Unterdessen aber plauderte er fröhlich mit ihm.

„In Przasnysz", sagte er, „wollen wir nur die Pferde füttern und uns erwärmen. Dann fahren wir sogleich weiter nach Ciechanow, um der Herrschaft meine Verehrung zu bezeigen und dem Gottesdienst beizuwohnen."

„Und dann?" fragte Glowacz.

Zbyszko lachte und entgegnete: „Wer weiß, dann vielleicht nach Bogdaniec."

Voll Verwunderung schaute ihn der Knappe an. Der Gedanke fuhr ihm durch den Kopf, daß sein Herr der Tochter Jurands entsagt habe, und dies erschien ihm um so wahrscheinlicher, als die Jungfrau den Jagdhof verlassen hatte. Zu den Ohren des Böhmen aber war die Kunde gedrungen, daß der Gebieter von Spychow dem jungen Ritter feindlich gesinnt war. Darüber fühlte der treue Bursche eine gewisse Befriedigung, denn obgleich er selbst Jagienka liebte, blickte er doch zu ihr empor wie zu einem unerreichbaren Stern am Himmel und hätte freudig sein Leben hingegeben, um ihr Glück damit zu erkaufen. Auch Zbyszko hing er treu an, und den beiden bis zum Tod zu dienen, war das Ziel seiner Wünsche.

„So läßt sich Euer Gnaden schon auf Eurem Erbgut nieder?" fragte er voll Vergnügen.

„Wie könnte ich mich auf meinem Erbgut niederlassen?" entgegnete Zbyszko. „Habe ich nicht jene Kreuzritter herausgefordert und zuvor schon Lichtenstein? De Lorche erzählte mir, der Meister werde wahrscheinlich den König nach Thorn zu Gast bitten, und dann kann ich mich dem königlichen Gefolge anschließen. Auch glaube ich, daß in Thorn Herr Zawisza aus Garbow oder Herr Powala aus Taczew mir bei unserem Herrn die Erlaubnis auswirkt, bis aufs äußerste mit diesen Kreuzrittern, diesen Mönchen zu kämpfen. Sicherlich stellen sich diese mit ihren Knappen auf dem Wahlplatz ein und du kommst gleichfalls ins Treffen."

„Käme es nicht so weit, so würde ich am liebsten Mönch werden", sagte der Böhme.

Zbyszko blickte ihn voll Befriedigung an.

„Nun, dem wird es auch nicht gutgehen, der deinem Eisen zu nahe kommt! Unser Herr Jesu verlieh dir außerordentliche Stärke, doch darfst du dich dieser Stärke nicht allzusehr rühmen, denn ein richtiger Knappe muß demütig sein."

Der Böhme nickte mit dem Kopf, zum Zeichen, daß er sich seiner Stärke nicht rühmen, den Deutschen gegenüber aber auch nicht mit seiner Kraft zurückhalten wolle, und Zbyszko lachte, während sie so weiterfuhren, aber nicht mehr über den Knappen, sondern über seine eigenen Gedanken.

„Der alte Herr wird froh sein, wenn wir zurückkehren", hub Glowacz nach einer Weile wieder an – „und auch in Zgorzelic werden sie sich freuen."

In diesem Augenblick sah Zbyszko Jagienka so deutlich vor sich, wie wenn sie ihm gegenüber auf dem Schlitten säße. Und so war es immer, so oft er an sie dachte, stand sie ihm auch deutlich vor Augen.

„Nein", sagte er sich, „sie wird sich nicht freuen, denn wenn ich nach Bogdaniec zurückkehre, so wird Danusia bei mir sein – und Jagienka mag einen anderen nehmen!" Hier zogen Wilk aus Brzozowa und der junge Cztan aus Rogow vor seinem geistigen Auge vorüber und plötzlich war ihm der Gedanke unangenehm, daß das Mägdlein einem von diesen beiden in die Hände fallen könne. „Wenn sie doch einen anderen, besseren fände!" dachte er. „Sie ist so züchtig, so redlich und gut, jene Burschen aber sind Biersäufer und Spieler."

Er wußte auch schon im voraus, daß sein Oheim höchst ungehalten sein werde, wenn er erfuhr, was geschehen war, aber der Gedanke tröstete ihn wieder, daß Macko in erster Linie Wert auf Herkunft und Vermögen legte und darauf bedacht war, das Ansehen seines Geschlechtes zu erhöhen. Jagienka stand ihm zwar näher und war die Tochter seines nächsten Nachbarn, hingegen war aber Jurands Grundbesitz größer als der Zychs aus Zgorzelic, und so konnte man leicht voraussehen, daß Macko nicht lange über dieses Ehebündnis zürnen werde, zumal ihm die Neigung seines Brudersohnes bekannt war und er auch wußte, wieviel Dank dieser Danusia schuldete. Brummte er also anfangs, so beruhigte er sich gewiß auch wieder und dann gewann er wohl Danusia so lieb wie sein eigenes Kind.

Und plötzlich empfand Zbyszko große Sehnsucht nach seinem Oheim, an dem er mit ganzer Seele hing und der, obwohl er kein weichherziger Mensch war, ihn doch liebte wie seinen Augapfel, der ihn in allen Kampfen besser als sich selbst geschützt, sich nur um seinetwillen durch Beute bereichert hatte, nur um seinetwillen darauf ausging, sein Hab und Gut zu mehren. Sie standen ja auch ganz allein auf der Welt, sie hatten keine Blutsverwandten, außer dem Abt, und gewöhnlich, wenn sie sich trennen mußten, wußte der eine nicht, was er ohne den anderen beginnen sollte, vornehmlich aber dem alten Mann ging es so, der für sich keinen Wunsch mehr hatte.

„Hei! Er wird sich freuen! Er wird sich sicherlich freuen!" sagte sich Zbyszko unablässig, „und ich wollte nur, daß Jurand mich so aufnehme, wie Macko mich aufnehmen wird."

Und er versuchte sich vorzustellen, was Jurand sagen und wie er sich gebärden werde, wenn er von der Trauung erfuhr. Dieser Gedanke beunruhigte ihn wohl einigermaßen, bereitete ihm aber keinen großen Kummer, weil die Sache nun einmal geschehen und nichts mehr daran zu ändern war. Zum Kampf durfte er Jurand nicht herausfordern. Wenn dieser aber seine Zustimmung durchaus nicht geben wollte, konnte Zbyszko folgendermaßen zu ihm sprechen: „Willigt ein, ich bitte Euch darum, denn Ihr habt ja nur ein menschliches Anrecht auf Danusia, ich aber habe ein Anrecht, daß mir von Gott verliehen worden ist – und jetzt gehört sie nicht mehr Euch, die Meine ist sie nun!"

Von einem in der heiligen Schrift bewanderten Kleriker hatte der Jüngling gehört, das Weib müsse Vater und Mutter verlassen und dem Mann folgen, daher war er überzeugt, daß ihm die Gewalt über sein Weib zustand. Doch glaubte er nicht, daß es zwischen ihm und Jurand zu einem dauernden Zwist kommen werde, weil er durch Danusias Bitten viel zu erreichen hoffte und ebensoviel, wenn nicht mehr, durch die Vermittlung des Fürsten, dessen Untertan Jurand war, sowie durch die Fürsprache der Fürstin, die er als Pflegemutter seines Kindes hochschätzte.

In Przasnysz riet man Zbyszko, Nachtrast zu machen, indem man ihn vor den Wölfen warnte, die sich des Frostes wegen in großen Rudeln zusammenscharten und die Straßen noch unsicherer machten als sonst. Doch Zbyszko beachtete diese Warnung nicht, weil er zufälligerweise in der Schenke einige masovische Ritter mit ihrem Gefolge traf, die sich ebenfalls zum Fürsten nach Ciechanow begeben wollten, sowie einige bewaffnete Kaufleute aus Ciechanow, die mit ihren schwerbeladenen Wagen aus Preußen kamen. Im Verein mit all diesen Leuten war nichts zu befürchten, und so brachen sie denn bei Anbruch der Nacht auf, obwohl sich schon gegen Abend ein heftiger Wind erhoben hatte, der die Wolken vor sich hertrieb, und ein dichtes Schneegestöber begonnen hatte. Unterwegs hielten sie sich dicht aneinander, doch kamen sie so langsam vorwärts, daß Zbyszko befürchtete, sie würden ihr Ziel schwerlich am Heiligen Abend erreichen. An einigen Stellen war es nötig, den Schnee wegzuschaufeln, da die Pferde nicht weiterkommen konnten. Zum Glück war der Weg durch den Forst nicht zu verfehlen, doch langten sie erst am Christabend in Ciechanow an. Möglicherweise wären sie durch Schnee und Wind rings um die Stadt gefahren, ohne zu ahnen, daß sie sich schon ganz nahe befanden, wenn sie nicht auf dem Hügel, wo das neuerbaute Schloß stand, ein helloderndes Feuer erblickt hätten. Niemand wußte, ob das Feuer an diesem Heiligen Abend angezündet worden war, um einsamen Wanderern als Wegweiser zu dienen, oder ob es nach althergebrachter Sitte geschah, aber keiner von Zbyszkos Reisegefährten sann jetzt darüber nach, denn alle waren vornehmlich darauf bedacht, so rasch wie möglich eine Unterkunft in der Stadt zu finden.

Mittlerweile wurde der Sturm immer stärker. Ein scharfer kalter Wind wehte große Schneemassen empor, rüttelte an den Bäumen, heulte, raste, riß ganze Schneelawinen mit sich fort, wirbelte sie umher, überschüttete damit Wagen und Pferde, trieb die naßkalten Flocken in die Gesichter der Reisenden, nahm ihnen den Atem und erstickte ihre Worte. Das Geläute der an den Deichseln angebrachten Glocken war nicht mehr zu hören, hingegen ließen sich mitten durch das Brausen und Pfeifen des Sturmes zuweilen klagende Laute vernehmen, die bald wie das Geheul von Wölfen, bald wie das ferne Gewieher von Rossen klangen, zuweilen aber auch wie die in namenloser Angst ausgestoßenen Hilferufe eines Menschen. Die ermatteten Pferde drängten sich noch dichter aneinander und kamen immer langsamer vorwärts.

„Hei! Welch ein Schneesturm ist dies! Welch ein Schneesturm!" sagte der Böhme mit vom Sturm halberstickter Stimme. „Ein wahres Glück, Herr, daß wir uns in der Nähe der Stadt befinden und das Feuer dort uns leuchtet, sonst wäre es uns schlimm ergangen."

„Wer sich jetzt auf freiem Feld aufhält, dem ist der Tod gewiß!" entgegnete Zbyszko. „Aber ich sehe das Feuer gar nicht mehr."

„Der Schein kann nicht durch den aufgewirbelten Schnee dringen. Oder vielleicht hat der Wind das aufgehäufte Holz auseinandergetrieben."

Auch auf den anderen Wagen sprachen die Kaufleute und Ritter von dem Unwetter. Alle meinten, wer fern von menschlichen Behausungen von einem solchen Schneesturm überrascht werde, für den würden am anderen Morgen keine Glocken mehr läuten.

Und Zbyszko, der plötzlich unruhig geworden war, hub wieder an: „Gott verhüte, daß Jurand jetzt unterwegs ist."

Der Böhme, der unausgesetzt nach der Richtung blickte, wo das Feuer gebrannt hatte, wandte sich nun um, indem er sagte: „Wird denn der Herr aus Spychow hierherkommen?"

„Ja!"

„Mit dem Jungfräulein?"

„Fürwahr, die Flamme scheint erstickt zu sein!" war Zbyszkos Antwort.

In der Tat war das Feuer erloschen. Auf dem Weg, dicht bei den Wagen und Pferden zeigten sich nun einige Reiter.

„Weshalb reitet Ihr geradewegs auf uns zu?" rief der wachsame Böhme, die Armbrust ergreifend. „Wer seid Ihr?"

„Wir sind Mannen des Fürsten, die ausgesandt wurden, um bedrängten Reisenden Beistand zu leisten."

„Gelobt sei Jesus Christus!"

„Von Ewigkeit zu Ewigkeit!"

„Geleitet uns zur Stadt!" sprach Zbyszko.

„Ist keiner von Euren Gefährten unterwegs zurückgeblieben?"

„Keiner!"

„Woher kommt Ihr?"

„Von Przasnysz!"

„Und mit fremden Reisenden seid Ihr nicht zusammengetroffen?"

„Nein! Aber vielleicht befinden sich noch Reisende auf den anderen Landstraßen."

„Unsere Leute sind nach allen Richtungen ausgeschickt worden. Fahrt nun hinter uns her, Ihr seid vom Weg abgekommen. Nach rechts müßt Ihr Euch halten!"

Alle wendeten nun die Pferde. Während einiger Zeit war nur das Brausen des Windes vernehmbar.

„Befinden sich schon viele Gäste in dem alten Schloß?" fragte Zbyszko nach einer Weile.

Einer der hinter ihm reitenden Mannen beugte sich vor, weil er ihn nicht recht verstanden hatte.

„Was sagt Ihr, Herr?"

„Ich frage, ob sich viele Gäste bei dem Fürstenpaar befinden."

„So viele wie gewöhnlich! Also genug!"

„Und ist der Herr aus Spychow schon hier?"

„Nein, aber er wird erwartet. Einige Leute sind ihm entgegengeritten."

„Mit Pechpfannen?"

„Ja, doch bei solchem Wind werden sie wenig nützen."

Weiter konnten sie nicht sprechen, weil der Sturm immer mehr raste und tobte.

„Eine wahre Teufelshochzeit", sagte der Böhme.

Doch Zbyszko gebot ihm zu schweigen und den Bösen nicht unnötigerweise heraufzubeschwören.

„Weißt du denn nicht", sagte er, „daß an einem solchen Festtag die Macht des Teufels erlahmt, und daß sich die Teufel unter dem Eis verbergen? Einer von ihnen wurde einst am Christabend bei Sandomir von Fischern in einem Netz gefunden. Er hielt einen Hecht im Maul, aber als er das Geläute der Glocken hörte, da war es mit seiner Kraft vorbei, und sie schlugen mit ihren Stöcken auf ihn ein bis zum feierlichen Mahl am Christabend. Dies ist ja ein heftiger Sturm, doch will es unser Herr Jesus so haben, damit der morgige Tag um so schöner werde."

„Wie nahe sind wir schon an der Stadt gewesen, aber ohne diese Mannen wären wir vielleicht bis Mitternacht in der Irre herumgefahren", bemerkte Glowacz.

„Weil das Feuer erloschen ist."

Mittlerweile waren sie in der Stadt angelangt. Hier lag der Schnee so hoch, daß er an vielen Stellen bis zu den Fenstern reichte und sie verdeckte. Dies war der Grund, weshalb sie keinen Lichtglanz gesehen hatten, als sie sich noch außerhalb der Stadt befanden. Der Sturm war hier weniger fühlbar. Die Straßen waren verödet, denn für die Bürger hatte die Feier des Heiligen Abends schon begonnen. Von einem Haus zum anderen zogen Knaben mit dem Kripplein und einer Ziege und sangen, trotz des Sturmes, ihre Weihnachtslieder. Auf dem Marktplatz sah man Leute, die mit Erbsenstroh umhüllt waren und wie Bären umhersprangen, doch sonst waren wenige Menschen zu sehen. Die Kaufleute, die Zbyszko und die anderen Ritter begleitet hatten, blieben in der Stadt zurück, während jene weiter bis zu dem vom Fürsten bewohnten alten Schloß fuhren, dessen erleuchtete Glasfenster in heiterem Glanz strahlten.

Die Zugbrücke war schon herabgelassen, denn die alten Zeiten, da die Litauer ins Land einzufallen pflegten, waren vorüber, und die Kreuzritter, die einen Krieg mit dem König von Polen voraussahen, bemühten sich eifrig um die Freundschaft des Fürsten von Masovien. Einer der Mannen des Fürsten blies in sein Horn, worauf das Tor sofort geöffnet wurde. Am Eingang standen einige Bogenschützen, aber auf den Zinnen war keine menschliche Seele zu sehen, da der Fürst den Wachen gestattet hatte, sich zurückzuziehen. Der alte Mrokota, der schon zwei Tage vorher angelangt war, kam den Gästen entgegen, und nachdem er sie im Namen des Fürsten begrüßt hatte, geleitete er sie in ihre Stuben, damit sie sich für die Mahlzeit festlich kleiden konnten.

Zbyszko begann ihn jetzt nach Jurand auszuforschen, und Mrokota antwortete, der Gebieter von Spychow sei noch nicht anwesend, werde aber erwartet, denn er habe versprochen zu kommen, und wenn seine Krankheit sich verschlimmert hätte, so würde er Kunde davon gegeben haben. Indessen seien ihm einige Reisige entgegengeschickt worden, weil sich die ältesten Leute keines solchen Schneesturmes erinnern konnten.

„Vielleicht wird es nicht mehr allzulange dauern, bis sie hier sind."

„Traun, allzulange kann es nicht mehr währen. Die Fürstin befahl schon, Schüsseln für sie zu dem gemeinsamen Mahl aufzustellen."

Nun freute sich Zbyszko im Herzen, obgleich ihm stets ein wenig bange vor Jurand war, und er sagte sich: „Was er tun wird, weiß ich nicht, aber das kann er nicht ungeschehen machen, daß sie meine Gattin geworden ist, daß die heißgeliebte Danusia mein Weib ist." Und während er darüber nachsann, vermochte er kaum an sein eigenes Glück zu glauben. Dann kam ihm auch der Gedanke, daß sie ihrem Vater vielleicht schon alles gestanden, ihn zu versöhnen versucht und ihn gebeten habe, sie mit ihrem Gatten zu vereinigen. „Denn fürwahr, was hat er Besseres zu tun? Jurand ist ein kluger Mann, und er weiß, wenn er jetzt zwischen sie und mich träte, würde ich sie doch mit mir fortnehmen, denn ich habe nun ein größeres Anrecht an sie."

Mittlerweile unterhielt er sich mit Mrokota, während er sich zum Mahl ankleidete, er fragte nach dem Befinden des Fürsten und besonders nach dem Befinden der Fürstin. Mit großer Freude vernahm er, daß im Schloß alle wohlauf und heiter waren, wennschon sich die Fürstin sehr nach ihrem teuren Singvögelchen sehnte. Mrokota fügte hinzu, Jagienka, die von der Fürstin gleichfalls geliebt werde, die aber ihrem Herzen nicht so nahestehe, spiele ihr jetzt zuweilen auf der Laute vor.

„Wie? Jagienka?" fragte Zbyszko voll Verwunderung.

„Jagienka aus Wielgolas, die Enkelin des alten Herrn aus Wielgolas. Ein schönes Mägdlein, zu dem der Lothringer in Liebe entbrannt ist."

„So befindet sich Herr de Lorche hier?"

„Wo sollte er sonst sein? Vom Jagdschlößchen kam er hierher, und er wird auch bleiben, denn es gefällt ihm gut am Hof. An Gästen fehlt es unserem Fürsten niemals."

„Ich sehe ihn gern wieder, denn er ist ein Ritter, der jedes Lob verdient."

„Auch er ist Euch zugetan. Doch gehen wir jetzt, der Fürst und die Fürstin werden sich sogleich zu Tisch setzen."

Miteinander verließen sie die Stube. In den beiden Kaminen des Speisesaales brannten mächtige Feuer, die von den Dienern fleißig geschürt wurden. Zahlreiche Gäste und Hofleute waren schon versammelt. Der Fürst trat zuerst ein, in Begleitung des Wojwoden und einiger ihm nahestehenden Hofherren. Zbyszko ließ sich vor ihm auf die Knie nieder und küßte seine Hand.

Er aber fuhr ihm sanft über das Haupt, führte ihn dann ein wenig beiseite und sagte: „Ich weiß schon alles. Anfangs war ich ungehalten darüber, daß es ohne meine Einwilligung geschehen ist, aber Ihr hattet ja wirklich keine Zeit dazu, sie einzuholen, weil ich mich damals in Warschau befand, wo ich auch die Festtage verbringen wollte. Eine bekannte Tatsache ist übrigens, daß man den Weibern nicht Widerpart halten soll, wenn sie etwas durchsetzen wollen, denn man erreicht doch nichts damit. Die Fürstin liebt Euch wie eine Mutter, und ihr willfahre ich gern, um ihr Kummer und Tränen zu ersparen."

Zbyszko beugte zum zweitenmal die Knie vor dem Fürsten.

„Gebe Gott, daß ich Eure Gnade vergelten kann, allergnädigster Herr!"

„Gepriesen sei er, der dich gesunden ließ! Sagt der Fürstin, mit welchem Wohlwollen ich Euch aufnahm, darüber wird sie sich freuen. Du lieber Gott! Ihr Vergnügen ist auch mein Vergnügen! Bei Jurand werde ich ein gutes Wort für dich einlegen, und so denke ich, daß er seine Zustimmung gibt, denn er ist der Fürstin treu zugetan."

„Und gäbe er seine Zustimmung auch nicht – so habe ich jetzt doch ein größeres Anrecht an Danusia!"

„Wohl hast du jetzt ein größeres Anrecht an sie, damit muß er sich aussöhnen, aber seinen Segen kann er Euch vorenthalten. Mit Gewalt bringt niemand etwas bei ihm zustande, und ohne des Vaters Segen bleibt auch der göttliche Segen aus."

Als Zbyszko diese Worte vernahm, wurde er sehr betrübt, denn daran hatte er bisher nicht gedacht. Mittlerweile trat die Fürstin mit Jagienka aus Wielgolas und anderen Hofdamen ein, und er neigte sich tief vor der Herrin. Sie begrüßte ihn noch gnädiger als der Fürst, auch begann sie sogleich mit ihm von Jurands baldiger Ankunft zu sprechen. Die Schüsseln für die Erwarteten seien schon aufgestellt, sagte sie, man habe Leute ausgesandt, um sie ungefährdet durch den Schneesturm zu geleiten. Aber an diesem Heiligen Abend noch länger mit dem Mahl zu warten, sei unmöglich, da der „Herr" dies nicht liebe. Ihrer Ansicht nach könnten sie indessen noch vor Beendigung des Mahles eintreffen.

„Was Jurand anbelangt", bemerkte die Fürstin, „so wird Gott ihn erleuchten. Entweder sage ich ihm heute noch alles oder morgen nach dem Frühgottesdienst, und auch der Fürst versprach mir, daß er ein gutes Wort für dich einlegen wolle. Zwar pflegt Jurand oft halsstarrig zu sein, aber nicht denen gegenüber, die er liebt, und nicht denen gegenüber, denen er verpflichtet ist."

Nun besprach sich die Fürstin mit Zbyszko darüber, wie er sich bei einem Zusammentreffen mit dem Vater seines Weibes zu verhalten habe, um ihn nicht zu beleidigen und seinen Zorn nicht auf sich zu laden. Scheinbar war die Herrin guten Mutes, aber ein besserer Menschenkenner und schärferer Beobachter als Zbyszko hätte in ihren Worten doch eine gewisse Unruhe wahrgenommen. Vielleicht lag der Grund darin, daß der Gebieter von Spychow nicht leicht zu behandeln war, vielleicht auch begann sie sich ein wenig zu ängstigen, daß die Erwarteten so lange ausblieben. Denn draußen tobte der Schneesturm immer heftiger, und alle meinten, wer auf freiem Feld davon überrascht werde, der könne sich nicht weiterhelfen. Die Fürstin indessen hatte ihre besonderen Mutmaßungen. Sie sagte sich, Danusia habe möglicherweise ihrem Vater gestanden, daß sie Zbyszko angetraut war, jener sei aufgebracht darüber und habe beschlossen, sich nicht nach Ciechanow zu begeben. Doch zog die Herrin vor, Zbyszko ihre Gedanken nicht mitzuteilen, zudem wäre ihr kaum Zeit dafür geblieben, da die Pagen nun die Speisen auftrugen. Doch Zbyszko eilte auf die Fürstin zu, umfaßte ihre Knie und fragte: „Und wenn sie nun kommen, wie wird es dann werden, allergnädigste Herrin? Mrokota sagte mir, für Jurand sei eine Stube bereit und für seine Knappen befände sich auch ein Heulager darin. Aber was wird sonst noch bereit sein?"

Die Fürstin lachte, und ihm mit ihrem Handschuh leicht in Gesicht schlagend, sagte sie: „Still! Was willst du denn? Seht nur einmal den an!"

Damit trat sie zu dem Fürsten, für den die Lehensträger schon den Armstuhl zurückstellten, damit er Platz nehmen konnte. Zuvor jedoch reichte ihm einer von ihnen eine flache Schüssel voll dünner, zerschnittener Fladen und Oblaten, die der Fürst mit den Gästen, Hofherren und Dienern zu teilen hatte. Mit einer ähnlichen Schüssel wartete der Fürstin ein schöner Knabe auf, der Sohn des Kastellans aus Sochaczew. Auf der anderen Seite des Tisches stand der Pater Wyszoniek, der den Segen über das auf duftendes Heu* gestellte Mahl sprechen sollte.

Da plötzlich zeigte sich an der Tür ein Mann, der über und über mit Schnee bedeckt war und laut ausrief: „Allergnädigster Herr!"

„Was ist geschehen?" fragte der Fürst, der es nur ungern sah, daß die Zeremonie unterbrochen wurde.

„Auf der Landstraße von Radzanow sind einige Reisende ganz verschüttet. Es ist nötig, noch mehr von unseren Leuten abzuschicken, um sie aus dem Schnee herauszugraben."

Alle erschraken, als sie dies hörten, auch der Fürst geriet in Bestürzung, und sich zu dem Kastellan aus Sochaczew wendend, gebot er: „Berittene mit Schaufeln! Schnell!"

Dann fragte er den Verkündiger der schlimmen Nachricht: „Und sind viele verschüttet?"

„Darüber kann man nichts Sicheres sagen. Der Sturm tobt noch zu heftig. Es sind Pferde und Wagen. Und eine ganz beträchtliche Anzahl von Leuten scheint es zu sein."

„Was für Leute es sind, wißt Ihr nicht?"

„Der Gebieter von Spychow mit Gefolge soll es sein."

---

* Althergebrachte polnische Sitte zur Erinnerung an die Geburt Christi und die Krippe – Anmerkung der Übersetzerinnen.

Zweites Kapitel

Als Zbyszko die unglückselige Kunde vernommen hatte, eilte er, ohne nach der Erlaubnis des Fürsten zu fragen, in den Stall und befahl, sein Pferd zu satteln. Der Böhme, der sich als Knappe von edler Herkunft mit ihm im Saal befand, hatte kaum Zeit, den warmen Fuchspelz seines Herrn herbeizuholen, und versuchte auch nicht, diesen zurückzuhalten, da sein natürlicher Verstand ihm sagte, daß es doch nichts nütze und nur ein unnötiger Zeitverlust sei. Nachdem er das zweite Pferd bestiegen hatte, nahmen sie am Tor dem Türhüter die Fackeln ab und setzten sich dann zugleich mit des Fürsten Mannen in Bewegung, deren rascher Aufbruch durch den Kastellan veranlaßt worden war. Vor dem Tor umfing sie undurchdringliche Dunkelheit, doch der Sturm schien sich etwas gelegt zu haben. Vielleicht wären sie außerhalb der Stadt lange in die Irre gegangen, hätte sich nicht jener Bote bei ihnen befunden, der Kunde von dem Unfall gebracht hatte und sie jetzt um so rascher und sicherer geleiten konnte, als er einen Hund mit sich führte, der den Weg schon zuvor gemacht hatte. Als sie ins freie Feld kamen, blies ihnen der Wind scharf ins Gesicht. Die Landstraße war voll Schnee, und stellenweise lag er so dicht, daß es nötig war, langsamer zu reiten, da die Pferde bis zum Bauch einsanken. Die Leute des Fürsten hatten ihre Fackeln und Pechpfannen angezündet, und alle ritten dahin zwischen Rauch und Flammen, während der Wind Fackeln und Pechpfannen in ihren Händen heftig hin- und herbewegte, als ob er sie zerbrechen und weithin über Wald und Feld tragen wolle. Der Weg war weit, die Ansiedelungen in der Nähe von Ciechanow hatten sie schon hinter sich gelassen, sie kamen an Niedzborz vorüber und wandten sich nun der Richtung von Radzanow zu. Kurze Zeit vorher hatte sich der Sturm wieder etwas gelegt, die Windstöße waren weniger heftig und führten nicht mehr solche Schneemassen mit sich fort. Einzelne Flocken fielen noch immer, aber bald hörte auch dies auf. Durch die zerrissenen Wolken schimmerte hier und da ein Stern, die Pferde schnaubten, die Reiter atmeten leichter. Mehr und mehr Sterne zeigten sich, der Frost nahm ab. Noch einige Vaterunser hätte man beten können, dann wurde alles still, kein Lüftchen regte sich mehr.

Herr de Lorche, der neben Zbyszko ritt, versuchte ihn zu trösten, indem er sagte, im Augenblick der Gefahr sei Jurand unzweifelhaft auf die Rettung seiner Tochter bedacht gewesen, und wenn auch alle anderen nicht mehr am Leben wären, so würde sie gewiß noch lebend, vielleicht schlafend unter ihren Pelzen gefunden werden. Doch Zbyszko glaubte ihm nicht und hatte schließlich auch keine Zeit mehr, ihn anzuhören, da nach wenigen Augenblicken der vorausreitende Führer von der Landstraße abbog.

Der Jüngling ritt zu ihm heran und fragte: „Weshalb wenden wir uns seitwärts?"

„Weil sie nicht an der Landstraße verschüttet sind, sondern dort an jener Stelle! Seht Ihr das Erlengehölz, Herr?"

Bei diesen Worten zeigte er mit der Hand auf ein Dickicht in einiger Entfernung, das sich deutlich von der weißen Schneedecke abhob, zumal der Mond jetzt hinter den Wolken hervortrat und alles ringsumher erhellte.

„Offenbar sind sie von der Landstraße abgekommen."

„Ja, sie sind von der Landstraße abgekommen und längs des Flusses im Kreis herumgeritten. Bei Sturm und heftigem Schneegestöber kann dies leicht vorkommen. Sie ritten weiter und weiter, bis die Pferde nicht mehr durchkommen konnten."

„Wodurch habt Ihr sie gefunden?"

„Wir folgten diesem Hund."

„Befinden sich keine Hütten in der Nähe?"

„Ja, aber jenseits des Flusses. Wir sind sogleich dort an der Wkra."

„Vorwärts also, im Galopp!" rief Zbyszko.

Aber es war leichter, den Befehl zu geben, als ihn auszuführen, denn wenngleich die strenge Kälte gebrochen schien, lag auf den Wiesen der frischgefallene Schnee fußhoch, so daß die Pferde bis zu den Knöcheln versanken, und man nur langsam vorrücken konnte. Plötzlich drang das Bellen des Hundes zu ihnen. Unmittelbar vor ihnen tauchte ein dicker, knorriger Weidenstamm auf, dessen Wipfel mit den entlaubten Ästen im Mondschein schimmerte.

„Sie sind noch etwas weiter entfernt, dort in der Nähe des Erlengehölzes", sagte der Führer, „aber auch hier muß etwas sein."

„Seht den Schneehaufen unter dem Weidenbaum! Leuchtet!"

Einige Mannen des Fürsten stiegen vom Pferd und leuchteten mit ihren Fackeln. Gleich darauf rief einer von ihnen: „Hier ist ein Mensch unter dem Schnee verschüttet. Seht, der Kopf ist frei!"

„Auch ein Pferd!" rief ein zweiter.

„Sofort ans Werk!"

Die Schaufeln gruben sich tief in den Schnee ein und warfen ihn zu beiden Seiten hoch auf.

Nach wenigen Minuten erblickte man eine unter dem Baum sitzende menschliche Gestalt, die das Haupt über die Brust herabgebeugt und die Mütze über das Gesicht gezogen hatte. Die eine Hand hielt noch die Zügel des daneben liegenden Pferdes, dessen Nüstern tief in den Schnee eingedrückt waren. Offenbar hatte dieser Mann das Gefolge verlassen, um rascher zu menschlichen Behausungen zu gelangen und Hilfe herbeizuholen. Als dann sein Pferd gestürzt war, hatte er unter dem Weidenbaum, da wo er den Wind im Rücken hatte, Schutz gesucht und war hier erstarrt von Frost und Kälte.

„Leuchtet!" rief Zbyszko.

Einer von den Leuten hielt seine Fackel an das Gesicht des Erfrorenen, aber die Züge waren nicht zu unterscheiden. Erst als ein zweiter das herabgesunkene Haupt des Leblosen in die Höhe hielt, entrang sich allen der laute Ausruf: „Der Gebieter von Spychow!"

Zbyszko gebot zwei Mannen, ihn empor zu nehmen und in die nächste Hütte zu tragen. Er selbst aber machte sich, ohne einen Augenblick zu verlieren, mit den übrigen Leuten und dem Führer auf, um das Gefolge zu suchen. Während er weiterritt, sagte er sich, daß er nun Danusia, sein geliebtes Weib, vielleicht tot vor sich sehen werde, und er spornte sein Pferd, das bis zur Brust im Schnee versank, aufs äußerste an. Glücklicherweise hatte er nicht mehr weit bis zu seinem Ziel, nur einige hundert Schritte.

„Halt!" ertönte es plötzlich aus der Dunkelheit. Es waren die Stimmen der Männer, die bei den Verschütteten zurückgeblieben waren. Zbyszko sprang vom Pferd.

„Die Schaufeln her!"

Zwei Schlitten waren schon durch die Leute ausgegraben, die das Wächteramt versehen hatten. Die Menschen in diesen Schlitten waren samt den Pferden vollständig erfroren. Wo sich noch andere Gespanne befanden, das konnte man leicht an den Schneehügeln erkennen, doch waren nicht alle Schlitten vollständig verdeckt. An manchen befanden sich noch die Pferde, die, bis zum Bauch im Schnee versunken, offenbar mit aller Gewalt versucht hatten, sich wieder herauszuarbeiten, und bei dieser letzten Anstrengung zugrunde gegangen waren. Vor zwei Pferden stand, die Lanze in der Hand, ein Mann bis zum Gürtel im Schnee und unbeweglich wie ein Stein. Etwas weiterhin sah man erfrorene Knechte, die noch ihre Rosse festhielten.

Der Tod hatte sie offenbar in dem Augenblick ereilt, als sie die Pferde aus dem tiefen Schnee herausziehen wollten. Ein Gespann am äußersten Ende des Zuges war nicht verschüttet. Der Kutscher saß zusammengekauert, mit den Händen über den Ohren da, hinter ihm, auf dem Sitz, befanden sich zwei Leute, über deren Brust eine herangewehte weiße Decke lag, die sich bis zu dem Schneehügel daneben hinzog und sie einhüllte, gleich einem Tuch, so daß sie still und friedlich zu schlummern schienen. Wieder andere waren zugrunde gegangen, während sie bis zuletzt gegen den Sturm ankämpften, denn ihre Stellung zeigte, welche Kraft sie aufgeboten hatten. Manche Schlitten waren umgestürzt, an manchen waren die Deichseln zerbrochen. Die Schaufeln enthüllten jeden Augenblick einen gekrümmten Pferderücken, oder einen Pferdekopf, dessen Zähne in den Schnee eingedrückt waren, Männer in jedem Alter, die sich in den Schlitten oder daneben befanden, wurden ausgegraben, aber ein Weib war nirgends zu entdecken. Zuweilen arbeitete Zbyszko selbst mit, bis ihm der Schweiß auf der Stirn stand, zuweilen leuchtete er den Toten ins Gesicht, mit klopfendem Herzen forschte er nach dem geliebten Antlitz – doch umsonst! Die Flammen erhellten nur die strengen, bärtigen Gesichter der Haudegen von Spychow. Doch weder Danusia noch ein anderes weibliches Wesen war zu sehen.

„Wo mag sie sein? Was hat dies für eine Bewandtnis?" fragte sich der junge Ritter immer wieder. Er rief den in einiger Entfernung arbeitenden

Leuten zu und fragte sie, was sie entdeckt hätten, doch auch von ihnen waren nur Männer ans Licht befördert worden. Endlich war das schwere Werk beendigt. Die Knechte spannten ihre eigenen Pferde an die Schlitten und fuhren mit den Leichen gen Niedzborz, um dort in den warmen Stuben zu versuchen, ob einer oder der andere von den Todgeglaubten ins Leben zurückgerufen werden könne. Zbyszko blieb noch mit dem Böhmen und zweien seiner Leute zurück. Ihm war plötzlich der Gedanke gekommen, Danusias Schlitten sei vielleicht von den anderen getrennt gewesen, und wenn dieser Schlitten, wie man wohl annehmen durfte, mit den besten Pferden bespannt war, hatte Jurand möglicherweise angeordnet, daß seine Tochter vorausfahre, und sie hatte dann in einer Hütte unterwegs Schutz gesucht. Was er nun beginnen sollte, wußte Zbyszko selbst noch nicht recht, auf alle Fälle wollte er jedoch nochmals in den vom Wind zusammengewehten Schneehaufen hier in der Nähe, sowie auch im Erlengehölz nachforschen, dann aber umkehren und auf der Landstraße seine Untersuchungen anstellen.

Allein unter dem Schnee war nirgends mehr etwas zu finden. Im Erlenwald blitzten einige Male glühende Wolfsaugen vor ihnen auf, doch fanden sie keine Spur von Menschen und Pferden. Die Wiese zwischen dem Gehölz und der Landstraße schimmerte hell im Mondschein, und auf der weißen öden Fläche waren zwar in der Ferne hier und da einige dunkle Punkte zu sehen, aber auch dies waren Wölfe, die sofort entwichen, als die Männer sich näherten.

„Euer Gnaden!" sagte schließlich der Böhme, „es ist vergeblich, daß wir hier noch suchen, denn die Jungfrau aus Spychow hat sich offenbar gar nicht bei dem Gefolge ihres Vaters befunden."

„So laßt uns auf der Landstraße nachforschen", erwiderte Zbyszko.

„Auch auf der Landstraße werden wir sie nicht finden. Ich habe wohl darauf geachtet, ob sich in einem der Schlitten eine Lade mit Weiberkleidern befinde. Aber es war keine vorhanden. Die Jungfrau ist in Spychow zurückgeblieben."

Betroffen von dieser Bemerkung, aber auch voll Freude rief Zbyszko aus: „Gebe Gott, daß es so wäre, wie du sagst!"

Und der Böhme zog die Sache noch mehr in Erwägung.

„Hätte sie sich in einem der Schlitten befunden", setzte er hinzu, „so würde der Gebieter von Spychow sie nicht verlassen haben, er hätte sie vor sich auf das Pferd gesetzt und bei ihm wäre sie gefunden worden."

„So reiten wir nochmals an jene Stelle!" erklärte Zbyszko in erregtem Ton.

Ihn dünkte, es könne so sein, wie der Böhme sagte. Gesetzt nun, sie hätten nicht sorgfältig genug nachgeforscht, gesetzt, Jurand hätte Danusia vor sich auf das Pferd genommen und diese hätte, als es unter ihnen zusammenbrach, ihren Vater verlassen, um für ihn Hilfe herbeizuholen? In dem Fall konnte sie noch in der Nähe irgendwo unter dem Schnee verschüttet sein.

Aber wie wenn er diese Gedanken erraten hätte, nahm Glowacz von neuem das Wort: „Dann würden sich Kleider in einem der Schlitten befinden, denn für den Hof hätte ihr das Gewand nicht genügt, das sie auf dem Leib trägt."

Trotzdem alles für die Richtigkeit dieser Behauptung sprach, lenkten sie ihre Pferde nochmals zu dem Weidenbaum hin – aber weder dort noch in dessen ganzem Umkreis konnte sie eine Spur von Danusia finden. Jurand war von des Fürsten Mannen nach Niedzborz gebracht worden, und ringsumher herrschte tiefe Stille. Der Böhme machte noch die Bemerkung, daß der Hund, der ihnen den Weg zu Jurand gezeigt hatte, sicherlich auch Danusia entdeckt hätte. Nun atmete Zbyszko erleichtert auf, denn ihn überkam beinahe die Gewißheit, daß Danusia in Spychow zurückgeblieben war. Er versuchte sogar, sich klarzumachen, welche Gründe dabei mitgewirkt hatten, er sagte sich, Danusia habe offenbar ihrem Vater alles gestanden, dieser aber habe seine Zustimmung zu dem Ehebund nicht geben wollen, sie sei deshalb absichtlich von ihm zu Hause gelassen worden, er selbst aber habe sich auf den Weg gemacht, um dem Fürsten die Sache vorzustellen, und um dessen Vermittlung bei dem Bischof zu bitten. Bei dem Gedanken, daß sich nun vielleicht alles anders gestalten werde, konnte sich jetzt Zbyszko eines Gefühls der Erleichterung, ja der Freude, kaum erwehren, denn er wußte, daß mit Jurands Tod alle Hindernisse beseitigt waren.

„Jurand wollte dies Ehebündnis nicht, aber unser Herr Jesus wünschte es", sagte sich der junge Ritter, „und sein Wille ist mächtiger."

Jetzt durfte er nach Spychow reiten, Danusia als sein Weib in Anspruch nehmen und die Ehe vollziehen. Dort an der Grenze konnte die Vereinigung mit seiner Gattin viel leichter zustande kommen, als in Bogdaniec. „Es ist der Wille Gottes! Der Wille Gottes!" wiederholte er unablässig im tiefsten Innern. Plötzlich jedoch schämte er sich dieser voreiligen Freude, und sich zu dem Böhmen wendend bemerkte er: „Es tut mir leid um ihn, dies kann ich laut bezeugen."

„Die Leute sagen, daß er von den Deutschen gefürchtet wird wie der Tod", entgegnete der Knappe.

Nach einer Weile fügte er hinzu: „Kehren wir jetzt in das Schloß zurück?"

„Nach Niedzborz!" antwortete Zbyszko.

In der Tat wendeten sie ihre Pferde Niedzborz zu und ritten in den Hof ein, wo sie von dem alten Erbherrn Jelech empfangen wurden. Jurand trafen sie nicht mehr an, doch Jelech brachte ihnen gute Kunde.

„Man rieb ihn dermaßen mit Schnee, daß beinahe die Haut von den Knochen hing, sagte er, „man goß ihm Wein ein und brachte ihn in ein Dampfbad, wo er auch wieder zu atmen begann."

„Er lebt also?" fragte voll Freude Zbyszko, der bei dieser Nachricht sein eigenes Interesse, seine eigenen Angelegenheiten vergaß.

„Er lebt, aber Gott weiß, ob er es überstehen wird, denn die Seele war schon beinahe entflohen."

„Weshalb ist er aber fortgebracht worden?"

„Weil der Fürst Boten nach ihm ausgesandt hat. Was an Federbett hier im Haus war, raffte man zusammen, er wurde damit zugedeckt und fortgetragen."

„Und sagte er nichts von seiner Tochter?"

„Er hatte kaum zu atmen begonnen, die Sprache aber noch nicht wiedererlangt."

„Und die anderen?"

„Die anderen sind schon bei unserem lieben Herrgott im Himmel. Die Ärmsten werden nicht bei der Mitternachtsmesse sein, es sei denn, daß sie der beiwohnen dürfen, die unser Herr Jesus selbst im Himmel abhält."

„So ist keiner von ihnen wieder zum Leben erwacht?"

„Keiner! Doch kommt herein in die Stube, anstatt hier im Hausflur zu stehen. Und wenn Ihr sie sehen wollte, sie liegen am Feuer in der Gesindestube. Kommt nur herein!"

Doch sie hatten Eile und wollten nicht eintreten, trotzdem der alte Jelech ihnen sehr zuredete, weil er immer gern Leute bei sich sah, mit denen er plaudern konnte. Von Niedzborz nach Ciechanow hatten sie noch eine beträchtliche Strecke zurückzulegen, und Zbyszko brannte vor Ungeduld, Jurand zu sehen und etwas von ihm über Danusia zu erfahren.

Daher ritten sie weiter, so schnell es auf der vom Schnee verwehten Landstraße möglich war. Als sie ankamen, war es schon nach Mitternacht, und die Messe in der Schloßkapelle ging gerade zu Ende. Zu Zbyszkos Ohren drang das Gebrüll von Ochsen, das Meckern von Ziegen, denn die Stimmen der Frommen ahmten nach alter Sitte den Tieren nach, zum Andenken daran, daß der Heiland in einem Stall geboren war. Die Messe war kaum vorüber, als die Fürstin zu Zbyszko kam. Angst und Schrecken malten sich in ihrem Antlitz und voll Besorgnis rief sie: „Und Danuska?"

„Ist nicht gefunden worden. Hat sich denn Jurand nicht darüber ausgesprochen? Wie ich hörte, ist er ja zum Leben erwacht."

„Barmherziger Jesu, das ist eine Strafe Gottes! Wehe uns! Jurand sagt nichts und liegt da wie ein gefällter Baum."

„Fürchtet nichts, allergnädigste Herrin! Danuska blieb in Spychow zurück."

„Wieso weißt du dies?"

„Weil sich nirgends, in keinem der Schlitten eine Spur von Frauenkleidern befand. Und mit einem einzigen Gewand wäre sie doch nicht gereist."

„Das ist richtig, so wahr ich Gott liebe."

Der Fürstin Augen glänzten sofort wieder vor Freude, und sie rief aus: „Ei, das Jesuskindlein, das heute geboren wurde, hätte auch seine Freude an dir. Sein Segen ist über uns!"

Jurands Ankunft ohne seine Tochter gab ihr gleichwohl zu denken, und sie fragte daher weiter: „Weshalb aber hätte er sie zurückgelassen?"

Zbyszko teilte ihr seine Vermutungen mit. Sie schienen ihr ganz richtig zu sein, beruhigten sie aber doch nicht vollständig.

„Jurand hat uns nun sein Leben zu verdanken", sagte sie, „und auch dir, denn du bist ja ausgeritten, um ihn ungefährdet hierher zu geleiten. Er müßte einen Stein in der Brust haben, wenn er jetzt noch hartnäckig auf seinem Willen bestände. In alldem sollte er einen Fingerzeig Gottes sehen und sich nicht mehr gegen das heilige Sakrament auflehnen. Sobald ich ihn sehe und er wieder zum Bewußtsein kommt, werde ich ihm dies sagen."

„Es ist nötig, daß ich ihn so bald wie möglich spreche, weil ich wissen möchte, weshalb Danusia ihn nicht begleitet hat. Wie, wenn sie nun krank wäre?"

„Sprich nicht davon! Ich beklage es sehr, daß ich sie nicht bei mir habe, doch wenn sie krank wäre, hätte er sie nicht verlassen!"

„Ihr habt recht, allergnädigste Herrin!" erwiderte Zbyszko.

Und sie gingen zu Jurand. Eine feuchte Wärme herrschte in der Stube, die auch hell erleuchtet war, da ungeheure Holzscheite im Krankenzimmer brannten. Der Pater Wyszoniek wachte bei dem Kranken, der in Bärenfelle gehüllt, mit bleichem Antlitz und geschlossenen Augen auf dem Bett lag. Seine Haare waren von dem Schweiß dicht zusammengeballt, seine Lippen geöffnet und er atmete so schwer und mühsam, daß sich die Decken über seiner Brust unablässig hoben und senkten.

„Wie steht es mit ihm?" fragte die Fürstin.

„Ich goß ihm einen ganzen Krug mit warmem Wein ein, und er geriet dann in Schweiß", antwortete Pater Wyszoniek.

„Schläft er oder schläft er nicht?"

„Ich weiß nicht, ob er schläft. Er ist sehr unruhig."

„Und versuchtet Ihr schon mit ihm zu sprechen?"

„Ja, ich versuchte es allerdings, doch gab er keine Antwort, und daher glaube ich, daß er vor Tagesanbruch schwerlich sprechen wird."

„Warten wir also bis Tagesanbruch."

Pater Wyszoniek drang nun inständig in sie, sich zur Ruhe zu begeben, doch hörte sie nicht auf ihn. Es war stets ihr Streben, den christlichen Tugenden der verstorbenen Königin Jadwiga nachzuahmen und es ihr auch in der Krankenpflege gleichzutun, um durch solche Dienste die Seele ihres Vaters zu erlösen. So versäumte sie denn keine Gelegenheit, um in dem Reich, das schon seit langer Zeit ein christliches war, alle anderen durch ihren Glaubenseifer zu übertreffen, weil es in Vergessenheit geraten sollte, daß sie das Kind heidnischer Eltern war.

Zudem brannte sie vor Ungeduld, aus Jurands Mund etwas von Danusia zu erfahren, da sie sich ihretwegen noch nicht beruhigt fühlte. Nachdem sie am Lager Platz genommen hatte, begann sie den Rosenkranz zu beten und schlummerte dann allgemach ein. Zbyszko, der noch nicht ganz genesen war, sich auch durch den nächtlichen Ritt allzusehr angestrengt hatte, folgte ihrem Beispiel und bald schliefen beide so fest, daß sie vielleicht erst am hellen Tag erwacht wären, wenn nicht um die Morgendämmerung das Glöckchen der Schloßkapelle an ihre Ohren gedrungen wäre. Aber dies erweckte sie und Jurand. Er öffnete die Augen, richtete sich plötzlich im Bett auf und blickte umher.

„Gelobt sei Jesus Christus! ... Wie fühlt Ihr Euch?" fragte die Fürstin.

Offenbar kehrte aber sein Bewußtsein nur langsam zurück, da er sie zuerst ansah, wie wenn er sie nicht erkenne, und dann ausrief: „Halt! Halt! Grabt hier im Schnee!"

„Um Gotteswillen! Ihr seid ja schon in Ciechanow!" ließ sich die Fürstin wieder vernehmen.

Doch Jurand runzelte die Stirn, als ob er nur mit Mühe seine Gedanken zu sammeln vermöge, und erwiderte: „In Ciechanow? Das Kind wartet und ... der Fürst und die Fürstin ... Danuska! Danuska!"

Und plötzlich die Augen schließend, sank er wieder in die Kissen zurück. Zbyszko und die Fürstin befürchteten, er sei tot, doch in diesem Augenblick begann er tief und gleichmäßig zu atmen wie ein Mensch, den ein gesunder Schlaf umfangen hält.

Pater Wyszoniek legte den Finger auf den Mund, zum Zeichen, daß man ihn nicht erwecke, dann sagte er leise: „Vielleicht schläft er so den ganzen Tag hindurch."

„Ja, aber was wollte er denn sagen?" fragte die Fürstin.

„Er sagte: Das Kind wartet in Ciechanow!" antwortete Zbyszko.

„Weil er noch nicht vollständig zum Bewußtsein gekommen ist", erklärte der Pater.

Drittes Kapitel

Pater Wyszoniek befürchtete, Jurand könne von einem hitzigen Fieber ergriffen und auf lange Zeit hinaus der Besinnung beraubt werden. Indessen versprach er der Fürstin und Zbyszko, es ihnen mitzuteilen, sobald der alte Ritter etwas verlange, und als sie sich entfernt hatten, begab er sich ebenfalls zur Ruhe. In der Tat kam Jurand erst am zweiten Festtag um die Mittagszeit wieder zu völligem Bewußtsein. Die Fürstin sowie Zbyszko waren gerade anwesend. Als der Kranke sich auf seinem Lager aufgerichtet hatte, schaute er sie an, und da er sie erkannte, sagte er: „Gnädige Herrin! ... Bei Gott, dem Allbarmherzigen, bin ich denn in Ciechanow?"

„Ja, und den Festtag habt Ihr verschlafen", entgegnete die Fürstin.

„Unter dem Schnee bin ich verschüttet gewesen. Wer hat mich gerettet?"

„Dieser Ritter, Zbyszko aus Bogdaniec. Aus Krakau her werdet Ihr Euch seiner erinnern."

Einen Augenblick betrachtete Jurand den Jüngling mit seinem gesunden Auge, dann sagte er: „Wohl, ich erinnere mich.. Und wo befindet sich Danusia?"

„Hat sie sich denn nicht mit Euch auf den Weg gemacht?" fragte die Fürstin beunruhigt.

„Wie wäre dies möglich gewesen, da ich mich zu ihr begeben wollte?"

In der Meinung, daß Jurand im Fieber spreche, blickten Zbyszko und die Fürstin einander an. Dann sagte die Herrin: „Kommt doch zu Euch. Gerechter Gott! Ist Danusia denn nicht bei Euch in Spychow gewesen?"

„Danusia? Bei mir?" fragte Jurand voll Verwunderung.

„Eure Leute sind alle zugrunde gegangen, und nach Danusia hat man vergeblich gesucht. Warum habt Ihr sie in Spychow zurückgelassen?"

Doch er wiederholte nochmals und in etwas ängstlichem Ton: „In Spychow? Bei Euch, gnädige Herrin, ist sie ja gewesen, nicht bei mir."

„Aber Ihr sandtet doch ihrethalben Eure Leute mit einem Schreiben in den Jagdhof?"

„Im Namen des Vaters und des Sohnes!" rief Jurand aus. „Ich habe niemanden nach ihr ausgesandt."

Da wurde die Fürstin totenbleich.

„Was bedeutet dies?" sagte sie. „Seid Ihr denn auch wirklich Eurer Sinne mächtig?"

„Beim allbarmherzigen Gott, wo ist mein Kind?" schrie Jurand auffahrend.

Als Pater Wyszoniek diese Worte vernahm, eilte er plötzlich aus der Stube. Die Fürstin aber fuhr fort: „Hört nur! Eine Anzahl Bewaffneter kam mit einem Schreiben von Euch in den Jagdhof. In dem Brief stand, Ihr wärt bei einer Feuersbrunst durch einen herabfallenden Balken verletzt worden ... wärt fast erblindet und wolltet das Kind noch einmal sehen ... Und sie führten Danusia mit sich fort ..."

„Wehe mir!" rief Jurand. „Spychow ist weder von einer Feuersbrunst heimgesucht worden, noch habe ich nach meiner Tochter geschickt, so wahr ein Gott im Himmel ist."

Jetzt kehrte der Pater Wyszoniek mit einem Brief in der Hand zurück, reichte ihn dar und fragte: „Ist dieser Brief an die Fürstin nicht von Eurem Geistlichen?"

„Ich weiß nichts davon."

„Und das Siegel?"

„Ist das meine. Was enthält der Brief?"

Pater Wyszoniek begann zu lesen, und während Jurand zuhörte, drückte er wie verzweifelt beide Hände an seine Schläfen.

Dann sagte er: „Das Schreiben ist gefälscht ... Das Siegel nachgemacht. Wehe meiner armen Seele! Mein Kind ist für mich verloren. Sie haben es mir entführt."

„Wer?"

„Die Kreuzritter!"

„Bei den Wundmalen des Erlösers! Der Fürst muß sofort einen Gesandten an den Meister schicken!" rief die Herrin aus. „Allbarmherziger Jesus, rette sie, schütze sie!"

Und vor Schmerz laut aufschluchzend, eilte Anna Danuta aus der Stube. Jurand sprang von seinem Lager empor und warf in fieberhafter Hast seine Gewänder über die mächtigen Schultern. Zbyszko dagegen saß anfänglich wie versteinert da, plötzlich aber ballte er zähneknirschend die Hände.

Jetzt trat Pater Wyszoniek auf Jurand zu. „Woher wißt Ihr denn so bestimmt, daß sie von den Kreuzrittern geraubt worden ist?"

„Ich schwöre es bei den Wundmalen des Erlösers."

„Laßt einmal sehen! ... Ja, ja, das ist wohl möglich. Sie sind ja eigens auf den Jagdhof gekommen, um gegen Euch Klage zu führen. Sie wollten sich an Euch rächen ..."

„Und sie haben Danusia entführt!" schrie Zbyszko auf.

Spornstreichs aus der Stube stürzend, sprang er in den Stall und gebot, die Wagen anzuspannen, die Pferde zu satteln, ohne sich selbst klar darüber zu sein, weshalb er dies tat. Er wurde nur von dem dunklen Gefühl getrieben, daß er sich zur Rettung Danusias aufmachen, daß er, wenn nötig, bis nach Preußen ziehen müsse. Dort wollte er sein junges Weib entweder den Händen der Feinde entreißen oder selbst zugrunde gehen.

Unverweilt kehrte er hierauf in die Kemenate zurück, um Jurand über alles Mitteilung zu machen, zweifelte er doch keinen Augenblick daran, daß dieser mit ihm ziehen würde. Ingrimm, Schmerz und Leid zerrissen ihm das Herz. Jedoch er verlor trotz alledem nicht die Zuversicht. Ihn dünkte, in Gemeinschaft mit dem gefürchteten Ritter aus Spychow könne er alles ausrichten, im Verein mit jenem könne er selbst gegen die geschlossene Macht der Kreuzritter ankämpfen.

In der Stube traf Zbyszko jetzt außer Jurand, dem Pater Wyszoniek und den Frauen auch den Fürsten mit Herrn de Lorche und dem alten Herrn aus Dlugolas an. Kaum hatte nämlich der Fürst von dem Vorkommnis Kunde erhalten, so hatte er letzteren zu sich entboten. Der alte Herr aus Dlugolas zeichnete sich nicht nur durch seinen großen Verstand aus, sondern er kannte auch die Verhältnisse bei den Kreuzrittern ganz genau, war er doch lange Jahre in deren Gefangenschaft gewesen. Er sollte daher an den Beratungen teilnehmen.

„Es ist vor allem Vorsicht geboten. Man darf sich nicht zu einer Übereilung hinreißen lassen, denn sonst wäre das Mägdlein verloren", erklärte der Herr aus Dlugolas, als er um seine Ansicht befragt wurde. „Es muß sofort eine Beschwerde bei dem Meister eingebracht werden, und wenn Eure fürstliche Gnaden mir ein Schreiben ausstellen will, bin ich bereit, es jenem zu überbringen."

„Das Schreiben sollt Ihr unverzüglich erhalten!" rief der Fürst. „Mit Hilfe Gottes und des heiligen Kreuzes wird die Jungfrau gerettet werden. Der Meister fürchtet sich vor einem Krieg mit dem polnischen König, und es liegt ihm daran, mit meinem Bruder Semko und mir in Frieden zu leben. Sicherlich ist das Mägdlein ohne seine Zustimmung entführt worden, sicherlich gebietet er, es wieder auszuliefern."

„Wenn jedoch alles mit seiner Erlaubnis geschehen wäre?" fragte der Priester Wyszoniek.

„Wenngleich er auch ein Kreuzritter ist, so zeichnet er sich doch durch seine Ehrbarkeit vor allen anderen aus", entgegnete der Fürst, „und wie ich Euch schon sagte, wird er jetzt weit eher meinen Wünschen entgegenkommen als meinen Zorn heraufbeschwören wollen. Jagiellos Macht ist nicht zu verachten. Hei, sie haben mir genug zugesetzt, solange sie konnten, aber jetzt wird es ihnen schlecht ergehen, wenn die Masuren dem Jagiello beistehen."

Der Herr aus Dlugolas ließ sich aber nun also vernehmen: „Das ist wahr. Die Kreuzritter tun niemals etwas ohne Grund. Meinem Dafürhalten nach haben sie daher das Mädchen nur deshalb geraubt, um Jurand das Schwert aus der Hand zu winden und entweder Lösegeld für sie zu erhalten oder sie gegen einen Gefangenen auszuwechseln."

Dann wandte er sich an den Herrn aus Spychow und fragte: „Wen haltet Ihr gegenwärtig in Euren Kerkern gefangen?"

„De Bergow", antwortete Jurand.

„Genießt dieser Ritter ein gewisses Ansehen?"

„Soviel ich weiß, ist dies der Fall."

Kaum hatte indessen de Lorche den Namen des Herrn de Bergow vernommen, so erkundigte er sich genau über alles, was vorgegangen war, und erklärte schließlich: „Es ist ein Blutsverwandter des Gebieters über Geldripa, eines großen Wohltäters des Ordens, und entstammt daher einem Geschlecht, das sich unendliche Verdienste um die Ordensbrüder erworben hat."

„Ja, ja, so ist es", ließ sich jetzt der Herr aus Dlugolas vernehmen, indem er den Anwesenden die Worte de Lorches verdolmetschte. „Gar viele Mitglieder der Familie de Bergow haben hohe Würdenstellen in dem Orden bekleidet."

„Deshalb haben Danveld und de Löwe immer wieder in höchster Erregung dessen Namen genannt!" warf der Fürst ein. „So oft sie auch nur den Mund öffneten, forderten sie die Freilassung de Bergows. Bei Gott im Himmel, sie haben sich des Mädchens nur deshalb bemächtigt, um de Bergows Freilassung zu erwirken."

„Und sie werden Danusia unverweilt ausliefern!" ergriff nun der Priester das Wort.

„Vor allem müssen wir aber wissen, wo sich das Mägdlein befindet", sagte der Herr aus Dlugolas. „Denn angenommen, der Meister fragt: ‚Wem soll ich befehlen, daß er die Geraubte ausliefere?' Was können wir ihm antworten?"

„Wo Danusia ist?" bemerkte Jurand in dumpfem Ton. „Gewiß ist sie über die Grenze gebracht worden, aus Furcht, sie könne befreit werden, wenn sie nicht an der fernen Weichsel oder am Meer in Gefangenschaft weilt."

„Ich finde sie! Ich befreie sie!" rief nun Zbyszko.

Der Fürst aber, der sich nicht länger bezwingen konnte, brach in wildem Zorn los: „Von meinem Jagdhof hinweg haben sie sie geraubt! Schimpf haben sie mir angetan, und das verzeihe ich ihnen nicht, solange ich lebe! Genug der Treulosigkeit, genug der Verräterei! Jeder Werwolf wäre mir als Nachbar willkommener! Doch der Meister muß die Komture bestrafen, er muß das Mädchen ausliefern und meine Verzeihung durch Gesandte erflehen. Sonst mag er sich vorsehen!"

Und mit der Faust auf den Tisch schlagend, fuhr er fort: „Traun, er sehe sich vor! Mein Bruder aus Plock steht hinter mir, sowie Witold und der mächtige König Jagiello! Genug der Langmut! Weg mit der frommen Geduld, ich habe genug davon!"

Die Beratung stockte, verstummten doch alle bei diesem Zornesausbruch des Fürsten. Anna Danuta aber gewährten diese Worte großen Trost, denn nun wußte sie, wie sehr ihm das Schicksal Danusias am Herzen lag, nun wußte sie, daß Janusz, der ebenso hartnäckig wie geduldig war, nicht eher Ruhe gebe, als bis er sein Ziel erreicht haben werde.

Das herrschende Schweigen wurde schließlich durch die Worte des Paters Wyszoniek unterbrochen.

„Einstens zeichnete sich der Orden durch große Zucht aus", sagte er, „und kein Komtur wagte eigenmächtig, ohne Erlaubnis des Kapitels oder des Meisters etwas zu unternehmen. Deshalb verlieh ihnen auch unser Herr und Gott so große Gewalt, daß ihre Macht über weite Länderstrecken reicht. Jetzt aber ist bei ihnen alles ganz anders geworden. Weder Zucht noch Recht kennen sie, weder Ehrbarkeit noch Glaube. Nichts ist ihnen heilig. Voll Tücke und Bosheit gleichen sie weit eher Wölfen als Menschen. Wie sollten sie auf die Gebote des Meisters oder des Kapitels hören, wenn sie nicht einmal die göttlichen Gebote achten? Ein jeder von ihnen sitzt gleich einem unabhängigen Fürsten auf seiner Burg, einer unterstützt den anderen in seinen schlimmen Taten. Sobald dem Meister eine Beschwerde vorgebracht wird, wissen sie sich weißzuwaschen. Angenommen nun, der Meister befiehlt ihnen, das Mägdlein auszuliefern, sie aber leisten dem Befehl keine Folge, sondern sprechen also: ‚Die Gesuchte befindet sich nicht bei uns, wir haben sie nicht geraubt!' Was bleibt uns dann zu tun übrig?"

„Was zu tun ist?" ließ sich der Herr aus Dlugolas vernehmen. „Jurand mag nach Spychow zurückkehren. Wenn sie das Mägdlein des Lösegeldes wegen geraubt haben, oder wenn sie für Herrn de Bergow ausgeliefert werden soll, so müssen sie doch jemanden davon benachrichtigen, und kein anderer wie Jurand kann dies sein."

„Die, welche auf den Jagdhof gekommen sind, haben Danusia geraubt!" meinte der Priester.

„Dafür wird sie der Meister vor Gericht fordern oder ihnen befehlen, daß sie sich Jurand zum Kampf stellen."

„Mir müssen sie sich stellen!" rief nun Zbyszko, „mir muß dies Recht vor allen anderen eingeräumt werden."

Jurand aber richtete sein Antlitz, das er in die Hände verborgen hatte, empor und fragte: „Wer von den Kreuzrittern ist auf dem Jagdhof gewesen?"

„Danveld, der alte de Löwe und die beiden Brüder Godfryd und Rotgier", entgegnete Pater Wyszoniek. „Sie führten Klage und verlangten, der Fürst möge Euch befehlen, de Bergow in Freiheit zu setzen. Der Fürst aber, der von de Fourcy hörte, daß die Deutschen die Angreifer waren, wies sie ab, gestand ihnen kein Recht zur Klage zu."

„Begebt Euch nach Spychow", ergriff nun auch Janusz das Wort, „denn dort werden sie ihre Ansprüche geltend machen. Wenn der Knappe des jungen Ritters hier dem de Danveld nicht das Handgelenk verrenkt hätte, wäre dies schon längst geschehen. Begebt Euch nach Spychow, und wenn sie eine Meldung schicken, laßt es mich wissen. Wohl mögen sie Euch das Mägdlein für de Bergow ausliefern, meiner Rache werden sie jedoch nicht entgehen. Schmach haben sie mir angetan, denn aus meinem Jagdhof haben sie das Mägdlein hinweggeführt."

Hier übermannte ihn der Zorn abermals derart, daß er nicht weiter zu reden vermochte. Erst nach Verlauf einiger Minuten setzte er hinzu: „Hei! Sie blasen und blasen so lange ins Feuer, bis sie ihre Schnauzen verbrennen."

„Sie werden sich weißzuwaschen verstehen!" wiederholte der Priester Wyszoniek.

„Sobald Jurand erklärt, das Mägdlein werde von ihnen festgehalten, können sie sich nicht mehr rechtfertigen!" entgegnete Mikolaj aus Dlugolas etwas ungeduldig. „Ich glaube auch, daß sie über die Grenze entführt worden ist. Jurand hat, wie mich dünkt, recht, wenn er behauptet, sie sei in einer fernen Burg oder am einsamen Meeresgestade zu suchen. Nur muß der Beweis noch geliefert werden, dann wird sich der Meister nicht so leicht hinters Licht führen lassen."

Mit einer gar seltsamen und geradezu schreckenerregenden Stimme begann nun Jurand aber und abermals die Namen zu wiederholen: „De Löwe, Danveld, Godfryd und Rotgier!"

Dann jedoch ergriff Mikolaj aus Dlugolas von neuem das Wort. Er erteilte den Rat, man solle sofort umsichtige, gewandte Leute nach Preußen schicken, die könnten in Szczytno und Johannesburg in Erfahrung bringen, ob die Tochter Jurands sich dort befinde, oder, wenn dies nicht der Fall ist, wo sie gefangengehalten werde. Unverweilt verließ nun der Fürst, den elfenbeinernen Stab in der Hand, die Stube, um die nötigen Weisungen zu erteilen, während die Fürstin sich in der Absicht zu Jurand wandte, ihn durch freundlichen Zuspruch aufzurichten.

„Wie ist Euch?" fragte sie.

Gerade als ob Jurand die Frage gar nicht vernommen habe, antwortete er anfänglich kein Wort, dann aber rief er plötzlich: „Die alten Wunden sind aufs neue aufgerissen worden!"

„Vertraut auf die Barmherzigkeit Gottes! Danusia kehrt zu Euch zurück, sobald Ihr de Bergow ausgeliefert habt."

„Des eigenen Lebens will ich nicht schonen."

Die Fürstin schwankte, ob sie Jurand nicht jetzt von der Trauung Mitteilung machen solle, jedoch sie konnte sich doch nicht dazu entschließen. Sollte sie dem ohnehin schon so unglücklichen Vater neuen Kummer bereiten? Nein, das vermochte sie nicht, und zudem hielt sie auch eine gewisse Furcht davon ab. „Gemeinsam mit Zbyszko wird er ja sein geliebtes Kind suchen, möge ihm dieser alles auseinandersetzen", sagte sie sich. „Jetzt würde der Bedauernswerte vielleicht durch eine solche Kunde vollends niedergebeugt werden." So gab sie denn dem Gespräch eine andere Wendung.

„Ihr werdet uns gewiß nicht verantwortlich machen wollen", hub sie an. „Die Leute trugen Eure Farben, durch ein mit Eurem Siegel versehenes Schreiben wurde uns die Kunde, welch schwerer Unfall Euch betroffen habe, daß Euch völlige Erblindung drohe, und daß Ihr Euch danach sehntet, Euer Kind noch einmal zu sehen."

Jurand umfaßte die Knie der Fürstin.

„Ich mache Euch für nichts verantwortlich, erlauchte Frau!" sprach er.

„Dessen dürft Ihr aber gewiß sein, Gott wird Euch das Kind wieder zurückführen, denn sein Auge wacht über es. Er wird Danusia aus der Not erretten, wie er sie aus der Gefahr errettet hat, als jüngsthin bei der Jagd der grimmige Auerochse sich auf uns stürzen wollte – von unserem Herrn Jesus gestählt, schützte uns Zbyszko. Nicht wenig Lebenskraft büßte er dadurch ein, und lange lag er siech danieder, uns aber, Danusia und mich, hat er beschützt, wofür ihm der Fürst Gürtel und Sporen verliehen hat. Glaubt mir! Gottes Hand schwebt über ihr. Schwer wird das arme Kind zu leiden haben, das ist gewiß, denn tiefes Herzeleid empfinde auch ich. Ich malte mir aus, wie Danusia bei Euch weilen, wie sie von Euch auf das liebevollste behütet werde, und nun ..."

Ihre Stimme brach mit einemmal ab, Tränen stürzten aus ihren Augen. Da war es aber auch mit Jurands erzwungener Fassung vorbei. Einem entfesselten Orkan gleich machte sich seine wilde Verzweiflung Luft. Mit beiden Händen fuhr er sich in seine langen Haare, an den Wänden schlug er sich fast das Haupt blutig, laut stöhnte er und schrie immer wieder von neuem auf: „Jesus! Jesus! Jesus!"

Da sprang Zbyszko auf ihn zu, und ihn mit aller Kraft an den Schultern schüttelnd, rief er: „Kommt, machen wir uns auf den Weg! Auf nach Spychow!"

Viertes Kapitel

„Wessen Gefolge ist dies?" fragte Jurand plötzlich, in der Nähe von Radzanow aus seinem Brüten wie aus einem Traum emporfahrend.

„Das meine!" antwortete Zbyszko.

„So sind meine Leute alle umgekommen?"

„Bei Niedzborz sah ich sie tot dahingestreckt."

„Die alten Gefährten, sie sind dahin."

Zbyszko antwortete nichts. Schweigend setzten sie ihren Weg fort. Sie wollten Spychow so rasch wie möglich erreichen, hofften sie doch, dort Abgesandte der Kreuzritter zu finden. Die durch den nun eingetretenen Frost festgetretenen Wege begünstigten ein schnelles Vorwärtskommen. Gegen Abend knüpfte Jurand wieder ein Gespräch an. Er erkundigte sich eingehend nach den Ordensbrüdern, die sich in dem Jagdhof eingestellt hatten, und Zbyszko schilderte alles genau, indem er erzählte, wie schroff jene vor ihrem Weggang aufgetreten waren, indem er von dem Tod des Herrn de Fourcy, von dem Erlebnis des Böhmen sprach, der de Danveld in solch fürchterlicher Weise verletzt hatte. Und während er dies auseinandersetzte, fiel ihm immer wieder unwillkürlich ein Umstand auf. Wie verhielt es sich mit jenem Weib, daß von Danveld geschickt, den Balsam auf den Jagdhof gebracht hatte? Bei der Fütterung der Pferde fragte er daher sowohl den Böhmen wie Sanderus nach ihr, jedoch keiner von beiden wußte eigentlich recht, was mit ihr geschehen war. Sie vermuteten jedoch, sie habe sich gleichzeitig mit den bei Danusia eingetroffenen Boten, oder bald nach diesen auf die Heimfahrt gemacht. Zbyszko schoß jetzt der Gedanke durch den Kopf, ob nicht die Frau zu dem Zweck geschickt worden sei, die Boten zu warnen, falls Jurand in eigener Person bei dem Fürsten eintreffen sollte. Es wäre ja dann für die Leute ein leichtes gewesen, ihrer Sendung aus Spychow gar nicht zu erwähnen, sondern dem Fürsten statt des Briefes von Jurand irgendein anderes Schreiben zu überreichen, das sie wohl für den Notfall schon bei sich führen mochten. Mit welch teuflischer Geschicklichkeit war all dies doch eingefädelt worden! Eine Reihe von Kämpfen hatte er geglaubt zur Rettung Danusias bestehen zu müssen, jetzt aber begriff er, daß er ganz andere Wege einzuschlagen habe, um sein junges Weib zu retten, zu befreien. Seinen Verstand mußte er dabei zu Rate halten, und je mehr er sich dieser Tatsache bewußt wurde, desto mehr bedauerte er die Abwesenheit seines Ohms, denn Macko war ebenso schlau wie tapfer. Nach reiflichem Überlegen faßte Zbyszko indessen den Plan, von Spychow aus Sanderus nach Szczytno zu senden, damit dieser nach jenem Weib forsche, um möglicherweise von ihr zu erfahren, was mit Danusia geschehen war. Wohl sagte er sich, Sanderus fände dabei gar viel Gelegenheit, wenn er ihn betrügen wolle, im entgegengesetzten Fall könne er ihm aber auch unschätzbare Dienste erweisen, da ihm durch seinen Handel überall Tür und Tor offenstanden.

Über dieses Vorhaben wollte er sich mit Jurand beraten, aber erst nach ihrer Ankunft in Spychow, denn es wurde Nacht und ihm dünkte, Jurand sei auf seinem hohen Reitsattel vor Müdigkeit, Erschöpfung und schwerer Sorge eingeschlafen. Jedoch dieser ritt nur deshalb so gebeugt dahin, weil ihn sein Unglück niederdrückte. Augenscheinlich dachte er an nichts anderes. Offenbar erfüllten schlimme Befürchtungen sein Herz, hub er doch plötzlich wieder an: „Mir wäre besser, wenn mich der Tod bei Niedzborz ereilt hätte! Hast du mich aus dem Schnee gegraben?"

„Ja, mit den anderen!"

„Und bei jener Jagd hast du mein Kind gerettet?"

„Was hätte ich denn sonst tun sollen?"

„Und jetzt leistest du mir Hilfe?"

Da loderten plötzlich in Zbyszko die Liebe zu Danusia, der Haß gegen die Kreuzritter so mächtig empor, daß er sich hoch im Sattel aufrichtete und durch die zusammengepreßten Zähne nur mühsam hervorstieß: „Hört, was ich sage: Müßte ich selbst mit den Zähnen ihre Burgen zerbeißen, so zerbeiße ich sie, und Danusia rette ich."

Diesen Worten folgte ein minutenlanges Schweigen. Unter dem Einfluß von Zbyszkos Ausspruch regte sich augenscheinlich mit aller Macht die rachsüchtige, gewalttätige Natur Jurands, denn zähneknirschend ritt er in der Dunkelheit dahin und stets aufs neue murmelte er die Namen vor sich hin: „Danveld, Löwe, Rotgier und Godfryd!"

In seinem tiefsten Innern nahm er sich ja fest vor, de Bergow auszuliefern, wenn das von ihm verlangt werden sollte, auch Lösegeld war er bereit zu zahlen und auf Befehl ganz Spychow als Preis auszusetzen. „Aber wehe ihnen später! Wehe denen, die es gewagt haben, Hand an mein eigenes Kind zu legen!" murmelte er vor sich hin.

Weder Jurand noch Zbyszko fand in der Nacht erquickenden Schlaf, und als der Tag anbrach, da glaubten sie ihren Augen nicht trauen zu dürfen, so sehr hatten sich beide in den qualvollen Stunden verändert. Jurand empfand schließlich eine gewisse Rührung über den Schmerz und die Verzweiflung Zbyszkos und hub also an: „Mit ihrem Schleier hat sie dich umhüllt, vom Tod hat sie dich gerettet – ich weiß es. Aber du liebst sie auch?"

Da richtete sich Zbyszko hoch auf, blickte Jurand fest in die Augen und entgegnete: „Sie ist mein Eheweib!"

„Was sagst du?" fragte Jurand, sein Roß anhaltend und starr vor Staunen auf den jungen Ritter blickend.

„Ich sage, daß sie mein Eheweib ist, daß ich ihr Ehegemahl bin."

Der Ritter aus Spychow bedeckte die Augen mit der Hand, als ob ihn ein plötzlicher Blitzstrahl getroffen hätte, jedoch er erwiderte kein Wort, sondern trieb nur sein Pferd an und ritt an der Spitze des Gefolges schweigend weiter.

Fünftes Kapitel

Zbyszko, der hinter Jurand herritt, vermochte jedoch dessen Schweigen nicht lange zu ertragen. „Mir wäre es lieber", dachte er bei sich, „er hätte seinem Zorn freien Lauf gelassen, als daß er ihn unterdrückt." Demzufolge ritt er an dessen Seite, setzte die Füße fest in die Steigbügel und sprach also: „Hört, wie sich alles zugetragen hat. Was Danusia für mich in Krakau tat, das wißt Ihr, es ist Euch aber nicht bekannt, daß man in Bogdaniec mich mit Jagienka, der Tochter von Zych auf Zgorzelic zusammenzubringen versuchte. Ihr Vater wollte sie mit mir vermählen. Macko wollte es, und der blutsverwandte reiche Abt wollte es auch. Doch was soll ich Euch ein Langes und ein Breites vorreden? Das Mädchen ist sittsam und es ist kräftig wie eine junge Hindin, und der Brautschatz, nun, der ist auch nicht zu verachten. Aber trotzdem konnte nichts daraus werden. Wohl tat mir Jagienka leid, aber noch mehr bekümmerte mich Danusia – und ich machte mich zu ihr auf nach Masovien, denn wahrlich, glaubt mir, so vermochte ich nicht länger zu leben. Wenn Ihr Euch erinnert, wie Ihr selbst einmal geliebt habt, wenn Ihr der früheren Zeiten gedenkt, dann wird Euch das nicht wundernehmen."

Hier hielt Zbyszko unwillkürlich inne, wie wenn er auf eine Antwort Jurands warte. Als dieser aber nach wie vor schwieg, fuhr er also fort: „Unser Herr und Gott verlieh mir die Kraft, die Herrin und Danusia auf der Jagd vor einem Auerochsen zu retten. Da sagte die Fürstin sofort zu mir: ,Nun wird Jurand nicht mehr gegen dich sein, denn wie sollte er dir nicht für eine solche Tat danken?' Aber mir kam selbst damals nicht in den Sinn, ohne Eure väterliche Zustimmung mich mit dem Mädchen zu vermählen. Freilich, mir war es auch nicht danach! Das Tier hatte mich so schlimm zugerichtet, daß nicht viel fehlte, und es wäre mit mir vorbei gewesen. Doch bald darauf – seht Ihr – kamen die Boten, um Danusia nach Spychow zu geleiten, und ich lag noch immer auf dem Krankenlager. Da dachte ich, traun, nicht anders, als daß ich sie niemals wiedersehen werden, da dachte ich nicht anders, als daß Ihr sie nach Spychow zurückberufen hättet, um sie einem anderen zum Weib zu geben. In Krakau seid Ihr doch gegen mich gewesen. Auch glaubte ich, dem Tod verfallen zu sein. Hei, bei dem allmächtigen Gott, was war das für eine Nacht! Nichts wie Jammer, nichts wie Schmerz! Mich dünkte, die Sonne scheine mir nicht mehr, wenn ich sie von mir lassen müsse! Ihr wißt doch auch, was Leid, was Schmerz heißt ..."

Zbyszko vermochte nicht weiterzureden. Tränen erstickten seine Stimme. Doch er faßte sich rasch wieder und fügte hinzu: „Es war schon Abend geworden, als die Boten eintrafen und erklärten, Danusia gleich mit sich nehmen zu müssen, davon wollte jedoch die Fürstin nichts hören. Sie befahl ihnen, den anderen Morgen abzuwarten. Da gab mir der Herr Jesus den Gedanken ein, daß Danusia der Fürstin zu Füßen fallen und diese um ihre Einwilligung zur Trauung bitten möge. Wenn ich dann doch sterben muß, dachte ich, so ist mir wenigstens noch dieses Glück zuteil geworden. Bedenkt, das Mägdlein sollte von mir gehen, und ich lag schwerkrank, dem Tod nahe, danieder. Blieb mir da noch Zeit, erst Eure Einwilligung einzuholen? Der Fürst hatte den Jagdhof schon verlassen, die Fürstin schwankte unschlüssig hin und her, konnte sie sich doch bei niemandem Rat holen. Doch zuletzt fühlte sie, sowie Pater Wyszoniek, Erbarmen mit mir – und Pater Wyszoniek gab mich und Eure Tochter zusammen ... Im Namen Gottes, kraft der göttlichen Gesetze."

Jurand aber fügte dumpf hinzu: „Das ist nun die Strafe Gottes!"

„Für wen soll dies eine Strafe sein?" fragte Zbyszko. „Erwägt doch, daß die Boten vor der Trauung ankamen, und daß, einerlei, ob die Trauung stattgefunden haben würde oder nicht, Danusia mit ihnen hätte ziehen müssen."

Aber Jurand erwiderte kein Wort. In sich gekehrt, finster und mit einem solch versteinerten Gesicht ritt er dahin, daß Zbyszko in tiefster Seele erschrak. Wohl fühlte letzterer eine gewisse Erleichterung, wie dies immer zu sein pflegt, wenn man ein langgehegtes Geheimnis offenbart hat, jedoch er fürchtete jetzt, der alte Ritter könne in seinem Groll verharren, und ihr Verhältnis werde sich noch fremder und unfreundschaftlicher als früher gestalten.

Und so bemächtigte sich denn plötzlich eine große Niedergeschlagenheit des jungen Ritters. Niemals zuvor, selbst damals nicht, als er sich von Bogdaniec aus auf den Weg machte, war ihm so schlimm zumute gewesen. Ihn dünkte jetzt, er dürfe weder auf eine Aussöhnung mit Jurand, noch auf die Rettung Danusias hoffen, alles erschien ihm in trübem Licht, und mehr und mehr erfüllte ihn die Gewißheit, die Zukunft werde noch größeres Leid, noch größeres Unheil über ihn bringen. Doch diese verzweifelte Stimmung währte nicht lange. Seine kraftstrotzende Natur gewann bald wieder die Oberhand, und nur Kampf und Streit lagen ihm noch im Sinn. „Will er sich unversöhnlich zeigen", sagte er sich, an Jurand denkend, „mag er es tun, was kümmert es mich!" Und er wäre in diesem Augenblick sogar bereit gewesen, Jurand entgegenzutreten. Ihn drängte es, den Kampf mit irgend jemandem aufzunehmen, es war ihm, als müsse er irgend etwas vollbringen, als müsse er sich Erleichterung verschaffen, indem er seinen Schmerz, seinen Grimm und seiner Erbitterung Ausdruck verlieh.

Sie hatten inzwischen die an einem Scheideweg gelegene und „Swietlik" genannte Schenke erreicht, wo Jurand gewöhnlich auf seiner Heimkehr von dem fürstlichen Hof nach Spychow mit Leuten und Pferden Rast zu machen pflegte. So geschah denn dies auch jetzt wieder, und bald darauf befand sich Zbyszko mit Jurand in einer besonderen Stube. Plötzlich wandte sich letzterer zu dem jungen Ritter, schaute ihn durchdringend an und fragte: „Also hast du dich nur ihretwegen aufgemacht?"

„Glaubt Ihr, daß ich es leugne?" antwortete Zbyszko in unwirschem Ton, während er Jurand mit dem Entschluß fest in die Augen blickte, dessen Zornesausbruch nicht geduldig über sich ergehen zu lassen. Doch siehe da, auf dem Antlitz des alten Kriegers malte sich kein Groll, sondern nur grenzenloser Schmerz.

„Und mein Kind hast du gerettet?" fragte er nach wenigen Minuten wieder, „und aus dem Schnee hast du mich ausgegraben?"

Voll Staunen, ja mit einer gewissen Angst blickte Zbyszko auf den Redenden, fürchtete er doch, Jurand sei seiner Sinne nicht mehr ganz mächtig, weil er die gleiche Frage wiederholte, die er zuvor schon gestellt hatte.

„Setzt Euch", bat er daher den alten Ritter, „mir will scheinen, daß Ihr noch recht schwach seid."

Allein Jurand streckte die Arme aus, umfaßte Zbyszko und zog ihn stürmisch an die Brust. Dieser hingegen, von Verwunderung ergriffen, umschlang den Hals des alten Kriegers und so lange hielten sich die beiden fest umschlossen, als ob das gemeinsame Leid, der gemeinsame Schmerz sie aneinander gefesselt hätten.

Als sie sich aber endlich trennten, da umfaßte Zbyszko die Knie Jurands und küßte mit tränenfeuchten Augen dessen Hände.

„So seid Ihr nicht mein Widersacher?" fragte er.

„Ich war dein Widersacher", entgegnete Jurand, „denn ich wollte sie Gott dem Herrn weihen!"

„Ihr gedachtet sie Gott zu weihen, Gott der Herr aber schenkte sie mir. Sein Wille muß geschehen."

„Sein Wille geschehe!" wiederholte Jurand. „Nur sei er jetzt uns gnädig."

„Wem sollte Gott der Herr beistehen, wenn nicht dem Vater, der sein Kind sucht, wenn nicht dem Mann, der sein Eheweib sucht? Den Räubern wird Er doch keinen Beistand leisten!"

„Und doch ist sie hinweggeführt worden!" erklärte Jurand.

„Gebt ihnen de Bergow zurück!" bemerkte hierauf Zbyszko.

„Ich gebe ihnen alles, was sie wünschen."

Bei dem Gedanken an die Kreuzritter erwachte in ihm jedoch sofort wieder ein solch glühender Haß, daß er gleich darauf zähneknirschend hinzufügte: „Dann aber sollen sie von mir etwas zu hören bekommen, was sie sich nicht träumen lassen."

„Das gelobe ich auch mit einem Eid", ergriff nun Zbyszko das Wort, „doch jetzt laßt uns vor allem Spychow erreichen."

Sofort wurde der Befehl erteilt, die Pferde bereitzuhalten. Nach einem kurzen Imbiß, und nachdem sich die Leute ein wenig in den warmen Stuben erwärmt hatten, machte man sich wieder auf den Weg, trotzdem die Dämmerung schon anbrach. Da aber noch eine sehr weite Strecke zurückgelegt werden mußte, und da stets heftiger Frost in der Nacht einzutreten pflegte, fuhren Jurand und Zbyszko, die noch immer nicht ganz bei Kräften waren, in einem Schlitten. Zbyszko sprach von seinem Ohm, den er von ganzem Herzen herbeiwünschte, war doch Macko einer der wenigen, die sich ebenso großer Schlauheit wie Tapferkeit rühmen durften, und

Schlauheit war in einem Kampf gegen einen Feind wie die Kreuzritter fast noch von größerer Bedeutung als Tapferkeit.

„Versteht Ihr es, klug vorzugehen oder irgendwelche List zu gebrauchen? Ich vermag es nicht!"

„Ich ebensowenig", entgegnete Jurand. „Nicht mit List gedachte ich gegen sie zu kämpfen, sondern mit der Faust, gestählt durch den in mir tobenden Schmerz."

„Nur zu gut begreife ich das", meinte der junge Ritter. „Wie sollte ich es auch nicht begreifen, da ich Danusia liebe, die mir von jenen entrissen wurde? Wenn Danusia, was Gott der Herr verhüten möge ..."

Hier brach er plötzlich ab, Kummer und Sorge schnürten ihm die Kehle zu. Geraume Zeit hindurch fuhren sie schweigend die von dem fahlen Mondlicht übergossene Straße dahin, bis Jurand wie zu sich selbst zu sprechen begann: „Wenn sie noch Ursache hätten, sich an mir zu rächen, wollte ich nichts sagen! Aber bei Gott im Himmel, das haben sie nicht! Wohl stritt ich gegen sie im Feld, als ich von unserem Fürsten zu Witold entsandt wurde, aber sonst zeigte ich mich wie jeder Nachbar gegen den Nachbarn. Bartosz Narleczy ließ die vierzig Ritter, die gegen ihn zogen, ergreifen, in Ketten legen und in die unterirdischen Kerker in Kozmin werfen. Einen zur Hälfte mit Gold gefüllten Wagen mußten ihm die Kreuzritter zu deren Auslösung übersenden. Ich aber, wenn ich mit einem Deutschen zusammenstieß, der zu Gast zu den Kreuzrittern zog, ich nahm diesen, wie ein Ritter den anderen, freundlich auf und beschenkte ihn mit allerlei Gaben. Gar häufig haben sich auch die Kreuzritter mitten durch die Sümpfe bei mir eingestellt. Nie habe ich sie gedrückt, und doch haben sie mir weit Schlimmeres zugefügt, als ich je meinem größten Feind zufügen würde ..."

Und mit solcher Gewalt überkam ihn die entsetzliche Erinnerung, daß es wie ein Stöhnen klang, als er mit halberloschener Stimme hinzufügte: „Sie war mir alles, mein höchstes Gut, und gleich einem Hund ist sie mit Stricken gebunden worden und unter den Leiden ist sie dem Tod zur Beute gefallen ... Und jetzt aufs neue mein Kind ... Jesus! Jesus!"

Abermals trat tiefes Schweigen ein. Zbyszko richtete sein jugendliches Antlitz zu dem mondbeschienenen Himmel empor, dann wandte er sich zu Jurand und fragte: „Beim Vater im Himmel! ... Es wäre doch besser, sie versuchten die Liebe der Menschen zu gewinnen, statt stets auf Rache zu sinnen. Weshalb fügen sie denn unserem Volk so viel Schlimmes zu?"

Voll Verzweiflung streckte Jurand die Arme empor und erwiderte in dumpfem Ton: „Ich weiß es nicht ..."

Zbyszko schien über seine eigene Frage noch zu sinnen, denn es vergingen mehrere Minuten, bevor er sich also vernehmen ließ: „Die Leute sagen, daß Ihr auch auf Rache sinnt."

„Ich habe ihnen Rache geschworen!" entgegnete Jurand, sich gewaltsam aus seinem Schmerz aufraffend. „Und Gott dem Herrn gelobte ich das Kind zu weihen, wenn er mir in seiner Gnade zur Vollziehung dieser

Rache verhelfen werde … Deshalb war ich gegen dich. Nun aber weiß ich nicht: Habt ihr nach seinem Willen gehandelt, oder habt ihr durch euer Tun seinen Zorn erregt!"

„Nein, nein!" rief Zbyszko. „Ich sagte Euch ja schon, jene Elenden würden sie geraubt haben, wenn auch die Trauung nicht stattgefunden hätte. Gott der Herr nahm Euer Gelübde gnädig auf, Danusia aber überließ er mir, denn ohne seinen Willen geschieht nichts auf Erden.

„Jede Sünde, die verübt wird, verstößt gegen den Willen Gottes."

„Gewiß. Aber was sagt Ihr von den heiligen Sakramenten? Ein jedes Sakrament ist von Gott eingesetzt!"

„Dagegen läßt sich deshalb auch nichts tun."

„Gelobt sei Gott, daß sich nichts tun läßt.! Doch beklagt Euch nicht darüber, denn wer könnte Euch gegen diese Räuber in einer solchen Weise beistehen, wie ich es vermag? Merkt auf, was ich Euch sage. Für das, was sie Danusia getan haben, werde ich Vergeltung üben, doch wenn auch nur noch ein einziger von jenen lebt, die Eure Selige von Euch rissen, so überlaßt ihn mir, und Ihr werdet mit meinem Tun zufrieden sein."

Jurand schüttelte das Haupt.

„Nein", antwortete er finster, „von jenen lebt nicht einer mehr …"

Längere Zeit hindurch war nun nichts zu hören wie das Schnauben der Pferde und der dumpfe Klang der auf der hartgefrorenen Erde aufschlagenden Hufe.

„Einst in der Nacht", ergriff Jurand schließlich wieder das Wort, „hörte ich eine Stimme, die aus dem Gemäuer zu dringen schien und die mir zurief: ‚Genug der Rache!' Aber ich achtete nicht darauf, denn nicht wie die Stimme der Verstorbenen klang es."

„Was mochte dies wohl für eine Stimme sein?" fragte Zbyszko beunruhigt.

„Ich weiß es nicht. Aus dem Gemäuer von Spychow tönt häufig Klagen und Stöhnen, denn gar manche haben in ihren Ketten in den unterirdischen Kerkern den Tod gefunden."

„Und was sagte Euch der Priester darüber?"

„Der Priester weihte die Burg und meinte, ich müsse eine Zeitlang jeden Rachegedanken aufgeben. Doch wie wäre dies möglich gewesen! Mir war allzuviel Leid geschehen, und außerdem sannen sie später selbst auf Rache. Sie versuchten mich stets in einen Hinterhalt zu locken, indem sie mich zum Kampf forderten. Dies planten sie auch jetzt wieder. Majneger und de Bergow sandten mir zuerst eine Herausforderung."

„Nahmt Ihr jemals Lösegeld?"

„Niemals. Von allen denen, die mir in die Hände fielen, ist de Bergow der erste, der mit dem Leben davonkam."

Das Gespräch verstummte nun, denn sie bogen jetzt von der breiten Landstraße in einen schmalen Weg ein, auf dem sie nur langsam und schwer weiterkamen, weil er sich in solchen Windungen dahinzog, daß es stellenweise den Anschein hatte, als ob er sich in dem fußhohen Schnee bedeckten Wald verliere. Im Frühling oder im Sommer mußte dieser Weg bei Regenfällen ganz ungangbar sein.

„Ob wir wohl Spychow gegen die Essenszeit erreichen werden?" fragte Zbyszko plötzlich.

„Ja", antwortete Jurand. „Der Wald zieht sich noch eine beträchtliche Strecke hin, und dann kommen Sümpfe, in deren Mitte die Burg liegt. Hinter den Sümpfen befinden sich morastige Wiesen und trockengelegtes Ackerland, die Burg indessen kann man nur über hohe Wälle erreichen. Mehr als einmal schon versuchten die Deutschen sich meiner zu bemächtigen, jedoch es gelang ihnen nicht, und die Knochen von gar vielen von ihnen faulen am Waldessaum!"

„Die Burg ist auch nicht leicht zu finden!" warf Zbyszko ein. „Wenn jedoch die Kreuzritter Leute mit einem Schreiben senden, wie finden sich diese zurecht?"

„Gar häufig schon schickten sie mir Botschaft. Sie haben Leute, die des Weges kundig sind."

„Gott gebe, daß wir ihre Boten noch in Spychow antreffen!" rief Zbyszko.

Dieser Wunsch sollte indessen viel rascher in Erfüllung gehen, als es sich der junge Ritter hatte träumen lassen. Als sie von dem Wald aus die freie Ebene erreichten, auf der inmitten von Sümpfen Spychow lag, erblickten sie zwei Reiter und einen niedrigen Schlitten vor sich, in dem drei dunkle Gestalten saßen.

Die Nacht war sehr hell, und so ließ sich besonders auf der weißen Schneefläche die ganze Schar deutlich erkennen. Die Erregung von Jurand und Zbyszko stieg aufs höchste. Denn wer anderes mochte in tiefer Nacht auf der Fahrt nach Spychow begriffen sein, wenn nicht die Boten der Kreuzritter?

Zbyszko erteilte sofort den Befehl, rascher zu fahren. Binnen kurzem waren sie daher dem fremden Schlitten so nahe gekommen, daß sie gehört wurden. Unverweilt wandten sich auch die beiden Reiter, die augenscheinlich die Insassen des Schlittens schützen sollten, ihnen zu, indem sie die Armbrust anlegten und riefen „Wer da?"*

„Deutsche!" flüsterte Jurand seinem Gefährten zu.

Dann erhob er die Stimme und rief: „Mir gebührt es, zu fragen, Euch, zu antworten! Wer seid Ihr?"

„Reisende!"

„Was für Reisende?"

„Pilgrime."

„Woher?"

„Aus Szczytno."

„Sie sind es!" flüsterte Jurand aufs neue.

---

* Im Original deutsch angeführt – Anmerkung der Übersetzerinnen.

Die beiden Schlitten fuhren nun nebeneinander, und plötzlich tauchten fast dicht vor ihnen sechs Reiter auf – die Wache von Spychow, die Tag und Nacht vor den die Burg umgebenden Wällen zu finden war. Neben den Reitern liefen furchtbar große, häßliche, wolfsähnliche Hunde her.

Als die Wachen Jurand erkannten, stießen sie laute Rufe zu dessen Heil, zu dessen Ehre aus, aber in diesen Rufen lag doch ein gewisses Staunen darüber, daß der Gebieter so rasch, so unerwartet zurückkehrte. Letzterer beschäftigte sich indessen vornehmlich mit den Boten, die er abermals fragte: „Wohin zieht Ihr?"

„Nach Spychow."

„Was wollt Ihr dort?"

„Das können wir nur dem Herrn selbst sagen."

Jurand hatte schon die Worte auf den Lippen: „Ich bin der Gebieter von Spychow", jedoch er unterdrückte sie noch rechtzeitig, indem er sich sagte, er könne sich doch nicht in eine Unterredung vor den Leuten einlassen. So stellte er denn nur noch die Frage an die Boten, ob sie irgendein Schreiben bei sich führten. Als er jedoch die Antwort erhielt, es sei ihnen der Auftrag erteilt worden, alles mündlich zu bereden, erteilte er unverzüglich den Befehl, so rasch zu fahren, wie es die Pferde imstande seien. Zbyszko dachte gleichfalls an nichts anderes, als so schnell wie möglich Kunde von Danusia zu erhalten. Mit Ungeduld erfüllte es ihn daher, als ihnen noch zweimal eine Wache den Weg nach der Burg verstellen wollte. Vor Ungeduld konnte er es kaum erwarten, bis die Zugbrücke über den Graben fiel, hinter dem sich auf den hohen Wällen ein Zaun mit zugespitzten Pfählen erhob. Zwar hatte er es sich früher oft in Gedanken ausgemalt, wie diese in solch schlimmem Ruf stehende Burg wohl aussehen möge, von der die Deutschen niemals sprachen, ohne das Zeichen des Kreuzes zu machen. Jetzt aber hatte er nur für die Boten der Kreuzritter Augen, von denen er hören konnte, wo sich Danusia befinde, und wann sie ihre Freiheit wieder erlange.

Außer den zum Schutz beigegebenen Reitern und dem Schlittenlenker bestand die Gesandtschaft aus Szczytno aus zwei Personen: die eine davon war jene Frau, die seinerzeit den heilenden Balsam in den Jagdhof gebracht hatte, die andere ein junger Pilger. Das Weib kannte Zbyszko nicht, war es ihm auf dem Jagdhof doch niemals zu Gesicht gekommen, der Pilger erschien ihm jedoch sofort wie irgendein verkleideter Knappe. Jurand geleitete die beiden unverweilt in eine Eckstube, dann trat er vor sie hin, furchtbar, fast schaudererregend anzusehen im Flammenschein, der von dem in dem Kamin brennenden Feuer auf ihn fiel.

„Wo ist mein Kind?" fragte er.

Schrecken erfaßte die Gefragten, als sie dem gefürchteten Mann Auge in Auge gegenüberstanden. Der Pilger bebte trotz seines kecken Gesichtes an allen Gliedern, und dem Weib drohten die Füße den Dienst zu versagen. Unstet wanderten ihre Blicke von Jurand zu Zbyszko, um dann auf dem glänzenden Kahlkopf des Paters Kaleb haftenzubleiben und schließlich wieder zu Jurand zurückzukehren, als ob sie fragen wollten, was der junge Ritter und der Priester hier zu tun hätten.

„O Herr!" hub nach einer Weile der Pilger an, „wir wissen nicht, nach was Ihr fragt, jedoch wir kommen in einer wichtigen Angelegenheit zu Euch. All die aber, die uns sandten, befahlen uns ausdrücklich, mit Euch ohne Zeugen zu unterhandeln."

„Vor diesen hier habe ich kein Geheimnis", erklärte Jurand.

„Uns ist jedoch ihre Anwesenheit nicht erwünscht, wohledler Herr", bemerkte die Frau, „und wenn Ihr auf deren Bleiben beharrt, würden wir Euch um nichts anderes bitten, als daß Ihr uns gestattet, morgen wieder den Rückweg anzutreten."

Das finstere Gesicht Jurands, der an Widerspruch nicht gewöhnt war, weissagte nichts Gutes. Mit zorniger Gebärde strich er einige Male über seinen fahlgelben Schnurrbart. Schließlich bezwang er sich aber doch wieder bei dem Gedanken, daß es sich um Danusia handle, während Zbyszko, dem es hauptsächlich darum zu tun war, so rasch wie möglich zu einem Ziel zu kommen, und der keinen Augenblick daran zweifelte, daß er von Jurand die ganze Unterredung erfahren werde, sofort bemerkte: „Wir werden Eurem Wunsch Folge leisten, bleibt nur."

So sprechend, entfernte er sich mit Pater Kaleb. Kaum befand er sich indessen in dem Hauptgelaß, wo die von Jurand erbeuteten Schilde und Waffen aufgehängt waren, als sich Glowacz zu ihm gesellte.

„O Herr!" begann dieser, „das ist das gleiche Weib."

„Welches Weib?"

„Das die Kreuzritter mit dem herzynischen Balsam geschickt haben. Ich erkannte sie auf der Stelle, und Sanderus erkannte sie gleichfalls. Offenbar ist sie damals nur geschickt worden, damit sie alles auskundschafte, und jetzt weiß sie gewiß, wo das Jungfräulein ist."

„Dann werde ich es auch erfahren!" sagte Zbyszko. „Kennt Ihr vielleicht auch diesen Pilger?"

„Nein", entgegnete Sanderus. „Kauft aber ja keinen Ablaß von ihm, o Herr, das ist kein richtiger Pilger. Wenn man ihn auf die Folter spannen würde, könnte man gar mancherlei von ihm hören."

„Warten wir es ab!" erklärte Zbyszko.

Kaum hatte sich indessen die Tür hinter Zbyszko und dem Pater Kaleb geschlossen, so näherte sich die Pilgerin rasch dem Gebieter von Spychow und flüsterte ihm zu: „Eure Tochter ist von Räubern entführt worden."

„Von Räubern, die das Kreuz auf dem Mantel tragen."

„Nein. Aber es gelang den Brüdern, das Mägdlein zu befreien, und jetzt ist es bei ihnen."

„Wo ist sie, frage ich!"

„Sie steht unter dem Schutz des Bruders Szomberg!" erwiderte das Weib, die Arme über die Brust kreuzend und sich demütig vor Jurand neigend.

Als Jurand den Namen des entsetzlichen Henkersknechtes von Witolds Kindern nennen hörte, wurde er bleich wie der Tod. Die Augen schließend, sank er auf die Bank nieder, indem er sich mit der Hand den kalten Schweiß von der Stirn trocknete.

Bei diesem Anblick schlich der Pilger, der bis jetzt seine Angst nicht zu bemeistern vermocht hatte, von der Seite herbei, ließ sich auf die Bank nieder, zog die Füße nach und schaute voll Hochmut und Dünkel auf den Gebieter von Spychow.

Dann trat ein langes Schweigen ein.

„Der Bruder Markwart bewacht sie gemeinsam mit dem Bruder Szomberg!" ergriff schließlich das Weib wieder das Wort. „Das Jüngferchen steht daher unter sicherem Schutz, es wird keine Kränkung erleiden müssen."

„Was habe ich zu tun, damit sie mir zurückgegeben werde?" fragte Jurand.

„Euch vor dem Orden zu demütigen!" erwiderte der Pilger voll Hochmut.

Als Jurand diesen Ausspruch vernahm, erhob er sich langsam von seinem Sitz, trat auf den Pilger zu und beugte sich zu ihm herab und sagte mit dumpfer, furchtbarer Stimme: „Ihr habt zu schweigen!"

Eine furchtbare Angst bemächtigte sich aufs neue des Pilgers. Wohl wußte er, daß es seinerseits nur einer Drohung, nur einiger Worte bedurfte, um Jurand völlig niederzuschmettern, jedoch er fürchtete, es werde ihm beim ersten Wort, das ihm über die Lippen komme, etwas Entsetzliches zustoßen. So schwieg er denn. Mit zitternden Knien, sonst aber fast unbeweglich, wie erstarrt vor Schrecken, saß er da, die großen runden Augen auf das furchterregende Antlitz des Gebieters von Spychow gerichtet.

Letzterer wandte sich aber nun wieder dem Weib zu.

„Habt Ihr ein Schreiben bei Euch?" fragte er.

„Nein, o Herr, wir haben kein Schreiben bei uns. Was wir zu melden haben, befahl man uns, mündlich zu tun.

„So sprecht denn."

Und sie wiederholte noch einmal, damit sich Jurand ja alles gut ins Gedächtnis einpräge: „Der Bruder Markwart bewacht sie gemeinsam mit dem Bruder Szomberg, deshalb mäßigt Euren Groll, o Herr. Ihr geschieht kein Leid. Denn wenngleich Ihr seit vielen Jahren dem Orden schwere Kränkungen zugefügt habt, gedenken doch die Brüder Böses mit Gutem zu vergelten, sofern ihre gerechten Forderungen erfüllt werden."

„Was fordern sie von mir?"

„Sie verlangen, daß Ihr den Herrn de Bergow freigebt."

Jurand atmete tief auf.

„Ich liefere ihnen de Bergow aus!" erklärte er.

„Wie auch die anderen Gefangenen, die Ihr in Spychow habt."

„Außer den Knechten sind dies die beiden Knappen von Majneger und von de Bergow."

„Ihr müßt sie freilassen, o Herr, und sie für ihre Gefangenschaft entschädigen."

„Verhüte Gott, daß ich feilsche, wenn es sich um mein Kind handelt."

„Das erwartet auch der Orden nicht anders von Euch", fuhr das Weib fort, jedoch dies ist noch nicht alles, was mir befohlen wurde, Euch zu melden. Eure Tochter, o Herr, ist von irgendwelchen Leuten sicherlich deshalb entführt worden, um Lösegeld von Euch zu erhalten … Den Brüdern aber gelang deren Befreiung – und jetzt verlangen sie nichts weiter von Euch, als daß Ihr ihnen die Gefährten, die Gäste ausliefert. Dann aber sollt Ihr selbst, der Fürst dieses Landes, und alle hervorragenden Ritter aussagen – wie es ja auch der Wahrheit entspricht – nicht die Ritter, sondern Räuber hätten Eure Tochter entführt, und von den Räubern müßtet Ihr sie loskaufen."

„Gut", ließ sich Jurand vernehmen, „mein Kind wurde von Räubern entführt, und ich muß es auslösen."

„Keinem Menschen dürft Ihr etwas anderes sagen, denn wenn es nur ein Mensch erfährt, daß Ihr Euch mit den Brüdern verständigt habt, wenn auch nur eine lebende Seele eine Ahnung davon erhält, wenn irgendeine Klage zu dem Meister oder zu dem Kapitel dringt – dann werdet Ihr Schlimmes über Euch heraufbeschwören."

Große Unruhe malte sich auf Jurands Zügen. Im ersten Augenblick war ihm die Angst der Komture, zur Rechenschaft gezogen zu werden, und daher deren Forderung, das Vorkommnis als Geheimnis zu betrachten, ganz natürlich erschienen, jetzt aber regte sich plötzlich der Argwohn in ihm, es könne dem allem noch eine andere Ursache zugrunde liegen. Da er sich aber darüber keine Rechenschaft zu geben vermochte, erfaßte ihn eine entsetzliche Angst, eine Angst, die über die mutigsten Menschen zu kommen pflegt, wenn nicht sie selbst, sondern die ihrem Herzen am nächsten Stehenden von einer großen Gefahr bedroht werden.

Zunächst beschloß er indessen, die Abgesandte noch genauer auszuforschen.

„Die Komture wollen das Vorkommnis als Geheimnis betrachtet haben", bemerkte er daher. „wie läßt sich aber das Geheimnis wahren, wenn ich für mein Kind de Bergow und all die anderen freigeben soll?"

„Ihr sagt, Ihr hättet für Herrn de Bergow Lösegeld genommen und mit diesem Geld die Räuber bezahlt."

„Kein Mensch wird dies glauben, denn noch niemals habe ich Lösegeld genommen", warf Jurand ein.

„Es hat sich auch noch niemals um Euer Kind gehandelt", erklärte die Dienerin in klagendem Ton.

Abermals trat ein längeres Schweigen ein. Endlich ließ sich der Pilger, dessen Lebensgeister sich in der Voraussetzung wieder gehoben hatten, Jurand werde sich jetzt mehr Zwang auferlegen, also vernehmen: „So ist der Wille der Brüder Szomberg und Markwart."

Die Frau aber hob wieder an: „Ihr sagt aus, der Pilger, der mit mir gekommen ist, habe Euch das Lösegeld gebracht, wir aber machen uns sofort mit dem edlen Herrn de Bergow und mit den anderen Gefangenen auf den Weg."

„Wie", entgegnete Jurand, die Brauen runzelnd, „glaubt Ihr wohl, daß ich Euch die Gefangenen ausliefere, ehe Ihr mir mein Kind zurückgebt?"

„Ihr müßt Euch sogar noch zu etwas anderem verstehen, o Herr. Nach Szczytno müßt Ihr Euch begeben, wohin die Brüder Eure Tochter bringen werden."

„Ich? Nach Szczytno?"

„Denn angenommen, sie würde aufs neue unterwegs von Räubern ergriffen, dann wären nicht nur Eure Gefolge, sondern alle hier ansässigen Leute nur zu gerne bereit, die Brüder dafür verantwortlich zu machen. Deshalb sind letztere vornehmlich darauf bedacht, nur Euch selbst Eure Tochter auszuliefern."

Jurand begann in der Stube auf- und abzuschreiten. Ihm ahnte, daß ihm ein Fallstrick gedreht werde, und schwere Sorge bemächtigte sich seiner. Doch, was sollte er tun? Die Kreuzritter konnten ihm irgendeine Bedingung stellen – er war machtlos ihnen gegenüber.

Plötzlich schien ihm indessen ein guter Gedanke zu kommen. Er blieb vor dem Pilger stehen, schaute ihn durchdringend an und wandte sich dann dem Weib zu: „Gut, ich gehe nach Szczytno. Ihr aber und dieser Mensch, der das Gewand eines Pilgers trägt, Ihr bleibt bis zu meiner Rückkehr hier. Erst dann könnt Ihr mit de Bergow und mit den Gefangenen weiterziehen."

„Ihr wollt den Ordensbrüdern keinen Glauben schenken, o Herr!" warf hier der Pilger ein, „wie sollen sie daher das Vertrauen in Euch setzen, daß Ihr uns und de Bergow nach Eurer Rückkehr entlaßt?"

Totenblässe überzog Jurands Antlitz und seine Züge verzerrten sich in einer Weise, so daß es während eines Augenblicks den Anschein hatte, als ob er den Pilger an der Brust packen und ihn zu Boden werfen wolle – gleich darauf wurde er aber seiner Erregung wieder Herr, er atmete tief auf und sagte ruhig, jedoch in eindringlichem Ton: „Wer Ihr auch sein mögt, hütet Euch, meine Geduld auf allzu große Probe zu stellen!"

Daraufhin trat der Pilger auf die Ordensschwester zu und sprach: „Redet weiter, wie Euch befohlen wurde."

„O Herr!" ergriff das Weib nun wieder das Wort, „wie würden wir uns erdreisten, an Eurem Eid auf das Schwert und auf Eure ritterliche Ehre zu zweifeln, aber Euch steht es wahrlich nicht zu, vor Leuten niedrigen Standes einen Eid abzulegen, und nicht eines Eides wegen sind wir zu Euch gesandt worden."

„Was habt Ihr mir noch zu sagen?"

„Im Auftrag der Brüder erklären wir Euch: Ihr müßt Euch, ohne jemanden davon in Kenntnis zu setzen, mit de Bergow und mit den Gefangenen nach Szczytno begeben."

Bei diesen Worten zog sich Jurands ganzer Körper krampfhaft zusammen und seine Finger spreizten sich wie die Krallen eines Raubvogels aus. Vor der Redenden stehenbleibend, neigte er sich zu ihr, als ob er ihr etwas ins Ohr flüstern wollte, und sagte: „Haben sie Euch wissen lassen, was ich befehle? Rings um Spychow soll man Eure und de Bergows Glieder ausstreuen."

„Eure Tochter ist in der Gewalt der Brüder und unter der Obhut von Szomberg und Markwart", entgegnete die Ordensschwester mit Nachdruck.

„Räuber, Giftmischer, Henkersknechte!" brach Jurand los.

„Sie werden Rache für uns nehmen, denn ehe wir uns auf den Weg machten, haben sie zu uns gesprochen: wenn er sich nicht zur Erfüllung all unserer Bedingungen versteht, wäre es besser, das Mädchen fände den Tod, wie ihn die Kinder Witolds gefunden haben. Doch Euch steht ja die Wahl offen!"

„Ihr müßt doch begreifen, daß Ihr in der Macht der Komture seid", ließ sich der Pilger nun vernehmen. „Sie wollen Euch keine Kränkung zufügen, und der Starost aus Szczytno schickt Euch durch uns sein Wort, daß Ihr freies Geleit aus seiner Burg haben werdet. Das ist jedoch ihr Wunsch: für all das Schlimme, das Ihr ihnen schon angetan habt, sollt Ihr Euch vor den Kreuzrittern zur Erde neigen, sollt Ihr die Sieger um Gnade anflehen. Wohl werden sie Euch Verzeihung angedeihen lassen, zuvor aber sollt Ihr Euren stolzen Nacken beugen. Ihr habt sie der Verräterei und des Meineides geziehen – folglich fordern sie von Euch rückhaltloses Vertrauen. Euch und Eurer Tochter werden sie die Freiheit schenken – aber Ihr müßt darum bitten. Ihr habt sie mit Füßen getreten – deshalb müßt Ihr schwören, Eure Hände nicht mehr gegen die Weißmäntel erheben zu wollen."

„Das ist der Wille der Komture", fügte das Weib hinzu „und ihnen schließen sich Markwart und Szomberg an."

Eine tödliche Stille trat nun ein. Nur war es, als ob durch die Balken der Decke ein gedämpftes Echo dringe, das die schreckenerregenden Namen „Markwart – Szomberg" stets wiederhole. Und durch die Fenster ertönten die Rufe der Bogenschützen Jurands, die auf den die Burg umgebenden Wällen Wache hielten.

Der Pilger und die Ordensschwester wechselten bald unruhige Blicke miteinander, bald schauten sie auf Jurand, der, an die Wand gelehnt, völlig unbeweglich, mit gesenktem Haupt im Schatten eines Bündels Häute saß, das vor dem Fenster hing. Nur ein Gedanke fand in dem Gehirn des Gebieters von Spychow Raum. Wenn er nicht das erfüllte, was die Kreuzritter von ihm verlangten, erwürgten sie ihm das Kind, kam er indessen ihren Wünschen entgegen, war es immer noch zweifelhaft, ob er damit sich und Danusia rette. Er wußte sich keinen Rat, er sah keinen Ausweg. Im Geist sah er schon die eisernen Hände eines Kreuzritters Danusias Hals umfassen, er kannte die Ordensbrüder genau und wußte, daß sie nicht davor zurückscheuen würden, seine Tochter zu ermorden, ihre Leiche innerhalb der Schutzmauern der Burg zu vergraben und einen Meineid abzulegen, um sich weißzuwaschen. Wer vermochte aber dann den Beweis zu liefern, daß sie von den Kreuzrittern entführt worden sei? Wohl hatte er, Jurand, die beiden Abgesandten in seiner Gewalt, er konnte sie vor den Fürsten führen, er konnte ihnen auf der Folter ein Geständnis abzwingen – aber Danusia befand sich in der Gewalt der Kreuzritter, und die Folter mochte ihr dann vielleicht auch nicht erspart bleiben. Ihn dünkte, sein Kind strecke ihm aus der Ferne die Hände entgegen, es flehe ihn um Rettung an ... Wäre er sicher gewesen, daß sich Danusia in Szczytno befinde, würde er noch in der Nacht über die Grenze gegangen sein, hätte die eines Angriffs nicht gewärtigen Deutschen überfallen, die Burg genommen, die Besatzung niedergemacht und seine Tochter befreit – wie sollte er jedoch ihren Aufenthaltsort in Erfahrung bringen? Sicherlich befand sie sich aber nicht in Szczytno. Plötzlich schoß ihm blitzschnell ein neuer Gedanke durch den Kopf. Wie, wenn er das Weib und den Pilger greifen und sie vor den Großmeister bringen ließe? Vielleicht würden beide dem Meister ein Geständnis ablegen, vielleicht könnte Danusia auf dessen Befehl hin die Freiheit erlangen? Aber ebenso rasch wie diese Idee aufgetaucht war, wurde sie wieder verworfen. Wenn nun die Ordensschwester und der Pilger dem Meister sagten, sie hätten das Lösegeld für de Bergow gebracht, von dem Mägdlein wüßten sie aber nichts, was dann? Nein, dieser Weg führte zu keinem Ziel – wo war Rettung zu finden? Und angenommen, er würde sich nach Szczytno begeben, konnte er dann nicht ergriffen und in einen unterirdischen Kerker geworfen werden? Danusia aber würden die Kreuzritter allein schon deshalb nicht freigeben, damit es nicht den Anschein erwecke, sie sei von ihnen geraubt worden. Ach, der Tod drohte seinem einzigen Kind, das Henkersschwert schwebte über dessen geliebtem Haupt! Nach und nach verwirrten sich die Gedanken Jurands immer mehr, ein wachsender Schmerz bemächtigte sich seiner. Wie leblos, wie aus Stein gehauen, saß er da. Er hätte sich in diesem Augenblick nicht zu erheben vermocht, selbst wenn ihm der Wunsch dazu gekommen wäre.

Das lange Warten verdroß indessen augenscheinlich den Pilger und die Dienerin, denn diese hub plötzlich an: „Die Morgendämmerung ist nicht mehr allzu fern. Entlaßt uns daher, o Herr, denn wir bedürfen der Ruhe."

„Sowie der Stärkung nach der langen Fahrt", fügte der Pilger hinzu.

Nach diesen Worten neigten sich beide vor Jurand – und entfernten sich.

Der Gebieter von Spychow aber saß nach wie vor unbeweglich da, gerade als ob er in tiefen Schlaf versunken sei.

Schon nach wenigen Minuten öffnete sich indessen abermals die Tür, und Zbyszko sowie der Priester Kaleb traten über die Schwelle.

„Weshalb wurden sie hierher gesandt? Was wollen sie?" fragte der junge Ritter ungestüm, indem er sich Jurand näherte.

Jurand fuhr zusammen. Er erwiderte kein Wort, sondern blinzelte nur mit den Augen wie ein Mensch, der aus schwerem Schlaf erwacht.

„O Herr, seid Ihr krank?" fragte der Priester Kaleb, der den Gebieter von Spychow zu genau kannte, um nicht sofort zu bemerken, daß etwas Außergewöhnliches mit ihm vorgegangen sein müsse.

„Nein!" antwortete Jurand.

„Und Danusia?" forschte Zbyszko weiter. „Wo ist Danusia, und was haben Euch jene mitgeteilt? Weshalb sind sie hierher gesandt worden?
„Sie haben das Lösegeld für Bergow gebracht."
„Das Lösegeld für Bergow?"
„Für Bergow ..."
„Was soll das sein? Was ist Euch?"
„Nichts ..."
Jurands Stimme klang indessen bei dieser Antwort so seltsam, so gebrochen, daß sich des Priesters und des jungen Ritters eine entsetzliche Angst bemächtigte, war es ihnen doch zuvor schon aufgefallen, daß Jurand vom Lösegeld, nicht aber von einer Auswechslung Danusias mit de Bergow gesprochen hatte.

„Beim allmächtigen Gott!" rief Zbyszko, „Wo ist Danusia?"
„Bei den Kreuzrittern findest du sie nicht – nein!" entgegnete Jurand mit schlaftrunkener Stimme.

Dann stürzte er plötzlich wie leblos von der Bank auf den Fußboden.

Sechstes Kapitel

Gegen die Mittagszeit am folgenden Tag stellten sich die beiden Abgesandten wieder bei Jurand ein und kurze Zeit darauf machten sie sich mit de Bergow, den zwei Knappen und etlichen anderen Gefangenen auf die Heimfahrt. Jurand aber ließ Pater Kaleb zu sich entbieten, der an den Fürsten einen Brief des Inhalts schreiben mußte, Danusia sei nicht von den Ordensrittern geraubt worden, er, Jurand, werde jedoch ihren Aufenthaltsort erfahren und hege die Hoffnung, sie schon in wenigen Tagen wieder sehen zu können. Das gleiche teilte er auch Zbyszko mit, der sich in der verflossenen Nacht nicht mehr gekannt hatte vor Angst und Sorge. Soviel aber auch letzterer fragte, der alte Ritter erteilte keine Antwort, sondern erklärte nur, Zbyszko müsse sich in Geduld fassen und dürfe nichts zur Befreiung Danusias unternehmen, da dies ganz unnötig sei. Gegen Abend schloß er sich aufs neue mit Pater Kaleb ein, durch den er seinen letzten Willen niederschreiben ließ, um dann bei ihm zu beichten und das heilige Abendmahl zu empfangen. Erst spät beschied er Zbyszko und den alten, stets schweigsamen Tolima zu sich, der ihm bei allen Unternehmungen und Kämpfen ein treuer Gefährte war, und der in Friedenszeiten Spychow verwaltete.

„Sieh hier", sagte er, sich zu dem alten Edelmann wendend und die Stimme in einer Weise erhebend, die bewies, daß er zu einem schwerhörigen Menschen sprach, „sieh hier den Ehegemahl meiner Tochter, der mit ihr an dem fürstlichen Hof getraut wurde, und der meine Zustimmung erlangt hat. Nach meinem Tod wird er folglich der Herr über Spychow sein, er wird der Erbe der Burg, der Ländereien, der Wälder, der Sümpfe, der Leute, kurz all des Hab und Gutes sein, das sich in Spychow befindet ..."

Diese Worte versetzten Tolima in großes Staunen. Unablässig wandte er seinen unförmigen Kopf bald zu Zbyszko, bald zu Jurand. Jedoch er erwiderte nichts, sprach er doch nur ganz selten, dagegen verneigte er sich schließlich vor Zbyszko und umfaßte dessen Knie.

Jurand aber fuhr fort: „Pater Kaleb hat meinen letzten Willen niedergeschrieben und dieses Schriftstück mit seinem Siegel aus Wachs versehen, du aber sollst bezeugen, daß ich dir dies alles mitgeteilt und dir befohlen habe, diesem jungen Ritter ein ebenso offenes Ohr zu leihen, wie dies bei mir der Fall gewesen ist. Zeige ihm auch die Beute und das Geld, das die Schatzkammer birgt, und diene ihm treu bis in den Tod in Friedenszeiten und in Kriegsläuften. Hast du mich verstanden?"

Tolima legte die Hand ans Ohr, neigte bejahend das Haupt und verließ, von Jurand durch eine Handbewegung entlassen, rasch das Gemach. Letzterer jedoch redete nun in besonders eindringlichem Ton zu Zbyszko: „Für das, was sich in der Schatzkammer befindet, kann man, selbst wenn die Forderung noch so hoch gestellt sein würde, nicht nur einen, sondern hundert Kriegsgefangene loskaufen, dessen gedenke stets."

„Weshalb habt Ihr mir jetzt schon Spychow verschrieben?" fragte Zbyszko.

„Etwas weit Kostbareres als Spychow habe ich dir ja bereits überlassen – mein eigenes Kind."

„Und unsere Todesstunde kennen wir nicht", warf Pater Kaleb ein.

„Wahrlich, wir kennen sie nicht", wiederholte Jurand in traurigem Ton. „Aus dem Schnee hat man mich ja erst vor kurzem herausgraben müssen, doch, wenn mir Gott auch einen Retter geschickt hat, die frühere Kraft besitze ich doch nicht mehr."

„Beim Allmächtigen!" rief Zbyszko, „seit gestern abend ist irgend etwas mit Euch vorgegangen! Statt von Danusia zu sprechen, redet Ihr vom Tod. Beim allmächtigen Gott, was bedeutet das?"

„Danusia kehrt zu dir zurück, sie kehrt zurück!" versetzte Jurand. „Sie steht in Gottes Hand. Sobald sie jedoch zurückgekehrt sein wird – hörst du – bringe sie unverzüglich nach Bogdaniec. Spychow übergebe Tolima … Er ist ein treuer Mann … Hier ist eine schlimme Nachbarschaft … Von dort wird niemand dir dein Weib gebunden hinwegführen … Dort kannst du sie vor Gefahr schützen …"

„Hei!" schrie nun Zbyszko auf. „Ihr sprecht ja gerade, als ob Ihr schon im Jenseits wäret! Was soll das heißen?"

„Viel hätte nicht mehr gefehlt, und ich wäre aus dieser Welt geschieden! Nun aber ist's mir, wie wenn mich eine Krankheit niederbeugte. Der Gram ist's um das Kind – ich habe ja nur dies eine. Und du, obwohl ich weiß, daß du sie liebst …"

Hier brach er plötzlich ab, zog das „Misericordia" aus der Scheide und hielt den Griff des kurzen Dolches seinem Eidam mit den Worten entgegen: „Du schwörst mir auf dieses Kreuz, daß du ihr nie ein Unrecht zufügen, daß du sie stets in Treuen lieben wirst."

Dem jungen Ritter standen plötzlich Tränen in den Augen. Auf die Knie fallend und die Finger auf den Dolchgriff legend, rief er: „Bei den Wundmalen des Erlösers, nie werde ich ihr ein Unrecht zufügen, ewig werde ich sie in Treuen lieben!"

„Amen!" sprach der Priester Kaleb.

Das „Misericordia" wieder in die Scheide steckend, breitete Jurand nun die Arme gegen Zbyszko aus und sagte: „In unserer Liebe für dieses Kind sind wir ja eins."

Dann trennten sie sich, denn es war schon spät geworden, und mehrere Nächte hindurch hatte keiner von ihnen rechten Schlaf gefunden. Trotzdem erhob sich Zbyszko am folgenden Morgen mit Tagesanbruch. Er konnte den Gedanken nicht loswerden, Jurand sei krank, es drängte ihn daher, zu hören, wie der alte Ritter die Nacht verbracht habe.

Vor Jurands Gelaß traf er mit Tolima zusammen, der gerade aus der Tür trat.

„Wie steht es mit dem Herrn? Ist er gesund?" fragt Zbyszko.

Jener verneigte sich tief, führte die Hand an das Ohr und bemerkte: „Was befiehlt Euer Gnaden?"

„Ich frage, wie es mit dem Herrn steht", wiederholte Zbyszko mit erhobener Stimme.

„Der Herr hat eine Reise angetreten."

„Wohin?"

„Ich weiß es nicht. Er ist bewaffnet."

Siebentes Kapitel

Der anbrechende Tag warf bereits seinen lichten Schein auf die Bäume, die Sträucher und auf die rings auf dem Gefilde zerstreut umherliegenden Kalksteine, als der gedungene Führer, der neben dem Pferd Jurands einherschritt, anhielt und sagte: „Vergönnt mir eine kurze Rast, Herr Ritter, damit ich mich ausschnaufen kann. Durch das Tauwetter ist es neblig, doch unser Ziel ist nicht mehr fern …"

„Geleite mich bis zur Landstraße, dann magst du zurückkehren", entgegnete Jurand.

„Die Landstraße liegt rechts neben dem Wäldchen, und vom Hügel aus werdet Ihr gleich die Burg sehen."

So sprechend kreuzte der Bauer die Arme, schlug sich mit den Händen, die in der feuchten Morgenluft wohl ein wenig starr geworden sein mochten, fortwährend unter die Achselhöhlen und ließ sich schließlich auf einen Stein nieder, um sich besser ausruhen zu können.

„Weißt du nicht, ob der Komtur in der Burg ist?" fragte Jurand nach kurzer Pause.

„Wo sollte er sonst sein, da er krank ist."

„Was fehlt ihm?"

„Die Leute sagen, ein polnischer Ritter habe ihm eins versetzt", antwortete der alte Bauer.

Und der Ton seiner Stimme bekundete eine gewisse Zufriedenheit. Er war freilich den Kreuzrittern untertan, aber sein masurisches Herz freute sich über jedes Wagestück eines polnischen Ritters. So fügte er denn auch nach einer Weile hinzu: „Hei! Gar mächtig sind unsere Herren, aber nicht leicht ist mit ihnen auszukommen."

Unverweilt blickte er aber nun prüfend auf den Ritter, wie wenn er sich vergewissern wolle, ob ihm aus diesen Worten, die ihm unbedacht entschlüpften, kein Schaden erwachse, und fügte hinzu: „Ihr, o Herr, seid nach der Art, wie Ihr unsere Sprache sprecht, kein Deutscher."

„Nein", erwiderte Jurand, „doch führe mich weiter."

Der Bauer erhob sich und schritt wie zuvor neben dem Pferd her. Unterwegs griff er dann und wann in einen ledernen Beutel, holte eine Handvoll ungemahlenes Korn daraus hervor, das er in den Mund steckte, um damit den ersten Hunger zu stillen. Dabei unterließ er es nicht, zu erklären, weshalb er die Kerne roh esse, obwohl Jurand dies gar nicht bemerkt hatte, da er viel zu viel mit seinem eigenen Schicksal, mit seinen eigenen Gedanken beschäftigt war.

„Gott sei Dank dafür!" sagte der Bauer. „Unter unseren deutschen Herren ist das Leben gar schwer. Solche Abgaben fordern sie für das Mahlen des Getreides, daß der arme Mann das Korn aus der Spreu fressen muß wie das Vieh. Und wenn sie eine Handmühle in einer Hütte finden, dann prügeln sie den Bauer und führen das Vieh hinweg. Traun, weder der Kinder noch der Frauen schonen sie ... Ei, sie fürchten sich ebensowenig vor Gott dem Herrn, wie vor dem Fürsten, ja, den Probst aus Wielborz, der ihnen Vorstellungen darüber machte, legen sie in Ketten. O, schwer lastet die Hand der Deutschen auf uns! Nur wenn man sich Korn zwischen zwei Steinen zermalmt, dann bekommt man eine Handvoll Mehl zur Speise für den heiligen Sonntag, am Freitag aber, da heißt es wie ein Vogel essen. Doch gelobt sei Gott auch dafür, denn ehe die Ernte kommt, gibt's nicht einmal das ... Der Fischfang ist verboten, die Jagd auf wilde Tiere auch. Nein, so ist's nicht wie in Masovien."

In solcher Weise klagte der unter der Herrschaft der Kreuzritter stehende Bauer, indem er halb zu sich selbst, halb zu Jurand sprach. Mittlerweile gelangten sie dann in ein Wäldchen, das in dem fahlen Schein des Frühmorgens fast grau schimmerte und in dem eine feuchte, durchdringende Kälte herrschte. Es war nun völlig Tag geworden, sonst wäre es für Jurand kaum möglich gewesen, auf dem Waldweg weiterzukommen. Steil und so schmal stieg der Pfad empor, daß an manchen Stellen das Streitroß sich kaum durch die Stämme durchzuarbeiten vermochte. Doch das Wäldchen lichtete sich bald wieder, und schon nach kurzer Zeit gelangten sie auf dem Gipfel des weißlich schimmernden Hügels, von dessen Höhe aus eine gute Landstraße nach Szczytno führte.

„Von hier aus ist's nicht mehr weit", bemerkte der Bauer, „Ihr findet Euch nun allein zurecht."

„Ja, ich finde mich nun allein zurecht", entgegnete Jurand. „Kehre du nun wieder heim, Mann."

Mit der Hand in einen ledernen Sack greifend, der vorn am Sattel befestigt war, holte er mehrere Silbermünzen hervor und gab sie dem Führer. Der Bauer, weit mehr an Schläge als an Belohnung von Seiten der ansässigen Kreuzritter gewöhnt, glaubte seinen Augen nicht trauen zu dürfen. Rasch das Geld entgegennehmend, beugte er sich bis zu den Steigbügeln Jurands und umfaßte dessen Knie.

„O Jesus, Maria!" rief er. „Gott der Herr möge Euer Gnaden dafür lohnen."

„Gott sei mit dir!"

„Gott möge Euch Macht und Stärke verleihen. Szczytno liegt vor Euch."

Jurand blieb allein auf dem Hügel zurück und schaute in der ihm von dem Führer angegebenen Richtung auf die graue, feuchte Nebelwand, die den freien Ausblick verhinderte. Jenseits dieses Nebels lag ja die unheilvolle Burg, in die er gegen seinen Willen ziehen mußte. Nahe, ganz nahe lag sie vor ihm! Was von ihm gefordert wurde, ohne Aufschub mußte es geschehen! Schwer bedrückte dieser Gedanke Jurands Herz. Zu der Unruhe, zu der Angst um Danusia, für die er selbst sein Herzblut hingegeben hätte, gesellte sich nun auch noch eine unbegrenzte Bitterkeit, ein ihm bis jetzt unbekannt gewesenes Gefühl der Demütigung. Er, Jurand, bei dessen Namen allein schon alle an der Grenze ansässigen Komture gezittert hatten, beugte sich nun deren Befehl! Er, der schon so viele von ihnen besiegt und mit Füßen getreten hatte, sollte nun von ihnen besiegt und mit Füßen getreten werden. So unerhört dünkte ihm dies, daß ihm schien, die ganze Welt müsse aus ihren Fugen gehen. War es denn denkbar, daß er sich vor den Kreuzrittern demütigen sollte, er, der es mit dem ganzen Orden aufgenommen haben würde, wenn es sich nicht um Danusia gehandelt hätte? Mehr als einmal schon hatte ein Ritter, dem nur die Wahl zwischen Schmach und Tod geblieben war, sich kämpfend auf ein ganzes Kriegsheer gestürzt! Ach, seiner harrte auch nur Schmach und Schande! Diese Überzeugung verursachte ihm einen so grimmen Schmerz, wie ihn der Wolf empfindet, den die Spitze eines Speeres trifft.

Doch über Jurands stählernen Körper gebot auch ein eiserner Wille. Ebenso wie er den Widerstand anderer zu brechen wußte, vermochte er sich selbst zu bezwingen.

„Nicht eher rühre ich mich von dieser Stelle", sagte er sich, „bevor ich nicht Herr über diesen grimmen Haß geworden bin, der weit eher das Verderben des Kindes als dessen Rettung herbeiführen könnte."

Und mit aller Kraft kämpfte er gegen sein stolzes Herz, gegen seinen Haß, gegen seine Streitlust an. Wer ihn auf jenem Hügel gesehen hätte, wie er auf seinem gewaltigen Roß in voller Rüstung wie erstarrt saß, der würde ihn für einen aus Erz gegossenen Riesen gehalten und nicht geglaubt haben, daß in diesem unbeweglichen Ritter in dem Augenblick der schwerste Kampf tobte, den das Leben entfachen konnte. Und so lange lag er im Streit mit sich selbst, bis er fühlte, daß er den Sieg über sich gewonnen hatte.

Mittlerweile wurde der Nebel durchsichtiger. Er verschwand zwar noch nicht vollständig, doch konnte man in der Ferne dunkles Gemäuer erkennen. Jurand bezweifelte keine Minute, daß dies die Mauern der Burg von Szczytno waren. Trotz dieses Anblicks rührte er aber noch immer kein Glied, sondern hub zu beten an, so heiß und inbrünstig, wie ein Mensch betet, der nur noch auf Gottes Barmherzigkeit baut.

Als er dann schließlich sein Pferd antrieb, da regte sich in seinem Herzen frischer Mut. Er war jetzt bereit, alles über sich ergehen zu lassen, was ihm auch zustoßen mochte. Der heilige Georg kam ihm jetzt in den Sinn, der Abkömmling eines der größten Geschlechter in Kappadozien. Auch dieser hatte schmachvolle Marter erleiden müssen, aber nicht zur Unehre hatte ihm dies gereicht, nein, nach göttlichem Gesetz wurde er zum Schutzpatron aller namhaften Ritter erkoren. Von dessen Prüfungen hatte Jurand gar häufig von den Pilgern gehört, die aus fernen Ländern kamen, und die Erinnerung daran wirkte tröstend auf ihn ein.

Allmählich begann er aber wieder Hoffnung zu schöpfen. Die Kreuzritter waren freilich wegen ihrer Rachsucht bekannt, er zweifelte daher auch nicht daran, daß sie sich für all die Schmach, die er ihnen bei jedem Zusammentreffen angetan, und für die Furcht, die er ihnen lange Jahre hindurch eingeflößt hatte.

Allein gerade diese Erwägung verlieh ihm nun Willenskraft. Er sagte sich, Danusia sei sicherlich nur deshalb von den Ordensbrüdern entführt worden, um Gewalt über ihn zu bekommen. Wenn er sich aber ihnen stellte, weshalb sollten sie dann noch länger Danusia der Freiheit berauben? Sicherlich planten sie Schlimmes, weil sie aber in der Nähe von Masovien nichts gegen ihn zu unternehmen wagten, zwangen sie ihn, sich nach ihrer ferngelegenen Burg aufzumachen. Vielleicht legten sie ihn in Ketten, vielleicht drohte ihm lebenslängliche Haft in einem unterirdischen Kerker! Doch was wollte dies heißen, wenn er die Freiheit seines Kindes damit erkaufte? Sollte es auch ans Tageslicht kommen, daß man ihn in einen unterirdischen Kerker geworfen hatte, weder der Großmeister noch das Kapitel würde es den Kreuzrittern allzusehr verargen, denn seine, Jurands Hand hatte in der Tat schwer auf ihnen gelastet, von ihm hatten sie weit Schlimmeres zu erdulden gehabt, als von irgendeinem anderen Ritter auf der Welt. Sofort aber würde sie der Großmeister für die Festhaltung des unschuldigen Mägdleins bestrafen, der Schutzbefohlenen des Fürsten, um dessen Freundschaft sich jener in Anbetracht des drohenden Krieges mit dem König von Polen eifrigst bemühte.

Eine immer größere Ruhe bemächtigte sich Jurands. Er zweifelte jetzt keinen Augenblick mehr, daß Danusia nach Spychow zurückkehren, daß sie unter Zbyszkos mächtigem Schutz gegen jede Gefahr gesichert sein werde. Das ist ein tapferer Bursche, sagte er sich, er wird ihr kein Leid widerfahren lassen. Und er rief sich mit einer gewissen Rührung all das ins Gedächtnis zurück, was er von Zbyszko wußte. „Gegen die Deutschen hat der junge Ritter bei Wilna gekämpft, im Zweikampf hat er sich mit ihnen gemessen, er besiegte die Friesen, gegen die er mit dem Oheim stritt, gegen Lichtenstein ist er vorgegangen, vor dem Auerochsen hat er Danusia gerettet, den vier Kreuzrittern schickte er eine Herausforderung, von der er niemals abstehen wird."

Hier erhob Jurand die Augen gen Himmel und rief: „Ich wollte sie Dir weihen, o Gott, Du aber schenkst sie Zbyszko."

Würde sie aber Gott dem jungen Ritter zum Weib gegeben haben, so fragte er sich weiter, um sie dann in den Händen der Kreuzritter zugrunde gehen zu lassen? Nein, ihre Rettung war gewiß, dagegen vermochte keine Macht der Welt sich aufzulehnen. Und Zbyszko! Er war ja nicht nur tapfer, er war auch treu wie Gold. Bei ihm wird sie behütet sein, bei ihm wird sie heiße Liebe finden. „O Jesu!" betete er plötzlich laut, „gewähre dem Kind ein frohes Geschick und laß mich hoffen, daß sie bei ihm weder den fürstlichen Hof, noch die väterliche Liebe vermißt." Tränen traten bei diesen Worten in die Augen des Gebieters von Spychow und sein Herz krampfte sich schmerzlich zusammen. Ach, wie sehnte er sich, sein Kind wiederzusehen, wie wünschte er, wenn er denn doch aus dem Leben scheiden sollte, in Spychow bei den beiden ihm so teuren Wesen zu sterben und nicht in den dunklen Kerkern der Kreuzritter den letzten Atemzug aushauchen zu müssen. „Doch der Wille Gottes geschehe!" murmelte er vor sich hin. Szczytno war bereits zu sehen. Der Nebel wurde lichter und lichter, immer deutlicher traten die Mauern der Burg hervor. Die Stunde von Jurands Demütigung rückte heran. Er aber erstarkte mehr und mehr und sprach also zu sich: „Wohlan, der Wille Gottes geschehe! Ich stehe am Abend meines Lebens. Einige Jahre mehr, einige weniger, was will das heißen! Hei! Wohl möchte ich noch einmal die beiden Kinder sehen, doch jedem Menschen ist ein Lebensziel gesteckt. Was mir beschieden war, das habe ich genossen und ertragen, an wem ich Rache üben wollte, an dem rächte ich mich. Mein Geschick hat sich erfüllt. Bei Gott ist's besser sein als auf der Welt, was er uns auferlegt, das wird sich auch erfüllen. Danusia und Zbyszko, sie werden meiner nicht vergessen, wenngleich es besser für sie wäre, sie vergäßen meiner. Gewiß, wohl mehr als einmal werden sie sich fragen: Wo ist er jetzt? Lebt er noch, oder ist er schon in die himmlische Heimat eingezogen? Sie werden nach mir fragen, nach mir forschen. Auf Rache sind die Kreuzritter stets bedacht, doch Lösegeld verschmähen sie nie. Und Zbyszko wird damit nicht sparen, selbst wenn er auch nur meine Gebeine loskaufen könnte. Und mehr als eine Messe werden sie für mich lesen lassen, das ist gewiß. Ein dankbares, liebevolles Herz besitzen beide. O segnet sie dafür, Du o Gott, und Du, o heilige Mutter Gottes!"

Die Landstraße wurde indessen nicht nur immer breiter, sondern auch immer belebter. Unablässig zogen Wagen mit Holz und Strohbündeln beladen der Stadt zu. Viehhirten trieben ihre Herden dahin. Auch ein Bauer in Ketten wurde von vier Bogenschützen des Weges geleitet. Augenscheinlich sollte er eines Vergehens wegen vor Gericht gebracht werden, denn die Hände waren ihm auf den Rücken gebunden, an den Füßen aber trug er Fesseln, die auf dem Schnee schleifend, ihm das Gehen erschwerten. Mühsam und keuchend schleppte er sich weiter, während seine Wächter, die ihn beständig vorwärtstrieben, laut sangen. Als letztere Jurand erblickten, schauten sie ihn voll Neugierde an, offenbar ganz erstaunt über den mächtigen Reiter und das gewaltige Schlachtroß. Kaum bemerkten sie indessen die goldenen Sporen und den Rittergürtel, so senkten sie indessen die Armbrust zur Erde als Zeichen der Ehrerbietung und zur Begrüßung. In dem Städtchen ging es schon äußerst lebhaft zu. Ein jeder wich jedoch vor dem bewaffneten Ritter zur Seite, der die Hauptstraße einschlagend, sich zur Burg wandte, die noch immer in nebligem Dunst lag, und in der noch alles zu schlafen schien.

Außerhalb der Burg herrschte indessen nichts weniger als Ruhe. Ganze Schwärme von Krähen und Raben flogen, aufgescheucht durch den des Weges ziehenden Reiter, krächzend und mit den Flügeln schlagend, umher. Bald genug begriff Jurand, weshalb sich hier eine solch große Zahl dieser Vögel angesammelt hatte. Seitwärts am Weg, der zu dem Burgtor führte, stand ein hoher, breiter Galgen, an dem die Leichname von vier masurischen Bauern hingen, die wohl den Kreuzrittern untertan gewesen sein mochten. Da es völlig windstill war, hingen die Toten, die auf ihre Füße herabzuschauen schienen, fast ganz bewegungslos da und schaukelten nur dann hin und her, wenn die auf ihren Schultern und auf ihren Köpfen sitzenden Vögel sich gegenseitig zu vertreiben suchten, aufflogen, wieder zurückkehrten und mit ihren Schnäbeln auf die gesenkten Häupter einhackten. Die Bauern mußten schon lange an dem Galgen hängen, denn stellenweise lagen die Knochen an ihren Körpern ganz bloß, während sich die Beine unermeßlich in die Länge gezogen hatten. Beim Nahen Jurands schwang sich ein neuer Schwarm von Raben und Krähen mit lautem Gekrächze in die Luft, ließ sich aber dann bald wieder auf dem Querbalken des Galgens nieder. Das Zeichen des Kreuzes machend, ritt der Herr aus Spychow vorüber, hielt vor dem Graben an der Stelle an, an der die Zugbrücke über dem Tor aufgezogen war, und stieß in das Horn.

Ein zweites, ein drittes Mal ließ er sein Horn ertönen. Alles blieb ruhig. Kein lebendes Wesen war auf den Wällen zu sehen, kein Laut drang aus dem Tor hervor. Endlich, nach minutenlangem Warten, öffnete sich hinter einem, neben dem Burgtor eingemauerten Gitter knirschend eine Klappe und das bärtige Gesicht eines deutschen Kriegsknechtes wurde sichtbar.

„Wer da?" rief eine rauhe Stimme.

„Jurand aus Spychow!" antwortete der Ritter.

Daraufhin fiel die Klappe wieder rasch zu, und es trat abermals tiefes Schweigen ein.

Die Zeit verstrich. Auch nicht das geringste Geräusch drang aus dem Tor hervor. Dagegen wurde das Gekrächze der um den Galgen fliegenden Vögel immer lauter.

Eine geraume Zeit hindurch wartete Jurand geduldig, dann setzte er das Horn aufs neue an die Lippen.

Keine Antwort erfolgte. Es herrschte eine lautlose Stille. Allgemach wurde es Jurand klar, weshalb er vor dem Tor stehen mußte. Er kannte die Kreuzritter, er wußte, mit welch grenzenlosem Hochmut sie die Besiegten behandelten. Wie ein Bettler sollte er gedemütigt werden. Keine Minute zweifelte er daran, daß er vielleicht bis zum Abend oder noch länger zu warten habe. Im ersten Augenblick drohte ihn der Zorn zu übermannen. Am liebsten wäre er vom Pferd gestiegen, und hätte einen der Steine, die am Graben lagen, gegen das Gitter geschleudert. In einem anderen Fall würde sowohl er wie jeder masovische oder polnische Ritter dies getan haben, dann hätten sie hinter dem Tor hervorbrechen und sich ihm zum Kampf stellen müssen. Jetzt bezwang er sich indessen abermals, indem er sich ins Gedächtnis zurückrief, weshalb er hierhergekommen war.

„Gibt es ein Opfer, das ich nicht für das Kind bringen würde?" fragte er sich.

Und geduldig wartete er vor der Burg.

Mittlerweile war es auf den Zinnen lebendig geworden. Da und dort tauchten Köpfe in Pelzumhüllung, in dunklen Kapuzen, ja, in Blechhauben empor, und mehr als ein Augenpaar warf neugierige Blicke auf den Ritter. Mit jeder Minute vermehrte sich die Zahl dieser Beobachter, war es doch für die Besatzung ein unerhörter Anblick, den gefürchteten Gebieter von Spychow einsam vor dem Burgtor auf seinem Streitroß halten zu sehen. Wer sich ihm früher genähert hatte, der ging einem sicheren Tod entgegen, nun aber konnte man ihn gefahrlos, nach Herzenslust betrachten. Nach und nach wurden all diese Neugierigen immer sichtbarer, so daß schließlich die Zinnen in der Nähe des Tores geradezu mit Kriegsknechten bedeckt waren. Jurand glaubte nichts anderes, als daß auch die Vorgesetzten durch das Gitterfenster in dem an das Tor angebauten Turm auf ihn blickten. Er schaute daher empor, überzeugte sich aber sofort von seinem Irrtum. Aus diesem, tief in die dicken Mauern eingefügten Fenster vermochte man nur in die Ferne zu sehen. Dagegen begann nun die auf der Brustwehr angesammelte Schar, die sich bis jetzt ganz still verhalten hatte, lauter und lauter zu werden. Dieser und jener nannte Jurands Namen, rohes Lachen ertönte, ein heiseres Geschrei, ein wüstes Geheul wie von Wölfen erhob sich, stets rücksichtsloser, stets verwegener wurden die Rufe, und da kein Mensch diese Ausschreitungen steuerte, wurde schließlich der Gebieter von Spychow mit Schnee beworfen. Kaum setzte indessen letzterer sein Roß, wie unwillkürlich, leise in Bewegung, so hörte sofort das Werfen mit Schnee auf, das Geschrei verstummte, ja, etliche der Helden verschwanden hinter den Mauern. In solcher Weise war Jurands Name gefürchtet. Nur zu bald kam es jedoch den feigherzigen Memmen zum Bewußtsein, daß sie ja durch Gräben und Wälle von dem schreckeneinjagenden Masuren getrennt waren, sie huben daher nicht nur von neuem an, den Harrenden mit Schnee zu bewerfen, sondern sie schleuderten ganze Eisschollen, Mörtel und Steine auf ihn, die mit lautem Geklirr von der Rüstung des Ritters, von dem Sattelzeug des Rosses absprangen.

„Für das Kind ist mir kein Opfer zu schwer", sagte sich Jurand.

Und er wartete und wartete. Die Mittagszeit nahte heran. Die Zinnen verödeten, denn die Söldner begaben sich zum Mahl. Nur etliche, welche die Wache hatten, aßen auf der Brustwehr und vergnügten sich dabei, den hungrigen Ritter mit den abgemagerten Knochen zu bewerfen. Dann verhöhnten sie sich gegenseitig, indem einer den anderen fragte, wer wohl von ihnen den Mut haben werde, zu jenem hinabzusteigen, um ihm mit der Faust einen Schlag in den Nacken oder mit dem Speer einen Stoß zu versetzen. Verschiedene, die von dem Mahl zurückkehrten, riefen ihm zu, er möge es nur sagen, wenn er des Wartens müde sei, an dem Galgen befinde sich noch ein freier Haken, an dem auch schon der Strick hänge. Und unter solchen Spottreden, unter solch wüstem Geschrei schwanden die Stunden dahin, der kurze Wintertag neigte sich seinem Ende zu. Der Abend brach an. Jedoch die Zugbrücke wurde nicht herabgelassen, das Tor blieb geschlossen.

Plötzlich erhob sich ein Wind, der den Nebel zerteilte. Das von der Abendröte vergoldete Firmament wurde sichtbar. Bläulich violett schimmerte der Schnee. Der Frost ließ nach, die Nacht versprach schön zu werden. Nur die Wache befand sich noch auf der Zinne. Die Krähen und Raben flogen von dem Galgen hinweg, dem Wald zu. Dunkler und dunkler wurde es, eine völlige Stille trat ein.

„Erst in der Nacht werden sie mir das Tor öffnen", dachte Jurand.

Während eines Augenblickes erwog er es ernstlich, ob er nicht in das Städtchen zurückkehren solle, rasch verwarf er aber wieder diesen Gedanken. „Es ist ihr Wille, daß ich hier stehe", sagte er sich. „Wenn ich mich auch jetzt von hier entferne, lassen sie mich doch nicht wieder ziehen. Sie werden mich umzingeln, und weil sie sich dann meiner gewaltsam bemächtigt haben, erklären, sie seien mir zu nichts verpflichtet. Was nützt es daher, hinwegzureiten, ich muß ja doch wieder zurückkehren."

Die von fremden Chronisten gerühmte, erstaunliche Ausdauer der polnischen Ritter im Ertragen von Kälte, Hunger und Beschwerden aller Art, befähigte diese häufig zum Vollbringen von Taten, die auszuführen die verweichlichten Bewohner des Westens niemals imstande gewesen wären. Jurand aber besaß diese Ausdauer in noch höherem Maß als alle anderen. Wenn sich ihm daher auch vor Hunger die Eingeweide zusammengezogen haben, wenn ihn auch die nächtliche Kühle trotz des über die Rüstung geworfenen Pelzes erschauern machte, er hielt auf seinem Posten aus, er hätte selbst dem Tod zu trotzen gewagt.

Plötzlich indessen – es herrschte schon fast tiefe Nacht – hörte er hinter sich feste Schritte auf dem knirschenden Schnee.

Sich umschauend, gewahrte er sechs Männer von der Stadt her des Weges kommend. Sie alle waren mit Lanzen und Hellebarden bewaffnet, während ein siebenter, der in ihrer Mitte einherging, ein Schwert trug.

„Vielleicht wird jetzt das Tor geöffnet, und ich komme auch hinein", dachte Jurand. „Mit Gewalt werden sie mich doch nicht ergreifen wollen, sie werden auch nicht versuchen, mich zu töten, denn ihre Zahl ist zu gering dazu. Planen sie aber doch einen Angriff auf mich, so dient mir dies als Beweis, daß sie ihr Versprechen nicht zu halten gedenken, und dann wehe ihnen."

Unverweilt ergriff er die stählerne Streitaxt, die am Sattel hing und die so schwer war, daß jeder andere Mann sie nur mit zwei Händen hätte fassen können, und wendete sein Roß ihnen zu.

Jene aber dachten nicht daran, ihn zu überfallen. Im Gegenteil, die Kriegsknechte stießen sofort die Lanzen und Hellebarden in den Schnee, wobei ihnen indessen, wie Jurand, da er sich ganz in ihrer Nähe befand, deutlich bemerkte, die Hand doch ein wenig zitterte.

Der siebente Kriegsknecht, der außerdem der älteste zu sein schien, streckte sofort den linken Arm aus und fragte, mit dem Finger vor sich deutend: „Seid Ihr, Herr Ritter, Jurand aus Spychow?"

„Ich bin es."

„Wollt Ihr hören, weshalb ich hierher gesandt wurde?"

„Ich höre."

„Der tapfere und mächtige Komtur von Danveld befahl mir, Euch zu sagen, o Herr, daß wenn Ihr nicht vom Pferd steigt, Euch das Tor nicht geöffnet werde."

Während einiger Minuten saß Jurand ganz bewegungslos da, dann stieg er rasch vom Pferd, auf das sofort einer der Lanzenträger sprang.

„Die Waffen müßt Ihr uns auch ausliefern", ließ sich aufs neue der Söldner mit dem Schwert vernehmen.

Der Gebieter von Spychow zauderte eine geraume Zeit. „Wie", so fragte er sich, „wenn sie dann auf mich Unbewaffneten stürzen, wenn sie mich wie ein wildes Tier niederstoßen? Oder könnten sie mich nicht auch ergreifen und in einen unterirdischen Kerker werfen? Doch nein, wenn sie einen Überfall planten, wären sie dann nicht in größerer Zahl erschienen, hätten sie es nicht unterlassen, ihr Waffen so nahe bei mir in den Schnee zu stoßen? Würde es dann nicht ein leichtes für mich sein, die erste beste Waffe an mich zu reißen und alle zu erschlagen, bevor Hilfe eintreffen kann? Nein, dazu kennen sie mich zu gut."

„Doch wenn dies auch der Fall wäre", fragte er sich weiter, „wenn mein Blut fließen soll, was zaudere ich? Habe ich denn etwas anderes erwartet, als ich mich hier einstellte?"

Ohne noch lange zu zögern, warf er nun zuerst die Streitaxt, dann sein Schwert und schließlich das „Misericordia" von sich und harrte abermals der Dinge, die da kommen sollten. Rasch nahmen die Lanzenträger und Hellebardiere die Waffen an sich, während jener, der Jurand zuvor angeredet hatte, sich diesem noch mehr näherte, vor ihm stehenblieb und mit erhobener Stimme kühn zu sprechen anhub: „Für all die Beschimpfungen, die du dem Orden zugefügt hast, sollst du dich nun, so lautet der Befehl des Komturs, in diesen härenen Sack hüllen, die Scheide dieses Schwertes an einem Strick um den Hals hängen, und so lange vor dem Tor wartend stehen, bis es dir durch die Gnade des Komturs geöffnet werden wird."

Kaum waren die Worte verklungen, so stand Jurand wieder allein in der Dunkelheit und in der nächtlichen Stille. Vor ihm auf dem Schnee lagen das Bußgewand und der Strick. Lange schaute er darauf. Ihm war es, als ob in ihm etwas entzweigegangen, als ob etwas in ihm vernichtet und erstorben sei, ihn dünkte, er sei nicht mehr der gewaltige Ritter, nicht mehr Jurand aus Spychow, sondern ein armseliger Sklave ohne Namen, ohne Ruhm, ohne Ehre.

Erst nach Verlauf einiger Minuten machte er etliche Schritte vorwärts, indem er laut sagte: „Was soll ich tun? Du, Christus, Du weißt es: mein unschuldiges Kind erwürgen sie, wenn ich nicht alles ausführe, was sie befehlen. Und Du weißt es auch, daß ich um des eigenen Lebens willen mich niemals zu einem solchen Tun verstanden hätte! Bitter ist's, Schmach und Schande auf sich zu nehmen! Schmerzlich ist es! Doch auch Du hast vor dem Kreuzestod Schmach und Schande erlitten. Es sei denn ... Im Namen des Vaters und des Sohnes."

Rasch beugte er sich nieder, hüllte sich in den Sack, in dem Löcher für den Kopf und die Arme eingeschnitten waren, schlang sich den Strick mit der Scheide des Schwertes um den Hals und schleppte sich an das Tor.

Doch nach wie vor blieb dasselbe geschlossen. Was kümmerte es aber nun noch den Gebieter von Spychow, ob das Tor ihm früher oder später geöffnet werde! In nächtlichem Schweigen lag die Burg. Dann und wann nur zeigte sich die Wache auf der Brustwehr. Ein einziges, hoch oben gelegenes Fenster des am Tor stehenden Turmes war erhellt, aus keinem der anderen erstrahlte auch nur der geringste Lichtschein.

Langsam schwanden die Stunden dahin. Am Himmel stieg die Mondsichel empor und warf ihren silbernen Schimmer auf die finstere Burg. Eine solche Stille herrschte, daß Jurand das Klopfen des eigenen Herzens hätte hören können. Jedoch er schien wie erstarrt, wie versteinert zu sein. Über nichts vermochte er sich Rechenschaft zu geben, ihm war, als ob seine Seele schon entflohen sei. Ein Gedanke allein verfolgte ihn ... Nein, er war nicht mehr der gewaltige Ritter Jurand aus Spychow – zu was er aber herabgesunken war – darüber konnte er nicht klarwerden ... Zuweilen kam es auch über ihn, als ob von jenem Galgen her der Tod leise, leise über den Schnee zu ihm heranschleiche ...

Plötzlich indessen erbebte er am ganzen Körper und fuhr aus seiner Erstarrung empor: „O allbarmherziger Christus! Was ist das?"

Aus dem erleuchteten Fenster des Turmes ertönte der anfänglich kaum vernehmbare Klang einer Laute. Auf seinem Ritt nach Szczytno war Jurand der festen Überzeugung gewesen, Danusia befinde sich nicht in der Burg, doch dieser Lautenklang in der Stille der Nacht erschütterte ihn aufs höchste. Nur zu gut kannte er diese Weise. Wer sollte sie denn sonst spielen als sein Kind, sein einziges, geliebtes Kind! ... Wie in Fieberhitze zitternd, stürzte er auf die Knie, faltete die Hände zum Gebet und lauschte und lauschte.

Inzwischen hub eine halb kindliche, halb sehnsüchtig klingende Stimme zu singen an:

> *Wie wär' ich gerne*
> *Ein Gänslein klein,*
> *ich flög' in die Ferne*
> *zu Jasio mein!*

Jurand wollte aufschreien, wollte den geliebten Namen rufen, jedoch die Worte erstarben ihm in der wie von einer eisernen Klammer zusammengepreßten Kehle. Der plötzlich mit aller Macht hervorbrechende Schmerz, die Tränen, die Sehnsucht, der Jammer drohten ihm die Brust zu zersprengen. Sich mit dem Gesicht auf den Schnee werfend, rief er mit der leidenschaftlichen Inbrunst, mit der man ein Dankgebet spricht: „O Jesu! So höre ich denn noch einmal die Stimme meines Kindes! O Jesu! ..."

Ein heftiges Schluchzen erschütterte den gewaltigen Körper Jurands. Aus dem Turm aber ertönte wiederum der sehnsüchtige Gesang in die Stille der Nacht hinaus:

> *In Schlesien flög' ich nieder*
> *Auf grünem Rain,*
> *die Waise sieh wieder,*
> *O Jasienko mein!*

Da plötzlich erhielt der vor dem Tor liegende Ritter von der rohen Hand eines bärtigen Kriegsknechtes einen heftigen Stoß in die Seite.

„Auf die Beine, Hund! ... Das Tor ist offen, der Komtur befiehlt dir, vor ihm zu erscheinen."

Jurand fuhr wie aus einem Traum empor. Doch er ergriff weder den Söldner an der Kehle, noch zermalmte er ihn mit seinen eisernen Händen, nein, mit einem ergebenen, fast demütigen Gesichtsausdruck erhob er sich und folgte, ohne ein Wort zu sprechen, seinem Führer durch das Tor.

Gleich darauf vernahm er hinter sich das Klirren von Ketten, die Zugbrücke wurde in die Höhe gezogen, das schwere, eiserne Gitter des Tores fiel herab.

Fünfter Teil

Erstes Kapitel

Im Vorhof der Burg angelangt, wußte Jurand anfangs nicht, wohin er sich wenden solle, da der Kriegsknecht, der ihn durch das Tor geführt hatte, ihn dann verließ und sich den Stallungen zuwandte. Allüberall auf den Zinnen standen Söldner, da und dort befand sich ein einzelner, an anderen Stellen waren mehrere beisammen, jedoch ihre Mienen waren so frech, ihre Blicke so höhnisch, daß der Ritter sich sagen mußte, sie würden ihm den Weg nicht zeigen, und wenn sie seine Fragen überhaupt beantworteten, dies nur auf grobe und verächtliche Weise tun.

Manche lachten, indem sie mit den Fingern auf ihn zeigten, von anderen wurde er mit Schnee beworfen. Er aber, der jetzt eine Tür gewahrte, die höher und breiter war als alle anderen und über der ein Christusbild aus Stein angebracht war, schritt darauf zu, weil er dachte, wenn der Komtur und die Ältesten sich in einem anderen Teil der Burg befänden, müsse ihn doch jemand über seinen Irrtum aufklären und auf den richtigen Weg weisen.

Und so geschah es auch. Im Augenblick, als Jurand sich jener Tür näherte, öffneten sich plötzlich die beiden Türflügel, und ein Jüngling trat hervor, dessen Haupt wie das eines Klerikers geschoren war, der aber weltliche Kleidung trug.

„Seid Ihr Jurand, der Herr aus Spychow?" fragte er.

„Ich bin es!"

„Der Komtur befahl mir, Euch zu geleiten. Folgt mir!"

Und er führte ihn durch den gewölbten Gang der Treppe zu. An den Stufen blieb er indessen stehen und Jurand mit dem Blick messend, fragte er: „Ihr tragt doch keine Waffen bei Euch? Man befahl mir, Euch zu durchsuchen."

Da richtete sich Jurand hoch auf, so daß der Jüngling seine kraftvolle Gestalt so recht ins Auge fassen konnte, und entgegnete: „Gestern habe ich alle ausgeliefert."

Jetzt dämpfte der Führer die Stimme und sagte beinahe im Flüsterton: „Dann hütet Euch, Eurem Zorn die Zügel schießen zu lassen, denn einer mächtig waltenden Hand seid Ihr anheimgegeben!"

„Aber durch den Willen Gottes!" antwortete Jurand.

Bei diesen Worten betrachtete er seinen Führer aufmerksam, und da er in dessen Antlitz etwas wie Mitgefühl wahrnahm, fügte er hinzu: „Offenheit und Redlichkeit schauen dir aus den Augen, o Jüngling! Willst du mir daher aufrichtig das beantworten, was ich dich frage?"

„Sprecht schnell!" sagte der Führer.

„Werden sie nun, da ich gekommen bin, mein Kind freigeben?"

Der Jüngling zog verwundert die Brauen zusammen.

„Euer Kind ist es also, das sich hier befindet?"

„Meine Tochter."

„Die Jungfrau in dem Turm am Tor?"

„Ja! Sie versprachen, das Kind zurückzuschicken, wenn ich mich selbst stelle."

Der Führer machte eine Bewegung mit der Hand, zum Zeichen, daß er nichts wisse, aber sein Gesicht drückte Besorgnis und Zweifel aus.

Und Jurand fragte weiter: „Es ist doch wahr, daß sie unter dem Schutz von Szomberg und Markwardt steht?"

„Die beiden befinden sich gar nicht in der Burg. Bringt die Jungfrau fort, Herr, ehe der Starost Danveld wieder gesundet."

Als Jurand dies vernahm, begann er zu zittern, aber er hatte keine Zeit, noch mehr zu fragen, da sie nun in den oberen Stock und zu dem Saal gelangt waren, wo Jurand vor das Antlitz des Starosten von Szczytno treten sollte. Der Jüngling öffnete die Tür und zog sich dann sofort wieder zurück.

Der Gebieter von Spychow überschritt die Schwelle und befand sich in einer ungewöhnlich großen, aber düsteren Kemenate, da die in Blei gefaßten Fensterscheiben nur wenig Licht zuließen, der Tag aber trübe und winterlich war. Am äußersten Ende des Saales brannte zwar ein Feuer in dem großen Kamin, jedoch die feuchten Holzscheite leuchteten kaum. Erst nach einer gewissen Zeit, als Jurand sich an das Halbdunkel gewöhnt hatte, gewahrte er im Hintergrund einen Tisch, woran einige Ritter saßen, und hinter diesen eine ganze Schar bewaffneter Knappen, sowie bewaffneter Knechte, unter denen sich der Hofnarr befand, der einen zahmen Bären an der Kette hielt.

Schon in früherer Zeit war Jurand mit Danveld zusammengetroffen, dann hatte er ihn zweimal am Hof des Fürsten von Masovien als Gesandten gesehen, seitdem waren einige Jahre verflossen. Trotz des Halbdunkels erkannte er ihn daher sofort wieder an den Umrissen seiner feisten Gestalt und seines Gesichtes, sowie auch daran, daß er in der Mitte auf einem Armstuhl saß und die geschiente Hand auf die Lehne stützte. An seiner rechten Seite saß der alte Zygfryd de Löwe aus Insburk, der unversöhnliche Feind Jurands und des polnischen Stammes überhaupt, an seiner linken die jüngeren Brüder Godfryd und Rotgier. Danveld hatte sie absichtlich herbeschieden, damit sie seinen Triumph über diesen furchtbaren Widersacher mit ansehen konnten. So saßen sie denn gemächlich da, in weiche, dunkle Tuchgewänder gekleidet, mit leichten Schwertern an der Seite, froh erregt und voll Selbstbewußtsein.

Lange Zeit herrschte tiefes Schweigen, denn sie wollten sich weiden an dem Anblick des Mannes, den sie früher geradezu gefürchtet hatten, und der jetzt tiefgebeugt vor ihnen stand, der jetzt in einen härenen Sack gehüllt war und um den Hals einen Strick trug, an dem die Scheide eines Schwertes hing.

Offenbar wünschten sie auch, daß eine große Anzahl von Leuten seine Demütigung mit ansehe, denn durch die in die anderen Stuben führenden Seitentüren konnte eintreten, wer Lust hatte, und bald war der Saal fast zur Hälfte mit Bewaffneten angefüllt. Alle schauten mit unendlicher Neugierde auf Jurand, sprachen laut und machten Bemerkungen über ihn. Er aber faßte wieder Mut bei ihrem Anblick, denn er sagte sich, wenn Danveld nicht halten wollte, was er versprach, so hätte er nicht so viele Zeugen geladen.

Da gebot Danveld durch eine Handbewegung Schweigen und gab einem der Knappen ein Zeichen, worauf dieser sich Jurand näherte und den Strick an dessen Hals erfassend, ihn um einige Schritte näher zu dem Tisch heranzog.

Jetzt nahm Danveld das Wort auf und sagte zu dem Gefangenen: „Du hast dich mit dem Orden herumgebissen wie ein wütender Hund, deshalb fügte es Gott, daß du wie ein Hund mit einem Strick um den Hals vor uns stehst und unserer Gnade, unserem Erbarmen anheimgegeben bist."

„Vergleiche mich nicht mit einem Hund, Komtur", entgegnete Jurand, „denn damit nimmst du auch all denen die Ehre, die mit mir kämpften und durch meine Hand fielen."

Auf diese Worte hin erhob sich ein Gemurmel unter den bewaffneten Mannen, doch wäre es schwer zu sagen gewesen, ob die über diese kühne Antwort erzürnt oder von ihrer Richtigkeit betroffen waren.

Aber eine derartige Wendung des Gespräches behagte dem Komtur nicht und er sagte: „Seht, sogar hier besudelt er uns voll Hochmut und voll Hoffart mit seinem Geifer."

Und Jurand hob die Hände empor wie ein Mensch, der den Himmel zum Zeugen anruft, und entgegnete, das Haupt schüttelnd: „Gott weiß, daß meine Hoffart mich verließ, als ich den Fuß in diese Burg setzte. Gott weiß aber auch und wird darüber richten, ob Ihr Euch nicht selbst beschimpft und in mir den ganzen Ritterstand, indem Ihr mich beschimpft. Denn die Ritterehre ist das, was jeder Gegürtete hochhalten sollte."

Danveld runzelte die Stirn, aber in diesem Augenblick bewegte der Narr die Kette, woran er den Bären festhielt, so daß sie laut klirrte, und rief aus: „Eine Strafpredigt! Eine Strafpredigt! Ein Prediger aus Masovien ist zu uns hierhergekommen! Hört! Eine Strafpredigt! ..."

Dann wandte er sich zu Danveld:

„Herr", sagte er, „als Graf Rosenheim durch den Glöckner wegen der Predigt allzufrüh erweckt wurde, befahl er ihm, die Schnur des Glockenturms von einem Knoten zum anderen aufzuessen. Dieser Prediger hat ein Seil um den Hals, befiehl ihm, es aufzuessen, bevor die Predigt zu Ende ist."

Während er so sprach, blickte er indessen mit einer gewissen Unruhe auf den Komtur, weil er nicht sicher war, ob jener lachen oder ihn wegen der unzeitigen Bemerkung auspeitschen lassen werde.

Als er jedoch sah, daß Danveld über seine Scherze durchaus nicht ungehalten war, wurde er kühn und schrie: „Hole den Striegel und kämme den Bären, dann mag er dir als Gegendienst die Haarzotteln kämmen!"

Daraufhin ließ sich da und dort Gelächter vernehmen, und aus den Umherstehenden rief jemand: „Im Sommer wirst du das Rohr am See schneiden!"

„Und mit Aas Krebse fangen", rief ein anderer.

Ein dritter aber fügte hinzu: „Und jetzt fange an, die Krähen von dem Galgen zu verscheuchen. An Arbeit soll es dir hier nicht mangeln."

So verhöhnten sie Jurand, der ihnen einst so furchtbar erschienen war. Allmählich überkam eine gewisse Fröhlichkeit die ganze Versammlung. Manche traten hinter dem Tisch hervor, näherten sich dem Gefangenen, um ihn genau zu betrachten, und sagten: „Dies ist also der wilde Eber, dem unser Komtur die Hauzähne ausschlug. Er hat gewiß Schaum vor dem Maul, gar gerne würde er beißen, aber er kann nicht!" Danveld und die anderen Ritter, die anfangs dieser Vernehmung des Gefangenen den Anschein einer feierlichen Gerichtssitzung hatten geben wollen und nun sahen, daß die Sache eine andere Wendung nahm, erhoben sich alle von den Bänken und gesellten sich zu denen, die bei Jurand standen.

Der alte Zygfryd aus Insburk sah dies ungern, doch der Komtur sprach zu ihm: „Runzelt die Stirn nicht, es wird noch größere Lustbarkeit geben!" Und auch sie begannen Jurand zu betrachten, da sich eine solche Gelegenheit selten bot, denn war einer der Ritter oder Knechte ihm zuvor so nahe gekommen, so schlossen sich meist dann seine Augen für immer.

Manche sagten: „Breitschultrig ist er, wennschon er ein dickes Fell unter dem Sack hat, man könnte ihn mit Erbsenstroh umwinden und auf den Jahrmarkt führen." Wieder andere riefen nach Bier, damit der Tag sich noch fröhlicher für sie gestalte.

In der Tat vernahm man nach wenigen Augenblicken das Klappern der gefüllten Krüge, und der düstere Saal erfüllte sich mit dem Geruch des unter den Deckeln hervorquellenden Schaumes. Der aufgeheiterte Komtur erklärte laut: „So ist es gerade recht, er soll nicht denken, daß sein Verhör eine wichtige Sache für uns ist." Deshalb näherten sie sich ihm wieder und ihn mit ihren Krügen unter das Kinn stoßend, sagten sie: „Du würdest wohl gerne trinken, du masurischer Rüssel?" Manche gossen sich Bier in die Hand und spritzten es ihm in die Augen, er aber stand da wie vernichtet, zuletzt aber stürzte er auf den alten Zygfryd zu, und offenbar fühlend, daß er sich nicht länger beherrschen könne, schrie er laut genug, um den im Saal herrschenden Lärm zu übertäuben: „Bei dem Leiden

Christi und Eurem ewigen Seelenheil, gebt mir mein Kind zurück, wie Ihr versprochen habt!"

Und er wollte die Hand des alten Komturs ergreifen, jedoch dieser wich rasch zurück und rief: „Fort von mir, Sklave, was begehrst du?"

„Ich entließ Bergow aus der Gefangenschaft und bin selbst hierhergekommen, weil Ihr verspracht, daß Ihr mir dafür meine Tochter wiedergebt, die sich hier befindet."

„Wer versprach dir dies?" fragte Danveld.

„Auf Glauben und Gewissen, du, Komtur!"

„Zeugen hast du jedoch nicht, und in diesem Fall könnte von einer Berufung auf Zeugen auch nicht die Rede sein, da es sich um mein Versprechen und um meine Ehre handelt!"

„Ich beschwöre dich bei deiner Ehre! Bei der Ehre des Ordens!" rief Jurand.

„Die Tochter soll dir wiedergegeben werden", antwortete Danveld. Dann wandte er sich zu der Versammlung und sprach: „Alles, was ihm hier widerfuhr, ist unschuldiger Zeitvertreib und steht nicht in richtigem Verhältnis zu seinen Verbrechen. Dieweil wir aber versprachen, ihm die Tochter wiederzugeben, sobald er sich stelle und sich vor uns demütige, soll es sich auch zeigen, daß wir unser Wort halten, indem wir jenes Mädchen, das wir den Händen der Räuber entrissen, freilassen und nach des Gefangenen strenger Buße wegen seiner Sünden gegen uns, auch ihm gestatten, sich in seine Burg zu begeben."

Diese Rede setzte viele in Erstaunen, da sie Danveld und seinen langjährigen Haß auf Jurand kannten und solche Zugeständnisse nicht von ihm erwartet hatten. Der alte Zygfryd sowie Rotgier und Bruder Godfryd schauten ihn daher voll Verwunderung an, indem sie die Stirn runzelten, jener indessen tat, als ob er die fragenden Blicke nicht sehe, und setzte hinzu: „Deine Tochter werden wir unter Bedeckung zurücksenden, du aber bleibst hier, bis ihre Begleiter ungefährdet wiedergekehrt sind und du das Lösegeld bezahlt hast.

Jurand selbst war ein wenig erstaunt, denn er hatte schon die Hoffnung aufgegeben, daß sein Opfer Danusia etwas nützen werde. Deshalb schaute er fast dankbar auf Danveld und erwiderte: „Gott lohne dir, Komtur! Da ich aber das Kind lange Zeit nicht gesehen habe, gestatte mir, es zu umarmen und ihm meinen Segen zu geben."

„Wohl, doch nur in Gegenwart all der Unsrigen, daß sie Zeugen unserer Treue und unserer Gnade sind!"

So sprechend, gebot er einem auf der Seite stehenden Knappen, Danusia hereinzuführen, er selbst aber trat zu Zygfryd de Löwe, Rotgier und Godfryd heran, die ihn sofort umringten und eifrig auf ihn einzureden begannen.

„Ich werde keinen Einspruch erheben, obgleich ich ganz andere Absichten hatte", erklärte der alte Zygfryd.

Und der heißblütige, wegen seiner Tapferkeit und Grausamkeit berüchtigte Rotgier sagte: „Wie! Nicht nur das Mädchen, sondern auch diesen verteufelten Hund läßt du frei, auf daß er uns wiederum beißen kann?"

„Nun wird er sich noch toller gebärden!" rief Godfryd aus.

„Das Lösegeld wird er jedenfalls bezahlen!" entgegnet Danveld in sorglosem Ton.

„Und wenn er auch alles hingibt, so stiehlt er in einem Jahr wieder zweimal soviel zusammen."

„Ich erhebe keinen Einwand wegen des Mädchens", wiederholte Zygfryd, „aber ist der Wolf frei, so müssen die Schäfchen des Ordens dafür büßen."

„Und unser Wort?" fragte Danveld lachend.

„Du hattest früher andere Ansichten ..."

Danveld zuckte die Achseln: „Habt Ihr Euch noch nicht genug ergötzt?" fragte er. „Verlangt Euch nach größerer Belustigung?"

Die anderen umringten Jurand abermals, und überzeugt, daß von dem Lob, das Danveld ob seiner Redlichkeit gezollt wurde, ein Abglanz auch auf sie falle, überboten sie sich dem Gefangenen gegenüber in Prahlereien.

„Was meinst du, Steinadler", sagte der Hauptmann der Bogenschützen, „Deine heidnischen Brüder würden doch mit unseren christlichen Rittern nicht so verfahren?"

„Du aber hast dich in unserem Blut berauscht."

„Und für Steine gaben wir dir Brot."

Doch Jurand achtete kaum auf den Hochmut, die Verachtung, die in diesen Worten lagen. Sein Herz war allzu voll, in seinen Augen standen Tränen. Dachte er doch, daß er dieses Wiedersehen der Gnade der Kreuzritter verdanke. Deshalb blickte er beinahe treuevoll auf die Sprechenden und schließlich sagte er: „Das ist die Wahrheit! Das ist die Wahrheit! Schwer bedrückte ich Euch, aber ... Hinterlist kannte ich nicht."

In diesem Augenblick rief eine Stimme am anderen Ende des Saales: „Sie bringen das Mädchen!" und sofort trat tiefe Stille ein. Die Söldlinge stellten sich in zwei Reihen einander gegenüber auf, und da keiner von ihnen bisher Jurands Tochter gesehen hatte, war ihr Interesse um so größer, als Danveld seine Tat in den Schleier des Geheimnisses gehüllt hatte und ihnen bisher nichts von der Ankunft des Mädchens in der Burg bekannt gewesen war. Die wenigen unter den Anwesenden, die schon davon wußten, teilten flüsternd Bemerkungen über die wunderbare Schönheit der Erwarteten aus, aller Augen richteten sich daher mit außerordentlicher Neugier auf die Tür, durch die sie eintreten sollte.

Zuerst erschien ein Knappe, hinter ihm die allen wohlbekannte Dienerin des Ordens, dieselbe, die sich einige Zeit in dem Jagdschlößchen aufgehalten hatte, und dieser folgte ein weißgekleidetes Mädchen mit aufgelösten, durch eine Stirnbinde festgehaltenen Haaren.

Und plötzlich ließ sich ein lautes Gelächter im ganzen Saal vernehmen. Jurand, der auf seine Tochter zugeeilt war, fuhr sofort wieder zurück und stand wie erstarrt, mit totenbleichem Antlitz da, indem er voll Verwunderung auf den spitzen Kopf, die bläulichen Lippen und blöden Augen der Jammergestalt sah, die für Danusia galt.

„Das ist nicht meine Tochter!" sagte er mit bebender Stimme.

„Nicht deine Tochter?" rief Danveld. „Beim heiligen Liborius von Paderborn, dann ist es entweder nicht deine Tochter gewesen, die wir den Händen der Räuber entrissen, oder irgendein Schwarzkünstler hat sie verzaubert, denn eine andere Jungfrau befindet sich nicht in Szczytno."

Der alte Zygfryd, Rotgier und Godfryd wechselten Blicke miteinander, die das größte Staunen über Danvelds Schlauheit und Verschlagenheit ausdrückten, doch keiner von ihnen hatte Zeit, sich zu äußern, da Jurand in diesem Augenblick mit furchtbarer Stimme ausrief: „Ja! Es befindet sich noch eine Jungfrau in Szczytno. Ich hörte, wie sie sang, ich hörte Danusias Stimme!"

Nun wandte sich Danveld zu den Versammelten, indem er in ruhigem, entschiedenem Ton erklärte: „Ich rufe Euch, die hier Anwesenden, besonders aber dich, Zygfryd aus Insburk und Euch, Rotgier und Godfryd zu Zeugen darüber auf, daß ich meinem Wort und Versprechen gemäß, diese Jungfrau, die nach der Aussage der durch uns überwältigten Räuber die Tochter Jurands aus Spychow ist, zurückgebe. Ist diese Aussage unrichtig – dann darf man uns keine Schuld beimessen, wohl aber eine glückliche Fügung darin sehen, daß durch dieses Mittel Jurand in unsere Gewalt gekommen ist."

Zygfryd sowie die beiden jüngeren Brüder neigten ihre Häupter zum Zeichen, daß sie seine Worte gehört hatten und Zeugnis ablegen wollten, wenn es nötig sei. Und abermals wechselten sie rasche Blicke – war dies doch mehr, als sie selbst hatten erwarten können, denn welcher andere wäre imstande gewesen, Jurand festzunehmen, ihm die Tochter vorzuenthalten und den Anschein zu wahren, als ob er das gegebene Versprechen einlöse?

Aber Jurand warf sich auf die Knie nieder und beschwor Danveld bei allen Reliquien von Marienburg sowie bei der Asche seiner Väter, ihm die Tochter zurückzugeben und nicht wie ein Betrüger, ein Verräter an ihm zu handeln, der sich durch keinen Eid, kein Versprechen gebunden glaube. In seiner Stimme lag so viel ungeheuchelte Verzweiflung, daß manche der Anwesenden sich sagten, hier müsse ein Geheimnis im Spiel sein, wieder andere hingegen auf den Gedanken kamen, irgendein Schwarzkünstler müsse in der Tat die Gestalt des Mädchens verwandelt haben.

„Gott sieht auf deinen Verrat nieder!" rief Jurand. „Bei den Wundmalen des Erlösers! Bei deiner Todesstunde! Gib mir mein Kind zurück!"

Und sich erhebend, schritt er tiefgebeugt auf Danveld zu, wie wenn er dessen Knie umfassen wolle, während seine Augen glühten wie im Wahnsinn, und er in abgerissenen Lauten bald seinen Schmerz, seine Angst und Verzweiflung äußerte, bald in unverhohlene Drohungen ausbrach. Als Danveld hörte, daß er vor der ganzen Versammlung der Verräterei und des Betrugs beschuldigt wurde, begann er förmlich zu schnauben, gleich einer Flamme brach sein Zorn plötzlich hervor, er wollte den Unglücklichen nun vollständig vernichten, trat daher dicht zu ihm heran und sich zu dessen Ohr herabbeugend, stieß er leise zwischen den zusammengepreßten Zähnen hervor: „Wenn ich sie dir je zurückgebe – dann kehrt sie mit einem Bastard von mir zurück!"

Aber im nämlichen Augenblick brüllte Jurand wie ein Stier, ergriff Danveld mit beiden Händen und hob ihn in die Höhe. Im Saal vernahm man noch den durchdringenden Ruf: „Erbarmen!" – dann schlug der Körper des Komturs mit solcher Gewalt auf den steinernen Fußboden auf, daß durch die zerschmetterte Hirnschale Zygfryd und Rotgier, die in der Nähe standen, bespritzt wurden. Jetzt sprang Jurand auf die Rüstungen und Waffen zu, die sich an einer Seitenwand befanden, ergriff ein riesiges Schwert und fiel, dem Sturmwind gleich, über die vor Schrecken wie versteinerten Ritter her.

Den an Kampf, Gemetzel und Blutbad gewöhnten Mannen sank der Mut so sehr, daß sie, als die Erstarrung schon von ihnen gewichen war, sich dennoch zurückzogen und die Flucht ergriffen wie eine Herde Schafe die Flucht vor den Wölfen ergreift. Der ganze Saal hallte wider von den Ausrufen des Entsetzens, dem Stampfen der Füße, von dem Klirren der umgestürzten Geräte, von dem Geheul der Knechte, dem Gebrüll des Bären, der sich von der Hand des Führers losgerissen hatte und nun auf das hohe Fenster hinaufzuklettern begann, von den verzweifelten Rufen nach Rüstungen, nach Schildern, nach Schwertern, nach Armbrüsten. Schließlich blitzten die Waffen, und manche scharfe Klinge wurde gegen Jurand gerichtet, er aber sah und hörte nichts mehr. Halb von Sinnen stürzte er sich auf seine Feinde, und nun begann ein wilder Kampf, der eher einer Metzelei als irgendeinem Waffengang glich. Der junge heißblütige Godfryd vertrat Jurand zuerst den Weg, jedoch dieser schlug ihm schnell wie der Blitz das Haupt samt der Schulter mit seinem Schwert ab. Nach diesem fielen durch seine Hand der Hauptmann der Bogenschützen sowie der Schloßverwalter von Bracht und der Engländer Hugues, die, ohne recht zu begreifen, um was es sich eigentlich handelte, anfangs Mitleid mit Jurands Qual gehabt und erst nach Danvelds Tötung zu den Waffen gegriffen hatten. Wieder andere, die erkannten, welch furchtbare Kraft diesem Mann innewohnte, wenn seine Leidenschaft entfesselt war, drangen scharenweise auf ihn ein, um gemeinsam seinen Widerstand zu brechen, aber durch diese Kampfesart wurden ihnen noch größere Verluste beigebracht, da Jurand mit gesträubten Haaren, wirren Blicken, ganz mit Blut überströmt und blutschnaubend, rasend und tobend, mit triefendem Schwert in diesen zusammengewürfelten Haufen hineinschlug, ihn trennte und sich mit seinen Gegnern auf dem befleckten Boden wälzte, in seiner Wut dem Sturmwind gleichend, der mächtig an Sträuchern und Bäumen rüttelt. Wieder überkam nun alle eine entsetzliche Angst, denn allem Anschein nach waren sie diesem furchtbaren Masuren gegenüber, der sie niederstreckte und mordete, völlig machtlos, und ebensowenig wie die bellende Meute ohne Hilfe der Bogenschützen den grimmigen Eber zu verscheuchen vermag, ebensowenig konnten sie ohne Hilfe gegen die tolle Wut Jurands aufkommen, weil der Kampf mit ihm ihnen nur Tod und Verderben brachte.

„Zerstreut Euch! Umzingelt ihn! Von rückwärts geht auf ihn los!" rief der alte Zygfryd de Löwe.

Und sie zerstreuten sich im Saal wie eine Vogelschar auf freiem Feld, auf die sich plötzlich der Habicht von oben herabstürzt, doch ehe sie ihn noch umzingelt hatten, begann er sie in toller Raserei zu verfolgen, anstatt für sich selbst Deckung zu suchen, und wen er einholte, der sank hin wie vom Donner gerührt. Seine Demütigung und Verzweiflung, all seine getäuschten Hoffnungen äußerten sich nun in dem einen Verlangen nach Blut und schienen seine angeborene außerordentliche Kraft noch um das Zehnfache zu erhöhen. Ein Schwert, das die Stärksten, Gewaltigsten unter den Kreuzrittern nur mit beiden Händen gebrauchen konnten, führte er mit der einen, wie wenn es eine Feder gewesen wäre. Ihm lag nichts mehr am Leben, nichts mehr an Befreiung, sogar nichts mehr an seinem Sieg, er dachte nur an Rache, und wie loderndes Feuer oder wie ein Strom, der, nachdem er die Dämme zerrissen hatte, blindlings alles vernichtet, was sich seinem reißenden Lauf entgegensetzt, so ergriff auch er, der furchtbare Zerstörer, alles – so zerbrach er es, trat es mit Füßen, mordete es und löschte alles menschliche Leben aus.

Es war unmöglich, ihm auf irgendeine Weise beizukommen, denn die Söldner fürchteten sich sogar, ihn im Rücken anzugreifen. Wußten sie doch, wenn er sich gegen sie wende, würde keine Macht der Welt sie vor einem sicheren Tod retten. Gar manche wurden von Schrecken und Bestürzung ergriffen bei dem Gedanken, daß ein gewöhnlicher Mensch nicht imstande gewesen wäre, ihnen eine solche Niederlage beizubringen, und daß sie es mit einem Mann zu tun hatten, dem irgendeine übernatürliche Macht innewohne.

Aber der alte Zygfryd und Bruder Rotgier eilten auf die Galerie, die längs des großen, mit vielen Fenstern versehenen Saales hinlief, und riefen den anderen zu, ihnen zu folgen, dabei gingen aber alle so hastig zu Werk, daß sie sich auf den engen Stufen stießen und drängten, weil jeder zuerst oben ankommen wollte, um von dort aus den Gewaltigen niederzustrecken, der im Kampf nicht zu besiegen war. Schließlich schlug der letzte die zur Empore führende Tür hinter sich zu, und Jurand blieb allein. Ein triumphierendes Freudengeschrei ließ sich nun auf der Galerie vernehmen, und sofort wurden schwere Schemel und Bänke aus Eichenholz, sowie die eisernen Behälter der Fackeln auf den Ritter niedergeschleudert. Er wurde an der Stirn über den Brauen getroffen, und das Blut strömte ihm über das Gesicht. Gleichzeitig öffnete sich die große Eingangstür des Saales und scharenweise stürzten die durch die oberen Fenster herbeigerufenen Knechte herein, die sich mit Speeren, Hellebarden, Beilen, Armbrüsten, mit Pfählen, Stangen, Stricken, kurz mit allem bewaffnet hatten, was ihnen in der Eile in die Hände gekommen war.

Und der rasende Jurand wischte sich mit der linken Hand das Blut vom Gesicht, auf daß es ihm nicht den Blick verdunkle, raffte sich auf und stürzte sich auf den ganzen Menschenschwarm. Im Saal vernahm man wieder Ächzen und Stöhnen, das Klirren der Waffen, Zähneknirschen und das durchdringende Geschrei der zu Tode getroffenen Mannen.

Zweites Kapitel

Am Tisch, in diesem nämlichen Saal, saß des Abends der alte Zygfryd de Löwe, der nach Danvelds, des Starosten, Tod die Verwaltung von Szczytno übernommen hatte, an seiner Seite der Bruder Rotgier, sowie der Ritter de Bergow, der ehemalige Gefangene Jurands. Diesem reihten sich zwei jüngere Edelleute, Novizen an, die binnen kurzem die weißen Mäntel tragen sollten.

Draußen vor den Fenstern tobte der Wintersturm, er rüttelte an den in Blei gefaßten Scheiben, bewegte die Flammen der in eisernen Ringen hängenden Fackeln hin und her, dann und wann trieb er kleine Rauchwölkchen aus dem Kamin in den Saal. Obgleich die Ritter sich zur Beratung versammelt hatten, herrschte anfangs tiefes Schweigen unter ihnen, denn jeder wartete auf ein Wort Zygfryds. Dieser aber saß, die Ellbogen auf den Tisch gestützt, das graue, gebeugte Haupt mit beiden Händen umfassend, so daß sein Antlitz sich im Schatten befand, in trübe, düstere Gedanken versunken da.

„Worüber haben wir zu beraten?" fragte schließlich Rotgier.

Zygfryd erhob das Haupt, sah den Sprechenden an und aus seiner Versunkenheit erwachend, sagte er: „Über unsere Niederlage, darüber, was der Meister und das Kapitel sagen werden, und auch darüber, ob aus unseren Taten nicht ein Schaden für den Orden erwachsen kann ..."

Dann verstummte er wieder, nach einer Weile indessen blickte er sich um und bemerkte, mit den Nasenlöchern die Luft einziehend: „Hier riecht es noch nach Blut!"

„Nicht doch, Komtur", entgegnete Rotgier, „ich befahl, den Fußboden zu scheuern und den Saal mit Schwefel auszuräuchern. Es riecht nach Schwefel."

Zygfryd betrachtete die Anwesenden mit seltsamen Blicken und sagte: „Erbarme sich Gott über die Seele des Bruders Danveld und über die Seele des Bruders Godfryd!"

Jene aber begriffen sofort, daß er deshalb die Barmherzigkeit Gottes anrief, weil ihm bei der Erwähnung des Schwefels unwillkürlich der Gedanke an die Hölle gekommen war, und alle riefen zugleich: „Amen! Amen! Amen!"

Wieder war einige Zeit nichts zu hören als das Brausen des Windes und das Klirren der Fensterscheiben.

„Wo befinden sich die Leichname des Komturs und des Bruders Godfryd?" fragte der Greis.

„In der Kapelle!"

„Hat man sie schon in die Särge gelegt?"

„Ja! Des Komturs Haupt wurde verhüllt, weil die Hirnschale zerschmettert, das Antlitz vollständig unkenntlich ist."

„Wo sind die anderen Toten? Und die Verwundeten?"

„Die Toten liegen im Schnee, damit sie vor Verwesung bewahrt bleiben, bis die Särge verfertigt sind, und die Verwundeten werden im Hospital verpflegt.

Zygfryd schlug abermals die Hände über dem Haupt zusammen.

„Und all dies hat ein einziger Mensch getan! Gott, nimm den Orden in deine Obhut, wenn es zu einem großen Kriegszug mit dieser Wolfsbrut kommt."

Daraufhin richtete Rotgier den Blick nach oben, als ob ihm plötzlich eine Erinnerung käme und bemerkte: „Bei Wilna habe ich gehört, wie der Vogt von Samland zu seinem Bruder, dem Meister, sagte: ‚Wenn du keinen großen Kriegszug unternimmst und sie nicht so ausrottest, daß selbst ihr Name der Vergessenheit anheimfällt, dann wehe uns und unserem Volk!'"

„Gott gebe, daß es zu einem solchen Krieg, zu einem heftigen Zusammenstoß mit ihnen komme!" sagte einer der edlen Novizen.

Zygfryd sah ihn durchdringend an, wie wenn er Lust hätte zu sagen: „Du hattest ja heute Gelegenheit, mit einem von ihnen zu kämpfen!" aber als er die zarte, jugendliche Gestalt des Novizen betrachtete, da kam ihm wohl der Gedanke, daß ja auch er selbst, der seines Mutes wegen berühmt war, sich nicht dem sicheren Verderben hatte aussetzen wollen, und er sprach sich nicht aus, sondern fragte nur: „Wer unter Euch hat Jurand gesehen?"

„Ich!" entgegnete de Bergow.

„Lebt er noch?"

„Er lebt und liegt noch in demselben Netz, worin wir ihn zu Fall gebracht haben. Als er zum Bewußtsein kam, wollten ihn die Knechte erschlagen, doch der Kaplan duldete es nicht!"

„Erschlagen darf er nicht werden. Er ist wohlangesehen bei seinen Stammesgenossen und man würde einen fürchterlichen Lärm erheben", entgegnete Zygfryd. „Doch wird es nicht möglich sein, das zu verbergen, was vorgegangen ist, da zu viele Zeugen anwesend waren."

„Was sollen wir also sagen, und was haben wir zu tun?" fragte Rotgier.

Zygfryd bedachte sich und schließlich sprach er folgendermaßen: „Ihr, edler Graf de Bergow, begebt Euch nach Marienburg. Ihr seufztet in der Gefangenschaft Jurands und seid ein Gast des Ordens. Da Ihr nun als Gast nicht unbedingt die Partei der Ordensbrüder nehmen müßt, wird man Euch um so eher glauben. Sagt daher, was Ihr mit angesehen habt, sagt, daß Danveld, der an der Grenze irgendein Mädchen aus den Händen von Räubern befreit hatte, in der Meinung, dieses Mädchen sei Jurands Tochter, dem Gebieter von Spychow, der nach Szczytno gekommen war, Mitteilung davon gemacht habe, und daß – nun, was weiter geschah, wißt Ihr selbst!"

„Verzeiht, Komtur", antwortete de Bergow. „Schwer ist die Gefangenschaft in Spychow gewesen, und gerne würde ich als Gast für Euch zeugen, doch um meiner Seelenruhe willen sagt mir nur das eine: ist denn Jurands Tochter nicht in Szczytno gewesen, und hat nicht Danvelds Verrat den Wahnsinn des furchtbaren Mannes herbeigeführt?"

Zygfryd de Löwe schwankte einen Augenblick mit der Antwort. Ein tiefer Haß gegen den polnischen Stamm erfüllte ihn, seine Grausamkeit übertraf sogar die Danvelds, er war voll Hochmut und Habsucht, wenn es sich um die Angelegenheiten des Ordens handelte, aber einer offenbaren Lüge machte er sich nicht gerne schuldig. Mit der größten Bitterkeit nahm er daher wahr, wie sich in der letzten Zeit diese Angelegenheiten durch den Leichtsinn und die Zügellosigkeit einiger Ordensritter gar schlimm gestaltet hatten. Deshalb berührte de Bergows Frage einen wunden Punkt in seiner Seele, und erst nach langem Schweigen erwiderte er: „Danveld steht vor Gott, Gott wird ihn richten! Und wenn man Euch, edler Graf, nach Eurer Ansicht fragt, dann sagt, was Ihr wollt, und wenn man danach fragt, was Eure Augen mit angeschaut haben, dann erzählt, daß, bevor wir noch das Netz über den Rasenden zusammenziehen konnten, Ihr schon neun Tote und viele Verwundete auf diesem Fußboden saht, unter ihnen die Leichname Danvelds, Bruder Godfryds, von Brachts, Hugues und zweier edler Jünglinge. Gott gebe ihnen die ewige Ruhe. Amen!"

„Amen! Amen!" wiederholten abermals die Novizen.

„Und sagt auch", fügte Zygfryd hinzu, „daß, wennschon Danveld den Feind des Ordens demütigen wollte, doch niemand hier zuerst das Schwert gegen Jurand gezogen hat."

„Ich werde nur das berichten, was ich mit eigenen Augen ansah!" entgegnete de Bergow.

„Findet Euch vor Mitternacht in der Kapelle ein. Auch wir werden kommen, um für die abgeschiedenen Seelen zu beten", antwortete Zygfryd.

Und er streckte die Hand gegen ihn aus zum Zeichen, daß er ihm danke und ihn zugleich verabschiede, denn er wünschte mit dem Bruder Rotgier, den er liebte, und dem er großes Vertrauen schenkte, allein zu sein.

Nachdem de Bergow sich entfernt hatte, schickte Zygfryd auch die beiden Novizen fort, unter dem Vorwand, sie sollten die Arbeit der Knechte überwachen, welche die Särge für die von Jurand Erschlagenen verfertigen mußten. Als die Tür sich hinter den beiden geschlossen hatte, wandte er sich zu Rotgier und sprach: „Höre, was ich dir sage: keine lebende Seele darf jemals erfahren, daß die wirkliche Tochter Jurands hier bei uns ist."

„Es wird nicht schwer sein, das Geheimnis zu bewahren," entgegnete Rotgier, denn außer Danveld, Godfryd, uns beiden und dem Weib, unter dessen Obhut sie sich befindet, hat niemand erfahren, daß sie hier ist. Die Leute, die sie aus dem Jagdhof hierher geleiteten, ließ Danveld betrunken machen. Unter der Besatzung hegten wohl manche anfangs Argwohn, aber schließlich verwechselten sie doch Jurands Tochter mit der Blödsinnigen und wissen nicht mehr, ob auf unserer Seite ein Irrtum begangen oder ob Jurands Tochter in der Tat durch irgendeinen Schwarzkünstler verwandelt worden ist."

„Was tun wir aber mit Jurands Tochter, und wie können wir rechtfertigen, was in Szczytno geschehen ist?"

„Darüber müssen wir noch zu Rate gehen!"

„Überlaßt sie mir!"

Zygfryd blickte ihn forschend an und erwiderte: „Nein! Höre, junger Bruder! Wenn es sich um den Orden handelt, darf man weder gegen Männer noch gegen Weiber, aber auch nicht gegen sich selbst nachsichtig sein. Danveld wurde von Gottes Hand getroffen, weil er nicht nur das dem Orden zugefügte Unrecht rächen, sondern auch die eigenen Gelüste befriedigen wollte."

„Gar schlimm beurteilt Ihr mich!" sagte Rotgier.

„Seid nicht nachsichtig gegen Euch selbst", unterbrach ihn Zygfryd, „denn Geist und Körper sind verweichlicht bei Euch und jenes harte Volk wird Euch dereinst so zu Boden drücken, daß Ihr Euch nicht mehr zu erheben vermögt!"

Wieder stützte er das Haupt in die Hände und versank in düsteres Schweigen, aber offenbar lauschte er nur den Einflüsterungen seines eigenen Gewissens und dachte nur an sich selbst, denn nach einer Weile sagte er: „Auch auf mir lastet viel vergossenes Blut, lasten viele Schmerzen, viele Tränen. Doch wenn es sich um den Orden handelt, und wenn ich sehe, daß ich mit eigener Kraft nichts ausrichten kann, da bedenke ich mich nie lange, ich wende mich an Gott den Herrn, ich sage ihm: siehe, dies tat ich für den Orden und hier ist, was ich für mich selbst erwählt habe!"

Bei diesen Worten schob er vorn auf der Brust das dunkle Tuchgewand auseinander, unter dem das härene Bußhemd sichtbar wurde. Dann drückte er beide Hände an die Schläfen, hob den Kopf empor und rief aus: „Entsagt Eurer Wollust und Eurer Leichtfertigkeit, stählt Eure Körper und Eure Herzen, denn in den Lüften sehe ich weiße Adlerfedern und Adlerkrallen, die von dem Blut der Kreuzritter gerötet sind …"

Seine Rede wurde durch das Tosen des Sturmes unterbrochen, hoch oben über der Galerie ging klirrend ein Fenster auf, heulend und pfeifend fuhr die Windsbraut durch den Saal, einen Haufen Schneeflocken mit sich führend.

„Im Namen des Vaters, des Sohnes und des Heiligen Geistes! Welch eine Nacht ist das!" sagte der alte Kreuzritter.

„Eine Nacht, in der die bösen Geister Gewalt haben!" versetzte Rotgier.

„Und die Geistlichen wachen bei Danvelds Leichnam?"

„Ja, sie wachen bei ihm!"

„Er ging dahin ohne Absolution! … Gott sei ihm gnädig!"

Beide verstummten, dann, nach einer Weile rief Rotgier einige Knechte herbei, denen er befahl, das Fenster zu schließen und die Fackeln abzustoßen, damit sie heller leuchteten. Als sie sich wieder entfernt hatten, fragte er abermals: „Was habt Ihr mit Jurands Tochter vor? Ihr führt sie wohl von hier nach Insburk?"

„Ich führe sie nach Insburk, und was geschehen muß, soll mit ihr geschehen! Du aber wirst dich an den Hof des Fürsten von Masovien begeben und gegen Jurand Klage führen."

„Wollt Ihr mich dem sicheren Verderben weihen?"

„Wenn dein Verderben dem Orden zum Ruhm gereicht, muß es so sein. Aber nein! Deiner harrt nicht das Verderben. Als Gast bleibst du unbehelligt, es sei denn, daß dich jemand fordere, wie jener junge Ritter, der uns alle gefordert hat ... Er oder ein anderer ... aber wäre dies denn so furchtbar?"

„Gott gebe, daß es so komme! Doch können sie mich auch ergreifen und in ein unterirdisches Gefängnis werfen."

„Dies werden sie nicht tun. Vergiß nicht, daß Jurand jenen Brief an den Fürsten schrieb, und daß du außerdem kommst, um Jurand anzuklagen. Erzähle getreu, was er hier in Szczytno getan hat, und sie müssen dir Glauben schenken ... Also, dem Gebieter von Spychow wurde mitgeteilt, daß sich eine Jungfrau in unseren Händen befinde, dann wurde er aufgefordert zu kommen und sie zu sehen, er kam, verfiel aber in Wahnsinn, tötete den Komtur und richtete unsere Leute zugrunde. So wirst du sprechen, und was können sie darauf erwidern? Danvelds Tod wird bald in ganz Masovien ruchbar werden. In Anbetracht dieser Tatsache werden sich unsere Feinde hüten, eine Klage zu erheben. Die Tochter Jurands werden sie natürlich suchen, aber da Jurand selbst schrieb, sie befinde sich nicht bei uns, wird auf uns kein Verdacht fallen. Man muß recht dreist auftreten und ihnen das Maul schließen, dann denken sie, wenn wir schuldig wären, würde keiner von uns es wagen, zu ihnen zu kommen."

„Ihr habt recht. Nach Danvelds Begräbnis werde ich sogleich aufbrechen."

„Möge die Klugheit mit dir sein, mein Sohn! Wenn wir alles tun, was sich gebührt, dann können sie dich nicht zurückhalten, ja, sie müssen sich sogar von Jurand lossagen, damit wir nicht verkünden können: Also verfahren sie mit uns!"

„Wohl, doch wenn dieser Teufel aus Spychow am Leben bleibt und die Freiheit wieder erlangt?"

Zygfryd schaute düster vor sich nieder, dann aber antwortete er langsam und nachdrücklich: „Wenn er auch die Freiheit wieder erlangt, wird er doch niemals ein Wort der Klage gegen den Orden äußern."

Hierauf belehrte er Rotgier noch darüber, was er am masurischen Hof zu sagen und was er dort zu verlangen habe.

Drittes Kapitel

Die Kunde von den Vorgängen in Szczytno war indessen schon vor dem Bruder Rotgier nach Ciechanow gelangt und erweckte dort große Verwunderung und Unruhe. Weder der Fürst noch sonst jemand am Hof konnte den Sachverhalt begreifen. In jüngster Zeit erst, gerade als Mikolaj aus Dlugolas sich nach Marienburg mit einem Brief des Fürsten begeben sollte, worin dieser sich bitter über die Entführung Danusias durch die aufrührerischen, an der Grenze wohnenden Komture beklagte und fast drohend die unverzügliche Rückgabe des Mädchens verlangte, war ein Schreiben des Grundherrn von Spychow eingetroffen, mit der Nachricht, daß seine Tochter sich nicht bei den Kreuzrittern, sondern in den Händen gewöhnlicher, fremdländischer Räuber befinde und daß sie binnen kurzem gegen ein Lösegeld freigelassen werde.

Infolgedessen war der Gesandte nicht abgereist, denn niemand war es auch nur in den Sinn gekommen, daß die Kreuzritter Jurand zu einem solchen Brief gezwungen hatten, indem sie ihm mit dem Tod seiner Tochter drohten. Aber auch so erschien das Vorgegangene unbegreiflich, weil die streitsüchtigen Grenzbewohner, die einesteils dem Fürsten, anderteils dem Orden untergeben waren, wohl zur Sommerzeit Raubzüge zu unternehmen pflegten, nicht aber im Winter, wo der Schnee ihre Spuren verraten hätte. Gewöhnlich überfielen sie Kaufleute, auch erlaubten sie sich Plünderungen, in den Dörfern nahmen sie die Leute fest und trieben das Vieh fort. Daß sie es jedoch wagten, sogar mit dem Fürsten anzubinden und dessen Pflegetochter, das einzige Kind eines mächtigen, allgemein gefürchteten Ritters zu entführen, dies schien geradezu alles Maß zu überschreiten. Jurands Brief, der mit dessen eigenem Siegel versehen war und diesmal durch einen Boten überbracht wurde, von dem man wußte, daß er tatsächlich aus Spychow kam, hatte indessen alle Zweifel beschwichtigt. So war denn jeder Argwohn hinfällig geworden. Der Fürst aber geriet in einen heftigen, ganz ungewöhnlichen Wutanfall und ordnete eine Verfolgung der Räuber längs der Grenze seines Fürstentums an, indem er zugleich den Fürsten von Plock aufforderte, das gleiche zu tun und die Frevler nicht zu schonen.

Gerade um diese Zeit traf nun die Kunde von dem ein, was sich in Szczytno begeben hatte, und von Mund zu Mund gehend vergrößerte sie sich um das Zehnfache. Man erzählte sich, Jurand sei mit fünf anderen vor der Burg angekommen, durch das offene Tor eingedrungen und habe ein solches Blutbad angerichtet, daß nur wenige von der Besatzung übriggeblieben seien. Ferner wurde berichtet, daß man in den benachbarten Burgen Hilfe suchen und die tüchtigsten Ritter sowie Scharen bewaffneten Fußvolks herbeiholen mußte, welche erst nach zweitägiger Belagerung imstande waren, sich den Eintritt in die Burg zu erzwingen und dort Jurand samt seinen Gefährten zu besiegen. Man sprach auch davon, daß nun wahrscheinlich von denselben Scharen die Grenze überschritten werde, und daß unfehlbar ein großer Krieg beginne. Der Fürst, der wußte, wieviel dem Großmeister daran lag, daß im Kriegsfall mit dem polnischen König die beiden masovischen Fürstentümer neutral blieben, schenkte diesen Gerüchten wenig Glauben, denn ihm war es nicht verborgen, daß die Polen sich vor keiner menschlichen Macht zurückhalten ließen, wenn die Kreuzritter mit ihm oder mit dem Fürstentum Ziemowit von Plock Krieg anfangen würden. Deshalb fürchtete sich der Meister vor einem Krieg. Ein Krieg mußte kommen, das wußte er wohl, doch wünschte er ihn hinauszuschieben, erstens darum, weil er friedliebender Natur war, zweitens darum, weil er, um sich mit der Streitmacht Jagiellos zu messen, ein Heer in Bereitschaft halten mußte, wie der Orden noch nie eines aufgestellt hatte, und weil er überdies gezwungen war, sich der Hilfe der Fürsten und der Ritterschaft nicht nur in Deutschland, sondern auch im ganzen Westen zu versichern.

Der Fürst fürchtete daher den Krieg nicht, doch wollte er sich Klarheit über das verschaffen, was vorgegangen war und was er tatsächlich von den Ereignissen in Szczytno, von dem Verschwinden Danusias, sowie von den Gerüchten über die Verhältnisse an der Grenze denken solle. Wennschon er nun den Ordensleuten nicht gewogen war, vernahm er es doch mit Genugtuung, als eines Abends der Hauptmann der Bogenschützen ihm verkündete, daß ein Kreuzritter eingetroffen sei und um Gehör bitte.

Er empfing ihn auf hochmütige Weise, und wiewohl er sofort sah, daß er einen der Brüder vor sich hatte, die in dem Jagdhof gewesen waren, tat er doch, als ob er sich seiner nicht erinnere, und fragte ihn, wer er sei, woher er komme und was ihn nach Ciechanow führe.

„Ich bin der Bruder Rotgier", erwiderte der Kreuzritter, „und erst vor kurzer Zeit hatte ich die Ehre, mich vor dem allergnädigsten Fürsten zu beugen."

„Wenn du ein Bruder bist, weshalb trägst du die Ordenszeichen nicht?"

Der Ritter erklärte nun, er habe den weißen Mantel nicht angelegt, weil er sonst unfehlbar durch die masovischen Ritter gefangengenommen oder erschlagen worden wäre. „Allüberall, auf der ganzen Welt", sagte er, „in allen Königreichen und Fürstentümern ebnet uns das Zeichen des Kreuzes auf dem Mantel den Weg, ihm danken wir das Wohlwollen und die Gastfreundschaft vieler Menschen, in Masovien jedoch bringt das Kreuz dem, der es trägt, sicheres Verderben."

Doch der Fürst fiel ihm zornig ins Wort: „Nicht das Kreuz bringt Euch Verderben", sagte er, „denn auch wir verehren das Kreuz, sondern nur Eure eigene Lasterhaftigkeit ... Und wenn Euch die Leute anderwärts besser aufnehmen, so kommt dies daher, daß sie Euch nicht so gut kennen." Als er jedoch vernahm, daß der Ritter über diese Worte heftig erschrak, fragte er: „Bist du in Szczytno gewesen, oder weißt du, was sich dort zugetragen hat?"

„Ich bin in Szczytno gewesen und weiß, was sich dort zugetragen hat", antwortete Rotgier, „nicht als Gesandter bin ich hierhergekommen, sondern einzig aus dem Grund, weil der erfahrene und gottesfürchtige Komtur aus Insburk zu mir sagte: ‚Unser Meister liebt den frommen Fürsten und vertraut seiner Gerechtigkeit, während ich daher nach Marienburg eile, begib du dich nach Masovien und verkünde, welche Beschimpfungen wir erdulden mußten, welches Unglück uns zugestoßen ist. Gewiß wird der gerechte Herrscher den Friedensstörer, den grimmigen Streiter nicht begünstigen, der so viel Christenblut vergoß, als ob er ein Werkzeug des Satans wäre!'"

Und nun erzählte er alles, was sich in Szczytno ereignet hatte: wie Jurand, der durch die Brüder berufen worden war, um zu sehen, ob das aus den Händen der Räuber befreite Mädchen seine Tochter sei, anstatt Dankbarkeit zu zeigen, in Wahnwitz über alle Mannen hergefallen sei, wie er Danveld, den Bruder Godfryd, den Engländer Hugues, von Bracht und zwei Knappen aus edlem Geschlecht erschlagen habe, von den Knechten gar nicht zu reden, Wie die Brüder, die kein Blut vergießen wollten, sich zuletzt gezwungen sahen, ein Netz über den Rasenden zu werfen, der dann die Waffe gegen sich selbst richtete und sich entsetzliche Wunden beibrachte, und wie man nicht nur in der Burg, sondern auch in der Stadt, in jener Nacht sofort nach dem Kampf, inmitten des Wintersturmes in den Lüften lautes Gelächter und fürchterliche Stimmen gehört hatte, die riefen: „Unser Jurand! Der Feind des Kreuzes! Der unschuldiges Blut vergossen hat! Unser Jurand!"

Die ganze Erzählung und vornehmlich die letzten Worte des Kreuzritters machten tiefen Eindruck auf die Anwesenden. Angst und Schrecken überkam sie, während sie sich fragten, ob Jurand tatsächlich höllische Mächte zu Hilfe gerufen habe – und sie versanken in tiefes Schweigen. Aber die Fürstin, die ebenfalls zugegen war und um ihrer geliebten Danusia willen schmerzliche Sorge im Herzen hegte, wandte sich ganz unvermutet mit der Frage an Rotgier: „Ihr sagtet, Ritter, als Ihr jenes verkümmerte Geschöpf aus den Händen der Räuber befreit hattet, wäret Ihr der Meinung gewesen, es sei Jurands Tochter, und deshalb hättet Ihr ihn nach Szczytno berufen?"

„So ist es, allergnädigste Herrin!" erwiderte Rotgier.

„Und wie konntet Ihr dies glauben, da Ihr Jurands wirkliche Tochter bei mir auf dem Jagdhof gesehen habt?"

Nun geriet Bruder Rotgier in Verwirrung, da er nicht auf diese Frage vorbereitet gewesen war. Der Fürst erhob sich und richtete einen strengen Blick auf ihn, auch Mikolaj aus Dlugolas, Mrokota aus Mocarzewo, Jasko aus Jagielnica und andere masovische Ritter sprangen sogleich auf den Mönch zu, indem einer nach dem anderen in drohendem Ton fragte: „Wie konntet Ihr dies glauben? Sprich, Deutscher! Wie war dies möglich?"

Doch Rotgier hatte sich wieder gefaßt und sagte: „Wir Ordensbrüder erheben unsere Augen nicht zu den Frauen. Auf dem Jagdhof weilten gar viele Hoffräulein in der Umgebung der allergnädigsten Fürstin, aber welche unter ihnen Jurands Tochter war, wußte keiner der Unsrigen."

„Danveld wußte es", ließ sich hier Mikolaj aus Dlugolas vernehmen, „er sprach mit ihr während der Jagd."

„Danveld steht nun vor Gott!" entgegnete Rotgier, „und von ihm will ich nur das eine sagen, daß am Morgen nach seinem Tod auf seinem Sarg blühende Rosen gefunden wurden. In dieser Winterszeit aber kann keine Menschenhand sie dort niedergelegt haben."

Abermals trat ein tiefes Schweigen ein.

„Wieso erfuhrt Ihr, daß Jurands Tochter entführt worden war?" fragte der Fürst.

„Gerade die Verwegenheit dieser Tat hat sie überall ruchbar gemacht."

„Aber ich bin höchst erstaunt darüber, daß Ihr eine Blödsinnige für Jurands Tochter halten konntet!" warf der Fürst mit Nachdruck ein.

Darauf entgegnete Bruder Rotgier: „Danveld sagte: ‚Gar häufig schon hat der Satan seine Knechte verraten, und so hat er vielleicht auch Jurands Tochter verwandelt!'"

„Die Räuber, als der Schrift unkundige Leute, konnten doch unmöglich Kalebs Schrift nachahmen und Jurands Siegel fälschen. Wer hat dies also getan?"

„Der böse Geist!"

Und abermals schweigen alle.

Rotgier blickte dem Fürsten forschend in die Augen und sagte: „Fürwahr, gleich einem Schwert durchbohren diese Fragen meine Brust, denn Argwohn und Zweifel sind darin enthalten. Doch im Vertrauen auf die Gerechtigkeit Gottes und auf die Macht der Wahrheit frage ich Euch, allergnädigster Fürst: hat Jurand selbst uns einer solchen Tat beschuldigt, und wenn er uns beschuldigte, weshalb hat er dann, bevor wir ihn nach Szczytno beriefen, die ganze Grenze nach den Räubern abgesucht, um die Tochter von ihnen loszukaufen?"

„Nun ... das ist wahr!" antwortete der Fürst. „Und wenn Ihr irgend etwas vor den Menschen verborgen hättet, vor Gott könnt Ihr es nicht verbergen. Er hatte wohl im ersten Augenblick Verdacht auf Euch, aber dann ... dann ist er wohl anderen Sinnes geworden."

„Seht, wie der Glanz der Wahrheit obsiegt über das Dunkel", sagte Rotgier.

Und er schaute mit Siegerblicken im Saal umher, denn ihn dünkte, die Kreuzritter seien klügere, verschlagenere Köpfe als die Polen, und dieses Volk werde dem Orden immer zur Beute und Nahrung dienen, wie die Fliege der Spinne zur Beute und Nahrung dient.

Seine frühere Geschmeidigkeit beiseite lassend, näherte er sich nun dem Fürsten und begann in erhobenem, eindringlichem Ton: „Entschädige uns, Herr, für unsere Verluste, für das uns zugefügte Unrecht, für unsere Tränen und unser Blut! Dir war dieser Höllensohn untertan, im Namen der Gerechtigkeit entschädige uns daher für das uns zugefügte Unrecht und für das vergossene Blut!"

Und der Fürst schaute ihn voll Verwunderung an.

„Beim allmächtigen Gott!" sagte er, „was verlangst du? Wenn Jurand sich im Wahnsinn in Eurem Blut wälzte, habe ich dann die Verantwortung für seinen Wahnsinn?"

„Dir war er untertan, Herr", versetzte der Kreuzritter, „und in deinem Fürstentum liegen seine Besitzungen, seine Dörfer und seine Burg, worin er Diener des Ordens gefangenhielt. Möge daher wenigstens seine Habe, möge sein Gut und jene verruchte Burg von nun an Eigentum der Geschädigten werden. Zwar wird dies kein würdiger Ersatz für das edle Blut sein, das von ihm vergossen wurde, zwar werden die Toten dadurch nicht ins Leben zurückgerufen, aber vielleicht wird es einigermaßen Gottes Zorn besänftigen und die Schmach vertilgen, die sonst das ganze Fürstentum treffen würde. O Herr! Allüberall besitzt der Orden Länder und Burgen, die ihm durch die Gunst und Frömmigkeit christlicher Fürsten überwiesen worden sind, nur hier, in deinem Staat hat er keine Spanne Landes. Mögen wir für das uns zugefügte Unrecht, das zu Gott nach Rache schreit, wenigstens dadurch entschädigt werden, damit wir sagen können, daß auch hier Leute leben, die gottesfürchtigen Herzens sind."

Durch all diese Worte wurde der Fürst in noch größeres Staunen versetzt, und erst nach langem Schweigen antwortete er: „Bei den Wundmalen des Erlösers! ... Wenn Euer Orden sich hier niederlassen durfte, wessen Gunst verdankte er dies, wenn nicht der Gunst meiner Vorfahren? Habt Ihr noch nicht genug an den Ländern, Gütern, Städten, die einst uns und unserem Volk gehörten und nun Euer sind? Zudem lebt Jurands Tochter noch, denn niemand hat Euch ihren Tod angezeigt. Und Ihr wollt Euch an einer Waise Brautschatz vergreifen, ihr das Brot nehmen, um Euch dadurch für das Euch zugefügte Unrecht zu entschädigen?"

„Herr, du gestehst zu, daß uns Unrecht geschehen ist", sprach Rotgier, „gewähre uns daher auch die Genugtuung, die dein fürstlicher, gerechter Sinn dir eingibt!"

Wieder war er im Innersten hocherfreut, weil er sich sagte: „Nun werden sie nicht klagen, sondern darüber beraten, wie sie sich selbst reinwaschen und aus dieser Sache herausziehen können. Niemand wird uns etwas vorwerfen und unser Name wird so fleckenlos sein wie die weißen Ordensmäntel."

Da ließ sich unerwartet der alte Mikolaj aus Dlugolas vernehmen: „Man beschuldigt Euch der Habsucht und Gott weiß, ob mit Unrecht, denn auch in dieser Angelegenheit liegt Euch mehr am Gewinn als an der Ehre des Ordens."

„Das ist wahr!" riefen die masovischen Ritter im Chor.

Rotgier trat einige Schritte weiter vor, erhob stolz das Haupt und schaute mit hochmütigen Blicken umher, indem er sagte: „Nicht als Gesandter bin ich hierhergekommen, sondern nur um Zeugnis über die Vorgänge in Szczytno abzulegen, und als Ordensritter, der bereit ist, die Ehre des Ordens mit seinem eigenen Blut bis zum letzten Atemzug zu verteidigen! ... Wer also wagt, trotz dessen, was der Gebieter von Spychow selbst ausgesagt hat, den Orden der Teilnahme an der Entführung von Jurands Tochter zu beschuldigen, der möge diese ritterliche Forderung annehmen und sich dem Gottesgericht unterwerfen."

So sprechend warf er seinen Handschuh vor sich hin, der zu Boden fiel. Sie aber standen in tiefem Schweigen da, denn obgleich mehr als einer gern sein Schwert am Genick des Kreuzritters schartig gemacht hätte, fürchteten sie doch alle das Gottesgericht. Jurands ausdrückliche Erklärung, daß es nicht die Ordensritter gewesen waren, die seine Tochter entführt hatten, war keinem unter ihnen verborgen geblieben, daher sagte sich ein jeder im Innern, daß Rotgier im Recht sei, und daß deshalb auch der Sieg auf seiner Seite sein werde.

Dieser wurde immer kecker und verwegener, und die Hände in die Seiten stemmend fragte er: „Befindet sich einer unter Euch, der gewillt ist, diesen Handschuh aufzuheben?"

Da trat ein Ritter, dessen Eintritt von niemandem bemerkt worden war, und der an der Tür dem Gespräch schon seit einiger Zeit zugehört hatte, in die Mitte des Saales und sagte: „Ich bin gewillt, es zu tun!"

Bei diesen Worten warf er Rotgier seinen eigenen Handschuh ins Gesicht und sprach dann mit einer Stimme, die inmitten der tiefen Stille wie Donner klang: „Vor dem Angesicht Gottes, in Gegenwart des erhabenen Fürsten und all der berühmten Ritter dieses Landes sage ich dir, Kreuzritter, daß du gleich einem Hund gegen Recht und Gerechtigkeit belferst. Ich fordere dich daher in die Schranken zu Fuß oder zu Roß, zum Kampf mit der Lanze oder mit der Streitaxt, mit dem kurzen oder mit dem langen Schwert, und nicht um die Freiheit wollen wir streiten, nein, um Leben und Tod."

In der Halle hätte man die Fliege an der Wand hören können. Aller Augen richteten sich auf Rotgier und auf den Ritter, der jenen vor die Schranken gefordert hatte. Niemand vermochte ihn zu erkennen, denn wenn er auch kein Visier an seinem Helm hatte, war dieser doch mit einer so breiten Kante versehen, daß dadurch nicht nur die Ohren und der obere Teil des Gesichtes fast vollständig bedeckt waren, sondern auch der untere Teil des Antlitzes beschattet war. Der Kreuzritter war nicht weniger überrascht als die anderen. Wie ein Blitzstrahl am nächtlichen Himmel, so spiegelte sich auf seinen bleichen Zügen bald gänzliche Fassungslosigkeit, bald wilder Zorn. Rasch ergriff er den Handschuh, der, von seinem Gesicht herabgleitend, sich an einem Glied der Armschiene festgehakt hatte, und fragte: „Wer bist du, der du Gott zum Richter anrufst?"

Da löste der unbekannte Ritter die Schnalle unter seinem Kinn, nahm den Helm ab, so daß sein jugendfrisches Antlitz sichtbar wurde, und antwortete: „Zbyszko aus Bogdaniec, der Ehegemahl von Jurands Tochter."

Staunend vernahmen alle Anwesenden diesen Ausspruch, hatte doch außer dem Fürstenpaar, dem Pater Wyszoniek und dem Lothringer niemand Kenntnis von der Vermählung Danusias gehabt. Die Kreuzritter waren daher der Ansicht gewesen, die Tochter Jurands habe keinen anderen natürlichen Beschützer als ihren Vater. Mit einemmal trat auch jetzt Herr de Lorche in die Mitte des Saales und rief: „Auf meine ritterliche Ehre bezeuge ich die Wahrheit seiner Worte, und einem jeden, der daran zu zweifeln wagt, dem werfe ich den Handschuh hin."

Rotgier, der keine Furcht kannte und dessen Brust in diesem Augenblick von grimmigem Zorn erfüllt war, würde vielleicht auch diesen Handschuh aufgehoben haben, wenn er sich nicht rechtzeitig eines Besseren besonnen und seinen Groll bezwungen hätte. Denn ganz abgesehen davon, daß er sich ins Gedächtnis zurückrief, welch ansehnlicher Ritter der Lothringer war und welche Macht er als Blutsverwandter des Grafen Geldryi besaß, mußte er schon deshalb an sich halten, weil sich nun der Fürst erhob und finsteren Blickes erklärte: „Es ist nicht gestattet, den Handschuh aufzuheben, denn auch ich bezeuge, daß jener Ritter die Wahrheit gesprochen hat."

Daraufhin neigte Rotgier das Haupt, wandte sich zu Zbyszko und sagte: „Wenn es auch dein Wille ist, fechten wir den Kampf innerhalb geschlossener Schranken zu Fuß und mit der Streitaxt aus."

„Schon das erste Mal habe ich dich auf diese Weise gefordert!" antwortete Zbyszko.

„Gott verleihe der gerechten Sache den Sieg!" riefen die masovischen Ritter.

Viertes Kapitel

An dem ganzen Hof, sowohl unter den Rittern wie unter den Frauen, herrschte Zbyszkos wegen große Unruhe. Alle liebten ihn, jedoch durch Jurands Brief zweifelte keiner daran, daß der Kreuzritter, der zudem als einer der berühmtesten Ordensbrüder galt, im Recht sei. Van Krist, dessen Knappe, erzählte auch fortwährend, und vielleicht mit Absicht, den masovischen Edlen von seinem Herrn. Er schilderte ihnen, wie dieser, bevor er ein waffentragender Mönch geworden war, zu der Ehrentafel der Kreuzritter gezogen worden sei, an der nur die berühmtesten Ritter teilnehmen durften, also solche Ritter, die schon eine Fahrt in das gelobte Land unternommen oder siegreich gegen Drachen, Riesen oder mächtige Zauberer gekämpft hatten. Prahlerisch versicherte er auch, sein Herr habe schon häufig, das ‚Misericordia' in der einen, das Schwert oder die Streitaxt in der anderen Hand, jedoch den Kampf mit fünf Gegner aufgenommen, so daß die seinen Worten lauschenden Masuren sich sehr beunruhigt fühlten und etliche also sprachen: „Wie! wenn Jurand hier wäre, der würde es sicher mit zwei solcher Kreuzritter aufnehmen, denn kein Deutscher ist ihm jemals entkommen! Doch wehe dem Jüngling! An Kraft, an Jahren und an Erfahrung ist ihm der Geforderte überlegen." Wohl um sich und den anderen Mut einzuflößen, bemühte sich der und jener, die Namen masovischer oder überhaupt polnischer Ritter anzuführen, die, sei es in höfischen Turnieren, sei es beim Lanzenbrechen, zahlreiche Siege über Ritter aus dem Westen erfochten hatten. Allen voran wurde Jawisza aus Garbow genannt, dem kein Ritter in der Christenheit gleichkam. Einige wenige gab es indessen auch, die große Hoffnung auf Zbyszko setzten. „Das ist kein Weichling", sagten sie, „nein, wie Ihr ja hörtet, ist unter seinen Streichen das Haupt von mehr als einem Deutschen auf die festgetretene Erde gerollt." Frischer Mut wurde aber in aller Herzen durch eine Tat von Zbyszkos Knappen erweckt. Als nämlich am Vorabend des Zweikampfes Hlawa Ohrenzeuge davon war, wie van Krist die unverschämtesten Dinge von den Siegen Rotgiers erzählte, faßte der junge Heißsporn den Redenden unter dem Kinn, bog dessen Kopf zurück und sagte: „Da du dich nicht schämst, den Menschen hier allerlei Lügen aufzubinden, blicke gen Himmel und bedenke, daß auch Gott dich hört!" Und so lange hielt er ihn auf diese Weise fest, daß man während der Zeit ein Vaterunser hätte beten können. Sofort nachdem van Krist wieder freigekommen war, erkundigte er sich über Hlawas Herkunft und forderte ihn, als er vernahm, daß dieser aus edlem Geschlecht stamme, zum Zweikampf mit der Streitaxt.

Dieser Vorgang war gar tröstlich für die Masuren, und aufs neue sagte einer zu dem anderen: „Solche Streiter werden sich auf dem Kampfplatz bewähren. Haben sie daher das Recht, haben sie Gott auf ihrer Seite, dann tragen die Ordensbrüder keine heilen Knochen aus dem Kampf davon!" Da es aber Rotgier verstanden hatte, durch seine Auseinandersetzung Sand in aller Augen zu streuen, sorgte sich der und jener darüber, auf welcher Seite das Recht sei, ja der Fürst selbst teilte die Befürchtungen der anderen.

Infolgedessen ließ er am Vorabend des Zweikampfes Zbyszko zu einer Unterredung zu sich entbieten, bei der nur noch die Fürstin anwesend war.

„Bist du sicher, daß Gott auf deiner Seite stehen wird?" fragte er den jungen Ritter. „Woher weißt du, daß die Kreuzritter Danusia entführt haben? Hat dir Jurand irgend etwas darüber mitgeteilt? Denn siehst du, hier ist Jurands Brief, den Pater Kaleb geschrieben hat. In dem Schreiben, das mit Jurands Siegel versehen ist, sagt letzterer ausdrücklich, Danusia sei nicht von den Kreuzrittern entführt worden. Was hat er dir mitgeteilt?"

„Er sagte, Danusia sei nicht von den Kreuzrittern entführt worden."

„Wie wagst du es daher, dein Leben aufs Spiel zu setzen, wie wagst du es, dich dem Gottesgericht zu unterwerfen?"

Zbyszko verstummte. Nach geraumer Zeit indessen hub er mit bebenden Lippen und mit tränenfeuchten Augen wieder an: „Ich weiß gar nichts, allergnädigster Herr! Zusammen mit Jurand bin ich hier fortgegangen. Unterwegs habe ich ihm meine Vermählung mit Danusia kundgetan. Als eine Versündigung gegen Gott bezeichnete er diese Tat, da ich ihm aber bedeutete, es sei Gottes Wille gewesen, beruhigte er sich – verzieh er mir. Auf der ganzen Fahrt behauptete er stets, seine Tochter sei von niemand anderem als von den Ordensbrüdern entführt worden. Was sich aber dann ereignet haben mag, ist mir unerklärlich, Jenes Weib, das mir seinerzeit ein Heilmittel in den Jagdhof überbracht hatte, kam mit einem Boten nach Spychow, Jurand schloß sich mit den beiden zu einer Unterredung ein. Was die drei besprochen haben, weiß ich nicht. Nachdem sie jedoch auseinander gegangen waren, vermochten Jurands eigene Knechte ihren Herrn kaum mehr zu erkennen, schien er doch wie von Furcht und Schrecken erstarrt. Er erklärte auch: ‚Nicht die Kreuzritter sind die Schuldigen', jedoch er entließ nicht nur de Bergow, sondern auch alle anderen Gefangenen aus der Haft, er selbst aber entfernte sich aus der Burg ohne einen Knappen, ohne Knecht ... Mir wurde gesagt, er wolle sich zu den Räubern Danusias begeben, um diese loszukaufen, ich möge in Spychow seine Rückkehr erwarten. Nun denn ich wartete! Plötzlich kam die Nachricht aus Szczytno, Jurand habe unzählige Deutsche erschlagen, sei aber dann selbst gefallen. O wohledler Herr, mir brannte der Boden von Spychow unter den Füßen, mir drohte der Wahnsinn. Den Mannen befahl ich, zu Pferd zu steigen – ich wollte Jurands Tod rächen. Da sagte Pater Kaleb zu mir: ‚Du kannst die Burg nicht stürmen, einen Krieg darfst du nicht beginnen. Begib dich zu dem Fürsten, vielleicht hörst du durch ihn von Danusia.' So kam ich hierher und traf gerade noch recht ein, um jenen Hund belfern zu hören, um zu vernehmen, wie er sich über das den Kreuzrittern zugefügte Unrecht, über Jurands Wahnwitz ausließ. Ich habe seinen Handschuh aufgehoben, weil ich ihm schon einmal eine Herausforderung habe zugehen lassen, und wenn ich auch nichts weiß, weiß ich doch so viel, daß die Kreuzritter teuflische Lügner sind – ohne Scham, ohne Ehre, ohne Treue! Seht, allergnädigster Fürst, erhabene Fürstin, die Ordensritter haben die Fourcy ermordet, auf meinen Knappen versuchten sie jedoch die Schuld zu laden. Bei Gott, wie ein Vieh haben sie de Fourcy hingeschlachtet, dann aber erschienen sie vor dir, o Herr, und forderten Vergeltung, forderten Rache. Wer kann schwören, daß sie nicht vor Jurand ebensolche Lügen vorgebracht haben, wie jetzt vor dir, o Herr? Wohl weiß ich nicht, wo Danusia ist, trotzdem aber habe ich den Kreuzritter gefordert. Der Tod ist mir erwünscht. Was gilt mir noch mein Leben ohne sie, die Heißgeliebte!"

Von Verzweiflung ergriffen, riß er sich das Netz von dem Haupt und grub schluchzend seine Hände in die nun über seine Schultern herabwallenden Haare.

Auch Anna Danuta war tief erschüttert. Der Raub Danusias hatte sie schwer getroffen. Nun legte sie ihre Hand auf das Haupt Zbyszkos und sagte: „Gott der Herr wird dir beistehen, er wird dich segnen, er wird dich trösten."

Fünftes Kapitel

Der Fürst widersetzte sich dem Zweikampf nicht. Der herrschenden Sitte gemäß lag dies auch gar nicht in seiner Macht. Dagegen forderte er, daß Rotgier an den Meister und an Zygfryd ein Schreiben des Inhalts sende, er selbst habe zuerst dem masovischen Ritter den Handschuh vor die Füße geworfen. Daraufhin sei es zum Kampf mit dem Ehegemahl von Jurands Tochter gekommen, der ihm übrigens schon viel früher eine Herausforderung geschickt habe. In diesem Brief gab der Kreuzritter dem Großmeister auch die Erklärung ab, er stelle sich nur deshalb ohne vorherige Erlaubnis zum Zweikampf, weil es sich um die Unterdrückung eines widerlichen Verdachtes handle, der Schimpf und Schande auf den Orden häufen würde. Für die Ehre des Ordens sei aber er, Rotgier, jederzeit bereit, sein Blut zu opfern. Dieser Brief wurde sofort durch einen Knecht des Ordensritters an die Grenze geschickt, von wo er dann weiter nach Marienburg mit der Post befördert wurde, welche die Kreuzritter schon viele Jahre in ihrem Gebiet eingerichtet hatten.

Mittlerweile wurde in dem Burghof der Schnee festgetreten und mit Asche bestreut, damit die Füße der Kämpfenden nicht einsinken oder auf der glatten Oberfläche ausgleiten konnten. In der ganzen Burg herrschte eine ungewöhnliche Lebendigkeit. Eine solche Erregung hatte sich der Ritter und des Hofes bemächtigt, daß in der, dem Kampf vorangehenden Nacht kein Auge den Schlaf fand. Man wurde nicht müde, sich gegenseitig zu versichern, daß ein Kampf zu Pferd mit Lanze oder Schwert fast stets Verwundungen herbeiführte, ein Kampf zu Fuß, der zudem mit der fürchterlichen Streitaxt ausgefochten werden sollte, immer einen tödlichen Ausgang nehme.

Die Herzen aller waren auf der Seite von Zbyszko. Aber gerade wegen der großen Vorliebe eines jeden für ihn oder für Danusia gedachten auch die meisten voll banger Sorge der Berühmtheit und Gewandtheit des Kreuzritters. Viele der Frauen verbrachten die Nacht in der Kirche, wo Zbyszko vor dem Zweikampf bei Pater Wyszoniek die Beichte ablegte. Beim Anblick der fast knabenhaften Züge des jungen Ritters sprach eine zu der anderen: "Das ist ja noch ein wahres Kind – weshalb soll sein jugendliches Haupt unter den deutschen Schwertstreichen fallen!" Und mit noch tieferer Inbrunst beteten sie um Schutz für ihn. Als er sich indessen bei Anbruch der Morgendämmerung von seinen Knien erhob und durch die Kapelle schritt, um sich in der Rüstkammer zu wappnen, da faßten die Frauen wieder frischen Mut. Denn wenn auch Zbyszko ein knabenhaftes Antlitz hatte, zeichnete er sich doch durch einen weit über das gewöhnliche Maß hinausgehenden, hohen, kräftigen Wuchs aus und machte dadurch den Eindruck eines geradezu vor Kraft strotzenden Jünglings, der es mit jedem aufzunehmen vermochte.

Der Kampf sollte in dem von einer Säulenhalle umgebenen Burghof ausgefochten werden.

Kaum tagte es völlig, so erschienen der Fürst und die Fürstin mit den Kindern. Sie nahmen in der Mitte der Säulenhalle Platz, da man von hier aus den ganzen Vorhof am besten überblicken konnte. Ihnen zur Seite ließen sich die Vornehmsten des Hofes nieder, die Edelfrauen und die Ritter. Allmählich füllte sich jeglicher Winkel der Halle. Hinter einem von Schnee aufgeworfenen Wall stellte sich der größte Teil des Gesindes auf. Etliche kletterten sogar auf die Fenstergesimse oder auf das Dach.

„Gebe Gott, daß sich der Unsrige nicht ergeben muß!" flüsterten diese einfachen Leute einander zu.

Der Tag war feucht, kalt, aber klar. Ein Schwarm von Dohlen, die unter den Dachfirsten und in den Zinnen der Türme nisteten und von dem ungewöhnlichen Lärm aufgescheucht worden waren, flogen wild mit den Flügeln schlagend über der Burg hin und her. So groß war die Erregung von all den hier Versammelten, daß sie die herrschende Kälte durchaus nicht empfanden. Als aber nun gar der erste Trompetenstoß ertönte, der das Nahen der Kämpfer verkündete, da klopften die Herzen aller zum Zerspringen. Jene hingegen betraten von zwei entgegengesetzten Seiten die Schranken und blieben innerhalb der ihnen bestimmten Grenzen stehen. Den Zuschauern stockte der Atem in der Brust. Ein jeder sagte sich: „In nicht allzu ferner Zeit werden vielleicht zwei Seelen vor dem Richterstuhl Gottes stehen, werden vielleicht zwei Leichname auf dem Schnee liegen." Die Lippen, die Wangen der Frauen erbleichten bei diesem Gedanken, die Männer hingegen hielten die Blicke unverwandt fest auf die Widersacher gerichtet, hofften sie doch nach deren Erscheinung und Ausrüstung voraussagen zu können, auf wessen Seite sich der Sieg neigen werde.

Der Kreuzritter trug einen glänzenden, bläulich schimmernden Harnisch, das gleiche Hüftblech und einen ebensolchen Helm mit offenem Visier und mit einem prächtigen Pfauenfederbusch als Helmzier. Zbyszko erschien in der wunderbar schönen mailändischen Rüstung, die er seinerzeit von den Friesen erbeutet hatte. Sein Haupt schützte er durch einen schmucklosen, mit einer breiten Kante versehenen Helm, dessen Visier gleichfalls offen war. Mit der linken Hand hielten beide Ritter ihren mit Wappen versehenen Schild. Den Schild des Kreuzritters zierten oben Schachfelder, unten drei Löwen, die auf den Hinterbeinen standen. Auf dem Schild Zbyszkos befand sich ein stumpfes Hufeisen. Die Rechte umfaßte die breite scharfe Streitaxt, deren eichener, schwarzgewordener Stil an Länge den Arm eines Mannes überragte. Hinter den Rittern schritten deren Knappen einher. Hlawa, von Zbyszko „Glowacz" genannt, und van Krist, die mit dunklen Harnischen aus Eisenblech bekleidet, mit Axt und Schild bewaffnet waren. Van Krist führte einen Ginsterstrauch im Wappen, das Wappen des Böhmen ähnelte dem Wappen, das „Pamian" genannt wurde, nur daß statt der Axt, die den Stierkopf spaltete, ein kurzes Schwert bis zur Hälfte in dessen Auge steckte.

Ein zweiter Trompetenstoß erscholl. Beim dritten sollte, der Übereinkunft gemäß, der Angriff beginnen. Kein allzu großer, mit Asche bestreuter Platz, trennte die Gegner, über diesem Raum aber schwebte, gleich einem unheilverkündenden Vogel – der Tod. Ehe indessen das dritte Zeichen gegeben wurde, näherte sich Rotgier den Säulen, zwischen denen das Fürstenpaar saß, neigte sein behelmtes Haupt und sprach mit einer so lauten Stimme, daß man ihn in allen Winkeln der Säulenhalle verstehen konnte: „Ich nehme Gott, Euch, erhabene Frau, und die ganze Ritterschaft dieses Landes zu Zeugen, daß ich schuldlos bin an dem Blut, das vergossen werden wird."

Bei diesen Worten des Kreuzritters, die Zeugnis dafür ablegten, wie sicher sich dieser seines Sieges fühlte, krampften sich aller Herzen aufs neue vor Schrecken zusammen. Zbyszko aber wandte sich in seiner schlichten Art unverweilt zu dem Böhmen und sagte: „Widerlich mutet mich der Hochmut des Kreuzritters an, der wohl nach meinem Tod berechtigt wäre, nicht aber solange ich lebe. Jener Prahlhans aber trägt zudem Pfauenbüsche auf dem Helm, und ich habe nicht nur gelobt, mich dreier solcher zu bemächtigen, sondern so vieler als ich Finger an den Händen habe. Gott gebe seinen Segen dazu!"

„O Herr!" ließ sich hierauf Hlawa fragend vernehmen, während er sich niederbeugte und ein wenig von der auf den Schnee gestreuten Asche in die Hände nahm, damit ihm das Schwert nicht so leicht entgleite, „o Herr, kann es nicht Christus gewähren, daß ich rasch mit diesem preußischen Klepper fertigwerde? Und steht es mir dann nicht frei, diesem Kreuzritter, wenn ich ihn vielleicht auch nicht angreifen darf, den Stiel der Streitaxt zwischen die Beine stoßen und ihn dadurch zu Fall zu bringen?"

„Gott schütze dich!" rief Zbyszko lebhaft, „mit Schande würdest du mich und dich bedecken!"

Jetzt erklang der dritte Trompetenstoß. Kaum hatten ihn die Knappen vernommen, so eilten sie voll wildem Eifer aufeinander zu, die Ritter jedoch traten sich langsam und bedächtig entgegen, gerade als ob ihnen für den ersten Zusammenprall Würde und Anstand ganz besonders ans Herz gelegt worden wären.

Nur wenige achteten auf die Knappen, die aber, von den erfahrenen Mannen und von dem Gesinde, die auf jene schauten, begriffen sofort, daß sich in diesem Kampf die Wagschale zugunsten Hlawas neigen werde. Nur mühsam führte der Deutsche die Streitaxt, und die Art, wie er seinen Schild gebrauchte, hatte etwas Schlaffes. Unter dem runden Schild kamen seine langen aber dünnen Beine zum Vorschein, während die kraftvollen Beine des Böhmen durch die enganschließende Gewandung so recht in die Augen fielen. Hlawa ging auch so ungestüm vor, daß van Krist vom ersten Augenblick an zurückweichen mußte. Die Beobachter verstanden sofort, daß der eine von diesen Widersachern den anderen wie ein Sturmwind, wie ein Blitzstrahl mit uneindämmbarem Feuereifer überfalle, und daß dieser andere nur kämpfe, um so lange wie möglich den gefürchteten Augenblick von sich fernzuhalten, der ihm, seinem eigenen Gefühl nach, den Tod bringen mußte. Und so war es auch in der Tat. Der Prahlhans, der sich überhaupt nur zum Kampf stellte, wenn er ihm nicht ausweichen konnte, erkannte gleich, daß die kecken, unbedachtsamen Worte ihm einen Gegner zugeführt hatten, dessen Streiche Verderben bedeuten. Sein Mut sank daher immer mehr, denn von einem jeden Schlag fürchtete er, zu Tod getroffen zu werden. Umsonst rief er es ins Gedächtnis zurück, daß es nicht genüge, die Hiebe mit dem Schild aufzufangen, daß man Hiebe austeilen müsse. Beständig sah er die Streitaxt über seinem Haupt blinken, stets glaubte er, nun sei es mit ihm zu Ende. Den Schild vorhaltend, blinzelte er unwillkürlich mit den Augen voll Angst und Verzweiflung, ob er sie noch öffnen könne. Dann und wann holte er auch selbst zu einem Schlag aus, ohne indessen die Hoffnung zu hegen, seinen Widersacher zu treffen, und immer höher und höher hielt er den Schild in dem Glauben empor, sich dadurch besser schützen zu können.

Schließlich wurde er matter und matter, und der Böhme schlug immer kräftiger auf ihn ein. Ähnlich wie von einem Fichtenstamm unter der Axt des Bauern mächtige Späne abspringen, so lösten sich unter den Streichen des Böhmen Plättchen auf Plättchen von der Rüstung des deutschen Knappen ab. Der breite Rand des Schildes bog sich und wurde brüchig, das Schulterblech am rechten Arm fiel zusammen mit dem durchhauenen und ganz mit Blut getränkten Lederwerk zur Erde. Van Krists Haare sträubten sich auf dem Haupt – Todesangst erfaßte ihn. Ein-, zweimal schlug er noch mit Aufbietung all seiner Kräfte auf des Böhmen Schild. Schließlich jedoch sah er entsetzt ein, daß er gegen die erstaunliche Stärke seines Widersachers nicht aufzukommen vermöge, daß er sich nur durch irgendeine außergewöhnliche Tat retten könne, und so warf er sich plötzlich in seiner ganzen Schwere gegen die Beine von Hlawa.

Sofort stürzten beide zu Boden. In dem Bestreben eines jeden, die Oberhand über den anderen zu gewinnen, umfaßten sie sich und wälzten sich auf dem Schnee. Nach geraumer Zeit gelang es indessen dem Böhmen, seinen Oberkörper freizumachen. Wohl wurde er noch eine Weile lang durch die verzweifelten Anstrengungen seines Gegners niedergehalten, dann aber setzte er das Knie auf dessen mit einem Panzerhemd bedeckten Leib und riß das kurze dreikantige „Misericordia" aus dem Gürtel.

„Gnade!" flüsterte van Krist leise, indem er die Augen zu dem Böhmen erhob.

Ohne indessen eine Antwort zu erteilen, beugte sich jener über den Besiegten, damit er leichter dessen Hals erreichen konnte, zerschnitt hierauf den Lederriemen des Helmes unter dem Kinn und stieß dem Gegner den unheilbringenden Dolch zweimal so tief in die Kehle, daß die nach unten gerichtete Spitze sogar in die Brust eindrang.

Van Krists Augen sanken tief in die Höhlen. Mit Armen und Beinen schlug er auf den Schnee, als ob er diesen von der Asche reinigen wolle, dann zuckte sein ganzer Körper zusammen, und noch war keine Minute vergangen, so lag er unbeweglich, starr dahingestreckt auf der weißen Decke. Rotgefärbter Schaum trat auf seine Lippen, er war über und über mit Blut befleckt.

Nun erhob sich der Böhme. Er reinigte das „Misericordia" an der Gewandung des Deutschen, ergriff seine Streitaxt und sich darauf stützend beobachtete er unverwandt den erbitterten und hartnäckigen Kampf seines Ritters mit Bruder Rotgier.

Die Ritter aus dem Westen waren schon längst an ein bequemes, üppiges Leben gewöhnt, während die „Erben" in Kleinpolen und Großpolen, sowie in Masovien noch immer ein hartes, schweres Dasein führten, infolgedessen freilich aber auch ihre Körperkraft und ihre Ausdauer im Ertragen aller Art von Gefährlichkeiten bei Fremden, ja sogar bei Übelwollenden Bewunderung erregte. So zeigte es sich zwar auch jetzt, daß Zbyszko ebensosehr den Kreuzritter an Kraft überragte, wie dies bei dem Böhmen dem Knappen van Krist gegenüber der Fall gewesen war, jedoch es erwies sich gleichzeitig, daß der junge Kämpe nicht nur an Alter, sondern auch in den ritterlichen Übungen hinter dem Ordensbruder zurückstand.

Für Zbyszko war es daher gewissermaßen günstig, daß der Kampf mit der Streitaxt geführt wurde, da von Entfaltung einer Fechtkunst mit dieser Waffe nicht die Rede sein konnte. Hätte er mit dem kurzen oder mit dem langen Schwert kämpfen müssen, wobei es hauptsächlich darauf ankam, jeden Ausfall, jeden Stoß zu berechnen, jeden Hieb abzuweisen, würde der Deutsche ein erhebliches Übergewicht über ihn gewonnen haben. Aber auch die Art, wie der Ordensbruder sich jetzt bewegte, wie er den Schild handhabte, machte es nicht nur Zbyszko selbst, sondern auch den Zuschauern klar, daß sie einen erfahrenen, nicht zu verachtenden Streiter vor sich hatten, der offenbar nicht zum erstenmal in solcher Weise kämpfte. Sobald Zbyszko zum Schlag ausholte, hielt Rotgier den Schild vor, im Augenblick des Zuschlagens aber zog er ihn durch eine kleine Schwenkung unmerklich zurück. Dadurch verloren selbst die wuchtigsten Hiebe an Kraft, dadurch vermochten sie weder den Schild zu zertrümmern, noch dessen glatte Oberfläche zu zermalmen. Bald zog sich der Kreuzritter zurück, bald ging er vor, das eine Mal tat er dies aber mit einer solchen Ruhe, das andere Mal wieder so rasch, daß das Auge seinen Bewegungen kaum zu folgen vermochte. Des Fürsten Herz wurde allmählich von Angst um Zbyszko erfüllt, die Gesichtszüge der Mannen verdüsterten sich, dünkte doch allen, der Deutsche treibe ein absichtliches Spiel mit seinem Gegner. Oft hielt er den Schild gar nicht mehr vor, sobald indessen Zbyszko zuschlug, sprang er in der Weise zur Seite, daß die Schneide des Beiles in die Luft fuhr. Dies war um so gefährlicher, weil Zbyszko dabei leicht das Gleichgewicht verlieren und stürzen konnte, wodurch er unrettbar verloren gewesen wäre. All dies beobachtete der Böhme, an der Leiche van Krists stehend, sehr wohl. Voll Schrecken dachte er daher bei sich: „Gott schütze mich, wenn mein Herr stürzt, schlage ich dem Deutschen mit dem Beil zwischen die Schulterblätter und bringe ihn auch zu Fall."

Zbyszko kam indessen nicht zu Fall. Er besaß eine solche Kraft in den Beinen, die er weit ausgespreizt hielt, daß er trotz der Schwere seines Körpers, trotz der fortwährenden Schwankungen fest standhielt.

Rotgier wurde dies sofort klar, und die Zuschauer irrten sich in ihrer Annahme, er achte seinen Gegner gering. Im Gegenteil, gleich nach den ersten Hieben, als ihm, trotz der großen Geschicklichkeit in der Handhabung des Schilds, der rechte Arm fast steif wurde, wußte er, welch schweren Stand er diesem jungen Ritter gegenüber haben werde, und daß der Kampf, wenn es ihm nicht gelingen sollte, durch eine plötzliche und unerwartete Wendung jenen zu Fall zu bringen, ein langer, hartnäckiger werden würde. Er hatte darauf gerechnet, daß Zbyszko nach einem der vergeblichen Schläge auf dem Schnee ausgleiten werde, als er sich aber darin getäuscht sah, da bemächtigte sich seiner eine gewisse Unruhe. Nur zu gut gewahrte er unter dem geöffneten Visier die eingezogenen Nasenlöcher, die zusammengepreßten Lippen, die zeitweise blitzenden Augen des Widersachers, und er hoffte nun darauf, Zbyszko lasse sich von seinem Feuereifer fortreißen, vergesse alles um sich her, verliere den Kopf und denke schließlich in seiner Verblendung nur mehr daran, Streiche auszuteilen, als sich zu schützen. Jedoch auch darin irrte sich der Kreuzritter. Zbyszko verstand es zwar nicht, die in die Luft geführten Hiebe zu vermeiden, trotzdem jedoch vergaß er nicht des Schildes und wußte sich, sobald er mit der Streitaxt zum Schlag ausholte, so weit zu decken, wie es nötig war. Seine Wachsamkeit verdoppelte sich offenbar, augenscheinlich beurteilte auch er die Erfahrung und die Gewandtheit seines Gegners ganz richtig, denn er vergaß sich keinen Augenblick, blieb stets Herr seiner selbst und ging immer vorsichtiger zu Werk. In seinen Angriffen zeigte sich eine gewisse Bedachtsamkeit, wie sie nicht unüberlegter Eifer, sondern nur kalte Berechnung hervorzubringen vermag.

Rotgier, der schon viele Einzelkämpfe bestanden, der schon manche Schlachten angeführt hatte, wußte aus Erfahrung, daß es Menschen gab, die, gleich den Raubvögeln, zum Kampf geschaffen und von der Natur mit besonderen Eigenschaften dazu ausgestattet sind, Menschen, die von vornherein all die Eigenschaften besitzen, die sich andere Jahre hindurch mühsam erringen müssen. Einem solchen Menschen aber stand er jetzt gegenüber, das bezweifelte er keinen Augenblick. Vom ersten Zusammenstoß an wußte er, daß dieser junge Ritter, dem Reiher glich, der in dem Gegner nur die Beute sieht und an nichts anderes denkt, als sie zwischen seine Klauen zu bekommen. Ungeachtet der gewaltigen eigenen Kraft konnte er sich darin doch nicht mit Zbyszko messen. Wenn aber nun auch noch gar diese Kraft erlahmte, bevor er den entscheidenden Streich geführt hatte? Das würde sein Verderben bedeuten, zugrunde gehen würde er in dem Kampf mit diesem zwar unerfahrenen, aber furchtbaren jungen Streiter. Dies erwägend, schonte er seine Kräfte jetzt mehr. Fest hielt er den Schild nun an sich, eine jede seiner Bewegungen berechnete er. Weit weniger als früher ging er vor, um gleich darauf wieder zurückzuweichen, nur auf eines hielt er sein Augenmerk gerichtet. Unentwegt harrte er auf einen günstigen Moment, um den entscheidenden Streich führen zu können.

Der entsetzliche Kampf zog sich über die Maßen in die Länge. In der Säulenhalle herrschte eine tödliche Stille. Nur zeitweise war ein Klirren, ein dumpfer Klang zu vernehmen, wenn die Streitäxte auf die Schilde aufschlugen. Weder dem Fürstenpaar, noch den Rittern oder dem Hofstaat war ein solches Schauspiel fremd, nichtsdestoweniger aber preßte eine entsetzliche Angst die Herzen aller Zuschauer zusammen. Ein jeder begriff, daß es sich hier nicht darum handelte, Kraft, Gewandtheit und Mannhaftigkeit zu entfalten, sondern daß der Kampf mit der größten Wut, mit der größten Verzweiflung, mit unversöhnlichem Haß und glühendstem Rachedurst geführt wurde. Auf der einen Seite stritt man erlittener Kränkung wegen, aus Liebe, aus grenzenlosem Herzeleid in diesem Gottesgericht, auf der anderen Seite zur Ehre des Ordens, aus grenzenloser Feindschaft.

Allmählich erhellte sich der kalte, düstere Tag. Die grauen Nebelschleier zerteilten sich, in dem Glanz der Sonne blinkten der Harnisch des Kreuzritters, die silberne mailändische Rüstung Zbyszkos. In der Kapelle wurde die Terz eingeläutet. Kaum erklangen indessen die Glocken, so flatterte ein neuer Schwarm Dohlen so heftig mit den Flügeln schlagend und so laut krächzend unter den Dachfirsten der Burg hervor, als ob sie ihrer Freude Ausdruck verleihen wollten über das vergossene Blut und über den Leichnam, der so unbeweglich auf dem Schnee lag. Rotgiers Blick schweifte während des Kampfes ein- oder zweimal über jenen hin, und stets ergriff ihn dabei das Gefühl unendlichere Vereinsamung. Wohl ruhten die Augen gar vieler auf ihm, aber Feindschaft leuchtete aus diesen Augen. Nur für Zbyszko beteten die Frauen, nur ihm galten all die guten Wünsche. Außerdem erweckte auch die Anwesenheit des Knappen ein Gefühl der Unbehaglichkeit in dem Kreuzritter. Nur zu gut wußte ja letzterer, daß ihn der Böhme nicht meuchlings im Rücken überfallen werde, doch trotzdem erfüllte ihn die Nähe der mächtigen Erscheinung mit der Unruhe, welche die Menschen beim Anblick eines Wolfes, eines Bären, eines Büffels empfinden, ohne von diesen Tieren durch ein Gitter getrennt zu sein. Und um so weniger konnte Bruder Rotgier diese Unruhe bemeistern, als der Böhme, von dem Wunsch beseelt, den Verlauf des Kampfes genau zu verfolgen, sich fortwährend hin- und herbewegte, den Platz wechselte. Bald von der Seite, bald von hinten, bald von vorn nahte er sich dem Kämpfenden und warf ihm, den Kopf neigend, entweder durch die Öffnungen des Visiers hindurch unheilverkündende Blicke zu, oder er öffnete dasselbe zeitweise, um die Wirkung dieser Blicke noch zu verschärfen.

Eine gewisse Erschöpfung bemächtigte sich allgemach des Kreuzritters. Trotzdem fiel Schlag auf Schlag. Zweimal holte Rotgier zu gewaltigen Schlägen aus, mit denen er den rechten Arm Zbyszkos zu treffen hoffte, jedoch dieser stieß sie mit dem Schild so kräftig zurück, daß die Streitaxt in der Hand seines Gegners schwankte, dieser selbst sich aber fortwährend zurückziehen mußte, um nicht zu stürzen. Und von diesem Augenblick an gab es nur noch ein Zurückweichen für ihn. Jedoch nicht nur seiner Kraft ging er verlustig, er büßte auch seine Kaltblütigkeit, seine Ruhe ein. Voll Grimm, voll Verzweiflung vernahm er die vereinzelten Freudenrufe der Zuschauer über seinen Rückzug. Dichter und dichter folgten die Hiebe aufeinander. Große Schweißtropfen rannen über die Stirn der Streitenden, keuchend rang sich ihr Atem zwischen den zusammengepreßten Zähnen hervor. Die Erregung der Zuschauer wuchs beständig, mit der bisher bewahrten Ruhe war es vorbei. Bald erschollen die Rufe der Mannen, bald die der Frauen: „Schlag zu! Auf ihn! Das ist ein Gottesgericht! Das ist Gottes Strafe! Gott steht dir bei!" Umsonst winkte der Fürst, zum Zeichen, daß sich die Zuschauer ruhig verhalten sollten, er vermochte nichts auszurichten. Der Lärm wurde immer lauter, denn da und dort brachen Kinder in heftiges Weinen aus, während sogar rings um das Fürstenpaar jugendliche weibliche Stimmen schluchzend die Worte ausstießen: „Für Danuska, Zbyszko, für Danuska!"

Um Danusias willen kämpfte Zbyszko diesen Kampf. Keinen Augenblick zweifelte er daran, daß der Kreuzritter bei ihrer Entführung die Hand mit im Spiel gehabt hatte, und als er sich gegen ihn stellte, da geschah es der schweren Kränkungen halber, die ihr angetan worden waren. Doch war er jung und kampfeslustig. Kaum stand er daher seinem Gegner gegenüber, so dachte er nur noch an den Kampf selbst. Da plötzlich tönten jene Rufe an sein Ohr und erinnerten ihn an den Raub seines jungen Weibes, an dessen qualvolles Leid, Liebe, Schmerz und Rachedurst jagten ihm das Blut wie Feuer durch die Adern. Vor Ingrimm krampfte sich sein Herz zusammen und eine geradezu rasende Wut ergriff ihn. Den furchtbaren Schlägen seiner Streitaxt, die wie Donnerkeile niederfielen, vermochte der Kreuzritter nicht länger Widerstand zu leisten, und Zbyszko stieß schließlich seinen Schild mit solch übermenschlicher Gewalt gegen den Schild des Deutschen, daß dessen rechter Arm plötzlich, wie erlahmt, kraftlos niedersank. Voll Schrecken und Angst wich nun dieser abermals zurück, indem er sich nach hinten beugte, um den Streichen zu entgehen, da sauste ihm die blinkende Axt vor den Augen und fiel wie der Blitz auf seine rechte Schulter nieder.

Den Lippen der Zuschauer entrang sich der herzzerreißende Aufschrei: „Jesus!" dann wich Rotgier noch einen Schritt zurück und stürzte rücklings zu Boden.

Nun wogte und schwirrte es in der Säulenhalle wie in einem Bienenstock, aus dem die Bienen, von der Sonne erwärmt, summend ausschwärmen. Geradezu scharenweise eilten die Ritter die Stufen hinab, während die Knechte von den Schneewällen herabsprangen, um die zu Tode Getroffenen in der Nähe zu betrachten. Allenthalben ertönte der Ruf: „Das ist Gottes Gericht! … Er ist der würdige Erbe Jurands! Lob ihm und Preis!" Andere wieder riefen: „Schaut her und staunt! Selbst Jurand hätte es nicht besser machen können!" Ein Kreis von Neugierigen sammelte sich allgemach um den erschlagenen Rotgier. Mit fahlem Antlitz, mit weit geöffnetem Mund lag er auf dem Rücken. Der blutüberströmte rechte Arm hing nur noch mit wenigen Fasern an der Schulter, von der er durch den wuchtigen Axthieb fast völlig getrennt worden war. Bei diesem Anblick meinten wieder etliche: „Schau her. Voll Leben war er, voll Hochmut schritt er dahin, und jetzt rührt er keinen Finger mehr!" Und während einer mit dem anderen in solcher Weise seine Gedanken austauschte, bewunderten alle erstens die Größe des Kreuzritters, der fast die ganze Länge des Kampfplatzes einnahm und im Tod einen womöglich noch gewaltigeren Eindruck als im Leben machte, zweitens staunten sie die auf dem Schnee in allen Farben schillernden Pfauenfedern an und drittens die Rüstung und die Waffen, die an Wert einem großen Dorf gleichgeachtet werden konnten. Da sich aber nun Hlawa, der Böhme, zusammen mit zwei Mannen Zbyskos, dem Erschlagenen näherte, um ihm Rüstung und Waffen abzunehmen, umringten die Neugierigen Zbyszko selbst, indem sie ihn laut priesen und bis zum Himmel erhoben, dünkte es sie doch, daß sein Ruhm auch zum Ruhm des ganzen masovischen und polnischen Ritterstandes gereiche. Um es ihm leichter zu machen, wurde ihm Schild und Streitaxt abgenommen, ja, Mrokota aus Mocarzewa löste ihm den Helm, bedeckte aber seine schweißtriefenden Haare mit einer Mütze aus roter Seide. Gleichsam versteinert stand der junge Kämpe anfänglich da. Nur die noch in wildem Feuer glänzenden Augen in dem vor Erschöpfung und Erregung totenbleichen Antlitz zeugten dafür, daß er noch lebte. Plötzlich aber lief ein Zittern durch seine Glieder und er atmete tief auf. Unverweilt ergriff man ihn nun bei den Händen und führte ihn vor das Fürstenpaar, das in einem erwärmten Gemach am Kamin seiner harrte. Zbyszko kniete nieder, und nachdem Pater Wyszoniek den Segen über ihn gesprochen und für die ewige Ruhe des Erschlagenen gebetet hatte, umarmte der Fürst den jungen Sieger und sprach also: „Gott der Allmächtige hat zwischen Euch gerichtet und dir seinen Schutz verliehen, wofür sein Name gepriesen sei. Amen!"

Nach diesen Worten wandte er sich zu Herrn de Lorche und zu den anderen Rittern, indem er hinzufügte: „Dich, fremder Ritter, und Euch alle, die Ihr hier nicht einheimisch seid, rufe ich zu Zeugen dafür auf, wie ich es auch selbst bezeuge, daß der Kampf nach Recht und Sitte ausgefochten wurde, und daß auch hier, wie bei allen Kämpfen, das Gottesgericht entschieden hat."

Die anwesenden Wojwoden gaben im Chor ihre Zustimmung kund, während Herr de Lorche, dem die Worte des Fürsten verdolmetscht wurden, sich erhob und erklärte, er werde nicht nur bezeugen, daß sich alles nach ritterlichem und göttlichem Gesetz vollzogen hat, sondern auch einen jeden, der daran zweifelt, sei es nun in Marienburg, sei es an irgendeinem anderen fürstlichen Hof, vor die Schranken zum Kampf zu Roß oder zu Fuß fordern. Diese Herausforderung aber werde er, de Lorche, nicht nur an gewöhnliche Ritter ergehen lassen, sondern auch an Riesen und Schwarzkünstler, ja, sogar an den allmächtigen Zauberer Merlin.

Die Fürstin Anna Danuta aber beugte sich in dem Augenblick, in dem Zbyszko ihre Knie umfaßte, zu diesem nieder und sagte: „Weshalb bist du nicht frohgestimmt? Freue dich und danke Gott, denn wenn Gott dich in seiner Barmherzigkeit aus dieser Gefahr errettete, dann wird er dich auch nicht länger vereinsamt lassen, nein, er wird dir Glück gewähren."

Da antwortete Zbyszko: „Wie kann ich mich freuen, wohledle Frau? Gott verlieh mir zwar den Sieg, ich durfte Rache an jenem Kreuzritter nehmen, aber Danusia ist mir noch immer fern – nicht mehr weiß ich von ihr als wie zuvor."

„Die grimmigsten Widersacher, Danveld, Godfryd und Rotgier sind aus dem Leben geschieden", warf die Fürstin ein, „von Zygfryd aber sagen sie alle, daß er wohl grausam, doch gerecht sei, Lob und Preis sei dem allgütigen Gott auch dafür. Außerdem hat sich Herr de Lorche auch längst ausgesprochen, daß, wenn der Kreuzritter falle, er selbst dessen Leiche fortführen werde. Dadurch komme er nach Marienburg und sei imstande, in eigener Person Danusia dem Großmeister in die Erinnerung zurückzurufen. Der Großmeister jedoch wird sich Gehör zu verschaffen wissen."

„Gott verleihe dem Herrn de Lorche ein langes Leben!" entgegnete Zbyszko. „Ich ziehe mit ihm nach Marienburg."

Diese Worte versetzten die Fürstin in tiefen Schrecken, hätte doch Zbyszko nichts Gefährlicheres unternehmen können, wenn er erklärt haben würde, er folge wehrlos den Spuren der Wölfe, die sich des Winters rudelweise in den dichten Wäldern Masoviens umhertrieben.

„Wozu?" rief sie daher. „Um einem sicheren Verderben entgegenzugehen? Jetzt gleich nach dem Kampf schützt dich weder die Aussage des Herrn de Lorche, noch der Brief, den Rotgier vor dem Zusammentreffen geschrieben hat. Du erlangst damit nichts, du bringst dich nur selbst in Gefahr."

Der junge Kämpe aber erhob sich und sagte, die Hände kreuzweise zusammenfaltend: „So wahr mir Gott helfe, ich ziehe nach Marienburg, und wenn es auch mein Tod wäre. So wahr mir Christus gnädig sein möge, werde ich Danusia bis zu meinem letzten Atemzug suchen und nicht davon ablassen, bis sich meine Augen im Tod schließen. Leichter ist es doch, sich mit den Deutschen zu schlagen, sich mit ihnen zu messen, als einsam, wie mein junges Weib, in einem unterirdischen Kerker zu schmachten. O, weit leichter, weit leichter ist dies!"

Und wie immer, wenn er Danusias gedachte, erfaßte ihn auch jetzt wieder eine solche Erregung, ein solch grenzenloser Schmerz, daß er die Worte nur stoßweise hervorbrachte, gerade als ob ihm die Kehle zugeschnürt sei. Die Fürstin gab es auf, ihn von seinem Vorhaben abzubringen. Wer ihn zurückhalten wollte, das sah sie nur zu gut ein, der mußte ihn in einem unterirdischen Kerker festschmieden lassen.

Zbyszko konnte indessen nicht sofort aufbrechen. Wohl stand es den damaligen Rittern frei, sich alles aus dem Weg zu räumen, was ihren Plänen hindernd im Weg stand, aber es war ihnen nicht gestattet, die ritterliche Sitte außer acht zu lassen, kraft derer der Sieger im Zweikampf einen ganzen Tag, ja, bis gegen Mitternacht auf der Wahlstatt ausharren mußte. Dies galt als Beweis, daß er das Feld behauptet hatte, sowie als Zeichen, daß er zu jedem neuen Kampf bereit war, zu dem ihn irgendein Verwandter oder ein Freund des Besiegten fordern würde. Diese Sitte beobachteten sogar ganze Kriegsheere und gingen dadurch der Beute oftmals verlustig, die sie sich durch Verfolgung des Feindes hätten erringen können. Zbyszko versuchte es auch gar nicht, gegen diese feststehende Sitte anzukämpfen. Nachdem er eine kleine Stärkung zu sich genommen und sich aufs neue gewappnet hatte, verweilte er bis gegen Mitternacht in dem Vorhof der Burg unter dem dunklen, winterlichen Himmel, auf das fragliche Erscheinen eines Feindes harrend. Erst nach Mitternacht und nachdem die Herolde seinen Sieg durch laute Trompetenstöße endgültig verkündet hatten, entbot ihn Mikolaj aus Dlugolas zur Abendmahlzeit, gleichzeitig aber auch zu einer Beratung mit dem Fürsten.

Sechstes Kapitel

Der Fürst ergriff bei der Beratung als erster das Wort, indem er also sprach: „Schlimm ist es, daß wir weder ein Schreiben, noch irgendein anderes Zeugnis gegen die Komture in Händen haben. Denn, wenngleich unsere Vermutung richtig erscheint, wenn auch nach meiner Ansicht keine anderen als sie die Tochter Jurands entführt haben, was nützt dies alles? Sie werden sich weißzuwaschen wissen. Und wenn der Großmeister nach irgendeinem Beweis fragt, was kann ihm vorgewiesen werden? Traun, das Schreiben Jurands zeugt ja noch zudem für sie. – Du behauptest zwar", fuhr er nach kurzer Pause zu Zbyszko gewandt fort, „das Schreiben sei Jurand abgezwungen worden. Dies mag wohl sein, ja, dies ist gewiß der Fall, denn wenn das Recht auf ihrer Seite wäre, hätte dir Gott nicht seinen Schutz gegen Rotgier verliehen. Doch ebensogut wie ihm ein Schreiben abgenötigt worden sein kann, mag er sich auch zu einem zweiten verstanden haben. Vielleicht hat ihnen Jurand bezeugt, daß sie unschuldig an der Entführung des bedauernswerten Mägdleins sind. Und angenommen, sie legen ein solches Zeugnis dem Großmeister vor, was dann?"

„Sie selbst gestanden ja zu, erlauchter Herr, daß sie Danusia den Räubern entrissen und nunmehr in ihrer Obhut haben."

„Ich weiß es. Jedoch jetzt erklären sie, in einem Irrtum befangen gewesen zu sein. Nicht Danusia, sondern ein anderes Mägdlein stehe unter ihrem Schutz, behaupten sie, und der beste Beweis hierfür sei der, daß Jurand selbst letzteres von sich gewiesen habe."

„Er wies es von sich, weil sie ihm eine fremde Maid statt seiner Tochter vorführten. Dadurch erregten sie ja eine solche Wut in ihm."

„Das ist alles richtig. Nichtsdestoweniger werden sie erklären, dies beruhe einzig und allein auf unseren Mutmaßungen."

„Ihre Ränke", warf hier Mikolaj aus Dlugolas ein, „lassen sich mit einem Wald vergleichen. Am Rand des Waldes findet man sich noch zurecht, je tiefer man jedoch in das Dickicht dringt, desto schwieriger wird dies, und schließlich irrt man so lange umher, bis man den Weg ganz und gar verloren hat."

Kaum hatte aber der Redende seine Worte dem Herrn de Lorche verdeutlicht, so erklärte dieser: „Der Großmeister ist weit besser als die Komture und als die Brüder. Wohl besitzt er einen verwegenen Geist, jedoch er hält auf ritterliche Ehre."

„So ist es!" ließ sich Mikolaj vernehmen. „Der Großmeister ist ein leutseliger Mann. Er versteht es zwar nicht, die Komture oder das Kapitel im Zaum zu halten, noch die Ausschreitungen des Ordens zu steuern, jedoch Freude findet er nicht daran. Macht Euch auf den Weg, macht Euch auf den Weg, Ritter de Lorche, und gebt ihm Kunde von dem, was hier geschehen ist. Vor Fremden nehmen sie sich mehr in acht, als vor uns, damit nicht an ausländischen Höfen ihre Tücke, ihre Schandtaten ruchbar werden. Sollte aber der Meister Beweise von dir fordern, dann sprich also zu ihm: ‚Nur Gott allein kennt die Wahrheit, die Menschen müssen sie erforschen, willst du daher Beweise, o Herr, so forsche danach. Laß die Burgen untersuchen, die Leute verhören und gestatte uns, all das zu unternehmen, was wir für gut finden. Ein albernes Märchen ist es, daß das Jungfräulein im Wald von Räubern geraubt worden sein soll.'"

„Ein albernes Märchen!" wiederholte de Lorche.

„Denn Räuber würden es niemals gewagt haben, die Hände gegen ein Glied des fürstlichen Hofes oder gegen die Tochter Jurands zu erheben. Angenommen aber, sie hätten sich des Mägdleins bemächtigt, so wäre dies doch nur des Lösegeldes wegen geschehen und sie selbst hätten die Kunde gebracht, daß das Jungfräulein in ihrer Gewalt sei."

„Das werde ich alles vorbringen", erklärte der Lothringer. „De Bergow suche ich sofort auf. Wir stammen aus einem Land, und wenngleich ich ihn auch nicht kenne, weiß ich doch, daß er ein Blutsverwandter des Grafen Geldry ist. Er soll daher dem Meister über alles berichten, was er erlebt und gesehen hat, denn er ist in Szczytno gewesen."

Da Zbyszko nur wenig von dem verstand, was der Lothringer sagte, verdolmetschte ihm Mikolaj das, was er nicht verstand. Daraufhin umfaßte der junge Ritter den Herrn die Lorche und preßte ihn so ungestüm an die Brust, daß letzterer geradezu stöhnte.

Der Fürst aber fragte Zbyszko: „Und du bist endgültig entschlossen, dich ebenfalls auf den Weg zu machen?"

„Endgültig, wohledler Herr. Was bleibt mir auch anderes zu tun übrig? Könnte ich, wie ich wollte, würde ich Szczytno stürmen, trotzdem ich mir vielleicht die Zähne an den Mauern ausschlüge! Darf ich aber ohne Erlaubnis einen Krieg heraufbeschwören?"

„Wer ohne Ermächtigung einen Krieg hervorruft, der büßt dafür unter dem Schwert des Henkers!" ergriff der Fürst das Wort.

„So will es das Gesetz!" antwortete Zbyszko. „Traun, ich könnte auch alle vor Gericht laden, die in Szczytno gewesen sind, jedoch man sagte mir, Jurand habe sie dort wie das Vieh hingeschlachtet, und nun weiß ich nicht, wer noch am Leben ist, wer erschlagen wurde ... Doch, so wahr mir Gott und das heilige Kreuz beistehe, so wahr harre ich bis zu meinem letzten Atemzug bei Jurand aus!"

„Trefflich sprichst du – so frommt es dir", warf Mikolaj aus Dlugolas ein. „Und daß du dich nicht auf Szczytno warfst, ist ein Beweis für deinen Verstand. Denn töricht wäre es, zu mutmaßen, daß sich Jurand und dessen Tochter dort befinden. Viel wahrscheinlicher ist es, daß sie in irgendeine andere Burg überführt worden sind. Gott verlieh dir den Sieg über Rotgier, weil du dich hier einstelltest."

„So ist es!" stimmte der Fürst bei. „Doch nach dem, was mir von Rotgier gemeldet wurde, ist nunmehr von den vier Brüdern nur noch der alte Zygfryd am Leben, während die anderen Gott durch Jurands oder durch deine Hand schon bestrafte. Was aber Zygfryd anbelangt, so ist er zwar kein Schurke wie jene, jedoch seine Grausamkeit übersteigt jedes Maß. Schlimm genug ist's daher, daß Jurand und Danusia in seiner Gewalt sind – sie müssen so rasch wie möglich befreit werden. Damit dir selbst nichts Schlimmeres zustößt, gebe ich dir ein Schreiben an den Meister mit. Höre genau auf das, was ich dir sage, und bedenke, daß du nicht als Gesandter, sondern als Vertrauter zu dem Meister ziehst, an den ich folgendes schreibe: ‚Da sie sich seinerzeit sogar unserer Person, dem Abkömmling ihrer Wohltäter, bemächtigt haben, so ist es um so wahrscheinlicher, daß sie die Tochter Jurands entführten, auf den sie ganz besonders erbost sind. Es geht daher die Bitte an den Meister, um den Befehl, sofort Nachforschungen nach ihr anzustellen und sie in deine Hände auszuliefern, wenn er sich meine Freundschaft sichern will.'"

Kaum hatte Zbyszko diese Worte vernommen, warf er sich dem Fürsten zu Füßen und rief, dessen Knie umfassend: „Und Jurand, gnädigster Herr? Verwendet Euch auch für ihn! Wenn er tödlich verwundet ist, möge er doch wenigstens auf seinem Erbe, bei seinen Kindern sterben!"

„Jurands wird nicht vergessen!" entgegnete gütig der Fürst. „Der Meister hat ebenso wie ich zwei Schiedsrichter aufzustellen, welche die Handlungsweise der Komture und Jurands nach den ritterlichen Ehrengesetzen prüfen sollen. Diese vier Schiedsrichter aber werden noch einen weiteren als Obmann wählen und ihrem Urteilsspruch muß sich jeder fügen."

Damit war die Beratung zu Ende. Zbyszko verabschiedete sich von dem Fürsten, wollte er sich doch sofort auf den Weg machen. Bevor indessen alle auseinandergingen, nahm Mikolaj aus Dlugolas, der die Kreuzritter genau kannte, den jungen Kämpen auf die Seite und fragte: „Wie ist es mit dem Böhmen, deinem Knappen? Willst du ihn mit dir zu den Deutschen nehmen?"

„Er wird mich sicherlich nicht verlassen wollen. Doch weshalb fragt Ihr?"

„Weil er mich jammert. Er ist ein tüchtiger Bursche, darum merke nun auf das, was ich dir sage: Du wirst mit heiler Haut aus Marienburg zurückkehren, es sei denn, daß du dort im Zweikampf auf einen überlegenen Gegner stoßest, der Böhme aber geht einem sicheren Verderben entgegen."

„Weshalb glaubt Ihr das?"

„Weil die Weißmäntel ihn der Ermordung des Herrn de Fourcy zeihen. Sie haben jedenfalls dem Großmeister von dessen Tod geschrieben und sicherlich behauptet, der Böhme sei der Urheber des Mordes. In Marienburg vergibt man ihm diese vermeintliche Schuld nicht. Man wird ihm den Prozeß machen, ihn verurteilen, denn wie kannst du den Großmeister von Hlawas Unschuld überzeugen? Dazu kommt auch noch, daß er Danveld das Handgelenk verdreht hat, Danveld aber war ein Blutsverwandter des Großmeisters der Johanniter. Gar leid ist es mir um den Burschen, und ich wiederhole es nochmals, daß er einem sicheren Tod entgegengeht, wenn er dir folgt."

„Ihm droht keine Gefahr, denn er bleibt in Spychow zurück."

Doch es kam ganz anders. Durch mannigfache Gründe wurde das Verbleiben des Böhmen in Spychow vereitelt. Zbyszko und de Lorche machten sich am nächsten Morgen mit ihrem Gefolge auf den Weg. De Lorche, der durch Pater Wyszoniek von dem Eid freigesprochen war, mit dem er sich Ulrika de Elner angelobt hatte, trat glückselig und ganz erfüllt von der Holdseligkeit Jagienkas aus Dlugolas die Fahrt an, auf der er sich infolgedessen recht schweigsam verhielt. Er und Zbyszko konnten sich zudem nur schwer miteinander verständigen.

So war denn letzterer darauf angewiesen, mit Hlawa über Danusia zu sprechen, wodurch der Knappe auch von der beabsichtigten Fahrt nach Marienburg Kenntnis erhielt, von der er bisher nichts gewußt hatte.

„Ich gehe nach Marienburg", teilte ihm Zbyszko mit, „und Gott allein weiß, wann ich zurückkehren werde. Vielleicht geschieht dies bald, vielleicht im Frühling oder in einem Jahr, vielleicht komme ich niemals zurück. Verstehst du mich?"

„Ich verstehe alles. Ihr, gnädigster Herr, wollt dort gewiß die Ritter zum Zweikampf fordern. Lob und Preis sei Gott dafür, denn sicherlich hat jeder Ritter auch einen Knappen."

„Nein", antwortete Zbyszko, „nicht um zu kämpfen ziehe ich aus, es sei denn, daß ich selbst herausgefordert werde. Du aber folgst mir nicht nach Marienburg, du bleibst in Spychow."

Diese Worte kränkten den Knappen aufs tiefste. Anfänglich jammerte er kläglich, dann aber bat er seinen jungen Herrn, ihn doch nicht zu verbannen.

„Ich habe geschworen", erklärte er, „niemals von Euch zu weichen, gnädigster Herr, auf das Kreuz und auf meine Ehre habe ich diesen Eid geleistet. Und wenn Euch, gnädigster Herr, ein Unfall begegnen sollte, wie dürfte ich jemals wieder meiner Herrin in Zgorzelic unter die Augen treten? Geschworen habe ich es ihr, o Herr! Deshalb erbarmt Euch meiner, damit ich nicht mit Schimpf und Schande beladen vor ihr erscheinen muß."

„Hast du ihr aber nicht auch gelobt, mir gehorsam zu sein?" fragte Zbyszko.

„In allem soll ich Euch Gehorsam leisten, nur verlassen soll ich Euch nicht. Wenn Ihr, gnädigster Herr, daher mich von Euch weist, muß ich Euch in geringer Entfernung folgen, um, wenn dies nötig wäre, sofort bei der Hand zu sein."

„Ich weise dich nicht von mir und werde dich niemals von mir weisen!" antwortete Zbyszko. „Doch ich wäre ja geradezu geknechtet, wenn ich dich nicht an irgendeinen entfernt gelegenen Platz schicken, wenn ich mich selbst nicht auf einen Tag von deiner Gegenwart befreien könnte. Du wirst doch nicht beständig hinter mir stehen wollen, wie der Henker hinter einer armen Seele? Und wie willst du mir im Kampf beistehen? Ich spreche nicht vom Krieg, denn in der Schlacht streiten die Menschen scharenweise, jedoch im Einzelkampf kannst du mir doch nichts nützen. Wäre Rotgier der Stärkere gewesen, so befände sich seine Rüstung nicht auf unserem Wagen, sondern die meine auf dem seinen. Keinen Vorteil würde mir deine Anwesenheit in Marienburg bringen, nein, Unheil könnte mir nur daraus erwachsen."

„Wie meint Ihr das, gnädiger Herr?"

All das, was Mikolaj aus Dlugolas ihm mitgeteilt hatte, erzählte nun Zbyszko dem Fragenden und sagte ihm, daß er, Hlawa, von den Komturen, die jede Schuld von sich abzuwälzen versucht hatten, des Mordes an Herrn de Fourcy beschuldigt worden sei, weshalb ihn sicherlich die Rache der Kreuzritter treffen werde.

„Und wenn sie dich greifen", fügte Zbyszko schließlich hinzu, „werde ich dich doch nicht ihrer Rache überlassen. Mit meinem Kopf müßte ich es aber dann bezahlen."

Mit düsterer Miene lauschte der Böhme diesen Worten, deren Wahrheit er nur zu wohl erkannte. Trotzdem versuchte er es aber nochmals, seiner Bitte Gehör zu verschaffen.

„Von all denen, die mich sahen, ist keiner mehr am Leben", warf er ein, „denn wie mir gesagt wurde, hat der Gebieter von Spychow gar viele erschlagen, und Rotgier fiel durch Eure Hand."

„Die Knechte sahen dich, die jenen voranzogen, auch lebt der alte Kreuzritter Zygfryd noch und befindet sich sicherlich in Marienburg. Ist dies aber nicht der Fall, so wird ihn der Großmeister gewiß dahin berufen. Das gebe Gott!"

Darauf ließ sich nichts mehr sagen. Das Gespräch verstummte, und schweigend zogen nun Ritter und Gefolge bis nach Spychow. Dort trafen sie die ganze Besatzung der Burg zum Kampf gerüstet, weil der alte Tolima nicht anders dachte, als daß entweder die Kreuzritter einen Überfall machen würden, oder daß Zbyszko nach seiner Rückkunft mit den Mannen zur Rettung Jurands ausziehen werde. An allen Übergängen über die Sümpfe, auf den Wällen der Burg standen Wachen, die kriegsgewohnten Mannen harrten voll Ungeduld auf die Deutschen, von denen sie reiche Beute zu gewinnen hofften. Zbyszko und de Lorche wurden von dem Priester Kaleb empfangen, der ihnen nach dem Nachtmahl das mit Jurands Siegel versehene Pergament zeigte, auf das er eigenhändig den letzten Willen des Gebieters von Spychow geschrieben hatte.

„In der Nacht, bevor er sich nach Szczytno auf den Weg machte, sagte er mir alles Wort für Wort vor. Traun, er glaubte nicht an seine Rückkehr."

„Warum sagtet Ihr von alldem nichts?"

„Wie durfte ich dies, da mir Jurand seine Pläne als Beichtgeheimnis anvertraute? Verleihe ihm die ewige Seligkeit, o Herr, und laß ihm das ewige Licht leuchten."

„Sprecht dieses Gebet nicht für ihn", wandte Zbyszko ein, „er lebt noch. Ich weiß dies aus dem Mund des Kreuzritters Rotgier, mit dem ich einen Waffengang an dem fürstlichen Hof hatte. Das Gottesgericht hat zwischen uns entschieden – er fiel durch meine Hand."

„Damit verringert sich noch die Hoffnung auf Jurands Heimkunft – es sei denn, daß er durch Gottes Macht gerettet werde."

„Mit diesem Ritter hier ziehe ich nun aus, um ihn aus den Händen der Feinde zu befreien."

„Du kennst die Kreuzritter nicht, das unterliegt keinem Zweifel. Ich aber kenne sie, denn ehe Jurand mich zu sich nach Spychow berief, weilte ich während fünfzehn Jahren als Priester in ihren Landen. Nur Gott allein vermag Jurand zu retten."

„Nur er kann uns seine Hilfe angedeihen lassen."

„Amen!"

Pater Kaleb entrollte nun das Dokument, um es vorzulesen.

Jurand vermachte darin all seinen Grund und Boden, all sein Hab und Gut Danusia und deren Nachkommen, setzte jedoch für den Fall, daß seine Tochter kinderlos sterben würde, deren Ehegemahl Zbyszko aus Bogdaniec zum alleinigen Erben ein. Zum Schluß stellte er diesen seinen letzten Willen dem Schutz des Fürsten anheim, damit, wenn irgendeine Bestimmung gegen das Gesetz verstoßen würde, diese Bestimmung durch die Gnade des Fürsten zum Gesetz erhoben werde. Der Zusatz war deshalb beigefügt worden, weil Pater Kaleb nur das Kirchenrecht, Jurand aber, dem Kampf und Krieg einzig und allein im Sinn gelegen war, nur die ritterlichen Gesetze kannte. Jedoch nicht nur Zbyszko las der Priester das Dokument vor, sondern auch den ältesten Mannen der Besatzung von Spychow, die sofort den jungen Ritter als Erben anerkannten und ihm Treue und Gehorsam gelobten.

Sie hofften auch, daß Zbyszko unverweilt mit ihnen zur Rettung ihres alten Gebieters ausziehen werde und freuten sich darüber, denn tapferen Sinnes, sehnten sie sich stets nach Kampf und Krieg, und warmen Herzens hingen sie Jurand an. Große Betrübnis ergriff daher alle, als sie vernahmen, daß sie in Spychow bleiben sollten, daß ihr junger Gebieter nur mit einem kleinen Gefolge und nicht eines Krieges wegen, nein, nur um Klage zu erheben, nach Marienburg ziehen wolle. Diesen ihren Kummer teilte der Böhme Glowacz, wenngleich er andererseits hocherfreut war über die bedeutende Vermehrung von Zbyszkos Besitztümern.

„Hei, keiner wird sich so darüber freuen wie der alte Herr aus Bogdaniec!" rief er. „Auch hier würde er zu schalten und zu walten wissen! Was aber ist Bogdaniec im Vergleich mit einem solchen Erbe!"

Wie fast stets, wenn er sich in einer traurigen oder schwierigen Lage befand, wurde Zbyszko auch jetzt wieder von großer Sehnsucht nach seinem Oheim erfaßt, und sich zu dem Knappen wendend, sagte er ohne langes Überlegen: „Was hast du hier so unnütz umherzusitzen. Du gehst nach Bogdaniec und überbringst ein Schreiben."

„Wenn ich Euch, gnädigster Herr, doch nicht begleiten darf, wünsche ich mir nichts sehnlicher, als dorthin zu kommen!" antwortete der Böhme hocherfreut.

„Entbiete Pater Kaleb zu mir. Er soll der Wahrheit gemäß alles berichten, was sich ereignet hat. Der Ohm aber kann sich das Schreiben von dem Probst aus Kresno oder von dem Abt vorlesen lassen, falls sich letzterer in Zgorzelic befindet."

Da, mit einemmal strich sich Zbyszko über seinen keimenden Schnurrbart und fügte nachdenklich und wie zu sich selbst redend, hinzu: „Traun! Der Abt!"

Wie mit einem Zauberschlag heraufbeschworen, stand Jagienka vor seinem geistigen Auge – blauäugig, dunkelhaarig, frisch wie eine junge Hindin, jedoch mit tränenüberströmten Wangen. Kummervoll rieb sich der junge Kämpe etliche Minuten die Stirn, dann jedoch murmelte er, wie um sich selbst zu beruhigen: „Gar betrübt wird das Mägdlein sein, doch auch mich bewegt dies alles sehr!"

Mittlerweile war der Priester Kaleb in das Gelaß getreten und hatte sich zum Schreiben niedergesetzt. Zbyszko sagte ihm Wort für Wort vor und gab eine ausführliche Schilderung von alldem, was sich seit seinem Eintreffen in dem Jagdhof ereignet hatte. Auch nicht die kleinste Einzelheit verschwieg er, sagte er sich doch, wie beglückt der alte Macko durch einen genauen Einblick in all diese Verhältnisse sein werde. Bogdaniec konnte ja in der Tat mit Spychow, diesem ausgedehnten und reichen Besitztum nicht verglichen werden, und der junge Kämpe wußte sehr wohl, welchen Wert sein Oheim auf Reichtum legte.

Nachdem nach großer Mühe und Anstrengung der Brief beendet und mit einem Siegel geschlossen war, beschied Zbyszko aufs neue seinen Knappen zu sich, um ihm das Schreiben mit den Worten zu übergeben: „Vielleicht kehrst du mit dem Ohm hierher zurück. Große Freude würde mir dies bereiten."

Doch über die Züge des Böhmen flog es wie ein Schatten. Unschlüssig trat er von einem Fuß auf den anderen, wobei er so verlegen dreinschaute, daß der junge Ritter sagte: „Hast du mir noch etwas mitzuteilen, so rede!"

„Ich möchte noch eines wissen, gnädigster Herr! Ich möchte wissen – nun – was soll ich antworten, wenn ich von verschiedenen Leuten befragt werde –"

„Von verschiedenen Leuten?"

„Ich meine damit nicht die Bewohner von Bogdaniec, sondern die aus der Nachbarschaft. Sicherlich werden sie alles wissen wollen."

Daraufhin schaute Zbyszko, der längst beschlossen hatte, nichts mehr geheimzuhalten, seinen Knappen scharf an, indem er entgegnete. „Bei dir handelt es sich nicht um verschiedene Leute, sondern einzig und allein um Jagienka aus Zgorzelic."

„Nur um sie, o Herr!" ließ sich der Böhme vernehmen, während tiefe Röte mit tödlicher Blässe auf seinem Antlitz wechselte.

„Weißt du denn, ob sie sich nicht schon mit Cztan aus Rogow oder mit Wilk aus Brzozow vermählt hat?"

„Jagienka hat sich mit keinem der beiden vermählt!" warf Hlawa in bestimmtem Ton ein.

„Wenn aber der Abt darauf bestanden haben sollte?"

„Der Abt hat sich noch stets dem Willen des Jungfräuleins gefügt."

„Was willst du also wissen? Erzähle ihr die Wahrheit wie allen anderen."

Sich vor dem jungen Ritter verneigend, entfernte sich der Knappe in gedrückter Stimmung.

„Wollte Gott", murmelte er vor sich hin, an Zbyszko denkend, „sie könnte deiner vergessen! Wollte Gott, sie fände einen besseren Ehegemahl als dich! Doch wenn sie deiner auch nicht vergessen hat, was schadet das ihr? Wohl bist du vermählt, doch dein Eheweib ist dir fern, ja, vielleicht ist es der Wille Gottes, daß du Danusia verlierst, bevor du die Ehe vollzogen hast!"

So groß nun auch die Treue war, mit der Hlawa dem jungen Ritter anhing, so groß das Mitleid war, dass er für Danusia empfand, liebte er doch Jagienka über alles in der Welt. Seit er daher vor dem letzten Kampf in Ciechanow von der Vermählung Zbyszkos vernommen hatte, trug er Schmerz und Bitterkeit im Herzen.

„Gebe Gott, daß dir Danusia verloren ist!" murmelte er abermals vor sich hin.

Nach und nach regten sich aber doch mildere Gedanken in ihm, denn als er zu seinem Pferd trat, sagte er: „Gelobt sei Gott dafür, daß ich die Knie meiner Herrin umfassen darf!"

Von fieberhafter Ungeduld ergriffen, konnte Zbyszko kaum den Anblick des Aufbruchs erwarten, war doch sein ganzes Sinnen und Trachten auf Danusia und Jurand gerichtet. Er litt geradezu Qualen, jedoch es blieb ihm nichts übrig, als wenigstens eine Nacht in Spychow zu verbringen, teils aus Rücksicht für Herrn de Lorche, teils wegen der Vorbereitungen, die eine solch lange Fahrt erforderte. Außerdem war er selbst durch den Kampf, die Erregung, den Mangel an Schlaf und durch den unaufhörlichen Kummer aufs tiefste ermattet. So warf er sich denn, freilich in später Nacht, auf das harte Lager Jurands, in der Hoffnung, daß ihn ein kurzer Schlaf erquicken werde. Bevor er indessen einschlummerte, klopfte Sanderus an die Tür und trat zu ihm in die Kemenate.

„O Herr!" begann er, sich tief verneigend, „Ihr habt mich vom Tod errettet, bei Euch habe ich ein menschenwürdigeres Dasein geführt als je zuvor. Gott hat Euch mit einem gewaltigen Besitztum bedacht, Euch großen Reichtum verliehen, denn die Schatzkammer in Spychow ist nicht leer. Gebt mir eine volle Geldkatze, und ich will trotz der mir dabei drohenden Gefahr von Burg zu Burg in Preußen ziehen und sehen, ob ich Euch nützen kann."

Wenn Zbyszko seiner ersten Regung gefolgt wäre, hätte er Sanderus aus der Stube gewiesen, kaum aber hatte er dessen Worte vernommen, zog er aus einer neben dem Lager stehenden ledernen Tasche für die Reise einen großen Beutel, warf diesen dem Sprechenden zu und sagte: „Hier nimm, und nun gehe! Bist du ein Schurke, wirst du mich betrügen, bist du ehrlich, kannst du mir nützen."

„Gar schlau weiß ich die Menschen zu betrügen", erklärte Sanderus, „Euch aber betrüge ich nicht, o Herr, Euch diene ich ehrlich!"

Siebentes Kapitel

Zygfryd de Löwe rüstete sich gerade für seine Fahrt nach Marienburg, als ihm der Postbote ganz unerwartet ein Schreiben Rotgiers überbrachte, das gar mancherlei Kunde über den masovischen Hof enthielt.

Diese Nachrichten versetzten den alten Kreuzritter allgemach in die höchste Erregung. Vor allem war aus dem Brief zu ersehen, daß Rotgier die Sache gegen Jurand dem Fürsten Janusz vortrefflich dargelegt und sie mit großer Geschicklichkeit vertreten hatte. Wohl lächelte Zygfryd, als er las, jener habe von dem Fürsten verlangt, daß Spychow als Entschädigung für das dem Orden zugefügte Unrecht den Kreuzrittern zu Lehen gegeben werde. Jedoch der zweite Teil des Schreibens enthielt unerwartete und weniger angenehme Berichte. Rotgier teilte nämlich ferner mit, er habe, um die Unschuld des Ordens an der Entführung von Jurands Tochter zu beweisen, den Rittern von Masovien seinen Handschuh hingeworfen und jeden Zweifler zum Zweikampf vor ein Gottesgericht im Beisein des ganzen Hofes gefordert." Keiner hob den Handschuh auf", schrieb Rotgier weiter, „denn alle wußten, daß Jurand in seinem Schreiben Zeugnis für uns abgelegt hatte. Sie fürchteten daher das Gottesgericht. Da, mit einemmal trat der junge Kämpe in den Kreis, den wir auf dem Jagdhof gesehen haben, und nahm den Handschuh von der Erde. Seid daher nicht überrascht, wenn sich meine Rückkehr verzögert. Ich muß mich zu dem Kampf stellen, da die Forderung von mir ausgegangen ist. Für die Ehre des

Ordens gehe ich in diesen Streit, deshalb gebe ich mich der Hoffnung hin, der Großmeister werde mir diesen Schritt vergeben, wie Ihr ihn mir vergeben werdet, Ihr, den ich verehre, den ich mit dem Herzen eines Sohnes liebe. Mein Gegner ist ein junges unreifes Menschlein. Ich aber bin, wie Ihr wißt, an Kampf und Streit gewöhnt. Nicht schwer wird es mir daher fallen, das Blut meines Widersachers zum Ruhm des Ordens zu vergießen."

Das größte Staunen rief bei dem alten Zygfryd die Kunde hervor, daß Jurands Tochter vermählt sei. Der Gedanke, nun werde sich ein neuer, mächtiger und rachgieriger Feind in Spychow festsetzen, erregte sogar in dem bejahrten Komtur eine gewisse Unruhe. „Zweifellos", sagte er sich selbst, „wird er auf Rache sinnen. Grimmige Rache wird er nehmen, sobald er sein Weib wiedergefunden und von ihr vernommen hat, daß sie durch uns von dem Jagdhof entführt wurde. Unverweilt würde es sich ja dann zeigen, weshalb wir Jurand zu uns entboten haben, daß wir dies nur taten, ihm die Tochter zurückzugeben." In Zygfryd regte sich auch sofort die Überzeugung, der Großmeister werde auf das Schreiben des Fürsten hin eine Untersuchung in Szczytno anordnen, um sich dadurch selbst vor Janusz zu rechtfertigen, war es doch für den Großmeister und das Kapitel von höchster Bedeutung, wenn sich in einem Kriegsfall mit dem mächtigen König von Polen die masovischen Fürsten jeder Parteinahme enthielten. Denn ganz abgesehen von der Macht dieser Fürsten, gebot es sich schon durch die große Zahl masovischer Edlen und in Anbetracht von deren unendlicher Tapferkeit, keine Geringschätzung gegen Janusz und dessen Bruder an den Tag zu legen. Der Frieden mit letzterem bedeutete für die Kreuzritter Sicherheit der Grenze auf weite Strecken hinaus und erleichterte dem Orden eine engere Zusammenziehung seiner Streitkräfte. Gar häufig war dies schon in Marienburg vor Zygfryd verhandelt und der Hoffnung Raum gegeben worden, es werde sich nach dem Sieg über den König schon ein Vorwand finden, um gegen Masovien vorzugehen, das dann keine Macht der Welt mehr den Händen der Kreuzritter entreißen könne. Dies war eine ganz klare Berechnung und bildete einen weiteren Grund, weshalb der Großmeister alles zu vermeiden versuchte, was den Zorn des Fürsten Janusz erregen konnte. Als Ehegemahl von Kiejstuts Tochter war dieser weit schwerer zu behandeln, als Ziemowit aus Plock, dessen Weib dem Orden rückhaltlos anhing, ohne daß eine besondere Ursache dafür bekannt gewesen wäre.

Trotz seines Ehrgeizes für den Ruhm des Ordens regte sich in dem alten Zygfryd das Gewissen. „Wäre es vielleicht nicht ratsamer, Jurand und dessen Tochter freizulassen?" fragte er sich. „Schmach und Schande würden zwar dann dem Namen Danvelds anhaften, doch er ist ja nicht mehr am Leben. Und selbst wenn der Großmeister mich und Rotgier, die wir ja an allen Taten Danvelds teilgenommen haben, zur Rechenschaft ziehen wollte, gereichte dies vielleicht zum Vorteil des Ordens!" Jedoch schon der Gedanke an Jurand versetzte das rachedurstige Herz des Kreuzritters in Aufruhr.

Wie, sollte er ihn wirklich freigeben, diesen Bedrücker, diesen Henker der Ordensbrüder, den Sieger in zahllosen Treffen, den Urheber schmachvoller Scharmützel, den triumphierenden Gegner, ja, den Mörder Danvelds, den Bezwinger de Bergows, den Mörder Majnegers, den Mörder von Godfryd und Hugues, ihn, der in Szczytno mehr deutsches Blut vergossen hatte, als in irgend welchen Kriegsläuften vergossen worden war. „Ich vermag es nicht, ich vermag es nicht!" murmelte Zygfryd vor sich hin, während sich seine Finger zusammenkrampften und sein Atem sich nur mühsam der eingefallenen Brust entrang. Und doch, wenn die Freilassung zum Nutzen, zum Ruhm des Ordens gereichte? Wenn die Strafe, welche die noch lebenden Miturheber des Verbrechens treffen würde, den bis jetzt feindlich gesinnten Fürsten Janusz versöhnen und einen Vergleich, ja, den Frieden herbeizuführen imstande wäre? „Wohl sind sie aufbrausend", fuhr der alte Komtur in seinem Selbstgespräch fort, „sobald man ihnen jedoch auch nur ein klein wenig entgegenkommt, vergessen sie rasch die erlittenen Kränkungen. Fürst Janusz hat sich in keiner Weise gerächt, obgleich er auf seinem eigenen Grund und Boden aufgegriffen worden ist!" Im tiefsten Innern erregt, schritt Zygfryd in der Halle hin und her. Schließlich stand er vor dem Kruzifix still, das gegenüber der Tür zwischen zwei Fenstern hing und fast die ganze Höhe der Wand einnahm. Hier warf er sich plötzlich auf seine Knie und sprach also: „Erleuchte mich, o Herr, belehre mich, o Herr, denn ich weiß nicht, was mir zu tun obliegt. Gebe ich Jurand und dessen Tochter frei, dann wird unsere Tat in ihrer ganzen Nacktheit enthüllt werden. Kein Mensch wird sagen: Danveld hat dieses getan, oder Zygfryd tat dies, nein alle werden in den Ruf einstimmen: die Kreuzritter sind die Urheber davon. Schmach und Schande werden den Orden treffen, noch größer wird der Haß des Fürsten werden. Doch wenn ich jene nicht freigebe, wenn ich sie im Kerker verborgen halte, wenn ich sie töte, bleibt dann nicht der Verdacht auf dem Orden haften, muß ich dann nicht vor dem Großmeister meine Lippen mit einer Lüge beflecken? Was soll ich beginnen, o Herr! Lehre Du es mich, erleuchte mich! Wenn Rachedurst mich verzehrt, o so richte in Deiner Barmherzigkeit! Nun aber lehre mich, erleuchte mich! Um Deinen Orden handelt es sich, was Du befiehlst, das will ich tun, selbst wenn ich in einem Kerker und in Ketten auf den Tod oder auf die Befreiung harren müßte!"

Die Stirn an das Kreuz gepreßt, betete Zygfryd noch lange inbrünstig, ohne daß es ihm zum Bewußtsein gekommen wäre, sein Gebet sei verwerflich, sei eitel Gotteslästerung. Als er sich endlich erhob, war er gefaßter, in sich geklärter. Eine große Gnade, so dünkte ihn, sei ihm zuteil geworden, er glaubte eine Stimme von oben vernommen zu haben, die ihm zurief: „Stehe auf und harre auf die Rückkehr Rotgiers." Ja, das mußte er tun. „Nach dem Sieg Rotgiers über den jungen Fant", so sagte sich Zygfryd, „steht es bei jenem, Jurand und dessen Tochter noch länger verborgen zu halten oder freizugeben. Voraussichtlich wird der Fürst auch in ersterem Fall der beiden nicht vergessen. Da ihm aber jeder Beweis dafür fehlt, von wem das Mägdlein entführt wurde, bleibt ihm nichts übrig, als Nachforschungen anzustellen, ein Schreiben an den Großmeister zu senden, nicht mit einer Anklage, nein, mit der Bitte um Untersuchung – und was wäre die Folge von all diesem? In der ganzen Angelegenheit würde niemals ein Endziel erreicht werden. Im anderen Fall würde die Freude über die Rückkehr von Jurands Tochter den Wunsch nach Rache wegen ihrer Entführung ersticken. Uns aber steht dann noch immer die Behauptung frei, wir hätten das Mägdlein erst nach dem fürchterlichen Blutbad in Szczytno gefunden." Dieser Gedanke beruhigte Zygfryd einigermaßen, besonders da er in Betreff Jurands schon längst gemeinsam mit Rotgier einen Plan entworfen hatte, durch dessen Ausführung Jurand selbst nach seiner Freilassung daran gehindert sein würde, Klage zu führen oder Rache zu nehmen. Voll Freude erinnerte sich jetzt Zygfryd dieses Mittels, und mit Genugtuung gedachte er daran, daß in Ciechanow ein Gottesgericht den blutigen Kampf entscheiden sollte. Keinen Augenblick sorgte er sich daher über dessen Ausgang. Ein Turnier in Königsberg kam ihm in den Sinn, in dem Rotgier zwei berühmte Ritter niedergestreckt hatte, die in ihrem Heimatland Anjou als unbesiegbar galten, er erinnerte sich eines Kampfes bei Wilno mit einem polnischen Ritter, einem der Mannen von Spytko aus Melsztyn, der auch von Rotgier erschlagen worden war. Sein Antlitz strahlte, sein Herz war von Stolz geschwellt, hatte er doch dem jetzt schon mit Ruhm bedeckten Ritter Rotgier die ersten Anleitungen in der Kriegsführung gegen die Litauer gegeben. So liebte er ihn denn auch gleich einem Sohn, er liebte ihn mit der Innigkeit, deren nur solche Menschen fähig sind, die lange Jahre hindurch gezwungen waren, die Sehnsucht nach der Allgewalt der Liebe in ihrem Herzen zu verbergen. Und nun stand dieser geliebte Sohn im Begriff, abermals das Blut eines verhaßten Feindes zu vergießen, um dann mit Ruhm bedeckt zurückzukehren. „Das Gottesgericht wird für ihn entscheiden", sagte sich Zygfryd, „und kein Verdacht mehr wird auf dem Orden lasten! Das Gottesgericht!" Plötzlich regte sich in dem Herzen des alten Mannes ein unbestimmtes Angstgefühl. In diesem todbringenden Kampf stritt Rotgier für die Unschuld der Ordensritter – doch er kämpfte für eine Lüge, denn jene waren schuldig. „Wie, wenn sich ein Unglück ereignen würde!" murmelte Zygfryd vor sich hin. „Nein, daran ist nicht zu denken. Noch drei Tage, dann kehrt Rotgier zurück – als Sieger kehrt er zurück!"

Durch diese Erwägungen allgemach ruhiger geworden, zog nun der alte Kreuzritter den Fall in Betracht, ob es nicht ratsamer wäre, Danusia in eine der entfernteren Burgen bringen zu lassen, die jedem Angriff der Masuren standhalten konnte. Doch gleich darauf wies er diesen Gedanken wieder von sich. Nur Danusias Ehegemahl konnte einen Überfall planen, voraussichtlich war er aber schon unter den Streichen Rotgiers gefallen. Was mochte aber von Seiten des Fürsten und der Fürstin geschehen? Sie konnten Nachforschungen anstellen, Schreiben versenden, Klagen vorbringen! Was aber erreichten sie damit! Nichts, als daß sich die Sache noch verwickelter, noch geheimnisvoller gestaltete und kein Ende abzusehen war. „Ehe sie zum Ziel gelangen würden", dachte Zygfryd, „werde ich tot sein, Jurands Tochter aber wird vielleicht in einem der Kerker des Ordens dahinwelken." Gleichwohl gab er Befehl, die Burg in Verteidigungszustand zu setzen, die Wege zu bewachen, wußte er doch selbst noch nicht, was nach seiner Beratung mit Rotgier geschehen werde. In solcher Weise gerüstet, harrte er auf dessen Ankunft.

Allein die festgesetzte Frist verstrich, ohne daß Rotgier zurückgekehrt wäre. Tag für Tag verging, keiner seiner Mannen erschien vor dem Tor Szczytnos. Endlich am fünften Tag – es dunkelte bereits – ertönte ein Hornsignal vor dem Turm des Torwarts. Zygfryd hatte gerade sein Abendgebet vollendet. Sofort entsandte er einen Knaben, um zu hören, wer angekommen sei.

Schon nach wenigen Minuten kehrte der Knabe zurück. Da jedoch das Gelaß durch das in einem tiefen Kamin brennende Feuer nur schwach erhellt wurde, bemerkte der alte Kreuzritter die Bestürzung seines Abgesandten nicht.

„Sind sie gekommen?" fragte er rasch.

„Ja", erwiderte der Knabe in einem Ton, der Zygfryd sofort beunruhigte.

„Und Bruder Rotgier?"

„Sie haben ihn hierhergebracht."

Langsam erhob sich Zygfryd von seinem Armstuhl, stützte sich schwer auf dessen Lehne, wie um nicht zu fallen, und sagte mit einer seltsamen, fast erloschenen Stimme: „Reiche mir meinen Mantel!"

Der Knabe hing ihm den Mantel um die Schultern. Da richtete sich der alte Kreuzritter, der seine Fassung wiedergewonnen hatte, hoch auf und schritt, die Kapuze über das Haupt ziehend, aus dem Gelaß.

Bald befand er sich in dem Burghof. Es dunkelte schon völlig. Über den knirschenden Schnee schritt er auf das Gefolge zu, das noch immer in der Nähe des Tores stand. Pechfackeln, die von einigen Kriegsknechten gehalten wurden, verbreiteten hier etwas Licht. Schon hatte sich eine große Menschenmenge angesammelt. Beim Anblick des alten Ordensbruders wichen die Kriegsknechte zur Seite. In dem Schein der Pechfackeln zeigten sich allenthalben bestürzte Gesichter, von überallher ließen sich gedämpfte Schreckensrufe vernehmen: „Bruder Rotgier ..."

„Bruder Rotgier ist erschlagen ..."

Zygfryd näherte sich dem Schlitten, worin, auf Stroh gebettet, ein mit einem Mantel bedeckter Leichnam lag. Rasch hob er den Mantel empor.

„Leuchtet!" befahl er hierauf einigen Söldnern, indem er seine Kapuze zurückschob.

Ein Kriegsknecht trat mit einer Fackel heran, und vor dem alten Kreuzritter lag Rotgier mit schneeweißem Antlitz, ein dunkles Tuch um das Kinn gebunden, damit der Mund nicht offenbleibe. So klein war das Gesicht geworden, daß er kaum noch zu erkennen war. Bläuliche Flecken zeigten sich an den Schläfen und um die Augen, die durch den Frost erstarrten Wangen glänzten wie Glas.

Schweigend blickte der Komtur lange Zeit auf den Toten. Tiefe Stille herrschte, denn alle, die umherstanden, wußten, daß Zygfryd für Rotgier ein Vater gewesen war, daß er ihn innig geliebt hatte. Doch keine Träne trübte die Augen des alten Kreuzritters. Nur blickte er noch finsterer als gewöhnlich drein, und sein Gesicht sah in seiner eisernen Ruhe wie versteinert aus.

„So haben sie ihn hierher zurückgebracht!" murmelte er schließlich.

Dann wandte er sich an den Burgverwalter und sagte: „Laßt noch vor Mitternacht einen Sarg zimmern, laßt den Toten in die Kapelle tragen."

„Es ist noch einer von den Särgen vorhanden, die ich für die von Jurand Erschlagenen fertigen ließ", entgegnete der Verwalter. „Ich muß nur noch den Befehl erteilen, daß dieser Sarg mit Tuch ausgeschlagen werde."

„Und daß man einen Mantel über den Toten breiten solle", ergriff Zygfryd das Wort, indem er das Gesicht Rotgiers wieder bedeckte., „doch keiner wie dieser hier soll es sein, sondern ein Ordensmantel. Der Deckel aber darf noch nicht geschlossen werden", fügte er nach kurzer Pause hinzu.

Während sich nun die Leute an den Schlitten drängten, zog Zygfryd sich zum Gehen anschickend, wieder die Kapuze über den Kopf. Plötzlich jedoch schien ihm noch etwas in den Sinn zu kommen, denn er blieb stehen und fragte: „Wo ist Krist?"

„Er wurde auch erschlagen!" antwortete einer der Mannen. „Ihn aber mußte man in Ciechanow bestatten, da er schon in Verwesung überging."

„Es ist gut."

Langsamen Schrittes entfernte er sich. In sein Gemach zurückgekehrt, ließ er sich in dem gleichen Armstuhl nieder, in dem ihm die schlimme Nachricht zugekommen war. Unbeweglich, wie ein Bild von Stein, saß er so, lange, lange. Voll Unruhe schaute der Knabe immer häufiger durch die Tür. Stunde auf Stunde verrann. Immer stiller wurde es in der Burg, nur von der Kapelle her ertönte dumpfer Hammerschlag. Erst gegen Mitternacht fuhr der alte Kreuzritter aus seinem Brüten empor und rief den Knaben.

„Wo ist Bruder Rotgier?" fragte er.

Der Knabe, der augenscheinlich durch das Geschehene und infolge der durchwachten, unruhvollen Stunden ganz verwirrt war, schaute ängstlich empor, indem er mit zitternder Stimme erwiderte: „O Herr, ich weiß es nicht! …"

Ein herzzerreißendes Lächeln spielte um die Lippen des Greises, als er in mildem Ton sagte: „Ich meinte, Kind, ob er schon in die Kapelle gebracht worden ist."

„Ja, Herr!"

„Es ist gut. Sage Diderich, er möge mit einer Laterne hierherkommen und mich hier erwarten. Ein Becken mit Kohlen soll er auch mitbringen. Ist es in der Kapelle hell?"

„Zu beiden Seiten des Sarges brennen Kerzen."

Den Mantel umwerfend, entfernte sich Zygfryd.

Nachdem er in die Kapelle getreten war, vergewisserte er sich zuerst, ob außer ihm niemand anwesend sei. Dann schloß er behutsam die Tür, näherte sich dem Sarg, stellte zwei der sechs Kerzen weg, die in hohen, kupfernen Leuchtern brannten, und kniete nieder.

Doch seine Lippen blieben krampfhaft geschlossen, er betete nicht. Geraume Zeit hindurch blickte er in das starre, aber jetzt wieder schöne Antlitz Rotgiers, wie wenn er hoffte, doch noch eine Spur von Leben darin zu entdecken. Dann mit einemmal ertönte der schmerzliche Aufschrei in der stillen Kapelle: „Mein Sohn! Mein Sohn!"

Und wieder verstummte der Mund des alten Ordensbruders, er schien auf eine Antwort zu harren.

Umsonst! Nun schob er seine vertrockneten hageren Finger unter den Mantel, der Rotgiers Brust bedeckte, und tastete umher. Er befühlte die Brust, die Seiten, die Rippen und die Schulterblätter und schließlich entdeckte er unter dem Gewand die klaffende Wunde, die von der rechten Schulter bis zu der Achselhöhle lief. Er preßte seine Finger hinein und führte sie längs der tiefen Wunde hin, während er mit einer Stimme, deren Ton eine gewisse Anklage enthielt, also sprach: „O wie entsetzlich hat dich die Streitaxt getroffen! ... Und doch hast du mir gesagt, dein Gegner sei noch ein wahres Kind ... Die ganze Schulter! Die ganze Schulter! Wie oft hast du mit diesem Arm den Orden gegen die Heiden geschützt! Nun aber bist du von der Streitaxt eines Polen gefällt worden – so mußtest du enden, ein solches Schicksal war dir beschieden. Christus ließ dich nicht seines Segens teilhaftig werden! Nicht kümmert ihn das Heil des Ordens, für die Kränkungen steht er ein, die irgend welchen Menschen zugefügt werden. Im Namen des Vaters, des Sohnes und des heiligen Geistes: Für eine Lüge hast du gestritten, für eine Lüge bist du gestorben, ohne daß dir deine Sünden vergeben wurden – deine Seele sei daher" ...

Die Worte erstarben ihm auf den Lippen. Abermals herrschte eine tiefe Stille in der Kapelle, dann brach Zygfryd wieder in den Aufschrei aus: „Mein Sohn! Mein Sohn!"

Gleich einer Bitte klang aber jetzt dieser Ruf und leise, eindringlich, wie wenn jemand ein furchtbares Geheimnis zu ergründen sucht, fuhr Zygfryd fort: „O allbarmherziger Christus! Wenn du nicht verdammt bist, mein Sohn, gib mir ein Zeichen. Bewege deine Hand, öffne noch einmal deine Augen – der Herzschlag stockt mir in meiner alten Brust. Ich habe dich sehr geliebt – gib mir ein Zeichen, sprich! ..."

Sich mit der Hand auf eine Ecke des Sarges stützend, richtete er seine stechenden Augen auf Rotgiers geschlossene Lider.

Kurze Zeit wartete er auf das erbetene Zeichen, endlich aber hub er von neuem an: „Wahrlich, du vermagst nicht zu reden. Starr und kalt bist du, Todesgeruch geht von dir aus. Da du aber stumm bleibst, will ich dir etwas sagen, und deine Seele möge hier zwischen den brennenden Kerzen weilen und darauf lauschen."

Und sich tief über den Leichnam beugend, flüsterte er: „Der Kaplan hinderte uns daran, Jurand zu töten, mit einem Eid mußten wir ihm dies erhärten. Wohl wirst du dessen eingedenk sein. Den Schwur muß ich halten, das ist klar. Aber du sollst dich freuen, wo du auch weilen magst, wenngleich ich selbst dafür verdammt sein werde."

Bei diesen Worten trat er vom Sarg zurück, stellte die Armleuchter, die er weggeschoben hatte, wieder an ihren Platz, bedeckte den Körper und das Antlitz des Toten mit dem Mantel und verließ die Kapelle.

An der Tür der Kemenate lag der ermüdete Knabe in festem Schlummer, innen aber wartete, dem erhaltenen Befehl gemäß, Diderich auf Zygfryd.

Es war ein untersetzter, starker Mann mit krummen Beinen und einem eckigen Gesicht, das zum Teil von einer dunklen, zackigen, über die Schulter fallenden Kapuze verhüllt war. Er trug einen Kaftan aus ungegerbter Büffelhaut, um die Hüften einen Gürtel aus Büffelhaut, worin ein Schlüsselbund und ein kurzes Messer staken. In seiner rechten Hand hielt er eine Blendlaterne, in der linken ein kleines Kupferbecken und eine Fackel.

„Bist du bereit?" fragte Zygfryd.

Diderich neigte stumm das Haupt.

„Du erhieltest den Befehl, ein mit Kohlen gefülltes Becken zu bringen."

Der stämmige Mann gab wieder keine Antwort, sondern zeigte nur auf die im Kamin brennenden Holzscheite, ergriff eine danebenstehende eiserne Schaufel, holte unter den Scheiten die Kohlen hervor und füllte das Becken damit. Dann zündete er die Laterne an und stand ruhig wartend da.

„Höre mich an, Mensch!" sagte Zygfryd. „Einstmals schwatztest du aus, was dir der Komtur Danveld anbefahl, und deshalb ließ er dir die Zunge ausreißen. Weil du nun dem Kaplan alles, was du weißt, mittels der Fingersprache mitteilen kannst, verkündige ich dir hiermit: wenn du ihm durch eine einzige Bewegung kundtust, was du auf mein Geheiß vollführen mußt, lasse ich dich aufhängen."

Abermals neigte Diderich das Haupt, aber sein Gesicht verzerrte sich auf unheilverkündende Weise durch die Erinnerung an jenen Vorgang, denn die Zunge war ihm aus einem ganz anderen Grund ausgerissen worden, als aus dem von Zygfryd angegebenen.

„Gehe jetzt voraus und führe mich zu Jurands Gefängnis."

Der zum Henker Ausersehene umfaßte den Griff des Beckens mit seiner riesenhaften Hand, hob die Laterne in die Höhe, und sie verließen die Stube. An dem schlafenden Knaben vorüber, gingen sie die Stufen hinunter, wandten sich jedoch nicht zum Haupteingang zu, sondern begaben sich hinter die Treppe, wo sich ein schmaler Korridor hinzog, der die ganze Breite des Gebäudes einnahm, und an dessen Ende sich eine schwere, in einer Mauernische verborgene Pforte befand. Diderich öffnete, und sie traten in einen kleinen Hofraum, der auf vier Seiten von steinernen Lagerhäusern umgeben war, worin man große Vorräte von Getreide für

Kriegs- und Belagerungszeiten aufgespeichert hatte. Unter einem dieser Lagerhäusern, auf der rechten Seite, zogen sich die unterirdischen Kerker für die Gefangenen hin. Es stand keine Wache hier, denn selbst wenn ein Gefangener aus seinem Kerker hätte ausbrechen können, wäre er in diesen Hof gekommen, dessen einziger Ausgang gerade jene Pforte bildete.

„Warte!" sagte Zygfryd.

Und sich mit der Hand an der Mauer festhaltend, blieb er stehen, denn er fühlte, daß etwas Eigentümliches in ihm vorging, und daß ihm der Atem fehlte. Es war, wie wenn seine Brust in einen allzu engen Panzer eingeschnürt wäre. Das, was er erlebt hatte, überstieg geradezu seine Kräfte, er fühlte, daß unter der Kapuze große Schweißtropfen auf seine Stirn traten, und er hielt an, um Atem zu schöpfen.

Nach einem trüben Tag war eine ungewöhnlich schöne Nacht angebrochen. Der Mond stand am Himmel und übergoß den ganzen Hof mit seinem silbernen Schein, so daß der Schnee fast grünlich schimmerte, Zygfryd sog die reine, kalte Luft gierig ein. Aber zugleich erinnerte er sich auch, daß sich Rotgier in solch lichtvoller Nacht nach Ciechanow begeben, und daß man ihn nun als Leichnam zurückgebracht hatte.

„Und jetzt liegst du in der Kapelle!" flüsterte er vor sich hin.

In der Meinung, der Komtur spreche mit ihm, hob Diderich die Laterne in die Höhe und betrachtete dessen scharfgeschnittenes, geierähnliches Gesicht, das furchtbar bleich, fast wie das eines Toten aussah.

„Gehe weiter!" sagte Zygfryd.

Der gelbe Lichtkreis der Laterne zitterte wieder auf dem Schnee, während sie dahinschritten. In einer Vertiefung der dicken Mauern des Lagerhauses befanden sich einige Stufen, die zu einer großen eisernen Tür führten. Diderich öffnete sie und stieg die Treppe in einen dunklen Gang hinunter, wobei er die Laterne hochhielt, um dem Komtur den Weg zu zeigen. Am Ende der Treppe war ein Korridor, an dessen beiden Seiten ganz niedrige Türen in die Zellen der Gefangenen führten.

„Zu Jurand!" sagte Zygfryd.

Nach einer Weile knirschte der Riegel, und sie traten ein.

Es war ganz dunkel in dieser Höhle, daher befahl Zygfryd, der bei dem matten Licht der Laterne nichts zu unterscheiden vermochte, die Fackel anzuzünden, in deren hellem Schein er dann Jurand auf dem Stroh liegen sah. Dieser hatte Fesseln an den Füßen, und an den Armen Ketten, die lang genug waren, daß er sich selbst Nahrung zuführen konnte. Er trug noch denselben Sack aus grobem Werg, worin er vor den Komtur hingetreten war, aber dieses Bußgewand war jetzt mit dunklen Blutflecken bedeckt, denn an jenem Tag, da dem Kampf erst ein Ende gemacht wurde, als man den vor Schmerz und Wut wahnsinnigen Ritter in einem Netz gefangen hatte, wollten die Söldlinge ihn töten und brachten ihm mit ihren Hellebarden mehrere Wunden bei. Der Kaplan von Szczytno hinderte sie daran, ihr Vorhaben auszuführen. Die Wunden waren zwar nicht tödlich, doch verlor Jurand so viel Blut, daß er halbtot ins Gefängnis gebracht wurde.

In der Burg glaubten alle, es könne jede Stunde mit ihm zu Ende gehen, aber seine außergewöhnliche Kraft überwand sogar den Tod, und er lebte noch, obgleich seine Wunden nicht verbunden waren und man ihn in dieses furchtbare Gefängnis geworfen hatte, wo das Wasser von den Wänden heruntertropfte und in der kalten Jahreszeit die Mauern von einer dicken Eisschicht bedeckt waren.

So lag er denn in Ketten auf dem Stroh, machtlos und verwundet, aber dabei sah er noch so gewaltig, so furchterregend aus, daß er, auf diese Weise hingestreckt, das Ansehen eines aus einem mächtigen Felsblock ausgehauenen steinernen Riesen hatte. Zygfryd befahl Diderich, dem Gefangenen ins Gesicht zu leuchten, und eine Weile betrachtete er diesen schweigend, dann wandte er sich wieder zu seinem Begleiter, indem er sagte:

„Schau her, nur noch an einem Auge hat er Sehkraft, brenne ihm dieses Auge aus."

Eine gewisse Schwäche und Hinfälligkeit machte sich in dem Ton des alten Kreuzritters bemerkbar, aber gerade darum klang der furchtbare Befehl noch furchtbarer. Die Fackel zitterte auch ein wenig in der Hand des Henkers, gleichwohl neigte er sie herab und bald fielen große brennende Pechtropfen auf Jurands Auge.

Jurands Gesicht zog sich krampfhaft zusammen, unter seinem fahlgelben Schnurrbart wurden die fest aufeinandergepreßten Zähne sichtbar, aber kein Wort drang über seine Lippen, und war nun Erschöpfung oder war die angeborene Willenskraft seiner gewaltigen Natur schuld daran, er ließ auch keinen Klageton hören.

Zygfryd ließ sich nun also vernehmen: „Man versprach dir, dich frei dahinziehen zu lassen, und dies wird auch geschehen, aber den Orden wirst du nicht anklagen können, denn die Zunge, mit der du ihn gelästert hast, wird dir herausgerissen werden."

Und wieder winkte er Diderich, dem ein seltsamer Gurgellaut entfuhr, und der durch Gebärden kundgab, daß er beide Hände gebrauchen müsse und den Komtur ersuche, ihm zu leuchten.

Da nahm der Greis die Fackel und hielt sie mit der ausgestreckten, zitternden Hand, doch als Diderich sich mit den Knien gegen Jurands Brust stemmte, wandte er den Kopf ab und blickte auf die mit Reif bedeckte Wand.

Während eines kurzen Augenblicks vernahm man das Klirren der Ketten, schwere, keuchende Atemzüge, etwas wie ein dumpfes Ächzen, dann folgte eine tiefe Stille.

Schließlich ließ sich Zygfryds Stimme von neuem hören: „Jurand, die Strafe, die du erduldet hast, war dir schon längst bestimmt, aber ich gelobte Bruder Rotgier, der durch den Ehegemahl deiner Tochter erschlagen wurde, deine rechte Hand in seinen Sarg zu legen."

Da beugte sich Diderich, der sich schon aufgerichtet hatte, abermals über Jurand.

Nach einer gewissen Zeit befanden sich der alte Komtur und Diderich wieder in dem vom Mondlicht übergossenen Hof. Als sie den Korridor durchschritten hatten, nahm Zygfryd die Laterne, sowie einen unförmigen, in einen dunklen Lappen gewickelten Gegenstand aus der Hand des Henkers und sagte laut zu sich selbst: „Jetzt zurück in die Kapelle und dann in den Turm."

Diderich schaute ihn forschend an, doch der Komtur befahl ihm, schlafen zu gehen, er selbst aber schleppte sich, die Laterne in der bebenden Hand, der Richtung der erleuchteten Kapellenfenster zu. Dabei sann er über das Vorgegangene nach. Ihn dünkte, daß auch für ihn jetzt das Ende herannahe, daß dies seine letzten Taten auf Erden seien, die er nur vor Gott allein zu verantworten habe. Denn obwohl dieser Kreuzritter von Natur grausam, aber nicht unwahr war, hatte er sich doch unter dem Einfluß der unerbittlichen Notwendigkeit an allerlei Winkelzüge gewöhnt, daß er jetzt unwillkürlich dachte, er könne die Verantwortlichkeit für Jurands Marter, sowohl von sich selbst, als auch von dem Orden abwälzen. Diderich war stumm, nicht fähig ein Geständnis abzulegen, und wennschon er sich dem Kaplan verständlich zu machen gewußt hätte, unterließ er sicherlich aus Angst jeden derartigen Versuch. Also, wer sollte beweisen, daß Jurand nicht all seine Wunden im Kampf bekommen hatte? Wie leicht hätte er seine Zunge durch den Stoß einer Lanze verlieren können, wie leicht hätte ihm mit einem Schwert oder Beil die rechte Hand abgehauen werden können, auch hatte er nur ein Auge gehabt, was Wunder also, daß es ihm ausgeschlagen wurde, als er sich im Wahnsinn auf die ganze Besatzung von Szczytno stürzte? Einmal noch bewegte ein Gefühl des Triumphes das Herz des alten Kreuzritters. Ja, wenn Jurand am Leben blieb, mußte er freigelassen werden! Hier erinnerte sich Zygfryd, wie er darüber mit Rotgier beraten und wie der junge Bruder lächelnd gesagt hatte: „Mag er dann hingehen, wohin ihn seine Blicke lenken, und wenn er den Weg nach Spychow nicht finden kann, dann mag er danach fragen", denn das, was geschehen war, hatten sie schon zum Teil miteinander beschlossen. Und jetzt, als Zygfryd in die Kapelle trat und, am Sarg niederkniend, Jurands blutige Hand zu Rotgiers Füßen niederlegte, spiegelte sich jenes Triumphgefühl in seinem Antlitz wider.

„Siehst du", sagte er, „ich tat mehr, als wir miteinander verabredet hatten. Denn König Johann von Luxemburg stellte sich in der Schlacht ein, obwohl er blind war, und starb mit Ruhm bedeckt, aber Jurand wird sich nicht mehr zum Kampf stellen, und wie ein Hund hinter einem Zaun wird er zugrunde gehen."

Hier überkam ihn plötzlich wieder das Gefühl der Atemnot, gerade wie zuvor, als er sich in Jurands Gefängnis begeben hatte, und auf seinem Haupt fühlte er einen Druck wie von einem schweren eisernen Helm. Doch dies währte nur einen Augenblick. Gleich darauf atmete er tief auf und fuhr dann fort: „Nun kommt auch meine Zeit heran. Ich hatte nur dich allein, und jetzt habe ich niemanden mehr. Aber wenn es mir bestimmt ist, noch länger zu leben, gelobe ich dir, mein Sohn, daß ich auch jene Hand, die dich erschlug auf dein Grab legen oder selbst zugrunde gehen will. Dein Mörder ist jetzt noch am Leben."

Da, mit einemmal erstarben die Worte auf seinen Lippen. Ein so heftiger Krampf erfaßte ihn, daß seine Zähne aufeinanderschlugen, und erst nach einer gewissen Zeit begann er wieder in abgerissenen Lauten: „Ja ... dein Mörder ist noch am Leben, aber ich werde ihn zu treffen wissen ... und bevor wir uns gegenüberstehen, werde ich ihm eine Marter auferlegen, die noch schlimmer ist als der Tod selbst."

Er verstummte.

Nach einer Weile erhob er sich, und noch näher an den Sarg herantretend, sagte er in ruhigem Ton: „Nun nehme ich Abschied von dir. Ich blicke zum letztenmal in dein Antlitz, vielleicht kann ich in deinen Zügen lesen, ob mein Gelübde dich freut. Zum letztenmal!"

Er enthüllte Rotgiers Gesicht, fuhr aber plötzlich zurück.

„Du lächelst", sagte er, „aber dein Lächeln ist furchtbar!"

Der durch die Überführung in der Winterkälte ganz erstarrte Leichnam war jetzt unter dem Mantel und vielleicht auch durch die Wärme der Kerzen mit ungewöhnlicher Schnelligkeit in Verwesung übergegangen, und das Antlitz des jungen Komturs sah in der Tat entsetzlich aus. Seine großen, angeschwollenen, schwarz gewordenen Ohren glichen einer unförmigen Masse, und seine bläulichen, aufgeworfenen Lippen waren verzogen wie zu einem Lächeln.

Zygfryd verhüllte hastig wieder diese fürchterliche Larve.

Dann nahm er die Laterne und verließ die Kapelle. Wieder, zum drittenmal, mangelte ihm der Atem, er kehrte daher in sein Gelaß zurück, warf sich auf sein hartes Lager und verharrte einige Zeit regungslos. Er sehnte sich nach Schlaf, aber plötzlich überkam ihn ein seltsames Gefühl. Ihn dünkte, daß der Schlaf ihn für immer fliehe, und daß der Tod ihn sofort ereile, wenn er in diesen Gelaß bleibe.

Zygfryd fürchtete den Tod nicht. In seiner großen Erschöpfung und ohne Hoffnung, jemals wieder Schlaf zu finden, erschien er ihm wie die ersehnte unendliche Ruhe, aber in dieser Nacht wollte er ihm noch keine Gewalt über sich einräumen, daher richtete er sich auf seinem Lager auf und sagte: „Lasse mir Zeit bis morgen!"

Da hörte er deutlich, wie ihm eine Stimme ins Ohr flüsterte: „Weiche aus dieser Zelle. Morgen wird es zu spät sein und du wirst nicht vollführen können, was du gelobt hast. Weiche aus dieser Zelle!"

Der Komtur erhob sich mühsam und trat hinaus. Von den Zinnen ertönte der Ruf der Wache. Aus den Fenstern der Kapelle fiel ein goldener Schein auf den Schnee. In der Mitte des Hofes, an dem steinernen Ziehbrunnen, spielten zwei schwarze Hunde miteinander, indem sie einen Lappen hin- und herzogen, sonst aber war es leer und still ringsumher.

„So muß es denn sein – noch diese Nacht" – sagte Zygfryd. „Ich bin tieferschöpft, aber ich muß mich aufraffen. Alle schlafen. Auch Jurand schläft vielleicht, von seinen Qualen übermannt, nur ich schlafe nicht. Ja, ich will gehen, ich will gehen, denn in meiner Zelle ist der Tod, und ich habe es dir ja versprochen. Mag der Tod dann kommen, wenn der Schlaf mich flieht. Du liegst lächelnd da, mir aber fehlt die Kraft. Du lächelst, du freust dich also darüber. Aber siehst du, meine Finger sind steif geworden, ich fühle keine Kraft mehr in der Hand, ich kann das nicht allein vollbringen. Mag es die Dienerin tun, welche bei ihr schläft."

So sprechend ging er mit schweren Schritten dem am Tor stehenden Turm zu. Die Hunde, die am Ziehbrunnen gespielt hatten, sprangen ihm wedelnd entgegen. In einem von ihnen erkannte Zygfryd die englische Dogge, die so unzertrennlich von Diderich war, daß die Leute in der Burg sagten, sie diene ihm des Nachts als Kopfkissen.

Nachdem der Hund den Komtur freudig begrüßt hatte, schlug er leise an, dann lief er dem Tor zu, wie wenn er Zygfryds Absicht errate.

Bald befand sich dieser vor der schmalen Pforte des Turmes, die des Nachts von außen verriegelt war. Nachdem er den Riegel zurückgeschoben hatte, tastete er nach dem Geländer der Treppe, die dicht hinter der Tür begann und stieg empor. Von seinen Gedanken vollständig erfüllt, hatte er die Laterne vergessen, so mußte er nun im Finsteren tappend weitergehen, indem er vorsichtig auftrat und mit den Füßen die Stufen suchte.

Da, plötzlich nach einigen Schritten, blieb er stehen, denn weiter oben, aber dicht vor ihm, ließ sich etwas wie die Atemzüge eines Menschen oder Tieres vernehmen.

„Wer ist hier?"

Es kam keine Antwort, aber die Atemzüge wurden rascher.

Zygfryd war kein furchtsamer Mensch, ihm bangte nicht vor dem Tod, jedoch die entsetzlichen Ereignisse dieser Nacht hatten seine körperlichen und geistigen Kräfte bis aufs äußerste erschöpft. Der Gedanke stieg ihm durch den Kopf, daß ihm Rotgier oder vielleicht der böse Geist den Weg vertrete, und die Haare standen ihm zu Berg, kalter Schweiß trat auf seine Stirn. Er wich zurück, fast bis zum Eingang.

„Wer ist hier?" frage er mit halberstickter Stimme.

Aber in demselben Augenblick erhielt er einen so furchtbaren Stoß gegen die Brust, daß er das Bewußtsein verlor und rücklings durch die offene Tür fiel, ohne einen Laut von sich zu geben.

Eine tiefe Stille folgte. Dann schlich eine dunkle Gestalt aus dem Turm hervor und eilte in gebückter Haltung dem Stall zu, der sich auf der linken Seite des Hofes neben der Rüstkammer befand. Diderichs Dogge sprang hinter ihr her, der andere Hund lief ihnen nach und verschwand in der Dunkelheit, zeigte sich aber bald wieder, den Kopf zur Erde gesenkt und ganz langsam laufend, wie wenn er eine Spur suche. So näherte er sich dem regungslos daliegenden Zygfryd, beschnüffelte ihn aufmerksam, setzte sich neben dessen Haupt nieder, richtete seine Schnauze empor und begann laut zu heulen.

Das Geheul währte lange Zeit, die Schrecknisse dieser grausigen Nacht durch neue Klagelaute noch erhöhend. Endlich öffnete sich knarrend eine in einer Vertiefung der Haupttür verborgene Pforte und mit einer Hellebarde in der Hand trat der Torwart in den Hof.

„Die Pest über diesen Hund!" sagte er. Ich werde dich lehren, während der Nacht zu heulen."

Und die Hellebarde ausstreckend, wollte er mit der Spitze das Tier durchbohren, aber in diesem Augenblick sah er, daß jemand am Eingang des Turmes lag.

„Herr Jesus! Was ist das?"

Sich herabbeugend, schaute er in das Gesicht des Regungslosen und schrie: „Hierher! Hierher! Hilfe!"

Hierauf eilte er an das Tor und begann mit aller Kraft den Glockenstrang zu ziehen.

Sechster Teil

Erstes Kapitel

Wenngleich Glowacz gerne sobald wie möglich nach Zgorzelic gelangt wäre, konnte er dennoch nicht so rasch vorwärts kommen wie er wollte, weil die Wege immer schwieriger wurden. Nach dem harten Winter, der strengen Kälte und dem starken Schneefall, durch den ganze Dörfer wie verschüttet waren, trat heftiges Tauwetter ein. Der Februar* war, trotz seines Namens, durchaus nicht rauh. Zuerst erhoben sich dichte, undurchdringliche Nebel, dann kamen wahre Regengüsse, wobei die Schneehaufen zusehends schmolzen. Regnete es nicht, so tobten Stürme, wie sie sonst gewöhnlich im März toben, in Zwischenräumen, ganz plötzlich, wurden dann große Wolken am Himmel hingejagt, zuweilen auch auseinandergetrieben, auf der Erde aber fuhr der Wind heulend über die Sträucher und Bäume und trocknete den geschmolzenen Schnee, unter dem vor kurzem erst die Stämme und Zweige ihren Winterschlaf gehalten hatten.

Die Wälder sahen jetzt dunkel, fast schwarz aus. Auf den Wiesen standen große Wasserlachen, Flüsse und Bäche waren ausgetreten. Dieses Überwiegen des feuchten Elementes freute nur die Fischer, während die andere, gleichsam in Fesseln geschlagene Bevölkerung sich in ihren Häusern und Hütten verbarg. An vielen Orten konnte man nur mittels Nachen von einem Dorf zum anderen gelangen. Zwar fehlte es nirgends an Dämmen und Landstraßen, die durch eingerammte Pfähle hergestellt wurden und durch die morastigen Gegenden führten, aber jetzt waren die Dämme gelockert, und an den niederen Stellen versanken die Pfähle in dem Sumpfboden, so daß der Übergang gefährlich oder auch ganz unmöglich war. Besonders in dem an Seen reichen Großpolen konnte der Böhme nur mühsam vorwärtsdringen, da in jedem Frühjahr dort größere Überschwemmungen vorkamen als in anderen Gegenden des Landes und daher auch die Wege, vornehmlich für Pferde, viel unzugänglicher wurden.

---

* Luty, der polnische Name für Februar, heißt auch hart, grausam.

Er mußte häufig anhalten und wochenlang bald in einem Marktflecken oder Dorf, bald auf einem Gut warten, wo er der Sitte gemäß samt seinen Mannen überall gastfreundlich aufgenommen wurde, jedermann begierig seinen Berichten von den Kreuzrittern lauschte und ihm mit Salz und Brot für seine Neuigkeiten lohnte. So hatte denn der Frühling seine Boten in die ganze Welt ausgesendet, und der März war zum Teil vorüber, bevor Hlawa sich Zgorzelic und Bogdaniec nähern konnte.

Das Herz schlug ihm bei dem Gedanken, daß er seine Gebieterin bald wiedersehen werde, denn wiewohl er wußte, daß sie ebenso unerreichbar für ihn war wie ein Stern am Himmel, vergötterte und liebte er sie doch von ganzem Herzen. Indessen beschloß er, sich zuerst zu Macko zu begeben, einmal darum, weil er zu ihm geschickt wurde, und dann auch, weil er Leute mit sich führte, die in Bogdaniec bleiben mußten. Nach Rotgiers Tod fiel dessen Gefolge, das den Ordensvorschriften gemäß aus zehn berittenen Mannen bestand, Zbyszko zu. Zwei von diesen geleiteten den Leichnam des Erschlagenen nach Szczytno, die übrigen aber sandte Zbyszko mit Glowacz seinem Oheim als Geschenk, weil er wußte, wie eifrig Macko darauf bedacht war, Ansiedler heranzuziehen.

In Bogdaniec angelangt, traf der Böhme den alten Macko nicht zu Hause an und erfuhr, daß er mit seinen Hunden und der Armbrust in den Wald gegangen sei. Doch kehrte er noch bei Tag zurück, und als er hörte, daß sich eine beträchtliche Reiterschar bei ihm aufhalte, beschleunigte er seine Schritte, um die Angekommenen zu begrüßen und ihnen seine Gastfreundschaft anzubieten. Er erkannte Glowacz nicht sofort, und als jener seinen Namen nannte, erschrak er im ersten Augenblick tödlich, er warf Armbrust und Mütze zu Boden und rief aus: „Um Gotteswillen! Sie haben ihn erschlagen. Erzähle, was du weißt!"

„Er lebt!" entgegnete der Böhme. „Er ist wohl und gesund."

Als er dies vernahm, fühlte sich Macko ein wenig beschämt, und er ließ ein förmliches Schnauben hören. Schließlich atmete er tief auf.

„Gelobt sei unser Herr Christus!" rief er aus. „Wo aber befindet sich Zbyszko?"

„Nach Marienburg hat er sich begeben, und mich hat er hierhergeschickt, Euch Kunde zu bringen."

„Und weshalb begab er sich nach Marienburg?"

„Seiner Gattin wegen."

„Bei den Wundmalen des Heilands, Bursche, welche Gattin meinst du?"

„Jurands Tochter. Davon wäre die ganze Nacht zu erzählen, aber gestattet, ehrwürdiger Herr, daß ich zuerst Atem schöpfe, denn ich bin lange umhergeirrt und seit Mitternacht nicht vom Pferd gekommen."

Nun drang Macko nicht weiter mit Fragen in ihn, die Verwunderung hatte ihn auch der Sprache beraubt. Nachdem seine Erregung ein wenig nachgelassen hatte, rief er einem Knecht, damit dieser Holz auf das Feuer im Herd lege und dem Böhmen einen Imbiß bringe, dann ging er in der

Stube auf und ab, und die Hand hastig hin- und herbewegend, murmelte er vor sich hin: „Kaum kann ich meinen Ohren trauen ... Jurands Tochter ... Zbyszko beweibt!"

„Beweibt und doch auch wieder nicht!" sagte der Böhme.

Jetzt erst begann er zu erzählen, was sich ereignet hatte, und wie alles gekommen war, und der alte Ritter hörte aufmerksam zu, dann und wann ihn mit einer Frage unterbrechend, da der Bericht des Böhmen nicht ganz klar war. So wußte Glowacz zum Beispiel nicht genau, wann sich Zbyszko vermählt hatte, weil kein Hochzeitsfest gefeiert worden war. „Daß die Trauung stattgefunden und daß die Fürstin Anna Danuta selbst dazu den Anlaß gegeben hat", erklärte Hlawa weiter, „ist gewiß, wennschon dies erst nach der Ankunft des Kreuzritters Rotgier bekanntgeworden ist, mit dem Zbyszko, nachdem er ihn vor ein Gottesgericht gefordert, angesichts des ganzen masovischen Hofes gekämpft hat."

„Hei! Einen Kampf hat er bestanden?" rief Macko mit blitzenden Augen und in der größten Spannung. „Nun, und wie ist es ihm ergangen?"

„In zwei Hälften wurde der Deutsche niedergestreckt und auch mir hat Gott dem Knappen gegenüber Glück verliehen."

Macko begann wieder zu schnauben, diesmal aber schien er befriedigt zu sein. „Nun", sagte er, „das ist ein Bursche, den man nur bewundern, nicht auslachen kann. Der letzte seines Stammes ist er, aber nicht der schlechteste, so wahr mir Gott helfe. Wie ist es denn damals mit den Friesen gewesen ... Und er war doch noch ein rechter Knabe ..."

Bei diesen Worten blickte Macko den Böhmen aufmerksam an, dann fuhr er fort: „Aber auch du gefällst mir. Und offenbar lügst du nicht. Wenn ich einen Lügner vor mir habe, merke ich es sofort. Der Kampf mit dem Knappen war ja nicht von Bedeutung, denn du sagst ja selbst, du hättest wenig Mühe dabei gehabt, aber daß du jenem Hund den Arm ausgerenkt hast und zuvor schon den Auerochsen überwältigtest, muß man dir als verdienstvolle Taten anrechnen."

Plötzlich hielt Macko inne und fragte: „Und die Beute? Ist sie auch beträchtlich?"

„Die Waffen, die Pferde und zehn Mannen fielen uns zu. Acht davon schickt Euch der junge Herr."

„Was geschah mit den beiden anderen?"

„Mit dem Leichnam sandte er sie fort."

„Hätte nicht der Fürst seine eigenen Mannen mit dem Leichnam ziehen lassen können? Die beiden werden nie zu uns zurückkehren."

Der Böhme lächelte über die Habsucht, die Macko gar oft schon an den Tag gelegt hatte.

„Der junge Herr hat nicht mehr nötig, derartige Dinge in Betracht zu ziehen", sagte er. „Spychow ist ein großes Besitztum."

„Ein großes Besitztum freilich. Aber es gehört noch nicht ihm."

„Wem sonst?"

Macko fuhr förmlich empor: „Sprich! Es gehört doch Jurand?"

„Jurand liegt in einem unterirdischen Gefängnis bei den Kreuzrittern und ist dem Tod nahe. Gott weiß, ob er am Leben bleibt. Bleibt er aber auch am Leben, und kehrt er zurück? Sicher ist jedenfalls, daß der Pater Kaleb schon Jurands Testament vorgelesen und allen angekündigt hat, der junge Herr werde dessen Erbe sein."

Auf Macko machten diese Neuigkeiten augenscheinlich einen ungeheuren Eindruck, denn sie enthielten so viel Günstiges und Ungünstiges zugleich, daß er sich nicht sofort dareinfinden und sich auch die Empfindungen nicht klarmachen konnte, die abwechselnd auf ihn einstürmten. Die Kunde, daß Zbyszko sich vermählt hatte, berührte ihn im ersten Augenblick schmerzlich. Liebte er doch Jagienka wie eine Tochter, und war es doch sein sehnlichster Wunsch, Zbyszko mit ihr zu vermählen. Auf der anderen Seite hatte er sich schon an den Gedanken gewöhnt, daß sein Wunsch ein vergeblicher war, und zudem brachte Jurands Tochter weit mehr mit in die Ehe, als Jagienka jemals imstande war, mitzubringen, denn sie besaß nicht nur des Fürsten Gunst, sondern als einziges Kind auch eine weit größere Mitgift. Im Geist sah Macko seinen Brudersohn schon als des Fürsten Comes, als Herrn von Bogdaniec und Spychow, ja in Zukunft sogar schon als Kastellan. Ein Ding der Unmöglichkeit war dies nicht, da man in jenen Zeiten von einem gewissen Edelmann, einem armen Teufel, zu sagen pflegte: „Er hatte zwölf Söhne, sechs fielen in der Schlacht und sechs wurden Kastellane." Und durch Zbyszko gelangte das ganze Volk, gelangten die beiden Geschlechter sicherlich zu einer gewissen Größe. Auch konnte ein beträchtlicher Wohlstand Zbyszko auf seinem Weg nur förderlich sein, demnach hatte Macko bei seiner Habgier und seinem angeborenen Stolz alle Ursache, sich zu freuen. Gleichwohl hatte der alte Kämpe auch Grund genug, sich zu sorgen. Um Zbyszko zu retten, hatte er sich einst selbst zu den Kreuzrittern begeben, ihm war von dieser Fahrt eine eiserne Pfeilspitze in den Rippen geblieben, und nun ging Zbyszko nach Marienburg. Er lief den Wölfen geradezu in den Rachen. „Was mochte ihn dort wohl erwarten? Erwartete ihn die Gattin, oder erwartete ihn der Tod? Gnädig werden sie dort nicht auf ihn blicken", sagte sich Macko. „Vor kurzem erst erschlug er einen angesehenen Ritter, früher schon hatte er Lichtenstein angefallen, sie aber, die Hundsseelen, vergessen nie, sich zu rächen." Dieser Gedanke beunruhigte den alten Ritter sehr. Er mußte sich sagen, daß Zbyszko, der ja ein hitziger Bursche war, zweifellos noch manchen Deutschen zum Kampf herausfordern werde. Aber dieses war seine geringste Angst. Am meisten befürchtete Macko, man könne seinen Brudersohn festnehmen. Sie nahmen Jurand und dessen Tochter gefangen, sie scheuten sich nicht, seinerzeit sogar den Fürsten in Zlotorja festzunehmen, weshalb also sollten sie Zbyszko schonen?

Hier stellte sich Macko unwillkürlich die Frage, wie es sein werde, wenn der Jüngling aus den Händen der Kreuzritter entkäme, aber sein Weib gar nicht finden würde. Wohl tröstete sich der alte Mann mit dem Gedanken, daß dann Spychow seinem Brudersohn zufalle, aber das war nur ein schwacher Trost. Ihm lag viel am Wohlstand, doch nicht weniger an seinem Geschlecht, an Zbyszkos Nachkommen. Falls Danuska verschwindet wie ein Stein im Wasser und niemand weiß, ob sie am Leben oder tot ist, kann sich Zbyszko nicht zum zweitenmal verheiraten – und dann wird es zu Bogdaniec keine Herren mehr geben. Hei! Wie ganz anders wäre es, wenn er Jagienka geheiratet hätte! ... Auch Mocyzdoly ist so groß, daß weder eine Gluckhenne es unter ihre Flügel, noch ein Hund unter seinen Schwanz nehmen könnte, und solch ein Mädchen würde zweifellos jedes Jahr ein Kind zur Welt bringen, gerade wie der Apfelbaum im Garten jedes Jahr Früchte hervorbringt. Demnach überwog Mackos Kummer die Freude über das Erbgut, und voll schmerzlicher Besorgnis begann er, den Böhmen abermals darüber auszufragen, welche Bewandtnis es mit jener Trauung habe, und wann sie vollzogen worden sei.

Und der Böhme erwiderte: „Ich sagte Euch schon, ehrwürdiger Herr, daß ich nicht weiß, wann sie vollzogen wurde, und was ich nur vermute, das vermag ich nicht zu beschwören."

„Teile mir deine Mutmaßungen mit."

„Ich verließ den jungen Herrn doch nicht während seiner Krankheit und schlief in derselben Stube mit ihm. Einmal nun befahl er mir des Abends, mich zu entfernen, und dann sah ich, wie die allergnädigste Herrin und mit ihr die Jungfrau Danusia, Herr de Lorche und der Pater Wyszoniek bei ihm eintraten. Ich wunderte mich sogar, daß die Jungfrau einen Kranz auf dem Haupt trug, jedoch ich dachte, man werde meinem Herrn das Sakrament reichen ... Vielleicht wurden sie in jener Nacht getraut ... Ich erinnere mich, daß der Herr mir befahl, ihn schön zu kleiden, gerade wie zu einer Hochzeit, doch meinte ich, dies sei, weil er Christi Leib empfangen solle."

„Und was geschah dann? Blieben sie allein?"

„Sie blieben nicht allein, und wenn sie auch alleingeblieben wären ... Damals konnte ja mein Herr nicht einmal ohne meine Hilfe essen. Auch waren Leute da, um die Jungfrau abzuholen, man glaubte, sie kämen von Jurand – und in der Frühe reiste sie ab ..."

„Und hat Zbyszko sie seitdem nicht mehr gesehen?"

„Kein menschliches Auge hat sie mehr gesehen."

Ein kurzes Schweigen folgte.

„Was glaubst du", fragte Macko nach einer Weile, „werden die Kreuzritter sie wieder freilassen oder nicht?"

Der Böhme schüttelte den Kopf und machte eine abweisende Handbewegung.

„Bei meinem Haupt", sagte er langsam, „sie ist verschwunden für alle Ewigkeit."

„Weshalb meint Ihr das?" fragte Macko erschreckt.

„Weil noch Hoffnung vorhanden wäre, wenn sie sagen würden, die Jungfrau befinde sich bei ihnen ... Man könnte sich beklagen, entweder ein Lösegeld bezahlen oder das Mägdlein gewaltsam fortbringen. Aber sie sagen folgendes: ‚Wir hatten eine Jungfrau aus Räuberhänden befreit und gaben dies Jurand kund, er aber wollte sie nicht als seine Tochter anerkennen, und zum Dank für unsere Güte erschlug er uns so viele Leute, daß wir auch nach einem richtigen Treffen kaum mehr Verluste zu verzeichnen gehabt hätten.'"

„So haben sie Jurand tatsächlich ein Mägdlein vorgeführt?"

„Sie sagen es. Gott allein weiß, ob es sich so verhält. Vielleicht ist es nicht wahr, vielleicht auch zeigten sie ihm eine andere Jungfrau statt seiner Tochter. Das nur ist wahr, daß er viele Leute totschlug, und daß die Kreuzritter bereit sind, es zu beschwören, Jurands Tochter sei nicht von ihnen entführt worden. Ja, es ist eine furchtbar schwierige Sache. Der Meister mag ihnen befehlen, was er will, sie werden ihm antworten, die Jungfrau befinde sich nicht bei ihnen, und wer kann ihnen das Gegenteil beweisen? Umsoweniger ist dies möglich, als unter den Hofherren in Ciechanow vielfach von einem Brief Jurands gesprochen wurde, worin steht, seine Tochter sei nicht bei den Kreuzrittern."

„Vielleicht ist sie in der Tat nicht bei den Kreuzrittern?"

„Ich bitte, allergnädigster Herr! ... Wenn Räuber sie entführt hätten, wäre es doch aus keiner anderen Ursache als des Lösegeldes wegen geschehen. Und zudem hätten Räuber weder jenen Brief schreiben, noch das Siegel des Herrn von Spychow nachmachen, noch ein großes Gefolge schicken können."

„Das ist richtig. Doch weshalb sollten die Kreuzritter das Mägdlein gewaltsam festhalten?"

„Wollen sie denn Jurands Bluttaten nicht rächen? Ihnen gelüstet mehr nach Rache als nach Met und Wein, und wenn sie einen Grund haben, so ist es dieser. Fürchterlich wütete der Herr aus Spychow gegen sie, und was er zuletzt tat, das steigerte ihren Grimm aufs äußerste ... Auch hat mein Herr, wie ich hörte, gegen Lichtenstein die Hand erhoben, Rotgier getötet ... Und mir hat Gott beigestanden, daß ich jenem Hund den Arm ausrenken konnte. Hei! ... Was glaubt Ihr wohl! Vier sind es gewesen, verflucht seien ihre Mütter, und jetzt lebt nur noch einer und der ist alt. Ja, wir können auch die Zähne zeigen, gnädigster Herr Ritter!"

Wieder folgte ein langes Schweigen.

„Du bist ein kluger Bursche", sagte schließlich Macko. „Was aber glaubst du, wird des Mägdleins Schicksal sein?"

„Fürst Witold ist ein mächtiger Fürst, man sagt, daß auch der deutsche Kaiser sich bis zum Gürtel vor ihm neige, und wie verfuhren die Kreuzritter mit Witolds Kindern? Haben sie nicht genug Burgen und unterirdische Gefängnisse? Nicht genug Brunnen, Stricke und Schlingen zum Erdrosseln?"

„Allmächtiger Gott!" rief Macko aus.

„Gott gebe nur, daß es ihnen nicht gelinge, meinen jungen Herrn in irgendein Verließ zu werfen. Doch bringt er einen Brief des Fürsten Janusz mit, und Herr de Lorche, der sehr mächtig und vielen Fürsten verwandt ist, begleitet ihn. Ei, mein Wunsch war es nicht, mich hierher zu begeben, denn dort kann es leicht zu einem Treffen kommen, aber er befahl es mir. Ich hörte, wie er einmal zu dem alten Herrn aus Spychow sagte: ‚Seid Ihr schlau? Ich bin es nicht, aber den Kreuzrittern gegenüber muß man es sein. Mein Oheim Macko', fügte er hinzu, ‚ist der richtige Mann, es mit ihnen aufzunehmen.' Und aus diesem Grund sandte er mich hierher. Aber auch Ihr, Herr, könntet Jurands Tochter nicht finden, denn sie ist vielleicht jetzt schon in jener Welt, und gegen den Tod vermag selbst die größte Schlauheit nichts auszurichten ..."

Macko versank in Nachdenken, und erst nach langem Schweigen sagte er: „Ja! Da gibt es keinen Rat. Gegen den Tod vermag auch Schlauheit nichts auszurichten. Doch wenn ich hinginge und wenigstens in Erfahrung brächte, daß sie jenes Mägdlein aus dem Weg geräumt haben, dann würde Spychow an Zbyszko fallen, er könnte allein zurückkehren und ein anderes Weib nehmen."

Hier atmete Macko tief auf, wie wenn ihm eine Last von der Seele genommen wäre, und Glowacz fragte in schüchternem, leisem Ton: „Die Jungfrau aus Zgorzelic?"

„Ja!" antwortete Macko, „es wäre um so besser, da sie Waise ist und Cztan aus Rogow sowie Wilk aus Brzozowa ihr immer mehr nachstellen."

„Eine Waise? Und Zych?"

„So hast du also nichts gehört?"

„Beim ewigen Gott! Was ist geschehen?"

„Fürwahr, wie könntest du etwas wissen, du bist ja geradewegs hierhergekommen, und wir haben ja bis jetzt nur von Zbyszko gesprochen! Sie ist eine Waise. Die Wahrheit zu sagen, hielt Zych den Platz an seinem Herd niemals warm, es sei denn, daß er Gäste bei sich hatte. Sonst war ihm die Zeit lang in Zgorzelic. Nun schrieb der Abt an ihn, er werde den Fürsten Przemko von Oswiecim besuchen und bittet den Ritter, ihn zu begleiten. Und dieser Vorschlag gefiel Zych, denn er kannte den Fürsten wohl und hatte schon mehr als einen vergnügten Tag mit ihm verlebt. Daher kommt Zych zu mir und spricht folgendermaßen: ‚Ich gehe nach Oswiecim und dann nach Glewice, wollt Ihr ein wachsames Auge auf mein Haus haben?' Mich aber ergreift sofort ein eigentümliches Vorgefühl, und ich sage: ‚Geht nicht fort! Bewacht Euer Gut und Jagienka, denn ich weiß, daß Cztan und Wilk etwas Schlimmes im Schild führen.' Und Ihr solltet doch wissen, daß der Abt aus Ärger über Zbyszko anfangs die Werbung von Wilk und Cztan begünstigte, erst später, als er die beiden besser kannte, hat er sie mit seinem Stock bearbeitet und aus Zgorzelic hinausgeworfen. Und dies war gut, aber auch wieder nicht gut, denn daraufhin waren sie furchtbar erbost. Jetzt waltet Frieden, denn sie sind aufeinander losgegangen und können das Lager nicht verlassen, aber zuvor war man keinen Augenblick vor ihnen sicher. Gar viel lastet jetzt auf mir, ich soll alles verteidigen und unter meine Obhut nehmen, und jetzt wünscht Zbyszko auch noch, daß ich fortgehe ... Wie es dann hier mit Jagienka sein wird, weiß ich nicht, doch wollte ich dir ja von Zych erzählen. Er achtete nicht auf meine Worte

– er machte sich auf die Fahrt. Nun, sie veranstalteten Feste, sie ergötzten sich. Von Glewice begaben sie sich zu dem Vater des Fürsten Przemko, dem alten Nosak, der in Cieszyn herrscht. Da schickte Jasko, Fürst von Ratibor, aus Haß gegen den Fürsten Przemko, Räuber unter der Anführung des Böhmen Chrzan gegen sie aus. Fürst Przemko fiel und mit ihm auch Zych aus Zgorzelic, der von einem Pfeil in die Luftröhre getroffen worden war, den Abt schlugen sie dermaßen mit einem eisernen Knüppel, daß sein Kopf jetzt noch zittert, daß er nichts von seiner Umgebung weiß und die Sprache vielleicht für immer verloren hat. Doch der alte Fürst Nosak kaufte Chrzan von dem Herrn auf Zampach und ließ ihn derart martern, daß die ältesten Leute sich nicht erinnerten, je von ähnlicher Tortur gehört zu haben – aber dadurch konnte er seinen Kummer um den Sohn nicht lindern, noch Zych vom Tod erwecken, noch Jagienkas Tränen trocknen. Auf diese Weise gingen ihre Vergnügungen zu Ende ... Vor sechs Wochen wurde Zych hierhergebracht und bestattet."

„Solch ein starker Mann!" sagte der Böhme traurig – „Ich bin auch keiner der Schwächsten gewesen, damals als ich bei Boleslawice kämpfte, und er brauchte nicht so viel Zeit, wie nötig gewesen wäre, ein Vaterunser zu beten, um mich zum Gefangenen zu machen. Jedoch diese Gefangenschaft war derart, daß ich sie nicht für die Freiheit eingetauscht hätte. Ein guter, redlicher Edelmann! Gebe ihm Gott das ewige Heil! Ach, es tut mir leid um ihn! Aber am meisten der Jungfrau wegen, die Arme!"

„Eine Arme in der Tat! Gar manche liebt ihre Mutter nicht so sehr, wie sie ihren Vater liebte. Und zudem ist es gefährlich für sie, in Zgorzelic zu bleiben. Nach der Bestattung – noch lag kein Schnee auf Zychs Grabhügel – zogen Cztan und Wilk sofort gegen Zgorzelic aus. Glücklicherweise hatten meine Leute schon zuvor davon gehört, daher konnte ich dem Mägdlein mit einigen Mannen zu Hilfe kommen, und Gott gab, daß wir sie gründlich schlugen. Nach dem Kampf umfaßte Jagienka meine Knie: ‚Zbyszko kann ich nicht angehören', sagte sie, ‚und ich werde niemandem angehören, doch rettet mich vor diesen beiden Menschen, denn lieber will ich sterben, als einem von ihnen angehören!' Und ich versichere dir, du würdest jetzt Zgorzelic nicht wiedererkennen, weil ein wahres Kastell daraus gemacht worden ist. Noch zweimal zogen sie dagegen aus, aber sie konnten nichts ausrichten, das darfst du glauben. Jetzt herrscht für einige Zeit Ruhe, denn, wie ich dir schon sagte, sie haben sich gegenseitig derartig zugesetzt, daß keiner von ihnen Hand oder Fuß zu bewegen vermag."

Glowacz erwiderte nichts, doch während er dem Bericht über Cztan und Wilk lauschte, knirschte er mit den Zähnen, so daß es klang, wie wenn jemand eine knarrende Tür öffne und wieder schließe. Dann rieb er seine Schenkel mit seinen mächtigen Händen, in denen er offenbar ein Zucken verspürte. Schließlich entrangen sich seinen Lippen mühsam die Worte: „Die Verruchten!"

In diesem Augenblick ließen sich Stimmen im Hausflur vernehmen, die Tür öffnete sich plötzlich, und Jagienka stürzte mit ihrem ältesten Bruder, dem vierzehnjährigen Jasko herein, der ihr so ähnlich war wie ein Zwillingsbruder.

Die Jungfrau, die durch Bauern aus Zgorzelic gehört hatte, daß ein Gefolge von Mannen auf der Landstraße gesehen worden sei und unter der Anführung des Böhmen Hlawa nach Bogdaniec ziehe, war von dem gleichen Schrecken erfaßt worden wie Macko, und als sie weiter in Erfahrung gebracht hatte, daß Zbyszko sich nicht dabei befinde, glaubte sie, irgendein Unglück müsse sich ereignet haben, und eilte unverzüglich nach Bogdaniec, um die Wahrheit zu erfahren.

„Was ist geschehen? Um Gotteswillen!" rief sie schon an der Schwelle.

„Was soll geschehen sein?" antwortete Macko. „Zbyszko ist wohl und gesund."

Der Böhme eilte seiner Gebieterin entgegen, und sich auf ein Knie niederlassend, küßte er den Saum ihres Gewandes, sie aber achtete gar nicht darauf, denn als sie die Antwort des alten Ritters vernommen hatte, wandte sie ihr Antlitz vom Feuer ab in den Schatten, und, wie wenn sie sich plötzlich erinnere, daß sie niemandem einen Gruß geboten hatte, sagte sie erst nach einer Weile: „Gelobt sei Jesus Christus!"

„In Ewigkeit, Amen!" erwiderte Macko.

Und sie, die jetzt den vor ihr knienden Böhmen gewahrte, neigte sich zu ihm herab mit den Worten: „Ich freue mich von ganzem Herzen, dich zu sehen, Hlawa, aber warum hast du deinen Herrn verlassen?"

„Er sandte mich hierher, gnädigste Herrin!"

„Wie lautete sein Befehl?"

„Er befahl mir, mich nach Bogdaniec zu begeben."

„Nach Bogdaniec? Und was befahl er dir weiter?"

„Er sandte mich ab, um Bericht zu erstatten ... um seinen Gruß zu entbieten ..."

„Nach Bogdaniec nur? Nun – gut! Und wo befindet er sich?"

„Zu den Kreuzrittern nach Marienburg begab er sich."

Bestürzung malte sich auf Jagienkas Angesicht.

„So ist das Leben ihm nicht mehr lieb? Warum tat er das?"

„Um das zu suchen, was er niemals finden wird, gnädigste Herrin!"

„Wahrlich, er wird es niemals finden!" warf Macko ein. „Wie du keinen Nagel ohne Hammer einschlagen kannst, so vermag auch der menschliche Wille nichts ohne den göttlichen."

„Was meint Ihr?" fragte Jagienka.

Macko beantwortete ihre Frage mit einer anderen Frage: „Sprach dir Zbyszko schon von Jurands Tochter? Ich meine gehört zu haben, daß er schon von ihr sprach."

Jagienka antwortete nicht sogleich, erst nach einiger Zeit erwiderte sie, einen Seufzer unterdrückend: „Ja, er sprach mir von ihr! Was hätte ihn daran hindern können?"

„Das ist gut, denn dadurch wird es mir auch leichter zu reden", bemerkte der alte Ritter.

Und er erzählte ihr, was er von dem Böhmen gehört hatte, während er sich selbst dabei wunderte, daß seine Worte zuweilen etwas verworren waren und ihm nur mühsam über die Lippen kamen. Weil er indessen ein kluger Mann war, und weil er Jagienka keinesfalls täuschen wollte, hob er besonders hervor, daß – wie er selbst glaubte – Zbyszko tatsächlich niemals Danusias Ehegemahl gewesen, und daß sie wohl für immer verschwunden sei.

Der Böhme bestätigte dann und wann seine Aussagen, indem er bald zustimmend mit dem Kopf nickte, bald sagte: „Beim lebendigen Gott!" oder: „So ist es, nicht anders!" Das Mägdlein hingegen lauschte mit gesenkten Augenwimpern, ohne ein Wort zu fragen, und war so still, daß Macko schließlich unruhig wurde.

„Nun, und was sagst du dazu?" fragte er, nachdem er seine Erzählung beendet hatte.

Sie gab keine Antwort, aber zwei große Tränen drangen unter den gesenkten Lidern hervor und rollten langsam über ihre Wangen.

Nach einer Weile näherte sie sich Macko, und dessen Hand küssend, sagte sie: „Sein Name sei gepriesen!"

„Von Ewigkeit zu Ewigkeit!" entgegnete der alte Mann. „Hast du so sehr Eile, nach Hause zu kommen? Bleibe bei uns!"

Doch sie wollte nicht bleiben und erklärte, sie habe zu Hause das Abendbrot noch nicht zubereiten lassen.

Obwohl nun Macko wußte, daß eine alte Edelfrau, Sieciechowa genannt, in Zgorzelic weilte, die Jagienka ganz gut hätte ersetzen können, drang er doch nicht weiter in diese, da er sich sagte, daß die Bekümmerten gern ihre Tränen verbergen, und daß die Menschen den Fischen gleichen, die sich auf dem tiefsten Grund verbergen, wenn sie den Angelhaken im Innern spüren.

So strich er denn der Jungfrau nur sanft über die Haare und geleitete sie mit dem Böhmen zusammen in den Vorhof. Hlawa aber führte sein Pferd aus dem Stall, bestieg es und ritt hinter dem Mägdlein her.

In die Stube zurückgekehrt, seufzte Macko tief auf und murmelte kopfschüttelnd vor sich hin: „Ein rechter Tor, dieser Zbyszko! ... Es ist, als ob dieses Mädchen einen Duft von Jugendfrische zurückgelassen habe."

Und dem alten Kämpen war recht wehmütig zumute. Er sagte sich, wenn Zbyszko sie sogleich nach seiner Rückkehr zum Weib genommen hätte, würde jetzt nur eitel Freude und Wonne bei ihnen herrschen. Aber wie ist es jetzt? Sooft sie an ihn denkt, kommen ihr die Tränen in die Augen, dachte er, und dieser Bursche wandert in der weiten Welt umher und wird sich noch seinen Schädel an den Mauern Marienburgs einrennen. Aber in unserem Haus ist es leer, und die Wände starren von alten Rüstungen. Was nützt denn die Bewirtschaftung des Gutes, was nützt meine Tätigkeit, was nützt der Besitz von Spychow und Bogdaniec, wenn niemand da ist, der uns beerben wird?

Hier begann es förmlich in Mackos Seele zu stürmen.

„Warte, du Landstreicher!" sagte er laut, „nachlaufen werde ich dir nicht, deinem Schicksal werde ich dich überlassen."

Doch wie zum Hohn überkam ihn in demselben Augenblick eine tiefe Sehnsucht nach Zbyszko. „O nein, ich werde ihm nicht nachlaufen", dachte er, „aber soll ich hier stillsitzen? Eine Strafe Gottes ist all dies! ... Denn daß ich den Bösewicht in meinem ganzen Leben nicht mehr sehen soll – das vermag ich mir nicht vorzustellen! Wieder hat er einen solchen Lotterbuben zerhauen – und Beute gewonnen. Ein anderer wäre grau geworden, bevor er den Rittergürtel erworben hätte, und ihn hat der Fürst schon gegürtet ... und mit Fug und Recht, denn es gibt zwar viele lobenswerte Männer unter den Edelleuten, aber einen zweiten wie Zbyszko gibt es nicht!"

Und allgemach vollständig von Rührung übermannt, untersuchte er die Rüstungen, Schwerter und Beile, die im Rauch schwarz geworden waren, wie wenn er erwäge, was er mit sich nehmen, was er zurücklassen solle. Dann verließ er die Stube, erstens, weil es ihm zu eng darin wurde, und zweitens, weil er die Wagen schmieren und den Pferden eine doppelte Portion Hafer geben lassen wollte.

Im Hof schon gedachte er wieder Jagienkas, die hier kurz zuvor ihr Pferd bestiegen hatte, und plötzlich war er tieftraurig.

„Wenn es sein muß, so gehe ich", sagte er sich, „aber wer wird das Mägdlein vor Cztan und Wilk schützen? Gott gebe, daß ein Blitzstrahl die beiden erschlüge!"

Indessen ritt Jagienka mit ihrem Bruder auf dem Waldweg gen Zgorzelic, und der Böhme folgte ihnen schweigend, das Herz von Liebe und Leid erfüllt. Er hatte der Jungfrau Tränen wohl gesehen, jetzt schaute er unablässig nach ihrer dunklen Gestalt aus, deren Umrisse in der Dämmerung, inmitten des Waldes kaum sichtbar waren, und er erriet ihre Pein und ihren Schmerz. Ihn dünkte, jeden Augenblick könnten sich die Räuberhände Wilks und Cztans aus dem finstern Dickicht nach ihr ausstrecken – und bei diesem Gedanken ergriff ihn eine wilde Kampfgier. Diese Kampfgier wurde zuweilen so groß, daß ihn die Lust anwandelte, sein Beil oder Schwert zu ergreifen und irgendeine Fichte am Weg zu fällen. Fühlte er doch, daß es ihm Erleichterung bringen würde, wenn er zu einem Schlag ausholte. Schließlich wäre er froh gewesen, sein Pferd wenigstens zum Galopp anspornen zu können, aber Jagienka und ihr Bruder ritten langsam, denn auch Jasko, der sonst sehr gerne plauderte, war nach einigen vergeblichen Versuchen, die Schwester zum Reden zu bringen, in Schweigen versunken.

Als sie Zgorzelic näherkamen, gewann das Leid in des Böhmen Herzen die Oberhand über den Groll gegen Cztan und Wilk.

„Ich würde mich nicht scheuen, um deinetwillen auch Blut zu vergießen, wenn ich dir dadurch Trost bringen könnte", dachte er, „aber was vermag ich Unglücklicher zu tun? Was soll ich dir sagen? Doch wissen mußt du wenigstens, daß Zbyszko mir befahl, mich vor dir zu verneigen, und Gott gebe, daß dir dies Trost gewähre!"

Nach diesen Erwägungen drängte er sein Pferd zu dem Jagienkas heran.

„Gnädigste Herrin!" begann er.

„So bist du hinter mir hergeritten?" fragte das Mädchen, wie aus einem Traum erwachend. „Und hast du mir etwas mitzuteilen?"

„Ja, ich vergaß, Euch mitzuteilen, was mir der Herr befohlen hat. Bevor ich Spychow verließ, rief er mich zu sich und sagte: ‚Umfasse die Knie der Jungfrau in Zgorzelic, denn wie sich mein Schicksal auch gestalten mag, ich werde sie niemals wiedersehen, und für das', sagte er, ‚was sie an dem Oheim und mir getan hat, möge Gott ihr lohnen und ihr Gesundheit verleihen!'"

„Gott lohne auch ihn für die guten Worte!" antwortete Jagienka.

Dann fügte sie in einem so eigentümlichen Ton, daß des Böhmen Herz vollständig schmolz, hinzu:

„Und dir, Hlawa!"

Für eine Weile stockte das Gespräch, aber der Knappe freute sich über sich selbst und über das, was er der Jungfrau berichtet hatte, denn im Innern sagte er sich: „Wenigstens denkt sie jetzt nicht, daß ihr mit Undankbarkeit gelohnt wird!" In seinem redlichen Sinn suchte er nun noch etwas ausfindig zu machen, was er ihr erzählen könne, um sie zu trösten, und nach einiger Zeit begann er abermals: „Gnädigste Herrin!"

„Was ist dein Begehr?"

„Dies ... nun ... ich wollte sagen, was ich schon dem alten Herrn in Bogdaniec sagte: daß jene andere ihm für alle Ewigkeit verloren ist, und daß er sie niemals finden wird, selbst wenn der Großmeister ihm behilflich wäre."

„Sie ist sein Weib!" entgegnete Jagienka.

Der Böhme schüttelte den Kopf.

„Wohl, sie ist sein Weib, und doch auch nicht ..."

Jagienka gab keine Antwort, aber zu Hause, nach der Abendmahlzeit, als Jasko und der jüngere Bruder schlafen gegangen waren, ließ sie einen Krug Met bringen und sagte, zu dem Böhmen gewandt: „Vielleicht möchtest du lieber schlafen, ich aber würde gerne noch ein wenig plaudern."

Trotz seiner Müdigkeit war Hlawa bereit, sogar bis zum Morgen zu plaudern. Daher unterhielten sie sich noch lange miteinander, oder vielmehr, er erzählte abermals ausführlich von den Schicksalen Zbyszkos, Jurands, Danusias und von seinen eigenen Erlebnissen.

Zweites Kapitel

Macko rüstete sich für die Fahrt. Während zweier Tage ließ sich Jagienka nicht in Bogdaniec sehen, hatte sie doch beständig Beratungen mit dem Böhmen. Erst am dritten Tag, an einem Sonntag, traf der alte Ritter auf dem Weg zur Kirche mit ihr zusammen. Mit ihrem Bruder Jasko und mit einem beträchtlichen Gefolge bewaffneter Knechte begab sie sich nach Krzesnia, denn sie fürchtete, Cztan und Wilk, die wohl wieder gesund sein mochten, könnten vielleicht einen Überfall auf sie planen.

„Ich wollte Euch nach der Messe in Bogdaniec aufsuchen", erklärte Jagienka, Macko begrüßend, „denn ich möchte etwas mit Euch bereden, doch wir können auch jetzt gleich darüber sprechen."

Nach diesen Worten schickte sie das Gefolge voraus, offenbar damit die Knechte das Gespräch nicht mitanhören sollten, und sich Macko nähernd, fragte sie: „Es ist also gewiß, daß Ihr Euch auf die Fahrt macht?"

„Ja, und zwar schon morgen, nicht später, Gott gebe dies."

„Und Ihr zieht nach Marienburg?"

„Nach Marienburg, oder wohin mich das Geschick führt."

„So hört nun auch mich. Gar lange schon habe ich überlegt, was mir zu tun obliegt, und jetzt möchte ich von Euch einen Rat haben. Früher freilich, als der Vater noch lebte und der Abt noch bei Kräften war, da lag alles anders. Außerdem hielten sich Cztan und Wilk, solange sie glaubten, ich würde einen von ihnen wählen, gegenseitig im Zaum. Jetzt aber stehe ich schutzlos da. Wie in einem Gefängnis muß ich innerhalb der Pfähle von Zgorzelic bleiben, wenn ich mich nicht allen möglichen Kränkungen aussetzen will. Sagt selbst, ob das nicht so ist?"

„Traun", erwiderte Macko, „das alles ist mir auch schon in den Sinn gekommen."

„Und habt Ihr einen Ausweg gefunden?"

„Nein. Eines mußt du aber doch bedenken: wir sind in Polen, also in einem Land, in dem Gewalttaten gegen ein Mägdlein schwer geahndet werden."

„Das ist wohl der Fall, jedoch über die Grenze ist's nur ein Sprung. Schlesien liegt ja auch im polnischen Gebiet, das weiß ich ganz gut, trotzdem aber greifen sich dort die Fürsten fortwährend an und bekämpfen sich gegenseitig. Mein geliebtes Väterchen lebte noch, wenn dies nicht der Fall wäre. Die Deutschen, die dort eingedrungen sind, stiften gar viel Unruhe, verüben gar viele Untaten. Wer sich daher verbergen will, der schlägt sich einfach zu ihnen. Weder Wilk noch Cztan würden leichtes Spiel mit mir haben, dessen bin ich gewiß, doch es handelt sich dabei auch um meine Brüder. Entferne ich mich von hier, dann wird Ruhe herrschen, bleibe ich indessen in Zgorzelic, weiß Gott allein, was sich noch ereignen mag. Angriffe, Kämpfe werden unausbleiblich sein. Jasko ist schon vierzehn Jahre alt und durch keine Macht der Welt, geschweige denn durch mich, wird er sich zurückhalten lassen. Das letzte Mal, als Ihr uns zu Hilfe eiltet, da war er immer voraus, ja, es hätte nicht viel gefehlt, und Cztan hätte ihn mit der Keule, mit der er auf unsere Leute einschlug, an den Kopf getroffen. Jasko hat den Knechten schon erklärt, er werde jene beiden zum Kampf auf festgetretener Erde fordern. Nicht einen Tag wird Frieden herrschen, das sage ich Euch. Gar Schlimmes kann daher den Bürschlein begegnen."

„Bei meiner Treu, Cztan und Wilk sind freilich Hundskerle", rief Macko eifrig, „jedoch gegen Kinder werden sie ihre Hände nicht erheben."

„Gegen Kinder werden sie ihre Hände freilich nicht erheben, doch im Getümmel, bei einer Feuersbrunst, die Gott verhüten möge, können sich allerlei Zufälle ereignen. Doch wozu lange darüber reden? Die alte Sieciechowa liebt meine Brüder wie ihre eigenen Kinder, in ihrer Obhut wird es ihnen an nichts gebrechen, und ohne mich sind sie weit sicherer als in meiner Anwesenheit."

„Das kann wohl sein!" bemerkte Macko, dann schaute er Jagienka prüfend an und fragte: „Was ist dein Begehr?"

Da antwortete diese leise: „Nehmt mich mit Euch!"

Obwohl Macko dies vorausgesehen hat, tat er doch sehr verwundert, hielt sein Pferd an und rief: „Da sei Gott vor, Jagienka."

Die Maid aber senkte das Haupt und erwiderte mutlos, ja traurig: „Wie Ihr nur seid! Was mich betrifft, ich sage stets alles aufrichtig, ich verschweige nichts! Ihr beide, Ihr sowohl wie Hlawa, habt gesagt, Zbyszko werde jene andere niemals wiederfinden, ja, Hlawa sieht noch weit Schlimmeres voraus. Gott ist nun mein Zeuge, daß ich ihr nichts Böses wünsche, nein, die Mutter Gottes möge der Bedauernswerten beistehen und sie beschützen, denn wenn sie auch dem Herzen Zbyszkos weit näher steht als ich, so ist dies eben mein Los, an dem sich nichts mehr ändern läßt. Aber, seht Ihr, bevor Zbyszko sie gefunden hat, oder ehe es sicher ist, daß er sie niemals finden wird, wie Ihr annehmt, so – so" –

„So – was?" fragte Macko, als er bemerkte, daß Jagienka immer verlegener und verwirrter wurde.

„So werde ich weder das Weib von Cztan, noch von Wilk, noch von irgendeinem anderen."

Macko atmete befriedigt auf, dann warf er ein: „Ich dachte nie anders, als daß du schon gewählt habest!"

„Hei!" ließ sie sich noch trauriger als zuvor vernehmen.

„Doch nun, was willst du eigentlich? Kann ich dich vielleicht zu den Kreuzrittern mitnehmen?"

„Zu den Kreuzrittern gerade nicht. Am liebsten möchte ich jetzt zu dem Abt gehen, der in Sieradz krank daniederliegt. Er hat sicherlich keine einzige liebende Seele um sich, denn die Spielleute trinken gewiß mehr als ihnen gut ist. Er aber ist doch mein Taufpate, mein Wohltäter. Wenn er nur gesund wäre, dann würde ich ihn um seinen Schutz bitten, wird er doch von allen Leuten gefürchtet."

„Dagegen habe ich nichts einzuwenden", erklärte Macko, der im Grunde genommen über den Entschluß Jagienkas sehr erfreut war, kannte er doch die Kreuzritter genugsam, um sich der festen Überzeugung hinzugeben, Danusia werde nicht lebend aus deren Händen entkommen.

„Ich möchte nur noch eines betonen", fügte er schließlich hinzu, „man hat seine liebe Not mit einem Mägdlein auf der Fahrt."

„Das mag bei jeder anderen zutreffen, aber nicht bei mir. Wohl habe ich bis jetzt noch nicht gekämpft, doch es ist nichts Neues für mich, den Bogen zu spannen oder die Beschwerden der Jagd zu ertragen. Fürchtet nichts, was nötig ist, das wird geschehen. Ich werde Jaskos Kleider anlegen, meine Haare in ein Netz tun und mich, mit einem Schwert gegürtet, auf den Weg machen. Jasko ist zwar jünger, aber gerade so groß wie ich, und wir gleichen uns so sehr, daß mein verstorbenes Väterchen uns nicht zu unterscheiden vermochte, als wir uns zu Fastnacht verkleideten. Weder der Abt noch irgendein anderer wird mich daher erkennen, das müßt Ihr doch einsehen."

„Wie ist es aber dann mit Zbyszko?"

„Wenn ich mit ihm zusammentreffe" –

Macko schaute einen Augenblick nachdenklich vor sich hin, dann lachte er plötzlich laut auf und sagte: „Aber Wilk aus Brzozowa und Cztan aus Rogow, die werden schön wild werden!"

„Mögen sie so wütend werden wie sie wollen! Schlimmer wäre es, wenn sie uns folgen würden."

„Ei, ich fürchte mich nicht. Wohl bin ich alt, aber es wäre besser für sie, nicht unter meine Fäuste zu kommen, deren Kraft meinem Geschlecht nur Ehre macht. Zbyszko hat ihnen schon eine Probe davon gegeben."

So sprechend gelangten sie nach Krzesnia. In der Kirche trafen sie mit dem alten Wilk aus Brzozowa zusammen, der von Zeit zu Zeit Macko grimmige Blicke zuwarf. Letzterer beachtete dies jedoch nicht weiter, sondern machte sich nach der Messe leichten Herzens mit Jagienka auf den Heimweg. Kaum hatte er sich indessen von dem Mägdlein an dem Kreuzweg getrennt, kaum befand er sich allein in Bogdaniec, so kamen ihm weniger erfreuliche Gedanken in den Sinn. Daß weder Zgorzelic, noch die Angehörigen Jagienkas während deren Abwesenheit bedroht werden würden, dessen war er gewiß. „Sie versuchen das Mägdlein zu gewinnen", sagte er sich, „das ist aber etwas ganz anderes. Gegen Waisen und deren Eigentum wird weder Wilk noch Cztan einen Finger rühren, denn damit würden sich beide mit schimpflicher Unehre bedecken, und jeder Lebende würde sie gleich wirklichen Wölfen bekämpfen. Bogdaniec jedoch bleibt der Gnade Gottes anheimgegeben. Man wird die Gräben zuschütten, das Vieh forttreiben, die Bauern hinweglocken! Gott allein weiß, ob ich nach meiner Rückkehr alles wieder instand zu setzen vermag. Vielleicht muß ich meine Zuflucht zum Gericht nehmen, nicht nur die Faust, sondern auch das Gesetz regieren bei uns. Ob ich indessen zurückkehre? Und wann werde ich zurückkehren? Gegen mich sind sie von Haß erfüllt, bin ich doch zwischen sie und Jagienka getreten. Wie grimmig wird aber ihr Haß erst entflammen, wenn die Maid mit mir zieht!"

Schwere Sorgen drückten den alten Ritter darnieder. In trefflichster Weise hatte er Bogdaniec wieder bewirtschaftet, doch er zweifelte keinen Augenblick daran, daß nun seine Mühen umsonst gewesen waren, daß er nach seiner Rückkehr den Herrenhof verwüstet, verödet vorfinden werde.

„Traun", dachte Macko bei sich, „dagegen muß sich doch ein Mittel finden lassen!"

Nach dem Mittagsmahl befahl er, sein Pferd zu satteln. Unverweilt stieg er auf und ritt geradewegs nach Brzozowa. Mit einbrechender Dämmerung kam er dort an. Der alte Wilk saß in einer nach vorn gelegenen Stube bei einem Krug Met, der junge Wilk hingegen, dem Cztan übel mitgespielt hatte, lag auf einer mit Fellen bedeckten Bank und trank auch. Unbemerkt trat Macko ein. Ganz nahe der Schwelle blieb er stehen, hochaufgerichtet, mit ernstem, fast finsterem Gesicht, aber ohne eine Waffe in den Händen, nur ein mächtiges Schwert trug er an der Seite. Da der helle Schein des Feuers die hagere Erscheinung grell beleuchtete, erkannten ihn Vater und Sohn sofort, sprangen wie der Blitz auf ihre Füße, rannten an die Wand und griffen zu der ersten besten Wehr, deren sie habhaft werden konnten.

Der alte erfahrene Macko aber kannte seine Leute durch und durch. So war er denn auch nicht im geringsten beunruhigt, ja er griff nicht einmal nach seinem Schwert, sondern fragte, die Hände in die Seite stemmend, in festem, etwas spöttischem Ton: „Was soll dies heißen? Ist das die berühmte Gastfreundschaft in Brzozowa?"

Auf diese Worte hin ließen die also Angeredeten sofort die Hände sinken, so daß gleich darauf das Schwert des Alten, die Lanze des Jungen klirrend zu Boden fielen. Beide schauten mit vorgestrecktem Hals und noch immer Böses prophezeiendem Blick auf Macko, bald aber spiegelte sich Staunen und Scham auf ihren Gesichtern.

Mackos Lippen jedoch umspielte ein Lächeln, als er sagte: „Gelobt sei Jesus Christus!"

„Von Ewigkeit zu Ewigkeit!" antworteten Wilk und dessen Sohn.

„Und der heilige Georg!"

„Dem wir dienen!"

„Gern begrüßen wir Euch! Heilig ist uns der Gast!"

Nach diesen Worten eilte der alte Wilk, gefolgt von seinem Sohn, auf Macko zu. Beide schüttelten ihm kräftig die Hand und geleiteten ihn hierauf zum Ehrensitz am Tisch. Schon nach wenigen Minuten waren Holzscheite im Kamin aufgeschichtet, der Tisch wurde mit einer Matte belegt, Schüsseln mit allerlei Gerichten, sowie Schläuche mit Bier und Krüge mit Met wurden aufgetragen, und die drei begannen zu essen und zu trinken. Zeitweise warf der junge Wilk dem Gast eigentümliche Blicke zu, die deutlich bewiesen, wie in ihm die widerstreitenden Gefühle – Ehrfurcht und Haß – miteinander kämpften. Dabei bediente er aber jenen so geschäftig, daß er vor Anstrengung erbleichte, war er doch verwundet und dadurch seiner gewöhnlichen Kraft beraubt. Sowohl Vater wie Sohn brannten vor Neugierde zu erfahren, weshalb Macko sich bei ihnen eingestellt hatte, trotzdem hütete sich aber ein jeder, irgend etwas zu fragen, sondern harrte geduldig des Augenblickes, in dem Macko selbst davon zu sprechen beginnen werde.

Letzterer jedoch pries indessen, als ein Mann von guter Gesittung, zuerst die Gastfreundschaft, Speise und Trank, und erst, nachdem er sich sattsam gestärkt hatte, hub er mit würdevoller Stimme also an: „Nur zu häufig, traun, herrscht Streit, herrscht Kampf zwischen den Menschen, und doch sollte unter Nachbarn stets Frieden sein."

„Es gibt kein köstlicheres Gut als Frieden!" entgegnete Wilk mit gleicher Würde.

„Es ereignet sich auch gar zu oft", fuhr Macko fort, „daß ein Mann, der mit irgendeinem Menschen in Unfrieden gelebt hat und sich plötzlich auf eine lange Reise vorbereiten muß, nur sehr ungern von jenem Menschen scheidet und sich nicht auf die Fahrt machen will, ohne ihm Lebewohl gesagt zu haben."

„Der Herr lohne Euch die Freundschaftsworte."

„Ich brauche nicht nur Worte, sondern ich setze sie auch in die Tat um, kam ich doch hierher."

„Von ganzer Seele freuen wir uns darüber. Wenn Ihr nur täglich bei uns vorsprechen würdet."

„Wollte Gott, ich könnte Euch in Bogdaniec die Ehre erweisen, die denen gebührt, die auf ritterliche Sitte halten, jedoch ich muß ungesäumt von dannen ziehen."

„In den Krieg oder an irgendeinen heiligen Ort?"

„Eines oder das andere wäre mir weit gemäßer, denn, schlimm genug, zu den Kreuzrittern mache ich mich auf die Fahrt."

„Zu den Kreuzrittern?" riefen Vater und Sohn fast in einem Atem.

„Ja", antwortete Macko. „Wer aber zu ihnen zieht, ohne mit ihnen in Freundschaft verbunden zu sein, der tut gut daran, mit Gott und den Menschen Frieden zu schließen, sonst würde er vielleicht mit dem Leben auch die ewige Seligkeit verlieren."

„Es ist gar seltsam", meinte der alte Wilk, „jedoch bis jetzt ist mir noch kein Mensch zu Gesicht gekommen, der unter ihnen geweilt hätte, ohne Bedrückung erdulden zu müssen."

„Und steht es nicht ebenso mit unserem ganzen Königreich!" fügte Macko hinzu. „Weder durch die Litauer, bevor sie die heilige Taufe empfangen haben, noch durch die Tataren ist es jemals schlimmer bedrückt worden, als durch jene Weißmäntel."

„Das ist die reine Wahrheit, aber wißt Ihr was: wohl haben sie nicht gerastet und nicht geruht, bis sie alles in ihrer Gewalt hatten, jetzt aber kommt die Zeit der Vergeltung."

Leichthin spie der alte Wilk nach diesen Worten in die Hände, während sein Sohn hinzufügte: „Es kann gar nicht anders sein."

„So wird es kommen, das ist gewiß. Aber wann? Nicht von uns hängt dies ab, sondern von dem König. Vielleicht kommt alles früher als wir denken – vielleicht aber auch viel später – Gott allein weiß es. Inzwischen muß ich mich zu den Kreuzrittern begeben."

„Wohl mit dem Lösegeld für Zbyszko?"

Als der junge Wilk den Namen Zbyszkos von seinem Vater nennen hörte, wurde er bleich vor Haß und Ingrimm.

Macko jedoch entgegnete ruhig: „Vielleicht nehme ich Lösegeld mit mir, jedoch es wird nicht für Zbyszko sein."

Diese Worte erregten die Neugierde von Vater und Sohn so sehr, daß schließlich der alte Wilk, der sich nicht länger im Zaum zu halten vermochte, bemerkte: „Es steht Euch ja frei, mir zu antworten oder nicht. Weshalb zieht Ihr dahin?"

„Ihr sollt gleich alles erfahren, Ihr sollt gleich alles erfahren", erklärte Macko mit dem Kopf nickend, „doch zuvor muß ich von etwas anderem reden. Seht Ihr, wenn ich von dannen ziehe, bleibt Bogdaniec dem Schutz Gottes überlassen. Früher, als ich zusammen mit Zbyszko unter Fürst Witold in den Krieg zog, da hatte nicht nur der Abt ein wachsames Auge auf unser Besitztum, sondern auch Zych aus Zgorzelic. Jetzt aber kann weder der eine noch der andere dafür sorgen. Gar peinlich ist es für jeden Menschen denken zu müssen, daß er sich umsonst abgemüht und abgearbeitet hat. Doch Ihr wißt ja selbst, wie dies zu gehen pflegt. Man wird mir meine Bauern abspenstig machen, die Grenze verrücken. Ein jeder wird von meinem Vieh so viel stehlen, als er nur vermag, und wenn der Herr Jesus mich ungefährdet zurückkehren läßt, werde ich eine Wüstenei antreffen. Ich komme daher zu Euch, als zu meinen Nachbarn, mit der Bitte, Bogdaniec Eurem Schutz angedeihen zu lassen und nicht zu gestatten, daß ich von irgend jemandem beraubt werde."

Als der alte Wilk diese Bitte vernahm, blickte er auf den jungen Wilk, und der junge Wilk blickte auf den alten Wilk, und beide verwunderten sich über die Maßen. Ein kurzes Schweigen trat ein, denn keiner von ihnen fand sogleich eine Antwort. Macko führte indessen die Trinkschale mit Met an die Lippen, trank sie aus und fuhr dann so behaglich und vertraulich fort, als ob er mit seinen besten Freunden spräche: „Ich will Euch nun aufrichtig sagen, wer mir sicherlich am meisten schaden wird. Kein anderer als Cztan aus Rogow. Vor Euch hätte ich keine Furcht, selbst wenn wir uns in Unfrieden trennen würden, denn Ihr seid ritterlich gesinnte Männer, die jedem Feind kühn ins Antlitz schauen, niemals aber hinter dessen Rücken schamlose Rache üben. Hei! Mit Euch ist das etwas ganz anderes. Ein Ritter ist eben ein Ritter! Cztan jedoch ist ein einfältiger Tropf. Von einem einfältigen Tropf aber kann ich um so weniger Gutes erwarten, als er mir, wie Ihr wißt, sehr aufsässig ist, weil ich störend zwischen ihn und Jagienka, die Tochter von Zych, getreten bin."

„Die Ihr Eurem Brudersohn geben wollt!" brach nun der junge Wilk los.

Macko warf dem Sprechenden einen scharfen, kalten Blick zu, dann wandte er sich wieder zu dem alten Wilk, indem er ruhig erklärte: „Wißt, mein Brudersohn hat sich mit einer jungen Erbin aus Masovien vermählt, die ihm einen beträchtlichen Brautschatz mitgebracht hat."

Ein noch tieferes Schweigen als zuvor trat nun ein. Eine ganze Weile starrten Vater und Sohn offenen Mundes auf Macko, bis sich endlich der alte Wilk also vernehmen ließ: „Hei, was soll dies sein? Es geht ja die Rede ... Nun, erzähl doch!"

Ohne indessen auf diese Worte zu achten, fuhr Macko weiter fort: „Dies ist auch der Grund, weshalb ich eine Fahrt antreten muß. Ich bitte Euch daher nochmals, haltet von Zeit zu Zeit Umschau in Bogdaniec, verhütet, daß mein Besitztum von irgend jemandem geschädigt werde, und schützt mich vor allem als gute, treue Nachbarn gegen Cztans Überfälle."

Für den jungen Wilk, der einen ziemlich scharfen Verstand besaß, unterlag es keinem Zweifel mehr, daß es für ihn, nach der Verheiratung von Zbyszko, von unendlichem Wert war, sich mit Macko gut zu stellen, da Jagienka großes Vertrauen in diesen setzte und in allem dessen Rat befolgte. Vor den Blicken des jungen Heißsporns öffneten sich plötzlich ganz neue Aussichten. „Es genügt jetzt nicht mehr, mich mit Macko zu vertragen", sagte er sich, „ich muß ihn für mich einzunehmen versuchen." Obwohl er schon etwas angetrunken war, streckte er daher rasch seine Hand unter dem Tisch aus, umfaßte seines Vaters Knie und drückte es zum Zeichen, daß dieser nichts Ungehöriges sagen möge.

„Habt mir keine Angst vor Cztan!" wandte er sich hierauf zu Macko. „Oho, er soll es nur einmal versuchen! Er hat mich zwar ein wenig verhauen, das ist wahr, ich habe ihm aber in einer Weise auf seine zottige Schnauze gegeben, daß seine eigene Mutter ihn wohl kaum erkannt haben würde. Befürchtet nichts, macht Euch nur ruhig auf die Fahrt. Keine Hand soll an Bogdaniec rühren."

„Ihr seid ehrbare Männer, das sehe ich. Schwört Ihr es mir?"

„Wir schwören es!" riefen beide.

„Auf Euer Wappen?"

„Auf unser Wappen, ja, wenn Ihr wollt, auf das Kreuz! So wahr uns Gott helfe!"

Macko lächelte zufrieden vor sich hin, dann hub er von neuem an: „Nun, das und nichts anderes habe ich von Euch erwartet. Und weil das so ist, will ich Euch noch etwas sagen. Zych hat mich, wie Ihr wohl wißt, zum Schützer seiner Kinder bestellt. Deshalb trat ich auch euch, dir, jungen Bürschlein und Cztan entgegen, als ihr gewaltsam in Zgorzelic einzufallen versuchtet. Bin ich aber erst in Marienburg oder Gott weiß wo sonst, wird mein Schutz den armen Kindern wenig nützen. Gott hält zwar seine schützende Hand über alle Waisen, und wer solchen Übles tut, der hat nicht nur seinen Kopf verwirkt, sondern wird auch ehrlos erklärt. Jedoch trotzdem fällt es mir schwer zu gehen, furchtbar schwer. Gebt mir daher auch Euer Wort, daß Ihr weder selbst Zychs Waisen behelligen wollt, noch dulden werdet, daß sie von anderen Unrecht leiden."

„Wir schwören, wir schwören!"

„Auf Eure ritterliche Ehre und auf Euer Wappen?"
„Auf unsere ritterliche Ehre und auf unser Wappen!"
„Wie auch auf das Kreuz?"
„Ja, auch auf das Kreuz."
„Gott ist unser Zeuge, Amen!" fügte Macko schließlich hinzu, indem er erleichtert aufatmete, war er doch nun gewiß, daß die beiden selbst dann ihrem Eid treu bleiben würden, wenn ihnen Zorn und Grimm die Kehle zuzuschnüren drohten. So wollte er sich denn auch sofort verabschieden, doch er wurde fast mit Gewalt von Vater und Sohn zurückgehalten. Er mußte mit dem alten Wilk Brüderschaft trinken, während der junge Wilk, der gewöhnlich Händel suchte, sobald er seiner Sinne nicht mehr ganz mächtig war, sich damit begnügte, entsetzliche Drohungen gegen Cztan auszustoßen. Dabei bemühte er sich aber so eifrig um Mackos Gunst, als ob ihm dieser schon am folgenden Tag Jagienka zuführen werde. Noch ehe Mitternacht anbrach, war er indessen dermaßen erschöpft, daß ihn eine Ohnmacht anwandelte, und nachdem er wieder zu sich gebracht worden war, fiel er in einen bleiernen Schlaf. Der Vater folgte gar bald dem Beispiel des Sohnes, und beide machten den Eindruck von Leblosen, als Macko sie verließ.

Da dieser aber sehr viel ertragen konnte, war er selbst keineswegs betrunken, sondern nur etwas angeheitert. Voll Freude rief er sich daher auf dem Heimweg all das in das Gedächtnis zurück, was er erreicht hatte.

„Traun", sagte er sich, „Bogdaniec ist nun ebensowenig gefährdet wie Zgorzelic. Wohl werden jene wüten, wenn sie hören, daß Jagienka fort ist, jedoch deren Eigentum ist jetzt ebenso sicher vor ihnen wie das meine. Dazu haben sie sich verpflichtet. Von dem Herrn Jesus ist dem Menschen Verstand verliehen worden. Wo man daher mit den Fäusten nichts auszurichten vermag, da muß man die Klugheit walten lassen. Wenn ich zurückkehre, wird mich der Alte zum Kampf fordern, doch was liegt daran! Gott gebe nur, daß ich auch bei den Kreuzrittern meinen Zweck erreichen werde, Vielleicht steht mir aber die heilige Mutter Gottes bei, und ich kann für Zbyszko ebenso günstig wirken, wie ich dies für die Kinder Zychs und für Bogdaniec getan habe."

Plötzlich schoß ihm der Gedanke durch den Kopf, das Mädchen müsse ja gar nicht von dannen ziehen, der alte und der junge Wilk würden es sicherlich wie den eigenen Augapfel behüten, gleich darauf verwarf er aber wieder diese Idee. „Wohl werden jene über die Maid wachen, Cztan wird aber trotzdem nicht von seinen Überfällen abstehen", sagte er sich von neuem. „Gott allein weiß, wer dann den Sieg davontragen würde. Sicherlich käme es zu fortwährenden Angriffen und Kämpfen, unter denen Zychs Söhne, Zgorzelic, ja sogar das Mägdlein zu leiden hätten. Weit leichter läßt sich Bogdaniec beschützen, für Jagienka ist es indessen jedenfalls ratsamer, fern von den beiden Raufbolden und in der Nähe des reichen Abtes zu sein."

Da Macko schon lange nicht mehr glaubte, Danusia könne lebend aus den Händen der Kreuzritter entkommen, nährte er stets die Hoffnung in sich, Zbyszko werde, wenn er verwitwet zurückkehre, dies als eine Fügung Gottes betrachten und Jagienka heimführen.

„Hei, allmächtiger Gott und Herr!" dachte er bei sich, „wenn Zbyszko, der doch nun im Besitz von Spychow ist, sich mit Jagienka vermählen würde und dadurch Moczydoly und all das in Besitz bekäme, was ihr der Abt hinterläßt, hei, dann wollte ich es nicht an Wachs für Kerzen fehlen lassen."

Von solchen Gedanken und Betrachtungen erfüllt, erschien Macko der Heimweg aus Brzozowa weit kürzer als dies in Wirklichkeit der Fall war, denn erst spät in der Nacht kam er an Ort und Stelle an. Voll Verwunderung nahm er daher den hellen Lichtschein wahr, der durch das ölgetränkte Papier der Fenster fiel. Die Bediensteten schliefen noch nicht, und kaum ritt er in Bogdaniec ein, so eilte ihm ein Knecht entgegen.

„Sind Gäste hier?" fragte Macko, vom Pferd steigend.

„Ja, der junge Herr aus Zgorzelic mit dem Böhmen."

Macko staunte über diesen Besuch. Jagienka hatte versprochen, sich vor Tagesanbruch einzustellen, dann wollten sie sich sofort auf den Weg machen. Weshalb war daher Jasko gekommen und noch dazu zu einer so späten Stunde? Der alte Ritter glaubte nichts anderes, als daß sich irgend etwas in Zgorzelic ereignet habe. Voll Angst und Sorge eilte er ins Haus.

In der großen Vorderstube brannten in dem tönernen Kamin, der überall in dem Gehöft die gewöhnlich in der Mitte der Gelasse befindlichen Feuerherde ersetzte, lustig prasselnd mächtige Scheite aus Tannenholz, während zwei von eisernen Ringen über dem Tisch festgehaltene Fackeln noch mehr Licht verbreiteten. Macko erblickte auch sofort Jasko, den Böhmen Hlawa und noch einen jungen Burschen mit Wangen so rot wie ein Apfel.

„Wie steht's mit dir, Jasko, und was ist mit Jagienka?" fragte der alte Ritter.

„Jagienka befahl mir, Euch zu sagen", antwortete der Gefragte, indem er Macko die Hand küßte, „sie habe nach reiflichem Überlegen beschlossen, zu Hause zu bleiben."

„Da sei Gott vor! Und warum denn, weshalb denn? Was ist ihr denn plötzlich in den Sinn gekommen?"

Seine blauen Augen fest auf Macko richtend, brach der junge Bursche mit einemmal in lautes Lachen aus.

„Was soll dieses Gelächter bedeuten?"

Doch das Lachen verstummte nicht, nein, Hlawa und der andere junge Bursche stimmten fröhlich darin ein.

„Was sagt Ihr nun!" rief der vermeintliche Jasko. „Wenn Ihr mich nicht erkennt, wer soll mich denn sonst erkennen?"

Jetzt blickte Macko prüfend auf die anmutige Erscheinung und rief dann sofort:

„Im Namen des Vaters und des Sohnes! Die reinste Fastnacht! Doch weshalb bist du hier, du Irrwisch?"

„Traun, weshalb? Wer eine Fahrt unternehmen will, der muß sich zeitig auf den Weg machen."

„Doch du solltest ja erst morgen mit Tagesanbruch hierherkommen."

„Wo denkt Ihr hin! Morgen, bei Tagesanbruch, damit mich ein jeder sehen kann! Morgen werden sie in Zgorzelic denken, daß ich bei Euch zu Gast sei, und erst übermorgen wird man Nachforschungen anstellen. Sieciechowa und Jasko wissen zudem alles, und Jasko hat mir auf seine ritterliche Ehre einen Eid geleistet, daß er nur dann die Wahrheit enthüllen werde, wenn sich meine Leute beunruhigen sollten. Ihr habt mich also wirklich nicht erkannt?"

Nun brach auch Macko in Lachen aus.

„Laß dich einmal anschauen! Hei, ein ganzer Kerl bist du, etwas ganz Besonderes. Bei meiner Treu, wenn ich nicht schon so alt wäre – doch ich sage dir, Mägdlein, nimm dich in acht, nimm dich in acht. Wenn wir uns zu oft sehen, dann ..."

Lachend drohte er Jagienka mit dem Finger, während er sie mit stets wachsender Bewunderung betrachtete, hatte er doch noch nie zuvor einen solch hübschen Burschen gesehen. Sie trug ein rotseidenes Netz über den Haaren, ein grünes Tuchwams, Beinkleider, von denen die eine Hälfte die Farbe des Netzes hatte, die andere gestreift war, und welche sich an den Hüften weit aufbauschten, gegen die Knöchel zu aber eng und anschließend wurden. Ein kostbares Schwert prangte an dem Gürtel der Maid, ihr Antlitz aber war so sonnig und strahlend wie die Morgenröte, ihre Schönheit so anziehend, daß man kein Auge von ihr wenden konnte.

„So wahr mir Gott helfe", ergriff schließlich Macko fröhlich das Wort, „man weiß in der Tat nicht, ob du irgendein feines Herrlein oder eine holde Blume bist. Doch wer ist das hier?" fuhr er fragend fort. „Gewiß irgendein rechter Taugenichts."

„Das ist ja die Tochter der Sieciechowa", antwortete Jagienka. „Gar einsam würde ich mich bei Euch fühlen, wäre ich allein. Wie könnte dies auch anders sein? So nahm ich denn Anielka mit mir, dann ist's lustig, und ich habe sowohl Gesellschaft wie Hilfe. Sie wird ebensowenig erkannt werden wie ich."

„Das ist nun wieder eine wahre Lust für dich, du Schalk! An einer war es nicht genug, es müssen gleich zwei sein."

„Verspottet mich nicht!"

„Ich spotte doch nicht! Sobald indessen der Tag anbricht, wird man dich und sie erkennen."

„Ach was, woran denn?"

„Weil deine Knie sich einwärts biegen und die ihren auch."

„Ei, laßt mich in Frieden!"

„Vor mir hast du Ruhe, denn ich bin über dieses Alter hinaus. Ob dich aber Cztan und Wilk in Frieden lassen werden, das weiß Gott allein. Doch rate einmal, du wilde Hummel, woher ich komme? Nirgendwo anders her als von dem alten Wilk."

„Gerechter Gott! Was sagt Ihr?"

„Die Wahrheit, wie es auch die Wahrheit ist, daß der alte und der junge Wilk sich verpflichtet haben, Bogdaniec und Zgorzelic gegen Cztan zu verteidigen. Einen Feind herauszufordern oder mit ihm zu kämpfen, dazu gehört nicht viel, wer aber den Feind zum Wächter des eigenen Besitztums zu bestellen versteht, der kann kein Tölpel sein." Nun schilderte Macko seinen Besuch bei dem alten und dem jungen Wilk und erzählte ausführlich, wie er allmählich die beiden in ihrer eigenen Schlinge zu fangen gewußt hatte. Voll Spannung lauschte Jagienka der Erzählung, schließlich aber erklärte sie: „Der Herr Jesus hat es bei Euch nicht an Schlauheit fehlen lassen. Zweifellos wird alles so geschehen, wie Ihr es wünscht."

Da senkte Macko das Haupt, als ob er gar betrübt wäre, indem er sagte: „Hei, Mägdlein, wenn alles so ginge, wie ich wünsche, dann würdest du längst die Herrin in Bogdaniec sein."

Jagienka schaute den Sprechenden mit ihren blauen Augen zuerst groß an, dann beugte sie sich auf seine Hand und drückte einen Kuß darauf.

„Was soll das heißen?" fragte der alte Ritter.

„O nichts, nichts … Ich will Euch nur ‚Gute Nacht' sagen, denn es ist schon spät, und wir müssen uns vor Tagesanbruch auf den Weg machen."

Nach diesen Worten entfernte sie sich mit Anielka, während sich Macko mit Hlawa in eine Nebenstube begab, wo die beiden, auf Büffelfellen ruhend, bald in tiefen, festen Schlaf fielen.

Drittes Kapitel

Wennschon Sieradz, das die Kreuzritter im Jahr 1331 dem Erdboden gleichmachten, nachdem sie ein entsetzliches Blutbad angerichtet und mit Feuer und Schwert daselbst gewütet hatten, unter Kasimir dem Großen wieder neu aufgebaut worden war, zeichnete sich der Platz doch durch nichts Besonderes aus und stand hinter manch anderen Städten des Königreiches weit zurück. Jagienka freilich, deren Leben sich bis jetzt zwischen Zgorzelic und Krzesnia abgespielt hatte, war von Staunen und Bewunderung ergriffen beim Anblick der Mauern, der Türme, des Rathauses, vor allem aber beim Anblick der Kirchen, denen die aus Holz erbaute Kirche in Krzesnia in nichts ähnelte. Im ersten Moment verlor sie in solchem Maß die sie sonst kennzeichnende Lebhaftigkeit und Entschiedenheit, daß sie nicht laut zu sprechen wagte, sondern Macko nur im Flüsterton über all die Wunder befragte, die ihre Augen blendeten. Als der alte Ritter ihr aber gar noch versicherte, Sieradz lasse sich mit Krakau ebensowenig vergleichen, wie eine gewöhnliche Flamme mit der Sonne, wollte sie dies nicht glauben, hielt sie es doch für unmöglich, daß es noch eine zweite Stadt von solcher Pracht auf Erden gebe.

In dem Kloster wurden sie von jenem hochbejahrten Prior begrüßt, der sich noch aus seiner Kindheit an das von den Kreuzrittern angerichtete Blutbad erinnerte und von dem bei einer früheren Gelegenheit Zbyszko empfangen worden war. Macko vernahm voll Kummer und Sorge die Nachrichten über den Abt, der längere Zeit in dem Kloster verweilt hatte. Erst seit vierzehn Tagen, so berichtete der Prior, halte sich jener bei seinem Freund, dem Bischof von Plock auf. Während seiner Anwesenheit sei er fast fortwährend krank daniedergelegen. Frühmorgens, sowie tagsüber sei er zwar stets bei vollem Bewußtsein gewesen, gegen Abend hätten sich aber seine Sinne meistens verwirrt. Dann habe er häufig versucht, aufzuspringen, indem er den Befehl erteilte, ihn mit dem Panzer zu bekleiden, da er den Fürsten Jan aus Ratibor zum Kampf fordern wolle. „Die fahrenden Kleriker mußten ihn immer mit Gewalt auf seinem Lager festhalten", fuhr der Prior fort. „Ja, dies war aber fast ein Ding der Unmöglichkeit und schloß stets eine gewisse Gefahr in sich. Erst in jüngster Zeit ist eine Besserung eingetreten. Wohl hat die Schwäche zugenommen, der Geist ist jedoch klargeblieben, und in voller Klarheit hat der Abt befohlen, ihn nach Plock zu bringen. Wißt, er erklärte mir, er vermöge keinem Menschen so zu vertrauen wie dem Bischof von Plock, deshalb wolle er auch nur von diesem die heiligen Sakramente empfangen und in dessen Hände seinen letzten Willen niederlegen. Mit aller Kraft widersetzten wir uns dieser Reise, denn er war so schwach, daß wir fürchteten, er werde seinen Bestimmungsort nicht lebend erreichen, doch wir konnten nichts ausrichten. Seine Spielleute machten daher einen Wagen für ihn bereit und geleiteten ihn hinweg. Gott gebe, daß er glücklich ans Ziel gelange."

„Wenn ihn der Tod irgendwo in der Nähe von Sieradz ereilt hätte, wäre Euch doch sicherlich Kunde davon geworden", warf Macko ein.

„Ja, davon wäre uns Kunde geworden", antwortete das gute alte Väterchen. „Aus diesem Grund glaube ich auch nicht, daß er schon diesseits von Leczyca seinen letzten Atemzug getan hat, was aber jenseits geschehen ist, wie können wir das wissen! Wenn Ihr ihm jedoch nachfolgt, werdet Ihr auf Eurem Weg schon alles in Erfahrung bringen."

Tief bekümmert über das Gehörte, besprach sich Macko mit Jagienka, die durch den Böhmen schon von der Fahrt des Abtes nach Plock unterrichtet worden war.

„Was ist nun zu tun?" fragte der alte Ritter das Mägdlein, „was gedenkst du anzufangen?"

„Ihr begebt Euch nach Plock, und ich gehe mit Euch!" entgegnete die Gefragte kurz entschlossen.

„Wir gehen mit Euch nach Plock!" sekundierte die Tochter der Sieciechowa sofort mit ihrem dünnen Stimmchen.

„Schau, schau, wie diese beiden mit ihren Ratschlägen gleich bei der Hand sind! Meiner Treu, als ob man nur so ohne weiteres nach Plock gehen könnte!"

„Vermag ich vielleicht allein mit Anielka den Heimweg anzutreten? Und überdies, wenn Ihr mich nicht weiter mit Euch nehmen wollt, dann wäre ich besser gleich in Zgorzelic geblieben. Glaubt Ihr denn nicht, daß ich jetzt nach meiner Heimkehr noch mehr zu fürchten hätte als früher?"

„Und der alte und der junge Wilk? Sind die vielleicht nicht Manns genug, um dich gegen Cztan zu schützen?"

„Ich müßte ja die Verteidiger ebenso fürchten wie die Angreifer! Doch ich merke ganz gut, daß Ihr nur streitet, um zu streiten, und es gar nicht ernst meint."

Dies war auch wirklich der Fall. Macko wünschte, daß Jagienka mit ihm ziehe, und hätte es nur ungern gesehen, wenn sie nach Zgorzelic zurückgekehrt wäre. Kaum hatte er daher des Mägdleins Antwort vernommen, so lachte er laut auf und sagte: „Sie hat die Weiberröcke ausgezogen, damit sie Verstand bekomme!"

„Ei was, nur im Kopf ist der Sitz des Verstandes!"

„Plock liegt jedoch ganz abseits von meinem Weg."

Der Böhme bestritt dies und behauptete, die Fahrt nach Marienburg sei viel näher über Plock.

„Du hast also mit dem Böhmen schon alles ausgemacht?"

„Gewiß, und er hat folgendermaßen gesprochen: ‚Wenn dem jungen Herrn in Marienburg irgend etwas Schlimmes zugestoßen sein sollte, ließe sich mit Hilfe der Fürstin Alexandra aus Plock viel erreichen. Ganz abgesehen davon, daß sie eine Anverwandte des Königs ist, steht sie auch in ganz besonders freundlichen Beziehungen zu den Kreuzrittern, bei denen sie großes Ansehen genießt.'"

„Das ist richtig, so wahr mir Gott helfe", rief Macko. „Ein jeder weiß dies, und wenn sie uns ein Schreiben an den Großmeister geben würde, könnten wir unbehelligt die Lande der Kreuzritter durchziehen. Sie ist dem Orden sehr zugetan, folglich ist der Orden auch ihr sehr zugetan. Ein guter Rat, ein guter Rat! Dieser Böhme ist ein kluger Bursche!"

„Und wie klug ist er!" stimmte die Tochter der Sieciechowa voll Eifer bei, indem sie mit ihren blauen Augen begeistert emporblickte.

Da wandte sich Macko plötzlich mit der Frage zu ihr: „Wieso hast denn du hier mitzusprechen?"

In tiefster Verwirrung senkte die Maid die langen Wimpern und erglühte gleich einer roten Rose.

Macko wußte indessen nur zu wohl, daß ihm kein anderer Ausweg blieb, als die beiden Mägdlein mit sich zu nehmen. Im Grund seiner Seele war dies auch sein Wunsch, und so setzte er denn des anderen Morgens seine Fahrt fort, nachdem er sich von dem greisen Prior verabschiedet hatte.

Infolge der Schneeschmelze und der dadurch steigenden Gewässer kam er indessen weit weniger rasch vorwärts, als dies früher der Fall gewesen war. Aber auch nicht nur auf allen Edelhöfen und Pfarreien, an denen er vorüberkam, hielt er Nachfrage nach dem Abt, sondern auch in den Herbergen, in denen er mit seinen Begleitern des Nachts Rast machte. Des Abtes Spuren zu verfolgen, fiel nicht schwer, hatte er noch allerorts reichliche Spenden gegeben, teils für Almosen, teils um Messen lesen zu lassen, wie auch zur Anschaffung einer Glocke oder zur Wiederherstellung irgendeiner alten Kirche. Was Wunder, daß sich daher der oder jener Küster, der oder jener Pfarrer seiner ebensowohl voll Dankbarkeit erinnerte, wie gar manches arme Väterchen, das „um Gaben bittend" umherwanderte. Ringsumher ging die Rede: „Gleich einem Engel zog er dahin." Alt und Jung betete für seine Gesundung, wenngleich der und jener die Furcht hegte, er werde des ewigen Heiles eher teilhaftig, als einer zeitweiligen Besserung. An etlichen Plätzen hatte der Abt, seiner zunehmenden Schwäche wegen, sogar zwei oder drei Tage verweilen müssen, Macko durfte sich daher der Hoffnung hingeben, daß er ihn noch einholen könne.

Allein er täuschte sich in dieser Annahme. Bevor er Leczyca erreichte, nötigte ihn das Anschwellen der Flüßchen Nera und Bzura, vier Tage in einer verlassenen Schenke zu verbringen, deren Besitzer sich wohl aus Furcht vor Wassernot geflüchtet haben mochte. Die Landstraße, die von der Herberge zur Stadt führte, war trotz der darin eingerammten Pfähle fast ungangbar geworden, denn es hatte sich auf weite Strecken hinaus ein Wassertümpel neben dem anderen gebildet. Wit, einer der Mannen Mackos, der aus dieser Gegend stammte, hatte zwar einmal etwas von einem durch den Wald führenden Weg gehört, aber er weigerte sich, als Führer zu dienen, wollte er doch bestimmt wissen, daß in den Sümpfen bei Leczyca allerlei böse Geister ihr Wesen trieben. Seiner Ansicht nach war unter diesen besonders der mächtige Boruta* zu fürchten, der es sich stets angelegen sein ließ, die Menschen an bodenlose Stellen zu locken und sie dann nur um den Preis ihres Seelenheiles freigab. Aber auch die Schenke selbst stand in üblem Ruf. Macko hatte sich daher nur ungern zu einer längeren Einkehr entschlossen, wennschon er keineswegs fürchten mußte, mit seinen Begleitern Hunger zu leiden, da er wie alle, die in jener Zeit eine Fahrt unternahmen, reichliche Zehrung mit sich führte.

Und siehe da, tatsächlich hörten die Rastenden des Nachts einen gewaltigen Lärm auf dem Dach des Wirtshauses, zuweilen dünkte es sie auch, es klopfe jemand an die Tür, Jagienka und Anielka aber, die beide in einem engen Gelaß neben der großen Vorderstube schliefen, vernahmen deutlich, wie in der Dunkelheit kleine Füßchen über den Lehmboden, ja an den Wänden auf und ab huschten. Dies verursachte ihnen keinen allzu großen Schrecken, waren sie doch von Zgorzelic her an böse Geister gewöhnt, für die man seinerzeit auf Befehl des alten Zych stets Speise vor die Tür gestellt hatte, und die, wie angenommen wurde, nichts Schlimmes voll-

---

* Ein Sumpfgeist – Anmerkung der Übersetzerinnen.

führten, wenn man mit Gaben nicht kargte. In einer Nacht indessen erscholl aus dem nahen Dickicht ein dumpfes unheilverkündendes Gebrüll. Am nächsten Morgen zeigten sich zwar die gegen die Sümpfe führenden Pfade Spuren mächtiger Hufe, die wohl von Auerochsen oder Büffeln herrühren mochten. Jedoch Wit behauptete, kein anderer als Boruta sei dies gewesen, der, einerlei ob er in der Gestalt eines Edelmannes oder in sonst irgendeiner menschlichen Gestalt erscheine, Pferdefüße habe, und die Schuhe, die er zu tragen pflegte, sobald er sich unter den Leuten zeigte, in den Sümpfen der Schonung halber sofort wieder abnehme. Als Macko hörte, Boruta könne durch das Spenden eines Trunks versöhnlich gestimmt werden, überlegte er den ganzen Tag bei sich, ob es nicht sündhaft sei, einem bösen Geist Gutes zu erweisen, und schließlich zog er Jagienka zu Rate.

„Wie wäre es, wenn ich auf die Nacht eine Ochsenblase, mit Wein oder Honig gefüllt, an den Zaun hinge?" fragte der alte Ritter. „Ist am anderen Morgen etwas davon ausgetrunken, dann wissen wir, daß er sich hier in der Nähe umhertreibt."

„Bedenkt, daß wir zur glücklichen Errettung Zbyszkos des Segens der himmlischen Mächte bedürfen!" antwortete das Mägdlein. „Wie leicht könnten sie sich aber durch Eure Tat gekränkt fühlen."

„Das ist ja auch meine Furcht, doch ich sage mir stets wieder: Es handelt sich hier nur um Honig und nicht um meine Seele! Hei, meine Seele ist mir nicht feil. Was kümmern sich indessen die himmlischen Mächte um eine Ochsenblase voll Honig? Und zudem", fuhr Macko mit gedämpfter Stimme fort, „gebietet es die Sitte, daß ein Edelmann dem anderen selbst dann beistehe, wenn letzterer ein ganz verwerflicher Mensch sein sollte. Alle Leute behaupten jedoch, *er* sei ein Edelmann."

„Wer?" fragte Jagienka.

„Den Namen eines bösen Geistes will ich nicht in den Mund nehmen."

Gegen Abend hing indessen Macko eigenhändig eine der großen Ochsenblasen, wie sie häufig zur Aufbewahrung von Getränken dienen mußten, an den Zaun, und schon am nächsten Morgen war die Ochsenblase bis auf den Grund geleert.

Der Böhme lächelte zwar gar seltsam, als die Rede darauf kam, jedoch kein Mensch beachtete ihn. In dem alten Ritter aber rief jene Tatsache große Freude hervor, gab er sich doch nun der Hoffnung hin, mit seinen Begleitern unbehelligt und ohne Gefahr über die Sümpfe zu kommen.

„Sonst müßte ja die Behauptung der Leute, daß *er* wisse, was Ehre heißt, falsch sein", dachte Macko bei sich.

Jetzt handelte es sich freilich vor allem darum, in Erfahrung zu bringen, ob man durch den Wald kommen könne. Dies mochte wohl sehr leicht der Fall sein, denn überall da, wo der Boden durch Baumwurzeln und zusammengewachsenes Geäst geschützt ist, kann er nicht so rasch von dem Regen aufgeweicht werden. Wit jedoch, der sich wohl am besten für diese Aufgabe geeignet haben würde, schrie sofort, als Macko nur eine Anspielung darauf machte: „Ihr könnt mich totschlagen, Herr, aber ich gehe nicht." Da man umsonst versuchte, ihm klarzumachen, daß tagsüber böse Geister keine Macht haben, wollte der alte Ritter zuerst selbst gehen, schließlich wurde indessen ein anderer Ausweg gefunden. Hlawa sollte das Wagnis unternehmen. Der Böhme war ein kecker Bursche, dem nichts erwünschter war, als seinen Mut vor den Leuten, insbesondere aber vor Frauen beweisen zu dürfen. Er machte sich daher sofort bereit, indem er eine Streitaxt in seinen Gurt steckte und einen derben Knüttel zur Hand nahm.

Vor Tagesanbruch trat er seine Wanderung an. Man glaubte sicher, er könne schon gegen Mittag wieder zurück sein. Große Unruhe bemächtigte sich daher aller, als dies nicht der Fall war. Vergeblich horchten die Knechte, als die Mittagszeit herannahte, nach allen Richtungen des Waldes. Wit machte nur abwehrende Handbewegungen, indem er erklärte: „der kommt nicht mehr zurück, wenn er aber zurückkäme, dann wäre es schlimm genug für uns, denn Gott weiß, ob er nicht einen Wolfsrachen hat und in einen Werwolf verwandelt ist." Diese Worte versetzten alle in den tiefsten Schrecken. Macko war nicht mehr er selbst, Jagienka machte fortwährend, dem Wald zugekehrt, das Zeichen des Kreuzes, während Anielka, ohne an ihre Verkleidung zu denken, immer wieder umsonst nach ihrer Schürze suchte, und schließlich, als sie nichts fand, womit sie ihre Augen bedecken konnte, das Gesicht in die Hände barg, die nur zu bald von großen, langsam herabrinnenden Tränen benetzt wurden.

Da, mit einemmal, um die abendliche Melkzeit – die Sonne ging gerade unter – erschien Hlawa wieder und nicht allein, nein, sondern er trieb eine seltsame, aber doch menschenähnliche Gestalt an einem Strick vor sich her. Mit lautem Freudengeschrei wurde der Böhme begrüßt. Bald jedoch verstummten die Rufe beim Anblick der merkwürdigen, in eine Wolfshaut gehüllten, schmächtigen Erscheinung, die mit ihrem geschwärzten Antlitz und mit ihren auffallend behaarten Händen einen gar unheimlichen Eindruck machte.

„Im Namen des Vaters und des Sohnes, was bringst du uns da für einen Kobold?" fragte der sich allmählich von seinem Schrecken erholende Macko.

„Das weiß ich selbst nicht!" entgegnete der Knappe. „Seiner Behauptung nach ist er freilich ein Mensch und zwar ein Pechsieder, ob er aber die Wahrheit spricht, vermag ich nicht zu sagen."

„O, das ist kein Mensch, das ist kein Mensch!" ließ sich jetzt Wit vernehmen.

Doch Macko befahl ihm Schweigen, betrachtete prüfend und aufmerksam den Ergriffenen und sprach dann plötzlich den letzteren an: „Mache das Zeichen des Kreuzes! Sofort mache das Zeichen des Kreuzes!"

„Gelobt sei Jesus Christus!" rief der Gefangene unverweilt. So rasch wie möglich machte er hierauf das Zeichen des Kreuzes, holte, mit größerem Zutrauen umherblickend, tief Atem und sagte abermals: „Gelobt sei Jesus

Christus! Hei", fügte er gleich darauf hinzu, „ich wußte wahrlich nicht, ob ich in die Hände von Teufeln oder von Christen gefallen sei. O Jesus!"

„Hege keine Furcht. Du bist unter Christen, die gar gern die heilige Messe hören, doch sprich, wer bist du?"

„Ein Pechsieder, o Herr. Wir sind unserer sieben in den Hütten, die wir mit Frauen und Kindern bewohnen."

„Wie weit hausest du von hier?"

„Etwas über tausend Schritte weit."

„Welchen Weg pflegt ihr nach der Stadt einzuschlagen?"

„Wie benützen stets den Weg hinter dem Teufelstal."

„Mache nochmals das Zeichen des Kreuzes."

„Im Namen des Vaters und des Sohnes und des heiligen Geistes, Amen."

„So ist's gut. Kann der Weg auch befahren werden?"

„Jetzt ist's freilich überall sumpfig, jedoch der Weg durch den Wald ist immer noch besser als die Landstraße, denn der dort wehende Wind trocknet die Feuchtigkeit rascher auf. Gar schlimm sieht es zwar bis zu den Hütten aus, mit einem des Waldes Kundigen aber kann ein jeder ohne große Gefahr dahingelangen."

„Willst du uns für einen Skotus führen? Nein, bei meiner Treu, zwei Skotus sollst du haben."

Der Pechsieder willigte bereitwillig ein, bat aber noch um einen Leib Brot, denn wenn auch die im Wald Hausenden niemals Hunger litten, hatten sie doch seit längerer Zeit kein Brot mehr zu Gesicht bekommen. Es wurde nun beschlossen, am nächsten Morgen aufzubrechen, denn dies gegen Abend zu tun, war nicht „ratsam".

Boruta, so erklärte der Pechsieder, stürme zuweilen entsetzlich durch den Wald. Einfachen Leuten füge er indessen keinen Schaden zu, er jage nur, von Zorn gegen den Fürsten von Leczyca* entbrannt, andere Teufel durch das Gehölz. Des Nachts mit ihm zusammenzutreffen, sei aber für jeden Menschen dann besonders gefährlich, wenn dieser zu viel getrunken habe. Bei Tag brauche sich aber ein nüchterner Mann nicht vor ihm zu fürchten.

„Du aber zitterst ja vor Furcht!" bemerkte Macko.

„Weil dieser Ritter hier, ohne daß ich es bemerkte, mich mit solchem Ungestüm packte, daß ich ihn nicht für einen gewöhnlichen Menschen halten konnte."

Dies Äußerung veranlaßte Jagienka zu lautem Lachen, hatten doch sie und mit ihr alle anderen in dem Pechsieder einen „schlimmen Unhold" gewittert, während der Knappe von dem Pechsieder als ein unflätiger Geist betrachtet worden war. Als aber Anielka sofort dem Beispiel ihrer

---

* Der Sage nach wollte Boruta mit Hilfe des Teufels Fürst von Leczyca werden – Anmerkung der Übersetzerinnen.

Gebieterin folgte, da meinte Macko: „Noch sind deine Guckäuglein naß von den über Hlawa vergossenen Tränen, und schon grinsest du wieder."

Nun schaute der Böhme in das rosige Antlitz des Mägdleins, dessen Augenwimpern noch ganz feucht waren, und fragte: „Haben Eure Tränen mir gegolten?"

„Nein, nein", antwortete die Maid, „ich ängstigte mich, das ist alles."

„Ihr seid von edler Art und solltet Furcht nicht kennen. Eure Herrin ist weit beherzter. Was könnte Euch auch unterwegs und unter so viel Menschen Schlimmes zustoßen?"

„Mir wohl nicht, aber Euch."

„Ihr sagtet aber doch, Ihr weintet nicht um mich."

„Ja, weil ich es auch nicht tat."

„Weshalb habt Ihr denn geweint?"

„Aus Angst."

„Jetzt aber habt Ihr wohl keine Angst mehr?"

„Nein."

„Und warum nicht?"

„Weil Ihr zurückgekehrt seid."

Dem Mägdlein einen dankbaren Blick zuwerfend, sprach nun Hlawa lächelnd: „Bei meiner Treu, auf solche Weise könnte unser Gespräch bis morgen in der Frühe währen. Ihr seid ein arglistiger Schalk!"

„Spottet nicht über mich!" bat die Tochter der Sieciechowa in leisem Ton.

Anielka war auch in der Tat nichts weniger als arglistig, und der äußerst kluge Hlawa wußte dies nur zu gut. Ebenso klar war er sich aber auch darüber, daß die Maid ihm täglich teurer wurde. Wohl liebte er Jagienka, doch er liebte sie wie der Untergebene die Königstochter liebt – voll Ehrerbietung, doch hoffnungslos. Die gemeinsame Fahrt aber hatte zudem die Tochter der Sieciechowa und ihn fast immer zusammengeführt. Sobald sie sich auf den Weg machten, ritt der alte Macko mit Jagienka voran, und so kam es, daß sich Hlawa stets Anielka zugesellen mußte. War es daher zu verwundern, wenn den einem Auerochsen an Kraft gleichenden Burschen, dem das Blut heiß durch die Adern rollte, ein Zittern überlief, sobald er in die blauen Augen der Jungfrau schaute, sobald seine Blicke auf deren blonden, welligen, von dem Netz nur schwer zusammengehaltenen Haaren ruhten, auf dieser schlanken, wohlgebildeten Gestalt, vor allem aber auf den wie aus Marmor gemeißelten Beinen, die sich so fest an den Rappen schmiegten. Unwillkürlich hatte er all diese Reize immer sehnsüchtiger mit seinen Blicken verschlungen, und immer häufiger war ihm der Gedanke gekommen, der Teufel würde leichtes Spiel mit ihm haben, wenn er die Gestalt eines solch jungen Burschen annähme. Und so süß war dieses Bürschlein, so süß wie Honig, und so gehorsam, daß es dem Böhmen alles an den Augen ablas, und so fröhlich wie ein Spatz auf dem Dach. Gar seltsame Gedanken schossen daher dem Knappen zuweilen durch den Sinn, und als er einmal ein wenig mit Anielka bei den Saumrossen zurückgeblieben war, wandte er sich plötzlich zu ihr und hub also an: „Wißt, ich möchte Euch geradezu packen wie der Wolf das Lamm."

Da lachte die Maid so herzlich, daß ihre weißen Zähne sichtbar wurden.

„Wollt Ihr mich denn auffressen?"

„Ja, und mit allen Euren Knochen!"

Tief errötete sie unter dem Blick, den er ihr bei diesen Worten zuwarf. Ein längeres Schweigen war dann eingetreten, aber beider Herzen pochten laut, das Herz des jungen Knappen vor sehnsüchtigem Verlangen, das Herz der Jungfrau vor einer süßen berückenden Angst.

Heißes Begehren hatte anfänglich alle anderen Gefühle in der Brust des Böhmen erstickt, und als er sich Anielka gegenüber dem Wolf verglich, der sich auf das Lamm stürzt, hatte er die Wahrheit gesprochen. Jetzt aber, an diesem Abend, da ihre Augen und Wangen feucht von Tränen schimmerten, da war ihm plötzlich ganz weich ums Herz. Wie war sie gut, wie war sie ihm zu eigen! Doch nicht Hochmut, nicht Stolz schwellten ihm das Herz beim Anblick der Tränenspuren, nein, er wurde zaghafter, rücksichtsvoller, denn er besaß eine ehrliche, ritterliche Natur. Nicht mehr wie früher sagte er unbesorgt und unbedacht alles frei heraus, was ihm gerade in den Sinn kam, und wenn er auch abends beim Mahl mit dem schüchternen Mägdlein ein wenig tändelte, so tat er dies doch jetzt in einer ganz anderen Weise als früher und diente ihr wie ein ritterlicher Knappe einem Edelfräulein zu dienen pflegt. Obgleich nun das ganze Denken und Sinnen Mackos auf den für den nächsten Morgen geplanten Aufbruch und auf die Weiterreise gerichtet war, bemerkte er doch dies alles sehr wohl und lobte den Böhmen ob seiner guten Sitten, die er sich wohl, wie der alte Kämpe meinte, mit Zbyszko an dem masovischen Hof erworben habe.

„Hei, Zbyszko", fügte Macko gleich darauf zu Jagienka gewandt, hinzu: „Hei, Zbyszko, der wäre sogar einem König gegenüber an seinem Platz."

Als man sich bald nach dem Mahl trennte, küßte der Knappe Jagienkas Hand und führte dann auch die Hand Anielkas an die Lippen, indem er sagte: „Glaubt mir, Ihr habt mich nicht zu fürchten und dürft Euch auch vor anderen nicht fürchten, denn wenn ich Euch nahe bin, schütze ich Euch vor jedem Ungemach."

Gleich darauf legten sich die Männer in der Vorderstube zur Ruhe, während Jagienka und Anielka in einem Nebengelaß eine breite, mit dem Nötigsten versehene Schlafbank gemeinsam benützten. Bei keiner von beiden wollte sich indessen der Schlummer einstellen, und besonders Anielka bewegte sich beständig unruhig auf dem groben Drillich hin und her. Nach geraumer Zeit näherte daher Jagienka ihr Köpfchen dem der Gefährtin und flüsterte: „Anielka!"

„Ich höre!"

„Mich dünkt, daß du diesem Böhmen sehr hold bist ... Sprich, ist es nicht so?"

Doch es erfolgte keine Antwort, deshalb hub Jagienka von neuem an: „Ich verstehe dies nur zu gut. Drum sprich doch!"

Allein die Tochter der Sieciechowa blieb nach wie vor stumm, preßte aber plötzlich ihre Lippen auf die Wangen der Herrin und küßte sie wieder und wieder.

Da entrangen sich schwere Seufzer dem jungfräulichen Busen Jagienkas und abermals flüsterte sie so leise, daß Anielka die Worte kaum vernehmen konnte: „Ich verstehe dies nur zu gut, ich verstehe dies nur zu gut!"

Viertes Kapitel

Einer milden, nebligen Nacht folgte ein teils klarer, teils trüber Tag, stürmte es doch zuweilen so heftig, daß ganze Wolkenzüge am Himmel hin- und hergetrieben wurden. Mit dem Morgengrauen sollte aufgebrochen werden, so lautete der Befehl Mackos. Da plötzlich erklärte der Pechsieder, der die Führung bis zu den Hütten übernommen hatte, Pferde könnten zwar überall durchkommen, die Wagen jedoch müßten an manchen Stellen auseinandergenommen und deren einzelne Stücke von den Leuten mitsamt dem Gepäck, mit den Gewandungen und mit den Speisevorräten getragen werden. Daß dadurch aber nicht nur eine große Verzögerung entstehen würde, sondern daß hierfür auch eine gewaltige Kraftanstrengung erforderlich wäre, unterlag keinem Zweifel. Jedoch die abgehärteten, an Mühseligkeiten gewöhnten Männer erklärten, sich willig der schwersten Arbeit unterziehen zu wollen, nur um aus der verrufenen Schenke fortzukommen. In froher Laune wurde schließlich der Weg angetreten. Selbst der furchtsame Wit, kühn gemacht durch die Worte und die Anwesenheit des Pechsieders, zeigte keine Angst.

Gleich hinter der Schenke gelangten sie in einen Hochwald, den sie mittels geschicktem Lenken der Pferde durchzogen, ohne die Wagen auseinanderzunehmen. Zuweilen legte sich der Wind vollständig, zuweilen brach er mit solch unerhörter Gewalt los, peitschte er wie mit Riesenflügeln die Fichtenstämme, daß sich deren Äste bogen, daß sie krachten, sich gleich Windmühlen hin- und herdrehten und schließlich brachen. Der Wald seufzte und stöhnte unter diesem wilden Gebrause, und selbst in den Ruhepausen grollte und klagte er, wie aus Schmerz über jene Ausbrüche, über jene Allgewalt. Dann und wann verhüllten schwere Wolken das Tageslicht vollständig, dann und wann fiel ein dichter Regenschauer, mit Schneeflocken vermischt, herab, und es wurde so dunkel, als ob es schon Abend sei. War dies aber der Fall, so verlor Wit stets aufs neue den Mut und schrie: „Der Böse ist ergrimmt und wird uns Schlimmes zufügen", doch niemand achtete dieser Worte. Sogar die ängstliche Anielka nahm sich den Ausruf nicht zu Herzen, war ihr doch Hlawa so nahe, daß sie mit ihrem Steigbügel den seinen berühren konnte, und sah er doch so kühn und verwegen in die Welt, als ob er am liebsten den Teufel selbst zum Kampf gefordert hätte.

Aus dem Hochwald kamen sie nach geraumer Zeit in ein mit Sträuchern bewachsenes Dickicht, in dem das Fahren eine Unmöglichkeit wurde. Die Wagen mußten nun auseinandergenommen werden. Dies geschah indessen ebenso rasch wie geschickt. Die kraftvollen Mannen luden sich hierauf Räder, Deichseln und die anderen Teile der Wagen, sowie das Gepäck auf die Schultern und trugen alles auf dem entsetzlich schlechten Weg mehrere hundert Schritte weit. Trotz der größten Anstrengung erreichten sie denn erst spät am Abend die Hütten, wo sie von den Pechsiedern gastlich empfangen wurden. Von ihnen erhielten sie auch die Versicherung, daß sie durch das Höllental oder vielmehr, wenn sie sich längs desselben hielten, in die Stadt kommen konnten. Diese Leute, die beständig in einer Einöde lebten, bekamen zwar nur selten Brot und Mehl zu sehen, Hunger mußten sie indessen niemals leiden, hatten sie doch stets nicht nur Überfluß an geräuchertem Fleisch, sondern vornehmlich an geräucherten Pisgurren, Fische, von denen die Wassertümpel wimmelten. Reichlich boten sie ihre Vorräte dar, streckten aber dann immer wieder, um Fladen bittend, die Hände aus. Männer, Weiber und Kinder, alle waren sie geschwärzt von dem Pechrauch. Einer der Männer, ein fast hundertjähriger Greis, erinnerte sich noch der im Jahr 1331 in Leczyca verübten Metzeleien, sowie der völligen Zerstörung dieser Stadt durch die Kreuzritter. Obgleich nun Macko, Hlawa und die beiden Mägdlein fast alles schon von dem Prior in Sieradz gehört hatten, lauschten sie doch voll Spannung den Worten des alten Mannes, in dem, während er am Feuer saß und die Kohlen schürte, die entsetzlichen Erinnerungen aus seiner Jugendzeit wieder aufzuleben schienen. Ja, ähnlich wie in Sieradz waren auch in Leczyca weder Kirchen noch Priester verschont worden, umfloß das Blut der Greise, der Frauen und Kinder stromgleich die Füße der Sieger. Ach, diese Kreuzritter! Immer und immer wieder diese Kreuzritter! Mackos und Jagienkas Gedanken weilten unaufhörlich bei Zbyszko, der ja während seines Aufenthaltes bei diesen feindlich gesinnten Deutschen ebenso gefährdet war, wie wenn er in den Rachen eines Wolfes geraten wäre. Auch der Tochter der Sieciechowa wurde es bange ums Herz, lag doch die Möglichkeit vor, unter diese entsetzlichen Ordensritter zu geraten, wenn man die Spuren des Abtes weiter verfolgte.

Der Alte aber begann schließlich von jener Schlacht bei Plowce zu erzählen, durch die den Einfällen der Kreuzritter ein Ende gemacht worden war. Er selbst hatte, den eisernen Dreschflegel in der Hand, als Knecht unter dem von einer Bauerngemeinde errichteten Fußvolk mitgekämpft. Dies war die Schlacht, in der fast das ganze Geschlecht Mackos den Tod gefunden hatte, deshalb waren diesem auch fast alle Einzelheiten bekannt. Nichtsdestoweniger schien es, als ob er etwas ganz Neues erführe, als er der Erzählung des Alten lauschte, der nun von der furchtbaren Niederlage der Deutschen berichtete. Gleichwie der Wirbelsturm in den Staaten wütet, hatten die Schwerter der polnischen Ritter unter den Deutschen gewütet, so unaufhaltsam waren diese von der gewaltigen Faust des Königs Lokietek niedergeschmettert worden.

„Ja, ja, gar gut erinnere ich mich noch an alles", erklärte der Greis. „Ich weiß es noch sehr gut, wie sie in das Land einfielen, wie sie Burgen und Schlösser niedergebrannt haben, wie sie die Kinder in der Wiege dahinschlachteten. Doch, traun, der Tag der Vergeltung blieb nicht aus. Hei, das ist eine Schlacht gewesen! Wenn ich jetzt die Augen schließe, sehe ich noch den Kampfplatz deutlich vor mir."

Und der Alte schloß die Augen und versank, mechanisch die Kohlen in der Asche aufschürend, in sinnendes Schweigen. Aber Jagienka, die voll Spannung der weiteren Erzählung entgegensah, fragte schließlich: „Wie ist es denn auf dem Kampfplatz gewesen?"

„Wie's auf dem Kampfplatz gewesen ist?" wiederholte der Greis. „Ich erinnere mich an alles noch so gut, als ob ich es heute vor mir sähe. Der größte Teil des Gefildes war mit Gestrüpp bedeckt, rechts aber befanden sich Sümpfe und schmale Streifen von Stoppelfeldern. Nach der Schlacht jedoch war nichts mehr von dem Gestrüpp, nichts mehr von den Sümpfen und nichts mehr von den Stoppelfeldern zu erblicken. Nur Eisen und Eisen lag umher: Schwerter, Streitäxte, Speere und prächtige Rüstungen, eines auf dem anderen, gerade als ob jemand die ganze geheiligte Erde damit bedeckt hätte! ... Niemals zuvor sah ich so viele erschlagene Geschlechter auf einem Haufen zusammenliegen, niemals zuvor sah ich so viel Menschenblut fließen."

Auch Macko schwoll das Herz vor Stolz bei dieser Erinnerung, und er rief: „Das ist die reine Wahrheit. Unser Herr Jesus ist barmherzig. Über das ganze Königreich sind sie seinerzeit hereingebrochen wie das Feuer oder wie die Pestilenz. Nicht nur Sieradz und Leczyca haben sie zerstört, sondern auch viele andere Plätze. Und was war die Folge hiervon? Hei, unser Volk hat ein unverwüstliches Leben in sich, seine Kraft kann nicht gebrochen werden! Wenn einer dieser Hundsbrüder, dieser Kreuzritter, einen der Unsrigen auch an der Kehle packt, zu erwürgen vermag er ihn nicht, denn die Zähne werden ihm eingeschlagen ... Schaut doch umher! König Kasimir hat Sieradz sowohl wie Leczyca weit prächtiger aufgebaut, als dies zuvor der Fall gewesen ist, und wie von alters her werden dort Versammlungen abgehalten, während die bei Plowce erschlagenen Kreuzritter in der Erde verfaulen. Gott gebe einem jeden von ihnen ein solches Ende!"

Beifällig nickte der Greis bei diesen Worten mit dem Kopf, schließlich hub er also an: „Das ist wohl kaum der Fall, das ist wohl kaum der Fall. Nach der Schlacht befahl zwar der König dem Fußvolk, Gruben zu graben, und die Leute aus der Umgebung halfen dabei, daß die Schaufeln nur so knirschten. Dann legten wir die Deutschen in die Gruben, die wir der Ordnung gemäß gut zuwarfen, damit sich keine Seuchen entwickeln konnten, jedoch in den Gräben sind jene nicht geblieben."

„Wie, dort sind sie nicht geblieben?" Was ist denn mit ihnen geschehen?"

„Mit eigenen Augen habe ich es nicht gesehen. Ich erzähle Euch daher nur das, was ich von anderen hörte. Nach der Schlacht erhob sich ein entsetzlicher Sturm, der zwölf Wochen hindurch, jedoch nur des Nachts, heulte und tobte. Bei Tag herrschte eitel Sonnenschein, bei Nacht aber raste der Wind so gewaltig, daß er geradezu die Haare den Menschen vom Kopf riß. Nichts anderes als Teufel sind es gewesen! Brüllend und mit der Heugabel bewaffnet sausten ganze Scharen, gleich einem Sturmwind dahin, und befand sich einer der Teufel über den Gruben, so stieß er mit der Heugabel in die Erde, zog einen Kreuzritter hervor und nahm ihn mit sich in die Hölle. Wohl hörten dann die Leute in Plowce ein Geheul wie von einem Rudel Hunde, sie vermochten jedoch nicht zu unterscheiden, ob die Deutschen aus Angst und Schrecken derart heulten, oder die Teufel aus Lust und Freude. Dies dauerte so lange, bis ein Priester die Gruben weihte, und bis zu Neujahr die Erde so festgefroren war, daß sie mit keiner Heugabel durchstochen werden konnte."

Jetzt schwieg der Alte eine kurze Weile, fuhr aber dann also fort: „Gott lasse einem jeden der Kreuzritter das Ende zuteil werden, das Ihr ihnen gewünscht habt, Herr Ritter, wenngleich ich dies ja nicht mehr erleben werde. Solche Bürschlein aber wie diese zwei können noch Zeuge von gar manchem sein, niemals jedoch werden sie ähnliches erschauen, was ich erschaut habe."

So sprechend, blickte der Greis abwechselnd bald auf Jagienka, bald auf die Tochter der Sieciechowa, wobei sich immer größeres Staunen über deren Schönheit auf seinem Antlitz zeigte.

„Wie die Mohnblumen in einem Getreidefeld", begann er dann plötzlich kopfschüttelnd wieder, „ähnliche Bürschlein habe ich noch niemals gesehen."

Unter solchen Gesprächen verstrich ein Teil der Nacht, dann legten sich die müde Gewordenen zum Schlummer nieder. Auf Moos, so weich wie Flaum, fanden sie Rast, warme Felle dienten ihnen als Decken. Durch einen erfrischenden Schlaf gekräftigt, und gestärkt, traten sie am nächsten Morgen, sobald es völlig tagte, aufs neue die Fahrt an. Der Weg, den sie längs des Teufelstales einschlugen, war zwar nicht besonders gut, bot aber auch keine allzu großen Schwierigkeiten, und so erreichten sie noch vor Sonnenuntergang Leczyca. Die Stadt war nach ihrer Einäscherung teils aus roten Ziegelsteinen, teils sogar aus anderen Steinen frisch aufgebaut worden. Von hohen Mauern umgeben, wies sie zahlreiche Warttürme und noch prächtigere Kirchen als Sieradz auf. Die Dominikaner wußten ausführlich über den Abt zu berichten. Ihrer Aussage nach befand er sich auf dem Weg der Besserung, so daß er sich der freudigen Hoffnung hingeben konnte, einer völligen Genesung entgegenzugehen. Die Weiterfahrt hatte er schon seit mehreren Tagen angetreten. Wenn es nun aber auch Macko nicht allzusehr darum zu tun war, den Abt unterwegs einzuholen, weil er bei sich schon beschlossen hatte, die beiden Mägdlein nach Plock zu bringen, wohin sie auch der Abt gebracht hätte, so lag ihm doch um Zbyszkos willen viel an einem raschen Vorwärtskommen. Sorge und Kummer erregte daher die Nachricht in ihm, daß seit der Abreise des Abtes Bäche und Ströme in unheilvoller Weise angeschwollen seien. An einer Fortsetzung der Fahrt konnte deshalb nicht mehr gedacht werden. Macko wurde indessen von den Dominikanern als ein Ritter, der nicht nur ein beträchtliches Gefolge hatte, sondern der auch, wie er selbst sagte, sich auf dem Weg zu dem Fürsten Ziemowit befand, gastfreundlich empfangen und beherbergt. Er erhielt sogar schließlich ein Täfelchen aus Olivenholz von ihnen, auf dem in lateinischer Sprache ein Gebet an den Engel Raphael, dem Schutzpatron aller Reisenden, geschrieben stand.

Der unfreiwillige Aufenthalt in Leczyca währte vierzehn Tage. Nur zu bald entdeckte einer der Knappen des Burgstarosten, daß die beiden schönen Bürschlein im Gefolge des alten Ritters verkleidete Mägdlein waren und entbrannte sofort in heißer Liebe zu Jagienka. Kaum hatte indessen Hlawa dies in Erfahrung gebracht und sich darüber vergewissert, so beschloß er, den Knappen auf festgetretener Erde zum Zweikampf zu fordern, und stand erst von diesem Vorhaben ab, als ihn Macko darauf aufmerksam machte, daß sie ja am nächsten Morgen die Weiterfahrt antreten wollten.

Als sie sich unterwegs nach Plock befanden, waren die Straßen durch den Wind schon trockener geworden, denn wenn auch noch häufig Regenschauer fielen, waren sie doch, wie gewöhnlich zur Frühjahrszeit, selten von langer Dauer. Der Frühling hatte schließlich seine Einkehr gehalten und gar warmes Wetter gebracht. Helle Wasserstreifen glitzerten aus den Furchen der Felder, aus dem Ackerland führte der Windhauch den Geruch von feuchter Erde mit sich. Aus den Morästen sprossen Butterblumen hervor, in dem Wald keimten die Sumpfveilchen, und das fröhliche Gezwitscher der Grasmücken tönte durch das Geäst. Auch die Herzen der Dahinziehenden schwollen in frischer Luft und Hoffnungsfreude, kamen sie doch so rasch vorwärts, daß sie schon nach sechzehn Tagen vor den Toren von Plock standen.

Da sie jedoch zur Nachtzeit ankamen, waren die Tore bereits geschlossen, und so mußten sie außerhalb der Mauern bei einem Weber Rast machen. Erst zu sehr vorgerückter Stunde legten sich die beiden Mägdlein zur Ruhe, fielen aber dann auch, aufs höchste ermüdet von den Mühseligkeiten und den Beschwerden der langen Reise, in einen felsenfesten Schlaf. Macko, dem die größten Strapazen nichts anhaben konnten, ließ Jagienka und Anielka ruhig weiterschlafen, er selbst aber wartete nur das Öffnen der Tore ab und begab sich dann sofort allein in die Stadt, wo er die Kathedrale und den Wohnsitz des Bischofs leicht fand. Die erste Kunde, die ihm hier wurde, lautete dahin, der Abt habe schon vor sieben Tagen das Zeitliche gesegnet. Ja, schon vor einer Woche war der Abt gestorben, der herrschenden Sitte gemäß mußten aber Messen über dem Sarg gelesen und sechs Tage lang Leichenfeierlichkeiten abgehalten werden. Macko traf also gerade an dem Tag in Plock ein, an dem das Begräbnis, die Gedächtnisfeier und das letzte Leichenmahl zum ehrenden Angedenken an den Dahingeschiedenen stattfinden sollten.

Tief bekümmert über das Gehörte, empfand Macko nicht einmal Lust dazu, sich die Stadt anzuschauen, die er übrigens auch schon berührt hatte, als er sich früher einmal mit einem Schreiben der Fürstin Alexandra zu dem Großmeister begeben wollte. So rasch wie möglich kehrte er in das außerhalb der Mauern gelegene Haus des Webers zurück. Unterwegs sagte er zu sich selbst: „Ja, ja, nun ist er tot! Möge ihm die ewige Ruhe zuteil werden! Gegen den Tod gibt es kein Mittel in der Welt! Was kann ich aber nun mit den beiden Mägdlein beginnen?"

Sinnend schritt er dahin. „Ist es ratsamer, sie unter der Obhut der Fürstin Alexandra oder der Fürstin Anna Danuta zurückzulassen, oder sie mit nach Spychow zu nehmen, so fragte er sich. Mehr als einmal schon war ihm auf dieser Fahrt der Gedanke gekommen, Danusia lebe vielleicht nicht mehr, es könne daher nur wünschenswert sein, wenn Jagienka in der Nähe von Zbyszko weile. Daß der junge Ritter die von ihm Heißgeliebte lange betrauern und beweinen werde, darüber konnte kein Zweifel herrschen, doch ebensowenig unterlag es einem Zweifel, daß die Nähe einer Maid wie Jagienka großen Einfluß ausüben müsse. Lebhaft erinnerte sich Macko daran, wie Zbyszko, dessen Herz ihn ja fort aus den Wäldern Masoviens zog, von einem Zittern ergriffen worden war, als sich Jagienka in seiner Nähe befunden hatte. In Erwägung dieser Gründe hätte er sich selbst jetzt, nach dem Tod des Abtes, nur ungern dazu entschlossen, die Tochter Zychs in Plock zurückzulassen. Jedoch es handelte sich auch um die Hinterlassenschaft des Abtes, und Macko verachtete ja irdische Güter durchaus nicht. Der Abt war zwar in Unfrieden von ihnen gegangen, er hatte zwar erklärt, er werde ihnen auch nicht das geringste hinterlassen, konnte er aber nicht möglicherweise vor seinem Tod Reue empfunden haben? Daß er Jagienka etwas verschrieben hatte, das war zudem gewiß, sonst hätte es der Abt sicherlich vermieden, dies in Zgorzelic immer und immer wieder zu beteuern. Erbte aber Jagienka, dann kam auch Zbyszko durch sie nicht zu kurz. Mit einemmal verspürte der alte Kämpe Lust, in Plock zu bleiben, um sich über das Wie und Was zu vergewissern, um selbst nach dem Rechten zu sehen. Nur zu bald verwarf er aber wieder diesen Gedanken. „Wie, um irdischer Güter willen sollte ich hierbleiben?" so fragte er sich, „während mein Brudersohn in einem Kerker der Kreuzritter schmachtet und mir, auf Rettung hoffend, flehend die Hände entgegenstreckt?" Hier gab es tatsächlich nur einen Ausweg. Macko mußte Jagienka unter dem Schutz der Fürstin und des Bischofs zurücklassen, und von diesen die Zusicherung erlangen, daß sie jeder Benachteiligung der Maid entgegentreten würden, falls der Abt ihr etwas verschrieben haben sollte. Doch nach kurzem Überlegen verwarf der alte Kämpe auch diese Idee wieder. „Das Mägdlein besitzt an und für sich schon eine große Habe", dachte er, „vermachte ihr aber nun auch der Abt einen Teil seines Besitztums, dann wird, so wahr Gott im Himmel ist, irgendein Masur sie zu gewinnen suchen. Und allzulange wird sie nicht mehr widerstehen, denn selbst der gottselige Zych behauptete, daß es ihr längst schon unter den Füßen brenne." Dieser Gedanke versetzte den Sinnenden in großen Schrecken. Wie, wenn nun Zbyszko sowohl auf Danusia wie auf Jagienka verzichten müßte! Um nichts auf der Welt durfte dies geschehen!

„Welche nun auch Gott ihm beschieden haben mag, die soll er nehmen", sagte sich Macko, „eine von ihnen aber muß es sein."

Er beschloß nun, vor allem Zbyszko zu retten und Jagienka, wenn eine Trennung nötig werden würde, in Spychow oder bei der Fürstin Danuta, nicht aber in Plock, zurückzulassen, wo ein gar prächtiger Hofhalt geführt wurde, und wo demzufolge viele schöne Ritter weilten.

Erfüllt von all diesen Gedanken, kehrte er raschen Schrittes in die Behausung des Webers zurück, um Jagienka von dem Tod des Abtes zu benachrichtigen, wobei er sich indessen fest vornahm, sehr behutsam zu Werke zu gehen. Denn wie leicht konnte das Mägdlein über eine unerwartete Kunde allzusehr erschrecken und dadurch in ihrer Gesundheit geschädigt werden. An Ort und Stelle angelangt, fand er die beiden Jungfräulein schon angekleidet, ja, prächtig herausgeputzt, und so fröhlich zwitschernd wie zwei Waldvögelein. So ließ er sich auf eine Bank nieder, gebot dem Gesellen des Webers, ihm einen Krug mit warmem Bier zu bringen, und noch düsterer als zuvor dreinschauend, begann er, zu Jagienka gewandt, zu fragen: „Hörst du, wie in der Stadt die Glocken geläutet werden? Weshalb glaubst du wohl, daß dies geschieht? Sonntag ist heute nicht, und die Frühmesse hast du verschlafen. Möchtest du nicht den Abt sehen?"

„Gewiß, gar gern möchte ich ihn sehen!" antwortete die Gefragte.

„Traun, deine Augen werden ihn ebenso sicher erschauen, wie den König Cwiek*."

„So ist er denn weiter in die Ferne gezogen?"

„Du hast es erraten. Er ist in die Ferne gezogen. Doch hörst du nicht das Geläut der Glocken?"

„Ist er tot?" rief Jagienka.

„Wir wollen für seine ewige Ruhe beten."

Gemeinsam mit der Tochter der Sieciechowa knieten beide nieder und sprachen das Gebet für die ewige Ruhe des Abtes. Ihre Stimmen aber vereinigten sich mit dem Geläut der Glocken. Heiße Tränen rannen über das Antlitz Jagienkas, war sie doch von ganzem Herzen dem Abt zugetan, der, trotz seines jähzornigen Wesens, niemals einem Menschen ein Leid zugefügt, der stets mit vollen Händen Almosen ausgestreut, und der sie selbst, als sein Patenkind, wie die eigene Tochter geliebt hatte. Auch Macko, von dem Gedanken tiefbewegt, daß ja der Abt sein und Zbyszkos Blutsverwandter war, brach in Tränen aus, faßte sich aber rasch wieder und begab sich mit dem Böhmen und den zwei Mägdlein zu der Beisetzung in die Kirche.

---

* König Cwiek, eine sagenhafte Gestalt, die keines Menschen Auge je erblickt hat.

Bei dem Begräbnis war eine große Pracht entwickelt worden. Bischof Jakob aus Kurdwanow schritt selbst an der Spitze des Leichenzuges, alle Priester, alle Mönche beteiligten sich daran, in allen Klöstern von Plock erklangen die Glocken. Gar viele Reden wurden gehalten, da man sich aber dabei der lateinischen Sprache bediente, konnte sie außer der Geistlichkeit kein Mensch verstehen. Den Schluß der Feierlichkeiten bildete eine von dem Bischof veranstaltete Gasterei, zu der sich geistliche und weltliche Teilnehmer von der Kirche aus begaben.

Auch Macko befand sich mit den beiden Bürschlein unter den letzteren, wozu er, als ein Blutsverwandter des Verstorbenen und als ein dem Bischof wohlbekannter Ritter ein gutes Recht hatte. Der Bischof empfing ihn infolgedessen mit zuvorkommender Auszeichnung und bemerkte sofort nach der Begrüßung: „Euch und Eurem Geschlecht sind etliche Waldungen verschrieben, alles andere aber, was nicht den Klöstern und der Abtei zufällt, geht auf das Patenkind des Abtes über, auf eine gewisse Jagienka aus Zgorzelic."

Macko, der sich kaum etwas erwartet hatte, zeigte sich höchst glücklich über die ihm und Zbyszko zugefallenen Wälder. Seltsamerweise schien es aber der Bischof gar nicht zu bemerken, daß einer der jungen Burschen, die mit dem alten Kämpen gekommen waren, bei Erwähnung des Namens Jagienka aus Zgorzelic die feuchten, gleich einer Glockenblume blauen Augen emporrichtete und sagte: „Gott lohne es ihm, doch ich wollte, er wäre noch am Leben."

Unverweilt wandte sich daraufhin Macko zu dem Bürschlein und raunte ihm zu: „Schweige still, du ladest dir ja Schimpf und Schande auf, wenn …"

Da, mit einemmal brach er ab. Auf seinem Antlitz malte sich tiefes Staunen, in seinen Blicken spiegelte sich die Wut eines wilden Tieres. Dort an der Tür, durch die in diesem Augenblick die Fürstin Alexandra eintrat, stand, sich nach höfischer Sitte verneigend, Kuno von Lichtenstein, jener selbe Ritter, durch den Zbyszko in Krakau nahezu den Tod erlitten hätte.

Jagienka hatte noch nie zuvor Macko in einem solchen Zustand gesehen. Mit seinem verzerrten Gesicht, mit den unter dem Schnurrbart fest zusammengepreßten Zähnen glich er einem wütenden Hund, als er, den Rittergürtel fester anziehend, auf den verhaßten Kreuzritter zuschritt.

Doch auf halbem Weg blieb er plötzlich stehen, indem er sich mit seiner breiten Hand über das Haar strich. Noch zur rechten Zeit fiel ihm ein, daß sich Lichtenstein wohl als Gast, aber, was noch wahrscheinlicher war, als Gesandter an dem Hof von Plock aufhalte, und daß er sich des gleichen Verbrechens wie Zbyszko auf der Straße von Tyniec schuldig mache, wenn er jetzt, ohne vorhergegangene Herausforderung, auf Lichtenstein losstürme.

Da er überdies mehr Erfahrung und Bedachtsamkeit als Zbyszko besaß, bezwang er sich auch leichter. Während er daher rasch seinen Rittergürtel wieder etwas lockerte, bemühte er sich, freundlicher dreinzuschauen, und als die Fürstin, nachdem sie Lichtenstein begrüßt hatte, sich in ein Gespräch mit dem Bischof Jakob aus Kurdanow einließ, näherte er sich ihr raschen Schrittes. Sich tief vor ihr verneigend, rief er ihr seinen Namen ins Gedächtnis zurück und erklärte, er fühle sich ihr stets zu Dank verpflichtet, habe sie ihm seinerzeit mit einem Schreiben die größte Wohltat erwiesen.

Wennschon nun auch die Fürstin seiner gänzlich vergessen hatte, erinnerte sie sich doch sofort wieder des Schreibens und all dessen, was damit zusammenhing. Sie war zudem ganz genau über die Vorgänge unterrichtet, die sich in der Nähe des masovischen Hofes abgespielt hatten, sie wußte von dem Geschick Jurands, von der Entführung Danusias, sie wußte von deren Vermählung mit Zbyszko und von dessen blutigem Sieg über Rotgier. Selbstverständlich war ihr Interesse durch diese Nachrichten ebenso erregt worden, wie wenn sie einer Rittergeschichte oder einem jener Gesänge gelauscht hätte, die bei den Deutschen die Minstrels und in Masovien die fahrenden Schüler vorzutragen pflegten. Freilich stand sie den Kreuzrittern nicht so feindlich gegenüber, wie dies bei Anna Danuta, dem Weib des Fürsten Janusz der Fall war, eine Tatsache, die um so begreiflicher erschien, als ihr die Kreuzritter, um sie für sich zu gewinnen, mit demutsvoller Zuvorkommenheit begegneten, ja, sie geradezu mit Gaben überschütteten. Trotzdem nahm sie aber jetzt nicht nur volle Partei für die Liebenden, sondern sie war auch bereit, ihnen ihre Hilfe angedeihen zu lassen. Wie froh war sie daher, in Macko einen Menschen gefunden zu haben, von dem sie eine genaue Schilderung der Begebenheiten erwarten durfte.

Und der alte Ritter, dem es ja hauptsächlich darum zu tun war, den Schutz und den Beistand der einflußreichen Fürstin zu gewinnen, und der sofort bemerkte, welche aufmerksame Zuhörerin er an ihr hatte, erzählte ihr natürlich bereitwillig von dem unglückseligen Los Zbyszkos und Danusias. Fast zu Tränen rührte er sie mit seinen Worten, die davon zeugten, wie ihm das traurige Geschick seines Brudersohnes das Herz beschwerte.

„Etwas Rührenderes habe ich in meinem ganzen Leben nicht gehört", erklärte schließlich die Fürstin, „und aufs höchste bedaure ich ihn allein schon deshalb, weil er das Gefühl nicht genießen konnte, das ihm der Besitz des Mägdleins gewährt hätte. Doch sprecht, seid Ihr dessen gewiß, daß ihm dieses Glück versagt geblieben ist?"

„Ei, beim allmächtigen Gott, ich wollte, es wäre ihm beschieden gewesen!" entgegnete Macko. „Doch die Trauung wurde ja tief in der Nacht vollzogen, während er durch schwere Krankheit an sein Lager gefesselt war, und schon mit Tagesanbruch wurde ihm sein Weib entrissen."

„Und haltet Ihr die Kreuzritter für die Schuldigen? Hier geht die Rede, Räuber hätten den Kreuzrittern ein anderes Mägdlein anstelle Danusias ausgeliefert. Man hat mir auch von einem Brief Jurands gesprochen" –

„Nicht das irdische, sondern das Gottesgericht hat hier entschieden. Als gar tapferer Ritter ist dieser Rotgier gepriesen worden, als ein Ritter, der bisher über die Beherztesten den Sieg davongetragen hat, und doch ist er durch die Hand eines unreifen Menschleins gefallen."

„Ei, das ist mir ein schönes, unreifes Menschlein!" meinte die Fürstin lächelnd. „Wehe dem, der dessen Weg kreuzt! Schweres Unrecht ist geschehen – wer wollte dies leugnen? Eure Klagen sind nur zu begründet! Doch von jenen vier Schuldigen haben ja schon drei den Tod gefunden, und wie mir gesagt wurde, ist der einzig überlebende Alte kaum seinem Ende entronnen."

„Und Danusia! Und Jurand!" rief Macko, „wo sind sie? Und Zbyszko? Gott allein weiß, welch schweres Geschick ihn betroffen haben mag, da er nach Marienburg gegangen ist."

„Dies ist mir wohlbekannt. Doch solche Räuber, wie Ihr zu glauben scheint, sind die Kreuzritter denn doch nicht. Befindet sich Euer Brudersohn erst in Marienburg, bei dem Großmeister und dessen Bruder Ulrich, der gar ritterlich gesinnt ist, dann kann ihm um so weniger Schlimmes widerfahren, als er einen Geleitsbrief von dem Fürsten Janusz besitzt, von dem er auch verschiedene Schreiben zu überbringen hat. Ausgeschlossen ist's aber freilich nicht, daß er irgendeinen Ritter zum Zweikampf fordert und dabei fällt, denn in Marienburg strömen stets die berühmtesten Ritter aus allen Weltgegenden zusammen."

„Traun, das erweckt keine Furcht in mir!" warf der alte Ritter ein. „Wenn er nicht in einen unterirdischen Kerker geworfen oder meuchlings erschlagen worden ist, ängstige ich mich so lange nicht um ihn, als er das Schwert zu führen vermag. Nur einmal traf er mit einem überlegeneren Gegner in den Schranken zusammen, und dies war kein anderer als Henryk, der Fürst von Masovien, eben derselbe, der hier Bischof gewesen ist. Doch Zbyszko gehörte damals noch ganz und gar dem Knabenalter an. Jetzt aber weiß ich freilich einen, den er so sicher wie das Vaterunser fordern würde, einen, den zu fordern ich auch gelobt habe, und der jetzt hier weilt."

So sprechend, blickte er bedeutungsvoll auf Lichtenstein, der sich gerade mit dem Wojwoden aus Plock unterhielt.

Da zog die Fürstin finster die Brauen zusammen und erklärte in dem strengen, harten Ton, der bei ihr stets ein Zeichen der Erregung war: „Ob Ihr nun irgendeinen Eid geleistet habt, oder ob Ihr keinen Eid geleistet habt, vergeßt nicht, daß jener unser Gast ist, und daß ein jeder, der unsere Gastfreundschaft genießen will, sich guter Sitten befleißigen muß."

„Ich weiß das, huldreiche Frau", entgegnete Macko. „Schon hatte ich den Rittergürtel gelockert und wollte auf ihn losgehen, da bezwang ich mich noch zur rechten Zeit, indem ich mir sagte, er möge vielleicht als Gesandter hier weilen."

„Ihr täuscht Euch nicht, er ist als Gesandter hier. Das ist zudem ein Mensch, der großes Ansehen unter den Seinen genießt, auf dessen Rat der Großmeister viel gibt, ja, dem er kaum einen Wunsch versagt. Als eine Fügung Gottes dürfen wir es wohl betrachten, daß Euer Brudersohn in

Marienburg nicht mit ihm zusammentrifft, denn wenn auch Lichtenstein einem edlen Geschlecht entstammt, soll er doch rachsüchtig und unbeugsam sein. Hat er Euch erkannt?"

„Das glaube ich kaum, hat er mich doch stets nur ganz kurz gesehen. Als wir von Tyniec weiterzogen, waren wir behelmt und späterhin suchte ich ihn nur noch einmal Zbyszkos wegen auf. Da ist er aber sehr beschäftigt gewesen, und obendrein dämmerte es bereits stark. Wohl habe ich bemerkt, daß er mich jetzt anschaute, doch sicherlich tat er dies nur, weil Ihr mir, wohledle Frau, eine ungewöhnlich lange Unterredung gestattet, denn gar bald wandten sich seine Blicke einer anderen Richtung zu. Zbyszko hätte er sicherlich erkannt, meiner aber hat er gewiß längst vergessen, und von einem Gelöbnis ist ihm vielleicht nie etwas zu Ohren gekommen. Vermutlich sind seine Gedanken auch von weit Wichtigerem in Anspruch genommen."

„Von weit Wichtigerem?"

„Ja, denn gar viele edle Ritter haben feierlichst gelobt, ihn zum Kampf zu fordern, wie Zawisza aus Garbow, Powala aus Taczew, Marcin aus Wrocimowice, Paszko, Zlodzici und Lis aus Targowisko. Ein jeder von ihnen könnte es mit zwei Rittern wie Lichtenstein aufnehmen, allergnädigste Frau, wie soll es ihm daher erst ergehen, wenn er jene insgesamt gegen sich hat? Besser würde es für ihn sein, er wäre nie geboren worden, hängt ihm doch stets das Schwert drohend über dem Haupt. Ich selbst werde mich indessen nicht nur hüten, ihm mein Gelöbnis kundzutun, sondern mich sogar bestreben, sein Vertrauen zu gewinnen."

„Zu welchem Zweck?"

Ein so schlauer Ausdruck spiegelte sich mit einemmal auf dem Antlitz Mackos, daß er einem alten Fuchs glich.

„Damit er mir ein Schreiben ausstellt, mittels dessen ich ungefährdet die Lande der Kreuzritter durchziehen und, so dies nötig sein sollte, Zbyszko Rettung bringen kann."

„Wie vereinigt sich aber ein solches Tun mit der ritterlichen Ehre?" fragte die Fürstin lächelnd.

„Sehr gut!" antwortete Macko in festem Ton. „Wenn ich ihn zum Beispiel rückwärts überfiele, ohne ihn vorher gewarnt zu haben, dann würde ich freilich Unehre auf mich laden. In Friedenszeiten aber einen Feind durch Klugheit überlisten, das macht keinem Schande."

„So will ich Euch denn mit ihm bekanntmachen!" bemerkte jetzt die Fürstin.

Rasch winkte sie Lichtenstein zu sich heran und machte ihn mit Macko bekannt, indem sie sich sagte, daß, selbst wenn jener sich des alten Ritters erinnern sollte, kein großer Nachteil daraus entspringen könne.

Doch Lichtenstein erkannte ihn nicht. Tatsächlich hatte er Macko auf der Landstraße von Tyniec nur im Helm gesehen, und nur das einzige Mal in der Abenddämmerung mit ihm gesprochen, als der alte Ritter bei ihm erschienen war, um seine Verzeihung für Zbyszkos Vergehen zu erbitten.

Stolz verneigte sich Lichtenstein, als er indessen die beiden auffallend schönen, prächtig gekleideten Bürschlein erblickte, die hinter dem alten Ritter standen, sagte er sich sofort, ein solches Gefolge könne nicht der erste beste haben, und obwohl er noch immer seine hochmütige Miene beibehielt, die er stets zur Schau trug, wenn er nicht mit Königen oder Fürsten sprach, blickte er doch jetzt etwas weniger abweisend drein.

„Dieser Ritter hier hegt die Absicht, nach Marienburg zu ziehen", ergriff die Fürstin erklärend das Wort. „Ich selbst werde ihn der Gnade des Großmeisters empfehlen. Nichtsdestoweniger möchte er auch von Euch ein Schreiben haben, kennt er doch das Ansehen, das Ihr in dem Orden genießt."

Nach diesen Worten wandte sie sich wieder an den Bischof, während Lichtenstein, seine kalten stahlblauen Augen auf Macko richtend, fragte: „Welche Gründe veranlassen Euch, o Herr, zum Besuch des Hauptsitzes unseres Ordens?"

„Nur fromme und ehrbare Beweggründe führen mich dahin", erwiderte Macko, kühn aufblickend. „Wäre dies nicht der Fall, so würde sich die huldreiche Fürstin nicht für mich verwendet haben. Manch frommes Gelöbnis habe ich getan, doch möchte ich auch einmal Eurem Großmeister von Angesicht zu Angesicht gegenüberstehen, ihm, der für den Frieden auf Erden wirkt und unter der Ritterschaft der ganzen Welt rühmlichst bekannt ist."

„Keiner, für den sich die allergnädigste Fürstin, Eure Herrin und Wohltäterin, verbürgt, wird sich bei uns über Mangel an Gastfreundschaft zu beklagen haben. Doch was den Großmeister anbetrifft, so werdet Ihr ihn schwerlich zu Gesicht bekommen. Schon vor einem Monat ist er nach Danzig übergesiedelt, von wo aus er sich zuerst nach Königsberg und dann noch weiter an die Grenze begeben will, denn wenngleich er den Frieden liebt, ist er doch gezwungen, die Erbgüter des Ordens gegen die verräterischen Einfälle Witolds zu schützen."

Als Macko diese Kunde vernahm, sah er plötzlich so kummervoll drein, daß Lichtenstein, dessen scharfem Blick nichts entgehen konnte, sofort bemerkte: „Ich sehe, daß Euer Bestreben, zu dem Großmeister zu gelangen, ebenso lebhaft ist, wie der Wunsch, Euere frommen Gelübde zu erfüllen."

„Ihr habt es getroffen, Ihr habt es getroffen!" rief Macko eifrig. „Doch sprecht, ist der Krieg mit Witold um Samogitien gewiß?"

„Er selbst ist der Urheber davon, denn trotz seines Eides hat er den Aufrührern offenen Beistand geleistet."

Tiefes Schweigen folgte diesen Worten, schließlich jedoch hub Macko also an: „Bei meiner Treu! Dem Orden möge all das Glück zuteil werden, das er verdient. Zu dem Großmeister kann ich nicht gelangen, die abgelegten Gelöbnisse aber will ich erfüllen."

Allein ungeachtet dieses Ausspruches wußte er sich keinen Rat, mit einem unsagbaren Angstgefühl legte er sich selbst die Frage vor: „Wo soll ich Zbyszko nun suchen, wo werde ich ihn nun finden?"

Es war leicht vorauszusehen, daß es nutzlos gewesen wäre, Zbyszko in Marienburg zu suchen, wenn der Großmeister Marienburg verlassen hatte und in den Krieg gezogen war, aber in jedem Fall mußte man genaue Kunde über den Jüngling einziehen. Der alte Macko sorgte sich sehr, da er jedoch ein Mann war, der sich stets zu helfen wußte, beschloß er, keine Zeit zu verlieren und sogleich am folgenden Morgen wieder aufzubrechen. Es war ihm leicht, sich von Lichtenstein durch die Vermittlung der Fürstin Alexandra, die das unbegrenzte Vertrauen des Komturs genoß, die erbetenen Briefe zu verschaffen. So erhielt er dann eine Empfehlung an den Starosten von Brodnica, sowie an den Großmeister der Johanniter in Marienburg, wofür er Lichtenstein einen großen, silbernen schön getriebenen Humpen aus Wroclaw überreichte, einen Humpen in der Art, wie ihn die Ritter des Nachts mit Wein gefüllt an ihr Lager zu stellen pflegten, um bei Schlaflosigkeit ein Mittel zur Hand zu haben, das ihnen Schlaf und Trost brachte. Diese Freigebigkeit Mackos überraschte den Böhmen nicht wenig, der wußte, daß der alte Ritter sonst nicht allzusehr geneigt war, irgend jemanden mit Geschenken zu überschütten. Jener aber sagte: „Ich tat dies, weil ich ein Gelöbnis ablegte und mit diesem Ritter kämpfen muß. Auf keine Weise könnte ich jedoch einem Menschen nach dem Leben trachten, der mir einen Dienst erwiesen hat. Bei uns ist es nicht Sitte, auf einen Wohltäter loszuschlagen."

„Aber es ist schade um den schönen Humpen!" erwiderte der Böhme in etwas widerspenstigem Ton.

Darauf entgegnete Macko: „Habe keine Furcht, ich tue nichts ohne Überlegung, denn wenn mir der Herr Jesus in seiner Barmherzigkeit gestattet, diesen Deutschen niederzuwerfen, werde ich auch den Becher zurückgewinnen und zugleich viele andere kostbare Dinge nebenbei."

Nun begannen die beiden Männer sowie Jagienka sich miteinander zu beraten, was weiter zu tun sei. Abermals fuhr es Macko durch den Sinn, er könne diese und die Tochter Sieciechowas unter dem Schutz der Fürstin Alexandra in Plock zurücklassen, wobei es ihm wiederum hauptsächlich um des Abtes Testament zu tun war, das sich in den Händen des Bischofs befand. Aber dem widersetzte sich Jagienka mit der ganzen Kraft ihres unbeugsamen Willens. Wohl wäre es leichter gewesen, ohne sie die Fahrt fortzusetzen, weil man dann in den Nachtherbergen keine besondere Schlafkammer ausfindig machen, überhaupt keine Rücksicht nehmen und den Gefahren nicht aus dem Wege gehen mußte. Sie hatten jedoch Zgorzelic nicht verlassen, um in Plock zu bleiben. Das Testament war gut geborgen in des Bischofs Händen, und wenn die Mägdlein tatsächlich unterwegs irgendwo zurückbleiben sollten, waren sie sicherer unter dem Schutz der Fürstin Anna, als unter dem der Fürstin Alexandra, weil man am Hof der ersteren den Kreuzrittern weniger zugetan, Zbyszko aber sehr geneigt war. Zwar behauptete Macko, daß Verstand nicht der Frauen Sache sei, und daß es sich nicht gezieme, sich einem Weib gegenüber in Erörterungen einzulassen wie einem verständigen Menschen gegenüber, dessen ungeachtet blieb er aber nicht bei seinem Vorsatz und gab bald vollständig nach, da Jagienka ihn auf die Seite führte und mit Tränen in den Augen sagte: „Wisset! – Gott sieht in mein Herz – daß ich vom Morgen bis zum Abend für ihr – für Danusias und für Zbyszkos Glück bete. Unser Gott im Himmel weiß dies am besten. Aber Hlawa und auch Ihr sagt ja, daß sie verschwunden ist und daß sie nicht lebend aus den Händen der Kreuzritter entkommen werde. Und ist dem so, dann …"

Hier zauderte sie ein wenig, die bis jetzt zurückgehaltenen Tränen flossen langsam über ihre Wangen herab, und leise fügte sie hinzu: „Dann möchte ich Zbyszko nahe sein!"

Diese Worte und ihre Tränen rührten Macko tief, gleichwohl antwortete er: „Wenn sie zugrunde geht, wird Zbyszkos Herzeleid so groß sein, daß er dich auch nicht einmal anschaut."

„Daß er mich anschaut, wünsche ich gar nicht, ich wünsche nur, bei ihm zu sein."

„Du weißt doch, daß ich ganz dasselbe will, was du willst, aber im ersten Kummer wird er sogar imstande sein, dir harte Worte zu sagen."

„Mag er mir immerhin harte Worte sagen!" antwortete sie mit traurigem Lächeln. „Doch wird er es nicht tun, weil er nicht weiß, daß ich es bin."

„Er wird dich erkennen!"

„Nein, er wird mich nicht erkennen. Ihr erkanntet mich ja auch nicht. Sagt ihm, ich sei es nicht, sondern Jasko, und Jasko gleicht mir ja auf ein Haar. Sagt ihm, daß Jasko sehr gewachsen ist, und es wird Zbyszko nicht in den Sinn kommen, daß ich es bin."

Da begann der alte Ritter abermals von den einwärts gebogenen Knien zu sprechen, weil aber auch die Knie von Knaben zuweilen einwärts gebogen sind, konnte dieser Einwurf nicht gelten, vornehmlich da Jagienka von ihrem Bruder, der in der letzten Zeit seine Haare hatte wachsen lassen und sie in einem Netz trug wie andere edle Jünglinge und Ritter, tatsächlich kaum zu unterscheiden war. Aus diesem Grund gab Macko schließlich nach, und nun wurde über die weitere Fahrt beraten. Am folgenden Morgen wollten sie aufbrechen. Macko beschloß, in das Ordensland einzudringen, sich nach Brodnica zu begeben, daselbst Kundschaft einzuziehen und, wenn sich der Großmeister trotz der Angaben Lichtensteins noch in Marienburg befand, dorthin zu gehen, im entgegengesetzten Fall aber in der Richtung von Spychow längs der Grenze des Ordenslandes vorzurücken und unterwegs nach dem jungen polnischen Ritter und dessen Gefolge zu fragen.

Der alte Ritter dachte, er könne in Spychow oder am Hof des Fürsten Janusz zu Warschau eher etwas von Zbyszko erfahren als anderswo. So machte er sich denn am folgenden Morgen auf den Weg. Der Frühling hatte schon begonnen und damit auch die Überschwemmungen. Skowa und Doweca waren ausgetreten, so daß die Reisenden erst am zehnten Tag, nachdem sie Plock verlassen hatten, die Grenze überschritten und Brodnica erreichten. Das Städtchen zeichnete sich durch Reinlichkeit und

Ordnung aus, aber gleich beim ersten Schritt wurde man an die Strenge deutscher Herrschaft gemahnt, denn an einem außerhalb der Stadt auf dem Weg nach Gorezenica errichteten ungeheuren Galgen* mit gemauertem Untergrund hingen noch die Leichname einiger Gerichteter, unter denen sich auch eine Frau befand. Auf der Warte und auf dem Schloß wehte eine Fahne, die eine rote Hand in weißem Feld zeigte. Den Komtur trafen die Reisenden nicht an Ort und Stelle an, denn er hatte sich mit einem Teil der Besatzung an der Spitze der benachbarten Edelleute nach Marienburg begeben. Diese Mitteilung erhielt Macko von einem alten blinden Kreuzritter, der einst Komtur von Brodnica gewesen war und jetzt aus Anhänglichkeit an die Stadt und die Burg seine letzten Lebenstage hier verbrachte. Nachdem der Kaplan des Ortes ihm den Brief Lichtensteins vorgelesen hatte, nahm er Macko gastfreundlich auf, und da er inmitten einer polnischen Bevölkerung wohnte, verstand er die polnische Sprache vortrefflich, so daß es Macko nicht schwerfiel, mit ihm zu verhandeln. Zufälligerweise war er gerade sechs Wochen zuvor in Marienburg gewesen, wohin man ihn als erfahrenen Ritter zu einem Kriegsrat berufen hatte, daher wußte er genau, was dort vorging. Nach dem jungen polnischen Ritter befragt, sagte er, des Namens erinnere er sich nicht mehr, doch habe er von einem Jüngling gehört, der vornehmlich deshalb Staunen erregt habe, weil er trotz seiner Jugend schon gegürtet und dann auch, weil er stets siegreich bei dem Turnier gewesen sei, das der Großmeister der Sitte gemäß für die fremden Gäste veranstaltet hatte, bevor er zum Feldzug auszog. Allgemach kam dem alten Kreuzritter sogar auch in Erinnerung, daß der mannhafte, edelgesinnte, wennschon jähzornige Ulrich von Jungingen, der Bruder des Meisters, jenen Jüngling liebgewonnen und in seinen besonderen Schutz genommen, ja, daß er ihm eiserne Briefe** mitgegeben hatte, und daß der junge Ritter dann später, wahrscheinlich gen Osten aufgebrochen sei. Diese Kunde erfreute Macko ungemein, da er nicht den geringsten Zweifel hegte, daß Zbyszko jener Ritter war. In Anbetracht dessen lag nun kein Grund mehr vor, sich nach Marienburg zu begeben, denn obgleich der Großmeister der Johanniter oder andere Würdenträger und Ritter des Ordens, die dort geblieben waren, noch bessere Fingerzeige hätten geben können, vermochten sie doch nicht auszusagen, wo Zbyszko gegenwärtig weilte. Zudem wußte Macko selbst am besten, wo er seinen Brudersohn finden könne. War es doch nicht schwer zu erraten, daß dieser in der Gegend von Szczytno umherstreife, und wenn er Danusia dort nicht fand, seine Nachforschungen in den entfernteren Schlössern und Komturen des Ostens fortsetzte.

Ohne Zeit zu verlieren, zogen die Reisenden nun durch das Ordensland gen Szczytno. Sie kamen rasch vorwärts, da die zahlreichen Städte und Städtchen durch Landstraßen verbunden waren, die von den Kreuzrittern,

---

* Mauerreste solcher Galgen erhielten sich noch bis zum Jahr 1818.
** Geleitsbriefe – Anmerkung der Übersetzerinnen.

vornehmlich aber von den in den Städten seßhaften Kaufleuten in gutem Stand erhalten wurden und den polnischen fast gleichkamen, die man unter der umsichtigen tatkräftigen Regierung König Kasimirs angelegt hatte. Zudem war das Wetter wunderschön, der nächtliche Himmel sternenklar, und an den hellen Tagen, um die Melkzeit am Mittag, wehte ein warmer leichter Wind, der die Brust der Menschen schwellte, ihre Lebensgeister hob. Auf den Feldern grünte das Getreide, die Wiesen waren über und über mit Blumen bedeckt, ein würziger Harzgeruch entströmte den Fichtenwäldern. Während der ganzen Fahrt nach Lidzborak, von dort nach Dsialdow und weiter bis nach Niedzborz sahen die Reisenden keine Wolke am Himmel. In Niedzborz erst kam während der Nacht ein Regenschauer mit Gewitter, das erste in diesem Frühling. Doch Regen und Donner währten nicht lange, und als der Tag anbrach, war das Firmament wieder so hell, ruhig, golden und leuchtend, daß alles, so weit das Auge reichte, glänzte und schimmerte wie Diamanten und Perlen. Die Erde schien den Himmel anzulachen und sich über den Reichtum der Natur zu freuen.

An diesem Morgen zogen sie von Niedzborz gen Szczytno. Die masovische Grenze war nicht mehr weit entfernt, und sie hätten sich ebensogut nach Spychow wenden können. Während eines kurzen Momentes dachte Macko auch daran, dies zu tun, doch nachdem er alles wohlerwogen hatte, beschloß er, geradewegs gegen die furchtbare Feste der Kreuzritter zu dringen, worin sich so manches abgespielt hatte, das für Zbyszkos Schicksal verhängnisvoll geworden war. Nachdem er einen Landmann als Führer genommen hatte, gebot er diesem, ihn samt seinem Gefolge nach Szczytno zu geleiten, obwohl ein Führer nicht unbedingt notwendig war, denn von Niedzborz nach Szczytno zog sich eine gerade Landstraße hin, worauf die deutschen Meilen mit Steinen bezeichnet waren.

Der Führer befand sich immer einige Schritte voraus, hinter ihm kamen Macko und Jagienka zu Pferd, hierauf in ziemlich großer Entfernung der Böhme und die hübsche Anielka, den Schluß bildeten die von bewaffneten Mannen umgebenen Wagen. Es war noch früh am Morgen. Ein rosiger Schimmer färbte den östlichen Himmel, obwohl die Sonne schon hell schien, und die Tautropfen auf Gräsern und Blumen in Opale verwandelte.

„Fürchtest du dich nicht, nach Szczytno zu gehen?" fragte Macko.

„Nein, ich fürchte mich nicht!" antwortete Jagienka. „Unser Herrgott ist über mir, denn ich bin ja eine Waise."

„Dort kennt man keine Ehre und keine Treue. Von allen ist Danveld freilich der Schlimmste gewesen, doch Jurand hat ihn mit Godfryd zugleich aus dem Weg geräumt. So sagt der Böhme. Rotgier, der durch Zbyszkos Streitaxt fiel, war nicht besser, aber auch der Alte ist hart und grausam und hat sich dem Teufel verschrieben ... Die Leute wissen zwar nichts Sicheres, ich glaube indessen, wenn Danusia getötet wurde, so ist es durch des Alten Hand geschehen. Es geht die Rede, er habe auch einen Unglücksfall gehabt, aber die Fürstin erzählte mir in Plock, er sei wieder genesen. Mit ihm werden wir in Szczytno zu verhandeln haben. Gut, daß wir im Besitz des Briefes von Lichtenstein sind, denn gewiß fürchten ihn die Brüder, diese Hunde, mehr als den Großmeister selbst, denn sie sagen, er genieße großes Ansehen, sei grausam und streng und überdies rachsüchtig. Nicht die geringste Beleidigung verzeihe er. Ohne dieses Schreiben würde ich nicht so ruhig nach Szczytno gehen."

„Und wie nennt sich jener alte Mann?"

„Zygfryd de Löwe."

„Gott gebe, daß wir uns ihm gegenüber schützen können."

„Gott gebe es!"

Hier lachte Macko laut, und nach einer Weile begann er wieder: „Die Fürstin in Plock sagte zu mir: ,Euer Vorgehen ist dem von Lämmern gegen Wölfe zu vergleichen, trotzdem haben schon drei von den Wölfen das Leben verloren, weil die unschuldigen Lämmer sie überwältigten.' Und so ist es in der Tat, wenn alles, was ich hörte, der Wahrheit entspricht."

„Und Danusia? Und ihr Vater?"

„Ich stellte der Fürstin die gleiche Frage. Doch in der Seele bin ich froh darüber, daß es sich gezeigt hat, wie gefährlich es ist, uns ein Unrecht zuzufügen. Siehst du, auch wir verstehen es, ein Beil in die Hand zu nehmen und es zu gebrauchen! Und was Danuska und Jurand anbelangt, so glaube ich wie der Böhme, daß sie nicht mehr am Leben sind, aber tatsächlich weiß niemand etwas Sicheres darüber. Jurand beklage ich, denn bei Lebzeiten verzehrte er sich in Kummer um seine Tochter, und wenn er tot ist, so ist er eines schrecklichen Todes gestorben."

„Sooft ihn jemand in meiner Gegenwart erwähnt, muß ich an mein geliebtes Väterchen denken. Auch er ist ja nicht mehr unter den Lebenden!" sagte Jagienka.

So sprechend, hob sie die feuchten Augen zum Himmel empor.

Macko aber nickte und sagte: „Er steht vor Gottes Gericht, und sicherlich wird er im ewigen Licht wandeln, denn einen besseren Menschen als ihn gab es in unserem ganzen Königreich nicht."

„Nein, nein, einen besseren gab es nicht!" seufzte Jagienka. Das Gespräch wurde durch den als Führer dienenden Landman unterbrochen, der plötzlich seinen Hengst anhielt, dann eine Wendung mit ihm machte und im Galopp auf Macko zuritt, indem er in seltsamem, erschrecktem Ton ausrief: „O um Gotteswillen! Seht, Herr Ritter, wer dort vom Hügel herab auf uns zukommt."

„Wer? Wo?" fragte Macko.

„Seht dorthin! Es muß ein Riese oder etwas Ähnliches sein!"

Ihre Pferde anhaltend, blickten Macko und Jagienka nach der bezeichneten Richtung und sahen wirklich auf der Anhöhe etwa fünfzig Schritte entfernt eine Gestalt, die durch ihre Größe das Maß eines gewöhnlichen Menschen beträchtlich zu überragen schien.

„Daß es ein riesiger Kerl ist, darin hat er recht!" murmelte Macko. Dann runzelte er die Stirn, spie plötzlich aus und sagte: „Behext sei dieser Hund!"

„Weshalb verwünscht Ihr ihn?" fragte Jagienka.

„Weil ich mich erinnere, daß ich und Zbyszko an einem Morgen wie der heutige auf der Landstraße von Tyniec nach Krakau einen ähnlichen riesenhaften Menschen gesehen haben. Damals sagten die Leute, es sei Walgierz Wlady. Schließlich zeigte es sich, daß es der Herr aus Taczew war, aber viel Gutes erwuchs nicht daraus. Behext sei der Hund!"

„Ein Ritter ist es nicht, denn er geht ja zu Fuß", sagte Jagienka, schärfer hinsehend. „Ich sehe sogar, daß er keine Waffen hat, nur einen Wanderstab trägt er in der linken Hand."

„Und er tastet nach dem Weg, wie wenn es Nacht wäre, fügte Macko hinzu.

„Und er kann sich kaum vorwärts bewegen. Gewiß ist er blind, denn was sollte es sonst sein?"

„Er ist blind! Er ist blind! So wahr ich lebe!"

Sie trieben ihre Pferde an und hielten bald vor dem alten Mann, der, sehr langsam den Hügel herabsteigend, seinen Weg mit dem Stock suchte.

Er war in der Tat ungewöhnlich groß, wenngleich er in der Nähe nicht mehr wie ein Riese erschien. Auch zeigte es sich, daß er vollständig blind war. Anstatt der Augen hatte er zwei rote Höhlen im Gesicht, die rechte Hand fehlte ihm, und er hatte den Stummel mit schmutzigen Lappen umwunden. Seine Haare fielen weit über die Schultern herab und glänzten weiß wie der Bart, der ihm bis zum Gurt reichte.

„Der Arme hat weder einen Knaben noch einen Hund bei sich und muß sich selbst tastend den Weg suchen", bemerkte Jagienka. „Bei Gott, ich kann ihn nicht ohne Hilfe hier zurücklassen. Ob er mich verstehen wird, weiß ich nicht, doch will ich ihn in unserer Sprache anreden." Sie sprang rasch vom Pferd und sich dicht vor den Alten hinstellend suchte sie nach Geld in dem ledernen Beutel, der an ihrem Gürtel hing.

Der Alte, der den Lärm und das Stampfen der Pferde hörte, streckte den Stab aus und hob den Kopf in die Höhe, wie es die Blinden zu tun pflegen.

„Gelobt sei Jesus Christus!" sagte das Mädchen. „Versteht Ihr die Sprache der Christen, Großväterchen?"

Als er ihre jugendfrische, süße Stimme vernahm, erbebte er, ein seltsamer Schimmer, etwas wie Rührung und Erschütterung überzog sein Antlitz, er senkte die Lider über die leeren Augenhöhlen und den Stab wegschleudernd, fiel er ihr zu Füßen, indem er die Arme gegen sie ausstreckte.

„Erhebt Euch! Ich bin bereit, Euch zu helfen. Was ist Euch?" fragte Jagienka voll Verwunderung.

Aber er antwortete nicht, zwei große Tränen rollten über seine Wangen und seinen Lippen entrang sich ein Laut, der wie ein Ächzen klang: „Aa! A!"

„Beim allbarmherzigen Gott! Seid Ihr denn stumm oder was ist's, das Euch fehlt?"

„Aa! A!"

Nachdem er versucht hatte, sich auf diese Weise zu äußern, hob er die linke Hand empor, machte das Zeichen des Kreuzes und fuhr sich dann über die Lippen hin.

Jagienka, die ihn nicht verstand, schaute Macko an. Dieser sagte: „Es scheint, er will dir auf diese Weise zeigen, wie ihm die Zunge herausgeschnitten worden ist."

„Ist Euch die Zunge herausgeschnitten worden?" fragte das junge Mädchen.

„A! o! a! o!" wiederholte der alte Mann, indem er nickte.

Dann wies er mit den Fingern auf seine Augen, zeigte den Stummel seines rechten Armes und machte mit der linken Hand eine Bewegung, wie wenn er einen Schlag erteilen wolle.

Jetzt verstanden ihn beide.

„Wer hat Euch das angetan?" fragte Jagienka.

Der alte Mann machte mehrmals das Zeichen des Kreuzes in der Luft.

„Die Kreuzritter!" schrie Macko auf.

Der Alte senkte wie zur Bestätigung das Haupt auf die Brust herab.

Ein kurzes Schweigen folgte. Macko und Jagienka blickten einander erschreckt an, denn sie hatten jetzt den klaren Beweis der Unbarmherzigkeit, Maßlosigkeit und Grausamkeit, welche die Kreuzritter von Szczytno kennzeichneten, vor Augen.

„Fürchterlich sind sie mit ihm zu Gericht gegangen", sagte schließlich Macko. „Gar schwer haben sie ihn bestraft und Gott weiß, ob mit Recht! Aber dies werden wir nicht erfahren. Wenn wir nur wüßten, wohin wir ihn führen sollen. Er muß aus dieser Gegend stammen. Unsere Sprache versteht er, weil das gleiche Volk hier wohnt wie in Masovien."

„Versteht Ihr, was wir sagen?" fragte Jagienka.

Der Alte nickte bejahend mit dem Kopf.

„Und seid Ihr aus dieser Gegend?"

„Nein!" entgegnete der Greis durch eine Gebärde.

„Aber vielleicht aus Masovien?"

„Ja!"

„Aus dem Gebiet des Fürsten Janusz?"

„Ja!"

„Und was tatet Ihr bei den Kreuzrittern?"

Der alte Mann vermochte nicht zu antworten, doch sein Gesicht drückte in diesem Augenblick so unermeßlichen Schmerz aus, daß das mitleidige Herz Jagienkas sich krampfhaft zusammenzog und sogar Macko, der sonst nicht so leicht gerührt war, sagte: „Sicherlich haben ihm die Weißmäntel Unrecht getan, und möglicherweise ist ihm gar keine Schuld beizumessen."

Jagienka drückte einige kleine Geldstücke in die Hand des Armen.

„Hört!" sagte sie. „Wir werden Euch nicht verlassen. Geht mit uns nach Masovien, und wir werden uns dann in jedem Dorf erkundigen, ob es Euer Heimatort ist. Vielleicht können wir auf diese Weise den richtigen Weg finden. Aber steht jetzt auf, denn wir sind ja keine Heiligen!"

Doch er stand nicht auf, sondern neigte sich noch tiefer herab und umfaßte ihre Füße, wie wenn er sich völlig ihrem Schutz anheimgeben und ihr danken wolle, wobei sich indessen eine gewisse Bewunderung, ja etwas wie Enttäuschung auf seinem Antlitz malte. Ihrer Stimme lauschend, hatte er zuvor wohl angenommen, daß er einem jungen Mädchen gegenüberstehe, jetzt aber berührten seine Hände rauhes Lederwerk, wie es zur Fußbekleidung der Ritter und Knappen auf Reisen diente.

Und sie fuhr fort: „Ja, so soll es sein! Unsere Wagen werden bald hier sein, dann mögt Ihr der Ruhe pflegen, damit Ihr wieder zu Kräften kommt. Doch nach Masovien könnt Ihr nicht so bald gelangen, da wir uns zuerst nach Szczytno begeben müssen."

Bei diesen Worten sprang der alte Mann empor. Schrecken und Staunen malte sich auf seinem Gesicht. Er breitete die Arme aus, als ob er den Weg versperren wolle, und seinen Lippen entrangen sich wilde Laute, wie wenn er bis ins tiefste Innere erschüttert wäre.

„Was ist Euch?" rief Jagienka voll Bestürzung.

Aber der Böhme, der mittlerweile mit Anielka herangekommen war und während einiger Zeit den alten Mann aufmerksam angeblickt hatte, wandte sich plötzlich mit veränderter Miene zu Macko und sagte in erstauntem Ton: „Bei den Wunden des Erlösers! Gestattet, Herr, daß ich mit ihm rede, denn Ihr ahnt wohl nicht, wer er ist."

Und ohne die Erlaubnis abzuwarten, eilte er auf den Alten zu, legte ihm die Hand auf die Schultern und fragte: „Kommt Ihr aus Szczytno?"

Offenbar eigentümlich berührt von dem Klang dieser Stimme, beruhigte sich der Greis und nickte mit dem Kopf.

„Habt Ihr dort nicht Euer Kind gesucht?"

Ein dumpfer Klagelaut war die einzige Antwort.

Hlawa erbleichte, noch einen Augenblick betrachtete er mit seinen Luchsaugen die Züge des Alten, dann sagte er langsam und nachdrücklich: „Ihr seid Jurand aus Spychow."

„Jurand!" schrie Macko auf.

Doch Jurand schwankte in diesem Moment und verlor das Bewußtsein. Die Qualen, die er erduldet, der Mangel an Nahrung, die Mühseligkeiten seiner Wanderschaft warfen ihn zu Boden. Es war nun schon der zehnte Tag, daß er so tastend dahinschritt, daß er in der Irre umherging und sich mit seinem Stab den Pfad suchte, ausgehungert und matt, ohne zu wissen, wohin er sich wenden solle. Unfähig nach dem Weg zu fragen, richtete er sich bei Tag nur nach der Wärme der Sonnenstrahlen, die Nächte verbrachte er in den Gräben an der Landstraße. Wenn er durch ein Dorf oder eine Ansiedelung kam, oder wenn Leute an ihm vorübergingen, bat er mit der Hand und mittels unartikulierten Lauten um Almosen, aber es war selten, daß ihn eine mitleidige Seele dann unterstützte, denn meist wurde er für einen Verbrecher gehalten, den die gerechte Rache des Gesetzes erreicht hatte. Schon seit zwei Tagen fristete er sein Leben durch Baumrinden und Blätter, schon gab er die Hoffnung auf, Masovien zu erreichen, als ihn hier plötzlich barmherzige Menschen umringten, als die Laute der Heimatgenossen an sein Ohr drangen, von denen ihn die eine an die süße Stimme seiner Tochter erinnerte, und da schließlich auch noch sein Name genannt wurde, war die Erschütterung allzugroß, sein Herz zog sich krampfhaft zusammen, die Gedanken kreisten wild in seinem Gehirn, und er wäre mit dem Gesicht in den Staub der Landstraße gefallen, wenn die starken Arme des Böhmen ihn nicht gehalten hätten.

Macko sprang vom Pferd, dann hoben die beiden Jurand empor und trugen ihn zu einem Wagen, wo sie ihn auf Heu betteten. Nachdem es Jagienka und Anielka gelungen war, Jurand wieder zum Bewußtsein zu bringen, reichten sie ihm Nahrung und gaben ihm Wein zu trinken, wobei Jagienka, die sah, daß er den Becher nicht halten konnte, ihm den Trank selbst einflößte. Und sogleich versank er in einen festen, bleiernen Schlaf, aus dem er erst nach drei Tagen wieder erwachte.

Die anderen aber hielten jetzt Rat miteinander.

„Es unterliegt keinem Zweifel", ließ sich Jagienka vernehmen, daß wir nun nach Spychow statt nah Szczytno gehen müssen, denn dort, an diesem sicheren Ort können wir ihn der Obhut und Pflege der Seinigen überlassen."

„Welch merkwürdige Anordnungen du triffst!" entgegnete Macko. „Nach Spychow müssen wir ihn schicken, aber es ist doch nicht unumgänglich nötig, daß wir alle mitgehen. Ein Wagen genügt, um ihn hinzubringen."

„Ich will gar keine Anordnungen treffen, ich meine nur, wir könnten durch ihn viel von Zbyszko und Danusia hören."

„Und wie willst du mit ihm reden, da ihm die Zunge fehlt?"

„Und wer hat es Euch gezeigt, daß ihm die Zunge fehlt, wenn nicht er selbst? Ihr seht, daß wir auch ohne Sprache alles erfuhren, was uns zu wissen nötig war. Wie wird es also erst sein, wenn wir an seine Zeichen mit dem Kopf und mit den Händen gewöhnt sind? Fragt ihn zum Beispiel, ob Zbyszko von Marienburg nach Szczytno zurückgekehrt ist, und er wird entweder bejahend nicken oder eine verneinende Bewegung machen. So wird es auch bei allen anderen Fragen sein."

„Das ist richtig!" rief der Böhme aus.

„Ich leugne ja auch nicht, daß dies richtig ist", erklärte Macko, „und mir selbst ist der gleiche Gedanke gekommen, aber bei mir heißt es immer, zuerst überlegen und dann das Mundwerk gebrauchen."

Nach diesen Worten gab er Befehl, die Wagen gegen die masovische Grenze zu lenken. Unterwegs ritt Jagienka von Zeit zu Zeit an den Wagen heran, worauf Jurand lag, aus Furcht, er könne aus dem Schlaf in den Tod hinübergeschlummert sein.

„Ich habe ihn nicht erkannt", hub Macko wieder an, „aber dies ist auch kein Wunder. Er ist ja früher so stark wie ein Auerochse gewesen. Die Masovier sagten, er sei der einzige von ihnen, der sich mit Zawisza messen könne – und jetzt gleicht er einem Skelett."

„Es ging schon das Gerücht", sagte der Böhme, „daß sie ihn durch Martern zu Tode gequält haben, aber manche Leute wollten nicht glauben, daß Christen derart mit einem gegürteten Ritter verfuhren, der überdies den heiligen Georg zum Schutzpatron hat."

„Gott wird sie strafen!" rief Jagienka aus.

Macko wandte sich zu dem Böhmen.

„Wieso hast du ihn erkannt?"

„Ich erkannte ihn auch nicht sogleich, wennschon dies leichter für mich gewesen wäre als für Euch, Herr, da es noch nicht lange her ist, daß ich mit ihm zusammengetroffen bin. Doch etwas Eigentümliches fiel mir an ihm auf, und je länger ich ihn ansah, desto mehr verstärkte sich dieser Eindruck. Früher hatte er keinen solchen Bart und keine weißen Haare, er war ein mächtiger Herr und ein vielvermögender, wie war es also möglich, ihn in diesem Bettler zu erkennen? Aber als die Jungfrau sagte, daß wir nach Szczytno gehen, und er zu heulen begann, da wurden mir plötzlich die Augen geöffnet."

„Von Spychow sollte man ihn zu dem Fürsten bringen, der das einem Mann von solchem Ansehen zugefügte Unrecht nicht ungestraft hingehen lassen kann."

„Sie werden ihre Schuld nicht eingestehen, Herr. Sie werden sagen, daß der Gebieter von Spychow im Kampf die Zunge und die Hand und das Auge eingebüßt habe."

„Das ist wahr!" erwiderte Macko. „Haben sie doch seinerzeit den Fürsten mit sich fortgeführt. Er kann nicht gegen sie ausziehen, weil er nicht siegen würde, es sei denn, daß unser König ihm zu Hilfe käme. Die Leute schwatzen auch gar viel von einem großen Krieg, und ich habe noch nicht einmal etwas von einem kleinen gesehen!"

„Mit dem Fürsten Witold wird aber Krieg geführt."

„Gelobt sei Gott, daß wenigstens dieser bereit ist, es mit dem Orden aufzunehmen. Hei! Fürst Witold, das ist mein Mann! Und an Schlauheit sind sie ihm nicht gewachsen, denn er ist schlauer, als sie alle zusammen. Gar oft bedrängten die Schufte ihn dermaßen, daß die Schlinge schon über seinem Haupt hing, und jedesmal wußte er sich gleich einer Schlange herauszuwinden, wußte er sie mit seinem Biß zu verwunden. Hüte dich vor ihm, wenn er auf dich losschlägt, aber hüte dich noch mehr vor ihm, wenn er dir schmeichelt."

„Zeigt er sich jedem so?"

„Nein, nicht jedem, nur den Kreuzrittern zeigt er sich so. Gegen andere ist er ein guter und freigebiger Knäs!"

Hier sann Macko ein wenig nach, wie wenn er sich Witold besser vergegenwärtigen wolle.

„Er ist ein ganz anderer Mensch als die hier ansässigen Fürsten", sagte er schließlich. „Es war notwendig, daß Zbyszko sich zu ihm begab, denn unter seiner Führung und durch ihn vermag er am meisten gegen den Orden auszurichten."

Nach einer Weile fügte er hinzu: „Wer weiß, ob wir ihn dort nicht finden, denn dann kann man Rache nehmen, wie sich's gebührt."

Hierauf sprachen sie wieder von Jurand, von dessen unglückseligem Los, von der ihm durch die Kreuzritter zugefügten Unbill, durch die Kreuzritter, die einstmals ohne jeden Anlaß seine heißgeliebte Gattin getötet, ihm dann, Rache mit Rache vergeltend, die Tochter entrissen und ihn schließlich selbst durch so furchtbare Qualen gemartert hatten, wie selbst die Tataren sie nicht schlimmer hätten aussinnen können. Macko und Hlawa knirschten mit den Zähnen bei dem Gedanken, daß sogar die Freilassung Jurands eine neue, wohlberechnete Grausamkeit war. Der alte Ritter gelobte sich daher im Innern, genau zu erforschen, wie alles gewesen war, und es dann mit Zinsen zurückzuzahlen.

Unter solchen Gesprächen und Erwägungen verbrachten sie den Weg nach Spychow. Dem heiteren Tag war eine stille, sternhelle Nacht gefolgt, so daß sie nirgends ein Nachtlager aufschlugen, die Pferde aber dreimal reichlich fütterten. Es war noch dunkel, als sie zur Grenze gelangten, und in der Frühe erreichten sie – unter Führung eines gedungenen Boten – das Gebiet von Spychow. Offenbar hielt der alte Tolima hier alles unter eiserner Hand, denn kaum waren sie in den Wald eingedrungen, als zwei bewaffnete Mannen ihnen entgegentraten. Sobald diese jedoch erkannten, daß sie keine Krieger, sondern einen Ritter mit Gefolge vor sich hatten, ließen sie die kleine Schar unbehelligt vorüber, ja sie geleiteten sie sogar über die Stellen, die, überschwemmt und sumpfig, für die Ortsunkundigen wohl sonst unzugänglich gewesen wären.

In der Burg wurden die Ankömmlinge von Tolima und dem Pater Kaleb empfangen. Die Kunde, daß der Gebieter zurückgekehrt war, daß gottesfürchtige Menschen ihn zurückgebracht hatten, verbreitete sich blitzesschnell durch die Besatzung. Erst als Jurands Leute wahrnahmen, wie er aus den Händen der Kreuzritter hervorgegangen war, da überkam sie eine solche Wut, daß sie in eine wahre Flut von Drohungen ausbrachen, und wenn sich in dem unterirdischen Gefängnis von Spychow noch ein Kreuzritter befunden hätte, dann wäre es keiner Macht der Erde gelungen, ihn vor einem sicheren Tod zu bewahren.

Die berittenen Mannen wollten sich sofort zu Pferd setzen, an die Grenze sprengen, alle Ritter ergreifen, die ihnen entgegentreten würden, und deren Köpfe dann vor des Herrn Füße legen, aber Macko hielt sie von ihrem Vorhaben ab, weil er wußte, daß die Deutschen in Städten und Burgen wohnten, das Landvolk hingegen demselben Stamm angehörte wie er und Jurands Leute, obwohl es unter fremder Herrschaft lebte. Aber weder Lärm noch Geschrei seiner Leute, noch das Knarren des Brunnenschwengels vermochte Jurand zu erwecken, der auf einem Bärenfell vom Wagen in seine Stube getragen und dort auf das Lager gebettet worden war. Pater Kaleb, der Genosse seiner Jugendjahre, sein Milchbruder, der ihn wie ein leiblicher Bruder liebte, blieb bei ihm und begann ein inbrünstiges Gebet zu sprechen, der Erlöser der Welt möge dem unglücklichen Jurand die Augen, die Zunge und die Hand wieder geben.

Die ermüdeten Reisenden gingen zur Ruhe, nachdem sie einen Morgenimbiß zu sich genommen hatten. Macko erwachte, als es schon spät am Nachmittag war, und befahl einem Knecht, Tolima zu rufen.

Da er zuvor schon durch den Böhmen erfahren hatte, daß Jurand, ehe er seine Burg verließ, allen Mannen Gehorsam gegenüber Zbyszko anempfohlen und daß er diesen durch den Mund des Pater Kaleb zum Erben von Spychow eingesetzt hatte, sagte er zu dem Alten im Ton eines Vorgesetzten: „Ich bin der Oheim Eures jungen Herrn, und bis er zurückkehrt, müßt Ihr in mir Euren Gebieter sehen."

Tolima neigte seinen grauen, wolfsähnlichen Kopf und die Hand an sein Ohr haltend, fragte er: „So seid Ihr der edle Ritter von Bogdaniec?"

„Der bin ich", entgegnete Macko, „wie kommt's, daß Ihr von mir wißt?"

„Unser junger Herr Zbyszko erwartete Euch hier und fragte nach Euch."

Als er dies hörte, sprang Macko mit beiden Füßen empor und seiner Würde ganz vergessend, schrie er auf: „Zbyszko in Spychow?"

„Er ist hiergewesen, Herr, vor zwei Tagen entfernte er sich aber wieder."

„Guter Gott! Woher kam er und wohin ging er?"

„Er kam von Marienburg und hielt sich unterwegs in Szczytno auf, wohin er ging, sagte er uns jedoch nicht."

„Er sagte es Euch nicht?"

„Vielleicht sagte er es dem Pater Kaleb."

„Allmächtiger Gott! Dann sind wir aneinander vorübergekommen", rief Macko, sich mit den Händen an die Schenkel schlagend.

Tolima hielt die Hand an das andere Ohr.

„Was sagt Ihr, Herr?"

„Wo ist Pater Kaleb?"

„Bei dem alten Herrn, an dessen Lager."

„Ruft ihn her! –Doch nein! – Ich gehe selbst zu ihm!"

„Ich rufe ihn!" sagte der Alte.

Und er entfernte sich, doch ehe er den Priester hereinführte, trat Jagienka in die Stube.

„Komm her! Weißt du schon? Vor zwei Tagen ist Zbyszko hiergewesen."

Jagienkas Antlitz veränderte sich sofort, und es war deutlich zu sehen, wie ihre Glieder bebten.

„Er ist hiergewesen und wieder weggegangen?" fragte sie mit klopfendem Herzen – „wohin denn?"

„Ja, vor zwei Tagen ist er weggegangen, der Pater weiß vielleicht, wohin."

„Wir müssen sogleich mit dem Pater sprechen!" sagte sie in entschiedenem Ton.

Nach einer Weile trat Pater Kaleb in das Zimmer, und in der Meinung, Macko habe zu ihm geschickt, um etwas von Jurand zu hören, sagte er, der Frage zuvorkommend: „Er schläft noch."

„Ich habe gehört, daß Zbyszko hiergewesen ist!" rief Macko aus.

„Ja, er ist hiergewesen, aber vor zwei Tagen verließ er die Burg wieder."

„Wohin hat er sich begeben?"

„Wohin er sich begeben solle, wußte er selbst nicht. Er ging, um Nachforschungen anzustellen. Gegen die samogitische Grenze ist er gezogen, wo jetzt Krieg geführt wird."

„Beim allmächtigen Gott, sagt, Pater, was Ihr von ihm wißt."

„Ich weiß nur das, was er mir mitteilte. Er war in Marienburg und fand dort einen mächtigen Beschützer, des Großmeisters Bruder, welcher der angesehenste unter den Kreuzrittern ist. Auf dessen Befehl hin erhielt Zbyszko die Erlaubnis, in allen Schlössern Nachforschungen anzustellen."

„Nach Jurand und Danusia?"

„Nach Jurand forschte er nicht, da ihm gesagt wurde, er sei nicht mehr am Leben."

„Erzählt von Anfang an."

„Sofort, laßt mich nur erst Atem schöpfen und zu mir selbst kommen, denn aus einer anderen Welt kehre ich gerade zurück."

„Aus einer anderen Welt? Wie meint Ihr das?"

„Aus jener Welt, in die man nicht hoch zu Roß, wohl aber durch Gebet gelangen kann ... wo ich zu den Füßen unseres Herrn Jesus saß, den ich um Erbarmen für Jurand anflehte."

„Habt Ihr um ein Wunder gefleht? Glaubt Ihr, daß Euch eine solche Macht zusteht?" fragte Macko mit großer Neugierde.

„Mir steht keine solche Macht zu, aber dem Erlöser. Wenn er will, kann er Jurand die Augen, die Zunge und die Hand zurückgeben."

„Wenn er will, kann er es freilich tun", entgegnete Macko. „Indessen ist es nichts Geringes, um das Ihr batet."

Pater Kaleb gab keine Antwort, vielleicht hatte er auch nicht gehört, was Macko sagte, denn er blickte noch wie geistesabwesend vor sich hin, und es war unverkennbar, daß er sich zuvor vollständig in sein Gebet versenkt hatte. Er verbarg jetzt das Gesicht in den Händen und saß einige Zeit schweigend da. Schließlich fuhr er empor, rieb sich mit der Hand die Augen und sagte: „Nun mögt Ihr fragen!"

„Auf welche Weise gelang es Zbyszko, den Vogt von Sambia für sich zu gewinnen?"

„Ulryk ist jetzt nicht mehr Vogt von Sambia."

„Dies kommt nicht in Betracht. Haltet Euch an das, was ich frage, und sagt, was Ihr wißt."

„Bei dem Turnier wußte er ihn sich zu gewinnen. Ulryk von Jungingen kämpft gern innerhalb der Schranken, daher kämpfte er auch mit Zbyszko, denn es waren gar viele ritterliche Gäste in Marienburg und der Großmeister hatte Kampfspiele veranstaltet. Der Sattelgurt Ulryks ging entzwei, und Zbyszko hätte ihn leicht vom Pferd werfen können, doch als er dies wahrnahm, stieß er seinen Speer in den Boden und stützte sogar den Schwankenden."

„Hei! Siehst du nun?" rief Macko sich an Jagienka wendend. – „Und hat Ulryk ihn deshalb liebgewonnen?"

„Ja, deshalb hat er ihn liebgewonnen. Weder mit scharfer noch mit stumpfer Lanze wollte er mehr mit ihm kämpfen, weil er ihn liebhatte. Zbyszko erzählte ihm seine Kümmernisse und jener, der auf ritterliche Ehre hält, entbrannte in Zorn und führte Zbyszko zu seinem Bruder, dem Meister, auf daß der Jüngling Klage erhebe. Gott verleihe ihm dafür die ewige Seligkeit, denn unter den Kreuzrittern gibt es nicht viele Gerechte. Zbyszko sagte mir auch, Herr de Lorch habe ihm beistehen können, weil er seiner angesehenen Familie und seines Reichtums wegen dort ungemein verehrt werde, und er hat tatsächlich in allem Zeugnis für Zbyszko abgelegt."

„Und was erfolgte nach dieser Klage und durch dieses Zeugnis?"

„Es erfolgte, daß der Großmeister dem Komtur von Szczytno strengen Befehl gab, alle Gefangenen, die sich in Szczytno befanden, Jurand nicht ausgenommen, unverzüglich nach Marienburg zu schicken. Was diesen anbelangt, so schrieb der Komtur zurück, daß er an seinen Wunden gestorben und bei der Kirche begraben worden sei. Die anderen Gefangenen schickte er nach Marienburg, und darunter befand sich auch ein blödsinniges Mädchen, nicht aber unsere Danusia."

„Ich weiß durch den Knappen Hlawa", bemerkte Macko, „daß Rotgier, jener Ritter, der von Zbyszko erschlagen wurde, am Hof des Fürsten Janusz erzählte, ein schwachsinniges Mägdlein erwähnte. Er sagte, dieses Mägdlein sei von den Kreuzrittern für Jurands Tochter gehalten worden, und als die Fürstin ihm erwiderte, sie hätten ja die rechte Tochter Jurands gekannt und gewußt, daß sie keine Schwachsinnige sei, erklärte er: ‚Wohl, das ist die Wahrheit, aber wir dachten, der Böse habe sie verwandelt.'"

„Das gleiche schrieb der Komtur an den Großmeister – er schrieb, daß jenes Mägdlein sich nicht im Gefängnis, sonder in ihrem Schutz befunden habe, daß sie es den Händen von Räubern entrissen hätten, welche schwuren, es sei Jurands Tochter in verwandelter Gestalt."

„Und schenkte der Großmeister dieser Aussage Glauben?"

„Er wußte selbst nicht, ob er ihr Glauben schenken solle oder nicht, doch Ulryk entbrannte nur noch mehr in Zorn, er verlangte von seinem Bruder, daß dieser einen Offizial des Ordens mit Zbyszko nach Szczytno sende, und so geschah es auch. Als sie nach Szczytno kamen, trafen sie den alten Komtur Zygfryd nicht mehr an, denn er hatte sich wegen des Krieges mit Witold in eine der östlichen Burgen begeben, nur ein Untervogt war zu Stelle, dem der Offizial befahl, alle unterirdischen Gewölbe und Kerker zu öffnen. Sie suchten und suchten, fanden jedoch nichts. Auch forderten sie gar viele Leute auf, Zeugnis abzulegen. Und da sagte Zbyszko, von dem Kaplan könne man viel erfahren, weil er den stummen Henker verstehe.

Aber der alte Komtur hatte den Henker mit sich genommen und der Kaplan hatte sich nach Krolewice* zu einem Kirchenkongreß begeben. Sie treffen häufig dort zusammen und senden Klagen gegen die Kreuzritter an den Papst, denn ein schweres Leben haben die armen Priester im Ordensland."

„Ich wundere mich nur, daß sie Jurand nicht gefunden haben", bemerkte Macko.

„Offenbar hatte ihn der alte Komtur zuvor schon freigelassen. Und diese Freilassung war eine weit größere Niederträchtigkeit, als wenn sie ihm sofort die Kehle abgeschnitten hätten. Sie wollten aber, daß er vor seinem Tod so viel, nein, mehr leide, als ein Mensch überhaupt zu ertragen vermag. Blind, stumm, und seiner rechten Hand beraubt! Nein, von Gottesfurcht wissen die Kreuzritter nichts! Weder die Heimat konnte er finden, noch nach dem Weg fragen, noch um Almosen bitten. Sie dachten wohl, er werde irgendwo an einem Zaun vor Hunger sterben oder in einem tiefen Gewässer ertrinken. Was haben sie ihm denn gelassen? Nichts als die Erinnerung an das, was er einst gewesen war, und die Erkenntnis seines Elendes. Welch unsagbare Qualen mußte er erdulden! Vielleicht saß er einmal vor einer Kirche oder an einer Landstraße, und Zbyszko kam vorüber und erkannte ihn nicht. Vielleicht auch hörte er Zbyszkos Stimme und konnte ihn nicht rufen! Hei! Die Tränen kommen mir, wenn ich davon rede! Gott vollbrachte ein Wunder, indem er Euch mit ihm zusammenführte, und darum glaube ich, er wird noch ein größeres vollbringen, wennschon meine unwürdigen und sündigen Lippen ihn darum bitten."

„Und was habt Ihr noch von Zbyszko erfahren? Wohin ist er gezogen?" fragte Macko.

„Er sprach folgendermaßen zu mir: ‚Ich weiß, daß Danusia in Szczytno gewesen ist, aber sie haben sie entweder fortgeführt oder umgebracht. Der alte Zygfryd de Löwe – sprach er weiter – hat dies getan, und so wahr mir Gott hilft, will ich nicht ruhen noch rasten, bis ich ihn in meine Gewalt bekomme.'"

„Dies hat er gesagt? Dann ist er gewiß gegen die östlichen Komtureien gezogen, aber dort wird jetzt Krieg geführt."

„Er wußte, daß dort Krieg geführt wird, und deshalb hat er sich zu Knäs Witold begeben. Er sagte, durch diesen vermöge er eher etwas gegen die Kreuzritter auszurichten, als durch den König selbst."

„Zu Knäs Witold!" rief Macko emporspringend.

Dann wandte er sich zu Jagienka: „Siehst du nun, daß das Richtige geschieht? Habe ich nicht die gleiche Ansicht ausgesprochen? So wahr ich lebe, habe ich vorausgesagt, daß wir zu Witold gehen müßten!"

„Zbyszko hegte die Hoffnung", bemerkte Pater Kaleb, „daß Witold in Preußen einfallen und die dortigen Burgen erobern werde."

---

* Königsberg – Anmerkung der Übersetzerinnen.

„Wenn sie ihm Zeit lassen, wird es auch dazu kommen", antwortete Macko. Gelobt sei Gott, nun wissen wir wenigstens, wo wir Zbyszko zu suchen haben."

„Wir müssen sogleich aufbrechen", sagte Jagienka.

„Schweig!" rief Macko aus. „Es geziemt sich nicht für einen Untergebenen, seinem Herrn Ratschläge zu geben."

Bei diesen Worten warf er ihr einen bedeutungsvollen Blick zu, wie wenn er ihr ins Gedächtnis zurückrufen wolle, daß sie ihm Gehorsam schulde, und sie suchte sich zu sammeln und schwieg.

Macko besann sich eine Weile, dann sagte er: „Natürlich werden wir Zbyszko jetzt finden, denn zweifellos hält er sich bei niemandem sonst als bei Knäs Witold auf, aber es ist nötig zu wissen, ob er noch einen anderen Grund gehabt hat, in die Welt hinauszuziehen, als den, sein Gelübde zu erfüllen und den Kreuzrittern die Köpfe vor die Füße zu legen."

„Und wie kann man dies erfahren?" fragte Pater Kaleb.

„Wenn ich wüßte, daß jener Priester aus Szczytno schon von der Synode zurückgekehrt ist, würde ich ihn aufsuchen", entgegnete Macko. „Ich habe Briefe von Lichtenstein bei mir und kann ohne Gefahr nach Szczytno gehen."

„Es war keine Synode, sondern nur ein Kongreß", erwiderte Pater Kaleb, „und der Kaplan muß längst schon zurückgekehrt sein."

„Das ist gut. Überlaßt alles übrige mir. Ich werde für alle Fälle Hlawa, zwei Mannen mit Kriegsrossen mit mir nehmen und mich nach Szczytno begeben."

„Und dann zu Zbyszko?" fragte Jagienka.

„Und dann zu Zbyszko, aber unterdessen bleibst du hier und wartest, bis ich zurückkehre. Ohnedies glaube ich, daß ich nicht länger als drei oder vier Tage verweilen werde. Ich habe starke Knochen, und an Mühseligkeiten bin ich gewöhnt. Doch zuerst bitte ich Euch, Pater Kaleb, um ein Schreiben an den Kaplan von Szczytno. Er wird mir eher Glauben schenken, wenn ich ihm einen Brief von Euch zeige, weil Priester immer das größte Vertrauen zueinander haben."

„Die Leute sprechen nur Gutes von jenem Priester", antwortete Pater Kaleb, „und sofern jemand etwas Bestimmtes weiß, so ist *er* es."

Gegen Abend war der Brief bereit, und am folgenden Morgen vor Sonnenaufgang befand sich Macko schon unterwegs.

Fünftes Kapitel

Jurand erwachte in Gegenwart des Pater Kaleb aus seinem langen Schlaf, und da ihm das Bewußtsein seiner Erlebnisse entschwunden, und er auch nicht klar darüber war, wo er sich befand, begann er sein Lager sowie die Wand zu befühlen. Doch Pater Kaleb legte die Arme um ihn, und in helle Tränen ausbrechend, sagte er: „Ich bin es! Du bist in Spychow, Bruder Jurand! Gott hat dich schwer heimgesucht, aber du bist bei den Deinen. Gottesfürchtige Leute brachten dich in deine Burg zurück ... Bruder Jurand! Mein Bruder!"

Und ihn an seine Brust drückend, küßte er seine Stirn, seine leeren Augenhöhlen, küßte ihn wieder und wieder. Jurand war anfangs wie betäubt und schien nichts zu verstehen, schließlich jedoch fuhr er mit seiner Linken über Stirn und Haupt, wie wenn er das auf ihm lastende, verworrene Gefühl dumpfer Betäubung von sich abschütteln wolle.

„Hörst du mich und verstehst du mich?" fragte Pater Kaleb.

Jurand gab ein Zeichen mit dem Kopf, daß er höre, dann streckte er die Hand nach einem silbernen Kruzifix aus, das er einst von einem reichen deutschen Ritter erbeutet hatte, nahm es von der Wand herab, drückte es an seine Lippen, an seine Brust und überreichte es dem Pater Kaleb.

Dieser aber sagte: „Ich verstehe dich, Bruder. Ja, er ist dir geblieben, und wie er dich aus dem Land der Gefangenen geführt hat, so kann er dir auch alles zurückgeben, was du verloren hast."

Jurand deutete mit der Hand nach oben, zum Zeichen, daß ihm wohl erst dort alles wiedergegeben werde, wobei seine Augenhöhlen von Tränen überflossen und unendlicher Schmerz sich auf seinem entstellten Antlitz malte.

Als Pater Kaleb diese Bewegung und diesen Schmerz sah, glaubte er, daß Danusia nicht mehr am Leben sei, daher kniete er am Lager nieder und sagte: „O Herr, gib ihr die ewige Glückseligkeit, und möge das ewige Licht ihr leuchten, möge sie ruhen in ewigem Frieden, Amen!"

Da fuhr der Blinde empor und sich auf sein Lager setzend schüttelte er sein Haupt und bewegte seine Hand hin und her, wie wenn er dem Gebet des Pater Kaleb Einhalt gebieten wolle. Doch konnten sie sich nicht verständigen, weil in diesem Augenblick der alte Tolima eintrat, dem die Besatzung der Burg, sowie die Bauernvögte – die angesehensten, edelsten Landleute von Spychow – nebst den Forsthütern und Fischern folgten, denn die Kunde von der Rückkehr des Gebieters hatte sich schon durch ganz Spychow verbreitet. Sie umfaßten dessen Knie, küßten seine Hand und brachen in bittere Tränen aus beim Anblick dieses verstümmelten, gebrechlichen Greises, in dem der ehemalige, gewaltige Jurand, der gefürchtete Feind der Kreuzritter, der siegreiche Streiter in jedem Kampf, kaum mehr zu erkennen war. Doch etliche unter ihnen, namentlich diejenigen, die ihn bei seinen Kriegszügen zu begleiten pflegten, kannten sich nicht mehr vor Schmerz und Wut, ihre Gesichter wurden bleich, eine unbeugsame Härte drückte sich darin aus. Nach einer Weile traten sie zusammen, begannen miteinander zu flüstern, indem einer den anderen mit dem Ellenbogen anstieß, einer den anderen vorschob, bis schließlich der zu der Besatzung gehörende Schmied von Spychow, ein gewisser Sucharz, zu Jurand herantrat, dessen Füße umfaßte und sagte: „Als sie Euch hierherbrachten, Herr, wollten wir uns sogleich gen Szczytno aufmachen, aber jener Ritter, der Euch brachte, hinderte uns daran. Gestattet es nun, o Herr, denn Rache müssen wir nehmen. Möge es so sein, wie es ehemals gewesen ist. Ungestraft sollen sie uns nicht beschimpft haben, ungestraft sollen sie uns nicht beschimpfen! ... Unter Eurer Führung zogen wir gegen sie aus, laßt uns auch jetzt unter Tolima oder ohne ihn gegen sie ausziehen. Szczytno wollen wir erobern, und dann muß das Blut dieser Hundsbrut in Strömen fließen, so uns Gott hilft."

„So uns Gott hilft!" wiederholten einige Stimmen.

„Auf nach Szczytno!"

„Blut muß fließen!"

Und die Flamme der Leidenschaft loderte hoch empor in den Herzen der Masuren. Zähneknirschend, mit gerunzelter Stirn und blitzenden Augen standen sie da. Doch nach wenigen Augenblicken verstummten diese Rufe, diese Zornesausbrüche, und aller Augen richteten sich auf Jurand.

Diesem aber glühten die Wangen, wie wenn die ehemalige Rachsucht, die ehemalige Kampfeslust wieder in ihm erwacht sei. Er richtete sich empor und begann von neuem die Wand zu betasten. Den Mannen dünkte, daß er sein Schwert suche, doch seine Finger berührten das Kreuz, das von Pater Kaleb an die frühere Stelle gehängt worden war.

Er nahm es zum zweitenmal herab, dann überzog Totenblässe sein Antlitz, er wandte sich gegen die Mannen und die leeren Augenhöhlen emporrichtend, hielt er das Kruzifix in die Höhe.

Ein tiefes Schweigen folgte.

Draußen senkte sich schon der Abend hernieder, durch die offenen Fenster drang das Gezwitscher der Vögel, die sich auf dem Söller der Burg und auf den Lindenbäumen im Hof zur Ruhe niederließen. Die letzten Strahlen der Sonne erfüllten das Gelaß mit rötlichem Glanz, sie fielen auf das erhobene Kreuz und die weißen Haare Jurands.

Sucharz, der Schmied, blickte zuerst Jurand, dann seine Gefährten an, schaute zum zweitenmal auf Jurand, bekreuzte sich schließlich und verließ auf den Fußspitzen die Stube. Nach ihm entfernten sich die anderen ebenso geräuschlos. Erst als sie im Hof angekommen waren, blieben sie stehen und begannen miteinander zu flüstern:

„Was soll nun geschehen?"

„Können wir gen Szczytno ziehen, was meint Ihr?"

„Er hat ja seine Einwilligung nicht gegeben!"

„Er stellt Gott die Rache anheim. Offenbar ist auch innerlich eine vollständige Veränderung mit ihm vorgegangen."

Und so war es in der Tat!

Bei Jurand in der Stube waren indessen nur Pater Kaleb sowie der alte Tolima zurückgeblieben, zu denen sich dann noch Jagienka und Anielka gesellten. Diese hatten eine Schar bewaffneter Mannen über den Hof schreiten sehen und kamen nun, um zu erfahren, was vorgehe.

Jagienka, die kecker und selbstbewußter war als die Tochter der Sieciechowa, trat zu Jurand heran.

„Gott stehe Euch bei, Ritter Jurand", sagte sie. „Wir sind es – wir, die Euch aus Preußen hierhergebracht haben."

Bei dem Klang ihrer jugendfrischen Stimme verklärte sich sein Gesicht. Offenbar erinnerte er sich noch genau all dessen, was auf der Landstraße von Szczytno vorgegangen war, denn er versuchte zu danken, indem er mit dem Kopf nickte und einige Male die Hand aufs Herz legte. Und sie erzählte ihm, wie sie ihn getroffen hatten, wie er von dem Böhmen Hlawa, dem Knappen des Ritters Zbyszko erkannt, und wie er schließlich nach Spychow gebracht worden war. Auch sagte sie, daß sie und ihr Gefährte dem Ritter Macko aus Bogdaniec, Zbyszkos Oheim, das Schwert, den Helm und den Schild nachzutragen pflegten, daß dieser Ritter aus Bogdaniec aufgebrochen sei, um seinen Brudersohn aufzusuchen, daß er sich jetzt nach Szczytno begeben habe, nach drei oder vier Tagen aber wieder nach Spychow zurückkehren wolle.

Bei der Erwähnung von Szczytno geriet zwar Jurand nicht in die gleiche Erregung wie das erste Mal auf der Landstraße, doch drückte sich große Bestürzung auf seinem Gesicht aus. Jagienka versicherte ihm indessen, daß Ritter Macko ebenso schlau wie tapfer sei, daß er sich auch nicht so leicht in eine Falle locken lasse, und daß er außerdem Briefe von Lichtenstein in Händen habe, mit denen er sich überall unbekümmert zeigen könne.

Diese Worte beruhigten Jurand sichtlich. Es war offenbar, daß er gern nach vielen anderen Dingen gefragt hätte und im Innern unsäglich litt, weil er sich außerstande dazu fühlte. Das scharfsinnige Mädchen bemerkte dies sofort und sagte: „Wenn wir häufiger beisammen sind, werden wir uns gut verständigen können."

Nun lächelte er, streckte tastend die Hand nach ihr aus und legte sie auf ihr Haupt, wie wenn er sie segnen wolle. In der Tat war er ihr sehr dankbar, aber außerdem tat ihm auch ihr jugendfrisches Wesen wohl, und er fand Gefallen an ihrem Geplauder, das ihn an das Gezwitscher eines Vogels erinnerte.

Von dieser Zeit an suchte er nach ihr, wenn er nicht betete – und er betete ganze Tage hindurch – oder nicht in Schlummer versunken war, befand sie sich aber nicht bei ihm, so sehnte er sich nach ihrer Stimme und gab auf jede Weise dem Pater Kaleb sowie Tolima zu erkennen, daß er den liebwerten Jüngling in seiner Nähe zu haben wünsche. Sie kam dann sofort, da ihr redliches Herz aufrichtiges Mitleid mit ihm fühlte und ihr zudem bei ihm die Zeit rascher verging, während sie auf Macko wartete, dessen Aufenthalt in Szczytno sich unerwarteterweise in die Länge zog.

Nach drei Tagen hatte er zurückkehren wollen, aber der vierte und fünfte Tag waren schon vorüber. Am sechsten gegen Abend wollte das von Angst gequälte Mädchen gerade Tolima bitten, einige Mannen zur Kundschaft auszuschicken, als plötzlich von der Wächter-Eiche die Meldung kam, daß zwei Reiter sich Spychow näherten.

Nach wenigen Augenblicken erscholl der Hufschlag von Pferden auf der Zugbrücke und Hlawa mit einem der Mannen aus Mackos Gefolge sprengte in den Vorhof ein. Jagienka, die schon zuvor aus ihrer Stube hinuntergeeilt war und draußen im Freien wartete, lief auf ihn zu, bevor er noch von seinem Roß absteigen konnte.

„Wo ist Macko?" fragte sie mit klopfendem Herzen.

„Zu Knäs Witold ist er gezogen, und Euch läßt er gebieten hierzubleiben", antwortete der Knappe.

Sechstes Kapitel

Als Jagienka erfuhr, daß sie auf Mackos Geheiß in Spychow bleiben müsse, vermochte sie eine Weile vor Verwunderung, Schmerz und Zorn kein Wort hervorzubringen. Mit weitaufgerissenen Augen schaute sie den Böhmen an, der wohl begriff, welch unangenehme Kunde er ihr überbrachte, und daher sagte: „Ich möchte Euch auch gerne Mitteilung von dem machen, was wir in Szczytno gehört haben, denn neue, wichtige Dinge wurden uns berichtet."

„Und handelt es sich um Zbyszko?"

„Nein, nur um Vorgänge in Szczytno – wißt Ihr" –

„Ich verstehe. Der Knabe mag die Pferde absatteln. Kommt Ihr mit mir!"

Nachdem sie dem Knaben die nötigen Befehle erteilt hatte, ging sie mit Hlawa in die Burg.

„Warum hat Macko uns verlassen? Weshalb sollen wir in Spychow bleiben und weshalb seid Ihr zurückgekehrt?" fragte sie in einem Atem.

„Ich bin zurückgekehrt", entgegnete Hlawa, „weil der Ritter Macko es mir geboten hat. Gar zu gern wäre ich in den Krieg gezogen, aber ein Befehl ist ein Befehl. Der Ritter Macko sprach zu mir: ‚Kehre zurück, die Jungfrau aus Zgorzelic sollst du beschützen und warten, bis Nachricht von mir eintrifft. Möglicherweise – sprach er – mußt du sie nach Zgorzelic geleiten, denn allein können sie nicht zurückkehren.'"

„Um Gotteswillen! Was ist vorgefallen? Hat man Jurands Tochter aufgefunden? Ist Macko nicht wegen Zbyszko, sondern nur wegen Danusia in die Ferne gezogen? Hast du sie gesehen? Mit ihr gesprochen? Weshalb hast du sie nicht hierhergeführt und wo befindet sie sich jetzt?"

Als er diese Flut von Fragen vernahm, beugte Hlawa die Knie vor der Maid und sagte: „Möge die gnädige Herrin mir nicht zürnen, weil ich nicht alle Fragen zugleich beantworten kann, denn dies geht nicht an.

Doch will ich eine nach der anderen beantworten, falls ich dazu imstande bin.

„Gut. Hat man sie gefunden oder nicht?"

„Nein, aber man hat endlich sichere Kunde, daß sie in Szczytno gewesen ist, und daß man sie wahrscheinlich in eine der östlichen Burgen gebracht hat."

„Weshalb sollen wir aber in Spychow bleiben?"

„Und wenn sie jetzt gefunden würde ... Seht, gnädigste Herrin ... Dann wäre wahrscheinlich kein Grund für Euch vorhanden, in die Ferne zu ziehen oder hierzubleiben."

Jagienka gab keine Antwort, aber ihre Wangen flammten.

Der Böhme aber hub wieder an: „Ich dachte immer und denke auch noch, daß wir sie nicht lebend den Klauen dieser Henker entreißen werden. Doch alles steht ja in Gottes Hand. Ich will von Anfang an erzählen. Wir begaben uns nach Szczytno. Ritter Macko zeigte dem Untervogt den Brief Lichtensteins, und der Untervogt, der als Jüngling der Schwertträger des Kreuzritters gewesen ist, küßte das Siegel vor unseren Augen, nahm uns gastfreundlich auf und hegte keinen Argwohn. Hätten wir etliche Mannen bei uns gehabt, so wären wir ohne große Schwierigkeiten imstande gewesen, die Burg einzunehmen, so großes Vertrauen setzte er in uns. Den Kaplan zu sprechen, fiel uns leicht, wir schwatzten zwei Nächte hindurch miteinander, und da erfuhren wir gar seltsame Dinge, von denen er durch den Henker Kenntnis hatte."

„Der Henker ist stumm."

„Ja, er ist stumm, aber durch sein Mienenspiel kann er dem Kaplan alles ausdrücken, und dieser versteht ihn gerade so gut, wie wenn er in Worten zu ihm spräche. Seltsame Dinge sind geschehen, und der Finger Gottes ist überall zu erkennen. Jener Henker hieb Jurand die Hand ab, riß ihm die Zunge heraus und blendete ihn. Er ist so geartet, daß er vor nichts zurückschreckt, wenn es sich um einen Mann handelt, daß ihm keine Bestrafung zu hart erscheint, und bekäme er den Befehl, einen Mann mit den Zähnen zu zerfleischen, so würde er es auch tun. Aber gegen ein Mägdlein würde er um keinen Preis die Hand erheben, und die schwersten Folterqualen könnten ihn nicht dazu bewegen. So ist er geworden, weil er ein Mägdlein kannte, das er unendlich liebte, und das die Kreuzritter ..."

Hier stockte Hlawa und wußte nicht, ob er weiterreden solle.

Jagienka, die dies wohl bemerkte, sagte daher: „Was kümmert mich der Henker?"

„Es gehört zur Sache", entgegnete der Böhme. „Als unser junger Herr den Ritter Rotgier erschlug, wurde der alte Komtur Zygfryd beinahe rasend. In Szczytno hielt man Rotgier für dessen Sohn, doch der Kaplan bestreitet, daß es sich so verhält, obwohl er zugibt, daß kein Vater seinen Sohn hätte mehr lieben können. Um Rache zu nehmen, verschrieb der Komtur seine Seele dem Teufel, davon ist der Henker Augenzeuge gewesen. Der Komtur sprach mit dem Erschlagenen, wie ich jetzt mit Euch spreche, und dieser lächelte ihm bald zu, bald knirschte er mit den Zähnen, bald leckte er sich mit der schwarzen Zunge den Mund vor Freude darüber, daß ihm der alte Zygfryd des Herrn Zbyszkos Haupt versprach. Aber weil der Komtur den Herrn Zbyszko zu jener Zeit nicht in seine Gewalt bekommen konnte, gab er Befehl, Jurand zu martern, und legte dessen Zunge und dessen Hand in den Sarg Rotgiers, der sie hierauf verzehrte ..."

„O wie furchtbar ist dies anzuhören. Im Namen des Vaters, des Sohnes und des Heiligen Geistes!" sagte Jagienka.

Sie erhob sich und legte ein neues Scheit Holz auf das Feuer, denn der Abend war schon angebrochen.

„So ist es in der Tat gewesen", fuhr Hlawa fort. „Wie es nun beim jüngsten Gericht sein wird, weiß ich nicht, denn was Jurand gehörte, muß ihm auch wieder zurückgegeben werden. Aber wie dies auszuführen ist, das geht über Menschenverstand. Zu jener Zeit hat der Henker alles mitangesehen. Nachdem der alte Komtur den Vampir mit Menschenfleisch gesättigt hatte, wollte er ihm auch die Tochter Jurands bringen, denn der Tote hatte ihm offenbar zugeflüstert, ihn verlange danach, mit dem Blut der Unschuldigen das Essen hinunterzuspülen. Jedoch der Henker, der, wie ich schon gesagt habe, sich zu allen gebrauchen läßt, es jedoch nie zugibt, daß einem Mägdlein ein Leid zugefügt wird, hatte sich auf der Treppe verborgen. Der Kaplan sagt, daß er nicht recht bei Verstand, daß er eine unvernünftige Bestie sei, aber in solchen Fällen ist er ganz klug, und wenn es nötig ist, legt er eine größere Schlauheit an den Tag als alle anderen. Er kauerte sich also auf den Stufen nieder und erwartete hier den Komtur. Dieser hörte die schweren Atemzüge des Henkers, sah dessen funkelnde Augen und erschrak, weil er glaubte, es sei der Teufel. Da gab der Henker dem Komtur einen Faustschlag ins Genick, in der Meinung, er könne ihm das Rückgrat zerschmettern, ohne daß eine Spur von Gewalttätigkeit zurückbleibe. Gleichwohl lebte der Komtur noch. Er lag lange Zeit in tiefer Ohnmacht und erkrankte vor Angst, aber als er wieder gesund war, fürchtete er sich, es noch einmal zu unternehmen, der Tochter Jurands ein Leid zuzufügen."

„Und er hat sie mit sich fortgeführt?"

„Er hat sie mit sich fortgeführt und den Henker ebenfalls. Daß dieser es gewesen war, der Danusia beschützt hatte, wußte der alte Komtur nicht, sondern er glaubte, irgendeine unbekannte böse oder gute Macht habe es getan. Und in Szczytno wollte er den Henker nicht zurücklassen. Er fürchtete wohl dessen Zeugnis. Denn der Henker ist zwar stumm, doch wenn er vor dem Richter stünde, könnte er durch den Mund des Kaplans alles aussagen, was er auszusagen hätte. Daher sprach der Kaplan schließlich folgendermaßen zu Ritter Macko: ‚Der alte Zygfryd wird nun Jurands Tochter nicht aus dem Weg räumen, denn er fürchtet sich, und würde er auch einem anderen befehlen, das Verbrechen auszuführen, sicher ist jedenfalls, daß Diderich, solange er lebt, sie noch ferner schützen wird, wie er sie schon einmal aus Todesgefahr errettet hat."

„Wußte der Kaplan, wohin sie gebracht worden ist?"

„Genau wußte er es nicht, aber er hatte gehört, daß von Ragneta, einer Burg, die Rede war, die nicht fern von der litauischen oder samogitischen Grenze liegt.

„Und was sagte Macko dazu?"

„Am Morgen, nachdem Herr Macko dies vernommen hatte, sagte er zu mir: ‚Wenn dem so ist, werden wir sie vielleicht finden, doch ich muß unverzüglich zu Zbyszko eilen, damit sie ihn nicht in eine Falle locken, wie sie Jurand in eine Falle gelockt haben. Sofern sie sagen, sie wollten ihm Danusia ausliefern, falls er selbst komme, wird er es tun, und dann wird der alte Zygfryd um Rotgiers willen Rache an ihm nehmen, eine so furchtbare Rache, wie kein menschliches Auge sie noch erschaut hat.'"

„Das ist wahr! Das ist wahr!" rief Jagienka ängstlich aus. „Wenn er sich darum sputet, fortzukommen, so hat er wohl daran getan."

Nach einer Weile fügte sie hinzu: „Darin nur hat er einen Irrtum begangen, daß er Euch hierhergeschickt hat. Wozu brauchen wir hier in Spychow Schutz? Der alte Tolima wird uns schützen, und Ihr könntet Zbyszko von Nutzen sein, denn Ihr seid stark und klug."

Und wer wird Euch nach Zgorzelic geleiten, wenn es nötig sein sollte, gnädige Herrin?"

„Wenn es nötig sein sollte, mögt Ihr vor ihnen hierherkommen. Durch irgend jemanden müssen sie Kunde schicken, laßt Euch dann schicken und geleitet uns nach Zgorzelic."

Der Böhme küßte ihr die Hand und fragte in bewegtem Ton: „Und während dieser Zeit werdet Ihr hierbleiben?"

„Gott wacht über die Waisen! Wir bleiben hier."

„Und werdet Ihr Euch nicht allzusehr härmen? Was wollt Ihr tun?"

„Unseren Herrn Jesus bitten, er möge Zbyszko wieder glücklich machen und Euch alle gesunderhalten!"

Bei diesen Worten brach sie in lautes Weinen aus.

Und der Knappe beugte abermals die Knie vor ihr: „Einem Engel im Himmel bist du zu vergleichen", sagte er.

Siebentes Kapitel

Aber sie trocknete ihre Tränen und forderte den Böhmen auf, ihr zu Jurand zu folgen und ihm die neue Kunde mitzuteilen. Sie trafen ihn in einer großen Stube, wo er aufrecht dasaß. Pater Kaleb, Anielka und der alte Tolima befanden sich bei ihm, eine zahme Wölfin lagerte zu seinen Füßen. Der Meßner des Ortes, der zugleich Psalmist war, spielte auf der Laute und trug ihnen Gesänge von den ehemaligen Kämpfen Jurands mit den Kreuzrittern vor, und, den Kopf in die Hand gestützt, lauschten alle, in tiefe Betrachtungen und Trauer versunken. Das Gemach war hell vom Mond beleuchtet. Einem beinahe schwülen Tag war ein stiller, warmer Abend gefolgt, die Fenster standen offen, und im Schein des Mondes waren die in der Stube umherschwirrenden Maikäfer zu sehen, die von den Lindenbäumen draußen hereinkamen. Auf dem Herd glimmten noch einige Holzscheite, auf denen ein Knecht einen aus Honig, stärkendem Wein und duftenden Kräutern gemischten Trank wärmte.

Der Psalmist, oder vielmehr der Meßner und Diener des Pater Kaleb, stimmte gerade einen neuen Gesang an von einem siegreichen Treffen: „Es reitet Jurand, er reitet dahin, unter ihm sein braunes Roß", als Jagienka eintrat und sagte: „Gelobt sei Jesus Christus!"

„Von Ewigkeit zu Ewigkeit!" antwortete Pater Kaleb.

Jurand saß auf einer Bank, die Arme auf die Lehne gestützt. Als er Jagienkas Stimme hörte, wandte er sich sogleich zu ihr und grüßte sie mit einem Neigen seines Hauptes, das ganz weiß geworden war.

„Zbyszkos Knappe ist von Szczytno zurückgekehrt", begann das Mägdlein, „und neue Kunde bringt er von dem Kaplan. Macko wird nicht hierher zurückkehren, zu Knäs Witold hat er sich aufgemacht."

„Wie, er wird nicht zurückkehren?" fragte Pater Kaleb.

Nun erzählte sie alles, was sie aus Hlawas Mund vernommen hatte.

Sie erzählte von Zygfryd, wie er sich für den Tod Rotgiers rächte, von Danusia, die der alte Komtur zu Rotgier bringen wollte, damit dieser das Blut der Unschuldigen trinke, und davon, wie Jurands Tochter unerwarteterweise durch den Henker beschützt worden war. Sie verschwieg auch nicht, daß Macko jetzt die Hoffnung hege, im Verein mit Zbyszko könne er Danusia finden, sie befreien und nach Spychow bringen. Aus diesem Grund habe er sich sofort zu Zbyszko begeben, und ihnen befohlen, in Spychow zu bleiben.

Während sie sprach, bebte ihre Stimme wie vor Traurigkeit und Kummer, und als sie geendigt hatte, herrschte eine Weile tiefes Schweigen in dem Gemach. Nur in den Lindenbäumen draußen im Hof erscholl der Schlag der Nachtigallen, der durch die offenen Fenster in die Stube drang und sie mit süßem Klang erfüllte.

Aller Augen richteten sich auf Jurand, der mit gesenkten Lidern und gebeugtem Haupt dasaß und nicht das geringste Lebenszeichen von sich gab.

„Habt Ihr gehört?" fragte ihn schließlich Pater Kaleb.

Und er senkte den Kopf noch tiefer herab, erhob den linken Arm und deutete mit der Hand gen Himmel.

Das Licht des Mondes fiel auf sein Gesicht, auf seine weißen Haare, seine geschlossenen Augenlider, und aus diesem Gesicht sprach ein solches Martyrium, doch zugleich auch solch eine unendliche Ergebung in den Willen Gottes, daß allen dünkte, sie sähen nur eine von irdischen Banden befreite Seele vor sich, die sich jetzt und für immer vom Leben losgelöst hatte, nichts mehr erwartete und nichts mehr erhoffte.

Wieder folgte tiefes Schweigen und wieder war nichts zu hören, als der Gesang der Nachtigallen, der den Hof und das Gemach erfüllte.

Da überkam Jagienka plötzlich großes Mitleid, etwas wie kindliche Liebe rührte sich in ihrem Herzen für den unglücklichen alten Mann, und unwillkürlich ihrem Impuls folgend, eilte sie auf ihn zu, ergriff seine Hand, küßte sie und benetzte sie mit ihren Tränen.

„Ich bin eine Waise!" rief sie aus der Tiefe ihres überströmenden Herzens, „ich bin kein Jüngling, sondern Jagienka aus Zgorzelic. Macko hat mich mitgenommen, um mich vor schlechten Menschen zu schützen, aber nun bleibe ich bei Euch, bis Gott Danusia zu Euch zurückführt."

Jurand zeigte nicht die geringste Verwunderung, gerade wie wenn er geahnt hätte, daß er ein Mägdlein vor sich habe, er zog sie an seine Brust, während sie, unaufhörlich seine Hand küssend, in abgebrochenen Lauten mit tränenerfüllter Stimme fortfuhr: „Ich bleibe bei Euch, und Danusia wird zurückkehren. Dann werde ich nach Zgorzelic gehen ... Gott wacht über die Waisen! – Mir haben die Räuber den Vater erschlagen, aber Euer Liebling ist am Leben und kehrt zurück. Gebe dies Gott der Allbarmherzige, gebe dies die heilige Gottesmutter, die Erbarmungsreiche!"

Nun kniete Pater Kaleb nieder und rief in feierlichem Ton: *„Kyrie eleison!"*

„Christe eleison!" antworteten der Böhme und Tolima im Verein.

Alle warfen sich auf die Knie nieder, denn alle sagten sich, diese Litanei werde nicht beim Herannahen des Todes, sondern zur Errettung geliebter Wesen aus Todesgefahr gesprochen. Auch Jagienka kniete nieder, Jurand glitt von der Bank herab auf die Knie und im Chor riefen sie: *„Kyrie eleison!" „Christe eleison!"* Gott, Vater vom Himmel – erbarme Dich unser. Gott, Sohn, Erlöser der Welt – erbarme Dich unser!"

Die Stimmen der Menschen und ihr flehentlicher Ruf: „Erbarme Dich unser!" vereinigte sich mit dem wehmütigen Gesang der Nachtigallen.

Plötzlich erhob sich die zahme Wölfin von dem vor Jurands Bank liegenden Bärenfell, näherte sich dem offenen Fenster, stemmte sich mit den Vordertatzen gegen die Brüstung, und ihre dreieckige Schnauze zum Mond erhebend, begann sie leise und kläglich zu heulen.

Siebenter Teil

Erstes Kapitel

Obwohl nun der Böhme Jagienka geradezu anbetete und sein Herz ihn mehr und mehr zu der wunderbar schönen Tochter der Sieciechowa hinzog, dürstete doch sein jugendlicher kühner Geist vor allem nach Krieg und Streit. Trotzdem aber war er auf Mackos Befehl nach Spychow zurückgekehrt, wußte er doch, was ihm als Untergebener zukam, ja, er fand eine gewisse Befriedigung in dem Gedanken, daß er den beiden Frauen Schutz und Schirm sein könne. Als indessen Jagienka selbst erklärte, was auch ganz richtig war, sie bedürften in Spychow keinerlei Schutz, Hlawas Pflicht sei es daher vornehmlich, Zbyszko zur Seite zu stehen, begrüßte er diesen Ausspruch mit Freuden. Da er Macko zudem nur mittelbar unterstand, konnte er dem alten Ritter gegenüber leicht die Entschuldigung geltend machen, seine rechtmäßige Herrin habe ihm befohlen, Spychow zu verlassen und sich zu Zbyszko zu begeben.

Jagienka jedoch ging in ihrem Tun von der Voraussetzung aus, ein solch mutiger, gewandter Knappe wie Hlawa könne Zbyszko von unendlichem Nutzen sein und ihn aus gar mancherlei Gefahren erretten. Hatte er dies doch schon bei der fürstlichen Jagd bewiesen, als Zbyszkos Leben durch den wilden Auerochsen ernstlich bedroht war. Und nun gar erst im Kriegsfall, in einem Krieg an der litauischen Grenze, wie wertvoll mußten da seine Dienste sein. Hlawas ganzes Sinnen und Trachten war auch darauf gerichtet, in den Krieg zu ziehen. Als er daher zusammen mit Jagienka das Schloß Jurands verließ, sagte er: „Allergnädigste Herrin, darf ich Euch um ein gutes Wort auf die Fahrt bitten!"

„Wie soll ich dies verstehen?" fragte Jagienka. „Willst du dich denn heute schon auf den Weg machen?"

„Nein, erst morgen mit Tagesanbruch, damit die Pferde heute nacht rasten können. Gar lange währt die Fahrt nach Samogitien."

„So gehe denn! Wird es dir doch jetzt noch leichter fallen, den Ritter Macko einzuholen."

„Das ist kaum anzunehmen. Der alte Ritter ist an die größten Mühseligkeiten gewöhnt, und ist schon viele Tagreisen vor mir voraus. Außerdem will er den kürzeren Weg durch Preußen einschlagen, während ich durch Wüsteneien ziehen muß. Er kann auch allerwärts die Briefe Lichtensteins vorzeigen, während ich mir nur durch dieses hier freie Bahn verschaffen kann."

So sprechend, legte er die Hand auf den Griff seines Schwertes, Jagienka aber rief: „Seid ja stets auf Eurer Hut. Wenn Ihr Euch nun doch einmal auf den Weg machen wollt, müßt Ihr auf Erreichung Eures Zieles bedacht sein und alles tun, um nicht den Kreuzrittern in die Hände zu fallen. Aber auch in den Wäldern habt acht auf Euch selbst, denn dort hausen gar schlimme Götter, die von den Menschen verehrt wurden, bevor diese sich zum Christentum bekehrt haben. Wohl erinnere ich mich noch daran, wie die Ritter Macko und Zbyszko davon erzählt haben."

„Auch ich erinnere mich deren Worte, doch jede Furcht liegt mir fern. Keine Götter, nein, armselige Wesen sind jene, ohne Macht, ohne Gewalt. Doch sowohl vor ihnen wie vor den Deutschen will ich mich hüten, wenn nun der Krieg ernstlich entbrennt."

„So ist der Krieg noch nicht ausgebrochen? Sprich, was hast du darüber bei den Deutschen gehört?"

Daraufhin zog der kluge Böhme sinnend die Brauen zusammen und ließ sich nach kurzem Schweigen also vernehmen: „Es herrscht Krieg, und doch ist dies kein rechter Krieg. Fleißig haben wir allenthalben Umfrage gehalten, und besonders der Ritter Macko ließ es sich sehr angelegen sein, denn gar schlau ist er, und mit jedem Deutschen kann er es aufnehmen. Entweder erfand er einen Vorwand, wenn er nach dem oder jenem fragen wollte, oder er schützte freundschaftliches Wohlwollen vor, wenn er sich nach irgend etwas erkundigte. Dabei verriet er sich aber nie, sondern benutzte die schwache Seite eines jeden dazu, alles Wissenswerte so geschickt aus ihm herauszulocken, wie man den Fisch mit der Angel aus dem Wasser lockt. Leiht mir nur ein geduldiges Ohr, gnädigste Herrin, dann sollt Ihr alles genau erfahren. Vor etlichen Jahren überließ Fürst Witold, der gegen die Tataren ziehen und deshalb Frieden mit den Ordensrittern haben wollte, Samogitien den Deutschen. Eitel Liebe und Einigkeit herrschte nunmehr. Burgen gestattete er den Kreuzrittern zu gewinnen, ja, bei meiner Treu, er leistete ihnen sogar Hilfe dabei. Auf einer Insel traf er mit dem Großmeister zusammen, sie aßen, tranken und versicherten sich gegenseitig treuer Freundschaft. Sogar in den jenseits des Flusses gelegenen Forsten durften die Kreuzritter jagen, und als sich die armen Bewohner Samogitiens gegen die Herrschaft des Ordens erhoben, nahm Fürst Witold nicht nur für die Deutschen Partei, sondern er stand ihnen sogar mit seinem Kriegsheer bei. In ganz Litauen murrte man darüber, griff er doch dadurch sein eigenes Geschlecht an. Der Untervogt von Szczytno erzählte uns dies alles. Hei, wie pries er die Herrschaft der Kreuzritter in Samogitien, wie rühmte er es, daß sie Priester hinsenden, die den Einwohnern die heilige Taufe erteilen, und daß sie in Zeiten einer Hungersnot daselbst nicht mit Korn kargen. Das mag nun seine Richtigkeit haben, geschah es doch auf Befehl des Großmeisters, der weit gottesfürchtiger ist als all die anderen, allein was taten darum die Kreuzritter? Die Kinder führten sie fort nach Preußen, die Frauen beschimpften sie vor den Augen ihrer Ehegatten und ihrer Brüder, und wenn sich einer oder der andere ihrem Tun widersetzte, wurde er zum Strang verurteilt, und aus diesen Ursachen, o Herrin, ist der Krieg entbrannt."

„Wie war es aber mit Fürst Witold?"

„Geraume Zeit hindurch verschloß der Fürst seine Augen gegen die in Samogitien verübten Greuel und blieb den Ordensrittern nach wie vor zugetan. Erst noch vor ganz kurzem nahm seine Ehegemahlin, die Fürstin, längeren Aufenthalt in Preußen, ja, sogar in Marienburg. Gleich der Königin von Polen ist sie dort empfangen worden. Und dies geschah vor ganz kurzem. Mit Geschenken wurde sie überhäuft, und so viele Turniere, Feste und Schaustellungen aller Art fanden statt, daß man sie nicht aufzuzählen vermag. Allgemein herrschte der Glaube, die Freundschaft zwischen Fürst Witold und den Kreuzrittern werde ewig dauern, da trat ganz unerwartet eine Sinnesänderung bei ihm ein."

„Nach allem, was ich von meinem gottseligen Vater und von Macko gehört habe, ändert Fürst Witold gar häufig seinen Sinn."

„Nicht Menschen gegenüber, die auf Ehre halten, wohl aber den Kreuzrittern gegenüber, auf die man niemals bauen kann. Als sie von ihm die Auslieferung verschiedener Flüchtlinge verlangten, da erklärte er, zur Auslieferung der Mannen niederen Standes sei er zwar bereit, die Freigeborenen gebe er jedoch nicht preis, denn ein freier Mann habe das Recht, da zu leben, wo es ihm gefalle. Daraufhin entstanden ernstliche Zwistigkeiten. Briefe wurden gewechselt, Drohungen wurden laut. Kaum drang die Kunde hiervon zu den Samogitiern, so brach der Aufruhr gegen die Deutschen los. Die Besatzungen wurden niedergemetzelt, die Burgen erstürmt. Noch nicht genug daran, jetzt machen sie sogar fortwährend Einfälle in Preußen. Und Fürst Witold läßt dies nicht nur geschehen, sondern er freut sich über die Bedrängnis der Kreuzritter, er leistet den Samogitiern insgeheim Hilfe."

„Ich verstehe", erwiderte Jagienka. „Doch solange die Hilfe nur im geheimen geleistet wird, kann doch von einem Krieg keine Rede sein."

„Der Krieg wird scheinbar mit den Samogitiern, in Wirklichkeit indessen mit Witold geführt. Allerwärts suchen die Deutschen ihre Grenzburgen zu verteidigen und nur zu gerne würden sie einen Zug nach Samogitien unternehmen. Jedoch damit hat es noch gute Wege, sie müssen dazu den Winter abwarten. Das Land ist durchweg so sumpfig, daß die Kreuzritter dies jetzt nicht wagen dürfen. Da, wo ein Samogitier sicher dahinschreitet, versinkt ein Deutscher in dem Morast. Deshalb ist auch der Winter ein Freund der Deutschen. Sobald daher der Frost eintritt, werden die Kreuzritter mit ihrer ganzen Streitmacht vorrücken, während Fürst Witold die Samogitier unterstützen wird, wenn er die Zustimmung des Königs von Polen erhält, welcher der Oberherr des Großfürsten sowie von ganz Litauen ist."

„So wird es auch zu einem Krieg mit dem König von Polen kommen?"

„Dies behauptet man wenigstens, sowohl bei den Deutschen wie bei uns. Aus diesem Grund bitten auch die Kreuzritter an allen Höfen um Unterstützung und die Kapuzen* brennen ihnen auf den Häuptern, wie dies bei allen Missetätern der Fall ist, denn mit der Königsmacht ist nicht zu spaßen, und ein jeder der polnischen Ritter speit sofort in die Hand, wenn die Kreuzritter auch nur genannt werden."

Als Jagienka diese Worte vernahm, seufzte sie tief auf und meinte: „Wie viel besser haben es doch die Männer in der Welt als wir Frauen! Du kannst nun zum Beispiel in den Krieg ziehen, wie dies Zbyszko und Macko schon getan haben, wir aber müssen hier in Spychow bleiben."

„Wie könnte dies auch anders sein, allergnädigste Herrin? Wohl müßt Ihr hier verweilen, jedoch Ihr seid in völliger Sicherheit. Auch jetzt noch ist der Name Jurands bei den Deutschen gefürchtet, und ich selbst bin in Spychow Zeuge davon gewesen, wie sie von Angst ergriffen wurden, als sie Kunde von seiner Anwesenheit in Spychow erhielten."

„Wohl wissen wir, daß wir hier nichts zu fürchten haben, denn auch der alte Tolima schützt uns, die Sümpfe schützen uns. Doch gar schwer fällt es mir, in Ungewißheit hier ausharren zu müssen."

„Sobald sich irgend etwas ereignen sollte, werde ich Euch Nachricht zukommen lassen. Schon vor unserem Aufenthalt in Szczytno habe ich in Erfahrung gebracht, daß zwei gar tüchtige junge Burschen von hier beabsichtigten, freiwillig in den Krieg zu ziehen. Der alte Tolima vermag sie nicht daran zu hindern, entstammen die beiden doch edlen Geschlechtern aus Lekawica. Nunmehr machen sie sich mit mir auf die Fahrt, und im Fall der Not werde ich sofort einen von ihnen abschicken, damit er Euch von allem unterrichte."

„Gott lohne es dir. Ich habe zwar stets gewußt, wie klug du in jeder Bedrängnis zu handeln verstehst, bis in den Tod werde ich dir aber dankbar bleiben für deine treue Ergebenheit."

„Nichts Schlimmes ist mir von Euch geschehen, nur Gutes habe ich von Euch empfangen. Der Ritter Zych machte mich als ganz jungen Burschen bei Boleslaw zum Gefangenen, und ohne Lösegeld zu fordern, schenkte er mir die Freiheit! Gott gewähre mir nur noch das Glück, mein Blut für Euch vergießen zu dürfen, vielgeliebte Herrin."

„Gott geleite dich und sei mit dir!" ergriff nun Jagienka das Wort, dem Böhmen die Hand entgegenstreckend.

Doch er wollte ihr größere Ehre erweisen. So sank er denn vor ihr auf die Knie und küßte ihre Füße. Dann schaute er empor, indem er, ohne sich zu erheben, also sprach: „Ich bin nur ein einfacher Knecht, doch trotzdem stamme ich aus edlem Geschlecht und diente Euch treu. Gebt mir daher

---

* Die Mütze brennt dem Dieb auf dem Kopf: Polnisches Sprichwort – Anmerkung der Übersetzerinnen.

ein Andenken von Euch mit auf die Reise. Weist meine Bitte nicht ab! Gar viele werden in dem Krieg niedergemäht werden, ich aber rufe den heiligen Georg zum Zeugen auf, daß ich trotzdem in der ersten, nicht aber in der letzten Reihe kämpfen werde."

„Was soll das für ein Andenken sein, um das Ihr mich bittet?" fragte Jagienka erstaunt.

„Gebt mir ein Band von Euch! Selbst mit dem kleinsten Streifchen will ich zufrieden sein. Unter Eurem Zeichen zu sterben, wird mir leichter werden, wenn mir mein Ende beschieden sein sollte."

Noch tiefer neigte er sich zu ihren Füßen, um dann die Herrin nochmals mit gefalteten Händen anzuflehen. Tiefer Kummer malte sich jetzt auf Jagienkas Antlitz, die nach kurzem Schweigen, wie von einem plötzlichen Schmerz überwältigt, erwiderte: „Ei, du Getreuer, weshalb bittest du mich um ein Andenken? Nichts Gutes kann es dir bringen. Von einer Glücklichen fordere ein Andenken, dann wird dir die Gabe auch Glück bringen. Doch wie ist es um mich bestellt? Nur Kummer und Sorge lasten auf mir, nur Elend wird mir die Zukunft bringen. O niemals wird dir oder einem anderen ein Zeichen von mir Glück verleihen, denn wie wäre dies möglich, da ich selbst nicht glücklich bin. Glaube mir, Hlawa, gar viel Schlimmes gibt es auf dieser Welt, gar viel Schlimmes, gar viel ..."

Sie verstummte plötzlich, fühlte sie doch, daß sie in Tränen ausbrechen würde, wenn sie noch weiterspräche, denn schon wurden ihr die Augen feucht. Auch der Böhme war tiefbewegt, denn er begriff nur zu wohl, wie schwer ihr eine Entscheidung darüber fallen müsse, ob sie nach Zgorzelic heimkehren, in dessen Nähe ja die wilden Gesellen Cztan und Wilk hausten, oder ob sie in Spychow bleiben solle, wohin früher oder später Zbyszko mit Danusia kommen würde. Hlawa hatte ein tiefes Verständnis für all das, was in dem Herzen des Mägdleins vorging, jedoch er wußte keinen Rat, wie ihr zu helfen sei. Abermals umfaßte er ihre Füße und wiederholte immer und immer wieder: „Hei! Sterben möchte ich für Euch, sterben möchte ich für Euch!"

Jagienka aber sagte: „Steh auf! Die Tochter der Sieciechowa möge dich zum Krieg gürten oder dir ein Andenken verleihen, denn Glück leuchtet ihr schon lange aus den Augen, wenn sie dich anschaut."

Auf ihr Rufen erschien Anielka sofort aus dem anstoßenden Gemach. Sie hatte längst an der Tür gelauscht, und nur durch ihre Schüchternheit war sie davon abgehalten worden, Abschied von dem schönen Knappen zu nehmen, obwohl sie sich mit ganzer Seele danach sehnte. Verwirrt, scheu, klopfenden Herzens trat sie jetzt wie traumbefangen ein. Tränen schimmerten in ihren Augen, als sie, einer Apfelblüte gleich, mit niedergeschlagenem Blick, stumm und wortlos vor ihm stand. Für Jagienka empfand Hlawa bei der Ergebenheit und der Verehrung, die er ihr zollte, die größte Ehrfurcht. Niemals hätte er es gewagt, auch nur in Gedanken sich zu ihr zu erheben, der Tochter der Sieciechowa fühlte er sich jedoch ebenbürtig, und da ihm heißes Blut durch die Adern rollte, konnte er sich dem Zauber nicht entziehen, der von ihr ausging. Und ihre Schönheit ergriff ihn jetzt um so mehr, als durch ihre Verwirrung, ihre Tränen die Liebe durchschimmerte, wie durch das klare Wasser des Baches der goldene Grund durchschimmert. So wandte er sich denn nun zu ihr und sagte: „Wißt, ich ziehe in den Krieg. Möglicherweise falle ich. Werdet Ihr dann um mich klagen?"

„Ich werde um Euch klagen", antwortete die Maid mit ihrem dünnen Stimmchen.

Und unverweilt flossen ihre Tränen, die ja bei ihr stets in Bereitschaft waren. Aufs tiefste bewegt, küßte ihr Hlawa die Hände, indem er Jagienkas wegen den heißen Wunsch nach zärtlicherer Liebkosung unterdrückte.

„Gürte ihn oder gib ihm ein Andenken auf die Fahrt mit", ließ sich nun Jagienka vernehmen, „damit er unter deinem Zeichen kämpfen kann."

Wahrlich, es fiel der Tochter der Sieciechowa nicht leicht, ihm etwas zu geben, ging sie doch in Männerkleidern umher. Umsonst sann und sann sie! Weder ein Band noch eine Schleife trug sie bei sich. Die Laden aber, in denen die Gewandungen der Mägdlein mitgeführt wurden, waren noch nicht geöffnet worden, seitdem diese Zgorzelic verlassen hatten. Anielka wußte nicht, was beginnen. Da kam ihr Jagienka zu Hilfe, indem sie ihr riet, das Netz von dem Haupt zu nehmen und es ihm zu geben.

„Bei Gott, gebt mir das Netz!" rief Hlawa, nicht wenig erfreut. „An meinem Helm will ich es tragen, und wehe der Mutter des Deutschen, der es mir zu entreißen versucht."

Mit beiden Händen fuhr sich Anielka an das Haupt, und gleich darauf fielen ihr die hellen, glänzenden Haare über Schultern und Nacken. Als sie Hlawa so vor sich stehen sah, die schöne Maid mit aufgelösten Haaren, da veränderte sich mit einem Schlag sein Gesicht, auf dem Röte und Blässe wechselte. Rasch das Netz ergreifend, führte er es an die Lippen, barg es dann an seiner Brust, warf sich nochmals vor Jagienka nieder, umfaßte hierauf fast leidenschaftlich die Knie Anielkas, erhob sich schnell und verließ mit den Worten die Stube: „Damit muß ich mich zufriedengeben."

Trotzdem nun der Böhme wegmüde und wenig erfrischt war, legte er sich doch nicht zur Ruhe nieder, die ganze Nacht zechte er mit den beiden jungen Edelleuten aus Lekawica, die mit ihm nach Samogitien ziehen wollten. Doch er betrank sich dabei nicht, nein, mit dem ersten Morgengrauen trat er in den Vorhof der stark befestigten Burg, wo die Pferde, schon gesattelt, seiner harrten.

Da wurde in der Mauer über dem Wagenschuppen ein Fenster aus Ochsenblase sachte ein wenig aufgetan, und durch die Spalte schaute ein blaues Augenpaar in den Vorhof. Der Böhme bemerkte dies sofort. Schon trat er einige Schritte auf die Mauer zu, um das an seinem Helm befestigte Netz zu zeigen und nochmals Abschied zu nehmen, da hinderten ihn Pater Kaleb und der alte Tolima daran, die in den Vorhof kamen, weil sie ihm noch Ratschläge für die Fahrt erteilen wollten.

„Begib dich an den Hof des Fürsten Janusz", sprach Pater Kaleb. „Möglicherweise triffst du dort mit dem Ritter Macko zusammen, jedenfalls aber wird dir über alles genaue Kunde werden, denn du bist ja daselbst kein Fremder. Die Wege von dort nach Litauen sind bekannt, gar leicht wirst du deshalb einen Führer durch die Wildnis finden. Ist es daher dein fester Vorsatz, den Herrn Zbyszko aufzusuchen, so ziehe durch Litauen, nicht aber geradewegs nach Samogitien, in die Hände der Preußen. Bedenke auch dies: die Samogitier könnten dich leicht töten, bevor du zu sagen vermagst, wer du bist, kommst du jedoch von Fürst Witold, dann liegt die Sache ganz anders. Der Segen Gottes ruhe indessen über dir und über den beiden anderen Rittern. Kehre gesund zurück und bringe das Jungfräulein mit dir, ich aber werde Tag für Tag von der Vesper an bis zum Erscheinen des ersten Sternes mit ausgebreiteten Armen, in Kreuzesgestalt, auf der Erde liegen und für dich beten."

„Ich danke Euch, Vater, für Euren priesterlichen Segen", ergriff nun Hlawa das Wort. „Schwer wird es zwar fallen, das Opfer lebend den Händen der Teufel zu entreißen, jedoch der Herr Jesus herrscht über Leben und Tod, deshalb wollen wir hoffnungsvoll, nicht aber traurig, in die Zukunft schauen."

„Das ist das beste! Auch ich gebe die Hoffnung nicht auf. Ja, ja. Hoffnung ist Leben, doch unsere Herzensangst ist wohl berechtigt. Das schlimmste ist, daß Jurand selbst, sobald der Name seines Töchterleins genannt wird, gen Himmel zeigt, als ob es dort zu schauen wäre."

„Wie vermag er denn es zu erschauen? Längst hat er ja die Augen eingebüßt!"

Da sagte Pater Kaleb wie zu sich selbst und doch auch wieder zu dem Böhmen gewandt: „Nicht selten pflegt es zu geschehen, daß gerade der Mensch, dessen irdisches Augenlicht erloschen ist, manches zu sehen vermag, was kein anderer erblicken kann. Häufig, gar häufig kommt dies vor. Ist es indessen denkbar, daß Gott der Herr diesem Lämmlein eine Kränkung zufügen ließ? Hat denn die Jungfrau den Kreuzrittern jemals Schlimmes getan? Niemals! So voll Unschuld ist sie gewesen, wie eine Gotteslilie, gütig war sie gegen die Menschen, einem fröhlich singenden Waldvöglein glich sie! Gott der Herr liebt die Kindlein, er fühlt Erbarmen mit menschlichen Leiden ... Traun! Wenn sie den Tod erlitten hat, wird er sie vielleicht wieder erwecken, wie Pietrowin* erweckt wurde, der, aus dem Grab auferstehend, noch lange Zeit weiter wirtschaftete. Bleibe gesund und möge Gott der Herr seine Hand schützend über Euch und über das Mägdlein halten."

Nach diesen Worten kehrte Pater Kaleb in die Kapelle zurück, um die Frühmesse zu lesen, der Böhme aber bestieg sein Roß, verneigte sich nochmals vor dem nunmehr geschlossenen Fenster und machte sich auf den Weg, war es doch nun völlig Tag geworden.

---

* Polnische Sage von Pietrowin, der von dem heiligen Stanislaus vom Tod erweckt wurde, um Zeugnis für den Verkauf seines Gutes abzulegen – Anm. d. Übers.

Zweites Kapitel

Bald nach Beginn des Frühlings hatten sich Fürst Janusz und Fürstin Anna Danuta mit einem Teil ihres Hofstaates zum Fischfang nach Chersk begeben, ein Vergnügen, dem sie gar gerne huldigten, ja, das sie zu ihrem liebsten Zeitvertreib rechneten. Durch Mikolaj aus Dlugolas hörte der Böhme gar vielerlei neue Kunde, die teils seine eigenen Angelegenheiten, teils den Krieg berührte. Zuerst erfuhr er, daß der Ritter Macko augenscheinlich seine Absicht aufgegeben habe, geradewegs zwischen den „Preußischen Bollwerken" hindurch nach Samogitien zu ziehen, war er doch vor wenigen Tagen in Warschau gewesen und dort mit dem Fürstenpaar zusammengetroffen. Der alte Mikolaj bestätigte auch all das, was Hlawa bis jetzt über den Krieg vernommen hatte. Wie ein Mann hatte sich ganz Samogitien gegen die Deutschen erhoben, während Fürst Witold, weit davon entfernt, dem Orden noch länger gegen die unglücklichen Samogitier beizustehen, aber auch ohne ihm den Krieg zu erklären, die Kreuzritter mittels allerlei Verhandlungen hinhielt und inzwischen deren Feinde nicht nur mit Geld und Korn unterstütze, sondern diesen auch Mannen und Pferde zuführte. Unverweilt schickte sowohl Witold, wie der Orden, Gesandte an den Papst, an den Kaiser und an andere christliche Größen und klagten sich wechselseitig des Treuebruchs, der Hinterlist und des Verrates an. Fürst Witold betraute mit dieser Sendung den klugen Mikolaj aus Rzeniew, der es verstand, die von den Kreuzrittern gesponnenen Fäden zu entwirren, indem er den Beweis erbrachte, wie schwer Samogitien und Litauen bedrückt wurden.

Der Hochmut der Kreuzritter war aber auch schon dadurch etwas gedemütigt worden, weil nach einer Versammlung in Wilno sich die Bande zwischen Litauen und Polen noch mehr befestigt hatten und infolgedessen vorauszusehen war, daß Jagiello, als Oberherr über das ganze, unter Witolds Herrschaft stehende Gebiet, in Kriegsläuften auf dessen Seite stehen werde. Graf Jan Sayn, der Komtur von Grudziansk und Graf Schwartzburg aus Danzig begaben sich auf Befehl des Großmeisters mit der Anfrage zu dem polnischen König, was der Orden von ihm zu erwarten habe. Jedoch Jagiello erteilte keinerlei Antwort, trotz der kostbaren Gefäße und der vornehmlich zur Jagd taugenden Geerfalken, die ihm die Abgesandten als Gabe überbrachten. Infolgedessen drohten letztere mit dem Krieg, wennschon es ihnen nicht allzu ernst damit war, wußten sie doch nur zu gut, wie der Großmeister und das Kapitel insgeheim die Macht Jagiellos fürchteten und danach trachteten, den Tag der Rache, den Tag der eigenen Niederlage zu verzögern.

So wurden denn plötzlich alle Unterhandlungen, besonders aber die mit Witold, so rasch abgebrochen, wie man ein Spinnengewebe zerreißt. Am Abend nach dem Eintreffen Hlawas in Warschau kam neue Kunde in der Burg an. Bronisz aus Ciasnoca, ein Hofherr des Fürsten Janusz, der von diesem hinsichtlich Einziehung von Erkundigungen nach Litauen geschickt worden war, stellte sich ein, und mit ihm erschienen zwei angesehene litauische Knäsen, mit Briefen von Witold und von den Samogitiern. Die Nachrichten lauteten unheilvoll, der Orden bereitete sich zum Krieg vor. Die Befestigungen der Burgen wurden verstärkt, Pulver und Blei bereitet, Steine zu Kanonenkugeln behauen, Kriegsknechte und Ritter an der Grenze zusammengezogen, während eine Abteilung leichter Reiterei und Fußvolk von Ragneta, Gotteswerder und von anderen Grenzburgen aus sich nach Litauen und Samogitien geworfen hatte. In dem Dickicht der Forsten, auf den Gefilden, in den Dörfern, allüberall wurde der Kriegsruf laut, und jeden Abend züngelten die Flammen über dem Wäldermeer empor. Witold ließ nunmehr den Samogitiern offen seinen Schutz angedeihen, er sandte ihnen seine Ratgeber, er bestimmte den durch seine Tapferkeit bekannten Skirwoillo zum Führer des bewaffneten Volkes. Und Skirwoillo säumte nicht. Alles um sich her niederbrennend, zerstörend, verheerend, fiel er in Preußen ein. Der Fürst selbst brach mit einem Kriegsheer gen Samogitien auf. Etliche Burgen befestigte er noch mehr, andere, wie zum Beispiel Alt-Kowno, zerstörte er, damit sie nicht den Kreuzrittern zum Stützpunkt dienen konnten. Bald war es kein Geheimnis mehr, daß mit Anbruch des Winters, also sobald Sümpfe und Moräste zugefroren sein würden, ja, falls der Sommer trocken sein sollte, sogar schon früher ein gewaltiger Krieg in allen Gebieten von Litauen, Samogitien und Preußen entbrennen werde. Denn wenn der König dem Fürsten Witold Hilfe leistete, dann mußte der Tag kommen, an dem die Deutschen gleich einer Sturmflut entweder die halbe Welt überströmten, oder auf lange Zeit hinaus in das Gebiet zurückgedrängt wurden, auf dem sie früher seßhaft gewesen waren.

Doch dies alles gehörte noch der Zukunft an. Mittlerweile drang der Schmerzensschrei der Samogitier, ihre Klage über die erlittene Unbill, ihr Ruf nach Gerechtigkeit durch die ganze Welt. In Krakau, in Prag, an dem päpstlichen Hof und in anderen westlichen Landen besprach man die Leiden des unglücklichen Volkes.

Da nun dieser Jammer auch an den masovischen Hof drang, entschlossen sich etliche Ritter und Edelleute, unverweilt den Bedrängten zu Hilfe zu eilen, glaubten sie doch schon deshalb nicht, erst den Fürsten Janusz um Erlaubnis dazu bitten zu müssen, weil dessen Eheweib die Schwester Witolds war.

Hlawa war hocherfreut über den Entschluß der masovischen Ritter. „Je mehr Mannen aus Polen zu dem Fürsten Witold stoßen", so sagte er sich, „desto heißer wird der Krieg entbrennen, desto sicherer wird man gegen die Kreuzritter etwas ausrichten können." Der Gedanke gewährte ihm auch große Befriedigung, daß er nicht nur Zbyszko wieder sehen werde, dem er von ganzem Herzen ergeben war, sondern auch den alten Ritter Macko, den er gar gern einmal im Kampf bewundert hätte. Aber abgesehen von dem allem, winkte ihm doch auch die Aussicht, unbekannte Lande durchwandern, neue Städte sehen zu können, zu einem Ritterstand, zu einem Kriegsheer zu stoßen, die er zuvor noch nie erschaut hatte, und schließlich dem Fürsten Witold nahezukommen, ihm, dessen Ruhm die ganze weite Welt erfüllte.

Dies alles in Erwägung ziehend, nahm er sich vor, seinen Weg in Eilmärschen zurückzulegen und nirgendwo länger Rast zu machen, als dies die Pferde bedurften. Jene Bojaren, die mit Bronicz aus Ciasnoca gekommen waren, wie auch die anderen Litauer, die sich an dem fürstlichen Hof eingefunden hatten, sie alle kannten die Straßen und Wege ganz genau und konnten daher ihn und die aus freiem Willen ausziehenden masovischen Ritter von Ansiedlung zu Ansiedlung, von Stadt zu Stadt, sowie durch die Waldwildnisse Masoviens, Litauens und Samogitiens geleiten.

Drittes Kapitel

In einem Wald, ungefähr fünf Meilen von Alt-Kowno, der Burg, die durch Witold zerstört worden war, hatte Skirwoillo, seine Hauptmacht zusammengezogen. Von hier aus warf er sich je nachdem ihm dies geboten erschien, mit Blitzesschnelle bald hierhin, bald dorthin, überschritt da und dort die preußische Grenze, überfiel die noch in den Händen der Kreuzritter befindlichen großen und kleinen Burgen und entzündete somit die Kriegsfackel in dem ganzen Grenzgebiet. In eben diesem Wald traf der getreue Knappe mit Zbyszko zusammen, bei dem sich auch der vor zwei Tagen angelangte Macko befand. Nachdem der Böhme seinen Gebieter Zbyszko begrüßt hatte, legte er sich zur Ruhe und schlief, ohne sich auch nur zu rühren, die ganze Nacht hindurch. Erst am folgenden Tag, gegen Abend, stellte er sich bei dem alten Ritter ein. Von der Reise ermüdet und übelgelaunt, empfing ihn Macko auf die unfreundlichste Weise und befragte ihn sofort, weshalb er nicht in Spychow geblieben sei. Der alte Kämpe war auch erst dann ein wenig besänftigt, als Hlawa, einen Augenblick benutzend, in dem Zbyszko das Zelt verlassen hatte, sich mit der Erklärung rechtfertigte, Jagienka habe ihm die Fahrt ausdrücklich befohlen.

Weiter fügte er hinzu, daß abgesehen von diesem Befehl und von seiner fast unbezähmbaren Kriegslust, ihn auch der Wunsch hierher geführt habe, sofort einen Boten mit der Kunde nach Spychow senden zu können, sobald sich etwas Entscheidendes ereignen sollte. „Die Herrin", sagte er, „die ein Engel an Güte ist, betet täglich für die Tochter Jurands, obgleich sie dadurch ihr eigenes Glück außer acht läßt, doch alles muß einmal ein Ende nehmen. Wenn Jurands Tochter nicht mehr am Leben ist, so möge ihr Gott der Herr das Licht des ewigen Lebens gewähren, denn unschuldig war sie wie ein Lämmlein, wird sie jedoch lebend aufgefunden, dann muß ich meiner Herrin unverweilt die Nachricht senden. Vor der Ankunft von Jurands Tochter soll sie Spychow verlassen, damit sie nicht nach deren Heimkehr mit Schimpf und Schande fortgejagt werde."

Nur widerwillig diesen Worten lauschend, murmelte Macko aber und abermals vor sich hin: „das ist nicht deine Sache." Jedoch Hlawa, fest entschlossen, offen zu reden, beachtete dies nicht, sondern sagte schließlich: „Die Herrin wäre besser in Zgorzelic geblieben, denn diese Fahrt ist für sie von keinerlei Gewinn gewesen. Man hat der Armen eingeredet, Jurands Tochter sei nicht mehr am Leben, gar leicht kann sich dies aber auch anders verhalten."

„Wer hat ihr eingeredet, daß jene nicht mehr am Leben sei? Kein anderer als du!" hub jetzt Macko zornerfüllt an „Du hättest deine Zunge im Zaum halten sollen. Ich aber nahm Jagienka mit auf die Fahrt, weil sie vor Cztan und Wilk sich ängstigte."

„Ein Vorwand nur ist dies gewesen", entgegnete der Knappe. „Keine Gefahr würde ihr in ihrem Heim gedroht haben, denn von ihren Bedrängern hätte einer den anderen von ihr ferngehalten. Ihr aber fürchtetet, o Herr, meine Gebieterin könne, im Fall Jurands Tochter nicht mehr am Leben sei, dem Ritter Zbyszko auch verloren gehen, und deshalb nahmt Ihr sie mit Euch auf die Fahrt."

„Was maßest du dir an? Was bist du denn, ein gegürteter Ritter oder ein Knecht?"

„Ein Knecht, aber der Knecht meiner Herrin, die ich vor Unbill schützen will."

In tiefes Sinnen verloren stand Macko da, war er doch selbst nicht recht mit sich zufrieden. Häufig schon hatte er sich darüber getadelt, Jagienka mit sich genommen zu haben. Es wurde ihm täglich klarer, daß er dem Jungfräulein ein Unrecht zugefügt hatte, indem er es Zbyszko zuführen wollte, ja, daß dies mehr als ein Unrecht zu nennen sei, wenn Danusia aufgefunden werden würde. Nur zu wohl fühlte er, welche Wahrheit in den kühnen Worten Hlawas lag, daß er die Maid hauptsächlich deshalb habe mit sich ziehen lassen, um sie auf alle Fälle für Zbyszko zu behüten.

Trotzdem aber begann er, wie um sich selbst und Hlawa zu täuschen, schließlich wieder: „Daran habe ich wahrlich nie gedacht. Jagienka bestand darauf, mit mir zu ziehen."

„Sie bestand darauf, weil wir ihr vorredeten, die Sicherheit ihrer Brüder sei eine weit größere, wenn sie sich von Zgorzelic fernhalte, weil wir ihr sagten, Jurands Tochter befinde sich nicht mehr am Leben, deshalb ist sie mit Euch gezogen."

„Kein anderer als du hast ihr dies alles gesagt", schrie Macko.

„Ich habe mich dessen schuldig gemacht. Jetzt aber müssen wir ihr zeigen, wie die Dinge liegen. Wir sind zum Handeln verpflichtet, o Herr, unterlassen wir es aber, dann wäre es besser für uns, zugrunde zu gehen."

„Was willst du beginnen?" fragte Macko ungeduldig. „Was glaubst du in einer Schlacht mit einem solchen Kriegsheer zu erreichen? Bevor der Monat Juli kommt, wird sich vielleicht alles besser gestaltet haben. Die Kreuzritter können ja nur zu bestimmten Zeiten Krieg führen – im Winter oder während eines trockenen Sommers. Die Kriegsfackel glimmt zwar schon, sie brennt aber noch nicht. Vermutlich hat sich Fürst Witold nach Krakau begeben, um dem König Bericht zu erstatten und dessen Zustimmung, dessen Unterstützung zu erlangen."

„Gar viele Burgen der Kreuzritter befinden sich aber hier in der Nähe. Wenn wir auch nur zwei davon in unsere Gewalt bekommen könnten, würden wir vielleicht Jurands Tochter auffinden oder uns Gewißheit über ihren Tod verschaffen."

„Und wenn weder das eine noch das andere der Fall wäre?"

„Jedenfalls ist sie von Zygfryd in diese Gegend gebracht worden. Dies wurde uns wenigstens in Szczytno berichtet, und wir selbst haben auch nie anders gedacht."

„Doch hast du schon das Kriegsvolk hier gesehen? Komm mit mir hinter das Zelt und schau umher. Etliche sind nur mit Pfählen bewaffnet, etliche tragen erzene, von den Urahnen ererbte Schwerter."

„Bei meiner Treu, was liegt daran! Gar tüchtig sollen sie sich aber im Kampf erweisen."

„Vermögen sie indessen mit nackter Brust die Burgen zu erstürmen, und gar noch die Burgen der Kreuzritter?"

Das weitere Gespräch wurde durch das Hinzutreten Zbyszkos unterbrochen, dem Skirwoillo, der Anführer der Samogitier folgte. Letzterer, ein fast kleiner Mann, der an Wuchs kaum einen Waffenträger überragen mochte, war kräftig und breitschultrig gebaut. Seine hohe gewölbte Brust konnte nahezu einem Höcker verglichen werden, und seine unverhältnismäßig langen Arme reichten fast bis zu den Knien. Im großen und ganzen ähnelte er Zindram aus Maszkowice, jenem berühmten Ritter, dessen Bekanntschaft Macko und Zbyszko seinerzeit in Krakau gemacht hatten, besaß er doch gleichfalls einen ungewöhnlich großen Kopf und völlig krumme Beine. Wie allgemein von ihm behauptet wurde, verstand er sich vortrefflich auf die Kriegskunst. Den größten Teil seines Lebens hatte er im Feld verbracht. Er stritt lange Jahre hindurch in Rußland gegen die Tataren, und dann kämpfte er gegen die Deutschen. Während jener Kriege war ihm die russische Sprache geläufig geworden, später lernte er an Witolds Hof auch etwas polnisch und das Deutsche verstand er nicht nur, sondern wußte sogar nicht weniger als drei Worte zu sagen: „Feuer", „Blut", und „Tod". Sein ungeheurer Kopf steckte stets voll Kriegslisten und Kriegsplänen, die zu vereiteln die Kreuzritter nie imstande waren. Was Wunder, daß man ihn vornehmlich in den an der Grenze gelegenen Komtureien nicht wenig fürchtete.

„Wir haben einen Angriff in Erwägung gezogen", wandte sich Zbyszko sofort mit ungewöhnlichem Eifer an seinen Ohm, „und sind jetzt zu Euch gekommen, um aus Eurem erfahrenen Mund einen Rat zu erhalten."

Macko bedeutete Skirwoillo, auf einem mit einem Bärenfell bedeckten Fichtenstamm Platz zu nehmen, dann befahl er einem Knecht, einen großen Krug Met zu bringen, aus dem die Ritter sich ihre Blechgefäße vollschöpften, und erst nachdem sich alle durch einen tüchtigen Trunk gestärkt hatten, hub der alte Kämpe also an: „Ihr wollt also einen Angriff unternehmen. Was bezweckt Ihr damit?"

„Eine Burg der Deutschen wollen wir niedersengen."

„Welche? Ragneta oder Neu-Kowno?"

„Ragneta!" erwiderte Zbyszko. „Vor vier Tagen sind wir gegen Neu-Kowno gezogen, wurden aber zurückgeschlagen."

„Just ist es so gewesen!" fügte Skirwoillo hinzu.

„Wie sind die Deutschen dabei zu Werk gegangen?"

„Auf äußerst tüchtige Weise."

„Geduldet Euch ein wenig", ergriff nun Macko das Wort, „denn ich kenne dieses Land nicht genau. Wo liegt Neu-Kowno und wo Ragneta?"

„Von hier nach Alt-Kowno ist es nicht ganz eine Meile", antwortete Zbyszko, „und von Alt- nach Neu-Kowno ungefähr die gleiche Entfernung. Die Burg steht auf einer Insel. Umsonst versuchten wir, überzusetzen, sie vereitelten unseren Plan. Während eines halben Tages verfolgten sie uns, schließlich jedoch verbargen wir uns in diesem Wald, unsere Mannen waren indessen derart nach allen Richtungen hin auseinandergetrieben, daß etliche von ihnen sich erst heute in der Frühe wieder einstellten."

„Wo liegt Ragneta?"

„Weit, weit fort!" rief nun Skirwoillo, mit seinen riesenlangen Armen gen Norden zeigend.

„Gerade weil die Burg so weit entfernt liegt, sollten wir einen Überfall wagen", ließ sich jetzt Zbyszko vernehmen. „Dort herrscht Ruhe, denn alle bewaffneten Mannen aus jener Gegend sind gegen uns aufgeboten worden. Von einem Überfall auf Ragneta lassen sich die Deutschen nichts träumen, auf Sorglose, Unbekümmerte werden wir daher stoßen."

„Wahrlich, so ist es!" bemerkte Skirwoillo.

„Demzufolge glaubt Ihr, daß wir die Burg nehmen können?" fragte Macko.

Skirwoillo schüttelte verneinend das Haupt, aber Zbyszko antwortete: „Die Burg ist stark befestigt, doch könnte uns der Zufall günstig sein. Zunächst müssen wir das Land verwüsten, Dörfer und Städte niederbrennen, die Kornspeicher vernichten, vor allem aber Gefangene zu machen versuchen. Manch namhafter Kämpe mag sich dann unter ihnen befinden, für den die Kreuzritter willig Lösegeld bezahlen, oder den sie für einen anderen auszuwechseln gern bereit sind."

Sich nun zu Skirwoillo wendend, fuhr er fort: „Ihr selbst, Fürst, habt mir beigestimmt und nun bedenkt noch eins: Neu-Kowno liegt auf einer Insel. In der Nähe dieser Burg können wir daher weder Dörfer zerstören, noch Vieh hinwegführen, noch Gefangene machen. Einmal schon sind wir geschlagen worden. Darum ist es besser, einen Angriff dort zu wagen, wo sie uns jetzt am wenigsten erwarten."

„Wer siegt, der glaubt fast nie an einen neuen Überfall", murmelte Skirwoillo.

Nun hub Macko zu sprechen an. Er erklärte sich mit Zbyszkos Ansicht einverstanden, war er doch überzeugt, der junge Ritter werde in Ragneta weit eher etwas in Erfahrung bringen, als in Neu-Kowno, ja, es werde ihm bei Ragneta weit leichter gelingen, einen namhaften, zur Auswechslung geeigneten Kämpen in seine Gewalt zu bekommen. Jedoch ganz abgesehen davon, hielt Macko es auch weit ratsamer, in der Ferne, in einem weniger bewachten Gebiet unvermutet einzufallen, als gegen eine Burg vorzugehen, die wohl befestigt war, von einer siegesfrohen Besatzung verteidigt wurde und zudem auf einer von der Natur schon geschützten Insel lag.

Als ein kriegskundiger Ritter setzte er seine Ansicht so klar auseinander und begründete sie in solch trefflicher Weise, daß er auf jeden überzeugend wirken mußte. Jene beiden lauschten ihm aufmerksam. Skirwoillo runzelte dann und wann, wohl als Zeichen der Zustimmung, die Stirn und murmelte: „Die reine Wahrheit, die reine Wahrheit." Zuletzt zog er die breiten Schultern dermaßen in die Höhe, daß sein gewaltiges Haupt fast dazwischen verschwand und man, während er so sinnend dasaß, noch mehr als sonst den Eindruck bekam, als ob er verwachsen sei.

Mit einemmal erhob er sich rasch und schickte sich, ohne ein Wort zu sprechen an, das Zelt zu verlassen.

„Aber, Fürst, wie soll es werden?" fragte Macko. „Wohin sollen wir aufbrechen?"

„Nach Neu-Kowno!" entgegnete Skirwoillo kurz, indem er sich entfernte.

Macko und Hlawa blickten zuerst voll Staunen auf Zbyszko, dann schlug sich der alte Ritter mit beiden Händen auf die Schenkel und rief: „Bei meiner Treu, gerade wie ein Stück Holz! Er hört einem zu und lauscht und lauscht und tut dann doch nur, was er will. Da wäre es am besten, das Maul zu halten."

„Mir hat man es längst gesagt, wie er ist!" warf Zbyszko ein. „Und um die Wahrheit zu gestehen, noch nie sind mir verstocktere Menschen vorgekommen, wie diese hier. Sie fragen den Fremden um seine Meinung und tun dann, als ob er in den Wind gesprochen habe."

„Weshalb hört er uns dann an?"

„Weil wir gegürtete Ritter sind, und weil er jedes Ding von zwei Seiten erwägen will. Doch töricht ist er nicht."

„In Neu-Kowno denkt man sicherlich jetzt am wenigsten an einen neuen Angriff unsererseits", bemerkte Hlawa, „weil wir erst zurückgeschlagen worden sind. Dies mag wohl kein Irrtum von ihm sein."

„So laßt uns gehen. Ich will nach den Mannen schauen, die ich zu führen habe", ergriff nun Zbyszko das Wort, der sich in dem Zelt ganz beklemmt fühlte. „Es obliegt mir, ihnen zu sagen, daß sie sich bereithalten sollen."

Gemeinsam traten sie ins Freie. Die Nacht war hereingebrochen, eine tiefe, dunkle, wolkige Nacht, die nur von den Lagerfeuern erhellt wurde, an denen die Samogitier saßen.

Viertes Kapitel

Für Macko und Zbyszko, die schon unter Witold gekämpft und demzufolge genugsam Kriegsleute aus Samogitien und Litauen gesehen hatten, bot der Anblick eines Lagers nichts Neues. Der Böhme dagegen schaute voll Spannung umher, indem er bei sich überlegte, was wohl von diesen Mannen in der Schlacht zu erwarten sei, und ob sie der deutschen und polnischern Ritterschaft gleichgestellt werden könnten. Das Lager, das sich auf einer von Nadelwäldern und Sümpfen umschlossenen Ebene befand, war dadurch vor jedem Überfall gedeckt, denn kein zweites Kriegsheer konnte so leicht die trügerischen Moräste überschreiten. Sogar der Grund und Boden, auf dem die Feldhütten standen, war seicht und sumpfig, jedoch die Leute hatten ihn so dicht mit kreuzweise geschichteten Tannen- und Fichtenzweigen bedeckt, daß sie sich ebenso sicher darauf zur Ruhe legen konnten wie auf dem trockensten Erdreich. Für den Fürsten Skirwoillo war in aller Eile eine *„numa"*, eine Hütte errichtet worden, wie man sie in den litauischen Ansiedlungen aus Erde und rohen Baumstämmen zu bauen pflegte. Hütten aus Zweigen hergestellt, dienten den hervorragenderen Mannen zur Unterkunft, während die gewöhnlichen Krieger unter offenem Himmel um das Feuer lagerten und gegen die Unbill des Wetters nur durch Felle und Schafpelze geschützt wurden, die sie auf dem nackten Leib trugen. In dem Lager schlief noch niemand, hatten doch die Mannen tagsüber der Ruhe pflegen können, da seit der letzten Niederlage kein neuer Angriff unternommen worden war. Etliche lagen oder saßen um die hellen Feuer, die mittels dürrem Reisig und Wacholderzweigen unterhalten wurden, andere schürten die halberloschene, von Asche bedeckte Glut auf, aus welcher der Geruch gebratener Rüben, der Hauptnahrung der Litauer, sowie der schlechte Dunst angebrannten Fleisches emporstiegen. Auf den freien Plätzen inmitten der Feuer lagen ganze Haufen von Waffen so geschickt aufgetürmt, daß im Fall der Not ein jeder der Mannen leicht nach der eigenen Waffe greifen konnte. Hlawa betrachtete voll Neugierde die Speere mit ihren langen, schmalen, aus hartem Eisen geschmiedeten Spitzen, die aus jungen Eichstämmen gefertigten Keulen, in die Feuersteine oder Nägel getrieben worden waren, die kurzstieligen, den polnischen Streitäxten ähnlichen Beile, deren sich das Reitervolk zu bedienen pflegte, sowie die Streitäxte mit Stielen, die so lang wie Hellebarden waren, und mit denen das Fußvolk im Kampf focht. Streitäxte aus Erz waren auch vorhanden, wohl aus jenen alten Zeiten stammend, da das Erz in den entlegeneren Gegenden noch nicht viel gebraucht wurde, ja es fanden sich sogar Schwerter aus Erz vor, wennschon die meisten aus gutem, aus Nowograd eingeführtem Stahl gearbeitet waren. Der Böhme nahm die Speere, die Schwerter, die Streitäxte, die in Teer getränkten und im Feuer gebrannten Bogen zur Hand und prüfte sie beim Schein des Lagerfeuers. Nur eine kleine Zahl von Pferden befand sich innerhalb des Lagers, die Mehrzahl der Tiere weidete in den nahegelegenen Wäldern und auf den Wiesen unter der Obhut wachsamer Pferdeknechte. Da die namhaftesten Bojaren ihre türkischen Renner in nächster Nähe haben wollten, wurden verschiedene dieser edlen Rosse in dem Lager von den Pferdeknechten aus der Hand gefüttert. Diese Renner mit ihren kräftigen Hälsen waren ganz ungewöhnlich klein, doch nicht nur darüber staunte Hlawa, sondern auch über deren zottigen Körper, wodurch sie den Rittern aus dem Westen weit eher als seltsame wilde Tiere, weit eher als Einhörner, denn als edle Pferde erschienen.

„Die großen Streithengste dienen hier zu nichts", bemerkte der erfahrene Macko, indem er seiner früheren Feldzüge unter Witold gedachte, „denn ein schweres Roß wird sofort in den Morästen einsinken, während diese kleinen, unansehnlichen Pferdchen ebenso leicht allenthalben durchkommen werden, wie ein Mensch."

„In der Schlacht aber", sagte Hlawa, „können diese kleinen Pferde den starken, deutschen Streitrossen keinen Widerstand leisten."

„Wahrlich, das vermögen sie nicht. Dagegen versucht der Deutsche umsonst, vor dem Samogitier zu fliehen, und niemals wird jener imstande sein, diesen Feind einzuholen, der noch rascher zu reiten versteht als ein Tatar."

„Gar seltsam ist dies. Die Tataren, die ich als Kriegsgefangene bei dem Ritter Zych aus Zgorzelic gesehen habe, waren alle so klein, daß jedes Pferd sie getragen hatte, die Samogitier jedoch sind kräftige, hochgewachsene Krieger."

Die Mannen zeichneten sich auch tatsächlich durch ihren hohen Wuchs aus, und beim Schein des Feuers ließ sich bei einem jeden die breite Brust, die kräftigen Schultern unter den Fellen und den Schafspelzen erkennen. Alle waren groß, starkknochig, wenn auch eher hager wie dick. Die meisten hatten eine kräftigere Gestalt als die Bewohner der anderen litauischen Gebiete, saßen sie doch auf besserer, fruchtbarerer Erde und wurden dadurch weniger von Hungersnot geplagt, als das sonstige Litauen. Der Hofhalt des Großfürsten befand sich in Wilna. In Wilna stellten sich daher Fürsten aus dem Osten und aus dem Westen ein, Gesandtschaften wurden dahin abgeschickt, fremde Kaufleute strömten dort zusammen. Natürlicherweise kamen demzufolge die Bewohner Wilnas und der angrenzenden Gebiete mit Fremden in Berührung. In Samogitien hingegen zeigte sich das Fremde nur in Gestalt eines Kreuzritters oder eines Ritters des Schwertordens, welche die stillen Waldansiedlungen durch Feuer, Knechtung und Bluttaufen heimsuchten. War es daher zu verwundern, daß die Menschen hier sich ungeschlachter, roher gebärdeten, fest an dem Althergebrachten hingen, alles Neue von sich wiesen, daß sie die alten Gebräuche, die alte Kriegsführung und das Heidentum gerade deshalb hochhielten, weil ihnen der Glaube an das Kreuz nicht durch einen milden Verkündiger des Christentums, nicht mit der Liebe eines Apostels gelehrt wurde?

Skirwoillo und die angesehenen Knäsen und Bojaren hatten sich schon, dem Beispiel Jagiellos und Witolds folgend, zum Christentum bekehrt. Die anderen aber, ja, sogar die ungezügeltsten und wildesten Krieger sagten sich insgeheim, der Untergang und das Ende der alten Welt, des alten

Glaubens seien gekommen und waren bereit, das Haupt vor dem Kreuz zu beugen, nur sollte es kein Kreuz sein, das durch die Kreuzritter aufgerichtet worden war. „Wir sehnen uns nach der Taufe", so klang ihr Klageruf zu allen Fürsten und zu allen Völkern, „doch bedenkt, daß wir Menschen, nicht aber wilde Tiere sind, die verschenkt, gekauft und verkauft werden können." Da ihnen aber der neue Glaube durch Gewalt aufgezwungen wurde, da sie sahen, wie der alte Glaube erlosch wie das Feuer erlischt, auf das kein Holz geworfen wird, ergriff sie unsagbarer Schmerz, tiefes Weh um die entschwundenen alten Zeiten. Der Böhme, der inmitten eines frohen, kriegerischen Treibens aufgewachsen war, inmitten eines Treibens, wo Gesang und klingende Musik fast nie verstummten, sah nun zum erstenmal in seinem Leben ein Lager, in dem solche Stille, solche Trauer herrschte. Höchstens da und dort an den Feuern, vor der entfernt gelegenen Hütte Skirwoillos ertönte eine Querpfeife oder eine Rohrpfeife, nur da und dort vernahm man undeutlich die Worte eines Liedes, das ein „*burtinikas*"* leise vor sich hinsang. Gebeugten Hauptes, den Blick unverweilt auf die flammenden Holzscheite gerichtet, lauschten die Kriegsleute diesen Tönen. Manche saßen zusammengekauert vor den Feuern, die Ellenbogen auf die Knie gestützt, das Antlitz in die Hände verborgen, und ähnelten, von Fellen und Schafspelzen eingehüllt, den wilden Tieren des Waldes. Schauten sie indessen empor, warfen sie einen Blick auf die vorübergehenden Ritter, dann sah man in dem Schein der Flammen nicht finstere, wilde, nein, blauäugige, milde Gesichter, auf denen sich der Kummer bedrängter Kinder spiegelte. Am äußersten Ende des Lagers ruhten auf weichem Moos die Verwundeten, die man aus der letzten Schlacht hatte hierherbringen können. Zauberer, sogenannte „*labdarysy*" und „*sejtanawie*" saßen bei den Schmerz und Pein geduldig Leidenden, sprachen ihre Beschwörungsformeln über sie oder untersuchten ihre Wunden, auf die sie heilende Kräuter legten. Aus der Tiefe des Waldes, aus Feldern und Wiesen ertönte zeitweise der Pfiff der Pferdeknechte, dann und wann erhob sich ein Windstoß, trieb Rauchwolken über das Lager hin und rief ein Rauschen in den dunklen Gehölzen hervor. Doch es wurde später und später in der Nacht. Die Feuer glimmten zum Teil nur noch. Zum Teil waren sie vollständig erloschen, und die nun eintretende tiefe Stille vervollständigte noch mehr das Bild von Trauer und Bedrückung.

Nachdem Zbyszko seinen Mannen, denen er sich leicht verständlich machen konnte – befanden sich doch etliche Leute aus Plock unter ihnen –, die nötigen Befehle erteilt hatte, wandte er sich zu seinem Knappen und sagte: „Du hast nun genug gesehen. Kehren wir in das Zelt zurück."

„Wahrlich, ich habe genug gesehen", antwortete Hlawa. „Doch nichts erfreuliches ist mir zu Gesicht gekommen, denn schon im ersten Augenblick zeigt sich's klar, daß diese Leute geschlagen worden sind."

---

* Wahrsager – Anmerkung der Übersetzerinnen.

„Zweimal sogar. Vor vier Tagen nahe der Burg, vor drei Tagen auf der Flucht. Und nun will Skirwoillo zum drittenmal den Angriff wagen und sich zum drittenmal schlagen lassen."

„Weshalb begreift er nicht, daß mit solchen Kriegsleuten nichts gegen die Deutschen auszurichten ist? Der Ritter Macko hat mir dies sofort gesagt, und ich habe mich nun auch davon überzeugt. Nein, das sind keine Mannen für den Krieg."

„Darin täuschest du dich. Solch tapfere Kriegsleute wie diese hier gibt es nur wenige auf Erden. Doch sie kämpfen in festgeschlossenen Scharen, während die Deutschen in Reihen vorzugehen pflegen. Wird jedoch die Reihe der Deutschen durchbrochen, dann streckt ein Samogitier rascher einen Deutschen nieder, als der Deutsche den Samogitier. Traun, den Deutschen ist dies nur zu wohlbekannt, wie zu einer Mauer schließen sie sich daher stets fest aneinander."

„An die Erstürmung der Burgen ist wohl nicht zu denken", bemerkte Hlawa.

„Es mangelt uns an den Hilfsmitteln dazu", erwiderte Zbyszko, „Fürst Witold freilich verfügt über alles Nötige, doch bevor er eintrifft, kommt keine Burg in unsere Hände, es sei denn durch Zufall, durch Verrat."

Unter solchem Gedankenaustausch kehrten sie in das Zelt zurück, vor dem ein großes Feuer von den Knechten unterhalten wurde, und in dem der Dampf des für das Mahl zu bereitenden Fleisches emporstieg. Da es jedoch kalt und feucht in dem Zelt war, ließen sich die beiden Ritter und mit ihnen Hlawa auf Fellen an dem Feuer nieder. Nachdem sie sich mit Trank und Speise erquickt hatten, versuchten sie zu schlafen, jedoch der Schlaf wollte sich nicht einstellen. Macko wandte sich beständig von einer Seite auf die andere, und kaum bemerkte er, daß Zbyszko, die Hände um die Knie geschlungen, aufrecht beim Feuer saß, so fragte er: „Höre mich! Weshalb gabst du den Rat gegen Ragneta zu ziehen, da doch die Burg in gar weiter Ferne liegt, und nicht gegen Gotteswerder, gegen die in der Nähe gelegene Burg? Aus welchem Grund tatest du diesen Vorschlag?"

„Weil eine innere Stimme mir sagt, Danusia befinde sich in Ragneta – und zudem ist man dort weit weniger auf der Hut als hier."

„Es gebrach an Zeit, uns eingehend zu besprechen, denn ich selbst war müde, und du mußtest nach der Niederlage die Mannen in den Wäldern wieder sammeln. Nun aber sag mir offen: willst du noch immer nach jenem Mägdlein suchen?"

„Nach welchem Mägdlein? Nach meinem Eheweib suche ich."

Diesen Worten folgte ein langes Schweigen, denn was sollte Macko darauf erwidern? Wäre Danusia nur in ihrer Eigenschaft als Jurands Tochter in Betracht gekommen, dann hätte sich der alte Ritter nicht gescheut, den Brudersohn von jedem weiteren Forschen abzuhalten, durch das heilige Sakrament der Ehe jedoch war dies für Zbyszko nun zur Pflicht geworden. Niemals würde auch Macko eine solche Frage gestellt haben, wenn er

Zeuge des Verlöbnisses, der Trauung gewesen wäre. Da dies aber nicht der Fall war, betrachtete er Jurands Tochter immer noch als ein Mägdlein.

„Traun", hub Macko nach geraumer Zeit wieder an, „traun, was ich diese zwei Tage hindurch nur fragen konnte, das habe ich gefragt, du aber antwortest stets, du wissest nichts."

„Ich weiß auch nur das eine, daß Gottes Zorn über mir ist."

Jetzt richtete sich Hlawa von seinem Bärenfell empor, setzte sich und horchte aufmerksam auf das sich nun entspannende Gespräch.

„Da sich der Schlaf doch nicht einzustellen scheint", ergriff Macko von neuem das Wort, „so sprich: was sahst du, was tatest du, was führtest du in Marienburg aus?"

Zbyszko strich sein Haar, das seit längerer Zeit über der Stirn nicht geschnitten worden war und ihm daher fast über die Brauen reichte, langsam zurück, schaute einige Sekunden sinnend vor sich hin und ließ sich also vernehmen: „Wollte Gott, daß ich so viel von meiner Danusia zu berichten hätte wie von Marienburg! Ihr fragt mich, was ich dort gesehen habe? Ich überzeugte mich von der unermeßlichen Macht der Kreuzritter, denen alle Könige, alle Völker verbündet sind, von einer Macht, die so groß ist, daß sie wohl kein Mensch auf Erden zu brechen vermag. Ich sah eine Burg, wie sie wohl kaum der römische Kaiser besitzt, ich sah Schätze, die jeder Beschreibung spotten, ich sah Waffen, ich sah gewappnete Mönche, Ritter und Kriegsknechte, in solch großer Schar wie ein Ameisenhaufen, ich sah so zahlreiche Reliquien, wie nur der heilige Vater in Rom sie haben kann. Hei, ich sage Euch, alles bäumte sich in mir auf bei dem Gedanken: wer kann den Angriff gegen diesen Orden wagen, wer kann sie besiegen, wer kann es auch nur mit ihnen aufnehmen, wo ist das Volk, das diese Kreuzritter niederwerfen kann?"

„Wir wollen es versuchen! Fluch ihren Müttern!" rief nun Hlawa, unfähig sich länger zurückzuhalten.

Über Zbyszkos Worte höchst betroffen, unterbrach der alte Ritter seinen Brudersohn ebenfalls in der Erzählung, obwohl er gar gern alles genau gehört hätte, und fragte: „Hast du denn des Kampfes bei Wilna vergessen? Haben wir denn so selten Mann gegen Mann, Schulter an Schulter mit ihnen gekämpft? Ist es dir denn aus dem Sinn gekommen, wie wenig sie gegen uns ausgerichtet haben – wie sie sich über unsere Standhaftigkeit beklagten und meinten, es genüge nicht, Pferde zuschanden zu reiten, Lanzen zu brechen, sondern man müsse den Gegner an der Kehle packen oder das eigene Leben lassen! Auch fremde Kämpen haben sich dort mit uns gemessen – doch schimpflich mußten sie abziehen. Weshalb bist du so kleinmütig geworden?"

„Ich bin nicht kleinmütig, nein, ich habe in Marienburg gekämpft, wo es sich stets um Tod und Leben handelt. Jedoch Ihr kennt die gewaltige Macht der Kreuzritter nicht."

„Kennst du vielleicht die ganze Stärke der Polen?" ließ sich nun Macko ärgerlich vernehmen. „Hast du jemals unsere Banner vereinigt gesehen?

Nein, niemals. Auf was beruht denn die Macht des Ordens? Auf Ungerechtigkeit, auf Verräterei, denn nicht eine Spanne des Landes, in dem sie jetzt hausen, gehört ihnen zu eigen. Unsere Fürsten haben sie bei sich aufgenommen, wie man einen Bettler ins Haus nimmt – damit man ihn mit Gaben beschenke. Was taten aber jene? Kaum waren sie erstarkt, so bissen sie ihren Wohltätern gleich wütenden Hunden in die Hand. Gewaltsam rissen sie die Länder an sich, durch Hinterlist bemächtigten sie sich der Städte, darin liegt ihre Kraft! Doch selbst wenn alle Könige der Erde ihnen zu Hilfe eilten – der Tag des Gerichtes, der Tag der Rache ist nahe."

„Ihr drängtet mich, Euch zu erzählen, was ich sah", ergriff Zbyszko jetzt das Wort, „und nunmehr seid Ihr ärgerlich darüber. Besser wäre es daher für mich, ich schwiege."

Macko schnaubte förmlich geraume Zeit vor Zorn, nach und nach beruhigte er sich indessen wieder und fuhr fort: „Höre nun, wie ich die Sache betrachte. Es kommt doch vor, daß du im Wald vor einem turmhohen Fichtenbaum stehst und bei dir denkst: ‚Der Baum wird in alle Ewigkeit dem Sturm trotzen'. Erteilst du ihm aber mit dem Rücken der Axt einen tüchtigen Schlag, dann klingt der Baum ganz hohl und morsches Holz fällt von ihm ab. Das gleiche gilt auch von der Macht der Kreuzritter. Ich wollte von dir wissen, was du bei ihnen unternommen, was du bei ihnen ausgerichtet hast. Kämpftest du auf Tod und Leben, sprich?"

„Auf Tod und Leben habe ich gekämpft Rücksichtslos und voller Hochmut begegnete man mir anfänglich, denn allen war mein Kampf mit Rotgier wohlbekannt. Gar Schlimmes wäre mir sicherlich widerfahren, hätte mich der Brief des Fürsten Janusz nicht davor bewahrt! Zudem wußte mich auch Herr de Lorche, dem sie große Ehre erwiesen, vor ihrer Wut zu schützen. Aber als dann später Feste und Turniere abgehalten wurden, da verlieh mir der Herr Jesus seinen Segen. Ihr hörtet doch, daß mich Ulryk, der Bruder des Großmeisters, in sein Herz geschlossen hat und mir den schriftlichen Befehl des letzteren verschaffte, Danusia in meine Hände auszuliefern."

„Der Sattelgurt soll ihm gerissen sein, so sagten uns die Leute", bemerkte Macko, „du aber habest nicht mehr zugestoßen, nachdem dir dieses klar geworden sei."

„Ich richtete die Lanze in die Höhe und von dem Augenblick an gewann ich seine Zuneigung. Hei, bei Gott, er gab mir gewichtige Briefe, mit denen ich von Burg zu Burg ziehen und suchen konnte. Mich dünkte, mein Kummer, meine Sorgen seien nun zu Ende – ratlos sitze ich jedoch nunmehr hier, inmitten dieser wilden Gegend, und Tag für Tag wächst meine Qual, wächst meine Pein."

In kurzes Schweigen versinkend, warf er plötzlich mit solcher Wucht ein Scheit Holz in das Feuer, daß die Funken aufsprühten, und die Flamme hoch emporloderte.

„Wahrlich", hub er hierauf wieder an, „wenn die Beklagenswerte in irgendeiner Burg schmachtet, wird sie gewiß den Glauben hegen, ich habe ihrer längst vergessen. Und ist dem so, dann mag ein jäher Tod mich bald ereilen."

Aber und abermals schleuderte er Holzscheite in das Feuer, gerade als ob er damit all die Kümmernisse von sich werfen wolle, die ihn im innersten Mark verzehrten. Staunend beobachteten dies Macko und Hlawa, die sich eigentlich jetzt erst davon überzeugten, wie unendlich Danusia von Zbyszko geliebt wurde.

„Beruhige dich!" rief daher Macko. „Sind dir die Geleitsbriefe nicht von Nutzen gewesen? Haben die Komture dem Großmeister keinen Gehorsam geleistet?"

„Beruhigt Euch, o Herr", ergriff nun auch Hlawa das Wort. „Gott wird Euch Trost gewähren – bald, vielleicht sehr bald."

Tränen glänzten in Zbyszkos Augen, als er, mit aller Macht sich bezwingend, von neuem begann: „Die Schurken öffneten mir Burgen und Kerker. Ich zog von Ort zu Ort, ich suchte allenthalben! Da, mit einemmal brach der Krieg aus und in Gierdawy erklärte mir der Vogt von Heideck, im Krieg herrschten andere Gesetze, die in Friedenszeiten ausgestellten Geleitsbriefe hätten keinen Wert. Ich zog ihn wohl sofort zur Rechenschaft, er aber wollte sich mir nicht stellen, nein, er erteilte den Befehl, mich aus der Burg zu weisen."

„Und in den anderen Burgen?" fragte Macko.

„Überall erhielt ich die gleiche Antwort. In Krolewiec weigerte sich der Komtur, der über dem Vogt von Gierdawy steht, sogar nur einen Blick in das Schreiben des Großmeisters zu tun. Krieg sei Krieg, erklärte er, ich möge vor allem dafür sorgen, daß ich mit heiler Haut davonkäme. Und wohin ich mich auch wandte – den gleichen Bescheid erhielt ich allerorts."

„Nunmehr begreife ich alles", ließ sich der alte Ritter jetzt vernehmen. „Da du nichts auszurichten vermagst, bist du hierhergekommen, um wenigstens Rache nehmen zu können."

„So ist es in der Tat", entgegnete Zbyszko. „Ich glaubte, Gefangene machen, ich hoffte, mich einiger Burgen bemächtigen zu können, doch diese Mannen hier können keine Burgen stürmen."

„Hei! Laß nur erst den Fürsten Witold kommen, dann wird alles anders werden."

„Gott gebe, daß er zu uns stoße!"

„Er wird kommen. An dem masovischen Hof wurde mir dies gesagt. Vielleicht trifft auch der König selbst ein und mit ihm die ganze polnische Streitmacht."

Schon wollte Zbyszko eine Antwort geben, als dies durch Skirwoillo vereitelt wurde, der ganz unerwartet mit den Worten aus der Dunkelheit trat:

„Wir brechen auf."

Macko, Zbyszko und der Böhme sprangen empor, Skirwoillo aber kam dicht zu ihnen und sagte in leisem Ton:

„Es ist uns Kunde geworden, daß Verstärkungen und Zufuhren nach Neu-Kowno unterwegs sind. Ein Zug von Kriegsleuten soll unter der

Anführung von zwei Kreuzrittern Vieh und allerlei Nahrungsmittel dorthin bringen, das müssen wir vereiteln."

„Überschreiten wir den Niemen?" fragte Zbyszko.

„Ja, wir kennen eine Furt."

„Weiß man in der Burg von jener Absicht?"

„Gewiß. Eine ganze Schar wird den Ankömmlingen entgegenziehen. Auf diese Schar müßt Ihr Euch werfen."

Eingehend erklärte er ihnen hierauf, wo sie sich zu verbergen hätten, um unerwartet die aus der Burg Ziehenden überfallen zu können. Seinem Plan nach sollten gleichzeitig zwei Angriffe unternommen werden, um die erlittene Niederlage zu rächen, ein Plan, der sich vielleicht um so leichter ausführen ließ, weil sich der Feind nach dem Sieg völlig sicher fühlte. Ganz genau gab er auch die Zeit an, in der sie losschlagen mußten, und bezeichnete die Richtung, die sie dann einzuhalten hatten. Alles übrige jedoch überließ er ihrer Tapferkeit, ihrer Umsicht. Freude und Stolz schwellten ihre Herzen bei der Erkenntnis, daß er sie als bewährte, umsichtige Krieger betrachtete. Auf seine Aufforderung hin begleiteten sie ihn schließlich in seine Hütte, wo ihn Knäsen und Bojaren, die Führer der Abteilungen erwarteten. Nachdem er hier seine Befehle wiederholt und neue erteilt hatte, setzte er eine aus Wolfsknochen gearbeitete Pfeife an die Lippen und ließ einen so lauten, schrillen Pfiff ertönen, daß er von einem Ende des Lagers bis zu dem anderen schallte.

Sofort regte es sich allenthalben an den erloschenen Feuerstätten. Da und dort sprühten Funken auf, da und dort stiegen vereinzelte Flämmchen empor, die mit jedem Augenblick zahlreicher und heller wurden und deren Schein auf die Gestalten wilder Krieger fiel, die sich mit ihren Waffen um die Feuer sammelten. Wie auf einen Schlag war der Wald aus dem Schlaf erwacht, denn auch aus der Tief des Dickichts drangen nun die Rufe der Pferdeknechte, welche die Rosse in das Lager trieben.

Fünftes Kapitel

Früh am Morgen wurde die Niewiaza erreicht und überschritten. Etliche setzten auf Pferden hinüber, andere, indem sie sich an den Schwänzen der Pferde hielten, andere wieder auf Bündeln von Birkenruten. Der Übergang bewerkstelligte sich so rasch, daß Macko, Zbyszko, Hlawa und jene Masuren, die freiwillig Heeresfolge leisteten, die behende Gewandtheit der Samogitier aufs höchste bewunderten und zum erstenmal vollständig begriffen, weshalb weder Wälder, Sümpfe, noch Flüsse die Litauer in ihren Kriegszügen aufhalten konnten. Obwohl alle durchnäßt aus dem Wasser kamen, legte doch keiner seine Gewandung – den Schafspelz oder den Wolfspelz, ab, nein, ein jeder der Krieger stellte sich so lange mit dem Rücken gegen die Sonne, bis wie aus einer Pechhütte der Dampf aus seinem Körper aufstieg, und schon nach ganz kurzer Rast zog man dann weiter gen Norden. Es dunkelte bereits, als man an dem Niemen ankam, der durch das Steigen der Gewässer zur Frühlingszeit stark angeschwollen war. Der Übergang bot daher noch größere Schwierigkeiten. Die Skirwoillo bekannte Furt hatte sich stellenweise in tiefe Wassertümpel verwandelt, durch welche die Pferde schwimmen mußten. Zwei der Mannen wurden von Zbyszkos und Hlawas Seite hinweggerissen. Umsonst versuchten diese die Bedrohten zu retten, in der Dunkelheit verschwanden sie in dem wilden Strom. Kein Hilferuf war laut geworden, hatte doch der Anführer den Befehl erteilt, der Fluß müsse in tiefster Stille überschritten werden. Alle anderen erreichten jedoch glücklich das jenseitige Ufer, an dem sie die Nacht verbrachten, ohne sich an einem Feuer wärmen zu können.

Bei Tagesanbruch wurde die ganze Kriegsschar in zwei Teile geschieden, Mit der einen Abteilung zog Skirwoillo jenen Rittern und Kreuzrittern entgegen, die Nahrungsmittel nach Gotteswerder bringen sollten, die andere Abteilung führte Zbyszko abermals gegen die Insel, um der Schar den Weg zu verstellen, die von der Burg aus den Ankömmlingen entgegenrücken sollte. Der Tag schien schön zu werden. Glänzend und hell stand die Sonne am Firmament, nur über den Wäldern, den Wiesen und den Sträuchern lag noch dichter, weißer Nebel, der alles verhüllte. Dies gereichte Zbyszko und seinen Mannen zu großem Vorteil, war es doch kaum anzunehmen, daß die Deutschen, deren Blicken sie verborgen blieben, durch einen Rückzug den Zusammenstoß vereitelten. Voll Freude darüber wandte sich der junge Ritter zu Macko, der neben ihm ritt und sagte: „Bei einem solchen Nebel können wir sie überfallen, ehe sie uns gewahr werden. Gott gebe nur, daß es bis Mittag so bleibt."

Nach diesen Worten sprengte er zu den bei der Vorhut sich befindenden Anführern, um ihnen verschiedene Befehle zu erteilen, kehrte aber dann rasch wieder zu dem Ohm zurück.

„Bald gelangen wir an einen Weg", erklärte er letzterem, „der die zur Insel führende Furt mit dem Innern des Landes verbindet. Dort wollen wir uns in dem Dickicht verbergen und die Deutschen erwarten."

„Durch wen hast du von dem Weg gehört?" fragte Macko.

„Durch etliche meiner Mannen, die hierzulande geboren sind, und die uns als Führer dienen."

„In welcher Entfernung von der Burg und von der Insel soll der Angriff stattfinden?"

„In einer Entfernung von fünf Meilen."

„Da tust du gut daran, denn würde dies näher bei der Burg geschehen, so könnte ihnen von dort aus Beistand geleistet werden. Nun aber ist dies kaum zu befürchten, wird doch nicht ein Laut in die Burg dringen."

„Ihr seht, ich habe dies wohl bedacht."

„Das eine hast du wohl bedacht, doch noch gar manches muß überlegt werden. Wenn man auf die Mannen, die hier geboren sind, Vertrauen setzen darf, so sende zwei oder drei von ihnen auf Kundschaft, damit sie uns sofort berichten können, wenn die Deutschen im Anzug sind."

„Das habe ich schon getan."

„Dann will ich dir noch einen Rat geben. Suche ein- oder zweihundert deiner Kriegsleute aus und erteile ihnen den Befehl, sich vom Kampf fernzuhalten, damit sie gleich bei Beginn desselben forteilen und den Deutschen den Rückzug auf die Insel abschneiden können."

„Das ist ja das Wichtigste", erklärte Zbyszko, „dieser Befehl ist daher längst erteilt. Die Deutschen werden in die Schlinge geraten."

Glücklich darüber, daß sich Zbyszko trotz seiner jungen Jahre so erfahren in der Kriegskunst zeigte, blickte Macko von Stolz erfüllt auf seinen Brudersohn, indem er lächelnd vor sich hin murmelte: „Tüchtig erweist sich unser Blut!"

Der Knappe Hlawa aber war noch freudiger gestimmt als Macko, denn ihm ging eine Schlacht über alles in der Welt.

„Wohl weiß ich nicht", ergriff er das Wort, „wie sich unsere Mannen schlagen werden, sie gehen jedoch ruhig, in bester Ordnung und voll Kampfeslust vor. Wenn jener Skirwoillo alles klug ausgedacht hat, wird der Feind kein gesundes Glied aus dem Kampf tragen."

„Gott gebe, daß uns nur wenige entrinnen", ließ sich jetzt Zbyszko vernehmen. „Doch habe ich Befehl erteilt, so viele Gefangene wie möglich zu machen und ja keinen Kreuzritter, keinen Ordensbruder zu töten."

„Aus welchem Grund, o Herr?" fragte der Böhme.

Da erwiderte Zbyszko: „Sieh auch du zu, daß meine Befehle ausgeführt werden. Ein jeder Ritter, der aus fremdem Land stammt, hat schon viele Städte besucht, ist schon in vielen Burgen gewesen. Ist es daher zu verwundern, daß er bei seinem Zusammentreffen mit allerlei Menschen manch Neues vernommen hat? Und gar noch ein Ordensritter! Der weiß stets mehr, als wir uns träumen lassen. Doch um Gott die Wahrheit zu geben, es liegt mir auch deshalb viel daran, einen namhaften Ritter in meine Gewalt zu bekommen, um ihn dann auswechseln zu können. Was gilt mir mehr als die Heißgeliebte? Ach, daß sie noch am Leben wäre!"

Nach diesen Worten gab er seinem Pferd die Sporen und sprengte an die Spitze der Abteilung, einesteils, um noch etliche Anordnungen zu geben, anderenteils, um die schweren Gedanken von sich abzuschütteln, denen er sich jetzt nicht hingeben durfte.

„Aus welchem Grund glaubt der junge Herr, sein Eheweib sei noch am Leben und befinde sich in dieser Gegend?" fragte nun Hlawa den alten Ritter.

„Weil Danusia nicht sofort von Zygfryd getötet worden ist", entgegnete Macko, „deshalb darf er die Hoffnung hegen, daß sie ihm erhalten geblieben ist. Wenn sie ermordet worden wäre, hätte der Priester in Szczytno nicht den Bericht erteilen können, den auch Zbyszko vernommen hat. Selbst der grausamste Mensch wird nicht so leicht die Hand gegen ein schutzloses Weib – nein, bei meiner Treu – gegen ein unschuldiges Kind erheben."

„Habt Ihr der Kinder des Fürsten Witold vergessen?"

„Grausam sind die Kreuzritter, das ist wahr. Doch es ist erwiesen, daß Danusia nicht getötet, sondern von Szczytno in diese Gegen gebracht worden ist. In irgendeiner dieser Burgen wird sie wohl schmachten."

„Hei! Das wäre herrlich, wenn wir dieses Eiland und diese Burg in unsere Gewalt bekommen könnten!"

„Betrachte dir diese Krieger einmal genau!" meinte nun Macko.

„Da habt Ihr recht, da habt Ihr recht! Doch es ist mir ein Gedanke gekommen, den ich meinem jungen Gebieter mitteilen will."

„Was nützen hier Pläne und Gedanken! Kannst du vielleicht Mauern mit Wurfspießen zertrümmern?"

So sprechend, deutete Macko auf die Speere, mit denen die Mehrzahl der Kriegsleute bewaffnet war, und fragte dann: „Hast du jemals eine solche Kriegsschar gesehen?"

Der Böhme hatte in der Tat noch niemals etwas Ähnliches erschaut. In völliger Auflösung, ohne jede Ordnung, zog das Kriegsvolk dahin, denn in dem Dickicht, zwischen den Baumstämmen und Sträuchern mußte man sich durchschlagen, so gut es eben ging. Fußvolk und Reiterei waren nicht mehr getrennt – wo nur ein Reiter sein Roß zwischen den Fichten hindurchtrieb, da hielt sich der oder jener des Fußvolks an der Mähne, an dem Schwanz oder an dem Sattel des Pferdes fest, um rascher vorwärtszukommen. Mit den Fellen von Wölfen, Bären und Panthern über den Schultern, mit den auf ihren Köpfen emporragenden Eberhauern, Hirschgeweihen und borstigen Ohren der grimmigsten Bestien hätten all diese Krieger ohne die in die Höhe starrenden Waffen, ohne die in Teer getränkten Bogen, ohne die Köcher auf ihren Rücken in dem morgendlichen Nebel jedem Beschauer wie wilde Tiere erscheinen müssen, die, von Hunger und Blutgier getrieben, sich aus der Tiefe des bergenden Waldes hervorgewagt hatten. Es war das ein solch schreckenerregender, ungewöhnlicher Anblick, daß er sich nur mit jenem seltsamen Vorgang – *„gomon"* genannt – vergleichen ließ, bei dem das schlichte Volk sagte, wilde Tiere jagten in rasender Eile dahin, Steinblöcke und Bäume mit sich fortreißend.

Einer jener Edelleute aus Lekawica, die mit dem Böhmen gekommen waren, näherte sich diesem, bekreuzte sich und sagte: „Im Namen des Vaters und des Sohnes! Nicht mit menschlichen Wesen, nein, mit einem Rudel Wölfen ziehen wir dahin."

Obwohl nun Hlawa noch niemals ein ähnliches Kriegsheer gesehen hatte, erwiderte er doch als ein erfahrener Mann, der alles kennt, den nichts in Erstaunen setzt: „Wölfe laufen zur Winterszeit in Rudeln zusammen, das Blut der Kreuzritter übt jedoch auch im Frühling seine Anziehungskraft."

Und in der Tat, der Mai war gekommen, es war Frühling geworden. An den Haselnußsträuchern im Wald keimte das junge Grün. Aus dem weichen, zarten Moos, über das der Fuß der Kriegsleute lautlos glitt, sproßten Blumen, Blüten und zackige Farnkräuter hervor. Die von den beständig niedergegangenen Regenschauern durchfeuchteten Bäume verbreiteten den Geruch ihrer nassen Rinde, und aus dem Waldesgrund stieg der starke Duft gefallener Nadeln und morschen Holzes empor. Der helle Glanz der leuchtenden Sonne zauberte die Regenbogenfarben auf die von Tautropfen glitzernden Blättchen, und fröhlich erklang das Gezwitscher der Vögel.

In immer wachsender Eile bewegte sich die Kriegsschar vorwärts, denn Zbyszko trieb sie beständig an. Jedoch schon nach kurzer Zeit kehrte er zu der Nachhut zurück, mit der Macko, Hlawa und die freiwillig in den Krieg gezogenen Masuren ritten. Die Aussicht auf einen siegreichen Kampf schien ihn offenbar neubelebt zu haben, denn der kummervolle Ausdruck war aus seinem Antlitz geschwunden, seine Augen blitzten wie in früherer Zeit.

„Auf!" rief er, „uns ziemt es, an der Spitze zu reiten, nicht aber bei der Nachhut. Und nun merkt auf das, was ich Euch sage", fuhr er fort, nachdem seiner Aufforderung Folge geleistet worden war, „hört mich. Möglicherweise gelingt es uns, die Deutschen unerwartet zu überfallen, sollten sie uns jedoch früh genug gewahr werden, um sich in Schlachtordnung aufstellen zu können, dann müssen wir uns als erste auf sie werfen, denn wir sind am besten gewappnet, wir führen die schärfsten Schwerter."

„Das soll geschehen!" erklärte Macko.

Schon setzten sich die Mannen fester in die Sättel, gerade als ob es im nächsten Augenblick losgehen werde, schon holte der und jener tief Atem, während er prüfte, ob sein Schwert leicht aus der Scheide gehe. Abermals wiederholte Zbyszko den Befehl, jeden Ritter in weißem Mantel, der sich unter dem Fußvolk befinde, zu verschonen, ihn nicht zu töten, sondern ihn nur zum Gefangenen zu machen, dann sprengte er wieder zu den Anführern und gleich darauf machte die Kriegsschar Halt. Sie hatte den Weg erreicht, der zu der Furt führte. Tatsächlich konnte er jedoch keine Straße, sondern nur ein breiter Pfad genannt werden, und erst vor kurzer Zeit war der Wald so weit ausgeholzt worden, daß ein Kriegsheer, ja sogar Wagen, ungefährdet hindurchzukommen vermochten. Auf beiden Seiten des Pfades ragten hohe Fichtenbäume empor, da und dort lagen die mächtigen Stämme, die gefällt worden waren. An manchen Stellen standen die Haselnußsträucher so dicht, daß kein Auge hindurchzudringen vermochte. Mit kundigem Blick suchte Zbyszko diese geeigneten Plätze für seine Kriegsschar aus. Damit die Deutschen sie nicht schon von weitem wahrnehmen und sich dann zurückziehen oder in Schlachtordnung aufstellen konnten, hieß er seine Mannen sich auf beiden Seiten des Pfades in den Hinterhalt legen und hier den Feind erwarten.

Die Samogitier, die an das Leben in den Wäldern, an die Kriegsführung inmitten einer Wildnis gewohnt waren, bargen sich so rasch hinter Bäumen und gefällten Stämmen, hinter Haselnußsträuchern und jungen Tannen, als ob die Erde sie verschlungen hätte. Keiner von ihnen gab einen Laut von sich, kein Pferd ließ auch nur ein Schnauben hören. Von Zeit zu

Zeit lief das oder jenes wilde Tier auf die auf der Lauer liegenden Leute zu, ein jedes rannte aber erschreckt in den tiefen Wald zurück, sobald es eines Menschen ansichtig wurde. Zuweilen erhob sich ein Windstoß, so daß plötzlich ein mächtiges Brausen durch den Wald fuhr, dem jedoch sofort wieder lautlose Stille folgte. Nur aus der Ferne ertönte in kurzen Zwischenräumen der Ruf des Kuckucks, und in der Nähe erklang dann und wann das Hämmern des Spechtes.

Freudig horchten die Samogitier auf dieses Hämmern, galt ihnen doch der Vogel als Bringer froher Kunde. Zahllose Spechte schienen hier zu nisten, denn allmählich erklang ein so durchdringendes starkes Hämmern von allen Seiten, wie wenn es von Menschenhänden herrühre. Es war, als ob jene Vögel eine Schmiede im Wald errichtet hätten und seit frühem Morgen an strenger Arbeit wären. Macko und die Masuren dünkte es, sie hörten Zimmerleute, die das Gebälk eines neuen Hauses aufschlugen, und sie glaubten, in die Heimat versetzt zu sein.

Doch die Zeit verstrich und noch immer war nichts zu vernehmen als die Stimmen der Vögel, als das Brausen des Waldes. Der Nebel schwand mehr und mehr, die wärmende Sonne brach völlig durch. Doch lautlos harrten die Krieger auf ihren Posten aus. Schließlich wandte sich Hlawa, dem das Schweigen und die Spannung unerträglich geworden waren, zu Zbyszko und flüsterte: „O Herr, wenn Gott keinen der Weißmäntel lebend davonkommen läßt, könnten wir nicht zur Nachtzeit über den Fluß setzen, die Burg überrumpeln und in unsere Gewalt bringen?"

„Glaubst du denn nicht, daß sie Boote ausgesetzt und der Bemannung ein Losungswort erteilt haben?"

„Das haben sie sicherlich. Doch ebenso gewiß werden auch die mit dem Schwert bedrohten Gefangenen das Losungswort nicht nur verraten, sondern es sogar auf deutsch der Wache zurufen. Wenn wir nur einmal auf der Insel sind, dann wird die Burg" –

Er konnte nicht weiterreden, Zbyszko legte ihm plötzlich die Hand auf den Mund, denn von dem Weg her ertönte das Krächzen eines Raben.

„Schweig!" rief der junge Ritter, „das ist ein Zeichen."

Und noch ehe man zwei Vaterunser hätte sprechen können, sprengte ein Samogitier auf seinem kleinen zottigen Pferd daher, dessen Hufe fürsorglich mit Schafsfellen umwickelt waren, damit kein Geräusch hörbar, keine Spur hinterlassen werde.

Scharf blickte der Reiter nach allen Seiten aus, und kaum hörte er aus dem Dickicht die Antwort auf das Krächzen, so drang er so rasch in den Wald ein, daß er sich schon nach wenigen Sekunden neben Zbyszko befand.

„Sie kommen!" sagte er hierauf leise.

Sechstes Kapitel

Zbyszko fragte hastig, auf welche Weise sie vorrückten, wieviel Reiterei und wieviel Fußvolk es sei, vor allem aber, wie weit entfernt sie sich noch befanden. Aus der Antwort des Samogitiers entnahm er, daß die Abteilung die Zahl von einhundertfünfzig Kriegern nicht überstieg, von denen etliche fünfzig zu Pferd von einem weltlichen Ritter, nicht aber von einem Kreuzritter angeführt wurden, daß sie in Schlachtordnung vorrückten, daß sie eine Anzahl Wagen mit einem Vorrat von Rädern mitführten, daß der ganzen Abteilung in einer Entfernung von zwei Bogenschüssen eine aus acht Mannen bestehende Vorhut vorausgehe, welche die Landstraße häufig verlasse, um das Dickicht des Waldes zu durchsuchen, und schließlich, daß sie eine Viertelmeile entfernt waren.

Daß die Feinde sich in Schlachtordnung vorwärtsbewegten, war keine frohe Kunde für Zbyszko. Er wußte aus Erfahrung, welche Schwierigkeiten es hatte, die geschlossenen Reihen der Deutschen zu durchbrechen, und daß eine solche Schar selbst während des Rückzuges sich zu verteidigen und gleich einem von Hunden in die Enge getriebenen Eber um sich zu hauen verstand. Hingegen erfreute ihn die Nachricht, daß sie nicht weiter als eine Viertelmeile entfernt waren, denn er sagte sich, daß jene Mannen, die er vorausgeschickt hatte, den Deutschen nun schon in den Rücken gefallen waren, und daß sie, falls diese eine Niederlage erlitten, keine lebende Seele entrinnen lassen würden. Was die der Abteilung vorausziehende Streifwache anbelangte, so machte sie ihm wenig Sorge, da es von Anfang an zu erwarten gewesen war, daß es so kommen könne, und er auch seinen Samogitiern zuvor schon befohlen hatte, entweder jene Vorhut ruhig durchzulassen, oder, wenn der Versuch gemacht werde, das Innere des Waldes zu erforschen, in aller Stille jene acht Mannen einen nach dem anderen gefangenzunehmen.

Aber dieser Befehl war ganz überflüssig gewesen. Die Streifwache zog schon heran. Verborgen hinter einigen entwurzelten Baumstämmen, in der Nähe der Landstraße sahen die Samogitier die Kriegsknechte, die an der Biegung des Weges Halt machten und miteinander sprachen, sehr genau. Nachdem der Anführer, ein starker, rotbärtiger Krieger, durch ein Zeichen Schweigen geboten hatte, begann er angestrengt zu lauschen. Es war klar, daß er schwankte, ob er in den Wald eindringen solle oder nicht. Schließlich, als er nur das Hämmern der Spechte vernahm, dachte er offenbar, daß die Vögel sich nicht hören lassen würden, wenn jemand im Forst verborgen wäre, daher winkte er mit der Hand und führte seine Untergebenen weiter.

Zbyszko wartete, bis sie an der nächsten Biegung verschwunden waren, dann näherte er sich in aller Stille, an der Spitze der schwer bewaffneten Mannen, der Landstraße. Unter ihnen befanden sich Macko, der Böhme, die beiden Edelleute aus Lekawica, drei junge Ritter aus Ciechanow und mehrere der angesehensten und bestbewaffneten Bojaren aus Samogitien. Sich noch länger zu verbergen, war nicht mehr nötig, daher beabsichtigte

Zbyszko sogleich, wenn Deutsche sich zeigten, bis zur Mitte des Weges vorzusprengen, sich auf sie zu werfen, und sie zu zerstreuen. Falls das gelang, und falls der allgemeine Kampf sich zu einer Reihe von Einzelkämpfen gestaltete, durfte er sicher sein, daß die Samogitier Meister über die Deutschen wurden.

Und abermals folgte tiefe Stille, die nur von dem Rauschen und Flüstern des Waldes unterbrochen wurde. Doch bald drangen von der östlichen Seite der Landstraße auch menschliche Stimmen zu den Ohren der Krieger. Anfangs etwas verworren und wie aus der Ferne klingend, schienen sie allmählich näherzukommen und waren immer deutlicher zu vernehmen.

Zbyszko führte nun seine Abteilung in die Mitte der Landstraße und stellte sie in keilförmiger Schlachtordnung auf. Er selbst trieb sein Pferd an die Spitze, unmittelbar hinter ihm befanden sich Macko und der Böhme. In der nächsten Reihe standen drei Reiter, in der darauffolgenden vier. Sie waren alle gut bewaffnet, zwar fehlten ihnen die mächtigen Speere oder Lanzen der Ritter, da diese bei Märschen durch den Wald nur hinderlich gewesen wären. Dagegen trugen sie für den ersten Angriff den kurzen und leichterem samogitischen Speer bei sich, Schwert und Beil waren für den Kampf im Handgemenge am Sattel befestigt.

Hlawa horchte aufmerksam und angestrengt, dann flüsterte er Macko zu: „Sie singen!"

„Merkwürdig! Der Weg scheint sich im Wald zu verlieren, weil wir sie von diesem Platz aus nicht sehen können", sagte Macko.

Da wandte sich Zbyszko, der es für nutzlos erachtete, sich noch länger zu verbergen oder auch nur leise zu sprechen, zu ihm und sagte: „Dies kommt daher, daß sich die Landstraße längs des Flusses hinzieht und viele Biegungen macht. Wir werden sie ganz plötzlich zu Gesicht bekommen, und so wird es am besten sein."

„Wie fröhlich sie singen!" warf der Böhme ein.

In der Tat sangen die Deutschen durchaus kein frommes Lied, dies war aus der Weise leicht zu erkennen. Bei aufmerksamem Lauschen unterschied man auch, daß kaum mehr als zehn Leute sangen, und daß nur ein Ausruf von allen wiederholt wurde. Dieser Ausruf aber hallte wie Donnerschall weithin durch den Wald.

Und so voll Heiterkeit und Frohsinn gingen sie dem Tod entgegen.

„Bald werden wir sie sehen", sagte Macko.

Sein Gesicht verfinsterte sich plötzlich und nahm einen wolfsähnlichen Ausdruck an. War er doch hart und rachsüchtig geworden, und hatte er doch noch nicht Vergeltung für jenen Pfeilschuß geübt, den er damals empfing, als er, um Zbyszko zu retten, sich mit einem Brief der Schwester Witolds zum Großmeister begeben wollte.

In ihm bäumte sich alles auf, und gleich einem unaufhaltsamen Strom riß ihn der Durst nach Rache mit sich fort.

„Dem Mann wird es nicht gut ergehen, mit dem er zuerst anbindet", dachte Hlawa, nachdem er einen Blick auf den alten Ritter geworfen hatte.

Mittlerweile trug der Wind ganz deutlich den Ausruf herbei, der von allen im Chor wiederholt wurde: „Tantaradei!" – und gleich darauf hörte Hlawa die Worte eines ihm bekannten Liedes:

> „Bei den rôsen er wol mac,
> Tantaradei!
> Merken wâ mir'z houbet lac ..."

Da riß der Gesang plötzlich ab, denn zu beiden Seiten des Weges erscholl ein so lautes durchdringendes Krächzen, wie wenn in diesem Waldwinkel eine große Versammlung von Raben abgehalten worden wäre. Die Deutschen wunderten sich nicht wenig darüber. Unwillkürlich fragten sie sich, woher all diese Vögel kämen und wieso deren Stimmen dicht über dem Erdboden, nicht aber in den Wipfeln der Bäume ertönten.

Die erste Reihe der Kriegsknechte zeigte sich jetzt an der Biegung und blieb beim Anblick der unbekannten Reiter wie versteinert stehen.

In demselben Augenblick neigte sich Zbyszko auf den Sattel herab, gab seinem Pferd die Sporen und sprengte vorwärts.

„Werft Euch auf sie!"

Die anderen folgten ihm. Auf beiden Seiten des Waldes erscholl der furchtbare Ruf der samogitischen Krieger. Ungefähr zweihundert Schritte trennten Zbyszkos Mannen von den Deutschen, die im nächsten Augenblick einen ganzen Wald von Lanzen gegen die Heranreitenden richteten, während die hinteren Reihen sich mit der gleichen Schnelligkeit gegen die beiden Seiten des Waldes wandten, um sich gegen die Angriffe auf den Flanken zu verteidigen. Ihre Geschicklichkeit wäre von den polnischen Rittern bewundert worden, hätten diese Zeit zur Bewunderung gefunden, und hätten deren Pferde sie nicht in rasendem Lauf den erhobenen, glänzenden Lanzen entgegengetragen.

Durch einen für Zbyszko günstigen Zufall befand sich die deutsche Reiterei bei der Nachhut, in der Nähe der Wagen. Zwar rückte sie sofort zu ihrem Fußvolk vor, doch konnte sie sich weder einen Weg durch die Reihen bahnen, noch an ihnen vorbeireiten und sie daher auch nicht gegen den ersten Ansturm decken. Bald sahen sich die berittenen Deutschen umringt von einer Schar Samogitier, die aus dem Dickicht herausstürzten gleich einem wildgewordenen Wespenschwarm, dessen Nest von einem unbedachten Wanderer beschädigt worden ist. Unterdessen hatte Zbyszko mit seinen Mannen das Fußvolk angegriffen.

Doch dieser Angriff blieb ohne Erfolg. Nachdem die Deutschen ihre schweren Lanzen und Hellebarden in die Erde gepflanzt hatten, hielten sie dieselben in einer Linie fest, so daß die leichte, samogitische Reiterei diesen Wall nicht zu durchbrechen vermochte. Mackos Pferd, durch eine Hellebarde in das Schienbein getroffen, bäumte sich hoch auf und grub sich dann mit den Nüstern in den Grund. Während eines kurzen Augenblicks hing der Tod über des alten Ritters Haupt, aber er, der in allen Kämpfen sehr erfahren und gegen Zufälle gewappnet war, zog die Füße aus den Steigbügeln und griff mit starker Hand nach eines Deutschen scharfem Speer, so daß dieser, statt seine Brust zu durchbohren, ihm als Stütze diente. Dann sprang er mitten durch die Pferde, und sein Schwert ziehend, begann er damit über die Speere und Hellebarden herzufallen, gerade wie ein raubgieriger Falke wütend über eine Schar langschnäbeliger Kraniche herfällt. Als Zbyszkos Pferd im Lauf zurückgehalten wurde, und sich fast ganz auf die Hinterbeine stellte, stützte er sich auf seinen Speer, zerbrach ihn aber und griff nun gleichfalls zum Schwert. Der Böhme, der dem Beil vor allen anderen Waffen den Vorzug gab, schleuderte das seine gegen die Feinde und war für einen Augenblick waffenlos. Einer der Edelleute aus Lekawica fiel, den anderen ergriff bei diesem Anblick eine so wahnsinnige Wut, daß er heulte wie ein Wolf, und seinem blutüberströmten Pferd die Sporen gebend, es blindlings mitten unter die Feinde trieb. Die samogitischen Bojaren schlugen mit ihren Hirschfängern auf die großen und keinen Speere, hinter denen die Gesichter der Kriegsknechte hervorschauten, die gleichsam von Verwunderung durchdrungen zu sein schienen, und in deren ganzem Gebaren sich zugleich Haß und Entschlossenheit ausdrückte. Es zeigte sich indessen, daß ihre Reihen nicht durchbrochen werden konnten. Auch die Samogitier, welche die Flanken angriffen, prallten wieder zurück wie vor dem sicheren Verderben. Zwar rückten sie dann abermals mit noch größerem Ungestüm vor, vermochten aber nichts auszurichten.

Im Nu kletterten nun etliche auf die Fichtenbäume am Weg und schossen ihre Pfeile mitten unter die Kriegsknechte hinein, deren Anführer daraufhin den Befehl gaben, den Rückzug gegen die Reiterei anzutreten. Die deutschen Armbrustschützen erwiderten indessen die Schüsse der Feinde, so daß von Zeit zu Zeit mancher unter den Baumzweigen verborgener Samogitier gleich einem reifen Fichtenzapfen zu Boden fiel und sich im Todeskampf mit den Händen in das Moos des Waldes eingrub oder emporschnellte wie ein aus dem Wasser geworfener Fisch. Umringt auf allen Seiten, konnten die Deutschen nicht auf Sieg rechnen, da sie jedoch sahen, daß ihre Schutzwehr nicht vergeblich war, wähnten sie, wenigstens eine kleine Schar von ihnen sei vielleicht imstande, noch aus der Umgarnung zu entkommen und zum Fluß zu gelangen.

Keinem kam es in den Sinn, sich zu ergeben, denn da sie selbst ihre Gefangenen niemals schonten, wußten sie, daß sie auch nicht auf das Mitleid der zur Verzweiflung und Empörung getriebenen Feinde rechnen durften. So zogen sie sich denn in der Stille zurück, Mann für Mann, Schulter an Schulter, bald die Lanzen und Hellebarden erhebend bald sinken lassend, Hiebe und Stiche austeilend, ihre Pfeile gebrauchend, so gut das Getümmel der Schlacht es gestattete, und sich fortwährend ihrer Reiterei nähernd, die mit anderem feindlichen Kriegsvolk um Leben und Tod kämpfte.

Da geschah etwas ganz Unerwartetes, etwas, wodurch der Ausgang dieses verzweifelten Kampfes entschieden wurde. Jener Edelmann aus

Lekawica, der durch den Tod seines Bruders von Wahnwitz ergriffen worden war, neigte sich, ohne von seinem Roß zu steigen, herab, und hob den Leichnam vom Boden auf, offenbar in der Absicht, ihn vor den Hufschlägen der Pferde zu retten und an einem sicheren Ort niederzulegen, wo er ihn dann nach der Schlacht finden konnte. Aber in demselben Augenblick überkam ihn ein neuer Wutanfall und raubte ihm völlig jedes klare Bewußtsein, denn anstatt vom Weg abzulenken, griff er die Feinde an und warf den Leichnam mit aller Kraft auf die scharfen Lanzenspitzen, die, in dessen Brust, Leib und Hüften eindringend, sich unter der Last förmlich bogen. Bevor aber die Kriegsknechte imstande waren, ihre Lanzen herauszuziehen, sprengte der Wahnsinnige durch die entstandene Bresche in ihre Reihen hinein, gleich einem Sturmwind die Menschen über den Haufen werfend.

Im nächsten Augenblick streckten sich zehn Hände gegen ihn aus, zehn Lanzen durchbohrten die Flanken seines Rosses, aber die Reihen waren nun durchbrochen, und bevor sie sich wieder ordnen konnten, warf sich einer der samogitischen Bojaren, der sich am nächsten befand, in die Bresche, ihm folgte Zbyszko sowie der Böhme, und das furchtbare Getümmel wurde mit jedem Augenblick größer. Wieder andere Bojaren ergriffen nun gleichfalls die Leichname von Gefallenen und warfen sie auf den Wall von Lanzenspitzen. Auf den Flanken machten die Samogitier einen neuen Angriff. Die ganze bisher wohlgeordnete Heerschar der Deutschen geriet ins Wanken, gleich einem Haus, dessen Mauern geborsten sind, sie teilte sich gleich einem Baumstamm, in den ein Keil eingetrieben ist, und zerstreute sich schließlich.

Allmählich wurde die Schlacht zu einer Metzelei. Die langen, deutschen Speere und Hellebarden waren nutzlos in diesem Handgemenge, dagegen drangen die Hirschfänger der Reiter tief in die Hirnschalen und Nacken der Deutschen ein, die Pferde jagten in das dichteste Menschengewühl, die unglücklichen Kriegsknechte zu Boden werfend und zerstampfend. Den Reitern fiel es leicht, von oben herab die Feinde zu treffen, daher schlugen sie unaufhörlich drein, ohne abzulassen. Von den Seitenwegen strömten immer neue Scharen wilder Krieger in Wolfsfellen und mit der Blutgier von Wölfen herbei. Ihr Heulen übertönte die flehentlichen Bitten um Erbarmen und das Ächzen der Sterbenden. Die Besiegten warfen ihre Waffen nieder, etliche versuchten, in den Wald zu entkommen, einige warfen sich zu Boden und stellten sich tot, manche standen wie erstarrt da, mit bleichen Gesichtern und geschlossenen Augen, wieder andere beteten, einer, dessen Sinne sich offenbar vor Schrecken verwirrt hatten, begann auf einer Pfeife zu spielen, wobei er lächelnd emporschaute, bis eine samogitische Keule ihm den Schädel zerschmetterte. Der Fichtenwald stellte sein Brausen ein, wie erschreckt über das Blutbad.

Mehr und mehr schmolz die kleine Schar der Ordensknechte zusammen. Nur im Dickicht erscholl noch von Zeit zu Zeit der Lärm des Kriegsgetümmels und der durchdringende Schrei der Verzweifelten. Zbyszko sowie Macko, und hinter diesen alle Reiter, sprengten jetzt gegen die feindliche Reiterei heran.

In einem Kreis aufgestellt, kämpfte diese. Es war die gewöhnliche Art der Deutschen, sich zu verteidigen, wenn der Feind ihnen mit großer Übermacht entgegentrat. Die gut berittenen Krieger, die auch besser gewappnet waren als das Fußvolk, stritten tapfer und mit bewunderungswürdiger Verwegenheit. Kein Träger des weißen Mantels war unter ihnen zu sehen, sie gehörten meist den mittleren und weniger angesehenen preußischen Adelsgeschlechtern an, deren Obliegenheit es war, auf Geheiß des Ordens ins Feld zu ziehen. Auch ihre Pferde waren zum größten Teil gewappnet, manche mit Panzern aus Draht und alle mit eisernen Stirnbinden, an denen in der Mitte ein Horn aus Stahl hervorragte. Den Oberbefehl hatte ein hochgewachsener, schlanker Ritter in dunkelblauem Panzer und gleichfarbigem Helm mit herabgelassenem Visier.

Aus der Tiefe des Waldes wurde ein Hagel von Pfeilen auf sie abgeschossen, aber deren Spitzen prallten von den Helmen, den Panzern und harten Armschienen ab, ohne eine Spur zurückzulassen. Eine dichte Mauer von Samogitiern zu Fuß und zu Roß umgab sie, doch sie verteidigten sich, indem sie wütend um sich schlugen und mit ihren langen Schwertern solche Hiebe austeilten, daß die Getroffenen scharenweise vor den Hufen ihrer Rosse lagen. Die vordersten Reihen der Angreifer wollten sich zurückziehen, aber sie wurden von hinten vorgeschoben, und waren deshalb nicht imstande dazu. In dem dichten Gedränge entstand ein grenzenloser Wirrwarr, die Augen wurden geblendet von dem Flimmern der Lanzen, dem Funkeln der Schwerter. Die Pferde wieherten, bissen um sich, schlugen mit den Hinterfüßen aus. Da sprengten die samogítschen Bojaren, da sprengten Zbyszko, der Böhme und die Masuren in den Kreis. Unter ihren gewaltigen Streichen geriet die ganze Schar ins Wanken und bewegte sich hin und her wie ein Wald, dessen Stämme und Zweige vom Sturm gepeitscht werden, jene Angreifer jedoch rückten schweißtriefend von der Mühseligkeit des Kampfes nur langsam vorwärts, dabei wie die Holzhauer verfahrend, welche die Tannen fällen, wo sie am dichtesten stehen.

Nun befahl Macko, die langen Hellebarden der Deutschen auf dem Schlachtfeld zu sammeln und nachdem sich ungefähr dreißig wilder Krieger damit bewaffnet hatten, bahnten sie sich einen Weg damit bis zu den Deutschen. Als sie bei diesen angelangt waren, schrie er: „Schlagt los, auf die Füße der Pferde!" und sofort zeigten sich die entsetzlichen Folgen dieses Befehls. Die deutschen Ritter konnten ihre Feinde nicht mit den Schwertern erreichen, während die Schienbeine der Pferde furchtbar durch die Hellebarden zerschmettert wurden. Da erkannte der blaue Ritter, daß das Ende der Schlacht herannahe, und daß nichts übrig blieb, als sich entweder durch die Feinde durchzuschlagen, die ihm und seiner Schar den Rückweg abschnitten, oder mit ihr zugrunde zu gehen.

Er wählte das erstere – und im Nu machte auf seinen Befehl die ganze Reihe der Ritter Front nach der Richtung, aus der sie gekommen waren.

Die Samogitier waren ihnen sofort im Nacken, jedoch die Deutschen hingen die Schilder um die Schultern, durchbrachen den sie umzingelnden Ring, spornten ihre Pferde an und jagten der Windsbraut gleich gen Osten.

Doch nun trafen sie mit jener Heeresabteilung zusammen, die gerade herbeisprengte, um in die Schlacht einzugreifen, aber den besseren Waffen unterliegend, von den Pferdehufen zermalmt, wurden die Mannen dieser Abteilung hingemäht wie Ackerfelder vom Sturmwind. Der Weg zur Burg war frei, aber die Rettung unsicher, denn die Pferde der Samogitier waren schneller als die der Deutschen. Der blaue Ritter begriff dies nur zu wohl.

„Wehe!" sagte er sich im Innern, „kein einziger wird entrinnen, wennschon ich mit meinem eigenen Blut ihr Leben erkaufen möchte."

Nach diesen Erwägungen gebot er den Reitersmännern, die sich in seiner Nähe befanden, ihre Pferde anzuhalten, er selbst wandte das seine, und ohne darauf zu achten, ob jemand seiner Aufforderung gehorchte, bot er dem Feind die Stirn.

Zbyszko sprengte zuerst heran, daher schlug ihm der Deutsche auf den schützenden Helm, traf aber nur die vortretende Kante, zerschmetterte sie jedoch nicht und verletzte auch das Antlitz nicht. Da faßte Zbyszko, anstatt Hieb mit Hieb zu vergelten, den Ritter um den Leib, rang mit ihm, und, vor allem darauf bedacht, ihn lebend in seine Gewalt zu bekommen, bemühte er sich, ihn vom Sattel zu reißen. Aber seine Steigbügel brachen von dem allzu starken Druck und die Kämpfer fielen zu Boden. Während eines kurzen Augenblicks wälzten sie sich auf der Erde, mit Händen und Füßen um sich schlagend, bald jedoch erlangte der junge Kämpe durch seine ungewöhnliche Kraft die Übermacht über seinen Gegner und sich mit seinen Knien auf dessen Leib stemmend, hielt er ihn fest, wie etwa ein Wolf einen Hund festhält, der es gewagt hat, ihn im Dickicht zu stellen.

Und er hielt ihn unnötigerweise fest, denn der Deutsche war bewußtlos geworden. Mittlerweile sprengten auch Macko und der Böhme heran. Als Zbyszko sie erblickte, rief er ihnen zu: „Kommt und bindet ihn! Das ist ein angesehener Ritter – ein gegürteter!"

Der Böhme sprang vom Pferd. Da er indessen sah, wie hilflos der Besiegte dalag, band er ihn nicht, sondern öffnete seinen Panzer und seine Armschienen, nahm seinen Gürtel nebst dem daranhängenden „Misericordia", durchschnitt den Riemen, womit der Helm befestigt war und machte schließlich die Schraube auf, die das Visier zusammenhielt.

Doch kaum hatte er des Ritters Antlitz erschaut, als er emporsprang und rief: „Herr! Herr! Seht nur!"

„De Lorche!" schrie Zbyszko auf.

Und de Lorche lag mit bleichem, schweißbedecktem Antlitz und geschlossenen Augen da, regungslos, einem Toten ähnlich.

Siebentes Kapitel

Zbyszko befahl, ihn auf einen der erbeuteten mit Rädern und Achsen beladenen und zu jenem Zug gehörenden Wagen zu legen, der neue Zufuhr in die Burg hatte bringen sollen. Er selbst bestieg ein anderes Pferd und sprengte mit Macko davon, um die Fliehenden weiterzuverfolgen. Diese Verfolgung war indessen nicht allzu schwer, denn die Pferde der Deutschen taugten wenig zu einer solchen Flucht auf der vom Frühlingsregen durchweichten Landstraße. Auf einer schnellen, leichtfüßigen Stute, die dem erschlagenen Edelmann aus Lekawica angehört hatte, überholte Macko nach einigen hundert Schritten fast alle Samogitier und erreichte bald den ersten Deutschen. Dem ritterlichen Gebrauch gemäß rief er ihn zwar an, auf daß er sich entweder als Gefangener ergebe oder zum Kampf stelle, aber da jener tat, als ob er nicht höre, zur Erleichterung seines Pferdes sogar seinen Schild wegwarf, sich vorbeugte und seine Sporen in des Rosses Flanken drückte, da versetzte ihm der alte Ritter mit seiner breiten Axt einen furchtbaren Hieb zwischen die Schulterblätter und hob ihn aus dem Sattel.

So rächte er sich an den Flüchtlingen für den verräterischen Pfeilschuß, den er einst empfangen hatte, sie aber flohen vor ihm gleich einem Rudel Hirsche, die alle von unbezwinglicher Furcht erfüllt sind, aber keinen Trieb hegen, zu kämpfen und sich zu verteidigen, sondern nur den einen, sich vor dem entsetzlichen Verfolger zu retten. Etliche liefen in den Wald, einer blieb im Sumpf stecken, und diesen erwürgten die Samogitier mittels eines Halfters. Ganze Scharen verfolgten die Flüchtlinge bis ins Dickicht, wo nun unter Lärm und Geschrei eine wilde Jagd begann. Der Forst hallte davon wider, bis der letzte Mann bezwungen war. Dann kehrten der alte Ritter aus Bogdaniec, Zbyszko und Hlawa auf das erste Schlachtfeld zurück, wo die erschlagenen deutschen Kriegsknechte lagen. Die Leichname waren entblößt, etliche auch furchtbar verstümmelt von den Händen der rachsüchtigen Samogitier. Ein großer Sieg war gewonnen, und das Volk wie trunken vor Freude. Nach der letzten Niederlage Skirwoillos bei Gotteswerder war Unzufriedenheit in die Herzen der Samogitier eingezogen, vornehmlich weil die ihnen durch Witold zugesagten Hilfstruppen nicht so schnell eingetroffen waren, wie man erwartet hatte. Jetzt aber lebte die Hoffnung wieder auf und die Flamme der Begeisterung entzündete sich aufs neue gleich einem Feuer, dem frische Nahrung zugeführt wird.

Allzu viele waren sowohl bei den Samogitiern wie bei den Deutschen gefallen, um sie bestatten zu können, aber Zbyszko befahl, mit den Speeren Gräber für die beiden Edelleute aus Lekawica zu graben, die hauptsächlich zu dem Sieg beigetragen hatten, und sie unter zwei Fichtenbäumen zu beerdigen, in deren Rinde er mit der Spitze seines Schwertes Kreuze einschnitt. Dann, nachdem er dem Böhmen anbefohlen hatte, über den immer noch bewußtlosen Herrn de Lorche zu wachen, brach er mit seinen Mannen auf, und zog eilig wieder auf der nämlichen Straße der

Richtung zu, wo sich Skirwoillo befinden mußte, um ihm für alle Fälle Hilfe zu bringen. Doch es währte lange, bis er auf das von den Streitern schon verlassene Schlachtfeld stieß, das wie das erste mit den Leichnamen der Samogitier und Deutschen bedeckt war. Zbyszko sagte sich, Skirwoillo müsse einen bedeutenden Sieg davongetragen haben, denn wenn dieser furchtbare Heerführer geschlagen worden wäre, hätten sie auf ihrem Weg deutsche, gegen die Burg ziehende Krieger treffen müssen. Offenbar war es aber ein blutiger Sieg gewesen, da etwas weiterhin, jenseits des eigentlichen Schlachtfeldes, noch Leichname von erschlagenen Samogitiern dicht aneinandergereiht lagen. Bei diesem Anblick dachte der erfahrene Macko, ein Teil der Deutschen müsse wohl imstande gewesen sein, sich vor dem Verderben zu retten.

Ob Skirwoillo sie dann verfolgt hatte, war schwer zu entscheiden, weil die Spuren trügerisch waren, und eine die andere immer wieder verwischt hatte. Doch glaubte Macko, daß die Schlacht hier schon ziemlich lange, vielleicht früher als die von Zbyszko gelieferte, stattgefunden hatte, denn die Leichname waren schwarz und angeschwollen, manche auch schon von Wölfen zerrissen, die sich bei Annäherung der bewaffneten Mannen ins Dickicht flüchteten.

In Anbetracht all dessen beschloß Zbyszko, nicht auf Skirwoillo zu warten, sondern zu dem früheren, sicheren Lagerplatz zurückzukehren. Spät in der Nacht dort angelangt, traf er sogleich mit dem samogitischen Heerführer zusammen, der etwas früher dort eingetroffen war. In Skirwoillos sonst etwas düsterem Gesicht drückte sich jetzt frohe Zuversicht aus. Sofort fragte er nach der Schlacht, die stattgefunden hatte, und als er von dem Sieg hörte, sagte er mit einer, dem Krächzen eines Raben gleichen Stimme: „Ich bin zufrieden mit dir und mit mir. Die Hilfstruppen werden nicht so rasch eintreffen, wenn aber der Großfürst kommt, wird auch er seine Befriedigung äußern, denn die Burg wird unser sein."

„Was für Gefangene sind gemacht worden?" fragte Zbyszko.

„Nur Weißfische, keine Hechte! Es war einer da, es waren sogar zwei da, aber sie entschlüpften, die bärbeißigen Hechte! Sie bissen unsere Mannen und suchten dann das Weite!"

„Durch Gottes Gnade wurde mir ein Gefangener in die Hände geliefert", entgegnete der Jüngling. „Es ist ein mächtiger und angesehener weltlicher Ritter, ein Fremder!"

Der schreckliche Samogitier umfaßte seinen eigenen Hals mit beiden Händen, dann machte er eine Bewegung, wie wenn er mit einem Strick in die Höhe gezogen werde.

„So wird es ihm ergehen!" sagte er, „gerade wie den anderen ... So!"

Doch Zbyszko runzelte die Stirn.

„Höre, Skirwoillo", antwortete er, „so wird es ihm nicht ergehen, denn er ist mein Gefangener und mein Freund. Uns beide hat Fürst Janusz zu gleicher Zeit gegürtet, und ich gestatte nicht, daß du mit einem Finger an ihn rührst!"

„Du gestattest es nicht?"

„Ich gestatte es nicht!"

Und sie maßen sich mit finsteren Blicken, wobei Skirwoillos Gesicht sich verzerrte und geradezu den Ausdruck eines Raubtieres annahm. Schon waren beide nahe daran, ihrem Zorn die Zügel schießen zu lassen, als Zbyszko, dessen Herz von den Ereignissen des Tages erschüttert war, und der jeden Streit mit dem alten Heerführer zu vermeiden wünschte, den er ehrte und schätzte, ihn plötzlich umfaßte, an die Brust drückte und rief: „So willst du mir ihn entreißen und mir damit die letzte Hoffnung rauben? Wie kannst du mir ein solches Unrecht zufügen?"

Skirwoillo entzog sich der Umarmung nicht, schließlich aber erhob er sein Haupt von Zbyszkos Schulter und diesen von untern herauf ansehend, ließ er ein eigentümliches Schnauben hören: „Wohlan", sagte er nach kurzem Schweigen, „morgen lasse ich meine Gefangenen aufhängen, wünschest du aber einen für dich zu behalten, so überlasse ich ihn dir."

Dann umarmten sie sich nochmals und trennten sich in gutem Einvernehmen, zur großen Befriedigung Mackos, der bemerkte: „Durch Heftigkeit kannst du offenbar nichts bei ihm erreichen, aber durch freundliches Entgegenkommen wird er zu Wachs in deinen Händen."

„So ist das ganze Volk", erwiderte Zbyszko, „die Deutschen jedoch nur wissen dies nicht."

Nach diesen Worten befahl er, Herrn de Lorche, der in einer Hütte rastete, an die Feuerstätte zu führen, und derselbe erschien denn auch bald, von dem Böhmen begleitet, unbewaffnet, ohne Helm, mit einem ledernen Wams bekleidet, auf dem der Panzer seine Spuren zurückgelassen hatte, und mit einer roten Mütze auf dem Haupt.

De Lorche hatte schon durch Hlawa erfahren, wessen Gefangener er war, deshalb trat er mit kalter hochmütiger Miene heran, und beim Schein der Flamme war Trotz und Verachtung in seinem Gesicht zu lesen.

„Danke Gott", sagte Zbyszko zu ihm, „daß er dich in meine Hand gab, denn von mir hast du nichts zu befürchten."

Und er wollte ihm in freundschaftlicher Weise die Hand reichen, aber de Lorche blieb unbeweglich stehen.

„Den Rittern, welche die ritterliche Ehre beschimpft haben, indem sie mit den Sarazenen gegen die Christen kämpften, reiche ich nicht die Hand."

Einer der anwesenden Masuren übersetzte seine Worte, deren Bedeutung Zbyszko sofort erriet. Und heiß wallte das Blut in ihm auf.

„Tor!" schrie er auf, unwillkürlich den Griff seines „Misericordia" ergreifend.

De Lorche erhob das Haupt.

„Töte mich!" sagte er, „ich weiß ja, daß Ihr die Gefangenen nicht schont."

„Schont Ihr sie denn?" rief der Masur, der solche Worte nicht ruhig anhören konnte. „Seid Ihr es nicht gewesen, die Ihr alle die in der Schlacht gemachten Gefangenen am Ufer der Insel aufgehängt habt? Darum wird auch Skirwoillo Eure Kriegsknechte hängen lassen."

„So geschah es in der Tat", entgegnete de Lorche, „aber dies sind Heiden gewesen."

Indessen war es nicht zu verkennen, daß er sich dieser Antwort gewissermaßen schämte, und man konnte daraus entnehmen, daß er im Innern eine solche Tat nicht billigte.

Mittlerweile hatte Zbyszko wieder kaltes Blut erlangt und sagte mit ruhiger Würde: „De Lorche, aus derselben Hand empfingen wir Gürtel und Sporen, du kennst mich auch und weißt, daß die Ritterehre mir teurer ist als Leben und Glück, also höre, was ich dir mit einem Eid bei dem heiligen Georg beschwöre. Viele von den Gefangenen waren längst getauft, und die Leute, die noch keine Christen sind, strecken ihre Hände nach dem Kreuz aus, wie nach ihrer ewigen Seligkeit. Aber weißt du, wer ihnen hindernd in den Weg tritt, damit sie nicht zur Erlösung gelangen, weißt du, wer ihnen die Taufe verwehrt?"

Der Masur übersetzte Zbyszkos Worte sofort, und de Lorche schaute daher fragend in des Jünglings Antlitz.

Dieser aber sagte: „Die Kreuzritter!"

„Das kann nicht sein!" schrie der lothringische Ritter auf.

„Bei der Lanze und bei den Sporen des heiligen Georg, die Kreuzritter sind es! Denn wenn das Kreuz hier die Oberhand bekäme, würden sie keinen Vorwand mehr für ihre Überfälle, ihr herrisches Gebaren in diesem Land und für die Unterdrückung des unglückseligen Volkes haben. Doch du hast sie ja kennengelernt, de Lorche, und weißt am besten, ob ihre Taten gerecht sind."

„Ich glaube, daß sie ihre Sünden büßen, indem sie mit den Heiden kämpfen und sie zur Taufe zu bewegen versuchen."

„Mit Blut werden die Heiden von den Kreuzrittern getauft, nicht mit dem heiligen Wasser. Lies dieses Blatt, und du wirst sogleich erfahren, daß du im Dienst von Menschenschindern, Räubern und Söhnen der Hölle gegen die Bekenner des christlichen Glaubens und der christlichen Liebe gekämpft hast."

Bei diesen Worten überreichte er ihm den Brief der Samogitier an die Könige und Fürsten, der überall herumgeschickt worden war. De Lorche nahm ihn und überflog ihn beim Schein des Feuers mit den Augen. Er überflog ihn rasch, denn die Kunst zu lesen war ihm nicht fremd. Über die Maßen erstaunt fragte er dann: „Ist all dies wahr?"

„Es ist wahr, so Gott mir und dir helfe! Er weiß am besten, daß ich jetzt nicht nur meiner eigenen Sache, sondern auch der Gerechtigkeit diene."

De Lorche schwieg eine Weile, dann sagte er: „Ich bin dein Gefangener!"

„Gib deine Hand", erwiderte Zbyszko. „Mein Bruder bist du, nicht mein Gefangener."

Nun reichten sie sich die Rechte und setzten sich zum abendlichen Imbiß nieder, den der Böhme durch die Knechte hatte bereiten lassen. Während des Mahles vernahm de Lorche mit nicht geringer Verwunderung, daß Zbyszko trotz der Geleitsbriefe den Aufenthaltsort Danusias noch nicht entdeckt hatte, und daß die Gültigkeit dieser Geleitsbriefe durch die Komture aus Anlaß des Krieges bestritten worden war.

„Nun ist es mir klar, weshalb du dich hier befindest!" sagte er zu Zbyszko, „und ich danke Gott, daß er mich dir als Gefangenen überlieferte, denn ich glaube, die Kreuzritter werden für mich auswechseln, wen du willst, weil sich sonst ein großes Geschrei in den westlichen Ländern erheben würde. Stamme ich doch aus einem mächtigen Geschlecht ..."

Hier schlug er sich plötzlich mit der Hand an die Stirn und rief: „Bei allen Reliquien in Akwisgrau*! An der Spitze der nach Gotteswerder ziehenden Hilfstruppen befanden sich Arnold von Baden und der alte Zygfryd von Löwe. Wir wissen dies durch Briefe, die in der Burg eintrafen. Sind diese Ritter denn nicht gefangengenommen worden?"

„Nein!" antwortete Zbyszko aufspringend, „keiner der Angesehensten ist gefangengenommen worden! Aber bei Gott, eine wichtige Kunde teilst du mir mit. Bei Gott! Von den anderen Gefangenen werde ich jetzt, ehe man sie aufhängt, erfahren, ob Zygfryd ein Weib mit sich geführt hat."

Er rief nach den Knechten, damit sie ihm Fackeln anzündeten, und eilte der Richtung zu, wo sich Skirwoillos Gefangene befanden. De Lorche, Macko sowie der Böhme folgten ihm.

„Höre", sprach der Lothringer unterwegs zu ihm, „gib mich frei auf mein Wort, dann werde ich selbst in ganz Preußen nach ihr forschen. Sobald ich sie gefunden habe, kehre ich zu dir zurück, und dann kannst du mich für sie auswechseln, wenn sie noch am Leben ist!"

„Wenn sie noch am Leben ist!" rief Zbyszko aus.

Unterdessen waren sie bei Skirwoillos Gefangenen angelangt. Einige von ihnen lagen auf dem Rücken, wieder andere waren auf grausame Weise mit Stricken an Baumstämmen festgebunden. Das Licht der Fackeln fiel hell auf Zbyszkos Haupt, so daß die Augen all dieser Unglücklichen sich auf ihn richteten. Da ertönte eine durchdringende, herzzerreißende Stimme: „O mein Gebieter, mein Beschützer! Rettet mich!"

Zbyszko nahm einen brennenden Span aus der Hand eines Knechtes, eilte damit auf den Rufenden zu und die Leuchte emporhebend, schrie er laut „Sanderus!"

„Sanderus!" stieß auch der Böhme voll Verwunderung hervor.

Und der Reliquienhändler, unfähig seine geknebelten Hände zu bewegen, streckte den Hals vor und ließ sich abermals vernehmen: „Erbarmen! ... Ich weiß, wo sich die Tochter Jurands befindet ... Rettet mich!"

---

* Aachen

Achtes Kapitel

Die Knechte lösten sogleich seine Bande, doch er, dessen Glieder steif geworden waren, fiel zu Boden. Als sie ihn dann aufhoben, schwanden ihm die Sinne, denn er hatte schreckliche Qualen ausgestanden. Umsonst brachten sie ihn auf Zbyszkos Befehl an das Feuer, versuchten ihm Speise und Trank einzuflößen, rieben ihn mit Talg ein und bedeckten ihn mit warmen Fellen. Sanderus kam nicht zum Bewußtsein und fiel in so festen Schlaf, daß Hlawa kaum imstande war, ihn um die Mittagszeit des folgenden Tages zu erwecken.

Zbyszko, der von Ungeduld beinahe verzehrt wurde, eilte unverzüglich herbei. Anfangs konnte er indessen nichts in Erfahrung bringen, denn war nun das Entsetzen über seine furchtbaren Erlebnisse, war das Gefühl der Hilflosigkeit daran schuld, das gewöhnlich schwache Naturen überkommt, wenn die drohende Gefahr vorüber ist, genug, Sanderus brach in so heftiges Schluchzen aus, daß er sich vergeblich bemühte, die ihm gestellten Fragen zu beantworten. Der Hals war ihm wie zugeschnürt, seine Lippen zitterten, und die Tränen flossen unaufhaltsam, wie wenn sein Leben mit ihnen dahinströme.

Endlich, nachdem er sich ein wenig ermannt und durch Stutenmilch gekräftigt hatte, ein Mittel, dessen stärkende Wirkung durch die Tataren bei den Litauern bekanntgeworden war, begann er darüber zu jammern, daß die „Söhne Belials" ihn mit den Lanzen windelweich geschlagen, und daß sie ihm das Pferd genommen hätten, das mit Reliquien von ganz ungewöhnlichem Wert beladen gewesen sei. Schließlich fügte er hinzu, als man ihn am Baum festgebunden habe, seien ihm von den Ameisen dermaßen die Füße und der ganze Körper zerbissen worden, daß ihn binnen kurzem unfehlbar der Tod ereilt hätte.

Nun aber wurde Zbyszko von heftigem Zorn ergriffen, er sprang auf und rief: „Antworte, du Landstreicher, auf das, was ich dich frage, und hüte dich, daß dir nicht noch Schlimmeres begegne."

„Herr", ließ sich nun der Böhme vernehmen, „nicht weit von hier befindet sich ein Ameisenhaufen von roten Ameisen, gebt Befehl, daß man ihn dorthin bringe, und er wird sogleich seine Zunge zu gebrauchen wissen."

Hlawa sprach freilich nicht im Ernst, ja, er lächelte sogar dabei, denn im Innern war er Sanderus recht gewogen, dieser aber erschrak heftig und rief: „Erbarmen! Erbarmen! Gebt mir noch ein wenig von diesem heidnischen Getränk, und ich sage alles, was ich gesehen habe, und was ich nicht gesehen habe."

„Wenn du nur eine einzige Lüge sagst, schlage ich dir die Knochen entzwei", versetzte der Böhme.

Aber er führte zum zweitenmal einen Schlauch mit Stutenmilch an Sanderus' Lippen, und dieser ergriff ihn, setzte den Mund daran wie ein Kind an die Mutterbrust und begann gierig zu trinken, indem er dabei die Augen bald öffnete, bald wieder schloß.

Als er zwei Quart oder auch etwas mehr zu sich genommen hatte, schüttelte er sich, legte den Schlauch auf seine Knie und sagte, wie wenn er sich nur einer unabwendbaren Notwendigkeit gefügt hätte: „Welch ekelhafter Trank!" Zu Zbyszko gewandt, fügte er hinzu: „Nun mögt Ihr fragen, o mein Retter!"

„Befand sich mein Weib bei der Abteilung, mit der du kamst?"

Auf Sanderus' Gesicht drückte sich eine gewisse Verwunderung aus. Zwar wußte er schon, daß Danusia die Ehegemahlin Zbyszkos war, er wußte aber auch, daß die Trauung heimlich vollzogen und die Jungfrau gleich darauf entführt worden war, darum hatte er vornehmlich die Tochter Jurands in ihr gesehen.

Indessen erwiderte er hastig: „Ja, mein allergnädigster Herr, sie befand sich dabei. Aber Zygfryd de Löwe und Arnold von Baden durchbrachen die Reihen des Feindes."

Hast du mein Weib gesehen?" fragte Zbyszko mit klopfendem Herzen.

„Ihr Angesicht habe ich nicht erschaut, o Herr, doch sah ich eine an zwei Pferden befestigte, ganz verhüllte Tragbahre, worin sie jemanden gefangen mit sich führten, und diese Tragbahre wurde von demselben Weib bewacht, das, von Danveld geschickt, in den Jagdhof kam. Auch hörte ich ein Lied, ein recht trauriges, und es klang aus der Tragbahre hervor."

Zbyszko war bleich vor Erregung, er ließ sich auf einem Baumstamm nieder, und wußte während eines kurzen Augenblicks nicht, was er noch fragen solle. Macko und Hlawa waren ebenfalls unendlich erregt, als sie diese große, wichtige Kunde vernahmen. Vielleicht dachte der Böhme auch an seine eigene, geliebte Herrin, die in Spychow zurückgeblieben war und für die diese Nachricht eine Unglücksbotschaft bedeutete.

Ein tiefes Schweigen folgte. Der schlaue Macko indessen, der Sanderus noch nicht kannte und zuvor kaum von ihm gehört hatte, betrachtete ihn argwöhnisch und fragte: „Was für ein Mensch bist du denn, und was tatest du bei den Kreuzrittern?"

„Was ich für ein Mensch bin, großmächtiger Ritter", antwortete der Landstreicher, „mögen dir diese sagen, dieser tapfere Fürst (hier wies er auf Zbyszko), und dieser mutige böhmische Graf, die mich seit langer Zeit kennen.

Offenbar hatte die Stutenmilch wohltuend auf ihn eingewirkt, denn er war ganz lebhaft, und sich zu Zbyszko wendend, begann er mit einer Stimme, die keine Spur mehr von Schwäche zeigte: „Herr, Ihr habt mir zweimal das Leben gerettet. Ohne Euch wäre ich von den Wölfen aufgefressen worden, oder die Strafe der Bischöfe hätte mich getroffen. Denn diese, wohl irregeleitet durch meine Feinde (o wie schlecht die Welt doch ist!), hatten Befehl gegeben, mich zu verfolgen, weil ich Reliquien verkaufe, deren Echtheit sie bezweifelten. Aber du, Herr, hast mich in deinen Schutz genommen, dank dir diente ich den Wölfen nicht zum Fraß, dank dir konnte mir die Verfolgung nichts anhaben, weil jedermann glaubte, ich gehöre zu deinem Gefolge. Bei dir hat es mir auch nie an Speise und Trank gefehlt, und sie waren besser als die Stutenmilch hier, die ekelhaft ist. Ich trinke sie aber doch, um zu zeigen, daß ein armer gottesfürchtiger Pilgrim vor keiner Buße zurückschreckt."

„Du Possenreißer, sage rasch, was du weißt, und halte uns nicht länger zum Narren!" rief Macko.

Doch Sanderus setzte abermals den Schlauch an seine Lippen und leerte ihn ganz, dann wandte er sich, ohne auf Mackos Worte zu hören, wieder zu Zbyszko.

„Weil Ihr mich beschützt habt, bin ich Euch zugetan, Herr. Wie die Schrift sagt, sündigten auch die Heiligen neunmal in der Stunde, daher kommt es vor, daß auch Sanderus zuweilen sündigt, aber undankbar ist auch Sanderus niemals gewesen und wird es auch niemals sein. Als Euch das Unglück traf – erinnert Euch, Herr – da sagte ich: ‚Nun wandre ich von Burg zu Burg, und indem ich unterwegs den Leuten gute Lehren beibringe, werde ich die Verlorene suchen.' Wen habe ich nicht gefragt! Wo bin ich nicht gewesen! Um dies zu erzählen, wäre viel Zeit erforderlich, genug, daß ich sie fand, und daß ich von diesem Augenblick an wie eine Klette an dem alten Zygfryd hängenblieb. Zu seinem Diener machte ich mich und von Burg zu Burg, von Komturei zu Komturei, von Stadt zu Stadt folgte ich ihm, bis zu dieser letzten Schlacht."

Zbyszko war unterdessen seiner Erregung Herr geworden und sagte: „Ich bin dir dankbar, und die Belohnung soll dir nicht entgehen. Aber jetzt beantworte mir meine Frage: Willst du bei deinem Seelenheil schwören, daß mein Weib noch am Leben ist?"

„Ich schwöre es bei meinem Seelenheil!" entgegnete Sanderus ernst.

„Weshalb hat Zygfryd Szczytno verlassen?"

„Das weiß ich nicht, Herr, ich hege nur meine Vermutungen. Er ist ja nie als Starost in Szczytno gewesen, und er verließ den Ort vielleicht, weil er des Großmeisters Gebote fürchtete, der, wie man sagt, an ihn schrieb, er möge der Fürstin von Masovien die Gefangene ausliefern. Vielleicht entfloh er auch schon, ehe jener Brief eintraf, denn seine Seele war verhärtet durch Schmerz und Groll, und er wollte Rache für Rotgiers Tod nehmen. Manche behaupten jetzt, dieser sei sein Sohn gewesen. Ich weiß nicht, ob dem so ist, ich weiß nur, daß irgend etwas seine Sinne verwirrt haben muß, und daß er Jurands Tochter – ich wollte sagen, Eure junge Ehegemahlin – solange er lebt, nicht freilassen wird."

„Gar wunderlich dünkt mich all dies", warf Macko plötzlich ein, „denn wenn jener alte Hund so ergrimmt auf Jurands ganzes Geschlecht wäre, so würde er Danusia gewiß getötet haben."

„Er wollte sie auch töten", entgegnete Sanderus, „aber da stieß ihm etwas zu, wodurch er schwer erkrankte, und wodurch er beinahe den letzten Atemzug getan hätte. Unter seinen Leuten wird viel darüber geflüstert. Manche sagen, als er bei Nacht in den Turm gegangen sei, um die junge Herrin zu morden, sei ihm der böse Geist entgegengetreten, wieder andere sagen, es sei ein Engel gewesen. Sicher ist nur, daß man ihn ohne

Bewußtsein vor dem Turn im Schnee fand. Noch jetzt, wenn er daran denkt, stehen ihm die Haare zu Berg, deshalb wagt er auch nicht, Hand an die Jungfrau zu legen, und fürchtet sich, jemanden dazu zu veranlassen. Er führt den stummen Henker von Szczytno immer mit sich, aber niemand weiß weshalb, denn der Henker hütet sich nicht minder wie alle anderen, ihr ein Leid zuzufügen."

Diese Worte brachten einen tiefen Eindruck hervor. Zbyszko, Macko und der Böhme traten näher zu Sanderus heran, der das Zeichen des Kreuzes machte und dann fortfuhr: „Bei den Kreuzrittern ist nicht gut sein. Zuweilen habe ich Dinge gehört und mitangesehen, daß mich schauderte. Euer Gnaden sagte ich schon, daß des alten Komturs Sinne etwas verwirrt sind. Fürwahr, wie könnte es auch anders sein, da ihn Geister aus jener Welt heimsuchen! Sooft er sich allein befindet, hört er neben sich ein Schnauben, gerade wie wenn jemand bei ihm stünde, dem der Atem ausgegangen ist. Und das ist jener Danveld, der durch den furchtbaren Gebieter von Spychow erschlagen wurde. Zygfryd sagt dann zu ihm: ,Was willst du? Eine Messe kann dir nicht helfen, weshalb kommst du?' Und jener knirscht nur mit den Zähnen und fängt wieder an zu schnauben. Aber noch häufiger kommt Rotgier, der einen Geruch von Schwefel in der Stube zurückläßt, und mit dem der Komtur noch mehr spricht. ,Ich kann nicht', sagt er zu ihm. ,Ich kann nicht! Wenn es mir später möglich ist, so will ich es tun, aber jetzt kann ich es nicht!' Ich hörte auch, wie er ihn fragte: ,Würde es dir denn Erleichterung bringen, mein Söhnchen?' Und so geht es in einem Zug fort. Gewöhnlich redet er nach einem solchen Besuch zwei oder drei Tage mit niemandem ein Wort, auf seinem Gesicht aber drückt sich dann eine furchtbare Pein aus. Die Tragbahre wird von ihm und der Dienerin sorgfältig gehütet, so daß kein Mensch jemals die junge Herrin erblicken kann."

„Und wird sie nicht von ihnen gequält?" fragte Zbyszko in dumpfem Ton.

„Ich will Euer Gnaden die reine Wahrheit sagen. Schläge und Geschrei habe ich nicht gehört, wohl aber einen wehmütigen Gesang und zuweilen etwas wie das angstvolle Gezwitscher eines Vogels."

„Wehe ihnen!" stieß Zbyszko zwischen den zusammengepreßten Zähnen hervor.

Doch Macko gebot seinen weiteren Fragen Einhalt.

„Genug davon", sagte er. „Erzähle jetzt von der Schlacht. Hast du sie mitangesehen? Wie sind die Feinde entkommen, und was ist aus ihnen geworden?"

„Ich habe alles mitangesehen", erwiderte Sanderus, „und will es getreulich berichten. Sie kämpften anfangs mit wahrer Wut, aber als sie erkannten, daß sie von allen Seiten umringt waren, da überlegten sie, auf welche Weise sie sich durchschlagen könnten. Der Ritter Arnold, der ein wahrer Riese ist, durchbrach zuerst den Ring und machte für sich, den alten Komtur, sowie für einige Kriegsknechte und für die zwischen zwei Pferden befestigte Tragbahre die Bahn frei."

„Und fand keine Verfolgung statt? Wie kommt es, daß sie nicht eingeholt wurden?"

„Eine Verfolgung fand statt, aber sie fruchtete nicht, denn sobald die Verfolger dem Ritter Arnold zu nahe kamen, wandte er sich um und kämpfte mit allen. Gott behüte jeden vor einem Treffen mit ihm, denn er hat eine so furchtbare Kraft, daß es ihm ein leichtes ist, den Kampf mit hundert Mannen allein aufzunehmen. Dreimal wandte er sich um, und dreimal mußten sich die Verfolger zurückziehen. Die Kriegsknechte, die sich bei ihm befanden, kamen alle um. Er selbst war meines Erachtens auch verwundet, doch er rettete sich und gab auch dem alten Komtur Gelegenheit zu einer glücklichen Flucht."

Während Macko diesem Bericht lauschte, sagte er sich, Sanderus müsse die Wahrheit sprechen, denn er erinnerte sich, daß von dem Platz an, wo Skirwoillo die Schlacht geliefert hatte, der ganze Weg mit Leichen von Samogitiern bedeckt gewesen, von denen eine jede so furchtbar verstümmelt war, als ob die Hand eines Riesen hier gewütet hätte.

„Wie hast du es aber zustande gebracht, daß du all dies mit ansehen konntest?" fragte er.

„Ich sah alles mit an", antwortete der Landstreicher, „weil ich mich hinter den Schwanz eines der Pferde verborgen hatte, an denen die Tragbahre befestigt war, und ich lief hinter diesen her, bis mich ein Hufschlag an den Bauch traf. Da fiel ich in Ohnmacht, und dadurch geriet ich in die Hände von Euer Gnaden."

„So mag es sich wohl zugetragen haben", bemerkte Hlawa, „aber hüte dich zu lügen, denn es würde dir sonst übel ergehen."

„Die Spuren jenes Schlages sind noch an mir wahrzunehmen", erwiderte Sanderus, „wer den Wunsch hegt, kann sich davon überzeugen, indessen ist es besser, meinen Worten zu glauben, als wegen Unglauben verdammt zu sein."

„Wennschon du auch zuweilen unwillkürlich die Wahrheit sagst, wirst du doch durch Heulen und Zähneklappern für deinen Reliquienhandel büßen müssen", setzte Hlawa hinzu.

Und sie ergingen sich in Spottreden, wie es früher ihre Gewohnheit gewesen war, doch ihr Gespräch wurde durch Zbyszko unterbrochen. „Du bist durch dieses Land gezogen, daher mußt du es kennen. Was für Burgen befinden sich in der Umgebung, und wo glaubst du, können sich Zygfryd und Arnold verborgen halten?"

„Burgen gibt es nicht in dieser Gegend, alles ringsumher ist Wüstenei, durch welche die erst vor kurzem angelegte Landstraße führt. Dörfer und Ansiedlungen gibt es ebensowenig, denn alles, was früher hier gegründet wurde, haben die Deutschen niedergebrannt, und zwar aus der alleinigen Ursache, weil die hier ansässigen Leute, die dem nämlichen Volk entstammen wie das einheimische, sich bei Ausbruch des Krieges gleichfalls gegen die Herrschaft des Ordens auflehnten. Ich glaube, daß Zygfryd und Arnold jetzt im Wald umherwandern, und daß sie entweder dahin zurückkehren, woher sie kamen, oder sich heimlich nach jener Feste begeben wollen, nach der wir vor der unglückseligen Schlacht auszogen."

„So verhält es sich gewiß!" sagte Zbyszko.

Und er versank in tiefes Sinnen. An seiner gerunzelten Stirn, an seinem Gesichtsausdruck war leicht zu erkennen, wie angestrengt er nachdachte, aber dies währte nicht lange. Nach einer Weile erhob er das Haupt und sagte: „Hlawa, sorge, daß Pferde und Mannen bereit sind, denn wir brechen sogleich auf."

Der Knappe, der nicht die Gewohnheit hatte, nach dem Grund eines Befehls zu fragen, erhob sich und eilte auf die Pferde zu, ohne ein Wort zu sprechen. Macko hingegen blickte mit weitaufgerissenen Augen auf seinen Brudersohn und fragte voll Verwunderung: „Aber Zbyszko! Wohin willst du dich denn wenden? Wie? Was hast du vor?"

Doch Zbyszko antwortete wieder mit einer Frage: „Was denkt Ihr denn? Tue ich denn nicht meine Pflicht?"

Der alte Ritter verstummte. Er schaute jetzt nicht mehr verwundert drein, sondern schüttelte nur den Kopf. Schließlich atmete er tief auf und sagte gleichsam zu sich selbst: „Wohlan! Mag es denn so sein. Anders geht es nicht!"

Und er begab sich ebenfalls zu den Pferden. Zbyszko indessen wandte sich an Herrn de Lorche, und indem er sich mit Hilfe eines Masuren, welcher der deutschen Sprache mächtig war, verständlich machte, sagte er zu ihm: „Von dir kann ich nicht verlangen, daß du mir gegen Leute beistehst, mit denen du unter derselben Fahne dienst, daher bist du frei. Gehe, wohin du willst."

„Ich kann dir jetzt nicht mit dem Schwert beistehen, weil es meiner Ritterehre widerstreitet", entgegnete de Lorche, „aber meiner Freiheit bediene ich mich jetzt auch nicht. Dein Gefangener bleibe ich auf Ehrenwort, und auf deine Aufforderung werde ich mich stellen, sobald du mich berufst. Und im Notfall vergiß nicht, daß für mich der Orden jeden Gefangenen auswechseln wird, da ich einem mächtigen Geschlecht entstamme, das zudem dem Orden treu gedient hat."

So sagten sie sich denn Lebewohl, wie es Brauch war, einer die Hände auf des anderen Schultern legend und sich auf die Wange küssend, wobei de Lorche hinzufügte: „Ich gehe nach Marienburg oder an den Hof von Masovien, Du weißt also, daß du mich da oder dort finden kannst. Dein Gesandter mag mir nur zwei Worte sagen: ‚Lothringen – Geldern.'"

„Gut", antwortete Zbyszko, „ich gehe zu Skirwoillo, damit er dir das Losungswort gebe, das alle Samogitier kennen und ehren."

Er begab sich zu Skirwoillo. Der alte Heerführer gab das Losungswort und widersetzte sich auch dem Aufbruch Zbyszkos nicht, denn er wußte, um was es sich handelte. Er liebte den jungen Kämpen, war ihm dankbar für die letzte Schlacht und hatte zudem kein Recht, einen Ritter zurückzuhalten, der aus fremdem Land war und sich nur aus eigenem Antrieb zu ihm gesellt hatte. Indem er daher Zbyszko für den bedeutenden, ihm geleisteten Dienst dankte, versorgte er ihn mit Nahrungsmitteln, die ihm in dieser verwüsteten Gegend von Nutzen sein konnten, und nahm mit dem Wunsch von ihm Abschied, ihn noch einmal im Leben bei einem großen, entscheidenden Kampf mit den Kreuzrittern zu treffen.

Zbyszko aber war in Eile, ein inneres Feuer verzehrte ihn. Bei seinem Gefolge angelangt, traf er alles bereit, und mitten unter den Mannen auch seinen Oheim, schon zu Roß in einem Ringelpanzer, mit dem Helm auf dem Haupt. Sich ihm nähernd, fragte er daher: „So wollt Ihr mit mir ziehen?"

„Was soll ich machen?" versetzte Macko etwas ingrimmig.

Darauf erwiderte Zbyszko nichts, er küßte nur die geharnischte Rechte seines Oheims, dann bestieg er sein Pferd, und sie ritten davon.

Unter ihrem Gefolge befand sich auch Sanderus. Zbyszko und sein Oheim kannten den Weg bis zum Schlachtfeld genau, aber von dort an sollte er ihnen als Führer dienen. Sie rechneten auch darauf, im Forst einheimische Bauern zu treffen und dachten, diese Leute, die ihre Herren, die Kreuzritter, aus tiefster Seele haßten, würden ihnen beistehen, die Spur des alten Komturs und jenes Arnold von Baden zu verfolgen, von dessen übermenschlicher Kraft und Tapferkeit Sanderus so viel erzählt hatte.

Neuntes Kapitel

Der Weg zum Schlachtfeld, wo Skirwoillo die Deutschen geschlagen hatte, war für Zbyszko und dessen Gefährten leicht zu finden, weil sie ihn schon kannten. So erreichten sie es denn bald, eilten jedoch, des unerträglichen Geruches wegen, den die Leichen ausströmen, rasch vorüber. Außer einer Unzahl von Wölfen verjagten die Reiter auch Scharen von Krähen, Raben und Dohlen. Dann begannen sie eifrig nach den, auf dem Weg zurückgelassenen Spuren der Flüchtlinge zu suchen. Obgleich kurz zuvor eine ganze Heeresabteilung hier vorbeigezogen war, fand der erfahrene Macko doch ohne Schwierigkeit auf dem zerstampften Boden die Abdrücke von riesenhaften Hufen, die sich nach der entgegengesetzten Richtung hinzogen als die, welche die Heeresabteilung eingeschlagen hatte. So erklärte er denn den jüngeren, in Kriegshändeln weniger erfahrenen Leuten folgendes: „Es ist ein Glück, daß es seit der Schlacht nicht geregnet hat. Seht nur! Arnold's Pferd, das einen Mann von ungewöhnlichem Wuchs trug, muß auch ein gewaltiges gewesen sein, und es ist leicht zu erkennen, daß es beim Galopp während der Flucht sich tiefer mit den Füßen in die Erde eingrub, als wenn es langsam nach jener Seite gelenkt worden wäre, und daß es deshalb auch tiefere Spuren zurückließ. Wer Augen hat, der schaue, wie sich die Hufe in die feuchten Stellen eingedrückt haben. Mit Gottes Hilfe werden wir dieser Hundsbrut auf die Fährte kommen, es sei denn, sie hätte schon irgendwo Schutz hinter sicheren Mauern gefunden."

„Sanderus sagte", entgegnete Zbyszko, „daß sich keine Burgen hier in der Nähe befinden, und so verhält es sich auch, da die Kreuzritter neuerdings dieses Land in Besitz genommen haben, aber nicht imstande gewesen sind, sich darin anzubauen. Wo sollten die Flüchtlinge sich verbergen? Die Bauern, die hier wohnten, befinden sich jetzt im Lager bei Skirwoillo, denn sie sind desselben Stammes wie die Samogitier ... Die Dörfer wurden, wie Sanderus uns gesagt hat, durch die Deutschen verbrannt, die Weiber und Kinder an entlegene Plätze des Waldes gebracht. Schonen wir unsere Pferde nicht, so werden wir jene Ritter bald eingeholt haben."

„Wir müssen aber die Pferde schonen, denn selbst wenn wir unser Ziel erreichen, hängt dann doch unsere Rettung von ihnen an", erwiderte Macko.

„Ritter Arnold", warf Sanderus ein, „wurde in der Schlacht durch einen Streitkolben zwischen den Schulterblättern getroffen. Anfangs achtete er nicht darauf, er kämpfte weiter, aber schließlich muß die Wunde seine Kräfte doch über die Maßen erschöpft haben, denn so ist's immer, zuerst spürt man nichts, und zuletzt schmerzt sie doch. Aus diesem Grund kann er nicht rasch entfliehen, und vielleicht muß er irgendwo Rast machen."

„Und die Dienstleute? Hat du nicht gesagt, daß sich keine bei Ritter Arnold und dem alten Komtur befinden?" fragte Macko.

„Bei ihnen befinden sich zwei Reitersmänner, an deren Sätteln die Tragbahre befestigt ist. Noch eine ganze Schar von Kriegsknechten ist dabeigewesen, doch wurde sie von den Samogitiern eingeholt und vernichtet."

„So hört denn!" sagte Zbyszko. „Unsere Mannen sollen die Reitersmänner, welche die Tragbahre mit sich führten, knebeln, Ihr, Oheim, greift Zygfryd an, und ich gehe auf Arnold los."

„Nun", erwiderte Macko, „mit Zygfryd kann ich es wohl aufnehmen, denn durch die Gnade unseres Herrn Jesu habe ich noch Kraft in den Knochen. Aber sei du selbst nicht allzu zuversichtlich, denn jener Ritter muß ein wahrer Riese sein."

„Ei, wir werden ja sehen!" antwortete Zbyszko.

„Du bist stark, das leugne ich nicht, aber es gibt noch stärkere als du. Hast du all der Unsrigen, hast du jener Ritter vergessen, die wir in Krakau sahen? Könntest du gegen Powala aus Taczew aufkommen? Und gegen Herrn Paszko Zlodziej aus Biskupice, oder gar gegen Zawisza Czarny? Wie? Rühme dich nicht allzusehr und denke daran, um was es sich handelt."

„Rotgier war auch kein Schwächling", brummte Zbyszko.

„Und wird sich für mich keine Aufgabe finden?" fragte der Böhme. Doch er bekam keine Antwort, da Mackos Gedanken von anderen Dingen in Anspruch genommen waren.

„Sofern Gott uns seinen Segen verleiht", sagte er, „werden wir die masovischen Wälder erreichen. Dort werden wir in Sicherheit sein und alles mit einem Schlag zu Ende bringen."

Gleich darauf seufzte er jedoch wieder, weil er wohl dachte, daß auch dann noch nicht alles zu Ende sein werde, und auch etwas für die unglückliche Jagienka geschehen müsse.

„Ach!" sagte er, „wie wunderbar sind Gottes Fügungen. Ich sinne oft darüber nach, warum es so gekommen ist, warum du dich nicht in herkömmlicher Weise vermählt hast, wie andere Männer, so daß ich in Ruhe und Frieden bei Euch hätte wohnen können ... Bei allen Edelleuten unserer Heimat pflegt es so zu sein ... Nur wir allein ziehen unstet von Land zu Land, anstatt in christlicher Weise zu Hause zu wirtschaften."

„Nun, das ist wahr, aber es ist der Wille Gottes!" antwortete Zbyszko.

Schweigend ritten sie einige Zeit weiter, dann wandte sich der alte Ritter wieder zu seinem Brudersohn: „Setzt du Vertrauen in diesen Landstreicher? Was für ein Mensch ist es?"

„Er ist leichtfertig, vielleicht auch ein Taugenichts, aber mir ist er sehr ergeben und Verrat habe ich von ihm nicht zu fürchten."

„Wenn dem so ist, mag er vorausreiten, denn falls er die Ritter auch einholt, werden sie doch nicht erschrecken. Er kann ihnen sagen, er sei aus der Gefangenschaft entflohen, und sie werden ihm leicht Glauben schenken. So wird es am besten sein. Würden sie zuerst uns von weitem erblicken, so hätten sie dadurch die Möglichkeit, sich entweder irgendwo zu verstecken, oder sich zur Verteidigung zu rüsten."

„Bei Nacht wird er nicht allein voranreiten, denn er ist sehr furchtsam", entgegnete Zbyszko, „aber während des Tages wird es in der Tat so am besten sein. Ich will ihm sagen, er möge dreimal am Tag Rast machen und auf uns warten, wenn wir ihn aber nicht mehr an einem Futterplatz treffen, soll dies ein Zeichen sein, daß er sich schon bei ihnen befindet. Dann können wir seine Spur leicht verfolgen und die Feinde überfallen."

„Und wird er sie nicht warnen?"

„Nein, er ist mir mehr zugetan als jenen. Ich werde ihm auch sagen, daß wir ihn bei dem Überfall gleichfalls binden werden, so daß er vor ihrer Rache geschützt ist ... Mag er sich gebärden, als ob er uns ganz und gar nicht kenne ..."

„Also denkst du daran, sie am Leben zu lassen?"

„Und was könnte ich sonst tun?" antwortete Zbyszko in etwas trübseligem Ton. „Erwägt doch nur! ... Befänden wir uns in Masovien oder irgendwo in unserer Heimat, dann dürften wir sie zum Kampf fordern, wie ich Rotgier zum Kampf gefordert habe, und auf Leben und Tod mit ihnen kämpfen, aber hier, in ihrem eigenen Land, geht dies nicht an ... Hier handelt es sich um Danusia, hier ist Eile vonnöten. Wir müssen rasch und in aller Stille zu Werk gehen. Um kein Ungemach über uns heraufzubeschwören, müssen wir, wie Ihr gesagt habt, so schnell die Pferde laufen können, nach den masovischen Wäldern sprengen. Überfallen wir sie unvermutet, so treffen wir sie vielleicht ohne Waffen, ja, sogar ohne Schwerter! Und dann sollten wir sie töten? Mir graut vor solcher Schande! Sind wir nicht beide gegürtete Ritter, und jene auch?" ...

„Traun, du hast recht!" antwortete Macko. „Aber vielleicht kommt es gar nicht zum Kampf."

Zbyszko runzelte die Stirn und auf seinem Gesicht drückte sich die offenbar allen Männern aus Bogdaniec angeborene Energie aus, auch sah er in diesem Augenblick, besonders in der Art wie er vor sich hinschaute, Macko so ähnlich, als ob er dessen leiblicher Sohn wäre.

„Was gäbe ich darum", sagte er in dumpfem Ton, „wenn ich Zygfryd, diesen Bluthund, vor Jurands Füße legen könnte – Gott gewähre mir dies!"

„Er gewähre dir dies!" wiederholte Macko.

Unter solchen Gesprächen hatten sie eine große Strecke zurückgelegt, als die Nacht anbrach, eine schöne, wenn auch nicht mondhelle Nacht. Sie mußten jetzt Rast machen, damit die Pferde ausschnaufen, die Leute sich durch Speise und Schlaf stärken konnten. Bevor sie jedoch der Ruhe pflegten, sagte Zbyszko zu Sanderus, daß er am folgenden Morgen allein vorausreiten müsse, und dieser erklärte sich bereit dazu, indem er nur die Bedingung stellte, daß er zu ihnen zurückkehren dürfe, falls ihm durch wilde Tiere oder durch die einheimischen Leute irgendeine Gefahr drohe. Auch bat er um die Erlaubnis, statt dreimal, viermal Halt machen zu dürfen, denn er ängstige sich sogar auch in gottgesegneten Gegenden, sobald er allein sei, und wieviel mehr noch werde er sich also in der furchtbaren Wildnis ängstigen, worin sie sich gerade befanden.

Das Nachtlager wurde aufgeschlagen, und nachdem sie sich durch Speise gestärkt hatten, legten sie sich auf Felle an das kleine Feuer nieder, das sechzig Schritte vom Weg angezündet worden war. Die Knechte hielten abwechselnd Wache bei den Pferden, die sich lange herumwälzten, zuletzt aber, nachdem sie ihr Futter gefressen hatten, einschliefen, wobei immer eines den Kopf auf den Hals des anderen legte. Doch kaum graute der Morgen und warf seinen lichten Schein auf die Wipfel der Bäume, als Zbyszko emporsprang, die anderen erweckte, und während es Tag wurde, machten sie sich auf den Weg. Die Spuren der riesenhaften Hufe von Arnolds Hengst waren wieder ohne Schwierigkeit zu finden, denn eingedrückt in den niedrigen, gewöhnlich sumpfigen Boden, hatten sie sich unversehrt erhalten. Sanderus ritt voraus und entschwand bald ihren Blicken, aber in der Zeit zwischen Sonnenaufgang und Mittag trafen sie ihn schon an einem Futterplatz. Er sagte ihnen, daß er kein lebendes Wesen erblickt, mit Ausnahme eines großen Auerochsen, vor dem er aber nicht die Flucht ergriffen habe, weil das Tier ihm zuerst aus dem Weg gegangen sei. Um die Mittagszeit, beim ersten Imbiß, erzählte er indessen, er habe einen Landmann, einen Zeidler mit einer Leiter gesehen, ihn aber nicht festgehalten aus Furcht, tiefer im Wald könnten sich noch mehr seinesgleichen befinden. Er habe versucht, ihn über dies und jenes auszuforschen, doch hätten sie sich nicht zu verständigen vermocht.

Während sie weiterritten, fühlte sich Zbyszko mehr und mehr beunruhigt. Wie sollte es werden, wenn ihr Weg sie nun zu höherliegenden

Gefilden führte, wo der Boden fest und trocken war, so daß die bisher sichtbaren Spuren verschwanden? Oder wenn sie ihr Ziel lange nicht erreichten und in eine mehr bevölkerte Gegend kämen, wo die Einwohner längst gewöhnt waren, dem Orden Gehorsam zu leisten, ein Überfall also und die Entführung Danusias beinahe zu einem Ding der Unmöglichkeit wurde? Denn wenn auch Zygfryd und Arnold sich nicht innerhalb der Mauern eines Schlosses oder Kastells, wenn sie sich auch nicht in Sicherheit befanden, war doch vorauszusehen, daß das einheimische Volk deren Partei nehmen würde.

Aber zum Glück waren diese Befürchtungen grundlos, denn an der nächsten Haltestelle trafen sie um die bestimmte Zeit Sanderus zwar nicht mehr an, entdeckten jedoch an einem dicht am Weg stehenden Fichtenbaum einen großen Einschnitt in der Form eines Kreuzes, der offenbar kurz zuvor gemacht worden war. Da schaute einer auf den anderen, ein tiefer Ernst malte sich in ihren Zügen, und ihre Herzen klopften heftig. Macko und Zbyszko sprangen unverzüglich vom Pferd, um auf dem Boden nach den Spuren zu forschen, und suchten eifrig, aber dies währte nicht lange, da beide bald völlig klar sahen.

Offenbar hatte Sanderus hier den Weg verlassen und war in den Wald eingedrungen, indem er den Spuren der großen Hufe nachging, die zwar nicht so tief wie auf der Landstraße, aber doch ziemlich deutlich waren, denn das mächtige Tier hatte bei jedem Schritt die Zweige der Fichtenbäume in den Torfgrund gestampft und schwarze Flecken an diesen Zweigen zurückgelassen. Auch andere Spuren blieben den scharfen Augen Zbyszkos nicht verborgen, daher bestieg er wieder sein Pferd, Macko das seine, und sie begannen nun miteinander und mit dem Böhmen in so leisem Ton zu beraten, wie wenn der Feind dicht daneben gewesen wäre.

Der Böhme gab ihnen den Rat, den Weg zu Fuß fortzusetzen, aber dies wollten sie nicht tun, weil sie nicht wußten, wie weit sie noch durch den Wald zu ziehen hatten. Einige der unberittenen Mannen sollten indessen vorausgeschickt werden und, falls sie etwas Besonderes gewahrten, ein Zeichen geben, damit die Reitersmänner sich in Bereitschaft setzen konnten.

So ritten sie denn unverweilt weiter durch den Wald. Ein zweiter Einschnitt an einem Fichtenbaum zeigte ihnen, daß sie Sanderus' Spur nicht verloren hatten. Binnen kurzem bemerkten sie auch, daß sie sich auf einem ziemlich begangenen Weg, oder vielmehr Fußpfad befanden. Nun waren sie überzeugt, daß sie auf irgendeine Ansiedlung stoßen und die Flüchtlinge dort finden mußten.

Die Sonne neigte sich schon dem Untergang zu und schimmerte golden zwischen den Bäumen hervor. Der Abend versprach schön zu werden. Tiefe Stille herrschte im Wald, denn für Vögel und anderes Getier war die Zeit der Ruhe gekommen. Nur da und dort unter den von der Sonne beleuchteten Zweigen sprangen noch Eichhörnchen umher, die von den

Strahlen rot übergossen waren. Zbyszko, Macko, der Böhme, sowie ihre Knechte ritten im Gänsemarsch, einer hinter dem anderen her. In dem sicheren Gefühl, daß die Mannen zu Fuß ihnen um eine beträchtliche Strecke voraus waren und sie nötigenfalls warnen würden, besprach sich der alte Ritter mit seinem Brudersohn, ohne die Stimme allzusehr zu dämpfen.

„Laß uns nach der Sonne die Zeit berechnen", sagte er. „Von dem letzten Futterplatz, bis zu der Stelle, wo das Kreuz eingeschnitten war, haben wir eine große Strecke zurückgelegt. Die Krakauer Uhr muß nun ungefähr die dritte Stunde zeigen ... Sanderus befindet sich wohl längst bei jenen Rittern und hat auch genug Zeit gehabt, ihnen von seinen Abenteuern zu erzählen. Wenn er uns nur nicht verrät."

„Er wird uns nicht verraten", entgegnete Zbyszko.

„Und wenn sie ihm nur glauben", fügte Macko hinzu, „denn glauben sie ihm nicht, so wird es ihm schlimm ergehen."

„Warum sollten sie ihm nicht glauben? Und was wissen sie von uns? Aber ihn kennen sie gut. Auch kommt es ja häufig vor, daß Kriegsgefangene entfliehen."

„Gerade das ist wichtig, denn wenn er ihnen gesagt hat, er sei aus der Gefangenschaft entflohen, werden sie vielleicht aus Furcht, er könne verfolgt werden, sogleich wieder aufbrechen."

„Dann würde er irgendeine Ausflucht ersinnen, er würde ihnen begreiflich machen, daß eine solche Verfolgung kaum zu erwarten ist."

Eine Weile schwiegen sie, dann dünkte es Macko, sein Brudersohn flüstere ihm etwas zu, deshalb wandte er sich an ihn und fragte: „Was sagst du?"

Doch Zbyszko hatte den Blick gen Himmel gerichtet, er flüsterte Macko nichts zu, aber er empfahl Gott Danusia und seine kühne Unternehmung.

Macko wollte sich bekreuzen und erhob gerade die Hand, als plötzlich einer der vorausgesandten Mannen aus den dichten Haselnußsträuchern hervortrat und zu ihm heranschlich: „Eine Pechsiederei!" sagte er. „Sie sind hier."

„Halt!" rief Zbyszko in gedämpftem Ton, und im nämlichen Augenblick sprang er schon vom Pferd.

Macko, der Böhme sowie die Knechte taten das gleiche. Drei von diesen erhielten den Befehl, bei den Pferden zu bleiben, sich mit ihnen bereitzuhalten und sorgsam darauf zu achten, daß keiner der türkischen Renner wiehere. Zu den fünf anderen sagte Macko: „Wir werden zwei Reitknechte und Sanderus dort treffen. Die müßt Ihr sofort knebeln und wenn einer bewaffnet ist und sich zur Wehr setzen will, dann gebt ihm einen Schlag auf den Kopf."

Und sie gingen vorwärts. Unterwegs flüsterte Zbyszko nochmals seinem Oheim zu: „Ihr stürzt Euch auf den alten Zygfryd, ich mich auf Arnold."

„Sei nur behutsam!" antwortete der alte Kämpe.

Und er winkte dem Böhmen mit den Augen, indem er ihm dadurch zu verstehen gab, daß er jeden Augenblick bereit sein müsse, seinem Herrn Hilfe zu leisten.

Jener neigte das Haupt, zum Zeichen, daß er dies tun werde. Dabei holte er tief Atem und faßte sein Schwert, um zu sehen, ob es leicht aus der Scheide gehe.

Doch Zbyszko gewahrte dies und sagte: „Nein, dir befehle ich, sogleich zu der Tragbahre zu eilen und während des Kampfes auch nicht einen Fuß breit von ihr zu weichen."

In tiefer Stille schritten sie rasch vorwärts, fortwährend zwischen dichten Haselnußbüschen, aber sie waren noch nicht weit gekommen, zweihundertfünfzig Schritte höchstens, als das Gebüsch plötzlich ein Ende nahm und sie auf einer von Buschwerk umsäumten Lichtung standen, wo sich die rauchgeschwärzten Überreste einer Pechsiederei und zwei Hütten oder Erdwohnungen befanden, in denen zweifellos Pechsieder gewohnt hatten, bis sie durch den Krieg daraus vertrieben worden waren. Die Strahlen der untergehenden Sonne beleuchteten mit hellem Glanz die Wiese, die rußigen Überreste und die beiden ziemlich weit voneinander entfernt stehenden Erdwohnungen. Auf einem gefällten Baumstamm vor der einen saßen zwei Ritter, vor der anderen ein breitschultriger, rothaariger Mann und Sanderus. Diese beiden waren damit beschäftigt, einige Panzer mit Lappen abzureiben, und zu Sanderus' Füßen lagen auch zwei Schwerter, die er offenbar später reinigen wollte.

„Sieh!" sagte Macko, den Arm Zbyszkos fassend, um ihn noch einen Augenblick zurückzuhalten, „absichtlich hat er ihnen Schwerter und Panzer genommen. Das ist gut! Der mit dem grauen Haupt muß ..."

„Vorwärts!" schrie Zbyszko plötzlich, und der Windsbraut gleich stürmten sie auf die Wiese hinaus. Die beiden Ritter sprangen sofort auf, doch bevor sie noch zu Sanderus gelangen konnten, hatte Macko den alten Zygfryd schon an der Brust gepackt, nach rückwärts gebogen und sich auf ihn geworfen. Zbyszko und Arnold fuhren aufeinander wie zwei Habichte, umschlangen sich mit den Armen, und nun begann ein verzweifeltes Ringen. Der breitschultrige Deutsche, der zuvor neben Sanderus gesessen hatte, griff zwar sofort nach einem Schwert, doch ehe er imstande war, es zu gebrauchen, schlug ihm Wit, einer der Mannen Mackos, mit der Streitaxt auf das rote Haupt und streckte ihn zu Boden. Dann warfen er und die anderen Mannen sich dem Befehl des alten Ritters gemäß auf Sanderus, um ihn zu knebeln. Obwohl dieser aber wußte, daß es eine verabredete Sache war, brüllte er aus Furcht gleich einem einjährigen Kalb, dem die Kehle abgeschnitten wird.

Und obgleich Zbyszko so stark war, daß der Saft aus einem Baumzweig quoll, wenn er daran drückte, hatte er nun doch die Empfindung, daß ihn nicht die Hände eines Menschen, sondern die Tatzen eines Bären umklammert hielten. Auch fühlte er, daß ohne den Panzer, den er trug, weil er sich gesagt hatte, daß sich wohl manch scharfe Lanzenspitze gegen ihn richten werde, der riesenhafte Deutsche ihm vielleicht die Rippen oder das Rückgrat zerbrochen hätte. Zwar hob ihn der junge Ritter ein wenig in die Höhe, aber jener hob ihn noch höher, und all seine Kraft zusammennehmend, versucht er ihn derart zu Boden zu schmettern, daß er sich nicht mehr zu erheben vermochte.

Doch Zbyszko preßte den Deutschen ebenfalls gewaltsam zusammen, bis dessen Augen mit Blut unterlaufen waren, dann schob er seinen Fuß zwischen dessen Beine, stieß ihn an die Kniekehle und streckte ihn hin. Zwar fielen beide gleichsam zu Boden, Zbyszko nach unten, aber in diesem Augenblick warf Macko, dem nichts entging, den halbtoten Zygfryd seinen Knechten zu, stürzte zu den Liegenden heran und hatte im Nu Arnolds Füße mit seinem Gürtel gebunden. Dann setzte er sich auf ihn, wie auf ein erschlagenes wildes Tier, indem er ihm die Spitze seines „Misericordia" an die Kehle führte.

Der Deutsche aber schrie laut auf, und seine Hände fielen kraftlos an den beiden Seiten Zbyszkos nieder, hierauf begann er zu ächzen, nicht nur wegen der Stichwunde, sondern auch weil er plötzlich einen entsetzlichen, unaussprechlichen Schmerz im Rücken verspürte, an dem er durch einen Keulenschlag während der Schlacht mit Skirwoillo verletzt worden war.

Da faßte ihn Macko mit beiden Händen und zog ihn von Zbyszko weg. Zbyszko erhob sich vom Boden, nahm eine sitzende Stellung an, dann wollt er aufstehen, konnte aber nicht. Er ließ sich wieder nieder und verharrte eine Weile regungslos. Mit bleichem, schweißbedecktem Antlitz, blutig unterlaufenen Augen, bläulichen Lippen blickte er vor sich hin, wie wenn er nicht völlig bei Bewußtsein gewesen wäre.

„Was ist mit dir?" fragte Macko besorgt

„Nichts, ich bin nur furchtbar ermattet. Helft mir auf die Füße."

Macko faßte ihn unter den Armen und richtete ihn sofort empor.

„Kannst du aufrecht stehen?"

„Ja!"

„Bist du verletzt?"

„Nein. Aber der Atem stockt mir in der Brust."

Unterdessen trat der Böhme, der offenbar sah, daß es nichts mehr für ihn zu tun gab, zur Hütte heran und packte die Alte sofort am Genick. Bei diesem Anblick vergaß Zbyszko all seine Beschwerden, er ermunterte sich sofort, und wie wenn der Kampf mit dem furchtbaren Arnold spurlos an ihm vorübergegangen wäre, lief er eilig der Hütte zu.

„Danuska! Danuska!" rief er.

Aber keine Stimme antwortete auf diesen Ruf.

„Danuska! Danuska!" wiederholte Zbyszko. Dann verstummte er. In der Hütte war es so dunkel, daß er im ersten Augenblick nichts zu unterscheiden vermochte. Doch hinter den Steinen hervor, die rings um den Feuerherd aufgeschichtet lagen, drangen laute rasche Atemzüge, wie die eines in die Enge getriebenen jungen Tieres.

„Danuska! Bei Gott dem Allmächtigen! Ich bin es! Ich bin Zbyszko!"

Und dann erblickte er in dem Halbdunkel auch ihre Augen, die weit aufgerissen, wie erschreckt und geistesabwesend dreinschauten.

Da eilte er auf sie zu und nahm sie in seine Arme, sie aber erkannte ihn nicht und sich von ihm losreißend, sagte sie atemlos und im Flüsterton: „Ich fürchte mich! Ich fürchte mich! Ich fürchte mich!" ...

Achter Teil

Erstes Kapitel

Nichts half, weder Bitten, noch Klagen, noch Liebkosungen – Danusia erkannte niemanden, erlangte ihre Sinne nicht wieder. Nur von einem Gefühl schien ihr ganzes Wesen durchdrungen zu sein, von dem Gefühl entsetzlicher Angst, wie sie der zitternde Vogel empfindet, der in Gefangenschaft gerät. Welche Nahrung ihr auch vorgesetzt wurde, in Anwesenheit eines anderen rührte sie keinen Bissen an, obwohl ihr gieriger Blick es nur zu deutlich verriet, daß sie hungerte, ja, daß sie vielleicht schon seit langem Hunger litt. Ließ man sie allein, so warf sie sich gleich einem wilden Tier auf die Speisen, trat indessen Zbyszko in die Hütte, rannte sie in einen Winkel, um sich hinter einem Bündel trockenen Hopfens zu verbergen. Und nichts brachte sie wieder daraus hervor. Wohl hätte sie bei dem Schein des aufflammenden Feuers ihren Ehegemahl zu erkennen vermögen, doch umsonst öffnete er ihr seine Arme, umsonst streckte er ihr, die Tränen unterdrückend, bittend die Hände entgegen. Mit dem klaren Verstand schien ihr auch jede Erinnerung entschwunden zu sein. Immer wieder schaute Zbyszko auf ihre hageren, starren, angsterfüllten Gesichtszüge, auf ihre eingesunkenen Augen, auf das zerrissene, zerfetzte Gewand, in das sie gekleidet war, und sein Herz krampfte sich vor Wut und Schmerz zusammen bei dem Gedanken, in wessen Hände sie gewesen war, was man ihr angetan haben mochte. Schließlich übermannte ihn einmal dermaßen der Zorn, daß er sein Schwert ergriff, auf Zygfryd losstürzte und diesen erschlagen hätte, wenn nicht Macko ihm entgegengetreten wäre.

Gleich Feinden rangen die beiden miteinander. Der junge Ritter war jedoch durch den vorhergegangenen Kampf mit dem riesenhaften Arnold in solcher Weise geschwächt, daß der alte Ritter ihn bezwang. Wie zwischen eisernen Klammern preßte er Zbyszkos Hände in den seinen zusammen, während er rief: „Was soll das sein, bist du toll geworden?"

„Gebt mich frei!" antwortete Zbyszko zähneknirschend, „oder der Lebensfunke in mir wird erlöschen."

„Was auch geschehen mag, ich gebe dich nicht frei! Weit besser ist es, du zerschmetterst dir deinen Schädel an einem Baumstamm, als daß du dir und deinem Geschlecht Unehre machst."

Und mit neuer Kraft Zbyszkos Hände umklammernd, fügte er drohend hinzu: „Versuche dich zu beherrschen! Die Rache wird dir nicht entgehen, doch bedenke, daß du ein gegürteter Ritter bist. Was willst du beginnen? Einen gefesselten Gefangenen willst du erschlagen? Kannst du damit Danusia helfen, und was gewinnst du dabei? Nichts, nur Schimpf und Schande. Wohl wirst du mir einwenden, Könige und Fürsten hätten mehr als einmal Gefangene ermordet. Freilich ist dies der Fall, doch traun, nie und nimmer ist es in unseren Landen geschehen. Und zudem, was die Welt jenen vergeben hat, das wird sie dir nicht vergeben. Jene sind die Besitzer von Königreichen, Städten und Burgen, was aber besitzt du? Nichts wie deine Ehre als Ritter. Wenn auch jenen alles vergeben worden ist, dir speit man in das Gesicht. Bezwinge dich! Bei Gott!"

Diesen Worten folgte ein minutenlanges Schweigen.

„Gebt mich frei!" wiederholte dann Zbyszko finster. „Ich werde ihn nicht erschlagen."

„Komm mit zum Feuer, dort wollen wir uns beraten."

Macko geleitete seinen Brudersohn zu einem Feuer, das von den Kriegsleuten in der Nähe von den Teerhaufen angezündet worden war. Nachdem sich die beiden dort niedergelassen hatten, bedachte sich der Ohm eine Weile und hub dann also an: „Vergiß auch nicht, daß du Jurand versprochen hast, ihm diesen alten Hund auszuliefern. Jurand wird sich an ihm für all das rächen, was Danusia erlitten hat. Fürchte nichts, Jurand wird ihm alles heimzahlen! Ihm gehört der Gefangene an! Und zudem, was dir nicht erlaubt ist, das steht Jurand frei. Er hat Zygfryd nicht zum Gefangenen gemacht, aus deiner Hand wird er ihn empfangen. Ohne sich mit Unehre zu bedecken, darf er ihm bei lebendigen Leib sogar die Haut abziehen – verstehst du mich nun?"

„Ich verstehe Euch!" entgegnete Zbyszko. „Ihr redet vernünftig."

„Augenscheinlich kehrt dein Verstand zurück. Sollte dich aber der Teufel ein zweites Mal in Versuchung führen, dann denke an das, was ich dir jetzt sage. Du hast gelobt, mit Lichtenstein und mit anderen Rittern zu kämpfen. Erschlägst du jedoch einen schutzlosen Gefangenen und die Tat wird durch die Kriegsleute ruchbar, dann wird sich dir kein Ritter mehr stellen. Und mit vollem Recht tut er dies nicht. Gott beschütze dich davor. An Unglück gebricht es uns wahrlich nicht, laß nicht auch noch Schande über uns kommen. Am besten ist's, wir beraten jetzt, was uns zu tun gebührt, wie wir uns zu verhalten haben."

„Sprecht Euch aus!" warf Zbyszko ein.

„Mein Rat ist folgender: Wohl müßte jene Natter, die Danusias wartet, vom Erdboden vertilgt werden. Jedoch es ist eines Ritters nicht würdig, sich mit dem Blut eines Weibes zu beflecken, deshalb wollen wir das schändliche Weib dem Fürsten Janusz ausliefern. Unter den Augen des

Fürstenpaares hat sie auf dem Jagdhof ihre listigen Ränke gesponnen. In Masovien möge sie daher gerichtet werden, und wird sie nicht aufs Rad geflochten, dann sündigen die Ritter gegen Gottes Gerechtigkeit. Bis wir indessen ein anderes Weib zur Wartung Danusias gefunden haben, ist uns diese Schlange vonnöten. Späterhin mag man sie an den Schwanz eines Rosses binden. Uns obliegt es aber nun vor allem, aufs schnellste in die masovischen Wälder zurückzukehren."

„Doch nicht in diesem Augenblick, doch nicht zur Nachtzeit. Vielleicht wird Danusias Geist morgen klarer sein. Gott gebe dies! Aber auch die Pferde müssen rasten. Mit Tagesanbruch brechen wir auf."

Eine weitere Unterredung wurde durch Arnold von Baden unterbrochen, der, auf sein eigenes Schwert wie auf einen Pfahl gebunden, in einiger Entfernung auf dem Rücken lag und irgend etwas in seiner Muttersprache gerufen hatte. Der alte Macko erhob sich sofort und trat auf den Gefangenen zu. Da er indessen unfähig war, dessen Worte zu verstehen, schaute er suchend nach Hlawa umher.

Aber der Böhme konnte nicht sofort kommen, war er doch mit etwas anderem beschäftigt. Währenddessen sich die beiden Ritter am Feuer unterhielten, hatte er sich dem Weib genähert und es mit kräftiger Hand am Genick gepackt.

„Höre, du Hündin!" sagte er zu ihr, indem er sie wie einen Baum hin- und herschüttelte, „du begibst dich sofort in die Hütte und bereitest deiner Herrin ein Lager aus Fellen. Vor allem aber kleidest du sie wieder in ihre Gewänder und legst selbst die Lumpen an, die ihr der Beklagenswerten aufgezwungen habt. Verflucht seien eure Mütter!"

Von einer steigenden Erregung fortgerissen, schüttelte er die Frau nun mit solcher Gewalt, daß deren Augen aus den Höhlen traten. Fast hätte er ihr das Genick gebrochen, doch er bezwang sich noch rechtzeitig. Für Danusia war sie jetzt noch nötig, deshalb ließ er sie frei, indem er erklärte: „Zur geeigneten Zeit werden wir den rechten Ast für dich finden."

Voll Schrecken umfaßte sie seine Knie, als er sie aber von sich stieß, rannte sie in die Hütte und warf sich Danusia zu Füßen.

„Schütze mich, verlaß mich nicht!" schrie sie auf.

Doch Danusia schloß langsam die Augen, während sich ihren Lippen wieder die kaum hörbaren, klagenden Worte entrangen: „Ich fürchte mich, ich fürchte mich, ich fürchte mich!"

Und wie stets, wenn sich ihr die Ordensdienerin näherte, überfiel sie auch jetzt eine Art von Erstarrung. Willenlos ließ sie sich aus- und ankleiden. Gleich einer Wachsfigur wurde sie von der Dienerin auf das Lager gebettet, die, nicht wagend, die Hütte zu verlassen, am Feuer Platz nahm.

Doch schon nach kurzer Zeit trat Hlawa ein, wandte sich zu Danusia und sagte: „Ihr seid unter Freunden, o Herrin! Deshalb schlaft ruhig im Namen des Vaters, des Sohnes und des Heiligen Geistes!"

Das Zeichen des Kreuzes machend, wandte er sich hierauf, ohne die Stimme zu erheben, damit er Danusia nicht erschrecke, zu dem Weib:

„In Fesseln geschlagen sollst du auf der Schwelle der Hütte liegen", erklärte er. „Rühre dich aber nicht, versuche nicht, deine Herrin zu erschrecken, sonst breche ich dir das Genick. Auf mit dir, hinaus!"

Nach diesen Worten trieb er das Weib über die Schwelle und knebelte sie, dann erst begab er sich zu Zbyszko.

„Ich erteilte den Befehl, die Herrin mit den Gewändern zu bekleiden, die jene Schlange sich angeeignet hat", begann er. „Auch ein Lager ließ ich bereiten, auf dem die Herrin nun ruhig schläft. Ihr tut besser daran, fernzubleiben, o Herr, damit die Schlafende nicht gestört wird, die Gott nach wohltätiger Ruhe zu völligem Bewußtsein erwachen lassen möge. Doch denkt nun auch an Euch selbst, o Herr, erquickt Euch mit Speise und Trank und legt Euch dann nieder."

„Ich lege mich auf die Schwelle der Hütte", entgegnete Zbyszko.

„Dann bringe ich das verfluchte Weib in die Nähe des Leichnams mit den roten zottigen Haaren. Doch Ihr müßt Euch stärken, o Herr, denn Ihr habt eine lange Fahrt, eine schwere Aufgabe vor Euch."

Unverweilt eilte er davon, um gleich darauf wieder mit kleinen Säckchen voll geräuchertem Fleisch und gedörrten Rüben zurückzukehren, die man aus dem Lager der Samogitier mit auf die Fahrt genommen hatte. Kaum kam indessen Hlawa damit zurecht, die Vorräte vor Zbyszko auszubreiten, weil ihn Macko unverzüglich zu Arnold schickte.

„Suche sorgsam herauszufinden, was dieser Riese will", gebot der alte Ritter dem Böhmen, „denn obgleich ich etliche deutsche Worte kenne, vermag ich doch nicht zu verstehen, was er sagt."

„Ich werde ihn hierher an das Feuer bringen, o Herr, dann könnt Ihr durch mich mit ihm reden", ließ sich Hlawa vernehmen.

Und seinen Gurt abnehmend, zog er diesen zwischen den Armen Arnolds hindurch und lud sich daran den Gefesselten auf den Rücken. Wohl schwankte er unter dem Gewicht des gewaltigen Ritters, doch da auch er außergewöhnliche Kraft besaß, trug er seine Last bis an das Feuer, wo er Arnold gleich einem Sack Erbsen neben Zbyszko abwarf.

„Löst mir die Bande!" rief nun der Kreuzritter.

„Das will ich tun", antwortete Macko durch Vermittlung des Böhmen. „Jedoch zuerst mußt du bei deiner ritterlichen Ehre schwören, dich als Gefangenen zu betrachten. Doch selbst wenn du dich dessen weigerst, sollst du von dem Schwert losgebunden, sollen die Bande von deinen Armen genommen werden, damit du bei uns zu sitzen vermagst. Die Fesseln an deinen Füßen lasse ich jedoch nicht lösen, bevor wir zu Ende gesprochen haben."

Nach diesen Worten gab Macko dem Böhmen ein Zeichen, auf das hin der Knappe sofort den Körper und die Arme des Deutschen von den Stricken befreite und ihm dann half, sich aufzurichten. Voll Hoffart blickte nun Arnold auf Macko und Zbyszko, indem er fragte: „Was seid Ihr für Leute?"

„Das wagst du zu fragen? Was kümmert das dich? Versuche es selbst zu ergründen."

„Viel ist mir daran gelegen, denn nur Rittern kann ich einen Eid auf meine ritterliche Ehre ablegen."

„So schau her!" rief jetzt Macko, indem er den Mantel zurückschlug und auf seinen Rittergürtel wies.

Aufs höchste überrascht, versank der Kreuzritter in Schweigen und hub erst nach einigen Minuten wieder an: „Was soll das heißen? Und doch geht Ihr in den Wäldern auf Raub aus, und doch steht Ihr den Heiden gegen Christen bei!"

„Du lügst!" schrie Macko auf.

In den hochmütigsten, feindseligsten Ausdrücken spann sich das Gespräch weiter, ja, oftmals drohte es in Streit auszuarten. Als jedoch Macko leidenschaftlich beteuerte, der Orden selbst trage die Schuld, daß nicht ganz Litauen sich zum Christentum bekehrt habe, als er zahllose Beweise dafür vorbrachte, da verstummte Arnold abermals vor Staunen, denn die Wahrheit trat sonnenklar zutage, nichts ließ sich dagegen einwenden. Ganz besonders betroffen war der Deutsche durch die Worte Mackos, der, das Zeichen des Kreuzes machend, ausrief: „Wer weiß, wem Ihr tatsächlich dient, wenn auch nicht alle, so doch etliche von Euch!" – hegte man doch sogar im Orden selbst den Verdacht, daß gewisse Komture mit dem Satan im Bund seien. Keine Klage wurde zwar gegen diese anhängig gemacht, wäre doch dadurch die Schande auf alle Kreuzritter gefallen, jedoch Arnold wußte genau, was sich die Brüder zuflüsterten, welches Gerede unter ihnen ging. Der schlichtdenkende Deutsche beunruhigte sich mehr und mehr, denn schließlich ließ sich auch Macko rückhaltlos über das seltsame Gebaren Zygfryds aus, von dem ihm durch Sanderus berichtet worden war.

„Und jener Zygfryd, mit dem du in den Krieg gezogen bist", fragte der alte Kämpe, „ist er vielleicht ein Diener Gottes, dient er vielleicht unserem Herrn Jesus? Hast du nie gehört, wie er mit bösen Geistern spricht, wie er mit ihnen flüstert und zähnefletschend mit ihnen lacht?"

„Das ist wahr!" murmelte Arnold.

Da, mit einemmal rief Zbyszko, in dessen Herz Zorn und Kummer wieder die Oberhand gewannen, in heftigem Ton: „Und du sprichst von ritterlicher Ehre! Schande über dich, der du einem Henker, einem Sohn der Hölle Hilfe geleistet hast! Schande über dich, der du ruhig mit ansahst, wie man ein schutzloses Weib, die Tochter eines Ritters, gefoltert hat! Schande über dich, der du die Bejammernswerte vielleicht selbst gemartert hast! Schmach und Schande über dich!"

Starr vor Staunen machte Arnold das Zeichen des Kreuzes und sagte: „Im Namen des Vaters, des Sohnes und des Heiligen Geistes! Was soll dies heißen? Sprecht Ihr von jener Besessenen, in deren Kopf siebenundzwanzig Teufel nisten? Ich" –

„Wehe! Wehe!" schrie jetzt Zbyszko mit heiserer Stimme auf, indem er abermals nach dem „Misericordia" griff und drohende Blicke auf Zygfryd warf, der ganz in der Nähe im Dunkeln lag.

Mit eiserner Hand packte Macko den Brudersohn, um diesen wieder zur Besinnung zu bringen. Dann wandte er sich zu Arnold mit den Worten: „Jenes junge Weib – es ist die Tochter Jurands, es ist die Ehegemahlin dieses jungen Ritters. Jetzt wirst du begreifen, weshalb wir Euch überfielen, weshalb Ihr unsere Gefangenen seid."

„Allbarmherziger Gott! Wie ist dies möglich? Der Geist jenes Weibes ist ja gestört."

„Weil sie die Kreuzritter raubten, wie man ein unschuldiges Lamm raubt, weil sie durch fortgesetzte Pein und Marter zu dem gemacht wurde, was sie jetzt ist."

Als Zbyszko die Worte „unschuldiges Lamm" vernahm, preßte er von Schmerz überwältigt beide Fäuste an die Lippen, während ihm große Tränen unaufhaltsam über die Wangen rollten. In tiefes Sinnen versunken, saß Arnold am Feuer, der Böhme aber schilderte ihm in kurzen Worten die Verräterei Danvelds, die Entführung Danusias, die von Jurand erlittenen Folterqualen, den Kampf mit Rotgier. Als er geendigt hatte, herrschte langes Schweigen. Nichts war zu hören als ein zeitweiliges Rauschen im Wald und das Knistern der Funken im Feuer.

Schließlich jedoch fuhr Arnold aus seinem Sinnen empor.

„Ich schwöre, nicht nur auf meine ritterliche Ehre, sondern auch auf das Kreuz Christi, daß ich die Entführte kaum gesehen habe, daß ich nicht wußte, wer sie ist, und daß ich niemals die Hand dazu geliehen habe, wenn ihr ein Leid angetan wurde."

„Schwöre, freiwillig mit uns zu ziehen, ohne einen Fluchtversuch zu unternehmen, dann will ich dich von deinen letzten Banden lösen lassen", erklärte nun Macko.

„Es sei, wie du sagst, ich schwöre! Wohin willst du mich bringen?"

„Nach Masovien, zu Jurand aus Spychow."

So sprechend, schnitt Macko selbst die Stricke, mit denen Arnolds Füße gebunden waren, entzwei und deutete auf das Fleisch, auf die Rüben. Bald darauf erhob sich Zbyszko, um sich auf die Schwelle der Hütte niederzulegen. Die Ordensdienerin befand sich nicht mehr dort, war sie doch von dem Gefolge mit zu dessen Platz bei den Pferden geschleppt worden. Ein von Hlawa ausgebreitetes Fell diente dem jungen Ritter zum Lager, der indessen sehnsüchtig und ohne Schlaf zu finden, auf den anbrechenden Tag harrte, hoffte er doch, daß die Ruhe eine wohltätige Wirkung auf Danusia ausüben werde.

Der Böhme kehrte unverweilt zu dem Feuer zurück, denn ihm lastete etwas auf der Seele, worüber er mit dem alten Ritter aus Bogdaniec sprechen wollte. Nachdenklich saß dieser noch immer auf der gleichen Stelle, ohne den schnarchenden Arnold zu beachten, der, durch tüchtige Nahrung gestärkt, nun so fest wie ein Stein schlief.

„So seid Ihr noch immer wach, o Herr!" hub Hlawa an.

„Der Schlaf flieht mich", antwortete Macko. „Gott schenke uns morgen einen glücklichen Tag. Der große Bär steht am Himmel", fuhr er fort, zu den Sternen aufschauend, „und ich sinne und sinne, wie sich alles wenden wird."

„Auch ich kann kein Auge schließen, denn die Herrin aus Zgorzelic kommt mir nicht aus den Gedanken."

„Hei, wahrlich, ein weiteres Ungemach. Doch, sie ist ja jetzt in Spychow."

„Gewiß ist sie in Spychow. Wir haben sie aus Zgorzelic weggeführt, ohne zu wissen, weshalb."

„Sie selbst bestand darauf, mit uns zu ziehen", lautete die ungeduldige Antwort Mackos, der nur ungern über Jagienka sprach, weil er sich ihr gegenüber schuldbewußt fühlte.

„Und wenn dem auch so ist, was soll jetzt geschehen?"

„Hei, was geschehen soll? Ich bringe sie in ihre Heimat zurück, und dann möge Gottes Wille geschehen! ... Ja, Gottes Wille geschehe!" fügte er nach kurzer Pause hinzu. „Gott der Herr gebe, daß Danusia ihre Gesundheit wieder erlange, und daß wir uns, wie andere Leute auch, endlich klar darüber werden, was uns zu tun obliegt. Doch jetzt weiß dies der Teufel allein. Wie, wenn Danusia ihre Sinne nicht wiedererlangt – und wenn sie auch nicht stirbt? – Möge es der Herr Jesus zu dem einen oder zu dem anderen wenden."

Doch der Knappe dachte in diesem Augenblick nur an Jagienka.

„Seht Ihr, allergnädigster Herr", warf er abermals ein, „als ich Spychow verließ, als ich Abschied von meiner Herrin nahm, da sprach diese also: ‚Im Fall sich irgend etwas ereignen sollte, eilst du rascher als Zbyszko, rascher als Macko hierher, denn (so sagte sie) irgend jemanden müssen jene doch mit der Kunde senden, weshalb sollten sie daher dich nicht damit betrauen? Du aber wirst mich dann nach Zgorzelic geleiten.'"

„Hei! Das ist richtig!" entgegnete Macko. „Unerträglich würde es für Jagienka, in Spychow zu bleiben, wenn Danusia dort eintrifft. Besser, weit besser ist's für sie, wenn sie sofort nach Zgorzelic zurückkehrt. Tief schmerzt mich das Schicksal der Waise, schweres Leid trage ich um sie, läßt es sich aber gegen den Willen Gottes ankämpfen? Was ist zu tun? Doch höre ... Du sagst, sie habe dir befohlen, ohne auf uns zu warten, so rasch wie möglich mit der Kunde zu ihr zurückzueilen und sie nach Zgorzelic zu geleiten?"

„Getreulich habe ich Euch berichtet, was sie mir zu tun befahl."

„Wohlan, mache dich vor uns auf den Weg. Dem alten Jurand muß auch die Nachricht behutsam beigebracht werden, daß seine Tochter gefunden worden ist – eine plötzliche Freude könnte ihn töten. So wahr ich Gott liebe, das muß geschehen! Begib dich nach Spychow, verkünde, daß wir Danusia zurückbringen und bald mit ihr eintreffen werden. Dann aber geleite Jagienka in ihre Heimat."

Der alte Ritter seufzte tief auf. Ihm war es wehe ums Herz, doch nicht nur Jagienkas wegen, sondern auch seiner gescheiterten Pläne wegen. Jedoch schon nach wenigen Minuten begann er aufs neue: „Du bist doch ein kluger, tatkräftiger Bursche, das weiß ich, doch wirst du imstande sein, die Waise gegen Überfälle, gegen Beschimpfung zu schützen? Gar leicht kann ihr auf der Fahrt allerlei zustoßen."

„Meinen Kopf setzte ich dafür zum Pfand, daß ich dazu imstande bin. Wenn etliche tüchtige Kriegsleute mit mir ziehen – und der Gebieter von Spychow wird mir sicherlich eine Anzahl zur Verfügung stellen – kann ich meine Herrin, wenn nötig ungefährdet bis ans Ende der Welt geleiten."

„Potz Wetter, überhebe dich nicht in deinem Selbstvertrauen. Vergiß auch nicht, daß du allerorts, vornehmlich aber in Zgorzelic, ein wachsames Auge auf Wilk aus Brzozowa und auf Cztan aus Rogow haben mußt. Traun, darüber zu reden, ist ja jetzt nicht mehr vonnöten. Früher mußten wir das Mägdlein bewachen, solange man noch an etwas anderes denken konnte. Jetzt aber ist keine Hoffnung vorhanden, daß jemals etwas daraus werden wird."

„Trotzdem will ich die Herrin auch vor jenen beiden Rittern bewachen, denn das beklagenswerte Eheweib des Herrn Zbyszko atmet ja kaum noch. Das arme Wesen ist dem Tod nahe."

„So wahr ich Gott liebe, das hat seine Richtigkeit. Das unglückliche Geschöpf hat kaum noch Leben in sich – just wie eine Tote sieht es aus."

„Gottes Wille geschehe! Jetzt aber müssen wir vor allem an die Herrin von Zgorzelic denken."

„Ich hätte die Verpflichtung", warf jetzt Macko ein, „die Waise in ihre Heimat zu geleiten. Jedoch ich weiß mir keinen Rat. Zbyszko darf ich aus mannigfachen Gründen nicht verlassen. Du selbst hast es mitangesehen, wie er zähneknirschend auf den alten Komtur losstürzen und ihn gleich einem wilden Eber erschlagen wollte. Und wenn es so weit kommt, wie du behauptest, wenn Danusia auf der Fahrt ihren Atem aushaucht, dann freilich kann auch ich meinen Brudersohn nicht von einer Gewalttat abhalten. Sicherlich wird er sich aber nicht im Zaum halten können, wenn ich jetzt von ihm gehe, und Schimpf und Schande wird er auf sich, auf unser ganzes Geschlecht für immer laden, was Gott verhüten möge, Amen!"

„Traun, gegen dies alles gibt es ein einfaches Mittel", antwortete der Böhme. „Liefert mir den grausamen Henkersknecht aus, aus meinen Händen wird er nicht entkommen, vor Herrn Jurands Füße will ich ihn in Spychow werfen."

„Gott schenke dir Gesundheit! Hei, du hast Verstand!" rief Macko hocherfreut. „Eine ganz einfache Sache! Eine ganz einfache Sache! Nimm Zygfryd mit dir, und wenn du ihn lebend nach Spychow bringst, verfahre mit ihm, wie es dir gut dünkt."

„Überlaßt mir auch jene Hündin aus Szczytno! Wenn sie sich unterwegs nicht widerspenstig erweist, nehme ich sie auch mit nach Spychow, zeigt sie sich indessen widerspenstig, dann an irgendeinen Ast mit ihr."

„Voraussichtlich wird Danusia ihre entsetzliche Angst verlieren und rascher wieder zu sich selbst kommen, wenn jene beiden ihr nicht mehr nahe sind. Doch wenn du die Dienerin hinwegführst, was sollen wir ohne die Hilfe eines Weibes beginnen?"

„Ihr werdet doch sicherlich auf Eurem Weg durch die Wälder auf Leute stoßen, oder Flüchtlinge mit ihren Weibern antreffen. Selbst wenn Ihr der ersten besten dieser Frauen die Pflege anvertraut, wird sie sich besser dazu eignen als diese Schlange. Mittlerweile genügt es, wenn der junge Ritter für die Kranke sorgt."

„Heute sprichst du noch verständiger als sonst. Auch das ist wahr. Danusia wird weit eher wieder ihre Sinne erlangen, wenn Zbyszko beständig um sie ist. Ein Vater, eine Mutter kann er für sie sein. Wir sind einig. Wann brichst du auf?"

„Vor Tagesanbruch. Jetzt aber will ich mich zur Ruhe legen. Mitternacht wird es wohl noch nicht sein."

„Der große Bär steht, wie ich sagte, schon am Himmel, jedoch das Dreieck ist noch nicht sichtbar."

„Gott sei gepriesen, daß endlich ein Entschluß gefaßt ist, denn gar peinlich ist mir die Lage gewesen."

So sprechend, legte sich Hlawa an das erlöschende Feuer, bedeckte sich mit einem zottigen Fell und schlief gleich darauf fest ein. Tiefe Dunkelheit herrschte noch, als er wieder erwachte, unter dem Fell hervorkroch, nach den Sternen blickte, sich tüchtig streckte und schließlich Macko weckte.

„Es ist Zeit für mich zum Aufbruch", sagte er.

„Wohin denn, wohin denn?" fragte der alte Ritter noch halb im Schlaf, indem er die Augen mit den Fäusten rieb.

„Nach Spychow."

„Bei meiner Treu, es ist ja wahr! Wer schnarcht denn so laut neben uns? Ein Toter könnte ja davon erwachen."

„Der Ritter Arnold. Ich will nur einige Zweige auf die glimmenden Kohlen werfen und mich dann zu den Mannen begeben."

Kaum hatte Hlawa sich indessen entfernt, so kehrte er raschen Schrittes wieder zurück, indem er schon von weitem so leise wie möglich rief: „Ich bringe Euch schlimme Kunde, o Herr – schlimme Kunde!"

„Was ist geschehen?" fragte Macko aufspringend.

„Die Ordensdienerin ist entflohen. Die zu dem Gefolge gehörenden Leute haben sie mit sich auf ihren Platz bei den Pferden genommen – ein Blitzstrahl treffe sie dafür – und als sie alle in festem Schlaf lagen, ist jene gleich einer Schlange zwischen ihnen hindurchgekrochen und entflohen. Kommt mit mir, o Herr!"

In großer Unruhe eilte Macko mit dem Böhmen zu den Pferden, bei denen sie jedoch nur einen von dem Gefolge antrafen, da die anderen die Entflohene suchten – ein törichtes Unternehmen, im Dickicht, bei finsterer Nacht. Gar bald kamen auch die Leute, gebeugten Hauptes, zurück. Macko verlor keine Worte, sondern schlug mit den Fäusten auf sie ein, dann kehrte er zu dem Feuer zurück, da ihm nichts anderes zu tun übrig blieb.

Schon nach wenigen Minuten kam Zbyszko von seinem Wächterposten vor der Hütte daher. Er hatte nicht schlafen können und wollte hören, was der Lärm zu bedeuten habe. Macko erzählte ihm kurz von seiner Abmachung mit dem Böhmen und von der Flucht der Dienerin.

„Das ist kein allzu großes Unglück", bemerkte der junge Ritter. „Entweder kommt sie in den Wäldern vor Hunger um, oder sie wird von dem ersten besten Bauern erschlagen, mit dem sie zusammentrifft, wenn sie nicht schon zuvor die Beute von Wölfen geworden ist. Nur eines beklage ich: daß sie ihrer gerechten Strafe in Spychow entgeht."

Wenn nun auch Zbyszko bedauerte, daß das schreckliche Weib nicht die ihr gebührende Strafe erhielt, nahm er doch alles andere mit der größten Ruhe auf. Nichts lag ihm ferner, als sich dem Plan des Böhmen in betreff Zygfryds zu widersetzen, denn nur das, was mit Danusia in Zusammenhang stand, war für ihn von Bedeutung. So begann er auch jetzt sofort wieder: „Morgen werde ich sie vor mich auf mein Roß nehmen und in solcher Weise mit ihr die Fahrt zurücklegen."

„Wie steht es mit ihr, schlummert sie?" fragte Macko.

„Zuweilen wimmert sie ein wenig, doch ich vermag nicht zu sagen, ob sie dies wachend oder schlafend tut. Längst hätte ich mich ihr genähert, wenn ich nicht fürchtete, daß sie erschrecken könnte."

In diesem Augenblick trat Hlawa zu den Sprechenden und sagte zu Zbyszko gewandt: „Ihr seid schon wieder auf den Beinen, o Herr! Traun, nun ist's höchste Zeit für mich! Die Pferde stehen bereit, und der alte Teufel ist schon an den Sattel gebunden. Bald wird es tagen, denn gar kurze Nächte haben wir jetzt. Gott sei mit Euch, o Herr!"

„Gehe mit Gott und bleibe gesund!"

Der Böhme nahm aber nun Macko beiseite und sprach: „Ich möchte noch eine ernste Bitte an Euch richten: Wenn sich irgend etwas Besonderes ereignen sollte – Ihr versteht mich, o Herr – irgendein Unglück oder wie wir dies nun nennen wollen, dann sendet sofort einen Boten nach Spychow. Sollten wir uns aber nicht mehr dort befinden, möge er in größter Eile uns einzuholen versuchen."

„Gut, gut", entgegnete Macko. „Merke aber auch jetzt auf das, was ich dir sage. Geleite Jagienka nach Plock. Dort begibst du dich zu dem Bischof, teilst ihm mit, wer die Maid ist, daß sie von dem Abt getauft wurde, dessen letzten Willen zu ihren Gunsten er, der Bischof, in Händen habe, und bittest ihn, ihr seinen Schutz angedeihen zu lassen, wie das ja in dem Testament ausdrücklich gewünscht werde."

„Wenn uns aber der Bischof befiehlt, in Plock zu bleiben?"

„Gehorche ihm in allen Dingen, folge unbedingt seinem Rat."

„Ich tue, wie Ihr befiehlt, o Herr! Mit Gott!"

„Mit Gott!"

Zweites Kapitel

Ein kaum merkliches Lächeln umspielte Ritter Arnolds Lippen, als er am nächsten Morgen von der Flucht der Ordensdienerin hörte, jedoch er sagte das gleiche wie Zbyszko, daß das Weib entweder von Wölfen überfallen oder von Litauern getötet werde. Dies war auch sehr wahrscheinlich, denn die Bewohner der litauischen Ansiedlungen haßten den Orden und alle, die mit ihm in Verbindung standen. Die Bauern waren teils zu Skirwoillo geflohen, teils hatten sie sich zusammengerottet, hatten da und dort Deutsche erschlagen und sich dann selbst mit ihren Weibern, Kindern und dem Vieh in die undurchdringlichen Wälder gerettet. Alle Nachforschungen, die seit Tagesanbruch nach der Dienerin angestellt wurden, blieben erfolglos, wenn auch vielleicht aus dem Grund, weil Macko und Zbyszko viel zu sehr von anderen Dingen in Anspruch genommen waren, um ihre Befehle mit der nötigen Strenge zu erteilen. Ihnen lag hauptsächlich daran, rasch Masovien zu erreichen, ja, sie hätten sich sogar vor Sonnenaufgang auf den Weg gemacht, wenn Danusia nicht mit Tagesanbruch in tiefen Schlummer gefallen wäre, aus dem Zbyszko sie nicht wecken wollte. Er hatte sie in der Nacht beständig wimmern hören und daraus geschlossen, daß sie nicht schlafe, jetzt aber hoffte er, der Schlummer werde eine wohltätige Wirkung auf sie ausüben. Zweimal trat er leise in die Hütte, und jedesmal bemerkte er bei dem durch die Luken dringenden Sonnenschein, daß Danusia mit geschlossenen Augen, offenem Mund und den geröteten Wangen eines fest schlafenden Kindes dalag. Eine tiefe Rührung überkam ihn. „Gott gebe dir Ruhe und Gesundheit, du holdeste aller Blumen!" flüsterte er ihr unwillkürlich zu, als er das zweite Mal neben seines Weibes Lager stand. „Deine Leiden sind vorbei, deine Tränen werden versiegen, und der allbarmherzige Herr Jesus wird dir ein Leben verleihen, das so ruhig dahinfließt wie die sanften Wellen eines Stromes." Und kraft seines schlichten, edlen, Gott zugewandten Gemütes fragte sich der junge Ritter: „Wie kann ich meinen Dank erweisen, wie kann ich alles vergelten, was soll ich irgendeiner Kirche weihen von meinem Hab und Gut, von meinem Korn, meinem Vieh, von dem Wachs oder von anderen ähnlichen, gottgefälligen Dingen?" Gar gern würde er sofort genannt haben, was er opfern wolle, aber dann kam ihm doch auch wieder der Gedanke, er müsse zuerst das Erwachen Danusias abwarten. „Weiß ich denn", so fragte er sich, „wie es mit ihrer Gesundheit steht, ob sie bei ihrem Erwachen bei klarem Verstand ist, weiß ich denn, ob ich für etwas zu danken haben werde?"

Obgleich Macko der Sicherheit wegen die Lande des Fürsten Janusz so rasch wie möglich erreichen wollte, stimmte er doch auch damit überein, Danusia dürfe nicht aus dem Schlaf geweckt werden, der ihr vielleicht Heilung bringen konnte. Obwohl sich daher die Mannen bereithalten mußten, obwohl die Saumrosse zum Aufbruch gerüstet waren, harrte der alte Ritter geduldig aus.

Als indessen Stunde auf Stunde verrann, als die Mittagszeit verstrich und Danusia noch immer schlief, bemächtigte sich aller große Unruhe. Nachdem Zbyszko unaufhörlich durch die Luken und durch die Tür geschaut hatte, trat er zum drittenmal in die Hütte und setzte sich auf den Pflock, den die Ordensdienerin am vorhergegangenen Abend für sich an das Lager Danusias geschleppt hatte, um diese leichter umkleiden zu können.

Lange saß Zbyszko da und schaute auf die Schlafende, deren Augen fest geschlossen waren. Nach geraumer Zeit indessen – man hätte dazwischen in aller Ruhe ein Vaterunser und ein Ave Maria sagen können – bebten mit einemmal ihre Lippen und gerade, als ob sie ihn durch ihre geschlossenen Augenlider sähe, flüsterte sie: „Zbyszko!" – Sofort warf er sich vor ihr auf die Knie, drückte leidenschaftliche Küsse auf ihre abgemagerten Hände und rief in herzzerreißendem Ton: „Danusia! Gelobt sei Gott! Du hast mich erkannt!" Der Laut seiner Stimme brachte sie völlig zu sich. Sie setzte sich auf und wiederholte mit weitgeöffneten Augen: „Zbyszko!" Dann blickte sie blinzelnd und voll Staunen umher.

„Du bist frei, Danusia", erklärte nun Zbyszko, „ich habe dich den Händen der Feinde entrissen, ich bringe dich nach Spychow."

Doch sie entzog ihm ihre Hände und sagte: „Das alles mußte so kommen, weil uns des Vaters Zustimmung gefehlt hat. Wo ist die Herrin?"

„Komme zu dir, meine süße Blume! Die Fürstin ist weit, weit fort von hier, wir aber haben dich aus der Gefangenschaft befreit."

Danusia aber flüsterte nun, gerade als ob sie nichts gehört hätte, wie in Erinnerung verloren, vor sich hin: „Sie haben mir meine Laute genommen, sie haben meine Laute an der Wand zerschellt."

„Gott erbarme dich unser!" rief Zbyszko.

Jetzt erst bemerkte er, wie unstet Danusias Blick war, wie ihre Augen glänzten, ihre Wangen glühten, und sofort schoß ihm der Gedanke durch den Kopf, sie müsse sehr krank sein, im Fieber habe sie zweimal seinen Namen genannt.

Sein Herz krampfte sich zusammen vor Leid und Schmerz, kalter Schweiß trat ihm auf die Stirn. „Danusia", hub er von neuem an, „siehst du mich, verstehst du mich?"

Sie aber erwiderte in demütig bittendem Ton: „Trinken! ... Wasser! ..."

„Barmherziger Jesus!"

Aus der Hütte eilend, stieß er mit Macko zusammen, der sich vergewissern wollte, wie es mit Danusia stehe. Er rief ihm nur das Wort „Wasser" zu und rannte zu dem sich ganz in der Nähe durch Moos und Gestrüpp hinschlängelnden Bach.

Schon nach wenigen Minuten kehrte er mit einem Gefäß voll Wasser zurück, das er Danusia an die Lippen setzte. Sie trank gierig. Tief betrübt beobachtete der inzwischen in die Hütte getretene alte Ritter die Kranke, indem er fragte: „Fiebert sie?"

„Sie fiebert heftig!" entgegnete Zbyszko seufzend.

„Versteht sie, was du mit ihr sprichst?"

„Nein."

Macko zog bedenklich die Brauen zusammen, strich sich fortwährend über Stirn und Haupt und fragte: „Was ist nun zu tun?"

„Ich weiß es nicht."

„Da gibt es nur einen Ausweg!" hub der Ritter abermals an, wurde aber von Danusia unterbrochen, die, nachdem sie getrunken hatte, ihre fieberglänzenden Augen auf ihn richtete und leise sagte: „Ich habe Euch ja nichts Böses getan! Habt Erbarmen mit mir!"

„Tiefes Erbarmen fühle ich mit dir, Kind, und nur für dein Wohl bin ich bedacht", antwortete der alte Ritter, sichtlich bewegt. „Höre", wandte er sich hierauf sofort an Zbyszko, „länger hier zu verweilen, hat gar keinen Zweck. Wenn der Wind um sie bläst, wenn die Sonne sie wärmt, wird sie sich vielleicht bald besser fühlen. Verliere den Kopf nicht, Bursche, sondern bette sie entweder auf ihre Tragbahre, oder nimm sie vor dich auf den Sattel. Dann aber rasch auf den Weg! Verstehst du mich?"

Nach diesen Worten verließ Macko die Hütte, um noch einige Befehle zu erteilen, jedoch schon nach wenigen Schritten blieb er wie erstarrt stehen. Eine starke Kriegsschar – mit Hellebarden und Lanzen bewaffnet – stand auf allen vier Seiten der Lichtung aufgepflanzt und umringte gleich einer Mauer die Hütte und die Teerhaufen.

„Deutsche!" murmelte Macko vor sich hin.

Entsetzen erfaßte ihn. Rasch griff er nach seinem Schwert, biß die Zähne zusammen und stand da, einem wilden Tier ähnlich, das, unerwartet von Hunden gestellt, sich zu einer verzweifelten Verteidigung bereitmacht. Jetzt kamen auch der riesenhafte Arnold und etliche andere Ritter hinter den Teerhaufen hervor, und unverweilt trat ersterer auf Macko zu.

„Das Glücksrad hat sich gewendet", sagte er, „ich bin Euer Gefangener gewesen, nun seid Ihr der unsere."

So sprechend, blickte er mit einem Hochmut auf den alten Ritter, als ob dieser ein weit unter ihm stehendes Wesen sei. Dabei war Arnold kein böser, kein grausamer Mensch, jedoch er war mit dem allen Kreuzrittern gemeinsamen Fehler behaftet, die, demütig und nachgiebig im Unglück, weder ihre Verachtung für ihre Gefangenen, noch ihren grenzenlosen Stolz bezwingen vermochten, sobald sie eine starke Kriegsmacht hinter sich hatten.

„Ihr seid unser Gefangener", erklärte er nach kurzem Schweigen abermals.

Der alte Ritter blickte finster drein. Kein zaghaftes, nein, ein ausnehmend tapferes Herz schlug in seiner Brust. Hätte er sich in voller Rüstung und auf seinem Streitroß dem Feind gegenüber befunden, wäre Zbyszko ihm nahe gewesen, hätten beide ihre Schwerter, die Streitäxte oder jene mächtigen Speere zur Hand gehabt, welche die Ritter aus Lechien so geschickt zu führen wußten, so würde er vielleicht die Mauer aus Lanzen und Hellebarden zu durchbrechen versucht haben. Denn nicht umsonst hatten fremdländische Ritter bei Wilno den Polen beinahe vorwurfsvoll zugerufen: „Ihr verachtet den Tod allzu sehr." Doch ungewappnet, allein, ohne Streitroß stand Macko vor Arnold. Als er daher sah, daß seine Begleiter entwaffnet und gefangen waren, als er Zbyszkos gedachte, der ohne Wehr und Waffe bei Danusia in der Hütte weilte, begriff er als erfahrener, kriegskundiger Kämpe sofort seine eigene Hilflosigkeit. Langsam zog er sein Schwert aus der Scheide und warf es vor die Füße des Ritters, der mit Arnold zu ihm getreten war. Jener zeigte zwar keinen geringeren Hochmut als Arnold, aber er sprach doch mit einer gewissen Zuvorkommenheit und in gutem Polnisch: „Wie ist Euer Name, o Herr? Wenn Ihr Euer Wort gebt, werde ich nicht befehlen, Euch zu binden, denn wie ich sehe, seid Ihr ein gegürteter Ritter, und Ihr habt meinen Bruder menschlich behandelt."

„Ich gebe mein Wort!" ließ sich Macko vernehmen.

Rasch nannte er hierauf seinen Namen und fragte, ob es ihm gestattet sei, sich in die Hütte zu begeben. „Ich möchte meinen Brudersohn vor einer unklugen Handlung warnen", erklärte er, und verschwand nach erhaltener Erlaubnis in der Hütte, aus der er nach kurzer Zeit, ein „Misericordia" in der Hand, wieder zurückkehrte.

„Mein Brudersohn hat nicht einmal ein Schwert bei sich", sagte Macko, „und er bittet darum, bei seinem Weib bleiben zu dürfen, bis Ihr von hier aufbrecht."

„Dies sei ihm gewährt!" erklärte Arnolds Bruder. „Ich werde ihm Trunk und Speise zusenden, denn wir machen uns nicht sofort auf den Weg. Die Leute sind ermüdet, und wir selbst bedürfen der Erquickung, der Ruhe. Erfüllt meine Bitte, o Herr, und schließt Euch uns an."

Nach diesen Worten wandten sich alle dem Feuer zu, an dem Macko die Nacht verbracht hatte – sei es aber nun aus Hoffart oder Stolz, die Kreuzritter gingen voran, Macko mußte ihnen folgen. Doch der alte, in allen Lebenslagen erfahrene Kämpe, der die herkömmlichen Sitten genau kannte, fragte sofort: „Habt Ihr, o Herr, mich als Euren Gast oder als Euren Gefangenen betrachtet, als Ihr mich batet, Euch zu folgen?"

Tief beschämt blieb Arnolds Bruder stehen, indem er entgegnete: „Geht voran, o Herr."

Unverweilt leistete der alte Ritter dieser Aufforderung Folge. Da er indessen die Eigenliebe eines Mannes nicht verwunden wollte, in dessen Gewalt er sich befand, bemerkte er: „Offenbar, o Herr, sprecht Ihr nicht nur mehrere Sprachen, sondern kennt auch die höfische Sitte."

„Wolfgang", fragte nun Arnold, der nur wenige Worte verstand, „wovon ist die Rede, was sagt er?"

„Was sich für ihn geziemt, das sagt er!" erwiderte Wolfgang, augenscheinlich sehr geschmeichelt von Mackos Worten.

Bald saßen sie um das Feuer vereint, an das Speise und Trank gebracht wurde. Die von Macko dem Deutschen erteilte Lehre war nicht in den Wind gesprochen, denn Wolfgang ließ dem alten Ritter alles zuerst reichen. Im Laufe des Gesprächs erfuhr letzterer, auf welche Weise er und Zbyszko ergriffen worden waren. Wolfgang, ein jüngerer Bruder Arnolds, sollte das Czluchowsche Fußvolk nach Gotteswerder, also demnach gegen die aufrührerischen Samogitier führen. Da er indessen von einer weit entfernten Komturei kam, war es ihm nicht gelungen, sich an dem dazu bestimmten Platz mit der Reiterei zu vereinigen. Arnold hatte auch nicht auf ihn gewartet, konnte er doch darauf rechnen, auf seinem Weg mit anderen Abteilungen Fußvolkes aus den an der litauischen Grenze gelegenen Plätzen und Burgen zusammenzutreffen. Der jüngere Bruder, der einige Tage länger zur Zurücklegung seines Marsches bedurft hatte, gelangte gerade zu der Zeit in der Nähe der Waldlichtung an, als die Ordensdienerin sich auf der Flucht befand und ihn von dem Mißgeschick in Kenntnis setzte, von dem Arnold betroffen worden war. Dieser bat, jetzt auch ihm alles auf Deutsch zu wiederholen, dann lachte er befriedigt auf, indem er erklärte, auf einen solchen Ausgang habe er gehofft.

Der schlaue Macko aber, der, wenn er sich auch in einer Klemme befand, stets darauf ausging, seinen Vorteil zu wahren, versuchte die beiden Deutschen für sich zu gewinnen und sprach also: „Schlimm ist es für einen jeden, in Gefangenschaft zu fallen, doch ich danke Gott, daß er mich in Eure und nicht in andere Hände gegeben hat, denn wahrlich, Ihr seid echte Ritter, Ihr haltet auf Ehre."

Wohl drückte Wolfgang die Augen zu und schüttelte abwehrend das Haupt, doch auf seinem Antlitz spiegelte sich hohe Zufriedenheit. Und Macko hub von neuem an: „Wie gut Ihr auch unsere Sprache kennt! Gott hat Euch, das sehe ich, für alles Verstand verliehen."

„Ich spreche Eure Sprache, weil man in Czluchow Polnisch redet, und seit sieben Jahren dienen der Bruder und ich dort unter dem Komtur."

„Und mit der Zeit, in nicht gar zu langer Zeit, geht dessen Würde auf Euch über. Es kann nicht anders sein. Doch Euer Bruder spricht unsere Sprache nicht, wie Ihr sie sprecht."

„Er spricht sie nicht, verstehen aber kann er gar manches. An Kraft und Stärke ist mir der Bruder weit überlegen, obgleich ich selbst kein Schwächling bin, an Verstand und Klugheit aber kommt er mir nicht gleich."

„Hei, durchaus nicht töricht scheint er mir zu sein!" erklärte jetzt Macko.

„Wolfgang, was sagt er?" fragte Arnold abermals.

„Dein Lob verkündet er", antwortete Wolfgang.

„Ich preise ihn", ergriff Macko von neuem das Wort, „denn er ist ein echter Ritter, und das ist die Hauptsache. Ihr dürft mir glauben, noch heute wollte ich ihn auf sein Wort freilassen und ihm gestatten, an irgendeinen Ort nach seiner Wahl, ja, selbst so weit in die Ferne zu ziehen, daß zu seiner Rückkehr ein Jahr erforderlich wäre. So müßten alle gegürteten Ritter handeln."

Bei diesen Worten blickte Macko prüfend auf Wolfgang, dieser aber runzelte die Stirn und sagte: „Ich würde Euch vielleicht auch auf Euer

Wort freilassen, wenn Ihr nicht den Heidenhunden gegen uns geholfen hättet."

„Darin täuscht Ihr Euch", entgegnete Macko.

Und abermals entspann sich ein heftiger Wortwechsel, wie am Tag zuvor mit Arnold. Obgleich nun das Recht auf der Seite Mackos war, hatte er doch dem seinem älteren Bruder an Klugheit überlegenen Wolfgang gegenüber einen sehr schweren Stand. Die Auseinandersetzungen hatten indessen den Vorteil, daß auch der jüngere Bruder von den in Szczytno verübten Schandtaten Kunde erhielt, daß er von der meineidigen Verräterei, von dem unglückseligen Geschick Danusias hörte. Kein Wort der Erwiderung fand er, als ihm der alte Ritter die begangenen Nichtswürdigkeiten enthüllte. Wie sehr er sich auch anfänglich dagegen sträubte, er mußte schließlich die gerechte Sache seiner Feinde anerkennen, er mußte zugestehen, daß die polnischen Ritter allen Grund hatten, Rache zu üben, so zu handeln, wie sie handelten.

„Bei den heiligen Gebeinen des Liborius", erklärte daher Wolfgang, „ich hege kein Mitleid mit Danveld. Man sagte von ihm, er habe sich der Schwarzkunst ergeben, jedoch die Macht und die Gerechtigkeit Gottes sind gewaltiger als die schwarze Magie! Zygfryd ist vielleicht auch ein Knecht des Teufels, ich vermag keine Entscheidung darüber zu treffen. Zu seiner Befreiung unternehme ich jedoch nichts, denn erstens untersteht mir die Reiterei nicht, und zweitens soll er in die Hölle kommen, wenn er, wie Ihr behauptet, jenes Mägdlein gemartert hat. Gott stehe mir bei, jetzt und in meiner Todesstunde!" fügte er, sich streckend und dehnend, hinzu.

„Wie ist es aber mit jener unglücklichen Märtyrerin? Was soll mit ihr geschehen?" fragte Macko. „Wollt Ihr nicht die Erlaubnis erteilen, daß sie nach Spychow gebracht werde? Wenn sie in Euren Kerkern stürbe? Denkt an den Zorn Gottes!"

„Macht mit dem Weib, was Ihr wollt!" antwortete Wolfgang kurz. „Möge einer von Euch es zu seinem Vater bringen, wenn er sich verpflichtet, wieder zurückzukehren. Euch beide gebe ich aber nicht frei."

„Wenn ich aber, traun, auf meine Ehre, auf den Speer des heiligen Georg schwöre?"

Wolfgang schaute unschlüssig drein, denn ein solcher Schwur war von großer Bedeutung, doch in diesem Augenblick fragte ihn Arnold zum drittenmal: „Was sagt der alte Ritter?"

Kaum vernahm jener jedoch, um was es sich handelte, so widersetzte er sich leidenschaftlich und entschieden der Freilassung beider Ritter, durch deren Gefangennahme er für sich selbst Rettung erhoffte. In einer großen Schlacht hatte ihn Skirwoillo besiegt, im Kampf mit den polnischen Rittern war er unterlegen. Als Krieger wußte er ganz genau, daß sein Bruder das Fußvolk nach Marienburg zurückführen mußte, denn wenn dieser den Marsch nach Gotteswerder fortsetzte, so wäre eine solche Tat nach der Vernichtung der vorangezogenen Heerschar gleichbedeutend mit der Hinschlachtung der Mannen gewesen. Arnold war sich folglich ganz klar darüber, daß er sich vor dem Großmeister und dem Marschall zu verantworten haben werde, konnte er aber wenigstens einen namhaften Gefangenen aufweisen, dann, so glaubte er, werde sein Urteil milder ausfallen. Was sollte es ihm aber nützen, von zwei Gefangenen zu erzählen, wenn er nicht einmal einen gefangenen Ritter vorführen konnte?

Als Macko das wilde Geschrei, die lauten Flüche Arnolds vernahm, begriff er sofort, daß er sich mit dem zufrieden geben müsse, was ihm angetan worden war, und so sagte er zu Wolfgang gewandt: „Ich bitte Euch noch um eines, o Herr! Wohl wird mein Brudersohn einsehen, was ihm obliegt, dessen bin ich gewiß. Er muß bei seinem Weib bleiben und ich bei Euch. Nichtsdestoweniger erlaubt mir, ihm darzulegen, daß jede Verhandlung darüber unnütz ist, weil Euer Entschluß feststeht."

„Gut, damit bin ich einverstanden", erklärte Wolfgang. „Vor allem ist mir jedoch an der Festsetzung des Lösegeldes gelegen, das Euer Brudersohn für sich und für Euch mitbringen soll, darauf kommt es besonders an."

„Auf das Lösegeld?" fragte Macko, bestrebt, diese Besprechung hinauszuschieben. „Haben wir denn nicht genug Zeit vor uns, um uns darüber zu verständigen? Das Wort eines gegürteten Ritters gilt meines Erachtens so viel wie Geld, und was die Höhe des Lösegeldes anbelangt, so müssen wir dies mit unserem Gewissen abmachen. Vor Gotteswerder machten wir einen Eurer namhaftesten Ritter zum Gefangenen, einen gewissen Herrn de Lorche, und mein Brudersohn, der ihn selbst gefangengenommen hat, gab ihm auf sein Wort die Freiheit wieder und erwähnte nicht einmal den Betrag des Lösegeldes."

„Nahmt Ihr Herrn de Lorche gefangen?" fragte Wolfgang eifrig. „Ich kenne ihn. Er ist ein reicher, angesehener Ritter. Doch wieso sind wir nicht mit ihm zusammengetroffen?"

„Weil er augenscheinlich gen Gotteswerder oder gen Ragneta gezogen ist", entgegnete Macko.

„Ja, er stammt aus einer reichen, angesehenen Familie", ergriff Wolfgang von neuem das Wort. „Da habt Ihr einen guten Fang getan. Gern höre ich dies, denn nicht für das erste beste werde ich Euch nun freilassen."

Macko biß sich auf die Lippen, warf aber trotzdem stolz den Kopf zurück und sagte: „Wir wissen ganz genau selbst, was wir wert sind."

„Um so besser", antwortete Wolfgang von Baden.

Gleich darauf fügte er indessen hinzu: „Um so besser! Ich spreche hier freilich nicht von uns, denn wir sind demütige Mönche, die Armut gelobt haben, ich spreche von dem Orden, der Euer Geld zum Ruhm Gottes verwenden wird."

Darauf erteilte Macko keine Antwort. Er warf Wolfgang nur einen Blick zu, wie wenn er sagen wolle: „Rede dies jemand anderem vor", und unverweilt begann man über die Bedingungen zu beraten. Der alte Ritter befand sich in einer äußerst schwierigen Lage. Einerseits scheute er jeden Verlust, andererseits wollte er weder Zbyszko noch sich selbst zu gering schätzen lassen. Seine Furcht, den kürzeren zu ziehen, war um so berechtigter, als Wolfgang trotz seines zuvorkommenden Wesens, sich höchst geldgierig und hartherzig erwies. Der einzige Trost für Macko war der Gedanke, daß das Lösegeld von de Lorche für alles hinreichen werde, aber gleichzeitig schmerzte ihn auch die vergebliche Hoffnung auf Gewinn. Auf ein Lösegeld für Zygfryd durfte er nicht rechnen, denn seiner Ansicht nach verzichtete weder Jurand noch Zbyszko um irgend welchen Preis auf das Recht, das Urteil über den alten Komtur zu fällen.

Erst nach längerer Beratung wurde eine Einigung über die Höhe des Lösegeldes und über den Zeitpunkt der Auszahlung erzielt, kaum hatte sich jedoch der alte Ritter vergewissert, wie viele Mannen und wie viele Pferde Zbyszko mit sich nehmen dürfe, so eilte er zu diesem, um ihn, wohl aus Furcht, die Deutschen könnten wieder anderen Sinnes werden, zu einem sofortigen Aufbruch zu veranlassen.

„So geht es eben im Ritterstand", bemerkte er seufzend, „gestern hattest du sie beim Schopf, heute haben sie dich. Bei meiner Treu, gar schwer wird's uns gemacht, doch Gott gebe, daß auch wir wieder einmal an die Reihe kommen. Du darfst jetzt keine Zeit verlieren. Wenn du dich beeilst, wirst du Hlawa einholen, und in größerer Sicherheit werdet ihr gemeinsam dahinziehen. Habt ihr aber erst die Wälder hinter Euch, habt ihr die bewohnten Gefilde Masoviens erreicht, dann werdet ihr bei jedem Edelmann, bei jedem Bauernvogt gastliche Aufnahme und Unterstützung finden. Selbst einem Fremden gewährt man bei uns Hilfe, gewiß also einem der Unsrigen! Vielleicht wird auch dieses arme Weib auf der Fahrt Heilung finden."

So sprechend, schaute er auf Danusia, die, wie in einem Halbschlaf befangen, laut und rasch atmete. Ihre auf dem dunklen Bärenfell ruhenden Hände zitterten wie im Fieber. Macko machte das Zeichen des Kreuzes über sie und sagte: „Hei, nimm sie und mache dich auf den Weg! Möge ihr Gott gnädig sein, denn wie mich dünkt, schweben die Schatten des Todes über ihr."

„Sprecht dies nicht aus!" schrie Zbyszko verzweifelt auf.

„Gott ist allmächtig! Ich werde die Pferde satteln lassen. Halte dich also bereit."

Aus der Hütte tretend, beeilte sich Macko, alles für die Fahrt vorzubereiten. Die Zbyszko von Zawisza geschenkten Türken führten die Pferde vor, an deren Sattel die Tragbahre befestigt war, und Wit, einer der Mannen aus des jungen Ritters Gefolge, brachte dessen aufgezäumtes Roß herbei.

Bald darauf trug Zbyszko auf seinen Armen Danusia aus der Hütte. Dieser Anblick war ein so rührender, daß Arnold und Wolfgang von Baden, die, von Neugierde getrieben, herzugekommen waren, sich wechselseitig bedeutsam anschauten und von Ingrimm gegen die Urheber eines solchen Jammers erfaßt wurden, als sie Danusia sahen mit ihrer kindlichen Gestalt, ihrem Gesicht, das dem Antlitz einer Heiligen auf irgendeinem Kirchenbild glich, als sie die Schwäche der Beklagenswerten bemerkten, deren Köpfchen schwer auf Zbyszkos Schulter ruhte. „Das Herz eines Henkersknechtes, nicht das eines Ritters hat Zygfryd", flüsterte Wolfgang dem Bruder zu, „und wenn auch jenes verruchte Weib, jene Schlange, zu deiner Rettung beigetragen hat, werde ich sie doch mit Ruten auspeitschen lassen." Beide waren auch tiefbewegt davon, daß Zbyszko sein Weib auf den Armen trug, wie eine Mutter ihr Kind trägt, und sie hatten Verständnis für seine große Liebe, denn jugendfrisches Blut floß in ihren Adern.

Zbyszko stand eine Weile zögernd da. Er wußte nicht recht, ob er sein krankes Weib vor sich auf den Sattel nehmen, oder ob er es auf die Tragbahre niederlegen solle. Schließlich entschied er sich für das letztere, von dem Gedanken ausgehend, Danusia könne nur bei äußerster Schonung die Fahrt überstehen. Rasch näherte er sich hierauf seinem Ohm und beugte sich nieder, um dessen Hand zum Abschied zu küssen. Obwohl nun Macko vor den Deutschen gern seine Erregung verborgen hätte, vermochte er sich doch nicht zu bezwingen, sondern nahm Zbyszko in seine Arme und preßte seine Lippen auf dessen üppige goldblonden Haare.

„Gott sei mit dir!" sagte er. „Vergiß nicht des alten Mannes, denn Gefangenschaft ist ein gar hartes Los."

„Ich werde Euer stets gedenken", antwortete Zbyszko.

„Möge dir die heilige Mutter Gottes Trost gewähren."

„Gott lohne Euch für diese Worte, und für alles, was Ihr mir getan habt."

Schon nach wenigen Minuten saß Zbyszko zu Pferd. Dem alten Ritter schien aber ein neuer Gedanke gekommen zu sein, denn er sprang auf seinen Brudersohn zu, und, seine Hand auf dessen Knie legend, sagte er: „Höre! Wenn du Hlawa einholst, sieh zu, daß du dich Zygfryd gegenüber im Zaum hältst, damit du nicht auf dich, damit du nicht auf meine grauen Haare Schande häufst. Jurand mag richten – ihm überlasse die Rache! Schwöre mir dies auf dein Schwert und auf deine Ehre."

„Solange Ihr nicht frei seid, darf auch Jurand nicht gegen Zygfryd vorgehen, damit sich die Deutschen, Zygfryds wegen, nicht an Euch rächen", entgegnete Zbyszko.

„Liegt dir mein Geschick so sehr am Herzen?"

Da lächelte der junge Ritter traurig und meinte: „Ihr solltet mich doch kennen!"

„Zögere nicht mehr, ziehe mit Gott und in Gesundheit dahin."

Die Pferde setzten sich in Bewegung, und bald waren alle hinter dem dichten Gestrüpp des Waldes verschwunden. Mit einem qualvollen Gefühl der Vereinsamung blieb Macko zurück, hing er doch mit allen Fibern des Herzen an seinem Brudersohn, auf dem das Geschick des ganzen Geschlechtes beruhte. Jedoch bald überwand er seinen Kummer, bald war er wieder Herr seiner selbst.

„Gott sei gepriesen, daß nicht Zbyszko, sondern ich der Gefangene bin", dachte er bei sich, und sich zu den Deutschen wendend, fragte er: „Und wann gedenkt Ihr aufzubrechen, Ihr Herren, und wohin wollt Ihr Euch wenden?"

„Wir brechen auf, wann es uns beliebt", antwortete Wolfgang, „und wir ziehen nach Marienburg, wo Ihr, o Herr, Euch zunächst vor dem Großmeister zu verantworten haben werdet."

„Hei, ich muß wohl mit meinem Kopf dafür büßen, daß ich den Samogitiern beigestanden habe", sagte sich Macko.

Dabei gewährte ihm aber ebensowohl der Gedanke an de Lorche einigen Trost, wie die Überzeugung, daß ihn Arnold und Wolfgang von Baden schon allein wegen des Lösegeldes schützen würden.

„Doch, traun, wenn ich zugrunde gehe", dachte der alte Kämpe bei sich, „dann fällt für Zbyszko die Verpflichtung weg, sich wieder zu stellen, sich selbst an seinem Eigentum zu schädigen."

Und auch dieses Erwägen verursachte ihm eine gewisse Erleichterung.

Drittes Kapitel

Zbyszko vermochte seinen Knappen nicht einzuholen, denn Hlawa gönnte sich weder am Tag noch in der Nacht Ruhe und rastete nur so lange, als es unbedingt nötig war, damit die Pferde nicht verendeten, die dadurch, daß sie nur Gras zu fressen bekamen, immer kraftloser wurden und nicht so rasch vorwärts zu kommen vermochten, wie in den Gebieten, in denen sie mit Hafer gefüttert werden konnten. Ebensowenig aber, wie der Böhme sich selbst schonte, ebensowenig nahm er Rücksicht auf das vorgerückte Alter oder auf den Schwächezustand Zygfryds. Der bejahrte Kreuzritter litt entsetzlich, denn der gewaltige Macko hatte ihm bei dem Überfall gehörig zugesetzt. Am meisten peinigten ihn aber die in den sumpfigen Wäldern schwärmenden Fliegen, deren er sich nicht zu erwehren vermochte, da seine Hände gefesselt und seine Beine unter dem Bauch des Pferdes festgebunden waren. Der Knappe erdachte freilich keine neue Marter für ihn, jedoch jedes Mitleid für Zygfryd fehlte ihm, und er ließ dessen Rechte nur dann von den Banden befreien, wenn zur Essenszeit Halt gemacht wurde. „Friß mit deinem Wolfsmaul, damit ich dich lebendig zu dem Gebieter von Spychow bringen kann", so lauteten die Worte, mit denen Hlawa den Kreuzritter zum Essen zu ermuntern pflegte. Gleich bei Beginn der Fahrt hatte Zygfryd sich entschlossen, den Hungertod zu sterben. Als jedoch der Böhme erklärte, er werde ihm die Zähne mit einem Messer auseinanderbrechen und ihm mit Gewalt Nahrung zuführen lassen, da gab der Komtur den Vorsatz auf, damit in ihm nicht die ritterliche Ehre, die Würde des Ordens beschimpft werde.

Hlawa setzte alles daran, vor dem jungen Ritter nach Spychow zu gelangen, wollte er doch seine angebetete Herrin vor dem für sie peinlichen Zusammentreffen mit Danusia bewahren. Wenn er auch nur ein schlichter

Edelmann war, begriff er bei seiner Klugheit und bei seiner Kenntnis der ritterlichen Sitte gleichwohl, wie demütigend für Jagienka ein Zusammensein mit Zbyszkos Weib in Spychow sein müsse. „Wir können ja dem Bischof aus Plock sagen, der alte Ritter aus Bogdaniec sei als Schützer des Mägdleins bestellt worden und habe es deshalb mit sich genommen. Verlautet es aber erst, die Herrin stehe unter der Obhut des Bischofs und es falle ihr außer Zgorzelic auch noch von Seiten des Abtes eine beträchtliche Erbschaft zu, dann wird wohl selbst eines Wojwoden Sohn sich nicht zu hoch für sie dünken." Diese Erwägung gewährte ihm immerhin etwas Trost auf der beschwerlichen, langen Fahrt und schwächte die ihn quälende Empfindung einigermaßen ab, daß die frohe Kunde, die er nach Spychow bringen solle, für seine Herrin Unheil bedeute.

Und wenn er dann auch gar noch die Tochter der Sieciechowa im Geist vor sich sah, wenn er sie vor sich sah mit Wangen so rot wie ein Apfel, dann drückte er die Sporen in die Flanken seines Rosses und trieb es selbst auf dem unwegsamsten Pfad zur Eile an.

Aufs Geratewohl, auf dem ersten besten Weg rückten sie vor, manchmal ging's auch mitten durch den Wald, immer vorwärts, immer geradeaus, wie der Strich beim Mähen mit der Sichel. Der Böhme wußte nur, daß, wenn er sich stets einmal ein wenig westlich und dann wieder ein wenig südlich halte, er schließlich Masovien erreichen werde, und daß sich dann alles zum Guten gestalten müsse. Tagsüber richtete er sich nach dem Stand der Sonne, des Nachts sah er nach den Sternen. Zuweilen dünkte ihn, die Waldwildnis nehme kein Ende, habe keine Grenzen. Die Tage waren häufig so düster, daß sie den Nächten glichen. Mehr als einmal sagte sich Hlawa, der junge Ritter könne unmöglich sein Weib lebend durch diese menschenleere Wildnis bringen, wo nirgends Nahrung zu finden war, wo man des Nachts die Pferde vor Bären und Wölfen schützen mußte, wo man bei Tag von Büffel- und Bison-Herden vom Weg vertrieben wurde, wo grauenerregende wilde Eber ihre krummen Hauer an Fichtenstämmen wetzten, und wo ein jeder, der nicht durch einen Pfeilschuß oder durch einen Speerstoß ein gesprenkeltes Rehkalb oder ein junges Wildschwein erlegte, auf Tage hinaus ohne Speise blieb.

„Was wird er beginnen?" fragte sich Hlawa. „Wie kann er mit dem zu Tod gemarterten, in den letzten Zügen liegenden Weib die Fahrt vollenden?"

Immer von neuem mußte der Böhme mit seinen Begleitern breite Moräste oder tiefe Schluchten umreiten, aus denen wilde, durch die heftigen Frühjahrsregen angeschwollene Bäche hervorschossen. In diesen Wäldern mangelte es auch nicht an Seen, auf denen bei Sonnenuntergang ganze Rudel von Elentieren und Rehen auf dem rötlich gefärbten, stillen Gewässer umherschwammen. Zeitweise bemerkte Hlawa auch aufsteigenden Rauch, ein Zeichen, daß er sich nicht weit von menschlichen Behausungen befinden konnte. Sobald er sich indessen diesen Waldansiedlungen nähern wollte, stürzten ihm wildaussehende Männer entgegen, die Felle auf dem bloßen Leib trugen, mit Bogen und Keulen bewaffnet waren und unter den zottigen Pelzen so drohend hervorschauten, daß sie Werwölfen glichen, und daß die Begleiter Hlawas, das Staunen jener über den unerwarteten Anblick der Reiter benützend, es sich angelegen sein ließen, so rasch wie möglich aus deren Bereich zu kommen.

Zweimal zischten die Pfeile dicht hinter dem Böhmen und immer wieder tönte der Ruf an sein Ohr „Wokili" (Deutsche), doch er zog die Flucht jeder Erklärung vor, wer er sei. Endlich, nach Verlauf vieler, vieler Tage glaubte er die Grenze überschritten zu haben, aber erst durch polnisch sprechende Jäger erhielt er die Gewißheit, daß er sich auf masovischer Erde befand.

Von jetzt an kam er rascher vorwärts, obwohl das ganze östliche Masovien eine Wüstenei war. Bewohnte Plätze blieben auch nun eine Seltenheit, jedoch erreichte Hlawa da und dort eine Ansiedlung, so zeigten sich die Bewohner durchaus nicht unzugänglich – einesteils vielleicht deshalb, weil sie weniger von dem Feind gelitten hatten, anderenteils wohl aus dem Grund, weil der Böhme sich ihnen verständlich machen konnte. Lästig fiel nur die unersättliche Neugierde der Leute, welche, die Reiter umringend, mit Fragen nicht müde wurden und stets, sobald sie erfuhren, daß der Gefangene ein Kreuzritter sei, zu sagen pflegten: „Überlaßt ihn uns, o Herr, wir wollen die Strafe an ihm vollziehen."

Und so hartnäckig bestanden sie auf ihrem Verlangen, daß der Böhme häufig aufbegehren mußte und sich zu der Erklärung genötigt sah, er überbringe den Gefangenen dem Fürsten Janusz. Erst dann wurde er nicht weiter bedrängt. Kaum gelangte er indessen in eine bewohntere Gegend, so hatte er sich gegen Edelleute und Bauern zu wehren. Der Haß gegen den Orden loderte dort in hellen Flammen auf, denn allenthalben wurde die Erinnerung an die Treulosigkeit der Kreuzritter wach, die in Friedenszeiten den Fürsten in Zlotorja überfallen und ihn zum Gefangenen gemacht hatten. Wohl verlangte keiner, die Strafe an Zygfryd vollziehen zu dürfen, jedoch der oder jener kühne Edelmann meinte: „Löst ihn von seinen Fesseln. Ich will ihm ein Schwert geben und ihn auf Tod und Leben in die Schranken fordern." Einem jeden versuchte daher der Böhme immer von neuem die Überzeugung beizubringen, die Rache müsse dem unglücklichen Gebieter von Spychow überlassen werden, keinem Menschen stehe es zu, Jurand dieses Rechtes zu berauben.

Die Fahrt ging indessen jetzt leichter vonstatten, kam man doch auf gebahntere Wege und konnten die Pferde doch mit Hafer und Gerste gefüttert werden. Hlawa trieb auch zu immer größerer Eile an, es wurde kaum irgendwo Halt gemacht, und zehn Tage vor dem Fronleichnamsfest war Spychow erreicht.

Gegen Abend kam der Böhme an seinem Ziel an, gerade wie einst, als ihn Macko von Szczytno aus mit der Kunde zurückgeschickt hatte, daß er, der alte Ritter, nach Samogitien ziehe, und gerade wie damals erschaute Jagienka den Knappen von ihrem Fenster aus und stürzte ihm entgegen.

Er aber, geraume Zeit unfähig, ein Wort hervorzubringen, warf sich ihr zu Füßen. Jedoch sie hob ihn rasch empor und gebot ihm, ihr unverweilt in die Burg zu folgen, denn es widerstrebte ihr, ihn vor seinen Begleitern auszufragen.

„Was hast du Neues zu berichten?" begann sie dann sofort, mühsam Atem holend und vor Erregung zitternd. „Sind sie am Leben, sind sie gesund?"

„Sie sind am Leben und sind gesund."

„Und jene – hat man sie gefunden?"

„Sie ist gefunden – sie ist befreit."

„Gelobt sei Jesus Christus!"

Allein trotz dieser Worte nahmen Jagienkas Gesichtszüge plötzlich einen völlig starren Ausdruck an, zerfiel doch das, was sie erhofft hatte, in Staub und Asche. Nichtsdestoweniger hielt sie sich aufrecht, verlor sie keinen Augenblick die Geistesgegenwart, ja, schon nach wenigen Minuten hatte sie wieder vollständig die Herrschaft über sich gewonnen und fragte abermals: „Wann werden sie hier eintreffen?"

„In einigen Tagen. Es ist schwer, eine solche Fahrt mit einem kranken Weib zurückzulegen."

„Ist sie krank?"

„Sie ist gar grausam behandelt worden. Durch all das, was sie erduldete, hat ihr Geist gelitten."

„Barmherziger Jesus!"

Ein kurzes Schweigen trat nun ein, nur Jagienkas bleiche Lippen bewegten sich wie im Gebet. Endlich hub letztere von neuem an: „Und kam sie durch Zbyszkos Anwesenheit nicht wieder zum Bewußtsein?"

„Das mag wohl sein, doch ich weiß darüber nichts. Ich machte mich so rasch wie möglich auf den Weg, denn ich wollte Euch, o meine Herrin, rechtzeitig von der Ankunft des jungen Ritters mit seinem Weib unterrichten."

„Gott lohne dir. Erzähle mir jetzt alles genau."

In kurzen Worten berichtete nun der Böhme alles, was er über die Befreiung Danusias, über die Gefangennahme des riesenhaften Arnold und Zygfryds wußte und erklärte schließlich, er habe Zygfryd nur deshalb nach Spychow gebracht, weil der junge Ritter diesen der Rache Jurands überlassen wolle.

„Ich muß mich jetzt zu Jurand begeben", bemerkte Jagienka, nachdem Hlawa zu Ende gekommen war.

Doch der Knappe blieb nicht lange allein. Kaum hatte sich Jagienka entfernt, so kam Anielka aus einem der Gelasse zu ihm herbeigestürzt, und er, sei es nun, daß er durch die erlittenen Beschwerden und Mühseligkeiten nicht mehr Herr seiner selbst blieb, sei es, daß ihn die Sehnsucht beim Anblick der Maid übermannte, genug, er umfaßte sie, preßte sie an seine Brust und küßte sie in einer Weise auf Wangen, Lippen und Augen, als ob er ihr schon längst seine Liebe gestanden hätte.

Vielleicht hatte er dies auch im Geist auf seiner langen Fahrt getan, denn er küßte sie ohne Unterlaß, er preßte sie mit solcher Macht an sich, daß ihr der Atem zu stocken drohte, sie aber wehrte sich nicht, war sie doch nicht nur von Staunen, sondern auch von einer solchen Schwäche ergriffen, daß sie zu Boden gestürzt wäre, wenn weniger kraftvolle Arme sie umschlungen gehalten hätten. Zum Glück wurden sie aber bald wieder aus ihrer Weltvergessenheit gerissen, denn von der Treppe her ertönten Schritte, und gleich darauf trat Pater Kaleb über die Schwelle.

Die Liebenden trennten sich rasch. Schwer atmend, vermochte Hlawa kaum zu sprechen und all die Fragen zu beantworten, mit denen Pater Kaleb ihn bestürmte, letzterer jedoch glaubte, die Erregung des Böhmen auf die überstandenen Strapazen zurückführen zu müssen, und kaum hatte er die Bestätigung der Kunde erhalten, daß Danusia gefunden und befreit sei, so fiel er auf die Knie nieder, um Gott dafür zu danken. Inzwischen kühlte sich das erhitzte Blut Hlawas wieder etwas ab, und er vermochte sich so weit zu beherrschen, daß er dem sich von seinen Knien erhebenden Priester ruhig und ausführlich die Errettung Danusias schildern konnte.

„Gott errettete sie nicht deshalb aus der Gefahr", ergriff schließlich der Priester das Wort, „damit ihr Geist umnachtet, damit sie dunklen Mächten anheimgegeben bleibt. Jurand wird seine gesegneten Hände auf sie legen und mittels eines einzigen Gebetes ihr Gesunden, ihre Geistesklarheit erflehen."

„Der Ritter Jurand?" fragte der Böhme voll Staunen. „Steht ihm eine solche Kraft zu? Kann er denn schon hienieden heilig gesprochen werden?"

„Vor Gott dem Herrn ist er jetzt schon, während seines Lebens, ein Heiliger, und nach seinem Tod werden die Menschen einen Schutzheiligen – einen Märtyrer mehr im Himmel haben."

„Ihr sagtet aber, ehrwürdiger Vater, der Gebieter von Spychow werde seine Hände auf das Haupt der Tochter legen. Ist ihm die Rechte wieder gewachsen? Ich weiß ja, daß Ihr diese Bitte an den Herrn Jesus gerichtet habt."

„Ich sagte ‚die Hände', weil dies so gebräuchlich ist", antwortete Pater Kaleb, „doch, durch die göttliche Gnade, genügt auch eine Hand Jurands."

„Sicherlich!" entgegnete Hlawa.

In dem Ton seiner Stimme kennzeichnete sich indessen eine gewisse Enttäuschung, hatte er doch geglaubt, ein sichtbares Wunder habe sich ereignet. Jede weitere Bemerkung seinerseits wurde aber durch den Eintritt Jagienkas vereitelt.

„Ich habe ihm die Kunde so behutsam wie möglich mitgeteilt", erklärte sie, „damit ihn die plötzliche Freude nicht töte. Nun liegt er mit ausgebreiteten Armen, in Kreuzesform, auf der Erde und betet."

„Auch sonst liegt er ganze Nächte hindurch auf solche Weise im Gebet", bemerkte Pater Kaleb, „jetzt wird er sich aber wohl kaum vor dem morgigen Tag erheben."

Und so geschah es in der Tat. Wie oft man auch nach Jurand schaute, stets fand man ihn in der gleichen Stellung liegend, nicht schlafend, nein, tief in sein Gebet versenkt, alles um sich her vergessend. Der Wächter, der von der Burgwarte aus das Land umher überschaute und, der Gewohnheit gemäß, über Spychow wachte, erklärte späterhin, er habe in jener Nacht eine gar seltsame, glänzende Helle in dem Gemach seines Gebieters wahrgenommen.

Erst am nächsten Morgen, geraume Zeit nach der Mette, bedeutete Jurand der abermals nach ihm schauenden Jagienka, daß man Hlawa, sowie den Gefangenen vor ihn bringen solle. Sofort wurde Zygfryd, dessen Hände kreuzweise auf seiner Brust zusammengebunden waren, aus dem Kerker geholt und zu Jurand geführt, zu dem sich nun auch alle anderen, mit Tolima an der Spitze, eilig begaben.

Im ersten Augenblick konnte der Böhme den Gebieter von Spychow nicht wahrnehmen, denn abgesehen davon, daß die aus ölgetränktem Papier bestehenden Fenster wenig Licht einließen, war auch der Tag sehr trübe, da schwere, einen nahen Sturm verkündende Wolken am Himmel hingen. Kaum hatten sich indessen seine scharfen Augen an die Dunkelheit gewöhnt, so staunte er über die abermalige Veränderung, die mit dem ehemals schreckenerregenden Ritter vorgegangen war. Nichts mehr an ihm erinnerte an den früheren Hünen, ein zum Skelett abgemagerter Greis saß vor ihm, mit schneeweißem Haupt- und Barthaar und mit solch bleichem Antlitz, daß er einem Toten glich, als er sich, mit geschlossenen Augenlidern, in seinen Armstuhl zurücklehnte.

Auf einem neben seinem Armstuhl stehenden Tisch befanden sich ein Kruzifix, ein Krug Wasser und ein Laib Schwarzbrot, in welch letzterem ein „Misericordia" stak, jener Dolch, mit dem die Ritter den Verwundeten den Gnadenstoß zu erteilen pflegten. Schon geraume Zeit hindurch nahm Jurand nichts anderes als Wasser und Brot zu sich. Ein grobes, härenes, mit einem Strohseil gegürtetes Bußhemd, das er auf dem bloßen Leib trug, diente ihm zur Kleidung. Auf solche Weise lebte nun der einst so gewaltige und gefürchtete Gebieter von Spychow seit seiner Rückkehr aus der Gefangenschaft aus Szczytno. – Nachdem der durch die Eintretenden verursachte Lärm verstummt war, schob Jurand die zahme Wölfin hinweg, die seine bloßen Füße wärmte, und richtete sich in dem Lehnstuhl auf. Ein Augenblick der höchsten Erwartung trat ein, glaubten doch alle Anwesenden, er werde nun irgendeinem von ihnen das Zeichen zum Sprechen geben, aber bleich, mit halb geöffneten Lippen, blieb er regungslos sitzen.

„Hlawa ist hier!" hub Jagienka an. „Wollt Ihr ihn anhören?"

Da Jurand bejahend das Haupt neigte, wiederholte der Böhme zum drittenmal seinen Bericht. Er erzählte kurz von den mit den Deutschen geführten Schlachten bei Gotteswerder, schilderte den Kampf mit Arnold von Baden, sowie die Befreiung Danusias, verschwieg jedoch, daß deren Geist durch die erlittene grausame Behandlung gestört war, weil er dem greisen Märtyrer die frohen Nachrichten nicht vergällen, weil er nicht aufs neue bange Furcht in ihm erwecken wollte.

Weil aber des Knappen Herz von Haß gegen die Kreuzritter erfüllt war, und weil er sehnlichst wünschte, daß Zygfryd unerbittlich gestraft werde, verheimlichte er absichtlich weder den erbarmungswerten Zustand Danusias noch ihre Krankheit und Schwäche, die er als Beweis dafür anführte, daß sie gewiß eine Behandlung erduldet habe, als ob sie den Händen von Henkersknechten überliefert gewesen wäre. Sicherlich, dies erklärte er schließlich, würde sie gleich einer Blume, die dahinwelkt und zugrunde geht, wenn sie zertreten wird, verdorben und gestorben sein, wenn man sie nicht ihren Peinigern entrissen hätte. Und während der Erzählung Hlawas wurde stets aufs neue das Grollen des Donners hörbar, und immer drohender zog sich das finstere Gewölk über Spychow zusammen.

Wenn nun auch Jurand der Erzählung so regungslos lauschte, daß es den Anwesenden dünkte, er schlafe, verstand und begriff er doch jedes Wort, denn als der Böhme die Leiden Danusias berührte, da quollen zwei große Tränen aus den leeren Augenhöhlen hervor und rannen langsam über die Wangen des beklagenswerten Vaters, dem von allen irdischen Empfindungen nur die eine geblieben war: die Liebe zu seinem Kind.

Dann bewegten sich seine bläulichen Lippen wie im Gebet. Draußen jedoch grollte abermals der Donner, und grelle Blitze erleuchteten jeden Augenblick die Fenster. Lange, lange betete Jurand, während wieder große Zähren seinen weißen Bart benetzten. Tiefe Stille herrschte, jedoch nach und nach bemächtigte sich aller Anwesenden eine gewisse Unruhe, denn keiner wußte, was er beginnen solle.

Endlich faßte der alte Tolima, der Gefährte Jurands in allen Schlachten und der Hüter von Spychow Mut, indem er sagte: „Vor Euch, o Herr, steht jener Verdammte, jener gottlose Kreuzritter, der Euer Kind, der Euch gemartert hat, gebt mir durch ein Zeichen kund, wie ich ihn strafen soll!"

Bei diesen Worten erhellten sich plötzlich Jurands Züge und mittels eines Zeichens bedeutete er, man möge den Gefangenen ganz nahe zu ihm bringen.

Sofort packten zwei der Knechte den Kreuzritter unter den Schultern und führten ihn vor den Gebieter von Spychow, der, den Arm ausstreckend, mit der flachen Hand über das Gesicht Zygfryds fuhr, gerade als ob er sich dessen Züge ins Gedächtnis zurückrufen oder fest einprägen wolle, dann betastete er die Brust des Komturs, sowie die Stricke, mit denen dessen Arme kreuzweise zusammengebunden waren. Die Augenlider schließend, senkte er hierauf das Haupt.

Alle Umstehenden glaubten, er sinne über etwas nach. Wie dem nun aber auch sein mochte, lange verharrte er nicht in der gebeugten Stellung, nein, schon nach wenigen Minuten richtete er sich empor und streckte die Hand nach dem Laib Brot aus, in dem das unheilverkündende „Misericordia" steckte.

Die Anwesenden wagten kaum zu atmen. Unverwandt blickten alle auf den Gebieter von Spychow. Wohl war das Rachegefühl begreiflich, wohl war die Strafe hundertfach verdient, trotzdem rief aber der Gedanke, daß dieser schon halb dem Tod verfallene Greis mit tastender Hand einen gefesselten Gefangenen töten wolle, in eines jeden Herzen Schauder hervor.

Er aber faßte den Dolch in der Mitte, streckte den Zeigefinger bis zu dem spitzen Ende des scharfen Messers aus, damit er sich vergewissern konnte, was er berühre, und begann dann langsam die Stricke an den Armen Zygfryds entzweizuschneiden.

Von Staunen überwältigt, glaubte keiner den eigenen Augen trauen zu dürfen. Nun verstanden alle mit einemmal, was er bezweckte. Doch eine solche Tat konnten sie nicht billigen. Hlawa murrte zuerst, seinem Beispiel folgten Tolima und die Knechte. Nur Pater Kaleb fragte mit einer vor Schluchzen bebenden Stimme: „Bruder Jurand, was ist Euer Begehr? Wollt Ihr dem Gefangenen die Freiheit schenken?"

„Ja!" bedeutete Jurand durch eine Bewegung seines Hauptes.

„Wollt Ihr, daß ihm die Strafe erlassen bleibe, daß er der Rache entgehe?"

„Ja!"

Das Murren wurde immer lauter, die Ausbrüche des Zornes, der Entrüstung steigerten sich. Da wandte sich Pater Kaleb, dem es am Herzen lag, daß ein solches Beispiel an Barmherzigkeit und Mitleid nicht vereitelt werde, zu den Murrenden und rief: „Wer wagt es, sich dem Willen eines Heiligen zu widersetzen? Auf Eure Knie!"

Und niederkniend, hub er an: „Vater unser, der Du bist im Himmel, geheiligt werde Dein Name, Dein Wille geschehe" –

Unentwegt sprach er das Vaterunser zu Ende. Bei den Worten „und vergib uns unsere Schuld, wie auch wir vergeben unseren Schuldigern" schaute er unwillkürlich auf Jurand, dessen Antlitz erstrahlte, wie von überirdischem Glanz übergossen.

Und dieser Anblick und die Worte des Gebetes übten eine besänftigende Wirkung auf die Herzen der Versammelten aus, denn selbst der alte, durch unzählige Kämpfe hart gewordene Tolima umfaßte, das Zeichen des Kreuzes machend, Jurands Füße und fragte: „Wenn wir Eurem Wunsch willfahren wollen, o Herr, müssen wir wohl den Gefangenen an die Grenze geleiten?"

„Ja!"

Grell erleuchtete jetzt ein Blitzstrahl nach dem anderen die Fenster, näher und näher kam das Ungewitter.

Viertes Kapitel

Inmitten von Sturm und Regen ritten zwei Reiter der Grenze von Spychow zu: Zygfryd und Tolima. Letzterer geleitete den Deutschen deshalb selbst, weil die Furcht nicht unbegründet war, dieser könnte sonst von den wegelagernden Bauern oder von den Knechten von Spychow aus Haß und Rachgier erschlagen werden. Waffenlos, doch ohne Fesseln zog Zygfryd dahin. Von dem Sturmwind gejagt, hielt sich das Unwetter stets über den beiden. Dann und wann, wenn ein außergewöhnlich heftiger Donnerschlag erfolgte, bäumten sich die Pferde hoch auf. In tiefem Schweigen ritten der Kreuzritter und Tolima durch ein enges Tal, in dem der Weg häufig so schmal war, daß die Reiter dicht nebeneinander, Steigbügel and Steigbügel gedrängt, dahinziehen mußten. Tolima, der seit Jahren daran gewöhnt war, Gefangene zu geleiten, schaute jeden Augenblick mit wachsamem Auge auf Zygfryd, als ob es sich darum handle, daß der Komtur nicht unerwartet entweiche, und sobald sein Blick auf diesem ruhte, überkam ihn ein Zittern, dünkte ihm dann doch, daß des Kreuzritters Augen in der Dunkelheit funkelten wie die Augen eines bösen Geistes, eines Vampirs. Mehr als einmal dachte er daran, das Zeichen des Kreuzes über seinen Begleiter zu machen, doch stets unterließ er es wieder, aus Furcht, jener könne sich dadurch in ein entsetzenerregendes, heulendes und zähnefletschendes Geschöpf verwandeln. Gleich dem Habicht, der sich auf eine ganze Schar Rebhühner herabstürzt, hätte es der alte Krieger jederzeit allein mit einem Haufen Deutscher aufgenommen, vor bösen Geistern aber empfand er eine unbezwingbare Furcht und wollte daher nichts mit ihnen zu tun haben. Am liebsten hätte er deshalb Zygfryd den Weg gewiesen und wäre wieder nach Spychow zurückgekehrt, jedoch er schämte sich dieses Gedankens, er geleitete den Kreuzritter bis zu der Grenze.

Gerade als sie das Ende des Waldes erreicht hatten, ließ der Sturm etwas nach. Ein seltsamer, gelblicher Schimmer lag über den Wolken, es wurde heller, und Zygfryds Augen verloren ihren früheren stechenden Blick. Jetzt aber trat an Tolima eine neue Versuchung heran. „Man befahl mir", so sprach er zu sich selbst, „diesen verdammten Hund sicher an die Grenze zu geleiten. Diesen Befehl habe ich erfüllt. Soll aber der Peiniger meines Herrn und dessen Kindes ungestraft ausgehen, soll keine Rache an ihm geübt werden, wäre es nicht eine lobenswerte, eine gottgefällige Tat, ihn aus der Welt zu schaffen? Ei könnte ich ihn nicht auf Leben und Tod fordern? Wohl trägt er keine Waffen, jedoch eine Meile von hier liegt Marcimow, ein altes Hofgut meines Gebieters, wo leicht ein Schwert oder eine Streitaxt zu bekommen sein wird – dann kann ich mit dem Hund kämpfen! Und wenn mir Gott den Sieg verleiht, werde ich ihm die Kehle durchschneiden und sein Haupt in Mist vergraben!" Von solchen Gedanken erfüllt, warf Tolima gierige Blicke auf den Deutschen, während er die Nasenlöcher in einer Weise zusammenzog, als ob er schon frisches Blut rieche. Einen schweren, harten Kampf mußte er mit sich selbst kämpfen, bis er sich überwunden hatte, bis er sich wieder zu der Erkenntnis durchrang, daß Jurand dem Gefangenen über die Grenze hinaus das Leben und die Freiheit geschenkt habe und daß, wenn er jetzt den Kreuzritter erschlage, nicht nur die fromme Tat seines Herrn verringert, sondern daß seinem Gebieter auch im Himmel eine kleinere Belohnung zuteil werde. So hielt er denn schließlich sein Pferd an und sagte: „Hier ist unsere Grenze, und Ihr habt nun nicht mehr weit in Eure Heimat. Ihr seid frei, zieht dahin! Wenn dich das eigene Gewissen nicht verdammt, wenn unser Herrgott dich nicht durch einen Donnerschlag niederschmettern läßt, dann ist's gut, denn von den Menschen hast du nichts mehr zu fürchten."

So sprechend, wendete Tolima sein Roß, während Zygfryd ohne ein Wort der Erwiderung, gerade als ob er nichts gehört habe, den Weg fortsetzte und dabei so starr aussah, daß er einem Bild von Stein glich.

Und weiter und weiter ritt er auf dem allmählich breiter gewordenen Pfad dahin. Die Pause, die in dem Sturm eingetreten war, hielt jedoch nicht lange an, die lichten Wölkchen an dem Firmament verschwanden bald wieder. Aufs neue wurde es so finster, daß man hätte glauben können, die ganze Welt sei in Dunkelheit gehüllt. Die Wolken wurden schwerer und schwerer und senkten sich nahezu auf den Wald herab. Aus der Höhe aber ertönte ein dumpfes Getöse, das teils wie ein unheilverkündendes Zischen, teils wie das Grollen eines nahenden, von dem Engel des Sturmes mit Gewalt zurückgehaltenen Ungewitters klang. In immer kürzeren Zwischenräumen fuhren zackige Blitze am Himmel dahin, und wenn sie die erschreckte Erde erhellten, dann wurde ein einsamer Reiter sichtbar, der dem breiten, zwei dichte Wälder trennenden Pfad folgte. Von Fieber verzehrt, befand sich Zygfryd nicht mehr recht bei Bewußtsein. Seit Rotgiers Tod fraß ihm ein nagender Kummer am Herzen, die Missetaten, die er aus Rache begangen hatte, die Gewissensbisse darüber, die entsetzlichen Gesichter, die Seelenqualen hatten seinen Geist seit geraumer Zeit in solcher Weise gestört, daß er nur mit Aufbietung all seiner Kräfte den Wahnsinn von sich fernhielt, ja, daß er zeitweise demselben völlig verfiel. Nun waren auch noch die Beschwerden der unter Hlawas strenger Hand zurückgelegten Reise, die in dem Kerker von Spychow verbrachte Nacht, die Ungewißheit über sein Geschick, vor allem aber jene unerhörte, fast übermenschliche und deshalb ihn geradezu erschreckende Tat von Barmherzigkeit und Mitleid hinzugekommen – was Wunder also, daß dies zusammen ihn ins tiefste Innere traf? Häufig verwirrten sich seine Gedanken in solchem Maß, daß er nicht mehr wußte, was mit ihm vorging. Sobald sich indessen das Fieber steigerte, regte sich in ihm ein unbestimmtes Gefühl von Verzweiflung, das Ahnen einer Gefahr, des vollständigen Untergangs – die Empfindung, daß nun alles vorüber, verloren, zu Ende sei, daß er die ihm gesteckte Grenze erreicht habe, und daß er einem Abgrund zugetrieben werde, dem er nicht mehr entrinnen konnte.

„Vorwärts, vorwärts!" flüsterte ihm plötzlich eine seltsame Stimme ins Ohr.

Und er blickte umher, und er erschaute den Tod. Der bleiche Knochenmann aber, der auf dem Gerippe eines Pferdes saß, kam mit den Gebeinen klappernd, dicht zu ihm heran.

„Bist du es?" fragte der Komtur.

„Ich bin es. Vorwärts! Vorwärts!"

In diesem Augenblick war es Zygfryd, als ob sich ihm auf der anderen Seite ein zweiter Gefährte zugesellt habe. Steigbügel an Steigbügel mit ihm ritt irgendein Wesen, das wohl einen menschenähnlichen Körper aber kein menschliches Gesicht besaß, denn das Geschöpf hatte einen Tierkopf, dessen lange, spitze, aufrechtstehende Ohren mit schwarzen, rauhen Haaren bedeckt waren.

„Wer bist du?" schrie Zygfryd auf.

Doch der neue Begleiter erteilte keine Antwort, sondern knurrte, die Zähne fletschend, wild und drohend.

Unwillkürlich schloß der Kreuzritter die Augen, da wurde abermals ein lautes Geklapper hörbar und eine Stimme rief ihm deutlich zu: „Es ist Zeit, es ist Zeit! Beeile dich! Vorwärts!" – Und Zygfryd antwortete: „Ich komme!"

Doch diese Antwort entrang sich seiner Brust, als ob sie ihm von jemand anderem eingeflüstert worden sei.

Dann stieg er, wie von einer unbezwingbaren äußeren Gewalt getrieben, von seinem Roß und nahm diesem den bei den Rittern gebräuchlichen hohen Sattel, sowie die Zügel ab. Seine Begleiter glitten nun auch langsam von ihren Pferden. Sich dicht an seine Fersen haltend, geleiteten sie ihn hierauf von der Mitte des Weges an den Waldessaum. Dort bog der fürchterliche Vampir einen Ast herab und half dem Komtur die Riemen der Zügel daran zu befestigen.

„Beeile dich!" flüsterte der Tod.

„Beeile dich!" flüsterten verschiedene Stimmen aus den Wipfeln der Bäume herab.

Wie in einem Traum befangen, zog Zygfryd den zweiten Riemen durch die Schnalle, machte eine Schlinge und legte dieselbe, sich auf den unter den Bäumen befindlichen Sattel stellend um seinen Hals.

„Stoße den Sattel hinweg! So ist's recht! A-a-ah!"

Der mit dem Fuß fortgestoßene Sattel rollte einige Schritte weit – der Körper des unglückseligen Kreuzritters aber hing schwer herab.

Einige Sekunden dünkte es dem Komtur, er höre ein halb ersticktes, heiseres Geheul, ihm schien, jener grauenhafte Vampir stürze sich auf ihn und reiße mit den Zähnen seine Brust auf, um ihm das Herz zu zerfleischen. Gleich darauf erschauten jedoch seine fast schon gebrochenen Augen etwas ganz anderes: der Tod löste sich gleichsam in eine weiße Wolke auf, die auf ihn zuschwebte, ihn umgab, umfaßte, einhüllte und schließlich all das Schreckenerregende mit einem undurchdringlichen Schleier bedeckte.

Jetzt, mit einemmal brach der Sturm mit erneuter Gewalt los. Blitze fuhren danieder, ein Donnerschlag folgte dem anderen, die Bäume des Waldes bogen sich unter dem Wirbelwind, das Heulen, das Sausen, das Gezische des Unwetters, das Krachen der berstenden Stämme, der geknickten Äste, all dies Getöse erfüllte den ganzen Wald. Dichte, vom Wind gepeitschte Regengüsse verminderten die Helle noch mehr, und nur wenn ein blutigroter Blitz aufleuchtete, wurde der vom Sturm wild hin- und herbewegte Leichnam Zygfryds sichtbar.

Am nächsten Morgen zog eine namhafte Schar den gleichen Weg entlang. An ihrer Spitze ritt Jagienka mit der Tochter der Sieciechowa und mit dem Böhmen, hinter ihr kamen die Wagen, von vier mit Schwertern und Bogen bewaffneten Knechten bewacht. Selbst ein jeder der Wagenlenker hatte einen Speer und eine Streitaxt neben sich, ganz abgesehen von den eisernen Heugabeln und anderen für eine solche Fahrt tauglichen Waffen. Derartige Vorsichtsmaßregeln waren durchaus nötig, sowohl zum Schutz vor wilden Tieren, wie auch zur Verteidigung gegen die Räuberbanden, die sich beständig an der Grenze des Ordenslandes umhertrieben, ein Unwesen, gegen das Jagiello bei dem Großmeister nicht nur in Briefen, sondern auch bei einer persönlichen Zusammenkunft in Raciaz ernstliche Beschwerde eingelegt hatte.

Mit tüchtigen, wohlausgerüsteten Mannen konnte man indessen getrost der Gefahr trotzen, und so zog denn auch die Schar voll Selbstvertrauen und furchtlos dahin. Nach dem Sturm war ein herrlicher, prächtiger Tag angebrochen, so licht und klar, daß an schattenlosen Stellen die Augen der Reisenden von der glänzenden Helle geblendet wurden. Kein Blatt rührte sich an den Zweigen, auf allen Blättern aber hingen große Regentropfen, die, von der Sonne bestrahlt, in den Regenbogenfarben glitzerten. Auf den Fichtennadeln jedoch glänzten die Tropfen gleich funkelnden Diamanten. Infolge der Regengüsse schossen allenthalben Bächlein hervor, die in fröhlichem Gemurmel dahinfließend, an den niedriggelegenen Stellen kleine Seen bildeten. Jedoch trotz Feuchte und Nässe blickte die ganze Erde lachend dem klaren Morgen entgegen. Von Freude und Lust wird in solchen Stunden auch das Menschenherz ergriffen, und so sangen denn Wagenlenker und Knechte leise vor sich hin, indem sie sich über die Stille wunderten, die unter den vor ihnen Reitenden herrschte.

Und in der Tat, schweigsam ritten diese weiter, denn schwerer Schmerz bedrückte Jagienka. Eine tiefgreifende Änderung hatte sich in ihrem Leben vollzogen, eine Saite war zerrissen, und die Maid, der es stets fernlag, sich in Betrachtungen zu ergehen und die es sich nicht klar zum Bewußtsein bringen konnte, was in ihr vorging, was sie bewegte, empfand doch, daß alles, was ihr das Leben wert gemacht hatte, auf einen Schlag vernichtet und für immer dahin war, daß jede Hoffnung entschwand, wie der morgendliche Nebel auf den Gefilden entschwindet, daß sie auf alles verzichten, alles aufgeben, alles vergessen und ein neues Leben beginnen müsse. Sie sagte sich, daß, wie sich auch durch Gottes Wille ihre Zukunft gestalten werde, sie doch niemals wieder ein Glück wie in den früheren Zeiten finden könne.

Und ihr Herz krampfte sich zusammen aus unermeßlichem Gram über das verlorene Glück, und heiße Tränen traten ihr in die Augen. Doch um nichts in der Welt wollte sie diesen Tränen freien Lauf lassen, denn neben dem bedrückenden Kummer, der auf ihr lastete, fühlte sie sich auch tiefbeschämt. Sie hätte jetzt viel darum gegeben, wenn sie in Zgorzelic geblieben wäre, denn kehrte sie jetzt nicht gezwungen aus Spychow zurück? Nicht allein um den drohenden Einfällen von Wilk und Cztan in Zgorzelic Einhalt zu gebieten, war sie in die Ferne gezogen, nein, über den Hauptgrund hierfür täuschte sie sich nicht. Der gleiche Grund war aber auch für Macko maßgebend gewesen, und sie bezweifelte es keinen Augenblick, daß ihn auch Zbyszko erfahren werde. Heiß brannten ihr die Wangen bei diesem Gedanken, Bitternis erfüllte ihre Seele. „Ich bin nicht stolz genug gewesen", dachte sie bei sich, „und nun ist mir zuteil geworden, was ich verdiene." Zu der bangen Angst vor dem, was kommen werde, zu der nagenden Reue über das, was geschehen war, gesellte sich nun auch noch das bedrückende Gefühl der Demütigung.

Bald wurde sie indessen aus ihrem grüblerischen Sinnen gerissen, als plötzlich in geringer Entfernung eine Männergestalt auftauchte. Hlawa, der auf alles ein wachsames Auge hatte, spornte sein Roß an und ritt auf den Fremdling zu, in dem er sofort einen Waldhüter erkannte, an dem Bogen, der jenem über der Schulter hing, an der Tasche aus Dachsfell und an der mit Federn geschmückten Mütze.

„Hei! Wer bist du? Halt!" rief er jedoch trotzdem, um ganz sicherzugehen.

Der Angerufene näherte sich rasch. Auf seinem Gesicht spiegelte sich die Erregung eines Menschen, der eine ungewöhnliche Kunde zu überbringen hat.

„Dort, an einem am Weg stehenden Baum", schrie er, „hängt ein Mann."

Von dem Gedanken erfüllt, hier könnten Räuber die Hand im Spiel gehabt haben, fragte der Böhme rasch: „Ist es noch weit von hier?"

„Einen Bogenschuß weit – auf diesem Weg."

„Ist niemand bei ihm?"

„Nein, kein Mensch. Ich scheuchte einen Wolf hinweg, der ihn beschnüffelte."

Durch diese Antwort fühlte sich Hlawa einigermaßen beruhigt, denn das Erscheinen eines Wolfes bürgte dafür, daß sich weder in der Nähe, noch in einem Hinterhalt Leute befanden. Nunmehr sagte Jagienka:

„Sieh was geschehen ist!"

Hlawa sprengte vorwärts, kehrte aber in ganz kurzer Zeit noch rascher zurück.

„Zygfryd ist's, der dort hängt!" rief er, sein Roß vor Jagienka anhaltend.

„Im Namen des Vaters, des Sohnes und des Heiligen Geistes! Zygfryd? Der Kreuzritter?"

„Der Kreuzritter. Er hat sich selbst mit einem Zügel erhängt."

„Selbst hat er sich aufgehängt?"

„Allem Anschein nach, denn der Sattel liegt nicht weit von ihm. Wenn Räuber die Tat vollbracht hätten, würden sie den Komtur einfach getötet und sich des Sattels bemächtigt haben, der von großem Wert ist."

„Werden wir vorüberkommen?"

„Nein, nein, wir wollen nicht diesen Weg, wir wollen einen anderen Weg einschlagen!" ließ sich jetzt die furchtsame Tochter der Sieciechowa vernehmen, „sonst wird es uns schlimm ergehen."

Jagienka ängstigte sich auch ein wenig, glaubte sie doch fest, daß sich um den Leichnam von Selbstmördern böse Geister ansammelten, jedoch der verwegene und kühne Hlawa erklärte: „Traun, ich war nicht nur ganz nahe bei ihm, sondern ich habe ihn sogar mit dem Speer berührt, und doch sitzt mir noch kein Teufel auf dem Nacken."

„Lästere nicht!" rief Jagienka.

„Ich lästere nicht!" entgegnete der Böhme, „jedoch ich vertraue auf die Macht Gottes. Wenn Ihr Euch übrigens fürchtet, können wir ebensogut einen Umweg machen."

Anielka stimmte sofort dafür, nach kurzem Nachdenken meinte jedoch Jagienka: „Wahrlich, es ziemt sich nicht, einen Toten unbegraben zu lassen. Wir müssen dies tun als Christen, denn so will es unser Herr Jesus. Zygfryd war doch auch ein Mensch."

„Bei meiner Treu! Doch zu gleicher Zeit war er auch ein Kreuzritter, ein Henkersknecht, der sich selbst den Tod gegeben hat. Überlaßt ihn nur den Wölfen und den Raben."

„Sprich nicht auf diese Weise. Gott wird ihn seiner Sünden halber richten, wir aber wollen ausführen, was uns zu tun obliegt. Nichts Schlimmes kann uns widerfahren, wenn wir ein frommes Werk verrichten."

„Wohl, Euer Wille geschehe!" antwortete Hlawa.

Sofort erteilte er hierauf den Knechten die nötigen Befehle, die indessen nur zögernd und ungern gehorchten. Da sie aber wußten, daß Hlawa keinen Widerstand dulde, griffen sie in Ermangelung von Spaten zu den Heugabeln und Streitäxten, um das Grab zu graben, und gingen schließlich ans Werk. Um ein gutes Beispiel zu geben, schloß sich der Böhme ihnen an, ja, er schnitt mit eigener Hand, nachdem er das Zeichen des Kreuzes gemacht hatte, die Riemen entzwei, an denen der Leichnam hing.

Zygfryds Gesicht war in der Luft ganz bläulich geworden und brachte mit den offenstehenden, starren Augen und mit dem wie zu einem letzten Atemzug geöffneten Mund einen entsetzlichen Eindruck hervor. Das Grab war rasch gegraben. Mit den Stielen der Heugabeln wurde der Leichnam, das Gesicht nach unten gekehrt, hineingeschoben. Nachdem er mit Erde bedeckt worden war, suchten die Knechte Steine zusammen, weil nach althergebrachter Sitte auf den Gräbern von Selbstmördern Steine aufgehäuft werden mußten, damit jene nicht in der Nacht denselben entsteigen und die Vorüberziehenden belästigen konnten. An Steinen mangelte es aber weder auf dem Weg noch zwischen dem Moos im Wald, und so türmte sich über dem Kreuzritter in kürzester Zeit ein ansehnlicher Hügel auf. Hlawa schnitt hierauf mit dem Beil ein Kreuz in den Stamm einer Fichte – freilich nicht Zygfryds wegen, sondern um dadurch die Ansammlung böser Geister an dieser Stelle zu verhüten, dann kehrte er zu seiner Herrin zurück.

„Seine Seele ist in der Hölle, seinen Körper birgt die Erde", sagte er zu Jagienka, „laßt uns nun weiterziehen."

Sie setzten ihren Weg fort. Als aber Jagienka an dem Grabhügel vorüberritt, brach sie einen Zweig von dem Fichtenbaum und warf ihn auf die Steine. Unverzüglich ahmten nun all die anderen, dem herkömmlichen Brauch zufolge, ihrem Beispiel nach.

Dann ritten sie, lange Zeit in tiefes Schweigen versunken, weiter, denn ihre Gedanken weilten noch immer bei dem verruchten Komtur, den endlich die Strafe für all seine Vergehen ereilt hatte. Schließlich hub Jagienka also an: „Gottes Gerechtigkeit wird stets offenbar. Fern sei es daher von uns, das Gebet für die ewige Ruhe des Kreuzritters zu sprechen, denn niemals wird ihm die ewige Ruhe zuteil werden."

„Ihr habt ein mitleidiges Herz, befahlt Ihr doch, daß ihm ein Grab bereitet werde", warf Hlawa ein.

Dann fügte er einigermaßen zaudernd hinzu: „Wißt Ihr, was die Leute behaupten? Nein, eigentlich nicht die Leute, sondern nur die Zauberer und die Hexen – die behaupten, der Besitz eines Riemens oder eines Stricks, mit dem sich ein Mensch erhängt habe, bringe in allem Glück, trotzdem bemächtigte ich mich nicht des Riemens, mit dem Zygfryd die Tat vollbracht hat, denn nicht durch Zauberkünste, nein, nur durch die Macht des Herrn Jesus werdet Ihr das Glück finden."

Jagienka antwortete nicht sogleich. Tiefe Seufzer entrangen sich ihrer Brust, bevor sie, jedoch wie zu sich selbst, sagte: „Hinter mir, nicht vor mir liegt das Glück."

Fünftes Kapitel

Am neunten Tag nach dem Aufbruch Jagienkas erreichte Zbyszko die Grenze von Spychow. Er hatte jede Hoffnung aufgegeben, Danusia lebend zu ihrem Vater zu bringen, so sterbenskrank war sein junges Weib. Von der Stunde an, als die Beklagenswerte völlig unzusammenhängende Antworten erteilt hatte, war er sich klar darüber geworden, daß nicht nur ihr Geist gestört, sondern daß auch ihr Körper von einer Krankheit befallen sei, gegen die das durch die Gefangenschaft, durch die erduldeten Mißhandlungen und durch die erlittenen Aufregungen erschöpfte Kind nicht anzukämpfen vermochte. Möglicherweise hatte auch der Schrecken über den lärmenden Kampf Zbyszkos und Mackos gegen die Deutschen den Ausbruch der Krankheit herbeigeführt. Tatsache war es, daß von dieser Zeit das Fieber fast bis zum Ende der Fahrt nicht mehr wich.

Gewissermaßen gereichte der bewußtlose Zustand Danusias dem jungen Ritter zum Vorteil, denn Zbyszko konnte dadurch sein Weib, gleich einer Toten, also ohne Erkenntnis der Gefahren, die er nur mittels übermenschlicher Anstrengung überwand, durch die größten Wüsteneien bringen. Kaum aber hatten sie die Wälder hinter sich, kaum waren sie in eine gottgesegnetere Gegend gelangt, so ging es mit den Gefahren und den Entbehrungen zu Ende. Die dort ansässigen Bauern und Edelleute leisteten bereitwillig Hilfe, ja, die Leute überboten sich an Liebesdiensten, als sie vernahmen, der junge Kämpe habe ein Kind ihres Stammes aus den Händen der Kreuzritter befreit, die Tochter des berühmten Jurand, von dessen Taten in den Burgen, auf den Höfen und in den Hütten gesungen wurde. Von allen Seiten bekam Zbyszko Nahrungsmittel und Pferde angeboten, alle Türen standen ihm offen. Danusias Tragbahre mußte nicht mehr zwischen zwei Pferden befestigt werden, denn kräftige junge Burschen trugen sie von Dorf zu Dorf mit einer Sorgfalt und einer Vorsicht, als ob sie irgendeine Heilige trügen. Die Frauen erwiesen ihr die zärtlichste Fürsorge, die Männer aber lauschten zähneknirschend der Schilderung von all den Leiden, die Danusia erduldet hatte. Mehr als einer wappnete sich sofort mit dem eisernen Panzer und griff zu seinem Schwert, zu seiner Streitaxt oder zu seinem Speer, um mit Zbyszko auszuziehen, um mit „Zins und Zinseszins" die verübten Missetaten heimzuzahlen, denn diese urwüchsigen, rauhen Menschen wollten es sich nicht damit genügen lassen, Gleiches mit Gleichem zu vergelten, sie wollten blutige Rache nehmen.

Zbyszko lag jedoch in dieser Zeit jeder Rachegedanke fern, ihm war es um Danusia zu tun. Zeigte sich ein Schein von Besserung bei der Kranken, dann atmete er hoffnungsfreudig auf, verschlimmerte sich ihr Zustand, bemächtigte sich seiner dumpfe Verzweiflung. Gegen das Ende der Fahrt vermochte er sich jedoch nicht länger zu täuschen, an eine Genesung seines jungen Weibes war nicht mehr zu denken. Gleich zu Anfang, als er sich auf den Weg gemacht hatte, überkam ihn zeitweise die abergläubische Furcht, der Tod folge ihnen in den Wüsteneien, die sie durchzogen, Schritt auf Schritt, auf den geeigneten Augenblick lauernd, in dem er sich auf Danusia werfen und ihr das Herzblut aussaugen könne. Dieses Gesicht, oder vielmehr diese Empfindung bedrängte ihn besonders in dunkler Nacht so heftig, daß ihn häufig der heiße Wunsch ergriff, sich gegen das drohende Gespenst zu wenden, es zum Kampf zu fordern, wie man einen Ritter zum Kampf fordert, und bis zum letzten Atemzug den Streit auszufechten. Je mehr der junge Ritter sich aber seinem Ziel näherte, desto schlimmer wurde es, denn nicht mehr hinter ihm schlich der Tod einher, er hielt sich neben der Schar, inmitten der Schar. Wohl war er nicht sichtbar, doch sein eisiger Atem durchkühlte alles ringsumher, und Zbyszko sah ein, daß er gegen einen solchen Feind nichts ausrichten konnte, daß er trotz Tapferkeit und Stärke, trotz der besten Waffen ihm das Liebste auf Erden ohne Widerstand überlassen müsse.

Diese Überzeugung beugte ihn aber um so tiefer danieder, weil sie in ihm einen Schmerz erweckte, so unbändig wie ein Wirbelwind, so tief wie die See. Wie sollte Zbyszko auch nicht von Wehmut, von Jammer ergriffen werden, wenn er, auf die Heißgeliebte schauend, unwillkürlich in vorwurfsvollem Ton also sprach: „Habe ich dich deshalb so heiß geliebt, habe ich dich deshalb gesucht und um dich gekämpft, um dich jetzt schon in die Erde betten zu müssen, um dich jetzt schon auf ewig zu verlieren?" Und wenn er dann die fieberglühenden Wangen der Kranken, ihre unstet blickenden Augen bemerkte, fragte er abermals: „Willst du mich verlassen? Fühlst du kein Mitleid mit mir, ziehst du es denn vor, fern von mir, statt bei mir zu sein?" Zuweilen dünkte es ihn, seine Gedanken verwirrten sich, zuweilen drohte ein Schluchzen seine Brust zu zersprengen, das er indessen gewaltsam unterdrückte aus Empörung und Grimm über diese rücksichtslose, unbarmherzige Macht, die ein unschuldiges Kind mit ihrer kalten Hand erfaßte. Wäre jetzt der schlimme Kreuzritter in seiner Nähe gewesen, er hätte ihn, einem wilden Tier gleich, in Stücke gerissen.

An dem Jagdhof angelangt, gedachte Zbyszko Rast zu machen, jedoch er fand ihn vollständig verödet. Von den Wächtern erfuhr er indessen, das Fürstenpaar habe den Jagdhof gleich mit Ende des Frühlings verlassen und habe sich nach Plock zu Ziemowit, dem Bruder des Fürsten begeben. Der junge Kämpe verzichtete daher sofort auf seinen Plan, nach Warschau zu ziehen, wo er den fürstlichen Arzt zu treffen geglaubt, von dem er Heilung für sein krankes Weib erhofft hatte. So schwer es ihn auch ankam, ihm blieb nichts anderes übrig, als sich nach Spychow zu wenden, als Jurand den Leichnam seines Kindes zu überbringen. „Alles ist zu Ende", sagte sich Zbyszko immer und immer wieder.

Da plötzlich, etliche Wegstunden vor Spychow, leuchtete ihm ein neuer Hoffnungsstrahl. Die fieberhafte Röte wich von Danusias Wangen, ihre Augen verloren den unsteten Blick, ihr Atem ging ruhiger. Zbyszko bemerkte dies sofort, und um ihr jedmögliche Erleichterung zu verschaffen, ließ er nochmals Rast machen. Sie hatten vielleicht noch eine Meile bis Spychow zurückzulegen, jetzt befanden sie sich aber, fern von jeder menschlichen Behausung, auf einem breiten, inmitten eines Feldes und einer Wiese gelegenen Pfad. Doch ein in der Nähe stehender wilder Birnbaum bot genügenden Schutz gegen die Sonne. Unter dessen Zweigen wurde daher Halt gemacht. Die Knechte stiegen von den Pferden und sattelten die Tiere ab, damit diese leichter Gras fressen konnten. Die beiden Frauen, denen die Wartung Danusias oblag, und die jungen Burschen, welche die Kranke trugen, legten sich, von dem Weg und der Hitze ermüdet, in den Schatten, und waren bald fest eingeschlafen. Nur Zbyszko wachte, auf der Wurzel des Birnbaumes sitzend, an der Tragbahre, ohne auch nur eine Sekunde seinen Blick von seinem Weib zu wenden.

Es war um die Mittagszeit. Tiefe Stille herrschte ringsumher. Mit geschlossenen Augen, regungslos lag Danusia da. Doch Zbyszko schien es, als ob sie nicht schlafe. Und in der Tat, als auf der anderen Seite der großen Wiese ein Bauer, der das Gras mähte, stehenblieb und mit dem Wetzstein seine Sense schärfte, da öffnete Danusia, leicht erbebend, die Augen, schloß sie jedoch sofort wieder. Dann aber hob sich ihre Brust wie durch einen tiefen Atemzug und sie flüsterte kaum hörbar: „Die duftenden Blumen ..."

Dies waren die ersten klaren, nicht im Fieber gesprochenen Worte, die seit Beginn der Fahrt über ihre Lippen kamen, denn von der von der Sonne bestrahlten Wiese führte ein leichter Windhauch den durchdringenden Duft von Heu, Honig und von wohlriechenden Kräutern herzu. Was Wunder also, daß Zbyszko bei dem Gedanken, die Kranke erlange das Bewußtsein wieder, sich vor Wonne nicht zu fassen wußte. In der ersten Freude wollte er sich ihr zu Füßen werfen, jedoch aus Furcht, sie könne erschrecken, bezwang er sich, kniete an der Tragbahre nieder, und sich über sein junges Weib beugend, rief er leise: „Danusia! Danusia!"

Da öffnete diese aufs neue die Augen, schaute ihn groß an, und während ein seliges Lächeln ihr Antlitz verklärte, nannte sie wie damals in der Hütte, aber mit weit mehr Bewußtsein seinen Namen: „Zbyszko!"

Hierauf versuchte sie, ihm ihre Hände entgegenzustrecken, jedoch dies ging über ihre Kraft, er aber schlang seine Arme um sie mit einem so glückerfüllten Herzen, als ob er ihr für die größte Gunst zu danken habe.

„Du bist aus dem tiefen Schlaf erwacht", sagte er. „O, dem Herrn sei Lob und Preis dafür – Gott sei" –

Er vermochte nicht weiterzureden, und geraume Zeit hindurch herrschte tiefes Schweigen, war doch ein jedes in den Anblick des anderen versunken. Die Stille wurde nur unterbrochen durch den würzigen Lufthauch, der von der Wiese her durch die Blätter des Birnbaumes fuhr und sie zum Rauschen brachte, sowie durch das Zirpen der Grillen und durch den aus weiter Ferne herüberklingenden Gesang des Mähers.

Danusia blickte immer klarer drein und hörte nicht auf zu lächeln, gleich einem Kind, dem im Traum ein Engel erscheint. Doch allgemach schaute sie verwundert umher.

„Wo bin ich?" fragte sie schließlich.

Ein wahrer Wortschwall entströmt nun Zbyszkos Lippen, der, vor Entzücken sich kaum mehr kennend, in kurzen, abgerissenen Sätzen entgegnete: „Bei mir bist du! Du bist in der Nähe von Spychow! Zu deinem Vater begeben wir uns! Deine Leiden sind zu Ende! O meine Danusia, meine Danusia! Ich habe dich gefunden, ich habe dich befreit! Du bist nicht mehr in der Macht der Deutschen! Ängstige dich nicht länger. Bald werden wir in Spychow sein. Du bist krank gewesen, doch der Herr Jesus hat sich barmherzig gezeigt! Welche Schmerzen haben wir erduldet, wie viele Tränen sind geflossen! Danusia! – Ja, nun ist alles gut! Eitel Glück liegt vor dir! Hei, wie habe ich dich gesucht, wie bin ich umhergewandert! ... Oh, allbarmherziger Gott! ... Oh! ..."

Er seufzte laut, dann aber atmete er tief auf, als ob nun jede Last von seiner Brust gewälzt sei.

Danusia lag zwar noch immer unbeweglich da, jedoch sie schien sich über etwas zu besinnen, etwas zu überlegen. Endlich fragte sie mit schwacher Stimme: „So hast du mich nicht vergessen?"

Und zwei große Tränen rannen langsam über ihre Wangen auf die Kissen nieder.

„Ich dich vergessen!" schrie Zbyszko auf.

In diesem Aufschrei aber lag mehr als ein den heißesten Schwüren, als in den leidenschaftlichsten Beteuerungen. Ach, er hatte sie ja zu allen Zeiten mit ganzer Seele geliebt, jetzt indessen, da er sie wiedergefunden hatte, war sie ihm teurer geworden als alles auf der Welt.

Und wieder trat tiefes Schweigen ein, und wieder herrschte ringsum Stille. Selbst der Gesang des Mähers war verstummt, doch plötzlich wetzte dieser zum zweitenmal seine Sense.

Nach wenigen Minuten bewegte Danusia aufs neue die Lippen, aber sie flüsterte so leise, daß Zbyszko sie nicht verstehen konnte. Tief beugte er sich daher zu ihr herab und fragte: „Was sagst du, meine Taube?"

Und sie antwortete: „O, die duftenden Blumen!"

„Wir sind an einer Wiese", erklärte Zbyszko, „doch bald werden wir uns zu deinem Vater aufmachen, der ebenfalls aus der Gefangenschaft befreit ist. Nun bleibst du mein bis zum Tod! Hörst du mich, verstehst du mich?"

Mit einemmal erfaßte ihn eine entsetzliche Angst, denn er bemerkte, wie eine fahle Blässe ihr Antlitz überzog und dicke Schweißtropfen auf ihre Stirn traten.

„Was ist dir, sprich?" fragte er in höchstem Schrecken, während ein kalter Schauer seine Glieder überlief und es ihn dünkte, das Haar sträube sich auf seinem Haupt.

„Was ist dir? Sage es mir!" wiederholte er gleich darauf in noch eindringlicherem Ton.

„Dunkel! Dunkel!" flüsterte sie.

„Dunkel? Die Sonne scheint ja so hell! Siehst du es denn nicht?" fragte er mit zitternder Stimme. „Erst vor wenigen Minuten hast du ja wie einstmals mit mir gesprochen. Ich beschwöre dich im Namen Gottes, sage mir nur noch ein Wort."

Nun bewegte Danusia wohl die Lippen, jedoch sie vermochte selbst nicht mehr zu flüstern. Zbyszko erriet nur, daß sie seinen Namen nennen, daß sie nach ihm rufen wollte. Kurz darauf begannen ihre abgezehrten Hände zu zittern und an der Decke zu zerren, die über die ausgebreitet lag. Doch währte dies nur einige Sekunden. Jetzt konnte kein Zweifel mehr herrschen – die Schatten des Todes senkten sich über sie.

In seiner Angst, in seiner Verzweiflung flehte Zbyszko sie an, noch bei ihm auszuharren – er machte es sich ja nicht klar, daß seine Bitten fruchtlos waren.

„Danusia! O allbarmherziger Jesus!" rief er „Geh nicht von mir, harre aus, bis wir Spychow erreicht haben! Bleibe bei mir! Bleibe bei mir, Danusia! O Jesus! O Jesus! O Jesus!"

Durch Zbyszkos lautes Klagen wurden die Frauen, die jungen Burschen geweckt, und die Knechte, die auf der Wiese mit den Pferden beschäftigt waren, eilten herbei. Gleich beim ersten Blick erkannten alle, wie es um ihre Herrin stand, unverweilt knieten sie daher nieder und sprachen die Litanei.

Kein Windhauch war mehr zu spüren, kein Rauschen fuhr mehr durch die Zweige des Birnbaumes, nur das laute Beten der Knienden unterbrach die lautlose Stille ringsumher.

Kurz bevor die Litanei zu Ende war, öffnete Danusia noch einmal die Augen, gerade als ob sie einen letzten Blick auf Zbyszko, auf die von der Sonne bestrahlte Erde werfen wolle – dann sank sie in den ewigen Schlaf ....

Nachdem die Frauen ihr die Augen geschlossen hatten, begaben sie sich, um Blumen zu pflücken , auf die Wiese, wohin ihnen die Knechte folgten. Flurgeistern gleich bewegten sie sich, von der Sonne hell beschienen, in dem hohen Gras hin und her, sich zeitweise niederbeugend und weinend aus Mitleid und Kummer. Zbyszko kniete im Schatten an der Tragbahre, das Gesicht an Danusias Knie gelehnt. Regungslos verharrte er so, kein Wort kam über seine Lippen. Es schien alles in ihm erstorben zu sein. Er achtete weder auf die Frauen noch auf die Knechte, die sich bald ihm näherten, bald sich von ihm entfernten, emsig bemüht, goldene Butterblumen oder Glockenblumen zu pflücken, sowie die in großer Menge vorhandenen Pechnelken und allerlei weiße, nach Honig duftende Blüten. An feuchten tiefer gelegenen Stellen fanden die Suchenden auch Feldlilien und Ginster auf dem in der Nähe eines Brachfeldes liegenden grünen Rain. Sobald ein jedes einen ganzen Arm voll gepflückt hatte, umzogen sie klagend die Tragbahre, indem sie Blumen und Blüten auf die Tote streuten. Nur das Antlitz ließen sie frei, ihr Antlitz, das zwischen den weißen Lilien und Glockenblumen so friedlich aussah, daß die Entschlummerte, die nun den ewigen Schlaf schlief, einem holden, reinen Engel glich.

Nur noch eine Meile waren sie von Spychow entfernt. Als daher nach einiger Zeit der erste Schmerz versiegt war, die Tränen trockneten, nahmen die jungen Burschen die Tragbahre wieder auf, und die ganze Schar bewegte sich dem Fichtenwald zu, der schon zu dem Gebiet von Spychow gehörte.

Die Knechte führten die Pferde hinter dem Zug her, während Zbyszko die Bahre tragen half und die Frauen, Blumen in den Händen und fromme Lieder singend, voranschritten – ein Trauerzug, der langsam, langsam zwischen der grünen Wiese und dem gleichmäßig grauen Brachfeld dahinschritt.

An dem blauen Himmel zeigte sich kein Wölkchen, die ganze Welt schien in goldenen Sonnenschein getaucht zu sein.

Neunter Teil

Erstes Kapitel

Endlich erreichten sie mit dem Leichnam Danusias die Waldungen von Spychow, an deren Grenzen die bewaffneten Knechte Jurands bei Tag und Nacht Wache hielten. Einer von ihnen machte sich sofort auf, um den alten Tolima und Pater Kaleb zu benachrichtigen, die anderen führten den Zug auf einem sich anfangs in schmalen Windungen hinschlängelnden, aber allmählich breiter werdenden, lehmigen Weg bis zu der Stelle, wo der Forst ein Ende nahm. Hier begann ein weites Gefilde mit morastigem Erdreich, wo Scharen von Sumpfvögeln umherschwärmten, und das zu der auf einer steinigen Anhöhe liegenden Burg Jurands führte. Die Heranziehenden erkannten alsbald, daß die Trauerkunde schon nach Spychow gelangt war, denn kaum waren sie aus dem Dunkel des Waldes ins Freie getreten, als das Glockengeläut der Schloßkapelle zu ihren Ohren drang. Binnen kurzem erblickten sie auch in der Ferne viele Menschen, Männer und Frauen, die ihnen entgegenkamen. Als diese Schar sich bis auf zwei oder drei Bogenschüsse genähert hatte, konnte man schon die einzelnen Personen unterscheiden. An der Spitze schritt Jurand selbst, von Tolima gestützt und mit einem Stab nach dem Weg suchend. An seiner ungewöhnlich hohen Gestalt, den leeren roten Augenhöhlen und den weißen, bis zu den Schultern herabfallenden Haaren war er leicht zu erkennen. Neben ihm ging im weißen Chorhemd und mit einem Kreuz in der Hand der Pater Kaleb. Diesen wurde eine Standarte mit Jurands Abzeichen nachgetragen, die von den bewaffneten Mannen aus Spychow umringt war, und dann folgten verheiratete Frauen, an ihren Kopftüchern kenntlich, sowie Jungfrauen mit herabwallenden Haaren. Hinter der Schar kam ein Wagen, auf den die sterbliche Hülle Danusias niedergelegt werden sollte.

Als Zbyszko den Vater Danusias erblickte, befahl er, die Bahre, die er bis zu diesem Augenblick am Kopfende getragen hatte, niederzusetzen, und sich Jurand nähernd, schrie er auf in dem furchtbaren Ton, welcher der Ausdruck unendlicher Pein, unendlicher Verzweiflung ist.

„Ich suchte sie so lange, bis ich sie fand, und befreite sie, aber sie wollte lieber zu Gott als nach Spychow!"

Hier war er völlig vom Schmerz überwältigt, er sank an Jurands Brust, umschlang ihn mit den Armen und stöhnte laut: „O Jesus! Jesus! Jesus! ..."

Bei diesem Anblick gerieten die bewaffneten Mannen von Spychow förmlich in Aufruhr, und sie schlugen mit den Lanzen an die Schilder, da sie nicht wußten, wie sie auf andere Weise ihren Schmerz und ihren Rachedurst an den Tag legen sollten. Die Frauen erhoben ein lautes Wehklagen, wobei immer eine dem Beispiel der anderen nachahmte, sie drückten ihre Schürzen an die Augen oder verhüllten ihre Köpfe vollständig damit, indem sie in markerschütternden Tönen riefen: „O! Welch ein Unglück! Für dich ist die Freude, für uns sind nur Tränen – der Tod hat dich hinweggerafft, der Sensenmann dich gemäht! Ach!" Und die Köpfe zurückwerfend, die Augen schließend, schrieen etliche unter ihnen: „Schlimm erging es dir hier, du Blume, bei uns – gar schlimm! Dein Vater blieb zurück in großer Betrübnis, du aber wandelst schon in göttlichen Gefilden – ach!" Wieder andere warfen der Toten vor, daß sie kein Erbarmen für die Tränen des verlassenen Vaters, für die Tränen des Gatten gefühlt habe. Und diese Klagen und dieses Leid äußerte sich in einer Art von Gesang, denn anders vermochten diese Menschen ihren Schmerz nicht auszudrücken.

Aber Jurand, sich Zbyszkos Umarmung entziehend, streckte seinen Stab aus, zum Zeichen, daß er zu Danusia heranzutreten wünsche. Da faßten ihn Tolima und Zbyszko unter den Armen, um ihn zur Tragbahre zu geleiten, und er kniete bei dem Leichnam nieder, er fuhr mit der Hand von der Stirn bis zu den kreuzweise gefalteten Händen der Toten und nickte einige Male mit dem Kopf, wie wenn er sagen wolle, daß dies seine Danusia sei, keine andere – und daß er sein Kind erkenne. Dann umschlang er sie mit dem einen Arm, während er den anderen, verstümmelten, emporhob, die Anwesenden aber verstanden ihn, denn diese stumme Anklage vor Gott war beredter als alle Äußerungen des Schmerzes. Zbyszko, dessen Gesicht nach dem plötzlichen Schmerzesausbruch wieder eine starre Miene angenommen hatte, kniete jetzt schweigend, einem Steinbild ähnlich, an der anderen Seite der Bahre, und ringsumher war es so still, daß man das Zirpen der Grillen und das Summen der Fliegen vernehmen konnte. Schließlich besprengte Pater Kaleb die Tote, Zbyszko sowie Jurand mit Weihwasser und begann das „Requiem aeternam". Nach Beendigung des Gesanges betete er lange Zeit laut, und den Umstehenden dünkte, daß sie die Stimme eines Propheten vernahmen, da er zu Gott flehte, daß durch die Leiden des unschuldigen Kindes das Maß der Sünde voll sei, und daß nun der Tag des Gerichtes, der Strafe und des Verderbens für die Ungerechten kommen möge.

Dann setzten sie sich wieder in Bewegung gen Spychow, doch legten sie Danusias Leichnam nicht auf den Wagen, sondern trugen ihn auf der mit Blumen geschmückten Bahre dem Zug voraus.

Das Geläut der Glocken hatte nicht aufgehört, es schien sie zu rufen und einzuladen, und sie schritten singend über die weiten, von der goldenen

Abendröte beleuchteten Triften, wie wenn die Dahingeschiedene sie zu ewigem Glanz, zu ewigen lichten Höhen führe. Der Abend hatte schon begonnen, und die Herden waren von der Weide zurückgekehrt, als der Zug anlangte. Die Kapelle, worin die sterbliche Hülle Danusias niedergesetzt wurde, erstrahlte von Fackeln und Wachskerzen. Auf Befehl des Pater Kaleb beteten sieben Jungfrauen abwechselnd die Litanei an der Leiche bis zum Anbruch des Tages. Bis zum Anbruch des Tages verließ auch Zbyszko die Dahingeschiedene nicht, und am Morgen legte er sie in einen Sarg, der während der Nacht von geschickten Handwerksleuten aus Eichenholz gezimmert und in dessen Deckel, gerade wo das Haupt der Toten ruhen sollte, goldglänzender Bernstein eingefügt worden war.

Jurand befand sich nicht in der Kapelle. Gleich nach seiner Rückkunft in die Burg hatten ihm die Füße den Dienst versagt, und als man ihn auf sein Lager gebracht hatte, war er plötzlich nicht mehr fähig, sich zu bewegen, wußte er weder, wo er sich befand, noch was mit ihm vorging. Umsonst sprach Pater Kaleb zu ihm, umsonst fragte er, was ihm fehle, Jurand hörte ihn nicht, verstand ihn nicht. Auf dem Rücken liegend, hob er nur die Lider und lächelte mit strahlendem, glückseligem Antlitz. Zuweilen bewegte er auch die Lippen, wie wenn er mit jemandem spräche. Die bei ihm Anwesenden sagten sich dann, daß er wohl mit seiner in das ewige Heil eingegangenen Tochter zu sprechen glaube und ihr zulächle. Sie sagten sich auch, daß es zu Ende mit ihm gehe, und er sich schon in die ewige Glückseligkeit entrückt glaube, aber darin täuschten sie sich, denn unempfindlich und taub für alles, was um ihn her vorging, verharrte er so ganze Wochen hindurch, ohne daß das Lächeln von seinem Gesicht schwand. Als Tolima schließlich mit dem Lösegeld für Macko wieder aufbrach, befand sich Jurand noch am Leben.

Zweites Kapitel

Nach dem Begräbnis Danusias war zwar Zbyszko nicht erkrankt, nicht bettlägerig geworden, aber eine Art von Erstarrung hielt seine Sinne gefangen. Anfangs, während der ersten Tage, stand es noch nicht so schlimm mit ihm, denn er ging umher, er besprach sich im Geist mit seinem toten Weib, oder er begab sich zu Jurand und setzte sich an dessen Lager nieder. Auch berichtete er dem Priester von der Gefangenschaft Mackos, und sie beschlossen, Tolima nach Preußen und Marienburg zu senden, damit er in Erfahrung bringe, wo der alte Ritter sich befand, und ihn loskaufe, zugleich aber auch für Zbyszko die Summe bezahle, die mit Arnold von Baden und dessen Bruder vereinbart worden war. In den unterirdischen Gewölben in Spychow fehlte es nicht an Silber, das Jurand teils aus seinen Besitzungen zugeflossen, teils von ihm erbeutet worden war, und Pater Kaleb nahm als wahrscheinlich an, daß die Kreuzritter, sofern sie das Geld erhielten, den alten Mann freilassen und nicht verlangen würden, daß der junge Kämpe sich persönlich bei ihnen einstelle.

„Gehe nach Plock", sagte der Priester zu Tolima bei dessen Aufbruch, „und lasse dir dort von dem Fürsten einen Geleitsbrief geben, sonst könnte der erste beste Komtur dich ausrauben und gefangennehmen."

„Ei, ich kenne sie ja gut", entgegnete der alte Tolima. „Sie sind imstande, sogar auch diejenigen zu berauben, die Geleitsbriefe haben."

Und er machte sich auf den Weg. Aber es währte nicht lange, so bereute Pater Kaleb es schon, daß er nicht Zbyszko selbst abgesandt hatte. Zwar hatte er befürchtet, im ersten Augenblick des Schmerzes könne der junge Ritter entweder nicht so vorgehen, wie es nötig war, aber am Ende gar seiner Wut gegen die Kreuzritter allzusehr die Zügel schießen lassen und sich irgendeiner Gefahr aussetzen. Auch hatte er sich gesagt, daß es dem Tiefbetrübten wohl schwerfallen werde, sich sogleich nach solchem Herzeleid und Kummer vom Grab der Geliebten zu trennen, zumal nach einer so schrecklichen und traurigen Fahrt, wie die, welche durch ihn von Gotteswerder bis Spychow unternommen worden war. Jetzt hingegen bereute der Priester, all diesen Bedenken Raum gegeben zu haben, denn Zbyszko wurde mit jedem Tag schwermütiger. Bis zum Tod Danusias hatte er in beständiger Erregung gelebt, hatte er stets all seine Kräfte angespornt. Ans Ende der Welt war er gedrungen, er hatte manchen Kampf bestanden, er hatte sein Weib aus der Gefangenschaft befreit, durch Wüsteneien war er gewandert, und plötzlich sollte nun alles zu Ende sein, wie auf einen Schlag. Nichts blieb zurück als die Erkenntnis, daß alles umsonst, daß die erlittenen Mühseligkeiten vergeblich gewesen – und daß er diese zwar überwunden hatte, daß aber zugleich mit ihnen unendlich viel, auch die Hoffnung, alles Gute und die Liebe aus seinem Leben entschwunden waren. Ein jeder Mensch lebt in der Zukunft, ein jeder entwirft Pläne und beschließt manches für die kommenden Tage, für Zbyszko hingegen war das „Morgen" gleichgültig geworden, und was die Zukunft anbelangte, so hatte er dasselbe Gefühl wie Jagienka, als sie von Spychow wegreitend, sagte: „Hinter mir, nicht vor mir liegt das Glück!" Dieses Gefühl von Freudlosigkeit, von Schwäche, die Empfindung, daß alles um ihn her öde und leer sei, wurde durch den unendlichen Schmerz, den immer wachsenden Gram um Danusia hervorgerufen. Der Schmerz, der über ihn gekommen war, nahm ihn ganz gefangen und war so gewaltig, daß schließlich in Zbyszkos Herzen nichts anderes mehr Raum fand. Er dachte nur noch an sein Leid und versenkte sich förmlich darin. Unempfindlich für alles, zog er sich in sein Inneres zurück, gleichsam in einem Traum umherwandelnd, ohne zu wissen, was um ihn her vorging. All seine Körper- und Geisteskräfte schienen nachgelassen zu haben, seine ehemalige Energie und Kühnheit waren entschwunden und hatten einer gewissen Lässigkeit Platz gemacht. In Blick und Bewegung hatte er jetzt etwas von der Würde eines Greises. Ganze Tage und Nächte saß er entweder in der Gruft am Sarg Danusias oder vor dem Haus, sich während der Nachmittagsstunden in der Sonne wärmend. Zuweilen war er so geistesabwesend, daß er keine Frage beantwortete. Pater Kaleb, der ihn liebte, befürchtete, der Gram könne an ihm zehren wie der Rost am Eisen zehrt – und voll Betrübnis sagte er sich immer wieder, daß es vielleicht besser gewesen wäre, wenn er Zbyszko mit dem Lösegeld zu den Kreuzrittern geschickt hätte. „Es ist notwendig", sprach er zu dem Küster des Ortes, mit dem er sich in Ermangelung eines anderen über die eigenen Kümmernisse zu unterhalten pflegte, „daß ihn irgend etwas aufrüttle, sonst wird er vollständig zugrunde gehen." Und der Küster stimmte ihm bei, indem er den klugen Vergleich anführte: für einen Menschen, der an einem Knochen würge, sei es am besten, ihm einen tüchtigen Schlag in das Genick zu geben.

Zwar trat nun kein besonderes Ereignis ein, aber einige Wochen später kam unerwartet Herr de Lorche in Spychow an. Sein Anblick erschütterte Zbyszko tief, mahnte er ihn doch an den Kriegszug mit den Samogitiern und an die Befreiung Danusias. De Lorche selbst scheute sich nicht, diese schmerzlichen Erinnerungen aufzurühren. Im Gegenteil, da er schon von Zbyszkos Verlust gehört hatte, verweilte er beständig an seiner Seite, betete mit ihm am Sarg Danusias und sprach unaufhörlich von ihr. Auch dichtete er, der sich mit Recht ein Minstrel hätte nennen dürfe, ein Lied auf die Dahingeschiedene, das er des Nachts am Gitterfenster der Gruft zur Laute sang, ein so trauriges, rührendes Lied, daß Zbyszko, obwohl er die Worte der Dichtung nicht verstand, durch die Weise allein schon tiefbewegt, in einen Strom von Tränen ausbrach, der nicht versiegte bis zum Morgen.

Erschöpft vom Weinen, von Kummer und Schlaflosigkeit sank er dann in langen Schlummer, und als er wieder erwachte, war es offenbar, daß die Tränen ihm das Herz erleichtert hatten, da er erfrischt und gestärkt schien, auch vertrauensvoller in die Zukunft schaute. Die Anwesenheit Herrn de Lorches machte ihm Freude, er dankte ihm dafür, daß er gekommen war, und fragte schließlich, wieso er von seinem Unglück gehört habe. De Lorche erwiderte durch Pater Kaleb, daß er Danusias Tod zuerst in Lubowa, von dem alten Tolima erfahren, den er dort im Gefängnis bei dem Komtur gesehen habe, daß er aber in jedem Fall nach Spychow gekommen wäre, um sich Zbyszko wieder zu stellen.

Die Kunde von Tolimas Gefangennahme brachte sowohl auf den jungen Ritter als auch auf den Priester einen großen Eindruck hervor. Sie begriffen sofort, daß das Lösegeld als verloren zu betrachten sei, denn nichts auf der ganzen Welt war schwieriger, als den Kreuzrittern eine Summe zu entreißen, die sie einmal in den Klauen hatten. Darum war es nötig, zum zweitenmal mit Lösegeld auszuziehen.

„Wehe!" rief Zbyszko aus. „Mein armer Oheim wartet sehnsuchtsvoll auf seine Befreiung und denkt wohl, ich hätte seiner vergessen! Ich muß jetzt sogleich zu ihm eilen."

Dann wandte er sich zu Herrn de Lorche: „Weißt du, wie alles gekommen ist? Weißt du, daß er sich in den Händen der Kreuzritter befindet?"

„Ich weiß es", antwortete de Lorche, „denn ich sah ihn in Marienburg, und darum gerade bin ich hierhergekommen."

Jetzt aber begann Pater Kaleb laut zu klagen: „Wir haben nicht richtig gehandelt", sagte er, „und niemand von uns ist vernünftig gewesen. Tolima habe ich auch mehr Klugheit zugetraut. Weshalb begab er sich nicht nach Plock, anstatt sich ohne Geleitsbrief mitten unter diese Räuber zu wagen?"

Herr de Lorche zuckte die Achseln.

„Was sind ihnen Geleitsbriefe? Und war dem Fürsten von Plock, sowohl wie auch Eurem Fürsten nicht genug Schaden durch die Kreuzritter zugefügt worden? An der Grenze hören ja die Überfälle und Kämpfe niemals auf. Denn auch Eure Leute geben keinen Frieden. Jeder Komtur, wahrlich, sogar jeder Vogt tut, was er will, und an Raubsucht übertrifft immer einer den anderen."

„Um so eher hätte Tolima nach Plock gehen sollen."

„Dies wollte er auch tun, aber unterwegs, an der Grenze, nahmen sie ihn bei Nacht fest. Er wäre von ihnen erschlagen worden, hätte er nicht erklärt, daß er für den Komtur Geld nach Lubowa bringe. Dadurch rettete er sich, und der Komtur ruft jetzt Zeugen dafür auf, daß Tolima dies selbst gesagt hat."

„Und wie geht es meinem Oheim? Ist er gesund? Trachtet man ihm nach dem Leben?" fragte Zbyszko.

„Er ist gesund!" antwortete de Lorche. „Aber der Haß gegen ‚König' Witold und gegen die, welche den Samogitiern beistanden, ist dort groß, und sicherlich hätten sie den alten Ritter getötet, wenn ihnen nicht so viel am Lösegeld gelegen wäre. Wolfgang und Arnold von Baden schützen ihn aus der nämlichen Ursache, und schließlich handelt es sich auch um mein Haupt, denn wollte das Kapitel mich opfern, so würde die Ritterschaft von Geldern, Berg und Flandern sich dagegen auflehnen. Ihr wißt doch, daß ich ein Blutsverwandter des Grafen von Geldern bin."

„Und wieso handelt es sich auch um dein Haupt?" unterbrach ihn Zbyszko voll Verwunderung.

„Weil ich durch dich gefangengenommen wurde. Ich sprach folgendermaßen in Marienburg: ‚Wenn Ihr den alten Ritter von Bogdaniec töten laßt, wird sein Brudersohn mein Haupt fordern.'"

„Ich fordere es nicht, so wahr mir Gott helfe!"

„Wohl weiß ich, daß du es nicht forderst, aber sie befürchten es, und dadurch droht Macko keine Gefahr bei ihnen. Sie sagten mir, auch du seiest in Gefangenschaft geraten, Wolfgang und Arnold von Baden hätten dich auf dein Ritterwort freigelassen, daher sei es nicht nötig, daß ich mich dir stelle. Doch entgegnete ich ihnen, daß du noch frei gewesen warst, als du mich gefangennahmst. Und so bin ich zu dir gekommen! Während ich mich in deiner Gewalt befinde, werden sie weder dir noch Macko etwas anhaben. Zahle jenen Brüdern dein Lösegeld, für mich aber verlange zweimal oder dreimal so viel. Bezahlen müssen sie. Nicht darum spreche ich so, weil ich glaube, ich sei mehr wert als du, sondern weil ich die Kreuzritter wegen ihrer Geldgier, die ich verachte, strafen möchte. Einstmals hatte ich eine ganz andere Meinung von ihnen, aber jetzt habe ich einen wahren Abscheu gegen sie und das Leben unter ihnen gehaßt. In das heilige Land nach Abenteuern will ich ausziehen, denn jenen vermag ich nicht länger zu dienen."

„Bleibt bei uns, Herr", sagte Pater Kaleb. „Ich glaube, Ihr werdet wohl bleiben, denn daß sie Lösegeld für Euch bezahlen werden, scheint mir nicht wahrscheinlich."

„Wenn sie es nicht bezahlen, so bezahle ich es selbst", antwortete de Lorche. „Ich führe ein ansehnliches Gefolge mit mir, sowie reichbeladene Wagen, und das, was sich darin befindet, wird genügen."

Pater Kaleb wiederholte Zbyszko die Worte, die auf Macko sicherlich Eindruck gemacht hätten, jedoch Zbyszko, der sich weniger um Hab und Gut kümmerte, erwiderte: „Bei meiner Ehre! Es darf nicht sein, wie du sagst. Ein Bruder und ein Freund bist du mir gewesen, von dir nehme ich kein Lösegeld."

Und von dem Gefühl durchdrungen, daß neue Bande sie nun verknüpfen, umarmten sie sich. Aber de Lorche sagte lächelnd: „Die Deutschen dürfen jedoch nichts davon wissen, denn betreffs Macko werden sie wohl Schwierigkeiten erheben. Und seht Ihr, zahlen müssen sie, da sie fürchten, ich könne sonst an den Höfen und unter der Ritterschaft verkünden, daß sie zwar gerne ritterliche Gäste zu sich bitten, daß sie jedoch, wenn diese Fremden in Gefangenschaft geraten, ihrer nicht mehr gedenken. Und der Orden hat jetzt Leute nötig, denn Witold, noch mehr aber die Polen und deren König flößen ihm Angst ein."

„So mag es denn so sein!" entgegnete Zbyszko. „Du bleibst hier oder an irgendeinem Platz in Masovien, ich aber gehe meines Oheims wegen nach Marienburg und gebe mir den Anschein, als ob ich von ingrimmigem Haß gegen dich erfüllt wäre."

„Beim heiligen Georg, tue dies!" antwortete de Lorche. „Doch zuerst höre, was ich dir noch mitzuteilen habe. In Marienburg sagt man, daß der polnische König nach Plock komme und mit dem Meister daselbst oder an irgendeinem Grenzort zusammentreffen werde. Die Kreuzritter wünschen dies sehr, weil sie in Erfahrung bringen möchten, ob der König Witold beistehen würde, falls derselbe ihnen wegen Samogitien offen den Krieg erklärt. Ha! Sie sind so klug wie die Schlangen, oder in diesem Witold haben sie doch ihren Meister gefunden. Der Orden fürchtet ihn auch, weil man niemals weiß, was er im Sinn hat, und was er tut. ,Er überließ uns Samogitien', sagen sie in dem Kapitel, ,aber dadurch ist's, als ob fortwährend ein Schwert über unseren Häuptern hinge. Ein Wort von ihm', sagen sie, ,und die Empörung ist da!' Und in der Tat, so ist es auch. Ich muß mich an seinen Hof begeben, sobald es mir möglich ist. Vielleicht trifft es sich, daß ich innerhalb der Schranken bei ihm kämpfen kann, und außerdem habe ich auch gehört, daß die Frauen dort von wahrhaft engelhafter Schönheit sind."

„Ihr sagt, Herr, daß der König von Polen nach Plock komme?" fragte Pater Kaleb.

„So ist es. Mag sich Zbyszko dem Gefolge des Königs anschließen. Der Großmeister wünscht es selbst, Jagiello für sich einzunehmen, und wird ihm nichts abschlagen. Ihr wißt ja, wenn die Not es erheischt, kann niemand demütiger sein als die Kreuzritter. Mag sich also Zbyszko dem Gefolge anschließen, mag er seine eigene Sache geltend machen, mag er ein lautes Geschrei erheben über das ihm zugefügte Unrecht. Die Deutschen werden sich ganz anders als sonst verhalten in Gegenwart des Königs und in Gegenwart der Krakauer Ritter, die weltberühmt sind und deren Aussprüche und Urteile sich stets unter der ganzen Ritterschaft verbreiten."

„Ein vortrefflicher Rat! Beim Kreuz des Herrn, ein ganz vortrefflicher!" rief der Priester aus.

„Gewiß!" bestätigte de Lorche. „An Gelegenheit zur Auszeichnung wird es nicht fehlen. In Marienburg vernahm ich, daß man Feste und Turniere veranstalte, denn die fremden Gäste wollen sicherlich mit den polnischen Rittern kämpfen. Bei Gott! Auch Ritter Jan von Aragonien wird kommen, der hervorragendste Ritter in der ganzen Christenheit. Wißt Ihr denn nicht? Aus Aragonien sandte er ja Eurem Zawisza seinen Handschuh, auf daß man an fremdländischen Höfen nicht sage, es gebe einen zweiten Ritter, der ihm gleicht."

Die Ankunft de Lorches und die Gespräche mit ihm hatten Zbyszko so vollständig aus der Erstarrung erweckt, die ihn zuvor gefangengehalten hatte, daß er jetzt voll Aufmerksamkeit den Berichten des Freundes lauschte. Von Jan von Aragonien wußte auch er zu erzählen, denn zu jener Zeit mußte jeder Ritter die Namen der berühmtesten Kämpen kennen und im Gedächtnis bewahren, und der Ruhm der Edlen Aragoniens, Jans vornehmlich, war durch alle Lande gedrungen. Kein Ritter tat es ihm innerhalb der Schranken gleich, die Mauren flohen, sobald sie seine Rüstung von weitem erschauten, und allgemein wurde er für den gewaltigsten Ritter der ganzen Christenheit gehalten.

Die Kunde von ihm erweckte den kriegerischen, ritterlichen Sinn Zbyszkos aufs neue, und er fragte mit großem Eifer: „Er forderte also Zawisza Czarny zum Kampf heraus?"

„Ein Jahr ist es wohl her, seitdem der Handschuh eintraf und Zawisza den seinigen absandte."

Und wird Jan von Aragonien gewiß kommen?"

„Gewiß ist es noch nicht, aber Gerüchte über sein Kommen sind im Umlauf. Die Kreuzritter haben ihm längst eine Einladung zugehen lassen."

„Gebe Gott, daß wir seine Kämpfe mit ansehen dürfen."

„Gebe es Gott!" antwortete de Lorche. „Und wenngleich Zawisza besiegt wird, was leicht geschehen kann, gereicht es ihm doch zur Ehre, daß solch ein Kämpe wie Jan von Aragonien ihn zum Kampf forderte, traun! Eurem ganzen Volk gereicht es zur Ehre!"

„Wir werden sehen", bemerkte Zbyszko. „Ich sage nur: gebe Gott, daß wir alles mit anschauen dürfen!"

„Und ich stimme bei."

Gleichwohl sollte sich ihr Wunsch diesmal nicht erfüllen, denn in alten Chroniken wird berichtet, daß der Waffengang Zawiszas mit dem hochberühmten Jan von Aragonien erst einige Jahre später zu Perpignan stattfand, wo in Gegenwart des Kaisers Sigmund, des Papstes Benedikt XIII., des Königs von Aragonien und vieler Fürsten und Kardinäle, Zawisza Czarny aus Garbow mit dem ersten Stoß seiner Lanze den Gegner vom Pferd warf und einen glänzenden Sieg über ihn davontrug. Indessen machten sich Zbyszko und de Lorche keine weiteren Sorgen, denn sie dachten, wenn auch Jan von Aragonien sich nicht zur bestimmten Zeit stellen könne, würden sie dennoch bedeutende Rittertaten sehen. Mangelte es doch in Polen nicht an tapferen Kämpen, die Zawisza wenig nachgaben, und unter den Gästen des Ordens waren immer die ersten der waffenkundigen Männer aus Frankreich, England, Burgund und Italien zu finden, die bereitwillig den Kampf mit jedem aufnahmen.

„Höre", sagte Zbyszko schließlich zu Herrn de Lorche, „ich fühle Sehnsucht nach meinem Oheim, und ich muß nun eilen, ihn loszukaufen. Daher will ich mich morgen bei Tagesanbruch gleich nach Plock aufmachen. Aber weshalb solltest du hierbleiben? Wenn du mein Gefangener bist, so kannst du mich begleiten, dann wirst du den König sowie den ganzen Hofstaat schauen."

„Gerade wollte ich dich darum bitten", antwortete de Lorche, „denn längst schon wünsche ich die polnischen Ritter zu sehen, und zudem hörte ich, daß die Frauen am königlichen Hof eher Engeln als Bewohnern des Erdentales gleichen."

„Soeben erst sagtest du etwas Ähnliches von Witolds Hof", bemerkte Zbyszko.

Drittes Kapitel

Zbyszko machte sich im Inneren Vorwürfe, daß er in seinem Schmerz des Oheims vergessen habe, und da er gewohnt war, rasch auszuführen, was er beschlossen hatte, brach er schon am folgenden Morgen bei Tagesanbruch mit Herrn de Lorche nach Plock auf. Die Wege an der Grenze waren sogar in Friedenszeiten nicht gefahrlos wegen der zahlreichen Räuberbanden, die unter der Kreuzritter Schutz und Schirm standen. Das wurde auch dem Orden durch König Jagiello zum Vorwurf gemacht. Aber trotz der Klagen, die bis nach Rom drangen, trotz der Drohungen und strengen gesetzlichen Maßregeln, gestatteten die benachbarten Komture häufig ihren Söldlingen, sich mit den Räuberbanden zu verbünden. Dabei verleugneten sie zwar diejenigen, die das Unglück hatten, in die Hände der Polen zu fallen, gewährten aber den mit Beute und Gefangenen Zurückkehrenden nicht nur in den zu dem Orden gehörenden Dörfern, sondern auch in den Burgen Zuflucht.

In solch räuberische Hände gerieten Reisende und auch die Grenzbewohner häufig. Vornehmlich waren es die Kinder begüterter Leute, die des Lösegeldes wegen weggeführt wurden. Aber die beiden jungen Ritter, von denen jeder ein beträchtliches Gefolge von bewaffneten Mannen zu Fuß und zu Pferd, sowie von Wagenlenkern hatte, befürchteten keinen Überfall und kamen ohne Abenteuer in Plock an, wo ihrer eine angenehme Überraschung harrte.

In der Herberge trafen sie Tolima, der am Tag zuvor eingetroffen war. Dies verhielt sich folgendermaßen: der Starost des Ordens zu Lubowa, der gehört hatte, daß es dem Abgesandten, in dem Augenblick, als man ihn in der Nähe von Brodnica ergriff, gelungen war, einen Teil des Lösegeldes zu verbergen, sandte ihn nach dieser Burg zurück, mit dem Auftrag an den Komtur, daß er ihn zwinge anzugeben, wo das Geld sich befand. Aber Tolima benutzte die günstige Gelegenheit und entfloh auf dem Weg dahin. Als die beiden Ritter sich wunderten, daß ihm die Flucht so gut gelungen war, erklärte er ihnen die Sache auf folgende Weise:

„Ihre Habsucht ist an allem Schuld. Der Komtur von Brodnica wollte mir nicht viele Leute zur Bewachung mitgeben, denn er wünschte keinen Lärm zu machen wegen des Geldes. Vielleicht hatte er mit dem Starosten von Lubowa verabredet, es zu teilen, und sie befürchteten, wenn Lärm gemacht werde, müßten sie einen beträchtlichen Teil davon nach Marienburg schicken oder alles an Arnold und Wolfgang von Baden abgeben. So ließ er mich denn nur durch zwei Männer geleiten, von denen der eine, ein vertrauter Knecht, mit mir die Ruder auf dem Drewenz führen sollte, der andere ein Schreiber war. Aber da sie wünschten, daß niemand uns sehen solle, wurden wir des Nachts weggeschickt und Ihr wißt, daß die Grenze ganz nahe ist. Sie gaben mir auch ein Ruder aus Eichenholz ... nun – und Gott hat mir beigestanden ... denn nun bin ich hier in Plock."

„Wohl, aber sind die anderen nicht zurückgekehrt?" rief Zbyszko aus.

Da erhellte ein Lächeln Tolimas grimmes Gesicht.

„Der Drewenz fließt in die Weichsel", entgegnete er. „Wie können sie zurückkehren, wenn sie im Wasser liegen? In Torun werden die Kreuzritter sie vielleicht finden!"

Nach einer Weile fügte er, zu Zbyszko gewandt, hinzu: „Einen Teil des Geldes nahm mir der Komtur aus Lubowa, aber den Rest, den ich bei dem Überfall verbarg, habe ich wieder erlangt und es jetzt Eurem Knappen, Herr, zur Aufbewahrung übergeben. Er wohnt im Schloß bei dem Fürsten, und dort ist es sicherer, als bei mir in der Herberge."

„Mein Knappe ist hier in Plock? Was tut er hier?" fragte Zbyszko voll Verwunderung.

„Als er Zygfryd nach Spychow gebracht hatte, zog er mit der Jungfrau, die sich dort befand, wieder aus, und diese ist jetzt Hoffräulein bei der Fürstin hier. So sagte er mir gestern."

Und Zbyszko, der durch den Schmerz um Danusia wie betäubt gewesen war, der in Spychow nach nichts gefragt hatte und von nichts wußte, erinnerte sich jetzt erst, daß der Böhme mit Zygfryd vorausgesandt worden war – und von Groll und Rachedurst erfüllt, zog sich sein Herz bei diesem Gedanken krampfhaft zusammen.

„Ganz richtig, so ist es gewesen!" antwortete er. „Aber wo befindet sich jener Henker? Was ist mit ihm vorgegangen?"

„Erzählte es Pater Kaleb nicht? Zygfryd erhängte sich, und Ihr, Herr, müßt an seinem Grab vorübergekommen sein."

Ein Augenblick des Schweigens folgte.

„Der Knappe sagte auch", fügte Tolima hinzu, „daß er sich zu Euch begeben wolle, und daß er es schon längst getan hätte, wenn es ihm möglich gewesen wäre, die junge Maid zu verlassen, die erkrankte, als sie von Spychow hier ankam."

Gewaltsam die traurigen Erinnerungen von sich abschüttelnd, fragte Zbyszko wiederum wie in einem Traum befangen: „Welche junge Maid?"

„Ei, jene Maid", entgegnete der Alte, „Eure Schwester oder Blutsverwandte, die mit Ritter Macko in Männertracht nach Spychow kam und unterwegs unseren Herrn traf, der sich tastend seinen Weg suchte. Wäre nicht sie, wäre nicht Ritter Macko gewesen, so hätte auch Euer Knappe unseren Gebieter nicht erkannt. Unser Gebieter gewann sie nun sehr lieb, denn sie sorgte für ihn wie eine Tochter, und außer Pater Kaleb war sie die einzige, die ihn verstand."

Da riß der junge Ritter voll Erstaunen seine Augen weit auf.

„Pater Kaleb sagte mir nichts von einer jungen Maid, und eine Blutsverwandte habe ich nicht."

„Er sagte nichts, Herr, weil Ihr durch Euren Kummer alles um Euch her vergaßet und gar nichts mehr von der Gotteswelt wußtet."

„Und wie nennt sich diese Maid?"

„Sie nennt sich Jagienka."

Zbyszko glaubte, er träume. Daß Jagienka von dem fernen Zgorzelic nach Spychow gekommen war, vermochte er kaum zu fassen. Und aus welchem Grund, warum hatte sie es getan? Wohl war es ihm kein Geheimnis geblieben, daß die Maid ihn liebte, ihm in Zgorzelic ihr Herz zu eigen geworden war, aber er hatte ihr ja gestanden, daß Danusia seine Ehegemahlin werde – daher konnte er nimmermehr voraussetzen, daß Macko sie in der Absicht nach Spychow mitgenommen habe, um sie ihm zum Weib zu geben. Übrigens hatte weder Macko noch der Böhme ihm gegenüber Jagienkas Erwähnung getan. All dies erschien ihm seltsam, ja völlig unbegreiflich. Daher bestürmte er Tolima mit Fragen, gleich einem Menschen, der seinen eigenen Ohren nicht zu trauen vermag und wünscht, daß ihm eine unglaubliche Kunde bestätigt werde.

Tolima konnte ihm indessen nicht mehr sagen, als das, was er schon gesagt hatte, doch begab er sich in das Schloß, um Hlawa aufzusuchen, und kehrte bald, noch vor Sonnenuntergang, mit diesem zurück. Der

Böhme begrüßte seinen jungen Herrn voll Freude und doch auch wieder traurig, denn er hatte zuvor schon Kunde von den Ereignissen in Spychow bekommen. Auch Zbyszko war im Herzen froh über dieses Wiedersehen, fühlte er doch, daß er hier eine treue Freundesseele vor sich hatte, eine von denen, die dem Menschen vornehmlich im Unglück so nötig sind. Mit tiefer Wehmut berichtete er ihm von Danusias Tod, und Hlawa nahm wie ein Bruder Anteil an seinem Schmerz, seinem Herzeleid und an seinen Tränen. Sie blieben lange beisammen, zumal schließlich, auf Zbyszkos Bitte hin, Herr de Lorche, das Antlitz und den Blick zu den Sternen emporgerichtet, ihnen am offenen Fenster mit Begleitung der Zither jenen Trauergesang vortrug, den er an die Tote gedichtet hatte.

Als sie sich dann etwas erleichtert fühlten, begannen sie von den Angelegenheiten zu sprechen, die sie nach Plock geführt hatten.

„Ich habe absichtlich diesen Weg nach Marienburg eingeschlagen", sagte Zbyszko. „Du weißt, daß mein Oheim in Gefangenschaft geraten ist, und daß ich mich mit Lösegeld zu ihm begebe."

„Ich weiß es", entgegnete der Böhme. „Ihr tatet wohl daran, Herr! Ich wollte selbst nach Spychow aufbrechen und Euch raten, nach Plock zu kommen. Der König wird in Raciongsch mit dem Großmeister eine Zusammenkunft haben, vor dem König aber wird es leicht sein, eine Beschwerde zu erheben, da in Gegenwart der Majestät die Kreuzritter nicht so hochmütig auftreten, sondern christliche Demut heucheln."

„Tolima sagte mir, es sei deine Absicht gewesen, zu mir nach Spychow zu kommen, jedoch die Krankheit Jagienkas, der Tochter Zychs, habe dich daran gehindert. Ich hörte, daß mein Oheim sie in diese Gegend gebracht hat, und daß sie auch in Spychow gewesen ist. Darüber wundere ich mich sehr. Nun sprich, aus welchem Grund hat mein Oheim sie aus Zgorzelic weggeführt?"

„Es waren viele Gründe vorhanden. Ritter Macko befürchtete, wenn er sie ohne Schutz zurücklasse, würden die Ritter Wilk und Cztan in Zgorzelic einfallen, und dadurch könne auch den Brüdern Jagienkas Schaden zugefügt werden. Ist sie aber abwesend, so droht keine Gefahr, denn wie Ihr wißt, kommt es in Polen zuweilen vor, daß ein Edelmann sich mit Gewalt einer Maid bemächtigt, wenn er sie nicht auf andere Weise haben kann. Aber gegen junge Waisen wird niemand die Hand erheben, denn mit dem Schwert des Henkers würde er bestraft werden, ja, was noch schlimmer ist, er würde Schmach und Schande auf sich laden. Indessen war auch noch eine andere Ursache vorhanden. Der Abt starb und setzte die Jungfrau zur Erbin seiner Besitztümer ein, die unter der Obhut des hiesigen Bischofs stehen, deshalb hat Ritter Macko die Jungfrau nach Plock gesandt."

„Und zuvor hatte er sie nach Spychow geführt?"

„Dorthin führte er sie während der Abwesenheit des Bischofs, des Fürsten und der Fürstin, da er sie nicht hätte hierlassen können. Und es war ein Glück, daß er sie mitnahm. Ohne die Jungfrau wären wir an Ritter

Jurand vorübergegangen, wie an einem fremden Bettler. Erst als sie so tiefes Mitleid mit ihm zeigte, wurden wir aufmerksam und erkannten ihn. Unser Herrgott hat dies alles so gefügt durch ihr warmes Herz."

Und er erzählte, wie Jurand dann später nicht mehr ohne sie sein konnte, wie er sie liebte, wie er den Segen des Himmels auf sie herabflehte, und obwohl Zbyszko all dies schon von Tolima gehört hatte, lauschte er dem Bericht mit tiefer Rührung und mit den dankbarsten Empfindungen für Jagienka.

„Möge Gott sie gesunderhalten!" sagte er schließlich. „Mich wundert nur, daß Ihr mir nichts von ihr gesagt habt."

Der Böhme geriet ein wenig in Verlegenheit, und um Zeit zu einer Antwort zu gewinnen, fragte er: „Wo denn, Herr?"

„Bei Skirwoillo, dort bei den Samogitiern."

„Sagten wir nichts? So wahr ich lebe! Ich glaubte, wir hätten Euch etwas davon gesagt, aber Ihr hattet wohl andere Dinge im Kopf."

„Daß Jurand zurückgekehrt sei, sagtet Ihr, aber kein Wort von Jagienka."

„Ei, Ihr habt es wohl vergessen! Doch Gott allein weiß am besten, wie die Sache sich verhält. Vielleicht dachte Ritter Macko, ich hätte von ihr gesprochen, und ich dachte, er hätte von ihr gesprochen. Übrigens, Euch damals überhaupt etwas zu erzählen, wäre ganz nutzlos gewesen, Herr. Und das war kein Wunder. Aber jetzt ist alles anders, und ich muß sagen: es ist ein Glück, daß die Jungfrau sich hier befindet, denn sie kann dem Ritter Macko von Nutzen sein."

„Was vermag sie zu erreichen?"

„Wenn sie nur ein Wort zu der Fürstin Alexandra sagt, die sie unendlich liebt, genügt es schon. Und die Kreuzritter wiederum schlagen der Fürstin nichts ab, einmal darum, weil sie des Königs Schwester und zweitens, weil sie eine große Freundin des Ordens ist. Wie Ihr vielleicht schon hörtet, hat sich gerade jetzt Fürst Skirgiello (des Königs leiblicher Bruder) gegen Witold erhoben und ist zu den Kreuzrittern geflohen, die ihm beistehen und ihn an Witolds Stelle zum Herrscher einsetzen wollen. Der König ist der Fürstin sehr zugetan und leiht ihr, wie man sagt, gern sein Ohr, daher wünschen die Kreuzritter, daß sie ihn zu Gunsten Skirgiellos und gegen Witold beeinflusse. Sie meinen – verdammt seien ihre Mütter – wenn sie von Witold befreit wären, würden sie Frieden haben. Deshalb nun bezeigen die Gesandten der Kreuzritter der Fürstin vom frühen Morgen bis zum späten Abend ihre Verehrung und suchen jeden Wunsch derselben zu erraten."

„Jagienka liebt meinen Oheim sehr und wird sicherlich Fürbitte für ihn einlegen", sagte Zbyszko.

„Wahrlich, anders kann es gar nicht sein! Begebt Euch in die Burg und sagt ihr, wie sie zu sprechen, was sie zu tun hat."

„Ich habe die Absicht, mit Herrn die Lorche in die Burg zu gehen", antwortete Zbyszko. „Deshalb kam ich hierher. Wir müssen uns jetzt nur die Haare kämmen und passende Kleidung anlegen."

Nach einer Weile fügte er hinzu: „In meiner Trauer wollte ich mir die Haare abschneiden, doch vergaß ich es wieder."

„Es ist besser, Ihr laßt es, wie es ist!" entgegnete der Böhme.

Er entfernte sich, um einige Leute aus dem Gefolge herbeizuholen. Als er mit ihnen zurückgekehrt war, erzählte er, während sich die beiden jungen Ritter für das abendliche Mahl in der Burg schmückten, weiter, was am königlichen und fürstlichen Hof vorging. „Die Kreuzritter", sagte er, „tun, was sie können, um Fürst Witold den Boden unter den Füßen zu untergraben, denn solange er ein mächtiges Land im Namen des Königs beherrscht, solange lernen sie den Frieden nicht kennen. Wahrlich er ist der einzige, den sie fürchten. Hei! Sie graben und graben wie Maulwürfe. Das Fürstenpaar hier haben sie schon gegen ihn aufgewiegelt, und sie sind wohl auch schuld daran, daß Fürst Janusz jetzt wegen Wilna aufgebracht über ihn ist."

„So sind Fürst Janusz und Fürstin Anna ebenfalls hier?" fragte Zbyszko. „Gar viele mir Befreundete treffe ich dann, bin ich doch nicht zum erstenmal in Plock."

„Gewiß", entgegnete der Knappe, „sie befinden sich beide hier. Sie haben manches mit den Kreuzrittern abzumachen und wollen in Gegenwart des Königs Klage bei dem Großmeister erheben."

„Und der König? Auf wessen Seite ist er? Grollt er den Kreuzrittern nicht und erhebt er nicht das Schwert gegen sie?"

„Der König ist den Kreuzrittern nicht gewogen und sie sagen, er drohe ihnen längst schon mit Krieg. Was den Fürsten Witold anbelangt, so zieht ihn der König seinem eigenen Bruder, Skirgiello vor, der ein Sausewind und ein Trinker ist ... Daher sagen die Leute aus des Königs Umgebung, daß dieser sich nicht gegen Witold erklären und den Kreuzrittern nicht versprechen werde, ihnen beizustehen. Und dies mag wahr sein, denn seit einigen Tagen bemüht sich die Fürstin Alexandra besonders um des Königs Gunst und sieht etwas bekümmert aus."

„Ist Zawisza Czarny hier angelangt?"

„Nein, er ist nicht angelangt, aber an denen, die hier sind, kann man sich kaum satt sehen, und wenn es zum Krieg kommt – allmächtiger Gott! Dann werden den Deutschen die Knochen zerhauen, daß die Splitter nur so umherfliegen!"

„Ich bin der letzte, der sie dafür beklagen wird", bemerkte Zbyszko.

Einige Vaterunser später befanden sie sich in prächtiger Kleidung auf dem Weg zur Burg. Das abendliche Festmahl sollte diesmal nicht bei dem Fürsten, sondern bei dem Starosten Andrzej aus Jasienec stattfinden, dessen geräumige Behausung innerhalb der Ringmauern der Burg an der größten Bastei lag. Wegen der wundervollen, fast allzu warmen Nacht hatte der Starost, aus Furcht, daß die Luft in den Sälen vielleicht sehr drückend werde, den Befehl gegeben, die Tische im Hof aufzustellen, wo Ebereschen und Eibenbäume inmitten der steinernen Fliesen wuchsen. Brennende Pechtonnen erleuchteten den ganzen Platz mit einem gelblichen Licht, aber noch heller leuchtete der Mond, der gleich einem silbernen Wappenschild am wolkenlosen Himmel zwischen den Sternen hervorstrahlte. Die gekrönten Gäste waren noch nicht erschienen, doch wimmelte es schon von einheimischen Rittern, von Geistlichen, von Hofleuten des Königs und der Fürsten. Zbyszko kannte viele unter ihnen, vornehmlich die vom Hofstaat des Fürsten Janusz. Von Rittern, die ihm von Krakau her bekannt waren, sah er Krzon aus Kozichglowy, Lis aus Zargowisko, Marcin aus Wrocimowice, Domaret aus Kobylany, Staszko aus Charbimowice und zuletzt auch Powala aus Taczew, dessen Anblick ihn besonders erfreute, denn er erinnerte sich, welches Wohlwollen ihm der berühmte Ritter seinerzeit in Krakau erwiesen hatte. Doch konnte er sich jetzt keinem von ihnen nähern, denn jeder war umgeben von einem Kreis einheimischer, masovischer Ritter, die nach Krakau, nach dem Hof, den Lustbarkeiten, nach verschiedenen kriegerischen Unternehmungen fragten, indem sie zugleich die prächtige Gewandung der Fremden, deren schöngelockten, mittels Eiweiß haltbar gemachten Haare betrachteten, und diese Fremden dabei in allem als Vorbilder hinsichtlich der höfischen Sitten bewunderten.

Powala aus Taczew hatte indessen Zbyszko erkannt und die Masuren beiseiteschiebend, näherte er sich ihm.

„Ich kenne dich wohl, junger Kämpe!" sagte er, Zbyszko die Hand drückend. „Wie geht es dir und woher kommst du? Bei Gott! Ich sehe, daß du schon Gürtel und Sporen trägst! Andere müssen darauf warten, bis sie graue Haare haben, aber du scheinst dem heiligen Georg würdig zu dienen."

„Gott verleihe Euch Glück, edler Herr!" entgegnete Zbyszko. „Wenn ich den angesehensten Deutschen vom Pferd geworfen hätte, würde ich mich nicht so freuen wie darüber, daß ich Euch in guter Gesundheit vor mir sehe."

„Auch ich bin erfreut, dich zu sehen! Und wo befindet sich dein Vater?"

„Mein Oheim ist es, nicht mein Vater. In Gefangenschaft befindet er sich bei den Kreuzrittern, und mit dem Lösegeld will ich ausziehen, um ihn zu befreien."

„Und jenes Mägdlein, das dein Haupt mit dem Schleier verhüllte?"

Zbyszko gab keine Antwort, er schaute nur empor und seine Augen füllten sich mit Tränen. Als der Herr aus Taczew dies gewahrte, sagte er: „Ja, das ist ein Jammertal ... ein wahres Jammertal, doch setzen wir uns auf die Bank unter jenem Ebereschenbaum, dort kannst du mir deine Erlebnisse mitteilen."

Und er zog ihn in einen Winkel des Schloßhofes. Hier nahm Zbyszko an seiner Seite Platz und erzählte dann von Jurands unglückseligen Schicksalen, von Danusias Entführung und auch davon, wie er sie gesucht hatte, und wie sie nach ihrer Befreiung gestorben war. Powala lauschte aufmerksam, und auf seinem Gesicht drückte sich bald Verwunderung, bald Zorn, bald Entsetzen, bald Mitleid aus. Schließlich, als Zbyszko geendigt hatte, sagte er: „Ich werde dies alles dem König, unserem Herrn berichten. Er muß sich bei dem Meister wegen des kleinen Jasko aus Kretkow beschweren und die strenge Bestrafung derer verlangen, die den Knaben geraubt haben. Und sie raubten ihn nur, weil er reich ist, denn sie rechnen nun auf ein beträchtliches Lösegeld. Hei, sogar gegen Kinder erheben sie ihre Hände."

Sinnend saß er hierauf eine Weile da, dann sprach er wie zu sich selbst: „Ein unersättliches Geschlecht, schlimmer als Türken und Tataren. Obwohl sie insgeheim den König und uns fürchten, fahren sie fort zu rauben und zu morden. Sie verwüsten die Dörfer, erschlagen die Bauern, ertränken die Fischer und stürzen sich gleich Wölfen auf die Kinder. Was würden sie erst tun, wenn sie uns nicht fürchteten? An alle fremden Höfe sendet der Großmeister Schreiben gegen unseren König, steht er ihm aber Auge in Auge gegenüber, so demütigt er sich in jeder Weise vor ihm, denn er kennt unsere Stärke besser als all die anderen. Nun aber ist das Maß voll!"

Nach kurzem Schweigen legte er die Hand auf Zbyszkos Arm.

„Ich werde dies alles dem König berichten", wiederholte er hierauf. „Schon seit geraumer Zeit gärt und kocht es in ihm, und du darfst sicher sein, daß die Urheber deiner Leiden schwere Strafe trifft."

„O Herr! Keiner derselben ist mehr am Leben!" warf jetzt Zbyszko ein.

Powala schaute mit freundlichem Wohlwollen auf den jungen Ritter. „Gott schütze dich! Du vergißt keine Ungerechtigkeit, das ist klar. Lichtenstein ist somit noch der einzige, an dem keine Vergeltung geübt wurde, jedoch ich weiß, daß sich dir dazu keine Gelegenheit geboten hat. Auch wir haben in Krakau das Gelübde abgelegt, gegen ihn zu kämpfen. Dazu wird es jedoch erst kommen, wenn der Krieg ausbricht – den uns Gott der Herr schicken möge – weil ohne Erlaubnis des Großmeisters sich Lichtenstein nicht zum Kampf stellen darf. Da aber der Meister viel von Lichtensteins Verstand hält, sendet er ihn fortwährend an den verschiedenen Höfen umher und wird nicht so leicht sich zu einer derartigen Erlaubnis verstehen."

„Vor allem muß ich jedoch daran denken, meinen Oheim auszulösen."

„Ja, das ist wahr! Ich habe auch schon nach Lichtenstein gefragt. Er ist indessen weder hier, noch wird er in Raciaz sein, ist er doch zu dem König von England wegen Bogenschützen gesandt worden. Sorge dich aber nicht um deinen Ohm. Es bedarf nur eines Wortes des Königs und der Fürstin hier, dann wird der Großmeister keine Ausflüchte bezüglich des Lösegeldes zulassen."

„Und umsoweniger wird er dies zulassen, weil sich de Lorche als Gefangener in meinen Händen befindet, ein bei dem Orden seines Reichtums und seiner Tapferkeit halber hochgeschätzter Ritter. Gar glücklich würde sich dieser sicherlich schätzen, o Herr, wenn er sich vor Euch neigen, wenn er mit Euch bekannt werden dürfte, denn keiner hegt größere Bewunderung für berühmte Ritter als er."

Nach diesen Worten winkte er den in der Nähe stehenden Lothringer herbei, und de Lorche, der sich schon zuvor danach erkundigt hatte, mit wem Zbyszko spreche, und dessen sehnlichster Wunsche es war, einen so berühmten Ritter wie Powala kennenzulernen, eilte rasch auf die Sprechenden zu.

Nachdem Zbyszko die beiden miteinander bekannt gemacht hatte, neigte sich der formvolle Ritter aus Geldern vor Powala mit großer Zierlichkeit, indem er sagte: „Nur eines weiß ich, was ich mir noch zur größeren Ehre anrechnen würde, als Eure Hand drücken zu dürfen, und das wäre, wenn ich mit Euch innerhalb der Schranken oder in der Schlacht kämpfen könnte."

Ein Lächeln erhellte nun das Antlitz des gewaltigen Ritters aus Taczew, der neben dem schmächtigen und kleinen Herrn de Lorche wie ein Riese aussah, und er erwiderte: „Ich aber bin glücklich darüber, daß wir uns nur bei vollen Bechern treffen, und so möge es bleiben, dies gebe Gott!"

De Lorche zauderte anfänglich mit der Antwort, schließlich jedoch erklärte er mit einer gewissen Schüchternheit: „Doch wenn Ihr bestreiten solltet, wohledler Herr, daß das Fräulein Jagienka aus Dlugolas die schönste und edelste Dame der Welt ist, wäre es mir eine große Ehre – dem widersprechen zu dürfen und" –

Hier hielt er inne und blickte voll Verehrung und Bewunderung, aber doch auch wieder prüfend und scharf auf Powala.

Mochte es nun die Überzeugung bei letzterem sein, daß er de Lorche zwischen zwei Fingern wie eine Nuß zerdrücken könne, oder sei es, daß er ein außerordentlich gütiges Herz, einen gar frohen Sinn besaß, genug, er lachte laut auf und sagte: „Seinerzeit erkor ich die Fürstin von Burgund zu meiner Herrin. Damals war sie zehn Jahre älter als ich. Wenn Ihr aber behaupten wollt, o Herr, meine Fürstin sei nicht älter als das Fräulein Jagienka, dann ist's besser, wir setzen uns sofort zu Pferd."

Als de Lorche diese Worte vernahm, blickte er zuerst voll Staunen auf den Herrn aus Taczew, dann verzog sich sein Gesicht und er brach in fröhliches Lachen aus.

Jetzt beugte sich Powala plötzlich vor, faßte de Lorche mit einem Arm um den Leib, hob ihn vom Boden empor und schwang ihn mit einer solchen Leichtigkeit hin und her, als ob er es mit einem Kind zu tun habe.

„Pax! Pax! Wie Bischof Kropidlo zu sagen pflegt!" rief er dabei. „Ihr gefallt mir, Ritter, und so wahr mir Gott helfe, wollen wir niemals einer Frau wegen miteinander kämpfen."

Hierauf umarmte er den Lothringer und ließ ihn dann rasch zur Erde gleiten, denn von dem Eingang zum Burghof her ertönten laute Trompetenstöße. – Fürst Ziemowit erschien mit seiner Ehegemahlin.

„Der Fürst und die Fürstin haben hier den Vortritt vor dem König und vor Fürst Janusz", erklärte Powala zu Zbyszko gewandt. „Das Fest wird zwar von dem königlichen Burgvogt gegeben, jedoch es findet hier in Plock statt, wo jene ansässig sind. Komm mit mir zu der Fürstin. Du kennst sie ja von dem Fest aus Krakau her, als sie für dich Fürsprache bei Jagiello einlegte."

Und ohne weiteres führte er nun, Zbyszko beim Arm ergreifend, diesen durch den Burghof. Dem Fürsten und der Fürstin war eine große Anzahl von Hofherren und Hoffräuleins gefolgt, die in ihrer zu Ehren des Königs außergewöhnlich prächtigen und glänzenden Gewandung einen Anblick von wunderbaren Blumen boten. Während Zbyszko mit Powala nähertrat, ließ er prüfende Blicke über alle schweifen, um zu sehen, ob er nicht ein bekanntes Gesicht finde.– Da, plötzlich blieb er voll Staunen stehen. Was war das? Dicht hinter der Fürstin erschaute er eine ihm wohlbekannte Gestalt, ein ihm wohlbekanntes Antlitz, das aber in seiner ernsten königlichen Schönheit ihn glauben machte, er sei in einer Täuschung befangen. „Ist dies Jagienka?" so fragte er sich, oder vielleicht die Tochter des Fürsten aus Plock?"

Allein es war in der Tat die Tochter von Zych aus Zgorzelic, denn als ihre Augen denen des jungen Ritters begegneten, da lächelte sie ihm zuerst freundlich und teilnahmsvoll zu, dann aber erbleichte sie plötzlich ein wenig, senkte das Haupt und stand da mit dem goldenen Stirnband in den dunklen Haaren und in dem ganzen Zauber ihrer Schönheit, hochgewachsen, herrlich, nicht nur einer Fürstentochter, nein, einer Königin vergleichbar.

Viertes Kapitel

Zbyszko warf sich der Herrin von Plock zu Füßen und bot ihr seine Dienste an. Anfänglich erkannte sie den jungen Ritter nicht, hatte sie ihn doch seit geraumer Zeit nicht mehr gesehen. Als er ihr indessen seinen Namen nannte, meinte sie: „Ja, so ist es! Ich glaubte, Ihr gehörtet zu dem Hofstaat des Königs. Zbyszko aus Bogdaniec! Wahr und wahrhaftig! Euer Ohm, der alte Ritter aus Bogdaniec, weilte ja als Gast bei uns, und ich erinnere mich noch sehr wohl, wie meine Tränen, wie die Tränen meiner Hoffräuleins flossen, als er uns seine Erlebnisse schilderte. Habt Ihr denn Euer junges Weib gefunden? Wo ist sie jetzt?"

„Sie ist tot, wohledle Frau."

„O Du geliebter Jesus! Sprecht nicht so, sonst kann ich meine Tränen nicht zurückhalten. Doch sie ist gewiß im Himmel, das ist wenigstens ein Trost, und Ihr seid noch sehr jung. Allbarmherziger Gott, welch schwache Kreaturen sind doch die Frauen. Aber im Himmel wird man für alles belohnt, und dort findet Ihr sie wieder. Ist der alte Ritter aus Bogdaniec bei Euch?"

„Nein, in Gefangenschaft befindet er sich bei den Kreuzrittern, und ich habe mich aufgemacht, um ihn auszulösen."

„Das Glück war ihm also auch nicht hold! Er scheint indessen ein sehr scharfsinniger Mensch zu sein, der sich rasch jeder Lage anzubequemen weiß. Habt Ihr ihn losgekauft, dann kommt hierher zu uns zurück. Gar glücklich werden wir uns schätzen, Euch beide zu sehen, denn ich hege die feste Überzeugung, daß es Eurem Ohm ebensowenig an Verstand, wie Euch an Schönheit mangelt."

„Gern wollen wir dies tun, wohledle Frau, bin ich doch auch jetzt hiergekommen, um von Euch, gnädigste Herrin, eine Gunst für meinen Ohm zu erbitten."

„Sehr wohl! Stellt Euch nur morgen vor dem Aufbruch zur Jagd bei mir ein, dann werde ich genügend Zeit für Euch haben."

Die weitere Unterredung wurde durch Paukenschläge und abermalige Trompetenstöße unterbrochen, ein Zeichen von dem Nahen des Fürstenpaares aus Masovien. Da Zbyszko und die Fürstin von Plock am Eingang standen, bemerkte Anna Danuta den jungen Ritter sofort und trat unverweilt auf ihn zu, ohne die tiefe Verneigung des Gastgebers zu beachten.

Zbyszko aber, bei ihrem Anblick aufs neue von herbem Schmerz ergriffen, warf sich ihr zu Füßen, umfaßte ihre Knie und vermochte kein Wort hervorzubringen. Da beugte sich die Fürstin über ihn, und während Träne auf Träne auf sein goldblondes Haar fiel, nahm sie sein Haupt zwischen ihre Hände, wie eine Mutter, die über das Unglück ihres Sohnes weint.

Zum großen Staunen der Gäste und der Hofleute weinte sie lange, lange, indem sie beständig die Worte wiederholte: „O Jesus! O allbarmherziger Jesus!" Endlich beruhigte sie sich ein wenig und sagte, Zbyszko emporhebend: „Ich weine um sie, um meine Danusia, und ich weine um dich. Gott der Herr hat es so gefügt, daß all die Beschwerden, die du ertragen hast, umsonst gewesen sind, wie wir auch jetzt nutzlos unsere Tränen vergießen. Doch erzähle mir von ihr und von ihrem Tod, denn selbst wenn ich dir bis Mitternacht lauschte, würde ich nicht genug von ihr zu hören bekommen."

So sprechend nahm sie ihn beiseite, genau so wie es der Herr von Taczew zuvor getan hatte. Jene Gäste indessen, die Zbyszko nicht kannten, fragten insgesamt nach dessen Erlebnissen, so daß geraume Zeit von nichts anderem die Rede war wie von ihm, von Danusia, von Jurand. Die Gesandten des Ordens, Frydrych von Wenden, der Komtur von Thorn, der in besonderer Botschaft zu dem König entsandt worden war, und Jan von Schönfeld, der Komtur von Osterode, erkundigten sich eingehend nach allem, und besonders letzterer, ein aus Schlesien stammender Deutscher, der daher sehr gut polnisch sprach, erfuhr leicht, was er wissen wollte, und als er aus dem Mund Jaskos aus Zabierz, einem Hofherrn des Fürsten Janusz, das Wissenswerteste gehört hatte, erklärte er: „Danveld und de Löwe sind bei dem Großmeister angeklagt worden – sie sind der Ausübung der schwarzen Magie beschuldigt worden."

Doch eingedenk dessen, daß selbst die Erwähnung derartiger Vorgänge einen Schatten auf den ganzen Orden werfen könne, wie dies seinerzeit bei dem Templerorden der Fall gewesen war, fügte er hastig hinzu: „Dies behaupten freilich nur einige Schwätzer, denn die Anklage entbehrt jeder

Begründung. Kein Glied unseres Ordens läßt sich etwas dergleichen zuschulden kommen!"

Der Herr aus Taczew jedoch, der in der Nähe des Sprechenden stand, meinte aber nun: „Weshalb sollten die, welche die Bekehrung Litauens vereitelt haben, nicht das Kreuz mißachten!"

„Wir tragen das Kreuz auf unseren Mänteln!" erklärte Schönfeld hochmütig.

Darauf entgegnete Powala: „In unseren Herzen müssen wir es tragen."

Im gleichen Augenblick ertönten die Trompeten noch lauter als zuvor, verkündeten sie doch den Eintritt des Königs, gefolgt von dem Erzbischof von Gnesen, dem Bischof von Plock, dem Kastellan von Krakau und von einigen anderen Würdenträgern und Hofleuten, unter denen sich auch Zindram aus Maszkowice, der eine Sonne im Wappen hatte, befand, sowie der junge Knäs Jamont, der neben dem König herschritt. Mit Jagiello war kaum eine Veränderung vorgegangen, seitdem ihn Zbyszko zum erstenmal gesehen hatte. Auf seinen Wangen prangte noch die gleiche, auffallende Röte wie früher, wie damals in Krakau schob er noch immer von Zeit zu Zeit seine langen Haare hinter die Ohren und schaute unsteten Blickes umher. Dagegen dünkte es Zbyszko, der König trete mit größerer Würde und Majestät als früher auf, gerade als ob er sich auf dem Thron jetzt sicherer fühle, auf den er nach dem Tod der Königin, von der Empfindung geleitet , daß er sich vielleicht nicht behaupten könne, hatte verzichten wollen, und wie wenn ihm jetzt erst das volle Bewußtsein seiner unermeßlichen Macht, seiner Bedeutung aufgegangen wäre. Die zwei masovischen Fürsten traten zu beiden Seiten des Herrschers, die deutschen Gesandten verneigten sich tief vor ihm und rings um ihn bildete sich ein Kreis von Würdenträgern und Hofleuten. Die den Burghof umgebenden Mauern erzitterten unter den unaufhörlichen Rufen, den Trompetenstößen und den Paukenschlägen.

Nachdem schließlich Stille eingetreten war, versuchte der Gesandte von Wenden sofort, eine Angelegenheit des Ordens zur Sprache zu bringen, jedoch kaum bemerkte der König diese Absicht, so winkte er abwehrend mit der Hand und sagte mit seiner tiefen, weithin tönenden Stimme: „Schweig davon! Freude und Frohsinn sollen hier herrschen, an Speise und Trank wollen wir uns erlaben, von diesen alten Geschichten wollen wir nichts hören."

Da er aber offenbar nicht wünschte, der Kreuzritter könne denken, er spreche im Zorn, fügte er gleich darauf, gutmütig lächelnd, hinzu: „In Raciaz werden wir Zeit genug haben, diese Angelegenheiten mit dem Großmeister zu besprechen."

Dann wandte er sich zu dem Fürsten von Plock mit den Worten: „Aber morgen geht's in die Wälder – zur Jagd – wie?"

Diese Frage bekundete gleichzeitig auch seinen Wunsch, an diesem Abend von nichts anderem wie von der Jagd zu sprechen, die er leidenschaftlich liebte und um deretwillen er stets gar gern nach Masovien kam, da Klein- und Großpolen weit weniger bewaldet und so bevölkert waren, daß es dort stellenweise ganz und gar an Forsten gebrach.

Die Gäste schauten nun äußerst vergnügt drein, wußten sie doch, daß der König heiter und guter Dinge war, sobald er über die Jagd sprechen konnte. Fürst Ziemovit setzte auch unverweilt auseinander, wohin sie aufbrechen wollten, und auf welche Tiere Jagd gemacht werden solle, während Fürst Janusz einen seiner Hofherren in die Stadt sandte, um von dort seine beiden „Schützer" zu holen, die er Jagiello vorführen wollte, weil sie imstande waren, wilde Auerochsen an den Hörnern aus den sie umschlingenden Netzen herbeizuführen oder Bären die Knochen zu zerbrechen.

Zbyszko drängte es, sich dem Fürsten Janusz zu nähern und sich vor ihm zu verneigen, aber er vermochte nicht durchzukommen. Er konnte nur aus der Ferne den Knäs Jamont sehen, der augenscheinlich die ihm seinerzeit in Krakau von Zbyszko erteilte scharfe Antwort vergessen hatte, denn er neigte freundlich das Haupt und bedeutete den jungen Ritter durch allerlei Zeichen, er möge sobald wie tunlich nähertreten. In diesem Augenblick fühlte Zbyszko eine Hand auf seiner Schulter, und eine süße Stimme flüsterte ihm leise zu: „Zbyszko!"

Sich rasch umwendend, sah er Jagienka vor sich stehen. Dadurch, daß der junge Ritter zuerst die Fürstin von Plock begrüßt und dann mit Anna Danuta gesprochen hatte, war er bis jetzt dem Mägdlein ferngeblieben, Jagienka benutzte daher die durch den Eintritt des Königs verursachte Erregung und eilte auf ihn zu.

„Zbyszko", wiederholte sie, „Zbyszko, Gott und die heilige Jungfrau mögen dir Trost verleihen."

„Gott lohne Euch Eure guten Worte!" entgegnete der junge Kämpe.

Und voll Dankbarkeit blickte er in ihre blauen Augen, in denen lichte Tautropfen glänzten. Schweigend standen sie sich dann gegenüber, denn wenn sie auch gleich einer guten, teilnahmsvollen Schwester zu ihm gekommen war, erschien sie ihm jetzt doch durch ihre geradezu königliche Erscheinung, durch ihre prächtige Hofgewandung so ganz verschieden von der früheren Jagienka, daß er es im ersten Augenblick nicht einmal wagte, sie wie früher in Zgorzelic und Bogdaniec mit dem vertraulichen „Du" anzureden. Ihr aber dünkte es, sie habe ihm außer den schon gesprochenen Worten nichts mehr zu sagen. Eine immer wachsende Verlegenheit bemächtigte sich der beiden jungen Menschen. Gleichzeitig verbreitete sich aber nun eine allgemeine Unruhe in dem Burghof, da der König sich zum Mahl niederließ, und Anna Danuta trat abermals auf Zbyszko zu, indem sie sagte: „Dies wird ein trauriges Festmahl für uns beide sein, doch diene mir, wie du mir früher gedient hast."

So mußte denn der junge Ritter Jagienka verlassen, und nachdem die Gäste sich gesetzt hatten, stand er hinter der Fürstin, um die Schüsseln zu wechseln, um Wasser oder Wein einzugießen. Während er jedoch in solcher Weise seine Obliegenheiten erfüllte, blickte er unwillkürlich immer wieder auf Jagienka, die als Hoffräulein der Fürstin von Plock an deren

Seite saß – und stets aufs neue nahm ihn die zauberhafte Schönheit der Maid gefangen. Seit er sie zum letztenmal gesehen hatte, war zwar Jagienka noch beträchtlich gewachsen, jedoch nicht durch ihre Größe erschien sie ihm so verändert, nein, durch das hoheitsvolle Wesen, das sie nun auszeichnete. Früher, als sie in Schafspelze und mit Laub in den wirren Haaren auf ihrem Roß durch Wald und Au sprengte, da hätte man sie für eine reizende Bauerndirne halten können, jetzt aber sah man auf den ersten Blick, daß edles Blut in ihren Adern rollte, daß sie einem wohlangesehenen, edlen Geschlecht entstammte – denn hohe Würde drückte sich auf ihrem Antlitz aus. Von ihrem ehemaligen Frohsinn war nichts mehr zu bemerken, doch Zbyszko schrieb dies der Trauer um ihren Vater zu, von dessen Tod er gehört hatte. Von seinem Staunen über Jagienkas hoheitsvolles Wesen konnte sich jedoch Zbyszko gar nicht erholen, und anfänglich glaubte er fest, die prächtige Gewandung trage viel dazu bei. So blickte er bald auf die goldene Stirnbinde, die ihre schneeweiße Stirn und ihre schwarzen in zwei Flechten über die Schulter wallenden Haare zierte, bald auf ihr blaues, rot verbrämtes Gewand, das sich eng an ihre schlanke Gestalt, ihren jungfräulichen Busen anschmiegte, und stets von neuem sagte er sich: „Eine wahre Fürstin!" Allmählich jedoch erkannte er, daß es nicht die Gewandung allein war, welche die Veränderung hervorrief, und er mußte sich gestehen, daß, selbst wenn sie jetzt auch wieder den Schafspelz anlegen würde, er doch nicht mehr so vertraulich, so frei mit ihr verkehren könne, wie in vergangenen Zeiten.

Nicht nur junge, sondern auch bejahrte Ritter sandten ihr zuweilen feurige Blicke zu, dies bemerkte Zbyszko sehr wohl, ja, als er einmal gerade im Begriff stand, der Fürstin eine neue Schüssel zu reichen, fiel ihm das entzückte, verklärte Gesicht des Herrn de Lorche auf, und Ärgernis erfüllte seine Seele. Der schmachtende Ritter aus Geldern zog auch sehr bald die Aufmerksamkeit Anna Danutas auf sich, die, ihn rasch erkennend, plötzlich zu Zbyszko sagte: „Sieh nur den Herrn de Lorche! Offenbar ist er wieder in Liebe entbrannt! Wie geblendet steht er ja da!"

Nach diesen Worten neigte sie sich ein wenig über den Tisch und fügte, Jagienka von der Seite anblickend, hinzu: „Fürwahr, vor dieser Leuchte erbleicht jedes andere Licht!"

Unwiderstehlich fühlte sich Zbyszko zu Jagienka hingezogen, die er wie eine geliebte, liebende Blutsverwandte betrachtete, bei der er, dessen war er gewiß – das größte Verständnis für seine Kümmernisse, das tiefste Mitleid für seine Schmerzen finden würde. Trotzdem gelang es ihm aber nicht, an diesem Abend nochmals mit ihr zu sprechen, da, ganz abgesehen von dem Dienst, der ihn genügend in Anspruch nahm, während des ganzen Festmahls die Spielleute entweder sangen oder so schmetternde Fanfaren ertönten, daß selbst die, welche nebeneinander saßen, sich nur schwer verständlich machen konnten. Außerdem erhoben sich auch die beiden Fürstinnen und mit ihnen die anwesenden Frauen früher von der Tafel als der König, die Fürsten und die Ritter, weil die männlichen Festteilnehmer gewöhnlich bis in die tiefe Nacht hinein den Becher kreisen ließen. Da Jagienka das Polster für den Sessel der Fürstin zu tragen pflegte, mußte sie dieser unverweilt folgen, doch neigte sie zum Abschied das Haupt gegen Zbyszko und lächelte ihm zum zweitenmal freundlich zu.

Der Tag graute bereits, als der junge Ritter und Herr de Lorche mit ihren beiden Knappen aufbrachen, um in die Herberge zurückzukehren. Lange Zeit schritten sie schweigend, in Gedanken versunken, dahin. Als sie aber nicht mehr weit von ihrem Ziel waren, sagte de Lorche etwas zu seinem Knappen, worauf letzterer, der, aus Pommern stammend, der polnischen Sprache mächtig war, sich sofort zu Zbyszko wandte.

„Mein Gebieter", hub er an, „möchte Euch, wohledler Herr, etwas fragen."

„Wohlan!" antwortete Zbyszko.

Nachdem Herr de Lorche abermals seinem Knappen Verschiedenes auseinandergesetzt hatte, wandte sich dieser aufs neue an Zbyszko, indem er, ein Lächeln unterdrückend, erklärte: „Mein Gebieter möchte sich vergewissern, ob jenes Fräulein, mit dem Ihr, gnädigster Herr, vor Beginn des Festes ein Zwiegespräch gehalten habt, in der Tat ein sterbliches Wesen und nicht eine Heilige oder ein Engel ist."

„Erwidere deinem Herrn", entgegnete Zbyszko mit einiger Ungeduld, „daß ich mich über seine Frage wundere, weil er sie mir schon früher einmal gestellt hat. Und zudem, hat er mir denn nicht in Spychow auseinandergesetzt, er beabsichtige, sich wegen der schönen Frauen in Litauen an den Hof Witolds zu begeben, hat er denn nicht gleich darauf erklärt, er gedenke der Frauen wegen nach Plock zu ziehen? Heute aber, hier in Plock, forderte er den Ritter aus Taczew wegen Jagienka aus Dlugolas, und nun findet er schon wieder an einer anderen Wohlgefallen. Kann man dies Standhaftigkeit, ritterliche Treue nennen?"

Kaum hatte Herr de Lorche diese Antwort durch den Mund seines Knappen vernommen, so seufzte er tief auf, blickte gegen den erbleichenden nächtlichen Himmel und beantwortete die Vorwürfe Zbyszkos also: „Du sprichst wahr. Weder Standhaftigkeit noch Treue ist dies, nein, ich bin ein sündhafter Mensch und nicht wert, die güldenen Sporen zu tragen. Was aber das Fräulein Jagienka aus Dlugolas anbelangt, so habe ich mich ihr freilich angelobt – und Gott gewähre mir die Gnade, mein Gelübde zu erfüllen – jedoch glaube mir, sehr empört wirst du sein, wenn du hörst, was ich durch sie erduldet habe, wie grausam sie mir in der Burg zu Czersk mitgespielt hat."

Abermals seufzte er tief auf, wiederum schaute er gen Himmel, an dem sich gegen Osten rötliche Streifen bildeten, doch erst nachdem der Knappe das Gesagte verdolmetscht hatte, hub de Lorche von neuem an: „Sie verkündete mir, ein Zauberer, der in einem Turm inmitten eines Waldes hause und ihr feindlich gesinnt sei, schicke alljährlich einen Drachen gegen sie aus. Das Ungetüm erscheine jeden Herbst vor den Mauern von Czersk und harre eines günstigen Momentes, um sich ihrer, der Jungfrau zu bemächtigen. Als ich dies vernahm, erklärte ich sofort, gegen jenen Drachen kämpfen zu wollen! Ach! Hört nur, was ich Euch weiter melden werde! Unverweilt machte ich mich auf. Was aber gewahrte ich an dem bezeichneten Ort? Ein entsetzliches Ungeheuer! Hohe Freude erfaßte mich, durfte ich mir doch sagen: entweder findest du den Tod oder du errettest die Jungfrau aus dem unflätigen Rachen und erringst dir unsterblichen Ruhm. Aber was gewahrte ich, als ich mich dem scheußlichen Gebilde auf Speereslänge näherte? Einen auf hölzernen Rädern ruhenden, mit Stroh gefüllten Sack, an dem ein langer, ebenfalls mit Stroh ausgestopfter Schwanz angebracht war. Anstatt Ruhm zu ernten, zog ich mir den Hohn und Spott der Menschen zu, und als ich zwei masovische Ritter zum Kampf forderte, wurde mir hart zugesetzt innerhalb der Schranken. In solcher Weise behandelte mich die, welche ich über alles in der Welt pries, der ich einzig und allein meine Liebe weihte."

Mehr als einmal biß sich der Knappe auf die Lippen, um nicht laut aufzulachen, während er die Worte seines Gebieters verdolmetschte, und auch Zbyszko wäre zu jeder anderen Zeit sicherlich in Lachen ausgebrochen. Jetzt aber hatten Kummer und Sorgen jeden Frohsinn in ihm erstickt, er antwortete daher auch nur in ernstem Ton: „Wohl nur aus Übermut, nicht aus Bosheit hat sie dies getan."

„Ich habe ihr alles vergeben", antwortete de Lorche. „Das wirst du am besten daraus ersehen, daß ich mit dem Ritter aus Taczew zu Ehr und Preis ihrer Schönheit, ihrer Tugend kämpfen wollte."

„Vermeide den Kampf mit ihm!" warf Zbyszko in ernstem Ton ein.

„Ein Kampf mit ihm bedeutet den Tod für mich, dessen bin ich mir sehr wohl bewußt, aber ich ziehe den Tod einem Leben voll Kümmernissen und Enttäuschungen vor."

„Dem Herrn aus Taczew liegen jetzt ganz andere Dinge im Sinn. Laß dir raten! Folge mir morgen zu ihm und schließe einen Freundschaftsbund mit ihm."

„Das will ich tun, drückte er mich doch an sein Herz. Doch morgen begibt er sich ja mit dem König auf die Jagd."

„Wir machen uns sehr früh zu ihm auf. Zudem ist auch der König kein Verächter eines langen Schlafes, und das Festmahl währte bis tief in die Nacht."

Der Vorsatz wurde ausgeführt, jedoch ohne Erfolg, denn Hlawa, der sich noch vor den beiden Rittern auf die Burg begeben hatte, um Jagienka zu sehen, berichtete jenen, Powala habe sich nicht in seinem Gelaß, sondern in den Gemächern des Königs zur Ruhe gelegt. Für ihre Enttäuschung wurden sie indessen insofern entschädigt, als sie mit dem Fürsten Janusz zusammentrafen, der sie sofort seinem Gefolge zuerteilte, wodurch sie der Jagd beiwohnen konnten. Auf dem Weg in den Forst fand Zbyszko Gelegenheit, mit dem Fürsten Jamont zu sprechen, und gar befriedigende Kunde vernahm er von diesem.

„Als ich den König vor dem Schlafengehen auskleidete", berichtete Knäs Jamont, „da sprach ich ihm von dir und von deinen Krakauer Erlebnissen. Kaum hörte dies der Ritter Powala, der auch anwesend war, so fügte er sofort hinzu, dein Ohm sei in der Gewalt der Kreuzritter, und er bitte den König, dessen Freilassung zu erwirken. Der König, der furchtbar aufgebracht über die Ordensritter ist, wegen der Entführung des kleinen Jasko aus Kretkow und wegen anderer Untaten, geriet immer mehr in Zorn. „Nicht ein gütiges Wort sollte man an sie verschwenden", rief er, „nein, mit dem Speer in der Hand müßte man auf sie losgehen, mit dem Speer, mit dem Speer in der Hand!" Und Powala ließ sich keine Mühe verdrießen, den Herrscher noch mehr aufzustacheln. So kam es denn, daß der König die Gesandten des Ordens, die am Tor seiner harrten und sich vor ihm fast bis zur Erde neigten, kaum eines Blickes würdigte. Hei! Nun können sie den König nicht mehr dazu bringen, dem Fürsten Witold Beistand zu versagen – nein, sie selbst werden sich nicht mehr zu helfen wissen. Darüber sei auch ganz unbesorgt, der König wird den Großmeister selbst wegen deines Ohms zur Rede stellen."

Auf solch trostreiche Weise sprach Knäs Jamont zu dem jungen Ritter, auf den Jagienka indes auch gar wohltätig einwirkte. Sie hatte mit der Fürstin Alexandra der Jagd beigewohnt und es auf der Rückkehr durchgesetzt, neben Zbyszko reiten zu dürfen. Während der Jagden herrschte stets größere Ungezwungenheit als sonst, ja, man kehrte gewöhnlich paarweise davon zurück, und da kein Paar es wünschenswert erachtete, ganz in der Nähe eines anderen zu bleiben, so konnten Zbyszko und Jagienka ungestört miteinander reden. Letztere hatte schon durch den Böhmen von Mackos Gefangenschaft gehört und ihre Zeit gut genutzt. Auf ihre Bitte hin war dem Großmeister von der Fürstin nicht nur ein Schreiben übergeben worden, sondern diese hatte sogar von Wenden, den Komtur von Thorn, dazu veranlaßt, in einem Brief, in dem er über die Vorgänge in Plock berichtete, auch Mackos Angelegenheit zu berühren. Der Komtur rühmte sich sogar der Fürstin gegenüber, er habe geschrieben: „Da es unser Bestreben sein muß, den König zu besänftigen, sollte man in einer solchen Angelegenheit keine Schwierigkeiten machen." Und dem Großmeister mußte es in diesem Augenblick vor allem daran gelegen sein, den gewaltigen Herrscher für sich zu gewinnen, konnte er doch nur unter dieser Bedingung seine ganze Streitmacht gegen Witold werfen, gegen den der Orden bis jetzt noch nichts ausgerichtet hatte.

„Ich habe mein möglichstes getan, damit keine Zeit verloren werde", erklärte Jagienka, „und da der König seiner Schwester niemals in großen Dingen nachgibt, wird er ihr sicherlich gern in einer so geringfügigen Sache einen Gefallen erweisen. Deshalb hege ich auch Hoffnung."

„Wenn ich es nicht mit solch verräterischen, treulosen Menschen zu tun hätte", warf Zbyszko ein, „würde ich das Lösegeld überbringen und damit die ganze Sache erledigen. Bei ihnen hingegen kann es einem jeden wie Tolima ergehen – sie nehmen das Geld, bemächtigen sich aber auch dessen, der es gebracht hat, und geben ihn nicht frei, sofern nicht eine große Macht hinter ihm steht."

„Das ist ganz klar!" meinte jetzt Jagienka.

„Euch ist jetzt alles klar!" entgegnete Zbyszko. „Glaubt mir, solange ich lebe, werde ich Euch dankbar sein."

Da blickte sie mit einem fast traurigen Lächeln zu ihm empor und fragte: „Weshalb sprichst du so fremd mit mir? Willst du nicht wieder ‚Du' zu mir sagen, da wir uns doch von Jugend auf kennen?"

„Ich weiß nicht, was mich anficht", erwiderte er unschuldig, „es fällt mir schwer. Ihr seid eben nicht mehr der Irrwisch von früher ... doch ... was es auch sein mag ... irgend etwas – gleichsam" –

Umsonst suchte er nach dem rechten Wort, doch sie kam ihm zu Hilfe, indem sie sagte: „Ich bin einige Jahre älter geworden und in Schlesien haben mir die Räuber den Vater erschlagen."

„Ja, das ist es!" rief nun Zbyszko. „Gott gewähre ihm das Licht des ewigen Lebens."

In tiefes Sinnen verloren, ritten sie nun schweigend einige Zeit dahin, gerade als ob sie auf den Abendwind lauschten, der rauschend durch die Wipfel der Fichten fuhr, dann fragte Jagienka abermals: „Und gedenkst du in diesen Landen zu bleiben, nachdem du Macko losgekauft haben wirst?"

Voll Staunen blickte Zbyszko auf die Sprechende. Er hatte sich bis jetzt so ausschließlich seiner Trauer, seinem Kummer hingegeben, daß ihm der Gedanke an die Zukunft noch gar nicht gekommen war. Die an ihn gestellte Frage überraschte ihn daher sehr, und erst nach längerem Überlegen antwortete er: „Ich weiß es nicht! Allbarmherziger Jesus, wie sollte ich das wissen? Nur eines ist gewiß – wohin ich mich auch wenden werde, meinem Schicksal entgehe ich nicht. Hei! Gar schwer ist mein Geschick! Vor allem werde ich meinen Ohm auslösen und dann vielleicht zu Witold ziehen, um die Gelübde zu erfüllen, die ich gegen die Kreuzritter getan habe, vielleicht – finde ich dabei den Tod."

Da wurden die Augen der Maid feucht von Tränen und sich zu dem jungen Ritter neigend, sagte sie mit leiser, aber eindringlicher Stimme: „Geh nicht in den Tod! Geh nicht in den Tod!"

Und abermals ritten sie schweigend, Seite an Seite dahin, und erst vor den Mauern der Stadt gab Zbyszko dem Ausdruck, was ihn bewegte.

„Doch Ihr – doch du – wirst du hier am Hof bleiben?" fragte er.

„Nein!" antwortete Jagienka. „Gar traurig ist's für mich hier ohne meine Brüder, fern von Zgorzelic. Cztan und Wilk haben sich gewiß beide schon vermählt, und selbst wenn dies nicht der Fall sein sollte, was tut's? Ich fürchte mich nicht vor ihnen."

„Wenn Gott mir Gnade verleiht, bringe ich den Ohm Macko nach Zgorzelic. Er ist dir so freundschaftlich gesinnt, daß du fest auf ihn zählen kannst. Wirst du aber auch ihm stets zugetan bleiben?"

„Ich verspreche dir heilig, daß ich ihm eine Tochter sein werde."

Bei diesen Worten brach Jagienka in heftiges Schluchzen aus, denn tiefes Weh bedrückte ihr Herz.

Am darauffolgenden Tag erschien Powala aus Taczew bei Zbyszko in der Herberge und sprach also zu ihm:

„Gegen das Fronleichnamsfest wird sich der König nach Raciaz begeben, um dort mit dem Großmeister zusammenzutreffen. Dich hat er zu den königlichen Rittern gezählt, du gehst also mit uns dahin."

Zbyszko kannte sich nicht mehr vor Freude über diese Worte – denn abgesehen davon, daß ihn die Zusammengehörigkeit mit den Rittern des Königs vor den Verrätereien und den Angriffen der Kreuzritter schützte, trug diese Tatsache ihm unermeßlichen Ruhm ein. Zu jenen königlichen Rittern gehörten ja Zawisza Czarny und dessen Bruder Farurej und Kruczek, Powala selbst, sowie Kezon aus Kozichglowny, Stach aus Charbimowice, Paszko Zlodziej aus Biskupice und Lis aus Targowiska – nebst vielen anderen gefürchteten und berühmten Rittern, deren Namen weit über die Grenzen des Landes hinaus bekannt waren. Jetzt führte zwar König Jagiello ein verhältnismäßig kleines Gefolge mit sich, weil manche der Ritter in der Heimat geblieben und etliche auf Abenteuer in fremde Lande, ja weit über das Meer gezogen waren, aber er wußte sehr wohl, daß er sich mit diesen auserlesenen Kämpen sogar nach Marienburg wagen durfte, ohne dem Orden gegenüber in Bedrängnis zu geraten, er wußte, daß sie im Fall der Not mit ihren gewaltigen Armen Mauern niederwerfen und ihn selbst aus der Mitte der Deutschen heraushauen würden. Von Stolz wurde daher auch Zbyszkos junges Herz geschwellt, wenn er sich sagte, zu diesen Rittern werde er auch von nun an gezählt.

Im ersten Augenblick vergaß Zbyszko all seiner Kümmernisse und rief, Powalas Hand drückend, voll Entzücken:

„Euch, keinem anderen danke ich dies, o Herr, Euch, Euch ganz allein!"

„Nicht mir allein gebührt Euer Dank, auch der gnädigsten Fürstin hier, sowie unserem allergnädigsten Herrn müßt ihr dafür danken. Geht, umfaßt sofort seine Knie, sonst könnte er Euch der Undankbarkeit zeihen."

„In den Tod für ihn zu gehen bin ich bereit, so wahr mir Gott helfe!" rief Zbyszko.

Fünftes Kapitel

Die Zusammenkunft in dem auf einer der Weichselinseln gelegenen Raciaz, wohin sich der König gegen das Fronleichnamsfest begab, fand unter keinem guten Zeichen statt und führte nicht zu der Einigung und Verständigung über verschiedene Fragen, wie jene, die zwei Jahre später an demselben Platz zustande kamen und in denen der König nicht nur das Gebiet von Dobrzyn wiedererlangte, sondern gleichzeitig mit Dobrzyn auch Bobrowniki, das verräterischerweise von Opolczyk an die Kreuzritter verpfändet worden war. Gleich bei seiner Ankunft zeigte sich Jagiello höchst ungehalten wegen der Treulosigkeit des Ordens, wegen der Verleumdungen, welche die Kreuzritter an den Höfen West-Europas, ja, in Rom sogar über ihn ausgestreut hatten. Der Großmeister wollte die Angelegenheit betreffs Dobrzyn nicht berühren, er vereitelte absichtlich jede Gelegenheit dazu, während sowohl er wie andere Würdenträger des Ordens tagtäglich zu den Polen also sprachen: „Wir wünschen weder mit Euch noch mit den Litauern Krieg zu führen, jedoch Samogitien gehört uns, denn Witold selbst hat es uns übergeben. Versprecht, Witold keine Unterstützung angedeihen zu lassen, dann wird die Fehde mit ihm rascher beendet sein, wodurch wir Lust und Muße gewinnen, mit Euch über Dobrzyn zu reden und Euch diese oder jene Zugeständnisse zu machen." Doch die Ratgeber des Königs, bei denen sich Verstand mit großer Erfahrung paarte, ließen sich durch diese schönen Worte nicht irreführen. „Sobald Eure Macht wächst, vergrößert sich auch Eure Verwegenheit", erklärten sie dem Großmeister. „Wohl sagt Ihr, um Litauen handle es sich bei Euch nicht, trotzdem aber wollt Ihr Skirgiello auf den Thron Witolds erheben. Bei dem allbarmherzigen Gott! Das ist das Erbe Jagiellos, nur er allein hat darüber zu entscheiden, wer in Litauen herrschen soll – deshalb haltet Euch im Zaum, damit unser großer König Euch nicht strafen muß!" Daraufhin entgegnete der Großmeister, es sei Sache des Königs, sofern dieser der wirkliche Herrscher von Litauen sei, Witold zum Friedensschluß zu bringen und Samogitien dem Orden zurückzugeben, andernfalls müsse der Orden, wo und wann er könne, Witold anzugreifen und ihn zu schlagen versuchen. In solcher und ähnlicher Weise zogen sich die Unterredungen vom frühen Morgen bis zum späten Abend hin und führten ebensowenig zum Ziel, wie ein Irrweg, der sich beständig im Kreis dreht. Der König, der sich zu nichts verpflichten wollte, verlor mehr und mehr die Geduld, so daß er schließlich dem Großmeister darlegte, wenn Samogitien sich unter der Herrschaft der Kreuzritter glücklich gefühlt haben würde, hätte Witold auch nicht einen Finger gerührt, wäre doch dann weder ein Grund dazu noch eine Entschuldigung dafür vorhanden gewesen. Zuvörderst bemühte sich der Großmeister jetzt, den König zu besänftigen, denn abgesehen davon, daß er die gewaltige Macht Jagiellos besser kannte als alle Kreuzritter, war er auch gerechteren und friedliebenderen Sinnes als die anderen Brüder, und ohne das Murren einiger hochmütiger, aufbrausender Komture zu beachten, erging er sich in Schmeichelreden, bemühte er sich, demütig und unterwürfig zu sein. Da sich aber unter dieser scheinbaren Nachgebigkeit drohende Auflehnung barg, kam keine Einigung zustande. Die wichtigsten Fragen wurden rasch abgetan, schon am zweiten Tag verhandelte man über ganz geringfügige Dinge. Fortwährend ging jedoch dabei der König scharf gegen den Orden vor, den er der Bildung von Räuberbanden, der Überfälle an den Grenzen beschuldigte, dem er die Entführung von Jurands Tochter, den Raub des kleinen Jasko aus Kreskow, die Ermordung von Bauern und Fischersleuten zur Last legte. Dagegen erhob nun wieder der Großmeister Einspruch, indem er schwur, er habe nichts von all dem gewußt, indem er behauptete, er sei zu Vorwürfen berechtigt, da nicht nur Witold, sondern auch polnische Ritter den heidnischen Samogitiern gegen die Kreuzritter beigestanden hätten – eine Tatsache, für die er nur Macko aus Bogdaniec zum Beweis anzuführen brauche. Glücklicherweise kannte aber der König durch Powala den Grund, weshalb die Ritter aus Bogdaniec nach Samogitien gezogen waren, und vermochte um so besser die Nichtigkeit dieser Vorwürfe zu beweisen, als sich Zbyszko in seinem Gefolge befand, Arnold und Wolfgang von Baden aber sich dem Großmeister in der geheimen Hoffnung angeschlossen hatten, mit polnischen Rittern innerhalb der Schranken kämpfen zu können.

Doch darin täuschten sie sich. Wohl war es die Absicht der Kreuzritter gewesen, im Fall eines günstigen Verlaufes der Verhandlungen den König nach Thorn einzuladen, wo dann ihm zu Ehren Feste und Waffenspiele veranstaltet worden wären, als aber jede Aussicht auf eine Verständigung scheiterte, schwand mit dem steigenden Ärger, mit der wachsenden Empörung der Wunsch nach Lustbarkeiten. Nur untereinander, in den frühen Morgenstunden, versuchten sich die Ritter ein wenig in Waffengängen, um wechselseitig ihre Kraft, ihre Gewandtheit zu erproben, aber diese Versuche fielen, wie der frohgelaunte Knäs Jamont zu sagen pflegte, nicht nach dem Sinn der Kreuzritter aus, denn Powala aus Taczew erwies sich an Kraft Arnold von Baden weit überlegen, während Dobek aus Olesnika im Kampf mit dem Speer und Lis aus Targowisko beim Überspringen der Pferde alle anderen aus dem Feld schlugen. Nun fand auch Zbyszko Gelegenheit, sich mit Arnold wegen des Lösegeldes zu verständigen. De Lorche zwar, der als Graf und aufgrund seines hochangesehenen Namens auf Arnold herabsah, legte mit der Erklärung, daß er für alles einstehen werde, gegen irgend welches Abkommen Verwahrung ein, Zbyszko hingegen hielt an der Ansicht fest, seine Ehre als Ritter gebiete ihm, die für das Lösegeld vereinbarte Summe auszuzahlen, und obgleich Arnold sich bereiterklärte, die früher gestellte Forderung herabzusetzen, wollte Zbyszko weder davon, noch von Herrn der Lorches Vermittlung etwas wissen.

Arnold von Baden, ein schlichter Mensch, dessen Hauptvorzug in seiner riesenhaften Körperkraft lag, besaß freilich keine allzu großen Geistesgaben und war dem Geldgewinn nicht gerade abhold, galt jedoch mit Recht für gutmütig und ehrenhaft. Im Gegensatz zu den meisten Kreuzrittern lag ihm auch jede Arglist fern, er erklärte daher Zbyszko offen, aus welchem Grund er mit einer Herabsetzung des Lösegeldes einverstanden sei. „Zu einem Vergleich zwischen dem mächtigen König und dem Großmeister wird es nicht kommen", meinte er, „jedoch zur Auswechslung der Gefangenen werden sich die Parteien voraussichtlich verstehen. Ist dies aber der Fall, dann hast du kein Lösegeld für deinen Ohm zu bezahlen, und ich würde nichts erhalten. Deshalb ziehe ich es vor, mich mit einer geringeren Summe zu begnügen, denn mein Beutel ist fast immer leer, so daß ich zuweilen kaum drei Krüge Bier am Tag trinken kann, obwohl ich mich elend fühle, wenn ich mich nicht mit fünf oder sechs zu laben vermag." Über diese Worte geriet Zbyszko in großen Zorn, und er erwiderte unverweilt: „Ich bezahle das Lösegeld, weil ich es bei meiner ritterlichen Ehre gelobt habe, ja, ich werde von der Höhe der Summe nicht abgehen, damit du begreifst, wie hoch unser Wert zu schätzen ist." Daraufhin zog ihn Arnold an seine Brust, während die polnischen Ritter, sowie die Ordensritter, ihn laut preisend, also sprachen: „Fürwahr, mit Recht trägst du trotz deiner Jugend schon die goldenen Sporen, weißt du doch, was Würde, was Ehre heißt."

Inzwischen beratschlagten auch der König und der Großmeister in der Tat über die Auswechslung der Gefangenen, wobei indessen so seltsame Dinge zutage traten, daß die Bischöfe und die königlichen Würdenträger darüber sowohl an den Papst und an verschiedene Höfe Schreiben richteten, denn wenn sich auch in den Händen der Polen eine beträchtliche Zahl von Gefangenen befand, so waren dies doch erwachsene Menschen, Männer in der Blüte der Jahre, die in Schlachten wie auch in Kämpfen an der Grenze in die Hände der Sieger gefallen waren. In der Gewalt der Kreuzritter aber schmachteten Frauen und Kinder, die bei nächtlichen Überfällen ergriffen und des Lösegeldes wegen festgehalten worden waren. Selbst der Papst in Rom schenkte nicht nur dieser Tatsache Beachtung, sondern er gab auch, ungeachtet der Bemühungen des klugen, listigen Johann von Felde, der als Bevollmächtigter des Ordens an dem Apostolischen Stuhl weilte, seiner Entrüstung und seinem Zorn öffentlich Ausdruck.

Wegen Mackos Auswechslung ergaben sich die größten Schwierigkeiten. Der Großmeister erhob allerlei Einwendungen, wenn schon er dies nur zum Schein, nur deshalb tat, um jedem Zugeständnis ein desto größeres Gewicht zu verleihen. So führte er unter anderem an, ein christlicher Ritter, der gemeinsam mit den Samogitiern gegen den Orden gestritten habe, verdiene den Tod. Vergeblich brachten die Ratgeber des Königs aufs neue all das vor, was sie über Jurand, über Danusia wußten, umsonst schilderten sie die entsetzlichen, von dem Orden über diese beiden und über die Ritter aus Bogdaniec hervorgerufenen Leiden. Durch einen merkwürdigen Zufall gebrauchte der Großmeister in seiner Erwiderung fast die gleichen Worte, deren sich die Fürstin Alexandra in ihrer Unterredung mit dem alten Ritter aus Bogdaniec bedient hatte.

„Euch selbst haltet Ihr für Lämmer, wir dünken Euch Wölfe zu sein – und doch ist von den vier Wölfen, die sich an der Entführung der Tochter Jurands beteiligten, nicht ein einziger mehr am Leben, während die Lämmer nach wie vor ungefährdet in die Welt ziehen."

Wohl war dies der Fall, jedoch trotz der Wahrheit dieser Behauptung, bemerkte der gerade anwesende Herr aus Taczew: „Traun, das läßt sich nicht bestreiten. Doch sagt, ist einer der Gefallenen durch Verrat zugrunde gegangen? Hat nicht ein jeder von ihnen, das Schwert in der Hand, den Tod gefunden?"

Darauf wußte der Meister keine Antwort zu geben, und als er sah, wie der König die Brauen zusammenzog, wie dessen Augen blitzten, da gab er nach, wollte er doch den mächtigen Herrscher nicht zum Äußersten bringen. So einigte man sich denn schließlich dahin, daß von beiden Parteien Gesandte abgeschickt werden sollten, um die Auswechslung der Gefangenen ins Werk zu setzen. Von Seiten der Polen wurde Zindram ans Maskowice, der schon längst gar gern den Hauptsitz der Kreuzritter in der Nähe gesehen hätte, sowie Powala und Zbyszko aus Bogdaniec dazu erwählt.

Knäs Jamont leistete Zbyszko diesen Liebesdienst. Er verwandte sich bei dem König zu dessen Gunsten, von dem Gedanken geleitet, der junge Ritter könne seinen Ohm rascher sehen und dessen Freigebung erlangen, wenn er als Gesandter des Königs für ihn einzutreten vermöge. Jagiello aber ließ selten eine Bitte Jamonts unerfüllt, war doch letzterer durch seinen Frohsinn, seine Güte, seine außergewöhnliche Schönheit und durch seine unendliche Uneigennützigkeit der Liebling des Herrschers, ja des ganzen Hofes geworden. Aus vollem Herzen sprach Zbyszko seinen Dank aus. Jetzt, dessen war er überzeugt, mußte Macko aus den Händen der Kreuzritter entkommen.

„Keiner neidet dir deine Stellung bei dem König", erklärte er Jamont, „sie gebührt dir, denn nur zum Wohl anderer benutzt du deine Vertrautheit mit dem Herrscher. Ein besseres Herz als das deine gibt es nicht mehr auf Erden."

„Um den König ist es wahrlich gut sein", entgegnete der Bojar, „trotzdem aber möchte ich lieber gegen die Kreuzritter zu Feld ziehen, und darüber beneide ich dich, daß du schon gegen sie gekämpft hast."

Nach kurzem Schweigen fügte er hierauf hinzu: „Der Komtur von Thorn, von Wenden, kam gestern hier an, und heute abend wirst du dich für die Nacht mit dem Großmeister und dessen Gefolge zu ihm begeben."

„Um dann nach Marienburg aufzubrechen?"

„Um dann nach Marienburg zu ziehen. Hei, der Weg dahin ist nicht weit", fuhr Jamont hierauf lachend fort, „jedoch gar angenehm wird dir die Zeit nicht vergehen, denn die Deutschen haben bei dem König nichts ausgerichtet, und gegen Witold werden sie auch nichts durchsetzen. Dieser hat vielleicht schon die ganze litauische Streitmacht gesammelt und zieht nun nach Samogitien."

„Wenn der König ihn unterstützt, wird es einen gewaltigen Krieg geben."

„All unsere Ritter flehen Gott den Herrn darum an. Doch selbst wenn der König sich von dem Gedanken leiten ließe, christliches Blut dürfe nicht vergossen werden, würde er Witold mit Korn und Geld versehen, würde gar mancher polnische Ritter aus freien Stücken Witold Heeresfolge leisten."

„Bei meinem Leben, das wird geschehen!" antwortete Zbyszko. „Und vielleicht ist gerade dies ein Grund für den Orden, dem König den Krieg zu erklären."

„Daran ist nicht zu denken!" erklärte der Knäs. „Solange der Großmeister lebt, kommt es nicht zum Krieg."

Und Jamont hatte recht, Zbyszko kannte den Großmeister schon lange, jetzt aber, auf dem Weg nach Marienburg, konnte er ihn genau beobachten, lernte er ihn erst gründlich kennen, ritt er doch fast stets an dessen Seite gemeinsam mit Zindram aus Maskowice und Powala aus Taczew. Dieses beständige Zusammensein bestärkte Zbyszko in der Überzeugung, daß der Großmeister, Konrad von Jungingen, weder verderbt noch schlecht war. Konrad von Jungingen mußte häufig gegen das Gesetz verstoßen, weil der ganze Orden sich Ungesetzlichkeiten zuschulden kommen ließ. Er mußte Unrecht begehen, weil die Kreuzritter allen Menschen Unrecht zufügten. Er mußte sich zu Lügen verstehen, denn die Lüge war ihm, seit er die Würde eines Großmeisters bekleidete, zur zweiten Natur geworden, und seit Jahren betrachtete er sie nur als ein berechtigtes Hilfsmittel der Staatskunst. Jedoch er war kein grausamer Mensch, er fürchtete das Gericht Gottes und suchte, soweit es in seiner Macht stand, gegen den Hochmut, gegen die Überhebung derjenigen Kreuzritter anzukämpfen, die zum Krieg gegen den gewaltigen Jagiello drängten. Ein schwacher Mensch war er freilich. Seit Jahrzehnten bereicherte sich der Orden durch Raub an anderen, durch widerrechtliches Aneignen von Grenzgebieten, ein verräterisches Vorgehen, dem Konrad nicht nur nicht zu steuern verstand, sondern dem er sogar, von der eigenen unersättlichen Gewinnsucht getrieben, Vorschub leistete. Fern lagen jene Zeiten, in welchen Winrych von Kniprode den Orden in eiserner Zucht hielt und damit die ganze Welt in Staunen setzte. Schon unter dem Vorgänger Konrad von Jungingen, unter Konrad Wallenrode berauschte sich der Orden geradezu an seiner, trotz vereinzelter Niederlagen, stets wachsenden Macht und büßte in solchem Maß durch den Ruhm, den Erfolg, das fortwährende Blutvergießen jede Besonnenheit ein, daß sich die Bande, die ihn zusammenhielten und kräftigten, immer mehr lockerten. Durch die Bemühungen Konrads von Jungingen, für Aufrechterhaltung von Recht und Gerechtigkeit zu sorgen, durch sein Bestreben, soviel er konnte, die Strenge zu mildern, welche die Kreuzritter den Bauern, den Bürgern, ja sogar den Geistlichen und den Edelleuten gegenüber an den Tag legten, die Ordensland zu Lehen hatten, gelangte in der Nähe von Marienburg nicht nur der oder jener Bauer, der oder jener Städter zu Wohlstand, sondern tatsächlich zu Reichtum. In den ferner gelegenen Gegenden spotteten aber die Selbstsucht, die Habgier und die Grausamkeit der Komture jeder Beschreibung. Das Recht wurde mit Füßen getreten, Unterdrückung und Gewalttätigkeit herrschten allenthalben, eigenmächtig wurden Abgaben auferlegt und rücksichtslos der letzte Groschen eingetrieben, ob auch heiße Zähren flossen, ob es auch Blut kostete. Was Wunder daher, daß auf weite Länderstrecken hinaus Not und Elend zum Himmel schrien! Wenn nun auch der Großmeister größere Milde anempfahl, wenn er auch jetzt die Samogitier besser behandelt wissen wollte, was nützte dies in Anbetracht der stets sich auflehnenden Komture, die ihrer angeborenen Grausamkeit die Zügel schießen ließen. Konrad von Jungingen hatte daher die gleiche Empfindung wie ein

Wagenlenker, der die Führung der wildgewordenen Pferde verliert und das Gefährt seinem Schicksal überläßt. Gar schlimme Ahnungen quälten ihn deshalb häufig, gar oft kamen ihm die prophetischen Worte in den Sinn: „Ich hatte sie als Arbeitsbienen eingesetzt, ich wies ihnen das Grenzgebiet der christlichen Lande zur Wohnstätte an, sie aber sind gegen mich aufgestanden. Sie erleuchten weder den Geist, noch sorgen sie für den Leib des Volkes, das, seinen Irrwahn abschüttelnd, sich dem katholischen Glauben, sich mir zugewendet hat. Sklaven haben sie aus diesen Menschen gemacht, die sie in Unkenntnis der Gebote Gottes hielten, die sie der heiligen Sakramente beraubten und dadurch schlimmeren Höllenqualen überantworteten, als wenn das ganze Volk dem Heidentum treugeblieben wäre. Die Kriege entfachten sie einzig und allein zur Befriedigung ihrer Habgier. Die Zeit wird daherkommen, in der ihnen die Zähne ausgebrochen werden, in der ihnen die rechte Hand abgehauen wird, in der ihnen der rechte Fuß erlahmt, und in der sie ihre Sünden bekennen."

Nur zu wohl sah der Großmeister ein, wie gerechtfertigt die Vorwürfe waren, welche die geheimnisvolle Stimme bei einer Vision der heiligen Birgitta gegen den Orden erhoben hatte. Ein auf fremder Erde errichtetes Gebäude, an dem die Tränen Unzähliger hingen, das mit Hilfe von Verleumdung, Verrat und Gewalttaten aufgebaut worden war – ein solches Gebäude, dies begriff er nur zu gut, konnte nicht standhalten. Er fürchtete, daß dieser seit Jahren von Blut und Zähren untergrabene Bau bei dem ersten Vorstoß der polnischen Macht zusammenbrechen werde, er fühlte, daß ein durch wildgewordene Pferde gezogener Wagen schließlich in den Abgrund stürzen müsse, und deshalb suchte er die Stunde des Gerichtes, der Niederlage, der Vernichtung so lange wie möglich hinauszuziehen. Trotz seiner sonstigen Schwäche blieb er daher in einem Punkt seinen hochmütigen, verwegenen Ratgebern gegenüber unbeugsam: zu einem Krieg mit Polen wollte er sich nicht verstehen. Vergeblich warfen sie ihm Furcht und Mutlosigkeit vor, vergeblich wirkten die an der Grenze ansässigen Komture aus allen Kräften für den Krieg, sooft auch die Flamme auszubrechen drohte, sooft wußte er sie im letzten Augenblick zu ersticken, um dann jedesmal in Marienburg Gott dafür zu danken, daß es ihm vergönnt gewesen war, den Orden vor dem drohend über seinem Haupt hängenden Schwert zu schützen.

Nichtsdestoweniger wußte er, wie unvermeidlich ein solcher Krieg war. Die Erkenntnis, wie wenig der Orden gesunde, gottwohlgefällige Grundsätze beherzigte, wie seine Macht auf Treulosigkeit und Ungerechtigkeit beruhte, zusammen mit der Ahnung, daß der Tag des Verderbens nahe sei, machten Konrad von Jungingen zu dem unglückseligsten Menschen auf der Welt. Gern hätte er Blut und Leben hingegeben, wenn damit etwas erreicht, wenn der Gerechtigkeit Tür und Tor geöffnet worden wäre, jedoch er fühlte es wohl, dazu war es nun zu spät. Denn die Umkehr, was würde sie bedeuten? All jenes reiche und fruchtbare Land, das, Gott weiß wie lange schon, von dem Orden seinen rechtmäßigen Besitzern entrissen worden war, müßte zurückerstattet werden und mit ihm viele wohlhabende Städte. Und dies würde noch nicht einmal genügen! Nein, man müßte auf Samogitien, auf die Einfälle in Litauen verzichten, das Schwert würde in der Scheide rosten und es käme schließlich so weit, daß der Orden sich aus allen den Gebieten zurückzöge, in denen niemand mehr zu bekehren war, und sich zum zweitenmal in Palästina ansiedelte, oder auf irgendeiner der griechischen Inseln, um das Kreuz gegen wirkliche Sarazenen zu verteidigen. Doch dies war unausführbar, denn damit wäre die Vernichtung des Ordens ausgesprochen gewesen. Und wer hätte sich dazu verstanden, welcher Großmeister würde die Hand dazu bieten? Schwer lasteten fürwahr Kummer und Sorgen auf Konrad von Jungingen, doch trotzdem hätte er einen jeden, der mit einem solchen Vorschlag vor ihn getreten wäre, unter der Annahme, dieser sei seiner Sinne beraubt, in ein dunkles Gelaß sperren lassen. Der Orden mußte auf der nun einmal eingeschlagenen Bahn weiter und weiter schreiten, bis zu dem Tag, an dem ihm von Gott Einhalt geboten wurde.

So schritt denn auch der Meister weiter, wennschon gebeugt und voller Harm. Sein Bart war ergraut, sein Haupthaar an den Schläfen weiß geworden und sein früher so durchdringender Blick barg sich jetzt fast stets unter den schweren, halbgeschlossenen Lidern. Zbyszko bemerkte auch nicht ein einziges Mal, daß ein Lächeln des Meisters Gesichtszüge erhellte. Trotzdem konnte dessen Antlitz weder abschreckend noch finster genannt werden, nein, es trug nur den Stempel tiefen inneren Leides. In seiner Waffenrüstung, auf der Brust ein Kreuz, in dessen Mitte ein schwarzer Adler auf viereckigem Feld prangte, in dem langen, weißen, ebenfalls mit dem Kreuz gezierten Mantel, bot er ein Bild der Würde und der Hoheit, aber auch der Sorge und der Bedrängnis. Konrad war ein lebensfroher, zu allerlei Scherz und Kurzweil aufgelegter Mann gewesen, und selbst jetzt noch zeigte er sich Festen, Schaustellungen und Waffenspielen nicht abhold – im Gegenteil, er nahm stets selbst teil daran. Doch weder inmitten der glänzenden Ritterschar, die sich in Marienburg zusammenzufinden pflegte, noch in dem lauten Getümmel, wenn die Fanfaren ertönten, die Waffen klirrten und die mit Malvasier gefüllten Becher kreisten, fühlte er sich jemals glücklich. Wie sehr auch dann alles um ihn her von Kraft, von Glanz, von unerschöpflichem Reichtum, von unbesiegbarer Macht zu sprechen schien, wie rückhaltlos auch die Gesandten des Kaisers und anderer westlichen Herrscher in den Ruf einstimmten, der Orden könne sich gegen alle Reiche, gegen die ganze Welt behaupten – er allein ließ sich nicht täuschen – er allein vergaß der prophetischen Worte bei der Vision der Heiligen nicht: „Die Zeit wird daherkommen, in der ihnen die Zähne ausgebrochen werden, in der ihnen die rechte Hand abgehauen wird, in der ihnen der rechte Fuß erlahmt, und in der sie ihre Sünden bekennen."

Sechstes Kapitel

Sie zogen zu Land von Kulm nach Graudenz, wo sie eine Nacht und einen Tag blieben, weil der Großmeister eine Streitfrage zu schlichten hatte, die wegen der Fischereigerechtigkeit zwischen den Burgstarosten des Ordens und den benachbarten Edelleuten, deren Gebiet an die Weichsel grenzte, entstanden war. Dann fuhren sie auf Barken den Fluß entlang nach Marienburg. Zindram aus Maskowice, Powala aus Taczew und Zbyszko kamen nicht von der Seite des Großmeisters, war doch letzterer gespannt darauf, was für einen Eindruck die gewaltige Macht der Kreuzritter, in der Nähe besehen, besonders auf Zindram hervorbringen werde. Konrad legte schon deshalb großes Gewicht auf das Urteil Zindrams, weil dieser nicht nur in allen Ritterspielen bekannt und berühmt war, sondern auch als ein außergewöhnlich hervorragender Krieger galt. Kein anderer Kämpe in dem ganzen Königreich verstand es so wie er, große Kriegsheere zu leiten, die Scharen in Schlachtordnung zu stellen, Burgen erbauen und stürmen, Brücken über breite Flüsse schlagen zu lassen, kein anderer verstand sich so wie er auf die Waffen, auf die Kriegskunst der verschiedenen Völker. Von dem Gedanken ausgehend, daß Zindrams Ansicht in dem Rat des Königs viel gelte, glaubte der Großmeister den Krieg verzögern zu können, wenn es ihm gelingen werde, ersteren von dem unermeßlichen Reichtum, von der gewaltigen Kriegsmacht des Ordens zu überzeugen. Mußte denn nicht schon allein der Anblick von Marienburg das Herz jedes Polen mit Schrecken erfüllen, der Anblick dieser aus dem Hochschloß, dem Mittelschloß und der Vorburg* bestehenden Feste, mit der keine Burg auf der ganzen Erde auch nur annähernd verglichen werden konnte. Schon aus der Ferne, während sie die Nogat hinabfuhren, sahen die Ritter die mächtigen Basteien gen Himmel ragen. Der Tag war licht und klar, folglich traten die gewaltigen Bollwerke deutlich hervor, und als nach geraumer Zeit die Barken sich immer mehr ihrem Ziel näherten, da glänzten die Spitzen der Kirche über dem Hochschloß und den gigantischen, übereinandergetürmten Mauern hervor, die aus roten Ziegelsteinen aufgeführt, aber zum größten Teil mit der berühmten, grauweißen Tünche bestrichen waren, die nur die Maurer des Ordens herzustellen verstanden. Solch wuchtige Bauwerke hatten die polnischen Ritter noch nie zuvor geschaut. Man hatte den Eindruck, als ob ein Bau aus dem anderen hervorwachse, man staunte, inmitten dieser Ebene plötzlich einen Berg vor sich zu sehen, dessen Gipfel das Hochschloß, dessen Seiten das Mittelschloß und die Vorburg bildeten. Dieser riesenhafte Ort der streitbaren Mönche bot einen solch sprechenden Beweis für deren Stärke und Macht, daß sich sogar das düstere Antlitz des Großmeisters erhellte, als sein Blick darauf ruhte.

---

* Das völlige Verderben Marienburgs führte der Preußenkönig Friedrich II. herbei nach Niederwerfung der polnischen Republik.

"Marienburg ex luto – das aus dem Sumpf emporgestiegene Marienburg!" bemerkte er, sich zu Zindram wendend, „doch keine menschliche Macht kann es zermalmen."

Zindram erteilte keine Antwort, schweigend ließ er seine Augen über die Basteien und über die gewaltigen, durch ungeheure Eskarpen noch mehr befestigten Wälle schweifen.

Nach kurzer Pause fragte daher Konrad von Jungingen aufs neue: „Ihr Herren, die Ihr Euch auf solche Verschanzungen versteht, was sagt Ihr zu dieser Feste?"

„Sie scheint mir uneinnehmbar zu sein!" erwiderte der polnische Ritter wie in Nachdenken versunken, „aber" –

„Was aber? Was habt Ihr einzuwenden?"

„Daß jede Feste den Herrn wechseln kann."

Der Meister schaute finster drein.

„In welchem Sinn meint Ihr das?"

„Kein Mensch kann Gottes Ratschlüsse und Fügungen erforschen."

So sprechend, schaute Zindram abermals sinnend auf die Wälle, während ihm Zbyszko, dem Powala die Antwort verdolmetscht hatte, bewundernde und dankerfüllte Blicke zusandte und dabei von der ihm plötzlich auffallenden Ähnlichkeit zwischen Zindram und dem samogitischen Heerführer Skirwoillo in Staunen versetzt wurde. Beide hatten ungewöhnlich große Köpfe, die tief zwischen den Schultern staken, beide zeichneten sich durch ihren gewaltigen Brustkasten, durch ihre krummen Beine aus.

Nun hub der Meister, der dem polnischen Ritter das letzte Wort noch lassen wollte, von neuem zu sprechen an: „Wie die Rede geht, soll unser Marienburg sechsmal größer sein als Wawel."

„Auf Felsgestein hat man fürwahr nicht so viel Platz wie hier in der Ebene", entgegnete der Herr aus Maszkowice, „bei uns in Wawel ist jedoch das Herz weit größer."

Konrad zog die Brauen verwundert in die Höhe.

„Ich verstehe Euch nicht!" erklärte er.

„Was bildet denn das Herz von jeder Burg, wenn nicht die Kirche? Unsere Kathedrale in Wawel jedoch ist dreimal so groß wie Eure hier."

So sprechend, deutete er auf die tatsächlich nicht sehr große Kirche Marienburgs, an der, in der Höhe des Presbyteriums, auf Goldgrund die aus Mosaik ausgelegte Kolossalfigur der heiligen Jungfrau prangte.

Über diese neue Wendung des Gesprächs zeigte sich Konrad nicht sehr erbaut.

„Ihr seid stets mit raschen, aber gar seltsamen Antworten bereit, o Herr!" bemerkte er.

Mittlerweile hatten sie ihr Ziel erreicht. Durch die vortreffliche Wache des Ordens war offenbar sowohl in der Stadt wie in der Burg die Kunde von der Ankunft des Großmeisters verbreitet worden, denn auf die Ankommenden harrten nicht nur eine Anzahl Brüder, sondern sie wurden auch von den Stadttrompeten empfangen, die üblicherweise den Großmeister stets bei seiner Ankunft mit Fanfaren begrüßten. An dem Ufer standen die Pferde bereit. Dieselben besteigend, ritten der Großmeister und dessen Gefolge durch die Stadt und durch das in der Nähe der Sperlings-Bastei gelegene Schustertor in die Vorburg, an deren Portal der Großmeister abermals begrüßt wurde. Hier hatten sich eingefunden der Großkomtur Wilhelm von Helfenstein, der indessen nur dem Titel nach diese Würde bekleidete, da seine Obliegenheiten schon seit Monden von dem gerade nach England entsandten Kuno Lichtenstein erfüllt wurden, sowie der Johanniter Konrad Lichtenstein, ein Blutsverwandter Kunos, dann Rumpenheim, der Großkämmerer, Burghard von Wobecke, der Großschatzmeister, und schließlich der Kleinkomtur, der die Aufsicht über die Werkstätten, über die Verwaltung der Burg zu führen hatte. Außer diesen Würdenträgern waren auch etliche geistliche Brüder anwesend, in deren Händen die Angelegenheiten der Kirche in Preußen lagen und die nicht nur andere Klöster schwer bedrückten, sondern sogar die Geistlichen von Pfarreien zu Wegarbeiten und zum Eisbrechen zwangen. Zu diesen geistlichen Brüdern hatten sich auch viele Laienbrüder gesellt – Ritter, die keine kirchlichen Vorschriften zu erfüllen hatten. Hochgewachsen und kraftstrotzend (der Orden nahm Schwächliche nicht auf), mit den breiten Schultern, den krausen Barthaaren und den ernsten Gesichtern glichen sie weit eher deutschen Raubrittern als Mönchen, Kühnheit, Hochmut und Hoffart sprachen aus ihren Blicken. Für Konrad waren sie nicht sehr eingenommen, wegen seiner Furcht vor einem Krieg mit dem gewaltigen Jagiello. Offen warfen sie ihm zuweilen in den Kapiteln seine Feigheit vor, ja, nicht genug daran, sie bemalten die Mauern mit seinem Bild, sie stifteten allerlei Narrenpossen an, um ihn lächerlich zu machen. Jetzt aber neigten sie mit scheinbarer Demut das Haupt vor ihm, jetzt aber beeilten sie sich, Zügel und Steigbügel seines Rosses zu halten, befanden sich doch fremde Ritter in dem Gefolge des Meisters.

Vom Pferd steigend, wandte sich der Großmeister sofort zu Helfenstein.

„Ist Kunde von Werner von Teltingen eingetroffen?" fragte er, da dieser als Großmarschall oder Befehlshaber über die Streitmacht des Ordens auf einem Zug gegen die Samogitier und Witold begriffen war.

„Entscheidendes ist nichts geschehen", entgegnete Helfenstein, „doch gar viel Schaden wurde angerichtet. Das Gesindel hat die Ansiedlungen in der Nähe von Ragneta und viele bei anderen Burgen gelegene Städte niedergebrannt."

„Auf Gott setzen wir unser Vertrauen! In einer großen Schlacht kann ihre Widerspenstigkeit, ihre Verstocktheit gebrochen werden!" erklärte der Meister, indem er, die Augen gen Himmel erhebend, die Lippen in kurzem Gebet für den Sieg des kreuzritterlichen Heeres bewegte.

Dann deutete er auf die polnischen Ritter und sagte: „Diese hier, die Gesandten des Königs von Polen – der Ritter aus Maszkowice, der Ritter aus Taczew und der Ritter auf Bogdaniec – sind zwecks Auswechslung der

Gefangenen mit uns gekommen. Möge sie der Komtur in die für Gäste bestimmten Räume geleiten und sie bewirten und Sorge für sie tragen, wie es sich gebührt."

Auf diese Worte hin richteten die Kreuzritter voll Neugierde ihre Blicke auf die Gesandten, vornehmlich jedoch auf Powala aus Taczew, dessen Ruhm als bewährter Kämpe etlichen von ihnen bekannt war. Diejenigen jedoch, die nichts von dessen Taten an dem burgundischen Hof wußten, bewunderten seine mächtige Erscheinung und ganz besonders sein Streitroß, das durch seine gewaltige Größe alle die, welche schon im heiligen Land und in Ägypten gewesen waren, an Kamele und Elefanten erinnerte.

Wer aber von den Kreuzrittern Zbyszko erkannte, der ja seinerzeit innerhalb der Schranken in Marienburg gekämpft hatte, der begrüßte ihn auf zuvorkommende Weise, indem er sich ins Gedächtnis zurückrief, wie ehrend und freundschaftlich diesem jungen Kämpen von Ulryk von Jungingen, dem einflußreichen und in dem Orden großes Ansehen genießenden Bruder des Großmeisters begegnet worden war. Doch nicht geringere Aufmerksamkeit, nicht weniger Staunen wurde durch den erweckt, der in nicht allzu ferner Zeit der furchtbarste Besieger des Ordens werden sollte, nämlich durch Zindram aus Maszkowice, denn nachdem er vom Pferd gestiegen war, hatte es durch die außergewöhnliche Gedrungenheit des Ritters und dessen hohe Schultern den Anschein, als ob er einen Höcker habe. Seine auffallend langen Arme und seine krummen Beine riefen auf dem Gesicht manch jüngeren Bruders ein Lächeln hervor, und einer von ihnen, ein bekannter Spottvogel, näherte sich ihm sogar in der Absicht, mit allerlei Stichelreden über ihn herzufallen, kaum sah er indessen in die Augen des Herrn aus Maszkowice, so verlor er jede Lust dazu und zog sich schweigend zurück.

Der Komtur der Burg bat nun die Gäste, ihm zu folgen. Er führte sie zuerst in einen nicht allzu großen Vorhof, in dem sich außer einer Schule, einem alten Vorratshaus und der Werkstätte eines Sattlers die Kapelle des heiligen Nikolaus befand, und erst dann traten sie, die Nikolaus-Brücke überschreitend, in die Vorburg ein. Während einer geraumen Zeit geleitete sie der Komtur zwischen gewaltigen Wällen hindurch, die da und dort mittels größeren oder kleineren Bollwerken noch stärker befestigt waren. Zindram aus Maszkowice konnte alles um so genauer betrachten, als der Führer, ohne daß er darum gefragt worden wäre, den Zweck eines jeden Baues erklärte, offenbar von dem Wunsch beseelt, die Gäste über die kleinsten Einzelheiten zu unterrichten.

„Jenes ungeheuer große Gebäude, das Ihr rechts vor Euch liegen seht", bemerkte er, „sind die Stallungen. Wir sind zwar arme Mönche, nichtsdestoweniger behaupten jedoch die Leute, anderswo seien sogar die Ritter nicht so gut untergebracht, wie bei uns die Pferde."

„Kein Mensch wird Euch jemals der Armut zeihen!" bemerkte Powala. „Dies hier kann aber doch nicht nur der Pferdestall sein, denn der Bau ist ungewöhnlich hoch, und auch Ihr vermögt wohl kaum Eure Pferde Treppen hinaufzuführen."

„Über den Stallungen, die zu ebener Erde stehen, und in denen Raum für vierhundert Pferde ist, befinden sich Kornspeicher. Vorräte auf zehn Jahre hinaus liegen darin aufgespeichert. Zu einer Belagerung wird es ja hier nie kommen, wenn dies aber jemals der Fall sein sollte, wird uns kein Feind durch Aushungern besiegen."

Nach diesen Worten wandte er sich nach rechts, und abermals ging es über eine Brücke zwischen den Basteien des heiligen Laurentius und der Panzer-Bastei hindurch in einen zweiten, unermeßlich großen Hof, der inmitten der Vorburg lag.

„Seht, wohledle Herren", hub nun der Komtur von neuem an, „all das, was gen Norden vor Euch liegt, ist, obgleich durch die Gnade Gottes uneinnehmbar, doch nur die Vorburg, deren Befestigungen in keiner Weise mit denen des Mittelschlosses, zu dem ich Euch nun geleiten werde, noch weniger aber mit denen des Hochschlosses verglichen werden können."

Tatsächlich trennte auch ein Wallgraben und eine besondere Zugbrücke das Mittelschloß von jenem Hof und erst von dem beträchtlich höherliegenden Schloßtor aus, wo die Ritter sich auf Veranlassung des Burgvogts umwendeten, konnten sie jenes ungeheure, die Vorburg genannte Viereck überschauen. Eine solche Unzahl von Gebäuden reihte sich aneinander, daß es Zindram dünkte, er sehe eine ganze Stadt vor sich. Unerschöpfliche Vorräte an Holz waren haushoch aufgeschichtet, Pyramiden gleich ragten die in Haufen zusammengelegten steinernen Kanonenkugeln empor, Gottesäcker, Krankenhäuser und Vorratshäuser waren zu sehen. Etwas abseits, doch nahe bei dem in der Mitte gelegenen Teich, erhoben sich die riesigen roten Mauern des „Tempels", eines ungeheuren Lagerhauses mit einer Speisehalle für die Söldlinge und Bedienstete. An dem nördlichen Wall befanden sich weitere Ställe für die ausgewählten Pferde des Großmeisters und für die der Ritter, dann kamen die Behausungen für die Knappen, sowie für die Kriegsknechte, und auf der entgegengesetzten Seite des Vierecks standen nicht nur die Wohnstätten der verschiedenen Verwalter und der Offiziale des Ordens, sondern wiederum Lagerhäuser, Kornspeicher, Backstuben, Rüstkammern, die Glockengießerei, ein unermeßliches Arsenal, auch „Korwan" genannt, Gefängnisse und die alte Waffenschmiede – ein jedes dieser Gebäude aber war derart geschützt, daß es wieder für sich eine kleine Feste bildete, und um alle zog sich ein Wall, zogen sich ungeheure Bastionen, um die wiederum ein Graben lief, den ein Palisadenring umzäunte. Jenseits dieser Palisaden, gen Westen, floß das gelbliche Gewässer der Nogat dahin, im Norden und Westen schimmerte der glänzende Wasserspiegel eines breiten Sees, während sich im Süden die noch weit mehr befestigten Burgen: das Mittelschloß und das Hochschloß auftürmten.

In diesem schreckenerregenden Hort, der unbezwingbar erschien, hatten sich die beiden größten Mächte jener Zeit zusammengefunden: die

Macht der Kirche, und die Macht des Schwertes. Wer der ersteren widerstand, wurde von dem letzteren vernichtet, wer sich gegen beide auflehnte, gegen den erscholl ein Schrei der Entrüstung in der ganzen Christenheit, gegen den wurde der Vorwurf laut, er habe die Hand gegen den Gekreuzigten erhoben.

Und dann stellten sich aus aller Herren Länder die Ritter zur Hilfe ein. In Marienburg wimmelte es daher beständig von Kriegsknechten, von Handwerksleuten, und es ging stets so geschäftig zu, wie in einem Bienenstock. Vor den mächtigen Gebäuden, auf den Durchgängen, an den Toren, in den Werkstätten – allüberall herrschte ein Leben wie auf einem Jahrmarkt. Weithin hallten die Hammerschläge, die auf den, die Steinkugeln bearbeitenden Meißel fielen, weithin tönten das Sausen der Mühlen, der Lärm der Tretwerke, das Wiehern der Rosse, das Geklirr der Rüstungen und Waffen, der Klang der Trompeten und Pfeifen, der Rufe und der Befehle. In den Burghöfen konnte man jede Sprache sprechen hören, Krieger aus allen Weltgegenden sehen, so die nie ihr Ziel verfehlenden englischen Bogenschützen, die auf hundert Schritte eine auf einem Pfahl festgebundene Taube zu treffen verstanden, und deren Pfeile einen Brustharnisch ebenso leicht wie ein wollenes Gewand durchbohrten, dann das Fußvolk der schweizerischen Kriegsknechte, die mit zweischneidigen Schwertern kämpften, sowie die zwar tapferen, aber im Essen und Trinken unmäßigen Dänen, die gleichmäßig zum Scherz wie zum Streit geneigten französischen Ritter, die wortkargen und hochmütigen spanischen Edelleute, die glänzenden und durch ihre Fechtkunst berühmten Ritter aus Italien, die in Samt und Seide gekleidet einhergingen, im Krieg dagegen undurchdringliche, in Venedig, Florenz oder Mailand geschmiedete Rüstungen trugen, die burgundischen und friesischen Ritter, und endlich die aus allen deutschen Landen herbeigeströmten Deutschen. Allerwärts aber zeigten sich die als Gastgeber und Gebieter auftretenden „Weißmäntel".

„Ein Turm mit Geld gefüllt", oder besser gesagt, ein besonders in dem Hochschloß nächst den Räumen des Großmeisters erbautes Gelaß, angefüllt von unten bis oben mit Geld und mit Barren aus Edelmetallen, machten es dem Orden möglich, nicht nur „Gäste" würdig zu empfangen, sondern auch Söldlinge anzuwerben, die sowohl auf Unternehmungen ausgeschickt, wie auch in die verschiedenen Burgen zur Unterstützung der Vögte, der Starosten und der Komture gesandt wurden. So hatte sich denn zu der Macht des Schwertes und der Kirche auch noch die Macht des Reichtums, die Macht einer eisernen Zucht gesellt, denn obgleich sich im Lauf der Zeit durch das allzu große Vertrauen, durch das Pochen auf die eigene Gewalt mancherlei Mißstände eingeschlichen hatten, wurde doch durch die althergebrachte Gewohnheit im großen und ganzen die Ordnung streng aufrechterhalten. So stellten sich denn Fürsten und Herrscher in Marienburg nicht allein deshalb ein, um gegen die Heiden zu kämpfen, oder um Geld zu leihen, sondern auch um die Einrichtungen daselbst kennenzulernen, so stellten sich die Ritter dort ein, um sich in der Kriegskunst zu vervollkommnen, verstand es doch der Orden am besten auf der ganzen Welt, seinen Satzungen Geltung zu verschaffen und Krieg zu führen. Als er sich in dieser Gegend niederließ, besaß er außer einem winzigen Gebiet und einigen Burgen, die durch die Unbedachtsamkeit eines polnischen Fürsten auf ihn übergegangen waren, auch nicht die kleinste Spanne Erde, jetzt indessen gebot er über eine, manches Königreich an Größe überragende Länderstrecke, innerhalb derer fruchtbare Gefilde, wohlbefestigte Städte und unbezwingbare Burgen lagen. Gleich einer Spinne, die in ihrem Netz, dessen einzelne Fäden sie unter sich festhält, lauert und wacht, so lauerte und wachte der Orden in diesem seinem Hort. Von hier aus, von dem Hochschloß aus, von dem Großmeister und den „Weißmänteln" wurden durch Postboten nach allen Richtungen Befehle an die Lehensvasallen, an die Ratsherren der Städte, an die Bürgermeister, an die Vögte und Untervögte, an die Befehlshaber des Kriegsheeres entsandt, und all das, was hier ausgesonnen und ausgedacht worden war, das wurde in der Ferne unverweilt von Tausenden und Abertausenden eisenumpanzerter Hände vollbracht. Hierher floß das Geld aus dem ganzen Land, hier wurde das Korn, hier wurden die Vorräte aufgespeichert, hierher kamen die Abgaben der unter dem strengen Joch seufzenden Weltgeistlichen und der verschiedenen Klöster, gegen die der Orden feindlich gesinnt war. Von hier aus endlich streckten sich räuberische Hände nach allen benachbarten Gebieten und Völkern aus.

Alles Volk, das in Preußen die litauische Sprache gesprochen hatte, war zu jener Zeit von der Oberfläche der Erde verschwunden. Rücksichtslos hatten vor nicht gar zu langer Zeit die Kreuzritter Litauen niedergetreten, und so schwer war das Land von jedem Schritt bedrückt worden, daß es mit jedem Atemzug, den es zu tun wagte, ein Teil seines Herzblutes vergoß. Polen hatte trotz seines Sieges in der furchtbaren Schlacht bei Plowce unter Lokietek seine Besitzungen auf dem linken Ufer der Weichsel verloren, zusammen mit Danzig, Dirschau, Mewe und Schwetz. Der Orden der Livländischen Ritter hatte in Rußland erfolgreiche Einfälle gemacht, so daß sich die beiden Orden immer mehr ausbreiteten gleich den Wogen eines unermeßlichen deutschen Gewässers, das die slavische Erde mehr und mehr überschwemmt.

Da, mit einemmal senkte sich eine Wolke über den Glücksstern der Deutschen Kreuzritter. Die Litauer erhielten durch die Polen die heilige Taufe, und Jagiello erhielt mit der Hand der wunderbar schönen Jadwiga den Thron in Krakau. Wohl hatte der Orden durch diese Vorgänge weder ein Stück Land noch eine einzige Burg eingebüßt, aber es war klar, daß sich seiner Macht nun eine andere Macht entgegensetzte, und daß für sein Verbleiben in Preußen kein Grund mehr vorhanden war. Nachdem alle Litauer die heilige Taufe empfangen hatten, wäre es für den Orden am ratsamsten gewesen, nach Palästina zurückzukehren, um die Pilgrime auf ihrem Weg in die heilige Stadt zu beschützen. Das hätte aber für die Kreuzritter nichts anderes bedeutet als die Verzichtleistung auf Reichtum, auf Macht und auf die Herrschaft über Städte, Länder, ja über ganze Königreiche. So krümmte sich denn der Orden vor Wut und Schrecken gleich einem ungeheuren Drachen, den ein spitzer Pfeil getroffen hat. Der Großmeister wagte es nicht, alles auf einen Wurf zu setzen, und zitterte daher bei dem Gedanken an einen Krieg mit Jagiello, dem Herrscher über Polen und Litauen und über jenes große russische Gebiet, das durch Olgierd den Klauen der Tataren entrissen worden war. Die Mehrzahl der Kreuzritter dagegen drängte zu dem Krieg, weil die meisten die Notwendigkeit erkannten, gleich jetzt, also noch in der Fülle ihrer Macht, den Kampf auf Leben und Tod aufzunehmen, ihn zum Austrag zu bringen, solange die ganze Welt noch bestrebt war, ihnen Hilfe zu leisten, also bevor der Glanz des Ordens erblich, bevor der Papst seine Donnerstimme gegen den festen Hort ertönen ließ.

War es daher nicht auch eine Lebensfrage für den Orden, gegen die Ausbreitung des Christentums und für die Aufrechterhaltung des Heidentums zu wirken?

So erhob er denn auch bei allen Völkern und an allen Höfen die Klage, daß sowohl Jagiello wie die Litauer sich nur zum Schein hätten taufen lassen, indem er es für eine Unmöglichkeit erklärte, in einem einzigen Jahr das zustande zu bringen, was das Schwert der Kreuzritter Jahrzehnte hindurch nicht hatte vollbringen können. Letztere ließen daher selbstverständlich nichts unversucht, um Könige und Ritter gegen die Polen und deren Herrscher als Schützer und Verteidiger des Heidentums aufzuwiegeln, und ihre Beschuldigungen, die nur in Rom keinen Glauben fanden, erweckten einen Widerhall in der ganzen Welt und führten Fürsten, Grafen und Ritter aus dem Süden und aus dem Westen nach Marienburg. Der Orden faßte frischen Mut, die Kreuzritter fühlten sich von neuem allmächtig. Marienburg mit seinen beiden furchterregenden Schlössern, mit seiner Vorburg wurde mehr denn je von den daselbst Versammelten angestaunt, mehr denn je wußten die Kreuzritter die Welt durch ihren Reichtum, durch ihre scheinbar eiserne Zucht zu blenden, und die Macht des Ordens, der Bestand des Ordens schien für alle zukünftigen Zeiten gesicherter zu sein, als je zuvor. Nicht einer unter den Fürsten, nicht einer unter den ritterlichen Gästen, ja sogar nicht ein einziger unter den Kreuzrittern – außer dem Großmeister – machte es sich klar, daß seitdem das Christentum Eingang in Litauen gefunden hatte, eine Umwälzung vorgegangen war, gerade wie wenn die Wogen der Nogat, die auf der einen Seite der ungeheuren Feste zum Schutz dienten, mit einemmal, aber insgeheim und unaufhaltsam deren Wälle unterspülen würden. Keinem einzigen kam es zum Bewußtsein, daß trotz der Macht, welche dieser gewaltige Körper noch auszuüben schien, die Seele aus ihm entflohen war, einen jeden, der als Neuling nach Marienburg ex luto kam und dessen Wälle sah, die Bastionen, die schwarzen Kreuze auf den Toren, die Rüstkammern und die Vorratshäuser, den mußte vor allem die Überzeugung erfassen, daß dieser im Norden gelegenen Hauptstätte der Kreuzritter selbst die Hölle nichts anhaben konnte.

Ein ähnlicher Gedanke beseelte jetzt nicht nur Powala und Zbyszko, die doch zuvor schon in Marienburg gewesen waren, sondern auch den ihnen an Scharfsinn überlegenen Zindram aus Maszkowice. Sogar sein Antlitz verdüsterte sich, als er durch die gewaltige Feste schritt, in der es von Söldnern wimmelte, als er die gewaltigen Bastionen, die gigantischen Palisadenringe erschaute, und unwillkürlich kamen ihm die hochmütigen Worte in Erinnerung, mit denen die Kreuzritter einstens den König von Polen bedroht hatten: „Unsere Macht ist die größere, und wenn du nicht nachgibst, werden wir dich mit unseren Schwertern nach Krakau jagen."

Inzwischen hatte der Komtur der Burg die Ritter in das Mittelschloß geleitet, in dessen nach Osten zu gelegenem Flügel die Gasträume lagen.

Siebentes Kapitel

Macko und Zbyszko hielten sich lange umfangen, waren sie sich doch stets in zärtlicher Liebe zugetan gewesen, hatten sie sich doch durch die in den letzten Jahren gemeinsam erlebten Schicksale noch inniger aneinander angeschlossen. Gleich bei dem ersten Blick auf seinen Brudersohn erriet der alte Ritter, daß Danusia nicht mehr unter den Lebenden weilte. So stellte er denn auch keinerlei Fragen, nein, er zog nur Zbyszko fest an seine Brust, wie wenn er damit sagen wolle, der junge Ritter dürfe sich nicht verwaist fühlen, er, sein Ohm, sei ihm ja nahe und sei bereit, alles Leid mit ihm zu tragen.

Erst nach langem Schweigen, nachdem sich ihr Schmerz etwas gelegt hatte, nachdem ihre Tränen versiegt waren, fragte Macko: „Ist sie von neuem ergriffen worden, oder starb sie in deinen Armen?"

„Sie ist in meinen Armen, nicht weit von Spychow verschieden!" entgegnete Zbyszko.

Und wiederum weinend und schluchzend, schilderte Zbyszko das Ende seines jungen Weibes. Aufmerksam lauschte ihm Macko und fragte schließlich abermals: „Lebt Jurand noch?"

„Als ich Spychow verließ, befand sich Jurand noch am Leben, doch inzwischen wird er wohl das Zeitliche gesegnet haben, und ich glaube kaum, daß ich ihn wiedersehen werde."

„Hättest du vielleicht nicht besser daran getan, in Spychow zu bleiben?"

„Mußte ich mich denn nicht Euretwegen aufmachen?"

„Einige Wochen früher oder später, was hätte dies zu bedeuten gehabt?"

Zbyszko betrachtete aber jetzt aufmerksam seinen Ohm und sagte: „Ihr scheint krank gewesen zu sein! Ihr schaut wie Piotrawin aus."

„Wohl möglich, denn wenn auch die Sonne die Erde wärmt, unter der Erde ist's stets doch kalt, unter der Erde ist's gar feucht, sind doch alle diese Burgen von Wasser umgeben. Mich dünkte, der Moder werde mich zugrunde richten. In der schlechten Luft vermochte ich kaum zu atmen, und infolge all dieser Leiden brach meine Wunde wieder auf, die Wunde, weißt du, die in Bogdaniec durch Biberfett geheilt worden ist."

„Ganz genau erinnere ich mich dessen", erklärte Zbyszko. „Jagienka und ich, wir sind ja auf die Biberjagd gegangen. Hat Euch denn diese Hundsbrut hier in einem unterirdischen Kerker gefangengehalten?"

Macko neigte bejahend das Haupt, indem er erwiderte: „Um die Wahrheit zu gestehen, sie waren nicht sehr erbaut bei meinem Anblick, und recht schlimm ist's mir ergangen. Die Kreuzritter hassen freilich Witold und die Samogitier unendlich, noch mehr hassen sie aber alle von unserem Volk, die jenen beistehen. Was nützte es mir, daß ich die Gründe darzulegen versuchte, die uns nach Samogitien geführt hatten? Am liebsten hätten sie mir den Kopf abgehauen, und wenn sie es unterlassen haben, geschah es nur deshalb, weil sie des Lösegeldes nicht verlustig gehen wollten. Du weißt ja, Geld geht ihnen über die Rache, und außerdem wollten sie den Beweis in Händen haben, daß König Jagiello den Heiden beisteht. Daß sich die unglücklichen Samogitier nach der Taufe sehnen, dabei aber nichts mit den Deutschen zu tun haben wollen, dies ist uns allen bekannt, die wir in Samogitien gewesen sind, die Kreuzritter leugnen dies jedoch nicht nur, sondern sie verleumden das bedauernswerte Volk an allen Höfen, sie verleumden unseren König Jagiello."

Hier mußte Macko, offenbar von heftigen Schmerzen gequält, innehalten, und erst nach einigen Minuten fuhr er, tief Atem holend, wieder fort: „Wenn es noch lange gedauert hätte, wäre ich in dem unterirdischen Kerker zugrunde gegangen. Arnold von Baden trat freilich für mich ein, wollte er doch des Lösegeldes nicht verlustig gehen, doch Arnold hat hier keinen Einfluß, von allen wird er als ein ungeschlachter Mensch betrachtet. Zum Glück hörte de Lorche durch Arnold von mir und schlug sofort Lärm. Dir wird er wohl nichts davon gesagt haben, denn, traun, er liebt es nicht, viele Worte über seine Taten zu verlieren. Großes Ansehen genießt er jedoch unter den Kreuzrittern, einesteils weil in früheren Zeiten schon ein de Lorche eine hohe Würde in dem Orden bekleidet hat, anderntteils weil er selbst großen Reichtum besitzt und einem mächtigen Geschlecht entstammt. Er wurde nicht müde, darauf hinzuweisen, daß er unser Gefangener gewesen ist, und daß es ihm auch das Leben kosten würde, wenn sie den Tod über mich verhängten, oder wenn ich infolge von Hunger und Kälte stürbe, ja, er drohte dem Kapitel sogar, er werde an allen westlichen Höfen verkünden, auf welche Weise der Orden gegürtete Ritter behandle. Dies machte doch Eindruck und ich wurde in ein Hospital überführt, wo ich bessere Nahrung erhielt, wo ich immerhin reinere Luft einatmete."

„Nicht ein einziges Geldstück werde ich von de Lorche nehmen, so wahr mir Gott helfe."

„Gern nimmt man von dem Feind das Lösegeld, aber einen Freund zu plündern, ziemt sich nicht", warf nun Macko ein. „Doch wie ich hörte, ist mit dem König ein Abkommen getroffen worden, du wirst daher wohl kaum Lösegeld für mich entrichten müssen."

„Traun, und unser Ritterwort?" fragte Zbyszko. „Abkommen oder nicht Abkommen – Arnold könnte uns der Treulosigkeit zeihen."

Als Macko diese Worte vernahm, wurde er sehr nachdenklich, und erst nach einer Weile hub er wieder an: „Vielleicht könnte aber das Lösegeld herabgesetzt werden."

„Wir haben unseren Wert ja selbst bestimmt. Hat er sich etwa inzwischen verringert?"

Jetzt wurde Macko noch nachdenklicher, schaute aber trotzdem voll Bewunderung, voll Liebe auf seinen Brudersohn.

„Er hält etwas auf seine Ehre – dieser Zug ist ihm angeboren!" murmelte er vor sich hin.

Als Macko indessen mehrmals tief aufseufzte, schrieb Zbyszko dies dem Bedauern über die große Summe Geldes zu, die an Arnold ausbezahlt werden sollte und meinte: „Ihr wißt doch, daß wir jetzt über große Reichtümer gebieten – wenn nur unser Los ein glücklicheres wäre!"

„Gott wird für dich noch alles zum Guten gestalten!" erklärte nun der alte Ritter in bewegtem Ton. „Mein Leben kann ja nicht mehr von langer Dauer sein."

„Wie könnt Ihr so sprechen! Laßt nur erst wieder einmal den Wind um Euch wehen, dann werdet Ihr bald wieder vollständig gesunden."

„Den Wind? Der Wind biegt ein junges Bäumchen nieder, einen alten Baum bricht er."

„Ach was! Eure Knochen sind noch alle heil, und ein Greis seid Ihr noch lange nicht! Sorgt Euch nur nicht!"

„Lachen wollte ich, wenn du dich glücklich fühltest. Doch ganz abgesehen davon, habe ich noch einen anderen Grund zum Kummer, ja, um die Wahrheit zu sagen, nicht allein ich, nein, wir alle, alle haben Grund zum Kummer."

„Sprecht, was meint Ihr damit?" fragte Zbyszko in eifrigem Ton.

„Erinnerst du dich, wie ich dir in Skirwoillos Lager Vorwürfe machte, weil du die Macht des Ordens so sehr rühmtest? Unerschütterlich stehen zwar unsere Leute in der Schlacht, davon bin ich überzeugt, seitdem ich indessen die Macht und die Stärke dieser Hundsbrut in der Nähe gesehen habe …"

Hier dämpfte Macko seine Stimme, wie aus Furcht, es könne ihn jemand hören, dann fuhr er fort: „Seitdem weiß ich, daß du recht hattest, daß ich in einer Täuschung befangen gewesen bin. Gott möge uns schützen, unermeßlich ist ihre Macht, ihre Stärke! Unsere Ritter lechzen freilich geradezu danach, sich mit den Deutschen zu messen, doch sie wissen nicht, daß alle Völker, daß alle Könige dem Orden Hilfe leisten, sie wissen nicht, über welchen Reichtum, über welche Hilfsmittel die Kreuzritter verfügen, wie stark deren Burgen, wie trefflich deren Kriegswaffen sind. Gott schütze uns! Sowohl bei uns wie auch hier prophezeit man den Krieg und es wird sicherlich dazu kommen, doch wenn es dazu kommt, dann möge sich Gott unseres Königreiches und unseres Volkes erbarmen!"

Nach diesen Worten stützte er die Ellbogen auf die Knie, barg sein graues Haupt in die Hände und versank in Schweigen.

„Traun!" hub aber nun Zbyszko nach einigen Minuten zu sprechen an, „traun, jetzt habt Ihr Euch überzeugt, daß, wenn auch unsere Mannen im Einzelkampf den Kriegsleuten der Kreuzritter überlegen sind, ein Krieg mit dem Orden doch sehr zu überlegen wäre."

„Hei, so ist es in der Tat!" entgegnete hierauf Macko. „Wenn nur die Gesandten des Königs vorsichtig zu Werk gehen, wenn nur besonders Zindram alles wohl bedenkt."

„Ich bemerkte sehr wohl, welche Niedergeschlagenheit sich seiner nach und nach bemächtigte. Er versteht sich gar gut auf die Kriegskunst, und wie man sagt, soll keiner wie er so geschickt in der Schlacht zu kämpfen verstehen."

„Ist dies der Fall, so wird vielleicht der Krieg vermieden."

„Sobald die Kreuzritter sich ihrer Übermacht bewußt werden, kommt es sicherlich zum Krieg, doch ich gestehe Euch, mein Wunsch ist es, daß uns Gott auf die eine oder auf die andere Weise eine Entscheidung schicken möge, denn in fortwährender Ungewißheit zu leben, ist unerträglich.

„Große Gefahr droht unserem edlen Königreich", ließ sich jetzt Macko vernehmen, als er bemerkte, wie sehr Zbyszko von seinem eigenen Leid, von dem Mißgeschick der Allgemeinheit niedergebeugt war, „und ich sehe darin die Strafe Gottes für unseren Übermut. Gedenkst du noch der Zeit, in der unsere Ritter vor der Kathedrale zu Krakau – du solltest enthauptet werden und kamst dann doch mit dem Leben davon – Tamerlan zum Kampf fordern wollten, Tamerlan, den Gebieter über vierzig Königreiche, der einen Berg aus Menschenhäuptern auftürmte! Nein, sie begnügten sich nicht damit, die Kreuzritter zu fordern, gegen alle Gegner sollte es sofort losgehen!"

Kaum hatte Macko jedoch jene Krakauer Zeit erwähnt, so fuhr sich Zbyszko, von Schmerz überwältigt, mit beiden Händen in sein langes, goldblondes Haar, und schrie verzweifelt auf: „Und wer hätte mich aus der Hand des Henkers gerettet, wenn sie nicht gewesen wäre! O Jesus! Meine Danusia! O Jesus!"

Und er raufte seine Haare, ja, er grub seine Zähne in die geballten Fäuste, um den gewaltigen Schmerz zu unterdrücken, der seinen ganzen Körper erschütterte.

„Vertraue auf Gott, fasse dich, Bursche!" rief Macko. – „Komme zu dir, bezwinge dich! Gib dich nicht allzusehr deinem Schmerz hin."

Doch es dauerte geraume Zeit, bis der junge Ritter sich zu fassen vermochte, ja, er wurde erst dann wieder vollständig Herr seiner selbst, als der schwerleidende Macko plötzlich auf seinen Füßen schwankte und völlig bewußtlos auf die Bank niederfiel. Rasch bettete nun Zbyszko den Ohm auf dessen Lager, flößte ihm von dem Wein ein, den der Komtur der Burg geschickt hatte, und legte sich erst selbst zur Ruhe, nachdem der alte Ritter fest eingeschlummert war.

Am nächsten Morgen erwachten beide frischer und gestärkter.

„Traun", meinte Macko, „meine Zeit scheint noch nicht gekommen zu sein, und ich glaube jetzt auch, daß ich mein Ziel erreichen werde, wenn in Wald und Feld mich erst wieder der Wind umweht."

„Die Gesandten gedenken noch einige Tage hier zu verweilen", erklärte Zbyszko, „da sich Leute bei ihnen eingestellt haben, mit der Bitte um Auswechslung von Gefangenen, die in Masovien oder Großpolen einfach auf den Straßen ergriffen worden sind. Wir aber können uns auf den Weg machen, wenn Ihr wollt, wenn Ihr Euch kräftig genug fühlt."

In diesem Augenblick trat Hlawa ein.

„Weißt du, wo die Gesandten sind?" fragte ihn Macko.

„Sie besichtigen die Kirche und das Hochschloß", antwortete der Böhme. „Der Komtur der Burg führt sie selbst umher. Später begeben sie sich in das Hauptrefektorium zu dem Mahl, zu dem der Großmeister auch Euch, wohledle Herren, bitten läßt."

„Was hast du seit dem frühen Morgen getan?"

„Ich habe mir das Fußvolk der Deutschen, ihre Söldlinge angesehen, die von einem Hauptmann eingeübt wurden, und habe sie mit unserem böhmischen Fußvolk verglichen."

„Erinnerst du dich denn noch an die böhmischen Mannen?"

„Wohl war ich ein ganz junger Fant, als mich der Ritter Zych aus Zgorzelic gefangennahm, trotzdem ist mir noch alles in guter Erinnerung, denn von frühester Jugend an beachtete ich all diese Dinge."

„Nun, und was hältst du von dem deutschen Fußvolk?"

„Viel und auch nicht viel! Das Fußvolk der Deutschen ist zwar tüchtig und trefflich eingeschult, aber diese Mannen sind den Ochsen, unsere Böhmen den Wölfen zu vergleichen. Kommt es zum Zusammenstoß – nun, Ihr wohledle Herren wißt ja selbst am besten, daß Ochsen keine Wölfe aufzufressen pflegen, daß hingegen für Wölfe die Ochsen einen gar verlockenden Fraß bilden."

„Das ist die Wahrheit", bemerkte nun Macko, der augenscheinlich darüber unterrichtet war, „ein jeder, der einem von deinem Volk etwas anhaben will, der zieht sich, wie vor einem Stachelschwein, nur zu bald wieder zurück."

„In der Schlacht wiegt zudem ein Ritter zu Pferd zehn Mann Fußvolk auf!" warf hier Zbyszko ein.

„Doch nur durch Fußvolk kann Marienburg genommen werden!" antwortete Hlawa.

Das Gespräch nahm aber nun mit einemmal eine andere Wendung, da Macko, seinem eigenen Gedankengang folgend, also anhub: „Höre, Hlawa! Noch heute machen wir uns, wenn meine Besserung anhält, auf die Fahrt!"

„Und wohin soll's gehen?"

„Wohin denn sonst, als nach Masovien, als nach Spychow!" rief der junge Ritter.

„Um dort zu bleiben?"

Nun schaute Macko fragend auf seinen Brudersohn, war doch bis jetzt zwischen ihnen auch nicht ein Wort über die Zukunft gewechselt worden. Zbyszko freilich hatte schon seine Entscheidung getroffen, da er indessen seinen Ohm nicht betrüben wollte, erteilte er diesem eine ausweichende Antwort, indem er sagte: „Zuerst müßt Ihr Euch völlig erholen."

„Und was dann?"

„Dann kehrt Ihr nach Bogdaniec zurück. Ich weiß, wie sehr Euch Bogdaniec ans Herz gewachsen ist."

„Und dir vielleicht nicht?"

„Mir ist Bogdaniec unendlich teuer."

„Ich will durchaus nicht sagen, daß du von Jurand fernbleiben sollst", hub Macko nun bedachtsam an, „denn wenn er stirbt, muß ihm ein ehrenvolles Begräbnis werden. Doch du bist jung, dir fehlt noch die Erfahrung, darum achte auf meine Worte. Nur Unheil birgt für dich Spychow. Was dir an Glück zuteil geworden ist, an anderen Orten hast du es gefunden, nur Leid, nur Schmerz erlebtest du in Spychow."

„Ihr sprecht wahr, allein Danusias sterbliche Überreste befinden sich in Spychow."

„Schweig still! Schweig still!" rief Macko, von Furcht erfüllt, sein Brudersohn könne wie am Tag vorher wieder aus Schmerz ganz außer sich geraten.

Allein dem war nicht so. Nur weiche Zärtlichkeit, nur Rührung malten sich auf den Gesichtszügen des jungen Ritters, als er nach einer kleinen Weile erwiderte: „Uns bleibt noch Zeit genug zum Überlegen. Ihr müßt ja doch in Plock rasten."

„Dort wird es Euch nicht an Pflege fehlen, gnädigster Herr!" warf hier Hlawa ein.

„Gewiß nicht!" rief Zbyszko. „Wißt Ihr denn nicht, daß sich Jagienka in Plock befindet? Sie ist Hoffräulein bei der Fürstin Alexandra. Doch meiner Treu, das müßt Ihr wissen, denn Ihr brachtet sie ja selbst dahin. Und in Spychow ist sie auch gewesen. Heute noch setzt es mich in Staunen, daß Ihr mir nichts von ihr gesagt habt, als wir in Skirwoillos Lager zusammentrafen."

„Nicht nur in Spychow ist sie gewesen, nein, ohne sie würde sich vielleicht Jurand noch immer mit seinem Stab tastend den Weg suchen, oder wäre längst irgendwo an einem Zaun zugrunde gegangen. Wegen der Hinterlassenschaft des Abtes, der sie zu seiner Erbin eingesetzt hat, brachte ich sie nach Plock, dir aber sprach ich nicht von ihr, denn wenn ich es auch getan hätte, würdest du es doch nicht gehört haben. Du achtetest auf nichts zu jener Zeit, du armer Bursche."

„Sie ist Euch von ganzem Herzen zugetan!" ergriff nun Zbyszko wieder das Wort. „Gott sei gepriesen, daß wir keiner Briefe bedurften, durch ihre Vermittlung erhielt ich aber nicht nur von der Fürstin Alexandra, sondern auch durch die Fürstin von den Gesandten des Ordens verschiedene Schreiben mit Fürbitten für Euch."

„Gott segne diese Maid!" warf Macko ein. Fürwahr, keine bessere gibt es auf der ganzen Erde als sie."

Die weitere Unterredung zwischen Ohm und Brudersohn wurde durch Zindram und Powala unterbrochen, die von dem Schwächeanfall Mackos gehört hatten und sich nun einstellten, um sich nach dessen Befinden zu erkundigen.

„Gelobt sei Jesus Christus!" ergriff Zindram, die Schwelle überschreitend, das Wort. „Wie steht es heute mit Euch?"

„Gott lohne Euch Eure Anteilnahme. Es geht so langsam vorwärts. Zbyszko meint, meine Gesundheit werde sich sofort vollständig heben, wenn mich wieder der Wind, wenn mich ein frischer Luftzug umweht."

„Das unterliegt ja keinem Zweifel. Ihr werdet rasch hergestellt sein. Alles wird sich zum Guten wenden!" erklärte Powala.

„Gar gut und gar lange habe ich geruht. Ihr, edle Herren, habt Euch aber, wie mir gesagt wurde, sehr früh erhoben."

„Zuerst hatten wir wegen Auswechslung der Gefangenen zu verhandeln", entgegnete Zindram, „und dann ließen wir uns verschiedene Einrichtungen des Ordens erklären und besichtigten die Vorburg und die beiden anderen Schlösser."

„Treffliche Einrichtungen und trefflich befestigte Schlösser!" murmelte Macko vor sich hin.

„Da habt Ihr recht. Die Kirche ist gar schön mit Verzierungen in arabischer Weise ausgeschmückt, haben sich doch die Kreuzritter diese Kenntnisse, nach ihrer eigenen Aussage, bei den Sarazenen in Sizilien erworben. In den Schlössern aber befinden sich sogar besondere Gelasse, die, auf Pfeilern ruhend, entweder ganz allein für sich oder mit mehreren solcher Einzelgelasse zusammenstehen. Das Hauptrefektorium werdet Ihr ja selbst zu sehen bekommen. Ein jeder Teil dieser Feste ist in seiner Art furchterregend, nirgendwo in der Welt findet sich etwas Ähnliches. Selbst die größte der Geschützkugeln würde solche Mauern nicht zu durchbohren vermögen. Bei meiner Treu, eine Lust ist es, all dies zu sehen."

Zinddram sprach in solch fröhlichem Ton, daß Macko, ihn voll Verwunderung anblickend, fragte: „Und ihren Reichtum, ihre Kostbarkeiten, ihr Kriegsvolk und die fremden Gäste, habt Ihr dies alles gesehen?"

„Sie führten uns überall umher, wie sie behaupteten aus Freundschaft, tatsächlich aber nur, um uns einzuschüchtern."

„Traun, und was denkt Ihr?"

„Daß es uns Gott vergönnen wird, sie beim Ausbruch eines Krieges weit fort von hier zu treiben, weit fort über die Berge und über die Meere – dahin, woher sie gekommen sind."

Seine Leiden vergessend, sprang Macko voll Staunen empor.

„Wie meint Ihr das, o Herr?" fragte er. „Die Leute sagen, Ihr besäßet einen scharfen Verstand. Was mich betrifft, mir wurde es schlimm zumute, als ich mich von der gewaltigen Macht des Ordens überzeugte. Beim barmherzigen Gott, was berechtigt Euch zu dieser Hoffnung?"

Hierauf wandte er sich an seinen Brudersohn.

„Zbyszko", sagte er, „laß von dem Wein bringen, der uns geschickt wurde. Nehmt Platz, Ihr Herren, und leistet uns noch eine kleine Weile Gesellschaft, denn wahrlich, ein besseres Mittel für meine Heilung als ein Gespräch mit Euch könnte kein Arzt ausdenken."

Zbyszko, der auch voll Spannung Zindrams weiterer Rede entgegensah, stellte selbst den Wein und etliche Becher auf den Tisch, und nachdem sich alle niedergelassen hatten, hub Zindram also an: „Diese Feste kann mir keine Furcht einflößen, denn was von Menschenhänden errichtet wurde, das kann von Menschenhänden auch wieder zerstört werden. Ihr wißt doch, womit die Ziegelsteine zusammengehalten werden? Durch Mörtel! Wißt Ihr aber, was ein Volk zusammenhält? Die Liebe!"

„Bei den Wundmalen des Heilands, von Euren Lippen fließt eitel Honig!" rief jetzt Macko aus.

Hocherfreut über dieses Lob, fuhr Zindram nach kurzer Pause fort: „Gar mancher aus den hier seßhaften Geschlechtern schmachtet bei uns in Fesseln, von dem befindet sich ein Bruder oder ein Sohn, von jenem irgendein anderer Blutsverwandter oder ein Eidam bei uns in Gefangenschaft. Ihr wißt ja, daß die Komture an der Grenze beständig ihre Leute gegen uns auf Raub aussenden, was Wunder also, daß viele erschlagen werden, daß viele in unsere Gefangenschaft geraten. Seitdem aber die Leute hier von dem Abkommen zwischen dem Großmeister und dem König betreffs der Auswechslung der Gefangenen gehört haben, stellen sie sich schon am frühen Morgen bei uns ein und nennen uns die Namen der Gefangenen, die dann von dem Schreiber niedergeschrieben werden. Als erster kam ein Böttcher, der, von Geburt ein Deutscher, als reicher Bürger in Marienburg ein Haus besitzt, und der zum Schluß also sprach: ‚Gern würde ich meinen Reichtum, gern würde ich selbst mein Leben dahingeben, wenn ich damit Eurem König, Eurem Königreich nützen könnte.' Rasch schickte ich ihn hinweg, hielt ich ihn doch für einen Judas. Da, bald nach ihm, erschien ein Weltgeistlicher aus der Nähe von Oliva, um seinen Bruder freizubitten, und auch er ließ sich also vernehmen: ‚Ist es wahr, o Herr, daß Ihr mit unseren preußischen Gebietern den Krieg beginnst? Denn seht, ein jeder, der hier sagt: *dein Reich komme* – der denkt in seinem Innern an Euren König.' Und es kamen zwei Edelleute wegen ihrer Söhne, zwei Edelleute, die auf ihren Lehngütern, nahe bei Stuhm leben, es kamen Handelsleute aus Danzig, es kamen Handwerker, es erschien ein Glockengießer aus Marienwerder, kurz, eine Unzahl der verschiedensten Menschen suchte uns heim, und alle, alle sagten sie das gleiche."

Hier hielt der Herr aus Maszkowice inne, und sich erhebend, eilte er an die Tür, um sich zu vergewissern, daß kein Lauscher nahe sei. Dann erst fuhr er, auf seinen Platz zurückgekehrt, in gedämpftem Ton fort: „Schon seit langer Zeit versuche ich mir Kunde über alles zu verschaffen. In ganz Preußen sind die Kreuzritter bei den Geistlichen, den Edelleuten, den Bürgern und den Bauern verhaßt. Aber nicht nur die hassen sie, die unsere, oder die Sprache der Preußen sprechen, nein, auch die Deutschen sind ihnen feindlich gesinnt. Fürwahr, wer dazu gezwungen wird, der tritt in ihre Dienste – doch selbst ein Pestkranker erweckt den Abscheu nicht so sehr wie ein Kreuzritter. So steht die Sache."

„Das mag wohl sein. Doch dies tut der Macht, der Stärke des Ordens keinen Abbruch!" bemerkte Macko ängstlich.

Mit der Hand über seine breite Stirn fahrend, sann Zindram eine Weile nach, gerade als ob er nach einem Vergleich suche, und fragte dann: „Habt Ihr jemals innerhalb der Schranken gekämpft?"

„Gewiß, und mehr als einmal."

„Traun, was denkt Ihr also? Wird nicht jeder Ritter, sogar der stärkste, aus dem Sattel fliegen, wenn man Sattelgurt und Steigbügel unter ihm zerschneidet?"

„So wahr ich lebe – ja!"

„Bei meiner Treu, merkt Ihr es jetzt? Der Orden ist ein solcher Ritter."

„Bei Gott, so ist es!" rief Zbyszko. „Selbst in einer Schrift könnte dies nicht bestritten werden."

Macko aber war so erregt, daß er mit zitternder Stimme sagte: „Gott lohne Euch! Für Euer Haupt, o Herr, muß der Waffenschmied einen ganz besonderen Helm schmieden, denn keiner der vorhandenen Helme ist Eurer würdig."

Achtes Kapitel

Obwohl Macko und Zbyszko miteinander übereingekommen waren, Marienburg so rasch wie möglich zu verlassen, brachen sie doch nicht an dem Tag auf, an dem ihnen durch die Darlegungen Zindrams aus Maszkowice frischer Mut eingeflößt worden war, denn an diesem Tag fanden sowohl des Mittags wie des Abends in dem Hochschloß zu Ehren der Gäste und der Gesandten Festmahle statt, zu denen Zbyszko als Ritter in dem Gefolge des Königs, und Macko aus Rücksicht für seinen Brudersohn geladen worden waren. Zu dem Mittagsmahl erschien eine auserlesene Gesellschaft in dem Hauptrefektorium, das durch zehn Fenster Licht erhielt und dessen in Spitzbogen ausgeführte Decke durch eine nur selten angewandte, kunstvolle Bauart auf eine Säule ruhte. Von Fremden saßen außer den Rittern aus dem Gefolge Jagiellos nur ein schwäbischer Graf und ein Graf aus Burgund an der Tafel, welch letzterer trotz des großen Reichtums seiner Gebieter auf deren Befehl von dem Orden Geld entleihen sollte. Von den in Marienburg weilenden Kreuzrittern waren, abgesehen von dem Großmeister, noch vier Würdenträger, die sogenannten Pfeiler des Ordens, anwesend, nämlich der Großkomtur, der Almosengeber, der Kämmerer und der Schatzmeister. Nur der Marschall befand sich gerade auf einem Zug gegen Witold.

Obschon der Orden das Gelübde der Armut abgelegt hatte, wurde doch auf Gold und Silber gespeist, wurde doch Malvasier getrunken, weil der Meister die Gesandten aus Polen in Staunen setzen wollte. Jedoch trotz der köstlichen Gerichte, trotz der aufmerksamsten Bewirtung, kam bei diesem Mahl keine Behaglichkeit auf, da die Festteilnehmer sich nur schwer untereinander verständigen konnten, da sie nach allen Seiten hin Rücksichten zu nehmen hatten. Das abendliche Festmahl in dem ungeheuren Refektorium des Ordens (Konvents-Remter) dagegen verlief weit fröhlicher, versammelten sich doch bei demselben alle Ordensglieder, sowie alle jene Gäste, die nicht mit unter dem Kriegsvolk des Marschalls gegen Witold gezogen waren. Weder Zank noch Streit störte die Lustbarkeit. Freilich warfen die fremdländischen Ritter, in der Voraussicht, daß sie über kurz oder lang mit den Polen zusammenstoßen würden, diesen mehr oder minder unfreundliche Blicke zu, doch sie befolgten doch die zuvor von den Kreuzrittern an sie gerichtete Bitte, ein verbindliches Benehmen an den Tag zu legen, damit nicht in der Person eines Gesandten der König und mit ihm das ganze Königreich beleidigt werde. Aber selbst in dieser Aufforderung kennzeichnete sich die Böswilligkeit des Ordens, warnten doch die Kreuzritter ihre Gäste gleichzeitig vor dem Jähzorn der Polen, indem sie behaupteten: „Bei jedem harten Wort, das aus Eurem Mund geht, werden die Polen einem der Eurigen den Bart ausreißen, oder ihm ein Messer in den Leib stoßen."

Wie erstaunt waren daher die Gäste über das höfliche Wesen von Powala aus Taczew und von Zindram aus Maszkowice, und die Scharfsinnigen unter ihnen begriffen sofort, wie verleumderisch, wie hinterlistig die Aussage der Kreuzritter gewesen war, als diese von den rohen Sitten der Polen gesprochen hatten.

Gar mancher der Gäste hatte schon allerlei Lustbarkeiten an den verfeinerten Höfen des Westens beigewohnt und bekam daher keine allzu günstige Meinung von den bei den Kreuzrittern herrschenden Sitten, denn während des Festmahles brachte eine Musikkapelle einen ohrenzerreißenden Lärm hervor, Spielleute sangen rohe Lieder, Spaßmacher ergingen sich in derben Scherzen, Bären tanzten und barfüßige Mägdlein führten ihre Tänze auf. Und als die Gäste ihr Staunen über die Anwesenheit von Frauen in dem Hochschloß ausdrückten, hörten sie, daß das Verbot gegen die Anwesenheit von Frauen längst nicht mehr bestehe, und daß sogar der weithin bekannte Wynrych Kniprode seinerzeit mit der schönen Marya von Alfleben getanzt habe. Wie die Brüder erzählten, dürfen nicht nur Frauen in der Burg wohnen, sondern auch bei Festen in dem Refektorium erscheinen, ein Zugeständnis, demzufolge sich auch die Ehegemahlin des Fürsten Witold, die im vergangenen Jahr zu Gast bei dem Orden gewesen war und ihre Wohnräume in der prächtig hergerichteten alten Gießerei in der Vorburg angewiesen bekommen hatte, tagtäglich in dem Refektorium einstellte, um Brettspiel mit goldenen Steinen zu spielen, die ihr die Kreuzritter jeden Abend schenkten.

Besonders aber an diesem Abend ergötzte man sich an Brettspiel und Schachspiel, ja, man griff sogar zu den Würfeln, da jedes Gespräch durch die Gesänge und durch die lärmende Musik beeinträchtigt war. Gleichwohl trat aber doch dann und wann eine längere Ruhepause ein, und eine solche benutzend, wandte sich Zindram aus Maszkowice, indem er sich ganz unwissend stellte, mit der Frage an den Großmeister, ob sich der Orden in den ihm unterstehenden Gebieten großer Beliebtheit erfreue.

Darauf entgegnete Kuno von Jungingen:

„Wer dem Kreuz anhängt, der wird auch dem Orden ergeben sein."

Da diese Antwort sowohl bei den Kreuzrittern wie bei den Gästen großen Anklang fand, da alle den Großmeister dafür laut priesen, hub dieser von neuem an: „Wer unser Freund ist, der wird sich glücklich unter unserer Herrschaft fühlen, gegen unsere Feinde indessen haben wir zwei treffliche Mittel."

„Wollt Ihr mit diese Mittel nennen?" fragte der Ritter aus Polen.

„Vielleicht ist es Euch, edler Herr, unbekannt, daß ich aus meiner Kemenate über eine kleine Treppe in dieses Refektorium gelange, und daß sich neben dieser Treppe ein gewölbtes Gelaß befindet. Könnte ich Euch dahin geleiten, würdet Ihr sofort erkennen, welcher Art dies mein Mittel ist."

„Bei unserem Leben, so ist es!" riefen die Brüder.

Der Herr aus Maskovice erriet sofort, daß der Meister auf jenen mit Geld gefüllten Turm anspielte, von dem die Kreuzritter häufig prahlend zu sprechen liebten, und so begann er nach kurzem Überlegen: „Einstens, traun, vor langer, langer Zeit, zeigte irgendein deutscher Kaiser einem unserer Gesandten mit Namen Skarbek solch ein Gelaß und meinte: ‚Hier liegt ein Schatz, kraft dessen ich deinen Herrn besiegen werde.' Doch Skarbek warf unverweilt einen kostbaren Ring in das Gelaß mit den Worten: ‚Gold gehört zu Gold, wir Polen aber ziehen das Eisen vor.' Und wißt Ihr, was sich bald darauf ereignete, wohledler Herr? Bei Hundsfeld kam es zum Gefecht."

„Was ist's mit Hundsfeld?" fragten gleichzeitig einige Ritter.

„Das Gefilde dort", entgegnete Zindram ruhig, „war nicht groß genug, um die Bestattung all der erschlagenen Deutschen zu ermöglichen, und so mußten Hunde die übrige Arbeit verrichten."

Bestürzt und verwirrt über diese Antwort, wußten weder die Ritter noch die Ordensbrüder, was sie sagen sollten, während Zindram aus Maszkowice zum Schluß hinzufügte: „Mit Gold könnt Ihr gegen Eisen nichts ausrichten."

„Hei, als zweites Mittel greifen wir stets zu den Eisen", nahm jetzt der Großmeister das Wort. „Ihr, wohledler Herr, habt ja in der Vorburg die Waffenschmiede gesehen. Tag und Nacht dröhnen die Hämmer, und Schwerter und Rüstungen werden geschmiedet, wie man sie in der ganzen Welt nicht wieder findet."

Statt jeder Antwort streckte Powala die Hand bis zur Mitte der Tafel aus, erfaßte ein zum Zerteilen des Fleisches bestimmtes Messer, das eine Elle lang und mehr als eine halbe Spanne breit war, rollte es mit der größten Leichtigkeit gleich einer Pergamentrolle zusammen, hielt es dann hoch empor, damit alle es sehen konnten, und überreichte es hierauf dem Großmeister, indem er sagte: „Wenn Eure Schwerter von gleicher Art sind, werdet Ihr nicht allzuviel damit ausrichten."

Ein Lächeln der Befriedigung aber überzog sein Antlitz, als er sah, wie die Ritter und die Ordensbrüder von ihren Sitzen aufsprangen und, sich um den Meister scharend, die eiserne Rolle von Hand zu Hand gehen ließen, während eine tiefe Stille herrschte, weil angesichts einer solchen Kraftprobe bange Furcht aller Herzen beschlich.

„Beim Haupt des heiligen Liborius!" rief schließlich der Großmeister aus, „Ihr habt Hände von Eisen, o Herr!"

„Und von stärkerem Eisen als dieses hier", fügte der Graf aus Burgund hinzu, „denn er rollte das Messer so leicht zusammen, wie wenn es aus Wachs wäre."

„Und sein Antlitz rötete sich nicht einmal dabei, seine Adern schwollen nicht einmal an!" bemerkte einer der Ordensbrüder.

„Traun", ließ sich jetzt Powala hören, „ein einfacher Sinn herrscht unter uns, wir kennen diesen Reichtum, diese Pracht nicht, die sich bei Euch unseren Augen zeigt, doch wir sind stark, wir sind gesund."

Nun traten etliche italienische und französische Ritter auf ihn zu und redeten mit ihm in ihren wohlklingenden Sprachen, von denen freilich Macko zu behaupten pflegte, sie lauteten, wie wenn man zinnerne Schüsseln aneinander schlüge. Laut priesen sie die Kraft Powalas, der sie aufforderte, die Becher aneinander klingen zu lassen, indem er erklärte: „Bei unseren Festmahlen könnt Ihr häufig Ähnliches sehen, ja, es geschah schon, daß ein Mägdlein ein kleineres Messer ohne Anstrengung zusammenrollte."

Durch das Geschehene, vollends aber durch diese Worte, gerieten die Deutschen, die sich vor fremden Rittern gern ihres hohen Wuchses, ihrer Kraft rühmten, in solch große Aufregung, ja, in solche Wut, daß schließlich der alte Helfenstein über die ganze Tafel rief: „Dies ist eine Schmach für uns! Bruder Arnold von Baden, liefere du den Beweis, daß auch unsere Knochen nicht aus Wachs gemacht sind. Reicht ihm ein Messer!"

Einer der Bediensteten ergriff sofort ein Messer und legte es vor Arnold auf die Tafel. Doch sei es nun, daß sich dieser durch die Anwesenheit so vieler Zeugen bedrückt fühlte, sei es, daß er tatsächlich weniger Kraft in den Fingern besaß als Powala, genug, es gelang ihm, das Messer zur Hälfte, aber nicht vollständig zusammenzurollen.

Gar mancher aber von den fremden Gästen, dem die Kreuzritter schon häufig allerlei über den Krieg zugeraunt hatten, der im Laufe des nächsten Winters mit dem König von Polen ausbrechen werde, wurde recht nachdenklich und fragte sich, ob er wegen des in dieser Gegend voraussichtlich sehr harten Winters nicht besser daran tue, beizeiten in das Schloß seiner Väter, unter einen milderen Himmel zurückzukehren.

Das Merkwürdigste bei allem war aber die Tatsache, daß sich die Gäste im Juli solchen Gedanken hingaben – im Juli, also zu einer Zeit der brennendsten Hitze, der wolkenlosesten Tage.

Neuntes Kapitel

Als Zbyszko und Macko in Plock anlangten, trafen sie niemanden von Hof, da sich das Fürstenpaar mit seinen acht Kindern, auf eine Einladung der Fürstin Anna Danuta hin, nach Chersk begeben hatte. Von dem Bischof hörten indessen die Ankommenden, daß Jagienka in Spychow bei dem sterbenden Jurand weile. Da sich nun aber die beiden Ritter selbst auf dem Weg dorthin befanden, war ihnen die Kunde von der Anwesenheit Jagienkas in Spychow äußerst willkommen.

„Vielleicht hat sie es auch nur getan, um uns nicht zu verfehlen", meinte der alte Ritter. „Wie lange schon habe ich sie nicht mehr gesehen und wie freue ich mich auf das Zusammentreffen. Hei, gar sehr ist sie mir zugetan. Und gewachsen muß die Maid sein, und gewiß ist sie noch schöner geworden."

„Sie hat sich wunderbar verändert", warf Zbyszko ein. „Trotz ihrer Schönheit konnte man sie früher nur ein schlichtes Mägdlein nennen, während jetzt – eines Königs wäre sie würdig."

„In solcher Weise hat sie sich verändert? Bei meiner Treu, sie entstammt ja dem alten Geschlecht der Jastrzebiec aus Zgorzelic, deren Schlachtruf ‚Auf zum Fest' lautete."

Da Zbyszko keine Antwort erteilte, hub Macko nach kurzem Schweigen wieder an: „Gewiß verhält es sich so, wie ich dir gesagt habe, denn ihr Wunsch ist es, nach Zgorzelic zurückzukehren."

„Daß sie überhaupt von dort wegging, setzt mich in Staunen."

„Hat sie es denn nicht wegen der Hinterlassenschaft des Abtes getan, ganz abgesehen von der Furcht, die sie vor Cztan und Wilk hegte. Ich selbst habe ihr auch vorgestellt, wie sehr sie durch ihre Anwesenheit in Zgorzelic die Sicherheit ihrer beiden Brüder gefährde."

„Bei meiner Treu, Waisen zu überfallen, scheut sich doch ein jeder."

Macko schaute eine Weile sinnend vor sich hin.

„Ob sie sich wohl dafür an mir gerächt haben, weil ich die Maid aus Zgorzelic fortführte!" ergriff er dann aufs neue das Wort. „Vielleicht steht in Bogdaniec kein Stein mehr über dem anderen. Gott allein kann dies wissen! Ich weiß ja nicht einmal, ob ich nach meiner Rückkunft imstande sein werde, mich zu verteidigen. Jene Burschen sind jung und kräftig, ich aber bin alt."

„Ach was, alt!" antwortete Zbyszko, „das glaubt Euch keiner, der Euch sieht."

Macko sprach in der Tat nicht ganz aufrichtig, denn ihm lag jetzt anderes im Sinn, doch winkte er nur mit der Hand und sagte: „Ja, wenn ich in

Marienburg nicht krank gewesen wäre, dann hättest du recht. Aber darüber wollen wir in Spychow reden."

Und am folgenden Tag, nachdem sie in Plock übernachtet hatten, brachen sie nach Spychow auf.

Es kamen nun schöne, helle Tage, der Weg war trocken, nicht beschwerlich und zudem gefahrlos, denn anläßlich des letzten Vergleiches hatten die Kreuzritter den räuberischen Überfällen an der Grenze Einhalt getan. Überdies gehörten die beiden Ritter zu der Art von Leuten, denen gegenüber es auch für Räuber geratener war, sich ehrerbietig fernzuhalten, als ihnen nahezukommen. Daher ging die Fahrt sehr rasch vonstatten, und am fünften Tag, nachdem sie Plock verlassen hatten, trafen sie ohne besondere Gefahr in Spychow ein. Jagienka, die Macko als ihren besten Freund auf der Welt betrachtete, begrüßte ihn wie einen Vater, und er, der sonst nicht leicht zu rühren war, zeigte sich tiefbewegt durch die Anhänglichkeit der jungen Maid, die er so innig liebte. Als nach einer Weile Zbyszko nach Jurand fragte und dann zu diesem sowie in die Gruft seiner dahingeschiedenen Ehegemahlin ging, seufzte der alte Ritter tief auf und sagte: „Ja, Gott nahm zu sich, wen er zu sich nehmen wollte, und wen er zurücklassen wollte, den ließ er zurück, aber ich glaube, daß jetzt unsere Mühseligkeiten und unsere Wanderungen durch Wildnisse auf schlechten Pfaden zu Ende sind."

Gleich darauf fügte er hinzu: „Hei! Was hat uns der Herr Jesus nicht alles zugefügt in diesen letzten Jahren!"

„Aber Gottes Hand beschützte Euch!" entgegnete Jagienka.

„Wohl, sie beschützte uns! Wenn ich offen reden soll, ist es aber jetzt an der Zeit, uns nach Hause zu begeben."

„Solange Jurand am Leben ist, müssen wir hierbleiben", antwortete die junge Maid.

„Und wie steht es mit ihm?"

„Er richtet sein Angesicht nach oben und lächelt. Offenbar erschaut er schon das Paradies und sein Kind."

„Und du pflegst ihn?"

„Ja, ich pflege ihn, aber Pater Kaleb sagt, daß auch Engel über ihn wachen. Gestern hat die Wirtschafterin zwei Engel gesehen."

„Man sagt", erwiderte Macko, „für einen Edelmann sei es am ehrenvollsten, auf dem Schlachtfeld zu sterben, wenn man aber wie Jurand dem Tod entgegengeht, dann ist es auch ehrenvoll, auf dem Lager zu sterben."

„Er ißt nichts und trinkt nichts, aber fortwährend lächelt er", bemerkte Jagienka.

„Gehen wir zu ihm. Zbyszko wird gleichfalls dort sein."

Doch Zbyszko hatte nur kurze Zeit bei Jurand verweilt, der niemanden erkannte – ihn zog es zu Danusias Sarg in das Grabgewölbe. Hier blieb er so lange, bis der alte Tolima kam, um ihn zum Mahl zu holen. Nun erst, als er hinaustrat, gewahrte er beim Licht der Fackel, daß der Sarg mit Kränzen aus Flockenblumen und Ringelblumen geschmückt, der Platz ringsumher gesäubert und mit Kalmus, Huflattich und Lindenblüten bestreut war, die einen angenehmen Duft verbreiteten. Des jungen Kämpen Herz schwoll bei diesem Anblick und er fragte: „Wer hat die Gruft in dieser Weise geziert?"

„Die Jungfrau aus Zgorzelic", entgegnete Tolima.

Der junge Ritter erwiderte jetzt nichts darauf, doch einen Augenblick später, als er Jagienka wiedersah, sank er vor ihr nieder, umfaßte ihre Knie und rief:

„Gott lohne dir für deine Güte und für die Blumen, die du Danusia geweiht hast."

Bei diesen Worten weinte er bitterlich, und sie umfaßte sein Haupt mit beiden Händen, wie eine Schwester, die ihren trauernden Bruder beruhigen will, und sagte: „O mein Zbyszko, wie gern würde ich dich trösten."

Und unaufhaltsam flossen nun die Tränen auch aus ihren Augen.

Zehntes Kapitel

Einige Tage später starb Jurand. Während einer ganzen Woche wurden von Pater Kaleb Messen für den Toten gelesen, an dem keine Spur von Verwesung zu bemerken war. Dies wurde von allen als ein göttliches Wunder betrachtet, und während einer ganzen Woche kamen Scharen von Gästen nach Spychow. Dann folgte eine Zeit der Ruhe und Stille, wie gewöhnlich nach einem Begräbnis. Zbyszko ging häufig in das Grabgewölbe, zuweilen auch mit der Armbrust in den Wald, doch schoß er keine Pfeile auf wilde Tiere ab, sondern wanderte in Gedanken verloren umher. Schließlich, eines Abends, kam er in die Stube, worin die beiden Mägdlein mit Macko und Hlawa beisammen saßen, und begann ganz unerwartet: „Hört, was ich zu sagen habe! Kummer ist keinem Menschen zuträglich, daher ist es besser für Euch, nach Bogdaniec und nach Zgorzelic zurückzukehren, als hier Eure Tage zu vertrauern."

Ein tiefes Schweigen folgte, denn alle errieten, daß nun gar Wichtiges zur Sprache kommen werde – und erst nach einer Weile ließ sich Macko vernehmen: „Für uns wird es besser sein, aber auch für dich."

Doch Zbyszko schüttelte sein goldblondes Haupt.

„Nein!" antwortete er, „Gott gebe, daß auch ich nach Bogdaniec zurückkehren kann, aber jetzt muß ich einen anderen Weg einschlagen."

„Hei!" rief Macko aus, „ich glaubte, du seiest jetzt endlich am Ziel angelangt, aber hier gibt es, wie es scheint, kein Ziel. Fürchte doch Gott, Zbyszko!"

„Ihr wißt doch, daß ich ein Gelübde getan habe."

„Ist dies der Grund? Danuska ist nicht mehr am Leben und somit ist auch dein Gelübde hinfällig geworden. Der Tod hat deinen Schwur gelöst."

„Sie würde mich von meinem Schwur gelöst haben, aber nicht ihr habe ich geschworen. Bei meiner Ritterehre habe ich zu Gott geschworen. Bedenkt doch! Bei meiner Ritterehre!"

Alles, was die Ritterehre betraf, übte einen gleichsam magischen Einfluß auf Macko aus. Außer den Geboten Gottes und der Kirche gab es für ihn nur wenige Gesetze, die ihm zur Richtschnur dienten, aber von diesen wenigen ließ er sich auch vollständig leiten.

„Ich sage dir ja nicht, daß du deinen Schwur nicht halten sollst", bemerkte er.

„Aber was meint Ihr denn?"

„Ich meine nur, daß du ja auch später Zeit für alles hast, weil du noch gar jung bist. Gehe jetzt mit uns, ruhe dich aus – schüttle ab, was dich bedrückt – und dann, dereinst magst du wieder in die Ferne ziehen, wenn du Lust hast."

„Ich will so offen reden wie in der Beichte", entgegnete Zbyszko. „Seht, ich tue das, wozu es mich drängt, ich schwatze mit Euch, ich esse und trinke wie jeder Mensch, doch erkläre ich Euch der Wahrheit gemäß, daß ich mir im Innern, in meiner Seele, weder zu raten noch zu helfen weiß. Nur Trauer, nur Leid erfüllen mein Herz und bittere Tränen strömen mir unaufhaltsam aus den Augen."

„Gerade unter Fremden wirst du dich am meisten bedrückt fühlen."

„Nein", antwortete Zbyszko – „Gott ist mein Zeuge, daß ich in Bogdaniec vollständig von Kräften käme. Wenn ich Euch sage, daß ich nicht mit Euch gehen kann, so müßt Ihr mir glauben. Streit und Kampf sind mir notwendig, denn sie bringen mir Vergessenheit. Ich weiß, wenn ich mein Gelübde erfülle, wenn ich zu jener in das ewige Heil eingegangenen Seele zu sagen vermag: alles was ich dir verspreche, habe ich erfüllt, dann wird sie mich vollständig freigeben. Aber früher nicht! Nicht mit Stricken könntet Ihr mich in Bogdaniec festhalten."

Nach diesen Worten wurde es still in der Stube, so still, daß man die Fliegen an den Wänden hörte.

„Wenn er in Bogdaniec vollständig zugrunde gehen würde, dann ist es besser, er zieht in die Ferne", ließ sich schließlich Jagienka vernehmen.

Macko preßte beide Hände an den Kopf, wie er gewöhnlich zu tun pflegte, wenn ihm irgend etwas Kummer machte, dann seufzte er tief und sagte: „Barmherziger Gott!"

Jagienka indessen fuhr fort: „Zbyszko, aber du schwörst doch, daß, wenn Gott dich am Leben erhält, du nicht hierbleibst, sondern zu uns zurückkehrst?"

„Weshalb sollte ich nicht zu Euch zurückkehren? Wohl werde ich Spychow nicht meiden, aber hierbleiben werde ich nicht."

„Wenn du dich nicht von jenem Totenschrein trennen willst", setzte nun die junge Maid in etwas leiserem Ton hinzu, „können wir ihn nach Krzesnia überführen."

„Jagus!" rief Zbyszko aus.

Und hingerissen von Dankbarkeit sank er zu ihren Füßen nieder.

Elftes Kapitel

Der alte Ritter wollte sich durchaus mit Zbyszko zu dem Kriegsheer des Fürsten Witold begeben, aber jener ließ es nicht zu, daß sein Ohm auch nur davon sprach. Er bestand darauf, allein und ohne Gefolge, ohne Wagen, nur mit drei bewaffneten Mannen auszuziehen, von denen der eine die Nahrungsmittel, der zweite die Waffen und Kleider, der dritte die Bärenfelle, deren man sich beim Schlafen zu bedienen pflegte, mit sich führen sollte. Umsonst flehten ihn Jagienka und Macko an, Hlawa mitzunehmen, dessen Kraft, Treue und Ergebenheit sich so oft schon bewährt hatten. Er blieb unerschütterlich, indem er behauptete, er müsse Vergessenheit für den Gram suchen, der an ihm zehre, die Gegenwart des Knappen aber erinnere ihn an alles, was gewesen war und nun vergangen sei.

Aber ehe er aufbrach, wurden noch ernste Beratungen darüber abgehalten, was mit Spychow zu tun sei. Nach Mackos Ansicht war es am besten, die Besitzung zu verkaufen. Er nannte diesen Erdboden einen unglückseligen, der noch keinem Menschen Glück gebracht habe. In Spychow hatte sich ein großer Reichtum angesammelt, es herrschte Überfluß an Gold, Waffen, Pferden, Gewändern, Pelzen, wertvollen Fellen, kostbarem Hausrat und auch an Viehherden, und in Mackos Seele war der Wunsch rege, all diese Schätze für Bogdaniec zu verwenden, das ihm teurer war als irgendein anderer Ort auf der Welt. Sie berieten lange darüber, doch Zbyszko wollte nimmermehr in den Verkauf einwilligen.

„Wie kann ich dies den Gebeinen Jurands antun?" sagte er. „Soll ich ihm auf diese Weise die Wohltaten vergelten, mit denen er mich überschüttet hat?"

„Wir versprachen dir, Danusias Totenschrein mit uns zu nehmen", antwortete Macko, „wir können auch Jurands Leichnam überführen."

„Er ruht hier bei seinen Vätern und würde sich in Krzesnia nach diesen sehnen. Nehmt Ihr Danusia mit, so ist er getrennt von seiner Tochter, nehmt Ihr auch ihn mit, so begeht man ein Unrecht an den Vorfahren."

„Weiß du denn nicht, daß Jurand im Paradies täglich alle sieht? Und Pater Kaleb sagt ja, daß er im Paradies ist", entgegnete der alte Ritter.

Doch Pater Kaleb, der auf Zbyszkos Seite war, erklärte: „Seine Seele ist im Paradies, aber sein Körper wird auf Erden bleiben bis zum jüngsten Gericht."

Macko bedachte sich ein wenig, und seinem eigenen Gedankengang folgend, warf er jetzt ein: „Jurand wird freilich die nicht sehen, die nicht in das ewige Heil eingegangen sind, aber dem ist nicht abzuhelfen."

„Wozu Gottes Ratschluß zu erforschen suchen?" rief Zbyszko. „Und Gott gebe es nicht zu, daß ein Fremdling über der heiligen Asche von Jurands Vätern wohne. Weit besser ist's, ich lasse Jurands und Danusias sterbliche Überreste in der Gruft ihrer Väter, und Spychow würde ich nicht verkaufen, wenn man mir auch ein Fürstentum dafür böte."

Aus diesen Worten entnahm Macko, daß sein Wunsch nicht in Erfüllung gehen werde, denn er kannte die Halsstarrigkeit seines Brudersohnes, und im Innern verurteilte er sie nicht, wie er denn alles guthieß, was von dem jungen Kämpen ausging.

Daher bemerkte er nach einer Weile: „Der Bursche spricht mir zwar gegen den Strich, aber in dem, was er sagt, ist eine gewisse Wahrheit enthalten."

Gleichwohl war er ärgerlich und bekümmert, denn er wußte nicht, was nun zu tun sei.

Doch Jagienka, die bisher geschwiegen hatte, machte jetzt einen neuen Vorschlag: „Am besten wäre es, wenn sich ein redlicher Mann fände, der Spychow verwalten oder in Pacht nehmen würde. Das Gut zu verpachten, wird wohl das Angemessenste sein, denn Ihr habt dann keine Sorge und Plage und immer bares Geld. Wäre vielleicht Tolima der Richtige? Freilich, er ist alt und versteht sich besser auf die Kriegskunst als auf die Landwirtschaft. Also wenn er sich nicht dazu bereiterklärt, würde Pater Kaleb es vielleicht tun?"

„Liebes Mägdlein!" antwortete Pater Kaleb, „für Tolima und mich wird sich gar bald eine geeignete Ruhestätte finden, aber die Erde, die uns dann deckt, ist nicht die, auf der wir jetzt wandeln."

So sprechend, wandte er sich zu Tolima: „Ist's nicht so, Alter?"

Tolima legte die Hand an sein spitziges Ohr und fragte, um was es sich handle. Als ihm alles laut und deutlich erklärt wurde, bemerkte er: „Das ist die heilige Wahrheit. Zur Landwirtschaft tauge ich nicht! Das Beil verstehe ich besser zu führen als den Pflug. Meinen Herrn und seine Tochter möchte ich noch rächen."

Und er streckte seine mageren aber sehnigen Hände mit den gekrümmten Fingern aus, die den Klauen eines Raubvogels glichen, dann wandte er sein graues, wolfsähnliches Haupt gegen Macko und Zbyszko, indem er hinzufügte: „Nehmt mich mit, wenn Ihr gegen die Deutschen auszieht, Euer Gnaden, da kann ich Euch gute Dienste leisten."

Und er sprach wahr. Hatte er doch nicht wenig zur Vergrößerung von Jurands Reichtum beigetragen, aber nicht durch friedliche Feldarbeit, sondern durch Beute, die er im Krieg gemacht hatte.

Da begann Jagienka, die während dieses Gespräches im stillen erwogen hatte, was nun zu tun sei, aufs neue: „Hier ist ein junger Kämpe nötig, der niemanden fürchtet – liegt doch das Gebiet von Spychow an der Grenze des Ordens – ein junger Kämpe, sage ich, der sich vor den Deutschen nicht verbergen, ja, sie sogar aufsuchen würde, mit einem Wort, ich glaube, daß Hlawa der richtige Mann wäre …"

„Seht, wie sie wieder Pläne macht", rief Macko aus, dem es, trotz seiner Liebe für Jagienka, nicht in den Sinn wollte, daß in einer solchen Angelegenheit auch ein Weib, und zudem ein unverheiratetes, das Wort nahm.

Aber der Böhme erhob sich von der Bank, auf der er saß, und sagte: „Gott weiß, daß ich gerne mit Herrn Zbyszko in den Krieg ziehen würde, denn wir haben miteinander schon manchen Deutschen gerupft – und wir könnten vielleicht noch mehr rupfen ... Aber wenn ich hierbleiben soll, so bleibe ich. Tolima ist mein Freund, und er kennt mich ... Die Grenze des Ordensgebietes ist ganz nahe ... Gut! das ist mir gerade recht. Wir wollen sehen, wer der Nachbarschaft zuerst überdrüssig wird. Ich sie fürchten! Nein! Aber sie sollen mich fürchten! Auch verhüte unser Herr Jesus, daß ich Euer Gnaden durch die Bewirtschaftung Schaden zufüge und alles an mich raffe. Hierin kann die Jungfrau Zeugnis für mich ablegen, denn sie weiß, daß ich lieber hundertmal sterben als ihr Vertrauen mißbrauchen würde ... Von der Landwirtschaft verstehe ich so viel wie ich in Zgorzelic gelernt habe, doch das habe ich schon wahrgenommen, daß man hier häufiger Beil und Schwert als den Pflug handhaben muß. Und dies alles ist sehr nach meinem Sinn, nur ... Wenn ich hierbleibe ..."

„Nun, was meinst du?" fragte Zbyszko. „Weshalb zögerst du?"

„Nun, wenn die Herrin in die Ferne zieht, dann ziehen auch alle mit ihr. Krieg zu führen und auf einem Gut zu wirtschaften, muß recht schön sein, aber ganz allein ... Ohne Beistand ... Es wäre mir furchtbar traurig zumute ohne die Herrin und ohne ... das muß ich sagen ... und da die Herrin nicht ohne Begleitung fortgeht ... so würde niemand mir hier helfen ... daher weiß ich nicht ..."

„Wovon schwatzt dieser Bursche denn?" fragte Macko.

„Ihr habt einen scharfen Verstand und habt doch nichts erraten", erwiderte Jagienka.

„Was meinst du?"

Doch anstatt zu antworten, wandte sie sich an den Knappen: „Und wenn Anielka Sieciechowa bei dir bliebe – würdest du hier aushalten?"

Hier warf sich der Böhme so gewaltsam zu ihren Füßen nieder, daß der Staub vom Fußboden aufflog.

„Mit ihr würde ich auch in der Hölle aushalten!" rief er, Jagienkas Knie umfassend.

Als Zbyszko diesen Ausruf hörte, blickte er voll Staunen auf den Knappen, da er zuvor nichts gewußt und auch nichts geahnt hatte, und Macko verwunderte sich im stillen nicht wenig darüber, daß eine Frau in allen Lebensfragen eine so wichtige Rolle spielen, und daß durch sie eine Sache vollständig glücken oder fehlschlagen kann.

„Gott sei gepriesen", murmelte er, „daß ich den Weibern niemals viel Beachtung geschenkt habe."

Sich wiederum zu Hlawa wendend, sagte Jagienka indessen: „Nun müssen wir nur noch fragen, ob Anielka mit dir hierbleiben will."

Sie rief die junge Maid herbei, und diese erriet offenbar, um was es sich handle, denn sie hielt die Hände über die Augen, als sie eintrat, und hatte das Haupt so tief herabgesenkt, daß nur ihre hellen Haare zu sehen waren, die unter den auf sie fallenden Sonnenstrahlen noch lichter aussahen als sonst. An der Tür blieb sie stehen, dann aber eilte sie auf Jagienka zu, fiel vor ihr nieder und barg ihr Gesicht in deren Gewand. Und Hlawa kniete an Anielkas Seite nieder und sagte: „Segnet uns, Herrin!"

Zwölftes Kapitel

Am folgenden Tag brach Zbyszko auf, um wieder in die Ferne zu ziehen. Als er sein hohes Streitroß bestieg, scharten sich die Zurückbleibenden dicht um ihn. Jagienka, die am Steigbügel stand, richtete schweigend ihre traurigen, blauen Augen zu dem jungen Kämpen empor, wie wenn sie sich vor der Trennung sein Bild noch recht tief einprägen wolle. Auf der anderen Seite standen Macko und Pater Kaleb, dicht daneben der Knappe sowie Anielka. Zbyszko wandte das Haupt bald hierhin bald dorthin, die kurzen Redensarten mit den Zurückbleibenden austauschend, die man gewöhnlich vor einer langen Fahrt äußert: „Bleibt gesund." – „Möge Gott dich geleiten!" – „Nun ist es Zeit!" – „Hei! Es ist Zeit! Es ist Zeit!" Zuvor schon hatte er Abschied von allen genommen, auch von Jagienka, zu deren Füßen er niedergefallen war, um ihr für ihre Güte zu danken. Und jetzt, während er von seinem hohen Sattel auf sie niederschaute, sehnte er sich danach, ihr noch einige herzliche Worte zu sagen, da in ihren Augen, in ihrem emporgerichteten Antlitz so deutlich zu lesen war: „Kehre zurück!" daß sein Herz vor Dankbarkeit schwoll. Und wie wenn ihre stumme Beredsamkeit einen Widerhall in ihm fände, sprach er: „Jagus, zu dir rede ich, wie zu meiner leiblichen Schwester ... Du weißt! ... Mehr will ich nicht sagen!"

„Ich weiß! ... Gott lohne dir!"

„Und vergiß des Oheims nicht."

„Und vergiß du nicht, daß" –

„Ich kehre zurück, sei dessen gewiß, wenn ich nicht dem Tod zur Beute falle."

„Gehe nicht in den Tod!"

Schon einmal, in Plock, als er ihr gegenüber erwähnte, daß er wieder gegen den Feind ziehen werde, hatte sie ihm gesagt: „Gehe nicht in den Tod!" aber jetzt kamen diese Worte aus tiefstem Herzen, und vielleicht um ihre Tränen zu verbergen, neigte sie sich so tief herab, daß ihre Stirn für einen Augenblick Zbyszkos Knie berührte.

Da begannen am Tor die berittenen Mannen, welche die schon beladenen Saumrosse hielten, zu singen:

> „Nicht dahin ist der Reif, der güldene Reif
> Nicht verloren.
> Ein Rabe bringt ihn wieder, vom Feld wieder
> Dem Mägdlein" –

„Auf denn!" rief Zbyszko.

„Auf denn!"

„Gott geleite dich! Und die heilige Jungfrau!"

Die hölzerne Zugbrücke erdröhnte von dem Hufschlag der Pferde, eines derselben wieherte unausgesetzt, die anderen begannen laut zu schnauben, und der kleine Zug setzte sich in Bewegung.

Jagienka, Macko und Pater Kaleb, Tolima, sowie der Böhme mit seinem Weib und die Diener, die in Spychow zurückblieben, traten auf die Brücke hinaus und blickten den Reitern nach. Pater Kaleb hörte nicht auf, sie mit dem Zeichen des heiligen Kreuzes zu segnen, bis sie hinter einem hohen Erlengebüsch verschwunden waren, dann sagte er: „Unter diesem Zeichen wird sie kein Unheil treffen."

Und Macko fügte hinzu: „Gewiß, aber es war auch eine gute Vorbedeutung, daß die Pferde ein so furchtbares Schnauben hören ließen."

Auch Macko blieb nicht lange in Spychow. Nach vierzehn Tagen brachte er die Sache mit dem Böhmen zu Ende, indem er ihm das Gut in Pacht gab, er selbst aber machte sich an der Spitze einer langen Reihe von Wagen, umgeben von seinen bewaffneten Mannen, mit Jagienka auf den Weg nach Bogdaniec.

Es waren keine frohen Blicke, mit denen Pater Kaleb und der alte Tolima jene Wagen verfolgten, denn, die Wahrheit zu sagen, hatte Macko die Burg ein wenig ausgeplündert. Weil indessen Zbyszko ihm die Oberleitung über alles gegeben hatte, wagte niemand, Einspruch zu erheben. Er hätte noch mehr mitgenommen, wäre er nicht durch Jagienka daran gehindert worden, mit der er zwar in Streit geriet, wobei er sein Erstaunen über ihren „Altweiberverstand" ausdrückte, der er aber schließlich, wie fast in allem, nachgab.

Danusias sterbliche Hülle führten sie jedoch nicht mit sich fort, denn da Spychow nicht verkauft worden war, wünschte Zbyszko, daß sie in der Gruft bei ihren Vätern bleibe. Sie nahmen beträchtliche Geldsummen mit und Schätze allerlei Art, die zum größten Teil durch Jurand in seinen Kämpfen mit den Deutschen erbeutet worden waren. Während jetzt Macko auf die schwerbeladenen, mit Binsenmatten bedeckten Wagen blickte, freute er sich in der Seele bei dem Gedanken, welche Verbesserungen und neue Einrichtungen er nun in Bogdaniec zu treffen vermöge. Diese Freude wurde ihm zwar durch die Angst vergiftet, Zbyszko könne in einem Kampf erliegen, jedoch da er wußte, wie gewandt sein Brudersohn in ritterlichen Künsten war, verlor er nicht die Hoffnung, daß er glücklich zurückkehren werde, und voll Entzücken vergegenwärtigte er sich diesen Augenblick.

„Vielleicht war es Gottes Wille", sagte er sich, „daß Zbyszko zuerst Spychow erhalten sollte, und daß ihm später Moczydoly sowie alles, was der Abt hinterließ, zuteil werde. Wenn er nur glücklich zurückkehrte, so will ich ihm ein Schloß in Bogdaniec bauen, das seiner würdig ist, und dann werden wir sehen …"

Hier kam ihm in den Sinn, daß Cztan aus Rogow und Wilk aus Brzozowa ihn sicherlich nicht allzu freundlich empfangen würden, und daß er vielleicht Kämpfe mit ihnen zu bestehen habe, doch hegte er deshalb keine Furcht.

Indessen beunruhigte ihn etwas anderes: „Wann Zbyszko zurückkehrt, weiß Gott allein, und zudem betrachtet er Jagienka nur wie eine Schwester", sagte er sich. „Wenn aber die Maid nun auch einen Bruder in ihm sieht und nicht auf seine ungewisse Rückkehr warten will?"

So wandte er sich denn zu ihr und sprach: „Höre mich an, Jagna! Von Cztan und Wilk will ich gar nicht reden, denn das sind ungeschlachte Bauern und passen nicht zu dir. Du bist ja jetzt ein Hoffräulein! ... Aber da du nun alt genug bist, kann ich mit dir darüber reden ... Der verstorbene Zych sagte mir schon, daß du dir wohl bewußt wärst, was Gottes Wille ist, und dies war vor einigen Jahren ... Und ich weiß wohl, daß weder Cztan noch Wilk in Betracht kommen ... Aber wie denkst du darüber?"

„Was wollt Ihr denn wissen?" fragte Jagienka.

„Willst du dich nicht vermählen?"

„Ich? ... Ich gehe in ein Kloster!"

„Was sprichst du da! Und wenn Zbyszko zurückkehrt?"

Sie schüttelte das Haupt.

„Ich gehe ins Kloster!"

„Und wenn er dich liebte? Wenn er dich recht inständig bäte, es nicht zu tun?"

Da wandte die Maid ihr glühendes Antlitz von ihm ab und dem Gefilde zu, aber ein Windhauch, der aus jener Richtung kam, brachte Macko die Antwort: „Dann gehe ich nicht ins Kloster!"

Zehnter Teil

Erstes Kapitel

Sie verweilten einige Zeit in Plock, um die nach dem Testament des Abtes Jagienka zufallende Erbschaft zu ordnen, und mit den nötigen Dokumenten versehen, zogen sie weiter, ohne auf ihrem Weg oft Rast zu machen. Dieser war jetzt nicht beschwerlich und völlig gefahrlos, denn durch die Hitze waren die Moräste ausgetrocknet, die Flüsse in ihr Bett zurückgetreten, und die Landstraße führte durch eine friedliche, von gastfreundlichen Heimatgenossen bewohnte Gegend. Von Sieradz aus sandte der vorsichtige Macko einen Knecht nach Zgorzelic, um seine und Jagienkas Ankunft zu melden. Daraufhin eilte ihnen Jasko, der Bruder Jagienkas, bis zur Hälfte des Wegen entgegen und geleitete sie an der Spitze einiger bewaffneter Mannen nach Hause.

Dieses Zusammentreffen erregte viel Jubel, und freudige Ausrufe der Begrüßung wurden laut. Jasko war der Schwester immer so ähnlich gewesen wie ein Tropfen Wasser dem anderen, aber jetzt überragte er sie an Größe. Er war ein prächtiger Bursche, mutig, heiter wie sein Vater, von dem er die Lust an frohem Gesang ererbt hatte, und voll sprühendem Leben. Er fühlte sich älter als seine Jahre, war sich seiner Kraft wohl bewußt und meinte, er sei schon ein reifer Mann, denn er verstand es, seinen Knechten den Gebieter zu zeigen, und sie führten schleunigst jeden seiner Befehle aus, offenbar sein Ansehen und seine Macht fürchtend.

Macko und Jagienka staunten nicht wenig über ihn, während er mit großer Freude die Schönheit und das verfeinerte Wesen seiner Schwester bewunderte, die er so lange nicht mehr gesehen hatte. Er erzählte ihnen, er habe schon die Absicht gehegt, Jagienka aufzusuchen, und wenn sie etwas später angekommen wäre, so hätten sie ihn nicht mehr in Zgorzelic getroffen. Denn es sei sein Wunsch, die Welt zu sehen, sich mit anderen Menschen zu messen, sich die Ritterkünste zu erwerben, sowie auch da und dort Gelegenheit zum Kampf mit fahrenden Rittern zu finden.

„Es ist gut, wenn man die Sitten und Gebräuche der Menschen kennenlernt", antwortete Macko, „denn man erfährt dadurch, was man in jeder Lage zu sagen und zu tun hat, und die natürlichen Geistesgaben werden entwickelt. Was aber die Kämpfe anbelangt, so ist es besser, wenn ich dir sage, daß du noch zu jung dazu bist, als wenn irgendein fremder Ritter es dir sagen müßte, der dich zudem unfehlbar auslachen würde."

„Aber wenn er mich genug ausgelacht hätte, würde er jammern", entgegnete Jasko, „oder seine Ehegemahlin und seine Kinder würden jammern."

Und er schaute mit drohenden Blicken umher, wie wenn er allen fahrenden Rittern der Welt sagen wollte: „Bereitet Euch zum Tod!" Doch der alte Ritter aus Bogdaniec fragte: „Und Cztan und Wilk, haben sie Euch in Frieden gelassen? Ich frage deshalb, weil beide Jagienka nur zu gern sahen."

„Ei! Wilk ist in Schlesien erschlagen worden. Dort wollte er eine deutsche Burg erstürmen und nahm sie auch ein, aber da wurde ein Holzblock von den Zinnen auf ihn herabgeschleudert, und nach zwei Tagen tat er den letzten Atemzug."

„Es ist schade um ihn! Auch sein Vater zog häufig nach Schlesien gegen die Deutschen, die unser Volk so sehr bedrücken und es ausplündern. Die schwierigste Aufgabe ist die Einnahme einer Burg, denn weder Waffen noch Rüstung, noch ritterliche Künste sind uns dabei von Nutzen. Gott gebe, daß Fürst Witold keine Burgen erobern, sondern die Kreuzritter auf offenem Feld vernichten will! Und Cztan? Was hört man von ihm?"

Jasko fing an zu lachen.

„Cztan hat sich vermählt. Er nahm die wegen ihrer Schönheit berühmte Tochter eines Großbauern aus Wysokie Brzeg zum Weib. Hei! Nicht nur hübsch ist sie, sondern auch gewandt und rührig. Dem Cztan geht doch mancher gern aus dem Weg, sie aber schlägt ihn auf die bärtige Schnauze und führt ihn an der Nase herum wie einen Bären an einer Kette."

Der alte Ritter war sehr aufgeräumt, als er dies hörte.

„Da seht einmal! Alle Weiber sind gleich. Jagienka, du wirst einst geradeso sein! Gott sei gelobt, daß durch diese beiden Raufbolde kein Unheil angestiftet wurde, denn offen gesprochen, wundert es mich, daß sie in ihrer Bosheit Bogdaniec nicht beschädigt haben."

„Cztan wollte es auch tun, aber Wilk, welcher der Klügere von beiden war, gestattete es nicht. Er kam zu uns nach Zgorzelic und fragte: ‚Was ist aus Jagienka geworden?' Ich sagte, eine Erbschaft von dem Abt habe sie veranlaßt, in die Ferne zu ziehen. Da fragte er: ‚Weshalb hat mir Macko nichts davon gesagt?' Ich gab ihm die Antwort: ‚Warum hätte er es dir sagen sollen? Ist Jagienka etwa die Deine?' Und nachdem er eine Weile nachgedacht hat, da erwiderte er: ‚Du hast recht, sie ist nicht die Meine!' Und da er einen scharfen Verstand hatte, begriff er selbstverständlich, daß er Euch und uns für sich gewinnen würde, wenn er Bogdaniec Cztan gegenüber verteidigte. So kämpften sie denn miteinander, zerfleischten sich gegenseitig und tranken sich dann voll, wie dies ihre Gewohnheit war."

„Gott sei Wilks Seele gnädig!" sagte Macko.

Und er atmete tief auf, froh darüber, daß ihm in Bogdaniec kein anderer

Schaden erwachsen war als der, den seine lange Abwesenheit veranlaßt hatte.

In der Tat war kein Anlaß zur Unzufriedenheit vorhanden, im Gegenteil, der Viehstand hatte sich vergrößert, mit der kleinen Stutenherde liefen schon mehrere zweijährige Fohlen, von denen einige, ungewöhnlich große und starke, die Abkömmlinge der friesischen Hengste waren. Der einzige Verlust bestand darin, daß einige der Kriegsgefangenen entflohen waren. Doch nicht viele hatten dieses Wagnis unternommen, denn sie konnten sich nur nach Schlesien wenden, und dort wurden die Gefangenen von den Deutschen und von den sich zu den Deutschen zählenden Raubrittern schlimmer behandelt, als von den polnischen Edelleuten. Aber das ungeheure, alte Gebäude sah noch baufälliger aus als früher, der Mörtel war abgefallen, die Wände und die Decken waren geborsten, und die vor zweihundert oder auch mehr Jahren zusammengefügten Balken aus Lärchenholz waren morsch geworden. In alle einst von den zahlreichen Sippen aus Bogdaniec bewohnten Stuben war während der langen Regengüsse im Sommer das Wasser eingedrungen. Das Dach hatte Löcher bekommen und war mit Büscheln aus grünem und rostbraunem Moos bedeckt. Das ganze Haus hatte sich gesenkt und sah aus wie ein umfangreicher, geschwärzter Pilz.

„Mit ein wenig Sorgfalt könnte es erhalten werden, denn der Verfall ist noch nicht allzuweit vorgeschritten", sagte Macko zu dem alten Bauernvogt Kondrat, der während der Abwesenheit seiner Gebieter das Gut verwaltet hatte.

Und nach einer Weile fügte er hinzu: „Ich für meinen Teil würde gern bis zu meinem Tod hier wohnen, aber Zbyszko muß ein Kastell haben!"

„Um Gottes willen! Ein Kastell?"

„Ei, und warum denn nicht?"

Es war der Lieblingsgedanke des alten Ritters, für Zbyszko und dessen Nachkommen ein Kastell zu erbauen. Er wußte, daß ein Edelmann, der nicht auf einem gewöhnlichen Hof, sondern hinter einem Graben und Palisaden wohnte, ein Edelmann, der sich des Besitzes einer Warte rühmen durfte, von der ein Wächter in die Runde schauen konnte, bei den Nachbarn ein gewisses Ansehen genoß, und daß er in allem leichteres Spiel hatte. Für sich verlangte Macko nicht viel, aber für Zbyszko und dessen Sprößlinge erschien ihm alles zu gering, umsomehr als sich ihre Habe in der letzten Zeit so beträchtlich vergrößert hatte.

„Mag er nun Jagienka nehmen", dachte er. „Mit ihr erhält er Moczydoly, sowie das ihr vom Abt zugefallene Erbe, und dann wird im ganzen Umkreis niemand uns gleichkommen. Gott gebe dies!"

Aber alles hing davon ab, ob Zbyszko zurückkehrte, dies war jedoch unsicher und hing wiederum von der Barmherzigkeit Gottes ab. Daher sagte sich Macko, daß es für ihn nötig sei, sich jetzt in Gunst bei dem Herrgott zu setzen, daß er dessen Zorn nicht auf sich laden dürfe, sondern alles tun müsse, um dessen Gnade zu gewinnen. Von diesem Gedanken erfüllt, ließ er es in der Kirche von Krzesnia weder an Wachs, noch an Getreide, noch an Wildbret fehlen, und eines Abends in Zgorzelic angelangt, sagte er zu Jagienka: „Nach Krakau wallfahre ich morgen, an das Grab unserer Königin, der heiligen Jadwiga."

Voll Schrecken sprang Jagienka von der Bank empor.

„So habt Ihr schlimme Botschaft erhalten?"

„Keinerlei Botschaft ist mir zugekommen, und es wäre auch nicht möglich. Aber du wirst dich erinnern, daß ich zu jener Zeit, als ich mit dem Splitter in der Seite krank daniederlag – du weißt doch – und als du dann mit Zbyszko auf die Biberjagd gingst, gelobte, ich wolle zu ihrem Grab wallfahren, wenn Gott mich gesunden lasse. Damals wurde mein Vorhaben von allen gepriesen. Und wahrlich! Unser Herrgott hat genug heilige Diener da oben, aber nicht jeder Heilige hat ein solches Ansehen wie unsere gnädige Herrin, die ich nicht beleidigen möchte, besonders weil es sich um Zbyszko handelt."

„Ihr habt recht! Bei meinem Leben!" erwiderte Jagienka. „Aber Ihr seid doch jetzt erst von einer beschwerlichen Fahrt zurückgekehrt."

„Was will das bedeuten! Ich wünsche alles sofort zu Ende zu bringen und dann ruhig zu Hause zu bleiben, bis Zbyszko zurückkehrt. Möge unsere Königin Fürbitte bei dem Herrn Jesus für ihn einlegen, dann können auch zehn Deutsche bei seiner guten Rüstung ihm nichts anhaben. Nach dieser Wallfahrt kann ich mit größerer Zuversicht den Bau des Kastells unternehmen."

„Zumal Ihr noch so starke Knochen habt."

„Gewiß, ich fühle mich recht kräftig. Doch will ich dir noch etwas anderes sagen. Mag Jasko, den es in die Ferne zieht, mit mir gehen. Ich bin ein erfahrener Mann und wohl imstande, ihn im Zaum zu halten. Und wenn wir irgendein Abenteuer zu bestehen hätten – denn dem Bürschlein zucken ja schon die Finger – so schadet es nichts. Du weißt ja, daß es mir nichts neues ist, zu Fuß oder zu Roß, mit dem Schwert oder mit der Streitaxt zu kämpfen."

„Ich weiß! Niemand könnte ihn besser behüten als Ihr!"

„Aber ich glaube, es wird nicht zum Kampf kommen, denn solange die Königin lebte, wimmelte es in Krakau von fremden Rittern, die ihre Augen an der Schönheit der Herrin weiden wollten, aber jetzt ziehen sie vor, nach Marienburg zu gehen, weil die Tonnen dort fast von Malvasier bersten."

„Ei, wir haben ja eine neue Königin."

Macko schnitt eine Grimasse und machte eine Bewegung mit der Hand.

„Ich habe sie gesehen! – Mehr sage ich nicht – verstehst du?"

Nach einer Weile fügte er hinzu: „Nach drei oder vier Wochen werden wir zurückkehren."

In der Tat führte der alte Ritter aus, was er sich vorgenommen hatte. Er ließ Jasko bei seiner Ritterehre und bei dem Haupt des heiligen Georg schwören, daß er nicht auf seinem Vorhaben, eine längere Fahrt zu unternehmen, beharren werde, und sie brachen auf.

Ohne Unfall kamen sie in Krakau an, denn es herrschte Frieden in dieser Gegend. Nachdem Macko seinem Gelübde Genüge getan hatte, gelang es ihnen, durch Powala aus Taczew und den jungen Knäs Jamont Zutritt an dem königlichen Hof zu erlangen. Macko war der Meinung gewesen, daß er von den Hofherren und hohen Würdenträgern eifrig nach den Kreuzrittern ausgeforscht werde, da er Gelegenheit gehabt hatte, sie kennenzulernen und in der Nähe zu beobachten. Aber nach einer Unterredung mit dem Kanzler und mit dem Krakauer Schwertträger kam er voll Staunen zu der Überzeugung, daß sie nicht weniger, sondern mehr als er von den Kreuzrittern wußten. Sie wußten alles, selbst die geringfügigsten Dinge, die sowohl in Marienburg als auch in anderen, und sogar in den entferntesten Burgen vorgingen. Sie wußten, welche Heeresabteilungen sich dort befanden, wie groß die Zahl der Krieger und die Zahl der Geschützstücke, welche Zeit vonnöten war, um ein Kriegsheer zusammenzuziehen, und welche Pläne die Kreuzritter für den Kriegsfall hatten. Sie wußten sogar von jedem Komtur, ob er jähzornig und leidenschaftlich oder bedächtig war, und sie hatten all diese Tatsachen so sorgfältig verzeichnet, wie wenn der Ausbruch des Krieges am folgenden Tag bevorstünde.

Der alte Ritter freute sich im Innern nicht wenig darüber, denn er erkannte, daß man sich in Krakau mit weit mehr Überlegung, Umsicht und Tatkraft zum Krieg rüstete als in Marienburg. „Unser Herr Jesu hat uns mindestens ebensoviel oder auch noch mehr Tapferkeit verliehen", sagte sich Macko, „gewiß aber mehr Verstand und größere Erfahrung." Und so war es in der Tat zu jener Zeit. Er erfuhr auch bald, woher jene Nachrichten gekommen waren. Die Einwohner von Preußen selbst, Leute aus allen Ständen, Deutsche wie auch Polen, hatten Kunde gebracht. Dem Orden war es gelungen, einen solchen Haß gegen sich zu erwecken, daß alle im preußischen Land auf das Eintreffen der Kriegsheere Jagiellos wie auf ihre Erlösung harrten. Macko gedachte jetzt der Worte, die Zindram aus Maszkowice seinerzeit in Marienburg ihm gegenüber geäußert hatte und sagte sich im Geist: „Das ist ein Kopf! Eine Welt von Weisheit birgt sich darin."

Und er rief sich jedes seiner Worte ins Gedächtnis zurück, ja, einmal als der junge Jasko ihn über die Kreuzritter ausforschte, führte er sogar Zindrams weise Rede an, indem er bemerkte: „Stark sind sie, diese Schufte, aber was denkst du denn? Wird nicht jeder Ritter, sogar der stärkste, aus dem Sattel fliegen, wenn man Sattelgurt und Steigbügel unter ihm zerschneidet?"

„Er wird aus dem Sattel fliegen, so wahr ich hier stehe!" antwortete der Jüngling.

„Ha! Siehst du?" rief Macko mit einer wahren Donnerstimme. „Zu dieser Einsicht wollte ich dich bringen."

„Weshalb?"

„Weil der Orden solch ein Ritter ist."

Und nach einer Weile fügte er hinzu: „Aus dem Mund des ersten besten wirst du dies nicht hören, dessen kannst du gewiß sein."

Und als Jasko noch nicht begriff, um was es sich handelte, begann er ihm die Sache zu erklären, vergaß jedoch hinzuzufügen, daß nicht er selbst diesen Vergleich gemacht hatte, sondern daß er Wort für Wort dem klugen Kopf Zindrams aus Maszkowice entsprungen war.

Zweites Kapitel

In Krakau verweilten sie nicht lange, und ohne die Bitten Jaskos, der sich Stadt und Leute anschauen wollte, da ihm alles wie ein wunderbarer Traum erschien, wären sie noch rascher wieder aufgebrochen. Aber der alte Ritter beeilte sich so sehr, noch zur Erntezeit an seinen häuslichen Herd zurückzukommen, und selbst die inständigsten Bitten halfen so wenig, daß am Tag Mariä Himmelfahrt der eine schon in Bogdaniec, der andere in Zgorzelic angekommen war.

Von dieser Zeit an begann für sie ein ziemlich einförmiges Leben, das ganz von der Feldarbeit und von den gewöhnlichen ländlichen Beschäftigungen ausgefüllt war. In dem niedriggelegenen Zgorzelic, vornehmlich aber in Moczydoly, Jagienkas Gut, fiel die Ernte vortrefflich aus, in Bogdaniec hingegen war die Frucht infolge des trockenen Jahres nur spärlich geraten, und es bedurfte keiner großen Mühe, um sie einzusammeln. Im allgemeinen befand sich wenig bestelltes Land dort, denn das Gut war reich an Waldungen, und infolge der langen Abwesenheit der Gebieter lag sogar auch der Boden, den der Abt durch Ausroden hatte urbar machen lassen, wegen Mangel an Arbeitskräften brach. Obwohl nun der alte Ritter einen solchen Verlust sonst kaum verschmerzte, nahm er sich dies nicht allzusehr zu Herzen, weil er sich sagte, daß es ihm leicht fallen werde, durch Geld alles in Ordnung und in das richtige Geleis zu bringen – wenn er nur wußte, für wen er arbeitete und sich abmühte. Aber gerade durch diesen Zweifel konnte keine Freude an seinem Werk aufkommen. Zwar ließ er seine Hände nicht müßig ruhen, er erhob sich vor Tagesanbruch, ritt hinaus zu den Herden, beaufsichtigte die Arbeit in Wald und Feld, ja er wählte sogar schon einen Platz für das Kastell und suchte das Bauholz aus, doch wenn nach einem heißen Tag die Sonne versank und mit einem goldenen und rötlichen Schimmer den Abendhimmel färbte, da ergriff ihn zuweilen eine so unendliche Sehnsucht und ein Angstgefühl, wie er es bisher noch nie empfunden hatte. „Ich gönne mir keine Ruhe und plage mich hier", sagte er sich, „während mein armer Zbyszko vielleicht von einem Speer durchbohrt irgendwo auf freiem Feld liegt und die Wölfe ihm den Totengesang heulen." Bei diesem Gedanken zog sich ihm das Herz krampfhaft zusammen. Dann lauschte er aufmerksam, ob sich wohl der Hufschlag von Pferden vernehmen lasse, wodurch Jagienkas Ankunft sich täglich kundgab, denn trotzdem er ihr gegenüber stets behauptete, daß er voll Hoffnung sei, schöpfte er doch durch sie erst frischen Mut, und sein gebeugter Geist richtete sich bei ihrem Anblick von neuem auf.

Und sie kam Tag für Tag, gewöhnlich gegen Abend, die Armbrust und den Speer am Sattel, um sich gegen einen Überfall bei der Rückkehr zu schützen. Es war zwar durchaus nicht anzunehmen, daß sie Zbyszko schon in Bogdaniec treffen werde, da Macko ihr gegenüber niemals seine Überzeugung verhehlte, man dürfe ihn nicht vor einem Jahr erwarten – aber offenbar nährte die Maid diese Hoffnung in sich, denn sie erschien nicht wie in den alten Zeiten in einer nur losen gegürteten Kleidung, den Schafpelz über die Schultern geworfen und mit Blättern in den wirren Haaren, sondern mit schön geflochtenen Zöpfen und in einem enganliegenden, farbigen Tuchgewand aus Sieradz. Macko eilte ihr entgegen und ihre erste Frage lautete immer, gerade als ob es ihr von jemandem eingeprägt worden wäre: „Wie ist es?" Und seine Antwort lautete: „Noch ist keine Kunde gekommen!" Hierauf führte er sie in die Stube und beim Herdfeuer plauderten sie von Zbyszko, von Litauen, von den Kreuzrittern und vom Krieg – immer wieder von neuem beginnend, fortwährend von denselben Dingen – und keiner der beiden wurde dieses Gespräches jemals müde, im Gegenteil, sie konnten sich nie genug daran tun.

So blieb es viele Monate hindurch. Zuweilen ritt Macko nach Zgorzelic, aber häufiger geschah es, daß Jagienka nach Bogdaniec kam. Manchmal, wenn es in der Umgebung nicht sicher war, geleitete Macko die Maid nach Hause. Gut bewaffnet, hegte der Ritter keine Furcht vor wilden Tieren, denn er war ihnen gefährlicher als sie ihm. Dann ritt er dicht neben Jagienka her, und aus dem Innern des Waldes erscholl gar häufig dumpfes, drohendes Gebrüll, sie aber, alles vergessend, was um sie vorging, sprachen nur von Zbyszko. Wo er wohl sein möchte? Was er wohl tat? Ob er schon so viele Kreuzritter erschlagen hatte oder noch erschlagen werde, wie er Danusia und deren Mutter gelobt hatte? Ob seine Rückkehr nun bald bevorstehe? Dabei richtete Jagienka Fragen an Macko, die sie schon unzählige Male an ihn gerichtet hatte, und er beantwortete sie mit derselben ernsten Bedächtigkeit, als wenn er sie zum erstenmal höre.

„Ihr meint also", erkundigte sie sich, „daß der Kampf auf dem Schlachtfeld minder gefährlich für einen Ritter sei, als die Erstürmung einer Burg?"

„Du hörtest doch, was Wilk widerfahren ist? Vor einem Holzblock, der von einem Wall herabgeschleudert wird, vermag keine Rüstung zu schützen, im Feld hingegen muß sich ein in der Kriegskunst erfahrener Ritter selbst dann nicht ergeben, wenn auch zehn Feinde ihm gegenüberstehen."

„Und Zbyszko? Besitzt er eine gute Rüstung?"

„Er besitzt einige gute Rüstungen, und die beste ist die von den Friesen erbeutete, denn sie ist in Mailand geschmiedet worden. Erst war sie ihm noch ein wenig zu weit, doch jetzt ist sie wie für ihn gemacht."

„Und an einer solchen Rüstung prallt doch jede Waffe ab? Glaubt Ihr nicht?"

„Was Menschenhand geschaffen hat, kann durch Menschenhand auch zerstört werden. Gegen die mailändische Rüstung kämpft man mit dem mailändischen Schwert, und die Engländer schießen ihre Pfeile dagegen ab."

„Die Engländer schießen ihre Pfeile dagegen ab?" fragte Jagienka voll Bestürzung.

„Habe ich dir noch nicht von ihnen gesprochen? Bessere Bogenschützen als sie gibt es nicht auf der ganzen Welt, die Bewohner der masovischen Wälder ausgenommen. Aber die Masuren haben nicht so treffliche Bogen wie die Engländer. Ein englischer Pfeil durchbohrt auf hundert Schritte die beste Rüstung. Bei Wilna habe ich dies mitangesehen. Und kein Engländer verfehlt sein Ziel, und es gibt manche unter ihnen, die einen Habicht im Flug treffen."

„O diese Söhne der Hölle! Wie habt Ihr Euch ihnen gegenüber zu helfen gewußt?"

„Es gibt kein anderes Mittel, als sich sofort auf sie zu stürzen. Die Hellebarden wissen sie auch gut zu gebrauchen, diese Hundeseelen, aber im Handgemenge können es die Unsrigen wohl mit ihnen aufnehmen."

„Die Hand Gottes hat Euch bisher beschützt, und sie wird nun auch Zbyszko beschützen."

„Gar oft bete ich jetzt in dieser Weise: ‚Lieber Gott, du hast uns erschaffen und in Bogdaniec seßhaft gemacht, daher behüte uns hinfort, auf daß wir nicht zugrunde gehen!' Fürwahr ist es Gottes Sache, uns zu behüten. Die Wahrheit zu sagen, ist es freilich keine kleine Mühe, auf die ganze Welt achtzugeben und nichts zu vergessen, zuerst muß sich deshalb der Mensch bei Gott in Erinnerung bringen, indem er der heiligen Kirche gegenüber nicht knausert, zweitens aber sind Gottes Gedanken nicht unsere Gedanken."

So plauderten sie häufig miteinander, sich gegenseitig Mut und Trost zusprechend. Tage, Wochen, Monate verstrichen mittlerweile. Im Herbst bekam Macko einen Zwist mit dem alten Wilk aus Brzozowa. In früherer Zeit schon hatten sich Grenzstreitigkeiten zwischen dem Abt und dem alten Wilk sowie dessen Sohn wegen eines jungen Waldes erhoben, den der Abt, als ihm Bogdaniec verpfändet worden war, in Besitz nahm und ausroden ließ. Damals hatte er seine beiden Widersacher sogar zum Kampf mit der Lanze oder mit dem langen Schwert gefordert, sie indessen wollten sich einem Geistlichen nicht stellen und bei dem Gericht konnten sie nichts erreichen. Nunmehr forderte der alte Wilk jenes Grundstück zurück, Macko aber, der auf nichts in der Welt so viel Wert legte wie auf Ländereien und von dem Gedanken geleitet wurde, daß Gerste vortrefflich auf dem Neuacker gedeihen werde, wollte nichts von einer Verzichtleistung hören. Sie würden sich unfehlbar an das Burggericht gewendet haben, wären sie nicht zufälligerweise bei dem Probst in Krzesnia zusammengetroffen. Als dort der alte Wilk plötzlich nach einem heftigen Streit sagte: „Nicht auf die Menschen, wohl aber auf Gott setze ich mein Vertrauen, und er wird Rache an Eurem Geschlecht nehmen für das mir zugefügte Unrecht!" Da wurde der ergrimmte Macko sofort weich, er erbleichte, schwieg zuerst eine Weile und sagte dann zu dem zanksüchtigen Nachbarn: „Hört, ich bin es nicht gewesen, der schuldig an diesem Zerwürfnis ist, sondern der Abt. Gott weiß, auf wessen Seite das Recht ist, doch wenn Ihr Zbyszko deshalb verfluchen wollt, dann nehmt lieber den Acker, und so wahr ich für meinen Brudersohn Gesundheit und Glück von Gott herabflehe, so wahr trete ich Euch das Grundstück von Herzen gern ab."

Und er streckte die Hand gegen Wilk aus. Dieser, der ihn seit langer Zeit kannte, war nicht wenig erstaunt, denn er hatte keine Ahnung davon, wieviel Liebe das scheinbar so harte Herz Mackos für den Brudersohn barg, und wie er sich um dessen Schicksal sorgte. Eine Weile vermochte Wilk kein Wort hervorzubringen, und erst als der über diese Wendung der Dinge erfreute Probst von Krzesnia das Zeichen des Kreuzes über sie machte, antwortete er:

„Wenn die Sache sich so verhält, dann ist es etwas anderes! Nicht am Gewinn ist mir etwas gelegen – denn ich bin alt und habe niemanden, dem ich meine Habe hinterlassen könnte – doch mein Recht wollte ich durchsetzen. Dem, der mir mit Güte entgegenkommt, überlasse ich auch gerne etwas von meinem Eigentum. Und Euren Brudersohn möge Gott segnen – so daß Ihr ihn in Euren alten Tagen nicht beweinen müßt, wie ich meinen einzigen Sohn beweine! ..."

Sie fielen einander in die Arme, und dann stritten sie sich lange darüber, wer das ausgerodete Stück Erde nehmen solle. Macko ließ sich indessen schließlich überreden – zumal Wilk allein auf der Welt stand und tatsächlich niemanden hatte, dem er sein Gut hinterlassen konnte.

Hierauf lud Macko seinen Nachbar nach Bogdaniec ein, wo er ihn reichlich mit Speise und Trank bewirtete – denn sein Herz war von großer Freude erfüllt. Gewährte ihm doch die Hoffnung, daß Gerste auf dem Neuacker vortrefflich gedeihen werde und zugleich auch der Gedanke, daß er den Fluch Gottes von Zbyszkos Haupt abgewendet habe, die größte Genugtuung.

„Wenn er zurückgekehrt ist, wird es ihm an Ländereien und Vieh nicht fehlen", dachte er.

Jagienka war nicht minder vergnügt über diese Vereinbarung.

„Wahrlich", sagte sie, nachdem sie gehört hatte, wie die Sache abgemacht worden war, „wenn unser Herr Jesus, der Barmherzige, zeigen will, daß Eintracht ihm lieber ist als Zank und Streit, dann muß er Zbyszko glücklich zu Euch zurückkehren lassen."

Mackos Gesicht erhellte sich, wie wenn ein Sonnenstrahl darauf gefallen wäre.

„So denke ich auch", erwiderte er. „Unser Herrgott ist allmächtig, daran ist nicht zu zweifeln, aber es gibt auch Mittel, die Gunst der himmlischen Mächte zu erringen, man muß nur klug dabei zu Werk gehen ..."

„An Klugheit hat es Euch niemals gefehlt", entgegnete die Maid, den Blick zu ihm erhebend.

Und wie wenn sie im stillen über etwas nachgedacht hätte, fügte sie nach einer Weile hinzu: „Aber wie liebt Ihr auch Euren Zbyszko! Wie liebt Ihr ihn!"

„Wer sollte ihn nicht lieben?" antwortete der alte Ritter. „Und du? Hassest du ihn etwa?"

Darauf gab Jagienka keine direkte Antwort, doch rückte sie näher zu Macko, an dessen Seite sie saß, heran, und das Köpfchen abwendend, stieß sie ihn leicht mit dem Ellbogen an, indem sie sagte: „Laßt mich in Frieden!"

Drittes Kapitel

Der Krieg wegen Samogitien zwischen den Kreuzrittern und Witold erregte die Gemüter allzusehr, als daß nicht jeder einzelne im Königreich sich um den Verlauf gekümmert hätte. Manche sagten mit Sicherheit voraus, daß Jagiello seinem Blutsverwandten zu Hilfe komme und daß bald ein allgemeiner Feldzug gegen den Orden unternommen werde. Die Ritterschaft sah diesem Feldzug mit Ungeduld entgegen, und in allen Wohnsitzen der Edelleute versicherte man sich gegenseitig, daß viele der Krakauer Herren, die dem Rat des Königs angehörten, zu dem Krieg geneigt seien, weil sie dächten, es sei nötig, endlich einmal diesem Feind die Faust zu zeigen, der sich nie mit dem zufriedengeben wollte, was ihm zukam, und sogar dann darauf ausging, fremdes Eigentum an sich zu reißen, wenn er von Furcht vor der Macht des Nachbarn erfüllt war. Aber der kluge Macko, der als erfahrener Mann schon gar viel gesehen und erlebt hatte, glaubte nicht daran, daß der Krieg nahe sei, und sprach sich auch so dem jungen Jasko aus Zgorzelic sowie anderen Nachbarn gegenüber aus, die er in Krzesnia traf.

„Solange Meister Konrad am Leben ist, wird es nicht dazu kommen, denn er ist einsichtsvoller als alle anderen und weiß, daß es kein gewöhnlicher Krieg, sondern ein Gemetzel wäre. ‚Dein Tod oder der meine!' so würde es heißen. Und da er die Macht des Königs kennt, wird er dazu die Hand nicht bieten."

„Ei, wenn aber der König zuerst den Krieg erklärt?" fragten die Nachbarn.

Macko schüttelte den Kopf.

„Seht ... ich habe alles in der Nähe beobachtet und bin imstande, manches zu beurteilen. Wäre der König aus unserem Stamm, wäre er der Abkömmling von Königen, deren Vorfahren schon Christen waren, würde er vielleicht zuerst auf die Deutschen losschlagen. Aber unser Wladislaw Jagiello (ich will seinen Ruhm nicht schmälern, denn er ist ein trefflicher Herrscher, den Gott gesunderhalten möge) war Großfürst von Litauen und noch ein Heide, als wir ihn zum König erwählten. Zum Christentum trat er erst dann über, und die Deutschen verlästern ihn nun in der ganzen Welt, indem sie sagen, seine Seele sei heidnisch geblieben. Daher stünde es ihm schlecht an, zuerst den Krieg zu erklären und Christenblut zu vergießen. Aus diesem Grund macht er sich nicht auf, um Witold zu Hilfe zu kommen, obwohl ihm die Hände zucken, denn das weiß ich, daß er die Kreuzritter haßt wie die Pest."

Durch solche Reden bekam Macko den Namen eines Mannes, der jedes Ding in das richtige Licht zu stellen vermochte. In Krzesnia war er jeden Sonntag nach der Messe von einem Kreis von Menschen umgeben, und allgemach war es üblich, daß dieser oder jener Nachbar, wenn er irgendeine neue, besondere Kunde vernommen hatte, in Bogdaniec einkehrte, damit ihm der alte Ritter das erklärte, was ein gewöhnlicher Edelmann mit seinem Verstand nicht so rasch zu fassen vermochte. Macko empfing alle freundlich, äußerte sich auch gerne jedem gegenüber, und wenn schließlich der Gast, nachdem er gesagt hatte, was er zu sagen wünschte, wieder aufbrach, vergaß er niemals, ihn mit folgenden Worten zu verabschieden: „Ihr wundert Euch über meinen Scharfblick, aber wenn Zbyszko, wenn es Gottes Wille ist, zurückkehrt, da werdet Ihr Euch erst recht wundern! Im Rat des Königs sollte er sitzen, solch ein kluger, tüchtiger Bursche ist er."

Und indem er dies seinen Gästen einredete, redete er es schließlich auch sich selbst und Jagienka ein. Den beiden erschien Zbyszko jetzt wie der Königssohn im Märchen. Als der Frühling kam, duldete es sie kaum mehr im Haus. Die Schwalben, die Störche kehrten zurück, der Wachtelkönig ließ seine Stimme wieder auf den Wiesen erschallen, in der grünenden Wintersaat schlugen die Wachteln, Schwärme von Kranichen und Kriechenten waren zuvor schon gekommen – nur Zbyszko jedoch kehrte nicht zurück. Aber nach dem Eintreffen der Zugvögel aus dem Süden drang von Norden die Kunde her, daß der Krieg ausgebrochen sei. Man sprach von Schlachten und zahlreichen Treffen, in denen der kluge und gewandte Witold bald der Sieger, bald der Besiegte gewesen war. Man sprach auch von großen Verlusten, welche die Deutschen durch die Kälte und durch Krankheiten erlitten hatten. Schließlich verbreitete sich durch das ganze Land die frohe Nachricht, daß der tapfere Sohn Kiejstuts Neu-Kowno oder Gotteswerder eingenommen, es zerstört und keinen Stein auf dem anderen gelassen habe. Als diese Botschaft zu Macko gelangte, bestieg er sein Roß und jagte im Galopp nach Zgorzelic.

„Du mußt wissen", sagte er zu Jagienka, „jene Gegend ist mir bekannt, denn dort haben Zbyszko und ich mit Skirwoillo die Kreuzritter krumm und lahm geschlagen, dort wurde auch der biedere de Lorche von uns gefangengenommen. Nun, es war Gottes Wille, daß die Deutschen zu Fall gebracht wurden, denn die Einnahme dieses Kastells war schwierig."

Indessen hatte Jagienka schon vor Mackos Ankunft von der Erstürmung Neu-Kownos, ja auch davon gehört, daß Witold Friedensverhandlungen begonnen habe. Diese letztere Nachricht hatte ungleich größeres Interesse für sie als die erste, denn wenn der Frieden wirklich geschlossen wurde, mußt Zbyszko, falls er am Leben geblieben war, zurückkehren.

Daher begann sie sofort den alten Ritter auszufragen, ob die Sache glaubwürdig sei, und nachdem er Platz genommen hatte, antwortete er ihr folgendermaßen: „Bei Witold ist alles möglich, denn er ist ganz verschieden von anderen Menschen und sicherlich der klügste von allen Fürsten in der ganzen Christenheit. Will er seine Herrschaft gegen Rußland ausdehnen, so macht er Frieden mit den Deutschen, und hat er dann erreicht, was er sich vorgenommen hat, so geht er wieder auf die Deutschen los. Diese wissen sich weder ihm gegenüber noch den unglückseligen Samogitiern gegenüber zu helfen. Einmal entreißt er ihnen dieses Gebiet, dann gibt er es ihnen wieder zurück – und er gibt es ihnen nicht nur zurück, sondern er hilft ihnen sogar, wenn es gilt, die Bewohner niederzuhalten. Es gibt Leute unter uns, sogar in Litauen, die es ihm verargen, daß er derart mit dem Leben dieser unglücklichen Menschen spielt. Und offen gesprochen, würde ich es ihm auch zur Schande anrechnen, wenn er nicht Witold wäre, denn ich denke zuweilen, er ist weiser als ich und weiß, was er tut! In der Tat hörte ich von Skirwoillo selbst, durch dieses Land habe Witold dem Orden ein ewig um sich fressendes Geschwür ins Fleisch gesetzt, so daß dieser niemals mehr gesunden könne. Die Mütter in Samogitien werden aber immer wieder Kinder zur Welt bringen, und es ist nicht schade um vergossenes Blut, wenn es nicht umsonst geflossen ist."

„Für mich handelt es sich nur darum, ob Zbyszko zurückkehrt."

„Wenn es des Herrn Wille ist, so kehrt er zurück. Gott gebe nur, Mädchen, daß du zu einer glücklichen Stunde gesprochen hast."

Indessen gingen wieder einige Monate dahin. Die Kunde kam, daß der Frieden in der Tat zustande gekommen war, die schweren Ähren des Getreides wurden gelb, die mit Buchweizen besäten Felder färbten sich rötlich, aber von Zbyszko hörte man nichts.

Schließlich, als die nötigste Arbeit getan war, konnte Macko diese Ungewißheit nicht länger ertragen, er erklärte, er werde nach Spychow aufbrechen, um dort, wo er sich näher bei Litauen befinde, Nachricht einzuholen und zugleich auch zu sehen, wie der Böhme wirtschafte.

Jagienka bestand darauf, ihn zu begleiten, und weil er ihrem Wunsch nicht willfahren wollte, entspann sich ein heftiger Zwist zwischen ihnen, der eine ganze Woche hindurch währte. Da, als sie eines Abends in Zgorzelic wieder deshalb miteinander stritten, stürmte wie ein Wirbelwind ein Bursche aus Bogdaniec, barfuß, auf ungesatteltem Pferd, ohne Mütze auf der blonden Mähne in den Hof und schrie den in der Vorhalle Sitzenden schon von weitem zu: „Der junge Herr ist zurückgekommen!"

Zbyszko war in der Tat zurückgekehrt, aber seltsam, nicht nur abgemagert, elend und ermattet durch die Mühseligkeiten seiner Fahrt, sondern auch gleichgültig und wortkarg. Der Böhme, der samt seinem Weib mit ihm gekommen war, sprach für ihn und für sich selbst. Er sagte, die Unternehmung des jungen Ritters sei offenbar von Erfolg gekrönt gewesen, denn in Spychow habe er auf den Sarg Danusias und auf den Sarg ihrer Mutter ganze Büschel Pfauen- und Straußfedern, die Helmzier seiner Feinde, niedergelegt. Zbyszko hatte auch erbeutete Pferde und Rüstungen mitgebracht, von denen zwei von ungewöhnlichem Wert waren, obgleich sie durch die Hiebe von Schwertern und Streitäxten furchtbar gelitten hatten. Macko brannte vor Neugierde, alles genau aus dem Mund seines Brudersohnes zu hören, doch dieser machte eine abwehrende Handbewegung und antwortete nur einsilbig. An dritten Tag erkrankte er und konnte sein Lager nicht verlassen. Es zeigte sich, daß seine linke Seite verletzt war und er zwei Rippen gebrochen hatte, die, schlecht eingerichtet, ihm beim Gehen und Atmen hinderlich waren, Die Wunden, die er seinerzeit im Kampf mit dem Auerochsen davongetragen hatte, machten sich auch wieder fühlbar, und die Fahrt von Spychow nach Bogdaniec hatte seine Kraft vollständig erschöpft. All dies war zwar an sich nicht gefährlich, denn Zbyszko war ja jung und so stark wie ein Eichbaum, aber mit einemmal überkam ihn eine unendliche Erschöpfung, wie wenn alle Beschwerden, die er ertragen hatte, nun plötzlich an seinem Mark zehrten. Anfangs glaubte Macko, nach zwei oder drei Tagen vollständiger Ruhe werde alles vorüber sein, aber gerade das Gegenteil stellte sich heraus. Nichts half, weder eine Salbe, noch die vom Schäfer empfohlene Beräucherung mit Kräutern, noch die durch Jagienka und den Priester aus Krzesnia übersandten Heiltränke, Zbyszko wurde immer schwächer, immer matter und – immer trauriger.

„Was ist dir? Wünschest du vielleicht etwas?" fragte ihn der alte Ritter.

„Ich habe keinen Wunsch – alles gilt mir gleich", entgegnete Zbyszko.

In dieser Weise ging ein Tag nach dem anderen hin. Da verfiel Jagienka auf den Gedanken, daß das Leiden vielleicht kein gewöhnliches sei, daß der junge Ritter vielleicht irgendein Geheimnis habe, das ihn bedrücke, und daher drang sie in Macko, er möge nochmals zu erforschen versuchen, was es sein könne.

Ohne Schwanken erklärte sich Macko bereit dazu, doch nach einigem Überlegen bemerkte er: „Ei, würde er es dir nicht lieber sagen als mir? Denn er hat dich ja gerne, und das habe ich auch gesehen, daß er dich immer mit den Augen verfolgt, wenn du durch die Stube gehst."

„Das habt Ihr gesehen?" fragte Jagienka.

„Wenn ich sage, daß er dich mit den Augen verfolgt, so verfolgt er dich mit den Augen. Und kommst du lange Zeit nicht hierher, dann schaut er immer und immer wieder nach der Tür. Frage du ihn!"

Und dabei hatte es sein Bewenden. Indessen zeigte es sich, daß Jagienka nicht wußte, was sie fragen solle, und auch nicht den Mut fand zu fragen. Sooft es dazu kommen sollte, sagte sie sich, sie müsse von Danusia und von Zbyszkos Liebe für die Dahingeschiedene sprechen, dies aber vermochte sie nicht über die Lippen zu bringen.

„Ihr seid klüger als ich", sagte sie zu Macko, „Ihr habt mehr Verstand und Erfahrung, redet Ihr mit ihm, ich vermag es nicht."

Demnach mußte sich Macko der Aufgabe unterziehen, ob er es nun gern oder ungern tat, und eines Morgens, als Zbyszko etwas munterer zu sein schien als gewöhnlich, hub er also mit ihm zu sprechen an: „Hlawa erzählte mir, daß du ein ganzes Bündel Pfauenbüsche in dem Grabgewölbe zu Spychow niedergelegt hast."

Ohne den Blick von der Stubendecke abzuwenden, auf die er schaute, nickte Zbyszko nur bejahend mit dem Kopf.

„Nun, der Herr Jesus gewährte dir Glück, denn in Kriegszeiten ist es leichter, Troßknechte zu finden als Ritter. Knechte kannst du erschlagen so viele du willst, aber nach Rittern muß man zuweilen gut Umschau halten. Haben sie sich dir denn ohne weiteres gestellt?"

„Etliche habe ich mehrmals zum Kampf auf festgetretener Erde gefordert und einmal umringten sie mich in der Schlacht", entgegnete der Kranke in lässigem Ton.

„Beute hast du genug mitgebracht."

„Zum Teil erhielt ich sie von Knäs Witold zum Geschenk."

„Ist er immer noch so freigebig?"

Zbyszko nickte wieder mit dem Kopf, da er offenbar keine Neigung fühlte, das Gespräch fortzusetzen.

Aber Macko ließ sich nicht von seinem Vorhaben abbringen und beschloß nun, zur Sache überzugehen.

„Sage mir offen", begann er, „nachdem du die Pfauenbüsche auf jene Särge niedergelegt hattest, mußt du dich doch unendlich erleichtert gefühlt haben? Jeder Mensch ist froh, wenn er sein Gelübde erfüllt hat. Bist du froh gewesen? Nun?"

Zbyszko wandte den trüben Blick von der Decke ab, richtete ihn auf Macko und antwortete gleichsam mit einer gewissen Verwunderung: „Nein!"

„Nicht? Heiliger Gott! Ich glaubte, wenn du jenen Seelen im Himmel Genüge getan hast, würden deine Kümmernisse zu Ende sein."

Der Leidende schloß eine Weile die Augen, als ob er über etwas nachsinne, und schließlich sagte er: „Den erlösten Seelen verlangt es offenbar nicht nach dem Blut der Menschen."

Ein kurzes Schweigen folgte.

„Weshalb zogst du aber in den Krieg?" fragte Macko.

„Weshalb?" rief Zbyszko lebhaft aus, „weil ich selbst dachte, daß es mir Erleichterung bringe. Weil ich selbst dachte, daß es Danuska und mich befriedigen werde. Aber als ich das Grabgewölbe verließ, wo die Särge stehen, erfaßte mich Staunen, denn ich fühlte mich noch ebenso bedrückt wie zuvor. Daher ist es ganz klar, daß den erlösten Seelen nicht nach Menschenblut verlangt."

„Das muß dir jemand gesagt haben, du selbst bist nicht auf den Gedanken gekommen."

„Ich selbst habe es daraus entnommen, daß mir die Welt nicht heiterer erschien als zuvor. Und Pater Kaleb bestärkte mich in meiner Meinung.

„Einen Feind im Krieg zu töten, ist keine Sünde, ja, es ist sogar lobenswert, und deine Widersacher sind Feinde unseres Geschlechtes gewesen."

„Auch ich betrachte es nicht als Sünde und beklage jene Deutschen nicht."

„Dann härmst du dich also immer noch um Danusia?"

„Wahrlich, wenn ich ihrer gedenke, dann wird mir weh ums Herz. Aber das ist der Wille Gottes! Ihr ist wohl in den himmlischen Gefilden, und ich habe mich jetzt in alles gefunden."

„Weshalb schüttelst du diese Schwermut nicht ab? Was ist's, das dir not tut?"

„Ich weiß es nicht, aber …"

„An Ruhe fehlt es dir wahrlich nicht, und du wirst nun bald gesunden. Gehe ins Bad, erfrische dich, trinke einen Krug Meth, damit du in Schweiß kommst, das wird dir guttun."

„Nun, und was dann?"

„Und sofort wird deine Heiterkeit zurückkehren."

„Wie wäre dies möglich? Ich bin nicht heiter, und die frühere Heiterkeit in mir zu erwecken, das vermag niemand."

„Du verbirgst mir etwas!"

Zbyszko zuckte die Achseln.

„Ich kenne keine Heiterkeit, doch habe ich auch nichts zu verbergen."

Und er sprach so offenherzig, daß Macko wieder von seinem Argwohn abkam, er strich mit der breiten Hand seine grauen Haare glatt, wie er häufig zu tun pflegte, wenn er angestrengt über etwas nachdachte, und bemerkte schließlich: „Ich will dir sagen, was dir fehlt. Die Vergangenheit ist abgetan für dich, über die Zukunft aber bist du dir noch nicht im klaren, verstehst du mich?"

„Ein wenig, aber nicht ganz", antwortete der Kranke. Und er streckte und dehnte seine Glieder wie ein Mensch, den der Schlaf überwältigt.

Macko indessen war überzeugt, daß er die wahre Ursache erraten hatte, und er freute sich ungemein darüber, denn nun fühlte er sich vollständig beruhigt. Sein Vertrauen auf die eigene Klugheit wuchs und er dachte bei sich: „Es ist kein Wunder, daß die Leute mich so häufig zu Rate ziehen."

Als nach dieser Unterredung, am Abend desselben Tages, Jagienka in den Hof einritt, verkündete er ihr, bevor sie noch vom Pferd steigen konnte, daß er wisse, was Zbyszko fehle.

Da glitt die Maid rasch vom Satten herab und fragte hastig: „Nun was ist's? Sprecht!"

„Du allein besitzt das richtige Heilmittel für ihn."

„Ich? Was meint Ihr?"

Er legte den Arm um sie und flüsterte ihr etwas in das Ohr, doch sie lief sofort wieder von ihm weg, und ihr Antlitz zwischen der Pferdedecke und dem hohen Sattel verbergend, rief sie aus: „Geht, ich mag Euch nicht leiden!"

„So gewiß ich Gott liebe, spreche ich die Wahrheit!" entgegnete Macko lachend.

Viertes Kapitel

Der alte Macko war der Wahrheit ziemlich nahe gekommen. Zbyszko hatte in der Tat mit der Vergangenheit abgeschlossen. Sooft der junge Ritter Danusias gedachte, fühlte er tiefes Leid um sie, gleichwohl sagte er sich, es sei besser für sie, in himmlischen Gefilden zu wandeln, als am Hof des Fürsten Janusz zu weilen. Er hatte sich schon in den Gedanken eingelebt, daß sie der Erde entrückt war, er hatte sich damit vertraut gemacht und meinte, es könne nicht anders sein. Einst in Krakau hatte er auf den in Blei gefaßten Kirchenfenstern die farbenreichen, in der Sonne schimmernden Abbildungen der heiligen Jungfrau angestaunt, und jetzt stellte er sich Danusia geradeso vor. Er sah ihr schönes, verklärtes Antlitz, das ein wenig zur Seite gewendet war, ihre gefalteten Händchen, die gen Himmel gerichteten Augen, er sah dann auch, wie sie unter den himmlischen Heerscharen, die zu Ehren der Mutter Gottes und des Kindes musizieren, in die Saiten der Laute griff. Nichts Irdisches haftete ihr jetzt mehr an, zu einem reinen, körperlosen Wesen war sie ihm geworden, und sooft er daran dachte, wie sie Hoffräulein gewesen war, wie sie im Jagdschloß geplaudert und gelacht hatte, wenn sie mit anderen bei Tisch saß, überkam ihn eine gewisse Verwunderung, daß dies möglich gewesen war. Schon während des Kriegszuges unter Witold, als sein ganzes Sinnen und Trachten auf Kampf und Schlacht gerichtet war, hatte er der Verstorbenen nicht mehr gedacht wie ein Gatte, der sich nach der Gattin sehnt, sondern er hatte sie angebetet, wie ein Frommer seine Schutzheilige. Auf diese Weise wurde seine Liebe mehr und mehr zu einer süßen himmlischreinen Erinnerung, ja, schließlich verwandelte sie sich geradezu in andächtige Verehrung.

Wäre er ein Mensch von schwächerem Körperbau und größerer Denkkraft gewesen, so wäre er wohl Mönch geworden, und in der Stille des Klosterlebens hätte er jene himmlischreine Erinnerung in sich bewahrt bis zu dem Augenblick, da die Seele, von irdischen Banden befreit, sich in den unendlichen Raum erhebt, gleich dem aus seinem Käfig entflohenen Vogel. Aber er stand noch am Anfang der zwanziger Jahre, er konnte mit der Faust den Saft aus dem harten Ast herausdrücken, er konnte sein Roß derart mit den Schenkeln zusammenpressen, daß dem Tier der Atem ausging. Im großen und ganzen glich er den anderen Edelleuten jener Zeit. Diejenigen, die nicht in der Kindheit starben oder Priester wurden, kannten weder Maß noch Ziel in der Betätigung ihrer Kraft, manche unter ihnen führten sogar ein ganz zügelloses Leben, ergaben sich der Trunksucht, ließen sich Räubereien zuschulden kommen, wieder andere verheirateten sich in früher Jugend, und wurden sie in reiferem Alter zum Krieg aufgeboten, dann zogen sie mit vierundzwanzig oder auch mehr Söhnen aus, die alle an Stärke mit wilden Ebern wetteifern konnten.

Daß er den besseren Rittern glich und sich mit ihnen messen konnte, dessen war sich Zbyszko nicht bewußt, zumal er gleich nach seiner Rückkehr erkrankte. Allmählich jedoch heilten die schlecht eingerichteten Rippen wieder und nur auf der Seite blieb eine kaum bemerkbare Anschwellung zurück, die ihn jedoch in keiner Weise hinderte, und die nicht allein durch den Panzer, sondern auch durch gewöhnliche Kleidung vollständig verdeckt werden konnte. Die Ermattung Zbyszkos war vorüber. Seine dichten, blonden Haare, die er gegen das Ende der Trauerzeit schließlich doch noch abgeschnitten hatte, waren wieder gewachsen und fielen ihm über die Schultern herab. Er hatte die frühere ungewöhnliche Schönheit wiedererlangt. Als er vor einigen Jahren in Krakau dem Tod durch Henkershand entgegenging, sah er aus wie ein Jüngling von edlem Geschlecht, jetzt aber war er noch viel schöner geworden, war er in der Tat einem Königssohn zu vergleichen. Schultern, Brust, Lenden und Arme hatten etwas von dem gewaltigen Körperbau eines Riesen, sein Antlitz hingegen war dem eines Mägdleins ähnlich. Die sich in ihm regende Lebenskraft, durch die lange Ruhe noch mächtiger geworden, schäumte nun in ihm auf, so daß es ihm wie Feuer durch die Adern lief. Er aber, der nicht wußte, was dies bedeutete, wähnte, er sei immer noch krank und verließ sein Lager nicht, froh daß Macko und Jagienka ihn behüteten und pflegten und ihm in allem willfahrten. Zuweilen dünkte ihn, daß er glücklich, daß er wie im Himmel sei, zuweilen auch – vornehmlich, wenn Jagienka sich nicht bei ihm befand – erschien ihm sein Dasein elend, trübselig, unerträglich. Dann dehnten sich seine Muskeln krampfhaft aus, eine wahre Fieberhitze ergriff ihn, und er erklärte Macko, sobald er seine Gesundheit wiedererlangt habe, ziehe er wieder in die Ferne bis an das Ende der Welt, gegen die Deutschen, die Tataren – oder gegen ein anderes barbarisches Volk – nur um dieses Leben loszuwerden, das schwer auf ihm laste. Anstatt mit ihm zu streiten, nickte dann Macko mit dem Kopf und stimmte ihm bei – aber mittlerweile sandte er zu Jagienka, bei deren Ankunft stets jeder Gedanke Zbyszkos an neue kriegerische Unternehmungen schwand, wie der Schnee schmilzt, wenn die Frühjahrssonne ihn erwärmt.

Sie aber kam eilfertig, nicht nur der Aufforderung wegen, sondern auch aus freiem Willen, denn sie liebte Zbyszko von ganzer Seele und von ganzem Herzen. Während ihres Aufenthaltes an dem Hof des Bischofs und des Fürsten zu Plock, hatte sie Ritter erschaut, die ebenso schön, ebenso berühmt wegen ihrer Kraft und Tapferkeit waren, und die mehr denn einmal vor ihr niederknieten, um ihr Treue bis zum letzten Atemzug zu geloben, aber Zbyszko war ihr Auserwählter, ihn hatte sie schon in früher Jugend mit aller Inbrunst einer ersten Neigung geliebt, und durch sein unglückliches Schicksal hatte ihre Liebe in dem Maß zugenommen, daß er ihr jetzt unendlich wert und hundertmal teurer war als alle Ritter, ja als alle Fürsten der Erde. Jetzt, da er mit der zurückkehrenden Gesundheit jeden Tag schöner wurde, verwandelte sich schließlich ihre Neigung in solche Leidenschaft, daß für sie die ganze Welt ringsumher zu versinken schien. Sich selbst gestand sie indessen dieses Gefühl nicht einmal ein, und vor Zbyszko verheimlichte sie es sorgfältig, aus Furcht, er könne sie deshalb geringschätzen. Sogar Macko gegenüber zeigte sie sich jetzt ebenso vorsichtig und schweigsam, wie sie früher vertrauensvoll gewesen war. Einzig nur die zarte Sorge, die sie bei der Pflege des Leidenden an den Tag legte, hätte sie verraten können, daher suchte sie nach einem Vorwand, der ihr häufiges Kommen erklären sollte, und eines Tages sagte sie zu Zbyszko: „Wenn ich ein wenig auf dich achtgebe, so geschieht es nur aus Zuneigung für Macko. Du hast wohl an einen besonderen Grund gedacht? Sprich!"

Und wie wenn sie vorn an der Stirn ihre Haare ordnen wolle, bedeckte sie ihr Gesicht mit der Hand und blickte ihn durch ihre Finger aufmerksam an, er aber, betroffen durch diese unerwartete Frage, antwortete erst nach einer Weile tief errötend: „Ich habe an keinen besonderen Grund gedacht. Du bist jetzt eine andere geworden."

Ein tiefes Schweigen folgte.

„Eine andere?" fragte Jagienka schließlich in leisem, weichem Ton – „Gewiß bin ich anders geworden! Aber daß du mir jemals gleichgültig werdest, dazu kann es, bei Gott, niemals kommen!"

„Gott lohne dir für dieses Wort!" entgegnete Zbyszko.

Von nun an verkehrten sie zwar auf freundschaftlichem Fuß miteinander, doch lag in ihrem ganzen Gebaren etwas Steifes, Gezwungenes. Zuweilen kam es vor, daß sie miteinander plauderten, aber dabei an ganz andere Dinge dachten. Häufig auch verstummten beide plötzlich. Von seinem Lager aus verfolgte Zbyszko, wohin sie sich auch wendete, denn manchmal erschien sie ihm so wunderbar schön, daß er sie nicht genug betrachten konnte. Nicht selten trafen sich ihre Blicke plötzlich und dann überzog eine helle Glut beider Wangen, und ihre Pulse klopften, wie wenn sie erwartete, etwas zu hören, das ihr Herz erweichen und es ihm vollständig zu eigen machen müsse.

Doch Zbyszko schwieg still, hatte er doch seine frühere Kühnheit vollständig eingebüßt. Er fürchtete Jagienka durch ein unbedachtes Wort zu erschrecken, ja, er redete sich trotz allem, was er sah, ein, sie bringe ihm, und zwar nur Macko zu Gefallen, eine mehr schwesterliche Liebe entgegen.

Er erwähnte dies auch einmal seinem Ohm gegenüber. Umsonst bemühte er sich indessen, ruhig, gleichgültig zu sprechen. Ohne es sich selbst klarzumachen, geriet er in immer größere Erregung, wurde er immer bitterer in seinen Äußerungen. Macko hörte anfänglich alles geduldig mit an, schließlich aber sagte er nur das eine Wort „Tor" und verließ die Stube.

Kaum befand er sich aber im Stall, rieb er sich schmunzelnd die Hände und schlug sich vor Freude auf die Schenkel.

„Hei", murmelte er vor sich hin, „wenn sie dir ohne weiteres in die Arme fiele, würdest du sie nicht anschauen. Ein wenig Angst kann dir gar nichts schaden, denn du bist ein Tor. Während dir der Mund wässerig gemacht wird, baue ich die Burg. Nichts liegt mir ferner, als dir in die Hände zu arbeiten, als dir die Binde von den Augen zu nehmen, ob du nun auch noch wilder um dich schlagen magst wie alle Pferde in Bogdaniec. Um ein verlöschendes Feuer aufflammen zu machen, muß man nur Späne darauf werfen, das Feuer bei dir anzufachen, ist aber, wie ich glaube, durchaus nicht nötig."

Nein, Macko fachte das Feuer nicht an, im Gegenteil, er entmutigte und quälte Zbyszko in jeder Weise, gleich einem alten, schlauen Spötter, der sich an der Unerfahrenheit der Jugend ergötzt. Als daher eines Tages Zbyszko abermals seinen Entschluß kundgab, in den Krieg zu ziehen, damit er, wie er erklärte, einem ihm unerträglichen Leben entrinne, da meinte der alte Ritter: „Solange auf deinen Lippen noch kein Flaum sproß, erteilte ich dir Ratschläge, nun aber – tue, was du willst. Wenn du, deinem eigenen Ermessen folgend, es für ratsam hältst, von hinnen zu ziehen, so gehe nur, so gehe nur."

Aufs höchste überrascht, richtete sich Zbyszko auf seinem Lager empor: „Was soll das heißen?" rief er. „Ihr widersetzt Euch meinem Vorhaben nicht?"

„Weshalb sollte ich mich widersetzen? Mir war es nur um unser Geschlecht zu tun, das mit dir zugrunde gehen könnte. Doch vielleicht habe ich jetzt ein Mittel gefunden, um dies zu vereiteln."

„Was für ein Mittel?" fragte Zbyszko beunruhigt.

„Was für eines? Bei meiner Treu, ich habe zwar eine beträchtliche Anzahl von Jahren auf dem Rücken, das läßt sich nicht leugnen – aber es ist immer noch Kraft in meinen Knochen. Sicherlich hätte ein jüngerer als ich bei Jagienka mehr Aussicht – doch da ich ein Freund ihres Vaters war – wer weiß, ob ich nicht" –

„Wohl seid Ihr ein Freund ihres Vaters gewesen", warf jetzt Zbyszko ein, „mir aber habt Ihr auch ein Wohlwollen bewiesen – ein – ein …"

Hier mußte der junge Ritter innehalten, weil seine Lippen bebten, doch Macko erklärte: „Traun! Da du einmal entschlossen bist, dich selbst zugrunde zu richten, kann ich nichts dagegen tun."

„Ei, macht, was Ihr wollt – ich aber ziehe heute schon in die weite Welt."

„Tor!" murmelte Macko abermals vor sich hin.

Dann verließ er rasch die Stube, um nach den Knechten zu sehen, die einen Graben rings um das Kastell ausstechen sollten und die zum Teil aus Bogdaniec selbst stammten, zum Teil ihm aber aus Zgorzelic und aus Moczydoly von Jagienka zur Hilfe gesandt worden waren.

Fünftes Kapitel

Zbyszko führte seine Drohung, Bogdaniec zu verlassen, freilich nicht aus, aber nach Verlauf einer weiteren Woche fühlte er sich so sehr gekräftigt, daß es ihn auch nicht mehr länger auf dem Lager litt. Jetzt erklärte ihm Macko fortwährend, sie müßten sich vor allem nach Zgorzelic begeben, um Jagienka für die erwiesene Fürsorge zu danken. Demzufolge entschloß sich denn Zbyszko eines Tages, nachdem er sich noch zuvor durch ein Bad erfrischt hatte, den Wunsch seines Ohms zu erfüllen. Zu diesem Zweck ließ er sich aus der Lade ein prächtiges Gewand reichen, das er mit seiner Alltagskleidung vertauschen wollte, und versuchte nun, sein Haar zu kämmen und zu ordnen. Doch dies ließ sich nicht so leicht bewerkstelligen, denn die Schwierigkeit lag nicht allein in der ungewöhnlichen Fülle der Haare, die dem jungen Kämpen gleich einer Mähne über Rücken und Schultern hingen. Im gewöhnlichen Leben pflegten zwar die Ritter ihre Haare zu einem Netz zu tragen, das die Form eines Pilzes hatte, was in Kriegsläuften den Vorteil bot, daß die Helme nicht so schwer auf den Köpfen lasteten, dagegen bei Anlaß von Festlichkeiten, bei Vermählungsfeierlichkeiten oder vor dem Eintreffen in irgendeiner Burg, in der sich ein Jungfräulein befand, suchten sie die kunstvoll gekräuselten Haare mittels Eiweiß haltbar zu machen. Diese Sitte wollte nun auch Zbyszko nachahmen. Doch siehe da, die beiden aus der Gesindestube entbotenen Weiber zeigten sich außerstande, die für sie ungewohnte Aufgabe zu erfüllen. Das durch das Bad rauh gewordene Haar stand wie das Stroh eines schlechtgedeckten Hüttendaches nach allen Richtungen hin auseinander und wollte sich selbst nicht durch die von den Friesen erbeuteten, aus Büffelhorn gearbeiteten Kämme bändigen lassen, ja, sogar die Pferdestriegel nützten nichts, welche die eine der Frauen schließlich aus dem Stall holte. Zbyszko begann allmählich ungeduldig zu werden, da trat unerwartet Macko mit der zu dieser Zeit selten erscheinenden Jagienka in die Stube.

„Gelobt sei Jesus Christus!" lautete der Gruß der Maid.

„In alle Ewigkeit!" antwortete Zbyszko, dessen Antlitz plötzlich strahlte. „Traun, welch merkwürdiger Zufall! Gerade trafen wir die nötigen Vorbereitungen, um dich aufzusuchen, und nun bist du hier."

Mit vor Freude glänzenden Augen saß er nun da, denn so war es stets mit ihm: sobald er sie erblickte, war ihm so froh zumute, als ob er plötzlich die aufgehende Sonne erschaue.

Kaum hatte indessen Jagienka die mit dem Kamm in der Hand ratlos dastehenden Frauen gesehen, kaum hatte sie die auf der Bank neben Zbyszko liegenden Pferdestriegel, sowie dessen nach allen Richtungen auseinanderstehende Haare wahrgenommen, so brach sie in lautes Lachen aus.

„Fürwahr, wie ein Strohwisch, wie ein Strohwisch siehst du aus!" erklärte sie noch immer lachend, wobei ihre schönen, weißen Zähne zwischen den Korallenlippen sichtbar wurden. „Man könnte dich in ein Hanffeld oder zwischen Kirschenbäume setzen, um die Vögel zu verscheuchen."

Zbyszkos Antlitz verdüsterte sich plötzlich, und er erwiderte: „Wir trafen Anstalten, dich in Zgorzelic aufzusuchen. Deinem Gast in Zgorzelic würdest du wahrlich nicht in solcher Weise begegnen, hier aber magst du über mich spotten soviel du willst, denn, bei meiner Treu, du spottest nur zu gern über mich."

„Ich über dich spotten!" rief Jagienka aus. „Ei, barmherziger Gott! Um dich und deinen Ohm zum Abendbrot zu mir zu laden, bin ich hierhergekommen, und ich lache nicht über dich, sondern über diese Frauen. Wenn ich an deren Platz stünde, wüßte ich mir besser Rat."

„Dazu würdest du dich doch nie verstehen."

„Wer kräuselt denn Jaskos Haar?"

„Jasko ist dein Bruder!" warf jetzt Zbyszko ein.

„Freilich, das ist wahr!"

Nun entschloß sich der alte und erfahrene Macko, den beiden zu Hilfe zu kommen.

„Wenn sich in irgendeinem Geschlecht der edelgeborene Knabe nach der Wehrhaftmachung die Haare wachsen läßt, ordnet sie ihm die Schwester, kommt er in das reifere Alter, dann tritt an die Stelle der Schwester das Eheweib, und besitzt ein Ritter weder Eheweib noch Schwester, so leistet ihm eine edelgeborene Maid diesen Dienst, ob sie ihm nun blutsverwandt sei oder nicht."

„Besteht in der Tat eine solche Sitte?" fragte Jagienka, die Augen niederschlagend.

„Ja, und diese Sitte herrscht nicht nur auf den Edelsitzen und in den Burgen, sondern selbst an dem Hof des Königs!" versetzte Macko. „Ihr beide", wandte er sich hierauf an die Weiber, „könnt in die Gesindestube zurückkehren, da Ihr hier doch nichts zu tun habt."

„Laßt mir durch sie heißes Wasser bringen!" bat jetzt Jagienka.

Macko verließ mit den Frauen die Stube, um darauf zu achten, daß das Gewünschte rasch besorgt werde, und nachdem das heiße Wasser gebracht worden war, blieben die beiden jungen Menschenkinder allein. Jagienka machte sofort ein Tuch naß, befeuchtete damit das starke Haar Zbyszkos, das durch den feuchten Dampf geschmeidig wurde, und setzte sich dann mit einem Kamm in der Hand auf die Bank, um ihr Werk zu beginnen.

Und so saßen sie nun, Seite an Seite, beide über die Maßen schön, beide von heißer Liebe zueinander entbrannt, aber beide verwirrt und schweigsam. Jagienka begann schließlich, die Arme erhebend, Zbyszkos goldblondes Haar zu kämmen, dieser aber erbebte an allen Gliedern, als sie ihm so nahe kam, und mußte seine ganze Willenskraft aufbieten, um die geliebte Maid nicht zu umfassen und an seine Brust zu drücken.

Nichts war hörbar als das schwere, rasche Atmen der beiden.

„Bist du krank?" fragte endlich Jagienka, das Schweigen brechend. „Was versetzt dich denn in solche Erregung?"

„Nichts!" entgegnete der junge Ritter.

„Weshalb atmest du dann so schwer?"

„Ich höre auch deine mühsamen Atemzüge."

Und wieder verstummten die beiden. Jagienkas Wangen glühten, fühlte sie doch, daß Zbyszkos Blick unaufhörlich auf ihr haftete. Dies wurde ihr allmählich geradezu peinlich und so fragte sie abermals: „Warum blickst du mich so eigentümlich an?"

„Ist es dir lästig?"

„Nein, lästig ist es mir nicht. Ich frage dich ja nur."

„Jagienka!"

„Was willst du?"

Zbyszko holte tief Atem, seufzte und bewegte immer wieder vergeblich die Lippen, um etwas zu sagen, jedoch es gebrach ihm offenbar an Mut dazu, denn er wiederholte nur: „Jagienka."

„Was willst du?"

„Ich möchte dir etwas sagen. Doch ich ängstige mich zu sehr."

„Weshalb denn? Ich bin kein Drache, sondern ein einfaches Mägdlein."

„Fürwahr, ein Drache bist du nicht! Doch der Ohm Macko deutete mir an, daß er dich erwählt habe!"

„Freilich hat er mich erwählt, aber nicht für sich selbst!" rief nun Jagienka, hielt aber dann plötzlich inne, wie erschreckt über ihre eigenen Worte.

„Bei dem barmherzigen Gott! Meine Jagus! Und was denkst du darüber, Jagus?" schrie Zbyszko auf.

Da füllten sich Jagienkas Augen mit Tränen, ihre Lippen begannen zu beben, und sie erwiderte mit einer so leisen Stimme, daß Zbyszko sie kaum verstehen konnte: „Es war der Wunsch meines Väterchens, der Wunsch des Abtes – und ich – nun – du weißt es ja!"

Diese Worte erregten eine unaussprechliche Wonne in Zbyszkos Herz. Mit seiner Selbstbeherrschung war es zu Ende. Er umfaßte die Maid und, sie wie eine Feder emporhebend, rief er ganz fassungslos vor Glück: „Jagus! Jagus! Du mein alles, du meine Sonne!" Hei! Hei!"

Und er schrie dermaßen, daß der alte Macko, in der Meinung, es sei ein Unglück geschehen, in die Stube gestürzt kam. Als er indessen Jagienka in den Armen seines Brudersohnes erblickte, war er von Staunen darüber ergriffen, daß sich alles so unerwartet rasch entwickelt hatte, und rief: „Im Namen des Vaters und des Sohnes! Mäßige dich, Bursche!"

Blitzschnell eilte Zbyszko auf seinen Ohm zu und ließ dann Jagienka zur Erde gleiten. Beide wollten sich hierauf vor dem alten Ritter auf die Knie werfen, doch bevor sie ihre Absicht ausführen konnten, hatte sie jener mit seinen sehnigen Armen umfaßt, und sie mit aller Macht an seine Brust drückend, sagte er voll Rührung: „Gelobt sei Gott! Wohl hoffte ich, daß es so kommen werde, jedoch trotzdem überwältigt mich die Freude.

Gott segne Euch! Nun kann ich ruhig sterben. Dies Mägdlein ist dem reinsten Gold zu vergleichen. Vor Gott und der Welt will ich es bezeugen. Nun lasse ich geduldig alles über mich ergehen, nun, da mir solch ein Glück zuteil geworden ist. Gott hat uns zwar schwer geprüft, aber Gott hat uns nun auch Trost verliehen. Wir müssen uns sofort nach Zgorzelic begeben. Jasko soll gleich alles erfahren. Hei! Wenn jetzt der alte Zych noch lebte! Und der Abt! Doch ich werde bei Euch die Stelle beider vertreten, denn ich liebe Euch so unendlich, daß ich mich schäme, davon zu sprechen."

Wenn nun auch im Laufe der Jahre durch das Leben das Herz des alten Ritters hart geworden war, überkam ihn jetzt doch eine solche Rührung, daß er kaum mehr zu reden vermochte. So küßte er denn Zbyszko und dann Jagienka auf beide Wangen, indem er mit von Tränen erstickter Stimme stammelte: „So süß wie Honig ist die Maid!" um gleich danach die Stube zu verlassen.

Die Pferde sollten gesattelt werden, deshalb wollte er sich in den Stall begeben. Er war indessen so von Freude berauscht, daß er, wie ein Trunkener dahintaumelnd, gegen die Sonnenblumen stieß, die vor dem Haus wuchsen.

„Traun", sagte er zu sich selbst, während er auf die dunklen mit goldenen Blättern umrahmten Scheiben blickte, „traun, gar reich sind sie an Frucht, doch wenn es Gottes Wille ist, werden sie von dem Geschlecht der Grady in Bogdaniec noch übertroffen werden."

Sich dem Stall zuwendend, fuhr er in seinen Betrachtungen fort. „Bogdaniec, die von dem Abt zugefallene Erbschaft, Spychow, Moczydoly", murmelte er vor sich hin. „Gott weiß doch stets alles zum Guten zu lenken. Die Tage des alten Wilk sind gezählt und Brzozowa ist wohl eines Kaufes wert – mit seinen trefflichen Wiesen."

Inzwischen waren auch Jagienka und Zbyszko aus dem Haus getreten, fröhlich, glücklich, strahlend wie die Sonne.

„Ohm!" rief Zbyszko schon von weitem.

Der alte Ritter wandte sich um, streckte die Arme aus, wie er im Wald zu tun pflegte, und rief: „Kommt her zu mir!"

Elfter Teil

Erstes Kapitel

Sie hausten in ihrem Heim zu Moczydoly als ein glücklich verbundenes Paar, während der alte Ritter ihnen die Burg in Bogdaniec erbaute. Dieser Bau verursachte ihm viel Plage, denn er wollte die Grundmauern aus Kalksteinen, die Warte aus Ziegelsteinen aufführen lassen, die nur sehr schwer in dieser Gegend beschafft werden konnten.

Im Laufe des ersten Jahres wurde der Graben fertiggestellt, eine Arbeit, die dadurch unendlich erleichtert war, weil die Anhöhe, auf die der Bau zu stehen kommen sollte, schon früher, vielleicht noch in heidnischer Zeit, mit einem Graben umgeben worden war.

An zahlreichen Stellen brauchten daher nur die Bäume und die Weißdornhecken, die nach und nach aus dem uralten Zeiten entstammenden Graben emporgeschossen waren, entfernt und dieser etwas breiter und tiefer gemacht zu werden. Bei dieser Arbeit stießen die Leute auf eine so ergiebige Quelle, daß das Wasser sich rasch verbreitete und Macko einen Abfluß dafür herstellen lassen mußte. Nachdem der Wall mit einem Palisadenring versehen war, ging der alte Ritter daran, das nötige Holz für den Bau auszuwählen, Eichenstämme, die so umfangreich waren, daß drei Männer sie nicht umspannen konnten, und Lärchenstämme, bei denen man annehmen durfte, daß sie weder unter dem Mörtelbewurf, noch unter einer Bedeckung mit Rasenstücken faulen würden. Trotzdem ihm aber auch hierfür Leute sowohl aus Zgorzelic wie aus Moczydoly zur Verfügung standen, begann er erst nach einem Jahr mit der Errichtung des Gebälkes, die er jedoch dann um so eifriger betrieb, als Jagienka Zwillingen das Leben schenkte. Der Himmel schien sich vor dem alten Ritter aufzutun! Jetzt wußte er, für wen er sich mühte, für wen er arbeitete, jetzt wußte er, daß das Geschlecht der „Grady" erhalten bleiben, daß das stumpfe Hufeisen auf dessen Wappen noch mehr als einmal von dem Blut eines Feindes bespritzt werde.

Die Zwillinge erhielten die Namen Macko und Jasko. „Das sind Burschen", pflegte der alte Ritter zu sagen, „die sind über alles Lob erhaben. In dem größten Königreich findet man nicht zwei, die ihnen gleichkämen

– und noch ist nicht aller Tage Abend." Er erfaßte sie sofort mit unermeßlicher Liebe, aber Jagienka selbst galt ihnen mehr als die ganze Welt. Wer sie aber vor ihm pries, der konnte alles bei ihm erreichen. Zbyszko wurde weit und breit seines Weibes halber beneidet, das ihm ja nicht nur großen Reichtum zugebracht hatte, sondern in solch herrlicher Schönheit erstrahlte, wie die schönste Blume auf weiter Flur. Wohl hatte ihr Ehegemahl eine reiche Morgengabe mit ihr bekommen, jedoch was wollte dies bedeuten gegen die heiße Liebe, die sie ihm schenkte, gegen ihre bezaubernde Schönheit, gegen ihre edlen Sitten und gegen eine Klugheit, derer sich mancher Ritter gar gern gerühmt hätte. Es fiel Jagienka nicht schwer, schon wenige Tage nach der Geburt der Zwillinge dem Haus wieder vorzustehen, mit ihrem Gatten zu jagen oder in der Frühe von Moczydoly nach Bogdaniec zu reiten, um gegen Mittag bei Macko und Jasko zurück zu sein. War es daher nicht natürlich, wenn ihr Ehegemahl sie wie seinen Augapfel liebte, wenn sie der alte Macko liebte, wenn sie von den Bediensteten, für die sie ein menschliches Herz hatte, angebetet wurde, und wenn an jedem Sonntag in Krzesnia bei ihrem Eintritt in die Kirche ein Gemurmel der Bewunderung entstand? Ihr früherer Freier, der händelsüchtige Cztan aus Rogow, der sich mit der Tochter eines Großbauern vermählt hatte, und der nach der Messe fast regelmäßig die Schenke mit dem alten Wilk aus Brzozowa zu besuchen pflegte, sagte oftmals, nachdem er schon etwas angetrunken war, zu jenem: „Mehr als einmal haben wir uns, Euer Sohn und ich, um ihretwillen die Köpfe blutig gehauen, denn jeder von uns wollte sie zum Weib, doch ebensogut hätten wir versuchen können, den Mond vom Himmel zu holen." Allerorts wurde die Meinung laut, eine zweite Frau wie sie könne nur an dem königlichen Hof in Krakau gefunden werden. Abgesehen von ihrem Reichtum, von ihrer Schönheit und ihrem verfeinerten Wesen, erregten auch ihre unverwüstliche Gesundheit, ihre Kraft das größte Staunen, ja, es herrschte nur eine Stimme darüber, „daß es wohl außer ihr keine Frau gebe, die, mit der Heugabel bewaffnet, gegen einen Bären in den Wald ziehe, und welche die Nüsse nicht mit den Zähnen aufbeiße, sondern sie auf den Tisch lege, um sie dann plötzlich mit der Hand in einer Weise zu zerdrücken, als ob sie von einem Mühlrad zermalmt worden wären." Kurz, Jagienkas Lob verbreitete sich in dem Pfarrsprengel von Krzesnia, in den nahegelegenen Dörfern, ja, selbst in der Wojwodschaft Sieradz. Wie sehr aber nun auch Zbyszko beneidet wurde, kein Mensch staunte darüber, daß er ein solches Weib errungen hatte, konnte sich doch keiner in der ganzen Gegend solcher Kriegstaten wie der junge Kämpe rühmen.

Die Jüngeren unter den neu- und altgeadelten Edelleuten erzählten sich allerlei Mären von den Deutschen, deren Seelen Zbyszko in den Schlachten unter Fürst Witold und in den Zweikämpfen auf festgetretener Erde „ins Jenseits befördert" hatte. Ihren Aussagen nach war ihm noch kein Gegner entronnen, hatte er nicht weniger als zwölf Ritter, darunter auch Ulryk, den Bruder des Großmeisters, in Marienburg aus dem Sattel gehoben, ja, sie behaupteten, er könne es mit jedem Ritter in Krakau aufnehmen, und selbst der unbesiegbare Zawisza Czarny sei ihm in Freundschaft zugetan.

Freilich gab es auch etliche, die all diese unglaublichen Mären anzweifelten, jedoch sobald die Frage auftauchte, wen man in der Umgebung zu wählen habe, sollte es zum Wettkampf zwischen polnischen und fremdländischen Rittern kommen, so pflegten auch diese Zweifler zu sagen: „Keinen anderen wie Zbyszko", und erst in zweiter Linie kam der bärtige Cztan aus Rogow oder sonst einer der ansässigen Kämpen in Betracht, da diese alle, trotz ihrer Tapferkeit, in ritterlichen Künsten weit hinter dem jungen Erben aus Bogdaniec zurückstanden.

Außer durch seinen Ruhm gewann aber Zbyszko auch durch seinen Reichtum großes Ansehen unter den Nachbarn. Jagienka hatte ihm Moczydoly und das ihr von dem Abt zugefallene reiche Erbe in die Ehe gebracht. Dies war nun freilich nicht sein Verdienst, doch längst zuvor hatte er ja schon Spychow mit all den von Jurand angehäuften Schätzen besessen, und zudem ging die Rede, daß allein die von den Rittern aus Bogdaniec gewonnene Beute an Rüstungen, Pferden, Gewändern und Kleinodien dazu ausreichen würde, drei oder vier Dörfer zu kaufen.

Man erblickte darin eine besondere Gnade Gottes gegen das im Wappen ein stumpfes Hufeisen führende Geschlecht der „Grady", das noch vor ganz kurzer Zeit nichts sein Eigen genannt hatte, wie das verödete Bogdaniec und das nun plötzlich zu solch großem Reichtum gelangt war. „Nach dem Brand ist in Bogdaniec nichts stehengeblieben wie das baufällige Haus", pflegten die älteren Leute zu sagen, „und aus Mangel an Arbeitskräften mußte das Besitztum verpfändet werden – jetzt aber ist der Ritter Macko imstande, eine neue Burg zu errichten." Wie groß aber das Staunen war, so gesellte sich ihm doch auch das instinktive Gefühl zu, daß das ganze Volk unaufhaltsam bedeutsamen Ereignissen entgegengetrieben werde, und daß sich alles nach dem Willen Gottes gestalten müsse. Die Bewunderung war daher auch nicht mit Neid gepaart, im Gegenteil, in der ganzen Umgebung schaute man mit Stolz auf die beiden Ritter aus Bogdaniec, die als lebendiges Beispiel dafür dienen konnten, was ein Edelmann mit starkem Arm, mit tapferem Sinn und mit der Lust an Abenteuern auszurichten vermochte. Gar mancher fühlte sich durch die ihm gesetzten engen Grenzen innerhalb seines Heims und seines Heimatlandes bedrückt, wenn er sich die Erfolge Mackos und Zbyszkos vergegenwärtigte, und unwillkürlich drängte sich ihm der Gedanke auf, daß jenseits der Grenzen großer Reichtum, ausgebreitete Ländereien zu erringen seien, die er zum Ruhm für sich und für das Königreich gewinnen könne. Dieses Kraftbewußtsein, das allmählich in den einzelnen Geschlechtern erstarkte, teilte sich schließlich der Allgemeinheit mit, indem es sich ausbreitete wie das kochende Wasser, das in seinem Gefäß übersiedet. Was nützte es, wenn die klugen Herren in Krakau, wenn der friedliebende König diese Kraft noch für einige Zeit zu unterdrücken und den Krieg mit dem Erbfeind noch auf lange Jahre hinauszuschieben versuchten – keine Macht der Welt konnte dem Drängen des Volkes widerstehen, konnte das Ringen nach Größe eindämmen.

Zweites Kapitel

Macko verlebte gar frohe Tage. Mehr als einmal erklärte er den Nachbarn, ihm sei ein größeres Glück zuteil geworden, als er jemals erhofft habe. Wohl hatte ihm das Alter Haar und Bart gebleicht, jedoch seine Kraft, seine Gesundheit waren ungeschwächt geblieben, heitere Zufriedenheit erfüllte sein Herz. Milde prägte sich jetzt auf seinem früher so strengen Antlitz aus, aus seinen Augen sprach freundliche Anteilnahme an dem Schicksal anderer. Immer mehr gab er sich der festen Überzeugung hin, daß er nunmehr gegen Unglück, gegen Sorge gefeit sei, daß sein Leben nunmehr so ruhig dahinfließen werde wie ein klarer Bach. Bis in das hohe Alter wehrhaft zu bleiben, bis in das hohe Alter die Besitztümer bewirtschaften und Reichtümer für die „Enkelkinder" sammeln zu können – das war zu allen Zeiten sein höchster Wunsch gewesen, und nun war mit einemmal dieser Wunsch in Erfüllung gegangen. Was Macko unternahm, gedieh. Die Wälder waren stellenweise ausgehauen und ausgerodet worden, auf den Neuäckern sproß im Frühling die Saat prächtig hervor, der Viehstand mehrte sich und auf den Wiesen grasten vierzig Stuten mit ihren Fohlen, die der alte Edelmann tagtäglich besichtigte, Schaf- und Viehherden weideten auf dem Bruchland und auf den Brachäckern. Bogdaniec hatte sich völlig verändert, nicht mehr öde und verlassen lag das Gut da, nein, Wohlstand und lebhaftes Getriebe waren daselbst zu bemerken. Die Augen eines jeden, der dahinwanderte, wurden geblendet von dem Anblick des Wartturmes und der noch ungeschwärzten Mauern des Kastells, die im Sonnenglanz golden, in dem Schein der Abendröte purpurfarbig schimmerten.

Aus vollen Zügen genoß der alte Macko diese Freuden und niemals widersprach er, wenn seine „glückliche Hand" gerühmt wurde. Schon ein Jahr nach den Zwillingen kam ein dritter Knabe zur Welt, den Jagienka, zu Ehren ihres Vaters, Zych nannte. Mit großem Entzücken begrüßte Macko auch diesen neuen Ankömmling, ohne sich darüber zu sorgen, daß, wenn es so weitergehe, der mühsam errungene Besitz wieder geteilt werden müsse. „Was besaßen wir denn?" so fragte er als er mit Zbyszko einmal darüber sprach. „Nichts! Und doch hat sich jetzt durch Gottes Gnade alles zum Guten gewendet. Der alte Pakosz aus Sulislawic besitzt bei zweiundzwanzig Söhnen nur ein Dorf, hast du aber jemals gehört, daß das Geschlecht Hungers gestorben wäre? Und dann, wenn man das Königreich, wenn man Litauen in Betracht zieht, umfassen diese vielleicht ein kleines Gebiet, besitzen diese Kreuzritter, diese Hundsbrut, vielleicht nicht eine große Zahl von Dörfern und Burgen? Hei! Zahlreiche Burgen aus roten Ziegelsteinen befinden sich darunter, für die unser erlauchter König Kastellane ernennen könnte. Wenn daher der Herr Jesus uns weiter seine Gnade angedeihen läßt, wird es Platz genug für alle geben." Gar bemerkenswert war dieser Ausspruch, denn trotzdem der Orden auf dem Gipfel seines Ruhmes stand, da er über eine unermeßliche Zahl von Kriegsvolk verfügte, da er an Reichtum und Macht alle Königreiche des Westens überragte, betrachtete doch der alte Ritter jetzt schon die Burgen der Kreuzritter als die zukünftigen Wohnsitze der Nachkommen Zbyszkos. Ähnliche Gedanken hegten viele in dem Königreich Jagiellos, und nicht allein deshalb, weil es die alte polnische Erde war, auf der sich der Orden festgesetzt hatte, sondern weil das Bewußtsein der Kraft, das die Brust des ganzen Volkes schwellte, nach allen Seiten hin nach Betätigung rang.

Erst im vierten Jahr nach Zbyszkos Vermählung wurde die Burg vollendet, und dies konnte nur dadurch erreicht werden, daß außer den Dienstleuten aus Bogdaniec, aus Moczydoly und aus Zgorzelic auch eine Anzahl von Knechten, die von den Nachbarn geschickt worden waren, an dem Bau mithalfen. Der alte Wilk aus Brzozowa erwies sich dabei vornehmlich als guter Nachbar, hatte er doch, nach dem Tod seines Sohnes ganz allein in der Welt stehend, treue Freundschaft mit Macko geschlossen und demzufolge auch Zbyszko und Jagienka sein Herz zugewandt. Macko schmückte die Wohngelasse der Burg nicht nur mit der Beute aus, die teils er, teils sein Brudersohn im Krieg gewonnen, oder die letzterer von Jurand ererbt hatte, sondern auch mit allerlei Gegenständen, die von dem Abt auf Jagienka übergegangen waren oder aus Zgorzelic herrührten. So schuf er nach und nach einen gar prächtigen Wohnsitz, dessen Fenster sogar Glasscheiben aus Sieradz aufwiesen. Im fünften Jahr nach seiner Vermählung siedelte Zbyszko mit Weib und Kindern in die Burg über, denn erst dann waren alle anderen Bauten, wie die Stallungen für die Pferde, die Ställe für das Vieh, die Küchen und die Bäder fertiggestellt, die unterirdischen Gewölbe nicht zu vergessen, die der alte Ritter aus Kalkstein hatte ausführen lassen, damit sie, in ihrer Unzerstörbarkeit, allen Zeiten trotzen konnten. Er selbst aber blieb in dem alten, baufälligen Haus, ohne den Bitten von Zbyszko und Jagienka Gehör zu schenken, die ihn zu einer Übersiedlung veranlassen wollten.

„Ich will hier sterben, wo ich geboren bin!" pflegte Macko auf alle Einwendungen des jungen Paares zu antworten. „Seht Ihr, als in den früheren Kämpfen Bogdaniec verheert, als alles niedergebrannt wurde – bei meiner Treu, da trotzte dieses alte Haus dem Schwert und dem Feuer. Die Leute behaupten zwar, das Feuer habe ihm nichts anhaben können, weil das Dach ganz mit Moos bedeckt gewesen ist – ich aber glaube, daß es durch die Gnade, durch den Willen Gottes verschont geblieben ist, damit wir hierher zurückzukehren vermochten, damit unser Geschlecht aufs neue wachse und gedeihe. Keinen Zufluchtsort haben wir mehr, so klagte ich oftmals auf unseren Fahrten, doch ich hatte unrecht, dies zu tun. Traun, nichts fanden wir freilich hier vor, womit wir hätten wirtschaften, womit wir unseren Hunger hätten stillen können, aber wir fanden doch ein Dach, das uns schützte. Für Euch junge Menschenkinder kommt all dies wahrlich nicht mehr in Betracht, mich dünkt jedoch, daß es mir nicht geziemt, das alte Haus zu verlassen, das so getreu mit uns ausgehalten hat."

Und so blieb er denn in dem alten Haus. Jedoch gar oft erschien er in der neuen Burg, um sich an deren Größe, an deren Pracht zu weiden, und um gleichzeitig nach Zbyszko und Jagienka, sowie nach seinen „Enkelsöhnen" zu sehen. Stolz und Freude schwellten jedesmal die Brust des alten Ritters, wenn er die Burg betrat, die ja zum größten Teil sein eigenes Werk war. Gern verlieh er auch dieser Freude dem alten Wilk gegenüber Ausdruck, der ihn zuweilen aufsuchte, oder zu dem er sich hie und da nach Brzozowa begab. Als die beiden daher wieder einmal am Feuer beisammen saßen, um ein Stündchen miteinander zu schwätzen, da schilderte Macko dem Nachbarn die neue Lebensweise, indem er sagte: „Seht Ihr, oftmals glaube ich, meinen eigenen Augen nicht trauen zu dürfen. Bekanntermaßen ist ja Zbyszko nicht nur in Masovien, in Marienburg und bei dem Fürsten Janusz gewesen, sondern er hat sogar schon in Krakau in dem Schloß des Königs geweilt – traun, es hätte nicht viel gefehlt und sein Haupt wäre gefallen – und wie Ihr wißt, ist Jagienka im Reichtum aufgewachsen, von einer eigenen Burg hat sich indessen weder der eine noch die andere träumen lassen. Nun aber erweckte es den Anschein, als ob sie es nie anders gewöhnt gewesen wären. Sie wandeln in den Wohngelassen umher, erteilen den Dienstleuten ihre Befehle und setzen sich nieder, wenn sie müde sind. Man glaubt fürwahr, einen Burgvogt mit seiner Ehegemahlin vor sich zu sehen. Und in einem eigens dafür bestimmten Gemach speisen sie mit den Vögten und den Bediensteten, wobei sie auf erhöhten Sitzen Platz nehmen, während die anderen tiefer sitzen und erst dann zu essen beginnen, wenn der Gebieter und die Herrin bedient sind. So will es freilich die höfische Sitte, ich aber muß es mir immer wieder ins Gedächtnis zurückrufen, daß ich nicht vor einem mir fremden, hohen Herrn und dessen Ehegemahlin, sondern vor meinem Brudersohn und dessen Weib stehe, die mich alten Burschen an der Hand fassen, an den Ehrensitz geleiten und ihren Wohltäter nennen."

„Dafür wird sie der Herr Jesus segnen!" bemerkte der alte Wilk.

Dann ließ er das Haupt traurig sinken, nahm einen Schluck Met, und mit einem eisernen Haken das Feuer aufschürend, fügte er hinzu:

„Mein Sohn aber ist tot!"

„Das war der Wille Gottes!"

„Bei meiner Treu! Seine älteren Brüder, fünf an der Zahl, sind ihm schon längst vorausgegangen. Ihr wißt dies ja. Das ist auch der Wille Gottes gewesen. Aber dieser jüngste ist der beste von allen gewesen. Ein echter Wilk! Hei, wenn er nicht gefallen wäre, säße er heute auch auf seiner eigenen Burg."

„Der Tod Cztans würde weniger zu beklagen sein."

„Ach, was ist denn Cztan? Freilich ist er so stark, daß er Mühlsteine auf seinen Schultern tragen könnte. Doch wie häufig hat ihn mein Sohn niedergeworfen! Hei, dieser wußte, was die ritterliche Sitte erheischte, Cztan aber läßt sich von seinem Weib auf die Schnauze hauen, denn obgleich er ein starker Bursche ist, gebricht es ihm doch an Verstand."

„Hei, mit ihm läßt sich so wenig reden, wie mit dem Hintern eines Pferdes!" warf Macko ein.

Sofort ergriff er aber auch die Gelegenheit, um nicht nur das ritterliche Wesen, sondern auch den Verstand Zbyszkos in den Himmel zu heben, indem er erklärte, sein Brudersohn habe in Marienburg mit den berühmtesten Rittern innerhalb der Schranken gekämpft, und ihm falle es ebenso leicht mit Fürsten zu reden, wie Nüsse aufzuknacken. Nicht minder rühmte er die Klugheit und Geschicklichkeit Zbyszkos im Wirtschaften, wodurch der reiche Besitz gesichert sei. Damit jedoch der alte Wilk ja nicht denken konnte, Zbyszko drohe in dieser Hinsicht irgendwelche Gefahr, fuhr Macko in gedämpftem Ton fort:

„Traun, durch die Gnade Gottes ist er mit großem Reichtum gesegnet, mit einem größeren Reichtum, als die Leute glauben. Doch", fügte er vertraulich hinzu, „sprecht mit niemandem von dem, was ich Euch sagte."

Die Leute wurden jedoch nicht müde, allerlei Betrachtungen anzustellen und sich Wunderdinge von den Reichtümern zu erzählen, die der Gebieter und die Herrin von Bogdaniec aus Spychow mitgebracht hatten, ja, es ging sogar die Rede, es sei Geld für sie aus Masovien in Salztonnen angekommen. Als es aber gar bekannt wurde, Macko habe sich die mächtigen Herren aus Koniecpole durch ein Darlehen verpflichtet, da steigerte sich noch die hohe Meinung, die man von den in Bogdaniec aufgehäuften Schätzen hegte. Selbstverständlich stieg daher das Ansehen Zbyszkos und Mackos immer mehr, selbstverständlich gewannen sie immer größeren Einfluß auf ihre Nachbarn, und infolgedessen mangelte es in der Burg auch niemals an Gästen, die auch der alte Ritter, trotz seines Hanges zur Sparsamkeit, stets freundlich empfing, weil dadurch der Ruhm des Geschlechtes vermehrt wurde.

Ganz besonders herrlich wurden die Tauffeierlichkeiten begangen, und jedes Jahr nach dem Fest Mariä Himmelfahrt veranstaltete Zbyszko eine glänzende Gasterei für die ganze Nachbarschaft, an der auch die Edelfrauen teilnahmen, um den Ritterspielen zuzuschauen, den Sängen zu lauschen und bis zum frühen Morgen beim Fackelschein mit den jungen Rittern zu tanzen. Wie leuchteten die Augen Mackos vor Freude, wie schwoll ihm die Brust vor Entzücken, wenn er dann auf Zbyszko und Jagienka blickte, die sich so würdig und edel zu bewegen wußten. Zbyszko war viel größer und männlicher geworden, und obgleich sein Gesicht für die mächtige Gestalt selbst dann zu jung aussah, wenn er sein üppiges Haar mit einem purpurnen Band zusammenhielt, wenn er in die prächtigsten, mit Gold- und Silberfäden bestickten Gewänder gekleidet war, so sagte nicht nur Macko, sondern auch manch anderer Edelmann von ihm:

„Bei Gott! Gleich einem Fürsten sitzt er auf seiner Burg." Vor Jagienka aber beugten die Ritter, denen die Sitten des Westens bekannt waren, mit der Bitte die Knie, sie zu ihrer Herrin wählen zu dürfen – derart erstrahlte sie in Gesundheit, Jugendfrische, Kraft und Schönheit. Sogar der in höherem Alter stehende Herr aus Koniecpole, der die Würde eines Wojwoden in Sieradz bekleidet hatte, wußte sich nicht vor Staunen zu lassen bei ihrem Anblick und verglich sie mit der Morgenröte, ja, sogar mit der Sonne, „die der Erde Licht verleiht und sogar in alten Knochen neue Lebenskraft erweckt."

Drittes Kapitel

Im Laufe des fünften Jahres indessen – in den Ansiedlungen herrschte die beste Ordnung, schon seit Monden flatterte auf der Warte das Banner mit dem stumpfen Hufeisen und Jagienka hatte einem vierten Knaben, der Jurand genannt wurde, das Leben gegeben – sagte der alte Macko eines Tages zu Zbyszko: „Alles blüht und gedeiht! Wenn mir daher der Herr Jesus noch einen Wunsch erfüllen würde, könnte ich in Frieden sterben."

Einen prüfenden Blick auf den Ohm werfend, fragte Zbyszko hierauf: „Sprecht Ihr von dem Krieg mit den Kreuzrittern? Einen anderen Wunsch hegt Ihr wohl schwerlich!"

„Ich wiederhole dir das, was ich schon früher sagte. Solange der Großmeister Konrad lebt, kommt es nicht zum Krieg."

„Wird er denn ewig leben?"

„Auch ich werde nicht ewig leben, und aus diesem Grund denke ich an etwas ganz anderes."

„An was?"

„Traun, du tust besser daran, nicht danach zu fragen. Jedenfalls begebe ich mich nach Spychow und suche vielleicht von dort aus die Fürstenpaare in Plock und Chersk auf."

Diese Antwort versetzte Zbyszko in kein allzu großes Erstaunen, war doch Macko im Laufe der letzten Jahre mehrmals in Spychow gewesen. Der junge Ritter fragte deshalb nur: „Gedenkt Ihr lange fortzubleiben?"

„Länger als sonst, da ich einige Zeit in Plock verweilen werde."

Etwa acht Tage darauf rüstete sich Macko zur Fahrt, auf die er einige Wagen, sowie eine Rüstung und Waffen mitnahm, „für den Fall, daß er innerhalb der Schranken zu kämpfen haben sollte." Beim Abschied wiederholte er nochmals, er gedenke länger als sonst fernzubleiben, und dies bewahrheitete sich, vergingen doch sechs Monate, ohne daß er zurückgekehrt wäre, ohne daß er eine Botschaft geschickt hätte. Zbyszko geriet allmählich in Sorge und sandte daher schließlich einen besonderen Boten aus, der indessen Spychow erreichte, da er schon jenseits Sieradz mit dem alten Ritter zusammentraf, mit dem er sofort wieder zurückkam.

Macko trug anfänglich eine etwas finstere Miene zur Schau, nachdem ihn jedoch Zbyszko von dem unterrichtet hatte, was während seiner Abwesenheit geschehen war, als er sich sagen durfte, daß alles gut stand, heiterte sich sein Antlitz ein wenig auf, und er begann, von seiner Fahrt zu sprechen.

„Weißt du, daß ich in Marienburg gewesen bin?" fragte er den Brudersohn.

„In Marienburg?"

„Gewiß, wo denn sonst?"

Mit großen, erstaunten Augen blickte Zbyszko zuerst auf seinen Ohm, dann schlug er sich auf die Schenkel und rief: „Bei Gott, dies schwand mir vollständig aus dem Gedächtnis."

„Das ist bei dir etwas ganz anderes. Du hast deine Gelöbnisse erfüllt", entgegnete Macko, „doch Gott schütze mich davor, daß ich jemals meiner Gelübde, meiner Ehre vergäße. Was wir gelobten, das haben wir auch stets gehalten, dieser Sitte will auch ich huldigen, solange ich noch einen Atemzug zu tun vermag, und wenn mir das heilige Kreuz seine Hilfe verleiht."

Bei diesen Worten verdüsterte sich Mackos Antlitz wieder und seine Züge nahmen den drohenden und energischen Ausdruck an, den Zbyszko in solcher Weise nur zu jener Zeit an seinem Ohm wahrgenommen hatte, als sie mit Witold und mit Skirwoillo in den Kampf gegen die Kreuzritter gezogen waren.

„Was habt Ihr ausgerichtet?" fragte daher der junge Ritter. „Sprecht, sprecht, habt Ihr Euer Gelöbnis erfüllt?"

„Nein. Er wird sich mir nicht stellen."

„Weshalb nicht?"

„Weil er Großkomtur geworden ist."

„Kuno Lichtenstein ist Großkomtur geworden?"

„Bei meiner Treu! Sie werden ihn auch noch zum Großmeister wählen. Was kann man wissen? Jetzt dünkt er sich ja schon Fürsten ebenbürtig. Es geht die Rede, er habe jetzt schon alles zu sagen, er leite jetzt schon alle Angelegenheiten des Ordens, ohne seinen Rat unternehme der Großmeister nichts. Wird sich ein solch mächtiger Herr auf festgetretener Erde stellen? Nur Spott und Hohn würde ich bei aller Welt ernten, wenn ich eine Herausforderung an ihn ergehen ließe."

„So hat man über Euch gespottet?" rief nun Zbyszko voll Ärger und mit blitzenden Augen.

„Die Fürstin Alexandra aus Plock hat mich fürwahr weidlich verlacht. ‚Ei, so geht doch', sagte sie, ‚und fordert den römischen Kaiser zum Kampf. Wie uns bekannt ist', sagte sie, ‚haben Zawisza Czarny, Powala aus Taczew und Paszko aus Biskupice den Großkomtur schon längst zum Kampf gefordert, ohne daß selbst sie eine Antwort erhalten hätten. Er kann sich nicht stellen. Nicht daß es ihm an Mut gebräche', sagte sie, ‚nein, aber er ist ein Ordensbruder, er hat ein so schweres, ein so hohes Amt zu versehen, daß ihm dergleichen Dinge ganz aus dem Sinn kommen. Wenn er sich stellte, würde er weit mehr Unrecht auf sich laden, als wenn er überhaupt keine Antwort erteilt.' In solcher Weise hat die Fürstin Alexandra gesprochen."

„Und wie lautete Eure Antwort?"

„Nagender Gram beugte mich fürwahr danieder! Nichtsdestoweniger erklärte ich aber, nach Marienburg gehen zu wollen, damit ich vor Gott und den Menschen bezeugen könne, alles getan zu haben, was in meiner Macht stand, deshalb bat ich denn die hohe Frau, sie möge mich mit einer Botschaft betrauen und mir ein Schreiben nach Marienburg mitgeben, denn sonst, das wußte ich wohl, wäre ich nicht mit heiler Haut aus diesem Wolfsnest entkommen. Doch in meinen Gedanken legte ich mir alles solchergestalt zurecht. Er hat freilich weder der Herausforderung von Seiten Zawiszas, noch Powalas oder Paszkos Folge geleistet, wenn aber ich ihm in Gegenwart des Großmeisters, der Komture und der Gäste ins Gesicht schlage, oder ihm die Barthaare ausreiße, dann wird er sich mir wohl stellen."

„Gott segne Euch!" rief Zbyszko voll Eifer.

„Traun", fuhr der alte Ritter fort, „für alles gibt es Rat, wenn man Verstand besitzt. Doch diesmal gewährte mir der Herr Jesus keine Gnade, denn ich traf Lichtenstein nicht in Marienburg an. Wie man mir berichtete, war er zu Witold als Gesandter geschickt worden. Ich schwankte, ob ich ihn erwarten, oder ob ich ihm folgen solle. Möglicherweise hätte ich ihn ja auf dem Weg verfehlen können. Da ich indessen schon in früheren Zeiten die Bekanntschaft des Großmeisters und des Großkämmerers gemacht hatte, vertraute ich ihnen, mit der Bitte um tiefste Verschwiegenheit, den wahren Grund meines Kommens an. Doch auch sie schrieen sofort auf mich ein, mein Vorsatz sei ein vergeblicher."

„Was für Gründe gaben sie an?"

„Die gleichen Gründe, welche die Fürstin aus Plock angeführt hat. Der Großmeister äußerte sich zudem folgendermaßen: ‚Was würdest du von mir denken, wenn ich mit jedem Ritter aus Masovien oder Polen kämpfen wollte?' Bei meiner Treu, darin hat er recht, denn dann wäre er schon lange nicht mehr auf dieser Welt! Jene beiden beratschlagen sich aber mit dem Kämmerer, und an der abendlichen Tafel erzählten sie den ganzen Hergang. Ich sage dir, dies wirkte, als wenn man einen Bienenschwarm aufgescheucht hätte. Die ganze Schar der Gäste sprang mit dem Ruf empor: ‚Wir können uns stellen, wenn Kuno es auch nicht darf.' Ich wählte mir nun drei Ritter aus, mit denen ich der Reihe nach kämpfen wollte, doch siehe da, es bedurfte der eindringlichsten Vorstellungen, damit der Großmeister auch nur einem von ihnen gestattete, sich mit mir zu messen. Dieser eine nannte sich gleichfalls Lichtenstein, und zwar ein Blutsverwandter Kunos."

„Traun!" rief jetzt Zbyszko, „wie ist es Euch dabei ergangen?"

„Seine Rüstung habe ich mit hierhergebracht, doch sie ist derart zerhauen, daß kein Mensch mehr etwas dafür geben wird."

„So wahr mir Gott helfe, Ihr habt nun Euren Schwur erfüllt."

„Anfänglich glaubte ich dies auch und war sehr glücklich darüber, doch späterhin sagte ich mir: nein, das ist nicht das gleiche! Deshalb finde ich auch noch immer keinen Frieden, denn es ist nicht das gleiche."

Nun versuchte Zbyszko den Ohm zu trösten, indem er sagte: „Ihr kennt mich und wißt, daß ich in solchen Angelegenheiten sowohl gegen mich wie gegen andere ein strenger Richter bin. Wenn ich aber das erreicht hätte, was Ihr erreicht habt, würde ich zufrieden sein. Sogar die berühmtesten Ritter in Krakau müßten mir recht geben, wenn man ihre Meinung einholte. Selbst Zawisza, ein Muster an ritterlicher Ehre, könnte nicht anders urteilen."

„Glaubst du dies in der Tat?" fragte Macko.

„Bedenkt doch nur eines: jene Ritter, deren Ruhm die ganze Welt erfüllt, wollten mit ihm kämpfen, doch keinem ist das gelungen, was Ihr getan habt. Was nützte es jenen, wenn sie Lichtenstein den Tod schwuren? Ihr aber habt einen Lichtenstein erschlagen."

„Das ist wahr!" meinte nun der alte Ritter.

Doch Zbyszko, dem jener ritterliche Kampf großes Interesse einflößte, fragte jetzt: „Laßt hören! Sagt mir: war er jung oder alt, und wie habt Ihr gekämpft, zu Pferd oder zu Fuß?"

„Fünfunddreißig Jahre war er alt. Sein Bart reichte bis zum Gürtel und hoch zu Roß saß er. Gott stand mir bei, so daß ich ihn mit der Lanze treffen konnte. Dann erst kam es zum Streit mit den Schwertern. Ich sage dir, das Blut schoß ihm stromweise aus dem Mund, sein langer Bart war purpurrot gefärbt."

„Seht Ihr? Wie oft habt Ihr doch darüber geklagt, das Alter drücke Euch danieder."

„Gewiß! Doch wenn ich auch zu Roß oder zu Fuß siegreich gekämpft und tapfer ausgehalten habe, in voller Rüstung in den Sattel zu springen, vermochte ich nicht mehr."

„Hei! Kuno selbst würde von Euch besiegt worden sein."

Der alte Ritter machte eine verächtliche Handbewegung wie zum Zeichen, daß er mit Kuno ein noch leichteres Spiel gehabt haben würde, und forderte dann Zbyszko auf, mit ihm die Rüstung zu besichtigen, die er nur als Siegestrophäe mitgebracht hatte, da sie ja trotz der trefflichen Arbeit, mit Ausnahme des Hüftbleches und der Beinschienen, ganz ohne Wert war.

„Lieber wäre es mir freilich, wenn ich dir die Rüstung Kunos zeigen könnte!" erklärte Macko schließlich in düsterem Ton.

„Gott der Herr weiß am besten, was uns frommt!" entgegnete Zbyszko. „Wenn Kuno Großmeister wird, könnt Ihr nur in einer gewaltigen Schlacht auf einen Zusammenstoß mit ihm rechnen."

„Ich horchte nach allen Seiten hin, um zu hören, was die Leute sagten", warf Macko ein. „Etliche meinten, auf Konrad werde Kuno kommen, andere nannten Ulryk, den Bruder Konrads, als dessen Nachfolger."

„Ich würde Ulryk den Vorzug geben!" rief Zbyszko.

„Ich auch, und weißt du, weshalb? Kuno ist klüger und listiger, Ulryk entflammbarer, ein echter Ritter, der auf Ehre hält und den Krieg ebenso herbeisehnt wie wir. Man spricht allgemein davon, daß, falls er Großmeister werden sollte, ein Sturm losbrechen würde, wie ihn die Welt noch nie zuvor gesehen habe. Konrad leidet an Schwächeanfällen. In meiner Gegenwart ist er einmal ohnmächtig geworden. Man weiß nicht, wie bald es eine Änderung geben kann. Hei, vielleicht erleben wir noch die Erfüllung unseres Wunsches."

„Gott gebe es! Sind denn wieder neue Mißhelligkeiten ausgebrochen?"

„Alte und neue Zwistigkeiten sollten geschlichtet werden. Ein Kreuzritter bleibt eben stets ein Kreuzritter. Selbst wenn er weiß, daß du ihm überlegen bist, und daß er dir gegenüber leicht den kürzeren ziehen kann, wird er dir auflauern, weil er nun einmal nicht anders zu handeln vermag."

„Ein jeder von ihnen stellt eben die Macht des Ordens über die aller Königreiche."

„Nicht alle Kreuzritter, doch gar viele unter ihnen, sind dieser Meinung, der vornehmlich Ulryk huldigt. Und fürwahr – ihre Stärke ist unermeßlich."

„Erinnert Ihr Euch aber dessen, was Zindram aus Maskowice sagte."

„Wohl erinnere ich mich dessen. Und mit jedem Jahr wird es schlimmer. Der Bruder empfängt den Bruder nicht so, wie ich allerorts empfangen wurde, wenn gerade kein Kreuzritter Zeuge davon war. Immer verhaßter macht sich der Orden."

„Wir werden daher nicht mehr lange zu warten haben?"

„Ob noch lange oder nicht mehr lange, wer kann dies wissen?" antwortete Macko. „Inzwischen aber", fügte er hinzu, „dürfen wir uns keine Ruhe gönnen, müssen wir unseren Besitz zu vergrößern suchen, damit wir würdig auf dem Walplatz erscheinen können."

Viertes Kapitel

Nach Verlauf eines Jahres segnete der Großmeister Konrad das Zeitliche. Jasko aus Zgorzelic, Jagienkas Bruder, vernahm in Sieradz die Kunde von dessen Tod und von der Wahl Ulryks von Jungingen, er brachte daher auch zuerst die Nachricht nach Bogdaniec, wo sie, wie auf allen anderen Edelsitzen, die größte Erregung hervorrief.

„Eine Zeit bricht an, wie wir sie zuvor noch niemals erlebt haben", erklärte der alte Macko in feierlichem Ton, während Jagienka sofort die Kinder zu Zbyszko brachte und von diesem solch rührenden Abschied zu nehmen begann, als ob er schon am nächsten Morgen aufbrechen müsse. Wenn nun aber auch Macko und Zbyszko wußten, daß die Kriegsflamme nicht so rasch auflodern könne wie das Feuer auf dem Herd, sagten sie sich doch, es müsse über kurz oder lang zum Krieg kommen, und trafen deshalb ihre Vorbereitungen. Sie wählten Pferde, Rüstungen und Waffen aus und unterwiesen nicht nur die Knappen und die Dienstleute in dem Kriegshandwerk, sondern auch die nach deutschem Recht ihres Amtes waltenden Dorfschulzen, die an jedem Kriegszug als Berittene teilnehmen mußten, sowie die unbemittelteren Edelleute, denen viel daran lag, sich an wohlhabendere Ritter anschließen zu dürfen. Auch auf allen anderen größeren Edelsitzen regte sich das gleiche Leben. Fortwährend ertönte der Klang der Hämmer in den Schmieden, allerorts wurden die alten Rüstungen gereinigt, die Bogen und das Riemenzeug mit flüssiggemachtem Fett eingerieben, die Wagen wurden frisch mit Eisen beschlagen, Vorräte von gemahlenem Korn und geräuchertem Fleisch wurden aufgespeichert. An Sonn- und Festtagen teilte man sich in den Kirchen die eingetroffenen Nachrichten mit, die, wenn sie friedlich lauteten, stets eine gewisse Niedergeschlagenheit hervorriefen. Jedermann hegte die feste Überzeugung, daß man endlich den furchtbaren Feind des polnischen Volkes niederwerfen müsse, daß das Königreich erst dann erstarken, sich erst dann einer gedeihlichen Entwicklung erfreuen könne, wenn sich die prophetischen Worte der heiligen Brigitta erfüllt haben würden, laut derer den Kreuzrittern die Zähne ausgebrochen werden würden und sie der rechten Hand verlustig gehen sollten.

Besonders um Macko und Zbyszko, die viel von dem Orden zu erzählen wußten und schon mit den Deutschen gekämpft hatten, bildete sich in Krzesnia stets ein Kreis von Neugierigen, denn nicht nur neue Kunde wollte man von ihnen erfahren, sondern sich von ihnen auch über die angemessenste Art der Kriegsführung gegen die Deutschen unterrichten lassen. „Wie können wir am besten gegen sie aufkommen? Wie erweisen sie sich im Kampf? In welcher Hinsicht sind sie den Polen überlegen, in welcher Hinsicht stehen sie hinter denselben zurück? Ist es ratsamer, mit der Streitaxt oder mit dem Schwert gegen sie vorzugehen, wenn der Speer entzweigebrochen ist?" So lauteten die Fragen, die man an die Ritter aus Bogdaniec stellte.

Letztere waren aber auch in der Tat wohlunterrichtet über all diese Dinge, was Wunder daher, daß man ihren Aussprüchen mit um so größerer Aufmerksamkeit lauschte, als die Überzeugung immer mehr um sich griff, der Krieg werde ein sehr blutiger werden, denn die Polen, die sich zweifellos mit den berühmtesten Rittern aus aller Herren Länder zu messen haben würden, konnten sich nicht damit zufrieden geben, dem Feind da und dort eine Niederlage beizubringen, sondern sie mußten ihn, um nicht selbst zugrunde gerichtet zu werden, völlig vernichten. „Was geschehen muß, muß geschehen!" sprachen die Edelleute untereinander, „es handelt sich um den Tod des Feindes oder um den unseren." Und das ganze Volk schloß sich diesem Glauben an, dieses Volk, in dem ein Ahnen seiner zukünftigen Größe dämmerte, ließ sich nicht niederdrücken, nein, im Gegenteil, der Wunsch nach Kraftbetätigung steigerte sich in jedem einzelnen täglich, stündlich. Doch ohne Selbstüberhebung, ohne Ruhmsucht sahen Hohe und Niedrige den kommenden Ereignissen entgegen, ernst, entschlossen und todesmutig bereiteten sie sich für ihre Aufgabe vor.

„Uns oder ihnen der Tod!" war die Losung.

Indessen verstrich die Zeit, aber zum Krieg wollte es nicht kommen. Wohl verbreitete sich die Kunde von neuen Mißhelligkeiten, die zwischen dem König Wladislaw Jagiello und dem Orden entstanden sein sollten wegen des schon vor Jahren erworbenen Gebiets von Dobrzyn, wegen Grenzbestimmungen und wegen Dresden, wovon viele in damaliger Zeit noch nichts gehört hatten. Doch vom Krieg war noch keine Rede. Mehr und mehr regten sich Zweifel darüber, ob es überhaupt zum Krieg kommen werde, waren doch bisher alle Zwistigkeiten durch Verhandlungen, Vergleiche und durch die Absendung von Gesandten beigelegt worden. Tatsächlich entstand auch bald das Gerücht, es seien Gesandte des Ordens nach Krakau, Gesandte der Polen nach Marienburg geschickt worden, und plötzlich sprach man allenthalben davon, daß nicht nur die Könige von Böhmen und Ungarn zu vermitteln versuchten, sondern daß auch der Papst seine Vermittlung angeboten habe. Genaues wußte man freilich nur in der Nähe von Krakau, vielleicht aber gerade deshalb tauchten im ganzen Land die merkwürdigsten und seltsamsten Vermutungen auf. Der König ließ jedoch noch immer auf sich warten.

Schließlich wußte selbst Macko, nach dessen Ansicht der Krieg sicher drohte, nicht mehr recht, was er von alldem denken solle, und machte sich nach Krakau auf, um genauere Kunde zu erlangen. Seine Abwesenheit währte indessen nicht lange, denn schon nach fünf Wochen kehrte er wieder zurück – und mit einem freudestrahlenden Gesicht kehrte er wieder zurück. Den Edelleuten aber, die ihn wie gewöhnlich in Krzesnia umringten und voll Spannung seiner Mitteilungen harrten, antwortete er auf ihre tausenderlei Fragen mit der Gegenfrage: „Sind Eure Lanzen, Eure Speere und Eure Streitäxte geschärft?"

„Weshalb? Warum? Bei den Wundmalen des Erlösers, was bringt Ihr Neues? Wen habt Ihr gesehen?" rief man ihm nun von allen Seiten zu.

„Wen ich gesehen habe? Zindram aus Maszkowice! Und was ich Neues bringe? Traun, ich glaube, daß Ihr Eure Pferde bald satteln dürft."

„Guter Gott! Was wollt Ihr damit sagen? Sprecht doch!"

„Habt Ihr schon von Dresden gehört?"

„Gewiß hörten wir schon davon. Doch diese kleine Burg unterscheidet sich ja in nichts von vielen anderen Burgen, und unserem Ermessen nach umfaßt sie kein größeres Gebiet als Bogdaniec."

„Eine geringfügige Ursache für einen Krieg – seid Ihr nicht auch der Meinung?"

„Eine gar geringfügige Ursache – fürwahr! Wegen ganz anderer Ländergebiete hat es schon Zwistigkeiten gegeben, und doch ist es nie zum Krieg gekommen."

„Wißt Ihr aber, wie sich Zindram aus Maszkowice über Dresden geäußert hat?"

„Sprecht schnell! Spannt uns nicht länger auf die Folter!"

Er sagte folgendes zu mir: ‚Ein Blinder ging einst eine Landstraße entlang und fiel über einen Stein. Er fiel, weil er blind war, trotzdem bildete aber der Stein die Ursache seines Falles.' Bei meiner Treu, dieses Dresden ist solch ein Stein!"

„Was soll dies heißen? In voller Kraft steht ja der Orden da!"

„Versteht Ihr mich nicht? Dann will ich Euch noch ein anderes Beispiel geben. Wenn ein Gefäß voll ist, genügt ein Tropfen, um es zum Überfließen zu bringen."

Diese Worte entflammten die Kampflust der Edelleute dermaßen, daß Macko sie nur mit Mühe beschwichtigen konnte, wollten sie doch ungesäumt zu Pferde steigen und nach Sieradz reiten.

„Haltet Euch bereit!" ließ sich der alte Ritter stets von neuem vernehmen, „haltet Euch bereit, aber wartet geduldig. Man wird unserer nicht vergessen, dessen dürft Ihr sicher sein."

Und so starrten sie und harrten sie! Jedoch so lange wurde ihre Geduld abermals auf die Probe gestellt, daß sich wiederum in aller Herzen der Zweifel an dem Ausbruch des Krieges regte. Nur Macko hielt seine Ansicht aufrecht, denn als das Eintreffen der Zugvögel das Nahen des Frühlings verkündete, da erkannte er, kraft seiner langen Erfahrung, aus verschiedenen Anzeichen, daß der Krieg, und zwar ein gewaltiger Krieg, vor der Tür stehe.

Zuerst wurden so große Jagden in allen königlichen Forsten und Waldwildnissen angeordnet, wie sich ihrer kaum die ältesten Leute zu erinnern wußten. Tausende von Treibern wurden aufgeboten, und demzufolge auch ganze Herden von Auerochsen, Bisons, Hirschen, Ebern und von allerlei anderem Wild erlegt. Wochen und Monde hindurch stieg der Rauch in den Wäldern empor, denn die gesalzenen Fleischstücke wurden geräuchert, um an die größeren Plätze der Wojwodschaft verschickt, vornehmlich aber, um in Plock aufgespeichert werden zu können. Offenbar wollte man Vorräte für gewaltige Kriegsheere sammeln, und Macko wußte sich dies sehr wohl zu deuten, da Witold derartige Jagden vor allen seinen bedeutenden Unternehmungen gegen Litauen hatte abhalten lassen. Doch auch noch andere Anzeichen sprachen für den Krieg. Die Bauern zum Beispiel entzogen sich haufenweise der Herrschaft der Deutschen, indem sie in das Königreich und nach Masovien entwichen. In dem Gebiet um Bogdaniec trafen zwar hauptsächlich Flüchtlinge ein, die den deutschen Rittern in Schlesien untertan waren, doch wie die Leute berichten, zeigte sich allerorts, besonders aber in Masovien, die gleiche Bewegung. Hlawa, der ja Spychow in Masovien bewirtschaftete, schickte gegen zwanzig Masuren, die aus Preußen zu ihm geflohen waren. Diese Mannen hatten um die Erlaubnis gebeten, unter dem Fußvolk an dem Krieg teilnehmen zu dürfen, weil sie an den ihnen aus ganzer Seele verhaßten

Kreuzrittern Rache nehmen wollten. Nach den Aussagen jener standen bereits verschiedene Grenzansiedlungen fast gänzlich verödet, da die Großbauern mit Weibern und Kindern sich unter den Schutz der Fürsten von Masovien gestellt hatten. Bald zeigten sich in dem ganzen Land Scharen von Bettlern, die aus Preußen kommend, nach Krakau ziehen wollten. Aus Danzig, aus Marienburg und Thorn, ja, sogar aus dem fernen Königsberg, kurz aus allen preußischen Städten, aus allen Komtureien eilten sie herbei, und nicht nur Bettler waren es, sondern auch Küster, Orgelspieler, Klosterbedienstete, ja sogar Kleriker und Priester. Von ihnen hoffte man allerlei über Preußen zu erfahren, durch sie glaubte man, sich darüber unterrichten zu können, wie es sich mit den Kriegsvorbereitungen, mit der Befestigung der Burgen, mit den Besatzungstruppen, mit den fremden Kriegern und Gästen verhalte. In der Tat flüsterte auch einer dem anderen zu, die Wojwoden in den größeren Städten der Wojwodenschaft und die Ratsherren in Krakau hätten sich schon stundenlang mit verschiedenen der Flüchtlinge eingeschlossen, um sie zu vernehmen und ihre Berichte niederzuschreiben. Etliche begaben sich sogar heimlich wieder nach Preußen, um mit neuer Kunde in das Königreich zurückzukehren, ja, aus Krakau traf die Nachricht ein, der König und die Ratsherren seien nunmehr über jeden einzelnen Schritt der Kreuzritter unterrichtet.

Ganz anders verhielt es sich in Marienburg. Ein von dort entflohener Geistlicher erschien in Koniecpole und erzählte den daselbst hausenden Herren, daß sich weder Ulryk von Jungingen, noch irgendein anderer der Kreuzritter durch Nachrichten aus Polen beunruhigen lasse, indem sie von der festen Überzeugung durchdrungen seien, im Fall der Not mit einem Schlag das ganze Königreich derart verwüsten und niederwerfen zu können, „daß keine Spur davon übrigbleibe." Er wiederholte wörtlich den von dem Großmeister Ulryk bei einem Fest in Marienburg gemachten Ausspruch: „Je zahlreicher sie sind, desto wohlfeiler werden die Schafspelze in Preußen werden." In dem gewaltigen Hort der Kreuzritter sah man daher jubelnd und siegesbewußt dem Krieg entgegen, voll Vertrauen auf die eigene Kraft und auf die Hilfe, die man sogar aus den entferntesten Königreichen erwartete.

Doch trotz all dieser Kriegsanzeichen, trotz aller Vorbereitungen und Anordnungen kam es immer noch nicht zum Ausbruch des Krieges. Selbst dem jungen Ritter in Bogdaniec wurde diese Ungewißheit mehr und mehr lästig. Alles, was geschehen mußte, war getan, seine Seele dürstete nach Kampf und Ruhm, mit jedem Tag der Verzögerung wuchs seine Ungeduld und häufig genug verlieh er dieser Empfindung seinem Oheim gegenüber Ausdruck, gerade als ob von Macko Krieg oder Friede abhängig sei.

„Seht Ihr nun!" erklärte er diesem einmal, „Ihr habt den Krieg prophezeit, und nun ist noch immer nichts daraus geworden."

„Klug bist du wohl, doch nicht allzu klug!" entgegnete Macko. „Bemerkst du denn nicht, was um dich vorgeht?"

„Wenn aber der König im letzten Augenblick nachgibt? Allgemein wird behauptet, er wünsche den Krieg nicht."

„Fürwahr, er wünscht den Krieg nicht. Doch war es nicht er, der ausrief: ‚Ich wäre nicht der König, würde ich ruhig mit ansehen, wie sie sich Dresdens bemächtigen.' Nichtsdestoweniger nahmen aber die Deutschen Dresden und haben es bis zu dieser Stunde in ihrer Gewalt. Traun, der König versteht sich nur schwer dazu, Christenblut zu vergießen, jedoch seine Ratgeber besitzen einen scharfen Verstand und treiben, die Übermacht der Polen fühlend, die Deutschen immer mehr in die Enge – ich sage dir nur das eine: wenn es Dresden nicht wäre, würde ein anderer Streitpunkt ausfindig gemacht werden."

„Wie ich hörte, hat der Großmeister Konrad selbst Dresden genommen, und er fürchtete doch gewiß den Krieg."

„Wohl fürchtete er ihn, kannte er doch besser als alle anderen die Macht Polens. Gegen die Habsucht des Ordens anzukämpfen, dazu war er freilich nicht fähig. In Krakau ließ ich mir folgendes erzählen: der alte von Ost, der Gebieter Dresdens, leistete zur Zeit, als die Kreuzritter sich der *Nova Marchia* bemächtigten, dem König den Eid als Lehnsmann, denn seit ewigen Zeiten wurde jenes Gebiet zu Polen gerechnet, und so wollte auch er zu dem Königreich gehören. Da luden ihn die Kreuzritter nach Marienburg ein, machten ihn mit Wein trunken und entlockten ihm eine Verschreibung. Nun war es aber auch mit des Königs Geduld zu Ende."

„Bei meiner Treu, das läßt sich denken!" rief Zbyszko aus.

„Es ist, wie Zindram sagte", fuhr Macko fort. „Dresden ist nur der Stein, über den der Blinde stürzte."

„Was wird aber geschehen, wenn die Deutschen auf Dresden verzichten?"

„Dann wird sich ein anderer Stein finden lassen. Was der Orden aber einmal verschlungen hat, das gibt er nicht wieder her, bis man ihm den Schlund öffnet. Und Gott gebe, daß uns dies bald gelingen werde."

„Traun!" rief nun Zbyszko wie neu gekräftigt, „Konrad hätte schließlich nachgegeben, Ulryk wird nie nachgeben. Er ist ein echter Ritter, an dem kein Makel haftet, doch furchtbar aufbrausend und entflammbar."

In solcher Weise besprachen sich die beiden häufig miteinander, inzwischen traten aber Ereignisse ein, die gleich den Steinen, die ein Vorübergehender mit dem Fuß einen steilen Bergpfad hinabstößt, und die mit immer größerer Schnelligkeit dem Abgrund zurollen, unaufhaltsam zu der Entscheidung trieben.

Mit Blitzesschnelle verbreiteten sich bedeutsame Nachrichten in dem ganzen Land. Die Kreuzritter waren in das seit alten Zeiten Polen gehörende und den Johannitern verpfändete Santok plündernd und verwüstend eingefallen, und der neue Großmeister Ulryk hatte nicht nur vorsätzlich Marienburg verlassen, als die polnischen Gesandten dort eingetroffen waren, um ihn zu seiner Wahl zu beglückwünschen, sondern er hatte auch vom ersten Augenblick seiner Herrschaft an den Befehl erlassen, daß in den Verhandlungen mit dem König und mit Polen von nun an statt der lateinischen die deutsche Sprache gebraucht werden müsse. Damit kennzeichnete er sofort seinen Standpunkt. Den Herren in Krakau, die insgeheim für den Krieg wirkten, wurde es sofort klar, daß dieser Großmeister es darauf anlegte, öffentlich seine Kriegslust darzutun, ging er doch geradezu mit einer blinden Unüberlegtheit und mit einer Rücksichtslosigkeit gegen Polen vor, wie es bis jetzt keiner der Großmeister selbst zu einer Zeit gewagt hätte, in welcher der Orden an Macht dem Königreich noch weit mehr überlegen gewesen war.

Die Würdenträger des Ordens freilich, die weniger leidenschaftlich und weit verschlagener als Ulryk waren und die Witold kannten, ließen nichts unversucht, diesen auf ihre Seite zu bringen. Sie kargten nicht mit Gaben, ja, sie überschütteten ihn mit Schmeicheleien, wie man sie kaum maßloser zu der Zeit hätte ersinnen können, in der man den römischen Kaisern, noch während sie lebten, Tempel und Altäre errichtete. „Der Orden erfreut sich zweier Wohltäter", sprachen die Gesandten der Kreuzritter, als sie sich vor dem Statthalter Jagiellos bis zur Erde neigten, „Gott ist der eine, Witold der andere. Deshalb ist aber auch jedes Wort, jeder Wunsch Witolds den Kreuzrittern heilig." Und sie beschworen ihn, Dresdens wegen zu vermitteln, insgeheim von der Hoffnung getragen, daß, wenn er, der Untergebene des Königs, sich erkühne, über seinen Oberherrn zu urteilen, er diesen kränken und einen Bruch der guten Beziehungen zwischen sich und dem König, wenn auch nicht auf immer, so doch auf lange Zeit hinaus herbeiführen werde. Da aber des Königs Ratgeber in Krakau stets von allem unterrichtet waren, was in Marienburg geplant und ausgeführt wurde, wählte Jagiello selbst Witold zum Schiedsrichter.

Nur zu bald sollten aber die Kreuzritter diese Wahl bedauern. Die Würdenträger des Ordens, die den Großfürsten zu kennen geglaubt hatten, sahen ihren Irrtum zu spät ein, denn Witold sprach, kraft seiner richtigen Beurteilung der kommenden Dinge, nicht nur Dresden den Polen zu, reizte die Samogitier nicht nur von neuem zum Aufstand, sondern schickte, dem Orden immer feindlicher entgegentretend, Kriegsleute und Waffen, sowie Korn aus den fruchtbaren Gefilden Polens nach Samogitien.

Jetzt aber begriff ein jeder in dem großen, unermeßlichen Königreich, daß die Stunde der Entscheidung geschlagen hatte. Und so war es in der Tat!

Als einmal in Bogdaniec der alte Macko, Zbyszko und Jagienka, sich des warmen, herrlichen Wetters erfreuend, vor dem Burgtor saßen, sprengte ein fremder Mann auf schäumendem Pferd heran, warf wie zu einem Kranz gebogene Weidenzweige vor die beiden Ritter und galoppierte mit dem Ruf: „Aufgebot zum Heerbann, Aufgebot zum Heerbann!" wieder davon.

Aufs höchste erregt, sprangen Macko und Zbyszko empor. Auf dem Antlitz des alten Ritters malten sich Ernst und Feierlichkeit, Zbyszko eilte hinweg, um den Knappen mit der Botschaft weiterzusenden, kehrte aber rasch mit leuchtenden Augen wieder zurück, indem er rief: „Krieg! Gott hat endlich unseren Wunsch erhört! Krieg!"

„Und nicht ein Krieg, wie wir ihn schon erlebt haben, nein, einen großen Krieg, einen gewaltigen Krieg wird es geben!" ergriff in erhobenem Ton Macko das Wort, um sich dann an die Dienstleute zu wenden, die sich blitzesschnell um ihren Gebieter versammelt hatten.

„Eilt auf die Warte!" gebot er, „und laßt die Hörner nach allen vier Richtungen der Welt ertönen. Etliche von Euch mögen die Botschaft den Dorfschulzen verkünden, andere sollen die Pferde satteln, die Wagen bespannen. Rasch, sputet Euch!"

Kaum hatte er zu Ende gesprochen, so waren die Dienstleute schon nach allen Richtungen zerstreut, um seine Befehle auszuführen, was um so leichter wurde, weil alles längst vorbereitet gewesen war, weil Rüstungen, Waffen und Vorräte in genügender Menge vorhanden waren. So standen denn auch in kürzester Zeit Mannen, Pferde und Wagen zum Aufbruch fertig, und man harrte nur der beiden Ritter, um die Fahrt anzutreten.

Diese besprachen indessen noch allerlei mit Jagienka, und schließlich fragte Zbyszko seinen Ohm: „Wollt Ihr nicht in Bogdaniec bleiben?"

„Ich? Was kommt dir in den Sinn?"

„Dem Gesetz nach habt Ihr als ein Mann von vorgeschrittenem Alter das Recht, zu bleiben, und außerdem könntet Ihr auch der Schützer Jagienkas und der Kinder sein."

„Traun, so höre nun auch mich. Bis ich weiße Haare hatte, habe ich auf diese Stunde warten müssen."

Für Zbyszko genügte ein Blick in das entschlossene Antlitz seines Ohms, um zu wissen, daß jedes weitere Wort verloren sei. Macko war aber auch, trotz seiner siebzig Jahre, ein Mann, kräftig wie ein Eichbaum, und seine Hand bewegte sich noch so geschmeidig in den Gelenken, daß, wenn er die Streitaxt schwang, es geradezu in der Luft schwirrte und sauste. Was wollte es daher bedeuten, wenn er nicht mehr in voller Rüstung auf das Pferd zu springen vermochte, ohne die Steigbügel zu berühren? Gar viele Jüngere als er, besonders unter den Rittern des Westens, waren ja auch nicht dazu imstande. Was wollte ein solch kleiner Mangel bedeuten gegenüber seiner umfassenden Erfahrung in allen ritterlichen Übungen und Unternehmungen? Fürwahr, weit und breit kam ihm darin kein zweiter Krieger gleich.

Offenbar ängstigte sich auch Jagienka nicht vor dem Alleinsein, denn die Hand ihres Ehegemahls küssend, ließ sie sich also vernehmen: „Sorge dich nicht um mich, geliebter Zbyszko, ist doch die Burg gar fest und stark. Bedenke auch, daß ich nicht allzu zaghaft bin, sind mir doch Bogen und Speer vertraut. Nicht an uns dürfen wir denken, wenn es sich um die Rettung des Königreichs handelt. Gott wird über uns wachen."

Tränen traten ihr in die Augen und rannen langsam, in großen Tropfen über ihre Wangen, als sie, auf die inzwischen herbeigebrachten Kinder deutend, mit einer vor Bewegung zitternden Stimme fortfuhr: "Hei! Wäre es nicht um dieser Kleinen willen, würde ich so lange vor dir auf den Knien liegen, bis du mir die Erlaubnis erteiltest, mit dir zu ziehen."

„Jagus!" schrie Zbyszko auf, sie an seine Brust ziehend.

Da umschlang sie ihn mit ihren Armen, schmiegte sich fest an ihn an und flüsterte: „Nur kehre wieder zu mir zurück, mein Goldsöhnchen, mein Einziger, mein Liebstes auf der ganzen Welt."

„Zbyszko", ließ sich jetzt Macko in bewegtem Ton vernehmen, „Zbyszko, danke Gott dem Herrn täglich dafür, daß er dir ein solches Eheweib gegeben hat."

Eine Stunde später wurde das Banner auf der Warte eingezogen, zum Zeichen, daß die Gebieter die Burg verlassen hatten. Zbyszko und Macko erlaubten Jagienka, sie mit den Kindern bis nach Sieradz zu begleiten und nach einem reichlichen Imbiß machten sie sich mit den Mannen und mit einem ganzen Wagenzug auf den Weg. Der Tag war hell und klar. Eine atemlose Stille lag über den Wäldern. Das Vieh auf den Wiesen und in dem Brachland schien, wie in Gedanken versunken und seine Nahrung bedächtig wiederkäuend, die mittägliche Ruhe zu genießen. Durch die Trockenheit der Luft stiegen da und dort gelbliche Staubwölkchen auf, hinter denen es zuweilen in dem glänzenden Sonnenlicht wie von unzähligen, feurigen Funken blitzte. Als Zbyszko dies gewahr wurde, machte er sein Weib und seine Kinder mit den Worten darauf aufmerksam: „Wißt Ihr, woher diese Funken rühren? Speere, Lanzen und Wurfspieße sind es. Die Kunde von dem Aufgebot des Heerbannes hat sich schon allerorts verbreitet, von allen Seiten ziehen die Mannen gegen die Deutschen."

Und so verhielt es sich in der Tat. Kaum hatten sie die Grenze von Bogdaniec hinter sich gelassen, trafen sie mit Jagienkas Bruder, Jasko, zusammen, der als Erbe von Zgorzelic über großen Wohlstand gebot und mit drei Speerreitern und zwanzig anderen Kriegsknechten auszog.

Kurz darauf tauchte aus der Staubwolke das bärtige Gesicht Cztans aus Rogow auf, der, wenn er auch kein allzu großer Freund von den Gebietern in Bogdaniec war, diesen doch nun schon aus der Ferne zurief: „Jetzt geht's gegen die Weißmäntel!" um gleich darauf wieder in dem Staub zu verschwinden. Auch mit dem alten Wilk aus Brzozowa stießen sie zusammen, dessen Haupt freilich aus Altersschwäche schon ein wenig zitterte, der aber trotzdem nicht zurückblieb, da er den Tod seines in Schlesien erschlagenen Sohnes an den Kreuzrittern rächen wollte.

Je näher sie Sieradz kamen, je dichter wurden die Staubwolken, und als in der Ferne der Turm der Stadt sichtbar wurde, da wimmelte die Straße von Rittern, Dorfschulzen und Kriegsknechten, die alle dem Sammelplatz zustrebten. Beim Anblick dieser zahlreichen, kräftigen, kampfeslustigen Scharen, die jeder Unbill des Wetters, allen Strapazen zu trotzen vermochten, da schwoll die Brust des alten Ritters von Siegeshoffnung.

Fünftes Kapitel

Endlich, endlich war es zum Krieg gekommen, zu einem Krieg freilich, in dem nicht viele Schlachten geschlagen wurden, der sich anfänglich zu Ungunsten der Polen gestaltete. Ehe die Polen ihre Streitkräfte an Ort und Stelle zusammengezogen hatten, nahmen die Kreuzritter Bobrowniki, machten Zlotoria dem Erdboden gleich und verwüsteten das unglückliche Gebiet um Dobrzyn, das ihnen erst vor kurzem unter den größten Schwierigkeiten entrissen worden war. Durch die Vermittlung der Böhmen und Ungarn wurde indessen bald abermals den Kriegsfluten Einhalt geboten, ein Waffenstillstand wurde geschlossen und Wenzeslaw, der König von Böhmen, zum Schiedsrichter zwischen den Polen und den Kreuzrittern ernannt.

Auf beiden Seiten fuhr man indessen während des Winters und des Frühlings mit dem Zusammenziehen und dem Vorschieben der Kriegsscharen fort, und als der König von Böhmen, der erkauft worden war, zugunsten des Ordens entschied, brach der Krieg natürlich von neuem aus.

Allgemach rückte der Sommer heran und mit ihm erschienen die unter Witold stehenden „Völkerstämme". Nach Überschreitung des Flusses bei Czerwensk vereinigten sich die beiden Heerkörper, zu denen dann auch die Fähnlein der masovischen Fürsten stießen. Auf der anderen Seite des Flusses, in dem Lager bei Schwetz, standen gegen hunderttausend eisengepanzerte Deutsche. Jagiello hatte zwar den Plan gefaßt, über den Drewenz zu gehen, um auf dem kürzesten Weg nach Marienburg vorzurücken. Als sich jedoch dies als unmöglich erwies, kehrte er von Kurzetnik nach Soldau zurück und schlug dann, nachdem Dabrowna oder Gilgenburg, eine Feste des Ordens, durch eine Abteilung des Kriegsheeres zerstört worden war, daselbst sein Lager auf.

Jagiello, und mit ihm alle polnischen und litauischen Großen, sahen längst voraus, daß es bald zu einer entscheidenden Schlacht kommen müsse, jeder aber glaubte, es werde noch eine Reihe von Tagen bis dahin verstreichen. Allgemein huldigte man der Ansicht, der Großmeister, der dem König den Weg verstellt hatte, wolle seinem Kriegsvolk Ruhe gönnen, damit er es frisch und neugekräftigt zum Kampf führen könne. Unter dieser Voraussetzung rasteten auch die Kriegsscharen des Königs eine Nacht bei Dabrowna. Die Einnahme der Feste erfüllte die Herzen des Königs und Witolds mit Freude, obwohl der Angriff ohne ausdrücklichen Befehl, ja eigentlich gegen den Willen des Kriegsrates unternommen worden war, denn die stark befestigte Burg lag inmitten eines Sees und hatte eine zahlreiche Besatzung. In solch unglaublich kurzer Zeit waren aber die polnischen Ritter Herren der Burg, mit solch unwiderstehlicher Gewalt stürmten sie vor, daß ehe Ersatz eintreffen konnte, alles in Trümmer lag, alles in rauchende Brandstätten verwandelt war, auf denen die wilden Horden Witolds und die Tataren unter Saladin die letzten, sich verzweifelt wehrenden deutschen Kriegsknechte niedermetzelten.

Das Feuer hielt indessen nicht lange an, ein kurzer, aber heftiger Regenguß machte ihm bald ein Ende. Die ganze Nacht vom vierzehnten auf den fünfzehnten Juli ließ sich ungewöhnlich veränderlich und stürmisch an. Vom Wind getrieben, folgte Gewitter auf Gewitter. Zuweilen schien der Himmel in Flammen zu stehen, zuweilen zuckten unter dumpfen Donnerschlägen grelle Blitze von Osten nach Westen. Schwefelgeruch erfüllte oftmals die Luft. Regengüsse prasselten stets wieder von neuem nieder. Dann mit einemmal trieb der Wind die Wolken auseinander, und von dem lichter gewordenen Firmament strahlten Sterne und Mond in hellem Glanz herab. Erst nach Mitternacht legte sich der Sturm so weit, daß die Wachfeuer wieder unterhalten werden konnten. In einem einzigen Augenblick versuchten Tausende und Tausende von Mannen in dem unermeßlich großen Lager der Polen und Litauer die Flammen aufs neue anzufachen, um hierauf unter wilden Gesängen ihre durchnäßten Gewandungen zu trocknen.

Auch der König verbrachte die Nacht wachend, denn in der am äußersten Ende des Lagers stehenden Hütte, in die er sich vor dem Sturm geflüchtet hatte, wurde ein Kriegsrat abgehalten wegen der Einnahme Gilgenburgs. Da die Heerschar aus Sieradz mit an der Eroberung beteiligt gewesen war, mußte sich deren Führer, Jakob aus Koniecpole, samt anderen darüber verantworten, daß er den Angriff auf die Burg unternommen hatte, ohne den Befehl dazu erhalten zu haben, und daß er den Kampf auch dann nicht eingestellt hatte, als ihm der Gegenbefehl des Königs durch einen besonderen Boten und durch eine Anzahl vertrauter Kriegsleute übermittelt worden war.

Da nun der Wojwode nicht wissen konnte, was ihn erwarten, ob ihn nur Tadel oder wirkliche Strafe treffen werde, brachte er eine erkleckliche Anzahl der berühmtesten Ritter, darunter auch Macko und Zbyszko als Zeugen dafür mit, daß bei der Ankunft des königlichen Boten die Erstürmung der Wälle schon vor sich gegangen war, daß dem erbitterten Kampf mit der Besatzung nicht mehr Einhalt geboten werden konnte. „Was aber den Angriff überhaupt anbelangt", erklärte Jakob aus Koniecpole, „so ist es gar schwer, vor jedem Vorgehen erst die Erlaubnis dazu einzuholen, wenn die Größe des Kriegsheeres eine solch unermeßliche ist. Da ich in der Vorhut stand, erachtete ich es für meine Pflicht, jedes Hindernis vor dem Hauptheer aus dem Weg zu räumen und den Kampf mit dem Feind allerorts aufzunehmen." Als der König, Fürst Witold und die Herren des Kriegsrates, die insgeheim über die Eroberung der Burg große Freude empfanden, diese Worte vernahmen, da sprachen sie dem Wojwoden und der Kriegsschar aus Sieradz nicht ihren Tadel aus, nein, sie konnten den Führer und die Kriegsleute nicht genug loben wegen des kühnen Mutes, mit dem sie die Burg genommen, die tapfere Besatzung überwältigt hatten. Für Macko und Zbyszko bot sich nun bei diesem Kriegsrat Gelegenheit, die hervorragendsten Großen des Königreiches versammelt zu sehen, denn außer dem König und den Fürsten aus Masovien waren auch die beiden Führer des Kriegsheeres anwesend, Witold, der die Litauer, Samogitier, Russen, Bessarabier, Wallachen und Tataren befehligte, und Zindram aus Maszkowice – der Schwertträger aus Krakau – der die polnische Streitmacht anführte, alle anderen an Kriegskunst überragte und dessen Wappen die Aufschrift trug: „Der Sonne gleich." Aber auch noch andere hervorragende Krieger und Staatskundige gehörten zu dem Kriegsrat, so der Krakauer Kastellan Kristin aus Ostrowo, der Krakauer Wojwode Jasko aus Tarnow, der Posener Wojwode Sedziwoj aus Ostrorog, der Wojwode von Sandomir Mikolaj aus Michalowic, der Kirchenprobst zum heiligen Florian, der Unterkanzler Mikolaj Trabe, der Marschall des Königreiches Zbigniew aus Brzesc und Piotr Szafranec, der Unterkämmerer aus Krakau, sowie schließlich Ziemowit, der Sohn des Fürsten aus Plock, der trotz seiner Jugend in den Kriegsrat berufen worden war, weil er als sehr „umsichtig" in der Kriegsführung galt und der König große Stücke auf ihn hielt.

In der zweiten geräumigen Stube der Hütte hatten sich auch unzählige der berühmtesten Ritter zusammengefunden, um nötigenfalls sofort ihre Ratschläge erteilen zu können. In ganz Polen, ja, weithin in allen fremden Königreichen kannte man deren Namen. Macko und Zbyszko sahen daher auch Zawiszy Czarny, Sulinczyk und dessen Bruder Farurej, Skarbek Abdank aus Gora, Dobek aus Olesnica, der seinerzeit zwölf deutsche Ritter bei einem Turnier in Thorn aus dem Sattel gehoben hatte, dann den riesenhaften Paszko Zlodziej aus Biskupice, sowie den ihnen besonders freundlich gesinnten Powala aus Taczew, dann Krzon aus Kozichglowy, Marcin aus Wrocimowice, der das Hauptbanner des Königreiches trug, Florian Jelitczyk aus Korytnice, Lis aus Targowisko, der besonders im Handgemenge furchtbar war, und Staszko aus Charbimowice, der in voller Rüstung über zwei der größten Pferde springen konnte.

Doch außer den Genannten waren, aus verschiedenen Landen und aus Masovien, auch noch gar viele andere berühmte, den Bannern voranziehende Ritter anwesend, welche „die vor den Bannern Streitenden" hießen, weil sie während einer Schlacht in der ersten Reihe zu kämpfen pflegten. Von den ihnen bekannten Rittern wurden Macko und Zbyszko aufs freundlichste begrüßt, und Powala trat sofort zu ihnen und begann über die früheren Erlebnisse und Ereignisse zu sprechen.

„Hei!" sagte er zu Zbyszko gewandt, „du hast die Kreuzritter über gar Schweres zur Rechenschaft zu ziehen, nun aber ist, wie ich glaube, die Zeit gekommen, in der du ihnen alles heimzahlen kannst."

„Mit Blut werde ich ihnen alles heimzahlen", entgegnete Zbyszko, „für alles sollen sie mir büßen."

„Weißt du, daß Kuno Lichtenstein Großkomtur geworden ist?"

„Ich weiß es und auch meinem Ohm ist es bekannt."

„Gott gebe, daß ich mit Lichtenstein zusammentreffe", warf jetzt Macko ein, „denn ich habe noch wegen gar manchem mit ihm abzurechnen."

„Traun! Wir alle haben ihn zum Kampf gefordert", bemerkte Powala, jedoch er erklärte, er dürfe bei der Würde, die er bekleide, sich uns nicht stellen. Bei meiner Treu, vielleicht ist er aber jetzt doch anderen Sinnes geworden."

„Dem wird er in die Hände fallen, dem er von Gott bestimmt ist!" ließ sich nun Zawisza in dem ihm eigentümlichen, würdevollen Ton vernehmen.

Daraufhin entschloß sich Zbyszko, die Sache seines Ohms dem Urteil Zawiszas zu unterbreiten und fragte daher diesen, ob er nicht auch der Ansicht sei, Macko habe sein Gelübde durch den Kampf mit einem Blutsverwandten Lichtensteins erfüllt, der sich selbst als dessen Stellvertreter bezeichnet hatte, und der von dem alten Ritter getötet worden war. Trotzdem sich aber nun Zawisza und alle Umstehenden dahin aussprachen, dem Gelübde sei Genüge getan worden, hielt Macko in seiner Halsstarrigkeit und ungeachtet ihm jener Ausspruch großen Trost gewährte, seine Meinung aufrecht, indem er sagte: „Traun, dies mag nun alles so sein, wie Ihr sagt! Ich aber würde mich des ewigen Heiles sicher fühlen, wenn mir Kuno selbst auf festgetretener Erde gegenüberstünde."

Im Laufe der Unterhaltung kamen die Redenden auch auf die Einnahme von Gilgenburg zu sprechen und man erging sich in Mutmaßungen darüber, wann wohl die erste große Schlacht sein werde, die nach der Ansicht aller bald geschlagen werden mußte, da dem Großmeister nichts anderes zu tun blieb, als dem König den Weg zu verstellen.

Die Rede ging hin und her, und gerade als man die Frage aufwarf, wie viele Tage man wohl noch zuwarten müsse, näherte sich den Sprechenden ein großer, schmächtiger Ritter, der in ein rotes Gewand gekleidet war, eine ebensolche Mütze auf dem Haupt trug und der, seine Arme ausbreitend, mit sanfter, fast mädchenhafter Stimme anhub: „Ich grüße dich, Ritter Zbyszko aus Bogdaniec!"

„De Lorche! Du bist hier!" rief nun Zbyszko aus, den Lothringer, der in gar gutem Andenken bei ihm stand, in die Arme schließend und warme Freundschaftsküsse mit ihm austauschend. „Stehst du auf unserer Seite?"

„Etliche Ritter aus Geldern kämpfen wohl auf der anderen Seite!" antwortete de Lorche, „ich aber bin durch Dlugolas verpflichtet, meinem Gebieter, dem Fürsten Janusz, meine Dienste zu leihen."

„So bist du der Erbe des alten Mikolaj aus Dlugolas?"

„Ja. Nach dem Tod Mikolajs und dessen Sohn, der bei Bobrowniki erschlagen wurde, fiel Dlugolas der holden Jagienka zu, die seit fünf Jahren mein Eheweib und meine Herrin ist."

„Bei Gott!" ließ sich nun Zbyszko abermals vernehmen, „bei Gott, du mußt mir erzählen, wie sich dies alles ereignet hat."

Allein de Lorche begrüßte jetzt den alten Macko und sagte: „Von Eurem früheren Waffenträger Hlawa hörte ich, daß ich Euch hier im Lager finden könnte. Er selbst weilt nun in meinem Zelt und achtet auf das abendliche Mahl. Wohl liegt mein Zelt an dem anderen Ende des Lagers – zu Pferd werden wir es aber bald erreichen. Kommt daher mit mir!"

Dann, sich zu Powala wendend, mit dem er ja in Plock Freundschaft geschlossen hatte, fügte er hinzu: „Auch Euch, edler Herr, bitte ich, mir zu folgen. Gewährt mir die Ehre, gönnt mir dieses Glück!"

„Gerne gehe ich mit Euch in Euer Zelt!" entgegnete Powala, „denn abgesehen davon, daß das Zusammensein mit Rittern, die ich kenne, mir stets die größte Freude ist, können wir auch das ganze Lager sehen."

So begaben sich denn alle in das Freie, um die Pferde zu besteigen. Da trat einer der Dienstleute de Lorches zu diesem heran, um ihm einen Mantel umzuhängen, den er augenscheinlich zu dem Zweck mitgebracht hatte, eilte dann auf Zbyszko zu, küßte dessen Hand und sagte: „Heil und Ehre sei Euch, o Herr! Schon vor Jahren diente ich Euch, aber in der Dunkelheit könnt Ihr mich nicht erkennen. Ist Euch Sanderus aus dem Gedächtnis entschwunden?"

„Sanderus, so wahr mir Gott helfe!" rief Zbyszko.

Und die Erinnerung an die erlittenen Schmerzen, an all das Leid, an all die schweren Kümmernisse regte sich in dem jungen Ritter wieder so lebendig wie vor wenigen Wochen, als er bei der Vereinigung des königlichen Kriegsheeres mit dem Fähnlein der masovischen Fürsten nach langer, langer Zeit seinen einstigen Knappen Hlawa wiedergesehen hatte.

„Sanderus!" hub er daher abermals an, „ich habe der früheren Zeiten, ich habe deiner nicht vergessen. Was hast du bisher getrieben, wo bist du gewesen? Ziehst du noch immer mit Reliquien durch die Lande?"

„Nein, o Herr! Bis zum letzten Frühling versah ich das Amt eines Küsters an der Kirche in Dlugolas. Da aber mein verstorbener Vater dem Kriegshandwerk oblag, da widerte mich beim Ausbruch des Krieges das Erz der Kirchenglocken an und die Sehnsucht nach Eisen und Stahl erwachte in mir" –

„Was höre ich?" warf hier Zbyszko ein, der sich Sanderus in der Schlacht mit einem Schwert, einem Speer oder einer Streitaxt in der Hand nicht vorstellen konnte.

Sanderus aber fuhr, Zbyszko den Steigbügel haltend, unentwegt fort: „Vor einem Jahr etwa begab ich mich auf Befehl des Bischofs von Plock in preußisches Gebiet und leistete dadurch beträchtliche Dienste – doch davon will ich Euch später berichten. Steigt also zu Roß, wohledler Ritter, denn jener böhmische Graf, den Ihr Hlawa zu rufen pflegtet, harrt unserer in dem Zelt meines Herrn."

Nachdem Zbyszko zu Pferd gestiegen war, ritt er mit Herrn de Lorche voran, da er ungestört mit ihm sprechen, da er sich dessen Erlebnisse erzählen lassen wollte, die zu hören er sehr gespannt war.

„Unendlich glücklich macht es mich", begann Zbyszko, „daß du auf unserer Seite kämpfst, doch ich wundere mich darüber, denn du dientest doch den Kreuzrittern."

„Jene mögen ihnen dienen, die sich Sold bezahlen lassen!" erwiderte de Lorche, „ich habe nie Sold genommen. Nein – Abenteuer wollte ich bestehen, als ich zu den Kreuzrittern zog, den Rittergürtel wollte ich mir erringen, den ich auch, wie dir ja bekannt sein wird, aus den Händen eines polnischen Fürsten, empfing. Und nachdem ich nach meiner Vermählung bei Euch seßhaft geworden bin, wie könnte ich gegen Euch streiten? Zu Euch gehöre ich nun, denn, wie du sofort bemerkt haben wirst, spreche ich ja jetzt Eure Sprache!"

„Und deine Besitzungen in Geldern? Wie mir gesagt wurde, bist du ein Blutsverwandter des dort herrschenden Geschlechtes und der Erbe vieler Burgen und Dörfer."

„Ich trat mein Erbe an meinen Blutsverwandten Foulk de Lorche ab, der mich dafür bezahlte. Vor fünf Jahren bin ich in Geldern gewesen und habe von dort große Summen zurückgebracht, mit denen ich mich in Masovien ankaufte.

„Wie kam es aber dazu, daß du dich mit Jagienka aus Dlugolas vermähltest?"

„Ach!" antwortete de Lorche, „ist nicht jede Frau ein Rätsel? Sie spottete meiner so lange, bis ich es müde wurde und ihr erklärte, der Gram, der Kummer treibe mich in den Krieg nach Asien, von wo ich niemals wieder zurückzukehren gedenke. Da brach sie zu meinem Erstaunen in Tränen aus und rief schluchzend: ‚Dann werde ich in ein Kloster gehen!' Ich aber warf mich, diese Worte hörend, ihr zu Füßen und wenige Tage später sprach der Bischof aus Plock in der Kirche über uns beide den Segen."

„Habt Ihr Kinder?" fragte nun Zbyszko

„Nach Beendigung des Krieges wallfahrt Jagienka an das Grab unserer Königin Jadwiga, um von ihr die Erfüllung unserer Wünsche zu erflehen!" entgegnete de Lorche seufzend.

„Daran tut sie gut. Man sagt, das helfe immer, und daß es in solchen Fällen keine bessere Fürsprecherin gebe als unsere heilige Königin. Noch wenige Tage, und es kommt zur Hauptschlacht, der Frieden wird dann nicht lange auf sich warten lassen."

„Gewiß."

„Aber die Kreuzritter halten dich sicherlich für einen Verräter!"

„Nein", entgegnete de Lorche, „Du weißt ja, wieviel ich auf meine Ritterehre halte. Sanderus begab sich im Auftrag des Bischofs von Plock nach Marienburg, daher sandte ich durch ihn ein Schreiben an Meister Ulryk, worin ich ihm den Dienst aufgekündigt und ihm die Gründe angegeben habe, weshalb ich mich auf Eure Seite stelle."

„Hei! Sanderus!" rief Zbyszko aus. „Er sagte mir, daß der Klang der Kirchenglocken einen wahren Ekel in ihm erweckt habe, und daß ein Verlangen nach Stahl und Eisen in ihm erwacht sei. Mich wundert dies aber, denn er hatte immer ein Hasenherz."

Darauf entgegnete de Lorche: „Mit Stahl und Eisen hat Sanderus nur soviel zu tun, daß er mir und meinen Knappen den Bart abschert."

„So verhält es sich also?" fragte Zbyszko nicht wenig ergötzt.

Schweigend ritten sie einige Zeit weiter, dann richtete de Lorche seine Augen zum Himmel empor und sagte: „Zum Abendbrot habe ich Euch eingeladen, aber wir werden wohl zum Frühstück erst anlangen."

„Der Mond scheint noch", entgegnete Zbyszko. „Reiten wir also weiter."

Nachdem sie mit Macko und Powala zusammengetroffen waren, ritten sie alle nebeneinander durch die breite Straße des Feldlagers, die auf Befehl der Anführer zwischen den Zelten und Feuerstätten abgesteckt worden war, damit der Durchgang freiblieb. Da sie zu der am anderen Ende des Lagers stehenden masovischen Heeresabteilung stoßen wollten, mußten sie es der ganzen Länge nach durchreiten.

Macko wandte sich zu Powala aus Taczew: „Sagt, Herr, wie viele Fähnlein hat Knäs Witold aufgebracht?"

„Vierzig!" entgegnete Powala

„Unsere polnischen belaufen sich mit den masovischen zusammen auf fünfzig, aber sie sind anders geordnet als die Witolds. Denn bei ihm dienen zuweilen einige tausend Mannen unter einem Banner. Ha! Wir hörten, der Großmeister habe diese Krieger ein Bettelvolk genannt, das einen Löffel besser als ein Schwert zu gebrauchen verstehe, aber Gott gebe, daß er sich in einer für ihn schlimmen Stunde so ausgesprochen hat, denn ich glaube, die litauischen Wurfspieße werden von dem Blut der Kreuzritter gerötet werden."

„Was sind das für Mannen, an denen wir jetzt vorüberkommen?" fragte Herr de Lorche.

„Das sind Tataren, Witolds Lehnsmann, Saladin, führte sie hierher."

„Bewähren sie sich in der Schlacht?"

„Die Litauer verstehen es, mit diesen Tataren zu kämpfen und haben einen beträchtlichen Teil derselben besiegt. Aus dem Grund wurden sie auch gezwungen, an diesem Kriegszug teilzunehmen. Aber die Ritterschaft aus dem Westen hat stets einen schweren Stand mit ihnen, denn sie zeigen sich gefährlicher beim Rückzug als beim Angriff."

„Laßt sie uns in der Nähe betrachten", sagte de Lorche.

Sie ritten zu den Feuerstätten heran. Die Männer, die hier lagerten, hatten ganz entblößte Arme, trugen aber trotz der Sommerzeit Schafpelze, die Wolle nach oben gekehrt. Ein großer Teil von ihnen schlief auf nackter Erde oder auf feuchtem, von der Hitze dampfendem Stroh, viele saßen zusammengekauert am lodernden Feuer, etliche verkürzten sich die Stunden der Nacht, indem sie im Nasalton wilde Lieder sangen und dabei zur Begleitung das eine Schienbein eines Pferdes an das andere schlugen, wodurch ein seltsamer und unangenehmer Klang hervorgebracht wurde, wieder andere hatten kleine Trommeln oder klimperten auf den festgespannten Sehnen ihrer Bogen. Manche hatten noch rauchende, blutige Fleischstücke vom Feuer genommen und bliesen mit ihren aufgeworfenen bläulichen Lippen darauf, um sie dann zu verzehren. Im allgemeinen sahen sie so wild und schaudererregend aus, daß man sie eher für Unholde des Waldes als für menschliche Wesen halten konnte. Der Rauch der Feuerstätte führte einen beißenden Geruch des gebratenen Pferde- und Lämmerfleisches mit sich, und zudem verbreitete sich ringsumher ein unerträglicher Duft von angebrannter Wolle, warmgewordenen Schafpelzen, abgezogenen Häuten und frischem Blut. Von der anderen, dunklen Seite der Straße, wo die Pferde standen, kam ein durchdringender Schweißgeruch herüber. Diese Mähren, von denen einige hundert bei Streifwachen in der Nachbarschaft benutzt wurden, fraßen das Gras unter ihren Füßen und bissen einander, indem sie laut schnaubten und wieherten. Durch die Zurufe und Peitschenhiebe der Pferdeknechte wurden sie dann wieder gebändigt.

Es war gefährlich, sich allein unter diese wilden Menschen zu wagen, da sie außerordentlich raubsüchtig waren. Dicht hinter ihnen lagerten die etwas weniger wilden Banden der Bessarabier, deren Kopfbedeckung mit Hörnern versehen war, sowie die langhaarigen Wallachen, die statt der Panzer bemalte Holzbretter mit plumpen Abbildungen von Vampiren, Gerippen oder Tieren auf Brust und Schultern trugen, etwas weiterhin befanden sich die Serben, deren jetzt in Schlaf versenktes Lager zur Tageszeit vom Klang der Flöte, der Balalaika*, der Rohrpfeife und der anderen Musikinstrumente widerhallte wie von einer einzigen großen Laute.

Die Wachfeuer leuchteten hell. Vom Himmel, zwischen den von einem starken Wind auseinandergetriebenen Wolken blickte der Mond hernieder, und bei diesem Schein, diesem Licht konnten unsere Ritter das Lager genau betrachten. Hinter den Serben befand sich der Rastplatz der unglücklichen Samogitier. Ein wahres Blutbad hatten die Deutschen schon unter ihnen angerichtet, und gleichwohl stellten sie sich, auf jede Aufforderung Witolds hin, zu neuen Kämpfen. Wie im Vorgefühl, daß ihre Not bald auf immer zu Ende sein werde, waren sie auch jetzt hierhergezogen, durchdrungen von dem Geist Skirwoillos, dessen Name allein schon die Deutschen mit Wut und Furcht erfüllte. Die Wachfeuer der Samogitier grenzten unmittelbar an die der Litauer, gehörten sie doch zu demselben Volk, hatten sie doch dieselben Sitten und Gebräuche, redeten sie doch dieselbe Sprache.

Als die Ritter im litauischen Lager anlangten, fiel ihnen sofort ein düsteres Bild in die Augen. An einem aus rohen Stämmen zusammengefügten Galgen hingen zwei menschliche Leichname, die durch den Wind so gewaltsam hin- und herbewegt, herumgedreht und emporgeworfen wurden, daß das Holzwerk des Galgens kläglich knirschte. Beim Anblick der Leichname schnaubten die Pferde und stellten sich auf ihre Hinterfüße, die Ritter aber machten fromm das Zeichen des Kreuzes, und während sie weiterritten, sagte Powala: „Knäs Witold befand sich bei dem König, und auch ich war gerade anwesend, als diese beiden Verbrecher herbeigeführt wurden. Schon zuvor hatten sich unsere Bischöfe und Herrscher darüber beklagt, daß die Litauer Kriegsführung furchtbar ist, und daß sie sogar die Kirchen nicht schonen. Als die beiden daher herbeigeführt wurden (es

---

* Ein der Mandoline ähnliches, in der Ukraine und in Rußland bekanntes Saiteninstrument – Anmerkung der Übersetzerinnen.

sind angesehene Leute gewesen, aber die Unglücklichen hatten, wie es scheint, das heilige Sakrament entweiht), war der Fürst von solchem Zorn erfaßt, daß es furchtbar war, ihn anzuschauen – und er befahl ihnen, sich selbst aufzuhängen. Die Elenden mußten sich nun selbst den Strick um den Hals legen, und dabei trieb einer den anderen zur Eile an. „Nur rasch! Damit der Fürst nicht noch zorniger wird!" Und die Tataren und Litauer wurden alle von einer wahren Angst ergriffen, denn sie fürchten nicht den Tod, wohl aber des Fürsten Grimm."

„Ja", sagte Zbyszko, „zu jener Zeit, als ich in Krakau wegen Lichtenstein des Königs Zorn auf mich lud, riet mir der junge Knäs Jamont, ein Lehnsmann des Königs, sogleich mich aufzuhängen. Und diesen Rat gab er mir aus Freundschaft, obgleich er deshalb von mir zum Kampf auf festgetretener Erde gefordert worden wäre, wenn ich mir nicht, wie Ihr wißt, hätte sagen müssen, daß mein Haupt ohnedies fallen werde."

„Seitdem hat Knäs Jamont die ritterlichen Sitten erlernt", entgegnete Powala.

Unter solchen Gesprächen kamen sie an dem großen litauischen Lager und an drei glänzenden russischen Heeresabteilungen vorüber, von denen die aus Smolensk die zahlreichste war, und wandten sich dem polnischen Feldlager zu. Daselbst standen fünfzig Fähnlein – der Kern und die Auserlesensten der ganzen Kriegsmacht. Hier waren die Rüstungen besser, die Pferde stärker und die Ritter geübter in der Waffenkunde, so daß sie denen des Westens in keiner Hinsicht etwas nachgaben. An Körperkraft, an Ausdauer, wenn es galt, Hunger, Kälte und Beschwerden zu ertragen, übertrafen diese in Groß- und Kleinpolen ansässigen Männer sogar die Krieger des Westens, die mehr verweichlicht waren. Die Sitten der Polen waren einfacher, ihre Rüstungen weniger fein geschmiedet, aber sie konnten sich einer größeren Kaltblütigkeit rühmen, auch hatten ihre Todesverachtung und außerordentliche Ausdauer im Kampf schon häufig die aus der Ferne kommenden französischen und englischen Ritter in Staunen versetzt.

De Lorche, der die polnische Ritterschaft längst kannte, sprach also: „In diesen allein liegt Eure Stärke, Eure Hoffnung. Ich erinnere mich, wie sich in Marienburg die Ritter mehr als einmal darüber beklagten, daß sie im Treffen mit Euch jede Spanne Landes durch Ströme von Blut erkaufen müßten."

„Auch jetzt werden Ströme von Blut fließen", antwortete Macko, „denn auch der Orden hat bisher noch niemals eine solche Heeresmacht aufgeboten."

Powala aber sagte: „Ritter Korsbog, der vom König mit Briefen an den Meister gesandt wurde, berichtet, daß die Kreuzritter sagen, weder der römische Cäsar noch irgendein König verfüge über eine solche Streitkraft, und der Orden könne alle Reiche der Welt unter seine Botmäßigkeit bringen."

„Pah! An Zahl sind wir ihnen aber überlegen!" bemerkte Zbyszko.

„Wohl, so ist es, doch achten sie Witolds Streitmacht gering. Sie behaupten, sie sei aus mangelhaft ausgerüsteten Kriegern zusammengesetzt und könne beim ersten Ansturm zertrümmert werden wie ein irdener Topf durch einen Hammer. Ob dies nun wahr oder unwahr ist, vermag ich nicht zu entscheiden."

„Es ist wahr und doch auch wieder unwahr!" ließ sich hier der verständige Macko vernehmen. „Ich und Zbyszko kennen diese Krieger, denn wir haben zusammen mit ihnen gekämpft. Ihre Rüstungen sind allerdings schlecht, ihre Pferde klein und unansehnlich und daher kommt es häufig vor, daß sie bei einem Angriff der Kreuzritter Reißaus nehmen, aber im Grunde sind sie eben so tapfer, wenn nicht tapferer als die Deutschen."

„Das wird sich bald zeigen!" bemerkte Powala. „Aber dem König stehen fortwährend Tränen in den Augen bei dem Gedanken, daß so viel Christenblut vergossen werden soll, und noch im letzten Augenblick würde er sich wahrscheinlich bereit zeigen, einen gerechten Frieden zu schließen, doch der Stolz der Kreuzritter kann sich nicht dazu herbeilassen."

„So wahr ich lebe, Ihr habt recht! Ich kenne die Kreuzritter, und wir alle kennen sie", stimmte Macko bei – „Gott hält schon die Waagschale bereit, auf der unser Blut, sowie das unseres Erbfeindes, abgewogen werden soll."

Sie waren jetzt nicht mehr weit von der masovischen Heeresabteilung entfernt, bei der sich das Zelt de Lorches befand, als sie in der Mitte der „Straße" eine große, dicht aneinandergedrängte Menschenschar gewahrten, die unausgesetzt gen Himmel schaute.

„Bleibt dort stehen! Bleibt stehen!" rief eine Stimme aus der Menge hervor.

„Wer seid Ihr und was tut Ihr hier?" fragte Powala.

„Der Probst aus Klobuzk. Und Ihr?"

„Powala aus Taczew, die Ritter aus Bogdaniec und Herr de Lorche.

„Ach! Ihr seid es, Ihr Herren!" sagte der Priester in geheimnisvollem Ton, während er sich Powalas Pferd näherte. „Betrachtet nur den Mond und seht, was dort vorgeht. Das ist eine vielverheißende und wundervolle Nacht."

Die Ritter schauten empor und blickten auf den Mond, welcher schon erbleichte und dem Untergang nahe war.

„Ich kann nichts unterscheiden!" antwortete Powala. „Was seht Ihr denn?"

„Ein Mönch in einer Kapuze kämpft mit einem König, der eine Krone auf dem Haupt trägt. Seht nur! O dort! Im Namen des Vaters, des Sohnes und des Heiligen Geistes! O wie furchtbar sie miteinander ringen! ... Gott sei uns Sündern gnädig!"

Tiefe Stille trat nun ringsumher ein, denn alle hielten den Atem an.

„Seht nur! Seht!" rief der Priester.

„Es ist wahr! Dort ist etwas zu sehen!" sagte Macko.

„Es ist wahr! Es ist wahr!" bestätigten auch die anderen.

„Ha! Der König hat den Mönch niedergeworfen! Er setzt seinen Fuß auf ihn!" schrie der Probst aus Klobuszk plötzlich. „Gelobt sei Jesus Christus!"

„Von Ewigkeit zu Ewigkeit!"

In diesem Augenblick bedeckte eine große schwarze Wolke den Mond, und Dunkelheit herrschte überall, nur der Schein der Wachfeuer warf flimmernde, blutrote Streifen quer über den Weg.

Die Ritter ritten weiter und als sie das Häuflein Menschen hinter sich gelassen hatten, fragte Powala:

„Saht Ihr etwas?"

„Anfangs sah ich nichts", erwiderte Macko, „aber dann sah ich den König und den Mönch ganz deutlich."

„Auch ich!"

„Auch ich!"

„Das ist ein Fingerzeig Gottes!" erklärte Powala. – „Ha! Trotz der Tränen unseres Königs wird es offenbar nicht zum Frieden kommen."

„Und eine Schlacht wird geliefert werden, wie die Welt noch keine gesehen hat", sagte Macko.

Und von solchen Gedanken erfüllt, ritten sie schweigend, in feierlicher Stimmung weiter.

Als sie sich nicht mehr weit von dem Zelt de Lorches befanden, erhob sich ein solcher Sturmwind, daß im Nu die Wachfeuer der Masuren auseinandergerissen, umhergestreut und Tausende von brennenden Holzstücken, Splittern, Funken umhergewirbelt wurden, während dichte Rauchwolken die Luft erfüllten.

„Hei, wie das bläst!" sagte Zbyszko, seinen Mantel, den ihm die Windsbraut über den Kopf getrieben hatte, herunterziehend. „Und mitten durch den Sturm klingt es wie Klagen und Stöhnen von Menschenstimmen."

„Die Morgendämmerung bricht an, aber niemand weiß, was ihm der Tag bringen wird", fügte de Lorche hinzu.

Sechstes Kapitel

Auch in der Frühe ließ der Sturm nicht nach, sondern nahm dermaßen zu, daß es unmöglich war, das Zelt aufzuschlagen, worin der König seit dem Beginn des Feldzuges drei heilige Messen täglich zu hören pflegte. Schließlich eilte Witold herbei und bat flehentlich, den Gottesdienst zu einer angemesseneren Zeit in der Stille des Waldes abzuhalten, und den Vormarsch des Heeres nicht zu verhindern. Sein Wunsch wurde in der Tat erfüllt, weil man die Notwendigkeit einsah.

Bei Sonnenaufgang setzte sich das Kriegsheer in Bewegung, gefolgt von einer unübersehbaren Reihe von Wagen. Nach Ablauf einer Stunde legte sich der Wind, so daß man die Fahnen wehen lassen konnte. Und so weit die Blicke reichten, schien nun das ganze Gefilde mit Blumen von allen

Farben bedeckt zu sein. Kein Auge vermochte all die Heeresabteilungen und den Wald von verschiedenen Standarten zu umfassen, unter denen die Krieger vorrückten. Das wichtigste Feldzeichen für alle Kriegsscharen, das Hauptbanner des ganzen Königreiches war die Fahne des Krakauer Gebietes mit dem weißen, gekrönten Adler im roten Feld. Sie wurde von Marcin aus Wrocimowice, der eine halbe Ziege im Wappen hatte, einem mächtigen, weltberühmten Ritter getragen. Hinter ihm ging die Leibwache des Königs, der das Banner mit dem doppelten litauischen Kreuz, sowie das Banner, worauf der nachsetzende Reiter mit dem zum Hieb erhobenen Schwert prangte, vorangetragen wurden. Unter dem Zeichen des heiligen Georg zog eine starke Heeresabteilung von fremden Söldlingen und von Kriegern dahin, die sich freiwillig gestellt hatten, und die hauptsächlich aus Böhmen und Mähren stammten. Gar viele hatten ihre Dienste angeboten und das neue, vierzigste Fähnlein war ausschließlich aus solchen Mannen gebildet. Es war meist Fußvolk, das hinter den Lanzenträgern dahinschritt, eine wilde, ungezügelte Rotte, aber so geübt im Kampf, so gefährlich bei einem Zusammentreffen, daß jedes andere Fußvolk, das auf sie stieß, so rasch wie möglich vor ihr floh wie der Hund vor dem Stachelschwein. Streitäxte, Sensen, Beile und vornehmlich eiserne Knittel waren die Waffen dieser Krieger, und sie wurden in geradezu furchtbarer Weise von ihnen gehandhabt. Diese Leute dienten jedem, der sie bezahlte, denn ihr einziges Lebenselement war Krieg, Plünderung und Gemetzel.

Neben den Streitern aus Mähren und Böhmen zogen mit ihrer Standarte sechzehn Fähnlein aus polnischen Landen dahin, darunter eines aus Przlmysl, eines aus Galitsch und drei podolische, hinter diesem kam Fußvolk aus denselben Gebieten, hauptsächlich mit Wurfspießen und Sensen bewaffnet. Die Fürsten aus Masovien, Janusz und Ziemowit führten die einundzwanzigste, zweiundzwanzigste und dreiundzwanzigste Heeresabteilung an. Dicht hinter ihnen schritten die bischöflichen Fähnlein und die des weltlichen Adels, zweiundzwanzig an der Zahl. Es waren die Fähnlein von Jasko aus Tarnow, Jedrek aus Teczyn, Spytko Leliwa und Krzon aus Ostrowo, Nikolaj aus Michalowo, Zbigniew aus Brzezie, Krzon aus Kozichglowy, Kuba aus Koniecppole, von Jasko Ligeza, von Kmita und Zaklika, und die Fähnlein der Geschlechter der Gryfici und Bobowski, sowie des Geschlechtes, das im Wappen „Kozle Rogi"* trug, ferner die Fähnlein von verschiedenen anderen, die in der Schlacht unter einem gemeinschaftlichen Wappenschild und durch ein gemeinschaftliches Losungswort vereint waren.

Und einer Wiese, auf der im Frühjahr bunte Blüten emporsprießen, glich jetzt das weite Gefilde mit den farbigen Bannern. Wie ein Strom zogen Pferde und Menschen dahin, über ihnen ein Wald von Lanzen mit

---

* Ziegenhörner – Anmerkung der Übersetzerinnen.

farbigen Fähnchen, die allerlei Blumen ähnlich waren, und hinter ihnen, in Staubwolken, das aus Städtern und Großbauern zusammengesetzte Fußvolk. Alle wußten, daß sie einer furchtbaren Schlacht entgegengingen, aber alle wußten auch, daß es sein „mußte", und mit frohem Mut rückten sie vor. Die den rechten Flügel bildenden Scharen Witolds zogen unter vielfarbigen Fahnen dahin, auf denen das Bildnis des nachsetzenden Reiters mit dem zum Hieb erhobenen Schwert prangte. Mit einem Blick konnte man diese gewaltigen Heeresmassen nicht überschauen, denn auf einem mehr als eine deutsche Meile breiten Flächenraum bewegten sie sich zwischen Wald und Feld vorwärts.

Am Vormittag in der Nähe der Dörfer Bogdau und Tannenberg angelangt, machten die Kriegsscharen Halt am Saum des Waldes. Der Platz schien gut zur Rast geeignet und zudem vor jedem unerwarteten Überfall geschützt zu sein, denn auf der linken Seite grenzte er an die Gewässer des Dobrowa–Sees, auf der rechten an den Lubieczer See und vor den Kriegsscharen öffnete sich ein weites, etwa eine Meile breites Gefilde. Inmitten dieses Gefildes, gegen Westen sanft ansteigend, lagen die sumpfigen Wiesengründe Grünwalds und etwas weiter entfernt die öden, düsteren Brachfelder Tannenbergs, dessen schadhafte Strohdächer in der Ferne zu sehen waren. Der Feind, der von der Anhöhe herunterkam und sich dem Wald näherte, mußte sofort gesehen werden, aber es war nicht zu erwarten, daß er sich früher als am folgenden Tag zeigen werde. Am Waldessaum machte das Heer nun Halt, um der Ruhe zu pflegen, da indessen der in Kriegssachen wohlerfahrene Zindram aus Maszkowice sogar während des Vormarsches den Kriegsplan im Auge behalten hatte, nahmen sie jetzt eine solche Stellung ein, daß sie jeden Augenblick zum Kampf bereit sein konnten. Dem Befehl des Anführers zufolge wurden sofort auf leichten, schnellfüßigen Pferden Kundschafter nach Grünwald, Tannenberg und noch etwas weiter gesandt, damit sie die Umgebung erforschten und mittlerweile schlug man für den Gottesdienst, nach dem der König so inbrünstiges Verlangen trug, am hohen Ufer des Lubieczer Sees das als Kapelle dienende Zelt auf, so daß er wie gewöhnlich die Messe hören konnte.

Jagiello, Witold, die masovischen Fürsten, sowie der Kriegsrat begaben sich in das Zelt. Vor dem Eingang versammelten sich die angesehensten Ritter, sowohl um vor dem furchtbaren Tag die Gnade Gottes für sich zu erflehen, als auch um den König zu schauen. Und sie sahen ihn, wie er in schlichtem, grauem Gewand, mit ernstem Angesicht, auf dem sich deutlich ein tiefer Kummer malte, dahinschritt. Die Jahre hatten ihn wenig verändert, auf seinem Antlitz zeigten sich noch keine Runzeln, seine Haare waren noch nicht weiß geworden und wie damals, als Zbyszko ihn zum erstenmal in Krakau sah, strich er sie auch jetzt mit einer raschen Bewegung hinter die Ohren. Doch schien er niedergebeugt von der Wucht der furchtbaren Verantwortlichkeit, die auf ihm lastete, und wie versenkt in große Traurigkeit zu sein. Im Heer sprach man vielfach davon, daß der König beständig Tränen über das Christenblut vergieße, das voraussichtlich fließen müsse, und so war es in der Tat. Jagiello schrak vor dem Krieg zurück, vornehmlich vor dem Krieg mit Gegnern, die das Kreuzeszeichen auf Mänteln und Bannern trugen, und von ganzer Seele sehnte er sich nach Frieden. Es nützte wenig, daß ihn die polnischen Edelleute und sogar die ungarischen Friedensvermittler Scibor und Gara auf das hochmütige Selbstvertrauen der Kreuzritter aufmerksam gemacht hatten, auf das hochmütige Selbstvertrauen, womit auch der Meister die ganze Welt zum Kampf herausforderte. Umsonst schwur ihm sein Gesandter Piotr Korzbaz auf das heilige Kreuz und auf sein eigenes Wappenschild, daß der Orden nichts von Frieden hören solle, und daß Graf von Wenden, der Komtur aus Mewe, der allein zum Frieden geneigt sei, von den anderen mit Hohn und Schimpfreden überschüttet worden war – Jagiello gab doch die Hoffnung noch nicht auf, daß der Feind die Billigkeit seiner Forderungen anerkennen, Blutvergießen vermeiden und durch einen gerechten Vergleich den furchtbaren Zwiespalt beenden werde.

Daher ging er auch jetzt in die Kapelle, um zu beten, denn seine einfache, gütige Seele war von Angst und Unruhe erfüllt. Wohl hatte er einst die Gebiete der Kreuzritter mit Feuer und Schwert heimgesucht, aber das hatte er noch als litauischer Fürst, als Heide getan, jetzt hingegen war er König von Polen, war er Christ, und wenn er brennende Dörfer, Brandstätten, Blut und Tränen sah, dann ergriff ihn bange Furcht vor dem Zorn Gottes, zumal dies erst der Anfang des Krieges war. „Ach! Daß dieser Kampf doch schon sein Ende erreicht hätte!" sagte er sich. „Aber heute oder morgen können die Völker aufeinanderprallen, und dann muß die Erde von Blut gerötet werden. Des Feindes Ungerechtigkeit ist in der Tat groß, doch trägt er das Kreuz auf dem Mantel, und zudem wird er von so kostbaren und heiligen Reliquien geschützt, daß allein schon der Gedanke daran Schrecken einflößt." An diese Reliquien dachte man im ganzen Heer voll Angst, und weder die Lanzenspitzen, noch die Schwerter, noch die Streitäxte, wohl aber diese heiligen Überreste wurden von den Polen gefürchtet.

„Wie können wir gegen den Meister die Hand erheben", sagten die sonst so kühnen Ritter, „wenn er auf dem Panzer ein Reliquienkästchen mit den Gebeinen eines Heiligen und mit Holz von dem Kreuz des Erlösers trägt!" Witold freilich in seinem Feuereifer drängte zum Krieg, verlangte es nach Kampf und Schlacht, aber das fromme Gemüt des Königs war von banger Scheu ergriffen, wenn er der himmlischen Mächte gedachte, die den Orden trotz seiner ungerechten Sache zu schützen schienen.

Siebentes Kapitel

Pater Bartosz aus Klobuzk hatte gerade eine Messe beendet, der Probst von Kalisz sollte binnen kurzem die zweite beginnen, und der König trat vor das Zelt, um die von dem langen Knien etwas ermüdeten Glieder ein wenig zu strecken, als ein Edelmann, Hanko Ostojezyk, wie der Sturmwind auf schaumbedecktem Pferd dahergesprengt kam, und bevor er noch von dem Sattel herabsprang, laut hinausschrie: „Die Deutschen! Allergnädigster Herr und König!"

Bei diesen Worten fuhren die Ritter empor, der Ausdruck auf dem Antlitz des Königs veränderte sich und nach einem kurzen Schweigen rief er: „Gelobt sei Jesus Christus! Wo sahst du sie und wie viele Fähnlein sind es?"

„Ein Fähnlein sah ich bei Grünwald", erwiderte Hanko schweratmend, „aber jenseits des Hügels erheben sich Staubwolken, wie wenn deren mehrere heranrückten."

„Gelobt sei Jesus Christus!" sagte der König abermals.

Da wandte sich Witold, dem bei den ersten Worten Hankos das Blut jäh ins Gesicht gestiegen war und dessen Augen blitzten, zu dem Gefolge des Königs und rief:

„Verschiebt die zweite Messe auf spätere Zeit! Bringt mir ein Pferd!"

Der König aber legte die Hand auf Witolds Schulter und sagte: „Mache du dich auf, Bruder, ich hingegen bleibe und höre die zweite Messe mit an."

Witold und Zindram aus Maszkowice eilten zu ihren Pferden, aber gerade in dem Augenblick, als sie sich dem Lager zuwandten, sprengte ein zweiter Kundschafter, der Edelmann Piotr Oksza aus Wostow heran und schrie schon von ferne: „Die Deutschen! Die Deutschen! Ich habe zwei Fähnlein gesehen."

„Zu Roß!" ließen sich Stimmen unter den Hofherren und Rittern vernehmen.

Noch hatte Piotr seine Botschaft nicht beendet, als abermals Hufschlag erscholl und der dritte Kundschafter, dann ein vierter, fünfter und sechster heranraste. Sie alle hatten deutsche Heeresabteilungen gesehen, die in immer größerer und größerer Zahl heranrückten. Es herrschte kein Zweifel mehr darüber, daß die ganze Kriegsmacht des Ordens dem Heer des Königs in den Weg treten werde.

Die Ritter zerstreuten sich sofort, ein jeder eilte zu seinem Fähnlein. Vor dem Zelt in der Nähe des Königs blieben nur einige Hofherren, Geistliche und Waffenträger. Aber in diesem Augenblick ertönte ein Glöckchen zum Zeichen, daß der Probst aus Kalisz die zweite Messe beginne, daher breitete Jagiello die Arme aus, faltete dann fromm die Hände und den Blick gen Himmel erhebend, ging er mit langsamen Schritten in das Zelt.

Aber als er nach der Messe wieder heraustrat, konnte er sich schon mit eigenen Augen davon überzeugen, daß die Kundschafter die Wahrheit gesprochen hatten, denn unterhalb des sanft ansteigenden Geländes zeigten sich dunkle Schatten, wie wenn auf dem leeren Gefilde plötzlich ein Wald erwüchse, und über diesem Wald flatterten bunte, in allen Farben spielende Fahnen. Noch etwas weiter entfernt, jenseits von Grünwald und Tannenberg, erhoben sich ungeheure Staubwolken gen Himmel.

Ein Blick auf den Horizont genügte, um dem König die furchtbare Gefahr klarzumachen. Er wandte sich zu dem hochwürdigen Unterkanzler Mikolaj und fragte: „Was für ein Heiligentag ist heute?"

„Der Tag der Aussendung der Apostel!" sagte der Unterkanzler.

Der König seufzte.

„Also wird der Tag der Aussendung der Apostel der letzte Tag für viele tausend Christen sein, die heute* auf diesem Feld zusammenstoßen werden."

Und er zeigte mit der Hand auf das weite, leere Gefilde, in dessen Mitte, ungefähr in der Hälfte des Weges nach Tannenberg, einige uralte Eichen standen. Mittlerweile wurde sein Pferd vorgeführt und in der Ferne zeigten sich sechzig Lanzenträger, die Zindram aus Maszkowice sandte, damit sie dem König als Leibwache dienten.

Diese Wache wurde angeführt von Aleksander, dem jüngeren Sohn des Fürsten von Plock, dem Bruder jenes Ziemowit, der wegen seiner besonderen Begabung für die Kriegskunst schon dem Kriegsrat angehörte. Als zweiter Befehlshaber war ihm Zygmunt Korzbut aus Litauen, der Brudersohn des Monarchen zugestellt, ein Jüngling, der zu großen Hoffnungen berechtigte, zu einer großen Zukunft bestimmt schien, aber einen unruhigen Geist hatte. Die berühmtesten unter den anderen Rittern waren Jasko Mazik aus Dobrowa, ein wahrer Riese, an Gestalt fast dem Paszko aus Biskupice gleich und an Kraft selbst dem Zawisza Czarny nicht viel nachgebend, Zolawa, ein böhmischer Baron, von zartem, schlankem Körperbau, aber durch außerordentliche Gewandtheit und Tapferkeit ausgezeichnet, am böhmischen und ungarischen Hof bekannt wegen der Zweikämpfe, in denen er mehr als zehn österreichische Ritter niedergeworfen hatte, und Sokol, ein anderer Böhme, der beste Armbrustschütze, sowie Bieniasz Wierusz aus Großpolen, Piotr Medyolanski, der litauische Bojar Sienko aus Pohost, dessen Vater Piotr das Kriegsvolk aus Smolensk befehligte, dann Knäs Tieduszko, ein Blutsverwandter des Königs, Knäs Jamont, und schließlich polnische Ritter, „auserwählt aus Tausenden", die alle geschworen hatten, bis auf den letzten Blutstropfen den König vor den Gefahren des Krieges zu schützen. In der unmittelbaren Umgebung des Königs gehörten der hochwürdige Unterkanzler Mikolaj und der Geheim-

---

* 15. Juli 1410: Datum der Schlacht bei Tannenberg.

schreiber Zbigniew aus Olesnica, der trotz seiner Jugend nicht nur äußerst gelehrt und in der Kunst des Lesens und des Schreibens sehr geübt war, sondern auch gleichzeitig gar viele seiner Altersgenossen an Kraft übertraf. Für die Ausrüstung des Königs sorgten drei Waffenträger. Czajka aus Nowy Dwor, Mikolaj aus Morawice und der Russe Danielko, der die Armbrust und den Köcher des Königs trug. Etliche weitere Knappen, die auf leichtfüßigen Rossen die Befehle nach allen Richtungen zu tragen hatten, vervollständigten das Gefolge des Königs.

Nachdem die Waffenträger ihren Herrn mit einer glänzenden, schimmernden Rüstung gewappnet hatten, führten sie ihm einen ebenfalls „unter Tausenden auserwählten" kastanienbraunen, türkischen Renner zu, der – ein gutes Anzeichen – sofort unter seiner eisernen Stirnbinde zu schnauben begann und dann mit lautem Gewieher, gleich einem zum Flug sich anschickenden Vogel, in die Luft stieg. Kaum fühlte der König das Roß unter sich, kaum hielt er den Speer in der Hand, so ging eine Verwandlung mit ihm vor. Die Schwermut wich aus seinem Antlitz, seine kleinen dunklen Augen blitzten und seine Wangen röteten sich, jedoch diese Veränderung hielt nicht lange an, denn tiefernst schaute er schon wieder drein, als der hochwürdige Unterkanzler das Zeichen des Kreuzes über ihn machte, und demutsvoll beugte er sein silberbehelmtes Haupt.

Inzwischen bewegte sich das Kriegsheer der Deutschen langsam die Anhöhe herab an Grünwald und Tannenberg vorbei, um in der Mitte der Ebene in voller Schlachtordnung haltzumachen. Von unten, von dem polnischen Lager aus, konnte man genau die geradezu schreckenerregende Menge der gewaltigen, in Eisen gepanzerten Ritter und Pferde sehen, ja, wenn der Wind nicht gerade die Banner hin- und herwehte, vermochte ein scharfes Auge die darauf prangenden Zeichen zu erkennen wie Kreuze, Adler, Greife, Schwerter, Helme, Widder, Bisons und Bärenköpfe.

Dadurch daß der alte Macko und Zbyszko schon mit den Kreuzrittern gekämpft hatten und deren Kriegsheer, deren Wappen kannten, waren sie nicht nur imstande, den ihnen befreundeten Rittern aus Sieradz die beiden Fähnlein des Großmeisters zu zeigen, sondern sie konnten diese auch auf das Hauptbanner des ganzen Ordens, das von Friedrich von Wallenrod getragen wurde, sowie auf das Banner des heiligen Georg mit einem roten Kreuz auf weißem Grund und auf noch viele andere Banner des Ordens aufmerksam machen. Unbekannt aber waren den Rittern aus Bogdaniec die Abzeichen der verschiedenen fremden Gäste, die zu Tausenden aus allen Weltgegenden herbeigeströmt waren, wie aus Österreich, Bayern, Schwaben, aus der Schweiz, aus dem durch seine Ritterschaft berühmten Burgund, aus dem reichen Flandern, aus dem sonnigen Frankreich, dessen Ritter, wie Macko einst sagte, sich selbst dann noch ihrer Tapferkeit rühmen, wenn sie schon niedergeworfen sind – und aus dem jenseits des Meeres gelegenen England, dem Geburtsland der sicheren Armbrustschützen, ja, sogar aus dem fernen Spanien, wo sich durch die fortgesetzten Kämpfe mit den Sarazenen Tapferkeit und Ehrgefühl noch mehr als in allen anderen Landen entwickelt hatten. Das Blut floß rascher in den Adern jener wetterharten Edelleute aus Sieradz, Koniecpole, Krzesnia, Bogdaniec, Rogow und Brzozowa, in den Adern der Edelleute aus allen anderen polnischen Gebieten bei dem Gedanken, daß sie nun bald mit den Deutschen, mit den fremdländischen Rittern in der Schlacht zusammenstoßen würden. Zu einem Kampf auf Leben und Tod mußte es kommen, deshalb schauten die älteren Edelleute ernst und feierlich drein, während die jugendlichen Kämpen kaum ihre Ungeduld zu zügeln wußten, gleich jungen Jagdhunden, die, an der Leine gehalten, das Wild in der Ferne wittern. Etliche von ihnen faßten unwillkürlich jetzt schon den Speer, das Schwert oder die Streitaxt fester in die Hand und zogen die Zügel ihrer Pferde so gewaltsam an, als ob sie mit ihnen zum Sprung ausholen wollten, andere atmeten so schwer, als ob es ihnen zu eng in der Rüstung geworden sei. Beruhigend suchten die erfahreneren Krieger auf diese Heißsporne einzuwirken, indem sie ihnen stets wiederholten: „Ihr werdet auch an die Reihe kommen. Ein jeder von Euch wird seine Kraft betätigen können, Gott gebe, daß Ihr der Aufgabe gewachsen bleibt."

Die Kreuzritter indessen erschauten, von der Anhöhe auf die Ebene herabsehend, an dem Waldesrand nur einige wenige polnischen Abteilungen und glaubten daher nicht die ganze Heeresmacht der Polen, mit dem König an der Spitze, vor sich zu sehen. Wohl zeigten sich zwar links am See auch etliche Kriegshaufen, wohl blitzte es in den Büschen zuweilen wie von Lanzenspitzen auf, das heißt, wie von Wurfspießen, welche die Litauer zu führen pflegten, jedoch dieses Geflimmer mochte ebensogut von einer beträchtlichen Streifwache der Polen herrühren. Erst durch die Anzahl von Überläufern aus dem gefallenen Gilgenburg, die vor den Großmeister gebracht wurden, erfuhr dieser, daß ihm die vereinten Streitkräfte der Polen und Litauer gegenüberstanden.

Doch umsonst schilderten jene Mannen diese gewaltige Macht, der Großmeister legte ihren Worten keine Bedeutung bei, denn von Beginn des Krieges an wollte er nur das glauben, was für ihn günstig war, was einen sicheren Sieg verhieß. Er schickte daher weder Streifwachen, noch Kundschafter aus, denn er bezweifelte keinen Augenblick, daß es zu einer entsetzlichen Schlacht kommen müsse, und daß diese Schlacht nur mit der gänzlichen Niederlage des Feindes enden könne. Im Vertrauen auf eine Macht, wie sie nie zuvor von einem Großmeister ins Feld gestellt worden war, verachtete er seinen Gegner, und als ihm der Komtur aus Mewe, der auf eigene Faust Kundschaft eingezogen hatte, auseinandersetzte, Jagiellos Kriegsschar sei noch größer als die des Ordens, da antwortete er: „Was will denn dieses Kriegsvolk bedeuten? Möglicherweise werden die Polen etwas Widerstand leisten, den anderen aber nützt ihre Überzahl nichts, wissen sie doch besser den Löffel als das Schwert zu handhaben."

So ließ er den Vormarsch beschleunigen, und schon nach kurzer Zeit stand er zu seiner großen Freude dem Feind gegenüber, schon nach kurzer

Zeit erkannte er an dem königlichen Hauptbanner, dessen Rot auf dem dunklen Hintergrund des Waldes deutlich sichtbar wurde, daß er auf die Hauptmacht gestoßen war.

An einen Angriff konnten die Deutschen jedoch vorerst nicht denken, da die Polen längs des Waldessaumes standen, und die Kreuzritter, die gefährlichsten Gegner im offenen Feld, einen Kampf im Gehölz stets zu vermeiden suchten, weil sie sich ihm nicht gewachsen fühlten.

Der Großmeister hielt daher eine kurze Beratschlagung darüber ab, wie man den Feind aus seinen Stellungen verdrängen könne.

„Bei dem heiligen Georg!" rief der Großmeister, „wir haben eine gewaltige Strecke zurückgelegt, ohne Rast zu machen. Die Hitze ist drückend, und der Schweiß rinnt uns unter der Rüstung vom Körper herab. Sollen wir daher ruhig zuwarten, bis es dem Feind gefällt, uns anzugreifen?"

Daraufhin ließ sich Graf Wenden, ein erfahrener, kluger Mann, vernehmen: „Fürwahr, stets hat man hier meine Worte verlacht, stets wurde ich von denen verspottet, die, bei Gott, von diesem Schlachtfeld fliehen werden, auf dem ich den Tod finde (hier schaute er auf Werner von Tetlingen), trotzdem aber spreche ich das aus, was mir mein Gewissen, was mir meine Liebe zu dem Orden gebieten. Den Polen gebricht es wahrlich nicht an Mut, ihr König hofft jedoch noch immer, so wurde mir berichtet, daß ein Bote mit Friedensvorschlägen bei ihm eintreffen werde."

Werner von Tetlingen erteilte keine Antwort, sondern brach nur in ein verächtliches Lachen aus, der Großmeister dagegen, dem Wendens Worte sehr unliebsam waren, erwiderte unverweilt: „Ist es jetzt an der Zeit, von Frieden zu sprechen? Ich glaube, wir haben ganz andere Dinge zu beraten."

„Für ein gottgefälliges Werk ist es stets an der Zeit!" warf von Wenden ein.

Nun wandte Heinrich, der grausame Komtur von Czluchow, der den Schwur geleistet hatte, so lange zwei entblößte Schwerter vor sich hertragen zu lassen, bis er sie in das Blut der Polen getaucht habe, sein feistes, schweißtriefendes Antlitz dem Großmeister zu und rief in zornigem Ton: „Lieber den Tod als Schande! Selbst wenn ich allein stünde, würde ich mit diesen Schwertern das ganze Kriegsheer der Polen angreifen."

Ulryk zog ein wenig die Brauen zusammen.

„Gegen den Gehorsam lehnst du dich auf!" warf er ein, um dann an die Komture die Worte zu richten: „Laßt Euren Rat darüber hören, wie wir den Feind aus seinen Stellungen längs des Waldessaumes vertreiben können."

Der und jener gab nun seine Ansicht kund, bis man schließlich sich darüber einigte, Gersdorfs Plan auszuführen, der sowohl Beifall bei den Komturen wie bei den hervorragendsten Gästen fand. Demzufolge sollten zwei Herolde an den König abgeschickt werden mit der Botschaft, der Großmeister übersende ihm zwei Schwerter und fordere die Polen zum Kampf auf Tod und Leben, dabei erkläre er sich aber bereit, wenn der Kampfplatz zu klein erscheine, mit seinem Kriegsheer etwas zurückzugehen, um dadurch mehr Raum zu schaffen.

Der König stand gerade im Begriff, sich von dem Seeufer aus zu dem linken Flügel des polnischen Heeres zu begeben, weil er verschiedenen Kriegern den Rittergürtel verleihen wollte, als man ihn plötzlich das Nahen zweier Herolde meldete.

Jagiello schöpfte aufs neue Hoffnung. „Vielleicht machen sie uns doch noch annehmbare Friedensvorschläge!" meinte er.

„Gott gebe dies!" stimmten die geistlichen Herren bei.

Der König schickte unverweilt nach Witold. Inzwischen ritten die beiden Herolde langsam dem Lager zu.

In dem hellen Sonnenlicht konnte man sie schon aus der Ferne auf ihren mächtigen dampfenden Streitrossen so deutlich wahrnehmen, daß man auf dem Schild des einen den schwarzen kaiserlichen Adler auf goldenem Feld, auf dem des anderen – dem Herold des Fürsten von Stettin – einen Greif auf weißem Feld erkennen konnte.

Bei ihrer Ankunft stoben die Reihen auseinander, die Herolde aber, von ihren Rossen steigend, standen gleich darauf vor dem König, neigten ein wenig das Haupt als Zeichen ihrer Ehrerbietung und entledigten sich sofort ihrer Botschaft.

„Der Großmeister Ulryk", begann der erste Herold, „fordert seine Majestät, o Herr, und den Fürsten Witold zum blutigen Kampf, und um die Euch augenscheinlich mangelnde Tapferkeit zu erwecken, sendet er Euch diese beiden entblößten Schwerter."

Mit diesen Worten legte er zwei Schwerter zu den Füßen des Königs nieder, und kaum hatte Jasko Mazyk aus Dobrowa diesen Ausspruch verdolmetscht, so trat auch schon der zweite Herold vor und sprach: „Der Großmeister Ulryk hat mir befohlen, Euch, o Herr, zu melden, daß er bereit ist, mit seinem Kriegsheer zurückzugehen, wenn Euch der Kampfplatz zu eng erscheinen sollte, und damit Ihr nicht länger gezwungen seid, träge in den Wäldern zu verharren."

Als Jasko auch diesen Ausspruch verdolmetschte, trat eine lautlose Stille ein. Die Ritter in dem Gefolge des Königs knirschten insgeheim mit den Zähnen vor Entrüstung über eine solche Verwegenheit, über eine solche Beschimpfung.

Mit einem Schlag war Jagiellos Hoffnung vernichtet. Eine Botschaft des Friedens, der Versöhnung hatte er erwartet, eine demütigende Herausforderung war ihm zuteil geworden.

Seine tränenfeuchten Augen gen Himmel richtend, antwortete er daher: „Wohl besitzen wir Schwerter im Überfluß, diese beiden nehme ich aber doch auf, da ich sie als ein Zeichen des kommenden Sieges betrachte, das mir Gott durch Euch übermittelt. Und der Kampfplatz wird durch Ihn bestimmt werden, durch Ihn, zu dem ich mich nun wende, bei dem ich Klage führe über die mir zugefügte Beschimpfung, über Eure Überhebung, über Euren Hochmut. Amen!"

Zwei große Tränen rannen langsam über die sonnverbrannten Wangen des Königs, während plötzlich Stimmen in seinem Gefolge laut wurden und man die Worte vernahm: „Die Deutschen ziehen sich zurück! Sie geben das Feld frei!"

Die Herolde entfernten sich und schon nach wenigen Augenblicken konnte man sie auf ihren gewaltigen Streitrossen die Anhöhe emporreiten sehen, wobei die seidenen, über die Rüstungen getragenen Wappenröcke in dem hellen Sonnenlicht glänzten und schimmerten.

Nun rückte das polnische Kriegsheer vor und stellte sich in Schlachtordnung auf. Das Vordertreffen bildeten die gefürchtetsten Ritter, dann kam die Hauptmacht und an diese schlossen sich das Fußvolk und die Söldner an. In dem Raum zwischen den verschiedenen Abteilungen jagte Zindram, sprengte Witold hin und her, unbehelmt und in glänzender Rüstung einem Unheil verkündenden Stern oder einer vom Wind hin- und hergetriebenen sengenden Flamme glich.

Tief Atem holend, setzten sich die Ritter fester in den Sattel.

Die Schlacht konnte jeden Augenblick beginnen.

Aufmerksam beobachtete inzwischen der Großmeister das von dem Waldessaum vorrückenden Kriegsheer des Königs.

Und während sein Auge auf dieser unermeßlichen Schar haftete, auf den Seitenflügeln, die sich gleich den Flügeln eines mächtigen Vogels ausbreiteten, auf den, von dem Wind hin- und hergewehten vielfarbigen Bannern, da zog sich ihm das Herz unter einer ungewohnten, entsetzlichen Empfindung zusammen. Vielleicht sah er jetzt schon im Geist Haufen von Leichnamen, Ströme von Blut. Wenn er auch keine Furcht vor Menschen kannte, beschlich ihn vielleicht doch jetzt die Furcht vor Gott im Himmel, in dessen Hand die Waagschale des Sieges ruhte.

Zum erstenmal kam es ihm in den Sinn, wie entsetzlich sich dieser Tag gestalten könne, und zum erstenmal fühlte er die Verantwortung, die er auf sich geladen hatte.

Totenblässe überzog sein Antlitz, seine Lippen bebten und Träne auf Träne rann ihm über die Wangen.

„Was bewegt Euch in solcher Weise, o Herr?" fragte Graf von Wenden.

„Ist das eine Zeit, Tränen zu vergießen?" bemerkte Heinrich, der grausame Komtur von Czluchow.

Aber der Großkomtur, Kuno von Lichtenstein, zog die Lippen kraus und sagte: „Ich tadle dich offen darüber, o Meister, denn du solltest jetzt die Herzen der Ritter stärken, nicht aber zu erweichen suchen. Wahrlich, noch nie zuvor habe ich dich so gesehen."

Umsonst versuchte sich der Großmeister zu fassen. So reichlich flossen die Tränen über seinen schwarzen Bart, daß es den Anschein hatte, als ob ein anderer aus ihm weine.

Schließlich gewann er jedoch seine Selbstbeherrschung wieder, und seine strengen Augen auf die Komture richtend, erteilte er den Befehl: „Zu den Heeresabteilungen!"

Ein jeder beeilte sich, den befehlenden Worten nachzukommen, die mit großem Nachdruck gesprochen worden waren, während der Großmeister, sich zu den Waffenträgern wendend, sagte: „Gebt mir den Helm!"
Gleich Hämmern schlugen die Herzen der Mannen in den beiden Kriegsheeren, und atemlos harrten alle der Trompetenstöße – das Zeichen zum Angriff.

Die Erwartung steigerte sich fast ins Unerträgliche. Auf dem Kampfplatz gegen Tannenberg zu stand zwischen den Deutschen und den polnischen Scharen eine Gruppe uralter Eichbäume, auf die Bauern aus der Umgebung geklettert waren, um die Schlacht zwischen zwei so gewaltigen Kriegsheeren mit anzuschauen, wie sie die Welt seit undenklichen Zeiten nicht mehr gesehen hatte. Doch abgesehen von dieser Baumgruppe glich das weite Gefilde ringsumher einer leblosen Steppe, einen so öden, grauen- und geisterhaften Eindruck machte es. Nichts regte sich weit und breit, nur von Zeit zu Zeit fuhr ein leichter Windhauch über den Kampfplatz, auf dem der Tod schweigend lauerte. Aber immer und immer wandten sich die Blicke der Ritter auf diese unglückverheißende, weite Fläche. Zuweilen zogen dichte Wolken, die Sonne verhüllend, am Himmel dahin, von dem es sich dann wie Schatten des Todes herabsenkte.

Mit einemmal erhob sich ein Wirbelwind. Sausend fuhr er durch die Wälder, Tausende von Blättern von den Bäumen streifend, brausend fuhr er über die Gefilde, dürre Kornhalme mit sich führend und Staubwolken in die Höhe, in die Augen der Kreuzritter treibend. In diesem Augenblick erzitterte die Luft von dem schrillen Klang der Hörner, der Trompeten und der Pfeifen, und der eine, von den Litauern gebildete Flügel schickte sich zum Vorgehen an, gleich einer unermeßlichen Schar von Vögeln, die sich zum Flug bereitmachen. Ihrer Gewohnheit gemäß stürmten die Reiter im Galopp vor. Mit langgestreckten Hälsen und gesenkten Ohren, mit Aufbietung ihrer ganzen Kraft rasten die Pferde vorwärts und führten die Litauer, die ihre Schwerter, ihr Speere in der Luft schwangen und wilde Schlachtrufe ausstießen, gegen den linken Flügel der Kreuzritter.

Bei diesem befand sich gerade der Großmeister. Seine Erregung hatte sich gelegt, seine Tränen waren versiegt, feurig blitzten seine Augen. Als er die heranstürmenden Litauer gewahrte, wandte er sich zu Friedrich Wallenrod, der den linken Flügel der Kreuzritter befehligte und sagte: „Witold hat zuerst angegriffen. Geht nun auch Ihr vor im Namen Gottes."

Und mit einer einzigen Bewegung seiner Rechten sandte er vierzig Fähnlein eisengepanzerter Ritter ins Treffen.

„Gott mit uns!" rief Wallenrod laut aus.

Die Lanzen senkend, rückten die Abteilungen anfänglich langsam vor, dann aber, einem Felsblock vergleichbar, der von einem Berg mit stets wachsender Schnelle herabstürzt, gingen sie vom Schritt zum Trab, zum Galopp über und rasten dann mit der unwiderstehlichen Gewalt einer Lawine, die alles mit sich fortreißt und zermalmt, gegen den Feind.

Die Erde bebte und dröhnte unter ihnen.

Jeden Augenblick mußte nun der Kampf entbrennen und flammend um sich greifen. Das polnische Kriegsvolk stimmte daher den alten Kriegsgesang des heiligen Wojciech an. Etwa hunderttausend eisengepanzerte Krieger richteten die Augen gen Himmel, aus hunderttausend Kehlen ertönte, wie eine gewaltige Stimme, der brausende Gesang:

> *„Mutter Gottes, heilige Jungfrau,*
> *Gottbegnadete Maria,*
> *Befiehl uns Deinen Sohn!*
> *O Du auserkorene, einzige Mutter,*
> *Erflehe für uns Vergebung der Sünden!*
> *Kyrie eleison!"*

Und die Singenden selbst wurden tief ergriffen und sahen wie neugestärkt dem Tod entgegen. Und eine unermeßliche, sieghafte Kraft lag in den Stimmen, in diesem Gesang, eine Kraft, vor der selbst das finstere Gewölbe am Firmament auseinanderstieben mußte. Die Speere zitterten in den Händen der Ritter, die Banner und die Fähnlein zitterten, die Luft erzitterte, die Zweige an den Bäumen zitterten, und das in dem Fichtengehölz erweckte Echo antwortete aus der Tiefe des Waldes, gerade als ob es den Seen, dem Gefilde und all den Landen ringsumher zurufen wollte:

> *„Erflehe für uns Vergebung der Sünden!*
> *Kyrie eleison!"*

Von neuem aber ertönte der Gesang:

> *„In der heiligen Zeit Deines Sohnes, des Gekreuzigten,*
> *Erhöre die Stimme, fülle die Gedanken der Menschen.*
> *Erhöre das Gebet, mit dem wir zu Dir flehen.*
> *Auf daß er uns gebe, um was wir ihn bitten:*
> *Hienieden auf Erden ein heilig Verweilen*
> *Und nach dem Tod das Paradies!*
> *Kyrie eleison!"*

Und das Echo antwortete: *„Kyrie eleisooon!"* Inzwischen war auf dem rechten Flügel ein heftiger Kampf entbrannt, der sich mehr und mehr ausbreitete.

Der Lärm des Kriegsgetümmels, das Schnauben der Rosse, die wilden Rufe der Mannen vermischten sich mit dem Gesang. Zuweilen aber, wenn die Rufe verstummten, gerade als ob die Kämpfenden frischen Atem schöpfen wollten, dann wurde abermals der brausende Gesang deutlich vernehmbar:

> *„Adam, du Gottesknecht*
> *Du sitzest bei Gott im hohen Rat!*
> *Bring uns, deine Kinder, dahin,*
> *Wo heilige Engel herrschen.*
> *Dort ist Freude!*
> *Dort ist Liebe!*
> *Dort ist der himmlische Anblick des Schöpfers auf ewig!*
>   Kyrie eleison!"*

Und wieder antwortete das Echo: *„Kyrie eleisooon!"* aus dem Gehölz hervor. Immer wildere Schreie ertönten auf dem rechten Flügel, jedoch niemand konnte sich darüber vergewissern, was eigentlich vorging, denn in diesem Augenblick schickte der Großmeister Ulryk, der von der Anhöhe aus das Schlachtfeld überschaute, zwanzig Abteilungen unter Lichtenstein gegen die Polen.

Nun aber jagte Zindram aus Maszkowice gleich einem Sturmwind an die Spitze der Vorhut, bei der die hervorragendsten Ritter standen, und mit dem Schwert auf die in einer Staubwolke heransprengenden Deutschen zeigend, schrie er mit solcher Donnerstimme, daß sich die Pferde in den vorderen Reihen aufbäumten: „Auf den Feind! Schlagt zu!"

Unverweilt warfen sich nun die Ritter, tief auf ihre Pferde gebeugt und mit vorgestreckter Lanze den Deutschen entgegen.

Die Vorhut der Litauer hielt jedoch dem entsetzlichen Ansturm nicht stand. Scharenweise wurden die bestbewaffneten und mächtigsten Bojaren, welche die ersten Reihen bildeten, niedergemacht, umsonst stürmten die folgenden Reihen wutentbrannt mitten in den Feind – trotz Tapferkeit, trotz Ausdauer, trotz übermenschlicher Anstrengung aller Kräfte entgingen auch sie nicht dem Verderben, erlitten auch sie die entsetzlichsten Verluste. Und wie konnte dies auch anders sein! Auf der einen Seite stand eine eisengepanzerte Ritterschaft auf eisengepanzerten Pferden, auf der anderen Seite kämpften Mannen, die zwar hochgewachsen und kräftig waren, aber kleine Pferdchen ritten und statt der Rüstungen Felle trugen. Umsonst versuchten die halsstarrigen Litauer, die Deutschen ins Herz zu treffen. Ihre Wurfspieße, ihre Schwerter, ihre Lanzen, ihre wuchtigen Streitkolben, alles prallte an den Harnischen wie an einem Felsen, wie an dem Wall einer Burg ab. Von den wuchtigen deutschen Kriegern auf ihren wuchtigen Rossen wurde Witolds unglückliche Schar geradezu zermalmt. Wer den Schwertern, den Streitäxten entging, fand unter den Hufen der Pferde den Tod. Umsonst schickte Knäs Witold immer wieder neue Abteilungen vor – er schickte sie in den sicheren Tod. Denn nichts half, weder Ausdauer noch Todesverachtung, weder grenzenlose Wut, noch stromweise vergossenes Blut. Die Tataren flohen zuerst. Ihrem Beispiel folgten die Bessarabier und die Wallachen. Binnen kurzem war der Wall der Litauer durchbrochen und wilde Furcht ergriff die Krieger. Ein großer Teil des litauischen Kriegsvolkes flüchtete sich gegen den Lubiec-See zu, verfolgt von den Deutschen, die eine solch entsetzliche Ernte hielten, daß das ganze Ufer von Leichnamen bedeckt war.

Inzwischen zog sich der kleinere Teil des Witoldschen Kriegsvolks, also auch drei Abteilungen aus Smolensk, zu dem Flügel der Polen zurück, den anfänglich nicht weniger als sechs Fähnlein und später auch noch die von der Verfolgung zurückgekehrten Deutschen bedrängten. Die gut bewaffneten Mannen aus Smolensk vermochten indessen wirksameren Widerstand zu leisten. Der Kampf wurde hier mehr und mehr zu einem Gemetzel. Jeder Schritt, jede Spanne Erde mußte mit Strömen von Blut erkauft werden. Die eine der Abteilungen aus Smolensk wurde geradezu in Stücke zerhauen, während sich die beiden anderen immer noch mit rasender Verzweiflung zur Wehr setzten. Doch es war umsonst, nichts konnte den siegreichen Deutschen widerstehen. Einzelne ihrer Abteilungen kämpften mit wahrer Wut. Einzelne ihrer Ritter stürzten sich, das Schwert oder die Streitaxt schwingend und die Pferde mit den Sporen in einer Weise antreibend, daß sich die Tiere hoch aufbäumten, blindlings in die dichte Menge der Feinde. Mit geradezu übermenschlicher Kraft hieben diese Ritter um sich. Ihnen nach drängte sich aber, gleich einer unaufhaltsamen Woge, die ganze Schar, und rückte allmählich, die Krieger aus Smolensk mitsamt ihren Pferden niederreitend und zerstampfend, gegen das Vordertreffen und die Hauptmacht der Polen, die schon über eine Stunde mit den von Kuno von Lichtenstein angeführten Deutschen kämpften.

Kuno hatte hier nicht so leichtes Spiel, Er stand einem Gegner gegenüber, der an Güte der Waffen, an Kraft der Pferde und an Gewandtheit in der Kriegskunst den Deutschen gleichkam. Die Deutschen wurden durch die Speere der Polen nicht nur aufgehalten, sondern sogar zurückgetrieben, denn drei der gewaltigsten Abteilungen gingen gegen sie vor: die Kriegsschar aus Krakau, die leichtbewaffnete Reiterei unter Jedrek aus Brochocice und die Leibwache unter der Führung Powalas aus Taczew. Doch am entsetzlichsten entbrannte die Schlacht erst dann, als nach dem Zersplittern der Speere die Krieger zu den Schwertern und zu den Streitäxten griffen. Schilde prallten auf Schilde, wild rangen die einzelnen miteinander, die Pferde stürzten, die Banner wurden zu Boden gerissen. Unter den Schlägen der Keulen und der Streitäxte barsten die Helme, die Schulterstücke und die Panzer, Waffen und Rüstungen triefen von Blut, die Mannen stürzten aus den Sätteln wie Fichten, deren Stämme durchsägt sind.

Funken sprühten aus dem erhitzten Eisen, Lanzensplitter, Fahnenfetzen, Strauß- und Pfauenfedern flogen in die Luft, die Hufe der Pferde glitten aus auf den auf der Erde liegenden blutüberströmten Rüstungen und auf den toten Pferden. Von den Hufen der Pferde wurde ein jeder zermalmt, der verwundet niederstürzte.

Von den hervorragendsten polnischen Rittern war noch keiner gefallen. Mitten in das dichteste Getümmel, mitten in das tobendste Kampfgewühl stürmten sie vor, den Namen ihrer Schutzheiligen oder den Schlachtruf ihrer Geschlechter ausrufend. Und gleich dem lodernden Feuer, das auf einer öden Steppe Gräser und Büsche verzehrt, machten sie alles vor sich her nieder. Zuerst stürzte sich Lis aus Targowisko auf Ganrat, den Komtur aus Osterode, der, seinen Schild einbüßend, sich den weißen Mantel um den Arm schlang, um sich damit gegen die Streiche zu schützen. Doch Lis durchhieb den Mantel, die Armschiene und das Schulterstück des Deutschen mit wuchtigen Schlägen und stieß dann sein Schwert mit solcher Kraft in den Leib des Feindes, daß die Spitze knirschend den Rückenwirbelknochen traf. Angstvoll schrieen die Mannen aus Osterode auf, als sie ihren Führer sinken sahen, aber Lis stürzte sich nun auf sie, wie sich ein Adler auf Kraniche stürzt, und als Staszko aus Charbimowice und Domarat aus Kobylan ihm auch noch zu Hilfe eilten, da wüteten diese drei so entsetzlich, wie Wölfe unter einer Lämmerherde.

Mitten in dem wirren Schlachtengetümmel erschlug auch Paszko Zlodziej aus Biskupice den Ordensbruder Kunz Adelsbach. Umsonst hatte Kunz, der von tödlichem Schrecken erfaßt worden war, als plötzlich der riesenhafte Reiter vor ihm Halt machend, die mit Blut bedeckte und mit Haaren beklebte Streitaxt schwang, sich ergeben wollen, Paszko konnte ihn in dem Getöse nicht hören und, sich in seinem Sattel aufrichtend, spaltete er das eisenbehelmte Haupt des Ordensbruders so rasch, als ob er einen Apfel zerteilt hätte. Gleich darauf tötete er Loch aus Mecklenburg und Klingenstein, sowie den, einem mächtigen Grafengeschlecht entstammenden Schwaben Helmsdorf, den in der Nähe von Mainz ansässigen Limpach und Nachterwitz aus Mainz, so daß schließlich die Deutschen rechts und links vor ihm in hellem Schrecken zurückwichen. Jedoch seinen wuchtigen Hieben entzogen sie sich doch nicht. Wie auf eine schwankende Mauer schlug er auf sie ein, jeden Augenblick hob er sich im Sattel, um zum Schlag auszuholen, jeden Augenblick blinkte seine Streitaxt in der Luft und jeden Augenblick verschwand das behelmte Haupt eines Deutschen zwischen den Pferden.

Mit fast übermenschlicher Kraft kämpfte auch der gewaltige Jederzej aus Brochocice, und als sein Schwert an dem Helm eines Ritters zerschellte, der einen Eulenkopf auf seinem Schild trug und dessen Visier die Form eines Eulenkopfes hatte, erfaßte er ihn an den Armen, preßte ihn wie mit eisernen Klammern zusammen, entriß ihm die Waffe und versetzte ihm mit dieser den Todesstoß. Dann wandte er sich gegen den blutjungen Ritter Dynheim, den zu töten er sich jedoch nicht entschließen konnte, da dieser unbehelmt war und mit den Augen eines Kindes zu ihm aufschaute. So nahm er ihn denn nur gefangen und übergab ihn seinem Knappen Andrzej, ohne zu ahnen, daß er in dem Gefangenen seinen zukünftigen Eidam gewonnen hatte, da Dynheim sich späterhin mit seiner Tochter vermählte und für immer in Polen blieb. Nun stürmten die Deutschen, auf die Befreiung des, einem reichen, am Rhein ansässigen Grafengeschlecht entstammenden jungen Dynheim bedacht, mit neuer Wut vor, jedoch die vor dem Banner kämpfenden Ritter Sumik aus Nadbroze und zwei Brüder aus Plomykow, sowie Dobek Okwia und Zych Pikna warfen sich auf sie gleich Löwen, die sich auf einen Auerochsen werfen, und drängten sie, Vernichtung und Tod um sich her verbreitend, gegen das Banner des heiligen Georg.

Mit den ritterlichen Gästen des Ordens kämpfte das Fähnlein der königlichen Leibwache, das Ciolek aus Zelichow befehligte. Nun konnte auch Powala aus Taczew seine übermenschliche Kraft betätigen. Mann und Roß warf er nieder, die Helme zerspaltete er mit einem Hieb, mit einer ganzen Schar nahm er den Kampf auf, in die Bresche, die er schlug, folgten ihm Lesyko aus Goraj, ein Powala aus Wyhucz, Mcislaw aus Skrzynew und die Böhmen Sokol und Zbislawek. Lange währte der Kampf, denn drei deutsche Fähnlein stritten gegen das eine polnische, dem jedoch schließlich Jasko aus Tarnow mit der siebenundzwanzigsten Abteilung zu Hilfe kam. Jetzt waren sich die Streitkräfte gleicher und die Deutschen wurden einen halben Bogenschuß weit aus der Stellung zurückgetrieben, die sie bei Beginn des Kampfes innegehabt hatten.

Doch noch weiter mußten sie vor der gewaltigen Krakauer Abteilung zurückweichen, die Zindram anführte und an deren Spitze unter den vor dem Banner kämpfenden Rittern der gefürchtetste aller Polen, Zawisza Czarny stritt. Ihm zur Seite hielten sich sein Bruder Farufej, sowie Florian Jelitczyk aus Korytnica, Skarbek aus Gora, der berühmte Lis aus Tagowisko, Paszko Zlodziej, Jan Nalecy und Stach aus Charbimowice. Unter den wuchtigen Streichen Zawiszas stürzten die tapferen Kämpen nieder, gerade als ob sich der Tod in dessen schwarze Rüstung verberge und die Sichel führe. Mit gerunzelten Brauen, mit eingezogenen Nasenflügeln, kämpfte er so ruhig und bedachtsam, wie wenn er eine gewöhnliche Arbeit zu erfüllen habe. Zuweilen hob er seinen Schild ein wenig, um einen Hieb abzuwehren, sobald er aber sein Schwert schwang, ertönte der entsetzliche Schrei eines zu Tode Getroffenen. Ihn jedoch hielt nichts zurück, vorwärts und vorwärts drang er, einer schwarzen Wolke gleichend, aus der jeden Augenblick ein greller Blitzstrahl bricht.

Auch die Fähnlein aus Poznan, die unter dem Zeichen des Adlers ohne Krone kämpften, fochten auf Tod und Leben, während die erzbischöflichen Abteilungen und die drei masovischen Abteilungen um die Wette mit ihnen vorrückten. Ja, jedes einzelne der zahllosen Fähnlein suchte das andere an Mut, an Tapferkeit zu übertreffen. Unter der Schar aus Sieradz kämpfte Zbyszko aus Bogdaniec mit der Wut eines wilden Ebers, und neben ihm stritt der alte Macko mit der schlauen Bedächtigkeit eines Wolfes, der nur dann zubeißt, wenn er sicher ist, daß der Biß ein tödlicher sein wird.

Macko schaute unaufhörlich nach Kuno von Lichtenstein aus, doch da er ihn in dem dichten Gewühl nicht zu finden vermochte, warf er sich immer wieder auf einen anderen Ritter, der sich durch seine glänzende

Rüstung auszeichnete, und der ihm auch stets zum Opfer fiel. Ganz in der Nähe der beiden Ritter aus Bogdaniec focht der gar grimmige Cztan aus Rogow. Gleich beim ersten Zusammenstoß war ihm der Helm vollständig zerschmettert worden, so kämpfte er jetzt barhäuptig, die Deutschen mit seinem blutbespritzten bärtigen Antlitz, durch das er weit eher einem Unhold aus dem Wald als einem Menschen ähnelte, in Schrecken versetzend.

Schon waren Hunderte, ja Tausende von Rittern auf beiden Seiten gefallen, schon schien es, daß der Wall der Deutschen unter den wuchtigen Schlägen der Polen zu wanken beginne, da trat ein Ereignis ein, das mit einem Schlag der Schlacht eine andere Wendung hätte geben können.

Vom Kampf entflammt und siegestrunken von der Verfolgung der Litauer abstehend, stießen die deutschen Fähnlein plötzlich auf eine Flanke der Polen. In dem Glauben, das Kriegsheer des Königs sei vollständig geschlagen und die Schlacht gewonnen, waren sie in ungeordneten Haufen, schreiend und singend zurückgekehrt und sahen nun mit einemmal ein wildes Gemetzel vor sich, sahen mit einemmal die Polen siegreich gegen die deutschen Scharen vordringen.

Die Köpfe senkend, um besser durch das Visier sehen zu können, blickten die Kreuzritter staunend auf diesen blutigen Kampf, um dann, ohne sich zuvor zu ordnen, ihren Pferden die Sporen zu geben und in das Schlachtgewühl zu sprengen. Und eine Schar folgte dem Beispiel der anderen, so daß binnen kurzem sich Tausende auf die polnischen, vom Kampf ermüdeten Abteilungen geworfen hatten. Mit lautem Freudengeschrei über die gewordene Hilfe wandten sich nun die Deutschen mit frischem Mut gegen die Polen.

Ein verzweifelter Kampf entspann sich auf der ganzen Linie. In Strömen floß das Blut über die Erde. Dunkle, schwere Wolken zogen am Himmel dahin und dumpf grollte der Donner, gerade als ob Gott selbst an dem Kampf teilnehme.

Mehr und mehr neigte sich der Sieg der Deutschen zu, schon gerieten die polnischen Scharen ins Wanken und laut stimmte das Kriegsheer der Kreuzritter den Triumphgesang an:

„Christi ist erstanden!"

Da geschah etwas Unerhörtes. Einer der niedergeworfenen Kreuzritter schlitzte mit dem Dolch den Bauch des Pferdes auf, das von Marcin aus Wrocimowice geritten wurde. Dieser aber trug das krakauische Hauptbanner mit dem gekrönten Adler, also das Banner, das für das ganze königliche Kriegsvolk ein Heiligtum war, und nun stürzten plötzlich Roß und Reiter und mit ihnen sank auch die Standarte zu Boden.

In einem Augenblick streckten sich Hunderte von eisengepanzerten Armen aus, um das Banner zu ergreifen, während die Deutschen ein Freudengebrüll ausstießen. Es dünkte sie, der Sieg sei nahe, sie glaubten,

Furcht und Schrecken würden sich der Polen bemächtigen und deren Niederlage eine so vollständige werden, daß es sich für sie nur noch um die Verfolgung, um die Niedermetzlung der Flüchtlinge handle.

Aber eine schwere furchtbare Enttäuschung wartete ihrer.

Wohl schrie das ganze polnische Kriegsheer wie ein Mann verzweifelt auf, als das Banner sank, doch aus diesem Schrei, aus dieser Verzweiflung klang keine Furcht, nein, nur Wut, nur Raserei. Es war, als ob lodernde Flammen in die Rüstungen schlügen. Gleich wilden Löwen stürzten die hervorragendsten Kämpen beider Kriegsheere auf die gleiche Stelle zu, und der erbittertste Kampf entspann sich um das gesunkene Banner, Reiter und Pferde bildeten eine einzige unförmige Masse, aus der sich unzählige Arme erhoben. Schwerter blinkten, Streitäxte sausten in der Luft, Stahl schlug auf Eisen auf, wildes Krachen ertönte, Stöhnen und die lauten Schreie der Mannen erschollen, die auf Tod und Leben miteinander rangen. Und all diese Laute vermischten sich zu einem solchen grausenerregenden Getöse, daß man hätte annehmen können, die Verdammten seien plötzlich der Hölle entstiegen. Staubwolken wirbelten auf, und aus ihnen rasten, blind vor Schrecken, reiterlose blutüberströmte Pferde mit wildflatternden Mähnen hervor.

Doch all dies währte nur kurze Zeit. Nicht ein Deutscher rettete sich aus diesem entsetzlichen Getümmel – schon nach wenigen Minuten wehte aufs neue das befreite Banner über die polnischen Scharen. Und es wehte im Wind, und es blähte sich auf, und es breitete sich in seinem Glanz aus wie eine Riesenblume, wie ein Hoffnungszeichen, wie das Zeichen des göttlichen Grimmes gegen die Kreuzritter, wie das Siegeszeichen für die polnischen Ritter.

Alles Kriegsvolk grüßte das Banner mit einem Triumphgeschrei und stürzte sich mit solcher Unbesonnenheit auf die Deutschen, als ob jedes Fähnlein sich an Zahl verdoppelt, als ob jeder Krieger neue Kraft gewonnen hätte.

Mitleidlos, atemlos gingen die polnischen Scharen vor, kaum gönnte sich ein Krieger so viel Zeit, um Atem zu schöpfen. Auf allen Seiten wurden die Feinde bedrängt, unaufhörlich sausten die Schwerter, die Streitäxte und die Keulen auf sie nieder, bis sie aufs neue zu wanken begannen, bis sie sich zurückzogen. Da und dort ertönte der Ruf um Gnade, da und dort wurde inmitten des Getümmels das vor Furcht und Schrecken totenbleiche Antlitz eines fremdländischen Ritters sichtbar, der sich blindlings seinem wild dahinstürmenden, geängstigten Renner überließ. Weit und breit war das Schlachtfeld von den weißen Mänteln bedeckt, welche die Kreuzritter über ihren Rüstungen trugen.

Bange Sorge erfaßte das Herz von deren Führern, die sofort begriffen, daß ihr alleiniges Heil in den Händen des Großmeisters lag, der mit sechzehn Fähnlein im Hintertreffen stand.

Von der Anhöhe aus überblickte Ulryk den Kampfplatz, und auch ihm wurde es klar, daß der Augenblick gekommen sei, in dem er eingreifen müsse. Auf sein Gebot hin setzten sich denn auch seine eisengepanzerten Scharen in Bewegung, gleich schweren, vom Sturm vorwärts getriebenen Wolken, aus denen ein Hagelschauer niederzuprasseln und alles um sich her zu zerstören droht.

Doch wie der Blitz erschien nun vor der dritten Schlachtlinie der Polen, die sich bis jetzt noch nicht am Kampf beteiligt hatte, auf seinem wilden Renner Zindram aus Maszkowice. Auch er hatte sorgsam den Verlauf der Schlacht verfolgt, auch er hatte alles genau im Auge behalten. Hier, in der dritten Schlachtlinie befanden sich außer dem polnischen Fußvolk etliche Haufen böhmischen Fußvolkes. Eine dieser Scharen hatte sich vor Beginn der Schlacht unzuverlässig gezeigt, war aber schließlich, noch rechtzeitig Reue fühlend, auf der Walstatt geblieben und brannte nun vor Verlangen danach, die vorübergehende Schwäche durch besondere Tapferkeit wieder gutzumachen. Die Hauptmacht hier bestand jedoch aus polnischen Abteilungen, zu denen freilich eine aus armen, schlecht ausgerüsteten Edelleuten gebildete Reiterschar gehörte, und Fußvolk, das sich teils aus Städten, größtenteils aber aus Freibauern zusammensetzte, die mit Wurfspießen, schweren Lanzen und mit aufrecht gesteckten Sensen bewaffnet waren.

„Macht Euch bereit, haltet Euch bereit!" schrie Zindram aus Maskowice mit Donnerstimme, während er durch die Reihen jagte.

„Haltet Euch bereit!" wiederholten die ihm unterstehenden Befehlshaber.

Und die Mannen, erkennend, daß nun ihre Zeit gekommen war, stemmten die Stiele der Wurfspieße, der Lanzen und der Sensen zur Erde, machten das Zeichen des Kreuzes und spieen so einmütig und wie auf einen Schlag in ihre großen, wetterharten Hände, daß dieses unheilverkündende Zeichen weithin gehört wurde. Gleich darauf griff jeder einzelne wieder nach seiner Waffe und holte tief Atem. In diesem Augenblick sprengte ein Knappe mit einer Botschaft des Königs auf Zindram zu und flüsterte diesem mit keuchender Stimme einige Worte ins Ohr. Doch Zindram, sich zu dem Fußvolk wendend und sein Schwert schwingend, schrie: „Vorwärts!"

„Vorwärts!" wiederholten die ihm unterstehenden Befehlshaber.

„Auf den Feind! Auf die Weißmäntel! Auf sie!"

Die Scharen setzten sich in Bewegung. Um aber Schritt zu halten, um aber ja in gerader Reihe vorzugehen, sangen alle gleichzeitig:

> *„O Ma-ri-a sei ge-grüßt,*
> *Die du voll der Gna-de bist,*
> *Gott der Herr ist selbst mit dir!"*

Die Söldner, das aus Städtern gebildete Fußvolk, die Freibauern aus Klein- und Großpolen, die Schlesier, die vor Ausbruch des Krieges Zuflucht in dem Königreich gesucht hatten, und die vor den Kreuzrittern aus dem Gebiet von Elk geflohenen Masuren rückten nun gleich einer Sturmflut vor. Weithin blitzte und schimmerte es von den Spitzen der Lanzen und der Speere.

Schließlich langten sie an Ort und Stelle an.

„Schlagt zu!" schrieen die Führer.

„Ach!" Ein jeder der Mannen ächzte, wie ein starker Holzhauer ächzt, der mit der Axt zum ersten Schlag ausholt, und ein jeder kämpfte mit Aufbietung all seiner Kraft und so lange der Atem in seiner Brust ausreichte.

Wilde Rufe, wilde Schreie drangen gen Himmel.

Der König, der einsam auf kleinem Hügel stehend, die Schlacht beobachtete, sandte nach allen Richtungen hin Botschafter aus, und seine Stimme klang allmählich heiser, so viele Befehle erteilte er. Als er indessen schließlich bemerkte, daß alle Abteilungen im Treffen standen, da zeigte er Lust, sich selbst am Kampf zu beteiligen.

Etliche seiner Leibwache versuchten dies zu vereiteln, sorgten sie sich doch um die geheiligte Person des Herrschers. Powala faßte die Zügel des Renners, die er auch dann nicht freigab, als ihm der König mit der Lanze auf das Haupt schlug, andere verstellten Jagiello den Weg, indem sie ihn flehentlich baten, von seinem Vorhaben abzusehen, indem sie ihn zu überzeugen versuchten, daß sein persönliches Eingreifen in die Schlacht in keiner Weise eine Änderung herbeiführen könne.

Da plötzlich drohte dem König, drohte dessen ganzem Gefolge tödliches Verderben.

Dem Beispiel der von der Verfolgung der Litauer zurückkehrenden Abteilungen nachahmend und gleichzeitig von dem Wunsch beseelt, einen Flügel des polnischen Kriegsvolkes anzugreifen, ließ plötzlich der Großmeister seine Abteilungen in einem Halbkreis vorrücken. Diese auserwählte, aus sechzehn Fähnlein bestehende Schar aber zog ganz nahe an dem kleinen Hügel vorüber, auf dem sich der König Wladislaw Jagiello befand.

Wohl war man sich der Gefahr bewußt, jedoch man konnte ihr nicht mehr entweichen. Das königliche Banner wurde indessen sofort eingezogen und gleichzeitig sprengte der königliche Geheimschreiber Zbigniew aus Olesnica, so rasch ihn sein Pferd zu tragen vermochte, zu einer in der Nähe stehenden Abteilung, die sich auf Befehl ihres Führers, des Ritters Mikolaj Kielbasa, für den kommenden Angriff bereitmachte.

„Der König ist in Gefahr! Auf zu seiner Rettung!" schrie Zbigniew.

Da riß Kielbasa, der seinen Helm verloren hatte, eine von Blut und Schweiß durchtränkte Mütze vom Haupt, hielt sie dem Daherjagenden entgegen und rief wutentbrannt: „Urteile selbst, ob wir untätig gewesen sind! Narr! Siehst du denn nicht, daß jene finstere Wolke sich auf uns niedersenkt, daß sie aber den König gefährden würde, wenn wir unsere Stellung verließen. Hebe dich hinweg, sonst müßte ich dir das Schwert in die Brust stoßen."

Und ohne es sich klarzumachen, mit wem er sprach, hätte er sich tatsächlich auf Zbigniew gestürzt, wenn dieser nicht, teils aus Rücksicht für den alten Krieger, teils weil er dessen Ansicht beipflichten mußte, zurückgejagt wäre, um dem König das Gehörte zu übermitteln.

In geschlossener Reihe stürzten nun alle diejenigen vor, denen es oblag, den König zu schützen, um die eigene Brust dem Feind zu bieten. Jetzt aber half nichts mehr – Jagiello ließ sich nicht länger zurückhalten, in der ersten Reihe nahm er seinen Platz ein. Gleich darauf kamen die deutschen Abteilungen so dicht heran, daß die Wappen auf ihren Schilden deutlich unterschieden werden konnten. Das Herz von gar manchem der tapfersten Kämpen erbebte beim Anblick dieser Scharen, denn die Blüte, die Auslese der Ritterschaft befand sich darunter.

In glänzenden Rüstungen, auf gewaltigen, den Auerochsen gleichkommenden Rossen, in ungeschwächter Kraft, da sie bisher noch nicht am Kampf teilgenommen hatten, stürmten sie, einem Orkan gleich, stampfend, tosend, mit fliegenden Bannern und Fähnchen vorwärts, und an ihrer Spitze flog der Großmeister daher im weiten, weißen Mantel, der vom Wind aufgebläht, den ungeheuren Flügeln eines Adlers glich.

Der Großmeister raste an dem König und an dessen Gefolge vorüber, dem Haupttreffen zu, denn was wollte ihm diese kleine Schar abseits stehender Ritter bedeuten? Er ahnte ja nicht, daß sich der König darunter befand, er erkannte Jagiello nicht. Aber mitten aus einem der deutschen Fähnlein sprengte plötzlich ein riesenhafter Kämpe hervor, und sei es, daß er Jagiello erkannte, sei es, daß ihn die silberne Rüstung des Königs anlockte oder daß er seine Tapferkeit beweisen wollte, genug, er legte, das Haupt vorbeugend, den Speer an und stürzte auf Jagiello zu.

Da gab der König, ehe er daran gehindert werden konnte, seinem Pferd die Sporen und warf sich gegen den Deutschen. Zweifellos wäre es zu einem tödlichen Kampf gekommen, wenn Zbigniew, des Königs jugendlicher Geheimschreiber, der in allen ritterlichen Künsten ebenso erfahren war wie im Latein, dies nicht verhindert hätte. Eine zerbrochene Lanze in der Hand stürmte er auf den Deutschen zu und traf ihn dermaßen auf das Haupt, daß der Getroffene mit zerschlagenem Helm zur Erde stürzte. Im gleichen Augenblick aber stieß der König dem Deutschen das Schwert in die entblößte Stirn und gab ihm damit den Tod.

Auf solche Weise ging ein berühmter deutscher Ritter zugrunde, Diepold Köckeritz von Dieber. Knäs Jamont ergriff dessen Pferd, der deutsche Ritter aber lag, mit dem güldenen Gürtel angetan und mit dem weißen Mantel über der stählernen Rüstung, auf der Erde, zu Tode verwundet. Die Augen waren schon gebrochen, die Füße jedoch zuckten noch einige Zeit krampfhaft, bis endlich der beste Tröster der Menschheit, der Tod, seinen Schatten über ihn senkte, und er in den ewigen Schlaf hinüberschlummerte.

Nun stürzten noch etliche Ritter, die bei dem Fähnlein aus dem Kulmer Gebiet standen, vor, wollten sie doch den Tod ihres Kriegsgefährten rächen, jedoch der Großmeister selbst hielt sie davon ab durch den Befehlsruf: „Herum, herum!" und führte sie im Sturm dahin, wo der Entscheidungskampf dieses blutigen Tages ausgefochten wurde, also in das Haupttreffen.

Und abermals ereignete sich etwas Wunderbares. Wohl hatte der in der Nähe stehende Mikolaj Kielbasa den Feind erkannt, die anderen polnischen Abteilungen aber, denen dies durch den Staub unmöglich gemacht worden war, hielten die Scharen des Großmeisters für die auf die Walstatt zurückkehrenden Litauer und beeilten sich nicht mit dem Vorgehen. Dobek aus Olesnica stürmte zuerst dem Großmeister entgegen, erkannte diesen zuerst an seinem weißen Mantel, an dem Schild und an dem großen Reliquienkästchen, das Ulryk über der Brust auf dem Panzer trug. Da der polnische Ritter es aber des Reliquienkästchens wegen nicht wagte, mit der Lanze zuzuschlagen, obwohl er dem Großmeister an Kraft überlegen war, stieß dieser die auf ihn gerichtete Speerspitze in die Höhe und brachte dem Pferd seines Feindes eine geringfügige Wunde bei. Dann jagte einer an dem anderen vorüber, um gleich darauf, einen Kreis beschreibend, wieder in fliegendem Galopp zu der eigenen Schar zurückzukehren.

„Deutsche! Der Großmeister selbst!" schrie Dobek laut auf.

Als sie dies hörten, warfen sich die polnischen Scharen mit dem größten Ungestüm auf den Feind. Mikolaj Kielbasa war der erste, der mit seinem Fähnlein auf ihn losging, und die Schlacht tobte von neuem. Aber sei es nun, daß die Ritter aus dem Gebiet von Chelm, unter denen viele aus polnischem Blut stammten, nicht mit vollem Herzen an dem Kampf teilnahmen, sei es, daß die Wut der Polen durch nichts gehemmt werden konnte, sicher ist nur, daß dieser neue Angriff nicht den Erfolg hatte, der von dem Großmeister erhofft worden war. Denn er hatte sich dem Glauben hingegeben. Jagiellos Macht werde hier den letzten entscheidenden Schlag erhalten, und nun gewahrte er, daß die Polen sich vorwärts drängten, um sich schlugen, nach allen Seiten hin Hiebe austeilten, seine Scharen wie mit einem eisernen Ring umschließend. Nun gewahrte er, daß seine Ritter weit mehr darauf bedacht waren, sich zu verteidigen, als anzugreifen.

Umsonst versuchte er, sie durch Zurufen anzuspornen, umsonst trieb er sie mit seinem Schwert in den Kampf. Sie verteidigten sich zwar und verteidigten sich mutig, aber ihnen mangelte jene Begeisterung, die ein siegreiches Heer mit fortreißt und welche die Herzen der Polen erfüllte. In zerschlagenen Rüstungen, mit Wunden bedeckt, mit Blut überströmt, mit schartig gewordenen Waffen, kaum mehr imstande, einen Laut von sich zu geben, stürzten sich die polnischen Ritter in tollkühner Wut auf die dichtesten Haufen der Deutschen. Diese hielten ihre Pferde an und blickten umher, wie wenn sie sich vergewissern wollten, ob der eiserne Ring, der sich dichter und dichter um sie zusammenzog, sich schon geschlossen habe, und sie wichen fortwährend langsam zurück, als ob sie sich unbemerkt der mörderischen Umarmung entziehen wollten. Da erschollen vom Wald her plötzlich neue Rufe. Dort befand sich Zindram, der die Bauern befehligte und gegen den Feind führte. Nun sausten die Sensen auf das Eisen nieder, und erdröhnten die Panzer unter den schweren Knütteln. Leiche an Leiche bedeckte den Boden, das Blut ergoß sich in Strömen über die zerstampfte Erde und das Schlachtgetümmel nahm immer mehr zu, denn die Deutschen, die ihr einziges Heil in ihren Waffen sahen, wehrten sich verzweifelt.

Und sie rangen miteinander, ungewiß über den Ausgang und den Sieg, bis sich plötzlich große Staubwolken auf der rechten Seite des Kampfplatzes erhoben.

„Das sind die Litauer, die zurückkehren", schrieen die Polen in triumphierendem Ton.

Und sie hatten die Wahrheit erraten. Die Litauer, die leichter zu zerstreuen als zu besiegen waren, kehrten jetzt zurück, und mit fürchterlichem Geschrei jagten sie auf ihren leichtfüßigen Pferden, einem Wirbelwind gleich, zum Kampfplatz heran.

Nun sprengten einige Komture, Werner von Tetlingen an der Spitze, zu dem Großmeister heran.

„Rette Dich, Herr!" rief mit bleichen Lippen der Komtur von Elblach. „Rette Dich und den Orden, bevor der Ring sich schließt."

Aber der ritterliche Ulryk sah ihn mit düsterem Blick an. Und die Hand zum Himmel emporhebend, rief er: „Gott verhüte es, daß ich dieses Schlachtfeld verlasse, auf dem so viele Tapfere fielen! Gott verhüte es!"

Und seinen Mannen zurufend, ihm zu folgen, stürzte er sich in das Schlachtgewühl. Mittlerweile waren die Litauer auf dem Kampfplatz angelangt und es entstand solch ein Wirrwarr, solch ein Getümmel, daß das menschliche Auge kaum mehr etwas zu unterscheiden vermochte.

Der Meister wurde von der Spitze eines litauischen Wurfspießes in den Mund getroffen und zweimal im Gesicht verwundet. Mit der ermatteten Rechten wehrte er noch einige Zeit die Streiche ab, doch schließlich, als ihm ein Speer in den Hals drang, stürzte er, einer gefällten Eiche gleich, zu Boden. Und bald wurde er durch eine Schar der in Felle gekleideten Krieger den Blicken aller entzogen.

Werner Tetlingen flüchtete sich mit einigen Fähnlein, aber die Zurückgebliebenen wurden von dem königlichen Kriegsheer wie von einem eisernen Ring umschlossen. Die Schlacht verwandelte sich allmählich in ein wahres Gemetzel, und die Kreuzritter erlitten eine so unerhörte Niederlage, wie in der ganzen Geschichte der Menschheit nur wenige verzeichnet sind. Niemals noch in der Christenheit, seit dem Kampf der Römer und Goten mit Attila und des Karl Martell mit den Arabern, hatten so mächtige Heere miteinander gestritten. Aber jetzt lag das eine zum größten Teil schon danieder wie gemähtes Korn auf dem Ackerfeld. Die von dem Meister zuletzt in die Schlacht geführten Scharen ergaben sich. Die Ritter aus Chelm pflanzten ihre mit Fähnlein versehenen Lanzen in den

Boden, andere deutsche Ritter sprangen von ihren Pferden, zum Zeichen, daß sie sich ergeben wollten, und knieten auf der mit Blut überströmten Erde nieder. Die ganze, unter dem Banner des hl. Georg vereinigte Heeresabteilung, in der die fremden Ritter dienten, tat mit ihrem Führer das gleiche.

Aber die Schlacht tobte weiter, denn viele Scharen der Kreuzritter wollten lieber sterben als um Gnade bitten und in Gefangenschaft gehen. Nun bildeten die Deutschen, ihrem Kriegsbrauch gemäß, einen ungeheuren Kreis und verteidigten sich auf eine Weise, wie Eber sich verteidigen, wenn sie von einem Rudel Wölfe umringt werden. Aber der eiserne Ring der Polen und Litauer schloß diesen Kreis ein und zog sich dichter und dichter um ihn zusammen, gleich einer Schlange, die sich um dem Körper eines Stieres windet. Und wiederum hoben sich drohende Arme, klirrten die eisernen Knittel, sausten die Sensen, blitzten die Schwerter, bohrten sich die Lanzenspitzen in die Körper ein, schwirrten die Beile und Streitäxte in der Luft. Wie die Bäume eines Waldes wurden die Deutschen niedergehauen, und sie starben in düsterem Schweigen, wahrhaft groß in ihrer Furchtlosigkeit.

Etliche schlugen die Visiere zurück, sagten sich Lebewohl, und gaben sich den letzten Kuß vor dem Tod, etliche warfen sich blindlings, wie von Wahnsinn getrieben, in das Gewühl der Schlacht, wieder andere kämpften wie in einem Traum befangen, einige auch töteten sich selbst, indem sie sich das „Misericordia" in die Kehle stießen, und gar mancher warf den Halsberg ab, wandte sich zu seinem Gefährten und sagte: „Stoß zu!"

Durch das ungestüme Vordringen der Polen wurde der große Kreis bald in kleine Haufen zersprengt, und nun konnten die einzelnen Ritter leichter entfliehen. Aber im allgemeinen kämpften auch diese zersprengten Scharen mit Wut und Verzweiflung. Nur wenige knieten, um Erbarmen flehend, nieder, und als der furchtbare Ansturm der Polen schließlich auch die kleineren Scharen auseinandertrieb, wollten sich sogar die einzelnen Ritter nicht lebend den Siegern ergeben. Für den Orden und für die ganze Ritterschaft des Westens war dies ein Tag der größten Niederlage, aber auch des größten Ruhmes. Vor dem riesenhaften Arnold, der von dem aus Bauern gebildeten Fußvolk umringt war, erhob sich allmählich ein Wall von polnischen Leichen, er aber, der Mächtige, Unbesiegbare, stand auf diesem Wall wie ein fester, in einem Hügel eingerammter Grenzpfahl, und wer sich ihm auf Schwerteslänge näherte, der sank hin wie vom Blitz getroffen.

Schließlich ritt Zawisza Czarny Sulimczyk heran, doch als er sah, daß Arnold nicht mehr zu Pferd saß, und da er ihn auch nicht wider alle Sitte, von hinten angreifen wollte, sprang er selbst von seinem Renner herab und rief ihm schon von weitem zu: „Wende dein Haupt, Deutscher, und ergib dich, oder kämpfe mit mir!"

Arnold wandte sich um, und Zawisza an der schwarzen Rüstung sowie am Wappen erkennend, sagte er sich im Innern: „Nun kommt der Tod und meine Stunde hat geschlagen, denn diesem Ritter kann niemand lebend entrinnen. Wäre ich aber imstande ihn zu besiegen, so würde ich mir unsterblichen Ruhm erringen und vielleicht auch mein Leben retten."

So sprechend stürzte er ihm entgegen, und wutentbrannt kämpften sie miteinander auf der von Leichnamen übersäten Erde. Aber Zawisza übertraf alle anderen ja so sehr an Kraft, daß die Eltern unglückselig genannt werden mußten, deren Kinder sich ihm im Kampf zu stellen hatten. Unter den Hieben seines Schwertes barst in der Tat der in Marienburg geschmiedete Schild, barst auch der stählerne Helm gleich einem irdenen Topf, und der tapfere Arnold sank mit zerschmettertem Haupt zur Erde.

Heinrich, der Komtur aus Czluchow, der erbittertste Feind des polnischen Volkes, der geschworen hatte, er werde zwei Schwerter so lange vor sich her tragen lassen, bis er beide in polnisches Blut getaucht habe, wollte sich heimlich vom Schlachtfeld hinwegschleichen. Da vertrat ihm Zbyszko aus Bogdaniec den Weg. „Erbarme dich meiner!" schrie der Komtur, als er die Klinge des Hirschfängers über seinem Haupt blitzen sah, und faltete vor Schrecken die Hände. Der junge Kämpe war zwar nicht mehr imstande, den Arm zurückzuhalten, aber er konnte das Messer noch wenden und so traf er nur mit der flachen Seite das feste, schweißtriefende Gesicht des Komturs. Dann übergab er ihn seinem Knappen, der einen Strick um den Hals des Deutschen legte und ihn wie einen Stier an den Platz hinzog, wo alle gefangenen Kreuzritter auf einen Haufen zusammengetrieben waren.

Der alte Macko suchte fortwährend auf dem blutigen Schlachtfeld nach Kuno Lichtenstein, und das den Polen an diesem Tag so günstige Geschick lieferte schließlich den Großkomtur in seine Hände. Kuno hatte sich mit einer kleinen Anzahl geflüchteter Ritter in einem Gebüsch verborgen. Der sich in ihren Rüstungen spiegelnde Sonnenschein verriet sie aber den Verfolgern, und alle fielen auf die Knie und ergaben sich sofort. Macko jedoch, der erfahren hatte, daß der Großkomtur des Ordens sich unter ihnen befand, befahl diesem, vorzutreten, und den Helm abnehmend fragte er: „Kuno Lichtenstein, erkennst du mich?"

Der Großkomtur runzelte die Brauen, und den Blick fest auf Macko richtend, antwortete er nach einer Weile: „Ich sah dich am Hof zu Plock!"

„Nicht doch", entgegnete Macko, „auch schon früher sahst du mich! Du sahst mich zu Krakau, als ich dich um das Leben meines Brudersohnes bat, der wegen eines unüberlegten Überfalls auf dich zum Tod verurteilt worden war. Damals legte ich vor Gott ein Gelübde ab und schwur bei meiner Ritterehre, daß ich dich noch treffen und mit dir um Leben oder Tod kämpfen werde."

„Wohl weiß ich dies", versetzte Lichtenstein und warf hochmütig die Lippen auf, wennschon er zugleich tief erbleichte, „aber ich bin jetzt dein

Gefangener, und Schande würdest du auf dich laden, wenn du das Schwert gegen mich zögest."

Da verzerrte sich Mackos Gesicht auf unheilverkündende Weise und nahm einen wolfsähnlichen Ausdruck an.

„Kuno Lichtenstein", begann er, „gegen einen Wehrlosen werde ich mein Schwert nicht erheben, aber ich sage dir dies: wenn du es abschlägst, dich mir zum Kampf zu stellen, lasse ich dich wie einen Hund an einem Strick aufhängen."

„Mir bleibt keine Wahl! Auf denn!" rief der Großkomtur.

„Um Tod oder Leben, nicht um Gefangenschaft!" ließ sich Masko nochmals warnend vernehmen.

„Um Tod oder Leben!"

Und nach wenigen Augenblicken kämpften sie miteinander in Gegenwart der deutschen und polnischen Ritter. Wohl war Kuno der jüngere und behendere, aber Macko übertraf den Gegner so sehr an Körperkraft, daß er ihn im Nu zu Boden warf und die Knie gegen seinen Bauch stemmte.

Die Augen des Komturs traten vor Entsetzen aus ihren Höhlen.

„Schone meiner!" stöhnte er, während ihm weißer Schaum auf die Lippen trat.

„Nein!" antwortete der unversöhnliche Macko.

Und sein „Misericordia" an den Hals des Gegners setzend, stieß er zweimal zu. Jener röchelte furchtbar, ein Blutstrom quoll aus seinem Mund, ein Zittern fuhr durch seinen Körper, dann streckte er sich und der große Tröster tröstete ihn für immer.

Mehr und mehr artete die Schlacht zu einem Gemetzel und zu einer Verfolgung der Flüchtlinge aus. Wer sich nicht ergeben wollte, wurde getötet. Gar viele Schlachten, gar viele Treffen waren in jenen Zeiten ausgefochten worden, aber kein Lebender erinnerte sich einer so entsetzlichen Niederlage.

Von siebenhundert „Weißmänteln" befanden sich kaum noch fünfzehn am Leben. Mehr als vierzigtausend Leichen lagen in ewigem Schlaf auf dem von Blut überströmten Schlachtfeld. Die zahlreichen Banner, die um die Mittagszeit noch lustig über dem unermeßlichen Heer des Ordens geweht hatten, befanden sich in den blutigen und siegreichen Händen der Polen. Nicht ein einziges Banner war gerettet worden, und nun legten die polnischen und litauischen Ritter sie zu den Füßen Jagiellos nieder, der, die Augen fromm zum Himmel erhebend, in bewegtem Ton sagte: „Gott hat es so gewollt!" Die angesehensten Gefangenen wurden ihm nun vorgeführt. Abdank Skarbek aus Gora brachte den Fürsten Kasimir aus Stettin, der böhmische Ritter aus Troznow brachte Konrad, den Fürsten aus Olesnica, und Przedpelko aus Kopidlow brachte den verwundeten, fast immer bewußtlosen Georg Gersdorf, der unter dem Banner des heiligen Georg alle fremdländischen Ritter vereinigt und angeführt hatte.

Zweiundzwanzig Volksstämme hatten an diesem Kampf des Ordens gegen die Polen teilgenommen. Durch die Schreiber des Königs wurde nun genau verzeichnet, wie viele Gefangene man gemacht hatte, und diese knieten vor dem König nieder, indem sie um Gnade flehten und um die Erlaubnis, gegen Lösegeld in die Heimat zurückzukehren.

Das ganze Heer des Ordens war vernichtet. Die Polen nahmen das ungeheure Lager der Kreuzritter in Besitz, und dadurch geriet noch der Rest des geschlagenen Heeres in ihre Hände, sowie eine Unzahl von Wagen, die mit Fesseln für die Polen und mit Wein für eine Siegesfeier beladen waren.

Die Sonne neigte sich dem Untergang zu. Ein kurzer, starker Regenschauer war niedergegangen und hatte den Staub gelegt. Der König, Witold und Zindram aus Maskowice standen gerade im Begriff, auf das Schlachtfeld zu reiten, als man die Leichen der gefallenen Anführer brachte. Die Litauer trugen den von Speeren durchbohrten, von Blut und Staub bedeckten Leichnam des Großmeisters Ulryk von Jungingen herbei und legten ihn vor den König nieder. Dieser seufzte tief auf, und den Toten betrachtend, der, das Gesicht nach oben gekehrt dalag, sagte er: „So ist es nun mit ihm zu Ende, mit ihm, der sich noch heute in der Frühe erhaben über alle Herrscher der Welt dünkte."

Große Tränen flossen über Jagiellos Wangen und nach einer Weile begann er wieder: „Aber da er den Heldentod gestorben ist, wollen wir seine Tapferkeit preisen und ihn mit einem Begräbnis ehren, das eines Christen würdig ist."

In der Tat gab er sofort Befehl, die Leiche sorgfältig im See zu reinigen, sie in ein prächtiges Gewand zu hüllen und sie, bis der Sarg bereit sei, mit dem Ordensmantel zu bedecken.

Mittlerweile trug man mehr und mehr Leichen herbei, die von den Gefangenen erkannt wurden. Man brachte den Großkomtur Kuno Lichtenstein mit der durch ein „Misericordia" furchtbar zerfleischten Kehle und den Marschall des Ordens, Friedrich Wallenrod, den Großkämmerer Graf Albert Schwarzberg, den Großschatzmeister Thomas Mercheim, man brachte den Grafen Wenden, der durch die Hand des Powala aus Taczew gefallen war, und mehr als sechshundert angesehene Komture und Brüder. Die Knechte reihten sie dicht aneinander, und nun lagen sie da wie gefällte Bäume, die Gesichter, die so weiß waren wie ihre Mäntel, gen Himmel gerichtet, mit weit offenen Augen, in denen sich immer noch der Ausdruck von Zorn und Stolz, von Kampfesmut und Entsetzen zeigte.

Zu ihren Häuptern wurden die eroberten Banner aufgepflanzt, alle, alle. In dem leichten Windhauch wickelten sich die Fahnen bald um die Stangen, bald wehten sie hin und her, und mit ihrem leisen Rauschen schienen sie für die Toten ein Schlachtlied zu singen. In der Ferne, im Schein der Abendröte, wurden die litauischen Heeresabteilungen mit den eroberten Kanonen sichtbar, deren sich die Kreuzritter zum erstenmal auf offenem

Schlachtfeld bedient hatten, ohne daß es ihnen gelungen wäre, den Siegern beträchtlichen Schaden zuzufügen. Um den König hatten sich auf dem Hügel die hervorragendsten polnischen Ritter versammelt, und vor Ermüdung schwer atmend, blickten sie auf die Standarten und auf die gefallenen Krieger zu ihren Füßen, wie ermüdete Schnitter auf die zusammengehäuften Garben zu schauen pflegen. Mühsam war die Tagesarbeit gewesen und entsetzlich das Ergebnis der Ernte, jetzt aber war ein bedeutsamer, freudenvoller Abend angebrochen.

Unermeßliches Glück strahlte aus den Mienen der Sieger, denn alle begriffen, daß dieser Abend nicht nur den Leiden und Mühseligkeiten des einen Tages, sondern ganzer Jahrhunderte ein Ziel setzte.

Obwohl der König wußte, welche große Niederlage die Kreuzritter erlitten hatten, blickte er doch voll Staunen umher, und fragte schließlich: „Ist es denn der ganze Orden, der hier im Staub liegt?"

Darauf antwortete der Unterkanzler Mikolaj, dem die Prophezeiung der heiligen Brigitta bekannt war: „Es ist die Zeit gekommen, in der ihnen die Zähne ausgebrochen worden sind, in der ihnen die rechte Hand abgehauen wurde!"

So sprechend, erhob er die Rechte und machte das Zeichen des Kreuzes nicht nur über die zunächst liegenden, sondern auch über das ganze Gefilde zwischen Grünwald und Tannenberg. In der klaren, durch den Regen gereinigten Luft, in der noch der letzte Schein der Abendröte zitterte, sah man deutlich das ungeheure, qualmende, blutüberströmte Schlachtfeld, starrend von den Bruchstücken der Lanzen, Wurfspieße und Sensen, bedeckt mit Haufen von toten Pferden und menschlichen Leichnamen, zwischen denen Hände, Füße und Hufe hervorragten. Und dieses traurige Totenfeld mit Tausenden von Leichen erstreckte sich weithin, noch weiter als der Blick zu reichen vermochte.

Unaufhörlich gingen die Troßknechte auf diesem endlosen Gottesacker hin und her, die Waffen sammelnd und den Toten die Rüstungen abnehmend. In der Höhe aber, an dem rötlich gefärbten Firmament, kreisten und schwärmten zahllose Scharen von Krähen, Raben und Adlern, die mit lautem Gekrächze ihre Freude über die Aussicht auf das reiche Futter kundgaben.

Achtes Kapitel

Macko und Zbyszko kehrten nach Bogdaniec zurück. Dem alten Ritter waren noch lange Jahre beschieden und Zbyszko erlebte in Gesundheit und voller Kraft die Zeit, in der aus einem Tor von Marienburg der Großmeister der Kreuzritter mit tränenfeuchten Augen auszog, während durch ein anderes Tor der polnische Wojwode an der Spitze des Kriegsheeres seinen Einzug hielt, um im Rahmen des Königs und des Königreiches die Stadt und das ganze Gebiet bis an die grauen Wogen des Baltischen Meeres in Besitz zu nehmen.